개인기록
연구총서
2

창평일기 2

이정덕·김규남·문만용·안승택·양선아·이성호·김희숙

지식과교양

이 책은 2011년도 정부재원(교육과학기술부 사회과학연구지원사업비)으로 한국연구재단의 지원을 받아 연구되었음(NRF-2011-330-B00157)

서문

일기는 한 개인이 일상의 경험과 느낌을 적어 놓은 기록이다. 개인의 생활은 자신이 속한 물리적, 사회적 환경과의 상호작용 속에서 이루어지는 것이므로, 일기에는 한 개인의 삶뿐만 아니라 그 시대의 상황과 지역사회의 특성이 담겨 있게 마련이다. 특히 일기는 그날그날의 기록이기 때문에 어느 자료보다도 사실적이다. 만약 이러한 기록이 수십 년 동안 누적되어 있다면 이것은 그 자체로 가장 구체적인 역사 자료가 된다.

『창평일기』는 전라북도 임실군 신평면에서 일생을 살았던 고 최내우(崔乃宇 1923-1994)옹이 자신의 일상을 기록한 것이다. 최 옹은 1969년부터 1994년까지 거의 하루도 거르지 않고 자신의 생활을 일기에 꼼꼼하게 적었다. 또 그는 1993년, 1920년대부터 1960년대까지의 삶을 되돌아보면서 기록한 회고록을 남겼다. 자녀들은 이 회고록에 선친의 호를 따서 『월파유고』라고 이름 붙였다. 『월파유고』는 『창평일기』를 쓰기 시작하기 이전 시기의 마을과 개인의 삶에 대한 기록이다. 따라서 『월파유고』와 『창평일기』는 일련의 연속성을 지니고 있다.

우리 연구팀이 이 일기에 대해 알게 된 것은 2009년 「진실·화해를 위한 과거사정리위원회」의 의뢰를 받아, 임실군에서 '한국전쟁기 민간인 집단희생자 현황조사'를 진행하면서였다. 그 후 조사 작업도 마무리되고, 진화위도 해체 되면서 한동안 잊고 지내다가, 전북대학교 「쌀·삶·문명연구원」의 '인문한국(HK)' 연구사업을 통해서 비로소 본격적인 『창평일기』 분석 작업을 시작하게 되었다.

우리는 먼저 고 최내우 옹의 일기를 보관하고 있던 최 옹의 큰 자제인 최성미 선생을 만나, 일기 분석 작업에 대해 설명하고 일기 원본을 제공받았다. 그리고 연구팀을 구성하여, 일기를 한자 한자 꼼꼼히 읽어가기 시작하였다. 국문과 한문, 방언과 오자, 탈자들이 뒤엉킨 일기 원본은 일기 연구팀에게 적잖은 당혹감과 고통을 안겨주었지만, 그 속에서 조금씩 드러나는 마을과 지역사회의 현대사 단편들은 우리를 일기 자료 속으로 끌어들였다. 우리는 일기를 읽어 가면서, "완전하게 갖추어진 개인기록은 완벽한 사회학적 자원"이라는 사실을 일찍이 간파한 폴란드 출신 사회학자 즈나니에키(F. Znanieki)의 주장에 공감할 수 있게 되었다. 결국 우리 연구팀은 『창평일기』를 통해서 개인기록 자료의 가치를 배울 수 있었던 셈이다. 이 일기를 최내우 옹이 살았던 곳의 지명을 따서 『창평일기』라고 이름 붙이기로 한 것도 이러한 일기의 특성과 무관하지 않다.

우리 일기 연구팀은 인류학, 경제학, 사회학, 과학사, 그리고 언어학 연구자로 구성되어 있다. 이처럼 일기를 중심으로 다양한 학문 분야가 경계를 넘어 모이게 된 것은 일기 자료가 담고 있는 정보가 종합적이고 포괄적이기 때문이다. 일기는 국가, 지역사회, 마을 공동체와 개인의 삶 사이에 존재하는 관계의 체계, 그리고 시간의 흐름에 따른 변화의 역동성을 고스란히 드러내고 있다. 우리 연구팀의 다학문적 구성은 일기 자료 속에서 지역사회의 다층적이고 복합

적인 구조와 그 변동 과정을 구체적으로 포착하는 데 장점이 될 수 있을 것이라고 믿는다.

『창평일기』는 전 4권으로 출판할 계획이다. 제1권은 일기 자료에 대한 해제와 『월파유고』 전문으로 구성되어 있다. 그리고 제2권에는 1969년부터 1980년까지의 『창평일기』 전문을 수록하였다. 그리고 내년에 출판할 예정인 제3권에는 1981년부터 1994년까지의 『창평일기』 전문을 싣고, 제4권은 일기 자료를 통해 한국사회의 압축적 근대화가 지역사회에 미친 영향을 전반적으로 검토하는, 일기 전체에 대한 총체적 해제집으로 출간할 예정이다.

이 기록이 개인과 가족의 손을 벗어나 소중한 지역 현대사 자료로 거듭날 수 있게 되기까지는 많은 분들의 고마운 관심과 도움이 있었다. 우선 진화위의 한국전쟁기 민간인 희생자 조사 작업 과정에서 일기를 발견하고, 그 일기를 우리 연구팀이 분석할 수 있도록 여러모로 도와주신 전북대학교 고고문화인류학과 함한희 선생님께 감사드린다. 함 선생님께서는 우리의 일기 연구에 여전한 관심과 애정을 보이고 계시니 곧 우리 연구팀과 함께 연구 성과를 나눌 수 있을 것으로 믿는다. 그리고 일기 연구가 준비되고 진행되는 과정에서 자료 분석의 방법과 연구의 방향과 관점 등에 끊임없이 조언을 계속해 주시는 전북대학교 사회학과 남춘호 선생님, 개인기록의 자료로서의 가치를 말씀해 주시기 위해 자그마한 학술대회에 선뜻 참가를 허락해 주셨던 지역문화연구소의 정승모 선생님, 지난 1년여 동안 연구 모임에 함께 자리하여 연구의 틀을 잡는데 조언을 아끼지 않았던 지역문화연구소 김혁 선생님의 따뜻한 관심과 도움에도 깊이 감사드린다. 중단될 뻔한 일기 분석을 다시 시작할 수 있도록 격려해 준 전북대학교 쌀·삶·문명연구원과 동아시아의 일기 연구 동향 정보를 제공해 주시는 전북대학교 일어일문학과의 임경택 선생님은 우리 연구팀이 언제나 기댈 수 있는 언덕이다. 이 분들이 아니었으면 우리 연구는 어쩌면 지금보다 훨씬 더 늦어졌거나, 아니면 아예 가슴 속에 빚으로만 남아 있게 되었을지도 모른다.

그리고 무엇보다 선친의 일기를 우리 연구팀에게 선뜻 내주신 임실문화원 최성미 원장님께 특별한 감사를 드린다. 최 원장님께서는 집안의 내력이 낱낱이 드러날지도 모르는 부담을 모두 스스로 감당하면서 『창평일기』를 제공해 주셨다. 뿐만 아니라 우리가 주문할 때마다 신평면을 중심으로 한 임실 지역 곳곳을 안내하고, 일기의 행간에 숨겨진 정보를 알려주는 수고를 감내하고 계신다. 우리 연구팀은 최 원장님을 비롯한 가족 및 지역 주민들께 이 일기가 연구 과정에서 오독, 오용되지 않도록 모든 노력을 기울이겠다는 약속을 드린다.

우리 연구팀은 2011년 9월부터 한국연구재단에서 SSK 개인기록 연구 사업 지원을 받게 되어 보다 안정적으로 체계적인 연구를 진행할 수 있게 되었다. 마지막으로 어려운 사정에도 자료가 빛을 볼 수 있도록 도움을 주신 도서출판 「지식과 교양」의 윤석원 사장님과 관계자께도 깊은 감사를 드린다. 모쪼록 이 자료가 지역 현대사 연구에 충분히 활용되어 그 가치를 다 할 수 있기를 기대한다.

2012년 6월

연구팀을 대신하여 이성호 씀

목차

• 일러두기

1) 한글 표기는 일체 교정하지 않는 것을 원칙으로 하였다.
2) 틀린 한자어는 [ ], 빠진 글자는 { }를 사용, 1회만 교정하는 것을 원칙으로 하였다.
3) 이해하기 어려운 부분은 [ ]를 사용하여 어절 중심으로 뜻풀이를 하였다.
4) 설명이 필요한 부분은 각주를 달아 설명하였다.
5) 해독이 불가능한 글자는 ◇ 표시를 하였다.
6) 원문의 쪽수와 일기를 쓴 날짜는 모두 < > 표시를 하였다.
7) 일부 인명과 지명은 인권 보호를 위해 가명으로 처리하였다.
8) 원문의 ( )는 저자의 것이다.
9) 자료에 거명된 사람에 관련된 정보는 학술적 목적 이외의 용도로 사용할 수 없다.

창평일기 I (1969년~1980년)

창평일기 2

1969년

<1969년 1월 1일 수요일 雲>
中學生 小學生 家兒들을 召集코 冬季放學中에 家事를 돕는데 蠶具用 새기를 꼬라고 指示. 但 斤兩으로 20g 當 1원式을 줄 터이니 熱心히 해라 햇든니 試起的[猜忌的]으로 햇다.

<1969년 1월 2일 목요일 雲>
今日 精米.
家兒들은 새키 꼬기 熱中.
새기 갑을 달이기에[달라기에] 3日 만에 會計하겠다고 約束. 夜間도 始作 10時까지 終事.

<1969년 1월 3일 금요일 雲>
約束핸대로 家兒들과 새기 꼬기를 하는데 유집[이웃집] 裵永植 韓福吉이도 갗이 補助하는데 밤에는 떡을 해서 고루나〃 먹고 兒該[兒孩]들은 3日 分 95원 支給했음.

<1969년 1월 4일 토요일 雲>
今日은 早起해서 淸掃를 시키고 오날 새키用 蒿束을 整備를 指示. 終日 事業.
밤에는 作業 疲{勞}으로 죽은 닭 1首를 살마 애들에 먹게 햇다.

<1969년 1월 5일 일요일 雲>
오날도 本새기 꼬기
午後에는 他 兒該들이 數 名이 와서 새기 꼬는데 同助해주었음. 裵永植 外 3人.
夕床에서 成康에 남도 일을 해준데 너는 每日 바돌[바둑] 又는 뽈만 차는야 惡意的으로 나무랫다.

<1969년 1월 6일 월요일 雲>
今日 機械 附屬品 講入[購入]次 上仝.
11時 30分 뻐스 便으로 任實에 到着.
郵替局[郵遞局]에 貯金햇든 500원 出金코 오는 中 賃搗業組合에 들인 바 任實 朴東燁 氏 만{났}다. 自己은 行政代書業을 開業했다고.
市場에서 함석 4枚를 買得코 午後 4時頃 歸家했음.
任實驛長 崔陳範 氏로부터 편지가 왓다. 內譯은 不遠 서울鐵道高等學校 入學 試驗이 있으니 束히 干擇[揀擇]을 해서 入試準備해주기 바란다고. 家兒 中 適格 兒 없서 抛棄했다.
70年度에 成東.
71年度에 成樂.

<1969년 1월 7일 화요일 淸>
오날도 애들과 새기 꼬기
午後에는 工場에 機械 修理코 밤에도 아해들과 새키를 꼬는데 8時頃에 光陽 李容君(妻男)이 왔음.

居住證明 住民登錄 干係[關係]로 戶籍抄本 1通 掃持[所持].

<1969년 1월 8일 수요일 淸>
오날은 家兒는 勿論이고 容君이 일을 해야 하니 자네 새기 꼬소 했드니 氣分이 조치 못한 눈치.

<1969년 1월 9일 목요일 淸>
今日 午前부터 아해들 作業을 시키고 自轉車 便으로 大里에서 理발한 다음 郭在燁氏를 對面코 成曉에 對한 人事 移動 關係를 打合코 卽時 面事務所에 들이여 副面長 韓洋敎 氏를 面會 昌坪里 參事 採用 問題를 論議.
午後 歸家 時 蠶網具 資料 角木 100원 買得코 歸家.
夕陽에 鄭圭太 玆堂[慈堂] 小祥에 弔問.
朴公熙 宅을 訪問코 家材木에 對 論議.
밤에는 丁東根을 차자 蠶網 틀 만들었음.

<1969년 1월 10일 금요일 淸>
오날도 家兒들은 새기 꼬고 成東 永植은 蠶網 製作을 始作.
夕陽에 세보니 40枚를 만듬.
大端히 治下를 하고 밤에는 10時까지 作業하는데 未安心이 있서 果子[菓子] 100원을 주워 나〃 주었음.

<1969년 1월 11일 토요일 淸>
家兒 어린이는 새기 꼬기.
成東 炯進은 蠶網 절키[짜기] 나는 마부시[まぶし, 누에섶] 절기 始作.
1日 終日해도 6個 만들기가 힘들었음. 밤에는 3개식 蠶網 20枚식 指示的으로.

<1969년 1월 12일 일요일 淸 零下 5度>
今日은 豫定했든 東錦稧日[東金契日].
11時 쯤 大里 金哲洙 鄭用澤 崔龍鎬 柳允煥 訪問코 有司 鄭鉉一 家를 訪問코 終日 길겁게[즐겁게] 보내고 柳允煥은 長宇 兄任 問病次 간다기에 同伴.
夕陽 金南圭가 養豚을 賣渡한다기에 買受하기로 하고 달고 보니 85斤 나감. 斤當 70원式으로 確定코 울에 入養했음.

<1969년 1월 13일 월요일 淸>
終日 精米.
밤에는 아해는 새기 꼬기. 成東 父는 마부시 製作. 炯進 永植 福吉이는 蠶網 製作.
成康이 將來에 무슨 希望을 가지앗기에 공부도 하지 안코 일도 하지 않고 每日 食事만 끗나면 네의 同務도 안닌 어린애들 데리고 공만 차는데 從事를 하니 보기 실다면서 人間이라면 2, 3次 오른 指導敎育을 시키면 듯지 안코 反撥만 하느야고 나무라면서 네의 또래 成功한 사람 못 보앗느야고 타일여 주었다. 그래도 如前. 父 成康 將來를 걱정 걱정.

<1969년 1월 14일 화요일>
終日 精米.
炯進은 나무하려 가고 아해들은 새기 꼬기.
容君 보고 네 철이 들이지 안다코 이르면서 잔소리 한다고 나무래며 말을 함부로 하지 말아고 이려며 1日 束히 갔으면 조겠다는 마음 뿐.
白米 1斗 旅費 300원을 주며 前送[餞送] 했음.

<1969년 1월 15일 수요일 淸>
今日 終日 精米.
炯進을 시키여 牛車로 白米 3叺를 市場에 보내 5,100원식 金 15,500원을 바다왔음.
夕陽에 鄭圭太 氏가 來訪코 金南圭 店捕[店鋪]를 買得코저 하니 白米 1叺를 借用 依賴. 그래서 1叺를 주고 契約書를 作成해 주었음. 價格은 白{米} 7叺5斗로 確定코 期限은 1月 30日로 定해 주었음.
밤에는 南圭 氏를 訪問코 養豚代 85斤에 5,950원을 會計. 前條 外上 酒代 및 物品代 3,120원 淸算해주면서 자네 도박을 禁하소 타일었음.

<1969년 1월 16일 목요일 淸>
炯進은 나무.
今日 搗精 中 機械가 異常키에 內部를 보니 附屬이 날가서 精米를 中止코 全州 가서 부란자 뽐뿌를 改造코 밤에는 舍郞[舍廊]에서 蠶具를 만들면서 炯進에 말하기를 明年에 다시 再雇用하고 秋季에 結婚해라고 하고 紹介는 내가 할 터이니 이웃집 裵南洙 處女가 엇더야 했드니 옆에 잇든 具判巖은 말하기를 具順男이가 맘에 든다니 堂叔에 말해서 그리 仲介해주요 付託. 그려고 보니 南洙는 相違인든. 그려나 炯進은 無言 對答 없음.

<1969년 1월 17일 금요일 淸>
午前 精米 中 原動機가 不實해서 헛手苦만 하고 中食을 맞이고 다시 全州에 上全코 가모 보데 노-라를 修理코 500원을 주었음.
밤 6時 列車 便으로 오는 中 昌宇 男妹를 만난 바 崔錫宇를 보려 全州에 왓는데 보지도 못하고 헛탕. 理由는 前日에 白米 20叺代를 주엇는데 于今것 對面을 하지 못하고 온다는 이야기. 錫宇는 알고 보니 各處에 借用 條가 만타는 말.
밤에 다시 蠶具 製作. 成東와 같이. 炯進은 外出.

<1969년 1월 18일 토요일 雲>
今日 精米하는데 機械가 發火되지 못해서 苦桶[苦痛]을 느겼다.
多幸히도 午後 1時頃에야 發火가 되여 白米 10叺를 精米코 夕食을 맞이니 몸이 조치 못해서 愛慮[隘路]가 深했다.
10時頃에 大宅에 가서 先考(父親) 忌日에 參席코 鷄鳴 後에 움복[음복]을 하고 집에 온니 3時 30分이 되였다.

<1969년 1월 19일 일요일 淸>
毒感氣로 終日 알코 食事까지도 廢했음. 밤 늣게사 藥感酒로 治療하고 겨우 出入했음.
밤 炯進은 멍석이나 만들아고 시{키}고 日課 끚.

<1969년 1월 20일 월요일 구름>
今日 自轉車 便으로 館村面事務所에 들이여 金南圭 戶籍을 觀覽코 戶籍謄本 2通을 要求코 館村市場에 들이였음.
오는 中 金雨澤 店浦[店鋪]에 들이여 郡黨 柳光洙에 電話問答코 成曉 移動問題를 打合코 앞으로 1週日 內로 人事移動을 하겠다고 언전을 밧고 新德面에 {있는} 成曉에 連洛[連絡]했음.
다음 安承均 宅을 訪問코 問病을 했음.
다시 長宇에서 夕食을 하고 曾祖考 忌日에 參席.

<1969년 1월 21일 화요일 말금>
오날 長宇에서 朝夕을 맞이고 任實市場에 白米 2叺를 宋成龍 便에 보내고 오날도 亦是 몸이 조치 못하여 約 2時間 동안 寢取[就寢]하고 午後에는 蠶具 製作하고 夕陽에 宋成用 便에 白米 10,530원을 밧고 酒店에 가자고 要求했다. 그래서 金南圭 집에 가서 한 잔식을 마신 후에 丁東英 氏 말이 昌宇 家屋을 朴浩九로부터 賣渡한다기에 나는 据否[拒否]했음. 理由는 빈집이면 살 수 잇이만 現在 家族이 居住코 잇는데 買受할 수 없다는 점.

<1969년 1월 22일 수요일 말금>
오날은 食後 丁東英 氏를 帶同코 雲{巖}鶴巖里로 가는 中 新平面 北倉 徐獨述 氏를 同伴 鶴巖里 孫南洙 氏 訪問코 家屋 1棟은 사겠다고 紹介를 要求. 孫洪淳을 차자보니 舍郞間 三間 집인데 新品으로 조흔데 家族기리 打合이 되지 못했다고 하야 破意[罷意]를 하고 다시 孫泰珠를 집을 차자 白米 13叺5斗에 締結하고 契約金 3,000원 支拂코 陰 2月 5日로 期限코 歸家했음. 途中에 北倉 金炯根 宅에서 酒 一配[盃]를 노누고 館驛으로 回路하야 집에 오니 7時쯤 되엿다.

<1969년 1월 23일 목요일 雲>
몸이 조치 못해서 寢牀에 잇다가 精米하자고 해서 苦桶을 무릅쓰고 이려나니 언짠하기 限이 업썻다.
金南圭로부터 不遠 移居를 하오니 豚舍 1切를 가저가라 하기에 炯進을 시켜 移讓했음.
丁東英 氏가 고지 3斗{落}只만 주라하기에 子 哲相 便에 白米 6斗를 주었음.
夕陽에 兒該들 시켜 工場을 까그시[깨끗이] 淸掃를 시키고 저역食事 맞이였음. 食床에서 아해들 불여 곳 학교에 갈 日字가 當하오니 모든 學業準備하라고 指示했다.

<1969년 1월 24일 금요일 淸>
1. 嚴俊祥 酒代 1,420원 합계해주고 보니 俊峰 말에 依하면 崔錫宇 件 盜搏[賭博]으로 約 20萬원 程度 損害를 밧다는 것.
2. 崔基宇 母親과 姜哲熙 婦人이 와서 文京 母에 對한 말을 하는데 婚姻稧[婚姻契]를 들엇기에 알고 보니 自己 딸이 안니고 林天圭의 딸 목으로 들었다는 것. 그런데 契員들은 1人當 白米 1斗式을 据出해서[醵出해서] 그날 잔치에 參席코 接待를 밧기로 햇는데 天圭는 不應코 文京 母도 不應. 그려타면 脫稧를 요구했다는 것.
3. 錫宇 妻(弟嫂)는 나를 차자와 白米 15叺를 借用 要求하기에 理由를 물의니 錫宇 盜搏 件으로 昌宇 妻男 그리고 外人이 와서 딱한 말을 하니 困難하다면서 그런 白米가 없다고 不應했음.
4. 白康善 氏를 맛나 自己 집으로 가자기에 간만 濁酒를 待接 밧고 古家 1棟이 聖壽面 왕방리에 있다기에 金 100원을 旅費로 주웟서 꼭 買受토록 하라고 보냈음.

<1969년 1월 25일 토요일 雨>
聖壽에 보낸 白康善 氏가 午前 中에 到着. 聖壽 古家는 全州로 賣渡했다. 傳한 다음 康善 氏 집 내 집을 買受해달아고 要請. 그러면 櫝格[價格]을 定하자고 했다. 櫝格은 白米로 14叺를 주는데 7叺는 1時拂로 하고

7叺는 利穀으로 數年 늘어주라고 해서 그대로 授諾[受諾]했다. 丁東英 氏를 參席시키여 契約을 締結햇고 燒酒 1병을 갖이 成語를 노누고 散會했다. 大兄任 宅에를 訪問코 此 事實을 兄任게 告햇든니 相反하다고 햇음. 그려나 家族에게는 1切 不言하고 있음. 理由는 雜音이 生起가바 通言을 禁止하고 있음.

<1969년 1월 26일 일요일 비>
崔南連 氏 집에서 놀다가 中食을 맛치고 있으니 竹峙里 徐獨述 氏가 訪問코 雲巖古家代를 要求하기에 解約을 傳하고 孫南珠 氏에 편지까지 發送했다 하야 孫 氏에 中食代나 傳해 달아고 金 200원 주엇음.
그리고 未安해서 酒店에 가서 한 잔 待接코 鄭鉉一과 丁東英 氏 等 村前 橋樑에 對한 言設[言說]이 있엇고 다음에는 鄭鉉一은 남으 側量[測量]했든니 後에 말이 만타면서 다시는 남의 側量해줄 일이 않이라고.
밤에 술내기 화토를 하는데 尹相浩보고 老人인까 집에 가라고 햇드니 오산을 하고 건방지다고 해서 나이 자신 相浩 氏가 건방지다고 反박을 했으니 退場하는 것. 相浩는 내에게 유감으 뜻을 가질 것으 본다.

<1969년 1월 27일 월요일 雲>
終日 搗精.
鄭圭太로부터 面會費를 要請하기. 林哲洙를 2次 보내기. 精米하다.
靑云洞에 가보니 金南圭 韓文錫가 參席코 金南圭 家屋 賣渡代를 34,000원를 支拂트라. 밤에 南圭와 婦人이 來訪코 保管햇든 萬원을 返還해주웟씀. 그리고 明 새벽 車로 濟州島를 떠나겟다 말하며 편지할 터이니 오신 길이라면 부테[부디] 訪問해 달이고 請했다.
오날부터 成東은 開學을 始作.

<1969년 1월 28일 화요일 비>
오날 新聞 라디오만 보고 듯고 있는데 鄭圭太 氏가 와서 金南圭가 떠낫다면서 不在中 金進映이 와서 떠나 것을 알게 안했다고 圭太에 亢議[抗議]한데은.
이 里 嚴京煥 再婚햇다고 崔今石을 시켜 가자고 권해기예 간바 張在元 氏 韓正石 嚴柄洙 參席 술 夕食까지 待接을 밧고 집에 온니 밤 8時 半쯤 되엿다.
내리는 비는 終日 오고 비바람 부려 온 路上 家內가 비에 저져 꼴이 않이고 신발까지도 말할 순 없다.
新聞 雜誌 보다 잣다.

<1969년 1월 29일 수요일 구름>
종일 搗精.
밤에는 鄭圭太 氏로부터 開業을 한다고 초대를 받고 座席에서 丁九福 傷害事件의 말이 나자 同席했든 鄭鉉一 嚴萬映 鄭仁浩 主張으로 晋斗喆 妹弟를 불어다 理由를 聽取해 보자고 해 嚴俊峰을 시켰든바 參席不應한다는 것. 그려자 靑少年 측에서 斗喆 妹弟를 보려갓든바 脫衣를[로] 走도[逃走]했다는 것. 그래서 눈 우에 밤을 자고 鄭九福 집에 가서 붓잡자 又 脫走한바 萬映 집 뒤에서 붓잡고 數 名이 때리고 大端한 奉변을 주엇다고 들음.
그려자 韓正石 氏 宅에서 忌故가 있서 7, 8人이 正石 氏 宅을 禮訪코 待接을 밧앗씀. 時는 4時쯤.

<1969년 1월 30일 목요일 비구름>
終日 崔南連 舍郎에서 休息코 들은바 丁九福은 傷害로 任實病院에 入院했다고. 丁東英 氏에서 듯고 斗喆 妹는 訴訟을 한다고. 俊峰의 말에서 듯고 집에 오니 妻男 漢實 來訪.

<1969년 1월 31일 금요일 눈>
朝飯 後 身體 不能으로 舍郎에 누웟쓰니 鄭圭太 氏가 와서 白米 1斗만 取貸해 달고 해서 取貸해주고 술 한 잔 먹자고 해서 圭太 宅에 갓든니 里里[里民]이 만히 오시여 갗이 놀고 잇든바 昌宇가 白米 2叺代 10,600원을 주면서 팔아 달아기에 現金을 保管 中임.
夕陽에은 錫宇 妻가 와서 昌宇게서 白米代 3叺를 代를 밧는야고 물려보기에 2叺代는 바앗다 했다.
또 다음 具判巖 妻가 와서 男便이 身病으로 있으니 現金 又는 白米 現物라도 借用케 해달아고 要請 - 白米 5斗 程度는 弊를 바드리겠다고 約束했음.
다음은 成康이가 晝夜로 外出이 深하기에 舍郎에 呼出해서 外出을 하지 말고 집에서 공부나 하라고 타일러씀.

<1969년 2월 1일 토요일 구름>
朝食 後에 長宇에 들이여 兄任과 여려 가지로 煥談[歡談]코 있으니 山書面[山西面][1] 德順이 왔드라.
成奎는 全州에 간다고 出發하고 나는 집에 왔든니 妻男 漢實이는 3日 만에 歸家한다기에 見送코 明 正初에나 가겠다고 約束했음.
그리고 終日 明年 成康 家屋 成造에 設計劃을 研究코 아무리해도 마음대로 計劃대로 맞이 않애 研究에 又 生覺 中 日暮. 成燁는 고지 3斗只만 주라고 해서 白米 6斗을 주고 具判巖 妻는 男便이 病이 生起였으니 全州 病院에 간다고 白米 5斗만 借用해달고 해서 그대로 借用해주웟음.

<1969년 2월 2일 일요일 淸>
朝食 後 嚴萬映 氏가 訪問코 朴京洙 用地 買受代를 据出해주자 해서 爲先[于先] 내 것부터 주겟다고 白米 8斗8升(못텡이 斗落當 1斗式 龍山坪 斗當 3升式 못텡이 7斗只 龍이 6斗只)을 卽接 京洙 本人에 되여 주었음.
다음 各 作人을 訪問코 約 4叺 程度을 据出햇는데 靑云洞 農園까지 둘여서 오는데 鄭泰燮은 面會 {要}求를 하기에 가보니 술을 먹자고 했음.
집에 온데 鄭鉉一 氏로부터 말하기를 農高出身 敎師 應試資格을 준다고 해서 成康에 傳達했음.
다음 警察署 林警査가 訪問코 舊正 및 原動機 干續비[手續비] 1,000원을 鄭仁浩로{부}터 取貸하여 주웟씀.

<1969년 2월 3일 월요일 구름>
全州行 아침 通勤列車 便으로 全州農高에 들이여 柳浩英 先生任을 뵈옵고 成康 敎師 應試에 對한 打合을 하고 敎育院에 들이여 貞順이를 訪問코 成曉 件에 對한 論談을 마치고 不遠 傳해드리겠다고 約束코 直行

1 전북 장수군의 한 면으로 동쪽 산을 경계로 장수 번암면, 서쪽은 섬진강 상류인 오수천을 경계로 임실군 지사면, 남쪽은 남원시 덕과면, 보절면, 북쪽은 오봉산 영대산을 경계로 임실군 성수면에 인접해 있다.

뻐스로 任實에 着到[到着]. 山林組合 代議員 總會에 參席. 1969年度 豫算심이에 들{어가} 無수정 通過시키고 歸家하니 6時 30分.
成曉는 新德面에서 新平面으로 轉勤. 오날 집에 왓음.
夕食을 맟이고 잇는 中 門前서 싸움을 하기에 가보니 金太鎬 嚴俊峰 兩人이 晋斗喆 財産 干係로 시비엿다.

<1969년 2월 4일 화요일 구름>
終日 舍郞에서 新聞만 讀書만 하고 黃在文 外 2人에 龍山坪 6斗只 고지를 주웟음. 丁哲相 4斗 黃在文 4斗. 林長煥은 事前 3斗 取貸해간 米를 除 1斗만 未拂햇음.
成曉는 오날부터 新平面에 出勤 始發햇음.
訪問할 어른 元泉里 金炯順 氏 廉東南 氏 朴敎植 金榮文 氏.
皮巖 金炯根 氏 北倉 朴汶永 氏.

<1969년 2월 5일 수요일 淸>
아침에 具判巖 집에서 招待를 밧고 朝食을 맟이고 崔南連 氏 宅에 舍郞에 갓든니 여려분이 모엿드라.
里長이 面會 要求. 맛나고 보니 肥料代 債務 確認으로 내의 印章이 必要하오니 빌여달아고 해서 집에 와서 印章을 받여주웟음.
午後에는 本人 舍郞에서 讀書로 日課햇는데 炯進 雇傭人은 外出이 심하드라. 便所 園東 牛舍 整理를 하지 안코 數日 前부터 시키여도 듯지 안해 氣分이 조치 못햇음. 아마 舊年末이 벅願하니까 그렬듯함.

<1969년 2월 6일 목요일 淸>
새벽 3時頃에 꿈을 꾸웟는데 故 어먼니와 나의 재룡이(개)와 갗이 마당에 있었는데 하날에서 용이 올아가는데 내가 어먼니 용 올아가다고 손으로 갈치엿든니 그 용이 벼란간 우리 마당에 펑 떠러지는데 나게로 왁 달여드려 깜작 놀아 고함을 지른 것이 깨고 보니 大龍夢. 아마 今年에 一大 내의 大幸運이 올 것으로 生覺하고 집안 食口에 大運이 닥처왓다고 大幸運大吉의 첫해가 왓다고 生覺. 부디 每事에 마음대로 成功해 주시기를 비는 바이다. 大夢 中 (生後) 첨 꾸엇다.
成曉는 新德面에서 事務 引斷[引繼]하고 午後에 歸家해는데 每日 來日부터 正式으로 新平面에 出勤키로 햇음.
成康 母는 任實市場에서 兒該들의 양발을 사고 내의 古衣 洗濯所에 맛기엿는데 450원{이}라 함.

<1969년 2월 7일 금요일 구름>
食後에 酒店에서 여려 벗들과 問答코 놀다가 화토놀이를 하는데 2, 3次 이기고 잇는데 叔母 河洞宅이 차자와 蒿을 주시라기에 30束을 주고 있으니 鄭仁浩는 牛 交배를 시켓다고 해서 承諾하고 1次 交配에 소 사람 1日式으로 要求햇으며 酒店에서는 崔南連 崔昌宇 外 7, 8人이 盜賭을 하는데 많은 紙幣가 왓다갓다 하드라.
成曉는 宿直이라서 面에서 오지 안코 成樂은 成康 卒業證書 1通을 해왓고 成東은 兵役證明書 用紙 2枚을 가지고 왓다.
炯進은 驛前에 가서 輕油 한 초롱에 340원을 주고 사왓다.
밤에는 舍郞에서 讀書를 하고 있으니 酒店에서 瑛斗 南連 兄弟 간에 大言爭을 한는 것을 듯다 잠이 들엇다.

<1969년 2월 8일 토요일 말금>
終日 精米.
安承坊 氏로부터 白米 10叺를 借用코 裵仁湧이가 不平. 承坊 氏는 언제 白米 5叺를 借用케 준다더니 이제 왓서 못 준다고 납분[나쁜] 놈이라고 不平.
此時에 裵京完 말에 依하면 兄수가 주지 말라고 해서 남의 借主가 될 필요 업다고 据絶[拒絶]햇다고 함.
承坊 氏는 仁湧 本人에 切糧[絶糧]되였다면 줄 수 있다고 했음.
昌宇와 昌宇 妻男이 工場에 와서 明年 工場 職工을 둘야고 하기에 두겠다고 햇드니 聖壽面에 있다고 해서 承諾. 어쩌면 올 것으로 본다.

<1969년 2월 9일 일요일 淸明>
精米 中 오히루뿜부[오일펌프]가 故章[故障]이 生起여 精米타 未決처논코 있는{중} 成曉 新德面 親友 2人이 人事次 來訪.
昌宇는 말도 하지 않고 稅 바다논 싸[쌀]를 5斗이나 떠가기에 不平을 했다. 그런데 裵仁湧는 내가 줄 터이니 念余[念慮]말아고 했음.
밤에 圭太 店方[店房]에 가서 놀다 밤 11時頃에 잠을 들엇다.

<1969년 2월 10일 화요일 말음>
아침 通學車 便으로 全州에 가서 뽐푸 스프링 사고 와샤까지 사고 直行 뻐스 便으로 任實에 到着. 牛車 修理를 하고 李錫宇 宅에서 輕油 1, 重油 1에 5,200원에 買得하야 眞玉 便에 실여보내고 뻐스 便으로 歸家하니 午後 2時 30分쯤.
工場에서 附屬 組立코 어제 未結된 精米를 끗냇다.

<1969년 2월 11일 화요일 말음>
終日 精米.
館村 成吉 精米를 하는데 館村까지 運搬해 달이기에 2回 갇아/갈아 주었음. 그런데 새기 5玉를 주는 것. 未安하니까 운비 代用으로 하는 謝儀인든.
술집에 가니 여려분이 모이여 화토놀이를 하는데 잠시 놀다가 집에 와서 新聞 讀書타가 市場에 갇아온 成康 母 장보기를 해는데 約 1,600원치라.
成東은 第二次 高等學校 試驗日라 하야 欠席햇다는 것.

<1969년 2월 12일 수요일 말금>
終日 精米.
20日前에 保管햇든 林玉相 白米 2叺가 宋成用에 가는 白米인데 저울에 달고 보니 1斗2升가 빠저 내게서 12斗2升를 玉相 妻 立會 下에 取貸해갔음.
成吉 白米 2叺 米糠 2叺 叺子를 成用 牛車에 실이여 갓고 崔瑛斗 米 2叺 移管한 것을 金永台 氏에 移讓 賣渡했음.
오늘 收入 白米 6斗2升 精米 6斗2升 收入코 日役 完了.

<1969년 2월 13일 목요일 雨>
온른은 終日 비가 내린데
一. 精米를 하는데 林宗烈 氏로부터 米 5斗4升를 바들 것이 잇는데 4斗은 收入코 1斗은 具道植 氏가 負擔키로 圭太 酒店에서 兩人 立會 下에 言約.
一. 裵仁湧에 줄 白米 宗烈 條로 3斗 林長煥 條도 1斗 計 4斗인데 又 내가 밧을

白米가 昌宇 條로 5斗인바 4斗를 除하고 1斗만 방아실에서 收入했다.

一. 子息 成曉는 召集令狀이 下令되엿다고 오는 4月 25日頃에 入營키로. 兵課는 當初에는 身體檢査 時에는 行政職인데 令狀에는 步兵으로 下令. 萬若 成曉 兒가 入營한다면 後任에는 3年間 期限付[期限附]로 臨時職을 採用키로 한다는 것. 그려면 弟 成康이를 交攝[交涉]해볼 生覺.

一. 驛前 鄭敬錫 雇傭人에 68年 12月 31日까지 年中 新聞代 1,980원 支拂코 別添付 領收證을 밧앗다.

<1969년 2월 14일 금요일 비>

9時刻 車便으로 全州農高에 들이여 柳浩映 先生 金建洙 先生任을 面會하고 成康 試驗 干係로 打合코 택시 便으로 教大 庶務課를 들인바 男女 數人이 雲集코 願書 接受에 分忙[奔忙]. 成康의 書類을 提出했드니 細詳히 檢視 끝에 年令[年齡] 未達이라면서 返還. 約 20日 不足하니 보와달이고 햇든니 規側[規則]이 違反되니 未安하다 하면서 据絶햇다.

崔宗燮 氏를 訪問했든니 藥酒나 1盃 하자고 해서 갗이 노누고 作別.

全北道廳에 糧穀加工組合 安 專務를 訪問햇든니 서울에 出張 中이라 不面코 歸家.

館驛前에 理발코 밤 7時쯤 되다.

<1969년 2월 15일 토요일 눈>

午前 中 精米코 中食을 마치고 長宇에 들이여 여려가지 煥談[歡談]코 집에 오는 中 嚴俊祥 酒店에 들인데 支署 李 巡警이 술에 만취가 되엿드라. 집에 와서 夕食을 맞이고 있으니 李 氏가 차자와 理由는 舊正을 맞아 多少 金品을 要求. 壹仟원쯤 보태주겠으니 諒知코 내려가라고.

<1969년 2월 16일 일요일 구름>

崔南連 氏 宅에서 座談코 집에 와서 보니 支署 李 巡警이 來訪했음.

어제 要求했든 金品 件으로 온 模樣. 裵仁湧에서 金 壹仟원을 貸借해서 주었음.

嚴俊祥 家에 가서 鄭宰澤을 對面코 債務條를 말하니 陰 正月 15日頃으로 미루어 攝〃하기 짝이 없섯다.

金炯進 雇傭人은 이발도 하고 衣服 차즈로 館村에 가서 늣게까지 오지 안코 여물조차도 없어 안 온데 섭〃. 兒該들을 시키여 소죽을 끄린데 왓다. 여물는 2, 3日分 성동하고 썰드니 제 집에 길이 어둡다고 夕食도 하지 안코 떠난데 冬服代金으로 2,000원을 주고 양발 신은 別途로 주었음. 밤에는 成奎가 놀로 와서 밤늣게까지 煥談코 떠낫씀.

裵仁湧 妻 鄭宰澤 梁奉俊 鄭昌律은 會計가 있는데 陰曆 年末까지 무. 이련 大端 遺感之事[遺憾之事].

<1969년 2월 17일 월요일 구름>

오늘은 설날.

長宇에서 차사를 자시고 洞內에 喪家 五家宅을 禮訪코 집에 온니 成曉 親友들이 5, 6名이 歲拜次 왔다고.

夕食까지 들고 各者[各自] 歸家했다.

夜中에는 讀書타가 잠을 이루었다.

<1969년 2월 18일 화요일 비>

오날은 午前 中 丁基善 氏가 禮訪 昌宇도

午前 中 煥談코 作別.
支署 李 巡警이 歲拜次 禮訪. 中食을 待接해주고 있으니 鄭泰燮이 來訪했다.
午後에는 崔南連 氏 宅을 訪問 잠시間 있으니 飮食이 나왔다.
安承场에 炯進 雇傭人 關係를 무르니 炯進이는 섯달 금음날 왓는데 今年 雇人을 무르니 말하지 안으며 다른 사람 두라 했다고. 그려면 밋지 못하다고 昌宇는 말하기를 聖壽面서 技術者가 오기로 (不遠) 했으니 밋드라고 傳했다. 그려타면 비단 炯進만 바랄 것 업다.

<1969년 2월 19일 수요일 구름>
終日 讀書. 蠶絲 書籍.
金炯進 雇傭人은 오날 내 집에 와 歲拜코 담배 1甲을 膳物 내놋트라.
다음은 金文基 成奎 집 雇傭人이 來訪. 金今龍이는 入營 後 1年 6個月 만에 처음 休暇. 내 집에 단여갓다. 듯자니 崔福喆도 召集令狀이 追加로 下令되엿다고.
夕食을 今龍이와 같이 맞이고 作別 後 舍郎에 讀書타 잘아[자려고] 하니 成曉이는 面에서 오지 안 한다. 기다림.

<1969년 2월 20일 목요일 비눈>
오날은 아침에 소죽을 끄릴아고 일직 나가니 炯進과 成康이가 부억에 있어 소죽을 끄리드라.
圭太 집에 갓든니 昌宇 任實驛前 宋 氏가 있어 말하기를 雇人을 이야기 炯進이 又 今年에 잇는야 물으기에 알 수 업다 했다.
집에 온니 成康 炯進이는 여물을 썰드라. 食後에 보자고 했드니 벌써 外出.
舍郎에서 讀書하다 낫잠을 이르고 보니 5時 저녁 소죽을 끄리니 成東이가 왔드라. 오늘 길에 보니 成康 炯進은 들에서 뽈을 차드라고. 夕食을 마치고 있으니 成曉가 왔드라. 郭在燁 氏로부터 스뎅食器 대접 1組를 가지고 왓드라. 그려면서 해리곱드[헬리콥터] 獻納金 200원 보내주시라고 오는 日課.

<1969년 2월 21일 금요일 구름>
崔在南 舍郎에 놀다 安承场 氏를 맛나 雇傭人 炯進을 말햇드니 又 말을 했드니 對答이 업다햇다. 다시는 창피해서 말 못한다고 햇다. 午後 圭太 酒店에서 裵仁湧을 맛나든니 成奎에 雇人을 紹介하는데 年給 白米 10叺를 말허니 成奎는 비싸다고 하더니 내 집에도 1人 求해보라고 聖壽面 사람을 대리와야겟다고 마음먹는 中에 夕食 床에서 成康을 시켜 炯進을 맛나고 可否를 뭇고 오너라 햇다.

<1969년 2월 22일 토요일 말음 구름>
아침 소죽을 형진이가 끄린데 이제는 今年 雇傭人으로 入家할나야 生覺이 드려 炯進 食床에서 卽接 무려보니 글세요 아즉도 그려 있여요 해다. 이제는 與何間[如何間] 말 안켓다.
陰 12月 30日 裵仁湧에서 金 1,000원을 取貸했는데 白米 1叺代로 仟원을 除하고 4,200원 받앗음.
午後에는 讀書하다 잠이 들엇는데 夕陽에 丁俊浩가 총請[招請]해서 갓든니 俊浩 妹氏(눈님) 초請햇드라.
저역食事를 하고 술까지 받아노코 丁東英 氏까지 모시고 잘 먹고 約 2時間 동안 놀다 歸家 中 圭太 酒店에서 놀다오니 밤 10時頃.

<1969년 2월 23일 일요일 구름>
今日 休息.
崔南連 舍郞에서 只沙面 申炳均 氏 禮訪.
長宇에서 兄任과 換談[歡談]. 말에 依하면 구술 崔炳基 氏가 왓는데 雇傭人이 1人 잇는데 年令[年齡]은 約 40歲 程度인데 年給은 白米 10叺을 달아고. 그련데 3, 4日만 기드려 달아고 했다고. 理由은 李正浩를 말하는 中이라고.
夕陽에 炯進은 又 소죽도 끄려주고 夕食도 했은데 雇人 關係는 말하지 안흠.
南連 舍郞에서 밤늣게까지 놀다가 오니 밤 11時 30分.
成曉와 全州病院에 가기로 約束.

<1969년 2월 24일 월요일 淸明>
午前 中 長宇에서 兄任 오라기에 건너갓든니 雇傭人 關係로 館村에서 成吉이가 왔드라. 그련데 館村에 있는 사람인데 年給 9叺로 定하고 先拂 米 1叺을 주어야 한다고. 約 2, 3日 持械[待機]해라 했음. 長宇는 李正浩가 사는데 7叺에 先拂 2叺 至.
成康 母 말에 依하면 聖壽面 技術者 오지 못한다고. 그련데 成燁 母가 말한데 炯進이가 다시 今年에 사라준다고 했다고.
가지 만흔 나무에 바람 잘 난 업다드니 나는 그와 맛찬가지. 子女는 11名 程度인데 父母가 시킨 대로 復從[服從]하지 안음. 成康이는 今年 22歲인데 68年 1月 18日 全州農高를 卒業한 子息. 卒業 後 滿 1年이 되엿는데 在學 中에 學業成績은 全餘 不良한데 只今도 늣지 안흐니 靑少年時節에 工夫해야 한다고 月 平均 2, 3次 勸告해도 牛耳讀鏡[牛耳讀經] 格. 工夫를 하지 못하면 家事에서 勞動이라도 從事하라해도 듯지 안코 食事만 맞이면 뽈차기[공차기] 바독뒤기 어린 兒該들과 돈치기 그려치 못하면 山步[散步]에 登山하기 밤이면 某의 집에 가서 11時 12時까지 놀다 와 아침 8時 又는 9時頃에 起床 每日 日課는 이것뿐이니 父母로써 前功이 後梅[後悔]. 차라리 軍에 自願하든지 寺刹로 가서 工夫하든지 家出해버리든지 그려 못한면 죽어라. 너는 人形만 人間形이니 김승[짐승]만도 못{하며} 社會에 쓸모 업으니 잘 生覺해 態度를 定해라 햇드니 無言으로 家出했다. 時는 午後 5時頃.

<1969년 2월 25일 화요일 말금>
終日 舍郞에서 讀書.
班長이 찻고 住民證 大里에서 引受하라고. 못 개겠다고[가겠다고] 햇드니 午後 昌坪里로 出張한다고 해서 그드리니 日暮가 되여도 오지 안코 大里에서 郭在燁 氏 禮訪. 핼이곱트 獻納金 喜捨 바드로. 金 200원 드리고 中食을 같이 하고 傳送[餞送].
崔玄宇는 歲後 처음 왓다. 五柳里 姜光石이도 歲拜次 來訪.
夕陽에 夕食이 는저[늦어] 酒店에 갓든니 林長煥이가 술을 주며 먹자기에 待接을 밧고 오니 成康이는 又 外出코 집에 잇{지} 안음. 工夫에는 絶對로 取味[趣味]없는 듯. 將來를 걱정 안히 할 수 없다.
가지 만흔 나무도 바람 잘 날이 있는데 엇제서 成康은 父母 心理을 못해 준고 근심이 泰山 如高 東海深格.

<1969년 2월 26일 수요일 淸明>
오날 아침에 新安宅에서 招請. 가보니 完宇 祖母 忌日. 山西 權正彦도 外祖母 祭事

祠[祭祀] 參禮햇드군.
朝食을 맞이고 全州에 到着하니 午前 11時. 道廳 正門에 當하니 證明을 提示 要請. 나는 잇고 왓다고 別名[辨明]. 그래서 無事通過.
糧穀加工協會에 들이니 安 專務는 外出코 不在中. 事務所 女職員이 말하기를 꼭 相面하실 터이면 電話를 해드릴가요 해서 未安합니다 하고 電話햇드니 午後 3時 30分에 對面하자고 通話 約束코 製材所 木商에 들이여 角木 k當 15원式 定하고 60kg을 사서(900원) 리야카로 通運에 가서 託送코 시내뻐스로 歛巖洞 許 生원 宅에 訪問했든니 서울에서 왓다고 徐永基 婦人과 子息이 왓드라. 實은 垈地 5坪 賣買하려 왓다고. 그런데 許 生원이 意務로 賣渡했다고 言設. 그런 中 中食이 드려와 感謝히 맞이고 時間이 업서 出發하야 오는 中 裵長玉 母親 宅을 禮訪. 晋萬玉 母親이 잇드라. 宅에서 술을 받아와 마시고 又 作別 뻐스 便으로 道廳에 들이엿드니 安 專務 時間 업으니 明 27日 맛나기로 約束. 버스로 집에 왓든니 成康이는 又 外出코 不在中이고 兒들까지도 全部 外出 氣分이 좋이 못해서 正門을 封閉햇다. 그리고 何人을 模論[莫論]하고 出入 時는 全部 내게 申告토록 해다. 家兒들르 將來를 근심한 戶主 身勢.

<1969년 2월 27일 목요일 말금>
아침에 寢牀에 있으니 長宇 仁範이가 왓드라. 알고 보니 兄任 生辰日. 일찍부터 成曉 成康 兄弟을 부르니 오지 안해 신경질이 낫다. 30分 後에 왓드라. 成康에 對한 충고를 햇고 願書提出 正書 시켰다. 長宇에 가서 朝食하니 10時가 너멋다. 집 오니 1部兒該가 업드라. 그래서 成樂 2年生(中學生)을 불여 通信表을 보자 했드니 成績이 不良. 落第 안이면 多幸 程度. 學業中止令을 내리고 冊字[冊子]를 全部 부억에 너코 불을 댓다.
成苑을 調査하니 成績이 조코 平均 68點. 治下하고 成東은 成績 不良 學業中止令을 내리고 더 生覺하라면서 可級的[可及的] 家事에 從事하고 此後에 父母 원망은 하지 말아 부탁.
成傑 成苑 外 1人에 옷을 씩고[찢고] 구타하며 冊字 全部를 淸算했드니 다시는 그려리 안코 공부 잘 하겟다기에 中學生이고 어리기에 용서했다. 두고 보제.
全州에 가서 成康 願書 提出코보니 接受番號 76番채. 汽車 便으로 오니 6時쯤 家兒들은 全部 家在 中. 아들은 家庭敎育도 隨時로 하야지.

<1969년 2월 28일 금요일 구름>
雇傭人 關係로 館村 成吉을 訪問한 바 紹介者와 갗이 당메로 간바 洪 氏인데 平野部로 같아와서 말하자고 하기에 그려면 抛棄하겟다고 오는 中. 뻐스便으로 新平面事務所로 登錄次 간바 新主任 金漢基 氏를 맛낫다. 알고 보니 過去에 新平支署에서 勤務햇든 平巡警이엿다. 그러다 五宮里 崔宰澤 氏 맛나고 彼次[彼此] 安否를 뭇고 酒店에서 술을 논누고 오는 中 大里校前에서 鉉一 大里長을 만나 歸家.

<1969년 3월 1일 토요일 말금>
朝食을 하니까 完宇가 와서 말하기를 炯進이가 오기로 햇다고 햇다.
長宇에 崔鎭鎬가 왓드라. 갗이 午前 中 談

話를 하고 午後에 作別. 圭太 酒店에서 한 실宅과 화토노리.

집에 오니 完宇 炯進 와서 갗이 食事 後 問答코 年給은 李正浩에 비해서 몇 달 此異[差異]는 있여야 한다고 햇고 일 재해/잘해 주면 너는 내가 돌바주겟다고 당부했다.

<1969년 3월 2일 월요일 말금>

終日 淸素[淸掃]하고 成東은 蠶具에 熱中 作業.

夕陽에 尹鎬錫 氏를 모시다 夕食事를 드리고 過去事를 論談하고 圭太 집에 가서 잠시 休息타가 집에서 오니 參事는 말하기를 農村 所得增大 資金으로 畜牛를 준다고. 그래서 約 10頭만을 飼育해보겟다 했든니 承諾했다.

그런데 吳順相은 서울로 가겟다고 家庭 形便을 論議햇다. 그런데 萬映은 反對해면서 財産相續 干係를 말햇다. 그려나 祖父가 遺言에서 財産分配를 했으니 이제는 理由를 달지 못한다.

<1969년 3월 3일 월요일 말금>

食後부터 終日 蠶具 製作(잠박).

全部 세여 보니 29枚쯤 되드라.

夕陽에는 成東이가 早退해왓는데 갗이 機械를 만들었다.

夕食을 맟히고 南連 氏 舍郞에 9時까지 休息코 金永台에 借金을 말햇든니 明朝에 주시마고 집에 오니 비가 내리데 成曉는 3日 만에 面에서 왓고 人便에 廳紙가 왓는데 떼여보니 館村 副面長 哲浩 氏에서. 內容을 보니 安 氏 位土 關係로 李鎭用이가 移居케 되였으니 承坳에 付託해서 耕作權을 付託헤주시라는 事言.

<1969년 3월 4일 화요일 눈 바람 구름>

朝食 後에 鄭圭太 氏에 招待. 金永台 圭太 兩人이 朝食 中 圭太는 말하기를 어제밤 12時가 너머 龍山里 居{住} 農園에 들이엿든니 農園居住 3名 屛巖里 鄭相圭 裵仁湧이가 盜박타가 任實驛前 派出所 巡警이 連行해갓는데 昌坪里 青少年이 申告해서 連行되였으니 青少年들에 말해서 잘못을 支署에 하면 解放될 듯하니 議事思[意思]가 엇데 하기에 或 내의 子息도 介在되였는가 念慮가 되여 몇 兒該들 보고 其말을 專[傳]햇든니 生覺해보겟다고. 終日 氣分이 조치 못햇는데 첫재 成康이를 보려 해도 終日 보지 못했다.

午後에는 舍郞에서 蠶具 製作. 세여보니 45枚 約 半額이 싸다고 본다.

오날 金永台 氏에서 5,000원 取貸. 그리고 早寢에 누었다 잣다.

<1969년 3월 5일 수요일 말금>

通學車 便으로 全州에 가는 成東과 같이 가는데 丁基善 氏는 學校에까지 간다면서 酒店에 가서 待接을 밧고 모비루 기리빠시 설사[철사] 등을 사가지고 11時 30分 車로 왓다.

그런데 圭太 집에서 장환 氏 말에 依하면 吳泰天은 處女를 相對로 연애나 해볼라고 하면서 납분 짓을 하고 다닌다고 들엇다. 行動 處勢[處世]를 比難[非難]했다.

<1969년 3월 6일 목요일 말금>

長宇에 가서 兄任 놀다가 왓음.

元泉里 金永文 氏가 鄭圭太 집에 와서 圭太에게 自己의 酒場 술을 利用해주라고 付託코 里民 1部에게도 飮酒해주시라면서

約 4升가량을 내고 갓다. 後에 여론을 들으니 맛만 조흐면 먹겟다고.
成康는 3日만해 만나서 나무랫드니 對答없이 家出. 동무안테 이용당하지 말아고.

<1969년 3월 7일 금요일 말금>
終日 朝食 後에 舍郎에서 蠶具를 만들자 하니 某人이 와서 말하기를 安鉉模 妹弟(돌순)를 (12歲) 兒該를 吳泰天이가 (24歲) 金品을 주며 간통을 햇다고. 말이 되지 못한데 生覺 中 又 某人이 왓다. 다음에는 丁基善 氏 嚴萬映 氏가 왓는데 딴말은 하지 안코 잇다가 萬映 氏는 술이나 먹게 가자고 酒店에 갓는데 딴말만 하면서 南連 正根하고 술을 먹드라. 그래서 退出.
집에 와서 蠶具만 게속하다가 夕陽에 洞內 輿論을 들어보니 確實하고 一般들이 분개하드라. 夕食을 하고 南連 舍郎에 가서 公開햇든니 舍郎에서 10餘名이 2口同聲[異口同聲]으로 泰天 母을 데리다 노코 나가라고 하고 其의 집에 가서 솟 밥상을 내노코 나가라 햇다.

<1969년 3월 8일 토요일>
一. 食後에 泰天 事件으로 鄭太炯 氏가 말하기를 한실댁이 그런다 하면서 게집兒(순영) 황문과 자궁 사이가 찌저젓섯는데 只今은 完全히 나삿쓰니 病院에 갈 것이 업다고 햇는 것.
一. 安承坋은 말하기를 支署 申告 햇다고 婦人들이 安承坋에 욕을 했다고. 그려면서 鄭太炯 立會 下에 泰天 母는 불상하니 쫏아내지 말자고. 母親도 그런 게 좃타고.
一. 丁基善 氏 말에 依하면 俊峰이가 安承坋 氏 宅을 차자 支署에 申告 如何를 말하니 氣必[期必]고 해야겟다기에 俊峰이는 書字를 써서 正柱에 보냈다고.
一. 밤에 丁基善 嚴順相 安承坋 林澤俊을 내의 집으로 招請 泰天 件에 對해 論設[論說]타가 形式的이라도 數日間이라도 피하는 게 좃타고 해서 打合코 林澤俊을 시켜서 泰天 母에 傳하고 作別.

<1969년 3월 9일 일요일 말금>
오날은 成康 試驗日.
通學車로 全州 道廳에 갓이 가다. 試驗場所는 商等[상업고등학교]로 定햇다고. 그래서 成康과 親友까지 대리고 朝食을 시키고 먼첨 보냈다. 나는 安 專務 宗흔 氏 宅을 訪問코 잠시 休息타 商高에 入門하니 旣히 入試場으로 드려갓다.
그려자 12時에 全員 退場. 成康을 맛나고 무르니 에렵드리고[어렵더라고]. 대리고 오면서 中食을 시키고 洋靴店에 가서 2,500원 1足 마치고 先金 1,000원을 주고 뻐스로 오는데 途中 山亭里에서 路上 兒該가 車에 돌을 던져 客 1名이 負傷을 당했다.
오는 途中에 大里 理발所에 이발코 郭在燁 氏를 八龍 氏 宅에서 相面코 놀다가 崔八龍 氏로부터 술 待接을 밧고 歸家했다.

<1969년 3월 10일 월요일 말금>
오날 아침에 丁基善 氏가 精米하자고 訪問.
金永台 氏는 裵仁湧에 줄 白米를 自己에 돌여 달아고 要請.
白康善 食糧이 不足한다면서 白米 1叺만 借用해달아고 그래서 午後에 오라고 해서 90k 入 1叺 工場에서 檢斤해주었음. 그랫든니 탁주 한 자 먹자 해서 圭太에 갓다.
아침부터 精米하는데 暮後에까지 했는데

精米 精麥 兼해서 約 17斗 程度의 賃料를 收入했다.

五柳里 姜英子는 結婚한다고 請牒狀을 보내왔다. 日字는 3月 13日이라고. 갈가 말가 生覺 中.

<1969년 3월 11일 화요일 구름 눈>

아침 일직히 金永台 氏가 訪問. 用務는 白米를 주시라고.

事前에 永台 氏로부터 先金 5,000원을 用하고 叺子代 2,250원(50枚代) 計 7,250원에 白米 2叺를 주고 殘 2,950원 返還해 바닷다.

裵仁湧 氏에서 白米 1叺代를 利用햇는데 오날 仁湧에 주고 金炯進 雇傭人 先새경 1叺을 주기로 햇는데 裵 生員을 주라 하기에 仁湧 氏에 주웟다. 그련데 仁湧이는 白米 2叺를 金永台 氏에 다시 現品을 준바 仁湧 氏 婦人은 못 주겟다 仁湧이는 주어야 한다 永台는 도라 해서 방이실에서 시비하는 模樣을 보왔다.

<1969년 3월 12일 수요일 雲>

蠶具 製造.

丁東英 氏를 시켜 고히 써레를 만들고 成康이는 洋靴 차지려 全州에 가고 成康 母는 任實에 보내 釘 설사[철사] 蠶具用을 사고 館村農協에 貯蓄햇든 56,000원 出金. 計算하니 利息이 1,680원이 늘어 총게 57,680원을 차자왔음.

午後에는 成吉이가 訪問.

밤에 鄭圭太 酒店에 가서 酒代 雜비를 計算하니 900원. 先金 300원을 주고 殘 600원으로 殘高를 남기고 自筆로 記載해 두었음.

<1969년 3월 13일 목요일 말금>

一. 朝食 後에 村 四街里에서 里長을 맛나 崔昌宇 韓正石 氏 立會 下에 麥 追肥 尿素 9袋代 5,315원을 운임 除 桑苗 150株 400 計 5,715원을 會計주엇는데 내의 肥料 9袋 他人 肥料 11袋 計 20袋는 우리 牛車로 運搬해주기로 約束했다.

一. 蠶具에 熱中인데 郡 糧政係 許 氏와 農事物檢査所[農産物檢査所] 職員이 來訪. 工場 施設 檢査次 왓다고 存細히 調査하고 가는{데} 잘 좀 보와달이고 付託했다.

一. 崔成曉 成康이는 五柳里 姜江石 妹 結婚式에 參席次 9時 列車로 出張햇다. 그련데 成曉이 밤 車로 歸家햇는데 成康이는 자고 온다고.

밤에 南連 氏 宅 舍郞에서 놀다 오니 11時였다.

<1969년 3월 14일 금요일 말금>

終日 精米햇다.

炯進은 複合肥料 20袋를 運搬했는데 運費는 外上으로 韓正石 水麥을 精米햇는데 1叺 當 150원式 밧기로. 于先 外上으로 5叺를 精麥해 주엇다.

成康이는 五柳里를 가는데 程月里 新郞宅까지 가닷다 온다고.

精麥 量은 18叺 程度 햇다.

<1969년 3월 15일 토요일 雲>

終日 精麥.

賃料는 約 12斗 收入으로 본다.

昌宇에서 麥 4斗代를 썻는데 올을 河洞宅에 주라 해서 河洞宅에 방아싹을 除하고 1斗를 주었음.

成植에서 말하기를 成康이가 말한다고 郡內 居住者 五級工 시염이 잇다고 돈과 사진 가지고 오라고. 때는 午後 2.50分. 알고 보니 願書는 17日부터 提出 3月 26日까지.
夕食을 하고 舍郞에 있은니 酒店에서 시끄려 가보니 도박하다 少年들에 제지들을 당해 창피하다고. 피곤해서 빤스바람에 가본니 모두 술이 취해서 하는 짓이 조리가 맛지 않에 歸家. 잠을 잣다.

<1969년 3월 16일 일요일 눈 바람 구름>
아침에 일찍 일여나니 눈비가 겸해서 오드라. 오날 春麥을 播種할여고 人夫 約 3, 4名을 어더노코 牛사람까지 마련햇는데 又 日曜日을 擇해서 家 兒該까지 協力을 要求햇는데 일은 글엇다.
炯進을 데리고 舍郞에서 蠶具 製作. 金長映 氏가 와서 白米 1叺만 貸借를 請求. 實은 困難소 겨울 精米를 내노왓는데 그려다 生覺타 못해 1叺을 주엇다.
夕陽에 圭太 酒店에 가니 盜博이 盛況. 嚴俊峰은 왓서 底止[沮止]를 시키고 잇다.
某人이 酒 1盃를 주워서 먹고 놀다 왓다.
夕食을 마치고 일찍이 잠이 들다 끼여보니 11時를 경과. 잠이 오지 안해 밤 2時까지 讀書. 今年 農事 設計를 내보왓다.

<1969년 3월 17일 월요일 淸明>
아침 早起.
丁九福 氏가 와서 精米를 하자고 精麥 精米 午後 5時까지 했다.
炯進이는 午前에는 그럭저럭 午後에는 春麥할 쟁기질.
夕陽에 池坪에 가보니 麥播畓이 질여서 困難.
長宇 兄嫂氏는 와서 말하기를 新行길에 事故를 냇다고.
成康이는 5日間 入家하지 안코 不平心이 가득 찻다.

<1969년 3월 18일 화요일 구름 비>
今日은 春麥 播種次 人夫 3名을 데{리}고 本畓에 가보니 땅이 질여서 度底[到底]히 갈 수 업서 거름만 놋코 種子만 뿌린 다음 삽으로 배水溝만 치고 午後에는 抛棄햇다. 그랫든니 午後에는 비가 내리드라.
집에 오니 福喆 집에서는 間夜애 盜適[盜賊]을 당해 白米 約 15斗쯤 일엇다고.
崔瑛斗는 龍山坪 2斗只 畓을 李順宰에 賣渡 26叺 3斗에 契約書를 作成해 주엇다.

<1969년 3월 19일 수요일 비 구름}
今日은 蠶具를 만드는데 總 75枚로 終息[終熄].
室內整理.
圭太 酒店에서 찾는다고 面會 要請. 가보니 基善 氏 長煥 氏도 잇는데 吳泰天은 全國 指名受配로 依하야 南原에서 檢問에 붓잡펴다고. 그래서 新平面 支署에 照會가 왓다고.
成康이는 不遠 試驗 본다고. 그런 兒가 3, 4일을 外出만 하고 뽈차기만 한니 熱이 난다. 成康 母더려 보기 시르니 永遠히 家出해 버리라고 成康에 傳하라고 指示.
父母 令을 反對한 子息은 不必要者.次子들까지도 뽄보기가 쉬우니.
計算하니 蠶具는 枚 當 30원식.

<1969년 3월 20일 목요일 비}
오날 일직이 朝食을 炯進과 갗이 맞이고 炯進은 牛車를 끌고 공드람 2個를 실고 任

實로 보내고 나는 館村驛前에서 뻐스를 타고 任實로 가는데 車中에서 哲浩를 만나고 갗이 갓다. 任實에서 牛車 빵구를 때우고 100원 주고 李元雨 氏를 찻고 婦人에서 重油를 2드람 4,300원에 사서 牛車에 실여 보내고 加工組合에 들이니 朴萬植 常務를 맛나 酒店에서 藥{酒> 1盃를 待接하고 맛침 金採奉(元泉里)을 맛나서 中國집에 데리고 가서 中食을 시키고 作別.

山林組合에 들이니 河 常務(聲喆)을 볼가 햇든니 不在中. 엽집에 韓大錫을 訪問코 崔元喆 付託의 件을 말햇든니 大錫 말이 모른다면서 徵集保留는 理由가 무엇이냐 {묻기에> 身病으로 入營願書를 냇다고 햇든니 그래요 2個月이면 또 영장이 나온다고.

民願書類를 面郡을 經由해서 兵務廳까지 提出햇다면서 兵務廳에서는 可不[可否] 通知를 고해서 알여고 왓다 하니 그려면 旣히 兵務廳에서 알 터이니 모를게 업지 안소 하는데 冷待를 하드라. 3.15 時에 내 집에 3個月 間 宿伯者[宿泊者]가 그時를 相起안 나야 生覺.

郡廳에 電話를 걸더니 提出되였다고 係長이 모른다는 것은 (이상)[2].

<1969년 3월 21일 금요일 구름 바람}

오날은 任實 市場日.

妻를 시켜서 作業服 와이셔츠 內衣를 사려 보냈다.

집에 있으니 成曉이는 3日 만에 面에서 왓다. 昌宇는 말하기를 重宇 畓을 利用해서 家室을 안치라고. 가고 {보}니 일거리가 만타. 崔瑛斗 氏가 訪問코 元喆 入營不能申告에 對하야 打診. 手苦를 받이자고 그래서 盛意[誠意]를 表하겟다고. 오날 日課는 以上.

<1969년 3월 22일 토요일 바람>

아침에 鄭圭太 氏가 訪問코 말하기를 崔南連은 盜박을 하는데 約 15,000원 程度를 일엇다. 安承坊 氏에서 取貸하야 햇다고. 개가 똥을 참지 盜博者가 盜박을 참을 이 업다고.

午後에는 田畓을 돌아보고 嚴俊映 母親 回甲宴會에 參席코 嚴柄洙 氏 張 氏 芳水里 丁基善들과 同伴 嚴京煥을 訪問코 여려가지 換談하다 집에 왔음. 집에서 約 4時間 程度 자다고 보니 1時쯤 되였다. 工場에 가보니 酒店에서 換談 聲소리가 나서 드려가니 新德에서 온 嚴昌喆 金 氏와 鉉一 氏가 왓드라. 이야기 하다 보니 2時쯤 되여 歸家 잠 드렸다.

<1969년 3월 23일 일요일 말금>

아침부터 工場에서 기름 노키코 食後에는 精麥을 햇는데 約 12斗 程度 收入.

嚴俊祥 氏가 와서 招請. 俊映 家에 가서 約 30分 間 놀다 왓다.

밤에는 丁成燁 집에서 約 30分 間 놀다 崔南連 氏에 가서 놀다보니 安承坊 氏 分价[憤慨]햇다. 理由는 金相玉에서 창피를 보앗다고. 南連 氏가 昨年 12日에 相玉 畓을 15叺에 삿는데 承坊이는 말하기를 手續을 해다 주여야 白米를 다 주라 햇다고 遺感[遺憾] 삿다.

그래서 手續을 責任을 진 相玉이가 手續을 해다 주지 안코 큰소리만 햇다고 해서 相玉

2 "郡廳에" 이하 일기장의 공란이 부족하여 측면에 표기한 문장으로, "(이상)"의 괄호는 일기장 내 다른 내용과 글자가 섞이지 않도록 구별하기 위해 표기한 것이다.

의 빰을 때려든니 잘못햇다고.

<1969년 3월 24일 일요일 말금>
오날은 아침부터 韓正石 氏의 水麥을 햇는데 前番치까지 해서 15叺를 찌엿다.
그리고 人夫 4名을 어더서 春麥을 10斗只이를 가는데 種子는 約 13斗쯤 들엇다.
不足한 種子 3斗을 南連 氏 宅에서 빌여다 햇다.
夕陽에 人夫와 같이 村前 3斗只 肥料 散布 土入을 햇다.

<1969년 3월 25일 화요일 말금>
今日은 早起에 精米 精麥을 終日 作業.
成曉는 崔元喆 入營한는대 欠勤[缺勤]을 하고 全州 集結場所에까지 歡送次.
成康이는 五級 公務{員} 應試願書 提出次 任實郡廳에 出頭.
金炯進은 肥料 散布. 밤에는 海南宅宅 皮巖宅과 言設을 하는데 우습드라. 모든 상솔이[상소리]를 하는데 입에 못 나올 소리. 南壽와 戀愛햇다고 韓福南이도 某人과 戀愛햇다 兩人이 그려 言設이야 들을 수 없서 海南宅 보고 成人이 戀愛해서 그리 잘못은 안인데 하고 우슴.

<1969년 3월 26일 수요일 말금>
金亭里 金學均씨 나락 훑고 雇人 人夫를 데리고 麥 肥培 管理 桑田 桑木 專止[剪枝].
午後에는 工場에서 機械 手善[修繕]. 具道植 氏 學均 氏 술 한 잔을 待接밧다.

<1969년 3월 27일 목요일 구름>
아침 早起.
工場에서 精米 準備코 食前부터 始作.
午後 3時까지 찟는데 米 27叺를 搗精햇다.
그런데 學均 氏 堂侄[堂姪]이 말하기를 午後에 집에 가면서 술 한 잔식 먹겟다고 3人이 白米 2斗를 되여 내게 주는 것. 못하겟다고도 못하고 바다스나 良心上 있슬 수 업다. 그래서 1金 1,000원 주엇다.
人夫 食米 2斗 收入.

<1969년 3월 28일 금요일 구름>
今日은 朝食을 鄭仁浩 宅에서 金學均 氏와 갗이 하고 桑田에 가서 전지를 햇는데 成曉는 面에 단여 오는 中에 桑田에 와서 갗이 作業을 햇다.
午後에는 樹木을 結束하고 잇는데 옆에 梁奉俊이 肥料를 散布하는데 協力을 해다라 햇더니 炯進 麥畓에서 炯進이와 갗이 하고 집에 오니 소 염물[여물]이 업서 圭太 氏를 보고 依賴햇든니 未安하게도 써려주었다.
夕陽에 炯進을 데리고 牛車와 갗이 樹木을 실로 갓는데 無事히 집 門前까지는 왓는데 押作히[갑자기] 牛가 변해서 洞內 1週를 햇는데 里民이 만이 왔다.
夕食 中인데 徐永貴 씨가 와서 本人의 土地 買賣에 對하야 捺印을 要求해와 里長에 말하겟다.

<1969년 3월 29일 토요일>
午前 中 精米.
午後에 任實에 단여 택시 便으로 大里에 와서 理발을 하고 밤에 집에 오니 11時.

<1969년 3월 30일 일요일 말금>
아침 6時에 自轉車로 任實邑 河聖喆 氏를 訪問코 歸家 中에 해장술을 먹자고 해서 마시고 作別. 집에 오니 8時頃.

丁哲相을 人夫로 어더 桑田에 人糞을 주엇다. 日曜日이기에 成東이를 시키며 桑田 깽이[괭이]로 골을 타게 햇다. 그런데 處女들이 밧을 김을 매는{데} 남새가 난다고. 不安이 여겨고 보니 未安한 生覺.
成康이는 郡에서 試驗을 보왓는데 自信을 하더라.

<1969년 3월 31일 월요일 말금>
今日은 鄭圭太 精米코 中食을 맟인고 任實 柳光秀을 面談하고 뻐스 便으로 南原 寶節面 李得香 氏 宅을 訪問하고 1泊을 햇다.
翌日 食前에 成造 涓日[涓吉]을 햇는데 治下金[致賀金]으로 600원을 드렷다.
歸鄕 中에 山西面에 崔完浩을 맛나고 安否를 交換햇다.
다시 뻐스에 올아 只沙面 寧川里 崔鎭鎬 집을 訪問코 約 30分間 休息코 다시 陸路로 北倉에 들으니 漢實이는 產苦가 들엇는데 女息이라고. 집에 들어가지 못하고 漢玉 氏 宅으로 갓다.
中食을 맟이니 新安宅도 問喪次 오섯다.
歸家 中에 任實에 내리니 成康이 應試햇든 結果가 發表되엇는데 不合格되엇다. 마음이 조치 못햇다.

<1969년 4월 1일 화요일 말금>
夕陽에 집에 오니 成康이는 後方에 잇드라. 成績이 不良해 不合格되엿다고 傳햇다. 그려면서 何 試驗이고 다음은 應試할 生覺 말고 農事에 從事하라 햇다. 조금 있으니 成曉이가 왓드라.
夕食을 舍郞에서 맟이고 자다보니 밤 2時엿다. 그럭저럭 잠이 오지 못해 새벽 4時까지 고민만 햇다.

<1969년 4월 2일 수요일 구름>
아침에 成奎가 왓다. 말하기를 成康 成造를 하는데 距離가 있어야 한다고 成曉이가 말한다고. 成曉이 와 打合을 안햇지요 무엇다[물었다].
다음 昌宇가 와서 말하기를 成曉이가 又 成造에 對해서 말한다고. 實은 場所가 맛맛지 안해 硏究 中.
食後에는 長宇에 갓든니 叔母가 게시드라. 又 成曉가 그런다고 成造하는 데 텃밭을 주지 말아고.
집에 온니 몸이 좃지 못해 終日 寢臺에 있으니 갑갑해서 小風[消風]하려 갓든니 白康善 氏가 移徙 準備를 하는라고 人夫를 데리고 土力 中에 있어 집에 온니 又 身體異常헤 寢臺에 누엇으니 成曉가 面에서 와서 夕食하자고.

<1969년 4월 3일 목요일 구름>
아침부터 昌宇가 왓는데 말하기를 成康 4월 2日字 어제 客地로 떠낫다고. 旅費는 約 5,000원 程度 가지고 갓다고. 무슨 돈이 있어서 하고 生覺하니 4月 1日 任實市場에 白米 1叭를 사려본내 돈 宋成用 氏에서 차자 가지고 갓는{가} 시퍼서 成傑이를 보냇든니 確實이 차자갓다. 生覺컨대 日間에 돈 떠려지면 협박펴지라도 올가바 미리서 詳細한 편지를 써노코 기다림.
이제는 1但[一旦] 客地로 간 以上 못 올 것으로 본다. 누워 生覺하다 身上에 害될가바 小風하려 桑田에 갇더니 일 만해 多少 손질하고.
中食을 맞이고 炯進 便에 肥料 3袋를 지이

고 桑田에 가서 桑田 肥培를 햇다.
그런데 任實邑內 嚴炳洙 氏가 밭에 와서 그만 하자면서 끌엇다. 그래서 왓든니 술 한 잔 하자고 해서 술 한 잔 마시고 夕食을 맞이엿다.

<1969년 4월 4일 금요일 비 구름 눈>
新安에서 오시여 陰曆 2月 20日 寒食에 連山 七代祖 墓祠[墓祀]에 가자고 已事가 바{빠}서 못 가겟다고 햇든니 墓祭 祝이{라도} 써달아고. 베루[벼루]가 업섯다.
終日 누웟다. 新聞 讀書코 日課를 보내는데 今年 農事걱정 家事걱정 子息들걱정 고민만 生覺히드라.
夕食을 마치고 讀書타보니 잠이 오지를 안코 보니 고민만이 우[又] 게속해진다.

<1969년 4월 5일 토요일 구름>
數만흔 子息의라 愛情은 統一次異(差異)은 업는데 20世 期[旣] 너문 子息이 家出을 하고 보니 父母 心思도 괴롭다.
午前 中 舍郞 누어 生覺 中 他人이 訪問코 방아를 돌이자기에 中食을 맞치고 工場에 들이니 每事가 괴롭드라. 붓골 朴香善이가 와서 明日 母親 回甲이 오니 부데 놀다 가시라고.
夕陽까지 찟고 보니 麥 約 6叺 程度을 찌엿다.
白康善 氏는 被麥[皮麥] 1叺만 借用해달아고. 그래서 10斗은 되여 주엇다.
炯進이는 밭갈이하고 兒該들 데리고 자갈 2牛車를 시려왓다.
<1969년 4월 6일 일요일 눈 구름>
任實에 白米 1叺을 보냇는데 4,800원을 바다왓다.
炯進 成東이를 시켜 豚舍를 짓고 午後에는 부골 朴洛三 氏 宅 回甲에 參席. 밤 늣게 왓다.

<1969년 4월 7일 월요일 구름>
아침에 大里 炳基 堂叔 內外分이 와서 말하기를 5日 밤 昌坪里에서 콩굴大會에서 大里 崔現宇 崔大宇 林 氏 子들이 昌坪 嚴判南 張永求 部喆을 때리서 約 2週間이란 珍斷[診斷]을 한다고. 그래 任實 病院에 問病次 갓는데 支署에서 두 巡警이 聽取中이드라. 被害者의 父 俊祥 泰燁 氏에 良解[諒解]를 得하고 治療는 負擔키로 하고 于先 金 6仟원을 入金시컷다.
驛前에 成赫 집에 들이니 成康이 잇드라. 엇지 집에 안 온야면서 여려 말은 1切 하지 안햇다.

<1969년 4월 8일 화요일 구름>
오날은 午前 中 寢食코 午後에는 精麥코 妻男 金漢實이가 來訪. 鄭鉉一 氏를 맛나 同婿가 죽엇다고 서울에 갓다 왓다고.
昌宇는 저역에 里長 參事를 帶同코 우리 집에 온다고. 理由는 晋斗喆 垈地 賣買 件으로. 林長煥 말에 依하면 嚴俊祥 張基洙 말이 加害處에서 警察署에 出入을 핸는 模樣인데 遺感[遺憾]이라고. 차라리 被害者에 맛서 말 한마디라도 하면 덜 서운한데 萬若에 그려한 行動을 한다면 事件化시킨다고.

<1969년 4월 9일 수요일 구름>
아침에 俊峰 집에 갓든니 成奎 判同 立會下에 말하기를 昨年 1968年 9月에頃에 昌坪里에서 콩굴大會하는데 龍山里 處女 四

人을 嚴俊峰 立會 下에서 (들키였다). 昌坪里 男兒가 정조를 행실냇다고. 生覺하고 듯고보니 내의 일이나 다를 {바} 업다고 기가 맥혀여 終日 心思가 괴렵드라.
오늘은 午前에는 田畓에 돌보고 午後에는 精麥을 精米햇다.
밤 10時 30分頃에 嚴俊祥 氏가 왓다. 말하기를 珍斷費를 맛탓다고. 理由는 感情이라고 郭在燁 子 林一男 氏 外에 郭 氏 子 2人인데 못른 체한다고. 私情을 말햇든니 酒店에 가자고 해서 효주 3잔 먹고 왓는데 場所에는 盜박(노름)판이 일색.

<1969년 4월 10일 목요일 말금>
오날은 아침부터 방아 찌자고 尹鎬錫 氏게서 깨워 朝食 後에 하자고.
終日 精米 精麥을 햇다.
아침에 嚴俊祥 氏 宅에 갓든니 張基洙 氏 嚴俊峰이도 參席. 珍斷書를 내노면서 事件을 이를켜라고. 二三日 참무라고 햇다. 말하기를 大里 兒該가 11名 參席 改在[介在]햇다고.
成康이를 아침에 墓洞 앞에서 맛나 담배를 주면서 집에 가라고.
昌宇 돈 金 2萬원만 賃借를 要햇다.
韓實宅은 말하기를 邑內 韓大錫이가 沙草[莎草]한다고.
圭太 집 술갑이 2,040원이라고 會計를 맷다.

<1969년 4월 11일 금요일 말금>
安承均 氏가 와서 新洑 契加理하자고 朝後에 가보니 多數 參席 打合之後에 막걸이 한 잔식 마시고 散會.
金進映 氏 精米를 하고 보니 午後 3時쯤 되엿다.
炯進 基善이는 豚舍를 修理코 배水溝를 치고 牛舍 修理. 昌宇는 와서 晋斗喆 古家를 利用해서 建築하는 게 엇전지요.
成植 外叔이 鐵道廳에 應試한다고 約 2萬원을 要求. 裵仁湧 婦人에 가서 依賴햇든니 5仟원을 주워서 昌宇{에게} 傳햇다.

<1969년 4월 12일 토요일 말금>
午前에 昌宇는 嚴萬映을 帶同코 집에 왓는데 晋斗喆 垈地를 가지고 論難한바 貸價는 米로 4叺를 要求. 그러나 仁基 權利主張 嚴萬映도 權利主張行事을 하는 模樣으로 보이드라.
中食을 마치고 내의 精米를 하는데 約 7叺 5斗쯤 收入.
昌宇를 데리고 崔在植 氏를 訪問코 成造를 打合한바 前田에다 하는데 酉座로 함이 조흣다.
始作은 3月 初 4日이 適合코 立柱上樑은 3月 21日이 適合을 말해주웟다.
嚴俊祥 宅에서 在植 氏 술 한 盃을 드리고 바로 집에 와서 寢室에 들이여 잣다.

<1969년 4월 13일 일요일 구름 비>
아침에 白康俊 氏가 牛 交背[交配]하자고 雇庸人[雇傭人]을 시키여 1次 햇주엇다.
炯進을 시키여 苗度(苗代) 整理 쟁기질을 시키고 妻男 金漢實은 家事整理고 3月 3日날 올아고 하면서 白米 5斗을 自轉車에 실이여 成東이 便에 館村驛까지 보내주엇다.
午後에는 新聞 讀書코 中食을 맞이고 自轉車 便으로 任實驛前까지 朴公熙 氏을 向하고 가는데 처만니 앞에 간니 우리 子息 成康이는 嚴萬映(仁子) 田畓에서 數人과 갗이 種子를 播種트라.

그러나 말하지 안코 그대로 通過 任實驛前에 着 朴公熙 先生 宅을 訪問코 煥談. 用務 木材 件이엿다.
師母님게서 탁주를 바다온데 취기가 있엇다. 作別하자고 해서 온는 中 任實驛長 崔基範은 驛事務室에서 相面 술 한 잔 하자고 해서 驛前 酒店에서 朴 先生과 職員 陳範 氏와 마시다보니 비가 오기에 歸家했다.

<1969년 4월 14일 월요일 비>
아침부터 丁基善 氏가 訪問. 여려 가지로 換談코 日課를 보냈다.
成曉는 {()長男는()} 4月 24日 入營하는데 面에는 出勤치 안코 24日字로 休職係[休職屆]를 提出햇다고.
夕陽에 酒막에서 놀다왔다.

<1969년 4월 15일 화요일 雨>
屛巖里 李康德 氏 宅을 慰問次 禮訪.
李康德 氏 子息이 애리[대리] 通學車에 不注意로 卽死햇다고.
尺里에 堂叔 宅에 들이니 兄弟分과 大里長이 張泰燁 子의 件으로 任實에 갓다고 해서 理발하고 歸家햇다.
歸路에 果樹園 鄭東洙 氏를 맛나 全州 金平洙 土地 小作權을 抛棄하겟다고 傳햇는데 全州에 들이면 平洙더러 말하겟다고. 그려면 나도 엽{서}나 1狀 내겟다고 햇음.

<1969년 4월 16일 수요일 비>
任實에 堂[黨] 事務室에 들이여 韓吉洙 氏를 맛나 子息의 件 부탁고 알고보니 崔辰宇 妻가을 通해서 親叔이 된다고.
病院에 들이여 入院한 泰燁 氏의 子를 맛나 慰勞햇다.
집에 오니 大{里} 炳基 堂叔이 단여가싓다고.

<1969년 4월 17일 목요일 말가다 흐렸다>
아침 6時 40分 通勤列車에 到着하니 7時 30分 조금 너멋다. 約 2時間쯤 기다리다 간단한 朝食을 맞이고 9時 58分 特急列車로 釜山行 棄車劵[乘車劵]을 855원에 삿다.
特急列車는 全州 始發이라 正時에 出發햇다. 中食을 굼주리고 釜山에 到着하니 午後 5時쯤 되엿드라. 釜山은 生後 初行이라 예적 서울 氣分이 나드라. 目的地인 東萊園을 물어서 뻐스로 가는데 約 40分 걸이였다.
東萊에서 택시를 타고 가니 運비는 70원 要求. 주웟더니 바로 李珍雨 宅에다 下車해주웟다. 門前에서 차즈니 婦人 朝 先生이 나와 반가히 마지하고 珍雨는 방에서 반가히 人事를 交換햇다. 用務를 말햇든니 힘것 해보겠으니 書面보다 오신 게 多幸이라면서 本人의 찝車로 釜山驛까지 모신다면서 驛前에서 作別코 驛前 신신旅館에 1宿泊햇다. 1宿에 500원.

<1969년 4월 18일 금요일 구름>
아침 4時에 早起.
旅館에서 釜山驛에 나오니 列車 時間은 6時 30分. 約 2時間을 기드려 朝酒 한 잔을 마시고 普急列車를 665원에 裡里 사서 오다 大里에서 내리고 보니 約 2時間을 기드리다 裡里에 到着하니 午後 4時 30分이 되엿다. 時間이 餘有[餘裕]가 있서 工業社에 들이여 노지루 짚후를 1,300원에 사고 다시 驛에 오니 5時 20分 列車로 집에 오니 7時 40分이 되였다.
館村에 當到하니 成曉이가 있어 가자고 하

고 自轉車로 집에 오와 生覺하니 釜山에 갓다왓다고 말할 수도 업고 몸은 고달푸드라. 約 2日間 1,500里를 단여 왓지만 단 0.5里를 걸지 안코 집에도 自轉車로 入家. 約 4,000원 程度가 客費가 낫다.

<1969년 4월 19일 토요일 말금>
終日 精米.
午後에는 成康에 맛기고 朴公熙 氏가 찾는다고 해서 어린 兒該를 보냇다. 가보니 金太圭 집에서 만흔 사람이 모엿고 圭太 아버지도 왓드라. 朴公熙를 맛나서 材木을 尺數를 재는데 圭太 正石 氏 參席. 재보니 160새 代金은 8,080(새당 38원선). 約 20個 公熙 氏를 내의 집으로 모시고 7,500원에 約定코 現金을 건넛다. 未安타면서 술 한 잔 주웟다.

<1969년 4월 20일 일요일 구름 비>
오날은 成造 新土 開起日.
昌宇 炯進 成東를 시켜서 垈地 整理햇다.
丁東英 氏가 訪問코 金平洙 土地를 抛棄햇다고 무는 것. 鄭東洙에 抛棄햇다고 햇다. 丁東英 氏는 말하기를 東洙가 날더려 지라고 한니 誤解하지 안는야고. 誤解 안켓다고 햇다. 그려면 苗床이 업스니 苗床을 빌여달아고. 苗板할 데는 없다고 하면서 當初부터 苗板을 내놋지를 안햇다고 햇음.
只沙里 金基善이는 午後에 왓다.

<1969년 4월 21일 월요일 구름>
全州 金平洙 氏 地主애 今年 耕作權을 抛棄한다고 書面을 郵便으로 發送햇다.
午前 中에 비가 내린데 昌宇 生日이라고 朝食을 昌宇 집에서 食事했다.
午後에는 말금으로 炯進 漢實을 시켜 垈地 整理를 하는{데} 約 4, 5名이면 完全 끝나겟다.
昌宇 말에 依하면 崔南連은 盜博을 했는데 約 5, 6萬원을 損害 當햇다고.
오날 市場에 農牛를 賣渡次 邑內에 갓다고.
嚴俊峰 말에 依하면 傷害事件이 未決되엿다고. 理由 즉 萬五仟원 干係 不足으로 取下狀을 써주엇다고.

<1969년 4월 22일 화요일 말금>
아침에 今日 新垈地整理 人夫 求하려갓다. 食後에 人夫 帶同코 現場에 가는데 長宇에 兄任을 뵈로 간바 大田 妹氏 判禮 눈님이 왓다. 約 30年 만에 相面햇다. 兄게서 담배 1甲을 주신데 눈님의 膳物이라고.
正午에 눈님이 다시 내 집에 왓다. 饌이 업서서 成奉이를 시켜 館村에 사려 보냇다. 12時가 經過해서 왓다.
現場에서 눈님을 모시고 兄嫂 氏도 갗이 中食을 나누엇다.
現場에서 夕陽에 집에 온니 成曉 親友 朴文圭 子 朴鎭빈 氏 子 沈三萬 外 1人이 藥酒 1병 果子를 가지고 와서 父母에 慰勞次 와서 內室로 모시드라. 每事를 慰勞. 內外까지 詔請[招請]코 술을 권햇다. 大端히 感謝하다면서 答辭햇다. 成曉을 帶同코 館村까지 가겟다고 要求해서 承諾햇다. 明日 午前에 成曉를 보내겟다고 해서 一般民에 失手할가바 당부햇다.
밤에 成康 便에 面에서 餞別金 6,000원 月給 7,300원을 보내왓다.

<1969년 4월 23일 수요일 말금 구름 밤 비>
아침에 일여나 人夫 動員해려햇다.

約 22年間 長子 기를려 노왓든니 軍隊에 入隊한다고.
晝 終日 新垈地에서 作業. 約 人夫는 4名.
午後 6時 30分頃에 鄭宰澤 氏가 訪問하고 1部 債務 條로 보태 쓰라면서 金 2,000원을 내놋코 立酒 一盃해자 해서 酒店에 갓{서} 마시고 생각하니 서운한 마음 간절. 故 어먼니게서 生存하시엿다면 玆味가 있겟는데 作別 作故하신 어머니 生覺하니 눈물이 自然히 흘이드라.
집에 온니 昌宇가 와서 餞別金 500. 崔元喆 母게서 200원 大田 눈님이 500원 반가웁고도 서운햇다. 저역 10時頃 成曉 親友가 (里友)가 訪問코 慰勞次 왓다. 內室로 권해서 마지못해 갓든니 酒果를 사가지고 왓다. 잠시 있다 下室로 왓다.

<1969년 4월 24일 목요일 終日 雨天>
아침부터 子息 入營한데 慰勞客이 安承坳 氏 外 約 20名 왓다. 丁東英 氏 林長煥 氏는 술을 바더 가지고 와서 권햇다. 成曉는 部落에 게신 父의 親友를 차자 人事드리고 一家親戚에 人事한 다음 바로 떠낫다. 나는 내다보지도 못하고 성강 昌宇 成赫은 南原까지 同行햇는데 昌宇는 밤에 왓다. 들으니 成曉 25日 午後에 論山으로 간다고 그려면서 慰勞金을 2,250원 鄭鉉一 外 10名을 저거 보냇다.
成曉 成康 成赫이는 旅館에서 宿泊한다고. 生覺하니 어려서부터 約 22年間 길여 軍에 보{내}니 서운한 마음 禁할 수 업다. 面에 간결로 認定하면 되지 그러나 自轉車로 곳 들어온 것만 같다.
밤늣게 瑛斗 氏가 訪問코 酒店에 가서 술 한 잔만 하자 해서 갓다. 집에 오니 12時쯤.

<1969년 4월 25일 금요일 비>
아침에 일려나니 비가 만이 와서 川邊은 洪水 一色이엿다. 通學生을 越川하는데 炯進을 시켰다. 아침부터 午後 3時까지 舍郞에서 新聞 讀書하니 具道植 氏게서 訪問코 내에 對한 慰勞를 해주웟다.
午後 5時頃 家族 一同 兒該들까지 昌宇도 1同 館村驛에 갓다. 成曉가 南原서 出發한다는 消息을 듯고 갓다와서 昌宇 成康 말에 依하면 多幸이도 館村驛에서 汽車가 쉬엿다고. 그래서 成曉를 面談. 成曉 付託은 大里 康順煥 論山 勤務한 軍人이 조흔데 郡 方葉隊[防諜隊] 配치해주겟다고. 아버지와 相議해서 承諾케 해주시고 4月 28日 月曜日에 論山 訓練所까지 오시여 주시라고. 그려면 自體檢印 前에 面會해야한다고. 治下金은 約 8,000원 程度. 成曉가 願한다면 月曜日 가보겠다고 햇다.
昌宇 말에 依하면 郡 韓大錫이가 旅費 보태 쓰라고 金 500원 주드라고. 반가운 마음 禁할 바 업다고.
通學車 便에 全州驛에서 成東 成苑 成樂이도 成曉를 맛나 보왓다고. 付託한 말 업는야 햇더니 업다 해다.

<1969년 4월 26일 토요일 구름>
午前 中 가랑비 내리고 있엇다.
舍郞에서 讀書 中인데 李 巡警任이 群山으로 轉勤되엿다고 人事왓다. 白康俊 氏가 訪問코 慰勞하면서 自己 宅으로 詔請했다. 身邊이 損될 것 갓다면서 私表[辭表]했으나 不得已 帶同했다. 가보니 川漁와 燒酒를 차려놋코 勸햇다. 約 1時간쯤 놀다 오는 中 新垈地 整理하는데 단여 집에 왓다.
崔福喆 母親게서 福喆 편지를 가지고 왓는

데 書中 設[說]은 成赫에 付託 편지였다.
新安宅게서 편{지}을 가지고 오시여 勸했다. 듯자하니 載宇는 昨年부터 서울에 있는 處女와 사귀고 將來에 結婚式을 올인다고. 잘했다고 햇다.
夕陽에 丁東英 氏가 訪問코 勞苦를 治下.
昌宇는 파코다 1甲을 가지고 왔음며 콩죽을 보내와 夕食을 맛잇게 맛치고 鄭圭太 詔淸으로 놀다 왓다.

<1969년 4월 27일 일요일 구름 말금>
食後에 炯進 黃南用을 시켜 堆肥를 運搬케 햇다. 成東은 館村에 食鹽 1叺을 運搬케 햇다. 代金은 370원이라고. 못텡이 龍山坪 春麥 作況을 살피고 錫宇 康善 氏 宅을 찾고 錫宇는 便所 잘이[자리]를 빌여달아고 햇든니 應答을 안코 康善 氏는 술 밧고 鷄卵을 사 가지고 와서 接待받았다. 大里坪 桑田을 들여보니 胡麥이 過育되엿다.
집에 와서 家族에게 明日 全部 戊長[武裝]하라고 햇다.
午後에 成赫이가 왓다. 全州에서 왓다고. 4月 25日 成曉 入營 時 大里 康順煥(論山 訓練所 勤務)에 成曉 形便을 付託햇다고. 前班期[前半期] 訓鍊은 何人(0.8部隊)을 模論[毋論]코 밧는데 訓鍊 中에 兵課를 밧는데 防諜隊로 付託햇다고. 又 成曉이도 願햇다고. 28日 月曜日 맛나자고 言約햇다고. 手苦 治下金은 5,000원 程度 傳達키로 햇다고. 成曉는 아버지에 말삼 드리고 承諾을 要求하시게 하라고. 卽板 應答고 明日 成赫이와 갗이 訓練所까지 康淳煥을 面會키로 約束했다.

<1969년 4월 28일 월요일 말금>
아침 通勤列車 便으로 成赫을 帶同코 全州에 到着. 北部配車場에 간니 8時 30分 뻐스가 鍊武臺까지 간 게 있다. 根宇 成赫과 {가}치 訓練所에 當到하니 10時 20分 좀 지낫다. 大里 康順煥(康宗根 氏 子)에 面會 申請을 햇다. 그러다 보니 新入 新兵들은 오날부터 身體 諗査[檢査]한다고. 먼데서 보니 왓다 같아 한 模習이 보인다. 그러나 康順煥은 不在中이라면서 衛兵所에 오지 안코 午後 3時頃에 왓다. 알고 보니 新兵 身體檢查장에 있기에 못 왓다고. 成赫이는 付託하기를 成曉 兵課는 防諜隊로 하되 간절엽으로 外部에는 낫타나지 안으니 訓鍊 中 괴롬을 덜기 爲해서 잘 보와 달라고 付託. 順煥에 나도 付託은 자조 成曉를 맛나 父母에 付託이 있으면 順煥에 傳하도록 오날 父가 왓다갓다고 傳하고 鷄卵 10介[個]를 傳햇다. 그런데 5月 5日 順煥이는 本家에 온다고. 그려면 詳細한 말을 歸家해서 하자고 하면서 作別한니 後모습만 生覺이며 訓鍊場을 뒤에 두고 오니 마음이 섭섭코 地尺[咫尺]이 千里格으로 엽에 있는 子息을 못 보니 골難한 마음 들이는데 가슴이 막막.
成赫에 5仟원 傳햇다.
5月 2, 3日頃에 郡番 兵課가 確定되고 當日 教育聯隊로 移隊한다고.
成赫은 全州에 有事 일으로 後에 가겠으니 앞에 가시래 해서 뻐스 4時 便으로 乘車코 全州에 오니 5時 30分. 全州驛에 온니 大里 趙命基 氏를 맛나 同伴햇다.

<1969년 4월 29일 화요일>
成樂이는 小風(遠足)간다고 百원을 要求.

炯進 完宇를 시켜서 瓦(기하)를 運搬 中 비가 내리 해서 中止. 驛前 黃奉石 氏 侄[姪] 南龍을 일을 2日間 시켯는데 奉石 氏 子가 와서 가자고 앞을 세웟는데 日費 2日 分 400원을 주는 순. 南龍 兒는 되壁을 넘머 徒走[逃走]해 버렷다. 奉石 子는 허탕하고 가는데 其兒가 오면 連絡키로.
白康善 氏 宅을 訪問햇든니 어제 이사를 햇다고 탁주를 接待하더라. 白康一 氏가 와서 말하기를 昌坪里 들시암 2個 分 20萬원이나 나왓다. 이제것 始作하지 안코 他外人 使用이나 하지 안나 으심하더라.
圭太 집에 갓든니 金太鎬 말이 韓大錫이가 그런다고 村前 橋梁을 노와 주겟는데 里民이 反對나 안할나는지 모르겟다고. 나는 그럴니 업고 무슨 理由로 反對할 것이나 잘 해주시라고 당부햇다.

<1969년 4월 30일 수요일 비 구름>
새벽에 잠이 오지 안해 日記帳을 펴고 記載 中 成造 設計에 熱中.
人夫 시켜 기와 運搬코 長宇에 갓든니 兄嫂 妹任이 求禮 外家宅에 단여왓다고. 그려데 2日 夜宿한데 大待接를 바닷다고. 그래서 安否는 들엇다.
夕陽에 妹 氏가 오시여 金進映 氏을 訪問코 夕食을 마치고 집에 왓다.

<1969년 5월 1일 목요일 구름>
아침에 農牛를 市場에 改牛次 李起榮 氏을 모시고 굴레를 짯다. 그련데 사람에 달아드러 完宇를 붙여 애를 짯다. 牛를 完宇 便에 붙이는데 洞內 四街里에서 圭太 起榮 氏는 봉변을 당했다. 市場에 들으니 價格 내리는데 88,000 85,000 하다가 83,000원에 承諾햇다. 그래서 암소 78,000원 交換했다.
집에 온니 漢實이는 집을 뜨덧다. 長宇에 가서 妹氏를 帶同코 복골 先祖考 山所에 省墓 드리고 집에 왓다.

<1969년 5월 2일 금요일 말금>
今日는 古家를 人夫 9名과 뜨더 材木 우들것을 全部 運搬햇다.
大田 妹氏는 歸家하시는데 旅費 500원 드려 餞送햇다.
炯進은 今日부터 豫備軍 訓鍊을 約 10日間 맞이여야 한다고. 오늘은 않되겟다 햇고 明日 3日부터 하라고 햇다.
成赫 말에 依하면 論山 崔成曉은 身體檢査에서 間切염[關節炎]이 엑쓰레이에 依해서 나타낫다고. 그러나 順煥이는 成曉와 相議햇는데 檢査를 無視하고 入隊케 해달아고 햇다고.
康順煥은 個人的인 面에서 勞苦가 만타고 可否는 5月 5日 歸家 時에 알여주겟다 屛巖里民 便에 消息을 들엇다고 傳해왓다.
今日 朝에 種籾 消毒해서 浸種햇다.

<1969년 5월 3일 토요일 말금>
白康善 氏 古家 雜木 및 大石 一掃 整理. 人夫는 成康 외 4人.
白康善 氏 休息타가 家用 藥酒 1盃해자고 未安해서요 林玉相 梁海童은 벽돌을 찍는데 手苦한다면서 酒幕에 데리다 濁酒 1盃식을 주면서 잘 찍어주라고 付託햇다.
午後에 靑云洞 林長煥에 付託한 방작돌을 牛車로 실여갓다.
鄭圭太 집에 갓든니 술을 먹으라고 보니 圭太는 술이 취햇드라.
술 한 병을 사서 人夫에 주웠다.

집에 온니 成曉 母 外叔은 先考 丈人 生日이라면서 가다고. 旅費 500원을 주워서 보냇다.
그런데 비가 내린데 明日 婦人들게서는 金山寺에 간다고 準備한드라. 알고 보니 成康이 母가 稧 副稧長이라고 해서 가야지.
眞玉은 新平에 第一次 訓鍊에 간다.

<1969년 5월 4일 일요일 비 구름>
오날 아침부터 終日 精麥햇다. 그런데 約 13叺5斗을 精麥햇다.
炯進 2日次 訓鍊所 갓다.
黃南龍은 代身 家事에 從事햇다.
成康 母는 稧員끼리 金山寺에 갓다고.
成苑은 兩母가 不在中으로 食事해주웟다.
成造하는데 비가 와서 他人의 牛車를 貸借햇다가 作破햇다.
成東 成苑 5日 分 通學비를 주웟다.

<1969년 5월 5일 월요일 비>
崔在植 氏게서 訪問코 오날 立石日이 조흐니 立石하자고.
午前에는 비. 午後에야 土手를 불여 立石햇다.

<1969년 5월 6일 화요일 말금>
今日은 任實市場에다 白 木手는 昌宇 完宇을 데리고 立石 立柱 1部를 시키고 나는 任實에서 五樹에 기회[기와] 技術者를 데리로 갓다. 가보니 바부다면서 陰 3月 28日 꼿 오겟다고.
任實에서 釘 11斤 비니루 50k를 사고 왓다. 오는 길에 大里 李今喆을 訪問코 기화집 박공 作物을 相議했다. 그런데 일이니[일일이] 저거 주웠다. 驛前에서 成赫이를 만나 成曉 件을 問議하니 아즉 消息을 모르겟다고. 明日에 消息이 올 것이라고.
長宇 兄任 宅에게 갓든니 사고 기미가 있다고 바삐 왓다.

<1969년 5월 7일 수요일 말금>
아침에 韓大錫 편지 보고 아침 6時頃에 任實行 大錫 집에 갓든니 大錫 말하기를 3月頃 昌坪里 崔元喆 君 入營보루[입영보류] 件에 對하야 崔 生員이 他人의 丁宗燁 小祥집에서 共公然[公公然]히 내의 중상모략을 햇다고 不平햇다. 當時에 病이 들어서 집에 있서 元喆 件은 全然히 몰앗고 兵事係 吳氏가 決裁햇는{데} 내가 모른다면서 중상모략 좀 말아주세요 했다.
昨年 3月 中頃에 成曉 件으로 5,000원을(大錫은 當 保健所에 있을 대) 成曉에 對하야 잘 보아도라고 준 돈 아침에 卽席 反還[返還]하기에 異論 업시 바닷음.
올날 上樑日 里民 多數 參席한데 上樑을 올이고 주[酒] 일 배식 논아 주웟다.
또 韓大錫은 昌坪里에 對하야 일을 안 해주엇는데 무웟대문에 나에 對한 모략을 하는야고 鉉一이도 죽일 놈이라면서 제가 敎育委員이라고 理由는 元喆 立場이면 全員 연기되엿다 햇든니.

<1969년 5월 8일 목요일 말금>
오날은 家屋 알마를 언기로 計劃. 아침부터 일찍이 木手 白康善 氏 引率코 連子 걸기 시작.
朝食 後가 되니 崔南連 外 約 48名이 모여 일을 하는데 1部 屋上일 1部 중방 1部 牛車로 石 운반 벽 싸기. 만은 일을 했다.
막걸이 大斗 2斗을 가저다 1次에 다 먹다.

午後에는 23名이 줄어 25名이 계속 햇다. 온 사람 裵明善 0.5 黃在文 1日 金進映 0.5 丁成燁 1日 金暻浩 1日 金相燁 1日 崔南連 1日 崔元喆 0.5 崔瑛斗 1日 嚴萬映 丁九福 1日 鄭圭太 1日 黃義澤 1日 嚴順相 0.5 鄭太炯 0.5 金永台 1日 鄭鉉一 雇人 1日 安承均 1日 韓正石 1日 尹鎬錫 0.5 林長煥 0.5 梁奉俊 0.5 崔重宇 1日 崔玄宇 1日 白康俊 1日 崔今石 1日 柳正進 1日 安玄模 1日 金正植 1日 金今用 1日 嚴俊祥 0.5 白康一 0.5 崔在植 以上 여러 분이다.

<1969년 5월 9일 금요일 말금>

아침부터 精麥하는데 편지 配達이 왓다. 알고 보니 入營日로부터 15日 만네 上下 內衣服 3點이 到着햇다. 內衣袋를 끌여내고 보니 4月 28日 卽 내(父) 論山 鍊武臺에 간 날字로 內衣 上衣에다 몃 자 적혀 있섯다. 일거보니 成曉 무릅은 如前이 앞아 결딜 수 업다고. 무좀 발에 異常이 있어 약을 準備해 부내는 사연이다.

住所 군무 153-76 제 8989部隊 5中隊 3小隊 구번[군번] 11956022 훈병 崔成曉라 저커잇다.

上衣 잔바를 삿〃시 뒤저보니 13원 동전으로 들어이고 兩面紙 2枚가 나의 편지다 하고 반가히 펴보니 白紙뿐. 또한 고비로 손너보니 신문조각뿐이엿다.

下衣 쓰봉을 뒤여보니 百원券 半切(쪼각)이 들어잇고 그 외에는 아뭇 것도 업섯다.

父母로써 펵으니 허망하고 서운한 마음 禁할 바 업다.

日記를 적다보니 崔南連 氏는 元喆에 面會 갓다온다고 來訪. 아즉까지 家族에는 말하지 안코 입을 다물엇다.

<1969년 5월 10일 토요일 구름 비>

오날은 林淳澤 外 2人은 成造 외여시 영고[엮고] 完宇 外 3人은 苗床 設置햇다.

아침에야 家族 公開에 成曉 衣服이 왓다고 햇다. 그랫든니 成康이는 兄의 衣服을 뒤지는데 又 메모 1장 발견햇다. 알고 보니 本人의 고통 아버지에 付託. 苦生 行藥[行樂]은 아버지에게 매이엿다고 익드라.

午前 中에 苗床을 한는데 비가 왓다.

午後에는 中止햇고 成造는 如前히 햇다.

鄭宰澤을 맛나서 酒店에서 作別햇다.

<1969년 5월 11일 일요일 구름>

林哲洙는 初壁을 부첫다.

鄭仁浩 牛車를 借 本人 牛車 2臺가 終日 小石을 운반햇는데 相番 運搬햇다.

午後까지 苗床을 끗냇다.

日曜日{이}라 家兒를 利用해서 約 人夫 3名分은 넝넝햇다.

鄭鉉一을 만나 韓大錫의 件을 設明해주웟다.

家婦는 池野들에 春麥 除草를 햇다.

<1969년 5월 12일 월요일 구름>

아침에 成東 便에 간절염 무좀약 두 가지를 全州 三世藥局으로 900원을 주어서 사려 보냇다. 그리고 成赫을 만나서 明 13日 약을 가지고 康順煥을 만나 약을 傳하고 成曉 形便을 細詳히 알고 오라 햇다.

午前에 木手 上手에 成造 일을 시키고 12時頃에 大里 契가리에 갓다.

술이 過酒가 되어 夕陽에 自轉車를 타고 驛에 온니 집에 가기가 困難케 되엿다. 길이 조바서 똘에 빠지게 되엿다. 다시 되도라서 崔永贊 氏 宅을 차자서 自轉車를 마당에 맞이고 마루에서 잠을 자는데 成赫이가 깨웟다. 일어나니 11時가 되엿다. 成赫이가 데{리}고 집에 오니 12時頃이다.

<1969년 5월 13일 화요일>
아침에 成赫이를 시켜서 鍊武臺 成曉에 보냇다. 藥과 편지를 보냇는데 姜順煥이를 시키라고 햇다. 旅費는 1,000원을 주웟다.
白康善 7名을 데리고 成造 방 놋키 벽담 싸기.

<1969년 5월 14일 수요일 말금 구름>
오날도 白康善 外 7名을 데리고 일햇다.
오수 기화 技術者 2名이 왓다.
夕陽가지 끝내고 日費 1,800 旅費 200원 計 2,000원은 주워 보냇다.
벽돌 찍는데 梁海童 1,500枚에 4,500을 주고 白康善 氏 7.5日을 햇는데 1日 量役 6日은 半은 白米 6斗 現金 3,000원을 주고 끗내다.
金漢實이가 왓는데 又 갓다.

<1969년 5월 15일 목요일 구름>
아침에 嚴俊祥 氏 酒代를 計算한니 2,830원 全部 合計 完了해드렷다.
白康善 氏 품싹 6斗 白米를 合計 完了해주웟다.
鄭圭太를 만나서 酒代를 合計하는데 2,570원이엿다. 그래서 酒店 2집에 오날를 合計 完了해주웟다.
林淳澤 日費 中 1部로 3,000원을 先拂햇다.
崔成赫이를 論山에 보내고 오날사 맛낫다. 듯자오니 康順煥이는 出張 中이라 못 보고 順煥이 밋테 잇는 助手를 시켜서 약물 傳햇다고. 成曉이는 面會도 못하고 順煥이는 5月 17日에야 도라온다고 햇다.
妻男 漢實이는 莫來同生 漢男이를 데{리}고 왓다. 그런데 夏節에 소깔이나 비여 달아고 햇다.
哲洙는 오날 왕토를 햇다.

<1969년 5월 16일 금요일 비 구름>
아침에 漢實히를 데리고 牛車 箱을 고치엿다. 오날은 人夫 約 10名이엿다.
成康 말에 依하면 兄 成曉 편지가 왓다고. 開封하니 제의 몸은 포도시[간신히] 訓鍊은 바들만 한데 28日字로 아버지 成赫 建宇가 訓鍊所에 康順煥을 通해서 現地까지 오시엿다고 傳해 들엇다고 햇다. 面에 白元基에 印章 및 出張 旅費를 차젓야고 햇다. 그리고 每事는 네의 뜻대로 잘 되엿다고 해다.
午後에는 精麥을 한는데 북골 말목宅 남동宅이 술 먹자고 해서 인洙 집에 갓다. 술자리에서 承均 母親의 메누리 이야기가 나왓다. 말목宅 말에 依하면 아픈 내에게 잘해도 나는 서운한 점이 만타면서 내의 私情누가 알가부야고 했다고.
한실宅이 방아실에 왓다. 무주댁과 같이 圭太 氏 정게로 갓다. 술을 먹는데 노래가 나왓다. 집에 온니 鉉一 婦人이 왓다. 明 旅行가자고 成曉 母에 가자 햇든니 나는 成曉 오면 간다고 햇다.

<1969년 5월 17일 토요일 구름>
아침 4時頃 衣服을 가라입고 鄭鉉一 집에 갓다. 大田 유성온천에 가자고 소리 하고 館村驛에 가니 大里 契원이 全部 왓다. 鄭鉉一 內外는 느저서 汽車는 停止코 잇는데 急히 재촉을 해서 간신이 乘車햇다. 갖이 汽車에 乘車하고보니 契원 全원이 夫婦同伴인{데} 나만 獨身이 되엿다. 듯자 하니 유성온천에 가면 溫水湯에서 入湯을 하는

데 獨湯으 하자는 意見. 契長 立場으로 反對할 수 업고 氣分이 나지 안나 해서 生覺中이엿다.
大田에 到着한니 9時 30分. 相云 氏와 같이 湖南線行 時間을 보니 午後 3時 20分에 있엇다.
大田 驛前 食堂에서 朝食을 맛이고 나와서 生覺 中에 柳允煥이 보고 내가 大田市에 볼 일이 잇다고 핀게하고 後進햇다. 允煥 氏는 눈치를 채고 손목을 잡고 理由 없다고 하면서 뻐스에 끄려올이엿다. 車中에서 女車長에게 車長任 나와 갖이 同行하제 햇든니 車掌 말이 答辯을 하는데 아저씨하고 同行하면 아저씨 아주먼니안테 매 맛는다고 反對 答辯햇다. 一行이 폭笑햇다. 그래도 氣分이 나지 안코 各者 夫婦 同席하고 多情을 表하드라.
小便한다면서 下車하려한니 允煥 氏 又 못가게 하면서 實際로 小便하실라면 우와기를 벗고 가라고 그래서 기탄업시 코트를 벗서 놋고 下車했다.
그길로 택시를 타고 大田市 宣化洞 妹氏 집을 찻다보니 時間上 어럽드라. 다시 驛前에 와서 유성 간는 뻐스를 탓다. 車비 20원을 주고 유성에 가니 契員 1行은 없다. 單身으로 湯에 들어 모욕을 하고 이발하고 보니 2時 40分. 밥비 뻐스에 몸을 실엇다.
大田驛에 到着한니 3時 10分 發車 時間이 迫頭햇다. 待合室에도 契員은 없다. 汽車表[汽車票]를 살아고 보니 맛침 金哲洙 氏가 戶門에서 소리햇다. 반가히 戶門으로 들어갓다. 契員이 全部 어데 있엇나면서 未安하게 마지햇다. 車中에서 昨年 契金 내게 保{管}金 700원 宗燁 氏에게 주웟다. 집에 오니 밤 10時頃. 관촌驛에서 술 마시고.

<1969년 5월 18일 일요일 비 바람 구름>
아침에 新家에 가보니 役事를 만히 햇드라.
裵仁湧 집에 가서 婦人 보고 金 萬원만 借用을 要求. 無錢이라 햇다.
朝食을 하고 人夫를 데리고 現場에 갓다.
中食을 내다먹으니 鄭鉉一 氏가 訪問햇다. 술이나 한 잔 하자고 酒店에 왓다. 酒席을 끗내고 作別. 다시 갓다.
午後에는 館村에 成吉이가 왓다. 듯자하니 新平驛 在[再] 發令을 밧닷다고 今年 內로 그만 두겟다 햇다. 다음 成赫이 關係로 말하기를 라디오 事業이 失敗한듯 하다고. 理由는 成奎 成赫에 金錢을 約 40萬원을 주웟는데 現在로 보와서 利得이 엇다고 햇다. 成赫 妻嫂는 全州에 移事[移徙]하는데 兒該만 두고 먼저 가벼렷쓰니 문도 닷지 안코 밥상도 치우지 안코 그대로 無關議 갓다고 成吉 妻가 보왓다고. 들으니 으지짠하다[의젓잖다] 햇다.

<1969년 5월 19일 월요일 말금 바람 구름 후원金>
아침에 苗床에 가보니 물을 마쳐 댓다.
집에 와서 鄭九福 氏 宅에 가니 九福 氏는 낫을 갈드라. 借用金 壹萬원 以上을 要求햇든니 15,000원을 주드라. 利子는 月 五分利로 約 3個月 쓴다고 햇다.
安承均 氏는 洑 所任의로 하야 洑 役軍 中食 白米어치만 해달아고 햇다. 對答하고 밧든니 約 14名이 먹으려 왓다. 安承均 氏는 말하기를 洑에 斗當 石 1負인데 大作人이 石을 안 가지고 왓다고 不平한다기에 未安하다면서 午後라도 해 보내겟다고 햇든니 安承均 鄭太炯 朴京洙는 代金으로 石當 20원만 내라기에 16斗只 320원을 卽席

에서 주웟다.
夕陽에 鄭圭太 酒店에서 嚴萬映은 對面햇는데 할 말이 있다고 하면서 방으로 끄렷다. 가보니 丁哲相 말이 依하면 里事務室을 짓는데 負役軍[赴役軍]이 잘 찍들 못하니 打行者[他行者]을 대서 찍고 其 日費는 里長 參事가 負擔한데 當 里民들은 里長 參事 집 일만 해달아고 햇다고 해서 里民이 不平이 만타고 햇다. 그래서 나도 不平햇다고 햇다.

<1969년 5월 20일 화요일 말금>
아침에 香郎[行廊] 起草石[基礎石]이 不足해서 金順澤에 {依}賴햇든니 据不[拒否]햇다. 鄭太炯 氏에 갓든니 又 据不햇다. 林長煥 氏에 갓든니 떠준다고 해서 酒店에 모시고 酒을 待接햇다.
夕陽에 林長煥 子 仁喆이가 왓다. 食料을 依賴 五斗을 되여 주웟다. 借米로 햇다.
長煥 氏는 溫溶石 한 방거리 起草石 約 60石 얼마 주면 될가 햇든니 先拂 條 15,000원에 끝나자고. 알앗다면서 앞으로 200원 程度 더 줄 生覺이다.
午後에 驛前에 갓다. 成赫이를 맛나더니 大里 康順煥이가 왓다고. 바로 成赫이는 大里 康順煥에 갓다. 夕陽에 와서 말하기를 事前 言約대로 成曉이는 防諜隊로 兵課를 定햇다고 햇다. 安心. 不遠 釜山에 가서 李珍雨을 만나겟다고 生覺햇다.
通學에 成苑이 온데 韓福男이가 客地에 갓다 오드라고. 成赫 라디오 돈을 떼먹고 간 놈이기에 成康이를 시켜서 成奎에 連絡을 取햇다.

<1969년 5월 21일 수요일 말금>
早起에 丁基善 氏 訪問햇다. 理由는 搗精하자고. 하다 보니 午前 中까지 햇다. 人夫 데리고 香郎에 作手햇다. 鄭鉉一 氏를 맛나서 香郎 기화를 合同으로 하자고 햇다.
任實에 重宇 집에 로강을 2個 가저왓다. 代金은 400식이라고.
李延浩 집에 石 28個를 가저오기로 햇다.

<1969년 5월 22일 목요일 말금>
漢實이는 집에 갓다가 通學車로 왓다.
成康 漢實이를 시켜 煙突이 세우게 햇다.
나는 親睦契員들과 川邊에서 노는데 午後에는 內外 同席해서 원만니 놀앗다.
夕陽에 越川하는데 男女가 물에서 장난이 벌어젓다. 契長 具道植 氏 宅으로 모엿다. 국수 술을 또 먹는데 晋福男 氏가 탁주 1斗을 냇다. 理由는 自己 옵바[오빠]를 爲해서다.

<1969년 5월 23일 금요일 구름>
鄭鉉一 氏는 白米 1叺代를 5,000원 가저왓다. 300원 此後 주겟다고.
崔成奎는 通運貨車를 運行 모래를 실은데 몰래밧테서[모래밭에서] 빠저 애를 먹엇다. 1日 終日 4回 하고는 抛棄햇다.
雇人 炯進이는 其間 補充兵 訓錬한다고 10餘日 빠져든니 主人에 未安한 感도 없이 4月 初八日 논다고. 염치없는 人間으로 200원을 주웟다.
林淳澤 金漢實이를 데리고 終日 일하는데 雇人은 밤에도 오지 안코 소죽조차도 모르세하고 안 오니 不良者라 斷定햇다.
成東을 시켜서 소죽을 먹혓다.
연탄 138個를 20원식 해서 집에 引受햇다.
光州 鷄林學院(光州高等學校 正門 앞 3

층)에 엽서가 왓는데 五級공무원 지망생 募集 通知書인데 5月 24日 ~ 5月 28日까지 接授[接受] 要라고. 六月 29日 施行하는 先發試驗을 施行한다고 햇다. 開강은 5月 29日부터라고 햇다.

<1969년 5월 24일 토요일 비>
오날은 人夫 5名을 데리고 約 2時間 일을 하는데 비가 나리여 中止햇는데 土手 그만 햇다. 세면 방 修理 合벽은 全部 끝냇다.
비는 終日 왓다.
鄭鉉一은 기화 關係로 任實驛에 갓다 왓는데 全部 品切이라고 햇다.

<1969년 5월 25일 일요일 구름 말금>
아침 通學車로 全州에 갓다. 돈은 4,500원을 진엿다. 첫재 木材店에 갓다. 角木을 사는데 1,400원을 주고 삿다.
咸石 집에 갓다. 平咸石 12枚에 2,950원에 삿다. 그래서 咸石은 商店主人에 委탁 정기화물에 보내주시라고 付託코 이름까지 崔내우라고 일여주고 부탁함니다 하고 왓다. 집에 와서 中食을 서서 상추쌈에 먹고 바로 가는데 只沙里 崔鎭鎬 氏 宅에 갓다. 가고 보니 午後 2時 30쯤 되엿다. 鎭鎬 氏와 술을 먹고 보니 時間이 다 되엿다. 外孫女를 시켜서 50원을 주고 車를 대기시켜서 집에 왓다. 嚴俊祥 氏 집에서 화토노리 하는데 鄭太炯가 화를 냇다.
長宇에 갓든니 兄任게서 말삼햇다. 新安宅에서 말하기를 成曉 外叔이 完宇한테서 빰을 맛잣다고 하시엿다. 듯고 完宇 집에 갓다. 찻고 보니 잣다고 婦人이 해서 다시 오다가 完宇 妻 보고 내일 아침에 맛나게 해달아고 부탁코 오다가 오는 길에 丁哲相 집에 갓다. 찻고 보니 婦人게서 잔다고 해서 내일 아침에 맛나게 해달고 하고 왓다.
집에 와서 生覺한니 분개하기 짝이 업[다]. 즉 최내우 나를 때린 편이 되니 분을 참을 수 업게 되여 生覺타 못해서 밤 늣게야 잠이 들게 되엿다. 듯자오니 午後에 中食을 하고 안는 길에 圭太 酒店에서 丁哲相이가 부려서 갓다고 햇다. 午後에는 일도 하지 안코 丁哲相을 따라서 松竹契員 노는데 딸아가다가 中間에서 崔錫宇가 때렷다고.

<1969년 5월 26일 월요일 비>
아침에 일즉 丁哲相이가 約束대로 내 집에 왓다. 들어오라면서 어제 成曉 外叔을 무웟 때문에 때렷나 무렷다. 哲相이 말이 漢實이가 라이타를 내라면서 고비를 되며 도적몸이라 해다. 그리고 되야들면서 때리기에 때렷{다} 햇다.
그렴 무웟 대문에 내의 집일 하려 온 사람을 데리고 川邊에 갓나. 松竹契員이 노는데 놀여가자 햇다. 나뿐 놈이라면서 너도 契원이 아니데 너나 가제 外人 漢實이까지 데려가며 때렷나면서 哲相 귀싸대기를 2, 3番 때려다. 잘못 되엿으니 용서해 달아면 사정을 햇다.
家兒를 시켜서 錫宇을 데려왓다. 네가 成曉 外叔을 사돈이라면 때렷다니 理由가 무어야 過居[過去] 섭〃히 殘在가 잇구나 하면서 사돈 소리 말고 때리지 사돈 소리는 무어야 햇다. 또 잘못 되엿으니 용서를 요구햇다. 後로 두고 보자. 現在 成曉 外叔은 가슴이 절여서 身上에 害를 입고 있으니 債任[責任] 如何를 負했고 보냈다.

<1969년 5월 27일 화요일 구름>
아침부터 내린 비는 正午까지 斷續햇다.
10時頃에 成康이를 시켜서 館村에 심부럼 보내고 나는 全州에 갓다.
淑子 집에 가서 借用金을 要求햇든니 無錢이라면서 月末로 미루드라.
南部市場에 成造한데 문돌조우 其他 雜品을 삿가지고 마침 成東이가 와서 부치고 組合 朴萬植 氏를 맛나고 中食을 갗이 햇다.
뻐스 便에 任實驛前에 韓文錫 氏를 찾고 借用金 貳萬원 要求햇다.
오는 6月 1日로 미루어서 內子를 보낼 터니 人便에 보내라고 하고 이발하고 집에 오니 成康 外 2人이 新家에 문을 달드라.

<1969년 5월 28일 수요일 말금 구름>
今日에 連子를 舍郞에 걸엇다. 鄭龍澤 氏가 왓다.
大里 尹仁燮 氏 回甲이 明 29日이라고 請□狀[請牒狀]이 왓다.
寶城宅이 왓다. 嚴萬映이 왓다. 龍山里 康東俊 氏가 成用이를 帶同코 왓는데 明 29日 龍山坪 洑매기 하는데 쌀돈을 주시라면서 말햇다. 여려 사람이 오고 보니 不正 林森物이 있는데 體面이 難處해서 立場이 難햇다.
嚴俊峰이는 稅金 942원을 주엇더니 其 領收證을 가지고 왓다.

<1969년 5월 29일 목요일 구름>
아침에 6時 라지오를 들으니 비가 오다고 들엇다.
香郞 알마를 언지려 햇는데 마음이 바밧다.
朝食 前에 漢實이 炯進이를 시켜서 날개를 準備햇다. 人夫 9人을 시켜서 午前에 끝냇다. 새거리를 먹는데 丁東根이는 말하기를 里事務所 짓는데 戶當 連子 1個를 내든지 金으로 100원 내라고 햇다고. 나는 내의 집에 連子 2個를 빼가래야겟다고. 理由는 前里{長} 鄭宰澤 現里長 鄭仁浩는 里 倉庫用 木材을 라비[낭비]하고 내도 일하다 보니 里 倉庫用 木材는 里長이 만니 쓴다 햇다. 南連 氏도 나무와 바꾸와서 썻다고 햇다. 그런데 連子를 내라고 못 주겟다는 말이다.
嚴俊峰이가 왓다. 곰푸리샤 분무기 1臺에 參萬원인데 年부로 償還한데 5年 償還이라고 햇다. 그래서 1臺 하겟다고 承諾햇다.
늣게까지 일을 마치고 人夫와 집에 와서 夕食을 하는데 가랑비가 나렷다.

<1969년 5월 30일 금요일 구름>
炯進 漢實 東根 成康만 일을 시키고 나는 終日 精麥을 햇다.
金昌圭를 시켜서 驛前에서 보로코 50個를 시려왓다.
正午에 新平支署에서 巡警 한 분이 禮訪햇다. 人事를 하고 보니 우리 1家엿다. 이름은 崔兵宇. 年令[年齡]을 따지니 弟氏로 判定햇다. 반가히 맛지여 中食을 갗이 햇다.
成康이를 시켜서 精米所에 맛기고 大小家를 데리고 다니며 人事 照介[紹介]를 시켰다.
茂州宅이 工場에 왓다. 술 먹자고 하면서 正柱 母에서 보리쌀 1升를 떠다주면서 工場에 술이 왓다. 먹고 보니 계속해서 왓다. 술이 취한 듯햇다.
夕食을 먹지 안코 잠이 들엇다. 깨고 보니 새벽 3時가 되엿다.

<1969년 5월 31일 토요일 비 구름>
아침 한때 비 오드라.

초벽 합벽을 햇다.
일을 한는데 正午에 갑작이 암소 한 마리가 들어왓다. 人夫는 잘 되엿다고 햇다. 소 면상이 잘 생겨서 내의 소를 만들겟다고 욕심을 냇다. 午後 4時頃에 임자 沈 氏 柯丁里[3]에{서} 왓다. 人夫은 술내고 가라하니 그려겟{다고} 햇는데 나는 反對코 그저 모라 보냇다.
嚴萬映은 말하기를 里 事무실 짓는데 개발이員[개발위원]과 相議없이 한다고 벽돌을 때리 부섯다고. 或은 里 參事가 잘못햇다 해다.
관촌 農協組{合}에서 金完中 氏가 왓다. 내의 共濟組合費 7,400원을 내지 안해서 실효되엿다면서 복구한데 융자해드리겟으니 印章과 通帳을 要求해 1,000원 요구햇다. 承諾햇다.

<1969년 6월 1일 말금>
食後에 白米 1叺 皮麥 1叺을 宋成龍 便에 보냇는데 {()市場으로()} 皮麥은 丁東英가 햇고 白米 宋成龍이가 햇다고.
妻男 漢實이는 日費 1部 2,000원 주고 丁東根 1,800원 주고 完宇 2,000원을 주웟다.
成康이를 市場에 代理로 보냇든니 金 300원을 쓰고 왓다.
成東이는 午後에 牛車에 모래를 실여 보냇든니 時計를 일엇다고. 방정 떤다고 나무랫든니 夕食이 하지 안코 찻겟다{고 나가} 밤에까지 안 오드라.

<1969년 6월 2일 월요일 비 구름>
今日은 豫定대로 釜山에 出張 出發햇다.
成康 母는 順天까지 同伴햇다(9時 10分 列車). 順天에 到着하니 午後 1時 좀 너멋다.
順天 張永煥 氏 宅을 찻잣다. 家口 1人도 없섯다. 엽집 婦人 말을 들으니 市場에 갓다고. 맛침 봄비는 쉬일 사이 없이 내렷다. 客地 몸이 되고 뵈니 雨中에 마음이 괴렵더라. 잠시 있으니 妻 外叔母가 왓다. 外叔을 安否를 무르니 林村 木工手 차려 갓타고 해서 기드니[기다리니] 中食을 지여왓다. 시장한 판에 맛잇게 먹고 內外間에 온 目的을 細詳히 말햇든니 張永煥 氏 있는 곳에 가자고 햇다. 뻐스로 가기로 하고 市內에 갓든니 뻐스는 미처 오지 안코 비는 내리는데 마음이 조급하기에 택-시를 貸切해서 250원을 주고 現場에 갓다. 맛나고 보니 내의 뜻을 이야기한바 전면 거절햇다. 마음으로 12年 前에 빌여간 1日貸 6萬을 전연이 못 주겟다 하기에 不良者로 지적. 마음은 바뿌지만 永煥 氏 집에 와서 기드렷다. 밤 늣게 왓서 未安타면서 10分의 1도 주지 안코 거절.

<1969년 6월 3일 화요일 말금>
아침에 永煥 氏를 데리고 外上이라도 脫麥機 1臺라도 맛다 달아고 工場으로 帶同햇다. 主人이 말을 듯지 안타고 又 거절. 그려나 脫麥機 1臺 價格이니 뭇자 18,500원이라고. 그려면 2, 3日 後에 오겟다고 妻外叔과 作別햇다. (不良한 몸)
妻는 任實 本家로 가게 하고 내는 10時 50分 列車 釜山行을 타고 行次에 乘車햇다.
釜山에 到着한니 午後 4時 30分이 되엿다.
下車 卽時 버스를 타고 釜山 東萊로 갓다.
택시 便에 安樂洞 李珍雨 氏 宅에 到着햇다. 珍雨 內外는 庭園에서 나를 보고 반가히 마지하면서 內室로 모시엿다. 室內에서

3 대리 소재.

生覺하니 발에서 남새가 낫다. 바로 食母를 불어 水道에 가서 세수 발을 싯고 왓다. 珍雨 氏 內外와 大里 李상우 갗이 이야기 하고 내의 付託 件을 말하면서 金 2萬원을 것넛다. 珍雨는 市內에서 對面할 일이 있다면서 찝車로 가면서 未安타 햇다. 婦人은 곳 夕食을 가지고 와서 接待햇다. 食事後 테레비를 틀엇는데 나는 처음 구경햇다. 밤 9時頃에 상우는 市內에 모시고 車를 利用햇다. 宿泊은 軍法務部 正門 前이였다.

<1969년 6월 4일 수요일 구름>
車中에서 피로한 몸이 되여 일직이 잠을 下宿집에서 들엇다. 아침에 6時 正刻에 일엇낫다. 세수하고 밥을 먹고 보니 8時쯤 되엿다. 軍 法務部 憲兵 위병소를 차자 法務參謀室을 面會申請햇다. 憲兵은 申告을 밧지 안코 엽 타방[다방]으로 案內햇다. 타방에서 法務部로 電話햇든니 下士 軍人을 보내서 나를 데리고 珍雨 氏 參謀室로 모시엿다. 參謀는 내가 밧븐니 정 상사를 붙여드니 이 어른 모시고 論山에 가서 잘 일을 보와주시라고 命슈햇다. 정 상사는 넷 가지요하고 이복[의복] 準備하려 本家에 갓다. 또 김 하사를 시켜 釜山驛에 가서 이 어른 특급차포[특급차표] 사다드리라고 햇다. 갗치 驛에 가니 정 상사와 만나 午後 1時에 乘車햇다. 論山에 到着하니 6時가 되엿다. 뻐스펀[뻐스편]에 정 상사를 모시고 訓鍊所 연무대에 到着햇다. 바로 연무대 앞 연우 旅官[旅館]에 들엿다. 세수하고 夕食을 마치고 잠시 이야기하는데 웅… 사이렝이 낫다. 때는 밤 9時. 정 상사는 저게 자라는 취심[취침] 사이렝이라고 햇다. 국법도 법이려니와 옆에 子息을 두고 地尺[咫尺] 千里가 분수가 잇지 밤에나 맛날가 햇든니 허탕이다.
갈 염하고 잠자리를 主人이 챙기는데 잠은 오지 안코 마음 괴로웟다. 잠시 기내다보니 12時. 이제는 來日 일을 보기 爲해서 잠을 들이여야겟고 잠시 눈을 감앗다.
아침 5時頃에 잠이 개여 눈을 떳다. 정 상사는 곤히 잠을 들고 있엇다. 잠시 있으니 아침 6時 사이령이 낫다.

<1969년 6월 5일 목요일>
정 상사는 그때야 일어낫다. 그이는 말하기를 저 사이렝은 訓鍊 立起床 신호요 햇다. 조금 있으니 연무대에서 노래 소리가 들이엿다. 또 하나 둘 소리도 낫다. 旅官 主人 아주먼니는 말하기는 아들 面會하실아면 여관 문전에 가면 혹 볼 수 있다 햇다.
바비[바삐] 문을 열고 연우여관 삼거리에 가서 보니 수만은 훈련병이 총 베랑[배낭] 군복차림으로 나오는데 約 30分間을 살펴보와도 子息 成曉이는 못 보왓다. 열이 끗난 後에 一般人에 무르니 그것은 28연대라고 햇다. 그럼 29연대는 어덴고 햇든니 문이 12門인데 멀다고 하면서 꼭 볼아면 金을 要請햇다. 그것도 밋지 못하고 或 成曉 身上에 해가 될가바 不應햇다.
朝食을 맟이고 정 상사를 연무대 들여보냇다. 約 1時 後에 연우旅官에 왓다. 말하기를 防諜隊로 兵課는 밧앗지만 陸本에서 티호가 오면 모르나 후련소 생긴 이래 新兵이 방첩에 屬한고 안대는 없섯고 그것을 밋다가 수십 일이나 경과되면 步兵으로 전방에 배치되면 복잡하고 근번에 軍 방침은 中高生은 全部 번방[변방] 배치가 원칙이라면서 實地 방첩대는 실역 잇는 장기복무자로 교육시켜 後方 各 機關要員으로써 何處를 民間인까지도 官公署까지도 能히 다룰 수 잇는 資格者라 되며 新兵은 방첩대라 할지라도 전방배치해서 전방정보 수집원 보충으로 가는데 그도 안니면 배출대 어무[업무]로 兵課병 겸해서 이발(0.7) 食事반 工兵이 不足하면 아무데나 배출한니 生覺해서 定해라 햇다.
그려면 後方으로 해서 行政要員으로 해서 한 3年間 몸 편이 있을 데를 澤[擇]한는데 서울 釜山 法務部隊 全州 地方으로 해서 결정지라 햇다.
그려니까 釜山서 온 정 상사는 알겟다면서 다시 연무대로 가서 연무대 법무부 조학재 중사임을 모시고 와서 나에게 人事 昭介를 시키고 오는 6月 15日 꼭 맛나서 成曉에 對한 兵課를 알여주시겟다고 約束햇다.
그리고 釜山 정 상사는 바로 택시 편으로 論山驛으로 行하고 나는 뻐스를 利用하고 全州를 오는데 비가 내리도라/내리드라.
서울特別市 西大門區 紅□洞[4] 八番地의 一號 六統 李鍾伯 氏

<1969년 6월 6일 금요일 비 구름>
아침 4. 30分 起床햇다.
豫定대로 未明을 期해서 任實驛에 갓다. 着하고 보니 5. 30分 서울-여수 行이 未到着. 잠시 面刀을 하고 急行列車로 順天에 갓다.
당하고 보니 8時 10分. 工場에 가서 社長을 만나고 脫麥機 1臺代 18,500 運賃 300 計 18,800을 주고 明 7日 館村驛 着해주시라고 단〃 付託고 9時 31分 列車로 館村驛 着. 12時 20分이 되엿다. 中食을 맛치고 麥 15斗 精麥햇다. 그리고 成康 집에 갓든니 成康이는 兄에 편지 왓는데 金 2, 3仟만 보내주시라고. 豫定해는 대로 15日 간다 햇다.

<1969년 6월 7일 토요일>
아침 6. 30分에 江津 뻐스로 靑雄에 내렷다.
許俊萬 母親 回甲에 祝賀하려 갓다.
山中 길이라 소삼하고 아조 길 험해서 成康에 到着하니 10時가 되엿다. 終日 잠이이게[재미있게] 논는데 先生과 師親會長과 시비하는데 볼일가[보기가] 납밥다.
午後 5時頃에 出發해서 집에 오니 10時 30分이 되엿다. 江津行 뻐스 안에서 大里 李今八은 말하기를 職場에 있는 職員이 間諜行爲를 햇다고 任實水利組合 吳甲洙도 中央情報部에서 대려갓고 外에 몃이지 모르고 東亞日報 支局한는 金某도 걸엿고 新德에서도 某人이 걸이엿다고 햇다.

<1969년 6월 8일 일요일>
아침에 丁東根에 갓다.
오날 일 좀 하자고 햇든니 2, 3日 後에 하자고. 林淳澤을 데리고 벽을 부첫다.
북골 朴香善이는 精麥 精米를 하자고. 마침 日曜日이라 家兒를 데리고 家事에 從事켓다.
山林組合에서 組合費를 밧드로 왓다. 別當하지 않애서 못 주겟다고 보냇다.
宋成龍 子 文玉이가 禮訪햇다.

<1969년 6월 9일 월요일 말금>
午前 中에 新築家에서 일하고 中食 後에 自轉車 便에 驛前에 갓다.
驛前에 成赫 집에 갓든니 成奎 成赫이도

4 홍제동(弘濟洞)을 가리키는 것으로 추정된다.

업고 큰방 李吉文 氏 宅에서 大里 70歲 老人 云巖 孫 氏 老人 장터 老人이까지 만히 못여서 그저 오지 못하고 大衆에 가서 人事올이엿다. 昌坪里長도 參席햇다. 吉文 氏 子弟가 보고 食事 酒을 가지고 와서 권햇다. 술 한 잔 마시고 사절햇다. 仁基와 갗이 大里國民學校에 갓다. 鄭鉉一 氏은 맛나서 막걸이 한 잔 먹자고 해서 校門에서 한 잔식 먹고 다시 驛前에 왓다. 理由는 校門 前에 李今喆 木手를 보려갓다. 물으니 驛前 李起永 氏 宅에서 일한다고 해서 다시 갓다. 金 1,500원을 주면서 13日까지 문 5짝 꼭 끗내달아고 햇다.

집에 온니 林淳澤은 日費 要求. 會計하고 보니 25日 햇다. 金 3,000원을 주웟다. 그런면 前에 준 놈까지 해서 今日字로 會計 完了햇다.

新平서 配達夫가 왓다. 서울 李鍾伯 氏에 2,000원 送金햇다. 李珍雨 氏에서 빌여온 돈 父親 前에 보냇다.

밤이 되여서 夕食을 맛치고 寢臺에 있으니 崔瑛斗 氏가 왓다.

寒食이지만 待接해 주웟더니 食床에서 말하기를 長宇에 머슴 鄭昌律 件을 말했다.

又 里 洞內서 人夫賃이 빘아서[비싸서] 農事지여 수지가 맛지 안타면서 不平햇다. 理由는 한 차리[차례] 먹고 1日 400원 날싹은 1日 500원식이라면서 不平햇다.

白康俊 氏도 모내기 한다고 미리 싹을 주웟다고 햇다. 내는 그려면 牛 하루 주면 몇일 싹을 밧다야 한야고 무르니 7日 내지 4日은 밧다야 한다면서 나도 農牛 한 마리 사겟다고 햇다. 이 近方에는 이려한 勞賃이 업다면서 나도 不平햇고 洞內 里長도 奚이 못한 人間이라 햇다. 이 件을 調節 못하고 그저 두웟다는 理由이다. 그려면서 大農家에서 收支가 맛지 안하면 農土를 내논면 되지 햇다고. 政府에 農土分配가 말아도 農民길이[농민끼리] 土地分配하게 구나면서 家族길이 하지하고 作別햇다.

<1969년 6월 10일 화요일 말금 구름>

오날은 丁東根이만 일시키고 나는 炯進이를 데리고 任實에 갓다. 脫穀機 修理 小發動機 修理코 800원을 주웟다.

李奉雨 氏 宅에 갓다. 油類 1切 경우[경유] 重油 모비루 計 12,800원인데 現金 4,000원 주고 殘 8,800원 殘高를 남기고 왓다.

炯進이는 午前 午後 2次로 나누서 運搬햇다. 李錫宇 氏는 말하기를 (妻)가 昌坪里 崔乃宇 氏가 사시요 무렷다. 卽 내가 기요햇든니 웃섯다. 에[왜] 그려시요 무렷다. 妻는 말하기를 지난 6月 6日 某人이 白灰 5袋를 가저갓는데 代金을 내지 안햇다고 햇다. 나{는} 現金을 주어서 보냇는데 알아보겟다고 햇다. 집에 와서 完宇에게 물엇든니 안 주웟다고 是認햇다. 良心이 올치 못해게 여겻다.

<1969년 6월 11일 수요일 비 구름>

아침 일직에 일여나 許俊晩 母 鉉子 內外을 모시고 朝食이나마 待接코자 長宇에 갖다. 몇 분 後에 왓다. 饌은 업는데 食事나마 만히 들여 들아면서 권햇다.

食後에 鄭鉉一 裵仁湧 各各 白米 1叺式 주웟다.

炯進을 데리고 發動機 組立을 햇다.

午後에 中食을 맞이고 完宇을 데리고 農牛交配次 용운치[5]에 갖다. 任實 驛前 韓文植을 昭介로 말햇든니 牛主가 不應햇다.

다시 牛을 몰고 柯亭里6에 갓다 들으니 具明德 宅에 黃牛가 있다고 해서 갓다. 主人을 마나서[만나서] 要求했든니 又 不應햇다.
抛棄하고 오는 中 李三煥 父親을 맛낫다. 形便을 말햇든니 내 소가 안니고 사돈 牛인데 탁하다면서[딱하다면서] 장기질하다가 쉬여놓고 나와서 交配해주웟다. 未安해서 金 500원을 주웟다.
館村驛前에 온니 順天에서 脫麥機이가 왓다. 마침 具判洙 鄭仁浩 雇傭人이 왓다. 그래서 그 便에 脫穀機를 실고 집에 왓다.

<1969년 6월 12일 목요일 말금>
通學에 成東을 시켜서 附屬을 全州에 보냇다. 가고 보니 工場에 맛기지 안코 업서서 學校에까지 갓다.
물으니 林木商에 맛겨다고 해서 왓다. 工場에서 湖南商會에서 修理 및 附屬代 4,600원이 들엇다.
1時 車로 집에 와서 中食을 하고 組立하기 시작햇는데 밤 12時까지 組立햇다.

<1969년 6월 13일 금요일 淸明>
아침부터 精米工場에 일햇다.
成康이는 徵兵檢査하려 갓다.
炯進이를 데리고 工場 水管을 整理햇다.
中食을 맞이고 1969年度 脫麥을 始作햇다. 李廷鎭이가 처음 脫麥햇다.
그리고 精麥도 1969年度이 처음 精麥햇다.
夕陽에는 田畓을 돌아보고 桑田에 가보니 桑木이 잘 되엿드라.
安承坊 氏를 맛낫는데 朴京洙는 小溜地[沼溜地] 用紙[用地] 買受代를 내지 안한 理由로 水中汲畓用으로 苗代를 해노왓다고. 그려면 條件附로 苗床設置햇는 것이라고 生覺햇다.
夕陽에 村前 川邊에 가니 崔錫宇는 술이 취해는지 나무 밫테서[남의 밭에서] 쓰려지는 것을 보왓다. 나를 보더니 제는 술 먹엇어요 하면서 未安합니다면서 지게를 지고 비척〃하면서 가는 걸 보왓다.

<1969년 6월 14일 토요일 말금>
林長煥 氏를 시켜서 共同便所를 쌋다.
嚴俊峰이가 왓다. 動力분무機 1臺를 購入하는데 2年 居置[据置] 3年 償還인데 利子率 9分 5年에 完納키로 한다고 햇다.
館村 新平 兩面 中學을 세운데 館村 所在地 居住者는 無條件 所在地에야 두여야 올타고 하고 新平有志 驛前有志들은 驛前近方에 建立함이 올타고 해서 意見이 엣갈인다고 햇다.
10時 30分쯤 해서 驛前에 갓다. 大里 郭在燁 氏 鄭敬錫 氏와 만나 議論한바 오날 會議는 無期 延期햇다.
집에서 中食을 맛치고 精麥 脫麥을 한는데 丁基善 氏이 本人의 脫麥을 하자고 햇다.
<1969년 6월 15일 일요일 말금>
食後에 못텡이 3斗只 肥料 散布. 靑云堤 人夫 일한 데 갓다. 約 7, 8人이 모엿다.
崔六巖 氏가 술밥을 주시여 잘 먹고 왓다.
술 취해서 자다보니 午後 3時엿다.
精麥{하}자고 해서 한데 脫麥 精麥까지 하는{데} 밤 2時가 되여 끗낫다.

<1969년 6월 16일 월요일>
보리방애 씩고 精麥햇다.

---

5 관촌면 용산리 소재.
6 대리 소재.

林淳澤을 新家에 부억 고치고 便所까지 재사햇다.
夕陽에 參事가 里民會議한다고 四街里에 갓다.
多少 모엿는데 崔今石이가 人夫賃을 調定한다고 今石이는 白康俊에 願情햇다고 햇다. 모 시문데 250원으로 決定햇다. 婦人도 갖치 移秧이 끗나면 200 婦人은 100으로 햇다.

<1969년 6월 17일 구름 말금>
5時 30分 車로 全州에 간데 成康 成曉 母 本人이 參이 갓다. 論山 錬所에 갓는데 到着하고 보니 10時頃. 面會 要求햇든니 据否햇다. 不遠 2, 3日 後에는 配出[排出]되여서 面會할 수 있는데 햇다. 여무대[연무대] 趙 中士(학재) 氏를 面會 請求왓는데 콜라 과자을 사서 먹으면서 金 2,000원을 주면서 成曉에 傳해주시라고 햇다.
館村 驛에 내리니 大里 郭在燁 氏를 맛낫다. 大里까지 同行 學校 엽에서 술 먹고 집에 왓다.
夕陽에 工場에서 일하다가 방에 와섯다.
成康 母 말에 依한바 昌宇는 日費를 주지 안는다고 弟嫂가 말한다고. 약 10餘日 間햇단다고. 帳簿를 떠들고 보니 昌宇 父子가 한 日數 22日 5, 2,650원 會計 完了해주웟다.
麥 打作을 하라 햇든니 못하겟다고 完宇 데리고 하라고 했다. 理由는 있겟지 生覺이다.

<1969년 6월 18일 수요일 구름 말금 비>
丁基善 氏 麥 打作을 한는데 처음 脫穀機가 調時가 및지 안코 배야링 깨저버리고 애를 먹다.
午後에 丁哲相 집이[집으로] 移動햇는데 又 말을 듯지 안해 中止햇다.
共同便所를 林玉相을 시켜 終日 끝냇다.
白康俊 氏는 말하기를 진즉 移秧을 햇는데 말앗다면서 作人 共同負役할 대에 作人에 말은 햇는데 물을 대게 해달아 햇다. 그래서 내의 논을 거처 하기에 貯水池에 갓다. 밤에 대게 햇다.

<1969년 6월 19일 목요일 구름>
오날은 못텡이 3斗只 첫 모내기 始作.
成曉이는 面 勤務 時에 3月頃 行商 장사에서 藥代 3,000원이 殘額이 잇다 某人이 왓다. 成曉 連絡해서 分明히 殘額이 잇다는 正答이 오면 해주겟다고 보냇다.

<1969년 6월 20일 금요일 말금>
精麥햇다.
靑云洞 朴公熙 麥 脫麥.
林奉基 脫麥한데 헷도 바루뿌가 떠러저 고지고 나는 脫麥機 뿌레 사려 全州에 갓다.
午後에는 鄭圭太 氏가 못텡이 논에 물이 업다고 貯水池 물을 트는데 嚴萬映은 배가 아푼지 산두[山稻] 밧테 강제 물을 댓다. 圭太 보고 나무랫다.
밤에 安承坊 氏가 와서 合議하자고. 술도 취하고 貯水池 關係로 立場이 難해서 不參햇다.

<1969년 6월 21일 토요일 구름 비>
아침부터 韓正石 氏 脫麥 精麥하고 崔完宇는 오날부터 脫麥하러 왓다.
鄭九福 金相玉 보리를 터는데 비가 내려햇다.
午後에 鄭鉉一 脫麥하려 機械을 옴기는데 쏘낙비가 내리여 中止햇다.
昌宇도 장기질하는{데} 비가 와서 午後은 쉬엿다.

脫麥 16斗 收入.

<1969년 6월 22일 일요일 말금>
成康 完宇는 脫麥햇다고. 그려데 收入量 24斗 收入햇다.
나는 精麥햇다.
昌宇는 土力을 햇다.
崔六巖은 生覺코 장기질 1日 해주웟다.
밤에는 新洑野 물을 대려 가{는}데 安承坊 氏 말에 依하면 崔南連 氏와 朴京洙와 시비한는데 고약한 소리도 시비햇다고 햇다. 최가들 덕 본 일 업고 최가들 것 먹은 것 업고 최가들 이몸들[이놈들] 하고 난장판이라고.

<1969년 6월 23일 월요일 말금>
精麥을 하는데 鄭圭太 母親이 말하기를 靑云堤 저수지 물이 한 데로 가며 嚴萬映 산두 밮테다 물을 댄데 이런 일도 있다야 햇다.
바로 들에 갓든니 학바우 徐永基 논 (白康一)에로부터 河川에 만은 물이 내려갓다.
嚴萬映을 맛낫다. 責任者가 되어서 이런 行爲를 하는야고 하면서 不良한 몸[놈]아 하면{서} 大端히 나무랫다.

<1969년 6월 24일 화요일 구름>
炯進 畓 2斗只 本人 畓 배답 2斗 1部를 移秧햇다.
炯進 畓 移秧 人夫 四名을 決定 1,000을 支出햇다.
아침에 발통기(小)가 故章이 낫다. 成康이를 시켜서 고치 왓다.
終日 精麥을 햇는데 16斗只 以上 收入햇다.
脫麥은 14斗쯤 收入햇다.
移秧한 데 볼아[보랴] 精麥할야 脫麥한 데 볼아 분주햇다.
成康이는 발이 아푸다면서 病院에 갓다.
蠶견을 판데 7,700원을 收入햇다. 밤에 成燁 脫麥을 햇다.
海南宅 昌坪宅이 술을 주시여 잘 먹엇다.

<1969년 6월 25일 수요일 비구름>
精麥 午前 中.
술이 취여 3時間쯤 잣다.
大里 郭在燁 氏 來訪햇다.
鄭鉉一을 맛나서 談話햇다.
이발하려 大里에 갓다.
趙命基를 맛나서 술 먹자고 햇다.
밤 10時頃에 집에 왓다.

<1969년 6월 26일 목요일 구름>
今日은 도장배미 移秧을 햇다. 農園에서 3人 昌宇 代로 重宇 鄭九福 家族 1部까지 8人 끗냇다.
成赫이를 시켜서 脫麥機를 順天에 보냇다.
夕陽에 炳列 堂叔이 왓다. 店에 모시고 술을 待接햇다.

<1969년 6월 27일 금요일 말금>
배답[7] 모내기 햇다.

---

7 배답에 대해 최성효 원장은 다음과 같이 그 유래를 밝히고 있다. "배답은 의미가 있는 논이다. 우리 어머니께서 시집을 오셔 살으시는데 워낙 못 살고 끼니조차 어려운 시기에 어머니께서는 밤인지 낮인지도 모르시고 베를 짜셨다고 한다. 항상 베 짜기 할 때 옛날 호롱불 밑에서 일을 하시다가 그 호롱불로 새벽에 부엌에 나가셔서 밥을 지으시며 잠을 자시는 둥 만 둥 하시여 베 짜기에 열중하셨다고 한다. 베를 짜서 몇 십 필 아니면 몇 백 필까지 베를 짜 팔아 모으신 돈으로 배답 주변의 밭을 구입하시었다가 논을 만들어 농사를 짓게 된바 배답이라고 지금까지 이름을 부르고 있다." 이런 유래를 따지자면 '베답'이 맞겠으나, 일기의 저자인 최내우 씨는 줄곧 '배답' 또는 '培畓'으로 표기하고 있다.

형進이는 아푸다{고} 午後에는 누어버렷다. 리우[이유]는 하도 일을 늘이게 하기에 장기질하는 것을 보다〃〃 못 보아서 빼사서 햇든니 뱃장을 냇다. 그래서 내가 장기질하다 써레질하다 모심다 못 씨다[찌다] 여려 가지 일을 햇다.

<1969년 6월 28일 토요일>
脫麥햇다.
午後에 龍山坪 6斗只 春麥 脫麥次 機械를 운반햇는데 押作히 내린 비로 다시 집{으로} 機械를 옴긴데 욕을 먹다.
보리도 全部 비를 마친데 마음이 괴롸서 못 견데다 누워 生覺하니 每事가 근심이 다북햇다.

<1969년 6월 29일 일요일>
龍山坪 6斗只 生徒 데리고 脫麥햇다. 午後.

<1969년 6월 30일 일요일>
精麥 脫麥햇다.
林奉基 精米햇다.

<1969년 7월 1일 화요일 구름>
脫麥 精米햇다.

<1969년 7월 2일 수요일 구름>
精麥 精麥햇다.
밤가지 白康善 脫麥을 한데 機械가 故章을 이르켰다.

<1969년 7월 3일 목요일 구름>
오기야을 가지고 5時 30分 列車로 全州에 갓다. 修理해 가지고 집에 온니 12時쯤 되엿다. 組立을 해주고 龍山坪 6斗只에 갓다. 모가 모자라서 可亭里[8]에 갔다.
金 11,000원 주고 모를 삿다.
101 列車로 成奎와 갗치 只沙面 金漢實 妻家 장인 小祥에 參禮햇다.

<1969년 7월 4일 금요일 비>
午前 中에 비가 와서 休息타가 午後에 집에 왓다.

<1969년 7월 5일 토요일 구름 비>
아침부터 精麥을 하는데 夕陽까지 17叺를 찌엿다.
工場에서 完宇 便에 들으니 嚴俊峰이는 全州 金平洙 新 15斗只을 삿고 任實 韓大錫이 10斗只 삿다고. 嚴俊峰이를 맛나서 集團桑田 融資 條을 물엇든니 되 수 잇는 대로 해보자고.
實은 自請해서 四五人만 해보자고 한 사람이 實地 事業을 하게 된 때는 말 없느야고 햇다.

<1969년 7월 6일 일요일 말금>
아침에 工場에서 精麥햇다.
아침에 鄭鉉一을 맛낫다. 金 萬원을 借用 又는 잠시 利用을 要求햇는디 말 업시 주웟다.
鉉一 말에 依하면 韓大錫을 通해서 本里 梁奉俊은 蠶室도 짓지 안코도 資金 50,000은 누구보다도 먼에 타고 實地 蠶室을 지여논 人은 주지 안은다고 面에 가서 不平을 햇다고. 嚴俊峰은 거만하다고 햇다.
午後에는 驛前서 叺子 35枚 70원식 해서

8 대리 소재.

2,450원을 주웟다.
脫麥은 할 사람이 없어서 本人 것을 햇다.
工場 앞에 노왓다.
里長을 만나서 靑云堤 非常口을 막으라고 시켯다.

<1969년 7월 7일 월요일 비>
오날 우리 脫麥하려 計劃햇든니 午後부터 비가 내리기 시작. 人夫 3人을 엇덧는데 포기햇다.
精麥을 햇는데 7叺4斗 햇다.
午後 3時쯤 비는 계속해서 舍郞에 잠을 잣다.
10時 前 南連에 取貸한 돈 3,000원 우리 成英 便에 보냇다. 형진이는 말햇다고 갓다.
配置 後 처음으로 成曉에서 편지가 왓다. 訓鍊所에 서무과에 勤務한다고 햇다.

<1969년 7월 8일 화요일 비>
해장에 소 굴레를 짯는데 목 졸이게 짯드라. 그래서 낫으로 끄너 버렷다.
게울은 놈. 堆肥가 散在되여도 손 안 대고 씨려질 한 번도 하지 안코 사람이 추하더라. 소변조차도 門前 누워서 냄새가 나 실은 소매동우[오줌동이]도 비우치 안코 필우에는 까트려 버리고 道具를 창기지 안코 남우[남의] 연장을 가지고 오면 갓다 주지도 안코 농판 일종이다.
살기 시른 사람은 두지 말아야 하며 머슴은 가라 두는 게 원칙이라고 이제 生覺햇다. 한 버 미우게 보니 1時 보기가 실타.

<1969년 7월 9일 수요일 말금>
精麥을 成康이에 맛기고 池野논 매는 데 낫갓다. 中食은 金太圭 집에서 하고 貯水池에 갓든니 餘水路로 만은 물이 넘드라.
午後에는 脫麥을 시키고 精麥을 햇다. 柳正進은 自己 놉까지 2人을 데리고 왓서 助力을 해주웟다.

<1969년 7월 10일 목요일 비>
아침부터 내린 비는 終日 斷續햇다.
食後에 3人 印章을 가지고 館村에 行햇다. 驛前에 간니 晋奉南 氏가 술을 주워서 두 잔을 먹고 뻐스로 館村에 到着햇다. 長靴 1足을 450원 사고 양말 1足을 120원에 사서 成吉 집에 갓다.
발을 싯고 가라 신고 館村驛에 오니 11時 30分이 되엿다.
11時 55分 列車로 順天行을 乘車햇다. 順天에 當到하니 3時 20分쯤 되엿다. 張泳煥 氏 宅을 찻갓다. 泳煥 氏는 出他하고 不在이엿다. 脫麥機 工場 主人을 찻갓다. 역시 出他하고 업섯다.
婦人에 付託코 時間이 있어서 妹從[從妹] 趙宰澤 집을 찻갓다. 宰澤 집에서 宰澤 親友와 갗이 飯酒을 하고 (夕食) 밤 9時 30分 列車에 乘車햇다. 任實驛 着을 하고 보니 12時엿다. 비는 오는데 오기가 難햇다.
途中에 梁九福 氏을 訪問코 후라시를 빌이여 집에 오니 1時가 되엿드라.

<1969년 7월 11일 금요일 구름>
아침에 精麥 4叺 햇다.
人夫 7人을 利用 호무질[호미질]을 햇다.
新洑坪 배답 도장배미 정게나무 밑 약 15斗只을 끝냇다.
成康 午後에는 成傑까지 動員해서 모를 추웟다.
池坪에 갓든니 물이 만히 네려왓다.
成曉에서 편지 왓다. 事油[事由]는 藥을

사서 보내라고. 日間에 成康이를 보내기로 햇다.

<1969년 7월 12일 토요일 구름 비>
아침에 논에 단여 왓다.
牟潤植 氏는 兄의 祭祀라면서 朝食을 갗이 하자면서 모시엿다.
光浩 집에 간니 宋 生員 新安宅이 왓다. 갗이 朝食을 맟이고 집에 왓다.
崔南連 氏는 長宇 脫麥을 하자고 햇다. 實은 내의 脫麥을 하려 햇는데 計劃이 박이엿다[바뀌었다].
午後에 成吉이가 왓다. 嚴俊峰이는 말하기를 明 13日 買上하라 햇다. 납분 놈으로 生覺코 答변을 너 다하고 내의 것만 냉기여 주워 말할 것 없어 實은 내 生覺이 里民代表 參事가 안니고 私事하려 政府 有給參事를 生覺코 조치 못한 놈의로 본다고 生覺햇다.
술 한 잔 먹은 것이 취여서 夕陽에 잠이 들엇다. 비는 夕陽에 만히 왓다.

<1969년 7월 13일 일요일 비>
日曜日인데 비가 와서 兒該들을 놀이엿다.
精麥하고 脫麥은 못햇다.

<1969년 7월 14일 월요일>
精麥하고 脫麥도 햇다. 南連 氏 康俊 氏를 햇는데 32叺 햇다.
嚴俊峰이는 麥 買上하는데 無制限하고 하는데 約 50叺 分만 달아 햇다.

<1969년 7월 15일 화요일>
精麥햇다.
脫麥은 安承场 氏를 하고 밤에는 李正鎮 것을 햇다. 밤 12時에 끝냇다. 最高로 33叺를 脫麥햇다.

<1969년 7월 16일 수요일 終日 비>
아침부터 내린 비는 終日 내리었다.
논매려 人夫 10名 밪다논[받아놓은] 날이기에 비를 무릅쓰고 맷다.
炯進이야까지 끈물을 건너 맷다.
龍山坪 6斗只 池坪 3斗只 밧사논 1斗3升只 炯進 2斗只를 맷다.
비료 5袋를 里長에 取貸해 주웟는데 오날 殘 3袋를 四街里에서 引受햇다.
梁奉俊에서 複合肥料 1袋 取貸한 것 炯進便에 보내주웟다.

<1969년 7월 17일 목요일 비>
새벽에 뱃속이 조치 못해 변소에 2, 3次 단여 왓든니 氣力 底下[低下]되여 朝食조차도 못 먹게 되엿다. 11時頃에 누웟다가 이려낫다. 점심을 억지로 먹고 보리를 찌로 와서 억지로 나갓다.
成康이를 차지니 驛前에 갓다고. 여개만 있으면 驛前에만 가니 답〃하게 生覺한다.
今年 봄에만 해도 吳泰天이를 쪼차냇는데 實은 泰天이가 罪도 있지만 事實은 成康이는 泰天 집에만 가고 泰天이 하고 親하기에 그 사이를 떼여버리기 爲{한} 目的이엿다.
그려면서도 其 理由를 모르고 又 驛前에만 가니 1時 마음이 괴롭다.

<1969년 7월 18일 금요일 구름 비>
아침에 논밭에 단여왓다.
館村에 農協에 自動분무機 外上 契約次 鄭仁浩 집에 印章을 가저 왓다.
出發하려한데 成康이가 말하기를 스피카

에서 아버지 嚴萬映 氏을 오라고 中間 放送햇다고.
驛前에 가서 一般에 물으니 滿水로 因하야 뻐스가 가지 못한다고. 午前 9時인데 버스는 오지 않앗다. 生覺타가 汽車로 順天行을 탓다. 順天에 着하니 12時쯤 되엿다. 張永煥 氏 宅에 갓든니 家族이 全無햇다. 다시 市內에 나왓다. 李相玉 氏 宅을 訪問햇다. 兩人이 갗이 脫麥機 工場 主人 宅에 갓다. 門前에 간니 主人은 밥부다 도망을 친다. 말 업시 오다 李相玉 氏 細詳히 付託코 作別. 張永煥 氏 집에 간니 婦人이 있어 다시 脫穀機에 對하야 付託코 (午後 二時 三十五分 列車로 집에 온니 七時가 됫다.)[9]

<1969년 7월 19일 토요일 구름 비>
아침에 嚴順相이가 되야지 단다고 저울을 빌여 달아고 해서 빌여주웟다. 달고 보니 197斤이엿다.
朝食 後에 보리방아를 찌엿다.
中食을 맛치고 自轉車로 館村農協에 갓다. 自動분무기 1臺를 外上 貸付次 갓다. 金亨中 氏 말이 7月 13日字로 新平面 職員 郭四奉 氏에 傳햇는데 오시엿소 햇다. 理由는 申請者가 希望 업으니 午後에 왓서 가져가면 조화도 지나면 無效로 傳햇다 햇다. 新平面에 電話로 郭 書記에 말햇더니 郭書記는 14日 里 參事會議 時에 嚴俊峰에 傳햇다고 햇다. 그려나 俊峰이는 말이 엇다[없다]. 낫분 놈으로 보고 잇다. 그려 私情으로 말해서 1臺 貸付는 밧앗다. 2年 居置 3年 균등償還 條件으로 鄭鉉一 鄭仁浩 保證 捺印하고 現品 引受햇다. (締結 時에 手續 一,四五〇원 農協에 入金햇다.)
그려나 農協에 契約은 2通을 해주웟다. 願因[原因]은 政府補助가 現在 업으니 萬諾에 50%가 잇다면 1通은 없애기로 하고 萬一에 補助가 없다면 元額 42,000원을 낸다는 條件으로 契約書 2通에 해주웟다.
補助가 잇다면(50%) 2年 居置 3年 균{등}償還으로 보와 大農家는 하겟지만 萬一에 補助가 없다면 大端 빗사다고 生覺코 걱정이 다분햇다.

<1969년 7월 20일 일요일 비구름>
人夫 7人을 데리고 第 2次 除草하는데 午前中 畓에서 監督햇다. 午後에는 精麥하느라고 가보지 못하고 成東이만 보냇다.
成康는 食前부터 外出코 논 맨 데도 오지 안코 방아 찟는 데도 오지 안코 父母로써 이와 갗이 밥은데 心思가 不安햇다.
알고 보니 어린 兒該은 데리고 大里 近處로 배구하려 갓다고. 마음 납아 終日 難햇다.
崔南連 氏는 圭太 酒店 앞에서 말하기를 組合長 參事 不良者라고 非難햇다고. 理由는 資金 關係엿다고. 資金이 나오면 班長 里長 參事만 利用코 秘로 부치고 里之事에 難點이 있으면 里民만 괴롭핀다고 햇다고. 盜적놈들이면 當場 職을 내노라 햇다고.
밤 10時頃에 叔母(重宇 母)가 오시엿다. 海南宅 條로 金 5仟원을 주시라고 오시엿다. 그래서 明日 2,000원 주시고 殘은 日後에 드리겟소 햇다.
다음은 肥料代를 林仁喆에 4,000원을 주엇는데 비료 주지도 안코 昨年 1968年 冬期에 나라[나락]으로 肥料代를 내라고. 5叺6

---
9 괄호는 저자가 한 것이며 이 내용은 일기 본문의 측면에 세로로 기록한 내용이다.

斗 고지서를 보낸다고. 이려한 肥料를 쓰지 안코 못 주겟다고 햇다고. 嚴俊峰을 시켜 알아보니 事實인즉 나락 5叺 條는 錫宇가 쓴 肥料代를 重宇 덥퍼씨엿다고 한다고 萬若 錫宇가 알고 보면 俊峰에 척을 질 터이니 말하기 難하다고 햇다고. 그려나 面에서는 重宇 집 今年 冬季에는 差押을 한다고. 내는 말하기를 若히서 差押만 하면 내에게 알여주시오 내가 따저주겟소 하고 作別.

<1969년 7월 21일 월요일 비 구름>
精麥만 햇다.
成東이는 放學을 햇다고. 只今부터 家事에 從事해 달아고 當負[當付]햇다.
炯進은 鄭昌律 품 갚으로 갓다.
中食 時에 牛車를 보내서 靑云洞에 보냇다. 나락 4叺과 麥 1叺을 실코 왓다.
夕陽에 龍山坪에 갓다.
康東俊 氏와 丁基善 氏를 맛낫다.
아풀로 11號 月 着陸한다고 官公署 學生까지 休校.

<1969년 7월 22일 화요일 말금 구름>
아침부터 金進映 脫麥을 햇다.
午後 2時頃에 끝냇다.
金炯進은 農園에부터 3叺 龍云峙에서 새기 10玉을 실코 왓다.
崔瑛斗 氏 脫麥을 끝내고 機械은 工場에 運搬햇다.
支署에 崔 巡警(1家)에서 왓다. 出張用務는 原動機 許可狀 有無次 왓다. 酒店에서 술 待接햇서 보냇다.
丁東英 氏는 말하기를 소는 내가 먹이엿는데도 벌이하게 되면 基善이 제가 갓다 돈 번다고 제의 논은 갈아도 소죽조차도 내가 끄리고 오날도 보니 苗樹園에서 장기질한다고 끄덕〃〃 더 이상 비평하더라. 圭太는 자네 무슨 돈 번다고 한가 자네의 술갑 갑록도[갑도록] 갓네 햇다고 基善은 夕陽에 만나서 말햇다. 基善은 듯고 生覺하니 氣分이 안나서 丁東英 氏에 갓든 模樣.
밤 11時頃에 丁東英 氏가 내의 집을 訪問햇다. 理由는 基善에 自己의 事緣을 말햇다고 분개 乃宇에 욕을 햇다고 하면서 술이나 한 잔 먹자면서 왓다. 圭太 집에 가서 술을 먹는데 丁 生員 보고 全部가 當身 잘못이니 그리 아세요 그려면 基善에 장기질하라고 讓渡했으면 그만이지 무웟 대문에 大衆 앞에서 基善 잘못을 말햇소 하고 추궁햇다. 그런면 안 되오 햇다.

<1969년 7월 23일 수요일 구름 말금>
食後에 工場에서 本人 分 脫麥을 始作햇다. 하다 보니 能率이 올으지 안해서 小機械을 집으로 移動해서 다시 始作하고 보니 밤 10時에야 끝냇다.
約 本人 27叺 炯進 4叺5斗쯤 햇다.
崔南連 氏 鄭圭太가 와서 協力해 주웟는데 夕食과 술을 待接해주고 感謝하다고 人事햇든니 밤 11時가 되여서[고단해서] 곤한게 잣다.

<1969년 7월 24일 목요일 구름>
寶城宅에 脫麥을 햇다. 機械가 異常해서보니 電氣 마후라가 떠러젓다. 又 보니 기야가 이 하나 빠젓다. 發火하는데 支章[支障]이 있엇다.
成康더러 낫분 놈 햇다. 事前 機械을 調査하지 안코 햇다고 신경질을 내니 업집에 張判童 母게서 藥酒을 가지고 와서 권햇다.

먹고 취햇다.
林長煥 氏를 맛낫다. 우리 마을에 有婦女[有夫女]가 서방질 햇다고 崔今石 母에 무르면 안다고 햇다. 그러면 누구를 보고 生覺이야 햇다. 林澤俊 妻로 生覺이 든다고 햇다. 近居[根據]가 잇야 {했더니} 根居는 업다고 해다.

<1969년 7월 25일 금요일 말금>
丁哲相이가 脫麥을 햇다. 終日 하고 보니 胡麥이라 15叺 햇다. 稅는 裸麥으로 17斗을 떳다.
鄭圭太 酒店에서 丁哲相은 말하기를 서방 잇는 女子가 서방질 햇다고 말을 햇다. 만약 確實하면 里에서 쪼차 낸다고 햇다. 場所는 鄭鉉一 氏의 뽕밧이라 햇다. 1部는 尹相浩 氏 里 事務室라고도 햇다. 놈은 他里人이고 女는 昌坪里 女라고. 四居里(네리막에) 林長煥 韓正石 崔瑛斗 丁基善 氏 잇는데 말이 낫다. 林兄도 알제 햇다. 長煥 氏는 말하기를 兄이 萬若 알면 又 쪼차 낸다고 햇다.

<1969년 7월 26일 토요일 비 구름>
龍山坪 池野논 맷다.
面에서 洪 書記가 왓다. 買上을 하라고 要求햇다. 約 百叺 程度한다고 햇다. 집에 데리고 왓서 中食을 시켯다. 麥 買上代도 先拂해주겟다고 햇다.
午後에 보리 約 10叺 程度를 널엇다.

<1969년 7월 27일 일요일>
夏麥을 脫穀機에 改製햇다. 밤 12時까지 作石햇다. 約 103叺 作石햇다.
叺子 不足 새기 不足. 崔南連 氏 宅에서 叺子 7枚 새키 한 테를 빌엿다. 그래도 不足햇서 安承均 氏 宅에 갓다. 古叺 2枚를 빌엿다. 밤에 哲相이 仁喆 永植 仁培 俊祥 成康 成東 全 動員. 炯進이는 낫부다고 햇다. 새기 準備해라 해도 于今것 한 사래도 꼬지 안햇다고 햇{다}. 저도 氣分이 좃치 못햇다.
人夫들 未安해서 소주 국수를 사다 해주웟다.
成康이는 밤 11時頃에 館村까지 가서 새기 3玉을 120원식 햇서 가저다 다시 作石햇다.

<1969년 7월 28일 일요일 말금>
아침부터 重宇 牛 昌宇 炯進까지 動員 村前에서 作石 麥을 運搬햇다. 1車에 운비는 1,500원다.
圭太 完宇 成康은 連行 車便으로 新平에 보냇다.
朝食 時에 張泰燁 氏 宅에서 詔請이 왓다. 가고 보니 鄭鉉一 崔在植 金正植 泰燁 兄弟가 있섯다.
間밤에 父祭라 해서 탁주를 待接 밧앗다.
席上에서 里에서 (鄭鉉一 말) 서방질한 女는 양지뜸에다 1班에 居住者 장사한 사람 딸도 예우게[여의게] 된 사람 남편도 있고 1班長은 班員이 윤두를 準備해야 한다고 2口同聲으로 우섯다.
10時頃에 新平 共販場에 갓다. 보리는 아침부터 出荷된 보리가 現場을 메웟다. 우리 보리 103叺을 出荷햇는데 1等 27叺 2等 36叺 3等 40叺을 合格햇다.
3等品 40叺는 檢査 金南植라는데 人事를 要求코 事情햇다. 변질된 보리라면서 다들/바들 수 없다면서 退햇다. 面長 産業係長 朴敎植 3, 4人이 서두려 協助해주워서 밤에야 보도시 入倉햇다.

感謝하고 未安해서 立酒라도 待接할가한데 맛치 通運貨車가 와서 其便으로 驛前에 왓다.

<1969년 7월 29일 화요일 말금 비>
今日 京浩 福澈이 脫麥을 햇다. 約 16叺쯤 햇다. 脫麥은 今日로 끝난 듯 시프다.

<1969년 7월 30일 수요일 비 구름>
食後에 農協에 갓다.
夏穀 買上 58叺 (圭太 條 5叺包 合) 100,980원을 引受햇다.
糧肥 條 50叺 80,240원을 金完準에 말하고 整理케 햇다. 糧肥代 殘은 日後에 하기로.
成吉에 집을 訪問햇다. 債務 條 萬원 件 11,200원 會計해주고 前番에 2仟원 取貸도 갗이 주웟다. 合計 13,200원 會計 完了 햇다.
現金을 成吉에 맛기고 任實驛前에 빼스 便으로 韓文錫 氏에 갓다. 債務 條 20,000원 約 2個月인데 22,400원 會計코 契約書를 차자서 없앳다.
집에 오는 中 館村 前에 自轉車鋪 金龍錫 外上代 600원을 會計 끝냇다.
午後 四時頃 金炯進은 말하기를 丁哲相이는 쥐약을 먹고 病院에 갓다고 들엇다. 家族은 잠을 햇다.
牟潤植 氏 長女에서 三,000원을 빌여왓는데 오날 午後에 주고 利子를 주웟든니 밧지 안햇다.

<1969년 7월 31일 목요일 비>
아침부터 비가 내리엿다. 아침에 鄭圭太가 왓다. 酒代 11,159원 보리 買上代 8,585원 計 19,744원 會計 完了해 주웟다.
敏燮 氏 六巖 氏 圭太 日費 1,000원 보(圭太 便)내 주웟다.
海南宅 條 5,000원 件 7月 21日 2,000원 7月 31日 3,000원을 선동 숙모에 드리고 利子 250원까지 金正植 立會 下에 끝냇다.
移秧 및 논 맨 人夫費가 總 決算하고보니 밧 맨 분인 품싹까지 合하니 9,300원이 나왓다. 成康에 依賴해서 各者에 會計하라 햇다.
嚴俊祥 酒店에 가서 外上갑 會計하니 本日 現在도/로 2,431이엿다. 2,500원을 주고 70원 차잣다. 今日은 삼굿을 솟에다 햇다.

<1969년 8월 1일 금요일 구름>
아침에 丁基善 氏 宅을 訪問햇다. 債務 萬원에 利 1,200원 計 11,200원 會計 完了해 주웟다.
精麥을 햇다.
大里 嚴 氏 子母가 왓다. 理由은 어제 成康 外 3, 4人이 自己의 수박을 따먹고 망치엿다고 願情하려 왓다. 現金 貳萬에 수박밧을 引受하라고 햇다. 나는 未安타면서 實地 消費品만 세여 갑을 말하면 培償[賠償]해주겟다고 햇다.

<1969년 8월 2일 토요일 비>
成曉에 面會次 家族을 起床을 시켯다.
河川에 나가보니 大洪水로 因해서 越川할 수 없섯다. 任實驛을 行 山길 돌앗다.
通學車로 論山驛前 到着하니 10時가 되엿다. 바로 鍊武臺行 마이크로빼스에 乘車햇다. 約 40分이 걸이엿다. 11時에 面會 接受를 핸 結果 午後 1時頃에 面會室에 왓다.
朝食도 하지 안햇다 해서 어린兒들은 배가 곱으다코 재촉이 심햇다. 家族 11名이 한자리에서 中食을 맛치엿다.
成曉이를 맛나니 中隊本府 庶務課에 잇다고 新兵들 引게 引受한다고. 집에를 가고 싶어도 드려온지가 몃칠이 되지 못해서 中隊長에 未安해서 말 못한다고. 不遠間 가겟다고 햇다. 食事 又는 衣服 寢臺도까지도 滿足한다고 햇다.
約 2時間쯤 談話하고 作別햇다.
뻐스 便으로 全州에 到着햇다. 時計는 5時를 알이엿다. 列車에 올아 館村驛에 온니 洪水로 越川을 못하게 되여 다시 列車를 타고 任實驛에 下車. 돌아서 집 왓{는데} 無事히 왓다.

<1969년 8월 3일 일요일 비>
새벽부터 내린 비는 계속 햇다.
몸이 조치 못해서 舍郞에 누워 있으니 林長煥 氏가 왓다. 理由는 자네안테 품싹 바드려 일왓가이 품싹을 보냇야 햇다.
그러나 只沙面에 논이 방천이 낫다고 仁圭가 왓다. 金 五仟을 要求햇다. 그려면 肥料 1袋 除하고(1,100원) 품싹 900원 除하고 고초 팔면 준다 햇다. 돈이 업다면서 3,000원 주워 보냇다.
夕陽에 金相玉 喪家에 갓다. 暻浩 瑛斗 圭太 氏와 갗이 한자리에 자리를 잡앗다. 瑛斗 氏는 말하기를 丁哲相의 말이 나왓는데 哲相은 제 父母에 잘 못하더라면서 順奉 氏 말을 들엇다면서 哲相이가 제의 妻보고 언제부터 아버지하고 情이 들엇야 하면서 씹도 별여주워라 햇다고. 暻浩 氏 말은 哲相이는 제 父더러 나가라 햇다고. 그래서 딸에 집에 가서 1泊을 하고 오니 나간 분이 멋하려 왓냐고 물웟다면서 고비에 萬원 程度가 잇는데 當日 밤에 내가 버렷다고 每日까치 죽을 生覺뿐이라고 한다고.

<1969년 8월 4일 월요일 비 흐렷다>
午前에는 田畓을 둘여왓다.
中食을 맟이고는 보리방아 나락방아를 찌엿다.
白米는 約 15叺쯤 보리는 2叺 程度 찌여냇다.
秋蠶種을 約 6枚쯤 申請햇다.
工場에 방{아}을 찟는데 成東이를 보라고 {하고} 便所에 갓다오니 成樺之米하고 鄭仁浩 白米하고 석거버려 兩人이 시그러웟다. 未安해서 兩人이 適當히 解決하면 主人이 殘은 무려주마까지 말햇다. 그래도 被次[彼此]가 듯지 안타가 겨우 白米 2斗을 물어주워서 解結決햇다.

<1969년 8월 5일 화요일 비>
새벽부터 내린 비는 大洪水로 변햇다. 오늘 논매려 놉을 어덧는데 支章이 있을 듯햇다. 多幸히도 비가 개엿다. 인부 12名을 帶同하고 除草하려 갓다. 샛거리를 가지고 왓는데 죽 술을 가지고 왓는데 押作히 술 生覺이 없어 無期限하고 참아보겟다고 마음적으로 단정을 햇다. 其間에 每日 술만 마시고 보니 一身에 害된 듯하고 食事에 支章이 있고 機械 보는데도 危險하고 月 平均 個人이 마신 술代만도 3,000원이 넘고 보니 經濟的으로 支章이 잇다고 判단코 今日부터 단정햇다.

<1969년 8월 6일 수요일 비>
아침부터 방아 찌엿다.
丁基善 氏 宅에 갓다. 金 10,000원 借用해 왓다.
午前에 고지군과 생품 인부 11名이 村前

全部를 맷다. 農園에서 精麥을 지게로 가지래 왓다. 元側[原則]이 牛車로 갓다줌이 元側인데 天雨 關係로 5, 6日이 經過해서 不平이엿다. 午後에는 牛車를 起用해서 炯進을 데리고 任實로 기름을 運搬하려 갓다. 비는 자죄 온데 複雜햇다.
경유 1 중유 1 휴발유 0.5 叺子 12枚 실엇다.
소가 놀애서 술 한 잔 먹은 순간에 띠여 도주햇다. 마침 장군 한 사람이 부드려 주웟다. 그런데 감사하다고 햇다. 그래도 술 한 납대기를 要求햇다. 못 주겟다고 왓다. 비급하게 소 부드려 주웟다고 그려야고 냉대햇다.

<1969년 8월 7일 목요일 비>
새벽 3時頃에 起床햇다. 전역부터 내린 비는 끝칠 사이 업시 내렷다.
등을 準備해서 방아실로 갓다. 異常 없다.
다시 등을 들고 川邊에 갓다. 大洪水가 今年 中 最高 洪水엿다. 井戶 엽까지 올아왓다. 다시 집에 와서 庭園을 돌아보왓다. 後水桶이 맥켜서 텃다.
잠이 오지 안해 日記를 적은 中이엿다. 때는 4時 半쯤 되엿다. 그대도 如前히 비는 내렷다.
아침에 嚴萬映 氏가 왓다. 靑云堤에 가 보자고 햇다. 現場에 가보니 住民이 모엿다.
餘水路에서는 많은 물이 내려오는데 웅장햇다. 住民에 安心시키고 못텡에 왓다. 大洪水로 因하서 우리 田畓도 물에 잠겻다.
午後에는 精麥을 햇다. 約 10叺이엿다.

<1969년 8월 8일 금요일 말금>
水害가 낫다. 約 2m 정도 流失햇다. 雇人을 시켜 때왓다. 精麥을 햇다.

<1969년 8월 9일 토요일 말금>
午前부터 稻熱病 豫防藥을 하려 갓다. 新洑 近處에 가니 변사者가 있엇다.
알고 보니 道引里[10] 姜漢圭 氏 2男이라고.
龍山平을 거처 村前까지 約 終日 32斗只이 程度를 散布햇다. 動力분무기 試運轉겸해서 散布한데 기름 순환이 잘 되지 못해 애는 먹엇다.

<1969년 8월 10일 일요일 비 말금 구름>
아침부터 精麥을 햇다.
嚴俊峰은 靑云堤 干係로 面長을 對面하자고.
밤에는 耕作人會議하자고. 모종[모정]에 갓든니 半數도 모이지 못해 會議는 又 流會로 폐회햇다.

<1969년 8월 11일 월요일 구름>
아침에 嚴俊峰이가 왓다. 靑云堤 現地踏査次 道廳에서 郡에서 技術者가 온다고. 그려면 多少 致賀金 3萬원 程度는 傳해주워야 한다 하니 無違 明春에 保修[補修]가 된다면 그도 조흔데 萬若 無效가 된다면 本錢 生覺이 날가 餘염이 든다. 元因[原因]은 事故地이기 때문에 으심이 든다고 햇다.
그려나 午後에 3時頃에 온다 햇는데 기드려도 오지 안햇다. 그려나 完全 抛棄이 해서는 안 된다고 햇다.

<1969년 8월 12일 화요일 구름>
進映 脫麥을 하는데 今日로 終決. 日計를 보니 約 46叺77升쯤 收入햇다. 午後에는 精麥을 햇다.

---

10 임실군 성수면 소재.

<1969년 8월 13일 수요일 비 구름>
몸이 고달파 집에 누웟다.
圭太가 와서 깨고기[개고기]를 한 다리 해라고 햇다. 1,100원을 들이여 한 다리 삿다.
午後 3時頃에 道에서 靑云堤 現地踏查코자 왓다. 現場에 가보니 사진도 찍고 尺수도 재고 햇다. 장담은 못해도 未完成地區로는 할 수 업고 補修工事로 해서 주선해 보겟다고 햇다.

<1969년 8월 14일 목요일 구름 비>
아침에는 兄嫂氏 生辰日 朝食을 長宇에서 맞이고 왓다.
炯進 成東 永植이는 新德으로 草刈를 보냇다.
나는 精麥을 햇다.
밤에까지 오지 안해서 마종을 갓다. 풀은 만이 햇는데 約間[若干]에 炯進 머슴은 不平이 잇는 듯햇다. 對口를 할아다 몃 번 참고 緘口햇다.
蠶室을 손질햇다.

<1969년 8월 15일 금요일 말음>
近日 餘間[如干] 장마철로 지냇다가 오날 처음으로 淸明햇다.
新德으로 2日次 草刈를 보냇다. 成東을 데리고 蠶室을 修理햇다.
몸 조치 못해서 約 2時間쯤 누웟다.
麥 10叺를 햇빛에 너렷다.
成康이에 對해서는 不平이 生起다. 年齡 20歲가 너문 子息이 근심 없이 每日 놀여만 단이니 將來가 걱정이다.
炯進은 한 번 미우게 보니 일해준 것도 반갑지 안다.
밤에까지 蠶室 되비를 햇다.

<1969년 8월 16일 토요일 말금>
아침에 늣잠이 들엇다.
嚴萬映 嚴俊峰이가 訪問햇다. 靑云堤에 對한 件. 工事費 約 百萬원 限度로 해서 今年 末까지 地區選定이 確定되면 致賀金으로 3萬원 程度는 傳해주는 것이 如何히 온 打合次 왓다. 꼭 相違 없이 되다면 3萬원을 주워도 좃타고 承諾햇다.
오날은 成康 炯進 成東이를 데리고 水畓 農藥을 散布햇다.
夕陽에 錫宇를 路上에서 맛낫다. 듯자하니 서울로 職業 따라 上京하겟다고 햇다. 他人도 말히지 못하겟다면서 兄任만 아시온 햇다. 그러나 잘 生覺해서 態度 決定하게 햇다.

<1969년 8월 17일 일요일 말금>
아침에 里長 班長들이 왓다. 事由는 面 主催로 體育大會를 한다고 選手들 食代 및 先納金 條로 喜捨金을 要求햇다. 金 200원을 주워 보냇다.
農藥하려 햇는데 成康이가 驛前에 가서 오지 안해 못하고 精麥햇다.
午後에야 農藥을 散布햇다.
집에 오니 舍郞 마루에 라지오가 허터저[흩어져] 있다. 열고 보니 소리가 나지 안햇다. 兒該들 보고 무르니 모도 모른다고 햇다.
成苑이 왓다. 네 라지오를 저와 갗이 방치해노코 故章까지 냇냐 햇다. 그려케 無關한다면 부서버릴 터이니 고쳐오라 햇다. 2, 3次 고처오라해도 成樂 成苑은 서로만 미루고 벛이엿다[버티었다].
父母를 無視코 行動한다면서 不得히 부서버렷다. 그리고 너를 갈친 내가 非人間이라면서 成苑 敎課書[敎科書] 校服까지도 全

部 뒤저 學校는 中止해라 햇다. 끝〃시 中止할 防침이다.
夕食이 끝난 밤에 海南宅이 왓다. 理由는 洞內 사람들이 날더러 서방질햇다고 숙덕거리니 理由를 안야고 왓다. 모른다 햇다. 해남댁 소리는 업스나 방아실 옆 사람이라고는 鉉一으로부터 들엇다고 햇다.

<1969년 8월 18일 월요일 말금>
間밤에는 伯母 祭祀日.
朝食을 長宇에서 맞이엿다.
錫宇에서 萬원을 받여 全州에 갓다. 蠶具用 間子 10尺-8分 36개 12尺-8分 36개 2尺-8分 24 合計 96개를 5,400원에 買受햇다.
리야가를 불여 百원을 주워 通運에 갓다. 託送을 하는데 前에 群 山林係에 勤務한 金 氏가 通運에 從事員으로 있다고 人事햇다. 無難히 託送코 집에 왓다.
집에 온니 소죽을 끄리지 안햇다. 물으니 하루식 띠운다고 햇다. 먼데서 풀해서 실고 온 소를 죽을 끄리지 안햇다고 나무래고 期必코 끄리게 햇다.
炯進이는 무슨 理由인지 夕食을 안코 있엇다.

<1969년 8월 19일 화요일 구름 비>
아침부터 精麥을 夕陽까지 햇다. 約 17,8叺을 햇다.
酒店에 金暻浩 崔瑛斗 氏 싸웟는데 暻浩는 볼이 부서 瑛斗 氏 宅 마루에서 누웟다고.
夕食 後에 해남宅이 왓다. 성방질 햇다고 남 부그려워서 근거를 캘 수 업고 7月 술메기에 말이 나면 엇절가요 물엇다. 對答은 염려 마시오 萬若에 그 件을 말하면 거절할 터이니 安心하고 볼 일 보시요 햇다.

<1969년 8월 20일 수요일 구름 비>
家兒들을 데리고 蠶室 修理 햇다.
炯進 外 3人는 宋成用 氏 牛 우리 牛 牛車 2臺를 連行코 新德에 草刈次 보냇다.
午後에 白康善을 木手를 시켜 蠶 間子 대패질을 시켯다.
나는 精麥하다 脫麥까지 工場에서 햇다.

<1969년 8월 21일 목요일 말금>
아침부터 脫穀機에 보리를 改風해서 作石을 햇다.
作石을 하고보니 裸麥이 14叺 大麥이 2叺 計 16叺. 朝食을 마치고 牛車로 2回에 걸쳐 市基 共販場에 운반햇다.
檢査은 金南植 氏였다. 一等 裸麥 6叺 2等 8叺(大麥 2叺 包含)엿다. 糧肥 條로 裸麥 1等 2叺 裸麥 2等 8叺 大麥 2等 2叺 計 12叺를 整理코 1等 4叺은 買上을로 햇든니 1叺은 現場에서 1,785원을 찻고 3叺代는 俊峰이가 집에 와서 준다고 햇다.
內部는 내의 買上 1等 3叺를 里 貸與穀으로 入庫햇다. 圭太 立會 下. 圭太도 糧肥 2等 2叺 3等 1叺인데 내의 傳票에 包含되엿다.
午後에 일직이 와서 蠶室 修理햇다.

<1969년 8월 22일 금요일 清明>
아침부터 夕陽까지 終日 蠶室에 間子를 매고 蠶具까지 손질햇다.
計算하니 蠶室에서는 約 3枚 程度 養蠶할 수 있고 內室에서 約 1枚 新家屋에서 2枚는 기룰 수 있다.
間子 約 55介 不足 蠶泊[蠶箔]이 約 220介[個] 不足코 網도 約 100枚 以上이 不足햇다. 其他 相簇[箱簇]은 大不足이고보니 方途가 없다.

夕陽에 집에 온데 店鋪에서 圭太 基善 윳놀이 하다 시비가 버려저 손짓가지 하며 싸운다고 圭太 妻가 왓다. 말겨 달아고 햇다. 生覺하니 親友들인데 立場이 難해서 가겟다고 하고는 抛棄햇다.
蠶室에 밤 消毒을 햇다.

<1969년 8월 23일 토요일 말음>
精麥. 家族은 무수를 노왓다.
午後에 畓 피사리햇다.
農園에 柳東植 氏 麥 8叺 운반햇다.

<1969년 8월 24일 일요일 말금>
아침에 4叺 精麥하고 食後에는 金進映 承均 同伴 大里 崔八龍 氏 宅에 問喪을 갓다. 任實 文 係長(指導所)을 맛나 水稻作에 한하야 강이를 들엇다.
바로 館村農協에 가서 農藥을 3가지 사왓다.
집에 오니 成康가 精麥 中이엿다.
農園에 柳京植 氏 8叺를 精麥고 梁奉俊 小麥을 脫麥햇다.

<1969년 8월 25일 월요일 말금 비>
오날은 農藥 散布.
午後에는 비가 나리여 休息햇다.
今日부터 中高生 開學.

<1969년 8월 26일 화요일 말금>
市場에 갓다.
도야지 4頭에 9,200원 삿다. 중유 2드람에 2,000원을 入金 殘 9,200원 殘高를 남기고 왓다. 鄭圭太에 2,000원을 빌이엿다.
韓文錫 氏에서 燒酒 2箱子를 700원 入金코 실여왓다.
鄭圭太는 任實驛前에서 全州 牛모리하고 시비 끝에 面上을 다치엿다. 治料비로 290원을 내가 바닷다. 其中 酒代로 90원을 주웟다.
용운치에서 윳 논데 50원을 주웟다. 殘 150원이 在中이다.
밤에는 祖父 祀祠엿다.

<1969년 8월 27일 수요일 말금>
長宇에서 朝飯을 마치엿다. 食後에는 밤잠을 못 잔 탓으로 몸이 고달파 누웟다.
李正浩 母親이 詔請해서 가보니 參事 里長 洪德均가 參席햇다. 間밤에 故 李正進의 小祥이라고 中食까지 待接을 밧고 왓다.
午後에는 成康 형進 家兒를 데리고 農藥散布에 갓다. 約 17斗只쯤 햇다.

<1969년 8월 28일 목요일 말금>
終日 精麥을 하는데 機械가 異常해서 時間을 헤비햇다.
午後에 모종에서 里 大洞會를 한다고 해서 成康이에 맛기고 參席햇다. 里長이 開催햇다. 첫재 里 事務室을 짓는데 當初에 41,000원 豫算인데 아푸로 完全 修理하면 萬6仟원 要한다고. 體育大會에 出戰한데 喜捨金이 6,380원이 入햇는데 不利해서 金今龍이가 負상을 當하고 보니 約 1,800원이 治料로 利用코 보니 赤字를 냇다고. 1968年 豫算은 收入 支出을 따지고 보니 3,200원이 黑字로 宣言햇다. 代理로 내가 再言을 해주웟다.
69年度에는 豫備軍 莫舍[幕舍]비 15,500 又 山林組合비 13,500원을 配當햇다고.
夕食을 하려한데 嚴俊峰 成奎가 왓다. 말은 豫備軍服 關係엿는데 밤에 마당발비라도 해서 喜捨를 据出해서 多少 도움을 주자고 햇다. 그래서 잘 生覺해서 하라고 하면서 麥 5斗를 주겟다고 햇다. 자다보니 굿을 치고 왓다. 未安해서 효주[소주] 1병을 주워 굿장이만 주워라면서 보냇다.

<1969년 8월 29일 금요일 淸>
通學列車로 全州에 갓다.
鐵工所에서 리도루 1,600원에 삿다.
館村前에 當하니 郭在燁 氏을 相面햇다.
韓 議員[11]이 館村에서 歸鄕報告한다고 햇다. 바로 學校에 간바 演說 中이여서 갗이 合席코 外國政府 政治的으로 잘 들엇다.
退場 時에 私的으로 議員을 맛나 靑云提件을 付託햇다. 郡守任과 相議햇든니 介人[個人] 負擔金을 내지 안햇다면서 그러나 今年 秋期에 해드리겟다고 約束햇다. 感謝합니다고 作別 人事.
집에 와서 밤 늣도록 機械을 손보니 듯지 안해 다시 全州로 가기로 햇다.

<1969년 8월 30일 토요일 비>
通學車로 全州에 갓다.
보데가 낫바서 다시 갓다. 修善[修繕]해서 組立햇든니 다시 낫바다. 成東을 시켜서 다시 全州에 보냇다. 이제는 보도시 粉사[噴射]는 되엿다.
重宇에서 請接을 밧고 가보니 婦人들이 모여 노는데 술 한 잔 마시고 바로 왓다.
崔南連 氏 宅에서 밤에 請接을 밧앗다. 가보니 닥으[닭을] 一首 잡고 잼이잇게 놀앗다.

<1969년 8월 31일 일요일 비>
朝食 後에 精麥을 始作 夕陽까지 하고보니 約 16叺쯤 햇다.
炯進 永植 成康는 雨中에 堆肥를 切間햇다.
鄭圭太 酒幕에서는 數 名이 盜박을 하드라. 韓 生員은 收入을 햇는지 술 한 잔 하자고 햇다.
밤에까지 精麥하다 집에 온는 中 圭太 氏가 막걸이가 조흐니 1盃 하자고 햇다. 먹다보니 잠이 와서 자다 보니 비가 내렷다.

<1969년 9월 1일 월요일 비 구름>
午前 中 白康善 氏 시켜서 門 3짝을 달앗다.
午後에는 豚舍 修繕을 햇다.
時間이 잇어서 網用 새기를 꼬왓다.
夕陽에는 兒該들을 시켜서 農牛를 몰아 들로 보냇다.
炯進은 支署에 呼出狀을 밧고 내려갓다.
成康이는 每日 朝食만 하면 外出햇다가 밤이면 온다. 不平을 안니 할 수 없다. 논심도 업고 將來에 希望도 업고 平生 그러한 處勢로 갈는지 모르겟다. 洞內 동무가 모두들 그러기 때문에 父母로써는 답〃햇다.

<1969년 9월 2일 화요일 말금>
아침에 精麥을 햇다.
食後에는 成康이를 데리고 문을 발앗다.
中食을 마치고 崔錫宇 집에 갓다. 金 20,000원을 가저 왓는데 前 萬원은 2仟원을 더 디릴 터이니 秋에 白米로 3叺 叺당 4,000원식 이번에는 萬八仟원 디를 터이니 叺당 4仟5百원해 4叺를 주시면 合해 7叺이라고 確約코 가저왓다.
炯進을 시켜서 세맨 煙돌을 사려 보냇다. 오늘 途中에 한 개를 깻다. 세멘 3袋 연돌 3개 2,000원을 주웟든니 550원이 不足햇다고.
靑云洞에 갓다. 貯水池에 가니 물이 滿水

11 한상준, 제5~7대 임실군 국회의원(공화당).

가 되엇다.
金昌圭 牛車를 말햇든니 不應햇다.

<1969년 9월 3일 수요일 말금>
午前 中 新聞만 讀書햇다.
嚴京煥 集配員이 왓다. 成曉에 2仟원 送金을 依賴햇다. 中食을 早速히 맞이고 全州에 갓다.
祭事[祭祀] 장보기 하고 蠶具 木材 42個를 託送햇다. 全州驛前에 당하니 70老人이 점잔한데 大衆 앞에서 옛이야기를 한더라. 마침 時間的 餘有 있어서 中途에 들엇다.
옛적에 約 佰年 前에 漢陽(지금 서울) 노 정승이 살앗다. 이 近方에 南原에 둔데기 李병구 氏가 사는데 이야기엿다. 李병구 氏는 生計가 困難햇다. 사주쟁이(점쟁이)에 점을 하니 生前에 子息 12男妹를 둘 팔자라고 햇다고. 그래서 旣히 六兄弟는 두웟는데 日前 又 6兄弟를 두면 生活에 더욱 困難을 격을가바 夫婦 間에 相議하고 客地로 男便이 떠나기 約束햇다. 이혼 아닌 이별인데 50歲가 너무면 맛나기로 하는데 50歲가 너무면 임신이 안 된다고 目的이다. 그 길로 떠난데 客地에 가보니 生活길이 어려워서 生覺다 붓장사(筆商)을 해보기로 決定코 金 몃 양을 가지고 筆墨을 多少 사서 書堂을 차자 筆商 行爲를 하면서 數年을 지내다 몃 푼 生起면 本家 妻子에게 보내주웟다. 그래도 生覺하니 筆商은 長年은 못하겟다고 短定코 漢陽 千里 지금 서울로 갓다. 漢陽 가니 노 정승이 산다고 듯자 紹介를 너서 慮[盧] 정승 宅에 종으로 드려가기로 하고 入家햇다. 말이 즉 李병구는 로 정승에게 말하기를 제가 아는 것은 없이만 子女任이 있다면 가는 대로 갈이고 宅內에 채양군 노릇을 다해 주겠읍니다 햇다.
노 정승은 그려면 심부름도 하고 每事에 시키는 대로 해라 햇다. 最後까지 熱心히 마음에 들도록 家事에 協力 勞力해주웟다. 그려다보니 約 23年이 되엿다. 그려다보니 1家族처럼 어우려워젓다. 하루는 風聞에 들으니 노 정승은 無子息인데 生子를 爲해서 妾을 12名을 어덧다고 햇다.
하루는 노 정승이 뜻박에 內室로 불엇다. 무슨 잘못이 있어 부른고 당왕햇다. 그래도 命을 못 이겨 갓다. 내 네안테 꼭 付託할 말이 있으니 네 드려 줄 테냐 햇다. 네 죽을 일이라도 其間에 身勢 격근 페로 生覺한들 못 들이 잇겠음잇까 햇다.
노 정승이 말하기를 네 무슨 뜻으로써 시골에서 한양까지 또 내 집에 오게 되엿나 무렷다. 네 저는 제 집 生活이 困難한데다가 子息이 六兄弟이고 먹고 입도 못한데다 점장이예 점을 한니 앞으로 又 6兄弟를 두겟다고 해서 子息을 더 以上 못 낫겟다고 夫婦間에 相議코 이별 안닌 이별키로 하고 婦人이 50歲가 되는 해에는 들어가기로 하고 客地로 온게 노 정승 宅을 오게 된 것이 올시다 그려면서 내 말을 꼭 드려주겟나 햇다. 저는 죽을죄는 안 젓으나 잘못이 있으면 주겨주시오 햇다. 그려면 내가 子息이 없어 妾을 12名을 엇덧는데 干今 子息이 生起지 안했으니 너는 오날 전역부터 내 시킨 대로 해서 子息 하나 나도라 햇다. 깜작 놀아서 병구 氏는 고이 죽여주시오 햇다. 노 정승은 말하기를 너만 알고 나만 알는데 子息이 生起면 내의 子息으로 알게 안니야 햇다. 그래도 李炳九 氏는 살여주시오만 햇다. 그러다 할 수 업시 二次 妾宅으로 連行이 되엿다. 便命은 前後로 守備하고 있엇다. 同行해서 가니 말도 못하더라고.

炳九 氏는 後門 박에 잇고 노 정승은 內室로 드려가니 妾이 바가히 햇다. 잠자리를 하려 할 때 잠시 기드리라 하고 小便次 外出해서 炳九 氏 보고 내 代身 네가 들어가라 햇다. 그려면 난 줄 알제 넌 줄은 모를 것이다 햇다.

그리고 노 정승은 本家로 가버렷다. 炳九 氏는 황송하나 슈에 못 이겨 동품을 한니 妾이 적겨보니 어덴가 달잇다. 事業이 끝나고 촛불 키고 보니 노 정승이 안니고 딴 사람이엿다. 엔일인고 물엇다. 事由를 말한니 그려면 좃타고 반가히 대접을 밧고 왓다.

翌日 노 정승을 맛낫다. 이상 없이 슈대로 했읍니다. 그려면 또 못 밋겟으니 3次 妾家로 連行이 되엿다. 3次 妾家에 가서도 同一하게 行動햇다.

그 다음은 5次 妾 다음은 7次 妾 9次 妾 11次 妾은 그대로 行햇다.

約 1年이 經過한니 6妻에서 6兄弟를 낫다. 그려다보니 3次 妾에서 面會가 要請되엿다. 相面코 보니 당신이 오래 노 정승 집에 있으며 生命이 危險한니 당신 住所나 알이고 本家는 염려할 것 없시 또다시 客地로 가되 居所는 알이지 말{고} 해 가면 나 相面할 時期가 있으니 나를 밋고 가시오 하면서 旅費 幾百 양을 주웟다. 그 길로 가는데 노 정승에 말 한 마디 못하고 떠낫다. 떠나다 生覺하니 客地에 苦生이 深하니 罪를 진 몸이 되여 本家도 못 가고 수연{년}을 지내다 할 수 없이 내의 本家나 보고 죽겟다고 다시 筆商 生活를 行動코 本家에 갓다. 門前 들으니 집터는 變해서 와가 서 잇고 舍郞에서는 書堂 글 익는 소리가 벅석거리고 있엇다.

그려나 旣히 온 이상 붓 먹을 팔겟다고 드려갓다. 접장(先生)이 반가히 마지며 드려오시오 헷다. 夕食을 시키는데 行人 筆商이 왓는데 나와 갓이 맛상해서 밥을 채려오라 햇다. 안부인은 생각하기를 엇더한 점잔한 筆商이기에 先生任과 갗이 점상하라는고 햇다.

그러나 전역밥은 채려보내고 그 이튿날 아침에는 筆商을 內室 옆에다 세수 물을 떠다 노코 세수를 하라 햇다. 세수할 때 人物을 보니 꼭 自己으 옛 男便이 도싱업다고[12] 햇다. 옆모습 앞되[앞뒤] 모습 1-10까지 틀임업다고 判定코 朝食을 內室로 차려노코 子息 6兄弟 중 張次 兄弟를 불여 시켜 舍郞에 계신 筆商을 안방에 모시라 햇다.

오고 보니 3兄弟가 人事햇다. 夫婦 間에도 人事햇다.

彼此 內通을 하고 通情한는데 와가는 每月 노 정승 3次 妾이 보내주웟는데 本妻는 男便이 벌어 보낸 줄만 알앗다고. 그려다 몇칠이 지나니 소문이 들여오기를 全羅道 땅에 李炳久를 잡아 죽이여라 하는 소문이 들엿다. 깜작아고 벽장 生活을 멋칠햇다.

노 정승 3次 妾이 生覺한니 꼭 줄일 성 싶어 미리 6동서가 모여 相議하기를 노 정승은 넘이고 實際 兒該들 6兄弟 父親은 따로 있으니 萬若에 李炳九 氏를 죽이면 道義가 안이니 우리가 先頭에 서서 차자 죽이겟다고 정승게 말하고 밀이 先發하자고 約束햇다.

全部 同意해서 卽時 出發햇다.

3次 妾이 住所는 알고 6兄弟 6동서가 나서 李範九 宅을 訪問햇다. 깜작 놀랜 李炳九 妻는 집에 업다면서 살여달아고만 애원햇다.

12 '도싱없다'는 '똑같다'라는 뜻이다.

그려지 마시고 우리는 炳九 氏으 妾 6도서[동서]요 햇다. 그래도 못 밋고 없다고만 해다. 그려다 6동서는 진실이오니 兄任 봅시다코 大禮를 올이엿다.
몇 분 後에는 6兄弟가 힌등을 타고 드려왓다. 너이들 이 어른이 큰어먼니니 人事드려라 햇다. 大禮로 人事하니 그제 밋고 男便이 事前에 한 말은 있고 해서 벽장 남편을 現場에 모시고 7동서를 맷고 12兄弟 맷고 해서 同居한 게 지금으 둔덕李 氏으 先祖라고 들엇다.

<1969년 9월 4일 목요일 구름 午後 비>
食後에 林長煥 氏가 借用麥 13斗을 되엿다.
張判童 炯進을 시켜서 기화를 운반햇다.
午前 中만 精麥을 한데 成康이를 시켜서 晩秋蠶 2枚 申請分을 里長 집에 가질로 보냇다. 成康이는 單 1枚만을 가지고 왓다. 理由는 文書에 없고 2枚가 나마서 1枚는 丁成燁 집에 주고 1枚가 나마스니 가저 가라고 햇다고. 氣分이 少햇다. 參事를 맛낫다. 家兒를 시켜 네의 집에 가 晩秋蠶 2枚를 申請코 其後인 8月 28日(陰 7月 16日) 모종에서 캐취한바 確認햇는디도 不苦하고 文書가 없다고 1枚만 보내니 무슨 뜻이야고 文書에 있다고 햇다. 그만두게 한 집에 늘근이가 둘이면 서로 죽으라는 뜻과 맛찬가지니 1枚조차도 가저가소 하고 다시 返送햇다.
午後에 鄭宰澤 집에 갓다. 蠶種이 엇지 되엿냐 무르니 約 3枚를 追加로 갓{다} 주웟다 했다. 그래서 宰澤 母를 시켜서 갓다 달아고 해서 別途로 가저왓다.
新平面 酒場 配達 便에 金允九에 貳仟원 取貸金 傳達햇다. 蠶業에 고이로 文書 누락시켜타고 본다.

<1969년 9월 5일 금요일 구름 비>
오날은 母親 祀祭日.
아침부터 방아를 찌엿다.
嚴萬映 婦人게서 裸麥 1叺 1,900원을 가저왓다.
長宇 小宅에서 祭祠[祭祀]에 協力次 왓다.
完宇 脫麥 會計로 麥 3叺를 되여 주웟다.
그로써 會計 完了한 셈.
밤에는 祭事에 成吉 重宇 兄弟 成奎가 參拜햇다.

<1969년 9월 6일 토요일 구름>
午前 中에는 잠을 잣다. 故 어머니 親友 7, 8名을 모시고 濁酒 1盞式을 대접해 드렷다. 그랫든니 고맙다면서 지금까지도 어먼니를 못 이저 生覺하는야 햇다.
夕陽에는 내의 親舊 5, 6名을 모시고 대접햇다. 祭物도 만히 장만해 만{은} 손님을 대접하겟드라.

<1969년 9월 7일 일요일 말금>
早食 後에 安 生員과 同伴코 驛前에 버스便으로 任實邑內에 갓다. 聖壽行 버스를 기드리니 오지 안해서 道步[徒步]로 지추바우에 갓다.
安 生員 妻男 文炳權 兄弟는 間子를 손수에쩌서 주고 中食까지도 잘 대접을 밧앗다.
間 350介에 40원식 2,000원.
내의 牛車에 실코 安 生員 40介 進映 40介해 130介와 지열까지 실고 집에 온니 밤 8時쯤 되엿다. 그런데 錫宇가 10介만 돌아기에 내야 6介 安 生員 2介 進映 2個에 10介을 주웟다.

<1969년 9월 8일 월요일 말금>
朝食 後에 館村農協에 갓다. 金完準 氏를 對面코 相論햇다. 糧肥 條로 10叺 以下 過拂 時에는 特備 條로 要求하는 대로 질소질로 價치를 준다고 햇다.
農藥 살균제로 4병 살충제로 1병 成吉 妻에서 現金 500원을 取貸해서 買受햇다.
午後에 成康 便에 母의 藥을 지려 보낸 길에 金 700원을 주워서 500원은 成吉 집에 주고 200원은 네의 母 藥을 지라 햇다.
永植 炯進 나와 갗이 못텡이 수수 도렬병 약을 살포하고 일기여서 채소밧에 또 약 하고 집 온니 蠶室이 오도가[온도가] 나가서 양 부억에 불을 넛다.

<1969년 9월 9일 화요일 말금>
아침부{터} 家族이 皮麥을 改風햇다.
作石을 하고 보니 8叺가 되엿다.
食後에 炯進을 시켜 牛車에 上車 中 韓正石 氏가 貸與穀으로 1叺를 付託햇다. 共販場에 갓든니 上泉里 組合長이 말하기를 肥料 現品으로 交煥[交換]해 준다고 햇다. 그래서 韓正石 氏 條 貸與곡 1叺까지도 내의 名儀[名義]로 入庫한데 9叺를 2等으로 入庫햇다.
朴敎植 氏 가자고 하기예 中食을 잘 待接밧닷다.
오는 途中에 郭四峰 面職員이 昌坪里 麥種子 1叺 大里 2叺 자운영 2叺 計 5叺를 실코 온데 運임 200원을 달아햇다. 里에 와서 嚴俊峰을 맛나고 肥料 交煥곡이 잇데 안가 물엇다. 俊峰은 모른다 햇다. 內部는 農協에서 各 里마다 麥 20叺 程度는 配定한 模樣인데 이제는 共販日割이 업고 끗낫는데 그만치 里에 損害를 부치엿다고 추궁햇다.
그랫든니 내의 事務가 안니고 보니 잘 모르겟다고 햇다.

<1969년 9월 10일 수요일 말금>
午前 中 精麥햇다.
午後에는 安承坊 外 2人 精米를 햇는{데} 約 10叺.
改造 古 노라를 가지고 왓다. 金 1,600원에 삿다. 鄭仁浩를 시켜 館村農協에 갓다. 拾萬 條 淸算하고 過納된 分 肥料 約 13袋 程度 出庫標를 해오라고 햇다.
麥代는 總計로 金額으로는 約 115,540원 어치를 出荷햇다.

<1969년 9월 11일 목요일 말금>
今日 元泉里에 가서 기화를 이로 온다고 午前 中 待機 中 不參햇다. 驛前에 가서 成奎를 맛나 물으니 午後에 온다고 바로 任實市場에 갓다. 蠶泊 100枚 5,800원에 사서 張判童에 付託코 집에 온니 기화장이는 오지 안햇다. 炯進 永植이는 흑 운반 세메 보로크을 운반고 누웨는 날로 늘여난데 뽕 딸 人夫가 없어 難急이엿다. 屛巖 龍云峙 大里까지 連洛[連絡]을 取해도 婦人는 업다.
밥아서 밤에 炯進을 시켜서 間子 대패질을 시켯다.

<1969년 9월 12일 금요일 말금>
아침 5時頃에 일어낫다.
蠶具 準備次 間子를 대패질 햇다.
朝食 後에는 精麥을 始作하고 보니 夕陽까지 15叺 햇다.
嚴萬映 妻게서 보리 1叺을 要求햇다. 賃料까지 11斗을 주웟는데 外上이다.

李起榮 朴洛三 子 香善이가 왓다. 本署에서 刑事까지 2, 3名이 왓다. 알고 보니 起榮 香善이가 싸왓다고.
任實 賃搗精組合에서 常務代理가 왓다. 理由는 9月 9日 會議인데 不參햇다면서 過去 會비 未納 分 2,000원을 要求해서 現金을 주웟다.
기화 技術者가 왓다. 終日해도 못다 햇다. 기화가 모지라서 보냇다. 밤에 새집에 가서 간자를 맨데 炯進 成東이가 왓다.
끗내고 보니 12時頃이엿다. 집에 온데 鄭圭太 집에서 화토노리 하대.

<1969년 9월 13일 토요일 말금>
今日은 終日 精麥을 햇다. 土曜日이라 小中高生이 일직 歸家햇다. 뽕따기가 밥바서 全員 桑田에 보냇다. 成康 집 舍郞에 기화를 이엿다. 日費는 2,500원이라고 햇다. 그런데 外上으로 햇다.

<1969년 9월 14일 일요일 구름 비>
아침 일직이 起床햇다. 4時쯤 누에 밥을 주고 自轉車 便으로 館村에 成吉 집에 갓다. 金 5,000원을 빌이여 버스로 五樹에 갓다. 蠶具를 사는데 枚當 62원에 사고 기車에 託送한데 100원을 주웟다.

<1969년 9월 15일 월요일 비>
어제 午後부터 나린 비는 오날 아침까지 繼續햇다. 雨中에 뽕 따는데 支障이 만햇다. 外人 2名 家族 5人이 雨中에 뽕을 땃다. 건너집에 아침부터 3次 밥을 주웟다.
終日 내린 비로 越川하기 어려워서 뽕을 건너는데 욕을 보왓다.

<1969년 9월 16일 화요일 비>
終日 비만 내리엿다.
雨中에도 女子놉이 5名 男 놉이 3名이엿다. 男子는 섭장이 하고 女子는 뽕따기.
나는 집을 圭太 집에 가서 10束을 갓다가 마부시를 만드럿다.
成康이는 리야카로 뽕을 물 {건}너까지 운반 越川햇다.

<1969년 9월 17일 수요일 말금>
今日은 아침부터 누예를 올이기 始作해서 午前 中 午後 3時까지 8名이 올이엿다. 總 6枚 올이엿다. 家族 全員 놉 8名해서 13名이엿다. 午後에는 田畓을 돌보고 뽕밧에 가서 살펴 보왓다. 밤이면 뽕 도적이 만타고 햇다. 뽕이 나마서 長宇에 한 푸대 주웟다. 나머지는 成燁 母가 일해 준다고 해서 주웟다.

<1969년 9월 18일 목요일 말금>
堆肥를 뒤엿다.
終日 精麥을 햇는데 古章이 나서 애먹엇다.
農園에 安 氏 婦人이 金炳夏 弟수 것 鄭宰澤 母 麥 1叺을 外上으로 파라갓다.

<1969년 9월 19일 금요일>
아침부터 新穀 白米를 精米햇다.
農園에 金正坤 氏 被麥을 運搬해다 精麥햇다.
午後에 炯進을 시켜 水稻畓에 第 3次 農藥散布.

<1969년 9월 20일 토요일>
朝食을 重宇 집에서 햇다. 알고 보니 叔母 生日.
大里에 가서 理髮을 햇다. 午後에 水畓에

農藥을 散布햇다.
蠶室에 蠶網을 살펴보니 만이 죽엇다. 氣溫이 안 마자서인지 幣物[廢物]이 만히 生起엿다.

<1969년 9월 21일 일요일 구름>
아침에 工場에 精米를 하는데 成康이는 늣게까지 오지도 않아기에 身境[神經]{질}이 낫다.
成愼 兒該가 와서 우리 개동이가 죽엇다고 햇다. 깜작 놀아서 어디서 {하고 물으니} 확바우[학바위] 川邊에서라고 햇다. 約 17,8年을 내 집에서 同居타가 죽고 보니 서운한 마음 불상한 生覺 禁할 수 업섯다. 成東 炯進이를 시켜서 기름을 부치여 잘 무더주라고 信〃[申申] 付託을 햇다. 누예고치를 땃다.
午後에는 農藥 散布하는데 今日로 마감. 年 4回에 달햇다. 목도열로 만은 벼가 죽엇다. 介中에 내의 것은 藥을 한 타신지 만이는 죽지 안햇다. 多幸으로 生覺햇다.

<1969년 9월 22일 월요일 비>
共和黨 各面 大議員[代議員] 總會議가 있엇다. 驛前에 當하니 大里 郭在燁 氏가 기드리고 있엇다. 同行해서 會議場에 갓다.
韓 議員이 主催가 되어 國民投票에 對한 堂員[黨員]의 方針을 말해주웟다.
집에 온니 家族 全員과 놉까지 7, 8名이 누예꼬치를 땃다. 밤에 男女 20餘 名이 고치를 까는데 밧바다.
舍郎에서 자다 일여난니 11時쯤 되엿다. 金進映 氏 집에서 우름소리가 낫다. 알고 보니 進映 氏 妻가 押作히 死亡햇다고. 이웃집에서 딱해서 弔問次 갓다.
慰勞次 잇다보니 비는 네리고 時計는 새벽 4時을 알엿다. 집에 왓다.

<1969년 9월 23일 화요일 비>
아침에 精麥햇다. 午前 11時까지 끝내고 蠶견 販賣次 牛車로 館村共販場에 갓다. 고추[누에고치]는 品質이 不良햇다. 그래도 成康이가 交際한바 2等 ~ 3等을 때리여 平收는 햇다. 總 71,500원에 貯金 5仟원 種子 代 8枚 代를 5,440원 除하고 現金 60,713원을 햇다.
夕食床에서 家族에 告하고 手苦을 致下[致賀]햇다.
安 生員 中食代 取貸金 前條해서 240원을 喪家에서 주웟다.

<1969년 9월 24일 수요일 비>
아침부터 進映 宅에서 일을 보와 주웟다. 비는 폭으[폭우]로 변해서 大洪水가 나리엿다. 喪軍들은 비를 맛고 갓다. 남도 슬픈 마음 禁할 수 업섯다. 圭太 酒店에서는 終日 도박을 한는데 南連 氏는 萬원 以上 일엇다고. 昌宇 말이엿다.
成奎 成赫이는 기화代로 萬원을 要求햇다. 그래서 萬원을 주웟다.
鄭仁浩를 맛낫다. 肥料 交煥用 被麥 條로 尿素 14袋 票를 주웟 바닷다. 會計하면 20원을 더 다라고 햇다.

<1969년 9월 25일 목요일 구름> (陰 8月 14日)
아침에 鄭福東 宅을 차잣다. 債務 條로 利本 合해서 18,000원 會計햇다. 다음 鄭鉉一 氏 宅을 訪問햇다. 債務 11,500원 利本 合해서 會計햇다.
뽕 나는 婦人 日費 3,400원을 成康 母 便에 合計해 주라면서 現金을 주웟다.

嚴順相 貸借 條 仟원을 重宇 논두력에서 주웟다. 嚴俊祥은 貸借 仟원 外上代 1,050원 計 2,050원 주니까 술 두 잔을 주두라고, 精麥 精米햇다. 午前 中만 成康이를 시켜 4,000원을 주면서 鄭警錫에 會計하고 오라 햇다.

金鎭錫 집에서 外上갑 570원을 바드려 왓다. 現金 500원을 주고 70원 在로 햇다.

다시 鄭九福 宅을 訪問고 萬원을 빌이엿다. 成奎 便에 蠶室 資金 萬원을 주워 鄭宰澤 便에 拂入하게 햇다.

<1969년 9월 26일 금요일 말금>

오늘은 秋夕節이다. 아침次祠[茶祀]는 구진 데[궂은 곳에] 갓다 해서 회피햇다.

食後에 아들을 帶同코 母親 山所로부터 先塋에에 단여왓다.

집에 온니 朴洛三 氏는 子息에 對한 진청을 햇다.

때는 午後 4時 50分이엿다. 嚴俊祥 酒店에서 鄭太炯 林長煥 韓正石 崔乃宇(本人) 4인이 편짜서 윳놀이 햇다. 하고 보니 두 번 우리가 젓다. 鄭太炯 氏를 이끄러서 金進映 氏 宅으로 모시엿다. 장란으로 氣分조게 노랏다. 進映 氏 宅에서 술이 나온데 나는 다시 여기에서 한 번 더 해보자고 햇다. 조타고 햇다. 윳판을 기르기[그리기] 위해서 먹을 가질로 집에 왓다.

괫문을 여으니 아침에 마추워둔 5,000원이 不足. 세여 보니 3,500원을 내가고 솟대도 여전히 잠겨젓다. 兒該을 召集햇다. 무르니 全部 모른다 햇다. 지금 한 번니 안니고 數次엿는데 그때는 小額[少額]이고 지금은 3,500원 多額으로 보고 生覺이 달앗다. 이쯤 되면 내는 서새비[허수아비] 家長이며 子息의 將來가 失敗一路로 보고 兒該을 召集을 再警告햇다. 全 召集인데 成苑만은 全州에 갓다고. 承諾도 업시 갓다. 卽 金 現金으로 5百원券 3枚 殘金 합해서 3,500원을 가저오지 안하면 父는 自殺 又는 家出하겟다고 最終警告햇다.

成康이가 왓다. 理由를 무른니 모른다 햇다. 오양간[외양간]에서 成樂 成東을 데리고 相議한 模樣이엿다.

金進映 氏 喪家에서 兒該를 시켜 모시로 왓다. 윳집이 未安해서 잠시 참고 갓다. 場所에는 宋 生員 具道植 氏 林宗烈 氏 金長映 氏 多少 모이엿다. 나는 말을 안햇다. 參席하신 분은 말하기를 기분 나뿐 일이 잇야 햇다. 나는 答하지 안코 술만 먹엇다. 林宗烈 氏는 술 만히 먹지 말고 징정하라 햇다.

막걸이 5잔 햇다. 인사도 업시 집에 왓다. 兒該를 다시 召集햇다. 해전에 現金이 該決[解決] 안이 되면 父는 폐인이니까 自殺 又는 家事에 無用之物로서 世上을 그만 두니 고백하라 햇다. 遺書을 쓰려 햇다. 成東을 시켜서 長宇 大兄任을 오시라 햇다. 兒該를 再召集햇다. 模同兒[막둥이]까지 데려왓다. 成苑을 물으니 全州에 갓다고 햇다. 妻子에 兩人을 待하고 世上이 귀찬코 子息이 돌아 먹으니 오는부터 그만 두겟다고 햇다. 단 現金 5百원券 3枚 殘金 合해서 3,500원만 주든가 그려치 못하면 利用處만 解說해주면 利解[理解]하겟다 햇다.

模同애기가 왓다. 鄭正和 母를 시켜 과자 10원치 가저오라 햇다. 이무 죽을 바에는 아해가 불상햇다. 마지막으로 울지 안케 사랑한 마음을 남기고 가겟다 햇다. 철모른 막동아히는 더욱더 아버지에 사랑을 베푸렷다. 그래서인지 딱하게 되엇다. 良心이 있다면 아버지 心思를 벼준데 現金만 바치여라 햇다. 彼次 얼굴만 보면서 버티엿다. 그려면 不得히 아버지 없는 네의 生活을 해보아라 하면서 舍郞에 왓다.
生覺하니 좀 빠르다고 生覺햇다. (明心[銘心])
許俊晩 婦夫이가 왓다. 술을 가지고 왓다. 한실댁이 왓다. 술 먹자고 가자고 햇다. 나는 거절햇다. 夕陽만 여유를 줄 터이니 그간에 해결해서 現金만니 앞에 내라 햇다. 全 家族은 묵묵히 있섯다. 때는 왓다. 自殺은 언제든지 할 수 잇다. 死後에 후해 말고 고백만 해라 햇다. 2, 3次 권고해도 듯지 안하니 世上을 그만 두기로 判定하고 待機中에 崔瑛斗 氏가 와고 崔金喆이가 왓다. 놀여가자고 권고햇다. 反對하고 왓다.

<1969년 9월 27일 토요일 말금>
食前 兒該들을 大同코 건너집에 갓다. 前後로 掃除를 시키고 長宇에 갓다.
술 한 잔 들아고 해서 한 잔 하고 全州에 가는 途中에 許今龍 氏를 맛낫다. 벌 도리 업시 집으로 모시고 朝食을 시키고 不得히 가겟다 햇다. 내 일을 좀 보아달아 햇다. 무슨 일고 햇든니 李起榮 是非 事件이엿다. 그래서 李起榮을 만낫다. 그려나 朴洛三 氏가 업서 定金 打合을 못하고 全州로 해서 裡里까지 갓다. 姜氏 鐵工所에 갓다. 群山에 鄭榮植에 電話하니 음 19日에 온다고 햇다.
집에 온니 成曉가 外出次라면 밤에 왓다.

<1969년 9월 28일 일요일 구름>
大里 李元福 氏 되비[도배] 왓다.
成曉는 떠난데 金錢을 要求햇다. 그런데 限定額을 말하지 안코 있엇다. 그래서 5,000원을 주웟다. 伯父가 100원 南連이 100원 圭太가 100환 旅費로 봇태 쓰라 햇다.
昌宇 萬원 빌이엿다.
承坳 氏에서 5,000원은 成曉 가저왓다.

<1969년 9월 29일 월요일 비구름>
朝食 後에 精麥 精米한는데 終日이 걸{리}고 故障이 나서 애를 먹고 햇다.
成康이를 시켜서 元福 氏 役事를 시켜다.

<1996년 9월 30일 화요일 비>
아침에 건너집에 가서 元福 氏와 갗이 紙天 재사[再沙=再壁]를 하는데 白康善을 소리햇다. 불이 안 들여 굴둑 부엌을 손 보고 재사까지 해 1日을 데리고 햇다. 元福 氏는 바부다면서 夕食도 하지 안코 간다면서 日費를 말햇는데 그만 두라햇다. 그려나 1日 300원식 햇서 900원인데 金 壹仟원을 주워서 夕陽에 보냇다.
비는 만히 와서 越川한데 成植 便에 越川해서 보내냇다.

<1969년 10월 1일 수요일 구름>
아침 일즉 일어낫다.
蠶室에다 누에를 옴기고 불을 뗏다.
蠶室 옆 숩이 지서[숲이 져서] 全部를 처버리고 있으니 郡에서 崔宗順 財務課 職員이 왓다. 달이工事에 對한 打合次 왓다.
中食을 맞이고 건너집 벽장 되베를 햇다. 밤에까지 햇다. 林宗石이가 왓다. 明日 土力次 왓는데 夕食을 하자고 모시려 갓든니 具判洙에서 한다고.
집에 온는데 李道植 氏가 술 먹자고 未安햇다.

<1969년 10월 2일 목요일 말금>
午前 中에 土力한데서 드려 주웟다.
中食을 맛치고 自轉車로 한실宅과 같이 驛前에 갓다. 新平에 團合大會에 가는 길 驛前에서 韓大錫을 맛낫다. 편지 一狀을 밧닷다. 가는 途中에 떼여 보왓다. 內容인 즉 昌坪村前 橋梁 條로 郡守와 打合코 세멘 500袋로 合議 決定을 보왓다면서 그래도 내가 잘못이 있소 햇다. 人心之事는 大錫이가 다 썻다.
面에 갓든니 柳光洙 事務局長을 맛낫다. 昌坪里 다시[다리] 條로 15萬원을 策定햇다고 郡守 令監과 合議햇다고. 郭在燁 氏도 맛찬가지로 말햇다. 어는 사람 德澤인지 모루겟다고 生覺코 全部 感謝햇다고 햇다. 郭在燁 氏 보고는 大里에서 林長煥 立會下에 日間 昌坪里에 오시요 햇다. 나는 部落 里民에 公開로 다리 件은 말할 터이니 오시오 햇다. 日間에 連絡한다 햇다.

<1969년 10월 3일 금요일 말금>
새벽 5. 30分 列車로 群山에 가니 約 8時가 되엿다. 群山 京巖 새석場[채석장]에 鄭榮植을 맛낫다. 來 10月 5日 밤에 온다고 햇다.
오는 途中에 館村 驛前에서 崔宗順을 맛낫다. 午後에 郡守任게서 大里를 据處서 昌坪里에 온다고 햇다. 기드리니 오지 안햇다.

<1969년 10월 4일 토요일 말>
오날까지 林宗石 土手는 3日間햇다. 夕陽에 日費 1,200원을 주워 보냇다.
夕陽에 大里 郭在燁 氏가 왓다. 일은 어제 3日날 大里學校 運動會인데 中食을 해려 할 때 鄭鉉一은 學務課長도 잇는데 韓大錫 편지를 냇다. 일거보니 고약하게도 다음에 보자까지 썻드라면서 분발. 在燁 氏는 黨에 가서 韓吉洙 氏에 말해서 吉洙 氏 大錫에 電話로 말하기를 自己 것 주지 안흔데 自己 혼자 낫을 내고 단이야면서 그만 낫 내래면서 나무랫다고.
잠시 있으니 찝車가 왓다. 나가보니 郡守 令감이 오시엿다. 用務는 昌坪里 村前 橋梁 視察次 왓다. 나는 現在에서 人事하고 橋梁에 對한 說明을 다 햇다. 郡守任은 가고 늣게 俊峰이를 맛낫다. 밤에 橋梁 關係로 打合한다고 햇다. 夕食을 마치고 參席햇다.
打合을 맞이고 보니 11時 30分 讀書하다 잣다.

<1969년 10월 5일 일요일>
아침에 蠶室에 불을 땟다. 新家에 가서 불을 땟다.
朝食 後에 永植 炯進 成東 내가 四人이 堆肥을 뒤엿다.
午植을 마치고 炯進은 鄭警錫 宅에 3,200원을 주워서 輕油 2드람을 실여 보내고 成東 永植이는 新家에 마당 고르렷다.
日曜日이기에 兒該들을 시켜 밤을 땃다.
夕食을 하고 成東이를 시켜서 技術者 鄭永植 102列車에 마중을 보냇다.
工場 옆에서 윳을 논데 丁基善 趙內鎬가 連續 4回 논데 구경햇다. 막걸이 3잔을 자리에서 먹엇다.

<1969년 10월 6일 월요일>
새벽 列車로 裡里에 가니 8時가 되엿다. 大同工業社에 들이여 群山 鄭榮植에 電話햇다. 不在中이라고 答이 왓다.
姜世中 氏 機械 뿌로가를 맛낫다.

鄭榮植는 彩石場[採石場]을 그만 두웟다고. 그려데 오날 中으로 任實에 간다고 햇다고. 바로 뻐스로 집에 온니 오지 안햇다. 午後 102列車에 成康을 시켜 마중을 보냇다. 그래 오지 안해서 이제는 氣力이 남아서 달이[달리] 能度[態度]를 決定햇다.

<1969년 10월 7일 화요일 말>
집에서는 晩秋蠶이 오르냐고 분주햇다.
朝食을 마치고 驛前에 갓다. 或時 汽車로나 榮植이가 올는지 몰아서엿다.
雨澤 氏 宅에서 群山에 電話햇다. 榮植 婦人이 나왓다. 榮植 氏는 其職場을 그만 두웟다면서 오날 늣게라도 任實 宅에 간다고 하고 出발햇다고 햇다.
大里長 宅에 갓다. 稻 種子 및 싸이로 가다을 빌이려 갓다. 里長은 不在中.
崔宗仁을 만낫다. 肥料를 실여보낼 터이니 14袋만 주라 햇다.
大里 朴泰燁 氏는 年 74歲인데 便所에서 死로 햇다고.
鄭榮植이는 午後에 到着햇다. 附屬을 가지고 裡里에 보냇다.

<1969년 10월 8일 수요일>
村前 農橋 起工式日이다. 丁基善 氏가 왓다. 先親 祭祠라면서 술 한 잔 먹자고 갓는 途中에 圭太 酒店에서 瑛斗 氏 婦人이 不平不滿이 가득 찻다. 理由는 男便이 盜박을 해서 7, 8萬원을 損害 밧다고 해서이엿다.
基善 氏 집을 단여 와서 成康 便 萬五仟원 俊峰 집에서 가저왓다. 9時 車로 裡里에 가면서 成康에 五仟원을 保管시키고 갓다.
裡里에서 附屬 1部를 가지고 뻐스 便으로 집에 왓다. 4時 30分인데 橋梁 基工式[起工式]이 設備되엿다. 面長 支署長 里長 多少 參席해서 간단히 式을 맛치고 大里 喪家에 갓다.
오는 中에 宰澤이와 同伴해서 집에 온니 11時엿다.

<1969년 10월 9일 목요일 구름 바람>
아침부터 바람이 세게 부러서 大端히 춥드라.
成東이 炯進을 데리고 거너집에 便所를 修理햇다.
鄭榮植이 午前 10時 半에 왓다. 機械를 組立하는데 附屬 不足해서 다시 午後에 裡里에 갓다.
成奎에서 세멘 2袋를 又 빌이여 왓다. 午後 3時 30分쯤 몸이 조치 못해서 舍郞에서 누워 잣다.

<1969년 10월 10일 금요일 말>
終日 機械 修理 및 組立햇는데 正常的이엿다.
밤이 되여서 精麥 및 精米를 中止햇다.
鄭榮植은 밤에 간다고 해서 旅費 500원을 주워 보냇다.

<1969년 10월 11일 토요일 말금>
아침부터 終日 精麥 및 精米를 햇다. 機械는 異常 업고 正常的이엿다. 午前 9時가 되니 鄭榮植는 왓다. 乘降機[昇降機] 및 여려 가지로 調査 檢투 햇다. 約 終日하는데 米 42升 麥 121升 햇다. 鄭榮植이는 간다고 해서 約少[略少]하지만 治下金으로 金 2,000원을 주니 밧기는 햇지만 저은 것으로 生覺햇다.
밤 10時까지 기계는 도라갓다.

<1969년 10월 12일 일요일>
午前 中 精麥했다.
午後에는 郡 단부車를 利用코 자갈 운반한데 따라 단니엿다.
村前 다리 기소를 착공햇다.

<1969년 10월 13일 월요일>
아침에 梁奉俊 氏 宅에 갓다. 奉俊 慈堂 問病하고 取貸金 6仟을 주웟다. 安承场 氏를 問하고 取貸金 5仟을 주웟다. 張判同 宅을 訪問코 水갑 壹仟을 주웠다. 牛車 0.5日 勞賃 3百원도 判同 父親에 傳해주웟다.
成東 便에 4,500원을 주워 鄭警錫 油代를 보냇는데 그래도 310원이 殘이 되다.

<1969년 10월 14일 화요일>
精麥 精米 作業햇다. 郭在燁 氏가 來訪햇다. 村前 農橋 놋는데 봇태라고 萬6仟원을 주고 갓다.

<1969년 10월 15일 수요일>
아침에 鄭鉉一 氏를 訪問햇다. 郭在燁 氏로부터 金 16000원 받은 金 相議하고 宋達文 氏를 禮訪 張在元 氏 禮訪 丁基善 氏 禮訪 安承场 氏 禮訪코 相議한바 全部가 橋梁에 봇태 쓰자고 同意햇다.
午前에 처만히[처마니, 청운동]에 郭在燁 氏와 同伴코 崔文巖 氏 禮訪 鄭圭太 訪問코 中食을 待接코 在燁 氏와 作別. 鄭仁浩를 만나 青云洞에 세멘 2袋를 鄭圭太에 引斷햇다. 16,000원은 嚴俊祥 酒店에서 韓相俊 裵明善 崔宗順 丁基善 崔今石 立會 下에 里長에 引계햇다.
南連 氏는 도박해서 約 4萬원을 損害밧다고 해서 圭太 酒店에서 本家로 보냇는데 婦人이 不平햇다.

<1969년 10월 16일 목요일>
아침에 鄭鉉一과 同伴 青云洞에 갓다.
金泰圭와 本面 中隊長을 만낫다.
鄭圭太 집에 간바 鄭泰燮 外에 5名을 맛나고 選거운동을 햇다. 鄭泰燮은 不平이 있엇다. 허나 묵인하고 참앗다. 理由는 부칙이라면서 동양[동냥]은 못 주나마 박적조차 깬다는 말을 햇다.
午前에는 방아 찟고 午後에는 家庭 訪問햇다.
大里에서 郭在엽 씨와 嚴俊峰이가 왓다.
밤에는 又 家庭訪問햇다.

<1969년 10월 17일 금요일 말금>
午前 9時頃에 大里國校에 與黨 參視人[參觀人] 資格으로 參席햇다.
正午가 되니 中食을 하려한데 外人이 3, 4名이 合席코 갗이 中食을 햇다. 午後 五時가 넘어서 封하고 집에 오는데 錫宇가 驛前에 當하니 夕食을 하자고 햇다. 嚴萬映도 갗이 同伴.
夕食을 마치고 집에 오는 途中에 鄭圭太 酒店에 들이였다. 圭太는 不在中 鄭泰燮만 잇는데 10月 16日 泰燮이가 한 말을 復手[復讐]햇다. 不良한 놈라면서 나무랫다.
집에 온니 圭太 兄弟가 왓다. 네의 女便은 술 팔고 너는 돈 대주고 동생은 高利權하고 不良한 놈이라면서 明日부터는 장사 말고 떠나라 햇다. 두 兄弟는 눈물을 흘리면서 떠나기로 햇다.

<1969년 10월 18일 토요일 말금>
아침에 鄭圭太 집에 갓다. 간밤에 말한 것 生覺하니 未安 마음이 드니 장사는 해라고

했다. 술 먹자면서 터파는 햇다. 崔瑛斗 氏도 參席햇는데 잘된 질이라 햇다.

<1969년 10월 19일 일요일 말금>
午前 中에 業者 會議가 있서 面에 갓다. 林彩守 氏 宅에 들이여 會議는 마치고 오는데 農高生이 와서 農樂친다기에 굿을 잘 보왓다. 상쇠는 洪吉杓 氏의 長男이라고.

<1969년 10월 20일 월요일 말금>
成東이는 10月 11月 分 授業料를 要求햇다. 1,900원을 주웟다.
修學旅費 2,500원 要求햇다. 明日 주마고 해서 보냇다.
大里 再從弟 鉉宇를 오라고 햇든니 왓다.
건너집 便所 벽 담싸기 시작햇다.
午後에는 精米를 햇다.
丁俊浩는 午後에 1部를 나락 비엿다고.

<1969년 10월 21일 화요일 구름>
아침부터 방아 찌는데 10時가 되였다. 건너집 玄宇 일한 데 가보니 成康 炯進이가 있엇다. 柳正進이 보더니 自己 집으로 모시여 가보니 펀[편] 밥 술을 차리고 권햇다. 시장한 판에 잘 먹엇다. 집에 와서 工場에 여려 가지 손을 보고 夕陽에 又 방아 찌엿다.
成東이 成樂는 明 22日부터 28日까지 農(體)繁期 放學이라고 햇다.

<1969년 10월 22일 수요일 말금>
朝食하고 牛車에 堆肥 실고 桑田에 갓다. 炯進이는 堆肥 散布코 나는 장기질하는데 몹시 되더라.
午後에도 장기질햇는데 못다 햇다.
夕陽에는 任實驛前에 韓文錫 氏를 訪問코 借金 2萬5仟을 가저왓다. 期日은 12月 22日로 定하고 利子는 6分로 햇다.

<1969년 10월 23일 목요일 말금>
아참부터 비 내리엿다. 비는 가랑비고 보니 별 異常은 없다.
아침에 精米는 햇는데 2, 3升 收入. 順天에 具 生員으로 간바 時間이 업서 抛棄해다.

<1969년 10월 24일 금요일 비 구름>
아침에 順天에 간다고 生覺코 방아찟는다고 1部 왓다. 明日로 미루고 又는 夕陽에 찌여드리겟다고 하면서 時間 연장햇다.
11時 52分 列車를 타고 順天에 간니 3時 20分. 脫麥 工場에 가니 社長은 업다. 婦人 보고 副社長 업야고 햇든니 내가 기요햇다. 폭소하면서 석양에 오겟소 해다. 從萬 氏 집에 갓다 못 가게 햇서 잣다.

<1969년 10월 25일 일요일>
아침에 무起해서 道沙面에 父親 (이숙) 宅에 갗이 갓다.
姨叔任에 人事하고 바로 姨母任 山所에 갓다. 하도 슬퍼서 눈물로 성묘 드리고 동생과 갗이 順天 行 햇다. 12時 50分 列車를 타고 집에 온니 午後 3時 50分이엿다.

<1969년 10월 26일 일요일 말금>
아침 새벽 5時에 일여낫다. 방아 찔 감이 만히 밀엿다. 5時 50分頃부터 始動하고 午後 1時까지 作業햇다. 收入은 約 5斗5升쯤.
村前 農橋 作業場에 갓다.
嚴俊峰이는 집으로 가자고 햇다. 俊峰의 三男 돌이라고 햇다. 金 100원을 주고 中食을 맞이엿다. 夕陽에 龍山坪 6斗只 고지 궁벼

변데 갓다. 定完이 丁炳云이가 벼를 볏다.
又 여가가 있어 農橋 作業場에 갓다. 人夫 約 20名이 熱心히 일하는 것고 보고 집에 왓다.

1970년

<1970년 1월 1일 목요일>
今日은 新正. 學生들도 全員 放學에 休校로 들어갓다. 새벽에 잠을 깨고 今年度 生活改善에 設計를 硏究하고 기려 보왓다. 첫재 收入帳簿 整理엿다. 둘채 工場運營設計. 셋재 農事改善의 設計, 넷채 蠶業의 養蠶 設計, 다섯채 家兒 指導 行常

年中 收入 支出

收入	支出
精麥 54叺6斗	學비
約 109,200	102,515
精米 34叺	生活비
187,000	596,963
脫麥 41叺66斗	成康 成奎
83,320	205,497
家庭收入	
714,0277	
計 1,093,577	計 1,038,510

差引 黑子 55,067원
※但 食糧은 除하고 小學生 學비 除外임.

<1970년 1월 2일 금요일>
今日에 炯進 條 白米 18叺을 嚴俊峰에 넘겨 주웟다. 其中에 2叺을 형진이가 保菅[保管]햇든 白米이고 16叺는 錫宇 7叺 형진 農곡 4叺8斗 年給 1部로 해서 1叺8斗쯤 남기고 會計햇다. 어제 밤에는 崔錫宇가 새기 꼬로 왓는데 이야기는 멫일 간 도박햇다는 이야기엿다. 그런데 南連은 독약을 먹고 죽겟다고 햇다나. 그리고 文京 母에 와서는 林天貴나 黃敎相이가 짜고 내 돈을 따먹엇으니 官署에 申告해서 無效와를 말햇다고 錫宇에서 傳해 들엇다. 尹鎬錫 氏 精米햇는데 白米 16叺 낫다.

<1970년 1월 3일 토요일>
아침에 우리 방아 찌려 햇든니 外人이 와서 못 찟고 炯進은 처음으로 나무하려 보냇다. 午後에는 새기 꼬기 햇다. 밤에는 언제든지 10時까지 밤일 하자고 約束햇다. 영채는 龍山里 6斗只 고지를 달아고 왓다. 그래서 應答햇다. 朴洛三 氏는 尹鎬錫 氏을 시켜서 왕저[왕겨]를 가저가라고 傳하기에 兒該[兒孩] 둘을 시켜서 가저왓든니 其後 돌머리宅이 와서 달아 햇다. 處分햇다고 햇다. 尹鎬錫 氏는 夕陽에 金錢 萬원을 要求햇다.

<1970년 1월 4일 일요일>
機械 附屬品 構入[購入]次 全州에 갓다. 湖南機械商會에 들이여 뿌테 배야링을 사고 外上代 1,600원 殘高로 남기고 왓다. 날

씨가 몹시 추워서 또 시장하고 해서 처음으로 막걸이를 먹기 시작햇다. 成康이 指導次 건너집에서 하루밤 잣다.

<1970년 1월 5일 월요일>
午前에 脫麥機 修善[修繕]햇다. 방아 찟자고 農園에서 왓는{데} 날씨가 몹시 추워서 此後로 미루고 보냇다. 兒該들 데리고 쌔기 꼬기 햇다. 밤에도 새기 꼬는데 이웃집 永植이가 왓다. 조금 꼬와달아고 햇다.
10時가 너머서 店酒에 갓다. 數萬의 里民이 모여 돈내기 화토를 하는데 完宇는 술자시라고 권해서 2잔 먹고 집에 온니 밤 1時가 지냇다.

<1970년 1월 6일 화요일>
今日 우리 나락을 精米햇는데 白米로 14叺 낫다. 安承均 氏에 借用米 14叺인데 切半[折半]인 7叺을 會計하고 7叺은 今秋에 주겟다고 햇다. 그랫더니 承均 氏는 利子를 5斗 내게 돌여 주면서 年 3.5利만 밧겟다 해서 感謝하다면서 6叺5斗만 주웟다. 술집에 가서 술 한 잔만 하자면서 권햇다. 終日 收入은 약 米 14斗 被麥[皮麥] 27升 合해서 16斗7升 最高 記錄을 올이였다.

<1970년 1월 7일 수요일>
終日 工場에서 精米햇다. 裵仁湧 氏 生日이라고 招待햇다. 參席員 尹鎬錫 氏와 갗이엿다. 崔京喆이는 陸士筆記試驗에 合格햇는데 身元保證을 서달아고 해서 署名捺印해주웟다. 鄭九福 氏에 萬원 借用햇는데 本日字로 利元全[利元金] 합해서 11,700원 白米 2叺 주고 日後에 現金 700원 주기로 햇다.

<1970년 1월 8일 목요일>
今日 終日 工場에서 作業햇다. 牟潤植에 萬원 借用햇는데 利子 900원인데 百원을 다음에 밧기로 하고 白米 2叺을 다음에 崔錫宇을 주라 햇는데 알고 보니 嚴俊峰에 가는 쌀이엿다. 炯進이는 驛前에 白米 5叺을 실여 보냇는데 運賃 300원에 作定해서 보냇다. 夕陽 밤까지 오지 안햇다. 五柳里 姜江石이가 왓다. 오날은 父親 祭日이다.

<1970년 1월 9일 금요일>
아침에 長宇에서 朝食을 마치고 집에 왓다. 尹南龍 母는 韓正玉이 쌀을 맛기엿냐고 무려서 맛기엿고 햇든니 달아고 햇다. 그래서 1叺을 주웟든니 南用 母는 丁基善 氏에 주드라. 鄭圭太 氏는 本人 나락을 훌는데 中食을 갗이 먹자고 해서 잘 먹엇다. 午後에는 몬[몸]이 조치 못해서 舍郞[舍廊]에 누웟든니 잠이 들엇다.
夕陽에 炯進을 시켜서 大里에 肥料를 運搬해라 햇든니 應答을 하지 않햇다. 듯자한니 間밤에 圭太 酒店에서 錫宇 鉉一과 메사리[멱살]를 잡고 아 자식 저 자식 하면서 先生도 노름을 한야고 싸웟다고 들엇다.

<1970년 1월 10일 토요일>
아침부터 방아 찌엿다. 金炯進 關係로 白米 5叺을 嚴俊峰에 넘겨주는데 圭太로부터 錫宇 條로 白米 15斗 入하고 牟潤植로부터 錫宇 條로 2叺 入하고 炯進 米 工場에 保菅 條保 5斗하고 乃宇 本人 白米 1叺 해서 게 5叺 崔英姬 俊峰 妻에 넘겨 주웟다. 林澤俊 條로 丁基善에 白米 1叺을 넘겨주웟다.
밤에는 曾祖考 祀祭日[祭祀日]. 參拜하고

집에 온니 새벽 4時였다. 尿素 15袋를 大里에서 운반 햇는데 12月 30日로 10叺 買上件에서 會計하라면서 鄭仁浩에 委任하고 가저왓다.

<1970년 1월 11일 일요일>
白康善 妻는 現金 3萬8仟5百원을 내에게 保管햇다. 用途는 自己의 妻男이 土地 4, 5 斗只을 買受해주겟다고 하면서 白米을 파라달아는 現金이엿다. 그래서 嚴萬映 氏 白米 2叺을 保管햇다. 單價는 今日 任實市場 價에 準하기로 하고 殘額은 내 利用할가하고 있음.
밤에 7時쯤 成康이를 시켜서 丁基善 氏 宅에 借用金 利本子 合해서 萬仟200원 食床代 900원 計 萬貳仟百원을 주워 보냇다. 다음 崔完宇 新安宅에 借用金 利本 萬仟5百원 成樂 便에 보냇다. 다음 鄭九福 氏에 前後 會計 未澤算件[未決算條] 七百원 殘金을 또 成樂 便에 보내주웟다. 다음 이웃집 裵仁湧 氏 宅 海南宅 取貸金 仟원을 成樂 便에 보내 주웟다.

<1970년 1월 12일 일요일>
아침에 白康善 氏가 來訪햇다. 用務는 土地賣買의 件이엿다. 崔南連 氏 畓이 3斗只 適當한데 單價 問題이엿다. 此後로 미루고 作別햇다.
朝食을 마치고 成吉 精米를 햇다. 途中에 白康善가 왓다. 崔南連 氏 畓 3斗只을 買受하기로 햇다고 햇다.
午後에 昌宇을 맛나서 圭太 酒店에서 말하기를 成赫은 도박으로 約 30萬원이 債務인데 脫出할 計劃인데 林天圭가 말기고 해서 後金을 天圭가 대서 昌坪里에서 꽁지를 始作한데 完宇가 約 6萬원 尹錫이가 5萬원 裵明善이가 參萬원 其他해서 損害을 보왓다고 햇다. 그려니 崔成康이도 갗이 한자리에 있으니 成康이도 못시게 풀이엿다고 햇다. 生覺하니 이도저도 못하고 家庭的으로 數萬히 指導햇짓만 별수 없이 두고 보되 분 막심햇다.

<1970년 1월 13일 일요일>
아침에 白康善 氏가 왓다. 어제 南連 氏 畓 600坪을 賣買한 것이 解約되엿다고 햇다. 生覺하니 理由가 잇는 듯햇다. 正午에 崔南連 氏를 酒店에서 對面하고 自己집으로 가자고 해서 갓다. 解約 理由는 成赫이가 間밤에 왓서 畓을 解約하고 제가 꽁지 하면서 보살펴 주 터이니 다시 한 번 해보라는 데서엿다고 햇다. 南連 氏 婦人에서도 承諾을 엇덧다고 햇다. 그리 말고 1切 抛棄하고 끈너라고 권햇다. 그리고 白康善 氏에 다시 畓을 讓渡하라고 햇다. 그랫든니 應答하고 登記券을 내주워서 白康善에 傳햇다. 오날은 몹시 추웟다. 舍郎에 새기 꼬기 밤에도 새기 꼬기.

<1970년 1월 14일 월요일>
아침에 日本에 편지를 쓰노라고 밥앗다[바빴다]. 金太鎬 氏가 왓다. 방아 찟자고 왓는데 日氣 차서 明日로 미루고 崔南連 氏가 왓다. 用務는 白康善 氏의 土地 賣渡의 件이였다. 어제 完定된 것을 다시 取消해겟다고 2斗只만 팔게 해달아고 햇다. 마음이 맛이 안햇지만 人事上 康善 氏에 말해보겟다고 햇든니 自己가 即接[直接] 帶同코 왓다. 康善 氏는 2斗只이도 3斗只이도 永遠이 氣分 낫바 못 사겟다고 据絶[拒絶]햇다.

그래서 兩者가 抛棄하고 갓다.
終日 舍郞에서 成東 成樂이와 새키 꼬는데 成東이는 말{하}기를 明年에는 炯進가 우리 집에 살지 안코 서울로 간다고 햇다고 햇다.
夕陽에 白康善 氏가 왓다. 崔南連 氏 土地는 如何間 못하고 驛前에 崔永贊 妻의 土地를 말한 中이고 白康俊을 시켜서 任實登記에 보내서 從閱햇다고 햇다. 막걸이 1升 갓다 먹고 갈이엿다.

<1970년 1월 15일 화요일>
成東이는 中學校 卒業式에 注意 듯기 爲해서 學校에 간다고 햇다. 成苑은 卒業式에 參席次 金 400원을 주워 보냇다.
工場에서 精米 準備 中인데 白康善 氏가 왓다. 用務는 다시 崔南連 土地를 買受키로 햇다고. 南連 氏 婦人이 早朝에 와서 권하기에 應答햇다고 햇다. 잠시 잇다 보니 南連 氏도 왓다. 同感이라고 하기에 다시 超過坪數 234坪을 白康善에서 崔南連 氏가 買受한 걸로 契約書 領收證을 써주고 圭太 酒店에서 막걸이까지 먹고 署名捺印햇다.
집에서 새키 꼬기 하다가 午後에 成康 집에 갓다. 점심때가 넘엇는데 그때사 成康이는 中食을 하드라. 마음이 맛지 안햇다. 막약에[만약에] 이 집에서 도박을 판을 부치면 망신을 시킬 터이니 조심해래 햇다. 답변 업시 문 차고 나갓다.
夕食을 마치고 舍郞에서 새키 꼬는데 보절면에서 白南基 氏가 왓다. 自己의 長女을 예운데[여의는데] 參席을 要햇다. 잠시 잇다가 술 한 잔 먹자고 嚴俊祥 집에 갓다.

<1970년 1월 16일 수요일>
食後부터 精米햇다. 里長은 面에 任實郡守 年頭視察次 왓다고 靑云堤는 郡 計劃에서 빠젓쓰니 韓 議員과 打合하겟다고 햇다고. 面長은 몃 人事가 서울에 가서 韓 議員을 相面함이 올타고 햇다고.
成苑 成東은 今日 卒業式에 成東은 개근償으로 玉편 1券을 타 왓다. 林澤俊은 몇칠부터 白米 3叺만 債務 借用케 해달아고 해서 주마고 햇든니 2叺은 丁基善을 주고 1叺은 尹錫을 주라고 햇다. 그래서 基善은 2叺을 주웟는데 尹錫 條 1叺은 鄭圭太를 주라고 해서 주기로 하고 圭太 2斗 취여온 놈을 除하고 8斗만 달{라} 햇다.
夕陽에 건너집에 갓든니 成苑은 오지 안해서 전역만 먹고 왓다.

<1970년 1월 17일 목요일>
朝食을 成康 집에서 맞이고 成奎 집에 兄任을 뵈앗다.
圭太가 찾앗다. 林澤俊 條 白米 1叺을 달아고 해서 내주웟든니 自己의 長女 서울에 보낸다고 해서 주웟다. 그려나 林澤俊에 證人은 서라고 햇다.
終日 새기 꼬기 햇다. 白康善이가 왓다. 崔南連 土地는 完全히 破햇다고 賣買에 對하야 말이다. 복골 朴洛三 婦人이 왓다. 白米 6斗만 取여 달아고 햇다. 朴正基 兒을 데리고 왓다. 6斗을 되여 주웟다.
밤에 開發委員會議가 있어 里長 집에 갓다. 決算報告엿다. 첫재로 다리 關係인데 收入과 支出로 보와서 세멘 100袋 賣渡分 3萬원 人件費 24,000원 計 54,000원인데 業字 萬원 除하고 4萬5000원 殘 日後에 里公益事業에 利用키로 하고 里 雜비 5萬四

仟을 날파하기로 햇다. 洞內 林野 賣渡 處分키로 하고 坪當 半升식으로 決定코 靑云堤 小류地에 對하야 서울에 가기로 하고 散會햇다.

<1970년 1월 18일 금요일>
終日 새기 꼬기 햇다.

<1970년 1월 19일 토요일>
終日 방{아} 찌엿다. 成樂이는 屯南面 農協으로 蠶 貯金 1,500원을 차지려 보냇든니 如前히 차자 왓다. 大里에서 訃告가 왓는데 崔龍浩 叔母엿다. 夕陽에 이발 兼 問喪하려 갈아고 衣服을 창기니 立場에 難햇다. 웃방에 가서 作業服을 벗고 成東이 쓰봉을 이버보니 몸에 맞이 안해서 다시 건너집에 가서 농을 뒤지니 쓰봉이 업다. 그래서 成康이 쓰봉을 이버보니 몸에 맞이 안해서 집에 다시 왓다. 마침 成樂이가 洗濯해 가지고 와서 多幸으로 生覺고 驛前으로 大里에 갓다. 마침 鉉一과 1行코 집에 왓다.
방{아} 찟는{데} 尹錫이 집에서 불이 낫다. 里民이 만히 모여 불은 잡앗다.

<1970년 1월 20일 일요일>
아침 8{時} 50分 列車로 成東을 帶同하고 全州 永生中學校에 갓다. 擔任先生을 對面하고 高校願書을 써달아고 말을 건넷다. 成績表을 堤是[提示]하면서 이려한 成績 35點 가지고는 願書을 써 줄 수 없다고 햇다. 그려면 願書없이 高校을 보낼 수 없으니 집에 놀이겟다고 햇다. 先生은 永生高에 보내라 햇다. 그려면 이려한 35點 成績으로 永高는 엇재서 보내라 하나 햇다. 그래도 永生高에 보내면 조화도 他校로는 永生高 爲身[威信]問題이니까 못 써주겟다고 해서 그만 두라면서 此後 보자 햇다. 崔東宇 先生을 對面하고 形便을 말햇다. 東宇 先生은 明日 成東이를 學校에 보내면 農高 先生과 맛나서 入學케 해주겟다고 햇서 갗이 全州 市內로 와서 金 500원 주워서 手續을 付託햇다. 印章과 願{書}을 주웟다.
任實를 단여 組合 가서 朴萬植을 맛나 許可 改新[更新]을 말하고 왓다.

<1970년 1월 21일 수요일>
今日은 유득히 날시가 풀이여 따듯햇다. 終日 방아를 찌엿다.
夕陽에 白康善 氏 宅을 訪問햇다. 막걸이를 바다와서 白康俊 康善 갗이 마시엿다.
夕食을 맞이고 裵仁湧 氏 宅에 갗다. 海南宅이 밤에 任實市場에서 왓다. 못처럼 왓다고 술을 바더 왓다. 술을 먹고 金 萬원 要求햇드니 韓正玉에서 가저와서 갖고 왓다.
건너 成康집에 갓다. 成愼 成苑만 있엇다. 조금 있으니 柳文植 外 1人이 왓다. 成苑을 시켜 집에 三國志 冊 1篇을 가저 오라햇다. 기도리니 오지 안햇다. 冊床 빼다지를 뒤저보니 異常한 엽서가 보엿다. 일거보니 1969年 7月 22日字로 全州 예수病院에서 온 편지였다. 入院費 5仟원 支拂 督促편지엿다. 밧은 사람은 崔成苑 신귀남이였다. 成苑을 불어 무려 調査하려 햇지만 밤 11時까지 오지 안해서 洞內 1週햇다. 다시 건너 집에 갓든니 와서 잠이 들어 말하고 왓다.

<1970년 1월 22일 목요일>
아침에 成苑이 왓다. 네 엇제서 脫線行爲를 하느야 하고 편지에 69年 7. 22字 崔成苑 申貴南 앞으로 예수病院에서 通知가 왓

는데 入院費 5仟원 支佛通知인데 솔직이 말해라 햇다. 그러한 事實히 없다고 拒絶햇다. 그러면 病院에 照會해서 그려한 일이 업다면 말하지 안코 萬若에 事實이 잇다면 學校는 정학하겟다고 約束햇다. 成東이도 26日 金 壹仟원을 보내라 햇는데 萬若 農校에 不合格이면 家事에 從키로 言約햇다.
新平 郵替夫[郵遞夫] 林 氏에 營業稅 1,833원代 納分을 주웟다.
終日 새기 꼬기 햇다. 밤에도 새기 꼬는데 裵永植 外 2人이 協助해 주웟다.
아침에 成奎 便에 叺子 80枚代 8仟을 支拂해 주웟다.

<1970년 1월 23일 금요일>
朝食을 맞이고 舍郞에서 終日 새기 꼬기 햇다. 林澤俊 氏를 집으로 招待코 白米 3叺 借用에 對해서 明年 秋에 잘 갑도록 하라면서 丁基善 2叺 鄭圭太 1叺 모두 3叺을 주웟다고 햇다. 陰曆 明年에 雇人 金炯進은 다시금 내 집에 再雇入케 말해 달아면서 들으니 서울로 客地에 간단 말을 들엇쓰니 그게 事實인가 本人의 意思을 들어 알게 해달{라} 햇다.
夕食 後에 舍郞에서 炯進이와 갗이 새기 꼬는데 林澤俊 氏의次子 兒가 와서 炯進兄 아버지가 일하고 오래 하드라. 勿論 내가 付託 件인 듯햇다.

<1970년 1월 24일 토요일>
아침부터 終日 새기 꼬왓다. 午後에는 鄭太炯 氏가 訪問햇다. 約 1時쯤 이야기 中에 金炯進 말이 나왓다. 安承均 氏와 相議해서라도 明年에 다시 再任할 것은 勸해겟다고 햇다.
잇다보니 中食床이 들어왓다. 濁酒 1병을 가저다 待接햇다. 사랑꾼을 주기 爲해서 떡을 하라 햇다. 밤에 6名의 사랑꾼이 왓다. 새기를 꼬는데 떡은/떡을 드려와서 먹게 햇다. 토구벅 새기는 오날밤으로 끝낫다.

<1970년 1월 25일 일요일>
아침에 成康집에 간아. 今日 네의 방아 찟{는}다고 해다. 牛車로 運搬한데 13叺8斗쯤 낫다. 總 6斗 5斗只에서 16叺 4斗 白米로 收학 셈이다. 其 中에서 成康집으로 白米 2叺을 보냇다. 6叺은 倉庫에 入庫하고 5叺는 工場에다 白康善 條로 두고 1叺은 食糧庫에 넛다.
丁俊浩는 고지를 달아고 해서 못텡이 上 3斗只 成康 畓 3斗5升只을 주기로 하고 7斗을 주웟든니 宋成用 牛車에다 館村에 보내서 斗當 540式 내고 왓다.
夕陽에 炯進을 시켜서 農牛가 암을 내서 李起榮 氏에 보냇다.
밤에 舍郞에서 蠶網을 맛는데 金泰연이가 와서 安 生員이 오란다고 대려갓다. 林澤俊이는 아침에 炯進을 데리다 明年 雇人을 무르니 설 쇠고 보자고 햇다고 햇다. 마음이 없는 模樣으로 生覺인다[생각한다].

<1970년 1월 26일 월요일>
아침에 成康이 시켜서 白康善 完宇 黃 氏子 今石 日費 1,900원을 보냇다. 永植 14.5日 2,900원 中 1,000원 除하고 1,900원 주웟다.
成東이 入學手續次 全州 崔東宇 先生에 보냇다.
嚴俊祥 氏 집에서 노랏다.

<1970년 1월 27일 화요일>
午後에 張泰燁 崔錫宇 精米햇다.
鄭鉉一을 시켜서 大里 東錦稧員에 回覽狀을 보냇는데 오늘 1月 31日로 日別을 定햇서 보냇다.
夕陽 龍隱峙 金東南 氏 崔 氏 1家가 왓다. 고지 너 마직이 달아고 왓다.

<1970년 1월 28일 수요일>
終日 工場에서 精米햇다.
成東은 全州農高에 試驗 受驗指示 밧드려 갓다.
그러데 農高에 前 成康 先生 金建洙 先生이 나를 面會하잔다고 成東에 傳햇다.
金進映을 맛나고 文順 婚談을 말햇는데 雇人 炯進이와 뜻이 잇느야고 햇다. 生覺해 보겟다면서 炯進이 年齡을 무럿다. 모르겟다고 햇는데 日後에 相議하기로 하고 午後에는 炯進와 牛車를 보내서 麥畓에 보리밧기를 햇다.

<1970년 1월 29일 목요일>
今日은 成東이 農高 受驗日이다. 아침 通學車로 全州에 갓다. 約 1對1 程度라고 햇다.
終日 金昌圭 精米햇다.
밤에는(陰 12月 22日) 五代祖 淸州 韓氏 祀祭에 參席햇는데 昌宇 錫宇 成奎도 參席햇드라.
祭祀집 寶城宅에서 新安 堂叔 말이 낫는데 新安 堂叔은 谷城 南洋洞 位土를 사달아고 寶城宅을 주르드라고[조르더라고] 햇다. 萬若 白米가 不足하면 本人의 白米도 보태겟다고 햇다고. 그려나 宗員들은 拒絶한다고 햇다. 엣날 連山 位土를 新安宅 父게서 팔아먹고 10餘年을 궐제햇는데도 속이 업이 位土 사달고 한다고 寶城宅의 말이엿다.
白康善 氏 白米 5叺을 줄 것이 잇는데 今日 3叺을 되여주고 2叺는 此後에 주기로 햇다.
용운치 金東南 外 1人에 고지 4斗只分 白米 8斗을 圭太 氏를 시켜서 되여주엇다.

<1970년 1월 30일 금요일>
順天宅에서 朝飯을 먹고 全州에 갓다.
農高에 들이여 金建洙 先生을 面會하고 受驗에 對하야 相論햇다. 다시 南部市長에 成東을 데리고 와서 장보기를 햇다. 成東 말에 依하면 어제 試驗볼 대에 永生中校에서 商課[商科]를 배웟는데 農課[農科] 試驗을 보니까 先生이 와서 試驗用紙를 바군 통에 時間이 너머 몃 問題를 덜 썻다고 햇다. 그래서 先生任게 相議햇든니 成東이가 잘못이라 햇다. 2月 3日에 發表한데 아마도 未心스럽다.
驛前에 와서 大里 鄭龍澤 契員을 맛나서 明日 내 집에 參席해다라면서 여러 契員 傳해달{아}고 付託햇다 炯進 成康이를 시켜서 安承均 氏에서 白米 6叺를 館村市場에 보내서 32,700원을 바다 왓다.

<1970년 1월 31일 토요일>
今日은 豫定대로 東錦稧日이다.
午後 1時頃에야 募이엿는데 金哲洙 李相云이만 缺席햇다. 장만한대로 待接하고 契穀은 總 利本해서 2叺인데 利子 2叺은 郭宗燁 崔鎭鎬 2人이 保菅[保管]하야 來春에 利穀만 가지고 麗水나 갈가 하고 言約햇다.
支署에서 崔 巡警 外 1人이 왓다. 火災團

東次라면서 多少 過歲[課稅]하겟다고 要求햇다.
夕食 後에는 金進映 安承均 裵仁湧 鄭圭太 梁奉俊 李道植을 모시고 술을 待接하고 밤 12時까지 놀다 갓다.

<1970년 2월 1일 일요일>
終日 成東이와 같이 舍郞에서 蠶網 30枚를 織組햇다.
洪 書記가 와서 免許稅 1,200원을 주웟다.
雇人 炯進 成康이를 시켜서 安承均 氏에 白米 7叺를 가지고 2叺은 工場에 下車하고 5叺는 任實市場에 보냇든니 27,500원을 바다 왓다.
그려면 2次에 承均 氏에서 白米 13叺을 借用하고 舊件 7叺 計 20叺를 借用햇다. 昌宇는 소고기 1斤을 사서 보내왓다.

<1970년 2월 2일 월요일>
成樂이는 今日부터 開學을 햇다. 아침에 白康善 氏를 모시고 舍郞에 장판을 피엿다. 食後에 路上에서 班長 裵明善 氏을 맛나서 尿素肥料代을 무렷다. 4袋에 2,950원이라 햇다. 里長에서 會計할 돈이 買上으로 10叺代 23,950원라 해서 買上用 肥料 尿素 15袋 10,665원 1般用代[一般用代] 4袋代 2,950원 農協貸借金 11,500원 里 雜稅金 850원 計 25,965원이엿다. 買上代(10叺) 23,950원에서 25,965원을 淸算하니 2,015원인데 2,000원만 裵明善에 주고 班長日誌에 記載을 햇다. 午後에 成東이 형진을 시켜 麥沓 발부려 보냇다. 잠{시} 잇다 가니 成東 형진은 업다. 소만 논에 섯다. 잠시 있으니 炯進이가 왓다. 夕陽에 집에 온데 牛車을 부시여 버렷다. 마음이 안 조왓으나 참앗다. 혹 명년에 또 모슴이나 살가서엿다.

<1970년 2월 3일 화요일>
아침에 通學車로 農高에 갓다. 교무실에 가서 柳浩永 先生을 맛낫다. 이지[어찌] 오시엿소 {하기에} 내의 三次子가 이 학교에 試驗보려 왓소 햇든니 職員室에 간다. 단여와서 겨우 合格이라 햇다.
成東이가 왓다. 合格은 햇지만 아프로 잘 해라 햇다. 紀全女中에 간다. 成苑關係를 成績을 調査햇든니 平均 51點이엿다. 예수病院에 서무과에 電話햇든니 심평이 안니고 신덕면 삼길이 24歲 女인데 우체부가 잘못 전햇다 햇다.
집에 왓다. 成苑집에 가서 家兒 잇는데 뚜드려 주웟다.
임실에 油類代 4,700원을 李起雨 長女 玉心에 會計하고 完了 捺印하고 왓다. 常務書記 丁來燮 婦人에 3,000원을 주고 舊許可證을 주면서 오시면 할해라 햇다.
嚴俊峰이를 맛낫다. 郡에 왓다고. 알고 보니 前進大會라고 安承均 氏은 帶同한 模樣인데 핵심 단지로 定하고 農牛 80頭을 준다고.

<1970년 2월 4일 수요일>
驛前에 鄭敬錫이가 왓다.
油類代 3610원 新聞代 70年 1月分까지 2,560 週刊誌 945원 計 7,115원을 주고 領收證을 밧닷다.
終日 精米 精麥햇다.
支署에서 崔 巡警이 왓다. 過歲하라고 金壹千원을 주어 보냇다.
工場에 安承均 氏가 왓다. 雇人 衣服代를

무르니 成奎는 1,500원을 주웟다고 廷宇가 安承均 氏에 와서 不平을 하드라고. 承均 氏는 2,000원 程度 주웟다. 그래서 나도 2,000원을 주웟다.

<1970년 2월 5일 목요일>
成奎가 방아 찟자고 햇다(陰 12月 금음날).
成康 이발하고 신 산다고 해서 500원을 주웟다.
午後에는 嚴俊祥 집에 갓다.
놀다보니 嚴俊峰 安承均 崔成奎가 募엿다. 俊峰이 보고 말하기를 昌坪里가 今年에 핵단지로 選定되엿다면 자네들도 단원인가 햇다. 나는 該當없다고 햇다. 그려면 나는 단이 된가 햇다. 된다고 햇다. 그려면서 安承均 氏가 핵단지 委員長이고 나와 成奎 其外는 役으로 되엿다고 햇다.
打合도 업시 役員 組직을 해노코 利用만 해먹자는 것이다. 2번에[이번에] 핵단지 名義[名儀]로 耕耘機 1臺을 내가 말햇쓰니 協助 좀 해달아고 햇다. 그려지요 햇다. 들으니 嚴俊祥이가 한다고 햇다.

<1970년 2월 6일 금요일>
大宅에 가서次祀을 자시고 兒該 둘 데리고 省墓에 갓다. 午後에는 靑云洞에 鄭圭太 父親 金在玉 氏 崔六巖 朴公熙 宅에 歲拜하려 갓다. 夕陽에는 이 마을 故 어머니 親友 몃 분을 차지 뵈얏다.

<1970년 2월 7일 토요일>
9時頃에 全州에 갓다. 成苑 入學金 19,190원을 商業銀行에 拂入햇다. 午後에는 옆집 進映 氏 喪家로 해서 몃 어른들 차자 뵈얏다.

<1970년 2월 8일 일요일>
아침 朝食은 昌宇집에서 食事햇다.
圭太에서 델로 와서 갓다. 洞內분들을 모시고 待接하드라.
裵仁湧 氏 宅에 갓든니 婦人들이 모여 놀드라. 술 한 {잔} 주시여 먹고 왓다.
昌宇 집에서 논다고 해서 갓다. 婦人들이 만하고 男子는 鄭宰澤 柳正進 昌宇뿐이엿다. 효주 2잔 마시고는 곳 나왓다. 바로 成康집에 가니 잠이 들다 오니 밤중이였다.

<1970년 2월 9일 월요일>
朝食을 成康에서 햇다.
집에 온니 成苑이 보이였다.
實은 7日 家出한 成苑였다. 네 어디 갓다 왓는야 햇다. 답변이 업다.
成康이 炯進 成東이가 食事 中이였다. 炯進이는 효주 한병 담배 1甲을 가저 왓다고 해서 食後이지만 한 잔 햇다.
丁俊浩 氏가 招待햇다. 가보니 夫婦 논 契員이라면서 걸게 장만햇다. 술 한 잔 두 잔 마시고 집에 왓다.
옆집 丁成燁 집에서 海南宅 外 14, 5人이 모엿다. 듯{자}하니 우리 집에서 婦人들이 논다는 말을 듯고 해서 미리 따지기 爲해서 효주 1병을 가지고 成燁 집에 갓든니 반가히 햇지만 먹지 안코 다시 우리 집에 募臨키로 하고 散會햇다. 집에서는 約束햇는지 中食 準備 中이엿다.

<1970년 2월 10일 화요일>
成東이와 갗이 蠶網 만들고 마부시를 만들엇다.
午後에 柳文京 母가 왓다. 점방에 가서 놀다가 하자면서 권햇다. 가보니 몃 사람 進

映 氏 外 3, 4人이 모엿다. 술을 먹다 보니 우숨솔이가 낫다. 그러자 밤이 되였다.

<1970년 2월 11일 수요일>
아침에 鄭圭太 氏가 왓다.
해장하자고 해서 갓든니 藥을 주드라.
朝食 後에 寶城宅이 왓다. 南原에 가자고 햇다.
11時 50分 列車로 寶城 堂叔 成奎와 갗이 書道驛에 到着 이발소에 들이여 이발햇다. 구술로 갓다. 六代祖 墓所에 省墓하고 炳基 氏 宅에 갓니 三溪面에 가섯다고 不在中이였다. 때는 午後 3時엿다. 大端이 시장한데 出發햇서 十里길을 걸어 博石峙[13]에 當햇다. 빠스가 없서 다시 걸엇다. 王峙面 入口에 當한니 빠스가 와서 3人이 乘車하고 南原에 왓다. 夕陽에 6時쯤해서 中食을 하고 빠스로 帶江面에 왓다. 걸어서 江石哲宇 집에서 夕食하고 正宇 집에서 잣다.

<1970년 2월 12일 목요일>
아침에 正宇 집에서 朝食을 맟이고 正宇는 學校에 가고 우리 1行 3人은 約 2時間 後에 出發해서 砂石里에 닷다.
마침 빠스는 帶機[待機]하고 있는데 正宇가 나왓다. 車票를 사고 담배 3甲을 사서 한 갑식 주웟다. 乘車하고 가다가 대강 入口에서 下車햇다. 谷城 가는 빠스에 탓다. 곡성에는 죽곡까지 仟원에 타고(택시) 죽곡에 갓니 12時엇다. 面에 들이여 林野臺帳을 從覽하니 141번지에 5町 3反[畝]이엿다. 職員에 술 한 잔 주고 걸어서 산직 집에 갓다. 산직을 데리고 五代祖 山所에 省墓하려 갓다. 단여와서 夕陽에사 中食을 하고 登記書類을 作成 산직와 갗이 里長을 對面하고 書類을 里長에 주면서 付託햇다. 밤이 되엿다. 1.5里을 걸어서 압록역에 왓다. 通學車에 타고 順天 당숙을 곡성에서 내리고 成奎 나는 南原에 와서 영남 下宿집에 잣다.

<1970년 2월 13일 금요일>
새벽 4時 24分 서울行 列車에 탓다. 忠南 光石驛에 당한니 9時 40分이엿다. 빠스로 해서 豆麻面[豆磨面]에 갓다. 11時쯤 되엿다. 朝食을 먹엇다. 面廳에 들엇다. 林野臺帳하니 祖父外 3人으로 되고 25의 1番地에 1町 7묘[畝]엿다.
빠스에 타고 光石里 산직이 崔大炳 집에 왓다. 書類을 作成해서 付託코 山所에 갓다. 立木은 잘 지서젓고 지둥감이 約 30株가 서 있서서 잘 가과[가꿔] 달{라}고 付託햇다. 道步[徒步]로 光石驛에 오니 午後 4時 16分 車가 잇다. 列車에 몸을 실코 집에 온니 9時였다. 大宅에 兄을 人事하고 夕食을 하고 3日間 行事에 對한 報告을 햇다.

<1970년 2월 14일 토요일>
筆洞 朴洛三 氏 葬禮式에 參席코 夕陽에 왓다.
成康 外叔이 父子 間에 왓드라.
弔問에 參席한바 李起榮 氏와는 怨恨이 풀이지 안코 死亡한바 李起榮 보고 마음이 조치 못하겟다고 햇든니 事實이라고 햇다.
里長 參事 嚴萬映 崔錫宇를 만낫다. 韓牛團地 希望者 選定한데 意思을 무릿다. 人力不足으로 못하겟다고 햇다.
成曉이가 20日間 休가 왓다.

13 남원시와 사매면의 경계에 있는 고개.

<1970년 2월 15일 일요일>
成東이는 全州에 방아 附屬品 노지루[노즐] 노라 찝부를 사러 보냇다. 午前 中에 방아 修繕이을 끗내고 午後에야 作業햇다.
任實에 朴正根 氏가 왓다. 陰曆 1月 14日 移居한다고 놀여 오라 햇다.

<1970년 2월 16일 월요일>
아침에 大宅 兄任 生辰日이라고 招待가 왓다.
鄭鉉一 氏는 成赫 白米를 내다라고 왓다.
大宅에 갓든니 南連 氏 順川宅이 왓드라. 兄任 딸 三 兄弟는 歲後에 왓다. 朝食을 끝맞이고 집에 와서 工場에 일을 보앗다.
圭太 酒店에서 말을 듯자와 裵仁湧 丁九福 崔南連 牟潤植이 도박을 宋成用 집에서 햇는데 裵仁湧이는 約 3萬원을 일엇다고. 丁九福이는 45원 먹엇다고 들엇다.

<1970년 2월 17일 화요일>
아침에 炯進 成東이를 시켜서 驛前 鄭敬錫 氏 宅에서 輕油 2듬[드럼] 重油 1드람 計 3드람을 運搬햇다.
그런데 鄭敬錫 氏는 光州에 出他햇다면서라 햇다고 現金을 2仟원을 주워 보냇다.
午後에는 炯進 外 3, 4人을 시켜서 보리밧을 밥게 햇고 牛車까지도 動員햇다.
寧川 崔鎭鎬가 왓다. 술이 있어서 한 잔 주고 夕陽에는 金一煥 氏가 오시여 小溜池에 對한 打合도 햇다. 柳文京 집에서 夕食을 햇다.
밤에 崔元喆 집에 가서 元喆의 母親을 慰勞햇다.

<1970년 2월 18일 수요일>
午後에야 精麥을 햇다. 成曉는 印章을 주워서 面에 보냇다. 耕耘機 1臺 貸付하려 보냇든니 아즉 郡에서 面에 配定이 오지 안햇{다}고 햇다.
成康 外叔이 5日만해사 떠낫는데 旅費 200원을 圭太집에서 빌여주웟다. 듯자한니 적다고 不安하게 갓다고 햇다.
嚴俊祥 氏 집에서 놀다가 鄭圭太 집에서 놀다가 11時頃에 집에 와 잣다.

<1970년 2월 19일 목요일>
炯進이는 牛車에 白米 3叺을 시려 館村市場에 보냇다. 代金은 16,400원을 가저 왓다. 成曉 成康이는 全州에 놀여갓다. 成東이와 나는 終日 精米햇다.
白康善이는 白米 1叺를 가저갓는데 4叺이 간 셈이고 殘 1叺이가 남앗다.
夕食을 맛치고 있으니 2, 3個月 만에 처음으로 비가 내린다고 햇다.
肥料 4叺 가저왓다.

<1970년 2월 20일 금요일>
今日은 陰曆 正月 15日이다. 새벽부터 내린 비는 해갈이 넘게 왓다.
圭太 집에서 논니 梁奉俊이가 보자기에 갓든니 邑內宅에 갓다. 生日이라면서 酒饌이 만한데 잘 먹엇다. 午後에는 낫잠을 조[좀] 잣다.
夕陽에 韓 生員 外 4, 5人이 왓다. 밥을 좃[좀] 먹자고 해서 드렷다.

<1970년 2월 21일 토요일>
鄭圭太 酒店에 婦人 3, 4人과 갗이 酒席이 되엿논데 裵明善이가 왓다. 무슨 조히[종

이]를 내면서 보와 주시요 햇다. 자세히 보니 굿노리 하는데 굿갑 히시[희사]를 要햇다. 金 5百원을 저거 주웟다. 마음에 맞이 안햇다.
安承均 氏가 왓다. 굿 말을 햇다. 里長 參事가 낫부다고 햇다. 동내 어른과 相議없이 2, 3人이 里 政治햇다면서 里民 5, 6百 名은 2, 3人의 手中에서 끌여가야 하나 햇다.
밤이 되엿다. 夕食을 하고 崔南連 氏 집에 갓다. 瑛斗 氏도 왓다. 굿을 치는데 里長 집 鉉一 집을 거처 우리 집에서 치는데 마음이 맛지 안해 내다보지도 안햇다.
鄭昌律 氏를 路上에서 맛나고 債務 白米 8末4斗인데 崔福喆 집에서 4末 밧고 4末은 春季에 일로 해 주기로 言約.

<1970년 2월 22일 일요일>
아침에 妻에 무르니 數名으 굿잡이가 왓서 굿을 치는데 쌀을 달아기에 2升을 주웟다고 햇다.
南原에 成奎와 갗이 가기로 해서 大宅에 갓다. 成奎는 訓練이라고 하면서 明日로 미루웟다. 長宇에서 朝食을 햇다.
成康 집에 갓다. 간밤에 굿군이 와서 굿을 치는{데} 죽을 끄려 주고 술 2병을 바다 주웟다고 해서 氣分이 맞이 안햇으니 이무[이미] 준 것이니 말 안햇다.
圭太집에서 논데 林長煥 氏가 왓다. 里內 몃 분하고 相議안코 굿을 장만한데 未安하오니 理解해 주시라 햇다. 里長 參事는 좃케 生覺하지 안는다고 햇다. 牟潤植 氏 집에 화토노리 하다가 끝이 난 後에 班長은 없새자고 주장하는{데} 自治會長이 이는[있는] 限 不必要를 주장햇다.

<1970년 2월 23일 월요일>
成曉 便에 成東 入學 18,150원을 주워서 全州農協으로 보냇다. 成東이도 갗이 보내서 모비루 外産品 1,800원에 가저왓다. 成愼은 今日 入學日. 母 便에 大里學校로 入學手續을 보냇다.
精米하는데 安承均 氏인데 18叺 찌엿다.
成康이는 갗이 일햇는데 崔錫宇가 왓다. 말에 依하면 年齡이 40歲인데 自動車 運轉免許을 밧고자 原書을 사왓소 해서 잘햇다고 햇다. 그려면 成康이도 갗이 해라 햇다. 成康이도 立會 下인데 承諾햇는데 入學金 2萬八仟원. 父도 承諾햇다.
듯자하니 成苑은 밤에 外出이 藉〃하고 22日도 嚴順模를 시켜서 成苑을 불여내서 나간바 모른 男子가 面會코 갗이 들판에까지 갗이 갓다가 왓다고.
2月 7日 成苑 入學金을 銀行에다 入金시키고 바로 온 中 12時頃에 들판 趙末浩 집 옆에서 누구인지 모른 女學生 2名이 서서 있다가 조금 가가히 본니 방천 너{머}로 숨든니 잠시 후 그곳을 당해서 보니 鄭東洙 氏 果樹園게로 갓드라. 으심이 나서 우리 成苑나 안닌가 해서 집에 온니 여견[역연(亦然)] 成苑 文叔이 두리 外出次 갓다 햇다. 밤이 되여도 오지 안햇다. 3日 만에 맛나고 조용할 때 말 뭇겟다고 말 안햇다. 그러나 時日이 갓다. 그래서 오날 成康 집에 갓다. 단〃히 나무래고 日後에는 脫線行爲를 하지 안하겟다기에 入學金도 入金시켯는데도 또다시 납부게 父母 許可업시 自由行動을 취하나면서 그 버릇을 고치지 못하면 차라리 죽는 게 人間의 行爲라고 햇다. 그러자 박에 나가면서 父母가 죽지 말아 해도 죽을 테다면서 밤에 外出을 하고 들어오

지 안햇다. 生覺하니 조흔 말로 해도 듯지 안코 때{려}주워도 그때뿐이오 그러하니 딱한 私情[事情]. 만화冊이나 보고 小說이나 보고 敎科書는 1切 보지도 않코 있으니 그려다 심하게 감독하면 피하야 對面을 하지 못하니 그도 또한 難點이다.

<1970년 2월 24일 화요일>
아침에 鄭鉉一 氏 訪問햇다. 學校 財産目錄 例視次 確認 印코 食後에는 成康 집에 갓다. 成苑 成康이도 업다. 들의니 成康이가 又 成苑을 뚜드려 하니 도망첫다고.
終日 누워 자다 夕陽에 왓다. 아침부터 내린 비는 終日 내리였다.
小學校 中學校 全部 學期末 放學이라 햇다. 年中 成績表을 보니 정근상장이 3枚 學績 4名이다. 不良햇는데 全員 미만 마잣드라. 生覺하니 全部가 父의 責任인 듯 又는 그도 내의 幸運으로만 理解가 간다.

<1970년 2월 25일 수요일>
今日 終日 親友와 갗이 酒店에서 놀앗다.
成曉 外出햇는데 夕陽에 母를 시켜서 金壹仟원을 주시라 햇다. 업어서 母들으[母더러] 取貸하야 주라 햇는데 알고 보니 驛前에서 親友들과 놀다보니 交際費가 不足해서였다.

<1970년 2월 26일 목요일>
白康善 氏 取貸米 1叺 殘을 宋成龍 氏의 牛車에 上車해서 任實市場에 보내 주웟다. 裵仁湧 氏 便에 任實驛前 韓文錫 氏에 便紙를 냇는데 借用金 件로 햇다. 夕陽에 裵仁湧 氏의 말은 2, 3日 後에 人便 又는 信用者 1人을 署名捺印해 보내면 借用케 해주마고 햇다고. 路店에서 里長을 맛낫다. 今春에 農路改設을 꼭 하라 햇다. 다리 놉코 나문 세멘트 100袋 35,000원을 今春에 路 改設에 꼭 使用케 하라 햇다.
丁哲相에서 來訪햇다. 約 2, 3時間 談話하고 갓다. 成康이는 全州에 갓다.

<1970년 2월 27일 금요일>
午前에 成奎와 갗이 빼스로 五樹[獒樹][14]에 갓다. 石工 白氏와 맛나서 人事하고 床石 單位을 무르니 床石 香爐전 其他 附屬을 너서 24,000원이면 사겟다.
마참 崔成泰 氏 族親을 맛낫다. 形便을 말햇든니 반가히 했다.
3月 7日字頃에 오겟다고 言約하고 作別. 바로 빼스로 巳梅로 해서 桂樹里 崔炳基 宅에 간바 不在中이기에 日間 오시라고 하고 成奎는 妻家로 가고 나는 汽車 便에 歸家햇다. 途中에 具判洙 집에 갓다. 判洙을 만나서 成奎 집에 雇入하라 햇든니 半承諾햇다. 大宅에 가서 오날 日課를 兄任에 드리고 夕食을 맞치고 집에 왓다.

<1970년 2월 28일 토요일>
巳梅面 桂樹里 族叔 炳基 氏가 오시였다.
床石은 南原에서 함이 올타고 햇다.
成奎 집에 具判洙 氏가 入家키로 햇다. 年給은 白米 7.5叺에 先拂 條 1叺으로 햇다.
崔瑛斗 氏가 왓다. 豊物(굿) 關係로 某人과 請을 햇다. 乃宇 氏 말도 낫는데 韓正石에 依하면 乃宇가 自己의 손아구지에 못 너니까 不平이라 햇다고. 그려면 우리 집에서 金進映 外 5, 6名이 모엿슬 때는 正石 氏도

14 임실군 소재.

곳치고 단닌 것을 不可히 여긴 사람이데 俊祥 집에서는 二重性格으로 말햇는가 하고 있섣다. 又 某人(林長煥)은 내가 過去에 共堂[共産黨]을 햇읏니가 乃宇 말이 달케 들닌다고 햇다고. 喜捨金을 밧는데 共産堂式으 햇다 햇으니 그 말이 서운타고 햇고 乃宇와는 親밀한 새인데 라고 햇다고 들엇다. 裵仁湧 氏 집에 놀여 갓든니 瑛斗 氏와 仁湧 氏 잇는데 술을 가저와서 먹엇다. 聖壽面 李在先 氏가 林野關係로 왓다 갓다.

<1970년 3월 1일 일요일>
族叔 炳基 氏와 同伴해서 南原에 가는데 石物 契約金 件로 成赫에서 5仟원 둘으고 兄任이 旅비 條로 2百원 計 5,200원을 가지고 南原에 갓다. 契約金 4仟을 대고 旅비 570원을 쓰고 殘額 630원을 兄任 成奎에 引게 햇다. 鄭圭太 氏는 驛前 韓文錫 심부름으로 金 3仟원을 보내 왓다.

<1970년 3월 2일 월요일>
成康이는 自動車 運轉敎育 4個月 豫定으로 錫宇와 갗이 全州에 갓다. 入所金 2萬9仟원을 주워 보냇는데 萬원은 1個月 後에 대도 좃타고 해서 錫宇 便에 傳해 왓다.
집에 있으니 韓正石 氏가 왓다. 圭太 말에 依하면 乃宇 氏가 내게 對해 서운타고 했으니 理由를 따지로 왓다고. 某人(瑛斗 氏)에서 들으니 大端히 서운햇다고 햇든니 나는 그려한 말을 하지 안했으니 傳한 사람을 말해라 햇다. 傳한 사람은 말 못 한다고 햇다. 自己가 눈치 또는 지름으로 안다면 모르되 姓名은 말 못한다고 햇다. 알겟다고 하면서 酒에서 술 한 잔 주웟다.

<1970년 3월 3일 화요일>
成康 집에서 자고 있으니 兄嫂氏가 왓다. 南原 石物은 陰 2月 20日頃으로 미루고 代金은 미리 대도 좃타고 햇다. 長宇에 갓다. 間夜에 高祖祭祀엿다고 햇다.
집에 왓다. 成曉는 外出하다면서 壹仟원을 要求햇다. 주웟다. 錫宇가 와서 敎育問題를 여려가지 論議하고 갓다. 成曉는 수용연대 호송대 근무를 願햇다. 알아 보겟다고 햇다.
求禮 姨叔게서 26年 만에 처음 오시엿다. 中食을 하시고 長宇 兄任에게 가시여 談話하시고 집에 오시엿다.
붓골 尹鎬錫 氏는 精麥次 왓는데 朴洛三氏 집에서 라지오을 일엇는데 李起榮 아들 태수 짓이라고 判단 햇다고. 昌坪里民이 먼저 알앗다고 햇다.

<1970년 3월 4일 수요일>
今日부터 成苑은 全州 紀全女高 成東은 農高 開學을 햇다. 成苑은 今日부터 合宿所로 入舍햇다. 合宿米 4斗 5升代 3,000원을 주워서 보냇다. 노트代 成苑 成樂 800원을 주웟다.
姨叔을 모시고 어머니 山所에 단이여 龍隱峙를 거쳐 靑云골작을 거처 王板 高祖 山所로 先考 山所로 해서 日氣가 大端이 不順해서 午前 中에 왓다.
午後에는 精米. 寶城宅을 햇는데 15叭 햇다.

<1970년 3월 5일 목요일>
아침에 寶城宅이 오시엿다. 今日 白米를 市場에 出荷하자 왓다(8叭).
成康이는 全州에 갓다. 敎育打合次 錫宇 同行가자 햇다. 마침 눈이 내리고 强風이

부려 中止햇다.
成吉이가 왓다. 昌宇는 姨叔 中食을 待接한다면서 모시여 갓다. 夕食은 長宇에서 待接한데 同行햇다. 寶城 堂叔이 오시엿다. 長宇로 오날 館村市場에 賣渡한 白米 8叺代(5,350원식) 計 42,800원 中 운비 800원을 除한 42,000원을 長宇 侄[姪] 成奎에 會計햇다.
圭太 집에 간니 牟潤植은 金 百원을 要求햇다. 알고 보니 牟潤植 氏 집에서 밥갑이엿다. 그래서 주웟다. 黃在文 氏 망태 150원 中 百원만 주웟다.

<1970년 3월 6일 금요일>
天候關係로 山觀[山官]을 물이고 面鄕次 歸家하시게 되고 陰 2月 末日頃에 오시기로 햇다. 早食을 맞이고 姨叔을 모시고 館村驛前에 당햇다. 8時 48分 列車는 約 1時間이 나맛다. 旅비 500원 140원에 求禮까지 車票를 끈너 드리엿다.
奇正達 氏가 나왓다. 全州에 小祥祭物買收次엿다고 햇다. 成吉에 電話을 걸고 姨叔게서 가신다고 傳햇다. 長宇에 단여왓다.
밤에는 里長집에서 萬映이와 갗이 林野特別法[15]에 依한 保證人으로써 署名捺印해 주웟다.

<1970년 3월 7일 토요일>
아침에 早食도 하지 안아고 8. 40分 列車로 南原에 床石 運搬次 갓다. 書道驛에 당하니 炳基 氏가 오는데 列車를 못탓기에 나도 내릿다. 그도리다[기다리다] 1時 30分에야 同乘 해서 南原에 金 氏 石工主人에 갓다. 運搬車가 없다면서 8日로 미루웟다. 시장해서 朝食겸 中食을 햇다.
午後 3時 30分 列車로 谷城 南陽里에 갓다. 炳基와 갗이 山所에 가서 座向[坐向]을 보니 壬座丙向이엿다. 守護者 申 氏에 移轉書類을 맛기고 6時 30分頃에 出發햇는데 途中에 택시가 있어 타고 압록에 왓다. 7時 30分 列車로 南原에 왓다. 夕食을 하고 崔重宇 四寸妹氏 여인숙 집에 갓다.

<1970년 3월 8일 일요일>
아침 7時에 起床햇다.
2人分 宿泊料 200원을 주고 나왓다. 石工主人 金 氏 宅으로 갓다. 세수하라면서 해장하게 가자 햇다. 가고 보니 朝食까지 接待을 밧앗다. 耕耘機에 床石을 실이엿다. 炳基 氏는 同乘해서 갗이 보냇다. 나는 列車로 書道驛에 當하니 鐵道옆에서 오지 못한고 애를 먹엇다. 갗이 協力해서 겨우 桂樹里에 갓다. 新安 堂叔이 오시엿다. 언제 오시엿소 햇다. 中食을 炳基 宅에서 4人이 갗이 햇고 床石을 구경하려 一家들이 오시여 말햇다. 山所에 가서 쇠를 노워보니 酉坐[酉座]라 햇다.
炳연 氏 宅에 갓다. 1家들이 오시여 술을 주시고 치하까지 밧앗다. 5{時} 30分에 집에 와서 長宇 兄任에 人事드리고 夕食하고 왓다.

<1970년 3월 9일 월요일>
午前 中에는 圭太 宅에서 노랏다.
韓正石 氏는 白康善 條 白米 1叺代 5,240원을 가지고 왓다. 그런데 260[원]을 봇태야 白康善을 會計해 주게 되엿다.

15 임야소유권이전등기등에 관한 특별조치법(1969.6.30~1971.12.19, 법률 제2111호, 법률 제2204호).

夕食을 먹는데 成曉는 건너집 成康에 田畓 몃 마지기를 주게 되엿오 하고 무릿다. 무웟 대문에 뭇는야 햇다. 알고 싶다 햇다. 못텡이 3斗只 村前에서 4斗只 計 7斗只라 햇다.

<1970년 3월 10일 화요일>
아침에 長宇에 갓다. 床石 運搬旅비 1,650원이 들어서 2仟원 中 殘 350원을 成奎에 주면서 會計햇다.
白康善 氏 白米 1叺代 5,500원을 주고 婦人에 주웟다.
午後에 圭太 氏 집에서 노는데 화토도 첫다.
午後에 大里 奇正達 氏 伯氏 小祥에 갓다. 弔問은 햇는데 酒店에 金哲浩 相云 龍浩 在珣으 맛낫다. 酒席에서 下加里 參事는 말하기를 昌坪里 參事 嚴俊峰은 구만 두웟다면서 里長이 參事代理를 보왓다고 햇다. 俊峰은 自己의 事業上 구만둔게 올타고 햇다.
堂叔 炳赫 氏 집에 갓다. 宗中事에 床石을 立石한데 參席해 달아 햇다. 不遠오시겟다고 하고 谷城 桂樹里까{지} 參席하겟다고 햇다. 밤에 長宇에 가서 兄任에 말햇다.

<1970년 3월 11일 수요일>
今日 成曉는 歸隊日이다. 中食을 갖이 하고 12時頃에 作別한데 旅費을 달아고 母에 付託햇는데 約 5,000원 程度엿다. 鄭仁浩에서 參仟원을 빌이여 4,300원을 주워 보냇다.
午後부터서 文京母와 仁湧 瑛斗 氏 갖이 화토를 치는데 翌日 午前 4時까지 約 270원을 젓다. 鄭鉉一 生日인데 招待을 밧고 接待을 잘 밧닷다.

<1970년 3월 12일 목요일>
終日 精米를 하는데 午後에 重宇 방아를 찟는데 玄米機가 故障이 生起여 中止햇다. 朴香善이는 방아를 찌여서 2叺을 내 집에 保管하고 갓는데 滿春에나 가저가겟다고 햇다.
妻男 漢實이가 단니려 왓다.

<1970년 3월 13일 금요일>
아침에 炯進이를 시켜서 玄米機를 任實에 보내고 其 後는 뻐스로 任實에 갓다. 途中에서 朴正根 氏를 맛낫다. 집에 가자하기에 갓다. 술과 나면을 待接 밧고 보니 未安한 마음 간절햇다. 玄米機를 修善하고 炯進이는 바로 실여 보냇다.
又 正根 氏가 왓다. 다시 가서 점심을 먹고 왓다. 방에서 이야기하는데 옛이야기 하는데 立場도 難햇다.
집에 와서 玄米機 組立을 하고 始運轉[試運轉]까지 햇다.
밤에는 圭太 집에서 놀고 보니 새벽 2時엿다.

<1970년 3월 14일 토요일>
午前에 漢實히 妻男을 시켜서 桑田 쟁기질 햇다. 金 5仟을 要求햇는데 絶錢이 되여 未安하지만 拒絶햇다. 肥料나 1, 2袋 가저가라 햇다.
午後에는 工場에 精米햇다.
夕食을 마치고 成康집에서 놀앗다.

<1970년 3월 15일 일요일>
아침에 長宇에 갓다.
嚴俊峰이 말이 나왓다.
崔南連 氏는 舍郎에 오면 恒常 子息 이야기만 하는데 言心이 들럿다. 가랑비가 내린다.

終日 집에서 누웟섯다. 日氣不順인지 몸이 이상해서엿다.
成苑에서 人便으로 편지가 왓다. 雜負金 2,400원이 要하다고 햇다.

<1970년 3월 16일 월요일>
成東 便에 成苑에 2,500원을 封入해서 보냇다. 主意[注意]의 便紙까지 써서 보냇다.
舍郎에서 마부시를 맛드는데 大里 鄭桓瀷 氏가 訪問햇다. 用務는 林野特別關係엿다.
서울 李種伯 氏 安否를 무렷다. 住所는 서울特別市 永登浦區 化穀洞 379의 70號 303團地 市廳 前에서 金유신 將軍 동상 앞에서 승차 303團地 化곡극장 옆에 무르면 된다고 햇다.
南原 稅務署에 崔 氏라는 분이 왓다. 用務는 稅金 附加하는데 資料調査라 햇다. 家族을 무렷다. 工場에 年 收入量을 무렷다. 白米는 年 30叺 麥은 40叺 收入이라 햇다. 市價를 따지면서 所得稅가 附加된다면서 營業稅도 附加된다고 햇다. 그래서 萬若에 所得稅가 附加되면 營業을 못햇겟다고 하면서 점심을 接待하고 所得稅나 免稅해 달아 하면서 金 3仟원을 주면서 잘 바달아고 付託하니 承諾하고 作別햇다.

<1970년 3월 17일 화요일>
終日 방아 찌엿다.
新平 中隊長 李 氏가 왓다. 不遠 全州에 敎育을 가는데 旅費 좀 봇태 달아고 햇다.
林澤俊 宗元이 왓다. 술 한 잔 내라 햇다. 바더 주웟다.

<1970년 3월 18일 수요일>
舍郎에 있으니 朴京洙 內外가 왓다. 用務는 本日 方今 江洙 結婚 干係[關係]로 鎭安 白云面에서 3, 4人이 來訪햇는데 意思表示를 하지 안하니 未安하지만 오시여 答辯을 해 달아고 햇다. 가보니 3人이 왓다. 林長煥 鄭太炯 氏도 參席케 되엿 處女 便에서 新郎과 面會要求엿다. 밤에 圭太집에서 놀다보니 翌日 새벽 5時 30分頃이 되엿다.

<1970년 3월 19일 목요일>
鄭圭太 방아를 찌엿다. 求禮 姨叔게서 便紙가 왓다. 書言은 床石 宗中擇日이엿다. 오는 陰 3月 1日이였다(寒食日). 幼兒 4歲兒 作名을 햇는데 成遠 成允 成慶이라 햇는데 其中에서 擇하라 햇다. 夕陽에 長宇兄任에게 갓다. 姨叔 書信을 말삼드리고 夕食을 햇다. 오는 中에 成康에 갓다. 요지음 全州에 잘 나{가}야 햇다. 衣服이 남루하니 金 2仟원 要求햇다. 2, 3日 기도리라 햇다.

<1970년 3월 20일 금요일>
林野 特別措置法에 依한 保證人 捺印次 오라 햇다.
午前에 白康俊 氏는 방아찟차고 햇다.
中食을 맞이고 靑云洞에 갓다. 鄭圭太 宅에 가슨니 林敏燮 氏 崔六巖가 술을 먹자 햇다.
寶城宅에 갓다. 立石과 打合次엿다. 술을 가저왓다.
成康 집에 갓다. 夕食을 맞이고 왓다.

<1970년 3월 21일 토요일>
9時頃에 成用 伯母가 죽엇다고. 어제도 장에 갓다 왓다는데 새벽에 혼자 죽웟다고 햇다. 방안 짐을 뒤저거리니 現金 7,240원이

發見되엿다. 白米도 約 10斗 程度이고 小麥粉도 約 5斗쯤이고 以上이엿다. 達文 氏는 現金을 맛다서 일을 바라고 부탁햇다.

<1970년 3월 22일 일요일>
喪家에서 終日 노랏다.
午後에 里長을 데고 屛巖里에 갓다. 農路 내는데 用地作人을 맛나려 갓다. 崔永贊이를 만낫고 朴成樂이를 만낫고 李康德을 電話로 말햇다. 驛前에 온니 潤植 婦人을 맛낫더니 술 한 잔 하시{자}고 햇다. 밤에 嚴俊祥 氏 집에서 昌坪里政에 對한 시정방침을 極口로 비난햇다.

<1970년 3월 23일 월요일>
오날은 喪家에서 出喪한데 보와주엇다. 午後에는 尹鎬錫 外 10名 立會 下에 喪家집 經理를 決算해주웟다. 한 殘額 770원을 주고 白米 1叺 代納 條는 未淸算햇다.
白康俊 宅에 갓는데 술을 바다왓다.
柳文京 집에 가서 놀다왓다.

<1970년 3월 24일 화요일>
炯進이는 大里로 訓練하려 갓다. 나는 農路 改設 하는 데 人夫들 데리고 現場에 갓다.
里長을 同伴해서 屛巖里 居住者 耕人에 讓保[讓步]를 要求次갓다.
終日 作業을 하는데 만흔 일 햇다.

<1970년 3월 25일 수요일>
12時 뻐스로 面에 갓다. 出生申告 用紙 2枚를 가지고 왓다. 成東 戶籍沙本[戶籍抄本] 1通을 햇다. 金玉鳳을 맛낫는데 蠶室 2棟만을 融資 要求햇다.次後[此後]에 두고 보자 햇다.

金哲浩 副面長을 相面햇다. 館村에서 新平面에 왓는데 人事次 왓다고 햇다. 明日부터 正式으로 出勤할 豫定이라고.
金在栒 氏는 술 한 잔 하자고 해는데 鄭宗化 집으로 갓다. 술갑은 在栒이가 냇다. 館村驛에 下車하니 錫宇 康俊 炳柱 堂淑[堂叔]이 게시엿다. 또 술 한 잔 하자기에 反對할 수 없어 몃잔 먹{고} 왓다.

<1970년 3월 26일 목요일>
오날 任實市場에 갓다. 寶城宅 宗穀 6叺을 賣渡한데 1斗이 不足이엿다. 따지고 보니 1叺當 約 1.5斗 程度 不足인 셈. 平均 1叺當 5,400원식인데 59斗代 代價는 31,860원 其中 운비 判同 600원을 除하니 31,260원을 바다 왓다.
任實에서 뻐스로 全州에 갓다. 시장해서 中國집에 간바 마참 李宗根 氏를 맛낫다. 中食을 하고 나니 食代를 宗根 氏가 내버렷다. 未安해서엿다.
牛車 상장工場에 갓다. 상장 다이야 주부 낫도 해서 8,100원을 주웟다. 그리 明日 主人이 館村驛에 託送해 주기로 하고 住所 저거 주고 왓다.

<1970년 3월 27일 금요일>
집에서 보리 날개 4枚를 영것다.
大里에서 郭達成 氏가 오시엿다. 白米 6叺을 借用證書 해주고 具道植 氏도 갗이 4叺를 借用햇다.
炯進이를 시켜서 장기질을 시켰다. 보리가 全部 冬死[凍死]햇다. 배답 정게나무 밋만 비료를 撒布햇다. 그도 밋지를 못햇다. 終日 보리가 冬死하고 보니 마음이 편털 못햇다.

<1970년 3월 28일 토요일>
놉을 데리고 春麥 播種次 들에 갓다. 種子는 安承均 氏에서 1斗 梁奉俊 氏에서 1斗 林澤俊에서 3斗인{데} 澤俊 氏는 交換 條로 하고 其外는 750원을 주웟다.

種子 散布하고 12時 30{분}頃에 집에 왓다. 中食과 찬은 엇지 되엿나 무렷다. 말도 하지 안코 잇다가 무슨 반찬이야고 정심[점심]도 안니 할아다 햇다면서 중월〃〃거리엿다. 이유는 무엇이야 햇다. 成康 外叔은 白米 1叺이 사서주고 족카 衣服까지도 한 보따리 사서 싸주엇다면서 不平이엿다. 實地 나는 모른 일이고 初聞이엿다. 그러나 내의 財産 내 맙대로 하는데 家族 全員은 理由 없고 그려나 白米와 衣服을 주웟쓰면 某人 이련 말을 傳햇나 햇다. 나무 일에 간신부려 家族不和나 시비하면 굿 볼여고 他家에 內政간섭이단야 햇다.

아침에 成燁 집에서 丁基善 母를 맛낫는데 麗水에 基善 病勢가 엇더는야 무른니 화를 내면서 첩 데리고 산 놈은 죽으야 한다면서 여편네 잘하고 子息이 잘하고 메누리가 잘하니까 麗水에 가서 잇다고 불평하는데 뵉기여 못살겟다고 하드라. 成燁 母 있는데 삽으로 부억에서 불 다무면서엿다. 마음이 不安한 中에 弟嫂가 왓다. 할 말을 못햇다. 그려나 1夫1妻가 元則[原則]인데 處勢[處世]와 禮儀와 道德的 實 人間的인 體面에서 本妻 박대 못하고 不得히 妾을 엇게 되엿다. 그러나 妻에서 承諾밧고 行動했으니 願은 나만 리혼 안니 하면 每事에 服從하겟다 해서 兄嫂氏도 立會 下에 締結햇다. 그러나 1夫][2妻에 同居하니 兩便 뜻을 바들아매 때로는 過居[過去] 靑春 時待(30歲時) 夫婦同樂하게 못살고 이{제} 50歲가 不遠 되고 보니 後梅[後悔]가 模深[莫甚]한 本人인데 이제 過誤를 不平한 겟을 보면 前條가 1年을 말해도 못다 할 至見[地境]이다. 寒心한 마음 禁치 못하겟다. 그러나 兩家에서 23, 4歲된 子女 둘 때문에 말못하고 참고 보니 끝은 없다. 此後에 게속.

※ 오날 아침에 昌坪里에서 올아가자 누웟드니 午後에 듯자오니 驛前 張奉云 氏는 今日 急死햇다고.

<1970년 3월 29일 일요일>
鄭昌律 놉을 데리고 桑田 분소매 주웟다. 家兒들은 今日 日曜日이기에 桑田 肥料놋케 햇다. 夕陽에 牛車 상장을 가질로 炯進과 갗이 驛에 갓다. 日暮가 다 되엿는데 電燈불에서 단이야 빵구를 때운데 古다이야를 주고 現金 2百원을 주는데 嚴奉云 弔客 金哲浩 郭宗燁 趙命基 氏를 맛나고 갖이 同伴이하야 喪家에 갓다. 놀다보니 一行 金進映 氏 外 3人이 오시여 歸路에 同行이 되엿다. 집에 와서 夕食을 마치고 잠자리에 온니 밤 12時 30分이엿다.

<1970년 3월 30일 월요일>
早起에 牛車組立을 끝내고 繼續해서 食事도 못하고 精米 精麥을 始作햇는데 終日햇다. 人夫와 炯進이는 桑田 분소매 주엇다. 夏至甘藷도 播種햇다.

昌宇에서 들은 消息. 近日에 南連 氏는 又도박을 햇는데 約 65,000원 損害를 보고 李道植氏는 5萬원 金泰圭는 35,000원式 損害을 보왓다고 들엇다. 尹鎬錫 氏는 明日 長子 觀選하려오니 參席코 援助 要求햇다. 承諾햇다. 12時頃이라 햇다.

<1970년 3월 31일 화요일>
金亭里 金學均 氏 나락 훌터다.
尹鎬錫 氏 長男 成婚에 對한 觀選日이다. 북골에 갓다. 妻 外叔으로 人事햇다. 반가히 햇다.
집에 왓다. 金學均 氏 나락 드린 데 協力햇다.

<1970년 4월 1일 수요일>
아침부터 工場에서 일햇다. 終日 찟고 보니 白米 20叺7斗 낫다. 累計 比交[比較]한면 1/3이 不足햇다.
金學均 氏 雇人이 어제밤 9時 30分에 왓서 자는데 깨웟다. 明日 나락 훌는데 精米할 때에 白米 5斗만 눈 가마 주시요 햇다. 不應햇다. 저근 것 가지고 親한 새이에 속 아신다고 据絶햇다.
當日에 精米하는데 促進이 深햇다. 主人이 업으면 하오 햇다. 多幸이다. 主人 金學均 氏는 구름마 온데 간다고 갓다. 그 틈을 타서 强要하기에 炯進과 일군과 갗이 45k로를 다라서 우리 집에 온기고 現金 2,500원을 夕陽에 머슴에 주웟다.

<1970년 4월 2일 목요일>
食後에 長宇에 갓다. 陰 2月 29日 床石 運搬에 對한 打合을 하는데 나는 2月 28日 谷城에 가서 자기로 햇다. 북골 朴香善 母게서 왓다. 韓正石 氏에 白米 2斗만 주라 햇다.
終日 圭太 집에서 놀앗다.
아침에 金進映 氏가 왓다. 李道植氏 婦人이 감경[감정]이 뒤집히여 사람은 베린 것 갓다면서 걱정이 만햇다. 갗이 道植 집에 가 보니 모부림을 치면서 東根이만 데려 오라 햇다. 病院에 가보라고 왓다.

<1970년 4월 3일 금요일>
炯進이는 장기질을 시켯다. 보리논밭을 둘여보는데 못텡이는 보리 싹이 낫앗다. 午後에는 炯進이를 시켜서 보리논 꺼기라 햇다.
明{日} 谷城에 갈아고 면도를 햇다.

<1970년 4월 4일 토요일>
아침에 寶城宅 成奎가 왓다. 今日 南原에 가는 準備를 하고 長宇 兄에 단여 23,340원을 몸에 진이고 驛前에 가서 侄 成赫에서 3仟원을 보태서 8時 8分 列車로 南原에 갓다.
下車하니 炳文 氏가 乘車하려 나왓는데 人事한니 床石은 旣히 5時頃에 실이여 보냇다면서 1,200원을 취해서 술까지 3斗을 보냇다면서 말햇다. 기분이 낫밧지만 참고 石工主人에 갓다. 床石代 殘 22,000원을 주고 술갑 1,200원까지 주웟다.
市場에 갓다. 놋보줄[로프] 15발 小 5발代 1,800원을 주고 빼스에 탓다. 谷城을 据處압록에 갓다. 竹谷面에 갈 빼스를 무르니 午後 4時라기에 거럿다[걸었다]. 가다 生覺하니 마음이 좋치 못햇다. 途中에서 기드리여 빼스를 타고 갓다.

<1970년 4월 5일 일요일>
人夫 16名에 床石을 運搬시키는데 욕들 보왓다. 1人當 400식 해서 日費 決定하고 보니 午後 2時쯤 되엿다. 건다리 2名을 合해서 18名分 7,200원 治下金 500원 計 7,700원 主人 申 氏에 주고 感謝한다고 말햇다. 收入金은 4月 4日 出發할때 23,340 館村驛前에서 萬원 又 4仟원을 合햇는데 不足햇다.

<1970년 4월 6일 월요일>
祭物을 지이고 朝食 後에 山所에 갓다. 立石을 하는데 桂樹里에서 炳烈 氏 重宇 父親 谷城에서 崔吉宇 氏가 禮來햇다. 完全히 立石하고 祭物을 山所에 차리고 祭祠가 끝낫시고 골구로 接待햇다.
歸路에 炳基 氏 7世祖 山所에 省墓하고 申氏 집에 갓다. 갗이 中食을 맞이고 主人을 불여서 會計하는데 食床 數는 72床이엿다. 代金은 白米로 36斗 計算해서 1,870 酒代 5斗代 2000원 찬代 300원 治下金 200원 計 4,400원을 主人 申 氏에 주웟다.
道步로 오는데 旅비가 不足햇다. 寶城宅을 시켜서 炳基 氏에서 4百원 들여서 1,290원을 주고 곡성 1人 30원 南原 1人 60원 書道 3人 240원 관촌 8人 1,040이엿다.
비가 내린데 長宇 兄에 結果 {보고}하고 成康 집에서 놀다가 2日에 온니 9時엿다.

<1970년 4월 7일 화요일>
아침에 5代祖 床石 立石 決算書 作成 中인데 林長煥 氏가 왓다. 用務인즉 今般 里 參事 內申한데 子 仁喆이가 뜻을 가지고 있으니 兄이 協助를 要求햇다. 답변은 듯자온니 嚴順相과 金泰圭 說이 있으니 첫재로 里長에 가서 意見을 드러보라 햇다. 內定된 之事를 변경한다면 誤解가 잇기 시운이 그리 알고 內定이 안 되엿다면 協助할 수 잇다 햇다.
床石 立石한데 收入 支出을 定算한니 收入金 41,110원 支出 41,185원이고 보니 내의 돈이 75원이 더 드럿드라.

<1970년 4월 8일 수요일>
오날 午前에 嚴萬映 氏와 同伴 晋山[16]에 갓다. 婦人 男 15名 程度가 植木하는 求見햇다. 回路에 丁俊峰 宅에 가자고 해서 갓다. 알고 보니 間밤에 俊峰 氏 父親 祭日이엿다. 待接을 밧고 집에 왓다.
午後에 3時頃이엿다. 嚴萬映 氏가 面會하자고 人便으로 보냇다.
嚴俊祥 氏 宅에 갓다. 人事하라기에 人事를 交換하고 보니 晋 山主 全州에 權柱澤 氏이엿다. 又 한 분이 게신데 人事하고 보니 任實 防諜隊 金炳會 氏였다. 앞으로 만히 協助해 주실 것을 付託코 이쓰니 手巾 2枚와 담배 1甲을 繕物[膳物]로 記念品[紀念品]으 밧고 夕陽에 집에로 모시고 전역食事를 대접햇다. 그려다보니 車가 왓다고 해서 門前에서 作別人事코 왓다.

<1970년 4월 9일 목요일>
못텡이 農路改修한 데 갓다. 林長煥 氏가 맛다서 하기로 햇는데 萬원에 햇다.
午後에 大里 崔八用 子 結婚할데 請牒狀을 밧고 갓다. 歸路에 崔順一 父 喪所에 相云이와 갗이 갓다. 그려다보니 밤이 되엿다. 驛前에서 嚴萬映 氏를 맛나서 又 술 좀 먹고 집에 오니 밤 10時엿다.

<1970년 4월 10일 금요일>
아침에 鄭宰澤이가 왓다. 林野特別法에 依한 捺印次 왓다.
崔南連 氏가 왓다. 어제 도박件으로 警察署에 단여 왓다고 이야기엿다. 林長煥 氏 宅에 갓다. 어제 崔南連 件을 물엇다. 宋利燮 氏를 訪問하고 付託햇는데 과료 程度라면서 多少 돈을 준 模樣으로 말햇다.

16 창평 마을 뒷산.

북골 화주 할머니가 왓다. 保管米 2叺중 4斗을 가저 갓는데 1斗은 林德善 母 3斗은 本人이 가저갓는데 日後에 子婦가 쌀을 달아고 해도 내주지 말아고 당부해서 그려켓소 햇다.
鄭泰燮 맛낫다. 參事 件으로 副面長을 對面해달아 햇다. 館村에 갓다. 電話로 副面長에 通話햇다. 不遠 發令하겟다면서 崔兄宅에서 里長과 나와 3인이 말한 것을 萬映에 누가 말햇는지 萬映이가 내에게 不美스려운 말을 햇다고 햇다.

<1970년 4월 11일 토요일>
아침에 嚴順相이 來訪햇다. 空席 中인 參事 件을 말하는데 뜻이 잇다고 햇다. 그래서 鄭泰燮으로 內定된 듯햇다고 하니가 部落에서 定할 問題이지 面에서 定할 問題는 안이지 안소 하드라. 그러나 俊峰가 한 번 맛나서 參事를 해보라고만 햇지 里長은 至今까{지} 아무련 말하지 안햇다. 里長이 무능하다면서 진즉에 選定할 之事를 于今껏 延長시킨다는 것은 其間에 雜音 만히 生起게 햇다는 것이엿다.
몸이 좃이 못해서 終日 침실에 있엇다. 里長이 왓다. 정게뜰 農路에 가보자해서 갓다 왓다. 4月 7日에 韓正玉에서 5仟원을 빌여왓는데 今日 바드려왓다. 4百원이 不足한 4仟6百원을 同生에 보냇다.
成康이는 論山 訓練所까지 親友 傳送[餞送]次 1泊하고 온데 兄 成曉도 面會햇다고 왓다. 成苑은 기숙하는데 1個月 만에 왓다.
宋成用은 白米 1叺을 市場 付託해서 보냇는데 1斗이 빠진다면서 잔소리 만한데[많은데] 딱햇다.

<1970년 4월 12일 일요일>
몸 不便해서 10時까지 寢室에 누웟섯다.
成苑은 下宿費를 現金으로 달아고 햇다.
林長煥 氏는 金炯進 農作에 對한 철을 300원을 要求햇다. 주마고 해서 嚴俊祥 氏 宅에서 가저갈 것을 말해 주웟다.
長煥 氏가 왓다. 정게들 農路改修한데 求見하자 햇다. 實地 가보니 程度에 알맛다고 하고 夕陽까지 해 달아고 햇다. 막걸{리} 좀 주시오 햇다. 尹用文 말이엿다. 里長에 付託해서 주마 햇든니 用文이 말은 里長은 응하면 끗나니 崔 生員이 주시요 햇다. 그려보세 하고 長煥 氏와 同伴해서 俊祥 집에 왓다. 막걸이 2병을 달아 해서 2잔 먹고 나머지를 長煥 氏에 보내면서 主人에게 里長 앞에다 저거 주시요 햇다.
鄭圭太 氏 집에 왓다. 崔瑛斗 氏 外에 3, 4人 잇는데 여려 가지 말햇다. 鄭九福 氏를 맛낫다. 金 萬원만 주시면 利子 처서 주겟다고 햇든니 他人 갖으면 못주겟는데 崔兄이 주시라니 주기는 주되 1個月 너무면 안되니 그 안에 주시요 햇다.

<1970년 4월 13일 월요일>
全州 柳允煥 氏 稷員이 예수病院에 入院中이여 問病次 갓다.
成苑이 아침에 왓다. 4月分 下宿費 2,800원 메주(장감) 500 計 3,300원을 주워 보냇다. 成樂이를 시켜서 鄭九福 氏에서 金 萬원을 取貸해 왓는데 約 20日間 利用하자고 햇다.
12時 30分 빠스에 金哲浩 氏와 同伴해서 全州 예수病院에 問病次 갓다. 柳允煥 氏와 郭在燁 氏 子는 兩室에 入院햇는데 위手術을 햇다고 햇다. 1人當 200원식 各〃

封入해서 傳하고 오는 途中에 鄭用澤 氏와 同行해서 西東部 老松洞 一帶를 단니다가 崔泰宇 집에 들이엿다. 途中에 崔陳範 氏 宅에 들이엿다. 龍澤 氏 잇는 事務室에 들이니 會議 中라면서 藥酒를 들자고 해서 간바 崔龍浩 氏 郭宗燁 氏를 맛낫다.

<1970년 4월 14일 화요일>
訃告가 왓다. 開封하고 보니 三潔面[三溪面] 新亭里 崔容宇 氏(1家) 慈堂 訃告엿다. 日字는 陰 3月 初5日였다.
崔今石에서 모시려 왓다 다음 白康善 氏가 모시려 왓다. 그러자 崔瑛斗 氏가 又 왓다. 崔福喆이와 鄭昌律 關係를 白米 4斗代 韓正石 氏가 會計한다 하오니 圭太 점방에 오라 햇다. 가보니 4斗代 2,240원을 주어서 바닷다.
崔今石 집에 갓다. 간밤에 父親 祭祠라 햇다. 林長煥 氏가 왓다. 農路에 對한 큰 방천 넘어 공간 메꾼데 目側[目測]하려 햇다. 里長 班長까지 가서 打合코 맛기로 해서 萬3仟五百원 하기로 하고 왓다.
里長은 驛前에 가자고 해서 갓다. 우택 집에서 술 한 잔식 하고 나는 이발하고 집에 왓다. 嚴萬映을 맛낫다. 방작 壹仟원 殘額을 裵仁湧 氏 立會에 주웟다. 任實서 택시로 손임이 왓다. 嚴萬映을 보로 왓다고 햇다. 萬映을 맛나서 챙피를 만히 주는 것을 보왓다.
밤 9時頃 嚴俊峰이가 왓다. 듯자 하니 兄任게서 저에 對한 誤該[誤解]가 만타 하시니 其 誤該點[誤解點]을 말삼 듯자고 왓다 햇다. 前事를 말햇다. 1. 20年 前 小麥(外製) 70叺 먹엇다는 말 2. 集團桑田 조성지의 件. 崔錫宇에 對 處世의 件 等 몃 가지 말햇다. 그러나 여기에 對하야 集團桑田조성地에 對해서는 恒常 뵈오면 未顔[未安]인 生覺입니다 하고 小麥 70叺에 對해서는 他人이 이간질을 햇는 生覺한테 하날을 두고 맹세한다고 誤該[하시지 말아고 하면서 갓다.

<1970년 4월 15일 수요일>
아침에 金進映 氏 鄭仁浩 安承均 氏 寶城堂叔 崔瑛斗 氏가 訪問햇다. 用務는 各이 달앗다. 班長 陽 氏도 오시였는데 북골 하주 白米 2斗만 주라 해서 되여 주웟다. 그려면 合計가 6斗을 가저가는 셈이다.
今日은 館村에 朴種빈 氏 回甲인데 具道植 韓正石 鄭仁浩 갗이 參席햇다. 가보니 훌융하게 準備되였는데 조화 보이드라. 그려나 生覺하니 나는 어는 데에 그와 갗이 子女 侄에서 又는 親叔[親戚]에 그와 갗이 貴함을 받을가 햇다.
回路 農協에 들이였다. 基宇을 맛낫는데 中食을 갗이 하자고 그련데 炳列 氏를 맛낫다. 그려나 從前과는 달이 人像[印象]이 달트라. 願因[原因]은 모르겟다. 基宇와 갗이 金山屋에서 中食하고 왓다.
鄭宰澤이는 苗樹園 桑田 肥料 94叺 外上貸付한데 保證을 要해서 諾햇다. 뽕밭도 1部는 갗이 하기로 햇다. 宅에서 朴正根 氏를 맛낫다.

<1970년 4월 16일 목요일>
兄任 宅에 갓다. 明 連山 七代祖 墓詞[墓祀] 打合次엿다.
只今으로부터 約 30年 前에 비얌정 할아버지 말이엿다. 大里 川邊에서 宗祖(오루굴) 하라버지에게 비얌정 할아버지는 자네 요지음 食糧難으로 엇지나 기낸가였다. 그럭

저력 기냄니다 햇다. 답변은 子孫이 生起고 先塋이 生起였으니 連山 爲土[位土]를 팔아서 子孫이 호구하고 明年에 다시 사면 되지 안은가 햇다. 오루골 하아버지는 宗穀 안니 먹게 산 잘 아라 하시요 햇다. 그래서 其後에 爲土는 파아[팔아] 단독으로 자시엿다. 約 30年間을 궐세햇다고 햇다. 그려자 목사동 하라버지가 金堤 從妹 宅에 가섯다 오는 길에 連山 7代祖 山所에 省墓하고 守護者 집에 들이니 約 15年間을 守護 벌초햇다고 해서 未安하게 되엿다고次後 爲土를 相議해서 사주겟다고 하고 잇다고 햇다. 그러자 비얌정 할아버{지}는 論山에서 客死햇는데 속업시 7代祖 옆에다 移葬한다기에 拒絶햇다고. 그려자 南原 大小家 任實 우리 집 大小間 相議해서 墓祀畓 4斗只을 사주고 今日까지 子孫들이 墓祀에 來往하게 되였다고. 그러나 新安宅은 罪人이라고 햇다.

<1970년 4월 17일 금요일>

아침 6. 25分 列車로 館村 堂叔 寶城 堂叔 昌宇 成奎와 同伴해 連山 7代祖 墓祠에 갓다. 山所에 가서 祭物을 求見한니 前年에 比해서 誠意껏 햇드라. 中食을 마치고 其部{落} 里長 金容浩를 招請코 接待코 年中 1次는 來往하니 1次式 맛나기로 하고 作別햇다.

守護者에서 日稅 條 白米 8斗代(570) 4,600원을 맛고 明年에는 5斗로 引下해 줄 터여니 祭物만은 더 좀 準備하라 햇다.

長宇에 와서 兄任게 會計할 때 5名 往復 旅비 1,900 酒代 210원 計 2,110원을 除하고 2,400원 引게해 드리고 집에 왓다.

許俊晩이가 왓다. 밤 12時까지 이야기 하고 잿다[잤다].

<1970년 4월 18일 토요일>

今般에 許俊晩이가 왓는데 農高生 卒業 特別로 敎員資格試驗이 잇다고 햇다. 崔成康이 보고 應試해 보라 햇든니 承諾하고 當日 入{學}願書 사겟다고 900원을 要求햇다. 주웟다. 資格年齡을 따지고 보니 1949年 9月 1日 以前生이라야 한데 49年 8月 20日로써 겨우 10日間差異로 되여 간신 햇다.

어제 4月 17日 連山 墓祠에 갈아고 洋服을 입는데 쓰봉이 터저 遠行하기가 難處햇다. 洋服 1벌 사면 7, 8年을 입고 보니 古衣가 안일 수 없섯다. 그려나 家事 形便에 新服 한 벌 사 입기는 어려웟다. 뚜려진 洋服은 바늘로 기워보니 실밥이 나와 外人이 보면 창피하게 되엿다. 잉크로 실밥을 무치고 보니 색이 달이 보이엿다. 별 수 업시 出發을 햇는데 列車 中에서 客들이 내의 衣服만 視線이 온 것 갓다. 山작[산지기] 집에 가 안방에 모신데 主人이 떠러진 양복을 보는가 해서 물팍으로 개르니 그도 마음이 안니 좃트라.

<1970년 4월 19일 일요일>

終日 精米햇다.

鄭太炯 氏를 맛나서 새보들 도장배미 水門을 놋차고 要求햇든니 承諾햇다.

夕陽에 原動機 헤도가 새서 不得히 뜻어서 驛前에 보냇다. 韓正石 氏를 對面코 술 한 잔 하자 햇다. 鄭太炯 氏도 술 한 잔 대접햇다.

<1970년 4월 20일 월요일>

아침 通學列車로 헤도를 실고 全州에 갓

다. 修理한데 700원을 주고 뻐스 便에 왓다. 中食을 하고 組立햇다.
郡 蠶業係長 李起定 氏가 왓다. 今般에 道에서 經營햇든 桑田을 郡에서 移讓을 밧다는데 里民과 갖이 協助을 해달아는 付託이엿다. 그러나 桑田 管理者을 두워준데 내의 同生 昌宇을 利用해 달이{아} 햇다. 黑子만 난다면 그도 좃타고 햇다. 그려면서 鄭宰澤에 委任햇으니 此後에 보겟소 햇다.

<1970년 4월 21일 화요일>
終日 精米햇는데 約 白米 1叺 程度를 收入햇다.
午後에 金彩奉가 왓다. 재봉틀 修繕할 사람 있으면 照介[紹介]해 다라고 햇다. 그려나 于先 原動機나 손보고 日間 오라 햇다.
夕陽에 鄭泰燮이가 面에 갓다 왓다고 내 집에 왓다. 술을 한 병 가지고 왓는데 參事의 件에 金泰圭를 內申햇다고 하면서 洪書記 말에 依하면 里長은 昌坪里 崔 氏 族屬에 매이여 里長질할 터이면 차라리 그만두겟다고 햇다고 들엇다. 그려면서 里長은 面長 宅에 가서 參事에 對한 議論도 햇다고 面長에 들엇다고 하드라.

<1970년 4월 22일 수요일>
朝食을 맟이고 精米에 始作햇다. 安承均 氏 것을 하는데 約 19叺 햇다. 海南宅에서 白米 4斗 取貸해 갓는데 去番에 1仟5百원을 取貸햇다고 해서 空除[控除]하고(550식) 計算해서 700원만 더 주시라고 햇다. 裵仁湧 氏는 白米 4斗 金相業 條로 取貸해 갓는데 今日 달아고 햇든니 우리 집 雇人 金炯進에서 4斗 받들 것이 있으니 그 條를 會計하지 해서 承諾하고 炯進이에 그런 말은 해달아고 햇다. 安承均 氏도 立會햇다.
金宗柱는 와서 고지 6斗 條 昨年分을 앞으로 3個月만 기드려 주면 淸算하겟다고 좃타고 하면서 잇{지} 말아라 햇다.

<1970년 4월 23일 목요일>
成東이 시켜서 成曉 成康 卒業證明書 1通式 해 왓다.
終日 모[몸]히 조치 못해서 寢室에 있엇다.
午後에 白康善 氏는 술 1병을 바다가지고 왓다. 머으면서 이야기 하는데 昌宇가 왓다. 서울 가는 길에 大田에 妹氏 宅을 찾는데 못찾고 갓다 왓다고. 술에 取해서 夕食도 먹지 못하고 그대{로} 갓다.

<1970년 4월 24일 금요일>
成康이는 靑云里 分校에 許俊晩에 간다고 旅費 400원을 주워 보냇다. 用務는 許俊晩이와 相議하려 간다고. 今般에 農高生 特別 教師資格試驗에 對한 打合次라 햇다.
昌宇보고 今年 麥 打作은 完宇와 갖이 하라고 햇다.
嚴萬映은 林野를 賣渡햇는데 4萬5仟원에. 그려면 2萬원만 借用케 해 달아고 햇다.
成曉에서 편지가 왓다. 訓練 中인 嚴判南 崔鉉宇는 面會햇지만 皮巖里 金형상은 보지 못햇다고 햇다.
精米 1部와 精麥을 햇다. 밤에는 成康 집에 간니 成康이는 歸家치 안코 잇드라.

<1970년 4월 25일 토요일>
午前에는 精麥햇다. 元泉里 金彩奉 氏 來訪. 미싱 修繕次엿다.
成康이는 全州에 왓고 成苑도 日曜日을 擇해서 단여왓다.

韓正石 氏 便에 부골 화주 白米 2斗을 주워 보냇다.

<1970년 4월 26일 일요일>
柳正進을 시켜서 蠶室 修理햇다.
午後에는 驛前에 갓다. 成東이를 시켜서 세멘 5袋 運搬햇다. 驛前에서 李相云 崔容浩 氏를 맛낫다. 탁주 한 잔 마시고 왓다.

<1970년 4월 27일 월요일>
柳正進을 시켜서 蠶室 修理하고 午後 담싸기 햇다.
鄭宰澤이를 만낫다. 蠶室 1棟만 正常的으로 建築한다면 資金은 둘임[틀림]없으니 해보라 햇다. 承諾하고 곳 착수키로 햇다.
丁成燁은 용산 보매기에 보내고 午後에는 잠실 修理한데 補助力活[補助役割]케 햇다.

<1970년 4월 28일 화요일>
今日은 新洑 大同洑매기엿다.
所任 林長煥 氏를 洑軍 中食을 해달아고 해서 15名을 해주웟다.
終日 精米햇다.
寶城宅 外 3, 4人 방아를 찟는데 寶城宅 堂叔은 술을 먹자고 해서 마시엿다.
成康이는 全州에 갓다.
俊峰이가 왓다. 重宇 妻 不産 件이엿다. 2, 3日 기드린 게 如何요엿다. 그도 좃타고 햇다.
文京 母는 화토 하자고 해서 約 1時間쯤 圭太 집에서 놀고 보니 40원을 젓다.
밤에 10時頃에 白康善 氏가 訪問햇다. 이 마을에 勞動稧가 組織되여 約 27名이란데 勞動力이 不足한 農家는 앞으로 農事에 支障이 된다고 햇다. 處勢를 엇더케 하는지 두고 보자 햇다. 샛터에서 牟潤植이 丁九福 白康善 氏만 빠지고는 다 들엇다고 햇다.

<1970년 4월 29일 수요일>
아침에 里長이 訪問햇다. 어제 任實에 갇은니(反共團合大會) 新平面長 洪吉杓 氏가 辭任햇다고 들엇다고. 그려면 後任이 누구일 것이야 햇다. 或 金哲浩 氏 副面長이나 되지 안나 햇다.
8時 30分頃이였다. 叔母(하동댁)任이 오시엿다. 重宇 妻 메누리 일을 엇터케 햇그나 햇다. 或者는 任實로 가라고 하고 或者는 全州로 가라 하는데 어데로 가야 오르야 햇다. 答 그것은 叔母가 決단 내리고 全州-任實로 가는 것은 叔母에 매이였소 햇다. 叔母 答변은 任實에 갓다가 或 잘못되면 돈 애기다가[아끼다가] 버렷다고 할가 시프다 햇다. 그려면서 病院에 가면 어느 병원인지 모르고 錫宇도 어제 가서 오지 안햇다면서 알이여 달아고 햇다. 錫宇 住所 病院住所을 적다 생각하니 마음상 안 되여서 그려면 제가 모시여다 드리겠읍니다 햇든니 氣分이 조화서 그려면 참으로 좃타 햇다. 그려면 곳 모시고 오세요 햇다.
衣服을 입고 나오니 방게 弟수와 叔母任 病者 弟수任이 나오시여 갗이 村前에서 마나고 방게 弟수氏 보고는 들어가시고 짐을 自轉車에 실고 館村驛前에 갓다. 汽車는 延着으로 11時에 온다고 햇다. 빠스로 3人이 乘車햇는데 車비는 제가 냇다. 院長에 問議한니 入院料 9,500원에 明日 안니면 又 明日에는 下問으로 쏫는다고 하면서 2층 室로 案內햇다. 집에 오는데 驛前에서 술 한 잔 하고 집에 온니 某人이 말하기를 任實로 가도 조흔데 꼭 全州로 만 가다면

全州로 가자고 主張한 사람은 뜨더먹을아고 하는 사람이라고 崔英姬 氏게서 하시드라고 햇다. 듯고 생각한니 기가 막히엿다. 뜨더먹는 사람이 더 뜨더먹기 爲해서인가 하고 분개햇다. 日後에 모두 家族이 모이여 말해 보겟다고 햇다.

全州에서 館村에 오는 길이엿다. 全州驛에 當하니 約 20歲가랑 되는 女學生으로 보인데 큰 책보에 만흔 책을 싸서 未安하지만 驛 區內까지 들어달아 햇다. 얼은 觀象을 보니 人物은 내의 마음에 든데 或時 此後에 내의 子婦감이나 될가 生覺하고 맘 먹엇다. 驛 區內에 간니 列車가 延着이라면서 案內員이 말하는데 其 女學生에 말을 건넛다. 어데 가는가 햇다. 처음은 오수까지라 햇다. 오수면 더는 안 가는가 햇다. 오수에서 8k 간다 햇다. 그려면 어덴가 햇다. 長水 山西面 新村里라 햇다. 性은 무엇인데 햇다. 安氏라 햇다. 學校는 어덴데. 紀全女高 卒業이라 햇다(1970年 卒業). 父親은 누구인데 {하고 물으니} 安在勳 氏라 햇다. 父 職業은 農業이라 햇다. 자네 生年月日은 1951年이라 햇다. 생일을 무르니 말하지 안햇다. 日後에 알기로 햇다. 나는 館村 사는데 삭영 최가라 햇다. 그련데 父은 四七歲인데 長女라 햇다.

<1970년 4월 30일 목요일>

今日 種籾 浸種햇다.

統[總] 36斗用 21斗5升 鹽水 選해서 完籾이엿다.

柳正進을 시켜서 昌宇도 工場세멘 基初[基礎]을 넛다. 夕陽에 丁俊峰 氏가 와서 手苦해 주웟다.

山林組合에서 某 職員이 와서 65年産 아까시야代 未拂金 請求書에 捺印을 要求햇다. 現金 주면 해주겟다고 拒絶햇다. 鄭仁浩를 시켜서 萬원 融資해달아고 印章을 주워 보냇는데 共濟金 關係로엿다.

丁俊峰 氏는 오늘 5月 2日 求禮 華嚴寺에 놀여가자고 한데 1,800원을 準비하라고 햇는데 學비도 不足하고 첫재는 衣服이 업서 還迎[歡迎]하지 안고 묵〃히 對答햇다.

<1970년 5월 1일 금요일>

成苑이 아침에 왓다. 수예代 雜비 2,100원을 要求해서 공부 잘 아면서[하라면서] 주워 보냇다. 成康이는 今日 敎大 敎師{試驗} 應試次 全州에 간다고 왓다. 잘해보라고 햇다.

白康善 氏가 왓다. 種籾을 要求햇는데 殘이 2斗5升이엿다. 그래서 주웟다. 裵仁湧 氏도 種籾이 不足한다고 해서 1斗 주웟다.

全州에 成康이 敎大 應試한다고 해서 가보왓다.

집에 온니 尹鎬錫 氏는 明{日} 子息 結婚式에 參席해달아고. 拒絶햇다. 韓正石 氏 成造한데 上樑을 써드렷다.

麻布 10單은 成曉에 市場에 보냇든니 9,800원 해왓다.

<1970년 5월 2일 토요일>

오날은 求禮 外家宅에 갓다. 午後 2時 列車로 갓는데 오날밤 外祖母 祭祠[祭祀]에 參席次엿다. 昌宇와 갗이 2時 列車로 求禮에 갓다. 外叔宅에서 夕食을 맞이고 있으니 任正三이 外內[內外]가 왓다. 밤늦게까지 놀다 보니 11時 30分 作別하고 外祖母 祭祠 參拜햇다.

<1970년 5월 3일 일요일>
朝食 後에 龍田里 姨叔宅에 갓다. 맞임 衣服을 차리고 오시여 路上에 參拜햇다. 卽 어제 오시려 했는데 天雨가 낫바서 抛棄햇다고 햇다. 中食을 正復 집에서 먹고 華嚴寺로 오는데 旅비 百원과 冊字를 주시였다. 華嚴寺에 當한니 午後 2時 30分이였다. 우리 1行을 찻는데 맛침 覺皇殿 後에서 찻잣다. 1行을 반가히 마지하고 寺刹 外에 왓다. 川邊에서 술 밥 요구를 하고 취중에 노래 부르고 놀다 보니 3時였다. 出發하자고 해서 出발한데 途中에 外家집에 들이엿다. 夕食을 하고 求禮口에 왓다. 와보니 妻가 업서서 다시 外家에 간니 있엇다. 밤에 잡다[잤다].

<1979년 5월 4일 월요일>
아침 食事를 外家에서 맞이고 邑內에 온니 맞임 光州行 뻐스가 잇엇다.
求禮驛에 왓다. 20分쯤 기드리니 任正三 弟妹가 싸이도가[사이드카]를 타고 驛에 餞送次 나왓다. 술 한 잔 하면서 車票까지 사주고 갓다. 靑道에서 下車햇다.
桂樹里 炳文 氏 宅에 갓다. 宗中 石物 打合햇다. 祭閣에 갓다. 中食도 祭閣에서 햇다. 陸路로 걸어서 已梅로 해서 뻐스로 歸家햇다.

<1970년 5월 5일 화요일>
成康이는 全州에 갓는데 敎大 應試한바 不合格이라고 신경질을 내면서 學生 時에 功夫[工夫] 못하고 이제 後悔나지 안나 햇다.
田畓에 단이다가 靑云洞에 갓다. 林淳澤 崔六巖 氏를 맛나고 방작[구들장] 3방거리만 뜨라 햇다.
嚴炳學 前 民議員이 本里에 왓다. 新民堂[新民黨] 郡 幹部陳인 樣이다.
밤에 10時頃에 白康善 氏가 來訪햇는데 里에 15名 條[組] 17명 組로 해서 勞動契를 組織햇다고 햇다. 우리도 해보자고 해서 今年에나 지내보고 햇다. 논 사는 데 白康俊이가 紹介人인데 논 갑을 대는데 白米 2叺를 먼저 먹을라다 마지막 會計한데 발각해서 속을 보왓다고 兄弟 間도 밎이 못해겟다고 햇다. 그래서 紹介費 條 白米 5斗을 주엇는데 그래도 要求대로 못다 주고 보니 죄면한다고[17] 햇다.

<1970년 5월 6일 수요일>
아침 早起에 館村 成吉 집에 갓다. 姪婦를 맛나고 借用金을 말햇든니 5月 5日 12時頃에 成康이가 2萬원 가저갓다고 햇다. 고무신을 사신고 집에 왓다. 成康이를 맛나려 햇는데 집에 업섯다. 成康 母를 맛나서 무르니 돈 밧은 일도 업고 朝食을 맛치고 全州에 간다면서 한 여를 잇다 오겟다고 하면서 나갓다고. 생각하니 기 마키게 되엿다.
館村驛前에 가서 鄭敬錫이를 맛낫다. 敬錫 子息 中烈이도 學校에 가지 안코 地方에서만 놀아는데 큰 화건[화근]이라 햇다.
大里에 가서 郭在燁 氏를 맛나고 面長 件을 論議.
郭宗燁 外 3人을 맛나고 成赫이 기화[기와] 事業에 對한 協助를 付託햇다.

<1970년 5월 7일 목요일>
아침에 錫宇 집에 갓다. 成康에 對한 行動을 行方을 무럿다. 其間에 運轉敎育을 하

17 '죄면하다'는 '대면하고 싶지 않다'라는 뜻이다.

는데 잘 나오지도 안하고 왓다 해도 午前에 만 하고는 午後에는 보이지 안는다고 햇다.
人夫를 데리{고} 苗板에 갓다. 龍山坪에 새보들 2個所 苗板을 햇다.
朴公히를 맛낫다. 李成九 氏를 맛낫다. 모두 철엽[천렵] 왓다고 가자 해서 술 한 잔 먹고 왓다. 夕陽에 丁基善을 맛나서 家庭事에 對한 討論도 햇다.

<1970년 5월 8일 금요일>
今日 正進 昌宇를 시켜서 工場 보로코를 싸다. 林長煥 氏가 參加해서 한참 協助해 주웟다.
2時頃이 되니 求禮 姨叔게서 오시엿다. 成康 母를 시켜 飯錯[飯饌]을 사려 1,000원 全州에 보냇다.

<1970년 5월 9일 토요일>
朝食을 맞이고 姨叔任과 갗이 中食을 싸서 山淸 求見하려 갓다. 母親任 山所를 간니 물이 조케 보이여 좃타고 하시엿다. 康山을 거처 晋山을 지나서 오방굴로 갓다. 上〃峰 밎이 잇는데 여기 빠젓다 하시면서 四方을 目側[目測] 하신데 乾座 손행으로 모시면 조켔으나 山主을 알아서 치표나 하라 햇다. 다시 지나서 잉어명당 刑 氏 집에 갓다. 때가 되여 中食을 하고 回路에 바람바우 골작에 당햇다. 坤座[坤坐]로 안대하면 이곳도 1座 하겟다고 햇다.
집에 와서 잠시 쉬엿다가 大里에 同行햇다. 成吉이가 位先하기로 買得한 밫을 求見한니 자리가 업다고 햇다. 驛에 와서 電話 館村 成吉이에 連絡햇든니 會議에 갓다고 不在中이라기예 回路햇다.

<1970년 5월 10일 일요일>
早起에 瑛斗 氏 正石 氏 奉俊 氏와 種籾 播種햇다.
아침부터 내린 비는 終日 내렷다.
尹鎬錫 氏 精米한데 9叺나 되엿다. 被麥 4叺을 햇다.
夕陽에 長宇에 갓든니 福起 氏 蓮脝[18] 氏가 게시드라. 兄任은 陰 4月 15日 桂樹里 立石을 말삼햇다.

<1970년 5월 11일 월요일>
朝食을 大里에서 하시자고 成奎가 모시려 왓다. 갗이 가서 맞이고 왓다.
記全女高 成苑에서 편지가 왓다. 內部는 冊代 5月分 下宿비 5,350원 要求햇다. 現金을 準備하고 指導部長 앞으로 편지를 썻다. 成苑이 보낸 편지까지 封하고 成苑 편지 그대로 要求한 金額이 맛다면 잘 檢討하시여 成苑에 傳해주시라고 편지와 成苑 편지 現金 5,400원을 封해서 보냇다.
炯進이를 시켜서 成康 鷄舍 修理햇다. 午後에는 蠶室 基初[基礎]를 팟다.
夕陽에 任實에 갓다. 緘石 白 12枚 黑 5枚 計 17枚 6,180을 사오는데 술이 취해서 自轉車는 嚴順相에 맛기고 뻐스로 왓다.

<1970년 5월 12일 화요일>
求禮 姨叔게서는 今日 5日 만에 歸家하시는데 驛前에 가서 餞送하고 旅비 壹仟을 드렷다.
成東이 便에 記全女高 庶務課 指導部長 윤정홍 氏에 傳해달이면서 편지와 金 5,400원 주{워} 보냇다.

18 원문 해독 난해, 유사한 글자 입력.

臨時列車로 全州에 갓다. 角木 5個에 1,550원을 주고 託送햇다. 時間이 있어서 驛前에서 公衆電話로 記全女高 3372號로 거렷다. 윤정호 氏가 나왓다. 돈과 편지를 밧든야 햇든니 아즉 못 밧고 어제(5月 11日) 成苑 오바라면서 面會 왓다고 햇다. 面會를 付託햇다고 햇다. 午後에 電話가 왓는데 成苑을 對햇든니 分明이 成曉이라고 햇다. 今日 午後 2時에 南部配車場에서 成苑을 맛나기로 햇다고 그려면 成苑에 오바 面會 事實을 알아서 내에게 傳{해}주시기를 간곡히 付託코 왓다.

<1970년 5월 13일 수요일>
아침에 靑云洞에 갓다. 林淳澤 崔大巖 金玄洙을 맛낫다. 방작 뜬데 욕보왓다고 술을 圭太 집에서 待接햇다. 방작代는 日工으로 2,200 품삭 250원 술감 50 해서 計 2,500원을 玄洙에 주웟다.
嚴京煥 방아 찟고 夕陽에 婦人들이 왓다. 저역을 해주웟다. 밤 12時까지 노는데 大里 李今八이 왓서 장구를 치는데 잘 놀앗다.

<1970년 5월 14일 목요일>
終日 방아를 찟는{데} 丁基善 外 2人인데 約 26叺 찌엿다. 白康善 氏는 木工햇다.
崔英姬가 왓다. 理由는 全州에 重宇 第수病院 入院한데 못쓸 말을 들엇다고. 그러면 그 소리 안햇나 따지고 너 그리 말아 햇다.
日記帳을 내노코 일거 주웟다.
丁基善에서 白米 2叺 借用햇다.

<1970년 5월 15일 금요일>
白康善 氏가 今日도 木工햇다. 精米 1部 精麥 完宇 것을 햇다. 大里 朴吉玄이는 墓所 石工을 하는가 보왓다. 李道植氏 兄 在玄 氏가 招待햇다. 嚴俊祥 氏 宅에서엿다. 술 한 잔 하자고엿다. 白康善 氏는 明日 朝에 한참만 더 해달아 햇다. 林玉相 梁海童이는 벽돌代 1,450個 찍엇다 해서 代金을 무르니 4,800원을 주워 보내고 日後에 꼭 싸달이[싸게 달라] 햇다.

<1970년 5월 16일 토요일>
새벽 5時頃에엿다. 朴京洙 氏가 왓다. 具道植 氏 母親이 돌아가시엿다고 햇다. 訃告를 初 잡아주고 이대로 등사해보라 햇든니 護喪을 나더러 서달아고 해서 承諾햇다. 終日 喪家에서 일을 보와주면서 收入 支出을 보와주웟다. 朴吉玄이는 독 갑 代를 要求한데 1,000원을 주웟다. 喪家에서 鄭昌燮 立會 下에 햇다.

<1970년 5월 17일 일요일>
아침부터 喪家에서 돌보와주웟다. 밤에 윳을 논데 約 200원 所得햇다. 韓大錫이는 具道植 喪家에 問喪 왓다. 俊祥 집에서 술 한 잔 하자고 해서 햇다.
大里에 갓다. 崔龍鎬 叔父 初喪에 問喪 갓다. 嚴俊祥 嚴萬映 鄭鉉一도 參加햇다.

<1970년 5월 18일 월요일>
具道植 母 出喪日이엿다. 아침에 安承均 氏 宅에서 招待햇다. 알고 보니 安承均 氏 生日라 햇다. 出喪을 맛치고 喪家 爲 弔慰金을 鄭太燮이와 決算하고 보니 5,440원을 鄭太燮 立會 下에 喪制에 引게[引繼]햇다.
夕陽에 韓正石 鄭太炯과 갗이 柳文京 집에 갓다. 鄭太炯 氏는 말하기를 李起榮과 崔在植 氏와 언전한데 在植 氏 子息 元영

이는 代理試驗을 치루웟는데 목아지를 땐다고 햇다고 말햇다. 嚴萬映 崔在植이가 왓다. 술 한 병을 사오라면서 40원을 주워 보내서 먹고 南原 간다고 나왓다.
夕陽 7時 30分 列車로 書道에 갓다. 炳文 氏가 나오시엿다. 同伴해서 巳梅 酒場에 갓다. 막걸이 8斗 보내달아면서 契約金 2仟원을 주고 왓다. 炳文 氏 宅에 온니 11時 30分이 되엿다.

<1970년 5월 19일 화요일>
床石을 運石한데 牛車로 運石햇다. 桂樹里 1家들이 全員 動員해서 始終까지 無事히 立石햇다. 炳文 氏에 가서 炳文 氏와 會計한데 中食米代 3斗 1,800 谷城 條 60원 찬代 200 治下金 1,000 산직이 治下金 600 지게代 1,000원 計 5,200원을 會計完了햇다. 오는 途中에 宗垈을 거처 都先山을 回禮하고 왓다.

<1970년 5월 20일 수요일>
아침에 大宅 兄任을 뵈려 갓는데 桂樹里 6代祖 立石에 對한 收入 支出을 計算햇다. 내의 關係 支出은 총게 7,400원이엿다.
구술서 成奎에 3,000원과 煙草代 返送金 600원을 해서 3,600원을 밧앗다. 本人이 낼 돈 8,000원 合하니 11,600원이엿다. 支出 7,400원을 除하고 殘 4,200원 가지고 갓다. 大宅으로. 그려면 곡성 石物과 구술 石物 條가 全部 淸算이 난 것이다.
具道植 氏에 招待햇다. 朝食을 마치{고} 喪費 收入 支出를 따저주웟다.

<1970년 5월 21일 목요일>
終日 桑田에 炯進이와 갗이 古木 切取햇든니 牛車로 1車엿다. 古木이 만히 生起여 鄭宰澤에 같아 蠶種 2枚만 返送할 터이니 郡에 보내달아 햇다. 應答햇다. 明日 가저가겟다고 햇다.
成康에 집에 갓다. 成曉에서 片紙가 왓는데 무좀약하고 1,000만 보내라 햇다.
아침에 몸이 異常해서 늣게야 일어낫다.
林玉相에 가서 辟[壁]을 싸자고 햇다. 明日라도 싸자고 햇다.
宋成龍 便에 白米 2叭을 市場 보냇든니 11,220원을 해가지고 왓다.

<1970년 5월 22일 금요일>
蠶室 基初次 玉相이가 왓다. 錫宇는 面에 간다고 自轉車를 빌이려 왓다. 面에 단여와서 里 參事는 嚴順相으로 內定되엿다고 햇다.
11時頃부터 精麥을 하는데 約 92升 稅 收入햇다.
아침에 成吉 집에 갓다. 借用金 貳萬원을 가저왓는데 合해서 4萬원을 가저온 편이다.
鄭仁浩를 酒店에서 맛낫다. 共濟加入金 今年 4月 末日 現在로 三年채인데 回수는 6回次 入金된엿다고 햇다(20萬 條).

<1970년 5월 23일 토요일>
아침에 鄭仁浩에 3,000원 取貸로 共濟料 萬원 借條에서 2,460 現金 540 計 3,000원을 會計코 麥糠 2叭代 700 3일 해서 1,235원 (5원 不足)을 支拂코 印章 및 領收證을 가지고 왓다.
韓正石에서 釘 6斤 240에 가저왓다. 館驛에 成吉에 가서 비누루 外上으로 1막기 가저왓다. 秋期 會計하기로 햇다. 驛前에서

林光濟 氏를 맛낫다. 兵役未畢로 職을 그만 두웟다고. 3, 4日 前에 河聲喆이도 兵役未畢로 職을 그만 두웟다고 햇다. 新 組合長 崔用完 氏는 與黨을 등을 지고 組合長에 當選되엿다고 나는 還迎[歡迎]치 못하겟다고 햇다.
鄭圭太 집에서 明日 親珇稧員[親睦契員]들 金山寺에 간다고 마음 맛지 안타고 햇다. 館驛 時計店에서 外上으로 2,000인데 1部 1,000원 주고 1個 가저왓다.

<1970년 5월 24일 일요일>
親睦契員 內外 同伴코 金山寺에 하루 노리하려 갓다.
全州로 해서 院坪으로 해서 金山寺에 當하니 11時頃이엿다. 寺刹 周圍을 살피고 中食을 햇다. 午後 2時쯤 지나서 出發하는데 鄭鉉一 嚴萬映 內外는 택시로 全州까지 가는데 1部 稧員은 不平을 하는데 돈 만타고 돈 자랑 한다면서 갗이 行動한는 게 原側[原則]인{데} 햇다.
全州 郵便局에 들이여 金宗振을 맛나고 成曉 藥과 現金 壹仟원을 주워 郵送을 依賴햇다.
崔光日 機械會商에 들이엿다. 내의 原動機와 新製品을 交체한데 4萬원을 辨償해달아고 햇다.

<1970년 5월 25일 월요일>
午前에 溫突 修理햇다. 안 드려간 불은 훌〃 잘 드러갓다.
朴吉玄이가 술 한 잔 먹자고 해서 酒店에 간바 화토를 치게 되엿다. 夕陽에 鄭鉉一이가 왓다. 24日 金山寺 旅行의 件을 냇다. 화토하다 화가 나서 멋[뭣] 자릿다고[잘했다고] 그런가 하면서 치든 화토를 내버리고 남 죽으면 죽을네 하면서 열을 울이엿다. 그려다 보니 未安하기도 해서 그만 두웟다.

<1970년 5월 26일 화요일>
아침에 脫곡機 麥 3叺 白{米} 8斗을 任實에 실엿다.
오수에 갓다. 1,800원을 주고 사래 및 其他 附屬品을 가지고 왓다.
牛車로 發動機 楊水機[揚水機]를 全州로 託送햇다. 代金 160원이엿다. 作業員에 막걸이 2병을 사서 주웟다.
邑內서 朴正根 氏가 來訪햇다. 1泊햇다.

<1970년 5월 27일 수요일>
蠶室 벽 쌋다. 玉相 永植 淳澤.
午後에는 男女 稧員이 논다고 해서 川邊에 갓다. 술 먹다보니 취해서 바로 집에 왓다.
成苑이 밤에 왓다. 內衣代 1,000을 要求해서 주웟다. 공부 잘하라면서 당부햇다. 술이 취해서 夕食도 못하고 바로 잣다.

<1970년 5월 28일 목요일>
白康善 外 3人은 蠶室 벽 싸기 햇다. 午後에는 上樑을 햇다. 連子 거는 데 稧員 約干[若干] 名이 와서 協助해주웟다.

<1970년 5월 29일 금요일>
今日은 蠶室 알마 엿는데 嚴萬映 柳正進 朴京洙 鄭圭太 裵仁湧 崔昌宇 鄭昌律 丁俊峰 白康善 黃在文 約 10名이 오시엿다. 崔錫宇에서 날개 26枚를 갓다 햇다. 午前中에 알마는 끗냇다. 午後에 柳正進 崔昌宇 朴京洙만 햇다.

<1970년 5월 30일 토요일>
大宅 兄任이 불엇다. 아침에 가보니 不安해 게시였다. 5月 27日 成康 집에서 밤에 뛰고 논다고 그럴 수가 잇는야고 햇다. 나는 모른 일이라고 햇다.
任實로 해서 驛前에 단여온데 朴京洙 母게서 死亡햇다고 햇다. 丁基善 氏와 갗이 問喪을 갓다.
炯進이를 시켜서 蠶具를 洗面하고 夕陽에 5時 30{分}頃에 消毒藥 4封을 연탄 화로에 너서 피웟다.
昌宇 말에 依하면 大里 炳赫 氏 堂叔은 질병을 아는데[앓는데] 5, 6代祖 石物햇기 때문이고 한다고 햇다. 그럴 이 있으가 햇다.

<1970년 5월 31일 일요일>
終日 喪家에서 經理를 보는데 收入支出도 햇다. 비가 오는데 만히는 오지 안는데 조금이라도 終日 왓다.

<1970년 6월 1일 월요일>
宋成龍 便에 脫麥機를 실고 오라 햇든니 大里 吳 氏 子息 便에 보냇다. 運賃을 말하니 3百원을 要求 200원을 주워 보냇다.
紀全女高에서 通信이 왓다. 떼여보니 成績表엿다. 成苑은 平均이 50點으로 기분이 좋{이} 못해서 밤늦도록 學校 先生에 (尹정홍) 先生에게 편지 쓰다 보니 밤 11時였다. 理由는 정학해달아고 햇다. 퇴학도 學校 處分대로엿다.

<1970년 6월 2일 화요일>
通學車로 全州에 갓다. 엽서로 成苑에 편지를 냇는데 成績이 不良하니 잘 생각해서 學業을 中止하라고 써서 넛다. 崔光日 鐵工所에 갓다. 中古品 내의 機械 2萬원 치고 新品 6萬 치고 殘金 4萬원에 結定[決定]하고 本日 3萬원만 주고 殘 壹萬원은 現品 引受 時에 주기로 하야 完定함.
집에 왓다. 압집 成業이는 勞動稧員을 데리고 풀 한다면서 中食을 먹으려 오라 해서 잘 먹엇다.
夕陽에 後蠶室에서 窓門 修理한데 朴 生員이 面會 要求햇다. 初喪 時에 빌여간 5仟원을 내노면서 感謝히 利用햇다면서 술을 가저왓다.
靑云洞 林淳澤 氏에 간바 술이 취해서 잣다고 말 못하고 圭太 氏 집에 갓든니 夕食을 하자면서 술까지 먹고 왓다.

<1970년 6월 3일 수요일>
아침에 朴京洙 氏에서 招待햇다. 三慕[三虞]라고 朝食을 햇다. 總決算을 해달아고 해서 淸算하니 總 收入支出을 따지고 보니 約 15,000원쯤 黑子가 나왓다.
工場에서 親友들과 윷놀이 한데 終日 놀고 보니 約 200원이 收入 되엿다.
大里 崔相喆이가 蠶室 寫眞을 가저왓는데 800원이라고. 2, 3日 後에 주마고 보내고 鄭宰澤 母 便에 宰澤에 傳해달아고 주웟다.
大宅 兄任이 오시엿다. 中食을 待接하고 말삼하신데 大里 炳赫 堂叔은 如前 질병한다고 햇다.

<1970년 6월 4일 목요일>
아침에 林淳澤이가 왓다. 土事하려고 왓다. 午前 中 精麥햇다. 午後에는 놀앗다.

<1970년 6월 5일 금요일>
昌宇 淳澤을 시켜서 蠶室 土力을 시켯다.

大里 炳赫 堂叔에 갓다. 질병이 사실이면 하고 물엇다. 確實하다고 햇다.
趙命基을 시켜서 安氏 藥芳[藥房]에서 人蔘 350원을 맛다 주워 가지고 왓다. 實은 누에 줄여고 外上을로 가저왓다. 生覺하니 내가 먹어야 한데 누에 준단 것도 기맥히게 되엿다. 그려나 별 수 업시 대리서 누에다 뿌려 주라고 당부햇다.
성원 친구라 해서 편지가 왓다. 내용인즉 前番 6月 2日字로 成苑과 先生에 平均點 50點이니 學業을 中止하라 편지햇든니 치구[친구]라 해서 편지가 왓는데 잘 생각해서 용서하시고 앞으로 잘할 것을 約束하고 진학을 要求햇다. 住所도 업고 但 成苑 親友라 햇기에 成東을 시켜서 친구라는 {이의} 住所 姓名을 알여달아고 보냇다.

<1970년 6월 6일 토요일>
顯忠日라고 學生들은 놀이여 준다고. 成東 炯進이를 시켜서 蠶室 修理하고 間子까지 終 맞이엿다.
午後에는 炯進이는 논가리 시켰다.
間子를 매고 보니 116板쯤 기르겟드라.

<1970년 6월 7일 일요일>
成東 成樂 昌宇 淳澤 本人 全員이 蠶室에 重力을 햇다. 夕陽까지 한데 內外 再事는 끗냇다.
林玉相 蠶室 日費 4日分 1,600원을 成樂便에 보냇다.
尹相浩 보로고代 200개를 600원 蠶室에서 朴澤文 立會 下에 드렷다.
成奉 말에 依하면 成苑이 全州에서 왓다고. 어제 6日에 왓다는데 엇지 내에게 오지 안햇는가 顔心이 不安헷든 模樣으로 生覺든다.

<1970년 6월 8일 월요일>
新聞 한 대목을 일거보니 中고 男女學生 판이엿다. 都市는 勿論이고 1部 地方에서 脫線行爲가 맛는데 父母 몰에 家出해서 遊園地에 단이면{서} 춤놀이 飮酒 그려다 돈이 떠려지면 自殺行爲가 普通이라고 햇다. 生覺한지 自身도 子女가 만흔데 覺悟가 달아젓다. 法治家 平價는 父母가 道義的 責任이 잇고 父母가 마음대로 다스리지 못하면 親友 照介[紹介]라도 해서 마음을 爲安[慰安]시켜 준 것도 줏타고 기사가 낫다.
成苑을 꼭 學業 中止하려 햇는데 成苑 親友에서 편지까지도 왓다. 딱한 形便이다.
밤 11時까지 成苑 男妹 形便과 家庭 形便을 又 經劑的[經濟的]으로 細詳히 펴지[편지]로 써서 成苑 學校로 보내기로 하고 成樂에 편지 부치라고 햇다.

<1970년 6월 9일 화요일>
새벽부터 내린 비는 午前까지 게속 햇다.
午前 中 舍郞에서 新聞을 보니 今週 運數난이 있엇다. 亥生을 보니 11日 위험한 일이 있으니 文書上으로 契約을 注意하여야 損害 없고 말 操心하라 햇다. 實은 鄭宰澤이는 11日頃에 桑苗 융자금 約 20萬원 융자 밧는데 保證을 서달아고 햇다. 그래서 印鑑證明과 財産證明書을 해달아고 햇는데 그 뜻이 업다.

<1970년 6월 10일 수요일>
아침에 蠶室을 거처서 成康 집에 갓다. 成苑은 나를 보려 갓다고 보지요 햇다. 學校를 근만 두면 조흔데 形式的으로 간는 것

마음 맛지 안타고 成康 母에 {말}해다.
집에 오는데 黃在文 氏 집 압에서 (林澤俊 妻) 皮巖宅이 말한데 成康 消息 몰아요 햇다. 웨 그려신가요 전주에서 보왓는데 얼굴이 좃이 못해요 햇다. 그 놈은 잘 먹고 잘 입고 한데요 그려나 내의 앞에는 안보인 게 좃타고 햇다.
蠶室에 손질하고 龍山坪 모자리로 해서 처만이예 갓다. 뽕 좀 딸아고 金正石 姨母에 말하니 安 生員에 간다고 햇다. 용운치에 갓다. 崔福洙 氏 (아저씨)에 갓다. 술을 주면서 不遠 가겟다고 햇다. 崔奉{宇}를 맛낫다 宰澤을 좀 맛나달아 햇다. 財政保證을 서달아는 ◇◇고 付託햇다. 夕陽에 圭太 집에서 200원 꾸워가지고 大里 相云 집에 問喪햇다.

<1970년 6월 11일 목요일>
어제 밤에 喪家에서 윳을 노는데 12時까지 놀다 보니 어두워서 堂叔 집에서 잣다. 아침에 喪家에 가서 出喪까지 하는 {것을} 보고 왓다. 집에 온니 進映이는 도야지가 죽윗다고 해서 한 다리 250원에 가저왓다.

<1970년 6월 12일 금요일>
炯進이를 데리고 桑田에 春伐을 햇다. 그리고 肥料도 주윗다.
午後에는 참평댁이 한실댁이 왓다. 술 먹자고 해서 夕陽에까지 놀앗다. 裵仁湧 氏에서 놀앗다. 圭太 집에서 자다보니 밤이 되엿다. 심평우체국[신평우체국]에서 稅金 1,500원 代納 條을 밧으로 왓다. 成赫이를 맛나서 2仟원만 달아해 주고 成赫이는 成康를 全州에서 보고 데려왓는데 못 보시였소 햇다. 모[못] 보왓다고 하면 무수[무슨] 面目으로 내만 주[준] 것이야 하고 旣往 그리 되엿으니 目前 안 보이기를 希望한다고 햇다.

<1970년 6월 13일 토요일>
어제 밤부터 치[齒]가 애리서 朝食도 뜻이 업다. 뽕나무를 전하다 집에 온니 대단히 더 애리서 舍郞에 終日 누웟다. 영 복잡햇다. 夕陽에는 더 深해서 맞임 成樂이가 學校에{서} 왓는데 自轉車로 館村에 보내서 齒痛水를 사다 너니 좀금은 연햇다.
아침에 錫宇가 왓다. 鄭宰澤를 맛낫다고 財政保證은 嚴順相보고 서달아고 햇다고 今日 全州에 가는데 成康이를 맛나겟다고 햇다. 그려면 엇던 뜻에서 客地에 잇는가를 뭇는데 집에는 못 올 것이라고 해서 보냇다.

<1970년 6월 14일 일요일>
今日는 日曜日인데 成東 成樂 成苑까지 와서 뽕 따기. 鄭圭太 妻母게서 産古 보려 왓는데 뽕을 좀 딸아 햇다. 그래서 今日부터 따기 시작햇다.
午後에 桑木 春伐을 又 햇다. 兒를 시켜서 複合肥料 넛다.
집에 온니 成康이가 누예 밥을 주드라. 네에데[어디에] 잇다 왓야 햇다. 염치 업서 말 못한데 對面한니 화가 또 치민다. 할 말이 만치만 말하기 실여 꾹 참고 보니 寒心한 마음 禁할바 어섯다[없었다].
龍山里 6斗只에 갓든니 보리논에 물이 벌창이엿다.

<1970년 6월 15일 월요일>
午前에 任實 齒課[齒科]에 갓다. 이를 빼는데 大端이 욕을 보왓다. 代金은 200원을

주고 집에 온니 仁基가 와서 里 事務室 준功式[竣工式]을 한는데 面長 郡守게서 오신다고 햇다. 잠시 그드니 다음 이가 또 애린다. 그려자 面 職員 全員 郡守 課長도 오시여 人事하고 青雲堤를 付託햇다. 그리고 電氣도 付託햇다. 中食 場所에서 맞이고 잇쓰니 郭四奉 氏 面 書記가 蠶室 踏査하겟다고 해서 新축한 동 成康 條도 보여주웟는데 성강이 것은 不足하다면서 사진 1枚식이 不足타 해서 집에 보관해놋 몸[놈] 2枚를 주웟다. (四奉). 長煥이 不足타고 햇다. 동선이도 不足타고 햇다.
今日 첫 모내기일이다.
뱀[밤]에 炯進 成東은 苗樹園에서 따왓다.

<1970년 6월 16일 화요일>
아침에 누예 밥을 주는데 쥐구멍이 낫다. 害를 만히 보왓다. 세멘으로 단〃하{게} 막앗다.
뽕이 大不足해서 鄭宰澤을 路上에서 맛낫다. 뽕 말을 햇든니 桑田에 가보자고 해서 갗이 갓다. 우리 밭 옆에치 한 자리 주는데 만히 죽웟다. 12두력.
牛車 自轉車가 빵구로 因해서 驛前에 갓다. 修善한데 1,500 中 500원을 주고 1,000원 殘高로 햇다.
裵仁湧 氏 婦人에서 萬원을 借用해왓다.
成苑은 今日부터 學校에 갓다.
뽕이 대不足이여 大宅에 갓다. 좀 남앗다기에 따왓다.
밤에 成奎가 왓다. 今日 누예는 다 올아가는데 뽕이 나맛다고 해서 炯進이를 데리고 가서 세 바작을 저왓다. 누예 밥 주다보니 12時엿다.

<1970년 6월 17일 수요일>
아침부터 가랑비는 여전이 네리드라.
金 2,000원을 가지고 鄭宰澤에 갓다. 어제 뽕 주워 감사한데 그래도 不足은 勿論인데 다시 더 좀 달아 햇다. 金 貳仟원을 주고 (안 바겟다고 해서 억지로 주엇씀) 食後 相面햇다.
梁奉俊 氏 宅에 가서 紹介하는데 不足이면 責任 짓겟다면서 奉俊 氏 것을 어더 주웟다. 따고 보니 한 밥 程度엇다. 成東 炯進이는 桑木 切枝[折枝]코 牛 1車 실어왓다. 午後에는 뽕따기. 柳正進이가 桑田에 와서 말하기를 뽕 2 망태 牛車에 따노왓으니 가저가라 햇다. 한실댁이 보고 왕〃 하드라. 海南宅이 夕事[夕食]하시게 가자 햇다. 가보니 今{日} 모내기엿다고 酒食間에 잘 먹고 왓다.

<1970년 6월 18일 목요일>
終日 비는 네릿다. 正進 圭太 家族이 수스령이를 맛든데 約 150斤 뽕이 不足해서 成東 형진이를 시켜서 북골 萬映 氏 桑을 나무채 쩌왓다.

<1970년 6월 19일 금요일>
오날도 終日 비는 내렷다. 7日 만에 뉴예는 上簇하기 始作. 마부시 製造人夫 上簇 婦人 합에서 13名 우리 食口 成苑을 除하고는 全員 約 20名이 力活햇다. 20餘 蠶泊[蠶箔]만 남고는 全體 上簇햇다. 成績은 大端히 良호한 편이다. 그려나 이가 또 다시 애리여 終日 일하는 데는 교롬[괴로움이]이 만햇다. 蠶泊이 不足해서 成奎에서 60賣 梁奉俊 氏에서 20枚 計 80枚를 빌여다 썻다.

昌宇가 왓다. 뽕이 餘有[餘裕]가 잇다. 萬映에서 엇든 뽕은 오전에 나마서 昌宇에 讓渡햇다.

<1970년 6월 20일 토요일>
오날 아침에 全部를 올이엿다. 婦人 5名을 데리고 家族 해서 桑田에 除草햇다. 肥料를 全部 成樂이와 갗이 햇다.
正午에 崔瑛斗 氏가 圭太 酒店에서 나를 맛난다고 기대햇다. 듯고 보니 金 2仟원을 要求햇다. 돈이 업섯다. 무엇 때문이냐 햇다. 判浩가 春川 간다고 旅비엿다. 鄭仁浩에 가서 2仟을 용대해 주웟다. 圭太는 夕陽에 와서 술 먹자고 햇다. 먹다보니 취햇다.

<1970년 6월 21일 일요일>
成東 炯進과 가치 보리 베고 婦人 家族은 피를 개린데 쉴 참에 집에 온니 成康 집에서 學生들 우리 成康이도 잇는데 마당에서 뽈을 가지고 노는데 보기 실어서 뽈을 빼사서 칼로 찌저버리고 논에 와서 일 하라니가 오지 안코 잇나 하고 쫏는데 실은 成康이로 因해서엿다. 動力 粉霧機[噴霧器] 修善해서 苗床에 藥을 散布햇다.

<1970년 6월 22일 월요일>
全州에 갓다. 發動機 殘額 萬원을 주고 汽車에 託送햇다.
驛前에 黃宗一 氏에서 萬五仟원 빌이여 갓는데 1日 利子는 150원식이라고 햇다.
夕陽에 집에 왓다. 炯進이를 데리고 金允基 이사짐 실고 당메 갓다. 具道植 氏 生姪[甥姪]을 맛낫다. 집에 모시며 술을 가저와 권햇다.
成吉예 갓다. 姜 氏에서 燒酒 2상자 국수 1상자 4,050원에 外上으로 가저왓다.

<1970년 6월 23일 화요일>
嚴順相이가 왓다. 蠶室資金 融{資}次 하라 햇다.
成苑 成東 登錄證 發給 바드라 햇다.
鄭宰澤에 갓다. 融資의 件 手續切次[手續節次]을 말하고 里長에 갓다. 印章 兄任 仁基 2人 條 가저오고 酒店에서 兩人 한 잔식 주웟다.
今日 배답 모를 심는데 人夫 5人.
趙命基 氏가 來訪햇다. 許可證 찻는데 保險證明을 要求햇다. 畓에서 中食을 갗이 하고 作別햇다.
午後에 任實에 단여 집에 와 新麥 처음으로 脫麥 始作햇다.

<1970년 6월 24일 수요일>
夕陽까지 丁基善 氏와 갗이 機械로 蠶견을 깟다. 牛車로 共販場에 간바 不實하다면서 檢査 不능타면서 理由가 맛앗다[많았다]. 私情을 한바 3等으로 計 214,500g 總額 103,500원 種子代 貯金을 除하고 94,575원을 收入햇다. 途中에 鄭敬錫 氏에 와서 外上代 會計하니 18,500원 完納해주웟다.

<1970년 6월 25일 목요일>
아침부터 脫麥 精麥을 햇다. 館村에 蠶室資金 융자 차 갓다. 職員이 出張 中 다시 왓다.
보리 베기 脫作.

<1970년 6월 26일 금요일>
靑云洞에서 脫麥. 龍山里 黃東元 長子와 물 대문에[때문에] 시비햇는데 두워 번 때

리 주웟다.

<1970년 6월 27일 토요일>
아침에 任實 驛前에 韓文錫 氏 宅에 갓다. 借用金 3萬원 條 利子 7,000원 元金 3萬원 해서 3萬7仟을 會計햇다.
崔今石 母親이 왓다. 任實 借用金 2萬원 條 利子 2,040원 計 2萬2仟40원을 會計해 주웟다.
鄭宰澤에서 비로[비료] 운임 牛사람 장기질 賃料 2,500원 收入해다.
嚴俊祥 外上代 2,180 支出. 鄭圭太 外上代 5,000원 又 2,000 計 7,000원 支出햇다.

<1970년 6월 28일 일요일>
朴公熙 金在玉 脫作햇다. 李起榮가 고마게도 牛사람까지 와서 장기질 해주웟다. 0.5日. 牟潤植 氏 장기질 1日를 해주웟다.

<1970년 6월 29일 월요일>
아침부터 終日 내린 비는 끝질 사이가 어다.
용운치 崔福洙 氏는 고지 4斗只 시무로 오고 黃在文 氏는 3斗只 시므로 왓다.
崔六巖 金鉉珠 李起榮 氏도 비를 맞이면서 욕보와주웟다.
방아 찟는데 맘음이 이리 갈가 저리 갈가 밥아다.
成苑 成東이는 住民登錄證 確認次 早退코 面에 단여왓다.

<1970년 6월 30일 화요일>
崔福洙 氏 未安하다면서 今日 1日 해주고 간다고 햇다. 추진 보리를 終日 炯進과 갗이 언덕에 운반 手苦 만햇다.
靑云洞 승님 外 3人이 모내기 왓는데 승님은 午前만 하고 갓다. 그려 보니 3.5人만 한 셈. 夕食도 하지 안코 갓다.
午前에 精麥을 하고 논에 갓다. 논두력을 다 베고 肥料 散布하는데 日暮가 되엿다. 고달푸드라.
農園 金正坤 氏가 왓다. 陰{曆} 5月 29日 7, 8人이 오시여 모내기 해주겟다고 햇다.
韓正玉 弟가 왓는데 成康 同生들 衣服代 外上 條 2,820원을 주고 日後에는 내말 듯지 안코는 外上을 주시{지} 말아고 햇다.

<1970년 7월 1일 수요일>
아침에 成康 母 條 婦人 품 750원(7人 半) 支出.
成曉 母 條 〃 〃 650 〃(5.5).
各〃 會計 1,300원 完了해주웟다.
朝食 後에 館村農協에 갓다. 蠶室融資 5萬원을 밧는데 先利子 70年 12月 30日까지로 해서 2,321원 除하고 敎育保險 5萬원자리 約 5年 〃負[年賦] 償還에 第一次 分으로 5仟 5百원 除하고 42,139원을 受領햇다.
成吉에 가니 出張 中 不在여서 範 母에게 利本 5月 5日字 借用 條(成康이가 가지고 外出 分) 2萬2仟3百원 支拂코 왓다.
驛前에 雨澤 氏에 依賴해서 리야카를 빌이여 通運에서 복합 5袋을 실는데 成赫 人夫 2名을 連行. 땀을 흘이면서 村前까지 下車햇다.
白康俊 氏 今日 모내기하는데 中食하자고 해서 잘 먹고 집에 와 收入支出帳簿 整理하고 보니 2時 15分이엿다. 雇人 炯進 畓 分配하고 甘諸[甘藷] 캐고 보리 운반 川邊에 너렷다. 그리고 甘諸 3叺 成康 집에 보냇다.

<1970년 7월 2일 목요일>
靑云洞 人夫 7名이 와서 村前 移秧을 하는 午後에 비가 내리는데 모를 제페하고 모군을 시켜서 보리를 저오는데 밤 10時까지 햇다. 未安해서 술을 주는데 품싹도 100원 程度 더 줄 生覺이다.
後事를 생각해서 蠶室 1棟만 잘 보와달아고 交際費 3仟원을 주면서 蠶業係長에 傳해달아고 햇다.

<1970년 7월 3일 금요일>
용운치에서 五名 북골 1名 昌坪里 용기 母子가 와서 모를 심는데 네 군데를 다니면{서} 심엇다.
午後에 靑云洞 脫麥하는{데} 갓다 오니 人夫들이 모가 모자라 듯한데 炯進이도 갗이 모를 심고 있어서 나무랫다.
龍山坪에 林敏燮 장기질하는{데} 가보니 敏燮 氏는 술이 취해서 논 모시게[못쓰게] 갈기에 裵壽奉 氏와 교체하고 그럴 수 잇나 햇다.
原動機를 옴기는데 昌圭 牛를 利用햇다.
보리 싹이 8斗인데 운비로 1斗 除하고 7斗 收햇다.

<1970년 7월 4일 토요일>
李英杉 氏가 놉 11名을 데리고 왓서 모내기 하는데 今日로써 모는 끗을 냇다. 午後부터 내린 비는 밤늣게까지 왓는데 田畓에는 害는 업섯다.
새보들에서 金長映 氏를 뵈얏는데 長映 氏 말이 들으시엿는가는 몰라되 進映이안테 무안한 봉변을 당햇다고 말햇다. 理由는 進映에 畓에다 보리 1部 甘諸 1部를 가라는데 밧바서 미처 못치웟든니 무슨 理由 잇서 치워주지 안는다면서 甘諸를 다 재기[쟁기]로 가라 업엇다면서 누{구} 덕으로 산 줄 모르고 논도 내노와라 하고 外祖母 祭祠에도 쌀 1升 주지 안코 允祚도 내가 갈치여 道廳에 들갓고 무웟을 잘햇나면서 大聲으{로} 들에서 여려 사람 잇는데 그려한 봉변이 없다면서 進映 딸 文順이는 할머니보고 큰집으로 가라고 해서 순창宅은 大宅에 와서 母子間에 눈물을 흘이엿다고 細詳 말하더라.
丁 書記 便에 組合費 3,000원 支拂햇다.

<1970년 7월 5일 일요일>
陸士生 崔京澈이가 來訪햇다. 放學 中이라 約 20日間 休暇라 햇다.
今日 炯進 畓 移秧 보리갈기로 尹錫 外 7人이 왓다. 社谷里 裵壽奉 氏 3日間 일햇는데 1,300원을 주워 보냇다.

<1970년 7월 6일 월요일>
午後 脫麥하고 보니 約 11叺 收入. 農穀 工場에서 잠시 餘有가 있어서 新聞을 보니 딸아돈 2萬에 殺害햇다고 記事가 낫다. 대듬 生覺하니 驛前 黃宗一 氏에 15,000원 갑지 안한 生覺이 낫다. 夕陽에 圭太 氏를 同伴해서 韓文錫 氏에 갓다. 金 2萬원을 借用코 밤에 成東을 데리고 館村 驛前 黃宗一 氏에 갓다. 會計 보니 利子 15日間 2,100원인데 2,000원만 밧드라.

<1970년 7월 7일 화요일>
成康이는 終日 朴京洙 外 4人 家에서 脫麥햇는데 約 25斗 收入햇다.
도야지가 암이 나서 驛前 鄭京錫 氏에 牛車로 가 교배시켯는데 5百원을 밧드라.

午後에 鄭仁浩 外 3, 4人 精米햇는데 約 3斗5升(白米) 收入햇다.

<1970년 7월 8일 수요일>
李道植氏 金長映 氏 脫麥햇다.
丁基善 氏에 갓다. 金 萬원을 要求햇든니 주드라. 實은 蠶室資金 回전 條로 2回次 償還하려 햇다.
機械는 崔南連 氏 宅으로 移動햇다.

<1970년 7월 9일 목요일>
아침부터 비가 내린다. 精麥을 하는데 鄭圭太 妻는 애기를 낫는데 금줄을 꼬와 주웟다. 처만니에 가서 圭太에 알이엿다.
鄭宰澤 便에 郡 特別會計 條 蠶室資金 第二次 償還金 壹萬원을 주웟다.

<1970년 7월 10일 금요일>
精麥 脫麥을 한는{데} 南連 氏를 해주고 本人 것을 해는데 밤에까지 햇다.
圭太 南連 氏가 오시여 協助해주드라. 未安해서 술 한 잔 드렷다.

<1970년 7월 11일 토요일>
重宇 奉俊 氏 脫麥햇다. 午後에는 宋成用 宅에 移動햇다.
논에 들이여 靑云洞에 갓다. 鄭圭太 氏 宅에서 술 한 잔 먹고 왓다. 朴公熙 氏 母親을 對面하고 不遠 밭 1日 매달아고 付託햇다.
炯進이는 驛前에서 輕油 1드람 外上으로 複合肥料 外上으로 5袋 運搬햇다.

<1970년 7월 12일 일요일>
새벽 4時에 起床햇다. 宋成用 氏에 간바 食口들 잠을 깨이지 안해서 新號[信號]햇다. 日曜日라 家兒가 全部 起床해서 脫作한데 協助하드라. 우리 兒들은 2, 3次 보내도 오지 안해서 신경질이 낫다. 成康 집에 갓든니 8時가 넘도록 자드라.
午後 3時頃에 安承均 氏 脫作한데 저무렷다. 비가 내리여 비설거지 하다 보니 밤 12時엿다. 安承均 外 3人 脫麥을 하는데 4.5斗 收入. 最高 收入이엿다.
夕陽에 成吉가 來訪햇다.

<1970년 7월 13일 월요일>
終日 가랑비는 긋지〃 안코 왓다. 精麥을 하는데 機械가 異常이 生起여 터덕거렷다.
寶城 堂叔이 오시여 牛를 파랏는데 利用할 터 하라 햇다. 尿素 1袋 取해갓다.
鄭榮植에서 편지가 왓다. 裡里에 오시면 꼭 訪問해달아 햇다. 孔德面 楮山里 당매 精米所라 햇다.
夕陽에 寶城 堂叔任이 오시여 집으로 가자 햇다. 술 한 잔 주면서 今日 논맨다고 햇다.
午前에 借用金 條 4萬원 주시엿다. 金相玉 婦人 寶城 堂叔母 立會 下에 바닷다.
蠶견 올이[올릴] 때에 堂叔母가 終日 手苦하시엿는데 日費 100원을 보낸 돈 다시 주시면서 품팔로 간 사람이야면서 返還해주시엿다.

<1970년 7월 14일 화요일>
9時 30分 列車로 裡里을 据處서 金堤 孔德面 鄭榮植 氏를 禮訪햇다. 中食을 榮植 氏에서 하고 打合한바 오는 7月 18日 相違없이 들이여주겟다고 햇다.
뻐스로 全州에 온니 5時頃이엿다. 崔光日 宅에 들이여 악센부리 打合. 約 萬參仟원 들겟다고 햇다. 6時 列車로 집에 온는데 全

州驛前에서 成苑을 맛낫다. 授業料 때문에 집에 온다고 햇다. 맛침 이는[있는] 돈 6,000원을 주워서 다시 學校로(기숙사)로 보냇다.

<1970년 7월 15일 수요일>
아침에 順相 母親 祭祠라 招待햇다. 參席해보니 10餘 名이 參加햇다.
鄭鉉一에 成愼 冊代 육성회비 750원을 주웟는데 育成會費는 8月까지엿다.
食後 龍山坪 畓 6斗只에 갓다. 具判巖 고지인데 4人이 매드라.
靑云洞 脫麥을 하는데 밤 11時까지 하는데 收入 約 27叺.

<1970년 7월 16일 목요일>
아침부터 내린 비는 終日 오는데 龍云峙 崔福洙 氏 外 2人이 고지를 매로 왓다. 午後 5時頃에는 大洪水로 변해서 村前 橋梁을 건너가기 困햇다. 들에 가서 고지군을 불어드렷다.
嚴萬映 氏와 갗이 靑云堤에 갓다. 餘水土가 무너저가는데 人役으로는 防御[防禦]하기 困햇다. 里民 靑云洞이 多少 올아왓는데 萬諾을 모르니 잠을 자지 말고 注意을 要하는데 急하면 人命被害가 없기 爲해서 大피[待避]하라 햇다. 夕食은 萬映 氏와 갗이 成康 집에서 햇다.

<1970년 7월 17일 금요일>
아침에 못테이들 새보들 처마니 저수지까지 단여왓다. 큰 被害는 업으나 새보들 수문이 터저 만흔 물이 싸여잇다.
朝食을 맛치고 과촌[관촌]에 갓다. 南原 稅務署에 金 2,110원을 관촌우체국에 依賴햇든니 今日은 制憲節이라 取級[取扱]을 할 수 업다기에 成吉에 가서 付託코 왓다.
時計가 故章[故障]을 이르커서 金 壹仟貳百원을 주고 修善하고 왓다. 成樂이는 어제 비로 因해 雨澤 氏 宅에서 잣는데 전역라면 30원을 주고 자다고 해서 30원을 今日 주고 와는데 고맙다고 치하햇다.

<1970년 7월 18일 토요일>
새벽부터 래린 비는 午前까지 내렷다. 今日 못텡이 上下 6斗只 고지논을 매는데 雨中에 勞苦가 만햇다.
아침에 龍云峙 崔福洙가 來訪햇다. 보리양식이 업다고 왓다. 精麥 2斗을 되여 주고는 今日 논매는데 協助를 要하고 못 가게 햇다.
논두럭을 고치는데 욕을 보왓다.
黃在文 條 丁俊峰 條 第一次 除草 完了햇다.

<1970년 7월 19일 일요일>
連日 내린 비가 今日은 終日 막고[맑고] 人夫 作業에 支章[支障]이 없엇다. 人夫 7人을 데리고 초볼[초벌]은 끝냇다.
成東이는 방{아}실에서 방아 씻고 成樂 成康이는 모 추는데 終日 勞苦햇다. 今日은 도장배미 조자리배미 형진 논 午後에는 서생원까지 4띠염으로 人夫 7人이 끝냇다.
朴正根 氏가 任實에서 來訪햇다. 尹鎬錫 氏는 精麥次 오시엿는데 내의 보리 75k 取해드리고 中食은 朴正根 氏 尹鎬錫 氏와 갗이 내의 집에서 햇다.

<1970년 7월 20일 월요일>
午前 中 精麥.
成康이는 負役 보냇다. 炯進이는 桑田에 除草 除据[除去]햇다.

午前에 脫作하려 靑云洞에 갓다. 林淳澤 氏 宅에 간바 中食이 한참. 갗이 中食을 따지고 機械는 昌圭 氏로 移動햇다. 脫作을 하고 보니 5叺쯤. 今日로 해서 靑云洞은 完全히 끝낫다. 夕陽에 昌坪里로 옴기엿다. 例年에는 靑云서 9叺 內之 10叺 {以}上 脫作稅로 收入햇는데 今年에는 6叺 程度엿다. 米 收穫 되신햇다[비슷했다].

<1970년 7월 21일 화요일>
朝食을 마치고 보리를 너는데 腐패가 만이 낫다.
炯進 成康이를 시켜서 農藥을 散布하는데 寶城 堂叔도 해달{아}고 해서 해드렷는데 文京 母도 해주엇다. 昌宇 집에 오라 해서 가보니 男女 契員이 모이엿는데 음식도 잘 장만햇드라. 어둠까지 藥 散布하는데 욕을 보왓다. 먹다보니 술이 취햇다.
들에 갓다 온니 昌宇 집에서는 장구를 치고 노는데 농번기라 바분데 듯기 실트라.
成曉는 4號棒[號俸]을 발영 통지가 왓다.

<1970년 7월 22일 수요일>
精麥햇다.
成康이는 昌宇 柳正進 복골 農藥하려 갓다.
午後에는 太鎬 仁基 脫麥하는데 밤 11時까지 햇다.

<1970년 7월 23일 목요일>
今日은 李正雨 外 2人 脫麥햇다. 炯進이는 成奎 農藥 1日 해주는데 午後에는 粉製[粉劑]로 하는데 散布가 되지 안해서 苦生만 햇다.
參事 順相이는 農藥代 500원을 要求햇다. 前番에 仁基에서 農藥 タイセジ 1樋[桶] 450원 부타에스 6병代 300 計 750원을 順相便에 보냇는데 合해서 1,250원을 주웟다.

<1970년 7월 24일 금요일>
今日은 精麥하는데 아침 일직부터 工場에서 愛勞가 만햇다. 機械 異常이 生起여 成康 炯進이까지 일 못하고 분 내이엿다. 午前 10時頃에야 도라갓다.
丁俊浩 黃在文 氏는 고지를 매는데 물이 업서 저수지를 터라 햇다. 多幸히 물이 내려와서 맷다. 夕陽에 夕食한데 논 만[맨] 품삭 말이 나오는데 瑛斗 氏는 말하기를 300원이라 햇다. 在文 氏는 모른다고 하면서 3百원에 싹군을 사려 다닌 이도 이드라고[있더라고] 햇다.
밤에 林長煥 脫作한데 12時엿다.

<1970년 7월 25일 토요일>
午前 精麥햇다. 寶城宅 脫麥하는데 終日 햇다. 보리 말을 되는데 12斗 以上을 너면서 10斗 넛다고 햇다. 속 아시는 법이데.
夕陽에는 成奎 집으로 移動햇다.
鄭圭太를 밤에 데리고 못텡이들로 해서 靑云洞 貯水池까지 가서 水門을 열엇다. 圭太 집에서 술 한 잔 마시고 집에 온니 2時쯤 되엿다.

<1970년 7월 26일 일요일>
새벽 4時쯤 起床햇다. 成奎 집에 가서 脫麥을 始作한데 12時頃에 끝낫다. 13叺쯤 햇다.
今日부터 中高校 放學에 들어가다. 多幸히 家兒들이 協助하는데 조금 人力을 엇엇다.
龍山坪 6斗只 못텡이 4斗只를 고지軍이 第二次 除草를 햇다.
長映 氏를 工場에서 방아 찌로 와 進映 氏

말이 나왔다. 乃宇 용전양반에 원정햇지요 라고 무렷다고 그랫다. 요히려 감정的으로 말햇다고 햇{다}. 그려면 널이 짐작하시요 해다.

<1970년 7월 27일 월요일>
金堤 鄭榮植에서 電報가 왓다. 30日頃에 訪問하겟다고 特報엿다.
靑云洞에서 人夫 9名이 논 매로 왓다. 昌宇와 10名이 第二次 除草作業을 끝냇다.
夕食을 맞이고 人夫賃 1人當 250원式 해서 2,250원 婦人 8名分 800원 해서 3,050원을 林淳澤에 주워 보냇다. 그런데 圭太는 200원이면 相當한데 250원 밧는다고 言設[言說]을 하는데 立場이 難해서 日後에 더 하면 더 주고 못하면 내달아는 말로 落을 짓고 보냇다.

<1970년 7월 28일 화요일>
昌宇 正進이를 시켜서 蠶室방을 노왓다.
아침에 寶城 堂叔 宅에서 招請해서 갓다. 알고 보니 五代祖 祭祠엿다.
방아 찟는데 故章이 나서 애로햇다.
鄭宰澤 舍郎 짓는데 上樑을 써달아고 해서 갓다. 上樑을 써주웟든니 술을 주드라.
夕陽에 소구룸마채 발이 너머 牛는 상처를 당해 기분이 낫밧다. 언치이 꼬비를 매는 {게}오른데 路上에다 그대{로} 두원 형진이가 잘못시다 햇다.
元泉洑에 全州 學生 익사햇다고.

<1970년 7월 29일 수요일>
새벽에 起床햇다. 具道植 氏 宅에 갓다. 機械를 챙기여 脫麥을 始作한데 한 놈도 오지 안해 신경{질}이 낫다. 午後에는 金進映氏로 옴기엿다. 밤에까지 精麥한데 元動機[原動機]가 마축이 생기여 욕 보왓다.

<1970년 7월 30일 목요일>
분무기로 農藥을 始作한데 午後에는 분무기가 故章이 生起여 애를 석엇는데 外人 것을 하는데 기분이 좋이 못햇다. 圭太 3斗只 鄭太燮 1.5斗只 錫宇 5斗只햇다.

<1970년 7월 31일 금요일>
아침 通學車로 분무기를 실고 가는데 驛前에서 金哲浩를 相面햇다. 어제 日字로 洪吉杓는 面長職에서 물여낫는데 우선 職務代理 發令을 바닷는데 日後에 面長 發令을 付託코자 郡에 간다고 왓섯다.
全州에 간바 修理하는데 마구넷도 線이 떠려저 불이 오지 안햇다. 修理하는데 1,000원을 주고 집에 온니 12時엿다. 午後부터 방아 찟는데 故章이 生기여 中止햇다.

<1970년 8월 1일 토요일>
通學列車로 보데 紛霧器 油通을 가지고 全州에 갓다. 修理하는 데 約 3百원. 往復 旅비 해서 840원쯤 썻다. 집에 와 始運轉한데 바루뿌가 터젓다.
成康이가 왓다. 高等學校 卒業해서 집에서 철모른 兒와 노는 게 職業이야 햇다. 全州 간니 7, 8歲 된 兒도 장사하려 단니고 네 또래 성동 또래도 운전하는 데 동분서주하더라 햇다. 신세는 좋이 못한 놈아.

<1970년 8월 2일 일요일>
里長이 와서 明 3日 新平 共販이라 햇다.
精麥을 하다 圭太 宗石 氏 사정해서 夏곡을 正選[精選]하기 始作 밤에까지 65叺를

作石햇다.
全州地方法院에서 命令書가 왓다. 內譯을 보니 63年度에 鄭鉉一 債務 條 保證을 섯는데 于今겟 償還을 하지 안햇다고 支拂命令書엿다. 기분이 맞이 안햇다. 그려나 鉉一 氏에 1切 말은 하지 안하고 있엇다.

<1970년 8월 3일 월요일>
아침에 通運車가 왓다. 成奎 牛車 우리 牛車로 川邊 운반코 具道植 氏 6叺 우리 갓 65叺 計 71叺를 上車해서 成康에 新平으로 보냇다.
兄嫂氏 生日이{라고} 오라 햇다.
빠스로 共販에 간바 檢査員은 李明在엿다. 檢査에 回附한바 明在 氏가 特히 生각코 1等 15叺 ② 33叺 ③ 17叺 65인데 126,216원이 잡피고 보니 未安하고 해서 洪德杓 氏를 通해서 金 5百원 주워 보냇다. 빠스로 驛前에 내리니 해남宅이 中食을 대접하드라. 道植 成康.

<1970년 8월 4일 화요일>
精麥 終日 햇다. 成東이는 용운치 靑云洞에 被麥 운반햇다.
任實 山林係에서 職員 2人이 왓다. 71年度 造林地 査定次엿다. 中食을 해주웟는데 북골을 갓는데 듯자하니 途中에서 裵京完이를 맛나서 不正林産을 지고 오다 對面케 되엿는데 말이 잘못 나가자 빰까지 마갓다고 듯고 尹鎬錫 外 2人까지도 少〃하 林産物을 적발햇다고 들엇다.

<1970년 8월 5일 수요일>
못텡 고지를 맷다. 午前엔 精麥을 햇다. 午後에는 夏곡 買上代를 차지려 農協에 갓다. 136,413원을 차잣다.
成吉 집을 간니 內外는 업고 明善 美子만 있어서 債務金 利本 合해서 23,000원을 아버저[아버지]에 傳하라고 주고 엽집 姜氏 宅에 갓다. 外上代 효주 국수 4,050원을 주고 빠스로 任實驛前에 韓文錫 宅에 갓다. 利本 合해서 44,360원을 會計 完了하고 다시 汽車 便으로 (無賃乘車) 館村驛前에 왓다. 鄭敬錫 油代 外上 條 12,160원을 會計 完了하고 집에 온니 밤이 되엿다.
金進映 氏 脫作은 비가 와서 中止코 잇드라.

<1970년 8월 6일 목요일>
아침에 鄭圭太 氏 外上代를 會計한니 13,200원이엿다. 金 萬원만 주고 3,200원을 殘高로 햇다. 嚴俊祥 氏 外上代 630원을 주웟고 會計가 完了되엿다. 圭太 품싹을 500원을 주고 會{計} 完了햇다.
精麥 5叺 햇다.
成東 成康 母를 시켜서 豚兒를 사려 보냇든니 빗사다고 다시 왓다.
今日은 伯母 祭日인데 成奎 집에 參拜하려 간바 成奎와 나와 단 두리 제사를 지내게 되엿다.

<1970년 8월 7일 금요일>
아침에 成赫이가 왓다. 會計를 하는데 세멘트 15袋 4,550 로강 400 보로코 400개에 5,000원 燃料 16집에 2,550원 現金 取貸分 2,000원 夏麥 운비 元泉里에 1,500 총게 16,000을 會計해주면서 네의 兄과 갗이 갈이를 타보라고 햇다.
鄭鉉一 氏에서 招待햇다. 알고 보니 曾祖考 祭祠엿다.
鄭九福 氏 債務 4月 12日 借用인데 約 3개

원[개월]인데 利本 合해서 11,800원을 本宅에 가서 會計해주웟다.

今日은 第三次 除草일. 人夫 7人이엿다. 못텡이 논에 갓다. 1部 물이 있어 용산에서 越洑하는데 徐 生員 논에까지 물이 내려오게 되엿다.

용운치 崔福洙 氏 宅에 갓다. 고지논 매라고 간바 全州 가고 업다고. 陰 9日에 논매라고 하고 오는 途中인데 용운치 농원 청운동 3部落이 合同으로 農路改修하드라. 한참 구경하고 보니 12時엿다.

圭太 氏는 내 집으로 가자고 하기에 갗이 가서 中食을 맟이고 윷을 놀다보니 1時쯤 되엿다. 圭太 氏 딸을 시켜서 午後에는 못텡이논 매라고 편지해 보냇다. 놀다가 3時쯤 못텡이논에 온니 人夫는 논매는데 용산평에서 내려온 물은 途中에서 남이 다 터가고 잇는데도 成康이는 神士服[紳士服]곡 차림으로 논두럭에만 서 있섯다. 바로 드른동 만 동하며 집으로 가는 것이엿다. 마음이 안 조화쓰나 다시 논을 둘어 잘 매달아고 부탁 집에 왓다.

못텡이들 全部는 도열병이 있어 明日 藥 살포하기 위해 농약 및 揮發油를 사려 驛前에 갓다. 鄭敬錫 氏 宅에 간바 피티엠은 업다고 햇다. 揮發油만 사고 관촌에 뻐스로 갓다. 車中에 안면이 잇는 손님도 있엇다. 本面 郭四奉 氏(面 書記)도 同乘햇다. 衣服이 람류[남루]하기에 耳目이 어색햇다. 삼배쓰봉에다 그나마도 떠려저 물팍이 나오고 란링구도 더럽고 한데 손님들에서는 香水내음 나고 한데 未安하게 되엿다. 관촌에 下車한데 某人이 자네 이 몬양인가 나무집 雇用人[雇傭人]으로 생각한 模樣이엿다. 그게 안이고 내 논에 병이 잇고 工場에서 일하다 보니 이 모양이네 햇다. 우스면서 그러나[그런가] 하고 그때는 술 한 잔 하세 하고 손을 잡는다. 이 모양으로 술집에 가면 爲身[威信]이 안 된다면서 거절햇다.

農協에서 피티엠 10병 이피엥 5병 1,500원을 주고 삿다. 뻐스로 관촌역에 왓다. 휘발유와 농약을 실코 올아 하는데 裵仁湧 氏 牟潤植 氏를 맛낫다. 술 한 잔 드렷다. 自轉車에 짐을 실코 온데 땀을 흘이며 오는 中에도 내가 子息이 업나 만흔 子息 필요 업다는 生覺뿐이엿다.

炯進이 논에 온니 人夫들은 논매는데 욕본다면서 下車햇다. 다시 車에 짐을 실코 가는데 成東이는 논두력을 베는데 욕본다고 햇다. 촌전에 다리 옆에 온니 成康이는 어린 아해들과 갗이 뽈을(배구) 가지{고} 놀드라. 말 안햇다.

집에 와서 생각한니 衣服이 원악 더럽고 떠러저 外人 耳目이 부그러서 삼배쓰봉이나 해달아고 궈[궤]문을 열엇다. 열고 보니 삼배 4筆이 不足햇다. 궤[궤]문에다 在庫를 저거논 것이 틀임 업시 내가 는[넣은] 것이엿다. 實은 故 어머님게서 子息과 孫子를 爲해서 入庫햇는데 子息 나는 삼배 한 벌도 입지 못하고 遺物로 오래 보관한 母親님의 손만침은 이것뿐이라고 生覺코 오래 〃 보존키로 했으나 부둑히 衣服 한 벌 해입으가 해서 열고 보니 이 모양이다. 화가 낫다. 2, 3年 前에도 몇 필이 업서젓지만 묵인햇는데 이제도 업스니 기가 막히엿다. 1969年 3月 21日 麻布 13筆 棉布 7筆 改風[凱風]을 해서 넛섯다. 子母들은 오래 두면 삭는다고 하면서 利用하자 햇지만 어머니의 솜시기에 악가와서 利用 承諾을 하지 안햇다. 1970年 4月 13日 以上과 갗이 改

風을 시키는데 子母가 棉布 1筆 利用하자고 해서 承諾하고 舊 麻布 13筆 新 麻布 9筆 棉布 6筆을 入庫햇다. 그 후에 新 麻布 新 7筆 舊 3筆 해서 10筆을 팔게 되여 子母에 市場으로 보내 賣渡햇다. 그런데 문을 열고 보니 4筆이 不足해서 不平을 하면서 子母들을 불여서 이게 무슨 일이야 햇다. 約少[略少]한 것이지만 故 母親任 솜시인데 나는 한 벌도 해 입지 안햇는데 도적만 마자야 올야 하면서 열이 낫다. 成康 母는 成康이가 으심이 난지 오래라 햇다. 成康이가 왓다. 人夫는 食事 中인데 마당에다 보리대를 갓다 노면서 방아실 쇳대를 달아 햇다. 무웟 대문에 쇳대를 달아고 하나 햇든니 연장을 낸다 햇다. 쇳대를 주웟다. 알고 보니 휴발유 통을 가지고 와서 우리 食口 6人을 이 불에 태워 죽인다고 우협햇다. 남이 부그러서 못견디게 되엿다. 죽고 사는 것은 네의 처분이라면서 부모 앞에서 우협 협박은 不孝子息이다 햇다. 人夫는 食事中라 未安하지만 가시라 햇다. 人夫 가신 後에는 舊 麻布 6筆을 밤에 成東 成樂이를 데리고 어머니 墓所로 갓다. 휴발유를 뿌려 墓 前에 불을 댓다. 밤 11時쯤 되엿다. 過居 어머니 生覺이 무뚝 난니 大聲통곡 하다보니 子息 兄弟도 딸아 울드라.

집에 온니 12時엿다. 해남댁이 술을 가지고 왓다. 참으시라면서 권햇다. 男女老少가 구경한 몬양인데 子息이 父母 앞에서 죽는다고 햇으니 남 부그렵게 되고 남의 말은 도저히 하지 못하게 되여 이 社會에서 非人間이 되엿다고 生覺이다. 生覺하면 子息이 父母의 私기[士氣]를 떠려트렷으니 將來의 여지가 底下[低下]됏다고 생각.

<1970년 8월 8일 토요일>

嚴萬映 氏 宅에서 招待햇다. 生覺하니 外出할 生覺이 나지 안해 안가고 말앗다. 食事할 마음니 全然히 업다. 죽기 안니면 살기라는 뜻뿐이다. 舍郞에 누워 있으니 丁俊浩 氏가 왓다. 일이켜 萬映 氏 집으로 가자고 권햇다. 生覺다 못해 딸아갓다. 술을 권해서 술은 화중이라 마셔지드라. 집에 와서 누어 生覺하니 全身이 열이 낫다. 成康 집에 갓다. 눠워잇는 成康이를 이르켜 말햇다. 高等을 시켯든니 그 배움이 父母 앞에서 불로 꼬실아 죽은 것을 배우고 同生이 무슨 죄라고 다 죽인다고 햇나 죽을 테면 너나 깨긋이 죽는 게 배움 갖이가 잇이 안나 하면서 남부{끄}러 못살겟{다}고 햇다. 今年 봄에도 金 2萬원을 가지고 나갓지만 무워라 해본 일이느나 햇다.

집에 와 누웟든니 병이 생길 것 갓다. 조금 있으니 방아소리가 낫다. 成東이 혼자 보리 방{아} 찌드라. 맥기고 또 누어 新聞을 보는데 건성이엿다. 夕陽에 南連 氏를 맛낫다. 속상헌데 술 한 잔 하자고 권햇다. 아무리 생각해도 분하고 생명까지도 끈을 생각뿐이엿다. 또 다시 생각햇다. 내의 몸에 따린 食口가 13, 4名이엿다. 큰 죄가 될가바 다시 마음을 정돈햇다. 한 사람으로 因해 여려 食口을 고생시켜서는 안니 되겟다고 생각중이다.

<1970년 8월 9일 일요일>

午前에 農藥 散布햇다. 第三次. 午後에는 成東이가 學校에서 일직 왓다. 炯進이와 갖이 새보들에 農藥을 散布시켯다.

1개월 만에 이발햇다.

崔在植 氏 婦人이 왓다. 오는 8月 14日 元

容이 結婚日이니 부디 오시여 祝賀해달아고 햇다.
전역에 瑛斗 氏가 오시엿다.
成樂이는 每日 圖書館에 단니겟다고 承諾하고 于先 冊代 1,200원을 주워 보냇다.
昌宇가 中食하자고 해서 간바 닥을 잡아 잘 먹엇다.
淳昌에서 진우가 왓다. 아버지에서 4萬원 借用 條 2萬만 玄宇 주게 둘이여 주시라 햇다. 아버질 알면 안 된다 햇다.

<1970년 8월 10일 월요일>
進映 氏 脫麥을 끝내고 暻浩 氏 宅으로 옴기여 今日로써 今年 脫麥은 完了햇다.
관촌 범이 母가 왓다. 논에 약 좀 해달아고 해서 午後에 炯進이를 보냇다. 집에 할 이[일]도 만한데 딱하다.
午後에는 精麥한데 約 8叺쯤 햇다. 夕陽에 桑田에 가보니 만히 자랏다. 今年 秋蠶은 約 8枚쯤 申入[申込]햇다.
成樂이 成績表가 學校서 왓다. 열어보니 成績이 大端히 不良햇다. 月別로 난워젓는데 7月에는 어는 때보다 底下되 마음이 안조왓다. 子息은 만코 공부 잘하라고 이 苦生을 하는{데} 누구 한 놈 特別한 놈이 업스니 成功 無德이 된 것 갓다. 成樂이를 불여 말햇든니 이다음에 잘하 터이니 다음까지 기드려 주시요 햇다.

<1970년 8월 11일 화요일>
具判洙를 데리고 堆비 貯장햇다. 갗이 補助하는데 더워서 복잡햇다.
夕陽 寶城 堂叔이 오시엿다. 農藥 散布해 달아면서 술 한 잔 하자 햇다.
밤에 客이 왓다. 알고 보니 云巖 許俊晩이가 보냇는데 씨앗장수엿다. 夕食을 대접하고 모종으로 嚴俊祥 氏 집으로 단이며 招介[紹介]햇다.
밤에 兄任이 오라 햇다. 牛車 운임 모래 실엇다고 2日間 日費 2,000仟을 주시기에 過히 만치 안소 햇다. 다른 사람도 주웟다고 해서 밧닷다. 그려면서 明日 又 1日 실여달아고 햇다.

<1970년 8월 12일 수요일>
炯進이는 成奎 모래 半日 운반햇다. 午後에는 보리 作石하는데 13叺엿다. 牛車에 실이고 大里 共販場에 갓다. 檢査에 回附한바 全部 3等이엿다. 조금 서운햇다. 叺子도 업서 防水用 15枚를 順相이에서 갓다 햇다.
郭在燁 氏 崔用浩 氏 趙命基 氏를 맛나서 술을 먹는데 취햇다. 밤에 집에 온니 10時가 너멋다. 趙命基 氏는 驛前 黃奉石이가 斗流里까지 와서 보리를 실어간다고 햇다.

<1970년 8월 13일 목요일>
鄭仁浩가 왓다. 麥 買上代 13叺分 23,740을 會計햇다. 農藥 10병代 500원을 주웟다.
昌宇 집에 갓다. 술을 한 잔 하고 와 취해서 낫잠을 잣다.
鄭榮植에 편지 내는데 嚴京煥 便에 付託햇다.
館村 成吉이가 來訪햇다.

<1970년 8월 14일 금요일>
午前 中 精麥하는데 마음이 밥밧다. 오늘 崔元容 結婚日인데 時는 午後 1時엿다. 1時쯤 해서 精麥을 成康이에 맛기고 뻐스로 全州에 갓다. 집을 무루니 모른다기에 崔昌燮 집을 찻잣다. 昌燮의 妻가 나왓는데 반

기히는 하나 本人는 잔데기[자는 척]하면서 일어나지도 안하고 눈은 잠간 떠보드라. 妻는 다시 일어나라고 崔 生員이 오시엿다면서 재촉하나 나다면서[나뒹굴면서] 如前 氣分 납밧다. 다시 나오니 長映 氏를 맛낫다. 自己도 結婚式에 왓다면서 在植 宅에 同伴햇다. 대접을 밧고 택시를 태워주기에 全州驛까지 4, 5人이 타고 왓다.

<1970년 8월 15일 토요일>
8.15 解放日이다. 成東 成樂이는 休校엿다. 工場에서 協助해주웟다.
午後에는 精米하는데 白米 10叺 以上을 찌엿다. 炯進이 成東이는 農藥하려 보냇다.
今日이는 陰 7月 14日 祖父任 祭日이다. 밤에까지 방아 찟고 大宅에 갓다. 祖考 祭祠에 參拜햇다.

<1970년 8월 16일 일요일>
韓 議員이 新平에 歸鄕報告次 온다고 傳達이 왓다. 林長煥 氏를 帶同하고 내려갓다. 面에 들이니 炳列 堂叔이 對面코 副面長 件을 말햇다. 哲浩 氏를 맛낫다. 副面長는 누가 온지 하고 무럿다. 玉奉 炳列이가 서든 模樣인데 兩人이 누가 되여 조흐나 副面長만은 所在地 出身이야만이 事務上 連絡上 有利하다는 것. 郭在燁 氏는 말하기를 哲浩가 玉奉이로 內伸한 것처럼 말하는데 副面長은 玉奉이로 旣定된 것으로 이야기햇다.
韓 議員을 個別的으로 對面코 靑云洞 小留地 完功[完工] 促求햇다. 이번에 터저버린 줄 알아더니 多幸이라면서 郡內에 9個所 터젓는데 이제는 新基 못하고 舊池만을 完工할 豫定이니 염여 말아 햇다.

<1970년 8월 17일 월요일>
어제 付託한 炳列 氏 件 書面으로 堂叔에 보냇다.
終日 윳놀리 하고 노라다. 그러나 鄭太炯 氏와 言爭햇다. 서운하다면서 터파햇다.
成東이는 세레산 석회를 散布햇다. 午後에는 비가 내리여 중지하고 精麥햇다.
밤에는 成奎 집에 일군 술대접 한다고 해서 갓다. 여기에서 今石이 瑛斗 南連 廷雨 丁俊浩 黃在文 10餘 名이 왓는데 部落 日契라는 名目으로 말이 나왓다. 이로 因해서 今石이와 瑛斗 氏는 말다툼이 나왓는데 人心이 좃이 못하다 햇다.

<1970년 8월 18일 화요일>
食後에 崔南連 氏 瑛斗 氏와 갗이 龍山里 黃浩연 氏 喪家에 弔問하려 갓다.
成東이는 農藥 散布 시키고 炯進이는 龍山坪 洑매기 하려 보냇다.
午後에 靑云洞에 갓다. 鄭圭太 氏를 시켜서 貯水池 非常口를 막으라 햇다. 午後 3時쯤 해서 비가 오는데 똘물이 만히 나왓다.
成東이가 델려 왓다. 鄭榮植이가 왓다고. 밥이[바삐] 온니 왓드라. 多少 檢査한 結果 시린다 삐스통 新品을 求하야 한다고 햇다. 500원을 주고 旅비로 20日頃에 맛나기로 햇다.
夕陽에 俊祥 氏 집에 갓다. 鄭鉉一 南連 氏 韓正石 氏와 윳 노는데 시비 되엿다. 南連과 鉉一이엿다. 立場이 難해서 집에 왓다.
밤 1時쯤에 南連 氏가 來訪햇다. 南連 氏 {가 말하기를} 鉉一은 實地로 正面對立해서 시비를 햇는데 鉉一이가 내논 돈이 업다고 해서 (200) 네가 가저갓다 又 네가 가저갓다면서 言爭 끝에 南連 氏는 鉉一에게 움

먹한 不良한 놈 눈이 크면 움멍하다면서 찌〃한 더러운 놈 호로자식이다면서 大端히 言爭햇다고. 生覺하니 其 場所를 피해서 나는 집에 오기 잘 햇다는 生覺뿐이엿다. 其後에 部落會議한다고 萬映이가 왓는데 간다고 對答만 하고는 잠이 들어 못 갓다.

<1970년 8월 19일 수요일>
晋州 갈 準備를 햇다. 8時 8分 列車로 順天에 當하니 11時頃이엿다. 晋州行은 1時에 있어 2時間을 기드라 乘車햇다. 晋州에 當하니 3時 20分이였다. 大同工業社를 무르니 驛前이였다. 販賣係를 訪問하고 相議하니 附屬品이 品切이엿다. 4, 5日 餘有를 두고 定期貨物 便에 託送키로 하고 歸家 中 5時 55分 列車로 順天에 온니 8時 40分이엿다. 下宿집에서 1泊하고 새벽 3時 20分 서울行 列車에 오른니 표 업시 타라 햇다. 途中에서 어데까지야 물엇다. 관촌이라 햇다. 200원을 주웟든니 관촌에서 말해줄 터이니 그리 알아 햇다. 그러다 任實에서 下車한데 役員에 말하드라. 開札口[改札口]에 온니 開札役員이 표를 내라 햇다. 役員 말햇다고 한니 엇던 理由야 햇다. 내가 공차로 온 줄 아요 정당한 돈 주웟다면서 화를 내니 未安타면서 가시라 햇다.

<1970년 8월 20일 목요일>
任實驛에 내리여 韓文錫 氏 집에 갓다. 明日쯤 2萬원을 要求햇다. 人夫 便으로 보내주기로 하고 집에 왓다.
午前에 家族이 蠶具에 洗水시켜 말이고 成康 집에 1部 우리 집에 1部 갓다. 蠶室에 貯장코 成東 炯進이는 粉製農藥 散布햇다. 나는 精麥 4, 5叺 찟고 田畓을 두려서 집에 왓다.
午時를 期해서 安承均 林長煥 林淳澤 林敏燮 裵仁湧 丁俊峰 黃在文 崔南連 崔瑛斗 具判巖(昌宇 柳正進은 不參) 10名을 모시고 年中에 農事에 助力해주엇기예 죽을 끄리고 효주를 갓다 待接햇다.
밤 10時頃에는 蠶室에 蠶具까지 消毒을 하는데 곤로로 불을 피웟다. 約 6時間 程度 豫定.

<1970년 8월 21일 금요일>
아침에 嚴京完을 시켜서 晋州로 14,900원 附屬代를 送金케 付託햇는데 手續費까{지} 15,100원을 于先 주웟다.
成康 집에 간니 兒該들은 늦게까지 자는데 成康이도 맛찬가지. 좀 있으니 안 본가를 틈타서 나가버리는데 化[火]가 낫다.
蠶室을 손질하고 消毒 粉製를 피워주고 왓다. 裵仁湧 氏를 시켜 바작 낫 미원 비누 칼까지 사라고 600원을 주워 付託햇다.
午後에 任實驛前 韓文錫 氏에 갓다. 金 貳萬원을 借用하고 뻐스로 館村驛前에 왓다. 8月 19日字로 黃宗一 氏에서 借用金 15,000원에 利子 3日 間 450원과 合해서 15,450원을 會計해주웟다.
自轉車로 斗流峰에 갓다. 炳列 堂叔에 들이니 産故든지 2, 3週라고 副面長 件을 細詳히 말해주웟다. 斗流里 金點同 氏에 가는데 途中에서 비를 맛나 金 50원을 주워 사람을 시켯다. 任實에 갓다고 헛탕을 하고 歸路에 點同 氏가 오시면 부디 1次 相面하자고 付託코 歸家햇다.

<1970년 8월 22일 토요일>
精麥하는{데} 約 6叺쯤.

成東 炯進은 피사리하려 보냇다.
圭太 氏 해장하자고 寶城 堂叔 宅에 갓다. 震宇가 付託한 玄宇 關係 貳萬원 보내달아고 햇다고 말하니 堂叔이 日間 챙기서 가지고 올아간다고 햇다.
邑內宅에 가서 700원을 先金 주면서 뽕 따 달아고 햇다.

<1970년 8월 23일 일요일>
成東이는 북골로 草刈하려 보냇다. 비는 오는 밤에 왓다. 終日 6짐 햇다고.
炯進이는 成奎 기화 실로 보냇다. 밤 10時 30分에야 왓다. 오는 길에 새기 4玉 成吉에 가저왓다.

<1970년 8월 24일 월요일>
人夫 昌宇 外 7人을 動員해서 복골로 풀하려 갓다.
食後에 全州에 祭祠 장보기 하려 갓다. 各種 祭物을 사는데 約 3,000원쯤 썻다. 집에 온니 崔元順이 約婚 선 보려 온다고 햇다. 누고야 햇다. 鄭宰澤 從弟(鄭상철 長男)라 햇다. 사람은 얌전하다고 햇다. 夕食을 하자고 完宇가 왓다. 完宇 집에 갓다. 술 밥이 나왓다. 食床에서 成婚만 되면 元順이 조켓다 햇다.

<1970년 8월 25일 화요일>
오날은 어머니 祭祠日이다. 生覺하니 前功이 生覺낫다. 도라가신 年代는 벌서 8年째이다. 初年에 업는 살임사리 어더다 먹이고 입피여 벌어다 먹이고 길여주신 어머니 功勞가 새삼스려케 또 다시 마음 속 깊이 生覺이 떠오른다. 오날은 어머니게서 遺言하시고 도라가실 準備으 날이다. 天空에 月星은 변하지도 안코 3年 里 草木도 변하지 안는데 人生사리는 무슨 年古[緣故]로 변하는가 마음대로 하면 어먼니게서 다시 世上에 오시여 내 子息 내 家族에 訓敎이라도 해주시였음면. 또 다시 생각이 떠오른다. 새벽 3時가 되니 이 世上 떠나실 準備하시는라 밥부신 어머니 生覺이 나서 잠이 깨엿다.

<1970년 8월 26일 수요일>
食後에 南連 瑛斗 氏와 同伴코 大里 崔宗燮 父親喪에 弔問햇다. 云巖서 崔萬範 氏도 參禮햇다. 郡守게서 오시엿다. 路上에서 靑云堤를 말햇다. 힘긑[힘껏] 해보자고 햇다. 집에 와서 裡里 눈임과 山所에 省墓드렷다. 아침에 約 20名과 大小家 婦人들 朝食과 술을 待接햇다.

<1970년 8월 27일 목요일>
아침에 成東이를 데리고 蠶室 間子를 맷다. 長煥 氏가 왓다. 本人 집으로 招待햇다. 長煥 氏 生日이라고 잘 먹엇다.
食後에 採消[菜蔬] 田에 農藥 散布햇다. 조금 이쓰니 韓正石 氏 外 3, 4人이 오시여 圭太 집에서 육노리[윷놀이] 하는데 終日 햇다. 밤에까지 햇는데 正石 氏는 6, 7百원 仁湧이는 390 基善 乃宇는 無效엿다. 그려다보니 감정이 폭발되여 是非가 낫다. 子息이 말하기를 (공열) 아버지와 맛벗한다고 씨벌하면서 울고 있섯다. 저련 개 가튼 놈이라 햇다. 그러니 나도 子息이 있으니 두고 보자면서 崔乃宇도 별 것 업다면서 마리에 안잣다. 무스 소리를 {그렇}케 하나 햇다. 그려지 안햇다고 하기에 子息을 두웟쓰면 얼마나 잘 두웟나 하면서 좃 같은 놈이라면서 폭언을 햇다.

<1970년 8월 28일 금요일>
아침에 丁基善 宅에서 招待햇다. 祖母 祭祠엿다고 햇다.
놉과 아들을 시켜서 풀을 썰아고 시키고 林長煥 林玉相과 갖이 館村農協에 갓다. 第二次 蠶室資金을 融資 받으려 갓다. 壹棟에 5萬원식인데 先利子 12月 末日까지 1,553원을 除한 48,487원 받앗다.
自轉車가 不實해서 2仟원을 주고 修理하라 햇다
任實에 朴正根 氏에 電話햇든니 晋州에서 附屬이 着햇다고 햇다. 驛前에까지 걸어서 휴발유 2병을 사서 成赫에 보내고 任實에 갓다. 朴正根을 對面하고 孔德面 楮山里에 鄭榮植 氏에 電報를 첫다. 物品 着 束히 送來라 햇다.
南原 稅務署에 自進申告稅 1,500원을 正根 氏에 依賴하고 附屬品을 실고 館村에 到着햇다. 집에 와서 成東이를 시켜서 自{轉}車로 運搬햇다.
後野에 田畓을 살펴보니 作況이 조화젓다. 靑云洞에 들이여 玄柱 玟燮 氏에 日間 牛車 비여달이고 집에 왓니 밤이엿다.

<1970년 8월 29일 토요일>
家族기리 보리풀 써렷다.
10時 30分頃이엿다. 精麥 中 工場에 있으니 南原稅務署에서 왔읍다 하고 人事엿다. 집에로 갑시다 했다. 舍郞에서 말하기를 自進申告稅 拂入했읍니까 햇다. 예 어제 28日字로 郡 農協에 햇소 햇다. 얼마 햇소 1,500원 햇소 햇다. 4,050원이야 오른데 햇다. 只今까지 小규모 事業이기 때문에 所得稅는 물지 안햇는데요 햇다. 收入支出이 맛지 안해서 職工도 없이 이와 갖이 잇는데 그렬 수 잇소 햇다. 잘 바줄 터이니 그쯤 아시요 햇다. 未安햇서 旅비 2仟원을 주웟다. 感謝하게 바드면서 今般에 拂入햇다는 1,500원 件은 日後에 決定난 卽後에 回送케 해드리겟다고 햇다. 그런데 姓名은 잘 모르는데 左 손가락이 한나 업고 右 손가락은 엄지손이 비트려진 사람이엿다. 明年 1月까지는 自己가 新平 담임이라 햇다.
夕陽에 郭四奉 氏가 왓다. 第三次 蠶室 寫眞이 不實하다고 再參[再三] 찍어 달아고 해서 鄭宰澤 蠶室을 代用으로 찍어주웟다. 未安하다면서 인사햇다. 夏곡 收買 몃 가마 해달아 햇다. 品切이라고 据絶햇다.

<1970년 8월 30일 일요일>
工場에 機械 修理하려 鄭榮植을 기드리고 잇다.
보리방아 終日 찌였다. 早朝 大里 鄭龍澤 氏가 來問햇다. 用務인즉 夏穀收納 關係 夏곡 팔로 왓다.
成奎는 제 집에 개정국이 있다 모시려 왓다. 炯進이는 成奎 모래 실로 보냇다. 마침 모래 실은 車가 있어서 驛前에 갓다. 부억문 2個쯤 사려 古物商會에 간바 現品은 업고 道峰 李奉根 氏를 맛낫다. 술 한 잔 하자고 햇다.
白康俊 氏 집에 가서 천 2묵금을 빌여다 成曉 母에 주고 닥 1首를 잡아서 약으로 해주웟다.
大宅 兄任은 牟潤植의 長女와 炯進이 갖이 結婚을 願한다고 本人들이 햇다 마음먹고 잇는 中라고 햇다. 炯進가 心理만은 조흔니 成婚만 되면 兩便이 適合하다고 햇다.

<1970년 8월 31일 월요일>
學生 便에 鄭榮植 앞에 片紙를 냇다.
炯進 成東와 갗이 새기 꼬왓다. 午後에는 마부시 만들기에 作始햇다. 裵永植 炯進 成東 成樂 五名이 하는데 約 200個쯤 만드럿다. 郭四燁 鄭宰澤 里長 外 鉉一 氏도 왓다. 술 한 잔 주면서 前條를 付託햇다. 明春에 고치 까는 機械 1臺 꼭 해드리겠으니 사지 마세요 햇다. 蠶泊도 해주마 햇다. 第三次 蠶室資金을 융자해주워 未安해서 金 壹仟원을 宰澤에 주면서 適切에 人事 닥소 햇다.
鄭鉉一 氏는 酒席에서 長男子息이 말성이 되여 골치라 햇다. 今日도 연가를 내서 신흥학교에까지 가서 말햇다고 가지 만흔 나무가 바람 잘 날이 업다고. 역시 나도 맛찬 가지니 말 말아고 햇다.
崔福喆 母親게서 밤에 포도주 가지고 왓다. 感謝하다면서 人事드렷다.

<8월 31일 添付>
夕食을 마치고 圭太 氏 酒店에 갓다. 林長煥 崔南連 鄭圭太 牟潤植 崔瑛斗 金太鎬 鄭昌律 諸氏가 모엿는데 林長煥 氏 말하기를 宋成龍 婦人이 와서 말한다면서 今般 水害북구資金[수해복구자금]이 部落으로 20萬원이 나왓는데 鄭鉉一 金進映 丁成燁이가 쓰기로 하고 裵仁湧 名儀[名義]를 빌이여 嚴順相(參事)이가 現金은 쓰기로 햇다고. 順相이는 此 資金을 利用해서 成造하기로 햇고 實地 水害 본 金太鎬 宋成用은 館村이나 新平面에서 융자도 밧지 못하고 허탕 첫다고 들엇다. 이와 갗이 허위行爲하면 안 되는 法이라 햇다.

<1970년 9월 1일 화요일 陰 8月 1日>
今日부터 中高生 全員 登校日이다. 早朝부터 用金을 要求한데 成樂 800 成東 500 成苑 100 計 1,400이 持出돳다[됐다]. 子母 兩人을 보내여 大麻 3.5타레에 3,700원을 주웟다.
成康이가 왓다. 金 壹仟만 要求햇다. 用途는 幹部生 應試라고 光州에서 보는데 今日 10日 又 今月 20日頃이라고. 밎지는 못하나 1,000원을 주워 보냇다.
終日 炯進이와 마부시 作햇다.
鄭仁浩가 왓다. 林野 間伐 許可申請해겟다고.
署에 新主任이 來訪코 新任人事 行事에 對한 協助를 付託코 作別햇다.

<1970년 9월 2일 수요일>
아침 通學車로 全州에 갓다. 비는 새벽부터 내렷는데 午前 中까지 내렷다. 全州驛前에 到着해서 보니 成東 成樂이는 雨備가 업서 待合室에 있엇다. 둘이를 불어냇다. 태시 한 대를 붓잡고 農高까지 依賴하면서 百원을 주워 보냇다. 蠶室用具 1切을 通運에 託送하고 마을 앞에 온니 大洪水로 번젓다. 田畓을 둘어보니 被害가 좀 잇드라. 蠶室을 손보고 놀다 보니 夕陽이 되엿다.
電報가 왓다. 알고 보니 裡里에서 鄭榮植이엿다. 9月 5日頃에 來訪한다고. 작기 準備 要로 되여잇다.

<1970년 9월 3일 목요일>
새벽부터 비는 連續이엿다. 머리맡에 보니 成東이 成績表엿다. 實力은 中쯤 된다고. 3期分 授業料 育成會비 4,600원 程度. 午前에는 間子 生木 껍질 베기엿다. 午後에

는 炯進이를 데리고 蠶室 바닥 조이[종이]를 부치엿다. 成東이 學校에서 와 每日 뽕한 망태식은 高定的[固定的] 따주웟다.

<1970년 9월 4일 금요일>
蠶室 손질. 精麥햇다. 自轉車 修理費 2,700원 주고 차잣다. 成吉 집에 단여서 온는데 해남댁이 술 먹자고 햇다. 형진이는 物品{()竹()} 실로 왓다. 소금 2叭 세멘 1袋 牛車에 실엇다.

<1970년 9월 5일 토요일>
成康이와 炯進은 農藥 散布케 햇다. 마참 누웨는 4잠을 자게 되엿다. 斗流里 金點童 氏는 뽕따는 女 兒該 2人을 大同코 왓다. 이름은 朴淑子 李宗伊라 햇다. 鄭榮植 技術者가 온다기예 작기를 어더다 놋코 기드리니 오지 안해 氣分이 좃이 못햇다.
夕陽 8時를 기해서 大里에 갓다. 人蔘 2돈중 660원에 사서 300원 外上을로 하고 金明浩에 갓다. 數月 病席에 잇다기에 問病한바 위급하게 되엿다. 大里長을 맛낫는데 술 한 잔하{자}고 해서 한 잔 먹고 온는데 비가 내리엿다.

<1970년 9월 6일 일요일>
今日부터 朴淑子 李宗伊 兩人은 뽕따기 始作햇다.
精麥햇다. 炯進과 成東은 農藥 散布햇다.
作況을 보면 晩種이 좋은 편이다. 早種은 今般 태풍으로 減收된 편.
夕陽에는 驛前에 갓다. 新聞을 求하려 간바 品切이엿다. 裵仁湧 氏를 시켜서 蠶泊 100枚를 사오라 햇든니 6,200원을 주웟다고 햇다.

<1970년 9월 7일 월요일>
精麥햇다.
논에 물댓다.
토구벅 놀고 석양에 가더 왓다.

<1970년 9월 8일 화요일>
아침부터 精麥한데 만흔 보리가 모엿다. 다음에 新籾(차나락)이 모였다. 崔福喆 나락을 처음 찟는데 故章이 나기 시작햇다. 밤에 成康 炯進 成東이를 動員해서 任實 邑內로 嚴俊祥 리야카로 運搬햇다. 主人과 갗이 뜻는데 10時가 너멋다. 成康 炯進이는 먼저 보냇다. 市長 팟출소에 갓다. 林 경사를 보고 갈 길을 付託햇다. 마침 정기화물이 왓다. 관촌역까지 왓다. 로상에서 이상한 사람 2人을 보왓다. 누구야 혓다. 女子는 엽을로 갓다. 남자는 韓正玉 弟고 女子는 韓正石 2女엿다.

<1970년 9월 9일 수요일>
通學車로 全州에 갓다. 玄米機 도람동[드럼통]과 베야링을 1,300원에 삿다. 뻐스로 任實에 왓다. 終日 修繕을 맞이고 雨中에 리야카에 上車하야 龍山里로 据處서 오는데 大端이 욕 보왓다.

<1970년 9월 10일 목요일>
玄米機를 始運轉하는데 異常이 생겻다. 崔元喆 精米하다 3日만헤야 또 故章을 이르켜서 다시 生覺타 못해 全州에 뻐스로 갓다. 가는 途中에 新里을 지내서 채석場 엽에 당하니 갑작이 뻐스는 故章을 이르켜 道路 엽 家庭집을 때려 밧닷다. 情神 업이 下車해서 情神을 차려도 東西南北을 모르게 되엿다. 車體가 半破되엿고 家屋은 全破되

엿고 乘客은 10餘 名이 負상을 입고 家屋 속에서 집主人과 어린애를 끄저낸데 사람 살이여라고 고함소리는 진동햇다. 危驗[危險]한 꼴을 저컷는데[겪었는데] 가슴이 두근〃햇다. 다음 뻐스로 全州에 湖南機械상회에 갓다. 黃 氏와 相議해서 玄米機 一臺에 3萬원에 決定하고 1部 萬원 入金코 殘額은 月末게 주기로 하야 택시로 700원에 館村驛까지 온데 밤 10時가 되엿다. 成康 炯進이를 시켜서 牛車로 운반햇다.

<1970년 9월 11일 금요일>
아침부터 玄米機는 始運轉하는데 좀 뻑웟으나 잘 까지더라. 終日 精米 精麥을 햇다.
成康 집에 간니 누웨는 오르기 始作햇다.
몸이 조치 안해 점심도 먹지 안코는 밤에 네 차레나 단이고 보니 기운이 업섯다.

<1970년 9월 12일 토요일>
金永台 氏는 叺子代 2,700원을 要求햇다. 해장에 鄭九福 氏에 갓다. 金 萬원을 借用해다 永台 氏 2,700원을 주웟다.
嚴順相이가 왓다. 兄 萬映이가 面會라 햇다. 鄭圭太 酒店이엿다. 멋 잔 마시니 金進映 氏가 왓다. 집에 가자 햇다. 술이 나마쓰니 가자고 햇다. 이웃집에서 10餘 名 왓다. 잠시 잇다가 집에 온니 누예가 올아갓다고 밥밧다.
午前頃에 里 參事 嚴順相이가 왓다. 支署에서 秋夕 좀 쇠게 해달아면서 金錢을 要求햇다고. 그려켓다면서 나는 먹도 일도 못하지만 주마 하고 金 仟원을 구워[주어] 보냇다.
퇴蠶室[뒷蠶室] 間子 맷다.
只沙面 實谷에서 訃告 왓다. 漢昌 母 死亡 訃告엿다. 死亡은 陰(음역) 8月 7日(祭祠는 8月 6日) 出象之後엿다.
누예는 다 올이고 20채 반 나맛다. 上族[上簇]은 新蠶室에 올이엿다.

<1970년 9월 13일 일요일>
鄭鉉一 氏를 맛낫다. 今日 午後 1時에 韓議員이 新平에서 面會하자고 連絡이엿다. 마참 日曜日이라 成東 炯進이를 시켜 堆肥를 되젓다. 나는 蠶室 後面과 前面 그리고 똘을 첫다.
1時 30分頃 中食을 맞이고 自轉車로 面에 갓다. 新面長인 金哲浩 氏 秋夕 繕物로 양발 한 컬예를 주는데 캄박 잇고 宿直室에 두고 그양 왓다. 韓 議員 驛前 洗越橋[19]가 破損이라 車가 올 수 업다 해서 後退햇다고 連絡이 왓다. 回路에 郭在燁 氏와 同伴 炳列 堂叔母를 맛낫다. 面長과 館村驛까지 同伴햇다.

<1970년 9월 14일 월요일>
보리방아 나락방아 찌엿다. 午後에 田畓을 들여보니 作況은 平年作. 그러나 장마로 因해서 머루가 만히 生起엿다.
嚴 氏 邑內에서 訃告 왓다.
日本에서 成康 姨母가 편지햇다. 內部는 9月 13日頃에 成康 姨叔이 全南 光陽 故鄕에 到着한니 부데 相逢하라는 편지엿다.
斗流里 뽕 따려온 處女 2名 今日 現在로 8.5日式 合해서 金 3,400원을 주워서 보내면서 日後에 連絡 있으면 오라면서 보냇다. 1日 200원식이였다.

19 제방보다 낮게 가설되어 홍수에는 물에 가라앉는 다리이다.

成曉 母는 장보기 하려 館村에 보내면서 800원을 주워 보냇다. 炯進이는 夕陽에 農園 精米을 牛車로 보냇다. 餘가도 없고 돈 없어 이발도 못하고 兒該들 衣服 한 가지도 못 사고 秋夕 멸절을 보내게 되엿다.

<1970년 9월 15일 화요일>
오늘은 秋夕日이다. 學生들 公務員까지도 休日이엿다. 아침에 大宅에 歲祠 드리로 갓다. 木{浦}宅에도 갓는데 叔母는 앞으다 고次祠가 끝낫지로 明年부터는 大宅次祠 대로 하고 小宅은 小宅만 祭祠 차리라고 햇든니 叔母는 그려면 작고 머러지겟다고 하면서 大宅 兄 보고 무려보겟다고 햇다. 省墓에 가야한데 비가 조금식 나리여 멈추웟다. 成東이를 데리고 終日 上蠶室 修理 칙구 橫簇햇다.
夕陽에 大宅에 간바 술 한 잔 나맛다고. 柳正進에 집에 간바 又 술. 嚴俊祥 氏 집에 왓든니 윳을 놀드라. 한 번 논 것이 이겻다.

<1970년 9월 16일 수요일>
누예고치 따기 始作햇다. 崔元喆 母 康江洙 母가 參席햇다. 工場에 세멘일햇다.

<1970년 9월 17일 목요일>
비가 오기 始作햇다. 圭太 집에 간니 暻浩가 參席햇다. 圭太는 경호더려 間밤에 무슨 연유로 시끄렷나 무렷다. 경호는 말하기를 子息 때문에 마음이 안 좃타 햇다. 鄭鉉一 氏 집에서 兒該들이 오락會를 가젓는데 丁基善 長女도 參加햇는데 基善 長女를 꾀를 벽기엿다고 해서 基善 內外 와서 우리 子息을 때리더라는 것. 安承均 氏 子息도 參加햇다고. 그 나머지는 全部 도망첫다는 것.
鄭仁浩를 시켜서 고초까기 始作햇다.

<1970년 9월 18일 금요일>
오날 午前 中에 고초 까는데 安 生員 母親 又 外人 2, 3名이 오시여 協助해주웟다.
炯進이를 시켜서 牛車에 蠶견을 실고 館村에 갓다. 檢查員이 보고 5等을 때리더라. 그려면 共販을 못하겟소 햇다. 박게로 나와 朴春敎 氏를 맛낫다. 刑便을 이야기 햇다. 崔甲烈을 맛낫다. 又 事由를 말햇다. 두 사람이 共販場에 갓다. 檢查員에 말해서 보도시 4等이엿다. 그려고 보니 55,522에 蠶種代 8,470 貯金 3,000원을 除하고 44,020원을 차저왓다.

<1970년 9월 19일 토요일>
아침에 成苑은 間服代 2,400원을 주고 全州道廳 監査宅 李浩根 氏 명함을 보내면서 日間 全州에 오시면 訪問해달아 햇다.
아침에 裵仁湧 氏에 갓다. (海南宅은 不在中) 借用金 1月 21日字 萬원 5月 16日字 萬원 利子 6仟원 會計 2萬6仟원을 會計해 주웟다.
終日 精麥햇다.
밤에 大里 鄭목사가 어린 兒該들을 데리고 와서 영극을 하는데 구경 오라 햇다. 가보니 잘들 하드라.

<1970년 9월 20일 일요일>
午前 中에 精麥을 하는데 裵仁湧 氏가 工場에 왓다.
群 山林係에서 不正 林森物[林産物] 取체하려 왓다고 햇다. 其後에는 아무런 消息이 업다.

崔南連 氏는 稻作에 메루가 深한니 藥을 散布해달아 햇다. 午後에는 우리 논에 하고 午前에는 南連 氏 것 해주웟다.

<1970년 9월 21일 월요일>
金昌圭가 왓다. 牛車를 빌여달아고 햇다.
큰방 누예를 新蠶室로 옴기엿다.
午前 中에 精麥햇다.
金堤 鄭榮植 氏에서 편지 왓다. 其間 못가서 未安타고 하면서 機械 修善을 못햇으면 不遠 訪問하겟다고 答狀해달아 햇다. 편지를 냇다. 金順子(京浩 長女) 讓[孃]이 왓다. 今日 大田에 가는데 妹 判禮 住所를 말햇다. 金進映 氏에 가서 저거 주웟다. 忠南 大田市 大興洞 三洞 399의 6 崔判禮라 햇다.
집안 掃地하는{데} 連日 장마로 因하야 구석〃 〃히 더럽드라.
新洑坪에 나가보니 나락들이 만히 죽어갓다. 農藥을 하자 한니 장마가 저 散布할 時 업다.

<1970년 9월 22일 화요일>
아침에 成東 3期分 授業料 및 育成會비 貯金 교지代金 其他 合해서 4,900원을 支出햇다.
오날은 내의 生日이다. 過居에 어머니게서 게실 때는 生日 잔치도 베프는데 大小家 全員 어먼니 親友 그리고 내의 親友엿다. 作故하신 後로는 1切히 省略하버린 것이 現在까지도 如前햇다. 或 親友게서 生日이 온니 食事나 갗이 하자면 招請하면 염치가 없어 안니 간 때가 한두 번니 안니엿다.
妻男 李龍焄이가 왓다. 어제 밤에 왓다고 햇다. 日本에 잇는 妹夫가 오시엿는데 24日頃에 이곳에 오신다고 해서 먼저 왓다고 햇다.
子息 成康이가 왓다. 내의 印章을 要求햇다. 今般에 간부후보생을 應試하는데 身體檢査가 第一이고 學課는 第二로써 24日 身體檢査 合格者는 全高 正門에 提示[揭示]한다고 햇는데 身體에 合格혜람에는 [하려며는] 不利해서 다시 今日 全州에 간다고 印章을 要求햇다.
終日 農藥 散布햇다. 農藥이 不足해서 午後에 里長에서 호로치온 5병 夕陽에 부라에스 2병 호로치온 2병 게 9병하고 前番에 順相 便에 工場에서 이피엥 10병 게 19병 外上햇다.
午後에는 金太鎬 氏 農藥 해달아 해서 그려면 해줄 터이니 우리 나락 좀 저처달아 하고 일을 시켯다.
夕食을 하고 成康 집에 갓다. 成康 姨母가 日本에서 보냇다고 雨山[雨傘] 衣服 란리구 몃 볼을 求見시키는데 내 한 벌 란링구 1着 주웟다.
自轉車로 驛前에 理발하려 갓다. 이발이 끝내고 雨澤 집에 갓다. 食鹽 2叺 外上으로 秋夕 前에 가저왓는데 오날에사 會計한니 引上되엿다면서 現에 950이라 햇다. 그려나 800식 주웟다면서 그냥 밧닷다.
蠶室에 들리여 잠자리에 드렷다.

<1970년 9월 23일 수요일>
午前에는 精米햇다. 午後에는 炯進이와 갗이 鄭柱相 水稻畓 藥 散布. 다음은 嚴順相 散布햇는데 各 勞動 1日식 해달아 햇다. 揮發油는 柱相 것 1병인데 順相 보고 柱相에 보태주라 햇다.
夕陽에 日本에서 同서 金商文 氏이가 왓다. 初面이엿다. 夕食을 成康 집에서 하고

同宿햇다. 밤 12時까지 日本 現況과 韓國의 實態을 주고 밧앗다.

<1970년 9월 24일 목요일>
6時 30分 列車 大田까지 간다고 햇다. 驛에 가서 列車票라도 끄너줄아 햇든니 途中車票가 있어 全州까지 반영하고 車中에서 섭〃히 作別하고 附屬品 1部 사가지고 歸家햇다.
機械組立을 맟이고 午後에 精米 精麥을 始作하고 보니 밤 9時 半쯤 되엿다. 夕食을 맟이고 蠶室에 간니 處女 3, 4人이 누예밥 주느라고 大端 욕본다고 햇다.
農園 安 氏 婦人 柳文京 母가 왓다. 今年 벼가 죽웟다고 햇든니 벌〃해면서 술을 먹자고 햇다. 먹다 보니 눈물을 흘이드라.

<1970년 9월 25일 금요일>
終日 精米 및 精麥을 햇다. 大里에서 郭在燁 氏가 왓다. 秋夕 繕物이 느젓다고 하면서 相子[箱子] 4個엿다. 1個는 林萬永 1개는 韓相俊 本人 又 別 相{子} 1개는 又 本人 것이라면서 作別햇다. 開封해보니 설탕이고 3개는 冊보엿다.
炯進이는 農園 용운치 보리나락 운반하고 午後에는 具道植 氏 農藥 散布해주웟는데 日後에 일로 1日 해달아 햇다.

<1970년 9월 26일 토요일>
朝食 後에 炯進이는 용운치 보리 운반햇다.
成康이는 아침 通學車를 늣잠으로 因해서 못 탓다고 圭太에서 金 仟원을 둘여가지고 驛前에 갓다. 或 보면는 택시라도 태여 보낼가 햇다. 그려나 낫〃시 보니 없다. 다시 집에 왓다.
鄭敬錫 氏에서 油類(경우 만깡 3,800) 重油 2,500원식 경유 3깡 重油 2깡代 11,400 前條 外上 合해서 19,840 中 2,000원 주고 17,840을 殘高로 햇다.
全州에 갓다. 全州高등학교 가니 成康이가 나왓다. 아침에 차 못 탓다든니 엇더케서 왓나 햇다. 트력으로 왓다고 햇다. 今日 日課는 指文[指紋] 찟고 身元照會書類 갖추고 午後에 다시 모이는데 明日 正常的으로 學科 應試한다고 햇다. 그려면 中食이나 먹자고 갗이 데리고 가서 食事햇다. 그리고 館村에 왓다. 김막동 時計店에 갓다. 中古 1,300 치고 新品 6,200원에 4,900원 해서 1,900 주고 3,000원 外上하야 10月 5日 주기로 하고 왓다.

<1970년 9월 27일 일요일>
아침부터 終日 精米 精麥 햇다.
任實에서 거멍이가 왓다. 成奎 집에 있으라 햇든니 잇는다고 햇다.
夕陽에 어둠이 되엿는데 韓正石 妻게서 쌀이 마시니 또 나락이 만한데 쌀 이것이 나왓는니 햇다. 말 안코 잇다가 稅를 뜰아고 한니 맵쌀로 집에서 갓다 주마니 하기에 당신만 방이 찟소 단신이 도대체 무얼 잘{했}단 말이요 하고 말해주웟다. 되지 못한 婦人이라 햇다.
昌宇는 보리 15斗을 주엇는데 精麥稅는 本人 麥 1叺 條 除 今般 1叺 條 除하고 5斗은 거저 찌여주는데 稅 400원 取貸 條 200 前條 200원인데 合 800원인데 보리 5斗代 1,800원 未收임.

<1970년 9월 28일 월요일>
午前 中에는 精麥 精米햇다.

아침에 支署長이 來訪햇다. 朝食을 내 집에서 接待햇다. 出張 目的은 明年 選擧에 대비 여려 가지로 協助를 付託햇다.
夕陽 成康이를 불여왓다. 어제 27日 應試關係를 무릿다. 約 4時間 全高에서 보왓는데 身元照會가 끝나면 約 2個月 後에야 發表한다고 햇다. 身元照會는 約 5, 6日 後에 나올 것이라고 햇다. 崔在植 氏 子息도 왓다고 햇다. 元泉里 廉 氏도 왓는데 永生校 出身이라고 햇다. 試驗 본 것은 確實하다고 認證햇다.

<1970년 9월 29일 화요일>
成曉 母는 세살 적 버르시 여든까지 간다는 말과 갗이 至今까지도 말 언어는 如前하드라. 人事 凡節도 나이 46歲가 되여 모른데다가 敎育 및 常석[상식(常識)]까지도 모른 사람이 兒該들 指導 敎育시키는 데 아주 不足한 사람이다. 그쯤은 理解하지만 아침 전역이면 學校 단여온 子息들 보고 써[혀]를 뺄 연 짝 자바 죽일 연 또는 中高生이 오면서 衣服 洗탁이나 말 한면 몰아 밥도 처먹기 시르면 말아 큰소리로 이웃이 다 알게 소리 지르는데 늘거갈수록 정이 떠러지고 兒該들 버릇을 버리게 하며 내가나 머라 하면 들으가 어미를 갓잔하게 生覺한니 寒心스럽다. 少時부터 나와는 相對가 못되다 司法 人道的인 면에서 리혼을 못 햇쓰면 自己 不足點이나 理解해서 못되 口習이 버리면 되겟는데 恒常 잘 못한 口習이 常禮로 한니 親友에 未安한 감도 만타.
堆肥 뒤젓다. 田畓에 1周한니 만히 벼가 죽웟다.

<1970년 9월 30일 수요일>
精米햇다. 炯進이는 重宇네 기화 운반 牛 사람까지 채소밧테 農藥 散布햇다.
家庭에 不合이 生起엿다. 炯進이나 家兒들이 未安하기는 하지만 成曉 母가 원낙 알이린데 조리도 닷지 안는 말로 한니 답〃하고 내가 무슨 말하면 엉터리 업는 말을 한다.
群 山林係長 外 1人이 出張 왓다. 出張 用務는 明年度 造林地 視察次엿다.

<1970년 10월 1일 목요일>
終日 蠶견을 家族기리 땃다. 炯進이는 金玄洙와 牛草 베엿다.
鄭榮植에서 電報 왓다. 오는 10月 5日에 相違 없이 相面하려 온다고엿다.
밤에는 機械로 蠶견 깟다.

<1970년 10월 2일 금요일>
炯進이를 데리{고} 蠶견 共販場에 갓다. 特히 生覺햇다면서 3等을 잡드라. 買上代는 32,000원 햇다.
運動會에 參席한바 家族 全員 왓다. 里長은 술을 하자고 햇다. 午後에 4時頃 散會햇다. 成傑이는 다름질한데 2, 3次 全部 1等만 한데 저거도 잘하드라. 治下도 해주고 氣分도 좃데 成英이는 2等에 가고 成奉이도 2等에 가고 成康이는 部落代行하는데 屛巖里 팀으로 1等한데 마음이 흡북하드라.
館村에서 出張한데 農協에서 基宇를 맛나고 成默 金서방을 對面한데 술을 먹자고 햇다.

<1970년 10월 3일 토요일>
開天節이라고 해서 學生들은 休校햇다. 成東 成苑은 學校에 가고 成樂이는 집에서

문 바루기. 家族은 들깨 비기 햇다.
午後에 成東이가 왓다. 처만니 炯進 밭에서 깨 실고 왓다. 나는 午後에 丁九福 氏가 農藥 좀 해달{라}기에 챙기여 해주고 日後에 일 하루 해달아 햇다.
전역 7時 半頃에 成東이를 시켜서 丁基善 氏 借用金 萬원에 利子 1,800원 計 11,800원을 쪽지와 갗이 보냇다. 단여와서 물고기 잡으려 갓다고. 又 成東 便에 圭太 外上代 5,650원 보냇다.

<1970년 10월 4일 일요일>
朝食 後에 里 共同負役한다고 終日 하는데 午後에는 牛車까지 動員햇다.
崔錫宇 집에서 윷노리 햇는데 200원 따고 보니 宋成用이가 떤강을 노와서 100원은 포기하고 100만 차잣다.
밤에 嚴俊祥 氏 집에 갓다. 潤植 氏 宗燁이와 갗이 갓다. 술 한 잔 마신고 왓다.
成康 집에 간바 成康 母는 今夜에 全州 叔母 祭祠라 햇다. 집에 와서 成樂에 3, 4分期 授業料 育成會비 5100 貯金 200 계 8,980원을 주면서 操心하라 햇다.
崔永철 처 日費 殘 1,000 支出.

<1970년 10월 5일 월요일>
工場에서 機械손질 기름 운반코 午後에야 精米 시작. 鄭榮植이가 오날 온다고 해서 夕陽에 驛前에 갓다. 기드리니 오지 안코 해서 回路한데 마음이 안히 나드라.
炯進이는 龍德 成燁이를 데리고 나무 치려 보낸데 成曉 母는 中食을 가저갓다.

<1970년 10월 6일 화요일>
아침에 精米햇다. 朝食을 맛치고 鄭榮植에 편지를 냇는데 오지 말아고 햇다. 편지 又는 電報도 3, 4次 치면서 某日 온다든니 오지 안해서 장란처럼 되엿기예 편지 냇다.
全州에 갖다. 精麥機 附屬을 가는데 金錢이 不足해서 湖南機械商會에 가서 500원을 取貸하야 鐵工所에 주고 왓다. 全州 가는 中에 張太云 氏를 맛낫다. 들으니 兄 泰鳳 氏가 交通事故로 5日 午後 4時에 死亡햇다고 햇다.
집에 와 修理하고 成奎 산두 脫穀코 精麥精米까지 한니 밤 9時 半이엿다.

<1970년 10월 7일 수요일>
早朝에 精米코 中食을 맞이고 新平에 갓다. 金彩奉 氏를 맛나서 不遠 機械 修善을 해달아 햇다. 그려면 10日 夕陽에 가서 夜中에 檢定해주겟다고 言約햇다. 回路에 炳列 堂叔 宅에 들이엿다. 成康 應試 件을 말한니 틀임업시 있어놀아[있었노라] 말햇다.
大里에 當한니 趙命基 氏가 對面하고 過門 不入한다면서 술 한 잔 {하자}기에 不得已 햇다.
집에 와 工場門을 여려보니 稅 밭은 白米가 업섯다. 異常하다면서 울부리다 못햇 生覺한니 宋成用에 1斗 取貸해준 生覺이 나서 未安한 마음 禁할 바 업서 함口無言 햇다.

<1970년 10월 8일 목요일>
午前 9時頃에 自轉車로 面 開發委員會議에 參席햇다. 郡守 李錫載 氏 內務課長도 參席. 人事를 끝맞이고 會議案件은 今般 政府의 施策에 따른 새마을 각구기 세멘트 670袋를 使用한데 指示要領이엿다. 使用途는 10個 項目 外는 1切 使用禁止햇는데 對充 共工事業[公共事業] 즉 大衆이 헤택

을 볼 수 잇는 곳이라야 하고 私的 途用[盜用]을 못한다고 되여 잇다.
8男 成允 出生申告를 오늘사 屆出햇다.
今日은 豫備軍 訓練日. 炯進이 왓는데 中食을 사주고 回路에 崔龍浩 氏에서 와이사쓰 1服 外上을 가지고 왓다.

<1970년 10월 9일 금요일>
大里學校 運動會日이다. 案內狀은 왓는데 俊映이는 보리방아 찟자고 왓다. 찟다 보니 午後 4時가 되여 못가고 失禮가 되엿다.
成東는 牛車를 가지고 道路 負役을 보내고 午後에는 炯進 成東와 갗이 풋나무 뜨드려 보냇다.

<1970년 10월 10일 토요일>
精米 精麥하고 12時 列車로 裡里 着. 택시로 楮山里 鄭榮植 工場에 갓다. 榮植을 맛나서 11日 밤 5時 50分 列車로 와주겟다고 하고 自轉車를 빌여주워서 편니 裡里에 왓다. 許俊晩 母子를 차자보왓다. 그리고 조양발동기상會에 自轉車 맛기며 榮植이 오면 주라 햇다. 5時 50分 列車로 집에 온니 밤 9時엿다.

<1970년 10월 11일 일요일>
日曜日이{라} 成東 형진 金玄洙를 시켜서 풋나무를 내리게 햇다. 終日 방아 찟고 夕陽에 驛前 갓다. 永植이가 온가 간바 오지 안해서 다시 왓다. 金玄洙는 夕食을 하고 日費로 1,300원을 주웟다.

<1970년 10월 12일 월요일>
終日 내린 비는 夕陽까지 게속햇다. 방에 논니가 圭太 招請햇다. 南連 氏 鄭鉉一 圭太와 갗이 놀앗다. 南連 氏는 鉉一이와 도박을 한데 約 9仟을 이렷다고. 鉉一 萬五仟을 損害햇는데 日後에 다시 한 번 하자고 約束햇다고 햇다.

<1970년 10월 13일 화요일>
午前에 館村에 가서 時計代 殘金 3000원 支拂해주고 農協에 간니 共濟金[控除金] 2,420원 受領證을 주드라. 大里 鄭桓익 氏를 路上에서 相逢하고 서울 李鍾伯씨의 住所을 무르니 以上 갗이 저것다. 서울 特別市 永登甫區[永登浦區] 화곡동 379番地 70號 18統 李鍾伯 氏라 햇다. 서울市廳 太平路 엽 김유신 동상에서 乘車 30萬 團地化곡극장에 下車면 된다고 햇다.

<1970년 10월 14일 수요일>
精米 1部 햇다. 夕陽에 元泉里에서 金彩奉이가 왓다 夕食은 하고 왓다고 햇다. 食口끼리 食事하고 原{動}機를 뜨더놋코 보니 밤 2時頃이엿다. 夜食을 하고 잠을 이루니 늣잠이 들엇다.

<1970년 10월 15일 목요일>
機械 附屬 1切을 炯進에 실코 舘村驛에 갓다. 9時 30分 列車에 실코 全州에 갓다. 文化鐵工所에다 맛기고 湖南機公社에 갓다. 附屬品을 사고 보니 3,740원. 文化鐵工所는 메다루 其他 7,300인데 不足해서 500원을 湖南商에서 取貸하고 湖南商에는 3,740원 中 2000원 入金햇다. 文化社에서 自轉車로 全州驛까지 실어다 주고 잇은니 大里 朴莫玉이가 술 한 잔 하자고 해서 먹고 6時 50分 列車로 온데 成奎 한실댁 梁海童이와 同行이 되엿다. 館村驛에 내리니

炯進이가 지게를 지고 왓다. 成奎는 술 한 잔 하자고 해서 먹고 왓다.

<1970년 10월 16일 금요일>
아침에 鄭仁浩가 왓다. 洋灰 關係로 大里 面長에 가자고 햇다. 自轉車로 同伴해서 大里에 面長 哲浩 氏에 갓다. 洋灰을 말햇든니 11月 末日까지는 全郡的으로 수송完了케 되엿으니 生覺해서 하라기에 기후 그렷타면 至今한 것이 올타고 햇다.
집에 온니 衫奉이는 감모노라가 큰니 사오라기에 全州에 갓다. 物品이 없{어} 센방에 다 깍갓다. 組立은 다 햇는데 發火가 되지 안해 애를 먹고 夕陽에야 發火되엿다. 夕食을 마치고 우리 보리 1叺 스로로 운전하고 보니 11時頃이엿다.

<1970년 10월 17일 토요일>
午前부터 工場에서 방아를 돌이는데 彩奉이는 歸家시키고 治下金으로 2,000원을 주웟다. 彩奉이 가고 20分쯤 된니 機械는 休하다. 뜻고 보니 보데박깅이 새서 이쯤 되엿다. 다시 내 自身이 손을 보니까 밤 10時까지 如前이 回轉햇다.
炯進이는 나무하고 용운치 崔 氏가 왓다. 몇 일게 나락 비나 햇다. 10月 22日 베자고 햇다.
밤중에 치가 애리서 잠을 이루지 못햇다.

<1970년 10월 18일 일요일>
午前에 成東이와 油 貯장통 산소땜하려 갓다. 夕陽까지 땜하는데 욕보고 手工은 1,300원이라고. 大端 不良으로 보왓다.
宋文玉이를 맛낫다. 成康 幹部{候}補生 應試에 對한 內部를 무렷다. 12月 6日頃에 發表하나 첫재로 身體檢查인데 成康이는 90%는 合格될 것으로 본다고 햇다. 時間 餘有로 敬錫 氏에 갓다. 齒가 애리니 빼자고 햇다. 齒를 빼고 約 20分이 된니 頭上치가 극도로 애린데 이발소 가서 누으니 困難햇다. 진통제 2알을 먹고 約 30分이 되니 우선햇다. 집에 와서 밤 8時까지 修理해노왓다.

<1970년 10월 19일 월요일>
午前 中에 精米한데 分射[噴射]가 되질 안해 現品을 가지고 全州에 갓다. 修繕한데 1,000원 들엇다. 뻐스로 館村에 온니 黃奉玉가 술 한 잔 먹자고 해서 처음 먹엇다.
全州에 갈 대 돈이 업서 黃宗一 婦人에서 金 5,000원을 빌여갓다.
李起榮 氏를 시켜서 桑田 장기질을 午後만 햇다. 炯進이는 午前에 牛車로 堆肥 운반햇다.

<1970년 10월 20일 화요일>
해장에 방아 찟다보니 11時엿다. 成東이는 光州에 간다고 韓服 준비 旅비 400원을 주웟다. 昌宇 裵迎植이는 桑田 肥培 堆肥 넷다. 炯進이는 今日부터 訓練인데 앞으로 3日間이라고.
靑云洞에 갓다. 金玄洙 술 한 잔 주면서 일해달아 햇든니 22日 온다고 햇다. 工場에서 修理하고 前後로 掃地햇다. 夕陽에 방아 찟다보니 9時엿다.

<1970년 10월 21일 수요일>
食後에 嚴京完 母에 갓다. 金 參仟원만 取貸 要求햇든니 거립김업{이} 주웟다.
全州에 모비루 外産 1通에 1,900원 油取機

400원을 주고 12. 50分에 列車로 왓다.
成康이는 炯進이 代身 訓練햇다. 今日부터 나락베기 始作햇다.
全州에서 歸家 途中에서 崔在植 氏를 相面햇다. 崔南連 氏 長女 婚談次엿다고 햇다. 그런데 今日 被次[彼此] 兩家에서 合意을 보고 確定지엿다고 햇다. 新郎은 全州 出身이라고 햇다.
夕陽에 방아 찌엿다.
黃宗一 氏 婦人에서 五仟원 借用金(딸아돈) 3日 만에 黃宗一에 償還한데 利子 100원과 5,000 計 5,100원을 갑팟다.

<1970년 10월 22일 목요일>
豫備軍 訓練 및 上部에서 監査 온다고 招待狀이 와서 처음으로 參席햇다. 正午에는 面 會議室에서 協議會議를 햇는데 豫備軍 年末까지 豫算額 7萬원 消防隊 經費 3萬원 햇서 計 10萬원을 配定키로 햇다. 戶當 100원 程度 徵收할기 함. 中食을 맛치고 집에 왓다.
午後에는 용운치 崔福洙 고지 黃在文 고치 俊浩 고치 해서 約 10餘 名이 나락을 베엿다.
밤에 成東이를 시켜서 嚴俊峰에서 5,000원을 빌이여 왓다.

<1970년 10월 23일 금요일>
새벽에 비가 내린다. 昨日 벼를 베여논니 걱정 만타. 형진을 깨워서 비설거제 하라 햇다.
食後에 昌宇가 왓다. 가랑비는 나린데 全員을 桑田에 보냇다. 堆肥 菅理[管理]햇다. 午後에는 堆肥 냇다.
終日 방아 찟고 夕陽에 牛車를 起送해서 驛前에 갓다. 柳炳洙을 맛나서 複合肥料 20袋 尿素 10袋 計 30袋를 실코 왓다. 嚴京完 妻 便에 3仟원 取貸 條 傳해주웟다.
黃宗一 氏 婦人에서 金 萬원을 取貸 왓다.
成曉에서 편지 왓는데 못[몸]이 좆이 못한다기에 面會가려고 빌여왓다.

<1970년 10월 24일 토요일>
아침 6時 30分 列車로 論山에 간바 9時 40分이엿다. 뻐스로 鍊武臺에 當한니 10時엿다. 面會 申請하고 午後 1時 30{分}頃이야 成曉가 선니마사[선임하사]와 갗이 왓다. 約 2時晉 놀고 作別할 때 모르게 金 五仟원을 건너 주웟다. 藥 金錢은 1切 밧이 안케 되엿다고 해서 藥은 다시 가저왓다. 成曉 말에 依하면 任實地方 出身이 約 30名이 訓練한데 其 愛苦가 잇다면서 每日 訓{練}生을 取級한다고 햇다. 집에 온니 8時 30分이엿다.

<1970년 10월 25일 일요일>
아침부터 내린 비는 끝질 새 업시 終日 내릿다.
白康善 氏를 데리고 工場에 正門 修理햇다.
具道植 氏가 招侍[招待]햇다. 알고 보니 外父母 歲祠엿다고.
尹錫가 왓다. 外祖母 歲祠엿다. 막걸이 한 잔 한니 夕陽 食事가 生覺이 업다.
비가 내린데 終日 걱정이엿다.

<1970년 10월 26일 월요일>
만히 내린 비로 田畓이 물에 담기고 벼도 침수되엿다. 炯進이를 데리고 논에 가서 도구를 첫다.
中食을 하고 嚴京完에 갓다. 京完 母에 萬원을 借用코 驛前 黃宗一에 갓다. 利本 해

서 4日間 借用 萬四百원을 會計해주웟다.
빠스로 任實에 갓다. 成康 母를 맛낫다. 兒들 藥을 사주고 春秋 洋服店에 갓다. 마침 二仁里 崔龍宇 氏를 相面코 弔問도 못해서 罪가 되엿다고 人事하고 당구쓰봉 만니재고 先金 500을 주엇다. 龍宇를 데리고 酒店에서 한 잔시 노누고 叺子 4枚에 320원 해서 韓長{錫} 氏에 맛기고 집에 왓다.

<1970년 10월 27일 화요일>
終日 나락 벳다. 허리도 앞으고 팔도 앞아다. 叔父任 祭祠라고 해 成傑이 시켜서 되야지 고기 1斤 사왓다. 夕陽에 嚴萬映 氏 집에 간니 成康이는 萬映 氏 甘諸밭에서 協力하드라. 氣分이 낫밧다.
靑云洞 金昌圭에 갓다. 共和堂 入堂을 권햇든니 承諾햇다. 署名捺印해서 왓다.
金玄洙에 協力해달아고 햇든니 陰 10月 1日頃에 온다고 햇다.

<1970년 10월 28일 수요일>
鄭柱相 丁九福 妻 丁成燁 成康 형진이를 벼 베라고 시키고 任實 業者會議에 參席햇다. 成員 未達로 時間을 보낸데다 바로 朴東業 氏 宅에 갓다. 具道植 鄭圭太 鄭昌泰氏이 先着햇드라. 吳甲洙 氏도 參席햇는데 갖이 한 상에서 술 한 잔 들고 中食까지 햇다. 바로 出發한니 갈 대 다시 들이라고 東業 氏는 당부햇다. 會議場에 入場한니 成員이여 바로 會議이는 始作되엿다. 70年度 豫算決算한데 질이 만햇다. 任員選出로 드려간데 組合長은 韓正錫 氏로 當選시키고 나는 組合 감사로 選任되엿다. 빠스로 온데 館驛에 着한니 비는 게속 내리엿다.

<1970년 10월 29일 목요일>
午前 방아 찌고 午後에 休息코 夕陽에 豚舍에 보니 색기 날 기미엿다. 등불을 다라주고 9時에 보니 모조리 死産햇다. 理由를 알 수 업고 밤새도록 氣分이 납밧다.

<1970년 10월 30일 금요일>
아침에 韓正石 氏에서 招待햇다. 圭太 氏와 同伴해서 가보니 親祠엿다고 햇다. 朝食을 맞이고 왓다.
10時頃이 된니 成康이가 와서 牛 색기 낫게 뒷다고 햇다.
서울서 錫宇가 왓다. 新安 叔母도 왓다. 載宇 婚事가 陰 11月 14日로 定햇다고 햇다.
소 새기는 無事히 順産햇다.
午後에는 家族 全員이 벼 손치려 보냇다.
靑云洞에 갓다. 玄洙와 昌圭를 對面코저 간바 不在中. 일 오라면서 付託코 왓다.
裵長玉 母가 圭太 酒店에서 불엇다. 人事後에 들으니 똘내미 아즘머니가 8日에 死亡햇다고 햇다. 其後에 夕食을 갖이 하기 爲해 모시려 간바 업섯다.

<1970년 10월 31일 토요일>
아침에 成苑이 왓다. 校服代 마쓰껨服 신발 旅行비 計 4,510원을 請求햇다. 3,310원만 주면서 내장산 소풍은 포기하라면서 3,310만 주워 보내고 學費 支出狀에다 記載하고 보냇다.
昌宇 장기질 玄洙 보리갈이 해서 成康이도 約 4斗只 첫 보리 갈앗다. 夕陽에는 나락 손 칫다.
宋文玉이가 왓다. 成康 試驗 본 것은 不遠又 可不[可否]가 알게 된다고 햇다.
夕陽에 錫宇가 五山에 간다고 人事次 왓다.

아침에 大宅 兄任게서 呼出햇다. 가보니 私宗中 墓祠에 打合이엿다. 陰 10月 15日 사지봉 8代祖와 曾祖母 16日 구술 6代祖 17日 5代祖 谷城 歲祠로 定하기 爲해 今日 成奎를 各處로 보냇다.

<1970년 11월 1일 일요일>
裵仁湧 氏에 付託햇는데 韓正石 酒代 200원과 春秋服店에 400원 주고 下衣 쓰봉 차자 오라 햇다.
苗代 畓 5斗只 脫作을 아침부터 하는데 용운치 崔福洙 氏가 일해주로 왓다. 午後에는 벼 묵기 始作햇다.

<1970년 11월 2일 월요일>
용운치 崔福洙 氏는 장기질하고 용운치 고지군은 벼 묵고 햇다.
全州 崔在植 氏 崔南連 氏를 맛낫다. 今禮 結婚事로 卽接 新郞이 四星을 가지고 왓다고 햇다. 新郞을 보니 생약하고 人間은 것트로 보니 좃타고 햇다.
夕陽에 驛前에 牛車 빵구 때우려 갓다. 崔在植 氏를 맛낫다. 이제것 가지 안코 잇나 햇다. 다름이 안니고 昌坪里 尹南龍이가 自轉車로 일부로 驛에 와서 新郞 外 1人 보고 너 아들 재고 단이지 말이 하고 시비를 건데 新郞이 음심과 화가 나서 昌坪里 이로 다시 가는 길이라고 햇다. 그래서 그런 애들 탓은 말아면서 全州로 가라고 하고 初面 人事햇다.

<1970년 11월 3일 화요일>
崔甲烈 母親喪 弔問햇다. 밤에 자고 새벽 5{時} 30分에 歸家햇다.
人夫 4人과 보리 갈앗다.
尹南用이는 수작을 꾸미여 南連 氏 長女 今禮에 짝사랑햇고 年齡도 동갑인데 네가 재고 단이야고 해서 新郞을 結婚 포기를 햇다면서 在植 氏도 不信任을 밧게 되엿다고 햇다. 그려나 南用이는 그려한 事實이 업다면서 拒不[拒否]하다 良心常 다시 늣이고 도망첫다. 在植 氏 婦人이 오시여 자세하게 발각되엿고 新郞 處에서는 四星을 밧이 해오라 햇다.

<1970년 11월 4일 수요일>
아침에 方現里에서 온니 6{時} 30分이엿다. 보리 갈다보니 비는 또 내리엿다.
南連 氏는 딸이 因해 흥분해서 全州에 좀 가자 햇다. 成吉이는 金 萬원을 가지고 왓다. 借用金이엿다.
午後 3時 30分頃이엿다. 成奉 便에 도장배미 논에 와서 정잔 양반이 오시라 하며 尹南用이가 왓다고 햇다. 간바 南連吉 氏가 왓다. 南用이를 우리 집으로 오라 햇다. 今禮에 對{하여} 鄭 氏 新郞에게 한 말 고백해라 햇다. 1部 淸取[聽取]하고 全州에 갓는데 南用 妹氏 母 尹錫 南連吉 氏 本人 6人이 全州에 갓다. 打合햇는데 원만햇다. 歸路에 택시로 館驛까지 無事히 왓다. 南連 집에 가서 말하고 成婚키로 햇다고 말하고 왓다.

<1970년 11월 5일 목요일>
人夫 4名을 데리고 학바우 畓麥 播種을 햇다. 夕陽에는 精米햇다.
林長煥 말에 依하면 牟潤植 딸 二女는 尹南龍이와 사랑한다고 햇다. 그려나 潤植 氏 長女는 炯進이와 結婚設[結婚說]이 돌고 잇다.

<1970년 11월 6일 금요일>
午前 中은 精米햇다. 午後에는 全州에 갓다. 石油 부억곤로 1,300원 1臺 삿다. 許 生員 宅에 갓다. 成苑 成樂이 下宿問題에 打合햇다. 裵長玉 母 집이 適當하다 햇다. 長玉 母는 不在中. 成玉에 付託코 왓다. 列車로 온데 成苑 成樂이를 만나서 7日부터 成玉이 집 잇게금 말햇다.
黃宗一 借 五仟 條 償還해주웟다. 利本 5,250원이엿다.

<1970년 11월 7일 토요일>
午前은 工場에서 掃除하고 午後에는 全州에 갓다. 독새 除草濟[除草劑] 2통을 700원에 삿다. 全州驛에 朴吉玄 鄭用澤을 맛나 갗이 왓다.
집에 와서 못텡이들에 갓다. 成康 炯進이는 牛車{로} 벼를 실어 날아다. 龍山坪 6斗只는 判巖 內外가 묵고 잇는데 丁奉來 妻 長女가 벼단을 이고 가는 것을 보니 우리 벼 갓드라. 奉來 논에서 奉來 벼를 鑑定하고 卽時 龍山里 川邊에 갓다. 어린 아해보고 네 우리 나락이니 도로 이고 가자고 해서 논에 와 대조한니 틀임업다. 4束 영채가 시켜서 햇지만 용서해달아고 해서 용서는 하지만 영채는 미웟다. 집에 와서 여채를 불엇다. 좀 때리라고 하니 용서해주시라면서 남부그려운니 自殺이라도 하겟다기에 용서햇다. 圭太도 目見햇다.

<1970년 11월 8일 일요일>
家族기리 못텡이 畓 麥 播種햇다. 今日로써 麥 播種은 끝냇다.
午後에 成東이와 갗이 도장배미 麥畓에 독새약 散布햇다. 試驗的으로 해보왓다.
成苑 成樂이는 全州 裵成玉 집에 下宿하려 보냇다. 夕陽에 列車로 갓다.
中食 床에서 昌宇 炯進이와 갗이 中食을 하는데 丁成燁이 母 말이 나왓다. 어린 애가 林長煥 子 雙童이 타겻다고[닮았다고] 惑 雙童이나 붓지 안햇나 모도 으심을 산다고 햇다. 柳正進이는 林長煥이로보터 2次나 그 아해 出生申告하라는 권고를 바닷다고 昌宇에서 傳해 들엇다. 그렷타면 죽일 연이라고 햇다.
龍山坪 6斗只 고지 묵는데 58가리 낫다고 햇다. 밤 방아 찌엿다.

<1970년 11월 9일 월요일>
重宇 炯進 牛車로 벼 운반햇다. 梁奉俊 丁九福 崔福洙 3人은 지게로 운반햇다.
終日 精米햇다.
밤에는 成奎가 와서 밤에 벼 운반한데 1人當 手巾 1枚 담배 1甲式 나누워주면서 오라 하드라.

<1970년 11월 10일 화요일>
새벽에 비가 내리엿다. 今日은 父親 山所 莎草日이엿다. 祭物은 大宅에서 中食만 우리 집에서 하기로 햇다. 祭物을 갓추워가지고 山所에 간니 人夫는 約 20餘 名이 參禮햇다. 가금 비바름이 부는데 未安하기 難限업드라. 中食을 끝내고 午後 2時까지 하고 왓다. 崔福洙 日計를 해보니 바들 것은 2,300 줄 것은 2,350 殘 50원을 주게 되엿다. 그려 先金으로 壹仟원을 주고 日後 다시 몇 日 해달아면서 朝食을 시켜서 보냇다.

<1970년 11월 11일 수요일>
아침부터 終日 精米햇다. 成康이도 協力해

주웟다. 午後에 豚이 암내가 나서 울을 뛰여 도라단이엿다. 그련데 鉉一 豚 숩되야지가 우리 집까지 와서 交背[交配]햇다. 夕陽인데 울안으로 들어가서 成背[成配]는 된 模樣인데 으심은 나도 할 수 업게 되엿다.

<1970년 11월 12일 목요일>
終日 工場에서 精米 脫作햇다. 成康 집에서 벼 脫作햇다. 홀태군은 約 13名이엿다. 嚴俊祥은 나더려 벼 이젓다듸 차자다면서 말이다. 말 必要 업다 햇다.
裵長玉 母親이 밤에 왓다. 墓祠엿다고 햇다. 文京 母는 우리 文淑이도 成苑과 같이 下宿을 부치겟다고 햇다. 말하지 안코 長玉 母親은 成康 집에서 맛나고 文淑이 合宿을 反對코 据絶해라 햇다.
支署長 父가 別世햇다고 崔 巡警이 왓다. 200원 賻儀하면서 傳해달아고 햇다.

<1970년 11월 13일 금요일>
아침에 成樂 便에 成苑 수예代 1,700원을 주워 보냇다.
今日은 八代祖(사지봉) 歲祠日이다. 昌宇 成康 寶城宅 本人해서 4人이 갓다. 움복을 싸가지고 밤 6{時} 39分 列車로 왓다. 成康 寶城宅은 구술서 잣다.
海南宅에서 金 壹萬원을 빌여왓다.

<1970년 11월 14일 토요일>
重宇 本人이 구술 墓祠에 갓다. 午前에 墓祠는 끝낫는데 成康 本人은 집에 왓다. 重宇 寶城宅은 谷城 五代祖 墓祠에 보냇다. 客은 炳烈 氏 尙宇 外 1人이 參席햇다. 사지봉 八代祖 守護者 刑 氏에서 선자로 白米 4斗代 2,600원을 밧고 왓다.

<1970년 11월 15일 일요일>
아침부터 밤 8時까지 방아 찟는데 今年 中 最高率이인데 170升 收入햇다. 마침 公休日{이라} 成東이가 助力을 해주웟다. 炯進 成康이는 牛車로 앞들 벼를 運搬햇다.

<1970년 11월 16일 월요일>
婦人 10餘 名을 어더 벼 脫作. 방아 찟고. 順相이가 왓다. 昨年度 共販 補償 叺子 48枚 40원식 1.920원인데 1,700원만 주고 殘은 日後에 牛車로 내가 운반할 터이니 殘額은 오히려 내달아 햇다.
面 洪德杓는 今年 秋곡 좀 해달아면{서} 付託한다고 햇다.

<1970년 11월 17일 화요일>
精米햇다.
林敏燮 氏 白康善 裵仁湧 丁九福 柳正進 5名은 날개 영것다[엮었다].
炯進 成康이는 炯進이 벼 운반하고 金學均 氏 脫作한데 집단[짚단] 운반. 밤에는 벼 27叺를 工場에 入庫햇다.

<1970년 11월 18일 수요일>
白康善 丁俊浩와 蠶室 이엿다. 終日 精米햇다.

<1970년 11월 19일 목요일>
아침에 養豚 交背시키는데 警錫이는 滿性 못되엿다 햇다.
10時頃부터 金學均 氏 精米한데 總 23叺엿다. 炯進이는 條 脫作햇서 別途로 저장햇다.
북골 尹鎬錫 氏가 來訪햇다. 朴香善 家庭事엿다. 단히 나무래고 日後에 다시 그려지 안키로 하고 빌아면서고 다짐햇다.
柳호영 妹 結婚한데 招請햇다.

<1970년 11월 20일 금요일>
金學均 氏 집단 380束인데 350束만 달아해서 10,500원 주웟다.
許今龍 氏가 왓다.
終日 精米햇다. 炯進이는 金亭里 白米 6叺 운반하려 갓는데 밤에까지 온지 안햇다.

<1970년 11월 21일 토요일>
南連 氏가 왓다. 明 結婚式에 主禮를 보와 달아 햇다.
終日 工場에서 精米햇다. 우리 건불 脫作햇는데 約 20叺엿다. 成赫 장인 南連 妻男이 工場에 人事次 왓다. 밤에 이발하려 驛前에 갓다.

<1970년 11월 22일 일요일>
아침 未明을 期해서 南連 氏가 왓다. 今日 禮式場에서 主禮도 바주시고 朝食도 갗이 하자면서 말햇다. 親友間에 떼지 못하고 成康 成東에 工場을 맛기고 卽時 갓다. 朝食을 하고 10時쯤 된니 택시 4臺에 分乘한 客이 20餘 名이 왓다. 우리 집 上下 방을 빌이고 1時頃에야 禮式을 갓는데 내가 主禮 執行을 햇다. 그려나 客이 만해서 시장은 한데 집으로 왓다.
昌宇 九福 玟燮 氏 中食을 끗내고 날개를 역는데 昌宇는 氣分 不安햇다고 하면서 엇든 놈이 코트를 입고 가면서 고비에 1,300원이 잇섯는데 내갓다면서 우리를 음심 둔 것 갓다고 햇다. 방 빌여주고 못쓸 사람이 되엿다고 하며 분햇다.
林長煥 氏가 工場에 왓다. 丁奉來를 맛낫는데 未安하다면서 日間 온다고 햇다. 夕陽에서 中食을 우리 집에서 맛잇게 먹엇다.

<1970년 11월 23일 월요일>
아침에 崔瑛斗 氏가 오시엿다. 어제 中食도 못하시고 未安하다면서 招待햇다. 가서 보니 南連 氏 同婿[同壻]들은 3人 妻男까지 同席해서 朝食을 맞이엿다. 南連 氏는 몸이 不安해 있엇다.
工場에서 脫穀 精米 兼해서 終日 햇다.
南連 氏 客들이 가면서 訪問햇다. 未安해서 술이나 한 잔 하자 햇든니 据絶해서 路上에서 그대로 作別햇다. 炯進이는 午前 中 面에서 叺子 72枚 牛車로 실코 왓다. 내 것 48枚 除하고 24枚를 殘으로 남겨두웟다.

<1970년 11월 24일 화요일>
午前에 精米하든 中 中間 샤우도 切단이 되엿다. 多幸이 乾불 脫作은 하게 되여 成康에 맛기고 寶城 堂叔에서 金 萬원을 取貸하야 全州에 갓다. 갭부링 1,400 製승기 8,000원 中 5,000원 入金시키고 牛車 다이야 1,500에 사서 通運에 託送시키고 7時 車로 왓다. 成康 炯進이와 갗이 工場에서 修理하다 보니 밤 2時頃이엿다. 잠간 잠자고 아침에 다시 始作햇다.

<1970년 11월 25일 수요일>
어제 밤에 修理하다 못다 한 것을 다시 始作한데 12時즘에 다 끝맞이고 始運轉한데 異常이 없섯다. 夕陽에까지 하다 보니 午後부터 햇지만 白米 25叺를 뺏다.
南連 氏 宅에 갓든니 만흔 손님을 모시놋고 술을 待접한데 갗이 한 잔식 먹고 왓다.
새벽부터 나린 비는 終日 왓다. 炯進이를

시켜서 經油[輕油] 1드람 가저온데 外上으로 가저왓다.

<1970년 11월 26일 목요일>
終日 精米햇다. 夕陽에 牛車 修理 車 驛前에 갓다. 주부가 不實해서 1,100에 끼엿고 手苦費 200원 주웟다. 製승기 1臺 가저왓다. 白米 2叺을 成龍에 市場에 보냇다.

<1970년 11월 27일 금요일>
崔瑛斗 氏는 白米 2叺代 12,800원을 가지고 왓다.
金哲浩 面長이 來訪햇다. 用務는 秋곡收量納 靑云堤 側量[測量]하는데 求見次엿다.
終日 精米하는데 113升 收入햇다.
成樂이는 今年 卒業을 앞두고 알바무代 2,300 成苑 1,000원 해서 3,340원을 가지고 갓다.

<1970년 11월 28일 토요일>
오날은 終日 工場이 休業햇다. 그러나 놀수 업서 새기 꼬는데 機械調節을 햇다.
夕陽에 崔瑛斗 氏가 왓다. 눈치를 보니 무슨 말하려 온 것 갖탓다. 酒店에 갓다. 實은 할 말이 있어서 왓다면서 市場日에 農園 吳永根이를 맛낫는데 방아가 좀 빼일 것 갓다면서 驛前과 昌坪里와는 此異[差異]이 잇다고 해다고 햇다. 그려면서 사래를 하나 더 놀 수 업나 햇다. 그것은 놀 수 업고 다른 異常은 업쓰며 단순이 業者를 營業上 구해를 주자는 理由로 生覺이 들엇다. 그리고 瑛斗 말은 嚴俊祥이가 말한데 大里이 牛車로 실어가도 3升박에는 안 밧고 말히 찌면 2升까지도 밧는 模樣이라면서 大衆 앞에서 公開하드라 햇다. 그려면 내의 生覺에는 내의 營業을 방해{하}자는 理由로 解석.

<1970년 11월 29일 일요일>
아침에 大里 兄任게서 불엇다. 가보니 桂樹里에서 炳基 氏가 오시엿다. 墓地 申告次엿다. 成奎는 明蓮山 七代祖 墓地申請 및 林野登記次 가라고 햇다.
午後에는 精米햇다.
金順子(暻浩 氏 長女)가 왓다. 大田에 妹氏(判禮) 宅을 訪問햇든니 반가히 한다면서 一次 단여가라고 햇다고.
昌宇는 宗土 4斗只 先子 5斗을 내게 保官[保管]하고 成奎에 傳해달아고 햇다.
11月 29日 大里에서 籾 共販한다고 職員이 왓다.

<1970년 11월 30일 월요일>
今日은 집을 이엿다.
아침에 鄭宰澤 氏 집에 갓다. 叺子 몃 枚 要求햇다. 夕陽에 朴浩求 氏에서 10枚 갓다 준다고 햇다. 李道植氏에 갓다. 今日 집 좀 이여달아고 햇다. 重宇 집에 갓다. 덕석 8枚 票示[表示]하고 왓다. 炯進이를 보냇다. 못준다고 해서 德喆에 덕석 10枚 가저왓다. 林仁喆이가 왓다. 아버지게서 오시라 햇다. 金在玉 氏가 방아 찌로 왓다. 찐다고 하면서 長煥 氏 집에 갓다. 間밤에 親祀라고 해서 이웃 양반이 5, 6人이 오시엿다. 만반진수로 잘 먹고 왓다.
圭太 宅에서 놀다보니 午後 2時엿다.
방아 찟다보니 故章이 낫다. 누구도 업는데 화가 낫다. 成康이도 終日 오지 안햇다. 白米 10叺 찟고 夕床에서 妻보고 말햇다. 누구 때문에 老年에 故生[苦生]인고 햇다. 답변은 존 연 데리다 잘 살아 햇다. 기분이 낫밧다. 子婦 妻 어더도 언어가 그럴 판이야 햇다.

<1970년 12월 1일 화요일>
아침부터 工場에서 방아 修理. 終日 구름. 脫곡機에 벼를 改風햇다. 作石해놋코 보니 23叺 工場에 入庫햇다. 精米하는데 約 12斗 以上 收入햇다. 工場에 在庫 白米 今日 現在로 25叺 在庫엿다.
밤에 圭太 氏 집에서 金二柱가 술 한 잔 먹자 햇는데 明春 貯水池 工事 時에 本人을 利用해달아고 햇다.

<1970년 12월 2일 수요일>
精米햇다. 벼 作石한데 눈이 내리여 支章이 만햇다.

<1970년 12월 3일 목요일>
朴俊祥이를 시켜서 벼 作石. 終日 精米하고 圭太 氏 집에서 밤에 온데 술이 취해서 우리 門前에서 이마를 닷첫다.

<1970년 12월 4일 금요일>
벼를 다시 말이여 作石하고 보니 24叺. 合하면 47叺이다. 終日 방이 찟고 圭太 집에서 梁奉俊 圭太 3人이 닥 1首에 술 2병을 먹고 갓다.

<1970년 12월 5일 토요일>
早起부터 終日 精米햇다. 崔今石 집에서 婦人들 쌀契 햇다고 해서 갓다. 술은 잘 먹엇다.
宋成龍 氏가 왓다. 방아 찟다가 술 한 잔 하자 해서 嚴俊祥 酒店에 갓다. 술 먹고 이야기한데 林天貴이 왓다. 氣分이 맞이 안해 나왓다. 圭太 氏 집에 온니 又 成用 氏가 술 먹자고 해서 먹다 보니 밤 11時엿다.

<1970년 12월 6일 일요일>
今日도 精米햇다. 나락 作石한데 9叺엿다. 總 在庫는 56叺이다. 鄭龍澤 氏가 왓다. 술 한 잔 待接햇다. 崔南連이가 벼를 너는데 한 잔 주웟다.
驛前 金龍石이가 왓다. 外上代 3,200 업다고 하고 술 한 잔 주워 보내면서 10日로 미루웟다.
今日 現在로 白米 在庫는 30叺이다.

<1970년 12월 7일 월요일>
午後 3時까지 精米햇다. 黃在文 氏에서 利本 14斗인데 못텡이 3斗只 고지를 달아고 해서 2斗을 加算해주고(6斗) 10은 本子[本資]로 안치여 노왓다.
夕陽에 昌宇 집에 갓다. 夕食을 거기서 하고 寶城 堂叔 집에 갓다. 서울 갓다 오시다면서 잘 단여오시냐고 햇다.
※ 아침에 林長煥 氏가 왓다. 金炯進이(雇用人) 結婚을 定햇야면서 自己 딸 德順이와 엇더야 햇다. 日後에 打合해보마 햇다. 林長煥 氏 工場에서 白米 取貸 條 8되하고 工場에 白米 在庫는 31叺이다.

<1970년 12월 8일 화요일>
買上分은 54叺 回附햇다(南連 6叺)

今日 大里 共販에 更籾 56叺 出荷햇다. 南連 氏 7叺을 出荷한데 내의 組에 包含햇다. 그려고 보니 63叺엿다. 海南宅을 本洞宅에서 金 壹仟원을 빌이엿다. 封토[봉투

(封套)]에 너서 大里에 共販하려 갓다. 面長을 待面[對面]햇다. 封토를 주면서 贊助金이라면서 檢査員에 傳하고 63叺 出荷했으니 잘 바달아고 付託 傳햇다.
大里長 宅에서 中食을 하고 共販場에 왓다. 檢査한데 2等 16叺 3等 47叺엿다. 買上으로 2等 16叺 3等으로 38叺인데 160,866원을 찻고 保償用[報償用] 肥料 31叺을 牛車에 실이 보냇다. 南連는 糧肥 1叺 買上 6叺이다. 肥料 3叺 가저가고 0.5叺는 里長에서 차지라고 햇다.
海南宅에서 借用金 利本 合해서 25,000원인데 壹仟원 減하고 24,000원 바드면서도 술 한 잔 주시고 바로 昌宇 집에 갓다. 寶城 堂叔에 借用金이 있으니 가자고 해서 同伴햇다. 借用金 4萬원 條 萬원 條 5仟원 條해서 利本 合計 65,300원 昌宇 立會 下에 會計 完了햇다.
鄭鉉一 氏에 갓다. 利本하니 11,800 會計햇다. 嚴俊峰 집에 갓다. 利本해서 5,300원 會計하고 집에 온니 밤 10時 半쯤 되엿다.

<1970년 12월 9일 수요일>
糧肥 條 收得稅 條 殘額을 里長 立會 下에 計算하니 814원이엿다. 代金으로 里長을 주면서 따지라고 주웟다.
崔南連가 오시엿다. 本人 籾 6叺 買 糧肥 1叺인데 買上 條 6叺 17,634을 會하고 벼 15叺 大里 운반. 回路에 肥料 12叺 운임이 570원인데 운임은 포기한다고 해서 里長 立會 下에 會計햇다. 그려나 벼代는 約 70원이 더 간 편이다. 우리 買上代는 2等 16叺代 49,184원(叺當 3,074원) 3等 32叺(2,939) 94,048원 計 143,232을 收入햇다.
朝食 後부터 終日 精米햇다. 午後에 精米한데 重宇가 벼를 운반한 途中 벼 1叺이 不足이라 햇다. 그려나 내가 卽接[直接] 保菅한 것도 안니데 當初에 집에 가저오지 안햇는지 或 外人이 찌엿는지를 알 도리가 업다. 처음에 仁基가 찟는데 5, 6 前에 9叺 保菅햇고 今日은 몃 叺을 가저온지 몰아 白米는 5叺 半쯤이고 농언[농원]에서 6叺 어제 保菅 條인고 용운치에 14叺 형진이가 운반분이고 그 {다}음에는 重宇 차런데 이왓 갖이 되엿다. 그려데 仁基 婦人이 重宇 나락叺이를 옴긴다고 시비한 일이 있엇다고.
밤에 圭太 氏를 同伴 韓文錫 氏에 借用金 24,400원 會計.

<1970년 12월 10일 목요일>
終日 精米햇다. 農園에 李良根 氏 방아 찟는데 3叺 賃料 15升를 밧닷다. 운임 其中이 3升 稅 12升이다. 벼 모가지를 脫곡기에 너주웟는데 벼 4叺였으나 공히 脫곡해준 편인데 그래도 稅가 빗사다고 不平햇다. 그려 빗아면 안 오시도 좃소 業者는 흑 먹고 산 줄 안냐 햇다. 稅 헐타고 밋지 말아야 한다.
洞內 게가리 한다고 오라 해서 갓다. 中食을 里長 집에서 햇다. 새마을 가꾸기 세멘트 200袋를 引受 밧닷다. 밤에 圭太 집에서 놀다보니 밤 12時엿다.

<1970년 12월 11일 금요일>
아침부터 精米 始作 午後 3時까지 햇다. 雇人 牛車 宋成龍 牛車에 白米 12叺을 실이여 보냇다. 午後 3時 30分쯤해서 自轉車로 任實에 갓다. 가보니 白米는 거히 賣渡하고 1叺 나맛다. 12叺 賣渡代 收金 會計해보니 78,680원이엿다. 4萬원은 崔南連 氏에 保菅하고 殘額은 38,000 程度는 내 몸에

진이니고 自轉車 便으로 館村 崔成吉에 갓다. 9月 6日字로 2萬원 借用金 利本 23,000원과 11月 4日字 萬원 借用金 利本 해서 10,740원 計 33,740원을 淸算하고 全部 完納햇다고 다짐햇다. 집에 온니 6時 40分쯤 이엿다. 그려나 지금것 牛車 오지 안햇다.

<1970년 12월 12일 토요일>
아침에 金正植이가 왓다. 徐 生員 畓을 사겟야 햇다. 못사겟다고 햇다. 萬諾[萬若]에 他人에 賣渡하면 不加피[不可避]하지만 賣渡 못하면 다시 내가 화리로 사겟다고 햇다.
丁基善에 갓다. 借用金 利本해서 22,000원을 會計해주웟다. 丁俊峰 日費 600 朴俊祥 日費 1,250원 주웟다. 成康 便에 成傑 中學 登錄 4,270원을 農協에 拂入하라고 주워 보냇다.
午前 中만 精米햇다.
今日은 爲親契 加理日이다. 中食은 嚴俊祥 氏에 한데 바로 有司 그분이다. 밤에까지 文書 籍발을 해주웟는데 契穀 元額 83斗이 되엿다. 契員은 全部 解散한 之後에 몇 분이 나마서 놀다보니 밤 12時엿다. 成康에 가서 자고 아침에 왓다.

<1970년 12월 13일 일요일>
밤부터 내린 눈은 今年 들어 처음 만히 내렷다. 終日 新聞을 익고 잠자다 보니 夕陽이 되엿다. 嚴俊峰은 昌宇 借用米에 對한 保證을 섯소 그려면 全的으로 責任을 질터야 햇다. 全的 責任은 업지만 明年에 契곡 50叺을 탄다니 其 機會에 밧기로 하고 주 터이며[줄 터이면] 주워라 햇다. 現金 債務는 거히 淸算단게지만 約 20萬원 程度 償還햇는데 그래도 3, 4萬원이 남보니 白米債務가 約 40叺 農곡 收入量 全部 出荷하면 明年 農糧 農資金에 又 債務가 될 듯하다. 그러나 經濟力을 强化해서 節約할 수박에 업다고 生覺 中 밤이면 잠이 안 들고 雜念이 만타.

<1970년 12월 14일 월요일>
8時 列車로 南原 稅務署에 갓다. 70年度 中間 2期分 2,415원을 拂入하고 왓다. 南原驛前에서 金學연 姨從 兄을 맛낫다. 書道에 간다고 햇다. 大里에 들이여 安藥芳[房] 外上 人蔘代 350원을 주고 왓다.
中食을 마치고 精米를 始動하려 한니 물을 빼지 안해 水通 헷도 터젓다. 夕陽에 丁基善에서 金 萬원을 借用해서 텟도을 가지고 全州에 갓다. 崔光日 工場에다 保管하고 許 生{員} 宅에서 잣다. 成苑 成樂 下宿집에 간니 맛찬 夕食을 하는 터이니라. 치마代 신대 치藥代 1,200원을 莫 子母 便에 주고 왓다.

<1970년 12월 15일 화요일>
崔 工場에서 修理하다 보니 午後 4時쯤 되엿다. 修善代金 및 附屬代 7,400원을 주고 택시에 실고 南部配車場에 왓다. 뻐스에 代替 乘車하야 驛前에 下車코 집에 와서 炯進 成康이를 시켜서 집으로 운반케 햇다.
裵仁湧 氏 집에 갓다. 裵英子 母의 付託인데 가보니 오히려 英子 母는 仁湧 氏 宅에 와 잇드라.

<1970년 12월 16일 수요일>
아침에 工場에서 機械 修理한데 昌宇가 왓다. 日前 嚴俊峰 借用米 10叺을 내가 昌宇에 保證人으로 立會햇는데 金暻浩 氏가 5,

6叺만 내논단니 5叺만 쓰고 싶으니 兄任이 5叺代 33,000원 씨시오 해서 쓰기로 하고 現金 33,000원을 引受햇다. 韓正玉에 白米 5叺 賣渡햇다.
정미한데 밤에까지 乘降機[昇降機] 쓰구를 改造햇다. 今日로 崔昌宇 便에 今石 借用金 21,200원을 보냇다. 成康 便에 基善 取貸金 1萬원 보냇다.

<1970년 12월 17일 목요일>
終日 精米햇다.

<1970년 12월 18일 금요일>
終日 精米햇다.

<1970년 12월 19일 토요일>
終日 精米햇다.
成康 집에서 契한다고 中食을 맞이엿다. 밤에는 里 洞會라 山林係엿다.

<1970년 12월 20일 일요일>
終日 精米햇다.

<1970년 12월 21일 월요일>
午前에 방아 찌엿다. 밤에 白康善 氏 宅에서 招請이 왓다. 가보니 술 게란을 준비코 엿다. 內衣 1服을 내노의면서 約少[略少] 하지만 한사코 주시엿다.

<1970년 12월 22일 화요일>
새벽부터 내리 눈은 온 들과 山이 白海野가 되엿다.
역전 自轉車補 外上代 3,200원을 全相國 兒에 보냇다.
里長 班長이 왓다. 成康 垈地稅 1斗 里長 班長 조[條] 各 3斗 計 4斗을 주워 보냇다.
終日 圭太 氏 집에서 蠶具用 새기 꼬기 햇다.
白康善 氏에 債務가 白米로 利本해서 126斗인데 本日 6叺6斗 주고 1叺는 전에 取貸해서 會計 7叺6斗을 주고 本子로 5叺을 내에 막기엿다. 實은 不應햇든니 간곡히 保管 해달이기에 맛닷다.

<1970년 12월 23일 수요일>
午前에 全州에 갓다. 崔宗燮 氏를 訪問코 要談햇다.
館村 農協에 갓다. 養蠶貯金 3仟원 찻는데 金炳中이는 69年度 糧肥가 78,000원인데 償還하라 햇다. 鄭仁浩가 利用한 것이라면서 對질하자고 왓다.

<1970년 12월 24일 목요일>
柳正進 氏가 왓다. 間밤에 母親 祭日이라고 招請햇다. 방아 찟는데 메다루가 타서 애먹고 夕食까지 하는 李起榮 氏 子 泰洙가 왓다. 前番에 벼 3叺 외봉친[20] 것을 찟코 보니 15斗쯤 내 조로 7斗 밧고 7斗5升를 保管하고 갓다. 왕저 내 것이다. 朴京洙가 왓다. 崔重宇는 집을 판다고 해서 丁基善과 同서가 와서 집을 둘여보왓다고 햇다.

20 '외봉치다'는 '남모르게 감춰두거나 빼돌리다'라는 뜻이다.

1971년

<내지1>
西紀 一九七一年 辛亥 一月一日 日記錄
崔乃宇 專用集

<내지2>
希望은 子息들 成功
七一年 辛亥는 子息의 成功 해
새해{아}침 내우 謹呈

<내지3>
辛亥年은 時華年豊[時和年豊]에
高度로 收入을 올이는 해

【年中農事行事 메모表】

一. 三月 一〇日 麥 追肥期
二. 三月 二十日 桑田 期肥期[基肥期]
三. 五月 一日 水稻 苗板期
四. 六月 一〇日 桑田 夏伐期
五. 六月 十五日 脫麥時期
六. 六月 十六日 水稻 移秧期
七. 六月 十七日 桑田 夏肥期
八. 七月 十日 桑田 秋肥期[追肥期]
九. 九月 十日 新穀 精米期

<내지4>
1970年 12月 31日 現在
收入
一. 家産收入
1,126,241
二. 精麥收入 36叺 55升
102,340
三. 脫麥收入 32叺
89,600
四. 精米 37叺 51升
243,815
年末 現在 收入 計
金 1,561,996

<내지5>
支出
一. 家庭用下 981,671
二. 中高生 學費 201,623
三. 工場費用 245,355
合計 1,428,649
差引殘高 133,347원

<내지6>
摘要
1. 家産收入은 夏곡 秋곡 買上 養蠶 買上 其他 雜收入을 말함
2. 家庭用下支出은 肥料代 人夫債 農藥代 人夫 酒代 饌代 農機具代 其他 雜支出을 말함
3. 學비支出은 授業料 下宿비 學用品 通學비 其他 雜支出을 말함
4. 工場支出은 油代 附屬品代 機械買入代를 말함
5. 工場收入은 脫麥 精麥 精米 現品收入으로 價格換算에 依한 數字額을 말함

<1971년 1월 1일 금요일>
昨日에 밤늣게까지 12月 31日 年末을 期해서 家庭事에 對한 送年을 마음에 기려보고 新年에 事業計劃 設計 기려보고 過年度으 收入支出을 帳簿에 依해서 統算을 해 보왓다.
統計表는 左記 明細記入와 如함.
收入. 1969年보다는 徵했으나 物價高로 맞안가지엿다. 支出도 많이 招過[超過]되여 알맞이 안타. 他人의 債務도 現金은 업스나 白米는 約 30餘 叺을 未淸算하고 舊年을 보냇다.
收入金 1,561,996원 支出金 1,428,649원 殘高는 133,347인데 今年 農費 및 學費 入學金 其他 用下가 大端히 不足으로 豫算이 나오고 잇다.
그러나 71年度 農事肥料는 年中分 全量이 確保되엿다.
全州에서 成苑이 왓다. 放學으로 집에 왓다.

<1971년 1월 2일 토요일>
새벽 4時頃에 起床햇다.
어제 밤 林澤俊 氏 婦人이 來訪햇다. 日前에 債權 關係로 言設[言說]한 件인데 억지 말해서 未安하다고 햇다. 나도 역시 未安케 되엿다고 應答해주웟다. 債務關係 白米 4叺2斗은 婦人이 不遠 淸算해 주겟다고 햇다. 談話을 하다 보니 밤 11時쯤.
아침 4時에 起床코 各 帳簿 整理햇다. 林長煥 氏가 來訪햇다. 今日 林野 伐木人夫 動員을 問儀[問議]했다. 動員함이 올타고 해서 보냇다.
밤에는 柳浩永 外祖母게서 招請햇다. 가보니 尹鎬錫 氏 內外 婦人들이 모엿다. 夕食도 하고 술도 먹고 놀다가 圭太 氏 집에 왓다. 林野 造林 大洞會[大同會]였다. 里民에 指示하고 要領도 말햇다. 班別로 分割 伐木키로 햇다.

<1971년 1월 3일 일요일>
食後에 許俊晩이를 맛낫다. 敎員養成所 入院 應試을 말햇다. 今日이 願書 마암[마감]이라 햇다.
成康이를 불엇다. 네 今日이 願書 마감인데 于今것 잇는야 햇다. 말이 업다. 너는 무슨 希望이 計劃되엿나 햇다. 너 정 無用人이 될 바에는 父母 내가 떠나겟고 그도 안되면 割腹自殺이라도 해서 네의 꼴을 못보겟다고 햇다. 2月 初旬에 잇다고 하면서 許俊晩이를 보자 햇다.
里長과 同伴해서 登山코 1週[一周]햇다.
大里 郭達成 氏 白米 5叺6斗 保菅[保管]햇다가 今日 다시 大里 本家로 運搬해 갓다.
午後에는 몸 조치 못해서 寢牀에 누어 잣다.

<1971년 1월 4일 월요일>
債務日誌을 내놋고 보니 1970年 1月서부터 12月 末日까지 他人의 債務額은 利子 54,800 本子[本資] 280,000원 計 334,800원을 償還했다. 帳簿에 記入한 額을 生覺하니 마음이 괴로왓다. 今年에는 좀 生活改善策이 마음 든다. 實은 利子에 損害을 본셈이다.
今年 收入 豫算額 思考해보왓다.
1. 春蠶 10枚 170,000,
   夏穀(農穀) 50叺 150,000
   脫麥 35叺 100,000 精麥 40叺 120,000
   秋蠶 10枚 120,000 晩秋蠶 5枚 50,000
   秋穀 80叺 560,000 搗料 50叺 350,000
   家畜 50,000 其他 30,000 計 170萬원을

豫想으로 目標해 보왓다.
사랑에서 새기를 꼬는데 절문 애들이 왓다. 이무럽지[임의롭지] 안해서 南連 氏 宅에서 새기를 꼬왓다. 밤에도 10時까지 成東이와 갗이 꼬왓다. 炯進이는 婚事로 加德里 李云相 氏가 面會하잔다고 해서 午後에 金泰玄과 同伴해서 갓다.

<1971년 1월 5일 화요일>
早起해서 舍郞[舍廊]에서 새기 꼬기 햇다. 食後에도 如前이 꼬기 始作햇다.
正午에 支署에서 崔興宇 氏가 왓다. 政治關係엿다. 1, 2時間 談話햇다.
듯자 한니 李玎雨 氏가 공천을 밧드면 孫柱桓 氏가 事務長으로 간다고 햇다. 韓相駿 氏가 공천 밧드면 힘이 들고 李玎雨 氏가 공천 밧든면 수월하게 當選이라고 내가 말햇다.
夕食을 맞이고 있으니 鄭圭太 氏가 왓다. 할 {말}도 잇고 술 한 잔 하자고 해서 갓다. 놀다보니 林京彦 氏가 왓다. 놀래 雜談하고 잇다가 具道植 氏을 모시고 술 마시면서 付託햇다. 朴京洙 氏 子弟 朴俊祥을 明年에 우리 집으로 고용인으로 入家해 달아면서 付託햇다. 내가 자세하게 말해서 가게 한데 내 말을 듯는다고 장담햇다.

<1971년 1월 6일 수요일>
終日 蠶具用 새기 꼬기 햇다.
夕陽쯤 해서 가슴이 앞이[아파] 견디는데 困難햇다. 소다를 먹고 설탕물만 먹엇다. 生覺한니 成康이로 因해서 化[火]가 난 듯햇다. 日前에도 付託하기를 不遠 敎員應試가 잇다고 하면서 試驗하라고 함에도 不拘하고 他人으 엽총을 가지고 登山만 한니 熱이 난 듯햇다.
夕食 後에 成康 집에 갓다. 成康이는 마루에 섯는데 엽총 몸에 감추고 섰으나 말 안햇다. 成傑 成奉이는 工夫하고 있엇다. 成康 母에 付託코 理由을 물어보라 햇다.
回路에 圭太에 간니 10餘 名이 모여 갗이 놀다 보니 새로 2時엿다.

<1971년 1월 7일 목요일>
아침에 成康이가 왓다. 家庭指導하면서 나무랫다. 그랬든니 今年에는 어디로 가겟다고 햇다. 그려면서 金 2仟원을 要求햇다. 用途는 公務員敎育院에 入所하겟다고 햇다. 2仟원을 둘어 주웟다.
成奎가 왓다. 宗中白米 10叺을 맛는데 今年부터 맛기로 햇다. 그려나 2年間이고 此後에는 寶城宅 堂叔 다음은 다시 成奎에 맛기기로 햇다. 白米 11斗은 五代 6代祖 床石 立柱한데 治下[致賀] 條로 나와 成奎 寶城 堂叔에 준다고 햇다고.
宗穀 總量은 11叺1斗인데 成奎 72斗 乃宇 13斗 寶城 堂叔 26斗을 낼 것인데 11斗은 治下 3人 條로 除하고 10叺만 本人이 保管한데 年利 3割로 定함.
昌宇 집에 갓다. 中食을 맞이고 왓다.

<1971년 1월 8일 금요일>
朝食 後에 海南宅 昌坪宅을 맛낫다. 술 한 잔 하지고 해서 햇다. 柳浩英 家屋 關係로 말이 낫는데 完宇도 墓祠[墓祀] 차린다고 장보기 했고 浩英 祖母도 장보기 해서 二重으로 是非가 생긴 듯햇다고 햇다.
丁基善 債務 白米 2叺8斗 還付햇다.
崔瑛斗 債務 白米 2叺8斗인데 安承坳에 주라고 해서 달아 주웟다.

精米한데 白米 乘降機[昇降機]가 故章[故障]이 나서 任實로 보냇다.
밤에 具道植 氏를 모시고 雇人 朴俊祥이를 明年에 내 집에 온다고 말했나 무럿다. 그려나 아즉 섯달 금음이 이쓰니 日後에 말하자고 한다면서 아지씨와 相議해겟단다고 하드라고. 술 한 잔 待接해서 보냇다.
밤에 成東와 工場에서 組立햇다.

<1971년 1월 9일 토요일>
終日 精米 했다.
工場에서 보니 林野에서 無秩序하게 林産物을 運搬하드라.
裵永植 尹龍德 崔今石 (尹在永에서)
崔南連 白東基 朴仁培 (南連 氏 딸에서)
以上 6名을 籍發[摘發]햇다.
夕陽에 鄭圭和가 왓다. 相議할 말이 잇다고 햇다. 今般에 里長을 辭退햇다고. 近 6年間 보왓는데 不得히 1身上 退職하겟다고. 그려나 今年은 選擧 해요 大团地 造林해 小留池[沼溜地] 改{補修} 새마을가구기 多事多難하는 해이니 約 半年만 더 보고 陰退[隱退]하라고 권햇다.
李基永 氏가 왓다. 막걸{리} 한 잔 하자고 해서 酒店에 갓다.
늣게사 夕食을 맞이고 바로 자다보니 밤 새로 1時엿다.
叺子 共同 構入[購入]한데 乃宇 百枚 鉉一 百枚 仁基 50枚 計 250枚인데 枚當 40원식 任實에서 가저오기로 햇다.

<1971년 1월 10일 일요일>
精米햇다.
成康이는 每日 公務員 學院에 通學한다고 햇다. 入所費는 1月 17日부터 낸다고. 月 3,000원식이라고 햇다.
夕陽에 驛前에 이발하려 갓다. 約 1個月 만에야 한 것이다.

<1971년 1월 11일 월요일>
牛車에 白米 2叺을 실고 任實市場에 갓다.
仁基에서 叺子代 150枚 6仟원을 밧닷다.
任實에 가는 길에 용운치 崔福洙 氏 宅에 갓다. 듯자 한니 福洙 氏 長女 18歲 處女가 文 氏 24歲와 눈이 마자 아이가 생기여서 나무랫든니 家出햇다고. 그려나 가가운 大里 高 氏의 妻가 되엿다고 햇다.
朴 工場에 叺子 150枚만 실이여 보내고 朴正根 氏 집에서 1泊햇다.

<1971년 1월 12일 화요일>
아침에 韓正石 氏를 맛낫다. 오늘 집에 가시면 炯進에 付託해서 牛車까지 起送케 해달아 햇다. 終日 기다리다 집에 오는데 늣게사 왓다. 朴 工場에 가서 叺子 100枚 牛車에 실이고 代 2,940원을 주웟다.
오는 길에 梁九福 氏 집에 들엇다. 崔福洙 氏을 오라 햇다. 事件을 무르니 악화되엿다기에 올 수가 업서 約 3, 4時間 멈추면서 要領을 말해 주고 調整했다.
鄭泰燮 金昌圭 崔六巖 氏가 잇는데 昌圭는 말하기를 順相이가 말한다면서 里長을 그만 두웟다고 그려면서 現金으로 約 70萬원이 債務라고 햇다고 햇다.
집에 온니 새백 3時엿다.

<1971년 1월 13일 수요일>
食前에 崔福洙 氏가 왓다. 實는 間밤에 手苦햇다면서 人事次 왓다. 내 집에 모시고 朝食을 먹이엿다.

崔六巖 씨는 酒店에서 終日 노는데 金 1,500원을 주고 牟潤植이도 100원을 주웟다. 成樂이가 全州에서 왓다. 中高 卒業式을 맞이고 단이려 왓다고 햇다.
終日 눈이 만히 왓다.

<1971년 1월 14일 목요일>
精米햇다.
林玉相는 今年 겨울에 竪柱上樑을 한다고 上樑을 써달아고 햇다.
崔完宇는 故 金季花 墓祠을 채릿다고 술 한 잔 하자고 햇다. 그런데 季花 家屋은 柳浩永이가 居住키로 하고 完宇는 白米 2叭 8斗만 權利債로 밧고 每年 完宇가 墓祠을 차리기로 하야 部落에다 覺書을 해주웟다.
龍云峙에서 崔福洙가 왓다. 분하다면서 警察에 告訴하겟다고 相議하려 왓다. 告訴는 하지 말아고 권햇다. 밤에 심〃하여 놀고 간바 밤 12時半이엿다.

<1971년 1월 15일 금요일>
裵仁湧 氏는 崔成奎 條(宗穀) 4叭을 會計햇다.
成東이는 兄 成曉에서 편지가 왓다고 햇다. 內容을 보니 病院에 入院한지 20餘日이라 햇다. 限度額은 업고 柳會植이는 제의 高校 先輩라면서 그 앞으로 보내 주시면 햇고 父母 面會도 못한다면서 736-08 陸軍 제16陸軍病院 外課[外科] 上兵이라 햇다.
館村 郵替局[郵遞局]에다 金 5,000을 送金하고 農協에 들이여 共濟 條 貸付金 元利 11,817원을 淸算햇고 動力분무기 利子만 2,485원 條 884원 2座口[口座]를 淸算해 주웟다.
成樂이는 午後에 全州 下宿집에 試驗 準備次 떠낫다.
工場에 在庫米 8叭 在中.

<1971년 1월 16일 토요일>
崔成奉 便에 衣服代 2,260원을 주엇다.
丁九福 품싹[품삯] 4日分 1,200원 支出햇다.
龍云峙의 崔福洙 氏가 단여갓다. 고지로 白米 1叭을 要求해서 金相玉에서 取貸 條 1叭 代金으로 6,550원 福洙 氏에 주워 보냇다.
午前만 精米햇다.
大宅 兄任에 갓다. 約 2時쯤 말삼드리고 왓다.

<1971년 1월 17일 일요일>
梁奉俊 씨에 招待햇다. 間밤에 先考 祭日이라고. 朝飯을 잘 먹엇다.
寶城 堂叔에서 大里 郭 氏의 田 747坪을 買受코저 契約書를 써 달아고 햇다.
12時頃에 鉉一 氏 갗이 大里 郭宗燁 氏 有司에 갓다. 哲浩만 不參하고 全員이 參席코 煥談[歡談]햇다. 今春에는 高속뻐스로 서울 旀行[旅行]키로 햇다.
契穀은 9叭인데 4叭만은 旀비로 保留키로 하고 5叭만 元穀으로 3利에 宗엽[종엽] 用浩에 주고 保管證을 밧다 왓다.
밤에 里 會議 한다기에 갓다. 案件은 里 用下 4萬원 程度 配定키로 하고 貯水池에 對한 雜비가 18萬원이라고 해서 깜작 놀앗다. 日後에 施工하게 되면 其時에 打合키로 햇다. 末席에 丁基善 提議로 酒店을 업세자기에 滿場1到[滿場一致]로 通過코 不遠 總會에 넘기〃로.
※ 本道 知事로부터 嚴順相 便에 수제 두벌을 보내왓다.

<1971년 1월 18일 월요일>
아침부터 새기 꼬기 햇다.
鄭圭太를 부려다 昨夜에 會議한 끝데 酒店을 업새기로 햇는데 事前에 計劃을 해서 폐지[폐지]할 것을 覺悟해라 햇다.
成曉에서 편지가 왓다. 付託드리{건데} 金萬원을 부내준데[보내주는데] 不遠 유회식이 갈 터이니 대접을 잘해서 人便에 맟고 보내 달아 햇다.
夕陽에 又 편지가 왓는데 郵票도 부지 안코 人便에 보냇는데 今日 유회식이가 집에 간니 꼭 이번 한번만 부탁한 것을 보내 달아 햇다. 成赫 便이엿다.
裵仁湧에게 梁奉俊 條 고지 殘金을 1,200원 밤에 갓다 주웟다.
成曉 關係로 成東이를 시켜서 靑云洞 林玟燮 氏에서 白米 2叺代 13,000원을 가저왓다.
늣{도}록 새기 꼬다가 寶城 堂叔 宅 5代祖 祭祠에 參拜햇다.

<1971년 1월 19일 화요일>
成東 便에 白康善 昌宇 完宇 正進 成燁 崔今石 70年度 人夫賃 3,100원을 會計해 주라고 보냈다.
柳正進이는 尹鎬錫 氏을 모시고 炯進에 집을 사게 해라기에 8叺로 定하고 契約 締結하려 한바 韓正玉 母에서 와 本人이 사겟다고 要求해서 應했든니 契約 좀 써 달이기에 쓴바 8叺5斗로 써 주웟다.
金亭里 金學均 氏가 來訪햇다. 술 한 잔 待接하면서 今春에 養蠶 婦人 3명을 付託했다.
寶城宅에 가서 朝飯을 맟이고 집에 와서 終日 새기 꼬왓다.
炯進이 보고 今 秋夕에 衣服代 今冬 衣服代 햇서 4,000원 주겟다고 햇다.

<1971년 1월 20일 수요일>
새벽부터 내린 비는 終日 내리엿다. 朝飯 맟이고 南連 氏 宅에 새기 꼬로 갔다.
今日 里民 大洞會라고 會館에 갓다. 里民는 約 70%이 모엿다.
里長 司會로 始作되엿는데 案件는 도박 根切[根絶]을 目的으로 于先 酒店부터 철거 堤案[提案]이엿다. 第一次 發言에서 내가 始作했는데 其間 酒店 主人이 不良하다{는} 점과 日後에 조흔 部落을 만드{는}데 우리가 술집에서 술부터 먹지 말자고 提案하고 今般 此 會議席上에서 異議 없이 條目을 通過하야 우리 代는 못살막정[못살망정] 2代 靑少年에는 잘 살기 爲해 有終美 것토록 해주라고 하고 面에 볼{일}이 있다고 退場햇다.
徒步로 面에 갓다. 30分쯤 있으니 郡守任게서 着햇다. 面長으로부터 70年度 事業經過報告가 있엇고 71年度 事業計劃에 있어 建議案件이 始作. 本人은 靑云 小留地과 電化事業을 建議햇는데 郡守任 答辯은 小留地는 今年에 끝을 내기로 하고 電化는 蠶業센타가 되면 自動的으로 해시겟다고 約束햇다.

<1971년 1월 21일 목요일>
今日 成曉이와 유회식을 面會하려 갈야고 準備 中 맟임 配達이 왓다. 15日字로 送金 五仟원이 返還되엿다. 送料 320원을 주고 찻앗다[찾았다]. 事由는 上部 命에 依한다면서 返還이엿다.
大宅 兄任게서 呼出이엿다. 가보니 里政에 關한 件. 龍云峙 崔福洙 氏의 移居인데 大

宅 下屋을 줄 터이니 오게 해달아 햇다.
밤에 崔南連 氏 집에 갓다. 安承坳 崔南連 崔今石 立會人 잇는데 丁基善 氏는 말할기를 朝飯 後에 林長煥을 맛낫는데 간밤에 노름군을 발견햇다면서 3人이 용서했다고. 그러면 나도 日後에 노름하겠다고[했다]. 다음에 嚴俊祥 집에 갓든니 鄭鉉一 鄭宰澤이가 잇는데 鉉一은 말하기를 大韓民國에 立法部가 하나인 줄 알앗든니 우리 동네까지 둘이라고. 憲法이 保章[保障]되여 잇는데 술자수[술장사]도 生業인데 엇던 놈이 내 돈 주고 술 먹는데 누가 말기여 햇다고. 基善이 분노햇다.

<1971년 1월 22일 금요일>
새벽에 起床해서 보니 눈은 滿積이엿다. 論山 成曉 面會하려 갈아고 보니 分間[分揀]을 못해 9時 30分 列車로 裡里까지. 다음은 自動車로 연무대 着한니 1時 30分이엿다. 柳회식을 面會 申請햇든니 不應. 내의 子息 成曉을 申請해도 不應. 먼 곳에서 왓는데 그럴 수 있소 햇든니 金 2仟원을 要求. 주마 하고 非公式으로 入院室에 갓다. 成曉이를 보니 安心. 그런데 前치가 2개 빠젓다고. 家庭 安否 뭇고 事後處理를 말하고 金 7仟원을 주면서 위생병까지 따지라고 햇다. 그러나 유히식은 送金 件으로 기압을 당햇다고. 미安해서 마음이 좃치 못햇다.
바로 作別하고 나오니 全州行 直行뻐스가 있엇다. 全州에 到着한니 5時 50分. 裵永子 집에 들이여 夕食을 맞이고 다시 못 다한 말 편지로 써서 成樂이를 주면서 네 大兄에 부치라고 주면서 바비[바뻬] 나{와} 택시로 全州驛에 당한니 列車는 도착해 급피 타고 오니 집 8. 50分이엿다.

<1971년 1월 23일 토요일>
鄭圭太 氏에서 놀앗다.
南連 氏 집에 갓다.
郡 林業係 李 氏가 來訪햇다. 林野 山主 〃所[住所]를 名記해 갓다.
支署에서 崔興宇 巡警이 왓다. 舊正을 當해서 多少 繕物[膳物]을 要求햇다.
長宇 兄任에 갓다. 里 行政에 對한 問答이 있엇다.
宗穀 打合 成奎 條 7叺2斗 崔炳柱 氏 26斗 乃宇 13斗 낼 것이다. 71年 72年度 兩年 有司는 乃宇 73, 74年은 炳柱 氏로 內定햇다.
夕陽에 山林{係}長 外 2人이 來訪햇다. 用務는 造林施育費 完納의 件. 今月 末日까지 完納을 要求햇다.
밤 10時頃에 嚴萬映 氏가 來訪. 嚴秉學 氏의 新年人事狀과 月曆을 가지고 왓는데 全國區로 出馬한다고. 韓相駿 氏만 出馬하면 주흔데[좋은데] 李正宇[21] 氏가 出馬코보니 全國區로 나선다고.

<1971년 1월 24일 일요일 구름> 陰曆 12월 28일
아침에 朝飯을 맞이고 방아실 문을 열엇다. 里長 방아부터 찌엿다. 香善이 방{아} 찟는데 米糠 11斗5升代 800원에 삿다. 黃在文 氏 고지 3斗{落}只 未納 條 白米 1斗5升 在文 氏 婦人에 卽接[直接] 주웟다.
林玟燮 氏가 왓다. 白米 1叺代 韓正石 손의로 6,500원을 바다서 鄭仁浩에 주웟다.
其後에 仁基 婦人이 왓다. 이려 돈으로는 밧지 안켓다고 해서 日後에 가저갈 때 더

21 제8대 임실·순창 국회의원 李玎宇. 일기에서는 李正宇, 李汀宇 등으로도 표기된다.

달아면 죽거요 햇다.
어둠인데 방아가 끝낫다.
鄭圭太에 가자고 해서 갓다. 술과 안주가 있서 먹고 보니 용운치에 도박하고 와서 용文이 낸 술이라 햇다. 그런면 한 잔 더 먹겠다고 해서 한 잔 더 먹엇다.

<1971년 1월 25일 월요일>
아침에 裵仁湧 氏에서 金 2萬을 借用햇다.
成康 1,500원 願書사진 健康珍단書代 雜{費}로 주고 成苑 3期分 授業料 6,890 신대 300 計 7,200원을 주웟다. 炯進 秋冬服代 4,000원 주고 圭太 酒代 3,000 주고 種籾代 2,225원 南連 氏에 주웟다.
仁基 便에 支署 膳物代 1,000원 주웟다.
成東이 衣服代 500원 주웟다.

<1971년 1월 26일 화요일>
昌宇에서 白米 2叺代 13,000원인데 今日 鄭鉉一에 還付해 주웟다.
白康善 氏에서 膳物 燒酒 1병 梁奉俊 氏에서 藥酒 1병 鄭圭太 氏에서 藥酒 1병 이와 갖이 들어왓다.
昌宇는 白米 3斗 取해 주웟데니 代金으로 1,950 入, 尿素 4叺 3,200이 각〃 드려왓다.
成樂이는 過歲하려 왓다. 高校願書는 農高 機械課[機械科]로 提出할 豫定이라고 햇다.
夕陽에 柳文京이가 왓다. 서울 工場에서 취직하다 舊正을 過歲코자 왓다고. 同生 文淑이는 學校를 그만두고 바람이 나서 數日間 外出하다 今日 歸家햇다고.
炯進이는 이발하려 가 밤 늦게까지 오지 안타가 이제 제의 집으로 간다고. 우듭고 저물어서 難햇것다.

<1971년 1월 27일 수요일. 陰 正月 初1日>
長宇에 先塋 歲祠[歲祀]에 參禮햇다.
兄任 舍郞에 午後 3時까지 있었다. 兄任게서는 심〃하고 歲拜 온 손님도 接待하기 爲해서 좀 기도리고 점심이나 먹고 가라 햇다. 기드리니 만흔 손님이 오시엿다. 具道植 氏 喪家 張判同 氏 宅 安 生員 宅 丁俊浩 宅을 단예[다녀] 朴京洙 氏 喪家에 단이여 집에 왓다.
今日 長宇 兄任 말슴에 依하면 2, 3日前에 韓正石 氏에서 왓는데 말하기를 今般에 部落에서 酒店 없에기 화투도박 업새기 정화운동 한데 1部 里民에서는 不平한다면서 日後에 도박 酒店 업세기를 끝〃내 한다면 주장한 집에 불이 나면 꺼줄 수 업다고 해다고. 내의 대답은 그려면 家庭에 불이 난다면 그런 말 한 사람이 으심하고 피살당해도 또 도란[도난]당해도 맞안가지 責任을 지야 한다고 하고. 그러나 70餘 名이 滿場1치로 結定[決定]한 여건 削除할 수 업다면서 두고 봅시다 해다.

<1971년 1월 28일 목요일>
朝飯 後에 新安宅에 歲拜 하려 갓다.
宋 生員 宅에 단이여 처만니 부락에 갓다.
金 生員 宅에 단이여 鄭 生員 宅에 들이고 崔六巖 氏 宅에서 終日 놀앗다. 마침 南連 氏가 오시여 同伴하게 되엿다.
丁九福 氏와 同伴고 自己 집에 놀다 가자기에 들이엿다. 又 술이 나와서 놀다가 왓다.

<1971년 1월 29일 금요일>
成康 집에 있으니 1家 弟嫂氏 姪婦들이 歲拜하려 왓다.
許俊晩이가 왓다. 裡里에서次祠[茶祀]를

자시엿다고 햇다.
집에 온니 鄭圭太 氏가 招待햇다. 農악을 치면서 놀다가 工場에서 한참 치다가 우리 집에 왓다. 술 3병과 안주를 주면서 夕陽까지 언만하게 놀앗다.
公薦者 李玎雨 氏에서 人事狀이 왓다. 新民黨 副委{員}長 김종순이도 왓다. 雇人 金炯進이는 술 한 병 담배 1甲을 사가지고 왓다.

<1971년 1월 30일 토요일>
早起해 보니 신발이 업다. 間밤에 닥을 짐승이 잡아 갓는데 찻고 보니 1部 남기여서 끄려 잘 먹고 생각한니 어굴햇다.
成吉이 來訪햇다.
具道植 氏가 招請햇다. 막걸리 한잔 들아면서 今年에 雇人 金炯進이를 다시 두라 햇다.
嚴萬映 崔龍浩 氏가 問喪次 왓다.
끝나고 嚴萬映 氏 宅에 갓다. 藥술이 있어서 한 잔 들고 成康 집에 갓다. 男女契員이 왓다. 놀다가 보니 새벽 3時엿다.

<1971년 1월 31일 일요일>
午前 中에 몸이 고탈파서 누웟다.
昌宇 집에서 招請햇다. 가보니 又 男女契員이 모엿다.
中食을 맟이고 돌아오는 길에 圭太 집에 들이니 丁基善 外 10餘 名이 모엿다. 이 자리에서 楓氣團束[風紀團束] 問題가 나왓다. 1單[一旦] 會議에서 可結[可決]한 以上 그대로 밀고 나{가}자 햇다. 洞內 班長도 2명뿐 里長도 사票[辭表]를 낸 以上 洞內之事에 無成意[無誠意] 한다고 햇다.

<1971년 2월 1일 월요일>
9時 30分 列車로 全州 農高에 갓다. 成樂는 2回次 應試場室로 들어갓다. 1時 30分에 午前試驗은 끝나고 2時 30分부터 午後試驗에 들어갓다. 나는 춥고 해서 成樂 鄭泰石 中食을 사주고 裵英子 집으로 갓다. 그런데 金建洙 先生을 먼데서 人事하고 學校 問[門]에 간니 劉浩暎 先生任을 相面케 되엿다. 今般에 4男채 이 學校에 入學應試次 왓다고 햇든니 나더러 表賞[表彰]할 일이라고 햇다. 309番이데 잘 좀 보와 달아 햇다.
崔宗燮 氏 宅에 訪問햇다. 마참 술이 한 잔 나와서 約 1時間쯤 놀다가 裵英子 집에 갓다. 夕食이 다 되엿다기에 食事를 맟이고 全州驛에 到着햇다.
집에 오는데 成康이를 보왓다. 成康이는 11時 車로 全州에 갓다 온다고 하나 영화 보려 같다 온 것 갓드라.

<1971년 2월 2일 화요일>
成康이는 學院 授業料 3,500원을 要求햇다. 주면서 領收証을 가저 오라 햇다.
丁基善 氏가 왓다. 現在 이 部落은 無政府格이라 햇다. 里長 又는 參事까지 無能者이면 老少 間에 反應이 없다고 햇다. 楓氣團束도 組織體計[組織體系]가 없어서 執行하기도 困하다 햇다. 此 秩序를 잡을아면 딴 組織과 兄이 名예里長을 걸고 해 보는 것이 엇더야 햇다. 차라리 자네 해보소 햇다. 그러나 나는 家在日數가 적어 안 된다고. 그러면 條件付[條件附]로 하는데 任期는 1年으로 하고 自治會長을 둘 것고[과] 班長은 全폐할 것 등이엿다. 그러니가 參事도 交替論이 있엇다. 生覺해도 物色이

어렵다고 햇다.
支署 崔 巡警이 來訪햇다. 洞中에 契組{織} 調査次.
郭在燁 氏가 來訪햇다. 李玎宇 氏가 보내 채반과 술잔 3個入 繕物이엿다.

<1971년 2월 3일 수요일>
새벽 5時頃이엿다. 후덕거려서 나가보니 닭 1首을 김승이 무려갓다.
海南宅이 왓다. 金炯進 結婚 仲賣[仲媒] 次엿다고 햇다. 할실[한실]에 사는 處女인데 裵仁湧 氏 甥侄[甥姪]이라고 햇다.
論山에 成曉에서 편지가 왓다. 무릅도 異常없다면서 齒도 完治하야 不遠 退院한다고 햇다.
終日 舍郎에서 讀書만 햇든니 活動한 것만갓이 못해 몸이 不安하며 今年 〃中 農事〃業設計만 生覺해지 空想만 낫다. 每日〃氣는 不順하고 連日 雪降만 햇다.
밤 2時頃까지 農악을 치고 단니는데 내다보지는 안 햇지만 氣分이 맞이 안코 何人에서 許諾을 밧고 그런지 모르로되 里政 秩序에 違則라고 하며 生覺햇다.

<1971년 2월 4일 목요일>
아침 9時 30分 列車로 成樂을 同伴코 全州에 갓다. 全州驛前에서 成樂이 보고 今日 合格發表한데 自身이 잇나 물엇다. 잇다면 택시를 타자 햇다.
택시를 타고 農高에 갓다. 1連[一列]로 發表햇는데 309番이 먼저 눈에 보엿다.
庶務室로 柳浩英 先生任을 相面하고 여러 가지로 感謝합니다 하고 人事드렷다. 네채[넷째] 子女를 이 學校에 入學케 되엿읍니다.
成樂이를 데리고 紀全女高 庶務課를 차잣다. 4期分 授業料를 納入코저 햇든바 黑板에 崔成苑 除籍이라 써 있엇다. 알고 보니 授業料 納期가 지내서엿다. 다시 復校申請 手續을 해서 成苑 印章을 捺印코저 成苑을 차잣다. 네 무웟 대문에 결석 4, 5日 하고 早退도 하고 授業料 納期를 넘기는 理由가 무웟이나 햇다. 네 마음이 업으면 今般 授業料도 納入할 수 업스니 말해라 햇다. 成苑은 納入할 必要가 업다고 햇다. 그려면 집에 가자고 成樂 成苑 同伴해서 온데 中路에서 成苑은 안 보이엿다. 裵英子 집에 와서 成樂이를 시켜 成苑 敎科書 小待品[所持品]을 창기[챙겨] 成樂에 들이고 집에 왓다.
밤이 되엿다. 成苑은 왓는데 방에 들어오지 안햇다. 드려오라 햇다. 못 들어가겟소 햇다. 理由는 아버지가 때릴가바요 햇다. 너 마질 짓을 햇구나 햇다. 그러자 들어왓다. 네 11月 24日 欠席[缺席]하고 12月 7日 欠席, 12月 9日 欠席, 12月 10日 欠席, 12月 4日은 早退는 무엇 대문이냐 햇다. 親久[親舊] 私情[事情]으로 햇다고 햇다. 마구 머리채를 잡고 뚜드려댓다. 코에서 피가 나왓다. 오바도 벽기고 있으니 순간에 도망첫다.
그러나 學校에서 擔任先生 菊鎔煥 先生을 차자서 成績을 調査한니 平均点은 41点 64/59[59/64]엿다. 그런데 12月 31日에 放學인데 집에는 1月 9日에 왓다. 여려 {가}지로 生覺해서 學業 中{斷}하라 햇다.

<1971년 2월 5일 금요일>
郡 山林係 李증현 씨가 왓다. 今春 林野造林 관게엿다.
夕陽에 다시 成苑을 찻고 네 學校問題를

엇터케 할 테야 햇다. 對答이 업다. 정 마음이 업스면 집에서 살임 공부나 하고 네의 어먼니 補佐해라 햇다.
只沙面 寧川에서 崔鎭鎬가 왓다. 밤에 이야기하다 놀다보니 밤 새벽 3時쯤 되엿다.

<1971년 2월 6일 토요일>
海南宅 한실댁이 왔다. 炯進이 結婚 相談이엿다. 任實로 가자하기에 任實에 갓다. 한실덕 裵仁湧 씨와 한실서 온 處女 叔父가 한 방에서 모엿고 炯進이도 參席햇다. 말을 내가 먼저 냇다. 處女는 丁氏라고 햇다.
處女 칙에서는 男女가 相面하고 彼此가 마음이 들어야 한다면서 싸 간다면 조켓다고 햇다. 그도 좃타고 햇다. 그러나 부담은 男便에서 할지라도 마당만은 벌여달아고 햇다. 총각과는 내와 사이를 무럿다. 이종四寸 間이라 햇다. {만}諾[萬若] 結婚이 成立되면 상각[上客]도 가겠다고 햇다.

<1971년 2월 7일 일요일>
成奉이가 왓다. 눈님 오바를 달아고 햇다. 못 주겟으니 네의 눈님을 이리 오라고 햇다.
林長煥 氏가 來訪. 履歷書 1通 代書要求次엿다.
大谷里 裵仁湧 氏 弟妹가 왓다. 炯進 婚談次엿다. 炯進이를 불엇다. 네의 뜻이 엇더나 햇다. 處女는 좃타 햇다. 丁 氏는 許諾햇다. 그러나 炯進이는 伯父와 親母에 相議해서 不遠 連絡 하겟다고 햇다.
夕陽 裵仁湧 氏에서 金 貳萬원 取貸해 왓다. 明日 成苑 復校하려엿다.

<1971년 2월 8일 월요일>
아침 通學車로 成苑을 데리고 學校에 갓다. 庶務課에 들이여 授業料 4期分(12, 1, 2月分) 復校비 合해서 9,870원을 주고 담임先生에게 만은 付託을 드리고 校監先生을 禮訪하고 指導部長을 訪問하고 又 付託 말삼 드리고 復校手續을 끗냇다.
午後에 집에 온니 婦人들이 招待햇다. 풍물을 치는데 우리 집 成康 집 成奎 집 基善 집 鉉一 집 이와 같이 놀다가 보니 12時엿다. 모두 解散하자고 햇다.

<1971년 2월 3일 수요일>
새벽 5時頃이엿다. 후덕거려서 나가보니 닭 1首을 김승이 무려갓다.
海南宅이 왓다. 金炯進 結婚 仲賣[仲媒]次엿다고 햇다. 할실[한실]에 사는 處女인데 裵仁湧 氏 甥侄[甥姪]이라고 햇다.
論山에 成曉에서 편지가 왓다. 무릅도 異常없다면서 齒도 完治하야 不遠 退院한다고 햇다.
終日 舍郎에서 讀書만 햇든니 活動한 것만 갓이 못해 몸이 不安하며 今年 〃中 農事〃業設計만 生覺해지 空想만 낫다. 每日〃氣는 不順하고 連日 雪降만 햇다.
밤 2時頃까지 農악을 치고 단니는데 내다 보지는 안 햇지만 氣分이 맞이 안코 何人에서 許諾을 밧고 그련지 모르로되 里政秩序에 違則라고 하며 生覺햇다.

눈은 終日 내린데 行步하기는 難햇다. 事務局長에 依賴해서 車로 便을 要求햇든니 館村에 갓다가 왓다.
밤이 되어 洞內 1週를 하는데 牟潤植 氏 宅에 갓다. 음식을 골구로 장만해놋코 먹자고 해서 놀다보니 밤 3時엿다.
李起榮 氏는 食糧이 없어 白米 1斗을 주워

보냇다.

<1971년 2월 10일 수요일>
今日은 正月 大보름날이엿다.
萬映 氏가 왓다. 食糧이 떠려젓다고 햇다. 할 수 없어 白米 3斗을 婦人예 주웟다.
成樂 母子는 只沙에 外家에 갓다. 旅費 5百원을 주웟다.
柳正進 崔昌宇 成奎가 놀다 갓다.
雇人이 없어서 멋 사람에 付託했으나 영 없다. 今年 農事에 支章[支障]이나 될가 걱정이다.

<1971년 2월 11일 목요일>
아침에 소죽을 끄린데 날세가 차서 언잔햇다. 그래도 당하니 할 수 없이 되야지 밥까지 데여 주웟다.
成康 집에 갓다. 朝飯을 먹고 눈 게 잠이 드렷다.
집에 와서 또 소죽을 데여주고 家事를 두려보니 지붕에 눈이 萬積[滿積]해서 당그레로 내리엿다. 夕飯을 먹고 成東이와 머슴을 걱정햇다. 沈參模가 왓쓰니 무러보라 햇다. 重宇 집에 갓다. 寶城 堂叔母도 게시엿다. 參模를 내 집에 잇게 해달아고 햇다. 새경(年給)은 8叺 주마 햇다. 昨年에 甲烈 집에서 6叺 밧는데 허렷다고 햇다. 河洞 叔母에 付託하고 오는 길에 寶城宅에 갗이 갓다. 술이 있다고 해서 먹고 成康에 갓다. 婦人들이 上下방에 모여 놀드라. (마음이 맞이 안햇으나 나오면서 놀아 햇다.)

<1971년 2월 12일 금요일>
朝飯을 맞이고 重宇 집에 갓다. 參模을 맛나서 네 今年에 내 집에 있으면 새경 年給 白米 8叺을 주마 햇다. 아버지에 問議해 보와야 한다고 햇다.
할 수 업시 집에 오면서 俊祥 氏 宅에에 李증형를 만낫다. 놀다보니 午後가 너멋다.
밤 11時 30分頃 成康 집에 갓다. 成苑도 없고 成康이도 업고 成奉도 없섯다. 洞內 1週해 보니 昌宇 집에 노는데 순예 엄대순 崔福順 成植 柳浩英 金宗均[金宗杓]와 홧토치기.
오다 보니 安玄模 집에 들이니 成康이 外에 約 10餘이 화토를 치는데 고함을 질어 판을 까고 오왓다.
아침에 福喆 집에서 招待 朝飯을 먹는데 鉉一이는 林澤俊 長女 成苑과 金相業이 분명히 연했는데 미리 約婚式이나 해줄가 햇다.

<1971년 2월 13일 토요일>
前番 不記載를 付記[附記]함.
2月 5日 成康 집에 있으니 海南宅 한실댁이 왓다. 형진 혼담 일꾼 關係로 明 任實에 가자고 햇다. 그러면서 해남宅은 모종에서 년놈이 연해햇다고 소문이 낫다고.
2月 7日頃 圭太 집에서 林長煥 氏는 말하는데 어젯밤 밤중에 男子 하나이 女子 3人을 데리고 圭和 蠶室로 데려가는데 한 女子는 모[못] 가겟다고 하며 女子 둘은 딸여가는데 틀임없이 연해관게 안니야 햇다. 男子는 안데 女子는 모르겟다고 햇다.
山林係 李증현 氏가 왓다. 山主에서 造林費 收金次 엿다. 丁基善 宋成龍 金長映 氏에 간서 내라 햇다. 白康善 氏 宅에서 술 한잔을 먹엇다. 鄭九福 氏에 갓는데 康善 氏와 同伴해서 또 술 먹엇다.

<1971년 2월 14일 일요일>
아침에 任實에서 되야지 사려 왓다. 달고 보니 115斤(165) 18,900원에 달아 주웟다.
林長煥 氏는 집에 가자기에 갓다. 韓正石 氏 李道植氏와 모여서 술을 먹는데 韓正石는 말하기를 洞內에서 婦人들이 춤을 배운데 月에 金 300원식 쌀 2升식 주고 배운데 先生은 金正植 妻弟엿다고 햇다. 2月 13日 12日 전역[저녁]에 林長煥 氏는 말하기를 梁奉俊 집에서 하나 둘 셋 넷 하는 게 춤 갈치는 것 갓다고. 又 鉉一 집에서 하나 둘 셋 넷 하는 소리가 나는데 또 춤 갈치는 模樣이라고 햇다. 나무[남의] 일에 할 말은 못되나 此後가 難할 일야 햇다.
重宇 집에 가서 叔母에게 參模 先 새경 쌀 1叺代 6,700원을 주웟다.
10時 10分 뻐스로 淳昌에 갓다. 順天 叔母 同伴 극장에 간니 會議는 시작. 2時頃에 끝냇다. 진우를 맛나고 집에 갓다. 中食을 하고 직행 뻐스로 任實에 왓다. 福喆 母게서 入院하려 왓다. 問病하고 택시로 집에 온니 12時엿다.

<1971년 2월 15일 월요일>
아침 列車로 全州에 갓다. 完州農協銀行에다 農高 新入生 入學金 18,810원을 주고 領收햇다.
효자동 市內뻐스로 沈炳洙 氏 宅을 차잣다. 參模는 우리 집에 두겟다고 햇든니 좆타고 햇다.
다시 오는 길에 回生病院에 崔今喆 患者 問病次 갓다. 맛참 간니 第二次 再手術 中이엿다. 約 1時間쯤 求見하게 되엿다. 맛음니 쩔〃햇다. 의사하고 約 10分間 問答한 바 우협[위험]이 만하오니 安心은 하지마세요 햇다.
嚴炳洙를 맛나고 술 한 잔 드리면서 걱정마시고 今石이 보고는 잘못하면는 母親까지 두 목숨 죽으니 母親에 慰安하소 햇다.
두부집에서 비지 250원어지[어치] 사서 뻐스에 실고 집에 왓다. 成樂 便에 지게 보내서 지여 왓다.
參模는 우리 집에 入家. 저역[저녁] 먹이엿다.

<1971년 2월 16일 화요일>
昌宇를 내의 집으로 오랫다. 듯자하니 우리 大小間 婦人들도 晝夜로 춤을 배우려 단인다니 家庭 우세라 하겟다. 남은 춤을 추근 말건 말할 必要가 업고 내의 집에만은 말길 것이다 햇다. 世上天下에 昌坪里 같은 洞內는 없다고 햇다.
鄭圭太 酒店에서 놀아다. 夕陽에 靑云洞 圭太 氏에서 招待가 있엇다. 가보니 參禮 李 氏가 왓다. 造林에 對한 相談하고 왓다.
崔今石 弟 今喆가 죽엇다고 연락. 今石 집에 가서 弔問햇다.
崔福喆 母는 退院햇는데 밤에 들으니 노래 또는 고함을 질어고 잇는데 정신이상으로 생각햇다.

<1971년 2월 17일 수요일>
高校 入學日字 3月 5日로 通知 왓다. 成傑 中學 公納金 8,850원이 通知 왓는데 3月 5日 入學이라 햇다.
때 안닌 눈비가 내렷다. 午前 中에 讀書하고 잇는데 成奎가 왓다. 尹錫이 家屋을 買受코저 엿다고 햇다.
午後 福喆 母 問病次 갓다. 南連 氏도 있엇다. 病은 好前[好轉]하고 고함을 지른데 딱하며 헛소리를 하더라.

成奎 집에 갓다. 兄任하고 約 1時間쯤 談코 잇는 中 福順이가 오시라 햇다. 南連 氏는 明 全州까지 同伴하자고. 病院까지 가자 햇다.
成曉에서 成康 앞으로 편시[편지] 왓다. 父母 말 잘 듯고 네도 責任 잇는 일 해서 남부럽지 안흔 잘 사는 가정을 이르키라고 햇다.
成樂이는 今日 下宿집으로 떠낫는데 約 13日만[에] 갓다.

<1971년 2월 18일 목요일>
아침에 瑛斗 氏가 왓다. 오날 全州에 가자고 햇다. 元喆 母와 南連 氏 兄弟가 갗이 뻐스로 全州에 가는데 헛소리를 하는데 귀신이 날 자부려 온다고 고함을 지른데 딱해 보이엿다. 南門 엽 뉘[뇌]병원에 가서 院長에 보엿든니 사춘기가 잇고 更年期 미친병이니 約 2個月間 治로를 밧되 月當 3萬원식 치로비를 내야 한다고 햇서 先金 萬원을 주고 入院시키는데 面會도 못하고 食事도 一切 院內에서 한니 걱정 말고 가라 햇다.
오는 途中에 任實 業者會議에 갓다. 겨우 成員이 되여서 臨時代議員大會를 햇다. 館村驛에서 鉉一이를 맛나고 술 한 잔 하는데 술갑은 炯進이가 냇다.
오다가 成康 집에 갓다. 成苑이 왓다. 母女를 안처노코 成康이 將來 일이 안되엿드라면서 成植이 安正柱 3人은 洞內에 씨레 〃 단이며 논데 1時 보기 실타고 하면서 成康이를 데려오라 햇다. 그러나 成康이는 오지 안코 成苑은 食事할 무렵에 父 나를 시려한 듯이 써[혀]를 차면서 중얼거렷다. 마음이 맞이 안았으나 내무랠 수도 업고 집에 왓다.

<1971년 2월 19일 금요일>
아침에 南連 兄弟가 왓다. 全州에 入院한 兄嫂氏를 退院코저 한다고 햇다.
崔今石 집에 간바 가수리에서 온 婦人이 말 하다면서 법사 점쟁이를 시켜서 주문을 익고 히쓰면 낫는다고 햇다. 굿을 해주면 좋다고 한다. 잘 아라서 하는 誤該[誤解]없이 말하는데 可級的[可及的]이면 몇일 두는 것도 좃타고 햇다.
李증현 氏가 下役[下刈]作業次 왓다.
金炯根 氏 大夫人 史 氏가 死亡 訃告 왓다.
上泉里 康氏에 訃告 왓다.
林長煥 氏를 맛나서 明日 人夫 動員을 해서 下役作業 부치라 햇다.

<1971년 2월 20일 토요일>
午前에 뻐스로 皮巖里 金炯根 氏 母親 葬禮式에 參禮 弔問 햇다. 오는 途中에 上泉里 康太玄 氏 喪家에 問喪코 3時 30分 뻐스에 歸家하는 途中에 鄭宰澤을 맛나고 郡 臨時職員 4, 5名이 자리가 비게 되었으니 成康을 交際해보시오 햇다. 고맙네 明日 맛나기로 하고 술을 한 잔 주면서 作別햇다.

<1971년 2월 21일 일요일>
成康 집에서 아침에 鄭宰澤이를 오라 햇다. 아침食事를 갗이 한데 林長煥이도 왓다.
食後에 任實로 行햇다. 黨 事務室에 가보니 비엿다. 晋相浩 氏 副委員長 宅에 갓다. 맞임 朴京作[朴京祚] 氏이 있엇다. 鳳凰집에 모시고 中食을 待接하면서 成康에 對한 臨職을 付託햇다. 그려면 晋浩英 氏를 맛나자고 햇다. 浩英 氏는 李玎宇 總參謀職이엿다. 付託햇든니 좃타면서 履歷書 1通을 要求햇다. 作別하고 用紙 2通을 사가지

고 왓다.
夕陽에 鄭宰澤을 成康 집에 오라 햇다. 形便을 말햇다. 成康에 用紙를 주면서 써내라 햇든니 氣分히 과히 조치 못햇다. 大宅에서 놀다본니 밤 10時에 집에 왓다.

<1971년 2월 22일 월요일>
終日 精米햇다. 工場에서 정미 중 韓正石 氏 婦人이 왓다. 昨年 겨울에 玄米 까논 쌀이 쥐가 만히 먹엇다. 그려데 이 玄米는 반드시 누가 퍼갓으니 무러 달아고 햇다. 화가 나서 도적놈의 행사를 한다고 말햇다. 그 전에 福南이 방아실에서 쌀 1叺를 가저갓서도 말하지 안햇는데 又 10餘{日} 前 驛前 황봉석 氏 工場에서 나무[남의] 보리 찌여갓다고 봉석 婦人이 몃 번 래왕한 적도 있엇다고 瑛斗 氏도 말햇다. 한장석 氏를 맛낫다. 안에서 무슨 말을 햇건니 그만두자고 햇다.
大里에서 趙命基가 왓다.
崔宗仁 韓昌煥 무슨 일인지 모른나 仁基를 보려 왓다고 햇다.
밤에 圭太 집에서 논데 12時가 너멋다.

<1971년 2월 23일 화요일>
밤새도록 비가 내리엿다. 精麥 精米 終日 햇다.
夕陽에 圭太 酒店에 들여다보니 尹鎬錫 氏 外 7, 8人이 募여서 화토를 가지고 놀더라. 卽席에서 말유[만류]햇다. 圭太는 氣分 납바 여기엿다. 勿論 심〃하기는 하지만 一旦 大衆이 言語決議한 之事인데 이제 이런 行爲가 다시 始作된다면 靑少年들에 무슨 말할 수 잇는야 햇다.
黃在文 氏 婦人이 왓다. 在文 氏가 차즈려오면 업다고 해달아 햇다.
柳東植 外 3人이 酒店에서 술 먹자고 햇다. 취한 듯해서 据絶[拒絶]해 버렷다.

<1971년 2월 24일 수요일>
終日 精米햇다. 맛참 成東이는 學期末 放學이엿다.
夕陽에 圭太왓 같이 靑云洞에 갓다. 李氏 山主 遇植에서 山 地上物 萬貳仟원에 삿다. 밤에 오는데 炯進에 갓다. 炯進 母親 皮巖宅 선동 叔母가 잇는 圭太와도 갖이 갓다. 술을 한 잔 사오는데 마시고 왓다.
成樂이도 왓다. 全州에서.
林澤俊이는 炯進이 준다고 白米 2斗을 가저갓다. 밤에 炯進 보고 술 大斗 2斗을 줄 터이니 어른들 모시고 대접하라 햇다.

<1971년 2월 25일 목요일>
終日 精米 精麥햇다.
鄭圭太 氏 便에 許可狀 2通과 山 造林費 7,250원을 記載해서 보냇다.
崔福喆 집에 갓다. 南連 瑛斗 氏을 맛낫는데 福喆 母는 病院에 단여왓서 病勢는 만흔 홈[효험]을 보왓는데 只今도 헛소리를 한다고 햇다.

<1971년 2월 26일 금요일>
午前에는 成東 成樂이와 갖이 새기 꼿왓다. 機械로.
午後 2時 30分에는 成傑이를 데리고 館村에 갓다. 入學金 8,850원을 農協에 拂入하고 成傑을 시켜서 中學校에 보냇다.
빼스로 任實에 갓다.
電話로 晋浩英 氏에 거럿다. 145番. 成康 履歷書 件을 무르니 사진도 조치 못하고

捺印도 하지 안햇다고 햇다.
金宗壽 氏 洋服店에 갓다. 約 8年 만에 洋服 한 벌을 재고 于先 契約金 3,000원 주었다.
오는 途中에 靑云洞 절 대사 宅에 갖다. 今年 〃中 토정길[토정비결]을 보니 每于 좋아고 햇다.
崔六巖 氏에 갖다. 圭太 氏가 있어서 갖이 온니 밤 12時엿다.

<1971년 2월 27일 토요일>
大里 兄任에 갓다. 門洞屈 山 伐取[伐採]를 打合햇다. 造林할 時는 間植만 하고 現地{上}物은 除据[除去]치 말아 햇다.
任實에서 李男炯 氏라고 李相云 氏 長男이 왓다. 用務는 李玎宇 氏 1家라면서 選擧對策 協議次 엿다. 要望은 小溜池 電話事業이엿다.
郡 山林係 李증언 氏가 왓다. 朴東燁 氏가 왓다. 造林關係인데 造林費도 不遠 주겟다고 하면서 付託한데 술 한 잔 待接해서 보냇다.
參模와 成東이는 靑云洞 伐彩[伐採]하려 보냇다. 우리가 2名 圭太 3名 해서 5名이 終日 햇다고 햇다.
許俊晩에서 꿀 1병이 왓다. 農高 유호영 先生에 보내기로. 代 2,000원 주웟다.

<1971년 2월 28일 일요일>
中食을 내다 먹으면서 終日 발미햇다. 成東 參模 永植 本人이 햇다.
서울서 편지 왓다. 永元機工社인데 三輪車 寫眞과 案內 答書엿다. 代栖[代價]는 295,000.

<1971년 3월 1일 월요일 >
午前 中에 精麥햇다. 발미한 데 색기 꼬와 다 주고 夕陽에 現場에 가보니 人夫는 9名(우리 놉)은 3名이엿다. 鄭圭太는 參模가 갈[꼴] 양을 만히 젓다고 不平. 인색한 사람이라고 보고 좀 더 지면 무웟 하나. 夕食을 圭太 집에서 하고 밤에 왓다.

<1971년 3월 2일 화요일>
새벽부터 내린 春雨은 終日 내렷다.
舍廊에서 終日 讀書만 햇다.
잠이 왓다.
夕陽에 李증현 氏가 來訪햇다. 明 3月 3日 극장에서 綠化大會를 연다고 約 10餘 名을 데리고 오라 햇다. 崔乃宇 嚴萬映 林長煥 鄭仁浩 山主 {外} 諸名[若干 名]이라 햇다.

<1971년 3월 3일 수요일>
오날 郡에서 山林綠化大會가 있엇다. 만흔 山林契長 指導員 山主까지도 募엿는데 우리 山林契에서는 나와 林長煥 氏가 參席햇다.
大會를 맞이고 歸路에서 郭在燁 氏를 맛낫다. 相議 끝에 郡 建設課長 李浩根 氏에 電話햇다. 昌坪里 소류지 건이 엇더케 되엿는가 햇든니 策定이 못 되엿으니 明年度에 하라 햇다. 不遠 郡에 좀 드려가자고 在燁 氏에 付託코 왓다.

<1971년 3월 4일 목요일>
終日 처만니에서 成康 參模, 鄭九福과 나와 4인이 伐 별목햇다. 午後에 등거지를 모드니 눈짐작으로 不足됨이 만트라. 圭太가 夕食을 하{자}고 해서 들어 갓다.
저역을 먹고 崔六巖 氏에 갓다. 들걸이 만을 종 알앗든니 만치 안타고 한니 六巖 氏 婦人 말이 圭太 집 되안에 만흔 등걸을 감추어 노왓다고 햇다. 그려면 그려치 不良하

다고 햇다.

<1971년 3월 5일 금요일>
全州에 成樂이 入學式에 參席햇다. 學父兄은 만니 募엿다. 모든 指示를 밧고 學習帳 60券 1,500원에 삿다.
許 生員 宅에 갓다. 中食을 成樂이{와} 갗이 잘 먹엇다. 洪川宅에서 말하기를 許吉童이 父母에 잘못햇다고 父母가 宰澤에서 주먹으로 맞아다고 분을 먹고 이다면서 오는 陰 3月 9日이 回甲인데 잔치도 못하겟다고 햇다. 그러나 父母子息之間에는 원수가 업다면서 回甲잔치를 해야 宰澤 面模[面貌]가 슨다고 햇다.
뻐스로 館村驛에 到着햇다. 鉉一 基善이와 同行이 되엿다. 집에 온니 도야지가 새기 날 기미엿다. 잠시 눈 게 12時엿다. 成康이가 깨워서 보니 도야지 새기는 한 마리부터 낫는데 8마리 밤중 2時 半까지 해부간[回復看]햇다.

<1971년 3월 6일 토요일>
炯進 參模를 시켜서 등걸을 운반햇다.
朝食 後에 처만니에 간다. 圭太 집에서 놀다 中食은 金昌圭 집에서 햇다.
成康을 시켜서 任實에 보냇다. 洋服 萬원에서 契約金 3仟원을 주고 今日 又 3仟원은 주고 殘 4仟원을 남기고 洋服은 차저왓다.
도야지 젓 먹이는데 手苦도 저켯다[겪었다].

<1971년 3월 7일 일요일>
炯進 條 방아 찌엿다. 4斗只인데 7叺6斗쯤 나고 벼 2叺를 두웟으니 全部 하면 8叺6斗쯤 나는 편이다.
방아 찟는데 몽강저[몽근겨][22]가 업드라. 成東에 무르니 林澤俊이가 가저 갓다고 햇다. 무웟 다문에 가저간나 햇다. 日後 되야지 끼우면 줄아고 내 집에 두웟다고 햇다. 不良한 사람이라면서 언제부터 炯進이 살임을 해 주웟나 햇다. 가저오라 해서 가저 왓다.
崔福洙 金正根 柳東石 氏 外 成康 參模 해서 終日 방아 지엿다.
白康善 氏가 왓다. 톱을 가질로 왓다.

<1971년 3월 8일 월요일>
嚴順{景} 外 4名이 任實郡에 갓다. 맛참 극장에서 姜大振 間첩 自首者가 北韓 實政[實情]과 本人이 5回나 南派했을 때의 苦生을 폭로햇다.
맞참 郡守게서 參席. 좀 뵙시다 해서 박에 나와 소루지에 打合한바 郡에 90萬원 程度가 잇는데 그것은 不足할 터이니 差額은 밀가루로 할 게옥[계획]으로 하는데 建設課長을 맛나고 가라 햇다.
郡에 들이니 全州 敎育 간다고 없어 歸路.
晋浩英 氏를 맛낫는데 成康 履歷書는 提出 햇다고 햇다.

<1971년 3월 9일 화요일>
朝飯 後에 尹鎬錫 氏가 오시엿다. 郡에 좀 가자고 햇다. 行政係長을 맛나고 尹在成 發令을 付託햇다. 現在는 行政職 8名 農業職 6名 해 14名을 발영햇다고 햇다.
郭在燁 氏를 맛낫다. 오늘 各面 官里長[管理長] 會議라고 햇다. 갗이 李玎宇 氏 宅에 갓다. 尹鎬錫 氏와 同伴코 中食을 햇

22 '속겨'라고도 하며, 곡식의 겉겨가 벗겨진 다음에 나오는 고운 겨를 말한다.

다. 玎宇 氏에 人事하고 靑云提를 말햇다. 잘 안다면서 日後에 一次 와 보겟다면서 힘써보겟다고 햇다.
搗精米 組合長과 朴 常務를 맛낫다. 成康 履歷書를 提出햇다. 再促을 해달아 햇다.
집에 오니 成康이는 精米 中이엿다.

<1971년 3월 10일 수요일>
基善 氏와 갗이 任實郡에 갓다. 李浩根 建設課長과 소류지 工事에 對한 打合을 햇다. 現札 90萬원 里 새마을用 세멘 672袋 合햅해서 110,00[1,100,000]원으로 工事를 매듭지차고 해서 日後에 面長과 打合하기로 하고 왓다.
집에 온니 炯進 俊祥 成康 參模가 장작패고 成康 집에서 中食 하드라.
다시 집에 와서 장작 장이고 등걸 다듬고 햇다.
夕陽 처만니 갓다. 崔六巖 氏에 나무 달아 햇다. 金 1,000원에 지엽 7짐 등걸 2짐만 달{라}고 해서 정정하고 大事[大師] 집에서 이야기하다보니 밤 9時에 집에 와서 夕食 햇다.

<1971년 3월 11일 목요일>
成康 參模 시켜서 집눌을 시키는데 大里 金鍾澤 氏가 왓다. 筆洞位土 地番을 調査한데 里長이 업다고 햇다.
俊祥 氏 집에서 술 한 잔 먹는데 任實에서 建設課長이 저수지 測量하려 찝차로 왓다. 仁基와 갗이 갓다. 中食을 俊祥 氏 집에서 햇다.
鄭宰澤을 맛나고 成康 집에 오라 햇다. 成康의 件을 무렷다. 틀임없이 된다고 햇다. 里政 關係는(宰澤 말) 自治會長은 嚴俊峰 參事는 仁基 里長은 丁基善로 定함이 올타고 햇다. 明日 仁基와 갗이 面에 가겟다고 햇다.

<1971년 3월 12일 금요일>
朝飯 後에 金泰圭 鄭仁浩와 갗이 新平面에 갓다. 建設課長任을 맛낫다. 面長은 本日 郡面 有功者 表影狀[表彰狀] 受與[授與]엿다. 郡守任게서 內務長官 代理로 주는 것. 面長에 里長 參事 自治會長 任選[人選]을 打合하고 參事 自治會長을 兼任해고 里長은 保留하라 햇다.
郡에서 成康 書類 갖으라고 電話가 왓다.
課長任 찝차로 大里에 왓다. 郭在燁 氏에 갓다. 소루지 건 里長 件 앞으 之事을 除〃[徐徐]히 말하고 집에 왓다.

<1971년 3월 13일 토요일>
아침 8. 50分 뻐스로 任實에 갓다. 成康이와 同伴해서 履歷書 1통 戶籍騰本 1통 身元眞述書[身元陳述書] 4통 身元證明願 1통을 作成해서 郡 行政係에 提出햇다.
衣服이 업다기에 服洋[洋服] 한 볼을 春秋服店에서 萬貳仟에 結定하고 于先 契約金으로 2仟원을 朴正根에서 빌여다 주고 맞이엿다.

<1971년 3월 14일 일요일>
成康 집에서 宰澤이를 招待햇다. 朝食을 갗이 하면서 成康에 對한 打合도 햇다. 1週內로 身元照會가 온다고 햇다.
圭太 氏가 招待햇다. 造林費 7,250원 中 내의 條로 4仟원(立木代) 除하고 김치 한 통代 1仟원 除하고 鄭太燮에서 취한 돈 3百원 除하고 殘額 1,950원을 밧닷다.

夕陽에 개고{기}와 술을 한 잔식 먹는데 黃在文 氏 韓正石 氏 圭太 氏 왓다. 舍廊에서 먹엇다.
전부 各者[各自] 집에 가고 圭太 氏만 나마서 말하기를 邑內에서 朴東業 氏가 왓다갓는데 鄭太燮 同生을 里 參事을 시켜 달아고 햇다. 그려치 못된다면서 里長을 選出되면 그 里長이 內申해서 結定될 問題이니 서든다 해도 될 수 업다고 햇다. 그려면 郡에서 結定해도 이이 없나 햇다. 모르겠다고 햇다.

<1971년 3월 15일 월요일>
3,15 不正選擧日이다. 새기를 꼬는데 李증빈 氏가 왓다.
鄭圭太 條 造林費 7,250원
宋成龍 條 〃 〃 2,250원
尹南龍 條 〃 〃 500원
計 萬원을 李증빈 氏(山林係職員)에 보내고 領受[領收]햇다.
夕陽에 斗流里 金正燮 氏가 왓다. 今日 밤 郡黨에서 宣傳部次長 崔 氏가 온다고 햇다. 林長煥 氏를 시켜서 安承均 金進映 崔南連 白康俊 林玉相 李道植崔乃宇 약 8, 9名이 왓다. 共和黨 政策宣傳하고 술 한 잔 노누고 보니 밤 11時이엿다.
집에 온니 成曉에서 메모가 왓는데 2,500원만 보내라고 햇다.

<1971년 3월 16일 화요일>
아침에 鄭九福 氏 宅을 訪問햇다. 金 貳萬원을 要求햇다. 利子는 月 5分利로 하야 2萬원을 가지고 왓다.
오는 途中에 白康善 氏에 訪問햇다. 金 1,400원을 밧고 日後에 3百원만 더 주고 尿素肥 2叺을 가저가라 햇다.
9時 30分 列車로 全州에 갓다. 李其俊이를 맛나고 成曉에 단여오라면서 3仟원을 주고 旅費로 500원 計 3,500원을 주면서 明 17日을 꼭 단여오라 햇다. 그리고 뻐스로 바로 집에 왓다.
가랑비는 종일 왓다.

<1971년 3월 17일 수요일>
成東 3-5月分 授業料 自治會비 育成會비 貯金 其他 合計 金 5,940원을 주워 보냇다.
終日 精米 精麥을 하는데 稅는 白米 6斗 被麥[皮麥] 5斗쯤 收入햇다.
邑內宅은 日前에 精麥 1叺 찌여 주웟는데 賃料는 現金으로 150원만 가저왓는데 氣分이 못 조왓다.
大里 韓昌煥 父 回甲이라고 請諜[請牒]이 왓는데 못갓다.

<1971년 3월 18일 목요일>
成康 參模는 텃밧 막는 울장을 해다가 午後에는 텃밭을 막앗다.
終日 새기 꼬는{데} 4玉 꼬왓다.
夕陽에는 다리가 몹시 앞아서 막걸이 1升를 바다다 먹엇다.
全州에서 裵英子가 왓다. 任實에 볼일이 있어 가는 길에 왓다고. 金文順이는 陰 3月 16日 結婚 한다고 햇다.
家內는 넘새[남새] 넛기 햇다.
連日 궂는 日氣는 오날 晴明[淸明]햇다.
朴俊祥이는 牛車 日 갓다 부렷다.
成康 母 便에 成苑 授業料 8,000원을 주워 보냇다.

<1971년 3월 19일 금요일>
成曉에서 메모가 왓다. 大里 李其俊 便에 보내온 돈도 잘 밧고 安否도 들엇다고 햇다. 4月初에 退院할 豫定. 或 休家[休暇]도 갈는지 모르겟다고 햇다.
李起榮 氏는 장기질하려 1日 왓다.
參模는 품마시 하려 崔錫宇 일하려 갓다.
夕陽 鄭宰澤 宅에 갓다. 土地 讓保[讓步] 次엿는데 承諾햇다.
途中 네거리에서 里長 嚴萬映을 맛나고 萬映 氏는 메모를 주기에 페며[펴며] 보니 朴東燁 氏엿다. 里 參事는 鄭太燮에 協助해 달아고 하는 메모엿다.
嚴俊祥 氏 집에 가서 술 한 잔식 먹는데 里長 萬映 乃宇 本人이엿다.
益山에 鄭榮植 氏가 왓다. 工場을 페하고 事業도 失패해야 일자리를 求하려왓{다}. 旅비 500원 주워보냇다.
林長煥 崔南連 吳鎭燮을 뭇고 造林 班長을 選定햇다.

<1971년 3월 20일 토요일>
나무 네리기를 햇다. 朴俊祥 成康 參模 3人이 지엽을 가르는데 圭太는 제의 욕심만 차리는데 不平. 방{아} 찟다가 바로 쪼차가서 큰소리 첫다. 그랫든니 바로 수그려지드라.
鄭宰澤에 依賴해서 桑田을 利用하자기에 同意를 어더 李起榮을 시켜서 牛車 갈 만금 널이엿다.
처만니 55집 꼴이데 12짐 남기고 왓다.
밤에는 崔今石이가 圭太가 왓다. 造林에 對해 指示하고 술 한 잔 대접햇다.

<1971년 3월 21일 일요일>
昌宇 尿素 4袋를 出庫해주웟다. 外에 複合肥 1袋를 주면서 日後에 일로 해주마 햇다.
丁九福 분소매 주로 왓다.
大里 郭在燁 氏에서 通知왓는데 明 22日 委員長任 參席 下에 面에서 會議이가 잇다고 햇다.
丁九福 氏와 분소매 준데 1日 7回.
밤이 되엿다. 夕後에 九福이는 압집 成燁 母 말이 나왓는데 成官이라는 兒가 장환이 야[장환의 아이]라고 한다고 햇다. 그려나 柳正進이는 맛든 말든 제 아들로 밋드면 된데 제 입으로 나무 子息이라고 햇다.
今日 소주 1병이 들엇다. 圭太 집에서 2병은 가저왓다.

<1971년 3월 22일 월요일>
林長煥 한실덱 韓相俊을 同伴해서 新平面에 團合大會에 參席햇다. 李汀宇 氏게서 參席하야 조흔 말삼 들엇다.
成康이 身元照會가 왓는데 崔興宇 巡警에 依賴해서 聽取해주웟다.
李男炯은 封入 1式을 돌이는데 200원신[씩] 들겟다.
面長 金哲浩 氏는 말하기를 面長 自由로 昌坪里에 10萬원을 4月 15日 內로 줄 터이니 農路 又는 自治公益事業에 쓰는데 建設課長이 不遠間 昌坪里에 갈 터이니 잘 말삼해 주시라고 햇다.

<1971년 3월 23일 화요일>
面黨 基幹黨員 會議가 있엇다. 選擧에 對한 指示를 밧고 中食代 200원식을 주드라.
靑云洞을 단여 金昌圭 鄭圭太 崔太燮을 맛나고 어먼니 山所에 단여 집에 왓다.
丁基善 氏가 왓다. 選擧問題 里政關係을 論議한 끝에 基善 氏에 里長職을 권햇든니

受諾할 뜻이 있으나 面長을 相面코자 햇다. 約 1年쯤 할 條件이엿다. 그려면 面長에 連絡하겟다고 作別햇다.
3日 만에 분소매 끗내고 家族은 肥培管理햇다.

<1971년 3월 24일 수요일>
昌宇 肥料 4袋 出.
寶城宅 〃 4袋 白康善 1袋
計 9袋 出庫해주웟다.
青云洞에 갓다. 金昌圭 崔六巖 鄭圭太 任東淳 氏 宅에 갓다.
崔六巖 氏 宅에서 中食을 맞이고 夕陽에 왓다.
成康 參模는 나무 내릿다.
道路整備햇다.

<1971년 3월 25일 목요일>
食後에 丁基善 氏 里長과 同伴 大里 金平基 氏 弔問次 갓다. 面長을 맛나고 昌坪里 行政을 打合코 里長은 丁基善 氏로 選定하고 參事 自治會長을 謙[兼]한 仁基에 委任하기로 于先 打合을 보왓다.
桑田 麥畓 肥培管理한데 人夫는 主人까지 해서 7名이 終日 作業을 햇다.
午後에 李증빈 氏가 왓다. 造林 苗木 가植을 하는데 人夫 30名과 갗이 後田 金進映 氏 田에다 햇다.

<1971년 3월 26일 금요일>
午前 中에 安承坊 氏 오시엿다. 入黨을 要求햇든니 承諾햇다. 書類는 成康 便에 大里 郭在燁 氏 宅에 보냇다.
李증빈 씨가 왓다. 中食을 드리고 牛車 2臺 參席[參模] 今石을 시켜서 용운치에 실여 보냇다.
成康이는 편지에 市場에 가서 裵仁湧 씨를 차자서 5仟원 둘이여 洋服代 1部 3仟을 주고 參模 신 乃宇 신 반찬을 사가지고 오라 햇다. 그려면 내의 洋服代는 6仟원 주고 4仟 殘. 成康 洋服은 6仟원 주고 7仟원 殘. 今日 現在을 말함.
午後 3時 50分에 宰澤이가 왓다. 郡 建設課長이 面會라 햇다. 가서 6時에 맛낫다. 昌坪 工事는 他人에 請負하기로 되엿는데 日後 人事 갈 터이다 햇다. 그려면 課長任과 갗이 오시여 現場에서 工事 自體 行爲를 說明해 달아면서 有志들도 參席해 드리겟읍니다 햇다. 下宿은 부터달아 햇다. 請負業者는 누구야 햇다. 全州에서 온데 높은 사람이 付託한 사람이라면서 此後에 말{하}겟다고 햇다.
집에 왓다. 裵仁湧 氏에서 萬원 借用하고 成康 洋服代 3,000원 지출 飯찬代 1,500 現金 5百원은 나를 주드라.
밤에 長煥 氏를 모시고 人夫出役을 調査햇다. 別紙에다 記載햇다. 雜 支出은 日後 相議해서 記載하자고 햇다.

<1971년 3월 27일 토요일>
青云洞에서 金昌圭가 왓다. 黨員名簿 新入願書 4名을 가지고 왓다.
崔南連 氏가 왓다. 畓 6斗只를 買賣[賣買]키로 햇는데 6斗只에 59叺로 定하고 韓相俊이 사는데 未安하지만 韓正石 氏 宅에 오시라 햇다. 가본바 具道植 崔炳玉 氏 韓正石 兄弟 丁基善 崔南連 兄弟 後에 林長煥 安承坊 氏도 參席햇는데 술 한 잔식 먹고 全部 갓는데 韓正石 氏 兄弟 崔瑛斗 氏 具道植 氏만 나맛는데 崔瑛斗 氏는 이 자

리에서 鄭仁浩는 里長하면서 債務가 百萬원 以上이{라}고 햇다. 具道植 氏는 里長 百萬원에 對해서 半額이라도 部落民이 무러주워야 한다고 하드라고 햇다. 某人이 그런 소리 햇나 햇다. 술집에서 그려드라. 그려면 日後에 근거를 대라면서 다짐햇다.
館村驛前에 崔瑛斗 氏와 同伴햇다. 崔南連 氏 債務 黃宗一 氏에 가서 6萬원 債務인데(白米로는 12叺) 約 1時間 論議하다가 5萬원에 約定하고 왓다.
밤에 嚴俊祥 氏 宅에서 里 改發委員會[開發委員會]가 있엇다. 案件는 里長 選出이엿다. 本人이 動議해서 丁基善 氏를 呼薦햇든니 長煥 氏 贊成 判童 氏 再청 俊峰 3청을 해서 滿場一치로 選言[宣言]되엿다. 다음은 舊 里長 仁基에 對해서는 日後에 參事도 自治會長도 一切 손을 떼고 座視[坐視]해라 햇다. 里民에서 仁基가 再選되면 不平이 反發[反撥]할 것이라면서 그만두고 事務引게 書類를 만들아 햇다. 눈물을 먹음드라. 仁基는 答辯이 그만두는데 내의 債務만은 多少라도 機會가 있으면 動情[同情]을 해달아면서 딴사람이 보면 엇덜 것이나 햇다.

<1971년 3월 28일 일요일>
崔南連 氏가 왓다. 黃宗一 氏 債務 5萬원을 가지고 왓다.
鄭仁浩가 왓다. 어제 밤에 未安하게 된엿다고 하면서 술 한 잔 하자 햇다.
郡黨에서 李玎宇 先生 子와 李男炯 氏 大里에서 郭在燁 氏 朴道洙와 갗이 왓다. 今般 選擧를 앞두고 黨員의 役割를 해야 한다면서 이야기햇다.
李증빈 氏가 苗木 가식次 왓다.
丁基善 氏이가 왓다. 里長 選出에 있서 本人을 뜻이 업다고 햇다. 生覺하오니 鄭仁浩 里長은 個人債務가 그쯤 되고 내 亦是 집에 每日 있을 수 업스니 里長職을 담당할 수 업으니 말이라 햇다.
長煥 氏가 왓다.

<1971년 3월 29일 월요일>
鄭太燮 氏가 왓다. 丁基善 金泰圭 林長煥 氏을 同席하고 選擧 方法論을 하는데 里協議會를 가지는데 丁基善 林長煥 金泰圭 崔乃宇 鄭鉉一 鄭仁浩 合 6名으로 定햇다.
尹鎬錫 氏가 來訪햇다.
大里에 갓다. 洪順煥 金승호를 맛나려 갓으니[갔으나] 對面을 못하고 朴道洙 氏를 맛나고 여려 가지로 相面햇다.
館村에 가서 成吉이를 맛나고 왓다. 成吉에서 萬원 借用해 왓다.
崔南連 氏 畓 1斗只代 黃宗日 氏 條로 金 五萬원을 주고 領收證을 바다왓다.

<1971년 3월 30일 화요일>
崔成奎가 왓다.
白康俊 氏가 단여갓다.
柳正進 氏가 〃 〃.
鄭鉉一 氏 訪問햇다. 今般 選擧에 對한 相議를 하고 鄭仁浩 里長 件을 말했다. 듯자한니 仁基는 私債가 百萬원이 넘고 土地까지도 저당이 되엿다고 들엇으니 其 職을 그만두라 햇는데 其 뜻을 무럿다. 鉉一은 말하기를 仁基에 對한 私債는 仁基가 물고 모지래면 鉉一 本人 財産까지도 보태주겠으나 소류지에 對한 債務 18萬원은 못 물겠으면 밧든 못 밧든 間에 個別的으로 割當해놋코 法的으로라도 仁基 네가 도적놈

은 면할 게 안니야고 햇다고. 그려면서 仁基 너는 죽어버리라고 햇다고 햇다. 그려나 내의 生覺에는 累年이 된다면 私債도 저수지로 困[因]해서 不得히 農協債務를 淸算하지 못햇{으}면서 日後에 里 組合員은 無故히 집행을 당할 게 안니야 생각햇다.

<1971년 3월 31일 수요일>
大里 朴 生員 宅에 弔問햇다.
任實에 간다면서 面長과 同行햇는데 館村驛前에서 面長은 말햇다. 昌坪里 里長 件을 무렷다. 里長은 丁基善 氏로 選出되엿는데 里 參事는 仁基로 다시 選任키로 햇으나 里民 1部가 反發해서 未定이라고 햇다. 反發 理由는 仁基가 債務가 만해서 里民이 미더주지 안키에 그렷다고 햇다. 債務는 소루지 間係[關係]인데 今般에 再次 作功[着工]할 豫定인데 其 工事를 面 卽營[直營]이 안니고 郡 卽營으로 되면서 請求業者[請負業者]가 請負工事가 된데 理由가 있다고 햇다. 그랫든니 面長은 鄭泰燮으로 定함을 말햇다. 泰燮이도 不信任者라 햇다.
밤에는 山林係員 總計[總會]가 있엇다. 4月 2日부터 造林하기로 햇다.
鄭鉉一과 嚴俊祥 氏 집에서 시비가 버러젓다. 理由는 今日 夕陽에 建設課長과 工事技術者가 現場에 와서 단여갓는데 理由가 잇다. 部落에다 請負를 하지 안키에 理由다. 部落에다 請負를 해야만히 鉉一의 동생 仁基 債務 18萬이 請算[淸算]되겟는 데에 目的이다. 郡面에서는 새마을 가구기[가꾸기] 세멘트 300袋를 支援해주라 햇는데 몽리자 부담 條로. 鄭鉉一은 元칙 1部耕作人을 爲해서는 세멘을 주[줄] 수 업다고 선동하면서 反對者가 누구야 햇든니 嚴俊峰 鄭宰澤 韓相俊이라고 햇다. 그려면 내가 일일이 단니면서 讓步를 밧겟다고 해다. 그것도 全然 어려울 것 가다. 日後에 工事하는데 請負業者가 제대로 하지 {않}으면 나도 土木課 出身인 以上 파고 들겟고 投票 時에도 보복햇다고 하기에 발로 술상을 차서 鉉一에 첫다. 하다 보니 새벽 6時엿다.

<1971년 4월 1일 목요일>
小牛 팔여 갓는데 30,500원을 바닷다.
嚴萬映 氏를 맛낫다. 소류지에 對한 이야기를 햇다. 仁基 件을 말하는데 仁基 問題엿다. 工事하는 데서 赤字를 메꾸려 하라 햇다.
裵仁湧 氏는 술 한 잔 먹자고 해서 페를 끼치엿다.
鄭圭太 氏를 面會햇다. 里政을 말하는데 現 選擧로 因해서는 改職할 수 업다면서 日後에 機會도 있을 것이라 햇다. 뻐스로 오는데 밤이 되엿다. .

<1971년 4월 2일 목요일>
朝食 後에 新平面에 갓다. 面長을 맛나고 昌坪里 堤에 對한 鄭鉉一의 處事를 後記와 如히 傳하해 주고 工事 作功에 長短點을 말해주웟다. 面長은 工事 안 된다 해도 仁基 又는 里 自治에다 卽營으로는 맛갈 수 업다고 햇다. 그려면 面長의 立場을 里에 와서 발켜줄 것을 約束하고 3日 밤에 오겟다고 햇다.
오날부터 造林을 始作햇다. 道에서 造林 狀況을 보려 왓다.
鄭榮植 氏에 편지 하는데 住所는 익산군

함열면 와리 미륵 정미소 옆 유선옥 방 鄭榮植이엿다.

※ 밤에 里 生活改善婦女會에서 초대햇다. 參席햇든 바 만흔 婦人 處女 約 25, 6名이 參席햇는데 要望한는 件 새마을가구기 쎄메을 부엌 改良에 쓰게 해달아고 强力히 要求한데 鄭鉉一 長女가 말한니 二口同聲[異口同聲]으로 하자면서 소류지에 使用한 것은 個人이 쓰는 것 안니야 햇다. 日後에 打合은 해 보지만 장담 못 한다 햇다.

<1971년 4월 3일 토요일>

午前 中에는 새기 꼬왓다. 正午에 裵仁湧 氏가 왓다. 韓 生員 宅에서 가보니 林長煥 金暻浩 氏 崔在植 氏 鄭太炯 氏 外에 2, 3名이엿다. 되야지 고기와 술을 하는데 選擧 말이 나왓다. 내의 보관[복안]만 말해 주웟다.

夕陽에 面長任이 오시엿다. 夕食을 갖이 하고 잇는데 丁基善 氏가 왓다. 夕陽에 麗水서 왓다고 햇다. 鄭鉉一 氏을 오시라 햇다. 鄭圭太 氏 崔成奎 面長 基善 鉉一 氏와와 갖치 잇는데 面長은 里 行政의 件을 말햇다. 丁基善 氏는 里長에 受諾햇다. 다음은 소류지 件은 未決이나 日後에 第二次 打合하기로. 散會하고 보니 12時엿다.

郭達成 氏가 오시엿다. 昨年 債務 白米 8叺4斗에 保管으로 해서 利本해서 11叺7斗 4升로 保管證해주웟다.

<1971년 4월 4일 일요일>

終日 精米햇다.

夕陽에 靑云洞에 갓다. 鄭圭太 氏 山主가 왓다. 今日 勞力한 人夫에게 술 約 2斗을 내면서 잘 造林해 달아고.

밤에 山林契 會議가 잇다기에 參席햇다. 8日까지는 陰 陽 村別로 造林하되 9日부터 全員 總動員해서 하기로 決定햇다.

散會해서 오는데 仁基 丁基善 氏는 보자햇다. 嚴俊祥 氏 酒店에 술 한 잔씩을 먹게 되엿다. 꼭 할 말이 잇는 듯하나 外人 具道植 崔瑛斗 氏 外 崔今石이가 參席하고 보니 別 말 못하고 散會햇다.

<1971년 4월 5일 월요일>

白康善 氏 豚舍 木工次 왓다.

丁基善 氏와 同伴해서 任實郡廳 建設課長任에 갓다. 全州 집에서 約 30分間 相議햇는데 소류지는 第一次 請貧業者[請負業者]는 포기하고 第二次 請貧業者는 聖壽面 人事인데 不遠 現場檢證次 갈게다 햇다. 내의 答변는 二次 業者도 뜻을 이루지 못할 時는 햇든니 그때는 里民들이 請貧해야지오 햇다.

柳正進 氏의 장인 장리 모시엿다고 中食을 가치하자고 왓다.

面에서 苗木 2仟 株을 要해서 不合格 苗로 해서 보냇다.

長宇에 갓다 왓다. 新安 堂叔은 連山 七代祖 歲事에 간다고 祝을 써 갓다. 寶城 堂叔은 明 寒食에 꼭 가자고 하시기에 應答했다.

成曉에서 편지 왓는데 只今도 病院에서 入院 中이라 햇다.

<1971년 4월 6일 화요일>

通學列車로 寶城宅과 同伴해서 連山 7代祖 墓祠에 갔다. 翌日 오시엿다고 新安宅 河洞宅 炳赫 해서 5人이 祭員이엿다. 守護者 崔大炳 氏에 位土稅 5斗代 現金으로 3,500원을 收入해서 林野登記비 墓地申告

費 해서 700원 控除하고 2,800원 殘高에서 新安 堂叔에 3人 서울行 旅비 1,510원 支出해 드리고 과촌에서 광석 着 寶城宅과 내의 車비 400원 除. 炳赫 堂叔과 내의 回路 旅비 汽車 뻐스로 오는데 490원 除. 殘 400원을 長宇 兄任에게 밤에 둘이드려고 經過을 말삼드리엿다.

<1971년 4월 7일 수요일>

丁基善 氏가 왓다. 今日 任實에 가서 소류지 關係로 動態나 보고 吳甲洙 氏나 보고 오겟다 햇다.
終日 精麥햇다.
金太鎬 氏가 왓다. 부루도자를을 말햇다.
任實에 居住한 털〃리 운전자가 왓다. 用務는 昌坪里 소류지 工事한데 모래자갈을 운반코저 現地踏査하려 왓는데 業者 外 3, 4名이 왓다고 햇다.
밤에 林萬永 丁基善 氏가 놀다 갓다.
求禮에 姨叔任이 오시엿다.

<1971년 4월 8일 목요일>

午前 中 精米 精麥을 햇다. 丁基善 林長煥 氏가 왓다. 面에서 洪德杓, 現場 請負業者가 人事次 來訪햇다. 알고 보니 金奉錄 氏 인데 面長이 業主가 되고 金氏는 下請者엿다. 13日부터 始工[施工]을 하는데 工事費는 百萬원이라고 햇다. 萬諾[萬若]에 里에서 資材 又는 人力을 보태주면 百萬원 中에서 空除[控除]해주겟다고 햇다.
基善을 帶同하고 業者와 靑云洞에 갓다. 崔六巖 氏를 訪問하고 祭閣을 利用하자고 하고 李氏 宗土를 利用한데 使用料로 4,500원을 주기로 하고 他處 人夫 20名이 13日 오게 되면 下宿을 처달이면서 月 下宿米는 대두 6斗를 하는데 現金으로 4,500원에 決定햇다.
夕陽에 基善이 왓치 온데 現場 감독 1人을 要求하는 데는 昌宇을 써야겟다고 基善에 言質을 주웟다.
밤에 會議하다 보니 밤 12時엿다.

<1971년 4월 9일 금요일>

아침에 昌宇 姨叔任과 갗이 山에 보냇다. 듯{자}하니 중날에 適地가 잇다고 햇다. 그려나 3-9月을 墓 移장을 못 한다고 햇다.
丁基善 氏와 갗이 造林한 데 갓다 오면서 소류지 求見을 햇다. 工事는 13日 하는데 基善이가 昌宇에 對한 人事 照介[紹介]해달아 햇다. 應答이 업다. 昌宇을 맛나서 基善이도 맛나고 해서 現場 勤務을 해라 햇다. 參模는 모래자갈 설어 날앗다.
夕陽에 參模를 데리고 驛前에 갓다. 鄭敬錫 氏에서 經油[輕油] 2드람 燒酒 1통 담배까지 해서 前條 殘金 總計 20,450원을 주고 當日로 殘金 6,180원을 남기고 왓다. 成奎을 차자서 세메 6袋과 前番에 5袋를 合 합해서 11袋를 가저온 폠이다.

<1971년 4월 10일 토요일>

林東基는 豚舍 修工次 왓다.
姨叔게서는 가신다고 해서 驛에 갓다. 時間은 約 3時間 앞단기엿다. 旅費 1,000원을 드리고 車費는 따로 사드렷다.
鄭鉉一 丁基善 氏을 嚴俊祥 宅에서 맛나게 되엿다. 里政에 對한 打合 議論인데 앞으로 行事에 對한 打合이엿다.
嚴俊峰을 맛낫다. 共和黨에 入黨을 要求햇다. 내가 入黨해서 必要하면 하지만 人秘에 부처 주시기를 願햇다. 올타고 햇고 日

後 하루 밤 놀려오소 햇다.
郭在燁 氏가 왓다. 黨員에 傳해 달아고 手帖 3, 40券을 가지고 왓다.
崔 巡警이 왓다. 極貧者에 傳한다고 物品 몃 가지를 가저왓다. 누구를 준지 모르겟다.
밤에 協議會를 하려 崔南連 氏 집에 招集햇든니 半數가 못 되여서 散會햇다.

<1971년 4월 11일 일요일>
市場이라 造林은 休日이 되엿다.
大里 鄭桓承 氏가 來訪햇다. 今年에 昌坪里에다 種蠶을 飼育함을 打合햇다. 歡仰[歡迎]햇다. 不遠 掃立[누에떨기] 枚數를 調査해서 보내달아 햇다.
大里 金在豊 氏에서 보로구 30枚을 取貸햇는데 主人이 없어 꺼름햇다.
參模는 鄭宰澤 분소매 주로 갓다. 農園에서(上泉里) 苗木 1,000柱 말하기에 李증빈 氏가 업는데 줄가 말하다 人夫까지 와서 할 수 업시 주웟다.
밤에 里 開發委員會議인데 우리 집에다 場所를 定햇다. 저수지 問題 새마을가구기 세멘 關係 里政에 對한 多題가 發議되엿다. 打合하다 보니 2時 15分이엿다.

<1971년 4월 12일 월요일>
沈炳洙 氏가 왓다.次女를 結婚을 하는데 白米 3斗 갑 貳仟원을 要求해서 叔母 立會 下에 주고 日後에는 못 주겟다고 約束햇다.
밤에 山林係員 4, 5人이 왓다. 개 1頭 잡아서 먹고 갓다.
郭在燁 氏 鄭大辰 氏가 왓다.
協議會에 參席햇는데 鄭鉉一 丁基善 林長煥 氏가 參席햇다. 술 한 잔 먹다 보니 밤 12時엇다.

<1971년 4월 13일 화요일>
靑云堤 起工式이 있엇다. 面에서 副面長이 參席햇고 造林人夫 約 40名이 參加해서 請부業者는 막걸리 5斗을 내노와 골구루 한 잔식을 논왓다.
中食을 맟이고 業者에게 昌宇를 地方 現場 監督者로 人事 昭介햇다. 現場에서 他 人夫는 作業을 始作한데 朴京洙는 土地 讓步를 못 하겟다고 不平과 高聲으로 是非가 낫다. 前條 用地 賣度代[賣渡代]가 未淸算으로 理由은 바로 그게다.
夕陽에 鄭宰澤이 왓다. 成康 關係 政治 關係 打合햇다.

<1971년 4월 14일 수요일>
金炯進이를 오랫다. 69年 70年 年給을 會計햇다. 白米 5叺 7斗을 주는데 7斗만 주고 5叺은 債務로 남겨 노왓다. 被麥 條는 69年分 4叺 3斗 70年 3叺 9斗 計 8叺 2斗인데 25斗 支出하고 5叺 7斗은 남겨 노왓다.
崔南連 氏가 왓다. 裵仁湧 丁九福 氏도 왓다. 昌宇을 시켜서 朴京洙을 오라 햇다. 小湧地[小溜地]에 用土를 要求햇다. 가보자고 햇다. 圭太 집에 간바 崔六巖 氏 鄭圭太 任東淳 氏 朴京洙가 한 자리에서 술을 먹으면서 土地를 讓步할 바이면 5, 6叺을 바드라 햇다. 나는 화가 낫다. 現場에 朴京洙을 데리고 가서 約 10坪쯤 要求햇든니 不應햇다. 整理金 10萬원을 대라 햇다. 개좃놈이라면서 욕설을 햇다.
圭太 酒店 앞에서 崔南連 圭太 婦人 裵仁湧 外 3, 4人이 있는데 嚴俊祥 氏는 말하기를 鄭昌律 婦人은 오엽(서방질)하러 단닌다고 햇다. 南連氏는 根据[根據]가 잇{는}가 햇다.

<1971년 4월 15일 목요일>
해장에 郭在燁 氏 鄭鉉一 氏와 갗이 왓다. 黨員 活動費로 條 鉉一 氏 立會 下에 封투 4枚를 냇는데 不足을 말햇다.
朴京洙 任東淳 氏가 왓다. 昨日 未安하다면서 京洙는 用地을 讓步하겟다고 햇다. 造林費는 3, 4日 늣겟다 李증빈 氏는 말햇다. 丁基善과 갗이 造林地에 갓다.
靑云洞 堤에 갓다. 朴京洙 田畓 利用地에 말을 밧고 왓다.
夕陽에 支署長 面長이 왓다. 夕食을 丁基善 氏에서 햇다. 今夜에 里 總會인데 實은 新里長 취임식이로 보다. 臨時司會을 내가 보왓다. 會順에 依해서 司會을 보왓다. 朴京洙가 소류지 用地 讓步에 感謝하다면서 會議席上에서 治下햇다.
밤 通學車로 成曉이가 왓다. 알고 보니 出張인데 金堤-光州까지 가는데 住民登錄 關係로 重責이엿다.

<1971년 4월 16일 금요일>
午前에 豚舍를 修理햇다.
成曉이는 今般 出張인데 金堤-光州을 단여온다고 旅費 2仟원을 달아 해서 주워 보냇다.
面長 支署長은 丁基善 氏에서 자고 가는 길에 왓다.
大宅에 가서 兄任과 談話하다 보니 午後 2時엿다.
丁基善 氏를 대동하고 朴京洙를 데리고 소류지에 갓다. 用地는 目測하고 보니 約 6坪이라 해서 使用{料}는 1,500에 結定하고 朴 氏 立會 下에 言約을 햇다.
造林地에 단여 집에 와서 豚舍 修理를 계속햇다.

<1971년 4월 17일 토요일>
아침에 白康俊 氏 宅에 招待햇다. 이중빈 씨와 같이 갓다. 알고 보니 白康俊 氏 孫子 돌잔치엿다.
鄭鉉一과 丁基善와 基善 氏 宅에 갓다. 面黨 郭在燁 氏에서 封{套} 參枚을 보냇는데 內部을 3人이 떼여보니 2,500원 在中이엿다. 昌圭 500원 長煥 500원 李占禮 500원 金正石 500원 相俊 500원을 相議해서 各 봉토에 넛다. 長煥 便에 게식[相俊]까지 보냇다.
9時 30分 列車로 全州 許 生員 宅에 갓다. 丁基善 林長煥 金進映와 同行이 되엿다. 終日 놀다 보니 金生水 氏를 맛낫다. 아짐 祭祠를 무르니 8月 23日이라고 햇다.
驛前에 當途[當到]한니 數百 名이 列을 지여온데 알고 보니 金大中 候補가 演說햇다고 햇다.
張 生員 宅에 갓다. 弔問次엿다.
金文柱 집에도 갓다.

<1971년 4월 18일 일요일>
林長煥 氏 金昌圭 李占禮 鄭仁浩를 데리고 新平에 갓다. 李玎宇 氏 外 3人의 演士가 왓다.
靑云堤 請負業者 金奉錄 氏가 新平에 왓다. 面長 副面長을 맛나고 事務 連絡次엿다고 햇다.
오수택시로 便으로 同行햇다. 嚴萬映을 맛낫다. 여려 가지를 이야기하다가 金永文 氏에 갓다. 結婚 後라면서 술상이 나왓다. 面長에 付託해서 具會淳 氏의 病에 對한 구료證을 해달아면서 明日 人便을 보내기로 햇다.
집에 온니 昌宇가 왓다. 今日 現場에서 鄭

仁浩가 와서 山에 흑을 판다고 是非가 있엇다고. 日前에 丁基善 말에 依하면 林野를 讓步바닷다고 햇는데 그럴가 햇다.

<1971년 4월 19일 월요일>
選擧人 名簿을 가지고 大里 郭在燁 氏 宅에 갓다. 基幹黨員 5, 6名이 參席코 事務打合을 햇다.
中食을 맟이고 午後에 任實에 갓다. 郡 農林課에 갓다. 造林費 20萬 2仟 500원 領收하고 造林 票示代[標示代] 1,500을 除하고 職員 全 氏 治下金 500원 주고 술 한 잔 먹는데 700원 책시비[택시비] 500원을 주웟다.
成曉가 왓다. 論山에 단여왓다고.
山林係員 1人이 保助役[補助役]次 왓다.

<1971년 4월 20일 화요일>
小류지에 求見次 갓다.
林宗碩 氏가 왓다. 妻男의 妻가 病中인데 구료증에 保證을 서 달아고 왓다. 署名捺印해주웟다.
밤에 請貧業者 朴 氏가 오시엿다. 里長과 나와 웃방에 조용한 자리로 定하고 工事에 對한 打合 前 里長 仁基 條의 赤字 關係를 論議햇는데 最終으로 3萬원을 動情해주겟다고 承諾하고 現場에 잇는 잘갈모래도 쓰라 햇다. 그려면 仁基 赤字 條는 金奉錄 氏 條로 3萬원 耕作人 貧擔[負擔] 條 40名 24,000 새마을가구기 세멘 300袋 約 9萬원 봇도랑다리 修鐥費[修繕費]비 現金 2萬원 16萬 4,000원 程度 豫算쯤 된 걸로 본다.

<1971년 4월 21일 수요일>
아침 일즉부터 造林費 散布햇는데 里民 全員이 參席햇다. 約 20萬원 散布햇다.
養豚 成奎 1頭 圭太 1頭 白康善 1頭를 주웟는데 圭太 條는 6,500 그 外는 6,000 程席[程度] 生覺코 잇다.
夕陽에 大里에 갓다. 서울에서 온 李宗伯 氏를 相面햇다. 今日 曾祖 改葬을 햇다고 햇다.
郭在燁 氏 宅에에 갓다. 在燁 氏 父親에 問病을 햇다.
夕食을 맟이고 養老堂에 갓다. 大里民 多少가 모엿다. 李玎宇 氏가 參席햇는데 大統領選擧에 朴正熙 氏에 票을 많이 모아달아면서 오는 정이 있어야 가는 정이 잇다고 呼訴햇다.
집에 온니 밤 11時 30分이엿다. 參模는 成奎 기화 운반햇다.

<1971년 4월 22일 목요일>
終日 방아 찌엿다. 大里에서 金勝鎬에서 明 全州 가는 1行 旅費로 4仟을 보냇다. 3仟을 仁基에 주면서 約 10餘 名만을 데리고 가자고 햇다.
7時 30分(夕陽) 列車로 求禮 外家 外祖母 祭祠에 갓다. 倒着하니 밤 11時엿다. 제사를 모신데 龍田里 正馥이도 參席햇다.

<1971년 4월 23일 금요일>
正馥이와 갗이 春子 시모 喪家에 갓다. 弔問을 하고 華嚴寺에 갓다.
12時까지 놀다가 邑內로 왓다. 任正三을 맛나고 中食을 햇다.
龍田里 姨叔을 뵈엿다. 어먼니 장에 택일밧다는데[받았는데] 8月 7日로 되엿다.
태시[택시]로 作別하고 求禮口에 왓다. 助役 朴究玄을 맛낫다.

5時 列車로 집에 온니 밤이 되엿다.

<1971년 4월 24일 토요일>

郡 山林係에 갓다. 第二次 造林費를 밧닷는데 182,720원(第一次 分 20萬 2,500)을 領收햇다.
夕陽에 造林地에 갓다. 人夫들 보고 明 25日에는 끝을 내고 싶으니 꼭 오시여 주시기를 呼訴햇다.
靑云洞에 들이여 戶〃 訪問햇다.
成曉는 午後에 歸隊햇다.

<1971년 4월 25일 일요일>

아침에 郭在燁가 왓다. 丁基善 宅으로 가자면서 傳言에 依하면 鄭鉉一이는 今般 選擧에 反對方向이라는 消問[所聞]을 드럿다면서 一次 對面하고 가겟다고 햇다.
丁基善 집에 가니 面長이 왓드라. 그 자리에서 面長은 鄭鉉一을 으심的으로 말하면서 어제 晋浩英 氏가 面에 왓는데 各 部落 實情을 하면서 昌坪里는 校감 鄭鉉一이도 合議[合意]한다고 햇든바 浩英 氏는 관촌에 간다면서 作別햇든데 1時 後에 다시 와서 말하기를 鄭鉉一을 操心해야 한다면서 관촌에 갓든니 某 婦人이 말하는데 今般 選擧는 엇더케 하겟는가 하고 무르니 아무케나 하라면서 政權은 이번에 交替하야 합니다 햇다고 말햇다고 함.
封 64枚 基善 집에 保菅하고 萬永 條 500 게석 500 李占禮 500 雜비 500 내의 條 2,000 參觀人 條 500 計 4,000원을 保管 中임.

<1971년 4월 26일 월요일>

靑云洞에 工事場에 갓다. 火藥 發破 하는데 立會次엿다. 3發을 터트리고 왓다.
李증빈 氏 來訪햇다.
造林費 차즈려 갓다. 午後 3時 傾 온다 햇다. 時間이 있어서 韓正石 氏 宅에서 자다 보니 午後 2時 30分이엿다. 造林費을 찻고 보니 79,180원을 領收햇다.
아참에 成奎가 왓다. 大里에서 選擧에 對한 잡옴이 잇다고 操心해라 햇다.
鄭大振 氏을 맛낫다.
金奉錄 氏을 맛낫다. 工場에 對한 세멘 300袋 要求햇다.
建設課長任을 보로 간바 관촌에 出張이라 해서 不面會 햇다. 市場日에 □□ 택시로 300원을 주고 집에 왓다.

<1971년 4월 27일 화요일>

林判俊 白康善 朴京洙 崔完宇 鄭太炯 氏 맛낫다.
今日 第7代 大統領 選擧日이다.
아침부터 造林費 散布햇는데 밥앗다.
投票 參觀人으로 大里에 갓다. 投票率은 約 85%를 햇다.
夕陽에는 郭在燁 氏와 郭忠燁과 言戰을 햇는데 술이 취한 것으로 안다.

<1971년 4월 28일 수요일>

終日 精麥을 햇다. 牟潤植이는 今般 選擧에 自己는 빼노왓다고 不平햇다. 原理을 모르겟다.
똘 보매기 햇다.
崔南連 氏 前番에 取貸해간 金 貳仟원을 가지고 왓다.

<1971년 4월 29일 목요일>

아침에 白康善 氏 宅에 갓다. 會計한데 豚 1頭 5,700 肥料 2袋代 1,700 計 7,400 줄 것.

取貸 條 1,400 木工 2日分 2,000 計 3,400원이고 豚代 1部 3仟을 除하고 現金 殘 1,000원을 밧고 會計 完了햇다.
午後 4時까지 精麥을 햇다.
昌宇는 參模 모래자갈 小류지에 운반한 傳票[錢票]을 가지고 왓다. 會計해보니 9,960원 이엿다. 夕陽에 金炯進 便에 보냇는데 500원을 除하고 9,460원만 보냇다. 異狀[異常]이 生겻다. 모든 帳簿 整理햇다.
夕陽에 靑云洞에 갓다. 崔六巖 宅에 들이니 만이 모여서 윳을 놀드라. 한 번 놀다보니 百원을 일엇다. 朴京洙에서 取해 일엇다. 京洙는 土地 使用料를 朴 氏에게 무럿다. 모르겟다고 해서 是非가 버러저 소란햇다.

<1971년 4월 30일 금요일>
精米햇다.

<1971년 5월 1일 토요일>
午後에 大里에 갓다. 面長 郭宗燁 李相云을 맛나고 明日 旅行으 件을 打合한바 麗水로 가기로 햇다.
술 한 잔 먹다 집에 온니 밤이 되엿다.
鄭鉉一 崔南連이는 言爭을 햇는데 選擧關係로 햇다고.

<1971년 5월 2일 일요일>
아침 6時 40分 列車로 稧員[契員] 全員과(16名) 麗水에 當하니 11時 20分이엿다. 오동도에 當해서 船泊[船舶]을 貸切. 오동도 1週[一周] 햇다. 놀다 보니 오후 3時엿다.
시내뻐스로 市內에 갓다. 文京培 집에 갓다. 丁基善 內外는 오동도에 간다고 京培를 데리고 오동에 다시 갓다. 正門에서 基善을 맛낫다.
다시 택시로 市內에 왓다. 契員과 갗이 夕食을 맟이고 全員은 뻐스로 驛에 가고 나는 京培가 오도바이로 驛에 태워다 주웟다. 집에 온니 밤 11時엿다.

<1971년 5월 3일 월요일>
嚴俊祥 氏 酒店에 갓다. 黃在文 氏는 今般 選擧에서 戶當 5百원식을 돌이엿는데 내 목은 누가 먹엇나 햇다. 그려 리가 업다고 햇다. 屛巖里는 500원 又는 300원 식을 돌이엿다고 崔永贊이가 말한{다}고 햇다.
밤에 洞內 靑少年들을 呼出해가는데 5月 2日 무슨 일을 했나고 調査햇는데 알고 보니 任實 驛前에서 路上강도 事件이라고. 알고 보니 驛前에 石工이 범인이라고 해서 잡앗다고 解散햇다고 햇다.

<1971년 5월 4일 화요일>
林萬永 氏가 왓다. 黃在文 氏는 내의 목으로 選擧資金 500원을 누구가 먹고 안주야 햇다고. 鄭太炯 氏는 乃宇가 500원 주드라면서 술 먹엇다고 햇다고 長煥이에서 傳해드럿다.
※ 豚은 암이 나서 2日 만에 交배햇다. 交배 料金은 800원을 밧닷다고. 어제부터 내린 비는 오날까지 내렷다.
※ 午後에는 成康 豚 交배햇는데 任實에서 人工수정으로 햇다. 料金은 400원을 주웟다. 計算한니 8月 27日이 生日이엿다.
午後에는 種籾을 침종한데 28斗只인데 16斗5升 침종햇다. 金炯進이는 4斗只인데 따로 2斗5升쯤 침종햇다.
밤에 丁基善 里長 宅에서 開發委員 班長 會議가 있엇다. 案件은 靑云堤에 세멘 利

用의 件이엿다. 全員이 쓰게 함이 올타고 可決햇다.

<1971년 5월 5일 수요일>
丁基善과 同伴해서 面長에 갓다. 青云堤 세멘트 關係로 打合. 面長은 郡에 電話로 일해라 햇다.
全州 갓다. 豚 飼料 때문에 간바 品切이라 햇다.
具道植 氏 問喪햇다.

<1971년 5월 6일 목요일>
任實市場에 갓다. 林長煥 氏에 5,000仟원을 取貸햇다. 朴正根 取貸金 2仟원을 갑아다. 任實에서도 飼料가 品切이엿다.
李증빈 氏 電話로 飼料을 말햇다. 來週 初에 約 10叺을 주겟다고 햇다.
黨 事務室에 가서 金炳斗 氏를 맛나서 成康 關係 소루지 關係를 말햇다. 日間에 알아보겟다고 햇다.

<1971년 5월 7일 금요일>
今日은 苗板 設置를 햇다.
韓云錫은 脫곡機 修理를 終日 햇는데 日工은 1,200원 주웟다.
青云洞 工事場主 金奉錄 氏가 왓다. 基善이와 相論한바 세멘 300袋는 꼭 주워야 한다고 햇다.
里 大洞會인데 술이 취해서 눈 것이 잠이 들엇다.
李증빈 氏가 단여 갓다.

<1971년 5월 8일 토요일>
오날 午前 中 精米 精麥햇다.
李증빈 氏가 왓다. 書類 가추기 爲해서엿다.
成康 도야지 交배하려 驛前에 갓다. 숩것이 업서 다시 오는데 ※ 電話로 46番 人工{수}정사소를 불어오라 햇다. 第二次로 交배 하고 旅비 200원을 주워 보냇다.
青云洞에서 세멘트 明日 보내달아고 햇다. 基善은 못 주겟다고 해다. 7日 밤에 里 大洞會에서 주자고 햇는데도 又 못 주겟다고 하는 것은 某人의 쇼쿠를 밧는 것으로 보고 協力 못 하겟다고 햇다.
飼育豚은 生日을 計算한니 第一號 豚舍는 (成康 條) 9月 10日이 生豚日이고 第二號 豚舍는 8月 27日이 生豚日로 算出되엿다.

<1971년 5월 9일 일요일>
日曜日이다. 親睦契 有司는 嚴俊祥 鄭鉉一이라고.
비는 午前 中만 내린데 大里 郭在燁 氏가 鉉一을 데리고 왓다. 選擧運動證을 가지고 왓는데 協議體를 말햇다. 乃宇 基善 昌圭 判童 春順을 定햇다. 끝으로 郭在燁은 大里 奇正達 氏로 因해서 昌坪里에서 票가 나오지 안는다고 汀宇 先生 又는 子에 傳해달아고 햇다. 理由를 무르니 正達 氏는 鄭鉉一에 對해서 밋이 못할 사람이며 今般 選擧도 反對 衆者[種子]라고 중상을 말한다고. 個人事를 말하기 難햇다.
비는 갯는데 川邊으로 놀로 갓다. 郭在燁 氏가 보내 준다고 막걸이 3斗代를 日後 주겟으니 잘 놀아고 햇다. 만족하게 놀앗다.
工事場에서 朴 氏가 왓다. 세멘을 달아고 햇다. 里長이 못주겟다고 한니 處分대로 해라 햇다. 里長은 某人의 制止로 그런 듯십다.

<1971년 5월 10일 월요일>
籾 種子를 散布 햇다.

金昌圭 말에 依하면 工事場 人夫 및 請負業者는 세멘을 주{지} 안으니 工事를 포기하고 떠낫다고 햇다. 내도 作人이 안이면 推進할 生覺이나 作人이 되고 보니 꼭 세멘을 달아고 하고 싶지 안타.

<1971년 5월 11일 화요일>
林長煥 氏에서 取貸한 돈 5仟을 四街里에서 주웟다.
里長과 갗이 郡守任에 갓다. 射場[射亭]에 갓다고 햇다. 射場에서 맛나고 工事에 協助를 말햇다. 生覺해 보겟다고 햇다.
11時頃 郡守任을 거처서 建設課長과 金奉錫[23] 氏 노 게장과 同席햇다. 課長은 약이 올아서 큰소리첫다. 이제 와서 목리자[몽리자] 부담 세메 3百袋을 못 준다는 것은 非良{心}的이고 누가 솔선해서 준다고 햇나. 奉錫 氏는 利害 間에 工事는 포기하겠으니 部落에서 해 보시요 햇다. 退場햇다.
뻐스로 집에 온니 道 山林課에서 課長 外 5名이 同伴코 造林 심사하려 왓는데 잘 되엿다고 治下햇다. 間食 接待비는 술 담배 620원을 주웟다.
오후에는 精米햇다. 成曉가 왓다.

<1971년 5월 12일 수요일>
1. 아침에 방아 찟는데 故障을이 낫다. 손을 보는데 마침 鄭榮植이가 왓다. 榮植에 맛기고 終日 방아 찌엿다.
2. 南連 氏가 왓다. 듯자한니 청운동 저수지가 끝을 맟이지 못하게 되엿다고[되었냐고] 무렷다. 不可能하게 되엿다고 햇다. 그러면 里長이 약자 안니야 햇다. 한번 里 會議에서 세멘 3百袋를 미러 주기로 햇는데 한두 사람이 튼다고 미루는 것은 밋지 못한 里長이니 나도 班長을 그만두겟다고 햇다. 選擧나 치르고 반장을 그만두라고 햇다.

鄭太燮이가 왓다. 入黨願書를 가지고 왓다. 感謝하다고 하고 接受햇다.
鄭榮植 便에 萬원을 주고 附屬品을 주워보내만서 14日 江景에서 맛나기로 하고 보냇다.
채일게[차일계] 婦人게 해서 만흔 里民이 모여서 노는데 밤에까지 놀드라. 보기 실코 듯기스렷다.

<1971년 5월 13일 목요일>
午前 中에는 里 貧役한데 協助를 해주웟다.
午後에는 新平에서 立候補者 合同政見發表會에 參席次 가는 길이엿다. 驛前에 車를 타고 보니 社會黨 韓錫寬 氏 車를 타게 되엿다. 新民黨이요 共和黨이요 무렷다. 無黨者이요 햇다. 午後 3時 10分서부터 始作햇다.
途中에 金奉錄 氏를 맛낫다. 工事를 엇터케 할 터이요 햇다. 面長 말 드르니 세멘 300袋를 里長이 주마 햇다고 햇다.
面長을 맛낫다. 日後에는 昌坪 工事에 郡守 課長에 더 말 못하겠으니 涼知[諒知]하라 햇다.
李汀宇 氏도 맛낫다. 鄭泰燮이는 入黨願書를 냇다.
里長을 途中에서 맛낫다. 手苦한다고 햇다.

<1971년 5월 14일 금요일>
通學車로 江景에 갓다. 鄭榮植을 途中에서

---

23 청운제 건설청부업자였던 김봉록(金奉錄)의 오기로 판단된다.

맛나고 갗이 工場에 갓다. 金 6,500원을 주고 附屬品 1切 찻고 뻐스로 裡里에 왓다. 汽車에 다시 실코 관촌에 오니 1時 30分 이엿다. 中食을 맞이고 집에 왓다. 午後에 1部 組立을 햇다.
韓正石 氏를 맛낫다. 今日 모종을 뜻는데 웃덜거지를 里長은 제의 집으로 옴기라 햇는데 1部 옴기엿다. 그러나 里民 1部는 賣渡 處分함이 올은데 里長에 宅에 본는 것은 안 되오니 다시 옴기엿다고 햇다. 林萬永은 賣渡하게 되면 5仟원에 내가 사겟다고 햇다.

<1971년 5월 15일 토요일>
成康 成曉와 갗이 工場에서 組立해주웟다. 그러나 뜻고 보니 鐵工場에 다시 가야 할 附屬이 나왓다. 夕陽에 榮植 便에 5仟원을 주워서 鐵工所에 보내고 明 早束[早速]히 오라 햇다.
鄭宰澤이가 왓다. 豚 飼料 2叺代 600원을 달아해서 주웟다.
鄭德{奉}이가 왓다. 昨日 崔兄을 보려 郭在燁 氏 鄭大燮 氏가 왓는데 崔兄이 不在中이여서 歸家햇는데 協議要員에 傳해달아면서 金 貳仟원을 주고 갓다고. 夕陽에 長煥 氏는 金 壹仟원을 주드라고 햇다.
崔昌宇 柳正進 氏는 18日 旅行가자고 햇다. 承諾햇다. 人當 2仟원식 旅비을 챙기라고.

<1971년 5월 16일 일요일>
오날은 日曜日이다. 蠶具 洗水한는데 家族이 動員되엿다. 成東 成康이는 철열한다고 갓다.
苗板을 기르엿다.
午後에는 成曉를 시켜서 호로말링을 사려 보냇다.
夕陽에 崔南連 氏가 술 한 잔 먹자 햇다. 가보니 南連 氏 兄弟가 안자 있엇다. 酒席에서 丁基善이를 맛낫다고 햇다. 言中은 모종 나무 건 소류지 건 其他 里 行政의 件이라 햇는데 里政 하는데 人心이 이쯤 되면 그만두는 게 올치 안나 햇다.
金玄珠를 맛낫다. 崔太燮이는 말하기를 大選 때 金 五百원을 乃宇에서 탓는데 玄珠 너도 탓지 물엇다고. 나는 타지 안햇다면서 그려면 乃宇가 낫부다고 햇다고. 실은 탓지만 그와 갗이 말햇다고 大衆 앞에서 太燮이는 公開햇다고 들엇다.
丁基善이가 왓다. 나 업는 사이예 모종나무를 還價[換價] 處分했으니 氣分 납부다면서 里長職을 그만두겟다고 햇다. 靑云洞 工事 일 한야고 물엇다. 알고도 모른 척 하면서 내의 속 보로 온 듯햇다. 鉉一 집으로 가자고 햇다. 相議하자고. 고이로 거절햇다.

<1971년 5월 17일 월요일>
榮植이가 왓다. 成康이를 시켜서 蠶室 消毒을 시켯다. 蠶種은 8枚 飼育키로 해서 집이 왓다.

<1971년 5월 18일 화요일>
榮植이와 갗이 組立을 해고 精麥을 햇다.
郭在燁 鄭大燮 氏가 來訪햇다. 술 1石 국수 43束을 주기로 하고 作別햇다. 成植이 件을 付託햇다.
밤에 任實驛前에서 온 사람과 成康이는 是非을 햇다고, 嚴俊祥 氏는 支署에 信告[申告] 하려 갓다고 햇다.
장사군들이 논다고 초청했다.

<1971년 5월 19일 수요일>
국수는 驛前에서 왓다. 43束히 왓다. 班에 分配해주웟다.

<1971년 5월 20일 목요일>
막걸 1石 1斗을 各 班別로 分配해주웟다. 그리고 各 班을 단니면서 巡視햇다.
午後에 面長이 왓다. 소류지 工事에 對한 打合인데 選擧가 끝이 나면 里에서 세멘 200袋 耕作人이 50袋을 가지고 하겟다고 햇다.

<1971년 5월 21일 금요일>
여수에 가기로 하고 基善에서 金 3仟원을 取貸햇다.
6. 30分 列車로 麗水에 當한니 12時엿다. 오동도에서 뱃노리 하고 中食을 맞이엿다. 市內로 와서 求見하다가 밤차로 오는데 成康 母는 文京培에서 자고 왓다.

<1971년 5월 22일 토요일>
靑云洞에 갓다. 圭太 氏 父 生辰日이라고 해서 朝食을 잘 먹엇다. 놀다 보니 丁基善이 왓다.
夕陽에 郭在燁 氏 鄭大燮 氏가 왓다. 封투 107枚을 가지고 왓다. 基善이와 갗이 筆洞에 가서 7戶 집에 나누워 주웟다.

<1971년 5월 23일 일요일>
아침부터 靑云洞에 丁基善 鄭鉉一과 갗이 갓다. 戶當 戶主을 차자 보면{서} 選擧 좀 잘해 주시오 하고 付託햇다.
日曜日이기에 成東 成樂이와 갗이 蠶室 間子을 맷다.
午後에는 成康 집에 가서 間子을 매는데 稧員들이 川邊에서 놀다 오는데 嚴萬映 外 8, 9名이 왓다. 丁俊峰이는 막걸이 한 잔 먹자면서 鄭圭太 氏 집으로 왓다. 22日 吳泰天 兄弟 尹錫이와 3人이 任實 靑年을 때리엿다고. 마진 사람고 警察官 1人이 連行해서 吳泰天을 보로 왓는데 行方이 不明이라고 警察官은 갓다. 그 後에 듯고 보니 嚴萬映 氏이 말은 吳상천이가 前課者[前科者]라고 들엇다고 하면서 잘못이 잇다 해도 흠을 감추는 것이 里民 道義라 햇다.

<1971년 5월 24일 월요일>
아침에 비는 조금 오는데 農民은 기푸게 生覺햇다. 그칠 사이 업시 왓다.
鄭圭太 酒店에 갓다. 崔瑛斗 具道植 金正植 鄭圭太와 갗이 술을 먹엇다. 酒店에서 瑛斗 氏가 鉉一에 共産黨이라고 햇다고 朴京洙 집에서 말햇다고 具道植이가 말햇다. 瑛斗 氏가 그려면 말 잘못햇다고 나는 말햇다.
金正植 氏는 成康이 雜種金을 말햇다. 今年에 딴으로 農事를 맛기여 지엿스니 明年度에나 물게 해달아고 햇다.
午後에 丁基善이가 왓다. 李정호 氏에서 보냇 편지를 가지고 왓다. 事由는 農路 확장하면서 地上物이 被害가 잇다고 賣渡處分 해달아고 햇다. 里長을 그만 두겟다고 햇다. 里民이 不信任하고 崔瑛斗 氏가 共産黨이라고 햇으니 一身上 못하겟다고 햇다.
鄭昌律 氏가 왓다. 圭太 酒店에서 林長煥 崔瑛斗 黃在文 鄭圭太가 도박을 하는데 里規則에 어긋낫으니 그대로 볼 테야 햇다.
里長과 갗이 갓다. 화토 방석을 차면서 이렬 수 잇나 햇다.
崔瑛斗 氏와 基善을 合席해노코 말햇다. 무슨 말을 하든 조흐나 共産黨이라고 함은 잘못이니 사과하라 햇다. 未安하다면서 兩

人이 和解햇다.
雜音이 만히 있으나 日暮가 되어서 散家햇다.

<1971년 5월 25일 화요일>
今日은 民議員 投票日이다. 第一投票區 參觀人으로 안잣다. 投票率은 778票엿다.
鉉一이와 同行 歸家햇다.
잠이 들자 한니 崔南連 氏가 왓다. 京浩 便所 옆에서 듯자니 成康이 말을 해남택이 좋이 못하게 햇다고 햇다. 어던 婦人이 놀여가 한니 成康이 보기 시려 못가. 成康이 洞內에서 주락피락 한다면서 日後에 이 世上이 엇지될지 모른자고 햇다고 傳해 햇{다}.
裵仁湧 집에 가서 해남댁 보고 무슨 말을 한부로 햇나고 주둥백이를 찌여 버리겟다고 햇다.

<1971년 5월 26일 수요일>
午前에는 苗板이 피살이 하는데 보고 午後에는 列車로 오수에 갓다. 鐵工所에 가서 古 脫穀機를 修繕해달아고 付託하고 6月 5日에 引受바드려 오겟다고 햇다.
빠스로 市場에 왓다. 新平 開票狀況을 아라본니 最終에 開票한다고 해서 歸路에 裵仁湧 婦夫[夫婦]를 데리고 酒店에 갓다. 間밤에 未安하다면서 타일의고 술 한 잔식 주고 왓다.
夕陽에 개고기를 먹는데 鉉一 基善 乃宇 俊祥 同席하고 1人當 1,450식 도라앗다[돌아왔다].
(俊祥에 外上代 四仟원 주웟다.)

<1971년 5월 27일 목요일>
里長을 同伴해서 面에 갓다. 不在中인 面長 무르니 大里長 집에 갓다고 햇다.
大里 洑에 놀이 갓다고 해서 간바 郡 建設課 申 氏와 갗이 四仙臺에 갓다고 해 차잣다.
昌坪 工事도 해야겟다고 해서 相議하고 왓다.

<1971년 5월 28일 금요일>
새벽에 모[몸]이 좇이 못해서 便所에 2, 3次 간바 口토[嘔吐]까지 하게 되엿다. 崔南連 氏가 全州에 놀여가자고 햇는데 拋棄하고 終日 누웟다.
里長이 왓다. 自己 집으로 가자고 했으나 起動하기가 難햇다.
靑云堤 工事 責任者가 왓다. 明日부터 作工[着工]하라고 햇다.
俊祥 氏 집에는 里民이 10餘 名이 모여서 윳노리 하는데 參席햇다. 途中에 崔瑛斗 氏와 嚴俊祥이가 是非가 낫는데 내가 보기로는 瑛斗 氏가 봉변을 當한 것으로 보고 苗板에 단여 집에 왓다. 지금도 몸히 快하지 못하다.
農牛 交배시켯다.
耕作人 召集을 시켯는데 全員 不參으로 流會시켯다.

<1971년 5월 29일 토요일>
齒修 崔成鉉 氏를 白康俊 氏가 모시려 왓다. 어리서 竹馬故友之間이라고 햇다. 몸은 于鮮[于先]햇다.
面長에서 메모가 왓다. 工事用 세메을 出庫하라는 內用[內容]이엿다.
里長이 왓다. 耕{作}人 召集에 打合을 햇다.
李증빈이 山林 巡回[巡廻]次 來訪햇다.
崔成鉉 氏는 家族 齒牙를 끝냇는데 22個를 햇다고 햇다. 代金은 個 500원式라 햇다. 計가 11,000인데 萬원으로 決定하고 支拂해 주웟다. 夕陽에 갓다.

金炯進이는 장기질 햇다.
밤에 소류지 作人會議가 내 집에서 開催되엿다. 總員 22名 中 13名이 參席하야 始作되엿는데 案件은 斗只當 세멘 1袋식 負擔키로 한바 滿場1致로 通過하고 6月 1日限 集合하기로 約束하고 今年 소류지 관리者 選定한데 崔瑛斗가 先任되 이도 加決[可決]되엿다. 끝이 나고 보니 11時 되엿다.

<1971년 5월 30일 일요일>
成東 成樂와 蠶室 修理햇다.
11時頃에 新平面에 갓다. 李汀宇 氏는 當選된 後 初人事次엿다.
大里에 왓다. 基善 鉉一 同伴햇는데 郭道燁을 맛낫다. 大選 때 趙命基를 때려 주웟다고.
집에 基善과 同伴한데 金興源 氏를 路上에서 맛낫다. 고흥서 온 女子인데 과부라면서 同居할 뜻을 먹으니 그저 同居할 뜻이라고 햇다. 집에 와서 女子을 對面하고 보니 普通이엿다.
靑云洞 堤에 갓다. 餘水路을 始作햇다. 세멘트를. 參模는 小溜池에 세멘트 76袋 運搬해주웟다.
밤에 昌宇가 왓다. 戰鬪警察 應試에 合格햇다고 햇다.
農園에서 柳東植 氏가 왓다. 靑云堤에다 쎄멘 6袋만 負擔해 달아고 해다. 그려면 前條 用地 買受代 未收까지도 無效해주겟다고 햇다.

<1971년 5월 31일 월요일>
參模는 소류지 세멘 124袋 引受하야 現場에 운반햇다. 基善 萬映 氏 同伴 소류지에 갓다.
視察하고 오는데 崔六巖 氏는 술을 먹자고 햇다. 龍山里 苗板을 둘이여 오니 正午가 되엿다.
午後에 鄭仁浩을 데리고 農協에 갓다. 공제金 7,420을 貸付하려 갓다. 金 貳萬원을 申請햇든이 좃타 햇다. 廉東根을 시켜서 記載해서 주웟다. 今日은 月末이기에 明日 오라 햇다.
成吉 집에 갓다.
비는 나리는데 상당히 왓다. 崔南連 鄭仁浩와 술을 먹는데 圭太 집에서 南連이는 내의 兄을 俊祥이가 때릿한니 분하다면서 갓다. 듯자 한니 시기렷다.

<1971년 6월 1일 화요일>
今日은 農高 生日라 成東 成樂이는 休日이엿다. 쎄멘트로 桑葉室 修理 蠶室에 손질을 햇다.
任實에 갓다. 장보기를 하는데 約 2仟원쯤 썻다.
뻐스로 오수에 갓다. 鐵工所 辛 氏를 맛나고 脫穀機 1臺을 흥정한데 古品을 주고 17,500원에 約定햇다. 마참 家用酒가 있어 권햇다.
任實에 왓다. 電話로 晋浩暎 氏를 불엇다. 成康 件을 付託한데 早晩間 處決해달아고 햇다.
李錫宇 氏를 맛낫다. 金 5百원이 不足해서 在玉을 시켜 취해왓다.
農協에서 貳萬원 成傑 便에 보내 왓다. 共濟料 七,四二〇 入金햇다.

<1971년 6월 2일 수요일>
只沙面 寧泉里에서 蠶養婦人 2人이 入家햇다. 누예는 자는데 피사리부터 始作햇다.

柳正進에서 麗水 旅行 갈 때 取貸金 2仟 中에서 契員 負擔金 310원 除하고 1仟 700원을 支出햇다.
崔瑛斗 氏을 同伴해서 저수지 作人 쎄멘 負擔金을 据出[醵出]하려 단이엿다. 90%을 据出햇는데 柳文京 母는 내지 안해서 갓다. 돈 잇다고 끕〃을 준다고 햇다. 氣分이 좋이 못햇다. 납분 년이라 햇다. 동내 사람이 만니 잇는데 시비가 되엿다.

<1971년 6월 3일 목요일>
아침에 文京 母 집에 갓다. 또 시비가 되엿다. 쎄멘 갑을 다시 달아고 해서 金 350원을 밧고 170원어치는 담배로 바닷다.
龍山里을 가서 康東云 氏을 맛낫다. 夕陽에 준다고 해서 왓다.
靑云洞에 갓다. 20餘 名이 일하는데 쎄멘이 얄바서 付託햇다.
圭太 집을 据處서 집에 왓다. 午後부터는 비가 나리기 始作햇다.

<1971년 6월 4일 금요일>
朝飯도 먹기 前에 崔瑛斗 氏가 왓다. 工事用 쎄멘代 350원을 가지고 왓다.
靑云洞에 갓다. 天雨로 作業이 中止되엿다. 昌宇와 同行해서 집에 왓다. 昌宇 말은 아침에 崔今福이가 왓는데 雜音이 만하다고 햇다. 今福 氏는 大兄 宅에 갓는데 乃宇에서 만흔 봉변을 당햇다고 하고 大兄은 말하기를 동내에서 동내 사람들이 키워주웟고 鄭太炯에도 잘못햇고 吳鎭燮에도 잘못햇고 鄭鉉一에게도 잘못햇고 {成奎 妻} 메누리도 듯고 와서 과히 한다고 하면서 잘 드렷네. 天圭 今福 氏가 同行이 되어 兄任에다 원정한데 嚴萬映 집에 잘 단니다고 거기에 反感이고 嚴家들하고는 서로 새이가 좋이 못한데서 그런가 보네. 昌宇 말을 듯고 보니 乃宇 내의 平加[評價]를 今福에까지 발설한 것은 老兄任이고 門長쯤 된 어른이 되여 女子에 과히 傳함을 乃宇 나를 品行不良者로 取扱함이 늣기여 감정이 낫다. 술을 먹고 그런 모양이나 日後 말할 터이니 집에 가소 함이 올타고 보{는}데 今福 편을 들어 말햇다 하니 千萬 섭〃햇다.

<1971년 6월 5일 토요일>
어제 밤에 崔瑛斗 氏가 왓다. 李順宰 條 쎄멘代 1,750원을 가저와서 昌宇만 빠지고 全員 完拂이라고 햇다.
成東이는 6-7月까지 補充授業을 한다고 1.500원 신 350 帽子 150원 해서 2,000원을 주웟다.
新里 朴永錄 氏 宅에 갓다. 뽕을 아아보기에[알아보기 위해] 간바 求하들 못하고 바로 館村에 왓다. 面事務所에 들이여 新平面長에 電話로 밤부車[덤프차]를 말햇든니 只今도 工場에 잇다고 햇다.
任實에 갓다. 黨 事務室에 들이여 오는 中에 金城里 李증빈 氏 宅에 들이엿다. 증빈 氏는 말하기를 今日 邑內에서 嚴秉圭 氏와 술을 먹는데 嚴萬映이 왓는데 당신 成康이와 짜고 造林費에서 10萬원을 해 먹엇다고 햇다고. 기분이 좋이 못햇고 萬映을 生覺해 주웟든니 보정 업시[본정 없이] 공갈친다고 햇다.
비는 오는데 술 한 잔 마시고 雨山[雨傘]까지 주워서 無事히 왓다.

<1971년 6월 6일 일요일>
李증빈 氏 오시엿다.

上泉里 康東植 氏가 來訪햇는데 德川里 東柱 집에 뽕이 있으니 가보라 햇다.
自轉車로 마당재까지 갓다. 具正錄 氏를 맛나고 두 집 것 1,500원에 사노코 왓다.
德川里 金京洙 氏 宅 첫 모내기 하는데 中食과 술을 먹고 보니 보리種子가 하도나 조키에 2斗만 交煥[交換]해달아고 하다가 現金으로 600원을 주면서 今秋에 달아고 왓다.

<1971년 6월 7일 월요일>
4人이 德川里로 뽕을 따려 보냇다. 李증비[이증빈] 氏 鄭鉉一 條 造林費 1,500원을 드렷다. 午後에는 牛車를 起送코 德川里에 갓다. 뽕을 따는 又 800원 자리을 삿다. 뽕 딴 니는 5名이엿다.
康東柱 氏 婦人이 밧 매는데 協助를 해달아 햇든니 約 1時間쯤 따주웟다. 오는 途中에 德川里 술집 할먼니 便에 金 50원을 주면서 康東柱 氏 婦人에 傳해달아 햇다.
黃宗一 氏에서 貳萬원 借用햇다.
夕陽에 막 잠자는데 藥을 散布하고 첫 밥 주웟다. 蠶絲機 1臺 가저왓다.

<1971년 6월 8일 화요일>
成康 母 外 1人을 데리고 上泉里 康東植 氏 宅에 뽕 따로 갓다. 1,500원을 주고.
마참 金炯根 弟 炯植이 車를 가지고 왓다. 車便에 실고 村前까지 無事히 왓다.
金暻浩 氏에 招待햇다. 暻浩 氏의 妻의 回甲이라고 햇다.

<1971년 6월 9일 수요일>
朝食 後 뻐스로 任實에 갓다. 郡守任을 訪問햇다. 成康 件을 問議햇든니 現在는 자리가 없으니 日後로 미루웟다.
다시 오수로 갓다. 脫麥機 古品을 주고 17,500원에 삿다. 곳 착송[탁송]하라고 하고 全州에 갓다.
紀全女高에 가서 成苑을 찻고 갗이 庶務課에 갓다. 6, 7, 8月分 授業料를 合計한니 7,770원이여서 주고 왓다.
館村驛前에 金正根을 맛낫다. 靑云洞 脫麥 場所을 讓步를 要求햇다. 反對햇다.
靑云洞을 거처 龍云峙까지 갓다.

<1971년 6월 10일 목요일>
靑云洞에 婦人 3人이 蠶業 作業次 왓다.
上午에 人夫 3人과 上泉里에 뽕 따려 갓다. 金容俊 氏에 간니 업다고 햇다.
뻐스로 館村 당에 갓다. 道植 氏 甥姪에 간바(李宗善) 없다고 하다가 嚴昌燮 뽕이 잇다고 해서 1叺當 500원식을 주기로 하고 4叺 땃고 方現里에서 6叺 1,800 人夫 3人 300원을 주웟다.
安承坋 氏와 上關에 갓다. 新興里 崔 氏을 訪問하고 뽕밭에 간니 거리가 멀어서 難復햇으니 3,500원에 決定하고 契約金으로 500원을 주고 왓다. 明日 方現里 上關을 가기로 햇다.

<1971년 6월 11일 금요일>
아침 첫 뻐스로 安 生員 外 3人 崔乃宇 外 3人 해서 8名 뻐스로 新里에 갔다. 뽕갑 운임 總合計가 5,730원인데 安承坋 氏가 2,350원 支出하고 乃宇가 3,380원을 낸 편이다.
日後에 會計하기로 하고 金雨澤 氏 宅에서 決算을 보앗다. 內譯은 8人 車費 320원 뽕代 3,500 뽕따는 婦人 3人 日비 500 女人 車비 500 南관 車비 乃宇 40원 貨車 운임

1,200 食事 100원이엿다.
밤에 牛車로 운반하고 보니 밤 11時엿다.

<1971년 6월 12일 토요일>
午後 3時頃에 新里에 갓다. 뽕 나문 것을 參模 正柱을 시키고 오는 빼스에 400원을 주고 館{村}驛에 실이고 왓다.

<1971년 6월 13일 일요일>
뽕이 모지래서 方現里에 갔다. 뽕 9叺 3,450원(人夫賃까지)에 사고 떨〃리에 700 運賃에 수송한바 밤 10時엿다.
오는 途中에 발을 다치엿다. 館村 崔宗植에 付託하고 人夫 4名을 어덧다. 2仟원 先拂하고 왓다.

<1971년 6월 14일 월요일>
누예는 오르기 始作햇다. 終日 끝낫다. 成康 누웨는 約 半이 나맛다.
只沙面에서 오신 婦人 今日까지 13日間 作業햇다. 1日 2百원식 해서 5,200원(2人分)을 주고 治下金 300원을 주웟다. 崔永贊 婦人 5日인데 肥料 1袋 800원 치고 200원 주면서 治下金으로 百원을 더 주웟다. 脫穀機 운반 肥料 20袋 운반 기름 1드람 揮發油 1초롱 운반한데 金炯植 車便이엿다.

<1971년 6월 15일 화요일>
아침에 成康 누예 올이는데 家族이 다 갓다.
館村市場에 갓다. 明善 母에서 3仟원을 두루면서 今日 現在 5,000仟이라 햇다.
叺子 2枚 망태 1개는 趙寬玉 宅에 入納 叺子 2枚는 張南成 宅에 入納이라 쓰고 成吉에 保管햇다.
趙寬玉 氏를 對面햇다. 3,050원 中 2,450원을 주면서 金 1,000원은 兄에게 不遠 드리[드릴] 터이니 責任해주시라 햇다.
모내기 장보기 한는데 裵山宅에서 다마네기 170, 호박 100 計 270원 外上으로 가저왓다. 趙命基 崔宗仁을 맛나고 郭宗燁을 맛나서 술 한 잔식 드렷다.
高成化 氏 入家햇다. 成吉에서.

<1971년 6월 16일 수요일>
成東 成樂이는 今日부터 農繁期 放學이엿다.
今日 첫 모내기를 하는데 人夫는 15名이 모재비엿다. 6斗只 3斗只 計 9斗只을 移秧햇다. 午後 6時 30分에 끝이 낫다.
成東 成康 永植이는 桑田 春伐하고 肥料햇다.
夕陽에 집에 온니 서울 崔貞禮가 왓다 갓다고 햇다. 文京 집에 가보니 實地 왓다. 自己 兄과 是非 條件을 따지는데 文京 母에 對{해} 處勢[處世]와 行動 如何를 말해 주웟다. 내의 兄이 꼭 잘 했다고는 못 보나 너무 과히 욕설을 햇다고. 그러나 욕은 먹는 것으 안니로되 불상이 여겨 주시요 햇다.
불상이 여겨 주되 自己의 行動에 매이엿다고 햇다.

<1971년 6월 17일 목요일>
家族은 麥刈하고 成東 參模는 池野 두력햇다.
崔貞禮는 林天圭에 對面코자 가자고 햇다.
驛前에 가 人便으로 天圭 집에 보냇다. 答辯이 왓는데 아순 사람이 오라고 햇다.
氣分이 少해서 貞禮는 바로 빼스에 오르면서 서울로 向햇다.
金鳳錄 氏를 驛前에서 對面코 林長煥 外 5, 6名을 시켜서 餘水吐 石事를 하라 햇다.

<1971년 6월 18일 금요일>
家兒들 데리고 고치 까기 시작햇다. 池野 3斗只 黃在文 氏가 完了햇는데 參模을 보내주고 明日 麥刈에 보내주어 주기로 햇다.

◎ 第二 豚이 암이 낫다. 午後에 牛車로 交背[交配]하려 가는데 屛巖里 婦人 1人이 道峰里로 가시오 햇다. 말은 鄭警植 豚은 交미가 잘 안된다면서 道峰里 全 氏는 잘 된다고 해서 갓다. 外上으로 交미한데 600원을 明日에 보내주기로 햇다.

밤에 裵壽奉 氏가 왓다. 作業헬 일이 있으면 하고엿다. 하자고 햇다.
밤에 成康이는 고치 까기 햇다.

<1971년 6월 19일 토요일>
裵壽奉 氏가 早朝에 왓다. 生覺하고 數日 일해주겟다고. 大端히 고맛게 生覺햇다.
麥刈한데 가끔 비가 내렷다. 午後에 牟光浩는 脫麥하자고 해서 햇다. 約 8叺 收穫햇다.

※ 脫麥稅는 今日 처음이엿다. 黃在文 氏가 麥刈 하려 왓는데 實은 에제[어제] 參模가 在文 氏 고지 1日 시머 주웟는데 午後에 內外가 온다든니 在文 氏만 왓다.

成康이는 蠶견 共販場에 갓다 왓는데 檢査員는 新田里 李明在이라 햇다. 金 2仟원을 주고 왓다고(交際費로). 脫麥은 昨年보다 約 1週日 빠른 편.

<1971년 6월 20일 일요일>
蠶견 共販日이다. 時間이 餘有[餘裕]가 있어서 오수에 갓다. 脫麥機 風庫[風具] 샤우두[샤프트]을 가지고 갓다. 金 貳百원에 修理햇다.
午後에 牛車로 蠶견을 실고 갓다. 總數量은 257키로엿다. 2等으로 檢査한바 167,800쯤 햇는데 日暮가 저서 現金은 찻지 못햇다.

<1971년 6월 21일 월요일>
脫麥을 한데 黃義澤 氏 갓다.
午後에는 大里 金在豊 氏 것을 한데 成康이만 시켯다.
午後에는 蠶견代을 차지로 갓다. 昌宇 瑛斗 俊峰이 갗이 찻고 成吉에 갓다. 債務 26,750원을 淸算햇다. 崔行喆 氏에 豚 飼料 4叺代 3,800원을 주웟다. 驛前에 黃宗一 氏 債務 22,000원 昌宇 立會 下에 淸算햇다. 鄭敬錫네 昌宇와 갓다. 會計한데 油類 효주 국수代 17,220원하고 新聞代 5, 6月 1,680원을 會計햇다.
밤에 成康에 갓다. 成苑 學費 3,430원을 주웟다. 驛前에 昌宇가 2仟원 取貸해 갓는데 鄭경식 新聞代 준다고 햇다.

<1971년 6월 22일 화요일>
脫麥하고 精麥햇다.

<1971년 6월 23일 수요일>
丁俊峰 고지 崔福洙 고지를 한날 심는데 17名에 9斗只 햇다. 裵壽奉 氏는 5日 품 1,500원 주면서 보냇다.

<1971년 6월 24일 목요일>
午前에 精麥햇다. 학바우 보리 벳는데 終了{인} 듯하다.
소류지 非常口를 막는데 打合한바 막는 것은 빠르다고 햇다.
밤에 新洑 作人會議가 있엇다. 崔南連 氏와 林澤俊이는 是非가 낫다. 차리물[24]을 해서

移秧을 메구자 하는 데서 原因은 있엇다.
鄭圭太 婦人 便에 5仟원을 주웟다.

<1971년 6월 25일 금요일>
白康俊 氏 脫麥한데 昌宇가 今日 始作햇다. 白康俊 氏 麥은 脫{脈} 16叺라고 햇다.
白康俊에서 參仟원 取貸金을 주웟다.
成奎에서 萬원 入金햇다.

<1971년 6월 26일 토요일>
아침부터 가랑비가 내릿다.
金雨澤 氏에서 국수 1箱子 왓다. 會計는 끝냇다.
夕陽에 崔瑛斗을 시켜서 저수지 非常口을 막앗다. 人夫가 업서 成東 參模 瑛斗 二柱을 시켯는데 人當 2百원식 800원 尹用文 外 3人 면토 운반한데 800원 計 1,600원을 圭太 집에서 圭太 立會 下에 會計햇다.

<1971년 6월 27일 일요일>
아침에 只沙에서 姨母(龍鎬 母)가 왓다. 成曉 婚姻 關係로 打合次 왓는데 尹氏 宅이라고 하고 山西面이라고 햇다. 適合하면 今秋에 成婚하겟다고 하고 不遠間 가보겟다고 하고 旅費 2百원을 주면서 보냇다.
도장배미 고지 梁奉俊가 심는데 8名이엿다. 靑云洞 脫作[打作]한데 林敏燮 氏 林海澤이 하는데 9叺 收入해서 保管햇다.

<1971년 6월 28일 월요일>
새벽부터 나린 비 終日 왓다. 午後에는 비가 갯다.

家族기리 모내{기} 햇다. 高成烈 氏는 休日엿다.
밤에 靑云洞 鄭泰燮에 夕食하고 金正石 脫麥햇다. 집에 온니 밤 12時엿다.

<1971년 6월 29일 화요일>
家族기리 移秧을 끝냇다.
成奎 脫麥하데 비가 내러서 1時 中止햇다. 다시 始作해서 10叺 脫麥햇다.
雇人 高成烈이 今日까지 15日채[째]인데 1日은 休息햇지만 半月分 5仟5百을 會計해서 보냇다. 그려나 明日 又 온다고 해서 오게 되면 오라 햇다.
丁東英 氏가 招待햇다. 가보니 술을 먹자면서 丁東根이가 安正柱안테서 갱이로 마잣다고 病院에 가다면서 心思가 좃치 못하다고 햇다.

<1971년 6월 30일 수요일>
새벽부터 폭雨가 내리자 移秧水는 滿足하게 되엿다. 午前 中에는 精麥을 햇다. 參模는 仁喆 품 갚으로 가고 鄭九福이는 牛 1日 가저갓다. 저수지에 가보니 2/3쯤 저수가 되엿다.
田畓을 둘어서 成烈이를 데리고 이발하려 갓다. 이발요가 올아서 140원을 주웟다.
蠶室 資金 第一次 分 無利子 萬원을 郡에 納入하는데 소 사람이 3日 郡 桑田 牛耕한 日工 2,400원을 除하고 殘 7,600원을 成英 便에 夕陽에 宰澤 宅으로 보냇다.

<1971년 7월 1일 목요일>
今日은 7代 大統領 就任式이다.
아침에 靑云堤에 간바 물은 滿水가 되여 約 1尺만 되면 餘水路로 流水되겟다. 危險

24 '차리물'은 모를 심은 후 위 논부터 차례로 물을 대는 방식을 말한다.

하게 되여 崔瑛斗 氏에 갓다. 作人을 動員해달아고 叺子 지게 삽을 가지고 오라 햇다. 食後에 現場에 간바 崔瑛斗 白康俊 崔成東 崔六巖 金進映 黃義澤이 왓다. 監[濫]時 叺子로 막고 約 1時間쯤 있으니 餘水路로 물이 넘기 시작. 大洪水엿다.
집에 온 2時 後에 非常口가 터저다 해서 가보니 第二 洪水이엿다. 林萬永 崔瑛斗을 對面한바 林萬永 氏는 仟원에 非常口을 맛기며[맡기면] 잘해주겟다고 햇다. 承諾햇다. 今年 中 最高로 大洪水엿다.

<1971년 7월 2일 금요일>
밤람[바람]은 强한데 雨氣는 업다. 遇然[偶然]히 休息케 되엿다. 일감이 없어서 놀게 되엿다.
午後에는 工場에 보리 脫作. 約 7叺 以上 收학[수확]햇다. 밤에 金相玉 보리 脫作햇다. 梁春植이는 半日 丁차엽 崔가 와서 協力햇는데 手苦費를 주기루 햇다.

<1971년 7월 3일 토요일>
아침에 成奎가 招待햇다. 朝食을 맟이고 脫麥機는 丁成燁으 運搬햇다.
水稻畓을 둘여 온데 途中에서 들으니 白康善 氏 妻 死亡이라 햇다. 康善 氏는 金 仟參百원을 빌여주웟다.
午後에 訃告 25枚을 써주웟다.

<1971년 7월 4일 일요일>
第一次 호무질을 햇다. 龍山 6斗只 池野 3斗只.
南連 氏 脫麥 黃 氏 脫麥 福喆 脫麥한데 밤이 되엿다.

<1971년 7월 5일 월요일>
食後에 靑云洞으로 機械를 옴기엿다. 圭太太燮 昌圭 仁燮 氏을 하는{데} 밤이 되엿다. 小溜池 非{常}口을 막는데 崔瑛斗 林長煥을 시켜서 完全하게 막앗다.
밤에 白康一 氏가 왓다. 子息 順基가 父母에 포행하고 칼로 지르겟다고 {하니 가서} 말삼해달아고 햇다. 바로 가 나무래주엇다.

<1971년 7월 6일 화요일>
午前에는 精麥햇다. 새벽 4時 30分에 기상해서 유류을 실코 靑云에 갓다. 在玉 집에서 始作한데 異常한 소리가 나기에 보니 호이루가 빠젓다. 막구렛도도 보도 빠저 큰 失手할 번햇다.

<1971년 7월 7일 수요일>
終日 精麥 精米한데 밤이 되엿다. 今日 順{天} 堂叔 精米하는데 6叺 낫다. 取貸해간 白米는 4次에 4斗인데 3斗만 주드라. 1斗은 宗穀 1斗이 더 갓으니 秋期에 1斗을 除하면 된다고 햇다. 그러나 取貸米와 宗穀과는 區分이 잇지 안소 햇다.
參模을 시켜서 鄭敬錫에 油類을 가저로[가지러] 보냇다. 控탕하고 왓는데 現金이면 된다 해서 黃宗一 氏에서 萬원 借用해서 2도람에 8,800원을 주고 밤 11時에 運搬햇다.
밤 12時가 되니 비바람이 부는데 겁을 냇다. 金京浩 氏 宅에는 金太鎬와 侄[姪]과 큰소리한데 이웃이 소란햇다.

<1971년 7월 8일 목요일>
成東을 시켜서 全州 黃喆 氏에 편지 내서 베루도 노라을 外上으로 보내달아고 햇다.

終日 精麥햇다.
成東이는 同上 附屬品을 가저왓다. 組立하고 보니 밤 12時엿다.
成康을 시켜서 靑云洞에서 脫麥稅 約 個數는 10개을 시려왓다.
圭太에서 12斗인데 3斗은 圭太 집에서 食事 又는 其他 페를 지켜서[끼쳐서] 3斗을 除하고 9斗만 바더왓다.

<1971년 7월 9일 금요일>
成康 昌宇는 光浩 完宇 康一 氏 脫麥햇는데 33叺 햇다.
豚은 암이 실패해서 賣渡햇는데 20,800원이엿다.
參模는 豚 二頭 任實까지 운반햇는데 駄費는 500원.
宰澤 肥料 15叺 圭太 酒 4相子[箱子]를 운반해주웟는데 운임은 未決이다.

<1971년 7월 10일 토요일>
午前에는 休業햇다.
午後에는 李正佑 脫麥한데 밤에까지 햇다.
丁俊峰 外 2人이 고지 맷다.
夕陽에 成曉는 親友을 데리고 外伯[外泊]次 왓다.

<1971년 7월 11일 일요일>
成曉는 午前에 歸隊한다고 햇다. 旅費 2仟원을 要求한데 手中에 現金이 없어 白康善 氏에서 仟원 白康俊 氏에서 仟원 해서 보냇다.
龍云峙 崔福洙 고지 맷다. 正午에 비는 내린데 桑田 除草한데 비를 맛고 支章이 만햇다. 他 人夫 9名.
午前에는 精麥햇다.
李증빈 氏는 造林徵收次 來訪햇다.
成康이는 豚代 20,800원 차지려 보냇다.
夕陽에 驛前 黃宗一 氏{에게} 갓다. 借用金 萬원{인}데 利子 500원 해 10,500을 會計해주웟다. 白康俊 取貸金 1,000 崔南連 氏 500 圭和 100 해서 밤에 成東을 시켜서 傳해주웟다.

<1971년 7월 12일 월요일>
借用金 2萬원을 달아고 丁基善 氏 家兒가 왓다.
아침에 알고 보니 間夜에 嚴萬映 父親이 別世햇다고. 嚴俊祥 氏는 金 貳萬을 要求한데 白康俊 氏 宅에 가서 金 壹萬원을 取貸하야 嚴俊祥에 주웟다.
林海云 外 5名이 두벌 매로 왓다. 龍山 6斗只 池野 6斗只 해서 12斗只 맷다.
嚴萬映 喪家에 가서 訃告을 써주웟다.
梁奉俊이도 村前 4斗只 第一次 除草햇다.
崔成奎 造林費 私林 1,000원 宗山 4,000원인데 2,500원을 주고 (이증빈 氏에) 實은 내가 貸納[代納]햇다.
終日 비는 온데 桑田은 午後에야 靑云洞 婦人만 4人이 맷다.

<1971년 7월 13일 화요일>
어제 10餘名이 桑田 除草한데 日費는 200원으로 引上해달아고. 宋成用 鄭鉉一 氏는 2百원식 事前에 先貸을 주고 햇다고 들엇다. 150원을 주면 人心이 날 것이다.
嚴萬映 喪家에 갓다. 弔客은 大里에서 元泉에서 10名뿐. 葬地는 북골인데 埋葬이 끝나고 昌宇와 同伴해서 중날 墓地 定檢[點檢]하려 갓다. 알 수는 업스나 適當하다고 왓다.

<1971년 7월 14일 수요일>
몸 괴롭다. 설사병이 나서 終日 便所만 단니엿다. 舍郎 누웟으니 原氣[元氣]는 떠러지고 잠만 오드라. 조용히 누었으니 매미 소리가 들이드라. 歲月은 밧밧구나 生覺이 엿다. 時期 夏節 氣分이 낫다.
夕陽에 田畓을 두러 집에 왔다.
밤에는 崔瑛斗가 왓다. 小溜池는 滿水가 되엿는데 作人이 터달{라}고 햇다고. 2, 3日 기드렷다가 틈이 조켓다고 햇다.

<1971년 7월 15일 목요일>
早起해서 精麥햇다. 食後에는 牟潤植 氏 脫麥場에 갓다.
11時頃에 附屬品 修理次 五樹[獒樹]에 갓다. 색기틀用 脫麥機 修理햇는데 600원을 주고 왓다.
울안에 풀매기 햇다.
夕陽에 水稻畓에 갓다. 논이 말앗다[말랐다].
白康善 氏 宅에 갓다. 除草햇다고 술 한 잔 주웟다.
白康俊 氏에 갓다. 12日 字 萬원 取貸金을 주웟다. 그려나 다시 쓰겟다고 햇다.
成曉이 왓다. 今日 字로 正式으로 休家[休暇]라 햇다.
圭太 집에서 놀다오니 밤 12時엿다.

<1971년 7월 16일 금요일>
圭太 便에 林海月 日費 2,000원을 보냇다.
任實에 분무기 修理次 成康을 데리고 갓다.
成奎하고 同伴해서 오고 보니 밤이 되엿다.

<1971년 7월 17일 토요일>
搗精者 會이[회의]엿다. 每月 17日 定期月豫[月例] 會議日로 定하고 又 休日로 定햇다. 料率을 違反하면 營業 정지키로 하고 牛馬車을 운반해주면 罰金 3萬으로 定하고 10斗에 1割 2分 料稅로 햇다.
支署 崔 巡警을 맛낫다. 井邑으로 發令이 낫는데 餞別金 五百원을 주고 왓다.

<1971년 7월 18일 일요일>
배답 고지논 매는데 4名이 왓다. 午後 5時가 된니 休息코 各者[各自] 집에 갓다.
成東 成康이는 農藥을 散布한데 約 20斗只이를 햇다. 藥 지부드레스엿다.
午前에는 精麥햇다.
鄭仁浩에서 살균제 8병은 無償으로 10병은 有償으로 가저왓고 尿素肥料 1袋 取貸해왓다.

<1971년 7월 19일 월요일>
丁俊峰 梁奉俊는 第二次 除草를 햇다.
夕陽에 圭太 집에 갓다. 圭太 妻 말은 빗지문을 떼고 물건 내갓다고 햇다. 調査한바 裵永植 金宗均가 냇다고 崔今子가 보왓다고 햇다.
海南宅과 崔南連 氏 是非한데 상처까지 낫다.

<1971년 7월 20일 화요일>
海南宅에서 萬원을 借用햇{다}.
成曉를 시켜서 71年度 一期分 營業稅를 1,961원을 郵便局에 拂入햇다.
成吉에서 萬원이 왓다. 成曉 便에 農藥을 사왓다.
崔瑛斗 氏는 小溜池 물을 터주웟다고 햇다.
午後에는 舍郎에서 讀書햇다.

<1971년 7월 21일 수요일>
全州農高에서 成東 擔任先生이 오시엿다. 今般 農樂隊가 日本에 渡日케 된데 經費가 不足해서 家庭訪問次 왓다고. 金 貳仟원을 주면서 보태 쓰라 햇다.
德巖里에서 成曉 親友이고 先배라고 吳氏가 왓다.
大麻(삼{}}을 솥에다 이켯다.
具道植 氏가 來訪햇다.
白康俊 氏 宅에 갓다. 畜牛를 삿는데 84,000원 주웟다고 햇다.

<1971년 7월 22일 목요일>
비는 終日 내릿다. 午後 中 精麥은 成曉에 맛기고 靑云洞 貯水池에 갓다. 貯水量은 滿水가 되여 餘水路로 너멋다.
金二周을 맛낫다. 木材 6개 9尺자라를 4,300원에 삿다.
夕陽에 집에 온니 農高에서 成樂이 擔任先生이 왓다 갓다고 햇다. 勿論 渡日 農樂隊 喜捨金 關係로 온 것 갓다.

<1971년 7월 23일 금요일>
오날은 大暑다. 連日 장마인데 처음으로 淸明햇다.
보리는 午後에사 말이엿다.
成康 參模는 農藥 散布햇다.

<1971년 7월 24일 토요일>
寶城宅 脫麥한데 終日 걸이엿다.
共販用 새기 꼬기 햇다.
驛前에서 外上으로 기름 1통 牛車에 실고 등유가지 1초롱.
全州에서 飼料 3叺 왓다.
農園에서 精麥하려 왓는데 밤 12時에 끝낫다.

<1971년 7월 25일 일요일>
내린 비는 終日 왓다. 日曜日{이}라 우리 脫麥할 計劃을 세우고 準備한바 허탕이엿다.
成奉 成愼이 放學을 햇는데 成績表을 보니 成奉이는 成績이 優授[優秀]햇다.
今日 새기 꼰데 6玉 꼬왓다.
龍山里 農園에 林유澤이가 牛車로 보리방아 찌로 왓다. 柯亭里 金龍錫에 찌로 간바 페문되엿다고 햇다. 理由 즉 稅를 덜 줄아고 햇다.
龍山 廉東石 氏는 年〃히 任實驛 韓正錫 氏 工場에 穀食을 運搬해주웟는데 今般부터는 中止햇다고 햇다. 組合長 立場에서 體面이 있으니 할 수 업다고 본다.

<1971년 7월 26일 월요일>
任實 市場日인데 天雨로 困[因]하야 抛棄햇다.
午前에 田畓을 돌아밧다. 水害는 업지만 한 간데 구멍이 낫다.
中食을 맞이고 街里에 간바 崔瑛斗 氏는 林澤俊에서 봉변을 當햇다고 햇다. 理由는 林澤俊 畓이 1部 침수는 되엿다 해도 滿水되드래도 去年만 못하다면서 관찬타고 한 것이 是非가 되엿다고 햇다. 그려면 관찬한니까 作人들이 自己 논을 못 사게 방해 놋는 것{이}라고 生覺코 相當한 言爭을 햇다고 햇다.
黃奉石 氏 春夫丈[春府丈]이 別世 訃告 왓다. 夕陽에 弔問하고 왓다.
大里 炳基 堂叔을 맛나고 술 한 잔시[씩] 먹엇다.

<1971년 7월 27일 화요일>
林長煥 氏 昌宇 農藥하려 成康이를 북골

에 보냇다. 12時쯤 된니 成康이는 機械 故章이라 햇다. 가보니 부락구 와샤가 업섯다. 실로 감아서 한니 잠시 돌다 중지. 다시 修理해서 尹鎬錫 2斗只까지 해서 夕陽에 왓다.
成東 成樂이는 今日부터 夏季放學이엿다. 附屬品 3,000원을 주면서 사오라 햇든니 잘 사온 폔이다.
밤에는 造林地 下役作業에 關한 班長會議엿다. 31日부터 作業開始日로 하고 班別로 別途 作業하기 完. 會議.

<1971년 7월 28일 수요일>
村前 고지 丁俊峰 梁奉俊 崔福洙 氏 第三次 除草햇다. 막걸이 1頭 관촌에{서} {사}왓다.
成東이는 附屬 사려 全州에 보냇다.
午後에 精麥을 하는데 밤 11時까지 햇다.

<1971년 7월 29일 목요일>
黃在文 外 4人이 龍山坪 池坪 全部를 第三次 除草을 끝맟이엿다.
成曉는 桑苗樹園에 作業하려 가고 成康이는 訓練하려 갓다. 成東이는 具道植 氏 脫麥 나는 精麥햇다.
面長이 夏穀收納 督勵次 來訪햇다

<1971년 7월 30일 금요일>
우리 脫麥을 한데 約 20叺 以上이 收학[수확]을 햇다.
成曉는 {桑}苗樹園에 作業하려 간바 屛巖里民에 讓渡하고 왓다.
成康이는 訓練을 맟이고 夕陽 農藥 세레산 27袋을 外上으로 館村에서 가저온바 20袋는 우리 것이고 5袋는 安 生員 2袋는 炯進이 것이다.
粉製[粉劑] 農藥
乃宇 二二封
炯進 二〃
安 生員 三〃
計 二七封 整

<1971년 7월 31일 토요일>
成東이는 安承均 氏 脫麥한데 10叺엿다.
成康이는 農藥 粉製[粉劑]를 한는데 午後에는 故章이 나서 밤 12時까지 分解을 햇다.
精麥햇다.
午前에 農藥 散布하는데 成奉이는 심부름하는데 自轉車로 川邊 橋樑[橋梁]에서 落傷해서 압齒가 부서저서 成曉이는 急히 館村病院에 옴기엿다.

<1971년 8월 1일 일요일>
崔瑛斗 氏 脫麥한데 成東이 參模을 시켯다. 成康 炯進 成植이는 粉製[粉劑] 農藥 散布하고 午後에는 成康 집에 脫麥햇다.
成曉이는 驛前에서 親友가 招待한다고 갓다. 鄭敬錫에 모비루 1초롱 成曉이가 가저왓다.
山林組合費 收金次 本 組合에 왓다.
午後에 成康 脫麥하고 보니 約 13叺가 낫다.
夕食을 하고 온니 圭太 氏 門前에 安承均 氏 外 4, 5人이 모엿는데 朴京洙가 小溜池 關係로 用地代 使用을 못 바닷다고. 崔乃宇을 못 바가 말햇다. 내가 무슨 責任者야 하면서 내는 낼 것 다 냇다면{서}. 미나분[미납분] 말을 햇다. 큰소리로 악을 쓰기에 누구 앞에서 악을 쓰야면서 다시 말햇다.

<1971년 8월 2일 월요일>
造林地 下役作業한데 成樂이는 午前 中만 갓다.
成曉는 成奉을 引솔하고 全州 齒課[齒科]에 갓다. 治料비[治療費] 2仟을 주웟다.
午後에는 침 마지로 館村에 갓다.
成東 參模는 보루구 박앗다. 約 150개엿다.
昌宇는 靑云洞에 세멘 2袋가 나맛는데 金奉錄이 하라고 햇다고 했으니 갓다 使用하라기에 밤에 參模을 시켜서 가저왓다.
밤에 完宇 外 2人에 里長租 班長租 1斗5升을 주웟다.

<1971년 8월 3일 화요일>
昌宇 京洙는 新平에 金奉錄 氏 對面次 간바 허텅이라고 햇다.
成東 參模는 부로구 150개 찍엇다.
山林係 李증빈 리 出張. 班長을 招集하고 下役作業을 論議 끝에 班別로 配定햇다.
夕陽에 賃搗組 常務가 왓다. 要指[要旨]는 會費 徵收엿다. 11日頃에 가겟다고 햇다.

<1971년 8월 4일 수요일>
집에서 家事 돌보기하고 午後에는 쏘락비가 내린데 穀物에 알맛게 왓다.
鄭鉉一이 왓는데 오수 土曜日 會費 5百원식을 据出해서 雲巖으로 물노리 가자고 郭在燁 氏가 傳한다고. 承落[承諾]햇다.
鉉一 果樹園에다 닥 20首을 기른데 某人이 쥐약을 노와서 멸종을 시키엿다고 그 金進映을 으심하더라.

<1971년 8월 5일 목요일>
아침부터 終日까지 精麥을 햇다. 비는 가랑비데 終日 왓다.
安承均氏 兒 便에 신탄진 5甲을 보냇다. 日前 農藥을 散布해주웟든니 그 答禮인 듯시 퍼서 바닷다.
成東이는 몸이 조치 못한가 기운이 업서 보이엿다. 參模는 보로코 운반햇다.
夕陽에 圭太 氏을 帶同하고 任實驛前에 韓文錫 氏에 갓다. 用金을 要求햇든니 明日 오시라면서 술을 대첩 바닷다.
只沙 崔鎭鎬 便에 便紙를 냇는데 婚談이엿다.

<1971년 8월 6일 금요일>
韓文錫에서 2萬원 借用햇다. 林海云 품싹 400원 주웟다. 牛車로 製材하려 갓다.
金奉錄 氏를 맛나고 昌宇 工事 日費를 要請햇다. 9日 新平에서 맛나기로 햇다.
丁東英 氏는 9日 回甲이라고 金 貳仟원을 借用해 달{라}고 해서 市場에서 借用해 주웟다.

<1971년 8월 7일 토요일>
大里에서 35名 本人과 鄭鉉一 氏와 雲巖場에 뱃노리 가는데 會費는 5百식. 約 6時間을 뱃노리 햇다.
成康이는 全州에 갓다. 李澤俊이 보자고 햇는데 기름 干係[關係]엿다 본다.

<1971년 8월 8일 일요일>
麥 買上 條로 作石한데 96叺 햇다. 鄭圭太 完宇 炯進 家族이 갗이 햇다.

<1971년 8월 9일 월요일>
午前에는 精麥햇다.
午後에는 買上하려 貸車에다 실고 新平에 갓다. 共販에 回附한바 1等 31叺 2等 30叺

3等 35叺엿다.
成曉는 歸隊햇다. 旅비 2仟을 주웟다.
買上代는 232,421원.
1等 2,566 ② 2,444 ③ 2,273

<1971년 8월 10일 화요일>
終日 비. 風이 심햇다.
白康善 木工은 終日 햇다.
成康이는 全州에 油類 買收次 간바 約 5드람인데 밤에까지 오지 안햇다. 18,000쯤 가지고 갓다.
成東 便에 韓文錫 債務 元 2萬원 利 5日分 200원 해서 보낸바 契約書는 안니 보내고 別紙 領收證을 해보냇다.

<1971년 8월 11일 수요일>
鄭圭太 氏 外上代 4,500원 全額 會計 完了햇다.
成東 成績表을 對照한바 45/54에 平均點 50點 成樂이는 27/59에 平均 63點이엿다.
金炯進 日費 18日 中 2日 품 除{하고} 16日分 4,800원 支拂해주웟다. 韓云錫 鹹石 手苦비 500을 주웟다.

<1971년 8월 12일 목요일>
林東基가 부로끄 싸로 왓다. 終日 工場 修理햇다.
二班에는 造林地 下役作業을 다 햇다고 崔南連 氏 집에서 술메기를 하는데 밤에까지 豊物[風物]을 치면서 놀앗다.
組合에서 왓다. 會비 5,100원을 주웟다.

<1971년 8월 13일 금요일>
工場에서 作業햇다.

<1971년 8월 14일 토요일>
工場에서 일햇다. 今日도 白康善 林東基 成東이도 갗이다. 參模는 에저[어제]부터 身體檢{査}하려 갓다. 3日間 간 셈이다.

<1971년 8월 15일 일요일>
午前에는 精麥하고 午後에는 精米한데 嚴俊祥 氏 白米 6叺을 빼고 安承均 氏 찟는데 고무 노라가 故章을 일으키서 全州에 보냇다. 車便이 없어 오지 안햇다.
新平 面長이 來訪햇다. 用務는 夏곡買上 督勵엿다. 中食 時가 되엿는데 어느 누가 食事하자고 하지 안햇다. 昌宇을 시켜서 中食을 하라 햇다. 마참 닥 1首을 잡고 待接햇다.

<1971년 8월 16일 월요일>
아침부터 玄米機 組立하고 精米을 始作햇다. 夕陽에는 田畓을 둘어본바 稻 作況이 5, 6日 만에 보니 豊足하게 되엿다.
金二周 婦人에 本代 3,000원을 주웟다.
貯水池에 가보니 滿水가 되엿다.
嚴俊祥 氏는 鄭鉉一이와는 商業을 對決할 수 업고 거더치우겟다고 햇다.

<1971년 8월 17일 화요일>
崔南連 外 7人이 피사리햇다. 酒는 館村에서 가저왓다. 今日은 工場이 定期休日이고 月間 休日會議엿다. 代로 成康이를 新平에 보냇다.
午後에 鄭仁浩는 蠶種 10枚代를 金 萬원에 外上 契約해달아고 햇다.
바로 분무기를 가지고 南原에 갓다. 성광사인데 修理하고 終버스로 집에 온니 10時엿다.
鄭敬錫 氏 油類代 11,070원을 주고 끝냇다.

<1971년 8월 18일 수요일>
成東 參模는 배추 갈앗다. 成康 外 3人은 新平에 배구시앞 하려 갓는데 昌坪里에서는 겨우 3等햇다고 햇다.
農園 精麥햇다.

<1971년 8월 19일 목요일>
방[밤]부터 내린 비는 終日 왓다. 舍郞에서 讀書하다 낫잠도 잣다.
鄭仁浩가 왓다. 共濟貸付[控除貸付] 5,300을 주시라 햇다. 契約紙에다 萬원을 쓰고 捺印해주웟다.
鄭圭太 氏에 金 貳仟원을 주면서 永贊 氏 婦人을 주면서 뽕 10日만 따주시라고 하고 傳해달아고 햇다.

<1971년 8월 20일 금요일>
새벽부터서 내린 비는 洪水로 變햇다. 食後가 된니 가이여서[개어서] 婦人 3人 男 1人 家族 4人이 合해서 8人이 피사리햇다.
돌몰宅 진갑이라고 招待햇다.
鄭鉉一 店甫[店鋪] 關係로 丁基善이가 말햇다. 嚴俊峰이는 昌坪里 市販場에 끝〃시 방해하겟다고 昌坪里 實政으로는 앞으로 더 흔드러 노와야 한다고 햇다고 基善이는 말햇다.
面에서 洪德均 外 1人이 出張 와서 夏곡을 좀 더 해달아고 햇다. 据絶햇다.
밤에 피 뽑는 婦人 품 600을 成曉 母에 주웟다.

<1971년 8월 21일 토요일>
午前에 관촌에 갓다. 農協에서 崔甲烈을 맛나고 술 한 잔식 마시엿다.
農藥 藥방에서 鄭 氏(德田) 粉製 藥代 25袋 4,720원을 家女에 주고 帳簿을 削除햇다. 又 農藥 살균 5병 살충 5병代 1,050원을 外上으로 가저왓다.
任實에 갓다. 농약 파리치싱 2병 골탕 1,350을 사가지고 왓다.
밤에 崔瑛斗가 왓다. 鄭昌律에서 白米 4斗을 못 바닷으면 내가 주게[중계] 하마 햇다.

<1971년 8월 22일 일요일>
終日 精麥햇다. 아침에 大宅에서 오라 햇다. 가보니 兄嫂氏 生日이라 햇다.
基善이는 夏곡 買償[買上] 保償[報償]으로 叺子 96枚 麥糠 32叺代을 16,320원을 달{라} 햇다. 叺子代는 60식 糠을 300식 承均 氏 道植 氏 합해서 102叺代 16,320원 보냇다.
어제 圭太에서 取貸金 600을 今日 圭太 婦人에 傳해주웟다.

<1971년 8월 23일 월요일>
成東이는 今日부터 開學이다.
精麥 中에 全州 湖南機{械}商會에 店員 2人이 왓다. 外上代 17,130원 中 1部 5仟원을 주워부냇다.
鄭敬錫에서 輕由[輕油] 1드람 揮發油 3병 外上으로 가저왓다.
只沙 寧川里 侄[姪]과 雙巖 侄[姪]이 가는데 旅비 各〃 200원식 주워보내고 成曉 婚姻 關係를 付託햇다.

<1971년 8월 24일 화요일>
成康이는 召集令狀이 나왓는데 9月 17日 入所라고 햇다.
金興源 氏 脫麥하는데 바루뿌가 故章이 나서 全州에 갓다. 修繕한데 驛前 黃宗一 氏

에서 萬원을 取貸해서 갓다. 바로 집에 온니 4時엿다. 始作을 해서 脫麥하고 보니 15叺엿다.
農藥 살군제 25병은 無償이고 살충제는 20병인데 5割 保助[補助]해서 45병 引受햇다.
봄에 金學均이는 5仟원 取貸해갓는데 利子 없이 今日 會計햇다.

<1971년 8월 25일 수요일>
今日은 大宅에서 큰어먼니 祭祠다.
農藥 散布하고 精麥햇다.
밤에는 大宅에서 祭祠 모시려 갓다.

<1971년 8월 26일 목요일>
面 洪德均는 買上 5叺만 더 해달아고 해서 형진을 시켜서 5叺 作石하고 參模 便에 보냇다. 夕陽에 參事가 왓는데 5叺 3等 價格으로 12,990원을 가저왓다.
嚴俊祥 氏에 갓다. 參事와 갗이 가서 外上代 600원을 주고 난니 金 壹仟원을 다시 주면서 買上 時에 운임 겸 日後에 飼料 10叺까지 운반해달아고 햇다.
밤 10時쯤 해서 도야지 새기가 오기 시작 12時 30分에 順産하고 끝낫다. 10頭 出産.

<1971년 8월 27일 금요일>
參模는 云巖에 놀여 간다고 500원을 要求햇다. 成樂이도 600 炯進도 500 各〃 주웟다.
金雨澤에서 효주 2箱子代 2,500 中 1,000 在임.
白康俊 氏에서 取貸金 萬원 成樂 便에 보냇다.
成奎 前條 會計 殘金 1,300 효주 3병代 計 1,700원을 집에서 完了해주웟다.
張泰燁 氏 宅에 간바 윳노리 하다가 丁九福 嚴俊祥 氏는 싸움이 벌어저 수라장이 되엿다.
듯자하니 夕陽에 丁九福이는 自己 손수 칼로 목을 찔어 病院에 入院햇다고.

<1971년 8월 28일 토요일>
家兒을 시켜서 蠶具 洗濯을 햇고 成康이 成東이는 農藥 散布햇다.
午後에는 韓 生員과 同行해서 靑云洞에 간바 역시 鄭圭太 代[對] 金太圭와 싸움이 벌어저 수라장이 되엿다.
郡廳 李증빈 氏에 造林비 2,500과 李기영 氏 條 1,490을 주웟다.

<1971년 8월 29일 일요일>
午前에는 精麥햇다.
成康이를 시켜서 黃 氏 {()驛前()} 借用金 萬원 利息 600원을 주워 보냇다.
金炯進 鄭昌律 鄭成燁 成東 參模 5名은 중날로 풀 하려 보냇다.
12時頃 部落會議 한다고 하기에 가보니 不可[不過] 約 20名 程度 募엿는데 會議는 流會로 散會햇다.

<1971년 8월 30일 월요일>
朝食 後에까지 參模는 舍郎에서 잣다. 깨워도 말이 없어 창피햇다. 할 수 없이 崔瑛斗 氏 朴仁培 成康이를 帶同하고 堆肥草 운반次 洑邊에 갓다. 運搬 끝맟이고 집에 온니 又 잠을 자고 있엇다. 알고 보니 間밤에 成植에서 맛고 그럿타고 햇다. 原因은 喪家에서 화토노리 하다 그런 성 싶푸다.
仁培와 갗이 풀을 切間한데 비가 좀 왓다.
夕陽에 靑云洞에 갓다. 金玄珠 林海云을 付託해서 明日 풀 좀 切間해달아고 왓다.

<1971년 8월 31일 화요일>
午前에 鄭柱相 喪家에 參席하고 金玄珠 外 2人은 堆肥 앙구려 왓다.
成康이 訓練하려 갓다.

<1971년 9월 1일 수요일>
午前에는 精麥햇다.
午後에 嚴萬映 氏와 同行해서 新平面에 갓다. 新任 郡守 崔完相 氏가 初席巡視[初度巡視]次 왓다. 잠시 接見하고 新平學校에 갓다. 豫備軍 地區심사라고 하기에 坐視한바 大隊長이 와서 有志라 하면서 前中隊長이 不正이 만타면서 不平이엿다.
嚴萬映이와 同伴해서 뻐스 便으로 오는데 午後 四時엿다. 도야지 새기 젓 먹는데 求見고고[求見코] 豚舍 정리한데 參模을 시켯다.

<1971년 9월 2일 목요일>
精麥햇다. 終日.

<1971년 9월 3일 금요일>
今日부터 永贊 氏 婦人이 뽕 따려 왓다.
今日은 祖考 祭日이다.
밤에까지 精麥햇다.

<1971년 9월 4일 토요일>
아침부터 비가 내린데 終日 왓다.
靑云洞에 갓다. 圭太 氏 便에 玄珠 海云에 주라고 金 1,200원 주웟다. 日後에 1日식 더 해달아고 햇다.

<1971년 9월 5일 일요일>
日曜日인데 뽕따기 蠶室修理 其他 여러 가지 일을 시켯다.
參模 兄 春무가 왓다. 旅費가 업다고. 못준다고 햇다가 參模에 물엇다. 주라고 해서 그려면 새경에 깐다고 하고 2,500원 하고 주웟다.
嚴俊祥 氏에 9月 1日字로 萬五仟원을 빌여준바 오날 춘무 준다고 하고 5,000원만 가저왓다.

<1971년 9월 6일 월요일>
林敏燮 氏 妻가 死亡햇{다}고 들엇다. 食後에 市場에 가는 길에 弔問하고 圭太와 同行하야 任實에 갓다. 郡 山林係에 들이니 下役作業비는 오는 月曜日로 미루드라.
蠶泊[蠶箔] 50枚 지게 하[한] 개을 사서 牛車에 실이고 왓다.
成東이를 시켜서 驛에 잇는 李澤俊에 油代를 달아고 햇든니 골을 내면서라고 햇다.

<1971년 9월 7일 화요일>
精麥하는데 메다루가 타서 애먹엇다.

<1971년 9월 8일 수요일>
鄭圭太 氏를 시켜서 妻弟를 데려오라 햇든니 2名을 데리고 夕陽에 왓다.
基善에서 3仟 康俊에서 5仟원을 借用해왓다.
蠶種이 나부다고. 約 1割이 죽엇다. 氣分이 나바서 終日.
精麥 午後에만 햇다.

<1971년 9월 9일 목요일>
午前에 全州에 갓다. 全州 崔光日 工場에서 메다루 지는데 3仟원 주웟다. 湖南商會에 大 ⑤베루도 29尺 ④21尺 買受한데 5仟원 주고 殘은 外上. 그런데 現在 前條까지 合해서 2萬원 程度엿다.

밤에 崔南連 氏가 面會하자 한데 圭太 酒店에 간바 靑云洞 鄭吉用 金玄珠 牛 병을 보고 3, 4百원식 바닷다고 장랑인 듯. 何人은 模論[莫論]하고 手苦料을 달아고 한 것처럼 이야기엿다.

<1971년 9월 10일 금요일>
工場에서 機械 修理. 午後 늣게야 도라가기 始作햇다.
成允이는 리야가에 치엿다고 볼이 부웟다. 病院에 보낸바 8百원 드렷다고 햇다. 그러나 열 낫다. 成康이도 관촌에 보낸바 오지 안코 學校에서 늣게 온 成東이 시켜서 밤에 館村病院에 보냇다.
蠶室에서 누에 밥 주는데 보니 12時엿다.
鄭宰澤 집에서 蠶泊 30枚 參模 시켜서 가저왓다.
嚴俊祥 氏에서 萬원 入金햇다. 取貸해 간 돈이엿다.
只沙 姨母는 午後에 入家햇다.

<1971년 9월 11일 토요일>
任實 市場에 갓다. 成康이를 데리고 어먼니 祭祠 장보기하려 갓다. 李錫宇 세멘 6袋代 2,040원을 주웟다. 蠶泊 70枚代 3,500원을 주고 삿다. 祭祠 장보기代는 成康이와 會計해보와야 알겟다. 約 5, 6仟원인 듯.
工場에서 精麥機 노라를 改造햇다.
夕床에서 成東 母에 말햇다. 每事에 옹공하게 말을 해라 햇다. 뚝〃하게 무식하게 말 말아 햇다. 즉 듯는 상대방은 시려라 한다 햇다.

<1971년 9월 12일 일요일>
蠶室에서 자고 날이 밎처 새지 안한데 丁生員이 왓다. 우리 집에 가서 해장술 한 잔 하자고 해서 갓다. 둘이 술 먹다 보니 아침 6時엿다. 다시 蠶室에 온니 姨母任 外 3人이 누예 밥을 주드라. 집에 온니 成曉 母는 시얌에서 그릇을 탕탕 정게에서 소두방을 탕탕 광에서 문을 탕탕 하기에 마음이 업스면 하지 말고 몸 앞으면 누워 잇는데 올으니 엇지 살임을 부스야 햇다. 방에 가서 안이고[아이고]를 찻고는 어제 밤에 날더러 욕하든니 어데서 자고 와{라고 했다}. 손질은 1切 하지 안햇다. 成英이도 立會햇다. 任實驛前에서 申 氏 의사를 불어왓다. 注사도 놋코 약도 먹이엿다.
鄭宰澤는 被麥代 1叺代 1部 2,000원 바닷다.

<1971년 9월 13일 월요일>
第八回 母親 祭祠日이다.
精麥을 하고 夕陽에 이발하려 가는 途中이엿다. 鄭東洙 氏 果樹園게서 만흔 사람이 모엿다. 가보니 成康이와 朴浩求 氏 姪하고 싸운데 成康이가 때렷다고 浩求 氏는 붕〃하고 있엇다. 나는 未安하게 되고 治료도 해줄 터이니 理解해주라고 햇다. 驛前에 갓다. 이발하고 朴氏 집에 갓다. 다시 未安하다면서 被害者도 만낫다. 治料비 300원을 鄭경석에 주고 朴氏는 물 한 잔 주웟다.
祭祠에 參席하려 成吉이도 오고 成赫도 參席햇다.

<1971년 9월 14일 화요일>
아침에 親友들 約 30名과 일군 10餘 名을 모시고 朝食을 한데 大小家 食口까지 合席하고 본니 분주햇다.
누예는 올아가기 始作한데 人夫가 업서 복잡한데 成康이는 동무들을 데라[데려다]

上簇햇다. 農園 柳京植 精麥햇다.

<1971년 9월 15일 수요일>
長煥氏 宅에서 招待햇다. 自己 生日이라 잘 待接을 밧아다. 成康 參模는 全州 李澤俊에서 보낸 기름 4드람 운반햇다. 午後에는 嚴俊祥 고추 驛前에서 운반해주웟다. 精麥햇다. 今日 午前 中까지 養蠶 上簇이 끝 지엿다. 山西 婦人 6日費 1,300원을 주웟는데 正和 母에서 500원 取貸해주워 보냇다.

<1971년 9월 16일 목요일>
姨母 外 6人이 水畓 피사리 햇다. 午前에 田畓을 돌아보니 稻作이 被害가 만앗다. 바로 揮發油을 4병 삿다. 朴浩求 氏에 갓다. 全州에 갓다고 不在中이엿다. 本人을 맛나서 엇저나 햇다. 우선하다고 햇다. 午後에는 農藥 散布한데 몸이 고달앗다.
圭太 酒店에서 具道植 氏는 술 먹자고 햇다. 丁基善 氏도 參席햇는데 麗水에서 秋夕 대목이라 金錢이 必要하야 洞內 金을 다 끌 豫算이라면서 蠶견 팔면 16萬원만 빌어도라 햇다. 보자고 햇다.

<1971년 9월 17일 금요일>
아침에 新穀 搗精햇다(始作). 靑운 處女 日費 16日分 3,200 車비 400 計 3,600원 주웟다.
裵仁湧에서 貸借해는데 5仟원 黃在文 氏에서 2,240원 入金햇다.
業者會議이엿다. 參席해 보니 秩序가 없다. 中食만 맞이고 歸家햇다. 午後에는 成康가 入隊한다고 해서 金 2仟원 旅비를 해 주웟다.

<1971년 9월 18일 토요일>
午前에 參模하고 農藥 散布한데 愛勞엿다. 午後에는 精麥 精米햇다.
午後부터 누에고치 딴데 만니 썩웟다.
夕陽에 俊祥 氏 酒店에 간니 李道植丁基善 韓正石 氏 立會햇는데 昨夜에 基善 氏는 고추을 일엇는데 丁俊浩 氏 子가 저갓다고 판명햇다. 支署에 留置되엿다고 書信이 왓다.
成康 집에 간니 昌宇 小蠶이 잇다. 成康 母는 操心하라고 付託햇다. 丁俊浩 妻에게서 말하기를 昌宇는 학바우 우리 밭에서 뽕 따다 먹엇지요 한데 동동댁이 기분이 낫바서 말하는데 昌宇는 大宅에서 小蠶을 훔치여다 제 누예와 包合[包含]해서 飼育한 사람이 무슨 뽕를 가저갓다고 양심 남다고 햇다고 조심하라 付託이엿다.

<19171년 9월 19일 일요일>
어제 밤에 成曉이가 왓다. 今日 午後에 歸隊한데 旅비 壹仟원 주워 보냇다.
靑云洞에서 6人이 고치 까로 왓다.
밤에는 丁俊浩 母親喪에 弔問갓다. 오니 밤 12. 30分이엿다.

<1971년 9월 20일 월요일>
蠶견 共販場에 갓다. 檢査員에 私情해서 겨우 3等 1部 4等인데 117,320원 햇다. 中에 5仟원 貯金햇다. 成赫 便에 朴浩九 氏 치료비 2,000원을 傳해주웟다. 丁東英 氏와 同行이 되여 밤에 왓다. 夕食하고 丁俊浩 宅 弔問햇다.

<1971년 9월 21일 화요일>
精米 精麥하고 丁俊浩 出喪한데 參席하고

놀다보니 夕陽이 되엿다. 丁東根 한실宅이 시비가 되엿는데 참마 볼 수 업고 들을 수 업서다. 그래서 東根 멱살을 잡아서 마당에다 처박앗다. 잠시 진합[진압]은 되엿으나 夜中까지 게속인데 집에 왓다. 丁基善 氏는 麗水에 간다고 金 7萬원을 주웟다.

<1971년 9월 22일 수요일>
午前에는 精麥하고 午後에 全州에 갓다. 처음 農高 庶務課에 成東 成樂이 授業料을 拂入해주고 擔任先生을 무웟다[물었다]. 成東 先生 黃병연 成樂 先生은 金진기 氏엿다.
紀全女高에 갓다. 成苑 授業{料}을 떼주고 擔任先生을 訪問햇다. 成苑의 成績과 出席率을 무렷다. 成績이 조치는 안코 1學期보다는 낫다고 하고 不良한 동무가 잇는데 그는 이번에 退學을 시켰으니 앞으로 成苑은 좀 나사질 듯하다고 햇다. 館村에서 下車코 成傑이 擔任을 訪問햇다. 첫 人事하고 成績에 對한 打合도 하고 授業料 4,810원을 拂入해주고 왓다.

<1971년 9월 23일 목요일>
午前부터 工場에서 精麥 精米하고 잇는데 洞內 某人 崔南連 氏 外 20餘 名이 왓다. 비는 새벽부터 온데 올 데 업다고 햇다. 그러나 丁俊浩 氏에서 招請해서 가보니 母親 3모라 햇다. 술 한 잔 먹고 와서 보니 終日 윳노리한데 밤 12時까지 하고 있어서 잠 오고 해서 잣다. 비는 終日 왓다.

<1971년 9월 24일 금요일>
비는 게속 내리데 田畓을 둘여보니 벼가 모두 쓰려젓드라. 參模을 시켜서 매여보앗스나 별 효과는 업다.
夕陽에 丁東根에서 招請햇다. 가보니 물고리를 잡아노코 냄비를 햇는데 맛잇게 먹엇다.

<1971년 9월 25일 토요일>
아침부터 바람 비가 내리기 始作해서 벼는 거이 씨려지고 보니 心境이 안 조화 누웟다.
姨母 가시다기예 日費 2,800원을 주워 보냇다.
午後에는 精麥 精米햇다.
成東 參模을 시켜서 쓰려진 벼를 이르켯다.

<1971년 9월 26일 일요일>
只沙面 姨母가 떠나면서 婚談을 言約하고 떠낫다. 成東 參模는 토구박을 떠왓다. 成樂이를 데리고 終日 工場에서 修理 및 掃除하고 보니 日募[日暮]가 되엿다.

<1971년 9월 27일 월요일>
郡 山林係에 갓다. 今 夏期 造林地 下役 作業費 51,600 中 5,000원 除하고 (造林 時에 債務가 잇다고) 4萬6仟6百원을 領收햇다. 林長煥 氏을 시켜서 下役 日誌 捺印을 시켯다.
成曉 母 말에 依하면 우리 뽕을 따는데 新安宅이 보왓다고. 누구인고는 원주宅(長煥 妻)이 그런다고 하면서 自己 뽕 들머리에서 뽕 따는 處女 2명을 發見햇는데 누구라 규명을 해주지 안다고. 日後에 全員을 봉변을 주고 따질 計劃이다.
밤에 林長煥 氏을 通해서 各 班長任을 모시고 町步當 483원식 해서 捺印을 밧고 分配해준데 總額은 44,200원 주고 보니 6원이 殘이엿다. 丁基善 氏도 立會햇다.

<1971년 9월 28일 화요일>
丁九福 氏에서 金 貳萬원 借用해왓다.
林宗烈 氏 宅 招請햇다.

<1971년 9월 29일 수요일>
本人 精麥햇는데 4叺엿다.

<1971녀 9월 30일 목요일>
精麥 4叺을 실고 市場에 갓다. 20,800원 收入햇다.

<1971년 10월 1일 금요일>
白康俊 氏에서 取貸金 五仟원인데 5仟100원을 村前에서 瑛斗 氏 外 3人 立會 下에 주웟다.
아침에 精米 精麥하다보니 12時 30分까지 햇다.
黃氏 喪家에 參席햇다. 中食을 喪家에서 먹엇다. 崔瑛斗 氏 말에 依하면 大里 廉宗根 氏 뽕을 具道植 婦人이 땃다고 햇다.
參模 秋夕 衣服代 2仟원을 주엇다.

丁基善 取貸金	3,000
崔瑛斗 〃	1,900
白康俊 〃	5,000
	計 9,900 모두 完了햇다.

金炯進 被麥 37斗 중 重宇 1叺 支出해주고 2叺7斗이 殘이다.
組合費 2仟을 주엇다. 9月 末日로 會計을 完了햇다.

<1971년 10월 2일 토요일>
精米햇다.
支署에서 단여갓는데 秋夕 繕物인 듯 現金으로 金 壹仟원을 보냇다.
鄭圭太 氏 고기 1斤을 보내왓다.
뽕이 모재래서 趙乃浩에 갓다. 울 뽕을 주마기에 明日 온다고 하고 왓다.
李基永 氏에서 白米 2斗을 要求한바 新米로 2斗을 받앗다.

<1971년 10월 3일 일요일>
今日은 秋夕 名節에다 日曜日이다. 晩秋蠶을 기른데 分走[奔走]하게 되엿다. 大宅에서次祠[茶祀]을 차지고 山所에 省墓 갓다.
成東 成樂이는 間子 매고 午後에는 뽕 땃다. 名節이라 모드덜 논데 未安햇다.
大宅 堂叔 兄弟分이 오시엿다. 藥酒 한 잔 持接[待接]하고 良宇 形便을 무르니 刑務所 未決所에 잇는데 今日 20日頃에 共販[公判]한다고 햇다. 日間 面會해볼가 햇다.
夕陽에 鄭鉉一 肥料 嚴俊祥 裵仁湧에 成東 便에 보내주웟다.
35師團 成康이 訓練한데 보낸다고 李澤俊에서 通知가 잇는데 嚴順相 便에 왓다. 又成苑 便에도 連絡이 왓다.

<1971년 10월 4일 월요일>
成苑 便에 李澤俊에 보냇다. 全州에서 許今龍 兄弟가 來訪햇다.

<1971년 10월 5일 화요일>
뽕따는 데 協助해주웟다.
鄭宰澤 被麥代 1,800원 入金햇다.
白康善 氏 宅에 가서 持接[待接]을 바닷다.
午後에는 精米햇다.
青云洞에서 崔六巖 妻 在玉 母가 오시여 協助해주웟다.
成康에서 처음 편지 왓는데 訓練에 고되다고 햇다.
募종[茅亭]에서 콩클大會 한다면서 떠든

데 잠을 이룰 수 업서 心中 難處햇다. 禮義凡節[禮儀凡節]을 모른 놈들. 洞內에서 누구 하나 말하고 除止[制止]할 사람도 업고 寒心할 일이다.

<1971년 10월 6일 수요일>
白康善 氏는 鷄舍을 만들엇다.
午後가 된니 뽕이 모자란다고 햇다. 趙乃浩 招介[紹介]로 朴浩九 氏 뽕밭에 白康善 氏를 데리고 갓다. 据絶햇다. 밤에 道峰 崔重宇에 갓다. 金 壹仟원을 내노으면서 뽕을 사달{라}고 왓다.
參模을 시켜서 함석을 사오라 햇다. 밤 되여도 오지 안해 기분이 못 조왓다.

<1971년 9[10]월 7일 목요일>
家族 參模 牛車를 가지고 道峰으로 뽕을 따려 갓다. 白康善 氏는 鷄舍 作工햇다. 裵明善 咸石 1枚 주웟다.
任實에서 朴彩鉉을 對面햇다. 세멘 15袋을 外上으로 320식 채서 出庫票을 가지고 任實驛에 운반하고 嚴萬映 세멘 取貸用 1袋을 주웟다.

<1971년 10월 8일 금요일>
아침에 崔元喆 집에서 招待햇다. 父親 祭祠라 햇다. 鄭鉉一과 나엿다.
아침부터 누예가 올아가기 始作해서 終日 上族[上簇]햇다.
參模을 시켜서 모래 자갈을 운반한데 창피햇다.
午後에는 방아 찌엿다.
成苑은 修學旅行 간데 濟州島[濟州道]라 햇다.
昌宇 脫作 條로 2叺 줄 것인데 15斗 주고 5斗은 種子로 주기로 햇다.

<1971년 10월 9일 토요일>
參模는 間夜에 새벽까지 윳 놀고 늣잠이 들어 잠을 까워도 일지 안코 終日 잇드라. 돈도 일코 염치 업서 아프다고만 햇다. 仁喆 成東이를 데리{고} 終日 工場에서 바닥 쎄멘한데 苦役이엿다. 밤에 成曉이는 外泊이라고 왓는데 成植이도 잘 잇다고 햇다.
夕食 後에 圭太 店方[店房]에 간니 벌써 도박을 始作한데 韓正石 崔南連 柯亭里 林天圭까지 모엿드라. 마음이 맞이 안해 집에 왓다.

<1971년 10월 10일 일요일>
陰曆 8月 22日 내의 生日이다. 잔치는 페제[廢除]하고 昌宇만 오래서 朝飯을 갖이 햇다.
嚴萬映이 왓다. 豚兒 1頭代 5仟원을 가저왓다.
精米 精麥 大里 脫穀을 햇다.
午後에는 成曉가 歸隊한데 旅비 5百원 주웟다. 成英 中學 入學시키라고 당부하고 갓다. 李증빈 氏가 왓다. 班長會議를 召集해달아고 갓다. 林長煥 氏는 明 23日 益山郡 五山面 똘애미 아즘 제사에 가자고 햇다. 自己는 내의 {제사}에 왓으며 어먼니 初小大祥에 온 일이 잇나 햇다.

<1971년 10월 11일 월요일>
비바람은 분데 豚兒 6頭을 가지고 市場에 갓다. 豚市場에 간니 만흔 豚兒가 나와 市價가 없다. 다시 그대로 왓다. 牛車 修理한데 1,100원 주웟다.

<1971년 10월 12일 화요일>
李증빈 氏 外 1人이 왓다. 班別로 補植作業을 午前 中 完了햇다.
精麥 精米햇다.
◦嚴萬映은 豚兒 1頭
◦牟潤植 氏도 〃 1頭
各 〃 4,500식만 달아고 햇다.
◦丁基善 氏도 1頭
群 山林係長 外 1人이 來訪햇다. 明 13日 造林地 演査[審査]次 準備하려 왓다.

<1971년 10월 13일 수요일>
今日 造林地 심사 온다고 해서 終日 待機해도 오지 안햇다. 증빈 氏만 단여갓다.
終日 精米 精麥 脫穀햇다.
麗水에서 文炯泰 妻가 왓다. 林長煥 氏 問病하고 15日頃에나 세멘일 해주겟다고 햇다.
아침에 첫서리가 왓는데 된내기가 와서 穀食이 말아 주웟드라[죽었더라].
牟潤植 氏에서 豚代 4,500원 入金햇는데 宋成用 氏에서 取貸金 1,000원 子息이 가저갓다.

<1971년 10월 14일 목요일>
蠶견 共販에 갓다. 83k인데 總 43,650원 햇다. 밥이 집에 온니 증빈 氏가 왓다. 오날 심사 온다든니 또 안 왓다.
全州에 崔泰宇가 왓다. 省墓 兼 山野 登記次 왓다고 햇다.
夕陽인데 任實組合 丁 書記가 왓다. 只沙面에 崔永植 氏 父親喪을 당햇는데 組合代表로 갗이 가자고 햇다. 금품리인데 問喪을 하고 택시로 해서 館{村}驛에 온니 10時 30分이엿다.

<1971년 10월 15일 금요일>
아침에 圭太 外上代 3,450원으로 해서 全額 完了해주웟다.
丁基善 氏에 朝食을 햇다. 豚兒을 가지고 館村市場에 갓다. 一頭當 3,780원을 주마한데 賣渡치 안코 가지고 왓다.
午後에 郡 組合에 監査하려 갓다. 中食을 맟이고 監査에 作手[着手]햇다. 收入支{出}을 따진데 收入支出이 맛기에 打當[妥當]하다고 認證하고 捺印해주웟다. 丁 書記에 對 非爲事實을 들엇다. 車馬{費}을 준데 사양하다 밧닷다. 路上이기{에} 고비에 넛코 왓다.

<1971년 10월 16일 토요일>
今日 郡 組合 總合[總會]인데 겨우 半數 參席하고 會議이는 始作되엿다. 監査報告을 한데 異議 없이 通過된바 나는 多幸으로 生覺햇다.
今春에 洋服 1着 햇는데 오날사 11,000원을 會計해주엇다. 李鍾秀에게 趙내호에 蠶견代 8,500원 會計해준엇는데 내호 母에 주엇다. 驛前에서 具道植 氏을 맛나 폐을 끼칫다.

<1971년 10월 17일 일요일>
今日 놉(人夫) 13名 家族 해서 15名이 벼 베기 햇다.
成樂이 시켜서 麥 種子 2叺을 德谷 金京洙 氏 宅에서 가저왓다.
精米 精麥 脫穀(大里)을 햇다.

<1971년 10월 18일 월요일>
林長煥 林東基가 왓다. 뚤방 쌋{는}데 세멘일을 햇다.

聖壽面 高成樂 氏가 왓다. 내의 일을 해주마 하고 왓다.
鄭圭太 氏 長女 結婚인데 屛風을 가저갓다.
黃在文 고지 今日 끝냇다.
驛前 金雨澤 국수代 1,540원을 주고 효주통 상사[상자]까지 주워 보냇다.
成苑은 濟州道에 旅行 간다고 3,500원을 주고 今週 土曜日에 歸家한다고 하고 밤 9時에 全州로 出發햇다.

<1971년 10월 19일 화요일>
아침에 參模을 시켜서 任實驛前 韓文錫에 세멘 6袋代 1,920원을 주워 運搬하려 보내왓다. 林長煥 林東基는 午前 中에 뚤을 쌋는데 욕 보왓다. 午後에는 役事을 하는데 리야가를 빌여 勞苦햇다.
밤에 具道植 氏가 왓다. 青云洞에 鄭圭太 招請으로 丁基善 嚴萬映 崔南連 梁奉俊 丁俊峰 鄭鉉一 金太鎬 놀다 보니 11時엿다. 鄭圭太 妻男을 待面 맛사돈 하자고 햇다. 조타고 햇다.

<1971년 10월 20일 수요일>
今日부터 高成樂 氏은 일을 始作햇다.
白康俊 氏에서 萬원 借用햇다. 寶城 堂叔에서 貳萬원 借用햇다. 雨氣가 있어 家族全員 고지 全員 벼 묵기 햇다.
只沙面에서 永浩 母가 婚談次 來訪햇다.
高成樂 氏 衣服을 成康이가 着用햇다고 移秧 時에 今般에 新品으로 1着 사주웟다.
崔福洙 氏 會計한바 고지 1斗 條와 其間 日費 해서 4,850원 中 先金 1,000 肥料代 種子代 除하고 殘 1,750원을 주고 會計을 맞이엿다.

<1971년 10월 21일 목요일>
成東이와 牛車을 가지{고} 肥料 23袋을 운반햇다. 任實에 가서 장기 함석 12枚에 6,900원 中 4,000 入金하고 丁大燮 氏 宅에서 殘은 外上으로 햇다.
農協에서 崔基宇는 糧肥 外上代 確認 捺印해달아고 書類을 준데 鄭仁浩에 傳해달아고 햇다. 其 書類을 본니

鄭仁浩 20,000
具道植 17,400
선복만 23,000
金玉順 25,000
林萬永 19,510
鄭柱相 156,630
崔乃宇 62,034
計 453,294원이엿다. 利子을 合하면 約 60餘 萬원쯤 된다고 햇다.

尿素 叺當代 六八一
복합 〃 六九六

<1971년 10월 22일 금요일>
嚴萬映 婦人은 豚兒代 殘金 條로 白米 1斗만 달아기에 工場에서 1斗 되여 주웟다.
精麥 精米한데 終日 햇다.
午前에는 비가 내렷다. 술잔 한 잔 먹다보니 취해서 夕陽부터 잣다.

<1971년 10월 23일 토요일>
裵仁湧을 同伴해서 全州 病院에 간바 途中에서 못가겟다고 떠러젓다. 裵迎春과 갗이 韓 生員과 聖母病院에 가서 問議한바 休日이라고 月曜日에 오라 햇다. 韓 生員하고 張泰奉 小祥에 問喪하려 갓다. 許 生員을 相逢하고 許 生員 {댁}으로 갓다. 잠시 休息하고 裵長玉 母을 訪問햇다. 回路에

路上에서 沈長圭 氏을 맛나고 立酒집에 갓다. 다시 香園집에 갓다. 朴 生員 令監을 맛나고 待接을 잘 밧고 온데 農藥집에서 농약 5封에 1,800에 삿다. 뻐스로 온데 館村驛에 下車하자 韓 生員은 5仟원 든 주먼니를 때이엿다고 不平햇다. 벙신이라고 햇다.

<1971년 10월 24일 일요일>
새기 끈데 機械 修善[修繕]햇다.
午後에 첫 麥 播種을 햇다.
成苑은 濟州島[濟州道] 旅行 갓다가 今日 6日 만에 도라왓다.

<1971년 10월 25일 월요일>
李起榮 氏는 어제 밤에 牛을 내 집에다 잠자엿다. 今日은 牛 {부리는} 사람이 終日 장기질햇다. 參模 高成樂이는 벼 운반햇다.
成康이에서 편지 왓다. 즉 안부편지엿다.
午前에 精米하고 內族은 벼 훌텃다. 구름 끼고 쌀〃햇다.
成英이는 入學書類 提出햇다. 成吉이가 왓다. 付託한 成英 願書의 件은 進加[追加]로 提出할 수 잇다고 햇다.

<1971년 10월 26일 화요일>
麥 播種日여 多數 人夫가 왓는데 昌宇 外 3人이엿다.
金太鎬 氏에서 豚 二頭代 3,800식 해서 7,600원 收入햇다.
播種한데 겨우 5斗只 햇다.
夏穀 買上用 保償[補償]으로 麥糠 32叺 牛車로 引受햇다.
驛前에서 丁基善은 桑田用 복합肥料 袋當 500원식인데 農特用이라면서 自己 個人 것이라면서 선전하고 今日 운반한데 叺當 618원이라고 햇다. 나는 不良한 里長이라 햇다. 保助[補助]가 20%이라면서 운인[운임]까지 500원이라 해노코 나는 肥料代가 업으니 운반해주고 운임으로 그 代價을 空除[控除]하겟다고 햇는데 其 理由는 무엇이냐 하고 햇든니 肥料代가 引上해서라고 言說햇지만 相종 안흐면 된다고 매사 포기햇다.

<1971년 10월 27일 수요일>
麥 播種햇다.
館村에 함석 체양 달로 왓다. 崔福洙 氏가 일하려 왓다.

<1971년 10월 28일 목요일>
麥畓에 除草濟[除草劑] 農藥 散布햇다.
白仁基 崔福洙 高成樂 麥 播種한데 今日로 終結햇는데 種子는 約 4叺 散布햇다.
黃義澤 氏에서 麥 種子 2斗을 貸與해왓다.
大里 漢의[韓醫] 安 氏가 왓다. 이웃 裵仁湧 病事로 왓다고 햇다. 내의 保藥[補藥] 1제 3,000이라면서 가저왓다. 日後에 주마고 하고 보냇다.

<1971년 10월 29일 금요일>
새벽에 변소에 간니 대변이 異常하게 나왓다. 잠시 있으니 又 便所에 갓다. 방아을 찟는데 途中에 又 12時까지 工場에서 방아 찟는데 10餘次 便所에 갓다. 할 수 업서 驛前에 鄭경석 氏{에} 가 問議햇다. 藥은 가저왓으니 終日 10分 5分 간격으로 단니고 보니 死境에 이르렷다. 內子는 全州에 求見하려 갓다. 龍山坪 벼 운반한데 보로 간바 大便이 자조 매라서 집에 왓다.

<1971년 10월 30일 토요일>
終日 精米햇다. 正午에는 押作히 쏘낙비가 내리엿다.
丁俊浩는 龍山坪 6斗只에 麥을 播種하라고 햇든니 조흔 데는 남이 갈앗다고 못 간다면서 他人을 주[줄] 터이니 엇저야 햇다. 그렬 테면 내가 갈겟다 햇다. 昌宇가 왓다. 내 갈겟다고 해기에 俊浩가 오해할 터이니 못 주겟다고 햇다.
牛車로 堆肥 운반햇다. 夕陽에 農藥 散布햇다.
바[밤] 8時頃에 成康이는 軍隊 訓練을 卒業하고 歸家햇다. 勤務處는 新平面事務所인데 11月 1日부터 出勤하게 되엿다고 自己證明手帖에 記錄되엿드라.

<1971년 10월 31일 일요일>
終日 精米햇다.
夕食을 하고 벼用 홀태을 고치려 仁湧 집에 간니 兒該[兒孩]들 울고 있엇다. 무웟대문에 운야 햇든니 할머니 보라기에 가보니 정게서 목을 맷고 주웟다[죽었다]. 방에다 京良이가 모시다 논니 永遠히 숨젓다. 다시 나올 수도 업서 매염을 해주고 놀다 보니 1時엿다.

<1971년 11월 1일 월요일>
午前에 精米하고 午後에 農藥 散布햇다.
喪家에 가서 訃告 20枚을 써주고 送達햇다.
成康이는 今日부터 面에 出勤햇다.

<1971년 11월 2일 화요일>
裵仁湧 喪家에 갓다. 出喪 準備한데 銘전[銘旌]을 써주고 12時頃에야 搗精을 始作 밤 8時 30分에 끝햇다.
金學均 氏가 來訪. 今日 벼 脫作햇다. 今夜 防을 한다면서 人夫까지도 野原에서 기내기로 햇다고 햇다.

<1971년 11월 3일 수요일>
婦人 15名이 첫 벼 훌기 햇다.
終日 精米햇다.
金亭里 金學均 氏는 野 脫作해서 工場에 入庫햇다.

<1971년 11월 4일 목요일>
아침부터 學均 氏 精米햇는데 午後 30分頃에 끝냇는데 近 30餘 叺 白米로 햇다.
減石工[함석공]에 6仟원을 주원 全州에서 現品 買收하라고 보냇다.
夕陽에 裵仁湧 氏에서 오라 햇다. 夕食을 하고 海南宅에서 金 6仟원을 빌어왓다.
嚴俊祥 氏 宅에서 招待해서 待接을 바닷다.
山西面 봉서리에서 편지 왓는데 內用을 解석할 수 없에 발이햇다.

<1971년 11월 5일 금요일>
終日 精米햇다.
學均 집代 12,000 中 2,000원은 주고 白米 24叺 米糠 4叺을 三輪車에 실고 新德으로 갓다. 任實에서 三輪車가 鉉一 牛을 실로 왓는데 그 便에 白米 4叺을 실어보냇다.

<1971년 11월 6일 토요일>
市場에 白米 買上次 成康이를 보냇다. 終日 精米한데 只沙에서 姨母가 오시엿다.
山西面 鳳棲里에 處女가 잇는데 보라 햇다. 日割은 陰 9月 27日頃이라 햇다.

<1971년 11월 7일 일요일>
아침에 리야가로 養豚 交背하로 道峰으로 갓다. 金 800원을 주고 왓다.
計算하고 보니
11月 23日
12月 31日
72年 1月 31日
2月 29日
3月 12日 出生日
計 115日
崔瑛斗 氏 生日이로라고 해서 朝食을 其宅에서 햇다. 夕食을 마치고 機械 새기 꼬는데 10時쯤 2玉을 꼬왓다. 午前에 姨母는 가는데 路上에서 旅비 200원을 주고 便紙가 오면 가겟다고 하고 作別햇다.
今日부터 節酒하면서 藥을 먹기 始作햇다.

<1971년 11월 8일 월요일>
아침에 永植 便에 裵仁湧 6,000 取貸金
嚴俊祥 1,000 〃
外上代 全州 湖南商會 萬원 成東 便에 各〃 散布해 주웟다.
丁基善 便에 上族代 3,000원 주고 金學均 氏에 蒿代 7仟원 주엇는데 鄭圭太 妻도 立會햇다. 그려면 2仟원 7仟원 주웟스니 實殘은 3仟원라고 자짐햇다[다짐했다].
婦人 12名 半이 벼를 脫作햇는데 成康 집에 못다 하고 圭太 氏와 갗이 집벼는 하고 벼는 工場으로 옴긴데 욕보왓다. 役軍 高氏는 술이 취한 듯햇다.

<1971년 11월 9일 화요일>
工場에서 終日 作業한데 새벽부터 나린 비는 終日 내렷다.
中食은 白康善 氏 宅에서 맞이고 成康 집에서 養豚이 舍脫을 해서 이곳으로 移動하고 小豚 1頭을 代贊[代替]해주웟다.
鄭圭太 酒店에서는 終日 도박판이 벌어저 大端히 不美스러웟다.
밤에는 成康 집에 가 半年 만에 모욕을 햇다.
듯자한니 靑云洞 鄭太燮 氏 말에 依하면 本里 林海云이는 秋곡을 牛車로 三링車[三輪車]로 任實에서 운반해서 加工한바 叺當(90k入) 稅는 운반비를 무시{하}고 小승 3되만 밧드라고 선전한다 하더라. 工場名은 金判成工場이라 햇다.

<1971년 11월 10일 수요일>
午前 中 精米햇다. 大里長이 來訪햇다. 叺子代 40枚 3,200원을 要을 要求햇다.
夕陽에 只沙 姨母가 왓다. 成曉 婚姻談次엿다. 듯고 보니 山西 四窓里 金氏 家門이라 햇다. 밤에 金太鎬 氏에 가서 出行 日字을 보니 陰 9月 26日 家이 福德日로 第一操타고 햇다.

<1971년 11월 11일 목요일>
姨母은 旅비를 壹仟원을 要求햇다. 圭太 氏에서 900원 둘어다 주고 陰 9月 26日 觀選하려 가기로 햇다.
종일 精米햇다.
成英이에 담배을 달아고 햇다. 없다고 햇다. 그려면 누가 가저갓나 아버지가 맛긴 담배을 한부로 菅理[管理]햇다면서 너 마[네 엄마]도 모루나 햇다. 모른다고 햇다. 잔소리를 햇든바 어터리[엉터리] 답변. 잘한[하는] 넌 시켜라 {했다}.
昨年에 柳正進을 시켜서 벼 2叺을 찌엿다고 햇다. 아라보겟다고 햇다.

<1971년 11월 12일 금요일>
終日 脫穀 精米했으나 收入은 小量이엿다. 高成完이는 3日 만에 왓다. 黃在文 梁奉俊 高成完이는 날개 영그려 왓다. 參模는 成吉 蒿 運搬햇다. 그련데 判童이는 운임 仟원을 주웟다는데 參模는 주지 안햇다고. 仁基에서 五仟원 取貸해 왓다. 밤에는 契員 7, 8名이 召集코 裵仁湧 問病하려 갓다. 兄嫂보고 明 只沙面에나 가자 한니 못 가겟다고 햇다. 내의 結婚 時에 觀選 잘못햇다는 理由인 듯싶다.

<1971년 11월 13일 토요일>
兄嫂氏을 帶同하야 뻐스 便으로 只沙에 갓다. 永浩 母는 方溪里 앞에서 待機. 3人이 同行한데 實谷里에 當하야 漢實집에 訪問햇든니 野外로 가고 不在中이엿다. 바로 士窓里 處女 집에 當한니 處女 父게서 招待햇다. 接室로 案內해서 主人과 人事가 끝난 지 몃 분 있으니 오차을 가지고 處女가 왓다. 잠시 보니 人物은 普通이고 待遇處事가 分明한데 마음이 들어 다시 中食과 술床이 왓다. 中食을 맞이고 마당에 갓다. 活動한 模習도 마음에 든다. 生覺한니 財産 程度은 자세이 몰아도 人格이 適合한 生覺이 들엇다. 夕陽에 作別하는데 處女 門前에서 安寧히 가세요 하고 人事을 극진이 햇다. 回路에 崔진호 집에 들이여 形便을 말햇다. 人物은 좃아고 햇다. 집에 온니 8時.

<1971년 11월 14일 일요일>
今日은 日曜日엿다. 成東이는 工場에서 일하고 成樂이는 새기 꼬기 한데 5玉엿다.
終日 精米햇다.
밤에는 裵{仁湧} 喪家에 가 慰勞고 10時頃에 寢室에 들엇다.

<1971년 11월 15일 월요일>
裵仁湧 出喪한데 參禮햇다. 崔南連 氏는 喪家에서 도박한데 機萬[幾萬]원을 일코 있어 어린 사람과 갗이 하고 있는데 보기 시려워 발로 판장을 차버렷다.

<1971년 11월 16일 화요일>
아침부터 精米한데 龍云峙 孫東英 氏가 왓다. 벼를 운반해 달아기에 내의 牛車로는 할 수 없다면서 据絶햇다.
龍山里 黃氏는 집을 이엿다. 成康 便에 稅金 2,200원을 주워 新平 郵替局[郵遞局]에 拂入햇다. 鄭圭太 取貸金 900원을 나락 훌는 데서 주웟다.

<1971년 11월 17일 수요일>
成東이는 大田으로 旅行길에 올앗다. 朝食을 맞이고 精米하기 始作 夕陽까지 終日 한바 約 35叺을 햇다.
面에서 成康이 便에 豫買資金 3萬원이 왓다. 裵永植가 糧食을 貸與해갓는데 裵南禮 1斗 해남宅 3斗 영식 2斗 영식 2斗 計 8斗 이엿다. 今日 現在로.

<1971년 11월 18일 목요일>
9時 뻐스로 兄수와 갗이 全州法院 良宇 公判場에 갓다. 11時쯤에 公判이 開始햇는데 12月 2日로 延期햇다.
12時 50分 直行뻐스로 論山에 成曉 面會 갓다. 2時頃에 成曉가 왓다. 婚姻 關係를 打合한바 確答을 하지 안코 時急하지 안하오니 除隊나 하고 난지함[난처함]을 말햇다. 機會 適合하오니 잘 生覺하라고 햇다.

그려면서 今週에는 못 가겟다고 햇다.
館驛에 當한니 金學均를 맛낫다. 蒿代 3仟원 在中에서 1仟을 주고 1,500원은 圭太 牛車代로 주라 해서 圭太 婦人에 傳해 주웟다.
밤에 丁基善 氏가 來訪해섯다.

<1971년 11월 19일 금요일>
아침 새벽 6時부터 精米 始作 밤 1時까지 作業하고 보니 近間에 最高 勞役이엿다.
成東이는 旅行 갓다 3日 만에 왓다.

<1971년 11월 20일 토요일>
아침에 工場에서 鄭仁浩 取貸金 5仟원을 주고 桑田用 肥料代 3仟원을 基善에 주라고 주웟든니 間夜에 父親 祭日이엿다고 食事하려 가자고 햇는{데} 답하고는 가지 못햇다. 安承均 借米 22叺을 會計햇다. 白康善 氏 借米 7叺을 會計 完了햇다.
終日 精米하고 보니 고달팟서 寢室에 있으니 白康善 氏가 왓다. 自己 집으로 가자고 햇으나 据絶햇다. 잠이 드렷는데 成曉가 論山에서 온성 시펏다.

<1971년 11월 21일 일요일>
高成完이는 鄭圭太 氏 날개 영그려 갓다.
崔福洙氏는 成奎 집이로 갓다. 함석공 趙允基하고 會計한바 總 7日 半 7,500 資料代 1部 合해서 9,490원이엿다.
成曉이는 食後에 歸隊한데 結婚은 2, 3年 延期해달아고 하면서 完强[頑强]히 据絶하고 떠나면서 親友가 契곡 1叺을 달아하면 주워 주시요 하고 떠낫다.
丁基善氏는 兒該를 시켜서 7萬원 條 1개月 利子만 3,500원을 보내왓다.

<1971년 11월 22일 월요일>
精米햇다.
夕陽에 내린 비는 상당이 왓다.
成曉 婚姻을 포기하겟다고 山西面 봉서리 姨母 家로 편지 냇다.
副面長 鄭職員이 出張 왓다. 아 秋곡 收納 督勵인 듯십다.
기름을 再促 全州에 햇든니 品切이라고 햇다.
高成完은 今日 現在로 30日間(1個月)을 내 집에서 作業한 셈.

<1971년 11월 23일 화요일>
終日 精米햇다.
成康 집 김장햇다.
工場에 精米한데 柳正進이가 별을[벼를] 가지고 왓는데 의심이 나서 무슨 種子야 물엇다. 금곡이라 햇다. 成康 벼가 안니가 生覺이엿다. 昨年에도 成康 벼 機叺[幾叺]을 심부름햇다고 들엇는데 又나 아닌가 햇서 調査햇다.
高成烈이는 休日엿다.

<1971년 11월 24일 수요일>
아침에 柳正進이가 왓다. 어제 벼을 調査한 理由을 무렷다. 무슨 種子야 햇다. 그게 안니고 昨年에 成康 母가 벼 機叺만 찌여달아는데 兄任 體面이 있으니 못하겟다고 하고 成奎 昌宇더러 찌여달아고 햇든니 다시 말 못하고 갓다고 햇다. 그랫든니 丁成燁 母가 말을 번지여 今日까지 나를 으심햇다고 햇다. 그려타고 햇다.
비가 내리서 作業 中止햇다. 嚴京完에서 萬원 借用햇다.

<1971년 11월 25일 목요일>
아침에 成苑 授業料 雜金 해서 9,440원 주웟다.
終日 精米햇다.
面長이 왓다. 秋곡 收納次 왓다.

<1971년 11월 26일 금요일>
終日 精米햇다.

<1971년 11월 27일 토요일>
午前 中 精米햇다. 午後에는 寶城宅 昌宇와 同伴하고 4時 40分 列車로 西村 墓祠에 갓다. 本人으로써는 8代祖 兩位인데 配는 龍仁 李氏엿다. 守護者 刑 氏 宅에서 宿泊햇다.

<1971년 11월 28일 일요일>
朝食을 맞이고 山廳 墓所에 갓다. 桂壽里에서 炳烈 叔 炳萬 叔 尙宇氏 炳洙氏가 參禮햇다. 其後 成奎 重宇가 晩參햇다. 祭祠을 모시고 운복[음복]을 分配하고 佐郎公 九代祖 山所에 省墓을 드리고 曾祖母 山所에 墓祭을 기내고 成奎 外에 5人은 桂壽里로 가시고 昌宇와 갗이 列車는 떠나고 下行 列車로 南原으로 行한데 李증현 氏을 面談하고 車中에서 求禮 金成玉을 맛낫는데 大田서 오는 길이라면서 祖母任이 老患으로 위중하다면서 가는 길이라 햇다. 別世하면 電報하라 하고 作別하고 뻐스로 집에 온니 밤 8時 30分이다.

<1971년 11월 29일 월요일>
共販 벼 作石햇다. 午後에 鄭圭太 鄭昌律이가 協助햇는데 43叺을 作石햇다. 內容은 收得稅 3叺 糧肥條 8叺 買上 3叺 豫定이다. 農協에서 왓다. 債務 確認次라고. 알고 보니 阿亭里[柯亭里] 故人 全東根 氏 子엿다. 確認印을 捺印하려 한바 糧肥 條가 78,000원 條은 確認 못하겟다고 하고 農藥代 萬원 條도 確認 못하겟다고 据絶햇다. 내의 債務가 안니기에다.
鄭鉉一 白米 2叺 支出햇다.

<1971년 11월 30일 화요일>
아침에 鄭鉉一에 쌀돈 2叺 條을 支出해주웟다.
새벽부터 내린 눈은 終日 내렷다. 午前에는 讀書. 午後에는 工場에서 修繕하고 夕陽에 新安宅이 왓다. 今般에 寧川 崔 宅에 간바 成曉 婚姻 關係로 鎭鎬는 말하기를 시아비가 觀選까지 하고 今冬에 結婚을 못 한다면 큰 失手가 않이야고 햇다고 傳햇다.

<1971년 12월 1일 수요일>
今日 우리 精米햇다. 27叺을 精米햇는데
大里 郭達成 氏 借用米 11叺 7斗 4升 完了.
本村 安承均 〃 4叺도 完了.
〃 金烔進 〃 7叺도 完了
計 22叺 7斗 4升로 完結햇다. 成康 집에 2叺 糧米로 보냇고 2叺 26升는 工場에 荷置햇다. 嚴萬映 氏 婦人이 後山田稅 大里로 7升 달아 해서 白米로 6升를 兒該 便에 보냇다.

<1971년 12월 2일 목요일>
午後에 秋곡 共販場에 갓다. 2仟원에 運賃을 주고 檢査員은 檢査한바 3等을 찍는데 나는 不應햇다. 밤에까지 벗티고 잇는데 面長이 서둘어서 半〃식 2等 3等으로 햇

다. 그러나 檢査 自身이 不正이라고 햇다. 여려 사람이 말기기에 할 수 업시 入庫는 햇다.
밤에 圭太 집으로 高成完이 불어서 會計한 바 39日 16,800원을 주기로 하고 今日로써 完結하고 不遠 歸家하라고 햇다.
共販 內譯 43叺 中에
稅 3叺
糧肥 8叺
買上 32叺
以上과 如히 整理햇다.

<1971년 12월 3일 금요일>
精米햇다.

<1971년 12월 4일 토요일>
文洞골 高祖 兩位 첫 歲祠[歲祀]을 올이엿다. 祭物은 昌宇가 장만햇는데 寶城堂叔 大{里} 炳赫 堂叔 成吉이도 參禮햇다. 論山에서 成曉가 外泊次 왓다.

<1971년 12월 5일 일요일>
鄭鉉一 氏 방애를 찟는데 金相業 鉉一 母親이 왓다. 찟는 途中에 벼 3叺이 나맛다. 이것은 찟지 안나 햇다. 찟겟다고 하다가 다시금 옴겨논데 음심이 낫다. 잠시 있으니 朴俊祥이 왓다. 내의 벼 3叺을 찟겟다고 햇다. 찟는데 이것이 네의 나락이야 무렷다. 기다고 하다가 다지닛까 고백햇다. 立場이 難햇다. 日後에 그런 짓 말아고 타일엇다. 그려나 主人 鄭鉉一에 傳하려 했으나 그도 難處햇다. 밤에 南連 氏을 모시고 酒店에 왓다. 여려 가지로 타일으고 술 한 잔 주면서 慰勞햇다. 尹鎬錫 氏가 1泊햇다.

<1971년 12월 6일 월요일>
食後에 農協에 갓다. 벼 買上代金 232,581원을 찻잣다. 農藥代 2,224원을 支給해 주웟는데 實은 내의 條가 안니엿다. 金在豊(大里)에 飼料代 15,700원을 驛前에서 支拂햇다.
午後에 新平支署에서 宋 巡警이 왓다. 알고 보니 間夜에 圭太 昌律 酒席에서 是非한 게 昌律이가 本署에 訟訴을 提起햇다고 圭太을 連行하려 왓다. 나와 갗치 同伴해서 支署에 갓다. 昌律 圭太 兩人을 調書 밧다 보니 밤 10時엿다. 택시를 불어서 집에 온니 11時엿다.
丁俊浩 고지 5斗只 12斗 5升을 現金으로 10,250원을 주웟다.

<1971년 12월 7일 화요일>
韓正石 氏 回甲에 禮訪햇다. 黃在文 歲祠에 參席코 酒 1배 햇다.
安承均 鄭仁浩을 參席시키고 벼代 全額을 會計 淸算해주웟다.
午後에는 圭太 집에서 놀고 밤에는 全州에 許 生員 張泰云 氏가 舍郎에서 1泊 햇는데 談話하다 보니 2時가 되엿다.
鄭圭太 鄭昌律 是非 件으로 梁奉俊 林德善는 證人 聽取次 下署햇다.

<1971년 12월 8일 수요일>
오날은 大雪이다. 許 生員과 李起榮 氏와 갗이 談話햇다. 午後에는 許龍 氏는 全州로 歸家햇다.

<1971년 12월 9일 목요일>
아침에 鄭鉉一 氏에서 招待狀이 왓다. 오늘 購販店 開業式이라 參視을 要햇다.

鄭圭太 氏는 今日 鄭昌律 氏을 同伴코 支署에 간다고 金 萬원을 要求해서 주웟다.
郡 李증빈 氏가 來訪햇다. 明年度 造林事業 計劃이엿다.
李起榮 氏는 半월치 영그려 왓다.
11時 30分에 鄭鉉一 氏에 갓다. 任實 郡守任이 오시고 指導所長 敎育長 副面長 支署長이 參席햇다. 祝사[祝辭]가 끝이 나고 中食을 갗이 하고 作別햇다.
丁基善 問病햇다. 이기영 牛 얼치[언치] 영것다.

<1971년 12월 10일 금요일>
午前 中에는 蠶具用 새기 꼬기 午後에는 精米한데 黃 氏와 丁成燁의 집 걸 精米햇다.
夕食을 맟이고 9時 30分까지 새기 꼬기 한데 裵永植 母親이 오시엿다. 술 한 잔 待接하고 십다면서 가자고 햇다. 앞집 圭太 氏 집에서 술 몃 잔 마신데 嚴萬映 崔南連 氏 具道植 氏가 參席해서 갗이 마시고 놀다보니 10時 半이엿다. 집에 {가} 갓다.

<1971년 12월 11일 토요일>
아침에 昌宇 金玄珠가 왓다. 龍山坪 6斗只 고지를 달아고 햇다. 現金은 업고 白米로 15斗을 주마고 햇다. 昌宇가 成奎에서 15斗代 現金으로 갓다 玄珠에 주웟다.
裡里에서 鄭永植이가 왓다. 古品 玄米機를 가지로 왓다. 驛前에까지 牛車로 갓다 주웟다.
鄭警植에서 輕油 1드람 燈油 1초롱 운반한데 外上이다.
鄭圭太 氏 집에서 놀고 밤 10時에 왓다.
成曉가 왓다. 떡 1斗만 해 달아고 햇다고 햇다.

<1971년 12월 12일 일요일>
終日 精米햇다.
今日 爲親契加理 七星稧加理엿다. 夕陽에 林德善이가 有司인데 가 보왓다. 會計 中인데 書類을 作成 書設해 주고 보니 元穀이 11叺 6斗 利併하고 보니 16.56升쯤이다.
집에 온니 이웃집 尹鎬錫 氏가 移事[移徙] 햇다고 招待햇다. 夕食을 맟인데 豊物[風物]을 가지고 왓는데 잠{깐} 잇다가 圭太 氏 집에 간니 牟潤植 尹錫 宋成用 林德善 梁奉俊 丁俊峰이가 도박을 한데 한참 해드라. 말 안 해도 개평 200원을 주드라.
成曉이는 歸隊한데 떡을 成樂 便에 보내주웟다.

<1971년 12월 13일 월요일>
終日 精米햇다.
黃在文 氏 回甲인데 2, 3次 來往하면서 술 마시엿다. 圭太 酒店에는 오날도 7, 8人이 모여 노름 하더라. 李起榮에서 白米 14斗 밧고 취여간 白米 2斗 해 16斗을 會計햇다.

<1971년 12월 14일 화요일>
終日 精米햇다.
정잔댁은 女息 入學金 拂入한다고 6仟원을 가저갓다.
鄭九福 宅에서 招請햇다. 가 보니 한실댁 柱相 母도 있엇다. 間夜에 祭祠라고. 中食까지 待接 밧고 왓다.
參模는 가슴이 앞으다고 今 4日채 病院에 단닌다고. 꾀는 만타고 甲烈에서 들엇지만 實地{인}지 허인지 모르겟다.
朝食은 大宅에서 햇지만 兄任은 宗곡 干係로 寶城宅 오시면 再文書을 닥자고 햇다.

<1971년 12월 15일 수요일>
糧肥 交煥[交換] 更紛 3叺 作石해 보내는데 2等 2叺 3等 1叺라 햇다. 午後에는 精米햇다.
밤에는 圭太 집에서 놀고 보니 노름한데 支章이 있을가 바 집에 왓다.
서울에서 藥代 收入 準備하라고 通知가 왓다.
12時頃에 黃在文 宅에 갓다. 한실댁 昌律 婦人 正勳 母 具判洙 妻 邑內댁도 있엇다. 昌律 妻는 日帝 때 男便은 募集 가고 홀로 산데 崔永贊이가 건들더라면서 담배 배급을 타로 가면 누구 줄 터야면서 히롱도 햇다고 햇다.

<1971년 12월 16일 목요일>
終日 精米햇다. 몸이 고되야서 夕食을 마치기가 밥부게 寢室에 들엇다. 11時 30分頃에 잠이 깻다. 앞 酒店에서 시그렷다. 듯고 보니 女性이 몰여와서 圭太 酒店에서 노름한다고 시비인 듯햇다. 잠이 오지 안고 해서 新聞을 보다 보니 1時 30分이 되엿다.

<1971년 12월 17일 금요일>
終日 精米햇다.
嚴俊峰 借米 條 成奎에 7叺 支給햇다. 金玄珠 고지 條 成奎에 15斗 支給해주웟다.
崔南連 氏 宅에서 中食햇는데 喪酒 契加理라 햇다.
밤에 大洞會라기에 參席한바 約 20名 參席으로 流會한바 효주병이 들어왓다.
正午에 鄭鉉一 婦人이 印章을 要求. 實은 購販場 貸付 契約한다고 햇다. 個人이 利用한다면 못 주되 公益事業인 만금 印章을 빌여주되 잘 理容[利用]하라면서 당부햇다.

<1971년 12월 18일 토요일>
終日 精米햇다.
中食은 林澤俊 氏에서 햇다. 白米 稧加理日이라고 햇다.
完宇 집에 明日 婚事라기에 金 仟원을 가지고 갓다.
成曉 歸家햇다. 工場에서 林長煥 債務 條 1部 1叺만 收入햇다. 玄米는 14斗 收入해야 한데 1部만 햇다.

<1971년 12월 19일 일요일>
아침에 林萬永 氏 宅에서 朝飯을 햇는데 先考 祭祠라 햇다.
完宇 집에 갓다. 今日 結婚日인데 날씨는 산들〃햇다. 午後 3時頃에 新行한데 날더려 요客으로 가자고 햇다. 承諾하고 白米 6叺을 三輪車에 上車한바 新郎이 다시 下車하라 해서 下車하고 氣分 不安해서 요客을 포기햇든니 完宇 父子만 갓다고 햇다. 白米 下車 理由를 알고 보니 新郎 側에서 車 2臺 불엇쓰면 新婦 側에서도 1臺 貸切함도 原側[原則]인데서 不고함에 原因이엿다.
成東이는 終日 精米햇다.
嚴俊映 떨〃리다 13叺을 실여서 龍山里에 보냇다. 柳東植 條엿다. 嚴京完 婦人이 走주[逃走]햇다고 들엇다.

<1971년 12월 20일 월요일>
蠶具 製作한데 不平햇다.
參模는 3時 세 때 食事는 잘 하는데 又 잠도 잘 자고 한데 가슴 아프다고 일만은 하지 안는다.
丁基善氏가 왓다. 嚴京完 妻는 도망을 간바 旅비로 寢具 이불을 事前에 賣渡한 것으로 들엇다고 햇다.

세멘 99袋은 工場에 保管햇다. 夕飯을 하고 새기 꼰데 完宇가 招待한바 鄭鉉一 牟潤植 崔南連 外 2, 3人이엿다. 崔南連 氏 말에 依하면 京完 妻는 이번까지 2次 도망이라고 햇다.

<1971년 12월 21일 화요일>
終日 精米햇다.
서울에서 保藥[補藥]代로 밧드려 왓다. 新安宅에 4,000원을 求해다 주웟다.
丁基善 氏가 왓다. 鄭仁浩는 農協 債務가 約 130萬원으로 낫타낫다고 햇다. 여성클럽 購販場用 融資 手續한데 乃宇 印章은 旣히 債務가 있으니 必要업다고 햇다. 基善 氏 印鑑을 내주엇다고 햇다.
夕陽에 柳東植이가 왓다. 白米 5叺만 借用해 달아고 햇다. 農園 놈들 낫분 놈들이라고 傳해주웟다.

<1971년 12월 22일 수요일>
新洑 加理한데 安承均 氏 宅에 갓다. 술 한 잔식 먹고 洑粮 据出한데 斗落當 6升식 하고 1叺 餘有가 잇는데 所任에게 保管햇다.
金京浩와 言戰을 햇다. 桑苗代 關係엿다.
午後에는 精米햇다.

<1971년 12월 23일 목요일>
終日 精米햇다.
嚴俊映 운비 650원인데 새기代 300원을 除하고 400원 주웟다.
崔六巖 便에 뽕 딴 품삭 400원을 傳해주웟다.

<1971년 12월 24일 금요일>
終日 精米햇다.
밤에 보데을 열여보니 異常이 잇다. 11時까지 修繕해도 如前햇다.
今日부터 初中高 全部 放學에 들엇다.

<1971년 12월 25일 토요일>
아침부터 修理해도 맛찬가지. 成東이를 시켜서 全州에 보냇다. 그래도 맛찬가지. 다시 보내서 修繕한바 異常 업다고.
圭太 집에서 밤에 논데 鄭鉉一 夫婦 말이 좃치 못하게 나왓다.
糧肥 交煥[交換]條 尿素만 12袋 운반하고 複合 6袋 인비 3袋는 未운반햇는데 嚴俊祥이가 사준다고 햇다.

<1971년 12월 26일 일요일>
午前 中에 工場에서 原動機 修理햇다. 參模 便에 白米 5叺을 市場에 보내고 夕陽에 韓正石氏가 舍郞에 오시엿는데 尹鎬錫 氏 立會 下에 白米代 4叺만 34,100원 會計하고 1叺는 고지로 定하야 (못텡이) 3斗 5升 只 7斗 7升 五合 代金으로 1,060원인데 60원은 밧고 1,000원을 殘으로 햇다.
해남宅이 오시엿는데 主人으로써 효주 1병을 가저왓는데 해남宅은 면태국을 끄려왓다. 4人이 잘 먹엇다. 해남댁은 말하기를 鄭仁浩 말 동내사람이 살임을 못하게 했으니 他人 債務도 中止하겟다고 鄭九福 婦人이 말한다고.
支署長 面長이 里長 改편次 來訪.
※ 七星契곡 嚴萬映 1叺 支出햇다.
鄭九福 白米 二叺 支出햇다.

<1971년 12월 27일 월요일>
一. 아침에 成吉이가 왓다. 用務은 畓 賣渡次 尹鎬錫 氏 訪問이다.
二. 河洞 叔母가 왓다. 果樹園 賣渡한데 打

合次엿다. 첫재는 錫宇와 打合하고 파시라 햇다. 買受者는 某人 嚴俊峰에라 햇다.
三. 成奎가 왓다. 用務는 成赫으로 因해서 債務가 約 百萬원인데 淸算할아면 村前 4斗只을 賣渡한다 햇다. 그려면서 관촌 兄任에 叔父가 말해 달아고 햇다.
四. 밤에 尹鎬錫 氏 韓正石 氏 張泰燁 海南宅이 舍郞에 놀로 왓다. 尹鎬錫 氏가 明太 술을 가저왓다. 酒席에서 해남宅에 契곡 淸算 要求햇다. 5叺과 泰燁 條 2叺 計 7叺 내겟다고 햇다.

<1971년 12월 28일 화요일>
午後에 精米햇다.
밤에는 第三次 會談인데 韓正石 尹鎬錫 해남宅이 集合한바 正石 氏가 酒饌을 가지고 오시엿다. 雜談이 끝이 나고 米穀稧에 對한 토론이 잇섯다. 明 29日 밤으로 미루고 散會햇다.
尹鎬錫 말에 依하면 四仙臺 果主 洪 氏나 鄭東洙 其他 外人에 무리한 物見 要求 代身에 몸 빌임도 잇다 햇다. 그도 그럴 듯햇다.

<1971년 12월 29일 수요일>
午前에 原動機 手理[修理]하고 午後에 本人 精米햇다.
朴公히가 왓는데 鄭仁浩 土地 買收次엿다. 그러나 代價 差異로 不買 되엿다.
밤에 尹鎬錫 韓正石 해남宅이 오시엿는데 契곡 말이 또 나왓는데 語設[言說]이 나서 高聲이 나지[나자] 헤여젓다.

<1971년 12월 30일 목요일>
終日 精米햇다.
밤에 嚴俊祥 氏 宅에 갓다. 3日부터 今日까지 外上代 叺子 12枚代 牛車 日費 白米 1斗代을 除 새기 4玉까지 해서 嚴俊峰 立會下에 殘額 1,690원을 淸算 完了해주웟다.

<1971년 12월 31일 금요일>
館村農協에 갓다. 분무機代 蠶室 貸付 2件 公濟貸付金 全額 計 54,819원을 淸算해주웟다.
任實에 갓다. 鄭大燮 外上 2,900 朴채연 세멘代 15袋 3,800을 會計해주웟다.
午後에 具道植 宅에서 親睦稧加理한데 元米는 4叺1斗4升로 書類 作成해주웟다. 술을 먹다 보니 밤이엿다.

1972년

<내지1>

◦ 有備無患

◎ 量入出制 꼭 지키자.

◎ 國土統一은 經濟成長으로부터.

◎ 適期實施하면 多收穫하고.

◎ 失期하면 底收한다.

日記 〃錄 時는 처음부터 보고하자.

<내지2>

年中農事메모 事業日誌

1.	桑田 肥培 菅理[管理]	三月 二十日
2.	水稻 苗板 設置	五月 一日
3.	麥 肥培 菅理	三月 一〇日
4.	麥 脫麥	六月 十日
5.	移秧日	六月 十오日
6.	桑田 追肥	七月 十日
7.	精米 始作	九月 十日
8.	麥 播種	一〇月 五日
9.	收穫期	一〇月 十日
10.	清算期	十一月 二十日

表準[標準]

白米	1叺當 9,000
被麥[皮麥]	1叺當 4,000
養蠶	枚當 2,000
豚兒	頭當 4,000
成豚	〃 15,000

以上 市勢 表準[標準]

(1972年度 事業 要指[要旨])

歲入歲出 豫算 計劃書

歲入				支出	
養蠶	24枚 × 2千	=	480,000	用下	680,000
工場	米60 + 麥100	= 160叺	940,000	債務	200,000
農業	米80 + 麥50	= 130叺	920,000	肥料	100,000
畜産	豚兒10+成豚5=		120,000	教育비	300,000
雜入	색기+雜穀+기타		55,000	人夫	107,000 (270人)
				雇傭人	80,000
				工場	160,000
	計		2,515,000		

差引 黑子 917,000 豫見

1971年 統算書

(施正 表本[標本])

歲入

一. 工場收入 精麥 賃料	48叺 × 350 = 168,105
〃 脫麥 〃	42叺 × 350 = 147,000
〃 精米 〃	41叺 × 850 = 348,500

二. 春秋 晩蠶 21枚代 21枚 × 15,290 = 331,120
農穀 白米 收穫量 77叺 × 850 = 644,500
〃 夏麥 〃 35叺 × 330 = 115,500
三. 債務額 285,000
〃白米 46叺 × 850 = 391,000
四. 雜收入 畜産 其他 64,842
統計 2,495,567
(歲入歲出 明細表는 別添 帳簿에 依함)

歲出

一. 農費 家庭 用下 人夫 酒代 農藥代 饌代 810,500
農機具[農器具] 衣服代 藥代
冠婚喪禮비 其他
二. 債務償還額 342,000
債務償還白米 59叺 × 850 = 501,500
三. 肥料代 70袋 × 685 = 48,000
四. 人夫賃 205名 × 400 = 82,000
五. 雇用人[雇傭人] 年給 白米 8叺 × 850 = 68,000
六. 成東 外 7名 敎育費 262,445
七. 工場 附屬 資材代 165,995
八. 雜支出 12,739
統計 2,293,179원
差引 殘高額(黑子) 202,388원 整

<1972년 1월 1일 토요일>
成曉는 外泊次 歸家햇다.
過年 보내면서 收入支出도 따저보고 各記帳簿도 整理해보왓다.
今年 새해 計劃設計도 生覺해보왓다.
엇더면 만흔 生産을 올이고 마음대로 될가 生覺햇다.
1. 農業設計
2. 工場運營
3. 蠶業生産
4. 養畜飼育
5. 家兒敎育方針
6. 環境整理
7. 其他
以上을 生覺한니 잠이 오지 않앗다.

<1972년 1월 2일 일요일>
成曉는 歸隊한다고 旅비 1仟원을 주어 보냇다.
鄭鉉一 韓 生員 家兒들이 싸워서 病院에 간바 父母 側에서 不安하다기에 取下시켯다.
全州 許 生員이 來訪햇다.

<1972년 1월 3일 월요일>
大里 金東元이 來訪햇다. 宗山 造林 打合히엿다.
路上에 鄭桓烈 婦人 해남宅이 是非가 벌어젓는데 求見軍[구경꾼]이 萬集햇다.
全州 湖南機械工社에서 外上代 收金次 왓다.
鄭仁浩에서 5仟원
林澤俊에서 6仟원
을 빌여 11,000원을 주워 보냇다.

<1972년 1월 4일 화요일>
아침에 鄭九福 氏 宅에 갓다.
債務 2萬3仟에 白米 3叺로 計算하고 殘 2,500원을 차저왓다.
九福 氏 말에 依하면 해남대[해남댁]이 말한다면서 호로메니[홀어머니]가 된니 밤에 進映 氏가 차저오고 또 吳泰天이 어린 것이 술과 과자을 가지고 內室에 와서 理由없이 방바닥에 던지는 등 영식을 불어 대려가라고 햇고 사위 安玄模을 시켜서 注意을 시켜 달아고 햇다고.
寒心한 일이다.

<1972년 1월 5일 수요일>
終日 蠶具用 새기 꼬왓다.
參模는 芳現里[25]에서 2日 만에 왓다.

<1972년 1월 6일 목요일>
終日 舍郞[舍廊]에서 새기 꼬왓다.
昌宇 柳正進이가 왓다. 昌宇는 扶安 邊山에 成植 面會 단여왓다고 말햇다.
平安이 잇고 成康이도 同伴햇다고.

<1972년 1월 7일 금요일>
終日 成東이와 精米한데 約 30叺햇다.
서울서 朴成洙가 왓다.
밤에 圭太 酒店에 간니 鄭鉉一과 崔瑛斗 氏는 言爭이 벌어젓는데 被此[彼此]가 안할 말을 하더라.

<1972년 1월 8일 토요일>
邑內宅에서 招待햇다.
午後에는 精米햇다.
밤에 成曉 親友와 갗이 歸家햇다.
鄭龍澤 氏가 來訪. 明日 本家에서 束錦契

25 임실군 관촌면 소재.

를 本家에서 한다고.

<1972년 1월 9일 일요일>
午前 中에는 精米하고 成曉 親友들은 갗이 歸隊次 出發하고 旅費 1,000원을 주워 보냇다.
大里 金萬浩 氏가 尹鎬錫 宅에서 招淸[招請]햇다. 理由는 地上物 除据[除去]엿다.
午後에는 鄭鉉一 氏와 同伴 大里 鄭龍澤 氏 宅에 契加理[修禊]하려 갓다. 金哲浩(面長)은 白米契 하나 뭇자고 햇다.
柳文京 母에서 不安이 잇다고 柳正進이가 大里에 와서 鄭鉉一에 付託햇다고 證人처럼 가보자고 햇다.

<1972년 1월 10일 월요일>
家兒들은 蠶具製作.
崔榮鎬 母親 出發 旅비 200원 드렷다.
午後부터 비가 나린데 밤에까지 오고 午後에는 精米햇다.
榮鎬 母親과 約束은 陰 11月 末日에 만나기로 하고 崔錫宇 妻에서 白米 3叺代(850) 25,500원 入金햇다.
밤에 圭太 집에 간바 배가 앞으다고 택시을 불엇는데 조금 낫다고 해서 택시는 1仟원을 주고 空車로 보냇다.

<1972년 1월 11일 화요일>
白康俊 氏 債務 利本 11,500 償還햇고
嚴京完 氏 〃 〃 10,800 償還햇다.
金炯進 移住한 데 갓다.
寶城 堂叔 宅에 갓다.
小宅에도 단여서 왓다.
韓正玉 外上 1,900원 會計해주웟다.
日本{의 동서}26에서 편지왓다.

<1972년 1월 12일 수요일}
林長煥 安承均 金判石 崔瑛斗을 同伴하고 金氏 宗山을 視察 立木代金을 定한데 3×7除[3:7制]라 한니 山主는 應答하지 안코 있엇다.
午後에는 精米햇다.
鄭圭太 집에서는 又 도박이 한참인데 금하려 한 사람도 업섯다.

<1972년 1월 13일 목요일>
山林契 擔當職員이 來訪햇다. 林野 現地 踏査하자고. 日後로 미루웟다.
午後[午前]에는 精米하고 午後에는 새기 꼬왓다.
今日까지 鄭圭太에서 1,100원이 取代金이엿다.
工場에서 收入한 白米 가지고 食糧 할아라 他人債務 理整할아 用下 支出할아 燃料準備할아 收入支出 打算이 맞이 안고 마음이 괴롭다.
農糧은 旣히 不足計算이고 不遠 中高生이 成東 外 6人이 開學할 時期가 온데 걱정이 만타.

<1972년 1월 14일 금요일>
成曉 婚事로 觀選하려 山西27에 단여오라 햇다.
못 가겟다 햇다. 누구더라 갈아고 모[못] 가겟나 햇다.
衣服 잇는 년 보고 가라 햇다.
마음니 안 조왓다.
生覺한니 過居事[過去事]로 後悔 模心[莫

26 저자의 동서, 둘째 부인의 여동생이 일본에 살고 있다.
27 장수군 산서면.

甚]하고 後事도 걱정 만흐며 夫婦間에 잘 못 맛나면 終身까지 원수로 본다.
終日 精米햇다. 約 30叺.
밤에 圭太 酒店에 갓다.
말목宅이 술 한 잔 하자 햇다.
라지오를 1臺 盜適[盜賊]을 맛고 休帶用[携帶用]은 在成이가 던지기에 本人이 때려부시고 도란당한 라지오는 尹鎬錫 氏 宅을 으심하더라.
圭太 婦人에서 取貸金 1,100원 金在玉 立會 下 會計햇다.

<1972년 1월 15일 토요일>
새벽부터 눈비가 내렷다.
뻐스로 只沙에 갓다.
崔榮鎬 母 宅을 訪問한바 不在中. 漢實 집에 간니 발을 다치엿다고 꼼작 못하고 누웟드라.
다시 芳鷄里[28]에 나와 崔榮喆 氏를 相逢한바 반가히 마지하면서 中食을 하자고 햇다.
酒店에 妻族을 맛낫다.
갗이 오수까지 온데 郭二勳 氏을 맛낫다. 1行은 館村驛前까지 왓다.
昌宇 圭太와 是非하드라.
해남宅에서 夕食하고 鄭九福 氏 宅에 갓다.
술이 취해서 왓다.

<1972년 1월 16일 일요일>
梁奉俊 氏에서 招待햇다. 알고 보니 母親 生辰日라고.
새기 꼬왓다.
夕陽에 圭太 外上代 6,340원 會計 完了해 주웟다.

어제 밤에 成曉가 왓는데 朝食 後에 간바 相面은 못햇다.
새기갑 300원 圭太에서 入金햇다.
今日은 陰 12月 1日 先考 祭日이다.
쇠고기 1斤 굴비 1凋 해우[해의(海衣). 김] 한 톳 보내주웟다.

<1972년 1월 17일 월요일>
大宅에서 朝食을 맞엿다.
兄任게서는 成奎 債務 얼마야 햇다. 모르겟읍니다 햇다.
萬諾[萬若] 債務가 잇다면 田畓이라도 賣渡해서 갚으라 햇다.
午前에 새기 꼬왓다.
午後에는 몸이 좋이 못해서 눈 것이 잠이 들엇다.
夕陽에 成奎가 왓다.
아버지게서 債務가 잇고 田畓을 판다 한니 其間에 父母를 돌아닷고[속였다고] 햇다고.
밤에 班長 南連 宗엽 正植 尹鎬錫 氏을 招待하고 明日 林野 地上物 除据 指示햇다.

<1972년 1월 18일 화요일>
早食하고 里民을 引卒[引率]하야 筆洞 林野 地上物 除据한 데 參席햇다.
班別로 作業 分配한데 各〃 個別的으로 分作業하라 햇다.
金正植 氏에 中食한데 한실댁 해남댁이 同席햇다.
大宅에 들이여 嚴俊祥 宅을 단이여 朴公히도 相面햇다.
夕陽에는 靑云洞에 金昌圭와 金玄珠 鄭圭太을 맛나고 造林에 대한 打合.
大宅에 今日 曾祖 祭日인데 大里에서 炳赫 氏 炳基 氏 參席. 參時 30分에 作別햇다.

28 임실군 지사면 소재.

<1972년 1월 19일 수요일>
大宅에 갓다.
大里에서 炳赫 堂叔이 오시엿다. 大宗中宗穀 決算을 하는데 宗穀은 9叺8斗2升가 殘高엿다. 此의 宗穀은 壬子年(1972년)度 乃宇가 有司로써 菅理하기로 하고 利子는 年3利[釐]로 햇다.
炳赫 堂叔 辛亥年 宗土收稅 白米 1叺는 堂叔의 家化[家禍]로 依해서 無稅해드렷다.
正午에 新安 堂叔이 오시엿다. 나도 子孫인데 宗곡 決算書을 보자면서 炳赫이도 같은 도적놈이라 햇다. 멱살을 부들고 是非한데 말기엿다.
支署次席 兵事係 炳列 堂叔이 오시여 成奎 집에서 中食하고 作別햇다. 私宗中 成奎 條 田 3斗只은 宗中田인데 祭祠田[祭祀田]으로 決定하고 辛亥年 1971年부터 無稅하기로 햇다.

<1972년 1월 20일 목요일>
新正에 白米 收{入}支出을 豫算해보니 債權 및 고지로 支出米 12叺이고 收入을 보니 債務 21叺쯤이다. 그려면 他人의 債務가 9叺쯤 된다고 본다.

1月 18日부터 白米 1斗을 成東 參模을 주고 북골 松木 발미하려 보냇다.
尹鎬錫 宅에다 中食만 2人에 해달아고 햇다.

<1972년 1월 21일 금요일>
任實市場에 갓다. 톱신 其他 1切 사서 昌宇 成奎에 맛기고 全州로 갓다. 附屬 1部 사고 밤에 왓다.
成康 집에 간니 成苑 親友가 왓는데 陸 姓이라 햇다.

<1972년 1월 22일 토요일>
昌宇 집에 간바 어제 市場에 가서 오지 못햇다고 不在中.
圭太 집에서 朝食햇다. 午前에 방{아} 찟엿다.
成東이는 大里로 빠이푸 가저로[가지러] 갓고 成樂이는 全州에 스프링 사려 갓다.
李正勳의 移据[移居]집에 갓다.
밤에는 山林稧 造林事業 五人委員會 會議 召集하고 造林指導員 選定한데 林長煥{으}로 選定하고 페회[폐회]햇다.
農牛 交配시킨데 韓相俊 黃牛에서엿다.

<1972년 1월 23일 일요일>
成東 參模는 발미할려 갓다.
終日 精米햇다.

<1972년 1월 24일 월요일>
參模 成東 발미햇다.
終日 休日하고 午後에는 田畓 麥畓을 巡視한바 麥類는 靑色을 자랑햇드라.
金哲浩(面長)에 편지 왓다. 쌀稧 通知인데 本人은 4番인데 每年 5叺식 넛키로 용함리[29] 崔炳斗 氏와 1組이다. 그러나 나는 1974년에 찾으[찾을] 걸로 본다.
稧員 金哲浩 康治根 金永善 趙命基 朴敎植 崔炳斗 崔乃宇
金宗澤 氏 金萬浩 氏가 來訪햇다.

<1972년 1월 25일 화요일>
빽스로 全州 裵長玉 妹 結婚式場에 갓다. 11時 30分에 擧行되엿다. 式이 끝나고 新婦宅에 갓다. 上客房에 合席하야 中食을 맟이고 말없이 出發해서 梁鉉子 집에 갓다. 婦夫

29 임실군 신평면 용암리.

을 同席 稅房[貰房]을 말하고 月 3仟式에 言約하고 2月부 入房하기로 하야 왓다.
圭太 婦人에서 400원 取貸하야 全州에 갓다.
夕陽에 大里에 갓다. 郭在燁 氏을 맛나고 왓다.

<1972년 1월 25일[30] 화요일>
아침부터 눈이 내리엿다. 舍郞에서 蠶具作業을 햇다.
집에 있으니 黃在文 氏가 왓다. 生鮮이 있으니 가자고 햇다. 圭太 酒店에서 한 잔 하고 왓다.
近日 中에 第一 찬 날씨였다.

<1972년 1월 26일 수요일>
蠶具 製作햇다.

<1972년 1월 27일 목요일>
終日 蠶具 製作햇다.
白康善 氏가 왓다.
밤에 해남댁에 갓다.
裵永植을 불어서[불러서] 도박한 것을 調査한니 白東基 3,000원 일코 金相業 5,000 沈參模가 3,000 그리고 朴俊祥 朴仁培 韓正히[한정희]이왓 갗이 햇고 永植 成東이도 參席햇는데 白東基는 成東을 시켜서 白康俊 氏에 보내서 아버지가 달안다고[달란다고] 萬원을 가저오라고 시켯다고 햇다.

<1972년 1월 28일 금요일>
金學均 氏가 왓다. 今年에 農事는 農園에다 賣渡햇는데 16叺에 주웟다고 햇다.
丁基善이가 여수에서 왓다. 債務 8萬원을 가저왓다.
밤에 裵永植에 갓다.
債務 條 2萬원 條 15,000 條 萬원 條 計 45,000 利 9仟원 合해서 54,000원을 會計完了햇는데 永植 裵明善 해남댁 도봉댁 立會 下 끝내주웟다.
圭太 집에서 놀다왓다.

<1972년 1월 29일 토요일>
아침에 鄭圭太 氏와 同伴해서 聖壽面[31]에 갓다. 高成烈 趙上石을 맛나서 成烈 子을 明年에 雇用人으로 付託한바 承諾햇다. 加不間[可否間]에 20{日}頃에 오겟다고 햇다.
갈 때는 빼스로 갓지만 올 때는 徒步로 해서 왓다.
집에 온니 面長 支署 宋 巡警이 와서 里 會議 한다고 訪問햇다고 햇다.

<1972년 1월 30일 일요일>
9時 40分에 列車로 成苑 成樂이를 데리고 寢具 冊 食糧 其他 家具을 가지고 下宿집에 갓다. 택시로 간바 後에 보니 成{子} 冊가방이 없다. 派出所 文化放送局에 連絡을 取하고 付託햇다.
2月分 3月分 房稅[房貰] 6,000 道具 一切해서 9,550원을 梁玄子에 맛기고 갗이 가서 買受해주라고 하고 12時 10分 列車로 내려왓다.

<1972년 1월 31일 월요일>
丁基善 氏가 왓다. 白米 6叺代(870) 52,200원을 가지고 왓다.

30 원일기 원문에 25일 일기가 중복된다. 내용으로 보아 26일과 27일은 같은 날의 기록으로 추정되며 두 번째 25일이 26일로 추정된다.

31 전북 진안군 소재.

韓正石 氏 崔成奎가 단여갓다.
終日 蠶具 製造햇다.
夕陽에 圭太 집에 갓다.
梁奉俊 丁俊浩 丁東英 參席햇는데 崔瑛斗 氏는 말하기를 에제[어제](30日) 李正勳 집에서 約 20餘 名이 도박을 한데 成康이가 습격하고 촟불 키고 잇는 병을 들고 이놈들 다 패 죽인다고 하면서 도박 말아고[말라고] 하고 農園 金炳日이를(45歲) 목을 잡고 흔들면서 大衆 앞에서 모욕을 준가 하면 其外 人도 목을 잡고 와서 큰 행패를 불엿다 햇다. 알고 보니 해남대[해남댁]서 말하기를 婦人들 한실대[한실댁] 外 2, 3名이 시켜서 그랫다고 들엇다.
아침 8時 50分에 成苑 冊가방 차자가라고 방송햇다.

<1972년 2월 1일 화요일>
아침에 尹在成을 시켜서 面長에 傳해달아고 쌀褉 白米 5叺代 43,500원을 보내주웟다.
圭太 氏 집에 있으니 主人과 林長煥 氏가 同席. 長煥 씨는 말하기를 鄭仁浩는 丁基善 氏에 對해 誤該[誤解]을 사고 잇다고. 理由는 里에서 拾萬원을 돌여준 종 알앗든니 5萬원는 鉉一을 주라고 햇다고. 저수지 件는 내의 山 林野에서 用土을 가저갔으니 面長을 거러서 誥訴[告訴]하겟다고. 韓喆洞錢 가지고 高利햇다고. 仁基 뜻은 다시 里長을 하고 싶은 뜻이라고 믿소 말햇다.
寶城 堂叔게서 2萬원 借用햇는데 今日 13,000원 反還[返還]하고 元金 萬원으로 今日부터 借用한 걸로 하고 堂叔 宅에서 말햇다.

<1972년 2월 2일 수요일>
午前에는 새기 꼬왓다.
午後에 精米햇다.
中食을 못햇든니 夕食은 甘食햇다.
館村國校에서 運動場擴張工事에 學父兄 分擔金 3百원을 据出[醵出]하려왓다. 300원을 주웟다.
參模는 어제 앞으다고 終日 잠만 잔데 異常해서 알고 보니 도박한 듯햇다.
今日은 나무 해왓다.

<1972년 2월 3일 목요일>
午前에는 방아 찌엿다.
午後에 金宗澤 氏 外 2人이 왓다. 宗山 地上物 除据[除去]엿다. 日後에 打合하기로 미루웟다.
白康俊 氏에서 萬원 借用키로 가지고 왓다.
밤에 鄭九福이는 술이 취한 듯햇는데 自己 집으로 데려다 주웟다. 집에 간니 술을 내논데 방안에서는 내음이 낫다. 酒席에서 九福 氏는 말하기를 해남댁하고 상관이 잇는야고 물엇다. 우스면서 그런 말 하면 못쓴다고 햇다. 九福 婦人은 大里 炳基 氏와 상관이 잇는데 그럴 이가 잇나 햇다. 外人들이 의심한 모양이나 내는 淸白햇다.

<1972년 2월 4일 금요일>
終日 休息햇다.
아침에 梁奉俊 宅에 갓다. 全州에서 梁鉉子가 왓다. 成苑 成樂 工夫 잘하드야 물엇다. 只沙面 玉山里에서 奉俊 生姪[甥姪]이라고 있엇다. 接見하고 보니 人物로는 中오가드라.
支署에서 宋 巡警이 來訪햇다. 支署長 弟의 結婚이라면서 請接狀[請牒狀]을 보냇

다. 金 五百원을 주웟다.
成東이는 全州에서 오지 않이햇다.

<1972년 2월 5일 토요일>
아침부터 機械 손질하고 食後에 始作한니 故章[故障]이 낫다. 參模을 시켜서 金채봉을 데려왓다. 全部 뜻고 보니 구랑구[크랭크]도 가고 기야[기어]도 3개가 다 갓다. 心思가 과로운데 夕陽에 成曉 中隊長이 外出次 왓다. 柳正進을 시켜서 萬원 가저오고 밤에는 鄭九福 집에 가서 해남댁을 데리고 裵明善 집에서 參萬원을 가저왓다.

<1972년 2월 6일 일요일>
아침 通學車로 裡里에 간데 車中에서 趙命基 崔宗仁을 만낫다. 裡里에서 뻐스로 論山에 갓다. 大同工業社에 밤에 당햇다. 구랑구[크랭크]가 업는데 新製 發動機을 뜨더서 구랑구을 뺏다. 고속으로 실고 全州에 왓다. 全州에서 택시로 館村驛前에 온데 1,000원 주웟다.

<1972년 2월 7일 월요일>
下宿집에서 工業社에 갓다. 附屬品 準備가 못되여 午後 3時에야 되엿다. 3時 30分에 고속으로 왓다.
林東 20,000.
여수 20,000.

<1972년 2월 8일 화요일>
通學列車로 江景에 到着한니 10時쯤. 鄭榮植 氏와 鐵工所에서 메다[미터기]을 3組을 올인데 13,000원. 4時 46分 列車로 집에 온니 밤 7時 40分이엿다.
食後에 工場에서 附屬品 實檢[實驗]한바 1部 未備品이 잇다.

<1972년 2월 9일 수요일>
나는 附屬品이 不足해서 全州에 가{고} 鄭榮植은 組立햇다. 그러나 總計는 73,000쯤 드렷다. 午後 3時頃에 始運轉[試運轉]하고 榮植은 夕食한다 하여 治下金[致賀金] 2,500원을 주워보냇다.
밤에는 俊祥 氏 宅에서 招待햇다. 大里 金宗澤 氏 왓다. 林野 地上物代는 2萬원 주마 햇든니 不應. 俊祥 外上代 980원 會計 完了햇다.

<1972년 2월 10일 목요일>
食後 工場에서 始運轉한데 終日 如前히 돌아갓다. 金昌圭 精米은바[정미한바] 비[費] 7斗을 會計해주웟다.
大里 金鍾澤 氏 外 2名이 왓다. 地上物代 2萬5仟원에 落着햇다.
2月 20日에 館村國校 第15回 同窓會 召集通報 왓다.

<1972년 2월 11일 금요일>
終日 精米 精麥했다.
大里 金氏 宗山 造林費 27,000원을 收金햇다.
參模 便에 유류 2강통 모비루 1升 鄭警錫에서 가저왓다.
밤에 林野關係로 班長을 召集햇든니 不參으로 散會햇다.

<1972년 2월 12일 토요일>
終日 몸이 좋이 못해 누웟섯다. 누워 生覺한니 機械關係로 金錢이 多額이 들고 보니 압날이 걱정. 他人의 債務가 다시 젓다.

郡 組合에서 朴判基 常務가 오시엿다. 會費을 드려서 보냇는데 月 700원식.
밤에 班長會議을 붙여서 圭太 집에서 金氏 宗山 立木代金 据出方案을 打合햇다. 輿論은 山에 散在된 指葉[枝葉]에을 세서 代金 25,000원을 分擔시키자고 해서 可決햇다.

<1972년 2월 13일 일요일>
參模와 會計한니 8叺 中 5叺5升 支出하고 殘 2叺9斗5升라 말해주웟다.
鄭圭太 氏 집 外上代 3,810원 會計 完了햇다.
成東이를 시켜서 鄭警錫 外上代 8,000원 보내고 別紙 領收證과 如함.
成康 便에 支署 繕物代[膳物代] 2,000원 封入해 보냇다.
成康 用金 1,000원 주웟다.

<1972년 2월 14일 월요일>
參模 衣服代 2,500원 주웟다.
成東은 早退햇다.
成奎 宗穀 7斗2升인데 9斗5升 入하고 2斗 3升 過入해다.
鄭仁浩가 俊祥 氏 집에서 招請햇다. 가보니 술을 부워 여려분에게 억지로 부워주면서 안 먹으면 도적놈이라 햇다. 마음이 안 조나[좋으나] 바닷다.
里長과 갗이 오는데 里長이 自己 집으로 가자 햇다. 仁基 關係를 말하고 잇는데 다시 仁基가 드려왓다. 나더러 자네 언제붓터 점잔햇는가 햇다. 父子間에 도적질 한 사람도 잇는데 잘 살아보라 햇다. 마음이 안 조나 里長에게는 兄弟間도 네 것 냇[내 것]이 잇는데 처세를 그러케 하나 햇다. 俊祥 氏 집에서 어른 앞에 담배대 물고 잇는야고 발로 찻다고 회뢰아들몸[후레아들 놈] 하며 里長은 座中에서 참피[창피] 보왓다고 햇다.

<1972년 2월 15일 화요일>
今日은 舊正이다.
大宅에서 歲詞[歲祠]을 들이고 成吉이와 갗이 喪家에 단니고 靑云洞까지 단여왓다.
成樂이 成苑이 단여갓다.
柱相이 喪家에서 鄭仁浩 말이 낫다. 鉉一 母는 당부하기를 仁基가 잘못하드래도 짐작해 달아고 햇다.
基善을 맛낫다. 正初부터 기분 납부다면서 미금[미구]에 맛나겟다고 햇다.

<1972년 2월 16일 수요일>
終日 舍郎에서 讀書햇다.
夕陽에 宋 生員 宅에 놀앗다.
오는 길에 이웃집 裵永植 집에 들이여 한 잔 하고 圭太 店房에 갓다. 瑛斗 氏 基善 圭太가 잇어 말햇다. 鄭仁浩 丁基善이와으[의] 是非는 무슨 利害關係가 잇는 듯하다고 햇다.
崔福洙 氏는 졸이[조리] 한 쌍을 가지고 왓다.

<1972년 2월 17일 목요일>
鄭圭太 집에서 招待햇다.
金進映 氏에서 招待햇다.
成植이는 休가 왓는데 成康이가 母親死亡이라는 電報을 첫다고 分隊長은 部隊에서 弔慰金까지 募金해서 왓다. 술 한 잔식 먹고 理解시켜서 보냇다.
밤에는 鄭鉉一이가 招待햇다. 四寸同生 仁基에 對해 未安하다면서 잘 좀 보와주시라고 당부햇다.

<1972년 2월 18일 금요일>
郡 農林課長 面에서 洪 書記 白 書記가 왓다. 새마을 가구기 운동次 講演次 왓다. 里民는 約 30名 外 婦人도 1部 參席햇다.

<1972년 2월 19일 토요일>
下宿生 成苑 成樂이 食糧을 가지고 全州에 갓다. 白米 3斗 精麥 1斗 김치 1桶을 가지고 갓다. 12時 列車로 歸家. 館村에서 이발하고 왓다.
今日부터 새마을 가꾸기 作業을 始作한데 나는 못 나갓다.

<1972년 2월 20일 일요일>
今日 15回 館村 母校 同窓會議.
成樂 便에 問題集代 課外비 補充비 會計 4,600원을 주웟다.
成植 旅비 500원 주웟다.
同窓會場인 우리食堂에 參席햇다. 會員은 約 15名이 參席햇다. 會員 中에는 李泰珍 辛永熙 朴贊宇 李範俊 金炳駿이가 生活도 有財햇다. 會費 500式 해서 終日 座談 농담 募臨[모임] 目的을 每年 1回로 해서 5月初로 하고 友情을 談話하기로 約束하고 作別햇다.
署에서 도博根絶委員으로 委囑狀이 왓다.

<1972년 2월 21일 월요일>
全南 求禮 外家宅 外叔母 問病을 出發키로 햇다.
一. 9時 40分 列車로 가되 12時에 外家宅에서 中食
一. 午後에 龍田里에 姨叔 宅 禮訪하고 잠時 休息
一. 5.30分頃 出發. 冷泉里 外家宅 着. 宿泊.
一. 아침 11時 40分 順天 着. 宰澤 집에 到着. 姨叔 宅에 2時 着. 5時에 出發할 豫定을 覺悟하고 出發햇다.

<1972년 2월 21일[22일] 화요일>
9時 40分 列車로 求禮 外家 着. 12時엿다. 中食을 맟이고 任正三 집에 갓다. 夕食을 맟이고 1泊햇다.
外家에서 朝食을 맟이고 金 5百원을 外叔母에게 드리고 放光里 姨母 宅에 갓다. 中食을 하고 正三 內外도 參席햇다. 正復이와 同伴 뻐스로 順天에 갓다.
趙宰澤 집에서 1泊햇다.

<1972년 2월 23일 수요일>
宰澤 집에서 朝食을 맟이고 道沙面[32] 月谷部落 姨叔 宅에 갓다. 中食을 하고 出發햇다. 夕食을 하고보니 正復이는 事前 떠나고 其後에 8時 急行으로 오는데 잠이 들어 全州에 당했다. 12時頃에 成樂 下宿집에 들어 1泊 하고

<1972년 2월 24일 목요일>
全州에서 집에 온니 10時. 里民은 새마을 負役을 하고 있다.
大宅을 거처 寶城宅 昌宇 집, 小宅에 들이여 오니 淳昌에서 辰宇도 參席햇다.

<1972년 2월 25일 금요일>
아침에 鎬錫 氏 丁九福 昌宇도 參席햇다.
寶城宅 土地賣買 말이 낫다.
成奎 집에서 兄任 生日이라 招待가 왓다.

32 현재의 순천시 도사동.

가서 놀다보니 終日이 되엿다.

<1972년 2월 26일 토요일>
成康 집에 잇으니 館村校 先生이 왓다. 用務는 昌坪里에서 學區 변동 大里에서 교육청에 진정서가 와다고[왔다고] 진상조사차라고 햇다. 나는 모르겟소 捺印한 사실도 모르겟소 하고 술을 바다가지고 대접해 보냇다.
全州 許 生員이 오시여 夕食을 待接해주웟다.
郡 山林係員이 來訪햇다.

<1972년 2월 27일 일요일>
成苑은 學年 末 放學次 왓다.
許 生員이 오시엿다.
終日 舍郞에서 讀書햇다.
論山郡에서 陽村面 鄭榮植이가 보낸 雇傭人이 왓다. 旣定되엿다고 하고 中食만 待接하고 車비 300원을 주워 보냇다.

<1972년 2월 28일 월요일>
아침에 林長煥 氏가 왓다. 71年 12月에 가저간 3仟원을 가저왓는데 仁喆 1日 500 長煥 1.5日 750원인데 計 1,250원 日費을 주워야한데 未安하다면서 据絶[拒絶]하다가 1仟원만 달아기에 주고 削除햇다.
成康 外叔이 간다고 해서 500원 旅비 주워 보냇다.
身境질[神經質]도 난다. 支出이 만해서다. 收入과 支出이 맛지 안해서다.
成樂 便에 成英 入學金 5,950원을 보냇다.
10時 버스 便에 只沙面 寧川里 崔鎭浩 집에 結婚式에 參席햇다. 午後 5時 30分에 出發해서 집에 오니 밤이 되엿다.
맛난 사람 屯南組合長 李起述 羅三峯 氏엿다.

<1972년 2월 29일 화요일>
밤부터 내린 눈은 滿積이엿다.
全州에 成樂 下宿집 主人 尹 氏가 歲拜次 禮訪.
道 山林課長 屬託[囑託]으로(李康同) 李炳鍾 氏가 來訪. 用務는 崔泰宇 林野賣渡의 件이엿다. 모르겟다. 招介[紹介]는 屛巖里 居住 趙治勳이라고 햇다. 오는 土曜日에 全州에서 맛나자고 作別햇다.
※ 成奎 成赫이 왓다. 農協에 崔基宇에 付託해서 拾萬원 貸付하기로 햇다고 印章을 달아기 주웟다.

<1972년 3월 1일 수요일>
海南宅에 갓다. 술을 가저왓다. 모른 婦人이 2名 있엇다. 알고 보니 進映 氏의 前妻 오수女라 햇다. 進映 氏는 우리 犬에서 물이엿다고 해서 人事次 갓다.
鄭九福 氏에서 萬원 借用햇다.
成苑 成樂이는 開學次 來全햇다. 學用品 및 연탄代 6,000원 주워 보냇다.
豚兒 生日인데 終日 기드리도 안니 낫다. 새밤에 3時까{지} 기드리도 안니 낫다.

<1972년 3월 2일 목요일>
成東이는 開學햇다.
午後 1時 30分이 된니 豚兒가 生하기 始作 3時 50分에 10頭을 낫다. 順産햇다.

<1972년 3월 3일 금요일>
成東 外 2人 授業料가 1期分 25,920원이 未納햇다. 걱정이 多分햇다.
寶城宅 堂叔이 오시엿다. 田畓賣買의 건.

허성구성 한 말 또 하고 연발 딱하더라.
終日 豚兒에 매달이고 소죽까지 수바라지.
今日 順天에 趙宰澤 姨從弟가오기로 햇는데 오지 안햇다.

成苑	1/4期分 授業料	11,850
成東	〃 〃	7,030
成樂	〃 〃	7,030
成傑	〃 〃	6,900
	計	32,810

夕陽에 姨從內外 雇人까지 3人이 왓다. 夕食을 한데 昌宇 完宇 형진 參模까지 參席해서 맞이엿다.

<1972년 3월 4일 토요일>
姨從을 데리고 大宅에 갓다.
中食은 成康 집에서 햇다.
郭宗燁 崔用浩 堂叔 炳基 氏가 來訪. 同伴해서 鉉一 婚家에 갓다.
金鍾澤 氏 李瑛斗 崔陳範 參席. 酒席이 되엿다.
夕陽에 寶城宅에서 招請 家屋 土地 7斗只 當年權 賣渡代 白米 8叺2斗 丁奉來와 處結[締結].
夕食은 昌宇 집에서 東煥 외 3人이 햇다.
夜中에 豚兒 젓 주고 보니 새벽 3時엿다.

<1972년 3월 5일 일요일>
大宅에서 姨從 朝食을 햇다.
9時 40分 列車로 歸家하기에 驛에 갓다.
3人分 600원에 票 사주고 果子[菓子] 2封 주웟다.
3月 27日 外祖母 祭日에 相逢키로 하고 作別.
해남宅에서 金 貳萬원 借用햇다.
成東 終{日} 精米 精麥햇다.
鄭鉉一 宅에서 再招待햇다.
형진 麥 保管 條 2叺3斗 中 今日 1叺 주고 1叺2斗 在.

<1972년 3월 6일 월요일>
家母는 市場에 보냇다.
終日 精米 精麥 햇다.
밤에는 各 班長을 召集하고 造林에 對한 打合.
金氏 宗山 造林費는 30원식 하고 3班만 25원에 決定햇다.
合計 88집인데 25,650.
殘 650원 班長들 手中권이나 1筆[疋]식 사 주기로 하고 散會햇다.

<1972년 3월 7일 화요일>
3月 6日(陰 1月 23日) 死亡햇다고 孫周喆 氏 父親. 그려만 祭祠[祭祀]는 1月 22日로 본다.
10時 30分 뻐스로 全州農高校에 갓다.
成東 成樂 1/4期 授業料 14,060원을 拂入해주고 紀全女高에 갓다.
庶務課長 李炳駿 氏을 面會코자 한바 不在中.
成苑 1/4期分 授業料 11,860원 拂入해주웟다.
擔任先生을 맛나고 成績을 調査한니 平均 53點 - 席次 350 總點 956點 進學可能이 없다.
尹宗九 下宿집에 갓다. 3月 2日 밤에 外出하야 자고 왓다고.
成樂이 食事도 안 해주고 陸讓[陸梁][33] 게집. 아해도 只今 갖이 잇다고 편지을 써주고 온

33 육량(陸梁)은 '뒤섞여 어지러이 달림. 제멋대로 날뜀'의 뜻으로 '육량하다' 등으로 쓰인다.

데 終日 기분이 不安햇다.
館村中校 成傑 授業料 6,900 拂入해주웟다.

<1972년 3월 8일 수요일>
朝食 後에 9. 40分 버스로 元泉里[34] 孫柱喆 喪家에 弔問 갓다. 歸路에 面長 郡 農課長을 맛나고 談話도 햇다.
金炯根 氏 弟의 貨車로 왓다.
鄭敬錫에 油類의 경우 1드람 모비루 1초롱에 4,500원 入시키고 前條 外上代까지 9,520원을 帳簿에 記入하고 왓다.
午後에는 貨車에 同乘하고 자갈을 運搬한데 11車 운반하고 夕陽에 里長은 治下金[致賀金]으로 3千원 주드라.
밤에 成康 母子을 안치노코 成苑에 對한 品行을 말해주웟다. (落心)

<1972년 3월 9일 목요일>
終日 精米햇다.
成東이는 8日도 집에 안니 오고 今日도 學校에서 오지 안햇다. 成樂 下宿집에 1泊 한지[했는지] 답〃햇다.
工場에서 作業이 끝난니 丁奉來 집에서 招待햇다. 가보니 탁주가 잇다고 嚴萬映 氏 崔瑛斗 氏와 同席해서 待接을 밧고 왓다.

<1972년 3월 10일 금요일 陰 1月 24日>
第一次 麥追肥 散布햇다.
寶城宅에서 놀앗다.
寶城 堂叔은 昌宇 말을 낫부게 하더라.
돈도 7萬원 가저갓는데 于今것 利子도 안니 준다고 햇고 移居해도 一次 오지도 안코 죄면하라시피 행위한다고 햇다.
昌宇에 갓다.
잘못시라고 나무라면서 1家 間에 그럴 수 잇나고 햇다.
平澤에서 趙順甫 轉籍届 送着. 面으로.

<1972년 3월 11일 토요일>
해장부터 기분이 납부다. 妻의 人象[印象]이 조치 못햇다. 雇傭人도 잇는데 큰소리도 못하고 心境이 괴로왓다. 少時에 作別하자고 했으나 끝내 同居하겟다고 해서 人道的인 面에서 同居한바 末年까지도 마음에 안맛다. 言語가 납부고 處勢[處世]도 납부고 兒該[兒孩] 指導方針도 不足. 人事成[人事性]도 업고 近 50歲가 된 家母로써 寒心스럽고 조흔 靑春時節 無情하게 보낸 過居가 後悔난다.
參模 새경 2叺3斗 支給 完了. 今石 條.
任實邑에 갓다. 丁奉來에 白米 5叺代 10,700식 53,500 밧닷다.
圭太 5仟 宗一 氏 10,500 成赫 3萬원 주웟다. 侄婦[姪婦] 立會 下에.
趙順甫 外 二 발미햇다.

<1972년 3월 12일 일요일>
아침에 鄭仁浩 집에 갓다.
肥料代 복합 20袋 尿素 10袋 第二次分 복합 15袋 農地稅 10k 農藥 10병 秋蠶種 1枚代 計 32,880원인데 糧肥 8叺 買上用을 除하고 2,544원을 주웟다. 그리{고} 取貸金 5,000 總計 7,544원을 會計 完了햇다.
새기 갑 3玉 450원을 밧닷다.

<1972년 3월 13일 월요일>
북골 山販[山坂]에 갓다.
趙順甫 雇人는 없엇다. 무러보니 집에서

34 임실군 신평면 소재.

오지 안햇다고. 집에 와서 보니 가방 신이 없고 보니 그만두고 갓다. 말이나 하고 가지 몰래 갓나 햇다.
午後에는 牛馬車을 利用해서 負役을 해주웟다.
밤에 眞玉 집에 가서 동생을 데려다 달아고 햇다.
黃在文 氏 말에 依하면 便所에서 뒤를 보니 雇人을 데리고 牛舍 엽페서 某人 2名 무언가 속닥거리더라고. 그려자 翌日 떠낫다고 햇다. 누구야 해도 말 안햇다.

<1972년 3월 14일 화요일>
아침에 머슴은 업고 소죽을 끄리데 成東을 시켜 成樂 下宿米 2斗만 보내라고 햇다.
成康보고 잘구을 잡아주라고 햇다. 成康이는 눈물을 흘이면서 해장에 氣分 납부다고 햇다. 마음이 안니 조왓다.
妻보고 무럿다. 한 말 업다고 햇다. 全身이 열이 낫다.
나는 한 말 하면 20餘 말 하면서 흉포하게 악을 쓴다.
배틀을 버려냇다. 몸에 손대기도 실엇다.
머슴은 나가고 어제부터 기분이 안 존데 妻조차 言語가 납부다. 남보고…….
寶城宅 條 丁奉來 白米 2叺 收入햇다.

<1972년 3월 15일 수요일>
下宿米 1叺을 託送햇다.
終日 마음이 안니 조왓다. 生覺하니 1身에 病이 날가 마음을 돌인데 술 한 잔 햇다. 누워 生覺하니 今年 農事에 걱정이 만햇다.
밤에 해남댁 창평댁이 오시엿다. 술을 1升 바다가지고 와서 爲勞[慰勞]한데 마음을 진정하라고. 大端히 感謝햇다.

洑 所任 安承均 氏 오시엿다. 洑 工事에 對{하여} 打合. 人夫가 첫재 出役이 不實{하}다는데 나도 나오라는 뜻으로 生覺햇다.

<1972년 3월 16일 목요일>
今日로 3日은 食事를 안햇다. 그래도 步行을 할 만햇다.
아침에 任實에 갓다.
王 氏 住所을 물어서 程月里[35]에 갓다. 權仁錫 氏을 相逢하고 王 氏의 子弟을 무르니 고맛게 하면서 案內햇다. 今年에 雇傭人으로 고생해볼에 햇다. 承諾햇다.
飯饌 좀 사고 해서 王炳煥이를 데리고 갗이 집에 왓다.
비는 새벽부터 終日 왓다.
旅費가 모지래서 金判石 300 韓 生員 200원 해서 利用햇다.
任實郡 山林契長會議가 있어 參席햇다. 71年度 造林事業 한데 公勞[功勞]가 만타고 표창장 記念品을 밧닷다.
夕食한데 完宇 圭太 永植 宗柱 데리다 갗이 하면서 親히 기내면서[지내면서] 일 잘 해도라고 햇다.
※ 夕食한 宗柱 永植 말에 依하면 鉉一 머슴은 李정진 外 二人으로 依해서 갓다고 햇다.

<1972년 3월 17일 금요일>
妻된 니는 時〃로 여유가 있으면 酒店만 가드라. 한두 번이 안니고 家政婦로써 아랫목에 안자서 男子出入도 못하게 한니 보기 실트라. 눈치를 해도 여전히 가는 것을 보고 생각한니 뜻이 異常하드라. 昌坪里 婦

35 임실군 임실읍 소재.

人 中 2, 3人은 出入을(酒店) 한데 其外 婦人은 絶對 그려지 안데 或 酒店에 가지 말아 하면 主人 보고 술집에 단닌다고 말할 터이니 섭〃만 살 것도 갓다.

其의 2 連書[36]

成東 學費 1,200원 주웟다.
金鉉珠 雇人은 桑田 堆肥管理햇다. 나는 牛車로 가는 길에 堆肥 운반. 오는 길에 새마을用 떼 운반해 주웟다.
崔錫宇 婦人은 村前 畓 耕作權에 對한 願情을 말햇다. 錫宇 立會 下에 말하겟다고 햇다.
夕陽에 里民과 里長 間에 서운한 點이 있어 是非가 있엇다. 나는 里民을 代表햇서 말해주웟다.
夕食한데 해남宅이 오시여 金 10萬원을 주워 바닷다.
밤에 鄭九福 氏 宅에서 招待햇다. 해남宅을 同伴해서 待接을 밧고 보니 伯父 祭祠라 햇다.
海南宅에서 今日 現在로 一八萬원이 入金으로 確定햇다.

<1972년 3월 18일 토요일>
嚴俊祥 韓正石 韓相俊과 갗이 북골 등걸 모이로 갓다.
밤에는 山林係 尹 氏와 班長 里長 10餘 名 參席하고 今年度 造林計劃에 對한 打合會議를 가젓다. 末席에 막걸이 과자을 갓다 주고 보니 12時엿다.

36 3월 17일의 일기를 페이지를 달리하여 이어 적는다는 뜻이다.

<1972년 3월 19일 일요일>
終日 비가 내렷다.
下役作業하기로 人夫 4名을 山에 보냇든니 비로 依해서 10時에 歸家햇다. 郡 山林係 尹 氏와.
終日 讀書 낫잠만 잣다.
밤에 해남댁이 招請해서 圭太 酒店에 갓다. 놀다본니 밤 12時엿다.

<1972년 3월 20일 월요일>
終日 精麥한데 約 16叺 精麥햇다.
柳正進에 2萬원 주웟든니 夕陽에 15,000원 入金하고 5仟원만 借用비로 햇다.
圭太 酒店에 간바 담배 내기한데 2甲을 주워서 집에 왓다.
成曉 母에 家事에 복종하고 小慰[所謂] 男便에 從婦[從夫]하라 햇다.
梁奉俊 八○○ 裵京完 四○○ 計 一,二○○원 先拂햇다.

<1972년 3월 21일 화요일>
任實市場에 갓다.
自轉車甫 外上代 1,400 주웟다.
農機具店 外上代 500 주웟다.
창평宅을 맛나서 대접을 밧닷다.
崔占禮는 全州特設에 入學한다고 5仟만 要求.

<1972년 3월 22일 수요일>
落葉松 2萬 株 第一次로 入荷해서 인수.
終日 工場에 精麥 精米햇다.
夕陽에 安正柱와 白康善 氏次子와 是非 脫방傷[타박상]을 입고 入院. 支署次席이 왓서 加害者을 連行햇 갓다. 被害者 加害者을 參席시키고 타일엇다. 그려다본니 밤

12時엿다.

<1972년 3월 23일 목요일>
아침에 安承均 氏가 왓다. 姪 상해의 件.
白康善 氏 宅에 同伴해서 慰勞. 今日 同伴해서 病院 支署까지 同行하기로 言約.
山林係 尹 主事는 故鄕에 出張햇다.
姪 占禮는 3日間 5仟원 要求. 今日 急錢貸借해주웟는데 日後에 갑겟다고 햇다.
安承均 氏와 同伴해서 病院에 갓다. 問病하고 白康善 氏 宅에 갓다. 和解를 要求햇다. 듯겟다고 한바 夕陽에 告訴狀을 쓰고 진단서를 맛다 提出햇다. 긋때는 被害者 보고 不良하다고 햇다.
밤에 집에 온니 밤 12時엿다.

<1972년 3월 24일 금요일>
安承均 氏 白康善 氏 同伴하고 任實에 갓다.
白康善 氏 宅에서 合議[合意]하고 간바 病院에 간니 被害處에서 다시 변동 14萬원 13萬원 10萬까지 내려갓다.
黃昌龍에 事件 委任햇다 하기에 協商한바 8萬원에 決定햇으나 또 으심은 났으나 明日 現金하고 加害者하고 交換하기로 하고 歸家한데 택시 2臺에 合乘 집에 온니 12時 20分이엿다.

<1972년 3월 25일 토요일>
柳文京 母가 왓다.
3月 27日 서울 金鴻翼 氏 回甲日이라고 任實에 갓다.
安正柱 상해事件 入院비 8萬원 準備해서 간바 구속이 되여 無效시키고 온데 被害者에서 다시 부탁햇다. 모르겟다고 햇다.

<1972년 3월 26일 일요일>
黃宗一 氏와 同伴해서 署에 갓다.
擔當刑事 金玄福 氏을 面會 要請한바 不在中.
成東은 분소매 주웟다.
苗木이 드려왓다.

<1972년 3월 27일 월요일>
造林을 始作햇다. 50町步인데 1, 2班 22町 3, 4반 22町 5班 6町키로 햇다.
郡 農林課長 舘村面長 新平面長 里長과 同席하고 農路 打合. 地主 鄭東洙 氏가 承諾을 하지 안해서 歸家햇다.
白康俊을 만낫다. 康俊은 내가 갔으면 事件이 解消될 터인데 不參으로 그리 되엿다고 햇다. 그려나 가해자 安 生員이 任實 某人에 7萬원을 주면서 잘 보와 달아고 햇다고 嚴俊祥 氏 酒店에서 말햇다.

<1972년 3월 28일 화요일>
精米햇고 夕陽에 苗木 引受次 驛前에 갓다.
雲巖屋 집에서 裵明善을 맛낫다. 말하기를 任實病院에 白용기를 맛낫는데 崔乃宇는 화해한다면서 이리 가고 저리 가면서 내의 일은 안니 보고 해만 되게 햇다고 조치 못하게 말햇다고. 安鉉模 母親을 曝浩 氏 집 엽에서 맛낫는데 黃昌龍이가 한 번 바준다고 합디다 햇다.
苗木 2萬株 驛前에 引受햇다.
李起榮 氏 宅에 갓다(回甲).
大宅 兄任 問病하고 집에 온니 밤 12時 30分이엿다.
大宅 兄任 問病.

<1972년 3월 29일 수요일>
새벽부터 내린 春雨는 終日 내렷다.
大宅 兄任 問病을 간바 成吉 成赫이 當햇다. 任實驛前 申 氏가 왓다. 兄任 治料[治療] 次엿다.
成吉이 來訪햇다. 別世할가 걱정햇다.
終日 舍郞에서 한숨 자다 밤에는 편지 傷害 件에 對{하여} 내의 經路要書을 作成해 封入 備置햇다. 安正柱 傷害에 對 陳情書에 捺印햇다.

<1972년 3월 30일 목요일>
午後에야 비는 개엿다.
本署에서 成康 張영구을 呼出햇다. 理由는 알 수 없다.
安承均 海南宅은 被害者와 和解하려 간다고 햇다.
丁 生員 問病햇다.
大宅에 단여왓다.
成康 집에 糧食 1叺 보내주웟다.

<1972년 3월 31일 금요일>
유정열 집에 갓다. 木洞宅과 是非한데 어심이 不安햇다. 고백하라 해도 듯지 안햇다. 正進이는 自己 子息이 안이라 햇다. 木洞宅은 기라 햇다. 解決이 못 나고 왓다.
大宅 兄任에 問病햇다.

<1972년 4월 1일 토요일>
大宅 兄任에 갓다. 말슴을 하신데 못 듯겟드라.
夕陽에 오라 햇다. 가보니 病勢가 惡化되엿다. 11時가 된니 운명 형세엿다. 큰방으로 모시니 20分 後에 숨을 거두웟다.
밤새며 訃告 送達簿을 作成햇다.

<1972년 4월 2일 일요일>
午後부터 弔客이 오시기 始作햇다.
밤에는 洞里 他里 弔客이 만니 오시엿다. 壻 振鎬 內外도 오고 서울 국화 孫壻 孫承權도 왓다.
賻儀는 麻布 1筆과 現金 萬원을 賻儀햇다.

<1972년 4월 3일 월요일>
出喪日다.
弔客이 많이 왓다. 빗가 올 듯햇다. 束[速]히 서드렷다[서둘렀다].
墓地에 到着한니 12時 30分. 母親任 墓前에 喪衣[喪輿]를 모시고 喪主 全員이 어머니에 哭하고 人事드렷다.
午後에 賻儀金을 豫算해보니 約 9萬원쯤이엿다.

<1972년 4월 4일 화요일>
丁東英 氏 別世햇다고.
張判同 집에 불이 낫다. 里民이 參席하고 館村에서 消防隊員 車까지 왓다.
夕陽에 成曉가 除隊햇다. 밤에 大宅에 靈位에 人事시켯다.
安正柱가 밤에 解放햇다고.

<1972년 4월 5일 수요일>
連山[37] 7代祖 墓祠[墓祀]인데 寶城 堂叔 大里 炳赫이 갓다. 大宅 三募[三虞]인데 家族 全員이 山所에 갓다.
館村에서 養豚 4頭 46,000원인데 36,000원 入金 10,000원은 未收되엿다.
成曉는 面長에 단여오라고 햇다.
高成烈 氏는 今日부터 作業 始作햇다.

---

37 충청남도 논산의 옛 지명.

<1972년 4월 6일 목요일>
丁 生員 喪家에 出喪에 參禮햇다.
山所에 白康善 氏 面會하자고 햇다. 傷害의 件에 康善 氏는 서운하다 햇다. 그럴 것 업다고 햇다.
午後에 康善 氏는 自己 집으로 招待햇다. 裵永植 母는 똑〃한 서방이 만타고 하면서 2, 3次 會合을 갓고 康善 3兄弟 鄭九福 4戶을 떠러내자고 햇다니 마음이 슬프다면서 장배미畓 5斗只을 팔겟다고 하드라. 그러지 말아고 전햇다.

<1972년 4월 7일 금요일>
午前에 精麥 精米햇다.
午後에는 人夫 5名이 나무 渡河作業場에 갓다. 나무 1車를 大里 面長宅에 보냇다.
炳赫 堂叔 宅을 禮訪햇다. 連山 先山 移轉登記이 왓는데 雜費 2仟이 들엇다고 햇다.

<1972년 4월 8일 토요일>
夕陽에 屛巖里[38] 基宇 집에 갓다. 大小家가 모엿드라. 金 壹仟원 賻儀하고 夕食하고 왓다.
里 會議席에 갓다. 丁基善은 里長을 辭表햇다고 햇다.

<1972년 4월 9일 일요일>
早起해서 基宇 집에 갓다. 終日 賻儀錄을 作成 經理햇다. 밤에 總決算하고 보니 178,400원 收入. 基宇에 引게 햇다.
집에 온니 11時엿다.

<1972년 4월 10일 월요일>
成曉는 今日 첫 出勤햇다. 山林係 尹 氏는 어제까지 造林을 끝내고 今日 登廳햇다.
全州에 갓다. 張泰鳳 戶籍등本을 傳해주웟다. 今龍에서 300 進映에서 1,200 計 1,500원 {인}데 手續費 550원을 除하고 殘金 950원을 婦人에 주니 밧지 안코 感謝하다면서 술을 接待 밧닷다.
서학동 鄭昌燮 弟妹 崔在植 氏을 相面하고 接待을 밧닷다.
夕陽에 屛巖里 基宇 집에 들엿다. 2日間 잔치인데 全州에서 오고 本里民이 왓다.
갖이 놀다보니 새벽 2時 金 서방이 不安해 보엿다. 自己의 妻가 술이 취하고 賻儀도 相議 업시 제 마음대로 햇고 시어먼니가 病席에 게신데 1次 問病도 하지 안코 妻家에 잇고 보니 창피하다 햇다.

<1972년 4월 11일 화요일>
鄭圭太가 왓다. 아침에 今 夏季에 밧기로 先麥 5叺代 22,500원을 주고 利子는 3割로 해서 6叺5斗을 밧기로 支拂해주웟다. (叺當 4,500식)
安承均 氏 林萬永 氏가 단여갓다.
山林係 造林指導員 尹 氏는 故鄕에 갓다.
肥料 혼합햇다. 春季 第一次 桑田에 肥料 넛다.
高成愼은 午前 고추 갈고 午後에는 새마을 牛車 갖이 갓다. 里長은 各戶 出役을 따진데 나는 12.5日인데 0.5日이 不足이라 햇다.
成曉는 郡에 登廳하고 왓다.

<1972년 4월 12일 수요일>
昌宇가 왓다. 裵永植 母에 債權을 말해 달아고 햇다. 不應햇다.

38 임실군 관촌면 소재.

論山 成曉 債務 12,000원 支出햇다.
成康 衣服代 1,500원 支出햇다.
電報가 全州에서 왓다. 送信者 名儀[名義]가 없다. 或 尹鍾九 집인가 싶어 成東 便에 訪問하라 햇다.
夕陽에 成東이 말에 依하면 4月 6日 成苑 便에 보낸 4,600원 中 成樂이는 500원만 주고 4,100원을 全部 써버렷다고 햇다.
밤 10時頃에 下宿집에 간바 밤 10時 30分 이엿다. 成苑이 없엇다. 무르니 讀書室에 갓다고 햇다. 택시로 成樂을 同伴해서 讀書室로 갓다. 呼出해서 데리고 왓다. 理由를 무르니 答이 없다. 通學하든지 退學하든지 택하라고 하면서 所接品[所持品]을 쌋다. 朝飯 後에 집으로 운반하려 한니 尹氏는 이번만 참고 日後 能度[態度]를 보와 달아고 햇다. 生覺하니 남부그려[남부끄러워] 다시 내려왓다.
寒心한 노릇이엿고 분 막심하고 或 1身에 病이 날가 술만 먹엇다.

<1972년 4월 13일 목요일>
求禮 外宗姪[外從姪]이 外宗妹[外從妹] 왓다. 龍云峙 橋梁建設者로 왓다고 햇다.
大宅에 갓다. 寧川 五柳 山西에 姪들이 왓드라.

<1972년 4월 14일 금요일>
新洑에 役事햇다.
午後에 비가 온데 龍云峙에 갓다.
金彩玉을 맛낫다.
崔福洙을 맛낫다. 듯자 한니 長女가 精神이 異常하다고 햇다.

<1972년 4월 15일 토요일>
새마을 한데 監督햇다.
精米 精麥햇다.

<1972년 4월 16일 일요일>
終日 橋梁 修理한데 保助[補助]햇다.
金炯根 氏가 왓다. 50歲 以上은 黨員이 될 수 없다고 햇다.
人選을 物色한데 嚴俊峰을 권한바 不應햇다.

<1972년 4월 17일 월요일>
新洑매기[막이] 했다.
崔今石 母親 回甲에 參席코 밤 12時까지 놀다왓다.

<1972년 4월 18일 화요일>
새마을 審査 온다고 又 다시 손본데 연기햇다.
밤에 里民會議인데 參席하고 보니 10餘 名 募엿드라. 座談만 하고 散會햇다.
金彩玉이 단여갓다.

<1972년 4월 19일 수요일>
林東基 高成烈은 成康 벽담 사고 炳煥이는 보매기.
午後에는 비가 내려 每事가 休息으로 되엿다.
王炳煥 父親이 왓다.

<1972년 4월 20일 목요일>
道 審査員 2名 郡 山林契長 面長 外 職員 3名 來訪햇다. 里間 接道路을 보고 手苦햇다고 하면서 各里에 단여보니 다 잘 했으니 어는 部落을 治下[致賀]해야 오를지 모르겟다고 햇다. 大里 金萬浩 氏 子 宰澤이가 왓다. 造林費 27,000원 中 2萬을 返濟[辨濟]해주웟다.

<1972년 4월 21일 금요일>
成樂에 豚兒 7頭을 실코 갓다. 市勢[時勢]가 네리고 만히 나서 11,200원 주웟다.
途中에 金成玉을 訪問. 不在中.
林東基 高成樂 벽담 싸고 있엇다. 丁基善에서 세멘 4袋 貸借한바 計 5袋을 貸借한 셈. 보로구[블럭] 20개 夕陽에 貸借햇다.
成曉을 電話로 鄭宰澤 便에 連絡한바 急하다면서 明日로 미루고 韓相俊을 맛나서 犬 {1}頭을 付託한바 23日로 미루고 왓다.
成曉는 除隊 後 첫 棒給[俸給] 11,654원을 父母 前에 냇다. 大里 李基浩 10日分 除햇는데 原給은 五級 乙 5號俸이라면서 22,400이라 햇다.

<1972년 4월 22일 토요일>
成曉의 첫 棒給을 밧고 보니 반갑기 限 없으나 積金{이}나 月當 15,000원식 入金해 볼가 生覺 中이다.
아침에 基宇 집에 갓다. 不在中. 農協에 갓다. 宿직室에서 基宇을 맛나고 1年分 積金 10萬 20仟원[12만원] 條로 月 7,970원을 주고 왓다. 그려나 8月頃에 貸付을 받을 수 잇다고 햇다.
成康 집에 가서 助力해 주고 午後에 外從姪 成玉이가 왓다. 採石 干係[關係]로 川邊을 視察하고 館驛에 갓다. 立酒을 노누고 歸家햇다.
安承均 氏는 洑事로 왓다.

<1972년 4월 23일 일요일>
王炳煥은 故母 移葬한데 간다고 해서 3仟원 주워 보냇다.
靑云洞에 갓다. 犬 1800에 삿다.
大里에 가서 保藥[補藥] 1제 2,800원인데 1仟원 주고 1,800원 在해로 햇다.

<1972년 4월 24일 월요일>
洑매기 終日 한데 몸이 고달팟다.
高成烈은 午前만 하고 午後에는 잠자고 잇다.

<1972년 4월 25일 화요일>
午前에 炳煥이와 갗이 보내기[보막이] 햇다.
午後에는 承均 基善 成奎가 왓다. 보매기 한 會計 淸算한데 내는 5,070원이 되엿다.
밤에는 農園 金成九가 왓다. 今年 脫麥한데 合資하자고. 不應햇다.

<1972년 4월 26일 수요일>
집에서 장작을 成烈과 장이고[쟁이고] 12時에 館村에 갓다.
成奉 擔任先生 李光勳 氏 對面햇다. 갗이 中食을 하면서 轉學問題을 打合하고 全州에 갓다. 紀全女高 庶務課長을(李炳駿 氏) 相面한데 約 34년 만에 相面한니 몰아보드라. 成苑의 學習을 付託하고 成奉 轉學의 件을 付託한니 新興國民{學校}로 決定햇다.
下宿집 梁玄子 집에 들이여 成樂 冊代 800원을 주고 왓다.

<1972년 4월 27일 목요일>
終日 新洑 役事 햇다.
夕陽에 허리가 앞으드라.
高 氏 炳煥는 桑田 苗板 設置햇다. 夕陽에 苗板에 入水시켯다.

<1972년 4월 28일 금요일>
今日 館村學校에 갓다.
反共敎育을 밧는데 10時부터 午後 5時 30分까지 約 6時間 終日 敎育을 바닷다.

成吉을 맛낫다. 집에 간니 藥酒가 있다고 해서 잘 먹엇다.
墳務機[噴霧機]는 時間이 經過해서 늣젓다.
夕陽에 집에 온니 成苑이 왓다. 理由는 明日 休日라 햇다. 밋지 못하겟다고 햇다. 납부다면서 나무랏다.

<1972년 4월 29일 토요일>
高成烈 外 3人 苗床 設置햇다.
丁基善에서 金 3仟원 取貸해서 五樹里에 갓다. 분무기 修理한데 2,070원이 들엇다.
歸路에 成苑을 맛낫다. 갗이 同行해서 용운치에 왓다.
金彩坤 氏 宅에 갓다. 稅방[貰房]을 말한니 承諾햇다.
夕陽에 金進映이는 우리 개가 무럿다고. 未安햇다. 成東을 시켜서 藥을 썻다.
成康는 3日 만에 왓다고 햇다.

<1972년 4월 30일 일요일>
苗板에 탁크 散布햇다.
龍云峙에 갓다. 成苑 稅방[貰房]을 金彩坤 氏 宅에다 말해주웟다.
집안 정리햇다.

俊祥 氏에서	3,000
寶城宅에서	3,000
鄭九福 氏에서	5,000

計 11,000 貸借햇다.

<1972년 5월 1일 월요일>
成奉을 帶同하고 홍산 李光揮 先生 宅을 禮訪햇다. 書類에 對한 打合 하고 全州 朴泰珍 집에 갓다.
多佳洞事務室에 갓다. 退居을 入籍하고 李炳駿 庶務課長 訪問하고 同伴해서 新興國民學校로 갓다. 校監先生을 人事하고 기부금 6,000원을 주고 明 5月 2日 成奉을 데리고 轉學證을 가지고 다시 만나기로 하야 作別햇다.
尹宗九 집에 들이고 成樂 冊代 成苑 신 計 2,800원을 주고 왓다.

<1972년 5월 2일 화요일>
成奉을 데리고 全州 國民學校에 갓다. 轉學證 其他 書類을 갖우어 갓다.
校監 先生을 面會시키고 5月 5日 첫 開學키로 約束하고 왓다.
授業料는 月 壹仟원 정도 든다고 햇다.
下宿집에 왓다. 눈치는 딴곳으로 옴기였음면 햇다.
牟潤植에서 2仟원 貸借햇든니 夕陽에 쌀로 달아해서 2斗 되여 주웟다.
成奎에서 쎄멘[시멘트] 10袋 빌여 왓다.
龍山坪 苗板 設置햇다.

<1972년 5월 3일 수요일>
終日 精米햇다.
夕陽에 里長과 同伴해서 大里 洪德杓 弟 結婚 祝賀次 갓다.
面長 外 職員도 合席해서 놀앗다.
路上에서 崔宗仁을 맛나서 成康이의 勤務 3日 欠日制[缺日制]에 對해서 물엇다. 별 도리가 없다면서 面長이 申請햇기 때문에 그리 된 것이라 햇다.
龍山坪 苗板 탁크 散布햇다.

<1972년 5월 4일 목요일>
終日 비가 내렷다.
田畓에 가보니 보리는 쓰려젓다.
成康 母는 明日 成奉 開學한데 보냇다.

午後에 成樂을 시켜서 輕油 1드람 敬植에서 운반햇다.
豚兒 据勢[去勢]햇다.

<1972년 5월 5일 금요일>
終日 精米햇다.
安承均 氏에서 白米 2叺 借用햇다.
南原 二白面에서 金學年 兄弟가 大宅에 弔問次 來訪햇다.
面에서 財産稅 徵收하려 왓는데 里長에서 2,600원 貸納해주웟다.
成曉는 豫備{軍} 訓練을 5時間 任實에서 맞이고 왓다.
里長에서 세멘 6袋 빌여왓다.

<1972년 5월 6일 토요일>
午前 中 精米햇다.
南原서 成奎 집에 弔客이 來訪햇다.
成奎 古叔[姑叔]인데 3妹가 왓다. 中食을 맞이고 作別햇다.
李用黙 氏인데 被次[彼此] 벗하자고 햇다.
夕陽에 成東 便에 便紙가 왓다. 보니 東히 成苑 外 3人을 下宿집에서 引上해라 햇다.
熱이 낫다. 빼스로 成曉을 데리고 全州에 간바 成東 母子도 왓드라. 主人에 900원 會計 完了해주고 道具 一切을 택시에 실고 館驛에 온니 밤 9時엿다.

<1972년 5월 7일 일요일>
里長에서 夏穀 豫買資金 40叺 中 叺當 2,540식 101,600원 中 1部 60,800원 收金하고 70, 71, 72年度 雜種金 66,900[16,690]원을 空除[控除]하고 24,110원 남기고 왓다.
金成玉가 왓다. 川邊에 들이여 왓다.
里長 會計는 完全 完了햇다.

嚴俊祥 取貸金 3仟원 夕陽에 支拂해주웟다.

<1972년 5월 8일 월요일>
鄭九福 債務 取貸金 16,000 返濟[辨濟]
林玉東 〃 〃 23,000 〃
鄭圭太 取貸金 1,120 〃
計 40,120원 完了햇다.
午後에 金成玉이 왓다. 原動機 修理次 全州에 同伴하자 햇다. 빼스로 全州 文化鐵工所에 委탁하고 10,700원에 付託햇다.
館村驛前에서 成苑을 맛낫다. 冊가방 찻앗{는}지 물엇다. 택시會社에서 차잣다고 햇다.
黃宗一 氏 萬원 借用 條 3日 만에 利子 300원 本子[本資] 해서 10,300 成東 立會下에 返濟햇다.

<1972년 5월 9일 화요일>
金雨澤 慈堂 回甲宴會에 參席햇다.
井戶 修善[修繕]한데 求禮 趙 氏 外 1人이 協助해주웟다.
王炳煥 父가 왓다. 몸이 안 조흐니 개고기라도 사 먹이야 한다기에 맛참 宋成用 집에서 1斤當 600원에 삿다.
成樂 5月分 通學비 1,020 成苑 通學비 1,020원 주웟다. 밤에 무르니 못냇다고 햇다.
金成玉 外 1人이 왓다. 明{日} 外家에 갈 것을 相議次엿다.
맘이 업는데 犬 5,600원에 팔앗다.

<1972년 5월 10일 수요일>
林東基에 依하면 成康 집에 세멘 成奎 10袋 부로구 10개엿다고 햇다. 成曉 집에 3袋 計 (23袋 利用 5月 9日 現在)
求禮 趙 氏 外 2人 井戶 作業 白米 1斗 精麥 2升 要求해서 주웟다.

王炳煥 父親 간다고 해서 旅비 100원 술 한 잔 주워 보냇다.
外祖母 祀祭[祭祀]日 午後 12時 40分에 成玉 外侄[外姪]과 同行키로 햇다. 任實驛에서 成玉과 同行해서 求禮에 갓다. 南基泰 氏 外從妹 宅에 갓다.
놀다가 夕陽에 順天 宰澤와 同伴에서 外家에 왓다. 밤에는 任正三 內外도 왓다.
12時頃 祭祠 參拜하고 놀다보니 翌日 4時엿다.

<1972년 5월 11일 목요일>
外家에서 作別하고 趙宰澤 南基泰와 同行해서 邑에 왓다. 基泰는 先行하고 宰澤과 同伴해서 光義[39] 李正腹 집에 갓다. 中食을 맞이고 同行해 正復과 作別한데 付託이 있엇다. 弟 遠腹을 볼낼 터이니 夏間에 데리고 作業을 좀 하라햇다. 承諾햇다.
다시 宰澤이와 求禮驛에 왓다. 宰澤이는 任實 近方에서 오동나무 1車만 사달아 햇다.
집에 온니 9時 50分.
成康이는 館村 兒와 싸웟다고.
昌宇는 세멘 1袋 가저갓다고.
柳正進 0.5日 裵永植 1日 朴上培 0.5日 한데 흑[흙] 시러 날고 高成烈은 休息햇다고 햇다.

<1972년 5월 12일 금요일>
柳正進을 시켜서 井戶 改修.
丁基善에서 세멘 2袋을 가저왓다. 그려면 12을 가저온 편이다.
南基泰 外 2人이 단여갓다.
午前 中에는 精米햇다.
炳煥 시켜서 任實에서 井戶 로강[토관(土管)] 750원에 삿다.
五동[梧桐]나무을 알아보니 外人이 사갓드라.

<1972년 5월 13일 토요일>
兄任 喪망[朔望]{祭}이엿다.
아침에 大宅에 간니 朝食 床에서 成奎 成赫은 말햇다. 里長이 그런다면서 嚴俊峰이는 싸게 세멘을 袋當 200원식 購入햇다는데 자네도 그런 센멘을 구하게 하면서 용운치 工事場에서 나온다고. 萬一 地方에서도 任實 朴彩鉉이가 알면 自己 營業에 防害[妨害]가 되니 無違[틀림없이] 紙上報道할 것이라고 햇다.
昌宇는 成奎 집에서 보로구 찍는데 參模을 立會해 노고 말하기를 용운치에서 쎄멘을 가저오가[가져올까] 古叺[헌 가마니]에 너서 가저오가 그런 말을 햇다나 안히 할 말을 하드라고. 철모른 사람이지.
館村 成吉에서 便紙가 왓는데 成康 싸움 事件인데 成奎 시켜서 昌宇 보고 가서 處理해라 햇다. 理由는 昌宇로 姻[因]해서엿다. 나는 客地에 갓고 現場에서 보지도 안코 昌宇가 成康이를 불어 왓기에 그런 事件이 生起엿으며 般今[방금] 井戶 改修한데 자갈이 모자라 人夫가 논는데도 自己 부로구 찍는다고 牛車 人夫 高 氏까지 가저다 모래 실타가 是非 끝에 그랫다고 듯고 生覺하니 내가 집에 업다고 自己 마음대로 한 짓이 心理 조치 안케 보기 때문이다. 生覺하다 成曉와 相議하고 館村에 간데 昌宇도 路上에 맛나고 同行햇다.
成吉 집에 간니 出張 中. 金東旭 氏 宅에 訪問한바 全州에 他出[出他]해서 被害者

39 전남 구례군 광의면.

의 叔父을 맛나고 治料費[治療費] 2仟에 合議[合意]하고 傳해주웟다. 合하면 2,260원 든바 心境이 괴롭다. 弟 昌宇가 不良하다고 본다.
23日間 作業費 9,200원인데 先拂金 4,000원 除하고 支出 5,200원 會計 完了햇다. 高成烈.

<1972년 5월 14일 일요일>
가랑비 나리는데 井戶을 淸掃햇다.
林東基 시켜서 부억 改良햇다.
成奉 5月分 育成會비 1,050원을 주워 보냇다. 860원 덜 주웟다.
任實驛 韓文錫 氏가 왓다. 里民需用 洋灰 70袋 送狀에 捺印해달아 해서 里長 代印해주웟다.
日曜日인데 午後에사 成曉는 面에 갓다.
具道植는 牛車 0.5日 利用햇다.
夕陽에 成東 便에 洋灰 成奎 집에 1袋 가저갓다.

<1972년 5월 15일 월요일>
아침에 몸이 조치 못햇다. 舍郎에서 終日 寢室에 있엇다. 今日 蠶具 洗水하려 했으나 하지 못햇다.
午後에 館村에서 金東旭의 孫子이 왓다. 꼬[코]가 비트러젓다고 햇다. 病院에서 잘 모르겟다고 하기에 全州 이부누課[이비인후과(耳鼻咽喉科)]로 가보라 햇다. 마음이 안니 조타고 햇다.
마음이 괴로운데 大里 金宰澤이 왓다. 宗山 立木代을 달아고 왓다.
驛前에 간니 세멘車가 빠저잇는데 그저 올수 없서 손을 대니 물에 빠저고 보니 今日 日수가 過히 좋은 편은 못된 걸로 生覺햇다.

<1972년 5월 16일 화요일>
館村 金東旭 氏 宅을 禮訪햇다. 땃드시 接對하면서 傷害 件을 論議햇다. 實은 에제[어제] 本署 羅 刑事가 와서 事件을 뭇기에 어린 兒 싸움이고 父母들끼리 利害[理解]하였으니 도라가라고 했다고. 大端히 感謝햇다. 治料費 第二次로 幾仟원을 내노니 絶對로 反對햇다. 親之한 之間에 그럴 수 업다고 햇다.
全州을 据處서 任實을 단여서 왓다. 밤에 9時頃에 東旭 氏 孫子 外 1人이 왓다. 全州에서 진찰하고 藥을 준데 1,500원 들고 來日 又 1,500원이 든다면서 3仟원을 要求해 주웟다. 金東旭 氏는 내에게 善心을 썻는데 두 놈이 手作해서 金品을 要求한 것처럼 으심이 낫다.

<1972년 5월 17일 수요일>
蠶具 洗수시켯다. 蠶室 改修하고.
11時頃에 新平에 갓다. 業者會議한데 會員은 全員 參席햇다.
新德面[40] 照月里 韓點用 氏에(業者) 五桐木[梧桐木]을 付託한바 約 1車는 된데 時期 늣다면서 價格은 高下 間에 伐木할 수 없고 7月에나 賣渡해겟다고 햇다.
面長을 面談하고 成康을 付託햇다.
밤에 柳正進이가 왓다. 順天 松光寺[松廣寺]에 갓겟다고 不應햇다.

<1972년 5월 18일 목요일>
아침에 昌宇가 왓다. 마음이 좋이 못하나 벌 수 없다.
求禮 人夫 食米 1斗 되여 주웟다.

40 임실군 소재.

各 蠶室 호루마링[포르말린] 消毒濟[消毒劑] 散布햇다.
蠶種은 5枚 掃立했으나 桑田에 가보니 冬害[凍害]에 霜害로 因해서 5枚도 飼育할가 念餘[念慮]하고 過年에는 8枚 노왓는데 桑葉은 不足햇다.
大宅에 간바 明{日} 故 兄任 49祭日라고. 館村 {圓}弗敎堂[圓佛敎堂]에서 모시라고 햇는데 成吉은 서울 갓다고 햇다.
辟[壁]담도 改修햇다.
鄭圭太 便에 牛車 修繕하려 보내데 2,000원에 맛기엿다고 햇다.

<1972년 5월 19일 금요일>
朝食 後에 牛車을 가지고 靑云에서 龍山洑石 6개 실코 洑에 갓다 주웟다.
11時에 里長과 同伴해서 任實에 갓다.
糧政係長을 맛낫다.
鄭宰澤을 맛나고 叺子 100枚 付託햇다.
山林係에 간바 職員 全員이 不在中. 回路햇다.
館村에 圓弗敎[圓佛敎]에 갓다. 4時頃에 故 兄任 49日祭을 모시엿다.
驛前에서 崔用浩을 맛나고 21日 求禮에 가자고 햇다.

<1972년 5월 20일 토요일>
洑金 成曉 便에 安 生員에 보냇다.
里長會計 條는 今日 現在로 14,110 殘金으로 안다.

<1972년 5월 21일 일요일>
大里 契員 1同 16名이 全州에 小風[逍風]하려 갓다.
金 15,000원을 몸에 진니고 갓다. 八角亭으로 德津으로 해서 終日 논데 270원이 赤字를 보왓다.
炳煥이는 衣服을 順天 산 놈 가저갓는데 市價는 約 7仟원인데 成玉이가 왓다. 변상해 달아고 햇다. 應答햇다.

<1972년 5월 22일 월요일>
精麥하고.
午後에 保健所에서 왓다. 珍察[診察]도 하고 藥을 주웟다.

<1972년 5월 23일 화요일>
6時 10分 列車로 順天에 到着하니 9時 20分이엿다. 뻐스로 松廣寺에 當한니 11時 20分. 約 3時間 놀아다 왓다.
普急으로 任實에 온니 밤 11時 30分. 柳正進에 差引錢을 무르니 20,400원이 들고 보니 400원 赤字라고 햇다.
萬映이만 不參햇다.

<1972년 5월 24일 수요일>
午前 中에 精麥을 한니가 館村 金東旭 氏 孫이 왓다. 코가 異常이 生起여 病院에 4次을 단이엿다고. 病院은 姜 耳비課[耳鼻科]라 햇다. 夕陽에 成奎을 보내다. 東旭 氏와 姪도 맛낫는데 立場이 難하다고 하드라면서 나를 맛낫쓰면 좃켓다고 햇다고. 마음이 괴롭다. 누구더러 말 못하고 成康이도 그래도 精神 못 차자고 돈만 쓰니 답〃하다.

<1972년 5월 25일 목요일>
成曉는 里長과 會計을 맞어는데[마쳤는데] 金 14,100원을 가저왓다고 햇다.
朝食 後에 館村에서 金東旭 氏 孫을 同伴해서 全州 姜載均이비課에 갓다. 手術하기로

하야 先金 5仟 주고 午後 3時에 作手햇다.
成吉 집에 들이여 5仟원 6分利로 借用해 于先 治料로 2,500원 주고 온데 旅비 合하면 5,560원이 든 셈이다.
마음이 조치 못햇다. 그러나 社外的[社會的]으로 成康이 身分이 알여지면 立場이 難하기에 子息 身分을 保護해주기에 그래쓰나 第二次는 金錢이 없으면 不得히 訴訟件이라 본다.

<1972년 5월 26일 금요일>
아침에 早起하야 精米햇다.
丁基善 氏가 왓다. 山林造林 人夫賃 散布에 말햇다. 全額이 不遠 나오면 會計하여 주지만 于先 못하고 書類가 없서 分配 못 하겟다고 해다[했다].
求禮 外從兄수 姪 內外가 왓다.
川邊에 갓다.
夕陽에 靑云洞에 갓다.
鄭泰燮 農牛가 病死햇다고 햇다. 올 수 업서 밤에까지 기드리여 任實 肉商人에 보내데까지 보고 上車한 데까지 보고 圭太 婦人에 말해서 욕 본 사람들 술 한 잔 주라 햇다.

<1972년 5월 27일 토요일>
아침에 丁基善 林萬永 氏 왓다. 第一次 造林費 135,000원 散布의 打合. 里長은 不遠 2, 3日 內 第二次分이 나오면 갗이 주자고. 林萬永은 주는 게 좃타고 嚴俊祥 酒店에서 造林費가 나왓다는데 무슨 일로 안니 준다면서 尹 氏가 오면 보래기를 때린다고.
鄭柱相 裵迎春을 圭太 酒店에서 맛나고 造林費을 주마 햇든니 日後에 갗이 주시요 햇다. 말이 만한 模樣이오니 1般에 주라 한니 迎春 말이 嚴俊祥이가 그런다고 하면서 27萬원을 주지 안한 때는 刑事訴訟 하겟다고 햇다고 들엇다.
親睦契 春季 有司는 崔成吉 崔南連 氏인데 집에서 술 點心만 먹고 散會햇다.
班長 5人에 135,000을 주고 立木代 21,600원 收集햇다.

<1972년 5월 28일 일요일>
工場에서 機械 修理.
午後에는 川邊에서 놀고 夕陽에는 成康에 갓다.

<1972년 5월 29일 월요일>
韓正石 立木代 840원 會計햇다.
嚴俊祥 外上代 3,900원인데 牛車비 1,000 새기 3玉 450원 控除하고 2,025[2,450]원 會計햇다.
劉鍾權 造林비 18,000 收入.
尹判用 1,000 嚴俊祥에서 會計 完了햇다.
鄭宰澤에 飼料 10叺 古叺 100枚만을 付託햇다.

<1972년 5월 30일 화요일>
工場 修理햇고 脫穀機 修繕햇다.
午後에는 桑田 春伐햇다. 집에 온니 손이 불키여 엇잔햇다[언짢았다].
밤에 잠을 든니 右側 手足이 애리여 몹시 언잔햇다.

<1972년 5월 31일 수요일>
炳煥을 데리고 桑田 풀매고 堆肥料 준 데 終日 協力한데 難햇다. 手足이 애리서엿다.

<1972년 6월 1일 목요일>
아침에 마음이 不安햇다.

趙 氏 李 氏 外 2人이 왓다. 食糧을 要求햇다. 不足타 据絶햇다.
任實에 갓다. 삽 낫 못줄을 사서 成奎 便에 보냇다.
市場에서 丁基善을 맛낫다. 麗水에서 온다고 햇다. 갗이 왓다.
中食을 里長 집에서 먹는데 山林組合 職員도 參席햇다.
全州에서 故 鄭珍喆 婦人이 왓다. 美目[美貌] 늑지 안해서 무르니 年令[年齡]이 53歲라 햇다.

<1972년 6월 2일 금요일>
尹鎬錫 氏와 全州에 갓다. 崔在植 氏 宅을 訪問햇다. 방을 말한바 月 2仟원에 作定하고 왓다.
夕陽에 집에 온니 鄭鉉一 丁奉來와 是非가 있엇다. 그리 말아고 햇다.
圭太 氏와 갗이 任實驛 朴 先生 宅을 禮訪햇다.
韓文錫 氏에 付託 金 4萬원을 要求한바 承諾햇다.

<1972년 6월 3일 토요일>
尹鎬錫 鄭仁浩을 同伴해서 農協에 갓다. 복합 15袋 外上手續한데 印章이 업서 朴炳厚 氏 말해서 保証을 세웟다.
成吉 債 5,000 + 5,000 = 10,000 利 400 會計해주고 驛前 黃宗一 11,400원를 完了해 주웟다.
午後 방아 찟는 上屋에서 떠러저 身體이 異常햇다.

<1972년 6월 4일 일요일>
驛前 鄭敬錫에 金 參萬원 入金하고 油類 4드람 燈油 1초롱 운반햇다.
午後에 金哲浩 有司에 갓다. 全員 募엿고 婦人도 會員인데 中食을 맞이고 大里 洑邊에서 갗이 놀다보니 6時엿다. 全州 旅行 決算한데 1,020원 赤字을 今秋에 保充[補充]해주기로 約束햇다.

<1972년 6월 5일 월요일>
成康 데리고 工場 內 修繕.
午後에는 精麥햇다.
鄭圭太 外上代 1部 7仟원을 주웟다.
成曉는 내의 藥 6첩을 지여왓다.
鄭仁浩는 外上肥料 복합 15袋 尿素 5袋인데 昨年度 糧肥 5袋을 못 引受햇는데 外身[代身]으로 용성인비로 交替해 주마고 햇다.

<1972년 6월 6일 화요일>
工場에서 原動機 修理.
成東는 任實에 揮發油 1초롱 外 修理하려 보냇다.
午後에는 桑田에 春伐햇다.
成苑이 歸家해서 冊字[冊子] 모두 가저갓다.
夕陽에 白康善 氏 왓다. 脫麥 좀 해주라고. 술 한 잔 주웟든니 잔소리가 만한데 마음이 맞이 안햇다.

<1972년 6월 7일 수요일>
아침부터 비가 낸데 終日 왓다.
人夫 4名과 갗이 工場에서 蠶具 製造한데 約 180개 程度 만들엇다.

<1972년 6월 8일 목요일>
新平에 갓다. 金炯根 氏을 對面 뽕을 말햇든니 北倉에 도재 氏 있으나 말해주마고 햇다.
崔炳斗 堂叔 갗이 酒席에서 付託 明 成曉

에 連絡하겟다고.
뽕 따는 處女을 求하려 靑雄[41]에 鄭圭太 妻家에 가는데 驛前 金 巡警이 付託해서 택시을 탄바 女人 1人 美國人엿다.
車비 업시 靑云에 간바 不應햇다.
崔宗仁을 맛낫다.
成康는 1日 격일제로 大隊에 上申햇다고 햇다.

<1972년 6월 9일 금요일>
里 四街里에서 鄭仁浩 崔成奎 丁基善 募席에서 里長에 靑云堤修理契을 組織해서 適當 水利하기 爲해서 募臨을 갓게 해주소 햇다. 召集을 해도 안니 몬이니 난들 별 도리가 없다고 햇다. 自己가 作人이 안니〃가 無管理하다면서 任務를 따지엿다.
※ 苗板에 단여온데 (9時 30分) 路上에서 成奎을 맛낫다. 成奎는 崔今石이가 말한다면서 今年 春季에 洪 書記 嚴俊峰 丁基善 班長 4名이 全州에 놀로 간바 2萬五仟원이 들엇는데 이 돈을 里長이 負擔할이 없고 洞錢 가지{고} 쓴 것이 分明하다고 햇다고 들엇다.
成玉 眞玉 來訪. 李 氏 條 會{計} 4仟원 完了햇다.

<1972년 6월 10일 토요일>
全州에 金成玉 機械 修理하려 갓다. 高 氏 外 1人과 갗이 갓다.
五柳里[42]에 뽕 따려 갓다. 1部 2,500 주고 왓다.
夕陽에 大里 李相云을 맛나고 汽車에 실여 달아고 付託하고 바로 龍巖里에 崔炳斗에 갓다. 뽕 4,000원에 作定하고 鉉一이와 半分햇다. 밤에 온데 操心스려웟다.

<1972년 6월 11일 일요일>
9時 40分 列車로 五柳里에 갓다. 3人 집 뽕 11叺 買收. 叺當 150원 人夫 6名 1,200원 約 3,100원 주웟다.
夕陽에 龍巖里에 갓다. 밤늣게 牛車에 실이고 집에 온니 11時 30分.
듯자 한니 成樂이도 新德[43] 사람 뽕을 실고 왓다고 해서 시그럿다고[시끄러웠다고] 햇다.

<1972년 6월 12일 월요일>
新德서 支署員을 同伴해서 뽕 主人이 왓다. 明日 支署에까지 오라고. 마음이 조치 못햇다.
加德里[44] 林宗石 契員이 死亡햇다고 訃告가 왓다.

<1972년 6월 13일 화요일>
林宗石 出喪에 參席. 12時頃에 新平에 到着. 成樂을 帶同 新德에 着. 支署에 金 巡警에서 調書을 받는데 까다로와 身境질이 낫다. 담배 2甲을 사주고 맥주 1병 막걸이을 사주면서 付託했으나 무엇인지 生覺을 가지고 있으나 冷對[冷待]햇다.
成康이는 뽕을 龍巖里이로 따려 보낸바 밤늣게 왓다.
夕陽에 俊祥 氏 店捕[店鋪]에서 林萬永을 맛낫다. 今日 郡에 指導費 19,000원을 가저왓다고 햇다.

41 임실군 청웅면.
42 임실군 성수면 소재.
43 임실군 신덕면.
44 임실군 신평면 소재.

<1972년 6월 14일 수요일>
成東이는 身體檢{査}하러 갓다.
成康 蠶 上簇[45] 햇다.
全州에서 張仁順 戶籍 關係로 面에 出頭햇다.
崔福洙 內外分이 보리 베로[베러] 왓다.
大里 金在珣 宅에 갓다. 戶籍 于係[關係]를 打合. 夕陽에 歸家햇다.

<1972년 6월 15일 목요일>
養蠶 上簇하기 시작햇다.
밤 첫 脫麥햇는데 朴仁培 京洙 15叺 햇다.
夕陽에 求禮 李正勳이 왓다.

<1972년 6월 16일 금요일>
脫麥한데 正勳 成康 햇다.
任實에서 麥糠 5叺 引受 食鹽 1叺 買收하고 大里 金在珣을 禮訪. 全州 張仁順 戶籍 關係 打合. 金 1,000원을 封入해 주고 付託햇다.
崔龍鎬 宅에서 夕食을 맞이고 밤늣게 왓다.
成奎 脫麥한데 翌日 5時에 끝낫다.
南基泰 李成玉이 왓다. 任實에서 50萬원 借用한데 保證을 서달아 햇다.

<1972년 6월 17일 토요일>
午前에 白康善 氏 脫麥을 한데 비가 왓다.
成玉가 왓다. 어제 말한 債務保證人으로 任實에 갓다. 마음이 맞이 않으나 高 氏와 갗이 갓다. 알고 보니 金昌善가 債權者인데 面會를 据絶한다고 햇다. 未安하다면서 夕食을 하고 택시로 館村驛에 보내주웟다.

<1972년 6월 18일 일요일>
終日 脫麥.

<1972년 6월 19일 월요일>
終日 脫麥.
듯자니 嚴俊祥은 機械 不良해서 新品 求하려 晋州까지 간바 品切리라고 들윗다.
成曉 便에 成康 春蠶種 共販하려 보냇다. 2等인데 26,859원 收入.
밤에까지 鉉一 脫麥. 南連 氏도 協力한데 밤 3時頃에 집에 왓다.

<1972년 6월 20일 화요일>
午前에 脫麥 精麥햇다.
午後 5時에 春蠶 4枚 共販하려 갓다. 全部 1等 約 9萬원 收入햇다.

<1972년 6월 21일 수요일>
池野 3斗只 첫 모내기 햇다.
成康 正勳 脫麥한데 約 3叺4斗 收入. 最高能率을 올이엿다.
집에 온니 밤 2時엿다.

<1972년 6월 22일 목요일>
한때 비가 왔다.
池野 黃在文 外 2人이 고지 移秧했다.
午後에는 혯도[헤드] 修理햇다.
芳水里[46] 業者 宋 氏를 맛나서 換談[歡談]햇다.

45 상족(上簇)이란 누에올리기(mounting)를 뜻하는 말로, 익은누에를 섶에 옮겨 고치를 지을 수 있게 하는 일을 가리킨다. 보통 5령 7~8일째에 해당하는 작업이다.

46 임실군 관촌면 소재.

<1972년 6월 23일 금요일>
보리는 今日 베기가 끝이엿다.
大里 金在珣 氏 宅 訪問.
龍云峙에 가서 成玉을 맛나고 모 시머[심어] 달{라}고 햇다.

<1972년 6월 24일 토요일>
배답 모내기 햇다.

<1972년 6월 25일 일요일>
成康 成東은 玉東 正石 氏 脫麥햇다.
終日 村前 水畓 물대기.
道峰에서 黃 氏 한 분 오시엿다. 장기질 시키고 金 600원을 주워 보냇다.
밤에는 火木을 가지고 물대기 햇다.

<1972년 6월 26일 월요일>
終日 비가 내렷다.
丁俊峰가 고{지} 5斗只 심는데 雨中에 욕보왓다.
夕陽에 靑云堤에 갓다. 水門을 막지 안햇다. 不安한 마음으로 다닷다.

<1972년 6월 27일 화요일>
도장배미 梁奉俊 고지 移秧 햇다.
◎ 밤 9時頃에 成康 便에 寶城 堂叔 債務 22,500원 보냇다.
◎ 白康俊 債務 成東 便에 12,500 보냇다.
◎ 丁基善 債務 柳正進 條 12,000 成康 便에 보냇다.
夏穀 豫買資金 10叺代 25,000 里長에서 가저왓는데 計 50叺 쓴 펜[편]이다.

<1972년 6월 28일 수요일>
吳鎭燮 脫麥한데 嚴俊祥은 不安하게 生覺하드라고.
嚴萬映 父 小祥에 參禮. 嚴炳學 氏도 맛낫다.
成康 便에 造林비 24,500원을 郡에 보내 領收햇다. 金氏 宗山 3筆地임.
南基泰가 來訪햇다.

<1972년 6월 29일 목요일>
張太奉 戶籍 關係로 面에 갓다. 法을 모르니 法院에 가보라 햇다. 뻐스로 法院에 갓다. 法院에 단여서 張泰奉 氏 집에 갓다. 旅費 1,500원을 바닷다.
다시 新平面에 갓다. 등본 分家屆 兵役確認書 1件 書類을 作成하고 보니 6時엿다.
집에 온니 順天에서 姨從弟 宰澤이가 왓다. 用務는 오동나무 關係엿다.

<1972년 6월 30일 금요일>
移種人 12名이 왓다.
姨從을 데리고 新德에 갓다. 미엠[47] 部落 林成泰을 맛낫고 오동나무을 付託하고 照月里[48] 韓點用 氏을 訪問햇다. 梧洞木[梧桐木]을 付託하고 先金 萬원을 주웟다.
오는 길에 미엠 林成泰 副面長을 맛낫다. 先金 15,000원을 주고 왓다.
宰澤 外 1人은 7時 列車로 보내{고} 龍山坪 논에 갓다.
人夫 鄭泰燮 金二周와 쌈이 버러젓다.

<1972년 7월 1일 토요일>
아침에 完宇가 왓다. 할 말이 있어 왓는데 어머니가 밧 매는데 今石 母가 말하기를 이번에 관목 때문에 벌금 15,000원을 물엇는

47 임실군 신덕면 월성리 괴명나뭇골 혹은 신덕리 물염 마을로 추정된다.
48 임실군 신덕면 소재.

데 키도 크고 身體가 조흔 분이 골발[고발]해서 벌금을 물게 되엿다고 하면서 쯕 하면 麥 脫作[打作] 좀 안해 준 것에 흠이나 그러타고 고발해야 {되겠는가 하기에} 그려면 乃宇가 안닌가 해서 傳한다고 햇다. 熱이 낫다. 즉각 成康을 시켜 今石을 오라 햇다. 안니 왓다. 夕陽에 成樂을 시켜 오라 햇다. 안니 왓다. 再次 또 오라 햇다. 안니 왓다. 욕을 햇다. 짝 찌저 죽일 연이라 햇다.
成樂 뽕 事件으로 本署에서 呼出이 왓다. 못 갓다.
移秧은 今日로 끝이 낫다.

<1972년 7월 2일 일요일>
完宇 進映 脫麥하고.
夕陽에 成樂을 시켜서 今石 母를 成奎 집으로 오라 햇다. 今石 母子가 왓다. 공은 닥근 데로 가고 罪는 진 데로 가는 法인데 무슨 遺憾이 잇기로 내가 고발을 해서 罪金[罰金]을 물게 햇다니 理由가 무웟시야 햇다. 그려지 안햇다고 또 떼드라. 마침 證人 新安 堂叔母가 오시엿다. 당신 한 것 해다고[했다고] 하지 안햇다 하야 그래서 짝 찌저 죽일 연야. 네 女人 子息 둘 죽엇지만 또 하나 죽어야 네 罪가 다 가진다. {금석 어미는} 생떼를 쓰면서 죽이라 햇다. {나는} 法으{로} 죽이겟다 햇다. 아-.

<1972년 7월 3일 월요일>
今石 母가 왓다. 今日 檢察廳에서 正式으로 名儀회손罪[譽毁損罪]로 고발할 터이니 맛 좀 보라고 햇다. 衣服을 갈아입고 가는데 親友들이 말기고[말리고] 今石이가 왓다. 차라리 나를 죽여달아고 햇다. 그려면 그만두겟다 하고 술을 먹는데 連3日 食事도 못하고 술만 먹는데 토를 한데 목에서 피 너머왓다.
終日 心境이 不安해서 꼭 누버있엇다.
求禮 李 氏 外 人 日費 6,250원 會計해서 보냇다.

<1972년 7월 4일 화요일>
11時頃에 大里 奇龍寬 氏(助力)을 訪問하고 6月 11日 五柳[49]에서 汽車에 뽕을 下車햇다는 證人陳述을 署에 가서 해달아고 依賴해서 同伴햇다. 午後 2時頃에야 끝내고 鄭玄相도 와서 陳述햇다. 끝판에 用紙 1,000원을 주면서 付託햇다.
夕陽에 炳煥이는 낫으로 손을 벳는데 金 300원을 주경석에 보내 治料케 햇다. 만히 닷치여 數日이 갈 것 갓다.

<1972년 7월 5일 수요일>
終日 午前 中 집에 있엇다.
12時頃에 靑云洞에 갓다. 金鉉珠을 맛나고 28日에 논 1日만 매주소 한바 오겟다고 햇다. 오는 途中에 靑云洞 앞에서 兄수氏를 맛낫다. 어제 밭 매는데 崔今石 母는 말하기를 崔乃宇가 찌저죽인다고 햇는데 개도 나를 물아고 한다면서 말햇다고. 우리는 개도 업는데 나는 그 女子를 法的으로만 해야겟다고 햇다.
正勳이는 嚴俊峰 成造한 데 午後 보내주웟다.
밤에 具道植 鄭圭太 氏가 왓다. 崔今石의 件을 解決하게 가자 햇다. 가자고 同伴해서 간니 今石 母는 없엇다. 氣分이 안니 낫다. 30分 後에 왓다. 내가 무슨 말을 잘못햇나 自己가 先失이 잇기에 납분 소리 듯는

49 임실군 성수면 오류리.

것은 當然한 일이 안니야 햇다. 未安하고 잘못햇다고 하기에 그러면 나도 年上에 未安하오 햇다. 그리고 過居[過去] 今石에 對{한} 條件을 다 {말}해주웟다. 그랫든니 嚴炳洙에서 나온 말이니 그쯤 알아보시요 햇다. 鄭圭太 氏에 付託해서 嚴炳洙을 來訪케 해달아고 햇다.

<1972년 7월 6일 목요일>
梁奉俊 脫麥햇다.
成康 便에 丁基善에서 萬원 借用{하여} 모구장[모기장]代 圭太에서 3,300원 取貸해서 주웟다.
夕陽에 圭太에서 들은바 市場에서 嚴炳洙을 맛낫는데 今石 事件을 말한바 崔乃宇가 햇다는 것이 안니고 乃宇 몰애[몰래] 하든 안햇다고. 日後에 對面해겟다고 햇다.

<1972년 7월 7일 금요일>
靑云洞에 脫麥하려 갓다. 金昌圭 林敏燮 計 24斗 收入.
農協에서 現金 肥料 10叺 引受햇다.

<1972년 7월 8일 토요일>
第一次 除草햇다.
午後에는 비가 내리{는}데 九福 潤植이 脫麥햇다.

<1972년 7월 9일 일요일>
終日 精麥햇는데 밤에까지 約 20餘 叺 햇다.
郡 山林係에서 造林비 收金次 왓는데 5,000원 支拂해주고 領收證을 밧앗다.
丁基善에서 萬원 借用햇다.
池野 黃在文 韓正石 氏 第一次 除草햇다.
炳煥을 시켜서 脫麥機 修善하려 보낸데 800원이라고.
鄭昌律 新安 堂叔이 싸운데 流혈까지. 白康善 昌律가 또 싸운데(親사{돈}間) 求見할 만햇다.

<1972년 9월 10일 월요일>[50]
終日 비가 온데 邊川에는 大洪{水}가 내려갓다.
舍郎에서 終日 新聞만 보다 잠이 들엇다.
具道植 氏을 맛낫다. 林産 件에 {대하여} 말햇다. 알 수 업지만 通知書가 오면 말해보제 하고 作別햇다.

<1972년 7월 10일 월요일>
完宇을 식켜서 5仟원을 取햇다.
丁基善에서 집[짚] 28束 取햇다.
今日은 六月 初一日 兄任 喪亡日[朔望日]이다. 參席해보니 成吉 內外도 參禮햇드라.
鄭圭太 氏에서 取해온 돈 1,000{원과} 3,300 下衣 700代 計 5,000원을 會計해주웟다.
終日 비가 내린데 午後에는 精麥도 하면서 새기도 꼬왓다.
金進映 氏 便에 全州에서 張 生員 宅에서 보냇다고 담배(신탄진) 10甲을 보내왓다.

<1972년 7월 11일 화요일>
終日 비가 내린데 새기 꼬기 精麥햇다.

<1972년 7월 12일 수요일>
오날도 비가 내렷다.
午後에는 가인[개인] 때도 있엇다.

---

50 7월 10일의 오기로 보이나 아래 7월 10일이 있어서 같은 날인지 분명하지 않다.

<1972년 7월 13일 목요일>
丁基善은 子息이 館村中校生을 目前에 낫으로 찍엇는데 右手가 병신이 되엿다고. 成吉에 付託했으나 兄이 단여오라 햇다.
아침에 가보니 立場이 難햇다. 병만 나사주면[낫게 해주면] 된다 햇다. 그러나 基善은 2萬원 程度로 쇼부[しょう-ぶ]을 要햇다.
夕陽에 趙宰澤 外 2人이 왓다. 新德 梧洞 木 關係엿다.

<1972년 7월 14일 금요일>
朝食 後에 趙宰澤 外 2人은 新德으로 出發햇다.
終日 脫麥한데 애로도 있엇다. 金炯進도 내게서 脫麥한다든니 변해서 嚴俊祥에서 午後에 하드라.
午後에 南連 脫麥.
金玄珠 梁奉俊 丁俊峰 고지 今日 全部 第一次 除草햇다.

<1972년 7월 15일 토요일>
安承均 外 1人 脫麥 25叺 햇다.
韓正石 4人은 第二次 除草햇다.

<1972년 7월 16일 일요일>
成康 成東은 外人 脫麥. 人夫 4, 5名은 工場에서 우리 脫{麥}. 今日은 日曜日이라 兒이 시켜서 作業에 協力케 햇다.
◎ 午前 10時頃에 어린 兒가 되야지 색기[새끼] 난다기에 異想[異常]이 生覺고 와보니 7마리을 나서 젓을 먹고 잇드라. 交背[交配]한 적이 없엇다.
夕陽에는 비가 내리여 作業 中止햇다.
鄭太炯과 시비. 理由는 내 논에 물 있으니 今年에는 水門을 놋치 못한다는 데 理由. 不良한 놈이라 햇다.

<1972년 7월 17일 월요일>
우리 脫麥을 工場에서 햇다.
成康 成東은 午前에 寶城宅 {것을} 하고 午後에는 靑云洞에 옴기여 泰圭 것 햇다고.
金彩玉이가 왓다. 揚水機로 依해서 成曉을 보로 왓다. 밤에 맛나고 갓다.

<1972년 7월 18일 화요일>
工場에서 脫麥.
靑云에서 脫麥.
終日 밧밧다.
吳상천 母가 死亡햇다고 靑云洞 金在玉에서 들엇다.
밤에까지 우리 脫麥은 끝냇다.

<1972년 7월 19일 수요일>
李 氏 成康은 靑云에 脫麥햇다.
午前 中에 成曉는 工場에서 脫麥. 나는 吳상天 母 出喪한 데 參席햇다.
午後에 靑云洞에 갓다. 玄珠 집에 단니여 왓다.
驛前에 黃 氏에 金 萬원을 가저왓다.
鄭敬錫에서 기름 2드람 外上으로 운반햇다.
王 氏가 단여갓다.
밤에 靑云에 간바 圭太 脫麥 1部 하고 집에 온니 밤 1時엿다.

<1972년 7월 20일 목요일>
圭太 脫麥 鄭泰燮 脫{麥}햇다.

<1972년 7월 21일 금요일>
朴公히[박공희] 脫麥 崔六巖 脫麥으로 靑云洞에는 今日로 마감햇다.

<1972년 7월 22일 토요일>
終日 脫麥햇다.
밤에는 鄭圭太을 同伴해서 靑云洞에 갓다. 里民을 모시고 술 한 잔식 待接하고 집에 온니 12時엿다.

<1972년 7월 23일 일요일>
宋成用 脫麥. 午後는 崔瑛斗 脫麥 精麥.
夕陽에 重宇 집으로 {기계를} 몸기엿다[옮기였다].

<1972년 7월 24일 월요일>
重宇 집에서 脫麥 精麥을 햇다.
面에서 副面長이 夏穀 買上 來訪햇다.
嚴炳洙 氏가 訪問햇다. 무슨 말 하려 왓으나 外人이 있어 말 못하고 갓다.
館村에서 尿素 2袋 1,700원 사서 뻐스에 실고 왓다.
脫麥은 今日로써 끝이 낫다. 統計를 매고[매겨] 보니 約 50叺 收入햇다. 昌宇 脫麥 5叺인데 無償으로 해주웟다.

<1972년 7월 25일 화요일>
夜中에 비가 내렷다.
아침에 嚴秉洙 氏가 來訪햇다. 崔今石 事件에 對한 未安의 뜻을 票示[表示]햇다. 술 한 {잔}식 난누고 作別햇다.
韓正石 氏 고지 第三次 除草을 햇다.
처음 夏곡 收納日인데 大里에서 햇다고 햇다.
中高生은 今日부터 放學이라고 햇다.ㅏ
除草人夫 夕食을 한데 瑛斗 氏 白康俊 寶城宅이 왓다. 술 한 잔 먹는데 먹었으면 간게 원칙인데 잔소리 하면서 時間이 갓다. 마음이 괴로왓다.

<1972년 7월 26일 수요일>
午前 中에는 精麥햇다. 成康 基善 脫麥 아침만 햇는데 今日로 脫麥은 終末인 듯.
午後에는 새기 꼬기 햇다.
丁俊峰은 第三次 除草을 끝냇다. 梁奉俊까지.
成康 成東이는 午後에 工場 掃除 및 손을 본데 明{日} 精米하기에 準備을 햇다.
夕陽에 嚴俊祥 酒店에서는 終日 방에서 담배내기 하다 박[밖]에서는 윳노리 하다 市場 같으더라. 宋 某는 父子間 다틈을 하드라.

<1972년 7월 27일 목요일>
午前에는 비.
午後에는 嚴俊祥 外 3人 精米햇다.

<1972년 7월 28일 금요일>
終日 嚴京完 外 3人 精米햇다.
桑田用 肥料 10袋 4,100원 班長 傳해주웟다.

<1972년 7월 29일 토요일>
館村에서 叺子 30枚 3,000원에 買入햇다.
成東이는 山西에 단여왓다고.
밤에 해남宅에서 들이니 2, 3日 前에 내 집에 도적이 왓는데 키가 작는데 洞內 中央으로 도망치드라고 햇다. 누구인지 안다고 햇다.

<1972년 7월 30일 일요일>
보리 말이기 精麥햇다.

<1972년 7월 31일 월요일>
보리 말이기 精麥햇다.
靑云洞에 가서 取貸보리 8叺 牛車로 운반햇다.

8月 2日 共販이라 드럿다.

<1972년 8월 1일 화요일>
成康 外 5名이 被麥 作石햇다. 總計 124叺 作石하고보니 夕陽이 되엿다.
淳昌에서 崔成宇가 단여갓다.

<1972년 8월 2일 수요일>
今日 夏穀共販日이엿다.
비는 夕陽까지 내렷다.
金炯錫 車로 2往復햇다. 總計 124叺 2等 3等 等外 해서 全部 入庫는 햇다.
前 面長 洪吉杓 問病햇다. 廉東根 崔宗仁 맛낫다.
廉東煥을 맛{나}고 待接을 밧닷는데 崔宗仁 말을 조치 못하게 햇다. 面長하고 어제 밤에 是非까지 햇다고 들엇다.
기드리다 밤에 집에 온바 밤 12時 30分이엿다.

<1972년 8월 3일 목요일>
아침에 林長煥 氏가 왓다. 어제밤에 里 代議員 選出한데 密밀投票[秘密投票]한바 崔成奎 丁基善 嚴俊峰 崔錫宇 鄭仁浩가 選出되엿다고 하면서 氣分이 납부다고 하면서 爲身[威信] 問題인데 몃 놈 죽이야 한다고 햇다. 그럴 것 업다고 햇다.
夏穀 買上代[賣上代]는 約 124叺=410,000원 收入햇다.
韓文錫 債務 44,000 成吉 53,500 清算해주웟다.
正勳을 同伴해서 任實로 館村 全州에 가서 求見을 시키고 왓다. 成曉에서 12萬원 가지고 갓다.

<1972년 8월 4일 금요일>
成曉 便에 基善 債務 23,000
〃 完宇 〃 15,500
傳해주웟다.
李正勳 日費 20,000 주웟다.
9時 40分 列車로 求禮에 당하니 12時. 姨叔을 모시고 泉寒寺[泉隱寺][51]에 갓다.
月 614원에 決定하고 成東 兄弟을 下宿시키기로 하고 왓다.
求禮에{서} 7時에 出發 집에 온니 밤 10時엿다.

<1972년 8월 5일 토요일>
精麥 午前 中만 햇다.
堆肥 製造한데 人分[人糞]을 찌끄렷다.
成東은 幹部候補生 應試準備次 全州에 갓다.
成奎가 왓다. 今日 組合長 選出한데 1票次[差]로 廉東根이가 當選되엿다고. 各里에 農協分長을 選出한데 丁基善은 嚴俊峰을 뜻을 둔다고. {그런데} 될 수 없다고 햇다고.
밤에 圭太 집에서 造林地 下役作業으 打合을 한데 牟光浩 外 28名을 選定해서 責任을 주웟다. 그리고 끝판에 술 한 잔식 노누{고} 왓다.
鄭圭太 外上代 15,000을 完納해주웟다.

<1972년 8월 6일 일요일>
아침에 成曉 便에 金炯進 日費 550원 支出.
長煥 犬代 1,000 成東 便에 支出.
柳正進 日費 2,950원인데 500원은 못 밧겟다고 返還해주드라.
午後에는 宋成龍 氏 脫麥 12叺쯤. 今日로 脫麥은 終末인 듯싶다.

51 전남 구례군 광의면 방광리 소재.

午後에 늣게 圭太가 왓다. 닥을 자바놋코 왓는데 잘 待接을 밧닷다.

<1972년 8월 7일 월요일>
아침에 成曉에서 들은 말.
듯자 하니 昌坪里에 夏穀 督勵을 成曉가 하지 안키 대문에 出荷 成績이 不良하다고 面長에 傳햇다고. 洪德杓가 그런 듯-. 熱이 낫다. 日後에 面長을 맛나고 말하겟다 햇다.
※ 造林地 下役作業(풀치기) 始作日다.
成康 成東은 農藥 散布햇다.
具道植 外 2名을 同伴해서 郡 林業係에 갓다. 取調者가 不在中. 다시 왓다.
成東은 8月 28日 應試願書을 全州 兵務廳에 提出햇다.

<1972년 8월 8일 화요일>
9時 40分 列車로 求禮口驛에 到着한니 12時 成東 成傑과 泉隱寺行 뻐스에 몸을 실엇다.
泉隱寺에 當하니 1時 30分. 마참 正勳이가 同伴하게 되여 寺 住指[住持]任에 만흔 付託을 해주웟다.
시장한데 새로 食事待接을 4名이 바닷다. 食事 後에는 兒該 2名에 20日間 食事代 8,000원을 提供해주고 8月 27日에는 歸家케 해주시라고 付託햇다. 走步로 龍田里 李正腹 집에 와서 姨叔을 뵙고 다시 出發. 作別햇다.
旅費는 不足하게 되엿다. 뻐스로 求禮口에 到着해서 돈을 세보니 140원 나맛는데 꼭 車비 뿐이여서 우협[위험]할 뻔햇다.

<1972년 8월 9일 수요일>
精麥.
비는 오는데 具道植 外 3人을 데리고 郡 林業係로 갓다. 밤에까지 調書는 끝내고 왓쓰나 벌金은 多少 나올 듯햇다.
李증현 氏을 맛낫다. 嚴秉洙 나무 事件을 물으니 某人이 再고발햇으나 알아{보}면 알 수 잇다고 하면서 嚴炳洙는 나를 보면 外面하고 前番에 내의 子息하고 炳洙 侄[姪]하고 싸운바 治料비 3萬원을 무러주엇는데도 光州少年刑務所까지 보내게 하여 光州까지 가서 萬 餘원 들어 빼내온 사실도 잇는데 나보고 付託하지 안할 것이다고 햇다.

<1972년 8월 10일 목요일>
精麥햇고
成樂이를 3,500원 수박 2뎅이를 사서 求禮 泉隱寺로 보내면서 工夫 잘하라고 당부햇다.
任實 齒科 가서 이 6개을 해넛코 5,700원 주엇다. 대단히 언잔햇다.

<1972년 8월 11일 금요일>
農藥 散布한데 鄭敬錫 揮發油代 農藥代 2,450 中 1,400을 주고 1,050원 在로 두고 왓다.
鄭鉉一 春蠶 時 뽕代 2,000원을 嚴萬映 立會 下에 廉東根 立席한데 返還해 주웟다.
只沙面 崔실 五柳 姜실이 가는데 果子[菓子] 200원어찌를 사서 주고 보냇다.
午後에는 成康 炳煥을 시켜서 農藥 散布햇다.
上簇 改良섭 外上 締結한다고 丁基善에 印章을 빌여주웟다.

<1972년 8월 12일 토요일>
靑云洞에 韓 生員과 同行 終日 놀앗다.

夕陽에 뜻박에 崔六巖 氏는 배가 앞으다고 하면서 궁그려[뒹굴어] 겁이 낫다. 바로 집에 왓다.
里에서는 明日 洞內에서 現地 共販한다고 夏穀을 200餘 叺 收集햇다는데 熱이 낫다. 工場에는 精麥할 것 업이 全部을 내가면 나는 被害가 相當햇다.

<1972년 8월 13일 일요일>
오늘밤에는 伯母 祭祠日이다.
成康이는 農藥 散布한데 機械을 故章을 냇다. 마음이 조치 못햇다.
밤에 祭祠에 參拜햇다.
農檢 職員 面 職員 農協 {職員}을 約 7, 8名 中食을 내 집에서 接待햇다. 듯자 한니 里長은 中食代을 叺當 10원식 거두웟다고 들엇다. 나는 据絶햇다.

<1972년 8월 14일 월요일>
終日 安 生員 精麥햇는데 21叺을 햇다
支署에서 왓다. 金 경사 雲巖[52]으로 轉勤한데 이사비라도 보태달아고 왓다. 生覺해 보겟다고 햇다
밤에는 圭太 집에서 尹鎬錫 氏 外 10名이 논데 李正勳이가 와서 큰소리 첫다.
任實 尹 氏 子息에서 경유 2드람 10,800원에 外上으로 드리노왓다.

<1972년 8월 15일 화요일>
아침에 工場에서 精麥한데 瑛斗 氏는 말햇다. 丁基善 鄭仁浩가 言爭한데 새마을用金 決算 要求 政治金 10萬원 條 淸算 要求하면서 仁基는 나도 좀 알아야 한니 束히 解明하라고 햇다고.
鄭鉉一 氏가 招待햇다.
南原에 機械附屬 사려 갓다 왓다.
炳煥는 7夕이라고 제의 집에 간데 500원을 주워 보냇다.

<1972년 8월 16일 수요일>
全州에서 李炳駿 氏 同窓生이 來訪햇다. 반갑고 무웟을 待接해야 오를지 몰앗다. 더우히[더욱이] 繕物[膳物]까지 가저왓는데 未安하기 限이 업섯다. 바부다고 해 홀울이 作別햇다.
任實 尹 氏 油代 10,800원 安承均 氏 便에 보냇다.
밤에 鄭柱相 祖母 小祥에 問喪 갓다.

<1972년 8월 17일 목요일>
午前에는 精麥하고
午後에는 脫麥. 金太鎬 집에서 햇는데 今年 脫麥은 오날로 終息[終熄]햇다.
丁基善이가 왓다. 午後 里 洞會한다고. 마음이 없으나 體面이 잇기 때문에 夕陽에 參席햇다가 바로 왓다.

<1972년 8월 18일 금요일>
午前에 精麥한데 鄭圭太는 1班 〃員에 탁주 1잔식 待接한다고 班員을 우리 집으로 募이게 햇다. 夕陽에는 豊物[風物]을 치고 갑작히 우리 집에 모여 왓다. 할 수 없이 효주 5병 닥 1首 해서 죽을 끄려서 주웟다. 金進映 氏도 갗이 待接한다고 효주 5병을 取해갓다.

<1972년 8월 19일 토요일>
새벽부터 내린 비는 終日 끝칠 사이 없이

52 임실군 운암면.

내{리}고 川邊은 洪水로 물바다가 되여 만은 田畓이 浸水되엿다.
夕陽에 嚴俊峰이는 移居햇다고 招請햇다. 초 성냥을 사가지고 갓다.

<1972년 8월 20일 일요일>
丁基善이가 왓다. 新任 里長의 件 選定에 對한 내의 意見을 要한 듯햇다. 面長이 알아 할 터이지 햇다.
基善은 里民이 選擧制로 함이 올타 한데 有資格者는 裵明善 林仁喆 張判童 成奎 俊峰 昌宇 錫宇 仁基가 物望者라고 하더라.
夕陽에 成曉가 왓다. 面 職員 人事移動 잇엇다고. 職員 擔當區域도 박굴 듯한다고 햇다.
비는 밤에 개이엿다.

<1972년 8월 21일 월요일>
農藥 散布 終日 햇다.

<1972년 8월 22일 화요일>
農藥 散布하고 午後에는 業者會議에 參席햇다.
公害防止 申請金 5仟원 주웟다. 會議 案件은 工場도 새마을 가꾸구기라 햇다.
祖父母 祭祠에 參拜햇다.

<1972년 8월 23일 수요일>
面에 갓다.
面長을 맛나고 里長 任命에 打合코 成奎에 뜻을 가지라 햇다.
噴霧機[噴霧器] 修理次 南原에 갓다. 異常은 없는데 發火가 되지 안햇다. 알고 보니 石油엿다. 成康가 건성으로 사온 게 揮發{油}가 아니여 南原서 熱이 낫다.
成樂이는 泉隱寺에 歸家햇다.

<1972년 8월 24일 목요일>
韓正石 宅에서 招請햇다. 約 10餘 名이 왓는데 間밤에 昌坪里 兒가 金在豊 果樹園에 侵入해서 主人을 때리고 햇는데 알고 보니 宋太玉 丁九福 子 金貴柱 崔成樂엿다고.
主人에 갓다. 未安하다면서 爲勞[慰勞]하고 5百원식 거더 白米 2斗을 보내주웟다. 그러나 우리 成樂이는 아즉도 말하지 안햇다.
밤에 里長 選擧한다고 햇다. 가보니 直選을 말해서 投票한바 成奎가 25票 俊峰 21 俊映 2 福喆 2 基善 4 仁基 4 기권 2 其他 1票로 完決햇다.

<1972년 8월 25일 금요일>
農協에서 債務 確認하려 왓다.
五弓里[53]에서 崔東煥 氏가 왓다. 子婦가 身病으로 問病次라고 宋成龍 집에서 中食을 갗이 하고 作別햇다.
或 成曉을 全州市廳이나 都廳으로 移動할 뜻을 뭇기에 生覺해보겟다고 햇다.

<1972년 8월 26일 토요일>
終日 精麥햇다.
宋成龍 氏는 被麥 1叺만 借用해달아고 해서 주웟다.

<1972년 8월 27일 일요일>
黃在文 氏 外 5名을 데{리}고 중날山으로 풀 베로 갓다. 나는 못처럼 풀을 벤데 손이 불키엿다. 그러나 約 5짐은 햇다.

53 임실군 신덕면 소재.

夕陽에 成東 成傑이는 泉隱寺에서 歸家햇다. 밤 9時 列車로 다시 全州에 갓다. 初中高校 28日부터 開學日이기에 가고 成東 幹部候補生 應試次 떠낫다.
大里에서 金在斗가 來訪. 理由는 4, 5名을 同伴해서 다시 自己 兄 事件을 再起[提起]하겟다고. 處分대로 하라 햇다.

<1972년 8월 28일 월요일>
비가 내린데 館村農協에 갓다. 成曉 積金條 10萬원 貸付햇다.
午後에는 精麥하고 蠶室 消毒햇다.
成奉은 冊代 연탄代을 가지로 왓는데 明日 보내주마고 보냇다.
成曉 外叔 來訪.

<1972년 8월 29일 화요일>
아침에 大里 道路 〃面整理[路面整理]次 낫을 가지고 갓다.
食後에는 崔南連 氏에 4萬5仟원 借用해주웟다.
午後부터 精米하는데 어두음까지 햇다. 아마 71年産 農穀 벼는 終末인 듯.
밤에 金彩玉이가 왓다. 오래만에 成東을 시켜서 바래다주웟다.
長水 山西面에서 뽕 따는 婦人 入家햇다.

<1972년 8월 30일 수요일>
午前 8時頃에 成曉가 面에서 왓다. 아버지 郡 山林係에서 72年度 造林事{業} 人夫賃 支給한다고 電話가 왓읍니다 햇다.
林萬永{과} 造林指導員을 同伴해서 郡에 갓다. 第二次 造林事業 人夫賃 135,000원을 受領햇다. 受領은 經理擔當者인 全 氏 私宅에서 受領한데 1町步當 300원식 50町步에 對한 15,000원을 要求햇다. 生覺다 못해 15,000원을 주웟다. 上部 接待費라 햇다. 昌坪里 擔當者 尹 氏와 中食하려 갓다. 2萬원 要求해서 주웟다. 事務的으로 里 山林契長은 잘 모른데 이와 갖이 支出해도 政府指示는 人夫 1人當 280원이지만 400원 線은 된니 念餘 말아 햇다.
다음 林長煥 氏 萬五仟원 丁基善(里長) 3仟원 嚴萬映 2,000원 崔乃宇(契長) 萬五仟원인데 20日 下宿費로 드리고 술 담배 其他 雜비로 萬원 해서 총게 8萬원을 支出하라 햇다. 中食代 500원 車비 旅비 해서 今日 計 760원이 들엇다.
밤에 卽時 班長會議을 開催하고 雜支出金이 以上과 갓다고 公開하고 書類만은 全額을 受領햇다고 捺印해 다라 햇든니 별 수 잇나 햇다.

<1972년 8월 31일 목요일>
母親 祭祠 祭物 買入次 全州에 갓다. 崔在植 宅을 禮訪하고 成苑 下宿집에 들이고 왓다.
成東은 幹部候補生 應試次 全州 35師團에 갓고 成樂은 明日 開學次 全州 下宿집으로 떠낫다.
全州 湖南機工社 外上代 9,000원을 會計完了햇다.
修理夫 溫 氏을 初面하고 9月 6, 7日頃에 來訪하기로 하고 왓다.

<1972년 9월 1일 금요일>
今日은 故 母親任 祭祠日이다. 집에서 終日 掃地 又는 家事에 從事.
鄭圭太 氏을 시켜서 뽕 딴 處女 3名을 데리고 오라 해서 程月里[54]에서 金保順 外 1

人이 왓다. 夕陽에 入家. 鄭圭太 未安해서 술 한 잔 드렷다.
밤에 成吉 3兄弟도 參席. 求禮 金成玉 兄弟도 參拜햇다.

<1972년 9월 2일 토요일>
아침에 成康을 시켜서 里民 全員 招待한바 50名쯤 왓다. 酒찬을 接待한바 午後까지 1部 10餘 名은 나마서 윳노리한데 中食까지 드렷다.
程月 處女 3名은 今日부터 뽕따기 始作햇다. 山西面 婦人은 成奎 집으로 갓다.
밤에 丁基善 外 7名을 모시고 接待햇다.

<1972년 9월 3일 일요일>
後蠶室을 整理하고 午後 4. 30分 新德 金丁里[金亭里]에 갓다. 金官玉 母 回甲宴에 參席햇다. 崔東煥 金學均 李基云을 맛나고 約 30分間 술 먹다 6時 뻐스로 歸家햇다.
밤에 里長 事務 引게[引繼]한다고 햇는데 나{는} 不參햇다. 成奎 成曉가 잇는데 難處햇다.

<1972년 9월 4일 월요일>
비는 終日 왓다.
丁基善 집에서 招待햇다. 15, 6名이 모엿는데 내의 뽕따간 년놈들 잡자고 공布햇다.
밤에 開發委員會議이 있어 參席햇다. 里長 文書 引게라기에 流會시켯다.
仁基는 基善에게 昨年 쎄멘을 今年에 쓴다는 것은 유감이라면{서} 항의햇으나 基善은 答변햇다.

54 임실군 임실읍 소재.

<1972년 9월 5일 화요일>
장마가 계속인데 今日은 말갓다.
人夫 5名 牛車을 起用해서 간바 물이 만해서[많아서] 回路햇다.
전답을 살피고 養蠶處女는 피 뽑아다[뽑았다].
成奎을 맛낫다. 里長 書類 引게는 철저히 해라 햇다.
丁俊浩에 養豚 105斤인데 11,300원 賣渡햇다.

<1972년 9월 6일 수요일>
精麥햇다.

<1972년 9월 7일 목요일>
金炯進 3人을 고무배로 풀을 거너[걷어] 실고 왓다.
午後에는 풀 썰기 하고 밤에는 丁俊浩 母親 小祥에 參禮햇다.

<1972년 9월 8일 금요일>
炳煥 成東은 풀 썰기 햇다.
食後에 뜻박게 養蠶體가 以上[異常]이 生起여 마음이 안니 낫다.
炳煥 父가 단여가고
〃 妹氏가 단여갓다.
밤에는 里民會議에 參席한{바} 成奎가 發令 밧지[받은 이후] 처음 모임이엿다.
林東基 林仁喆과 是非가 낫는데 相當히 컷다. 밤에 長煥이가 왓는데 참으라 햇다.

<1972년 9월 9일 토요일>
午前에 精麥햇다.
金長映 氏 宅에서 回甲宴에 招請이 왓다. 못 간바 本人이 밤에 招待햇다.

<1972년 9월 10일 일요일>
成東은 幹部候補生 募集한데 身體檢査에서 떠러젓다.
고추 사려 驛前에 간바 못 사고 全州 朴完成 氏 3從 妹氏을 맛나고 술만 한 잔 待接하고 왓다.
밤에는 이웃 金進映 長映 兄弟가 言設[言說]한데 里 사람이 만이 못엿는데 조용히 宅에 가서 싸우라 햇다.

<1972년 9월 11일 월요일>
支署 擔任巡警이 왓다.
仁喆 東基 싸움 事件에 對한 폭팔물로 위협햇다는데 明日 本人을 支署로 보내 달아햇다.
舟川[酒泉][55] 李成根 氏 來訪.
午後에는 任實市場에 갓다.
뻬인트 기타 말[물건]을 사가지고 왓다.

<1972년 9월 12일 화요일>
食後에 林長煥을 同伴해서 新平支署에 갓다. 梁 支署長 金 순경을 한 자리에서 中食을 하고 林東基 事件을 말햇다. 今般만은 바줄 터이나 此後에는 못 보와주겟다고 왓다.
作別하고 집에 와서 又 다시 工場에 修理을 始作. 맞참 成東이 와서 助力을 해주웟다.
養蠶은 失敗인 듯햇는데 마음이 조치를 안햇다.
成康 집 누웨는 1部 上簇햇다.

<1972년 9월 13일 수요일>
누예는 上簇하기 始作한데 氣分이 나지 안햇다.
全州에 갓다.
工場 附屬品 1切 買收한데 湖南社에서 12,000원인데 1部 6,000원 入金해주고 殘은 外上으로 햇다.
집에 온니 거의 上簇햇다. 程月里 處女 3人 今日로 따지니 12日식 10,800은 주야겟다.

<1972년 9월 14일 목요일>
終日 精麥하면서 乘降機[昇降機] 修理하데 成康이는 行房을 감추웟다. 熱이 낫다.
뽕따는 處女 3名 11,100원을 會計해주면서 明春에 다시 오라 햇다.

<1972년 9월 15일 금요일>
人夫 3名을 데리고 피사리햇다.
午後에는 朴仁培을 데리고 農藥 散布하다 揮發油가 업서 말앗다. 寶城 堂叔을 시켜서 農藥 5병 650원에 外上으로 가저왓다.
郵便으로 全州 紀全女高에서 편지가 왓다. 떼보니 成苑 9月 中間考査{成績}表엿다. 356名 中 成苑은 꼬리로 103點이 되여서 熱이 낫다. 學校로 편지를 낼려 써노코 부치덜 못햇다.

<1972년 9월 16일 토요일>
玄米機을 成康이와 실고 市基[56]에 갓다.
修理한데 1,000 前外上 1,500 計 2,500원 주고 왓다.
驛前 黃 氏에서 5仟원 取貸햇다.
成東 便에 小 베루도[벨트] 外上으로 가저왓는데 4,500원이라고.

55 임실군 오수면 주천리.

56 전북 정읍시 시기동.

<1972년 9월 17일 일요일>
白康善 氏 데리고 工場에서 修理.
밤에는 黃義澤 小祥에 問喪햇다.

<1972년 9월 18일 월요일>
工場에서 修理.
成康이는 蠶견 2枚 賣上 35,500원 햇다.
崔南連 氏는 借用金 4萬五仟 中 2萬원 入金.

<1972년 9월 19일 화요일>
工場 修理. 炯進는 農藥 散布.
成奎 便에 蠶견 51,500{어치}을 달아보냇다.
郡 林業係 李효원 氏 來訪. 明日 造林地 下役作業[57] 146,880원 引受하라 햇다.

<1972년 9월 20일 수요일>
아침부터 2文[白康善] 氏와 갗이 工場 修善. 食後에는 나 혼자 하고 午後부터는 精米 始運轉한데 잘 빠저나오드라.
支署에서 왓다. 秋夕 膳物代로 2,000원 주웟다.
蠶견 5枚代 36,886원 햇다.

<1972년 9월 21일 목요일>
寶城宅 借用金 會計 完了.
李正勳 200 朴仁培 600 鄭昌律 會計 完了.
李正浩 200 梁奉俊 500원 安正柱 400 會計햇다.
용운치에서 李 氏가 왓다. 炳煥 衣服代 7000원 잔갈[자갈] 갑 萬원 計 17,000원을 가지고 왓다.
午後에 炳煥 가는데 7,000원 주웟다.
黃宗一 借 5,300 주고 鄭경석 油代 新聞代 肥料代 기타 計 16,620 會計 完了햇다.
俊峰 郡에 갓다. 下刈費 146,880원 中 萬원은 實地踏査 後에 주마고 控除햇다.
밤에 各 班長會員을 모시고 散布해주고 捺印햇다.

<1972년 9월 22일 금요일>
宗員을 引率하고 省墓에 갓다. 비는 내린데 兒該까지도 갓다.

<1972년 9월 23일 토요일>
田畓을 두려보니 벼가 每日갓치 죽드라.
寶城宅 2萬원 牟潤植 2萬 計 4萬원을 빌이엿다.
或 고초방아나 노와볼가 해서 借用햇다.
사도메루리 種子 改新 要.

<1972년 9월 24일 일요일>
只沙에 漢男이 왓다. 피사리 좀 해주고 가라 햇다.
夕陽에 豚兒 生産햇는데 8頭엿다.

<1972년 9월 25일 월요일>
午前 中 비는 내리데 全州에 갓다.
農高에 授業料 會計하고 紀全{女高}에 갓다. 李炳駿을 맛나고 談話하고 作別. 成奉擔任先生任을 맛나고 謝禮 1,000원 드리고 尹宗九 집에 갓다. 居住確認을 무르니 모른다고 해서 多佳洞事務室에 갓다. 成奉登錄抄本 1通 해가지{고} 確認햇다.
崔在植 氏 宅 禮訪하고 왓다.

<1972년 9월 26일 화요일>
郡 山林係 李효원에 金 萬원 傳햇다.

57 72. 8.7일자 일기에 '造林地 下役作業(풀치기)'로 설명하고 있어서 下役은 '下刈'를 의미하는 것으로 추정된다.

精麥햇다.
炳煥는 本家에 갓다.

<1972년 9월 27일 수요일>
金炯進을 시켜서 기화[기와] 운반햇다.
夏穀 買上 保償用[報償用] 飼料 12叺 受收[收受]햇다.
9月 28日부터는 日計帳[日記帳]을 別冊으로 移記한다.[58]

58 9월 28일 이후의 별책 일기는 분실되었다고 한다.

1973년

<내지1>

農事 메모

三月一〇日 麥 追肥 菅理[管理]
三月十五日 桑田 肥培 菅理
五月一日 水稻 苗板 設置
六月十日 夏麥 脫穀
六月十五日 移秧日
七月五日 桑田 夏肥 菅理
九月十日 精米 始作
一〇五日 麥 播種 收학期

<내지2>

1973年度

歲出豫定表

1. 家用下 700,000 食糧 衣服 饌代 家具 官婚[冠婚] 酒類
2. 肥料代 50叺 35,000
3. 教育費 300,000
4. 人夫 賃 100名 50,000
5. 雇人 年給 110,000
6. 工場 油類附屬代 150,000
7. 雜支出 20,000
8. 婚禮費 200,000

1,555,000

<내지3>

一九七三年 一月 一日 새아침 崔乃宇 謹呈(印)

<내지4>

1973年度 事業計劃 要指[要旨]

歲入

成豚

6頭 600斤×160=96,000

成農牛

1頭 180,000

小牛 80,000

豚兒

8頭×5,000=40,000

工場

精麥 60叺×4,000=600,000

白米 賃料

60叺×10,000=600,000

農穀

籾 170叺×5,000=850,000

被麥[皮麥] 50叺×4,000=20,000

雜收入 25,000

養蠶 20枚×20,000=400,000

總歲{入} 2,711,000

<1973년 1월 1일 월요일>
1972年 가고 새아침이 되엿다.
過年度을 回考[回顧]한니 農業 工業 蠶業 畜産業 其他 副業状況을 黙念해본바 60年代 後 最高로 多事多忙 해로 본다.
業務上 所得은 全部 60%線쯤인 듯.
農産物 收護期[收穫期]에 天候가 不順해서 夏季에는 麥穀을 만히 부패시키고 秋季는 秋穀을 부패시켜 不安햇다.
只沙 金漢來 結婚式에 參席햇다.

<1973년 1월 2일 화요일>
只沙面 金翊鉉 氏 宅에서 投宿햇다.
아침에는 朝食을 마치고 漢實을 시서[시켜] 種籾 2叺 (사도메누리)을 牛車에 上車하야 所在地에 보냇다. 택시便에 利用해 오수 通運에 託送햇다. 집에 온니 밤 6時엿다.
밤에는 鄭鉉一 집에 간다. 束綿[束金]稧日 有司는 鉉一인바 不參으로 未安하다 햇다.
사도메누리 種子는 肥料 堆肥을 多量하되 農藥은 殺蟲濟[殺蟲劑]만 하고 균제는 하지 안함.

<1973년 1월 3일 수요일>
밤새에 내린 눈은 4寸가 너멋다.
終日 寢室에서 讀書만 햇다.
밤에 鉉一이가 招請햇다. 用件는 爲親稧 打合이엿다. 7日 全員 參席 下에 打合키로 하고 온바 契穀은 約 16叺쯤. 1人當 3斗식 分配키로 言約하고 왓다.

<1973년 1월 4일 목요일>
重宇 貳男 生日 놀{자}고 招待햇다.
昌宇 집을 단여 今日도 終日 寢室에 投宿햇다.

서울에서 鄭弘集 氏 新年人事狀이 오고 洪吉杓 崔宗仁 氏 왓다. 그러나 鄭弘集 氏는 不知者다.
種籾 2叺는 到着햇다.
成樂은 成東을 同伴해서 全州 下宿집에 食糧 및 所待品[所持品]을 가저 보냇다.
1973年度 事業計劃을 求思[構想]한바 完全設計는 未想[未詳]이엿다.

<1973년 1월 5일 금요일>
午後에는 精米햇다.
金彩玉이는 米 1叺代 9,800원 가저왓다.
成吉이 來訪햇다.
밤에는 先考 祭日이엿다. 飮福을 맞이고 崔完宇 말이 낫다. 完宇는 昌宇 말에 依하면 日後에 宗穀을 가지고 따저본다고 햇다고. 不良者엿다고 햇다.

<1973년 1월 6일 토요일>
寶城宅 條로 白米 10叺을 錫宇에 支出햇다.
成吉은 代金을 주기로 하야 2叺을 보냇다.
精米햇다.
夕陽에 손님이 오시엿다. 婦人인바 崔鎭鎬 照介[紹介]로 婚談次 왓는데 處女는 山西面 雙吉里[59](매암수) 柳 氏라 햇다. 年令[年齡]은 22歲라고 햇다.

<1973년 1월 7일 일요일>
日氣는 不順한데 뻐스 便으로 山西面 雙季里에 갓다.
1行은 鎭浩 內外가 同行되엿다.
中食을 맞이고 處女을 觀選한바 普通이엿

59 장수군 산서면 소재 쌍계리(雙溪里)의 오기. 1월 7일 일기의 雙季里와 동일 지명.

다. 言約은 1月 11日 초빙햇다.
曾祖考 祭日인데 집에 온니 밤 10時엿다.
大宅에 간바 炳赫 氏도 오고 成吉이도 參席햇다.
成奎 關係를 成吉에 말한바 不應햇다.

<1973년 1월 8일 월요일>
아침 食事는 成奎 집에서 맞이고 面에서 有志會議에 參席햇다.
案件는 秋穀收納의 件이엿다.
只沙에 種籾代 萬원 送金햇다.

<1973년 1월 9일 화요일>
精米하고 벼 작석하데 20叺엿다.
本人 精米 20叺하고 安承场 9叺 債務 理整[整理]햇다.

<1973년 1월 10일 수요일>
精米햇다.
面長이 來訪햇는데 未安햇다.
벼 20叺 작석해서 車便에 보냇다. 그러나 乾橾[乾燥] 不良으로 退햇다고 햇다.

<1973년 1월 11일 목요일>
午前 中 精米 中인데 山西面에서 觀選하려 왓다.
婦人 2名 男 2名이 왓다.
中食을 待接하고 있으니 成曉가 왓다.
處女 便에서 承諾한바 最終 結定[決定]은 處女 總角에 있다 하고 1月 21日 南原에서 面談키로 하야 作別햇다.
夕陽에 嚴俊祥 氏에 招請햇다.
알고 보니 土地賣買契約 作成. 邑內宅 畓을 嚴俊祥이 買受人이 되엿다.

<1973년 1월 12일 금요일>
午後에는 精米햇다.
炳列 堂叔이 단여갓다.
求禮 外叔母게서 別世. 人便으로 連絡이 왓다. 明日 가겟다고 傳햇다.
白康善 氏 宅에서 招待햇다. 白康俊 氏도 參席햇드라.
康俊 氏는 金南介 林澤俊을 支的[指摘]해서 不安스럽게 말햇다.
成奎는 村前畓 4斗只 賣渡한다고 햇다. 柳正進은 사겟다고 햇다. 貸價는 60叺라고. 正進은 56叺에 買受해달아 햇다.

<1973년 1월 13일 토요일>
求禮 外家에 出發햇다.
明年 小祥은 陰 12月 7日이 小祥으로 본다.
昌宇와 同伴해서 外叔 宅에 갓다.
終日 밤에까지 철애[철야]했다. 밤에 놀다 보니 翌日 새벽 5時엿다.

<1973년 1월 14일 일요일>
放光里[60]에서 姨叔 正複 父子도 弔問하려 왓다.
出喪한데 午後 2時에 끝낫다.
出喪 卽時에 出發 집에 온니 밤 8時 30分이엿다.

<1973년 1월 15일 월요일>
精米햇다.
夕食을 맞이고 있으니 大宅 형수가 오라 햇다. 가보니 成康 母子 형수 질부도 잇드라. 成曉 婚事을 깻다고 햇다. 기분이 不安햇다. 理由는 少室이 잇다니 處女가 如何

60 전라남도 구례군 광의면 소재.

일이 잇다 해도 못 가며 시금을 제피고[식음을 전폐하고] 잇다고 寧川에서 들엇다고 그려면서 취할 데가 못되고 백장촌[백정촌]이라 햇다.
寧川 간 것은 무슨 理由로 갓소 햇다. 단니로 갓다고 햇다. 몃칠 전에 消息도 알고 또 破婚이 된다 해도 仲介人이 있는 以上 其 仲介人이 往來해서 따지지 형수가 그려 심부름할 피로[필요]는 업지 안소 햇다. 행동이 백장 갇으니 편지해 보겟소 하고 왔다.

<1973년 1월 16일 화요일>
※ 尹鎬錫 債務 元利 11,000원 償還햇다. 成奎에서.
아침에 館村 侄婦[姪婦]가 왔다. 用務는 어제 밤 9時頃에 只沙 方鷄里에서 崔龍鎬 母에서 電報가 왓는데 成曉 婚事로 依한 件이라고. 今日 午後 1時까지 成曉을 帶同하고 方鷄로 오라는 電報라고 成吉이가 聽取햇다고 便紙을 가저왓다.
어제밤 成奎 집에서 형수와 氣分이 조치 못한데 안침[아침]에 그와 갖이 連絡이 오자 不安해서 書面을 짝 찌저버리고 말앗다.
終日 農園 農곡 精米햇다.
成奎는 제으 農耕地 大里 安 氏와 賣買契約한다고. 하라 햇다.

<1973년 1월 17일 수요일>
아침에 成奎 집에 갓다.
間夜에 祭祠[祭祀]라면서 兄嫂가 드려오라 햇다.
朝食은 맞이였으나 或 婚談을 말할는지 念慮햇다. 말하지 안해서 왓다.
成奎가 왓다.
大里 安 氏 新洑坪 4斗只 完全히 賣渡한 바 55叺인바 今年 화리로 5叺 控除하고 50叺 찻기로 햇다고 햇다.
雜種金 84,470원 會計햇다.
韓正石 氏 집에서 中食햇다.
夕食은 昌宇 집에서 하고 밤 9時 30分에 왓다.

<1973년 1월 18일 목요일>
朝食 後에 成奎가 왓다.
殘金 5萬원 가저왓는데 소석회 20叺代 8,000원을 주엇다.
大里 炳赫 堂叔 移事[移徙]한 데 參席햇다.
成英 便에 成曉 移動 件을 書面으로 成英便에 郵送햇다.
밤에 成康 집에 있으니 崔永鎬 母하고 兄수가 왓다.
婚談을 말하기에 冷待하면서 1旦 氣分이 不安한데 理由 업소 햇다.
그려면 조타고 하고 떠나버렷다.

<1973년 1월 19일 금요일>
어제 밤에 永鎬 母에 不快햇든바 밤을 우리 집에서 잣드라.
아침에 大宅에 喪亡[朔望]인데 갓다.
成吉이도 오고 永浩 母가 왓다. 婚談은 말 안키로 햇다.
工場에 精米機 出口을 成曉가 빼갓다.
精麥만 햇다.
大里에서 白米稧日인데 精米 中止令이 내리여 白米을 운반 못햇다.
요성[용성]인비 20袋 8仟원 成奎에 會計 完了햇다.

<1973년 1월 20일 토요일>
아침 일직이 鄭九福 11,500 牟潤植 24,000

丁九福 11,500 奉南 氏 計 47,000원 債務 完了해 주웟다.
鄭圭太 酒代 外上代 우리 舍郎에서 萬원 支拂햇다.
鄭圭太가 招待햇다. 外上代를 주웟든니 그련지 술 한 잔 주드라.
午後에는 讀書만 햇다.
밤에는 改發委員會義[開發委員會議]에 參席햇다.
案件는 公課金 負課[賦課] 새말을[새마을] 農路改設 改修 電話事業 73年度 共同作業班 組織 農地카-드 作成의 件이다.

<1973년 1월 21일 일요일>
朝食 後에 成東이와 精米機 改修햇다. 新精米機 入口를 成曉가 빼다가 面長에 준 지後[之後] 生産者들이 精米하자고 재촉이 深[甚]하야 不得히 違反햇다.
終日 精米햇다.
大里 安 氏가 藥 20첩 가저왓는데 5,600원이라 햇다.
成奉는 全州에서 왓다. 김치 가저려 왓다.
成樂 用金 成奉 成英 車비 600원을 주워 보냇다.
※ 밤에 海南宅에 갓다. 債務 整理한바 줄 돈이 236,550원이고 내가 밧들 돈이 20,600을 除 215,950원인데 20萬원는 延期키로 하고 15,950원은 오는 26日 會計해드리기로 하야 20萬원 契約書을 해 주고 왓다.

<1973년 1월 22일 월요일>
終日 精米햇다.
夕陽에 只沙面에서 崔永鎬가 왓다. 理由는 成曉 婚談이엿다. 뜻이 없는데 지사랑[지사면] 사는 정 氏라는데 무슨 정氏야 했든니 모른다고 햇다. 處女는 26歲인라고 햇다.
뜻 엇다[없다] 그랫든니 내의 母親이 行勢가 무슨 잘못이야 햇다. 行勢가 여려 가지다라고 햇다. 婚談은 以上 말할 것 업다고 햇다.
지사랑이 鄭 氏의 뜻이 엇떠야고 물엇다.
生覺해 보마고 햇지만 뜻이 없어 미루웟으나 全然 그 분들은 相對하고 십지 안햇다.

<1973년 1월 23일 화요일>
早起해서 夕陽까지 終日 精米햇다.
安承均 氏 宅에서 新洑 會計 탓다. 1{斗}落當 役量비 籾으로 2.5斗식 水門代 되當 100식 決議햇다.
鄭九福 氏가 夕陽에 술 한 잔만 덕자[먹자]기에 圭太 집에 갓다.
南原 金宗燮 畓 6.5斗只 買受할 터이니 中介[仲介]해달아고 햇다. 九福 3斗 5 梁奉俊 3斗只라 햇다. 先金 參萬원 주면 단여오겟다고 햇다.

<1973년 1월 24일 수요일>
終日 비는 내렷다.
崔瑛斗 氏 長女 結婚한데 主禮를 해달{라}기에 갓다.
비는 와도 里民는 만히 왓다. 간단하게 끝냇지만 約 1時間이 걸이엿다.
安 生員과 任實에 갓다. 鐵工所서 水門을 맞인데 8仟에 맛기고 契約金 2仟원을 주웟다.

<1973년 1월 25일 목요일>
10時頃에 張判同을 同伴해서 南原에 金鍾攝 집에 갓다.
때마침 主人은 大田에 갓다고 不在中이엿다. 中食을 하고 극장에 갓다.

夕食은 鍾攝 집에 하고 7時쯤 왓다.
農地는 82叺에 契約하고 契約米는 9,700원代로 하야 48,500원을 주웟다. 契約은 崔乃宇
가 買受人이 되엿다.
그러나 鄭圭太하고는 12叺 5斗로 해서 85叺에 言約햇다.
10時 急行으로 온바 집에 온니 12時 20分이엿다.

<1973년 1월 26일 금요일>
早起에 鄭圭太가 왓다.
어제 金鍾攝 氏 農地 買賣에 對하야 設明[說明]햇다.
龍山里에서 康榮錫이가 同席햇다.
알고 보니 圭太가 買受者가 안니고 康榮錫인 듯싶으드라.
張判同에서 契約書을 내노왓다.
王炳煥 年給 白米 10叺을 父에 引게[인계]햇다.
終日 舍郞에서 讀書햇다.
밤에 改발會議에 參席햇다.
新舊里長 事務 引게之事인데 約 新任者로써는 半年 만에 引게한다 햇다.
힘도 안니 나고 지저분햇다.
未結[未決]로 하고 散會햇다.

<1973년 1월 27일 토요일>
新聞에서 본 今年度 벼 種子 品目 全國 地域別 適性品은 다음과 갓다.
全北 適性品
8個 品種 1. 農白種 ○[61]八纊[八紘] 萬頃시로가네 아기바레 ○사도미노리 農林1號. 그러데 本人는 八個 品種에서 八紘 사도미노리을 選澤[選擇]하고 싶다. 그래서 旣히 사도미노리는 準備되엿는데 此는 堆肥 金肥가 多量으로 投入하고 移秧 時는 5-8式으 移秧하야 하면 成品 中生種이라고 들엇다. 成長率은 저근 편이다. 八紘種은 數年 햇는데 普通種으로 본다.
龍山里에 牛車로 梁莫同 外 2人이 방이[방아] 찌로 왓다. 어쩌면 昌坪里로 왓는야 햇다. 驛前 黃奉石 방아깐은 不正이 잇다고 하면서 精麥 당구에다 호스를 대고 玄米를 만히 빼먹는 것을 發見하{고 보니} 도저히 못 가겟다고 햇다.
山西面 社上里 金翊鉉 氏에서 편지 왓다. 돈도 잘 밧앗다고 왓다. 婚談은 德果面 德村里[62] 金현랭에 편지해보라 햇다.

<1973년 1월 28일 일요일>
終日 精米햇다.
夕陽에 龍山里에서 康榮植 氏가 왓다.
金鍾燮 畓 賣渡代 54叺 9,700식=523,800을 領收햇다.
다음은 康榮植으로부터 내의 治下金[致賀金]이라 해서 4,000원 받앗다. 旅비 700도 밧앗다.

<1973년 1월 29일 월요일>
아침에 張判同을 오라고 햇다. 金鍾燮 土地 54叺代 523,800원을 받은바 51叺代 494,700원만 南原에 가서 주기로 하고 殘 3叺代는 判同에 14,550을 주고 本人이 14,550원을 收入햇다.

61 본문의 '0'표는 저자가 마음에 둔 품종을 표시한 것으로 보인다.

62 남원시 덕과면 덕촌리.

<1973년 1월 30일 화요일>
終日 精米햇다.
밤에는 圭太 집에서 논바 圭太는 말하기를 龍云峙 朴根萬이는 家産을 放賣해도 此人의 債務가 理定[整理]을 못 본데 하루면 10餘 名식이 졸아댄다고.
해남宅이 왓다. 해남宅도 20餘 叺이데[叺인데] 띠인[떼인] 듯싶다고 햇다.
康榮植이가 왓다. 全額을 다 주어야 印鑑을 내주다고[내준다고] 햇다.

<1973년 1월 31일 수요일>
嚴俊祥 外上代 4,010원인데 새{끼} 3玉代 450원 除하고 3,580원 會計 完了햇다.
終日 精米햇다.
生覺지도 못햇는데 龍山里에서 방아를 찌로 왓다.
밤에 支署에서次席 外 1人이 왓다. 舊正에 繕物[膳物]을 要求. 3仟원을 주라고.
成奎에 倭任[委任]햇다.
成康이는 館村에서 成吉이가 오라 햇다.
갓다 온바는 2月 9{日}까지 願書 提{出}코 2月 16日은 光州에서 應試하고 發表는 2月 27日{이}며 講習은 6개월인데 4月 1日부터엿다고 들엇다.

<1973년 2월 1일 목요일>
丁基善 白米 債務 本子[本資] 利子 해서 13叺인바 本子 10叺만 尹鎬錫 氏에 넘겨주고 利子 3叺은 今年 秋收 後에 주기로 約束햇다.
任實에 갓다. 鄭大燮 外上代 4,000 鄭圭太에 보냇다.
南連 氏에서 韓文錫 債務 107,200원 밧고 鄭圭太 立會 下에 文錫 婦人에 會計 完了햇다.
王炳煥은 歸嫁한바 年給 殘金 8仟원 주워 보냇다.

<1973년 2월 2일 금요일>
午前 中에 精米햇다.
本署에서 왓다. 危險物 取扱 許可證을 가지고 왓다. 金 壹仟원을 주워 보냇다.
成奎에 萬원 取貸하고 朴成洙에서 萬원 〃 햇다.
해남댁에 15,900원 會計하고. 圭太 집에서.

<1973년 2월 3일 토요일>
陰曆 舊正이다.
大宅에서 歲事을 들이고 終日 弔問客을 答禮햇다.
成曉 親友가 3名 왓다.
成東 親友가 成康 집에 왓다.

<1973년 2월 4일 일요일>
마을 喪家 4家을 禮訪햇다.
夕陽에 成奎 집에 갓다. 만흔 弔客이 왓다.
成康이는 工夫는 하지 안코 동무들과 갗이 놀어단닌데 氣分이 不安햇다.

<1973년 2월 5일 월요일>
어제 夕陽에 내린 비는 今日도 終日 가금 내리엿다.
尹南用 母가 왓다. 家事 및 土地移轉登記에 對한 打合이엿다.
終日 舍郎에서 讀書햇다.
中食 時에 昌宇 內外 英淑 母가 왓다.
밤에 鄭圭太가 招待햇다. 具道植이도 왓다. 갗이 接待을 밧고 왓다.
洞有林 地番 調査한바 約 6.25畝엿다.

<1973년 2월 6일 화요일>

15日 16日 ① 2月 4日 立春日
13 14 2月 9日 試驗 接受日
② 2月 13日 中學 추첨일
③ 2月 15日 成康 光州行
2月 16日 成康 試驗日
④ 〃 〃 崔辰宇 移事日
⑤ 2月 17日 成奉 卒業日

2月 中 메모 豫視表
2月 4日 立春日
2月 9日 試驗願書接受 磨勘日
2月 13日 中學入試 추첨日 成奉
2月 15日 成康 光州에 試驗次 出發日
2月 16日 〃 〃 서 試驗보는 날
2月 16日 辰宇 移事日
2月 17日 成奉 卒業日

成康이는 成吉에 願書 提出次 갓다.
終日 舍郞에 있엇다. 夕陽에 成奎에 林野 買賣 付託햇다.

<1973년 2월 7일 수요일>
成康이는 願書 接受한다고 試驗費 2仟원을 주워 接受하려 보냇다.
日時가 추워 外事를 抛棄햇다. 終日 舍郞에서 休息햇다.
成樂이는 全州에 가라 한니 午前에는 가지 안코 잇다 夕陽에야 간바 시려한 듯햇다.
답〃햇다.
鄭圭太 집에서 崔今石은 文京 母와 쌀契한바 年〃히 소 3마리 너준바 現在 本子만 준다 하며 桐亭里에 가면 林天圭 婦人는 착이라[착하니] 婦人 조르지 말아 한니 3人이 짜고 한 일이라 햇다.

<1973년 2월 8일 목요일>
終日 舍郞에서 讀書만 햇다.
成吉이가 왓다.
成康이는 今日 願書 내려간다고 路上에서 맛낫다고 햇다.
에제[어제] 提出한바 兵役未畢로 依한바 兵役證明을 正訂[訂正]해서 가는 길이라고 햇다.
날시 취어서[추워서] 計劃을 변경 中止햇다.

<1973년 2월 9일 금요일>
前 山林組合 常務 河聲喆 氏 來訪.
任實驛前 金彩玉이 來訪.
밤에는 圭太 집에서 놀다 본니 밤 11時 30分.
嚴萬映은 밤에 嚴俊峰에 욕을 퍼붓는데 理由는 養蠶組合에 關한 件이엿다.

<1973년 2월 10일 토요일>
終日 새기 꼬왓다.
밤에는 里 會議을 한바 主 案件은 洞有林 賣渡 處分이엿다.
그려나 賣渡함은 確實 決定되엿으나 價格 問題가 難한데 進進委員會[推進委員會]에 委任햇다.
成東을 시켜서 白米 2叺을 市場에 賣渡해 왓다.

<1973년 2월 11일 일요일>
愛煙家라 햇다.
새벽 4時에 起床하면 아침까지 담배는 4, 5개는 普通 태운다.
月이면 담배 約 2仟원쯤이 든다.
今日는 담배도 업고 돈도 업다.

外上으로 사려간 바 主人도 업다.
할 수 없이 이쯤 되면 담배를 끈겟다고 決心햇다.
朴成洙 債務 萬원 朴仁培 便에 보냇다.
終日 새기 꼬다가 昌宇 집에서 오라 햇다. 가보니 개을 잡고 술이 있서 夕陽까지 놀다 왓다.

<1973년 2월 12일 월요일>
아침 成奉 便에 6,000원 주웟다. 成樂이 冊代 1月分 방세라고 햇다.
支署에서 郭 氏가 왓다. 工場日誌 記載事項에 對한 要務엿다.
牟潤植 氏 말이엿다. 自己 婿가 畓 4斗只을 산다고 햇다. 그렬 것 없이 내의 畓 6斗只 사라고 햇다. 모지라면 殘米는 債務로 讓步하겟다고 햇다.

<1973년 2월 13일 화요일>
날시는 봄날이 적실햇다. 田畓을 두려보니 보리는 春色이 들엇다.
이발을 1個月 만에 햇다.
아침에 故人의 兄 生日이라고 햇다. 朝食을 間單[簡單]히 맞이고 왓다.
成東은 牛車로 堆肥 운반햇다.
밤에는 金太鎬 氏 招請햇다. 參女 婚禮 答禮次엿다. 5, 6人이 모엿다. 놀다 오니 밤 10時 30分.
白康善 氏 來訪햇다.

<1973년 2월 14일 수요일>
牟潤植과 裵明善 土地 賣買한바 39叺에 締結코 海南宅 畓 7斗{只}은 裵明善에 賣渡한바 40叺 結定하고 내의 畓 6斗只 84叺 決定하고 契約金으로 9叺代 87,300원을 밧닷다.
해남댁 債務 20萬원 條 白米 20叺 收入으로 完定햇다.

<1973년 2월 15일 목요일>
終日 休息햇다.
金學均 氏 來訪. 白米 14叺 맛토리[마투리][63] 운반해갓다.
金成九 氏 來訪햇다. 飼料 9叺代 4,500인바 2, 600원만 주고 殘 牛車로 69叺을 운반해주기로 햇다.
스레트 1棟 申請한바 萬원 주면 政府에 萬원 融資하고 5仟원 保助[補助]하야 計 25,000짜리 스레트를 준다고 해서 成奎에 萬원 주웟다.

<1973년 2월 16일 금요일>
寶城宅 借用金 49,000원 會計 完了하고 鄭圭太 債務 23,500원 會計 完了햇다.

<1973년 2월 17일 토요일>
館村 姪 成吉 債務 6萬원에 利子 66,500원 會計 完了.
밤에 農樂을 치고 왓는데 술 한 잔식 주워 보냇다.
牟潤植 氏 婿 家屋 1棟 買賣한바 9叺7斗에 契約햇다.

<1973년 2월 18일 일요일>
丁基善 債務 2萬 利{子} 1,500 計 21,1500 [21,500] 完了햇다.
全州에 가기로 計劃한바 洞有林 買賣한다

63 곡식의 양을 섬이나 가마로 잴 때 한 섬이나 한 가마가 되지 못하고 남은 양.(NAVER국어사전/국립국어원)

고 하기에 못 갓다.
밤에 査定委員이 召集된바 嚴柱安 말이 80萬원 以上을 준다 한 사람이 잇다고 햇다. 萬一에 80萬원 以上을 내지 안코 里 公益事에 莫害[謀害]하기 爲해서 헛금을 논다면 그 놈은 養子孫 못할 놈이라 햇다.

<1973년 2월 19일 월요일>
午前 9. 40分에 全州에 간바 萬映과 同行이 되엿다.
許 生員을 訪問한바 不在中. 尹을 맛나고 多佳洞事務{所}에 갓다. 退据申告[退去申告]을 한바 全州 검함동64 523番地 許龍宅으 退居申告햇다.
3, 4日 後면 轉入申告하야 한다고 햇다.
崔在植을 禮訪햇다.

<1973년 2월 20일 화요일>
牟潤植 氏 婿 白米로 條로 해서 明善에서 10叺 引受햇다.
白康善 借米로 1叺 出庫햇다.
昌宇가 왓다. 洞 林野 柳正進이가 산다고. 밭만 40萬원에 산다고. 그러케 돈이 만하며 里民이 柳正進을 爲해서 밭만 40萬원에 팔게 된얏나것다.
牟 氏 白米 12叺개 在庫햇다.
해남덕에서 上地代 白米 10叺 引受햇다.

<1973년 2월 21일 수요일>
白康善 氏가 왓는데 눈치가 달아 보이드라. 康善는 말하기를 嚴俊峰인 듯싶으나 搗精工場을 新設한다는 말을 들엇다고 傳햇다.
崔南連도 보니 눈치가 달이 보이엿다.
勿論 康善이나 南連도 洞 林野가 賣買가 되면 本人의 小作權이 喪失된 데 異議가 잇는 듯햇다.
밤에 成奎가 왓다.
洞有林 關係를 金正植에 무르니 81萬원 以上을 준다고 햇다면서야 한니 全然히 그런 말 하지 안햇다고 하드라고 햇다. 그려면 分明히 俊峰이는 헛금을 놋치 안나 生覺이다. 별 수 업시 時을 기다리면서 俊峰이는 두고 보와야겟다.

<1973년 2월 22일 목요일>
◎ 農牛 交背[交配]햇다.
새 農路 改設한 데 求見햇다.
養老會에서 老人이 招請햇다. 先板[懸板]도 써주고 稧側[契則]도 써주웟다.
午後에는 林長煥 白康善과 同伴해서 新平 孫周桓 {孫周}喆 父 小祥에 參禮햇다.
南原에서 奎宇도 왓드라.
林長煥을 對햇노코 嚴俊峰에 對한 非防[誹謗]을 해주웟다.
끝가지 對決하는데 여려 가지로 理由를 걸머 말하겟다고 햇다.

<1973년 2월 23일 금요일>
成奉을 同伴하고 全州 서울銀行에다 授業料 1期分 8,550원 拂入햇다.
許 生員 宅에 갓다. 轉入申告을 금巖洞다 냇다.
中食은 許 生員 宅에서 하고 왓다.

<1973년 2월 24일 토요일>
終日 讀書햇다.
崔今石이가 왓다.
妹 婚姻申告한데 同本同姓이라고 못한데

64 검암동. 현 금암동의 옛 지명.

社會的으로 物議가 된 걸을 안다.
館村驛에 갓다.
南原에 金宗燮에 電話로 白米 殘 26叺 가저가주라고 햇다.

<1973년 2월 25일 일요일>
終日 嚴俊祥 집에서 놀앗다.
金炯進이는 兒 生日라고 招待햇다.
尹鎬錫이는 金 畿萬[幾萬]원을 要求한바 주지 못햇다.
成樂 成奉은 金巖洞으로 移居햇다.

<1973년 2월 26일 월요일>
鄭九福에서 4萬원 借用해다가 尹鎬錫에 드렷다.
任實에 갓다. 金宗燮을 對面하고 登記도 手續해주고 畓代 26叺도 完了햇다.
尹南龍 條 200坪은 委任狀만 맛고 日後 金萬원을 주면 讓渡키로 햇다.
館村에 갓다.
崔今石 條는 3月 2日에 밧나기로 하야 作別햇다.

<1973년 2월 27일 화요일>
새벽 6時에 大里學校에 갓다.
7時부터 投票하기 始作해서 午後 6時까지 終日 從事햇다.
午後 4時 30分頃에 投票所에서 嚴萬映 宋柱洪 氏와 장난하다 是非까지 발달 崔炳列 氏와 萬映하고 言設[言說]이 發達햇는데 全員이 萬映이 잘못이라 햇다.
理由는 安均燮에 찍어달이기에 그랫다.
五柳里에서 雇人이 왓는데 年給 11叺 中 先給으로 1叺 주고 秋季에 10叺 주기로 햇다.

<1973년 2월 28일 수요일>
終日 休息햇다.
午後에는 尹在成 婚事에 客이 約 10名 내 집에 왓다. 술이 취햇다.
成奎가 왓다.
今夜에 會議한다고 햇다. 나는 不參하겟다고 햇다. 林野 賣渡의 件이라고 햇다.
鄭圭太 氏 1,500 中 1,000원을 주고 500원은 康榮植 條로 會計 完了.
成康 養豚 1頭 27,500 收入햇다.

<1973년 3월 1일 목요일>
尹鎬錫 氏 宅에 단이여서 任實에 갓다.
大宅 祭物 2,200원을 들여 하고 病院에 갓다. 따고 보니 고름이 만이 낫다.
任實驛前에서 스레트을 실코 왓다.
寶城宅에 갓다.
農園 柳東根 白米 6叺 借用해주웟는데 利子 4利로 햇다.
柳京植 婦人 鄭九福 立會下에 갓저갓다.

<1973년 3월 2일 금요일>
崔今石과 갗이 館村에 갓다.
金在栒과 對面하고 今石 妹 結婚屆을 打合햇다.
來 6日에 面會키로 하야 왓다.
任實에 가서 治料[治療]햇다.
蠶室 지붕改良 打合. 7日에 와서 改造해주기로 하야 4,200원 주워 보냇다.
雇人 姜鍾仁 入家햇다.

<1973년 3월 3일 토요일>
造林地區 135町步 苗木은 415,000株인데 1切의 入山禁止區域으로 選햇다. 支署에 卽接[直接] 選定햇다. 밤에 玾作히[갑자

기] 來訪햇다.
全州 德律中學[德津中學] 入學式에 參席햇다. 조용하게 공부는 잘하게 되엿드라.
但任[擔任] 先生任에게 人事드리고 此後에 對面키로 하고 作別햇다.
桑田 肥培 管理.
麥畓에 第一次 施肥햇다.

<1973년 3월 4일 일요일>
朴成洙 取貸金 15,000 支出
崔成奎 〃 10,000 〃
黃在文 고지로 4斗 + 1斗 + 2斗 5 = 75升 支拂햇다.
桑田 肥培 管理 麥 土入햇다.
午後에는 山林 罰側[罰則]에 對한 會議가 있엇다. 支署主催.
成奉이 왓다 갓다.

<1973년 3월 5일 월요일>
덕진중학교
電話(2) 3662번 서무실
〃 (2) 1796번 교무실
1. 成東을 시켜서 館村에서 木材 및 용마람을 실어왓다.
2. 아침에는 大宅 喪亡日인데 祭物 多少을 차려 드렷다.
3. 雇人 姜 氏는 아무리 生覺해도 今年에 農事에 支章[支障]이 날가 해서 昌宇을 시켜서 보냇다. 2日간 作業한바 日費 1,000을 주웟다.

昌宇을 시켜서 參模 四寸 甥姪을 말햇든니 온다고 햇다.

<1973년 3월 6일 화요일>
1, 今石이와 갗이 館村에 갓다.
2, 金在栒 氏을 맛나서 崔宗洙 婚姻屆을 냇다.
3, 本貫을 慶州 崔氏로 해서 햇다.
4, 任實에 갓다. 반찬 1部 사서 海南宅에 보냄.
5, 崔鍾洙는 말하기를 新田里 金相洙 氏次女가 잇는데 身體健康하야 勞動을 잘하며 人物은 普通이라 햇다. 此後로 미루웟다.

<1973년 3월 7일 수요일>
蠶室 지붕改良作業 햇다.
스레트가 不足해서 朴京洙 20枚 崔六巖 45枚 具道植 26枚
以上과 갗이 取貸햇다.
夕食을 맟이고 技術者와 會計한바
스레드 24枚代
못갑 角木代 35介
技術者 日費 해서 18,220원 中 4,200원 先拂金 除하고 金 壹萬 貳百을 주고 4,000원 殘으로 남기고 갓다.

<1973년 3월 8일 목요일>
終日 舍郎에서 讀書.
正午에는 鄭鉉一 집에 가서 鉉一을 對面햇다.
龍山坪 畓 918坪 賣渡하라 햇다. 斗落當 12叺半式 달아고 해서 다시 왓다. 今石에 말한바 55, 6叺에 買受토록 해달아고 햇다.
黃在文이 시켜서 용마람 作業.

<1973년 3월 9일 금요일>
裵明善에서 2萬원 收金햇다.
今日 業者 月豫會議[月例會議]에 參席햇다.
組合費 1部 3,000
食事 200

制定 約金　　300
成康 條 前條　　500 食事代
꼬리代　　200
計 4,200원 支出햇다.
눈비가 내린다.
공해방지 신청書代 1,100
蠶室 스레트 2棟 本人負擔金 2萬원을 주는 셈이고 萬원 本人負擔 萬원 融資 5仟원은 保助[補助]해서 棟當 25,000원임.

<1973년 3월 10일 토요일>
이스라엘 農業 視察團 100名 派遣員 3月中부터 申請을 받는다.

<1973년 3월 11일 일요일>
黃宗一 萬원 借用.
成東 便에 大里 契米 5叺 운반햇다.
成傑을 데리고 任實 中央病院에 갓다. 진찰하고 藥을 주워서 가지고 왓다.
밤에는 서울 韓相駿 氏에 편지 냇다. 日本에도.
서울 特別市 鍾路區[鐘路區] 清進洞 120의 3 韓國海外開發公社 電話 73-2714-7 社長 韓相駿 氏
日本 東京都 板橋區 小茂振 2-2-21 金仲子方 李斗伊殿이라 햇다.

<1973년 3월 12일 월요일>
해남댁 土地代 條 白米 牟 生員에서 4叺 入하고 해남댁 工場에 保菅[保管] 條 1叺 入. 合計 5叺 收入해서 大里로 成東 便에 金永善 宅으로 보냇다.
牟 生員에서 白米 2叺 取貸하야 重宇 垈地代 支拂 完了햇다.
任實에 成東 牛車을 가지고 갓다.
세멘 15袋 中 10袋代 3,900. 5袋는 外上을 하고 自轉車 修理비 合 5,250원.
밤에 成東 便에 白米 4斗을 주워 全州에 보냇다.

<1973년 3월 13일 화요일>
보리갈[보리밭]을 도라보고 午後에는 牛車 修理하려 갓다.
鄭圭太 便에 韓文錫 債務 2萬원 가저왓다.
庸人 加德里에서 온다고 하더니 그도 틀이엿다.

<1973년 3월 14일 수요일>
◎ 밤에 里 會議席上에서 嚴俊峰에 對하야 非방[誹謗]을 하고 내의 立場을 該明[解明]해주웟다.
李道植氏는 집이고 成東 朴俊祥은 古家을 뜨덧다.
今日 李正浩는 今年 내 집에서 雇人으로 잇겟다고 夕食事을 해는대 年給은 10叺 中 先拂로 15斗을 주기로 햇다.
밤에 里 山林契 總會한다고 햇다.
갈가 말가 不參 可參 如不[與否]을 生覺中이다.

<1973년 3월 15일 목요일>
午前에 成奎 內外와 同伴해서 全州에 갓다.
祭祠 祭物 多少 해가지고 왓는{데} 約 14,500쯤 들엇다.
나는 賻儀로 金 5仟원 보태주웟다.
午後에 4時 50分쯤 집에 온니 養豚 母는 豚兒 11頭을 낫다.

<1973년 3월 16일 금요일>
終日 精米햇다.

日氣는 눈이 내렷다.
李道植氏는 午前 中만 일하고 갓다.
밤에 스레트를 실고 韓文錫이 왓다. 下車中에 成東이도 닷치고 스레트 5, 6枚도 被破損이 나고 福喆 辟[壁]이 너머가고 햇다.
被此[彼此]가 言設이 난바 理解시켜서 보냇다.
鄭圭太는 福喆가 술장사는 말할 것 없다고 햇다고 붕개햇다.

<1973년 3월 17일 토요일>
午前에 任實 中央病院에 갓다.
뒨종이 나서 3日 겨디다[견디다] 못서 간바 칼로 쑤신바 고름이 만히 나왓다.
今日부터 다시 禁酒하게 되엿다.
蠶室 修理한바 불안이 들엇다.
아침에 取貸한 스레트 40枚 鉉一 집에 주고 朴性洙 20枚도 反還[返還]해 주웟다.

<1973년 3월 18일 일요일>
成奉은 3月 29日 試驗 보다고 왓다. 모든 冊代 體育服代 合計 3,565원 주워 보냇다.
◎ 今日 成康이로 因해서 마음이 조치 못햇다.
成奎 집에 간니 成康 外 2人은 장기만 두고 있드라.
今日 支署 勤務日{인}데도 안 가고 있으면서. 나무랫다.
2, 3時이 되니 路上에서 당구을 치드라.
죽고만 싶으드라. 가슴이 드근〃 햇다.

<1973년 3월 19일 월요일>
大宅을 단여서 面에 갓다.
雜穀을 혼食하는데 30%을 석거 먹게 하고 政府糧穀은 再搗精을 못한다고 햇다.
途中에 任實에 中央病院에서 治料하고 오는데 崔東煥을 面談햇는데 母親게서 病患中이라고.
嚴秉建 氏는 日後에 共和堂[共和黨]을 꿈꾼다면서 副知事로 昇進하야 基반을 닥을 模樣이라고 햇다.
海南宅에 土地代 會計하라 햇다.

<1973년 3월 20일 화요일>
◎ 特記
아침에 海南宅 裵明善이 왓다. 土地代 白米 會計한바 84叺 中에서 全部 59叺 收入하고 10叺는 裵明善 앞으로 借用契約하고 工場에 在庫 3叺 現金으로 9,700(1叺) 計 4叺 收入이면 今日現在로 總 73叺 收이고 殘 11叺 整이다.
外從 兄수 가시는데 精麥 2斗 주워 보냇다.
明日 祭祠인데 成奎 兄弟는 딴전 보드라.
내도 집에 와서 終日 作業햇다.

<1973년 3월 21일 수요일>
大兄任 祭日이다.
아침에 무起해서 갓다.
各處에서 客問이 多數 왓다. 崔鎭鎬 內外도 왓으나 未安해서 그런지 한자리에 안기를 꺼러워 보이엿다.
鎭鎬 妻가 婚談을 내기에 此後로 未流자[미루자] 햇다.

<1973년 3월 22일 목요일>
새벽 祭祠를 기내고[지내고] 朝食 後에는 山所에 갓다. 省墓하고 왓다.
南原에서 온 客 前送[餞送]한데 成曉 婚談이 나왓다. 그려면서 本日 處女 宅으로 가자고 햇다. 그러겟다{고}는 했으나 못갓다.

<1973년 3월 23일 금요일>
白康善을 同伴해서 蠶室 修理햇다.
鄭圭太는 生故 들엇다고 햇다.
午後에는 精米햇다.

<1973년 3월 24일 토요일>
裵永植에 土地 10叺 收入 中 7叺는 成奎 條로 柳正進에 넘겨주웟다.
3叺 工場에 入庫햇다.
丁東根에 弔問하려 갓다.

<1973년 3월 25일 일요일>
海南宅이 白米 1叺을 取貸해서 嚴俊映 耕云機[耕耘機]에 실엇다.
桑田에 堆肥 投入햇고 午後에는 精米햇다.
金正植에서 米糠 2叺 買入햇다. 2,000원.
鄭鉉一 氏가 來訪햇다. 票木[栗木] 4, 50 株만 달아고 햇다.

<1973년 3월 26일 월요일>
家屋 庭園 修繕 豫定表
1. 牛 飼料場 부로끄로 쌋기
2. 豚舍 修理
3. 벽담 修理
4. 井戶 修理
5. 工場 세멘 再砂[再沙]
6. 成康 벽담 싹키
市場에서 畜牛 賣渡代 78,000 收入.

館村中學校	15,840
全州高	7,030
〃 湖南社	20,000
黃 氏	11,200
鄭경석	12,700
其他 반찬 合計	73,000원 支出.

鄭圭太 1,000원 取해갓다.

<1973년 3월 27일 화요일>
裵永植 土地 移轉 捺印 完了햇다. 嚴秉圭 代書所에 倭任[委任]햇다.
成曉 積金은 3月 20日字로 完了햇다고 햇다.
金太鎬을 시켜서 부로끄일을 햇다.
鄭圭太 取貸金 1,000원 入金햇다.

<1973년 3월 28일 수요일>
終日 家事에 從事햇다.
靑云洞에 갓다.
鄭圭太을 帶同해서 朴良히 母親에 갓다.
花草 몃 뿌리 말햇든니 感謝히 주시여 가저왓다.
金太鎬 밤까지 일햇다.

<1973년 3월 29일 목요일>
午前 中에 家事整理햇다.
午後에는 本面出身 國會議員 歸鄕報告에 參席햇다.
要忙[要望] 事項에는 電氣事業 干係[關係].
面的으로는 昌坪里가 第一 케스라고 햇다.
參席者는 崔乃宇 丁基善 崔成奎 三人으로 본다.
밤에는 嚴仁子가 와서 治料해주웟다.

<1973년 3월 30일 금요일>
南原稅{務}署에서 稅金을 받으려 왓는데 1,180원 주고 旅비 5百원을 드렷다.
日後에는 子弟가 面에 있다 한니 其 便을 利用하겟다고 갓다.
館村을 (市場)을 단여온데 筆洞에 山火가 낫다.
中食을 맞이고 非常鐘을 처며 現場에 갓다.
調査하고 보니 金判石이가 失火엿다.
郭 巡警이 왓는데 돌여보냇다.

三南製絲工場 原料課長과 人事햇다.

<1973년 3월 31일 토요일>
嚴萬映 氏에서 桑苗木 約 50株 程度 求해 왓다.
家族 全員이 고초가리햇다.
밤에 全州에서 崔元容 氏 成奉 下宿집 主人이 오시엿다.
人事 數次 간바 不在中이라 面談치 못햇다.

<1973년 4월 1일 일요일>
成東은 牛車 修理하려 갈 豫定. 正浩는 똘[도랑] 치로 가고 本人은 桑苗 移植할 計劃이다.
新德 五弓里에서 崔東煥 氏 母喪 訃告 왓다. 午後에는 弔問하려 갓다. 成吉 弔{意}金 갖이 갓지고 갓다. 桑田에 人분 주는데 除外하고 갓다. 그려면 明年 祭日은 陽 3月 30日로 본다.

<1973년 4월 2일 월요일>
9時頃에 全州에 갓다.
全州에서 論山 陽村面 모촌 1區 鄭榮植 宅을 訪問하려 갓는 途中 車 中에서 銀順(泰宇 妹)을 맛낫다. 錦山에 간다고.
榮植 氏 宅에 간바 夫餘 本家에 先考 祭祠에 갓다고 없엇다. 其 婦人에게 金 參萬원을 주면서 榮植에 傳해 주고 束[速]히 便紙하라고 하며 他人에서 月 5分으로 借用햇다고 말해 달아고 하고 집에 온니 밤중.
全州 許今石 氏 집에 들이여 방稅 3, 4 5月分 6仟원을 준바 成樂이는 不在. 外出이 만코 공부도 하지 안음.

<1973년 4월 3일 화요일>
新平中學校에서 反共教育이 있엇다.
署에서 情報課長하고 2, 3名이 參席햇다.
人분은 今日 3日 만에 끝이 낫다.
※ 1972年 1月 19日 宗穀 9叺 8斗 2升 借用한바 利息은 年 2割로 定한바 利本子 合해서 11叺 7斗 8升 4合인바 4月 2日字로 成奎에 7叺을 引渡하고 本人이 4叺 7斗 8升 4合은 今春에 八代 宗員 戶當 2名 程度 豫定으로 八代로부터 五代 祖까지 省墓 旅費로 保管 中이다.

<1973년 4월 4일 수요일>
連日 가무라서 田穀이 被害가 莫深[莫甚]햇다.
今日은 家族이 논에다 물비로[물비료] 주웟다.
牟 生員이 장기질.
日氣는 추웟다.
寶城 堂叔이 오시엿다.
成宇 妻에서 편지 왓는데 成曉 婚談이엿다.
물肥料 주는데 1斗當 50g식 혼합햇다.

<1973년 4월 5일 목요일>
아침에 들에 가보니 물이 내려갓다.
金正植 女息 便에 飼料代 2,200원 주워 보냇다.
植木日이라 햇다.
全州에서 成奉도 왓다.
成樂이는 每事가 으심햇다.
終日 보리밭에 물준데 手足이 언잔햇다.
成曉는 밤에 왓는데 관정 試驗하려 왓다고 햇다.

<1973년 4월 6일 금요일>
陰曆으로는 寒食日이다.
成奎 昌宇 寶城宅 갗이 列車로 廣石에 갓다.
어제 왓다고 炳赫 內外 玄宇 古母[姑母](玄順) 新安宅 約 9名이다.
7代祖 山所에 墓祠[墓祀]를 잡수시고 卽時 成奎 昌宇와 갗이 뻐스로 大田에 妹氏 집에 갖다.
집은 찻앗으나 子息된 사람이 無言하기에 마음이 不安햇다.
妹氏는 旅棺[旅館]으로 案內해서 1泊햇다.

<1973년 4월 7일 토요일>
암침[아침]에 食事를 맟이고 妹와 同伴해서 儒城溫泉에 갓다.
처음 모욕한바 全身이 북드라[붉더라]. 그리고 어지렵다.
中食을 집에서 하고 눈인[누님]이 旅費 五百원식 1,500원 주드라.
高速으로 全州에 왓다. 집에 온니 午後 5時엿다.
丁俊浩 婦人이 債務 16,000원 入金.

<1973년 4월 8일 일요일>
文洞窟[65] 宗山에 票木[栗木]를 植木하기 爲해서 穴을 파는 데 參席햇다.
約 15名 程度엿다.
午後에는 館村에 갓다.
材木 세멘[시멘트]을 成東에 牛車로 실고 왓다.
李正浩는 票木[栗木] 植木한 데 보냇다.

<1973년 4월 9일 월요일>
오날도 正浩는 宗山에 植木하려 보냇다.
午前 中에는 精麥햇다.
午後에는 蠶室 修理햇다.
허리가 좃이 못한데 勞古[勞苦]가 만햇다.
兄수는 五柳里에 處女가 잇다고 보려 가자고 햇다.
請婚者 1. 亭子里 吳 氏 2. 任實邑 朴 氏 3. 둔데기[66] 李 氏 4. 尹 氏

<1973년 4월 10일 화요일>
◎ 아침에 昌宇 弟가 왓다. 尹鎬錫 條 古家 買入代 3叺 中에서 取貸 條 1叺 本日 2叺로 鎬錫 條는 끝나고 會計 完了햇다.
◎ 寶城宅 會計도 3叺 中 1叺는 奉來 條로 해서 柳正進이가 引受햇고 2叺는 本日 寶城宅이 引受햇다.
◎ 成奎 會計는 宗穀 12叺 中에서 柳正進에 奉來로 6叺 주고 工場에서 成東 便에 1叺 주고 計 7叺 會計하고 殘이 5叺인데 此는 今春에 八代 宗孫들 遊람하기로 保留햇다.

午後에 兄嫂氏와 五柳里 侄[姪] 家에 갓다. 處女 觀選을 한바 24歲인데 父가 不在이라고 햇다. 人物은 普通이드라.

<1973년 4월 11일 수요일>
비가 내렷다.
(어제) 大里 崔宗仁 中隊長을 驛前에서 對面햇다.
成康이는 勤務을 元側[原則]대로 못한바 日後에 約 3個月이라는 歲月이 남앗다고 햇다.

---

65 5월 20일 일기 文洞屈.

66 둔덕리(屯德里). 전북 임실군 오수면 소재.

4月 9日 勤務日인데 不參햇는데 11日이나 올는지 모르나 不得히 日後에는 고발하겟다고 햇다.
今日 成康 집에 간니 놀고 잇드라. 禍가 낫다.
鄭敬錫 窓戶紙 皮紙 小麥粉 1,900원 중 1,500원 주고 400원 外上햇다.

<1973년 4월 12일 목요일>
家事 整理. 蠶室도 成東이와 되비[도배] 修理햇다.
論山에서 鄭榮植 氏에서 편지가 왓다.
4月 2日 金 參萬원을 婦人에 傳한바 本人이 不在中이라 未安하다고 하면{서} 잘 受領햇다고 受領答狀이 왓다.
午後에는 桑田 除草하고 夕陽에는 館村에 갓다.
成吉에 단여 農藥집에서 農藥 300m짜리 6병 外上으로 가저왓다.

<1973년 4월 13일 금요일>
아침에 成康 成東이와 是非가 버러젓는데 立場이 難햇다.
終日 桑田 除草햇다.
成吉에서 金 萬원 借用해 왓다.
正浩는 訓練日이라고 햇다.

<1973년 4월 14일 토요일>
午前 中에는 成東과 갗이 桑田 除草햇다.
午後부터는 비가 내려 作業中止햇다.
成奎 母가 왓다.
理由는 成曉 婚談이엿다.
日間 成赫이가 寧川에 간다 한니 기별할거나 하기에 알아서 하라면서 밥우지는[바쁘지는] 안타고 잘아 말햇다.
뜻을 몰으겟다.

<1973년 4월 15일 일요일>
桑田 除草.
任實에 오히루[오일] 揮發油을 求해왓다.
靑云提 契長 選出에 本人이 選定되고 副契長이 安承均 幹事에 鄭泰燮이와 갗이 選出되엿다.
案件은 건양機室[捲揚機室] 修理 및 餘水路[濾水路] 高上을 높이기로 하야 約 16,000 豫算이엿다.

<1973년 4월 16일 월요일>
午前 中에 成東을 데리고 桑田에 農藥을 散布하려 갓다.
몇 時間 散布한바 機械가 中止되자 때 안닌 비가 내렷다.
할 수 없이 午後에는 休息햇다.

<1973년 4월 17일 화요일>
牛車를 利用해서 砂理[砂利] 彩取[採取]하려 한바 日氣不順 又는 川邊이 浸水로 支章이 招來되엿다.

<1973년 4월 18일 수요일>
金太鎬 外 2人이 담싸기[담쌓기] 始作햇다.
大里校長 外 1人이 來訪햇다.
學區 關係인데 有志 몃 분을 보려 왓다고 햇다.
夕食을 待接해서 보내고 日後로 미루웟다.

<1973년 4월 19일 목요일>
支署에서 郭 순경이 왓다.
日前에 山火로 困[因]해서 上部에서 보면 責任上 困難하다면서 現場에 人夫 數 名을 데리고 갓다.
별목[벌목]을 始作햇는데 山主 金休南 氏

子가 왓다. 職務遺기로 警察官을 訟발하겟다고 햇다.

<1973년 4월 20일 금요일>
今日은 穀雨日이다.
種籾 浸種할 計劃이다.
사도메누리 種子 아기바리 種子 해서 90斗쯤 浸種햇다. 畓 約 23斗只엿다.
듯자한니 어제 間夜에 昌宇 집에서 婦人들이 約 10名이 募엿는데 錫宇 妻는 기름을 붓다가 불이 부터 顔形에 火傷을 입고 入院햇다고 들엇다.
今日 求禮에 藥水 먹으러 가려한바 이련 變을 當햇다고 들엇다.

<1973년 4월 21일 토요일>
아침부터 成苑 成英 成玉 成慎 全員이 納付金을 要求한바 3,280원 支出되엿다.
任實病院에 問病하려 갓다.
顔形은 부워서 볼 수 없고 말도 잘 못하면서 눈도 뜨지 못하고 잇드라.
電話로 本署 蒐查係[搜查係]에 댓다.
事故 元因[原因]을 말햇든니 燈油現品 殘量을 가지고 輕傷者을 데리고 本署에 오라 햇다.
午後에는 仁範 母 俊浩 妻을 보냇다.
大里學校에서 校長 外 1人이 왓다.
學區 關係인데 鉉一 宰澤이가 參席햇다.
當初에는 鉉一 崔仁喆 氏와 誤該[誤解]이 잇엇고 다음은 郭宗燁이엿다고 들엇다.

<1973년 4월 22일 일요일>
아침에 듯자하니 安 生員 婦人이 急死햇다고. 實地가 가보니 確實햇다.
喪喪이라고 해서 1部 20名 程度 訃告만 써주웟다.

<1973년 4월 23일 월요일>
喪家에서 書役도 해주고 그럭저럭 햇다.

<1973년 4월 24일 화요일>
喪家에 出喪한 데 參席햇다.
共同墓地로 가기로 決定한바 처음으로 里中央을 据處[거쳐] 간바 音聲을 못 내게 하고 갓다.

<1973년 4월 25일 수요일>
苗床 設置햇다.
夕陽에 成康 집에 간바 새기가 19마리 따린 앞닭[암탉]이 주윗는데[죽었는데] 엽벽이[옆 벽을] 너머가 或 보리밭에 가서 藥이나 먹지 안나 햇다.

<1973년 4월 26일 목요일>
崔福喆이는 아침에 小豚 1頭 가저갓다. 價格은 未定햇다.
鄭太炯 氏에서 豚代 1部 3,000원 入金.
6,000원 鄭九福에서 入金.
裵永植 種籾 4斗 주웟다.
市場에 豚 3頭 가저간바 14,000원에 賣渡햇다.

<1973년 4월 27일 금요일>
金太鎬 日費 2,500원 支出햇다.
李道植 〃 6月分 4,800 〃.
아침 種籾 播種햇다.

<1973년 4월 28일 토요일>
몸이 不便햇다. 終日 舍郎에서 休養햇다.
夕陽에 金亭里 金學均 氏가 來訪햇다.

大里 金鍾澤 氏 外 3人이 來訪햇다.
學區 關係엿다.
日後에 보자고 하고 보냇다.

<1973년 4월 29일 일요일>
外家에 外祖母 祭日이다.
午後 4時 30分 列車로 求禮에 當到한니 7時 10分엿다.
祭祠를 맟엇다.
그려나 祭主 成玉은 喪人이라고 不參하엿기에 나와 任서방집과 갗이 3배를 올이엿다.

<1973년 4월 30일 월요일>
9時에 歸家길에 나섯다.
그런데 姨從妹 願杞는 말햇다.
신경통 지걸 其他 病에는 藥물탕에 가면 完治된다고 햇다.
곳 구례에서 빠스로 화게장터에서 下車코 約 2.5k쯤 가면 잇다고 햇다.
집에 온니 2時엿다.
崔錫宇 火傷事件은 本署 白 경장 責任 下에 治料費만은 全部 負擔키로 하고 事件을 끝냇다고 햇다.
重宇 세멘 부로구 280個 運搬해주웟다.

<1973년 5월 1일 화요일>
宋成用 便에 邑內 尹 氏 洋灰 10袋 3,000원 보냇다.
家屋稅 炳列 氏 便에 3,278원 支拂 完了햇다.
成東 正浩을 데리고 蠶室修理 및 掃除하고 바닥 조이[종이] 바르기 한바 비가 나리기 始作. 밤에까지 오다.

<1973년 5월 2일 수요일>
太鎬 外 2人 재사햇다.

<1973년 5월 3일 목요일>
蠶室 間子 매기

<1973년 5월 4일 금요일>
精麥 精米햇다.
正午에 豚舍을 들여보니 암이[암내가] 난 듯햇다.
成東을 시켜서 牛車로 館村에 보냇다.
交配料는 1,500원이라고.
蠶室 整돈햇다.
消毒만 하면 된다고 成奎 便에 藥을 사러 보냇다.

<1973년 5월 5일 토요일>
精麥한바 本人이 市場化하려 被麥 4叺分 水精麥햇다.
成康 病中에 잇고.
蠶室 修理햇다.

<1973년 5월 6일 일요일>
豚兒 4頭을 市場에 賣渡한 비 16,000원 收入.
精麥 18斗 570원식=10,440원.
鄭大燮 氏 商會에서 鐵 條 4,800원 中 2,000원 支拂함.
宋成用 세멘 14袋 운임 700 精麥 200 計 900원 支拂햇다.

<1973년 5월 7일 월요일>
裵永植 日費 4.5{日}分 1,800 朴俊祥 2日費 800 計 2,600원 正浩 便에 보냇다.
面에 山林契長會議에 參席햇다.
案件는 山林 1濟申告[一齊申告]엿다. 5月 31日限이고.
밤에 成苑 成康이 왓다.
成康이는 宗仁이를 맛나서 除隊如何을 따

지엿다고 왓다.
成苑은 願書 提出햇다고 햇다.

<1973년 5월 8일 화요일>
아침에 圭太 婦人에서 貳仟원 가저왓다.
食後에 成苑과 同伴해서 全州에 갓다.
約 1時가 지나니 面會者가 왓다. 接授[接受]費 3,000원을 주웟다.
金承福 張錦模 氏엿다.
任實病院에 問病하고 오는 途中에 韓文錫 氏 禮訪하고 왓다.

<1973년 5월 9일 수요일>
成吉에서 金 參萬원이 張榮求 便에 왓다.
終日 蠶室 消毒한데 호로마린과 네호피피에스를 二重으로 햇다.
裡里에서 許俊晩 母가 來訪햇다.

<1973년 5월 10일 목요일>
陰 4月 初八日.
休日라고 햇다.
蠶室 消毒하면서 그럭저럭햇다.
夕陽에 윳을 논데 鄭太炯 氏가 화를 냇다.
成曉는 셋밧트犬 1頭을 가저왓다.

<1973년 5월 11일 금요일>
韓文錫 氏에서 15萬원 借用햇다.
市場에서 鄭圭太 1,800원 주웟다.
金成玉을 面談하고 술 한 잔식 먹고 왓다.

<1973년 5월 12일 토요일>
任實邑에 갓다.
言約햇던 金承福을 接見햇다.

<1973년 5월 13일 일요일>
◎ 아침에 母豚의 交配햇다.
館村 3구에 가서 1,000원 주웟다.
館村 農藥집 藥 外上代 3仟원 주웟다.
親睦契 有司인바 契員 全員과 婦人까지도 募엿다.
밤 12時까지 내 집에서 잘 노랏다.
成苑은 오날 試驗日인데 8時頃에 갓다.
成東은 麗水에 간다 해서 1,500원 주워 갓다.

<1973년 5월 14일 월요일>
具道植 氏에서 招待햇다.
알고 보니 母親 祭祠라고.
婦人이 人象[印象]과 行動을 보니 氣分이 맞이 안하드라.
成東은 아침에야 왓다.

<1973년 5월 15일 화요일>
終日 집에서 長작 빠갯다. 手足이 불키엿다.
夕陽에 成苑은 13日 試驗 決課[結果]을 알아보고 왓는데 合格되엿다고 햇다. 그러나 今般 應試 %는 1%인데 女子는 成苑뿐이라고 햇다.
雇人 正浩는 正期[定期] 訓練日.

<1973년 5월 16일 수요일>
成苑은 明 17日 面接試驗에 對備하기 爲해서 卒業證明書 健康珍단[健康診斷] 求備[具備]하려 全州에 갓다.
任實郡에 갓다.
內務課長을 禮訪하고 行政係長도 禮訪하고 每事을 잘 보와 주시라고 人事햇다.
驛前에서 面長도 對面한바 成苑은 本面에 오면 좃타고 햇다.

<1973년 5월 17일 목요일>
一. 成苑은 面接試驗 보러 갓다.
二. 成曉 母들은 館{村}中{學}校에 어버이日로 招請해서 갓다.
三. 全州에서 朴完成 氏가 來訪햇다. 理由는 林野登錄이엿다.
四. 宋成龍 氏에서 招請햇다.
五. 寶城 堂叔이 왓다.
理由는 尹鎬錫 崔瑛斗에서 봉변을 당햇다고 햇다.
瑛斗을 맛나서 내의 體面을 보드래도 寶城宅에 한부로 햇나 하고 말햇다.

<1973년 5월 18일 금요일>
精米햇다.
午後에는 桑田을 돌아보니 桑葉이 不良햇다.
靑云洞 金昌圭에 犬 4,500원에 賣渡햇다.

<1973년 5월 19일 토요일>
春蠶 8枚 掃立햇다.
鄭圭太 外上代 16日 市場에서 1,800 今日 5,200 計 7仟원을 會計함 셈이다.
任實郡廳에 갓다.
成苑은 最終으로 合格公告가 붓텃드라.
29日까지 寫眞 7枚 印章을 持參하야 登錄을 마치라고 햇다. 行政係長을 面談하고 付託햇다.
朴判基 氏을 對面하고 立酒 한 잔식 노누고 왓다.

<1973년 5월 20일 일요일>
日曜日인데 成奉이가 왓다.
白元基 係長이 왓다.
成奎을 시켜서 林野登錄을 시켯다.
連山 谷城 文洞屆 3筆{地}이엿다.
韓云錫을 시켜서 체양을 修理햇다.

<1973년 5월 21일 월요일>
全州에 갓다.
金承福 李玹器 氏와 面接하고 中食을 갗이 햇다.
湖南蠶具社에 갓다.
蠶網(稚蠶用)을 求하려 간바 品切이라 그대로 왓다.

<1973년 5월 22일 화요일>
黃在文 氏 日費 會計한바 내가 받을 것이 3,750 在文 氏가 낼 것이 2,900인데 差異는 850원하고 200원 더 주고 帳簿에 1,050원 記入햇다.
第一次 苗代 피살이 햇다.
養老會員에서 招請햇다. 金 200원을 너코 갓다. 잘 待接을 밧고 왓다.

<1973년 5월 23일 수요일>
精米工場 掃地햇다.
稚蠶은 第一次 잠자리에 들엇다.

<1973년 5월 24일 목요일>
館村驛에 갓다.
침木 한 개을 要求했으나 名日 夕陽에 오라고 햇다.
成苑은 郡 公務員登錄하려 갓다.
全州에서 왓다고 하면서 成苑之事로 왓는데 金承福 氏는 故意로 面會謝絶한다고 햇다.
驛 康公錫 氏에서 친목[침목] 주워서 成東正浩에 시켜서 리여카에 실이엿다.

<1973년 5월 25일 금요일>
成曉는 말햇다.
月給 手當 해서 25,000원쯤 된데 現在 元泉里에 1般民 公務員 金稧을 加入한바 2口座을 들엇다고 하고 今年 11月에 拾萬 찻고 明 6月에 拾萬원 찻기로 하고 來 6月에는 積金 1口{座} 하겟다고 하면서 今冬에 제의 結婚 時는 제가 約 貳拾萬원을 準備할 터이니 念慮 마시요 햇다.
成康이는 15日 만에 敎育을 맟이고 밤에 왓다.
丁基善 氏에서 金 五萬원 借用햇다.
全州에 갓다 오는 길에 任實에 反共大會에 갓다.

<1973년 5월 26일 토요일>
1/73期分 營業稅 1,100원 成曉 便에 託金햇다.
脫穀機 2臺를 運搬해서 館村驛前 鐵工所에 修理하려 간바 全部 點檢하고 五仟원에 맛기엿다. 期日은 6月 31日로 定하고 왓다.
成苑은 全州에 가고 成康이는 館村에 契員 野遊하러 갓다고 햇다.

<1973년 5월 27일 일요일>
白康善과 工場에서 메다루 修理.
成樂는 3,700과 食量 3斗을 가지고 下宿집에 갓다.
嚴炳洙가 왓는데 林野登錄인데 成奎가 不在中이라.
듯자한니 麗水에 求見하려 갓다고 햇다.

<1973년 5월 28일 월요일>
새벽부터 비가 내리엿다.
蠶室에서 第二次 피〃에스 消毒에 들어갓다.
崔泰宇 玄谷里 林野 郵便으로 郵送登錄햇다.
雇人 李正浩는 病이 낫다고 本家로 갓다.

<1973년 5월 29일 화요일>
成東에서 들엇다.
어제 正午에 집에 간 正浩는 밤에 成東이가 가서 食事하게 가시자고 한이까 間밤에 잠을 못 잣다고 하면서 자네 집 일이 벅차니 내가 살 수 없고 金相燁이도 놀고 잇는데 代身 들어가게 할가 한다고.
처음에는 한 번 벌어볼가 해서 들어간바 복잡하다고 햇다고 들엇다. 今日 現在 2개月 15日.
밤에 李正浩 崔完宇 昌宇 鄭圭太 立會下에 不良한 놈이라면서 大端히 충고햇다.

<1973년 5월 30일 수요일>
圭太 집에 단여 程月里 權仁錫에 갓다.
王炳煥 父子을 맛낫고 雇用할 수 잇느야고 무럿다. 6月 1日 市場에서 맛나기로 하고 作別햇다.
邑에 온니 朴完成 崔鎭浩을 맛나고 還談[歡談]햇다.
밤에 집에 온바 養蠶處女 屯南面에서 郭二勳 長女 外 3名이 入家햇다.

<1973년 5월 31일 목요일>
第三次 蠶寢에 들엇다.
女人들은 田 除草하려 갓다.
韓 生員 便에 油類 5드람代 26,500원 託金햇다.
鄭京錫에 小麥粉 1袋 효주 1箱子代 3,550 중 2仟원 入金시켯다.
午後에는 病院에 가서 눈을 治料햇다.
處女들은 今日부터 作業 始作햇다.

<1973년 6월 1일 금요일>
任實邑에 갓다.
尹在燮 氏 기름 5드람代 26,500원 주면서 現品은 6들만 내 집까지 運搬해주시라고 햇다.(5,300원식)
王炳煥 父子을 對面하고 今年 雇人을 付託한바 年給은 9叺에 決定하고 6月 3日에 入家키로 하고 왓다.
郡 蠶業係長 對面하고 왓다.
云錫 집에서 嚴俊祥은 술 한 잔 하자고 하든니 電工하고 시비가 낫는데 嚴俊祥가 봉변을 당하기에 말기엿다.

<1973년 6월 2일 토요일>
村前에서 蠶業者 促進大會가 있엇다. 參席하고 보니 約 150名 程度 募이엿드라. 郡守 署長任도 오시엿드라.
午後에는 本人도 野外서 내의 桑田을 가지고 講議[講義]한데 約 10分 程度햇다.

<1973년 6월 3일 일요일>
昌宇 집 이는 데 간다. 기화[기와]가 不良한데 成赫이가 移향하려 왓다.
午後에는 鄭九福 氏 成造한데 上樑을 써 주웟다.
成曉는 顯忠祠에 求見하려 갓다.
夕陽에 王炳煥 入家햇다.
밤에 親友을 데리고 와서 갗이 夕食을 햇다.

<1973년 6월 4일 월요일>
館村에서 成吉는 金 萬원 보내왓는데 白康一 氏에 白米 돈으로 萬원 주웟다.
成東 炳煥은 桑田 春伐햇다.
蠶飼育處女 3名은 全州에 갓다. 旅費 300원 주워 보냇다.
崔南連에서 白米 3叺代 3萬원을 債務로 가저왓다.

<1973년 6월 5일 화요일>
아침에 成奎가 왓는데 外上 肥料 15,078원을 貸付해왓다고 出庫票을 가저왓다.
뽕따는 處女 3名은 休家[休暇]하고 郭明子는 家族과 갗이 피사리햇다.
午後에는 桑田 肥培菅理한데 複合 용성인비 尿素 幷合[倂合]해서 햇다.
夕陽에는 小發動機을 옴기엿다.

<1973년 6월 6일 수요일>
正午 前부터 비가 나리데 相當히 왓다.
元泉里에서 肥料 35袋 실은바 其中 우리 것이 7袋 除 28袋가 他人으 것이다.
靑云洞 林龍德 桑葉 4仟에 決定하고 于先 金 貳仟원을 주웟다.

<1973년 6월 8일 금요일>
林東其 보루크代 3,500 支出햇다.
任實에서 油類 6드람 運搬해왓다. 1드람은 外上엿다.
밤에 郭 巡警이 왓다. 敎育 간데 旅費 좀 달아기에 金 壹仟을 주웟다.

<1973년 6월 9일 토요일>
大里 李相云 宅에 갓다.
今年 春季 有司인데 鄭鉉一 氏만 不參하고 全員 召集合 되엿드라.
宗燁을 시켜서 桑葉을 알아본바 k當 20식 해서 明日 사가기로 하야 川邊에서 놀다보니 5名뿐이고 客이 2, 3名 잇드라.

<1973년 6월 10일 일요일>
大里에서 뽕 7, 8叺 산데 k當 20식.
自轉車 便으로 上泉里을 거처 元泉里을 거처 龍巖里에 갓다. 崔炳斗 照介로 桑葉 1筆{地}을 19,000 1筆은 9,000 計 28,000을 주고 삿다.

金炳石 운임		1,500
北倉 婦人	12名	1,800
우리 人夫	12名	
成奎 人夫	6명	
	計 30名.	

<1973년 6월 11일 월요일>

내의 會計 뽕갑	5,000
車 운임	1,500
	計 6,500 支出되엿다.

趙順南 11日 {日}費 1,760 車비 240 計 2,000원 주워 보냇다.
終日 上族[上簇] 準備을 햇다.
어제 사온 뽕이 餘有[餘裕]가 있을까 햇든니 不足햇다.

<1973년 6월 12일 화요일>
아침에 누예 밥을 주바[준바] 上蠶室은 全然 주지 못하고 下蠶室만 주웟다.
뽕을 求하려 龍山 柯亭 道逢 館村을 돌아 5, 6叺 求한바 叺當 7百원식 햇는데 집에 온니 1部 上하기 始作하야 뽕은 보기[포기]햇다.
夕陽에 嚴萬映이가 왓다. 電化用品을 가저 온바 2,000원을 해남댁에서 取해 주웟다.

<1973년 6월 13일 수요일>
蠶은 午前 中에 全 上族햇다.
午後에는 桑田에 가서 伐木햇다.

夕陽에 집에 온니 圭太 酒店에서 崔瑛斗 韓正石 鄭圭太 尹鎬錫 金京浩 集會되엿는데 崔瑛斗 氏는 할 말이 잇다 하며 今般 電氣事業한데 崔乃宇가 洞里之事을 망처 노왓다고 말이 만한니 理由가 무이야 그리고 乃宇 40萬원 눌어노코 살아 하고 嚴俊峰은 80萬원 산다 해도 틀고 잇다고.
누가 그러든야고 한니 말하지 안트라. 그래서 그 놈 어던 놈인지 養子孫 못할 놈야면서 큰소리 첫지만 그래도 말하지 안햇지만 그 後 鄭圭太 氏가 傳해준데 林長煥이 말햇는데 同席에서 體面이 難하니 瑛斗 氏가 말할 수 없게 되엿다 햇다.
그려면서 嚴俊峰가 不良한 놈이라면서 80萬원 以上 준다고 한 사람이 잇다기에 누구야 햇든니 金正植이라 하기에 本人을 만나서 무르니 金正植은 그러 事實이 없다 한니 嚴俊峰은 乃宇가 林野을 살가바 故意로 操作[造作]해서 賣買 妨害한 놈이라 햇든니 成康이가 듯고는 바로 가서 嚴俊峰을 죽여버린다고 끌고 왓드라.
그러자 成康가 낫으로 嚴家 種子 업신다고 한니 도망처버렷다.
里民은 數拾 名이 모엿는데 事由를 設明해 주웟다.

<1973년 6월 15일 금요일>
作業組에다 맛기여 麥刈을 全部 맛치엿다.
嚴今順는 夕陽에 聖賢이{와} 갗이 왓다.

<1973년 6월 16일 토요일>
治水 桑苗햇다. 約 四仟 株쯤 됨 셈.
林敏燮 死亡 弔問햇다.
朴今順이가 夕陽에 왓다.
1部 고치따기 햇다.

<1973년 6월 17일 일요일>
유예고치[누에고치] 땃다.
丁基善 氏는 8時 - 9時 사이에 책상에서 59,500원을 盜難 當햇다고 햇다.
論山에서 鄭榮植이가 왓다. 金 萬원을 牟光浩에서 取貸하야 附屬 求하려 보냇다.
成奉이 왓는데 白米 1斗 車비 其他 해서 400원 주어 보냇다.

<1973년 6월 18일 월요일>
※ 昌宇는 蠶견 44k인데 全額 54,687원 會計 完了햇다.
잠견 販賣에 갓다.
約 300k쯤 된데 機械鑑定에 依賴하고 約 6枚半에 335,494 收入햇다.
其中 貯金 10萬원 農出資金 3仟 肥料 5,500원 除하고 實收領額[實受領額] 231,800원이엿다.
共販場에 가는 途中에 路上에서 某人이 炳煥이 牛車에 言語不順하기에 무루니 刑事라 하기에 갓자[가짜] 刑事인 듯해서 是非한바 형사는 분명하다고 鄭敬錫 氏가 是認햇다.

<1973년 6월 19일 화요일>
午後에 新穀 脫麥한데 처음 始作햇다.
鄭榮植은 機械修理을 맟이고 夕陽에 歸家한데 金 貳仟원 주워 보냇다.

<1973년 6월 20일 수요일>

郭明子 外 2人 日費	6,100원
明子	4,200
嚴今順	1,100
朴今順	800

以上 주고 歸家햇다.
午後에 12時 30分頃 韓文錫 氏 宅에 갓다.
債務 條 147,600원 會計햇다.

<1973년 6월 21일 목요일>
아침에 成奎에 뽕代 肥料代 住民稅을 合해서 26,700원 會計햇다.
牛車로 보리 운반. 밤 12時까지 全部 運搬해서 가리도 햇다.
成吉이 來訪햇다.
王 氏가 왓다. 先새경 白米 1叺代 10,500원 주워 보냇다.

<1973년 6월 22일 금요일>
脫麥하고 精麥하고 成東은 堆肥 散布햇다.

<1973년 6월 23일 토요일>
脫麥 精麥햇다.
밤에는 新洑坪 차리물[차례물] 하기로 結定햇다. 債任者[責任者]는 里長 所任이 하기로 햇다.
夕陽에 貯水池 開門해다.

<1973년 6월 24일 일요일>
첫 移秧日이다.
苗板에 가보니 作業班員이 16名이엿다. 새거러[새참] 담배까지 갓다 주웟다.
成康 便에 桑實 小斗 2斗代 33,000원 주웟다. 趙内浩에서 가저온다고 갓다.

<1973년 6월 25일 월요일>
成樂 外 2人 授業料 22,920원 주웟다. 成傑이만 못 주웟다.
牟光浩 取貸金 萬원 成曉 母 便에 보냇다.
8時頃에 1般 高速뻐스로 陽村에 갓다.
鄭榮植을 帶同하고 집에 온니 3時 30分이

엿다.
機械修理하고 보니 5時엿다. 旅費 金 壹仟원 주워 보냇다.
陽村 158番 電話가 잇다고 햇다.

<1973년 6월 26일 화요일>
아침부터 비가 내렷다.
池野 昌宇 移秧한 데 갓다. 金進映가 어제 昌宇 논 써린 대로 두고 모를 심드라. 내 논 내가 明年에는 引受하겟다고 햇다.
終日 氣分이 좋이 못햇다. 내 논 주고 내가 害봄은 어굴하다는 뜻이엿다.
寶城宅에서 13,000원 借用햇다.

<1973년 6월 27일 수요일>
培畓 移秧한데 約 10名이 햇다.
午前 中에 苗 운반 골아주기 한바 밤에는 꽁〃 알앗다[앓았다].

<1973년 6월 28일 목요일>
◎ 村前 5斗只 成康 畓 移秧 完了햇다.
아침에 방아 찟는데 四街里에서 成奎 成赫 崔英姬 氏가 3人이 言設한데 高聲이 낫다. 四街里에 가보니 尹鎬錫 林萬永 丁基善 嚴萬映 後 鄭鉉一 氏도 參席햇다.
晩參한 나로서 무슨 일이야 물엇다. 英姬는 당신은 상관업다고 햇다. 熱이 낫다. 네의 四寸 姪{과} 내의 親姪 兄弟가 是非한데 상관업다고야 무식한 사람아 네의 어미 아비 오바[오빠] 시비 끝에 죽어도 상관업나. 崔乃宇가 金이 朴이야 하고 아무리 高名한 嚴氏 家門으로 出家햇지만 그러케 말할 수 있으며 外人도 잇는데 無識한 년야. 잘못햇다고 빌기에 참앗다.

<1973년 6월 29일 금요일>
別紙記載와 如히 6月 5日頃에 鄭圭太 氏 店方[店房]에서 午前 11時頃에 圭太 主人 客 具道植 氏 崔乃宇 參席해서 술 먹다가 嚴俊祥 말을 具道植이가 냇다.
言語는 내가 工場에서 日費 畿百[幾百]원을 차질 것 잇다면서 嚴俊祥는 밥장사 月給을 밧고도 成造할 수 잇는 家材 1棟用이 完全히 準備되엿고 現在 木工들이 갈 때에는 1棟 지여주고 가겟다고 한데 잘 드럿다.
아침에 自轉車로 일직히 驛前에 鄭경석 氏 商店에서 牛 꼽비[고삐]을 사가지고 오는 途中에 川邊에서 嚴萬映 氏을 맛낫다. 갗이 自轉車을 休여 노코 세수한데 嚴萬映는 말하기를 어제 28日 支署에서 金 순경이 와서 工場에서 建築資材을 밤에 密隱 시켯단 調査 왓드라고 하면서 틀임없이 嚴俊祥 行爲라고 햇다. 作物[臟物]은익[은닉]罪로 事件될 듯하다라고 햇다.
다시 午後에 3時 뻐스로 白仁基와 同伴해서 支署에 갓다. 金 巡警게서 里 山林契長 證人調書해주웟다. 本署에 書類와 갗이 本人을 連行하려 한데 身元을 保證하고 明日 12時까지 연기하고 白仁基는 돌이여 보냇다.

<1973년 6월 30일 토요일>
가랑비는 내리데 桑苗畓 耕耘하고 地上物 余据[除去]햇다.

<1973년 7월 1일 일요일>
8時頃에 (아침)에 任實邑에 갓다. 內務課長 宅을 訪問하고 成苑 發令을 물엇다. 7月 4, 5日頃이라 햇다. 新平 館村 只沙 任實 4個 面을 말햇든니 잘 生覺해보마 햇다.
집에 온니 副面長 支署員 宰澤이와 酒席

이 되엿다.
中食은 成奎집에서 햇다.
午後에는 精麥 脫麥햇다.

<1973년 7월 2일 월요일>
桑實 播種한데 人夫는 約 10名이 動員되엿다.
소나기가 내려서 으심스랏다.
寶城宅에서 7,000원 取貸해왓다.
光州에서 李起亨 氏에서 편지 왓다. 思言[辭緣]은 婚談이엿다.

<1973년 7월 3일 화요일>
桑實 播種햇다.
비가 午後에 내렷다.
夕陽에 移秧을 끝냇다.

<1973년 7월 4일 수요일>
梁奉俊 氏 婦人은 白米 1叺 借用 條 利子만 現金으로 4,400원 가저오고 本子는 남겻다.
昌宇 被麥 1叺 春季에 借用한바 本子로만 바닷다.

<1973년 7월 5일 목요일>
終日 精麥햇다.
밤에는 問喪 갓다.
林長煥은 又 洞有林 賣渡하자고 왓다. 嚴俊峰이가 80萬원 以上 준다고 했으니 팔아라 햇다. 林長煥은 그리 말고 팔자고 햇다. 그러치 못한다고 햇다.

<1973년 7월 6일 금요일>
休日햇다.
炳煥이는 市場에 가고 成東이도 집에 있엇다.
崔今石에서 3萬원 借用햇다.

<1973년 7월 7일 토요일>
午前에는 새마을稧에 갓다.
崔瑛斗 氏 宅에 간바 술 밥까지 待接을 밧앗다.
午後에는 精麥햇다.
韓文錫에서 圭太 시켜서 金 五萬원 借用해 왓다.

<1973년 7월 8일 일요일>
脫麥한데 아침부터 崔瑛斗 黃 氏 鄭九福 밤에 寶城宅까지 한데 多事엿다.
圭太 집에서 鄭鉉一을 맛낫다. 圭太도 立會 具道植 氏도 잇는데 鄭鉉一은 말하기를 今般 洞有林 賣渡에 對하야 乃宇는 40萬원에 눌어노코 살이고[사려고] 하드라면서 長煥은 좀 벗는데 하고 黃가 班長은 어른만 안니면 쏘아대겟는데 그리 못햇{다}고 鉉一은 傳하드라.

<1973년 7월 9일 월요일>
精米햇다.
精麥도 햇다.
午後에는 機械을 靑云洞으로 옴기엿다.

<1973년 7월 10일 화요일>
丁俊峰 고지논 매는데 5名이 왓다. 그런데 2名은 우리 人夫이고 3名은 俊峰이 놉엿다.
처마니 脫作한데 在玉 집부터 한바 約 17叺쯤이엿다.

<1973년 7월 11일 수요일>
舍郎에서 休息햇다. 讀書.

<1973년 7월 12일 목요일>
脫麥 精麥햇다.

<1973년 7월 13일 금요일>
除草 水稻畓.
人夫는 8名인데 고지도 本人 條로 햇다.

<1973년 7월 14일 토요일>
成奎 脫麥.
精米도 햇다.

<1973년 7월 15일 일요일>
被麥 共販場에 11叺 出荷한바 2等으로 햇다고 햇다.
精麥햇다.

<1973년 7월 16일 월요일>
終日 池野 畓 물대기.
揚水機로 終日 품고[뿜고] 밤에는 成奎 畓으로 옴기엿다.

<1973년 7월 17일 화요일>
終日 本人 脫麥한데 밤 12時까지 햇다.
黃在文는 第二次 除草햇다.
丁九福은 金相玉 傷害事件으로 鄭鉉一 丁基善 兩人 合議 下에 和解키로 한바 今日 病院에 갓든니 (九福) 앞으로 8,400원을 더 달안다고 해서 鄭鉉一 鄭仁浩까지도 못 믿드며 겻드로는 和解시킨 것처럼 하지만 밎지 못하겟다고 햇다.

<1973년 7월 18일 수요일>
夏麥 乾燥[乾燥] 作業이엿다. 年〃히 他人에 脫麥人이 今年에는 (林澤俊 金炯進) 내의 機械에 햇다.
午後부터 가랑비는 翌日 새벽까지 왓다.
趙治鎬 韓云錫이 面會햇다.

<1973년 7월 19일 목요일>
7月 15日字 麥 買上 11叺代 43,956원 成曉에서 受領햇다.

蠶體藥代	3,500
사료代	2,000
上簇代	16,200
成曉 便에 計	21,700 支出.

面에 機械 引게.
支署에 金相玉 傷害事件을 和解시켯다.

<1973년 7월 20일 금요일>
아침에 崔南連 外 8名 桑實作業 人夫賃 4,000원 成康 便에 會計해 주웟다.
午後에는 共販보리 作石한바 約 80叺쯤이엿다.
安承均 1叺 鉉一 2叺 李道植1叺 計 4叺 複合肥{料}을 取貸햇는데 崔南連 氏 便에 보내다.

<1973년 7월 21일 토요일>
夏{麥} 共販場에 갓다.
等級은 2等 以{上}으로 合格햇는데 79叺엿다. 叺當 100원 程度 준 듯싶다.
第二次 除草가 끝이 낫고 丁俊浩 고지엿다.
大里에서 郭 氏 酒店에서 李相云과 갗이 잇는데 鄭用澤 氏는 말하기를 崔乃宇 名儀[名義]로 117叺 麥을 買上한데 商人用이드라면서 面長을 相對로 不良하다면서 大里民에 對해 피해 준 일이엿고 햇다고 햇다.
鄭圭太 外上代 全部 會計한니 11,800원 會計 完了햇고 取貸金 630원 計 12,430원 完了햇다.

韓文錫 借用金 75,300
崔成吉 〃 〃 56,200
計 131,500원 淸算하고 왓다.
人夫賃 婦人 12名分 成康 便에 支出 濟.
桑實代 추가분 4,000원 支出햇다.
丁基善 氏 借 利本 54,000 支出 完了.
鄭九福 4萬원 利{子} 計 48,000 完了.

<1973년 7월 22일 일요일>
寶城宅 借用金 31,700원 支出 濟.
崔今石 母 借用金 30,900 支出.
叺子代 鄭泰燮에 支出.

<1973년 7월 23일 월요일>
農高 劉浩暎 先生任을 學校에서 面會햇다. 今日부터 放學으로 들어간데 成樂은 放學 中에 實習하려 가게 된데 조흔 데로 보내달아고 付託도 햇다.
마참 庶務室에 간바 任實出身 朴世두 씨를 맛나고 무른즉 庶務課長으로 온지 數月쯤 된다고 하면서 반가히 햇다.

<1973년 7월 24일 화요일>
成樂이가 왓다.
밤에까지 桑苗田 물대기.
成康이는 不在中. 마음이 안이 조왓다.

<1973년 7월 25일 수요일>
今日字 鄭경식 外上代 5,170 支出 完了.
4 5 6 7{月分} 新聞代 1,400 1,100 총게[總計] 7,670원.
夕陽에 간다고 해서 許今石 방税 6-7{月}分 4,000 수도 전기税 計 4,200원 주웟다. 成樂 便에.
精米 精麥 脫麥 물대기 多忙햇다.
丁俊峰 外 5名 日費 2,500 주웟다.
밤새 崔瑛斗 氏와 못텡이 물 대는데 아침에 보니 昌宇가 짓는 논(내 논)만 대지고 내의 논 밧 삿다랑이는 못 댓드라.

<1973년 7월 26일 목요일>
成樂 成奉 全州에서 放學햇다.
發動機를 任實驛前 橋樑[橋梁] 工事場에서 使用키로 햇다. 운반은 24日에 햇다. 운반비 900원을 보내왓다.
任實 鄭大燮 外上代 2,800
〃 尹仁燮 油類代 5,300 會計 完.
直行뻐스로 全州 湖南商會에 갓다. 外上으로 精麥노라 고무쓰구 1切 12,000원에 가지고 왓다.
午後에 精麥機 造織立[組立]한바 맞이 안니햇다. 成奎에서 6仟원 빌이여 裡里에 갓다.

<1973년 7월 27일 금요일>
아침에 下宿집에서 나와서 東一機械商會에 갓다.
附屬이 사가지고 집에 온니 11時엿다.
織立[組立]해서 午後에 試運轉햇다.

<1973년 7월 28일 토요일>
蠶견 機械檢證 依賴한바 今日 通知가 왓는데 1等 以上으로 殘金 43,400원을 成奎가 차자왓다. 前條 合해서 344,700인바 枚當 5萬원 程度엿다.
成奎 代金 6,000
昌宇 條 6,000
蠶種代 10,800
取貸 條 除하고 殘 20,600원 受領햇다.

<1973년 7월 29일 일요일>
館村 母校 15會 同窓會 召集日이다. 大里 洑邊에 간니 14名 參席햇다.
會費는 1仟원식인데 滿促[滿足]햇다.
明年에는 崔仁喆 李成根이가 有司키로 하고 作別햇다.
新德 崔東煥을 相逢코 履歷書 1通만 주는데 처음에는 洞事務室로 간다고 햇다.

<1973년 7월 30일 월요일>
精麥을 햇다.

<1973년 7월 31일 화요일>
夏穀 買上日이다. 作石을 하고 보니 7叺인데 成康을 시켜서 面 共販場에 보냇다.
陰曆은 7月 2日인데 成奎 母親 生日이라고 햇다. 朝食을 집에서 햇다.
夏穀 買上은 今日現在 97叺 收納이 된 셈이다.

<1973년 8월 1일 수요일>
어제 夏곡 買上 條 7叺代 27,412을 成奎하고 會計한데 7月 21日字 過拂金 3,100 除하고 檢査員 治下金 5,000원 除하고 19,312원 會計햇다.
前條 肥料 18,000원 中 尿素 5袋 3,745 복합 6袋 4,110 용성 6袋 1,938 又 복합 10袋 6,850 計 16,643인데 1,357원을 차잣다.
午後에 任實에 갓다.
電話로 郡 行政係長을 불엇다. 成苑 發令을 말햇든니 9月 中에 된다고 햇다.

<1973년 8월 2일 목요일>
아침에 金太鎬 丁東根이가 왓다. 丁振根과 東根 兄弟間에 言爭이 있엇는데 呼訴하려 왓다. 兄弟間之事을 外人에 말한 법이 안이라고 햇다.
黃在文 氏는 移種 日費 2仟원 가저왓다.
成苑은 8月 17日까지 學院費 2,500원 주웟다. 그려면 5,500이 간 셈이다. 南連 氏 肥料代 會計해다. 210원.
黃在文 氏에서 移種비 完了. 1,000 入. 그려면 3仟원이 왓다.

<1973년 8월 3일 금요일>
間夜에 내린 비는 앞들이 水海로 化햇다.
植桑田도 害가 만하고 水畓도 害가 있다.
成曉 便에 預金 貳萬원을 주고 入金하라 햇다. 그려면 前 通帳 入金 條 35,000을 合하면 5萬5仟이 된다.
鄭宰澤 治下金 蔘仟원 주웟다.

<1973년 8월 4일 토요일>
裡里 永一機械工業社에서 왓다. 工場 施設에 打合次 왓다. 約 30萬원이 든다고 햇다.
任實驛前에서 南基泰 派出所長 彩玉이가 왓다. 浸水木 차즈려 왓는데 林澤俊 李正鎭 金炯進 吳泰天 牟 生員 (서[壻]) 사위 丁九福 鄭泰植 以上 人에서 찻고 主人 南氏 1,900원을 주워 治下햇다.

<1973년 8월 5일 일요일>
아침에 鄭鉉一을 맛낫는데 어제 전역에 吳泰天에서 봉변을 당햇{다}고 햇다.
韓福德이가 왓다. 李珍雨 住所을 무르니 2군사령부 법무관 李珍雨라고 하면 된{다}고. 電話는 4,0053號면 된{다}고 하며 或 오신다면 車를 가지고 나가겟다고 햇다.
屯南에서 郭明子 外 1人이 놀여 왓다.

支署長이 단여갓다.

<1973년 8월 6일 월요일>
8月 6日 白康善 氏 日費 3,300원을 直接[直接] 주웟다.
成傑 課外비 800원 嚴仁順 便에 학교로 보냇다.
植桑田 除草婦人 23.5人인데 4,700원을 成樂에서 卽席에서 난워 주웟다.

<1973년 8월 7일 화요일>
實桑田 除草婦人 15名 今日로써 第二次 除草가 끝이 낫다.
15名分 3,000원 卽席에서 논와 주웟다.
支署次席이 와서 金 壹仟원 주웟다. 旅費라고 햇다
噴霧機[噴霧器] 南原에 成東 시켜서 修理하려 보냇다.

<1973년 8월 8일 수요일>
全州에서 金承福 氏가 面會 要請햇다.
農藥 散布햇다.
午後에는 全州에 갓다. 옥수다실에서 金承福을 對面햇다.
成奎에서 3,000원 取햇다.

<1973년 8월 9일 목요일>
預金 5萬5仟원 中에서 金 萬원을 成奎 便에 보내왓다.
成奎는 里長職을 辭表을 提出햇다고 들엇다.
王炳煥 父親이 아침에 왓다.
金承福 氏을 全州에서 面會한바 8月 11日까지 願書磨감 8月 26日 應試日{이}고 9月 20日 發表한다고 햇는데 接受비 5,000원만 주고 왓다. 職位는 農林職인데 農劍士.

피 뽑기 裵永植 外 五名이다.

<1973년 8월 10일 금요일>
9日 어제 圭太 酒店에서 丁俊峰이는 말햇다.
柳正進이는 昌宇하고 是非한데 山을 가지고 是非하면서 契도 빠질난다고 하는데 昌宇가 참앗은니가 그만이지 갗이 하려 하면 큰 是非 될 듯. 그련가 하면 嚴俊峰 丁基善 밤낙시 하면 柳正進이는 手從[隨從] 갗이 밤에 따라단니면서 요지음은 嚴萬映 嚴俊峰 鄭宰澤 鄭鉉一 梁奉俊 丁基善 닥 잡는데 1人 1首식으로 먹고 논데 全部 柳正進이가 서들고 그리 부터서 장관이드라고.
◎ 鄭鉉一이가 왓다. 嚴炳學 氏가 왓는데 술을 待接햇다면서 海外에 人力輸出次라고 모르지만 仁子나 보내려 왓는지도 모른다고 햇다.

<1973년 8월 11일 토요일>
人夫 約 10名을 帶同伴해서 山野 草刈作業하면서 1部 牛車로 運搬해왓다.
王 氏 鄭昌律은 娶[醉]해서 雜談이 深한니 人夫들은 不平햇다.

<1973년 8월 12일 일요일>
堆肥 製造한데 人夫 7, 8名이엿다.
裵永植이는 午前 中 成東과 제의 農藥 散布코 午後에는 품마시[품앗이]로 우리 풀 써렷다.
밤에는 祖父母 祭祠에 參拜햇다.
成奎에서 3,000원 取貸햇다. 永植 시켜서.

<1973년 8월 13일 월요일>
百中節이다.

王 氏 4日費 1,600원 支出. 炳煥는 外出 旅비 300원 주워 보냇다.

<1973년 8월 14일 화요일>
朝食 後에 효주 3병 국스[국수] 3束을 가지고 처만니에 갓다.
男女가 모엿는데 한 잔식 드렷다.
午後에는 鄭圭太 酒店에서 圭太가 우리 班員만 대접햇다.
預金 45,000원 中 15,000원 成曉 便에 出金햇다.

<1973년 8월 15일 수요일>
大里 李相云 母 別世 連絡.
全州에서 金鎭億 氏가 막걸이 6斗을 보내 班으로 1斗식 노와주라고 金判植에 시켯다.
靑年들은 光復節 記念하기 위해서 新平에 간바 競走에서 2等 햇다고.
해남댁 取貸金 2仟원 成奎 取貸金 3,000원 주웟다.

<1973년 8월 16일 목요일>
9時頃에 大里 李相云 出喪에 參禮햇다.
오는 길에 任實로 市場에 갓다.
常務 朴判基 氏을 會面햇다. 工場 修理는 明春으로 미루자고 하고 中食을 갗이 햇다.
蠶業組合長을 人事하고 蠶具 消毒藥 1병 사기고[사가지고] 왓다.
許今龍 氏가 왓는데 알고 보니 鄭鉉一에 林野 關係로 왓다고 鉉一은 터려 노왓다.

<1973년 8월 17일 금요일>
驛前 鐵工所에서 玄米機 修理. 外上代 1,500 주고 任實 驛前 金彩玉에 간바 日前에 폭발物 不注意로 負傷을 當햇다고 햇다.
鐵根[鐵筋] 3×4×8을 要求. 日後에 發動機 使用 代價로 쎄멘 幾 袋을 주마 햇다.

<1973년 8월 18일 토요일>
蠶室을 修理 消毒 準備.
許今龍 氏는 鄭鉉一 林野 干係[關係]로 왓다.
郡 內務課長에 成苑 發令을 알기 위해서 편지를 띠엿다.

<1973년 8월 19일 일요일>
精麥하고 家族은 채소밥[채소밭] 整理.
植桑畓 第三次 除草婦人 24名 (家族 2名) 26名이 除草햇다.

<1973년 8월 20일 월요일>
終日 精米햇다.
安 生員 10叺 基善 7叺 錫宇 1叺 黃 氏 1叺 昌圭 15斗 其他 1叺 計 21叺.
今日로써 72年産 벼 精米는 끝이 난 듯.
郡守 初道巡視[初度巡視]라고.

<1973년 8월 21일 화요일>
全州에서 金承福 氏을 맛낫다. 25日 午後에 成康이와 갗{이} 서울에 가기로.
德律[德津]서 崔正龍 氏을 訪問햇다. 成奉 下宿을 付託한바 自己 집에서 단기라고[다니라고]. 9月 1日부터 단니기로.
任實에 갓다. 嚴俊祥 氏을 맛난바 中食을 갗{이} 하자기에 갓다.

<1973년 8월 22일 수요일>
陰 7月 24日이다.
母親任 祭祠인데 成吉이도 燒酒 1병 成奎도 1병 金成玉도 1병식 가지고 祭祠 參拜

次 왓드라.
成吉에서 拾萬원 入受햇다.

<1973년 8월 23일 목요일>
아침에는 親友 約 20名과 親叔[親戚]들이 모이{어} 朝食을 갗이 햇다.
12時頃에는 里 會員을 請接[請牒]해서 탁주와 中食까지 待接햇다. 탁주는 5斗쯤 들엇다.
炳煥이는 訓練次 집에 갓다.

<1973년 8월 24일 금요일>
7時頃에 任實 蠶業係長 宅에 갓다. 成康 件을 付託한바 드를 듯햇다.
韓文錫에 16萬 借用 成吉에서 拾萬원 借用 計 26萬원 中 25萬원을 任實農協에 預置햇다.
全州에서 金承福 氏을 새마을타방[새마을다방]서 對面햇다.

<1973년 8월 25일 토요일>
一. 成康이는 應試하려 午後 3時에 서{울}로 떠낫다.
一. 成樂는 全州에 冊과 寢具 1切을 가지로 갓다.
一. 成東은 2, 3日間 外出한다고 金 壹仟원을 주워 보냇다.
一. 館村驛前에서 中央日報社 總務라 하는 사람이 와서 新聞代 會計을 要求햇다. 會計 못하겟다고 하고 是非가 낫섯다.
一. 午後 四時頃에 豚兒 出生. 7頭인데 健康햇다.
成東은 出他한다고 出發햇다.

<1973년 8월 26일 일요일>
12時 列車로 成奉을 同伴해서 德津驛에서 下車하야 덕성복덕방 崔玉龍 氏 宅(族叔)을 訪問햇다. 今日부터 下宿을 要請하고 月 白米 5斗식 드리기로 햇다.
許吉童 집에 들으니 明日 開業한다면서 參席을 招請햇다.
尹在用 집에 들이여 成奉 英語受講을 付託하고 왓다.

<1973년 8월 27일 월요일>
池野 물대기 햇다.
李起榮 氏에서 里 養豚代 6仟원을 밧고 밤에 里長 班長 (成奎)을 召集하고 卽席에서 林野 下刈作業한 데 보태 쓰라고 引게해주웟다.

<1973년 8월 28일 화요일>
終日 물대기 햇다.

<1973년 8월 29일 수요일>
精麥햇다.

<1973년 8월 30일 목요일>
丁九福 氏에서 朝食햇다.
鄭九福 氏에서 2萬원 借用햇다.
全州에서 白康善 氏와 同伴해서 尿素 2袋 6,000원 주고 삿다.
黃宗一 氏 10,500원 償還햇다.

<1973년 8월 31일 금요일>
具道植 成東을 帶同하고 35師團 晋 氏을 面會하려 갓다.
마참 市內 出張이고 明日 故鄕에 온다고 하기에 回路햇다.

任實驛前에 南泰燁 內外을 맛나고 세멘 20袋만 운반하라 햇다.
밤에 세멘을 운반하고 보니 26袋엿다.

<1973년 9월 1일 토요일>
새벽부터 비가 나린데 作物에는 단비엿다.
炳煥 시켜서 고초 10餘 叺 任實에 市場에 보내고 오는 길에 原動機 실코 오라 햇다.
午後에 驛前에서 晋 氏을 對面햇다. 金 壹仟원을 주고 或 未安하지만 間食 程度을 付託햇다.

<1973년 9월 2일 일요일>
間子用 竹代 2仟원 주워 全州로 보냇다.
鄭太炯 氏 生日라고 招請해서 단여왓다.
午後에 精麥햇다.
鄭圭太 婦人에 井戶水와 古長 便所 等을 自己 것처럼 利用한다고 成曉 母을 시켜서 中止令을 내렷다. 氣分이 낫는지 士氣가 죽은 듯햇다.
26日 豚 生日인데도 不据[不拘]하고 井戶水을 질로 해장{부터} 온데서 그랫다.

<1973년 9월 3일 월요일>
成東이는 明 4日 入隊하기 爲해서 今日 午後에 全州로 出發할 豫定이다.
◎ 午後 4時頃에 豚兒을 生한데 5. 30分 끝인바 5頭엿다. 조금 서운하드라.
成東이는 成康이와 同伴해서 全州에 갓다.
明日 入隊하기 爲해서 미리 宿所에 갓다.

<1973년 9월 4일 화요일>
成康은 成東을 35師團에 보내주고 왓다.
精麥햇다.
揮發油을 4升 사고 洪吉杓 氏을 驛前에서 面談햇다.
改良簇 3組 引受.
成曉는 甲호訓練에 갓다.
成康이는 成東에서 貳仟원하고 印章을 가저왓다.

<1973년 9월 5일 수요일>
一. 아침에 重宇 母 生日라고 朝食을 맟이엿다.
一. 昌宇 말에 依하면 寶城宅은 嚴俊映의 고치을 펴갓다고. 恥手거라다[羞恥거리다].
一. 古家을 뜨더 옴기엿다.
成吉이가 단여갓다.
一. 具道植 氏에서 取貸金 5百원 圭太 酒店에서 주웟다.

<1973년 9월 6일 목요일>
館村 成吉에서 二萬원 借用 스레트 角木 其他 附品[部品] 1切 買收햇다.
任實에 農協에서 2萬원 出金해서 蠶具 其他 購入햇다.
本署 金 刑事 朴 刑{事}을 對面하고 술 한 잔식 노누면서 親切하자고.
蠶業組合長 金 氏을 맛나서 中食을 갗이 하지기에[하자기에] 同伴햇다.

<1973년 9월 7일 금요일>
靑云洞에서 圭太을 시켜서 麥糠 21叺 買收햇다.
成康은 蠶室 修理.

<1973년 9월 8일 토요일>
成康 行郞[行廊] 入住햇다.
今年産 新米 搗精 始作햇다.

<1973년 9월 9일 일요일>
朴成洙 痲袋代 700만 주웟다.
어제 밤부터 내린 비는 今日 午前까지 게속되여 洪水狀態엿다.
부로쿠도 浸水되엿다.
蠶種 關係로 成曉와 是非을 한데 (丁九福이하고) 듯자 한니 種子을 失敗했으니 種子代을 보와 줄 수 엇나는 뜻이다. 주먹으로 한주먹 멕이엿다.
丁俊峰 日費 500원 路上에서 주웟다.

<1973년 9월 10일 월요일>
金宗柱가 뽕 따려 왓다.
一. 秋夕 繕物로 찹쌀 2斗을 內務課長에 보냇다.
一. 炳煥을 데리고 任實에 갓다. 방돌 1 방걸이 2,800에 買得햇다.
一. 路上에서 嚴炳洙 妻에서 보자 햇다. 理由는 마령댁이 秋夕에 내 집에 놀여 온다고 했으니 連絡할 터이니 오시요 햇다.
一. 支署에서 郭 巡警이 왓다. 秋夕에 쓰라고 金 貳仟원 주엇다.
一. 組合 常務任게서 藥酒 1병을 보내왓다.

<1973년 9월 11일 화요일>
秋夕이다.
新穀도 만발하지 못하고 節祠[節祀: 茶禮]는 9月 9日로 未累햇다[미루었다]. 省墓도 못햇다.
돌모리宅이 뽕따려 왓다.

<1973년 9월 12일 수요일>
丁基善에서 5仟원 取貸햇다.
夕陽에 自轉車로 桑田에 가다가 落傷을 햇는데 左足을 2寸 以上 찌저젓다.
朴日淸 氏 中隊長 싸이드카로 任實 中央病院에 갓다.
治料費 2,500인데 外上으로 하고 700원에 택시로 왓다.

<1973년 9월 13일 목요일>
金萬玉 母親이 뽕 따려 왓다.
李道植外 4名이 行郎에 알마 올이엿다. 午後에는 스레트를 이엿다.
夕陽에 邑內 中央病院에 治料하려 갓다.
어제 條 2,500 今日分 500원 計 3,000원인데 2仟만 주고 왓다.

<1973년 9월 14일 금요일>
終日 上簇을 火爐에 불 피우고 명주털을 끄실엇다.
今日 明日이 蠶育으로는 最高 複雜한 時期다.
成曉는 靑雄으로 見學간다고 갓다.

<1973년 9월 15일 토요일>
任實農協에서 110,000원 出金햇다. 殘 120,000.
午前 中에는 上簇 修理.
12時頃에 任實에 갓다. 金炳杜 氏(內務課長) 面會코자 간바 不在中엿다. 그려나 밤 9時까지 기드리다 回路햇다.
新平에 갓다. 面長에 담배 10甲을 사서 주고 支署長 面{長}과 갗이 立酒 한 잔식 노누고 成苑 發令을 付託햇다.

<1973년 9월 16일 일요일>
아침에 炳杜 氏 私宅을 訪問한바 又 不在中이여서 書字로 몃 자 傳해주고 왓다.
아침부터 누에는 上簇하야 午後 5時까지

15名이 햇다.
成奎에 蠶泊[蠶箔] 50板 빌이여

上簇 102개
〃 18개 } 120개 왓다

<1973년 9월 17일 월요일>
아침 6時에 任實 內務課長 私宅에 訪問. 出張이라고. 8. 30分이 되니 왓드라. 約束의 件 成康의 件을 말한바 이번은 틀이고 內定되엿으니 此後에는 無違 約束합시다 햇다. 五番 만에 만난는데 이와 갗이 말햇다.
밤에 南連 氏가 留宿하려 왓다. 今日 夕陽에 子息 今喆이 왓는데 身上이 좋이 못하고 職場을 辭退햇다고 하면서 자찬[자책]하더라. 京喆 1線으로 가고 今喆도 그러코 就職시킨다고 白米 60叺 드러는데.

<1973년 9월 18일 화요일>
成傑이는 任實로 體育하려 간다고 햇다.
嚴俊祥은 圭太 酒店에서 安承均 立會 下에 旅비 2仟원을 주면서 崔完宇을 맛나서 村前 畓을 사달아 햇다. 그려면서 白米 25叺을 낸논다고 햇다.

<1973년 9월 19일 수요일>
9時에 全州로 行햇다. 全州에서 1時 7分 풍년호 列車로 水原에 간바 午後 6時에 到着햇다. 完宇는 水原驛前에서 相面햇다.
土地買賣는 承諾햇다. 그러데 25叺는 너무려니[넘으려니] 더 바다 주시요 햇다.
下宿집에서 1泊햇다.

<1973년 9월 20일 목요일>
아침에 朝食을 하고 있으니 그제야 完宇는 짐을 시러다 주고 왓다.
가契書約을 써서 捺印햇다.
뻐스로 烏山에 가서 成禮을 面會햇다.
다시 高速으로 서울에 갓다. 中食을 하고 午後 3時 高速으로 全州에 온니 6時 10分 이엿다. 市內뻐스로 전당리 晋 中士 집에 갓다.

<1973년 9월 21일 금요일>[67]
金 貳仟원과 편지 1狀을 써서 주면서 傳해달아고 付託햇다.
全州에서 택시로 집에 온니 손님이 왓다고 햇다. 日本에서 成康 姨母 外內가 왓다.
順天에서 宰澤 妻가 왓다. 장사하려 왓다.
밤에 술을 먹는데 李龍焄이를 데려다 이곳에다 살이라 햇다.

<1973년 9월 22일 토요일>
成康 母는 서울 가는데 兄弟 間에 25年 만에 對面이라 2, 3日間 서울 求見시키겟다고 햇다. 承諾햇다.
人夫을 데리고 蠶견 따기 햇다. 品질이 不良햇다.
新平으로 共販場에 갓다. 밤인데 成奎 成曉가 檢査員에 付託코 195k가 全部 1等으로써 總額은 346,500원이라고 햇다.

<1973년 9월 23일 일요일>
終日 精麥 精米햇다.
正午 後에 食事하려 왓다. 밥을 달아 햇든니 밥분데 다 어데로 갓다고 不平햇다. 밥으면[바쁘면] 밥을 못 멕겟다고 햇다.

67 9.20일 일기와 이어지는 내용인 것으로 보아 날짜는 달리했으나 같은 날 이틀분의 일기를 쓴 것으로 보인다.

生覺한니 不孝妻子을 데리고 近 50年을 同居해도 本質成이 無識이라 利害는 가지 만흔 마음이 좋이 못햇다.

<1973년 9월 24일 월요일>
南原 警察署에서 油類取扱者 敎育이 잇섯다.
午後에는 水旨面에 朴東基 집을 차잣다.
妹氏는 몸이 좃치 못하다고 누웟드라. 婚談을 하면서 付託코 왓다.
밤에 昌宇가 왓다. 싼 세멘 사려 任實驛前 南起泰 氏에 간바 金 萬원을 잇엇다고 그려면서 우리 소로 세멘 22袋. 밤 11時에 왓다.

<1973년 9월 25일 화요일>
成奎 母는 陰 30日에 崔龍浩 母가 成曉 婚事로 온다고. 婚處는 父母가 업고 全州 잇는데 崔龍宇와 갗이 온다고 傳햇다. 나는 말하기를 속 업는 분이라 햇다.
新平農協에서 蠶견代 34萬원 차잣다.
成赫 (館村) 債務 124,700원 會計햇다.
任實驛前 韓文錫 債務 166,400원 會計 完了햇다.
丁基善 5,000 寶城宅 3,000 安承均 2,000 計 萬원까지도 完拂해 주웟다.

<1973년 9월 26일 수요일>
成康 便에 日本으로 便紙 냇는데 履歷書 1通 封入해서 보냇다.
職場은 서울 國定敎科書 株式會社長 羅敬珉 氏라 햇다.
病院에 治料햇다.

<1973년 9월 27일 목요일>
終日 堆肥 置捨[置舍] 짓는데 後事햇다.
成康은 成苑이 新德面으로 發令이 낫다고 햇다.
任實 賃搗業組合 書記가 왓다. 會비 5,400원 주고 完了햇다.
밤에 崔今石에서 借用햇다고 成康 母 條 10,500원 주웟다.
鄭九福 借用金 21,000원 주웟다.

成英 3期分 授業料	9,990
成傑 〃 〃 〃	9,890

밤에 주웟다.

<1973년 9월 28일 금요일>
晩秋蠶 上簇햇다.
뜻박에 小豚이 2頭가 죽엇다.
任實驛前 婦{人} 日費 7,500 주원[주어] 夕陽에 보냇다.

<1973년 9월 29일 토요일>
求禮 外從 兄수 回甲宴에 參席햇다. 時間는 12時 30分이엿다. 人事하고 酒席이 되엿다. 成玉 外叔 兄弟가도 왓는데 初面人事햇다.
夕陽에 夕食을 맟이고 택시로 求禮驛에 온니 7時엿다. 기드다[기다리다] 택시로 全州에 간는 車인데 1,100원에 우리 집까지 왓다.
鄭鉉一을 만나서 圭太 집에서 술 먹고 오니 11時 20分.

<1973년 9월 30일 일요일>
成苑은 成曉를 따라 新德 面長에 人事하려 갓다. 단여온바 副面長까지 맛나고 自宿 집까지 定하고 왓는데 月 方稅[房貰]는 1,000원식이라 햇다.
館村에 스레트 木材 購入. 3,620원 外上으로 햇다.

嚴俊祥에서 4,000원 永贊 女息에서 3,000원 取貸.

<1973년 10월 1일 月曜日 陰 9月 6日>
成苑은 今日부터 勤務인데 任實 財務課에 農地 1覽表[一覽表] 作成次 첫 出勤하려 갓다.
嚴俊祥 氏 取貸金 4仟원 黃在文 氏 門前에서 返還해주웟다.
鄭九福 氏에서 金 萬원 借用햇다.
人夫가 없서 金太鎬는 今日 休日이엿다.

<1973년 10월 2일 화요일>
오날 作業 人夫는 9名이엿다.
晩秋蠶 3枚을 땃다.
任實驛前 南起泰 氏을 訪問 洋灰 20袋을 要求하고 5仟원 주웟다. 5日 전역에 오라 햇다.
韓正石 崔瑛斗 鄭圭太 立會 下에 嚴俊祥에 錫宇 畓 28叺에 賣渡햇다. 11,500식 해서 3叺代 34,500원 中 24,500원 밧고 萬원은 日後에 주기로 하고 成證햇다.

<1973년 10월 3일 수요일>
35師團에서 晋 中士가 왓다. 成東이가 顔上에 공것이 생겻다고 마이싱을 要求해서 1,200원엇치를 사서 보냇다.
嚴俊祥 氏에서 崔完宇 畓 賣渡代 萬원 領收햇다.
牛車 修理하려 成樂와 갗이 工場에 갓다. 베야링이 망가저 任實로 全州에서 求햇는데 約 2仟원이 들엇다. 남이 半은 썻는데 修理하다 보니 마음이 좇이 못햇다.
晩秋蠶 3枚 買上한바 108,956원. 1等으로 햇다. 그려면 秋蠶 晩秋蠶 計 13枚 買上에 454,856원 收入한 셈이다.
今日 現在로 任實農協에 12萬원 新平農協에 8萬원 計 20萬원 預金이 됨 셈.

<1973년 10월 4일 목요일>
安正柱 梁春植 日費 2仟원 支給햇다.
王炳煥는 春秋服 4仟원을 주워 집에 보냇다.
입엄[잇몸]이 앏아서 任實中央病院에 가서 맛다.
鄭榮植에 電報한데 記載한 놈은 嚴炳學이 子息으로 안다. 그런데 大端히 不親切하며 崔乃宇인지 알 터인데 모른 치 하더라.

<1973년 10월 5일 금요일>
崔完宇 畓 賣渡代 28叺 中 契約米 3叺代 現金으로 (11,500식) 34,500원을 崔雲히 母에 傳해주웟다. 아침에 우리 집에 마참 오섯기로.

<1973년 10월 6일 토요일>
崔瑛斗 氏에서 와이사쓰 1着이 膳物로 드리왓다. 未安해서 술 한 잔 드렷다.
市場에 갓다. 成苑 寢具 食事具 1部를 삿다.
尹東燮 氏에 油代 7드람 44,100원 支給해 주웟다.
嚴俊祥 氏에서 5仟원 取貸햇다.
今日 現在로 昌宇에서 洋灰 21袋을 가저왓다.
鄭大燮 商店에 장판 7,480원 中 5仟만 주웟다.
鄭榮植 便에 原動機 보링하려 보내는데 大田으로 7仟원을 于先 주워 보냇다.

<1973년 10월 7일 일요일>
아침부터 가랑비가 내렷다.

寶城 堂叔 成奎 昌宇 해서 4人이 桂壽里 15代祖 通禮公 改立한 데 參席햇다. 回路에 六代祖 墓所에 省墓 드리고 왓다.
寶城 堂叔에게 새보들 當 3斗只를 明年에 빌여달아고 付託햇다.
李道植氏 시켜서 장판을 까랏다.

<1973년 10월 8일 월요일>
成康 行郎을 치운데 보리대 속에서 사과가 5, 6십 개가 發見되엿다. 틀임없이 鉉一 것이 아닌가 햇다. 終日 氣分 좋이 못햇다.
夕陽에 任實 尹 氏에서 輕油 7드람 入荷되엿다.
嚴俊祥 外上代 2,100원 市場에서 取貸한 5仟 計 7仟百원 會計 完了해주웟다.

<1973년 10월 9일 화요일>
牛車 修理햇다.

<1973년 10월 10일 수요일>
午前에 大田에 갈 計劃로 全州에 到着햇다. 高速뻐스場에 當한니 마참 榮植 氏가 나타낫다. 同伴해서 택시로 附屬을 실코 집에 왓다. 組立을 해서 밤 10時까지 아다리를 냇다[조립을 마쳤다].

<1973년 10월 11일 목요일>
아침부터 午後 3時까지 精米 精麥하면서 完全히 아다리를 냇다.
附屬代 보리代 費用 해서 21,800원인데 6,000원 先拂金 除하고 15,800인데 榮植 治下金으로 5,200 計 21,000원을 주고 食고추 3斤을 주워 午後 3時 30分에 보냇다.
未安하다면서 10月 30日頃에 나와서 債務도 清算해주겟다고 햇다.

<1973년 10월 12일 금요일>
終日 비가 내렷다.
終日 精米 精麥한데 成康이도 助力해주웟다.

<1973년 10월 13일 토요일>
工場에 水菅[水管]을 掃除햇다.
井戶水路을 세멘으로 改修햇다.
堆肥 置捨[置舍]에서 윳노리한데 모두들 酒水에 취해서 이러궁저려궁한데 非難이 만햇다.

<1973년 10월 14일 일요일>
家事 整理하고 夕陽에는 精米햇다.
鄭九福 氏에서 5仟원 取햇다.
鄭圭太에 5仟원.
丁基善 3萬원.

<1973년 10월 15일 월요일>
7. 40分 列車로 全州에 갓다.
10時 高速으로 大邱에 到着한니 1時 20分. 法務部에 電話햇든니 韓福德이가 車을 가지고 왓다. 乘車하야 李珍雨을 面會하고 2時 高速으로 全州 着. 許 生員 宅에서 자고 새벽에 집으로 왓다.

<1973년 10월 16일 화요일>
養豚 8頭 中 1頭는 남기고 南連 1頭 仁基 1頭 殘 5頭을 成康 便에 南連 同伴해서 市場에 보냇다.
成吉 移居. 全州에 갓다.

豚 4頭	30,000
仁基	8,000
玉東	8,000
南連	7,000

計 53,000. 日비까지

<1973년 10월 17일 수요일>

丁基善	30,000
鄭九福	5,000
鄭圭太	5,000
金太鎬 日費	計 80,0000[80,000]
李道植 〃	2,000
蠶種代	20,000
肥料代	8,000

任實 山林係에 단여서 午後 3時頃에 新德面 着. 面長 副面長 戶籍係長을 初人事코 成苑에 身上을 付託코 酒席을 벌이고 4時 30分 車로 왓다.

<1973년 10월 18일 목요일>

午前에 精米하고 午後에 丁東根 시켜서 工場 修理.

後野 稻刈. 黃在文 고지.

鄭九福 5仟원 取貸 條 婦人에 傳햇다.

<1973년 10월 19일 금요일>

成東 35師團에서 訓練을 맞이고 他 軍隊로 配屬日이다.

金太鎬 作業日 13.5日 13,500원 會計 完了햇다.

丁振根 會計 5,150원 金太鎬와 同席 會計 完了햇다.

李道植日費 2,000원 婦人에 傳햇다.

任實 蠶業組合長 李光萬 氏을 面會햇다. 明春에 桑木을 椄木하고 싶다고 햇든니 우리 組合 名儀로 하라면서 組合에서 20萬株 椄木하고 乃宇 氏는 40萬 株 하면 60萬株을 郡에 豫定報告하겟다고 햇다.

加工組合 事務檢查을 한바 約 2時間 지낫다. 中食을 하고 보니 午後 3時엿다.

3時 10分 直行으로 全州에 到着한바 4時쯤이엿다. 成曉도 成康이도 其後에 왓다.

李澤俊을 맛낫다. 成東은 光州로 配屬되엿다고 햇다. 6時 20分이 된니 軍 추력[트럭]이 왓다. 成東을 맛나고 光州야 했든니 光州라면서 氣分이 조화햇다. 列車가 全州을 떠난데 德津에서 下車하고 成東을 데리고 澤俊이가 왓다. 밤 12時까지만 데리고 오기로 하고 成東을 데리고 食堂에 가서 夕食을 갗이 하면서 今般 光州訓練을 잘 밧고 곳 休家[休暇] 또는 外泊으로 오라고 당부하고 成康 成東과 作別하고 成曉 成樂이 갗이 택시로 집에 왓다.

<1973년 10월 20일 토요일>

午後 夕陽에 精米.

成苑은 10{月}分 初本給 29,500원인데 기여金 其他 雜 保險料을 除하고 25,000을 가저왓다. 그려나 첫 달부터 積金을 하라면서 월 16,000 入金이면 4座口[口座]로 하라 햇다. 그려 月 9仟원식이 成苑 用金으로 안다. 2번[이번]에는 父로써 7,000원을 주기로 햇다. 빕신[보기 싫은] 모양이다.

<1973년 10월 21일 일요일>

大里 郭在燁 氏 長男 結婚에 招請 全州에 갓다.

成康이는 任實서 公務員試{驗}에 代理者로 應試하다가 發見되여 警察에 立件되엿다고.

<1973년 10월 22일 월요일>

大邱에 갈 豫定이다.

12時 高速으로 大邱에 간바 3. 20分 電話로 말한바 福德이가 車로 왓다. 食量을 私宅으로 옴기고 司令部로 갓다.
李珍雨을 面會햇다.
夕食을 하고 밤 6時에 乘車코 全州에 9. 20分 着. 許 生員 宅에 宿泊하고 翌日 早起하야 왓다.
任實에 갓다.
成康의 件은 新聞에 大로 報道.

<1973년 10월 23일 화요일>
加工組合 朴判基 常務을 面會. 밤 늣게까지 놀다 왓다.

<1973년 10월 24일 수요일>
精米햇다. 終日한바 마음는 成康 事件만 生覺키면 氣分이 不安햇다.
밤 夕陽에 洋灰 20袋 운반햇다.

<1973년 10월 25일 목요일>
終日 精米햇다. 嚴俊祥은 上樑한다고 招請햇다.
炳煥이는 俊祥 氏 집에 알마하려 보냇다.
全州에서 成吉가 來訪햇다.

<1973년 10월 26일 금요일>
金昌熙 氏 子婦라면서 來訪햇다. 自己의 所有가 靑云洞에 잇다면서 現地踏査을 要請. 不得已 갓다. 約 2時{間} 半쯤 걷이여 3筆地을 차자주웟다.
全州에서 成吉이 來訪.
山西面 二龍里 尹 氏 庚寅生 24歲 女子 虎 12月 5日 生 庚子 時.

<1973년 10월 27일 토요일>
午前에는 精米하고 午後부터는 비가 내리는데 새벽까지 왓다.
全州에 成吉 집에 들이엿다. 成曉 婚談을 말한바 館村 金相洙 氏의 女息이라고 햇다.
집에 온니 崔永浩 母가 다시 왓다. 理由는 成曉 婚事 事主[四柱]로.

<1973년 10월 28일 일요일>
◎ 今日부터 成傑이는 館村 2區 당메[68] 梁氏 宅으로 下宿하려 갓다. 約 2個月 豫算으로 于先 白米 5斗 支出.
成苑은 農協 積金證書 4通을 보내왓다. 月 1口{座}에 3,995원식 4通이면 15,980.
午前 10時에 加工組合員總會에 參席. 式順에 依해서 監査報告에 들어갓다. 72年 10月 1日부터 73年 9. 30日까지 收入 - 支出을 細目別로 詳細히 郞讀[朗讀]하면서 報告햇다. 質問에 나서 3, 4人이 잇엇는데 解設[解說]을 해주웟다.
只沙面 崔永浩 母는 간다고 햇다. 旅비 5百원 成曉 四柱을 빼서 주면서 觀選하려 갈 터이니 日字을 알여 보내라고 햇다.

{1973년 10월 29일 월요일>
搗精햇다.
午後에는 種子麥 散布. 堆肥도 散布햇다.
崔在植 氏가 來訪햇다. 成曉 四柱을 보고 宮合도 對照한바 良護[良好]햇다.
밤에는 白康善 氏 宅에서 招待햇다.

<1973년 10월 30일 화요일>
工場에서 精米하고 고무노라 改修햇다.

68 임실군 관촌면 유산리 소재.

成曉 母 成植 母는 新田里에 觀選하려 갓다. 보고 와서 普通人物이라고 햇다.

<1973년 10월 31일 수요일>
精米하고 牛車로 벼 운반한데 協助햇다.
자청해서 鄭圭太 氏가 牛車를 가지고 와서 大端히 感謝하게 生覺햇다.

<1973년 11월 1일 목요일>
昌宇와 갗이 牛車로 벼 운반.
丁俊祥 木工事로 1日햇다. 大門 鐵板으로 製作한데 24,000에 決定햇다.
金學均 氏 밤에 來訪.

<1973년 11월 2일 금요일>
終日 精米햇다.
金鉉珠는 借米 1叺인데 利子만 4斗 주고 갓다.
朴公熙 婦人이 왓다. 世上에 밋지 못할 사람 보왓소. 뒤들 논에서 벼 10餘가리를 玄珠가 외봉을 첫소 하면서 논을 파아서[팔아서] 任實驛前에다 사겟으니 招介[紹介]하시요 했다.

<1973년 11월 3일 토요일>
아침부터 終日 精米한바 金學均 氏는 26叺엿다.
鄭九福에 金 萬원 借用해서 驛前 鐵工所에 보냇다.

<1973년 11월 4일 일요일>
黃宗一 氏에서 金 萬원 借用코 玄米機가 古章[故障]이 나서 修理햇다.
成曉는 崔今喆 結婚한데 同伴하고 밤에 왓다.
成苑은 職員드길이[직원들끼리] 姺餘[扶餘]로 丹楓놀이 간다고 갓다.
金學均 氏는 今日 本家로 떠나면서 土地을 賣渡해달아 햇다. 斗落當 16叺식.

<1973년 11월 5일 월요일>
12月 12日 成苑이 말{하}기에 貳萬원 주윗다고 하기에 이것이 이것이다. 桑苗代.69

舍郎에서 起床을 하고 冊床을 보니 貳萬원이 있엇다. 5仟원卷 4枚엿다. 深中[愼重]히 生覺해도 生覺이 나지 안타 어제 밤에 夕食을 맞이고 兩 家族이 相談도 하고 바로 嚴俊祥 移舍[移徙] 집에서 놀다 와서 舍郎에서 잣는데 異常이 生覺켜서 記入햇다.
◎ 母豚 交背시켯는데 金 壹仟원 주워 炳煥 便에 보냇다.
今石 母親을 맛낫다. 오는 日曜日頃에 處女 오바[오빠]가 觀選하려 온다고 햇{다}.
終日 精米. 最高能率을 올이엿다.

<1973년 11월 6일 화요일>
아침부터 밤에까지 終日 搗精햇다.
崔南連 氏에서 다시 招請햇다.
鄭太炯 氏 養豚에서 麥糠 1叺 주고 養豚을 ◎交配시켯다.

<1973년 11월 7일 수요일>
今日은 立冬. 日氣는 땃듯햇다.
終日 精米햇다.
鐵工所에서 成康 大門 달고 갓다.
南原 水旨面 홈실에서 妹氏가 왓다. 成曉

69 11월 6일 아침에 책상 위에서 발견한 2만원의 출처를 생각지 못하고 있다가 12월 12일 성원의 말을 듣고 비로소 알게 된 바를 따로 기록하고 있다.

婚事로.
三溪面 新亭里 崔容宇에서 편지가 왓다. 內書는 婚事關係엿다.
市基里 崔 氏는(철공소) 어제 山西面에서 婚談 잇다면서 연탐[염탐]하려 왓다고. 그래서 자리가 조타고 햇다고. 그러나 내의 甥侄[甥姪]이 屯南面 冷川里 있으니 갗이 觀選하려 가자고 햇다.

<1973년 11월 8일 목요일>
成奉 下宿米 2叺 託送. 물票는 成樂 便에 德津으로 보냇다.
8月 26日字로 下宿을 始作햇는데
9月 26{日} 1
10{月}. 26{日} 2
11{月}. 26{日} 3
12{月}. 26{日} 4
計 4個{月}分으로 計算이다.

終日 搗精햇다.
南原 눈님은 가신데 오는 18日頃 간다고는 햇지만 新田里 婚處가 適合하지 안나 햇다.
사지봉 八代祖 墓祠에 昌宇 順天 {堂叔} 重宇가 갓다고 들엇다.

<1973년 11월 9일 금요일>
午前 8時쯤 해서 成康 집 되야지 울을 고치니 本署에서 刑事 3名이 들어왓다.
마음이 괴로왓다. 自首을 시키라고 햇다. 各 방을 다 수색햇다. 成苑도 괄연[관련] 됫다고 햇다. 25萬원 預金確認書도 나왔으니 完全히 成康이는 代理應試가 分明타고 햇다.
가는 途中에 本人집까지 수색햇다. 刑事는 또 어제도 방아을 찌엿는데 없고 해서 고지듯지 안켓다고 햇다.
終日 방아 찟는데 마음이 괴로왓다.

<1973년 11월 10일 토요일>
成奎을 시켜서 全州에 보냇다. 可否을 못 보고 왓다.
終日 精米한데 心想이 괴로왓다. 2名이 해도 複잡한데 혼자 하니 마음이 다시 조치 안햇다. 술을 만히 마시여도 최하지를[취하지를] 안햇다.
成苑이 寢具을 가지고 왓다고.

<1973년 11월 11일 일요일>
新聞에 井邑郡 德川里 農協加工工場이 報導[報道] 되여는데 約 49萬을 들어서 精米機 改造로 白米가 京畿米 以上으로 米質이 조타고 햇다.
午後 1時頃에 成曉 觀選하려 왓다. 金相洙 氏의 婦人 兄弟 崔宗壽와 同伴해서 中食은 待接하고 맛참 成吉 內外도 왓다. 外面上으로는 兩家히 뜻이 잇는 顔形으로 보이드라.

<1973년 11월 12일 월요일>
終日 搗精한데 郵便配達이 왓다. 近 月 餘日인[거의 한 달만인] 今日 첫 편지인데 成東의 편지엿다. 私信은 광주 송정읍 신동 2區 보급소 최성동이라 햇다.
成康이는 먼 곳으로 간 듯시프다. 나무랫든니 誤算한 듯싶다. 별 도리 없다.
全州에서 尹미랑 父가 왓다.
成奉 課外비[課外費] 2仟원 주웟다.

<1973년 11월 13일 화요일>
午前만 精米하고 午後에는 各 田畓 巡回

[巡廻]하고 夕陽에 成康 집에서 許俊晩을 맛낫다. 先生은 그만 두고 딴 職業으로 변경햇는데 벌꿀 내는데 南關에 와서 잇다고 하기에 夕食을 갗이 하고 作別. 農牛가 없다고.

<1973년 11월 14일(陰 10月 20日) 수요일>
特集[特輯].
어제는 {()陰 10月 19日) 六代祖母 墓祭日이다. 나는 밥아서 못가고 昌宇을 보냇다.
아침에 成康 집에서 昌宇와 갗이 朝食을 하는데 昌宇는 어제 六代祖 墓祠 墓前에서 寶城 堂叔 新安宅과 시비한데 보기가 難햇다고.
其後에 重宇 말을 들으니 昌宇도 墓祠에 머드러[무엇하러] 와 {라는 말을} 新安宅이 하드라고. 今日 終日 氣分이 편치 못햇다. 新安宅만 가는 墓祠인지 終日 분햇다.
七代祖 位土는 自己 祖父가 팔아먹엇는데 엽치[염치] 줏게 단닌 꼴. 南陽 五代 구슬 6代 71年度에 立石해도 도라보지 안코 이제 墓祠에 단닌다고 염치 조흔 人間.
昌宇가 墓祠에 갈 人間이 안니면 接者[첩의 자식]인가 그려타고 본데 崔炳玉 氏 母는 어데서 鎭錫 氏을 뱃속에 너가지고 왓는지 證人 없다.
炳玉 氏 朔{寧}崔 家門 더러피지 말아. 座位을 고치라. 구술 崔炳基 氏도 新安宅에 依하면 그놈 제 에미가 데리고 온 놈인데 姓도 무엇인지 알게 업고 부칙이만도 못한 놈이 朔崔 行爲한다고 그전부터 2, 3次 非判[批判]햇다.
그래도 中心만 먹었으나 요지음 昌宇 兄弟 비평한 데는 내 자신이 용랍할 수 업고 大衆 前에서 機會 잇는 대로 面上에다 오염 색칠할 計劃이다.
이놈 보자 꼭 〃 〃.
71年度 陰 12月 4日 成奎 집에서 宗穀 淸算 時에 大里 炳赫 氏 堂叔하고 言設이 있을 때도 新安집은 뜻이 도종놈[도적놈]이라고 했이만 실지는 서자취급으로 햇다고 본다. 내 몸을 내가 더러피고 미꼬리[미꾸라지] 하나가 큰 방죽을 더러피다 싶이 崔鎭錫이가 朔崔 家門으 역歷史을 더러핀다고 生覺이다.
고백하지 안하면 後孫에 인게[인계]된다.

<1973년 11월 15일 목요일>
機械로 벼 脫作하{는}데 비가 와서 午前만 햇다.
南原 水旨面에서 눈님[누님]이 婚談하려 단여갓다.

<1973년 11월 16일 금요일>
午前 中만 精米햇다.
成樂을 시켜서 任實農協에서 金 3萬원 出金해 왓고 萬仟원 驛前 黃宗一 氏에 보냇다.
市基里 崔泰元 氏와 갗이 屯南面 冷川里 河 氏 집을 禮訪햇다. 處女는 23歲 8月 14日生이라고 햇다.

<1973년 11월 17일 토요일>
終日 精米햇다. 圭太에서 借用米 2叺6斗 入하고 白康一에서 白米 現金 13,260원 收入햇다.

<1973년 11월 18일 일요일>
搗精 中 구랑구 메다루가 야게루해서 까가낸데[깎아냈는데] 終日 修善했어도 不足햇다.

벼 脫作은 今日 끝낫다.
成曉는 金堤로 機械修理 敎育 갓다.

<1973년 11월 19일 월요일>
終日 元動機[原動機]이는 오히루[오일]가 솟지 못해서 힘이 들엇다.
다시 뜻고 보니 빠이푸가 구멍이 나서엿다.
墓祠日이다. 高祖兩位.

<1973년 11월 20일 화요일>
終日 搗精한데 單獨으로 複雜햇다.
寶城 堂叔이 왓다. 陰 7{月} 13日頃에는 서울로 떠나겟다고 하면서 老人들이 섭〃해서 술 한 잔 準備되엿다고 햇다.
嚴俊祥 氏을 맛나서 不遠 畿 拾餘 萬원 程度 土地代 1部을 주마고 햇다.

<1973년 11월 21일 수요일>
午前 中 精米햇다.
今日 金進映 氏 生日이라 招請햇다.
驛前 市基里 崔泰完 氏가 왓다.
오히로 4초로[초롱](당 1,700원식) 6,500원을 成愼 成俊 便에 리여커까지 해서 보내며 現물 引受햇다.
밤에 崔今石을 路上에서 相面코 집으로 왓다. 다음 日曜日에 相對 面會키로 햇다고. 좃다고 하고 成曉는 金堤로 敎育 갓으나 오면 命令하겟다고 햇다.

<1973년 11월 22일 목요일>
南原에서 李起亨 氏 仲介人은 扶安 金氏인데 25歲에 4月 26日生 술[戌]時라 햇다.
寶城宅은 明日 觀選하려 가자고.
大里 郭在燁 氏 父親 死亡. 已事가 만한데 工場을 맛길 데 업고 外事도 多忙한데 1日 1時도 餘有가 없으니 複雜之事라.
終日 精米햇다.

<1973년 11월 23일 금요일>
아침에 搗精 10時까지 하고 大里 郭 氏 問喪을 갓다.
잠시間 成吉이와 相談하고 驛前에 나갓다.
寶城 堂叔과 同伴해서 南原에 李起亨 宅을 禮訪햇다. 處女 집은 山東面 新력리[70].
태시[택시]로 起亨 氏 內外 갗이 갓다. 中食까지는 準備가 되엿다. 觀選하고 보니 普通인 듯.
집에 온니 밤 7時엿다.

<1973년 11월 24일 토요일>
아침부터 終日 방아 찌엿다.
尹在成은 搗精工場 封緘을 하려고 왓는데 立場이 難햇다.
新德面 吳 氏 戶籍係長이 來訪햇다. 桑畓을 求見하려 왓다.
밤에 彩玉과 南原에서 눈님이 오시엿다. 成曉 婚事로 온 듯. 明{日} 全州에서 卽接[直接] 對面키로 햇다.

<1973년 11월 25일 일요일>
成曉는 成苑을 同伴 南原 妹氏까지 해서 全州에 보냇다.
午後에 1時 半이 된니 南原 山東에서 왓다.
今日은 工場도 多事엿다. 中食도 갗이 못하고 客만 接待햇다.
成康 事件으로 支署에서 왓다고 成奎가 말햇다.

---
70 신련리를 잘못 쓴 것으로 보인다.

밤 10時 10分까지 作業햇다.
鄭宗化 母에서 600원 取해서 成奉 주웟다.

<1973년 11월 26일 월요일>
어제 成曉 成苑 全州에서 處女 觀選함을 成曉에 무르니 普通이라고 햇지만 成苑에 무루니 人物이 조치 못하고 코도 異常하고 身長도 적으며 適當치 못하다고 햇다.
南原에 편지를 썻다가 부치지 못햇다.
山西面에서 永浩 母가 또 왓다. 尹氏 宅 처여[처녀]를 明日 보려 가자고 하기에 不遠 成婚이 될 듯하니 말삼 마시요 햇다.
安承均 氏 借用米 6叺4斗 償還 完了.

<1973년 11월 27일 화요일>
不得已 今日도 精米햇다.
成奎가 왓다. 成康 事件는 新平支署로 移還讓 되엿으니 每日 갗이 支署에서 來往이 深한니 意思을 問議하려 왓다.
本件은 成康 意思을 들으라 햇다. 父母도 別道理가 없다고 햇다.
처음으로 大里에서 벼 共販日이엿다. 벼 15叺을 牛車 便에 보낸바 2等으로 入庫햇다고.

<1973년 11월 28일 수요일>
午前 中에만 精米햇다.
夕陽에 館村驛前에 갓다. 鄭敬錫을 對面 油類을 付託한바 30日부터 開業한다고 햇다.
어두워젓는데 任實中央病院에 갓다. 뒷발자을 治料햇다.
집에 온니 全州에서 成吉이가 왓다.

<1973년 11월 29일 목요일>
◎ 今日부터 禁酒令을 自身이 내렷다.
成曉 稧金 9萬원 中 8萬원 入인데 바로 通帳을 주면서 新平農協에 入金하라 햇다.
積金은 10萬원 中 5萬원은 融資해 썻다고 햇다. 그리고 明年 6月頃에 稧金 10萬원 찾는다고 햇다.
※ 成奎에서 秋穀買上代 15叺 79,180에서 蠶種代 21,450 肥料代 8,796 取貸金 2,000 雜種金 2,400 計 34,646 除하고 殘 44,534원 引受해왓다.
成吉 便에 成奉 授業料 冊代 計 10,140원 주워 보냇다.
※ 成曉는 定期預金卷으로 8拾萬 預置햇다.

<1973년 11월 30일 금요일>
任實 加工組合에 들이여 許可更新書類 求備切次[具備節次] 打合하고 新平面에 갓다.
元泉里 黃 氏 漢의사에 依賴해서 목에 발치藥을 사가지고 왓다.
요날을 新平 共販인데 벼 15叺을 出荷한바 全部 2等이엿다.
鄭敬錫 집에 油類 付託. 明日 가기로 하고 왓다.
벼 15叺 中 3叺는 收得稅로 收納하라 付託햇다.
어지려운 11月도 마지막 갓다.
複雜한 精米事業.
成康 事件으로 고민
成曉 婚事로 고민
모든 家事整理
雪霜에 加霜格으로 뒷목에 발치가 나서 밤이면 잠을 잘 못 이루고 있다.
禁酒를 하고 보니 食味는 大端히 良護햇

다. 담배도 禁煙하고 있으니가 外出하면 親友들 相對하{기}가 難色도 있다.

<1973년 12월 1일 토요일>
今月은 大雪 冬至 初中高生 放學 債權 債務 整理 明年度 農事 및 事業設計 進學兒 調定의 달이기도 하다.
※ 午前에 工場 許可更新 手續하고 왓다.

<1973년 12월 2일 일요일>
成曉 成苑 成奎와 同伴해서 南原에 觀選하려 보냇다.
밤에 왓는데 人物이 박하다고 말하고 斷念하라 편지도 해주시요 햇다.
邑內에 崔성경이라고 大尉가 왓다. 1家間인데 日曜日이라 놀여왓다.
終日 방아 찌엿다.
1身은 如前히 不安하다. 발치는 낫지도 안코 잇다.

<1973년 12월 3일 월요일>
눈이 나리여 벼를 널다가 中間에 거더치웟다.
1部 精米햇다.
桑苗木 壹仟 株는 今日사 3日 만에 가저갓다고 햇다.

<1973년 12월 4일 화요일>
되곡지[뒷꼭지; 뒤통수] 발자는 날로 심해저 갓다.
終日 방에서 治料햇지만 如前히 애려서 大端햇다. 밤이 된니 더 애드라.
成奉 放學이라고 왓다.

<1973년 12월 5일 수요일>
終日 방에서 治料햇다. 고롬도 만니 나왔으나 如前히 애리엿다.
全州에서 成吉가 왓다.
崔今石 母는 新田里 婚事로 갓다. 그런데 밤에까{지} 오지 안햇다.
夕陽에 成玉을 시켜서 鄭九福 氏에 借用金 21,500원 보냇다.
成英을 시켜서 丁基善 氏에 借用金 33,000원을 보낸바 本人이 없어 母親에 드렷다고 햇다.

<1973년 12월 6일 목요일>
柯亭里 藥이 조타 하기에 사려 보냇다.
終日 方[房]에서 藥 治料만 하고 잇는데 몸이 좋이 못햇다.
成樂이는 말하기를 明年 3, 4月에 美國을 갈가 한데 父母 意思가 엇젓소 햇다.
條件는 手續비 旅券비 雜비 해서 70萬원이 든데 規側[規則]은 2年이지만 3, 4年까지 잇을 수 잇다고 햇다.
願이면 願대로 해보겠으니 잘 아라보라 햇다.

<1973년 12월 7일 금요일>
終日 방에서 몸조리햇다.
鄭圭太 崔瑛斗 鄭太燮 李順宰 李正鎭이가 왓다.
理由는 靑云洞 林仁順 家屋 田畓 買賣[賣買]次 契約書 作成하려 왓다.
밤에까지 締結햇다.

<1973년 12월 8일 토요일>
成樂는 今日 前{부}터 放學에 들엇다. 終日 工場에서 갖이 勞苦햇다.
炳列 堂叔 支署 巡警이 왓는데 林 氏는 初面이라 처음 人事햇다.
成康 아버지야 하면서 人事한 지後에[이후

에] 成康을 自首시켜 달아고 햇다.
父母 마음대로 못하오니 處分대로 하시요 하고 中食만 待接해서 보냇다.
또 마음은 괴로왓다.

<1973년 12월 9일 일요일>
午後에야 精米햇다.
嚴萬映 딸임은 아마 연애에 失연한 듯십다고 昌宇는 말햇다. 福喆 家族이 실어한다고 해서 福喆은 完全이 接見 接待가 遠居리[遠距離]로 들엇다고 햇다. 同寢까지 藉〃한 사인데 이제는 完全 斷絶되엿는{지} 仁子 親友 몽코리까지도 成立의 回復을 시키려 했으나 실패로.
◎ 成樂 便에 秋事 人夫賃 10,550원 散布 주라고 주웟다.
大里에서 共販日. 25叺 中 3叺는 糧肥로 22叺는 買上으로 햇다.
成曉는 全州로 觀選하려 갓다. 全州에서 金相洙 氏는 深히 무려보드라고 했다.

<1973년 12월 10일 월요일>
※ 成傑 下宿米 5斗 支給 成樂 便에 館村에 보냇다.
아침에 成苑을 불여왓다. 그적에[그저께] 土曜日에 又 月曜日에 집에 오지 안히 안한 理由을 부치여 나무래다. 父母는 或 全州나 外出 가지 안나 하고 으심이 들엇다.
嚴을 浸鬪[浸透] 주웟다.
오래된 農藥代 3,050원 成苑 人便에 주는데 二重으로 준 듯십다.
今日 午後에 洞有林 公開競爭入札에 回附한바 全州 陳용均 氏가 1,111,100원에 落札되엿고 第二 人이 嚴俊祥은 1,100,000원에 流札엿다. 査定價는 199,990원인데 간신이 流札되엿다.

<1973년 12월 11일 화요일>
午前에는 成樂이와 새기 꼬왓다.
午後에는 精米한바 李正浩가 방아 찌로 왓다. 白米 2叺8斗쯤 찌엿는데 先새경 2叺을 바드라 햇다. 밧는데 正浩 母는 죽어간 사람 살인다고 咸해 달아고 햇다. 못하겟다고 据絶[拒絶]햇다. 不良한 人間들이엿다. 母까지도 不良한 心思로 본다.
桂樹里에서 崔炳文 氏가 왓다. 婚談인데 此後로 미루고 作別햇다.
成奎을 맛낫다. 洞有林 公開競爭 入札에 對하야 事前에 內室에서 入札者 全州 人과 陰秘[隱密]히 言約 現場에서 手先으로 暗號하야 多幸히 入札되엿다고 햇다.
乾橾場[乾燥場] 1棟에 15仟원에 사기로 하고 桑 200株 票木[栗木] 20株까지.

<1973년 12월 12일 수요일>
午前에 精米햇다.
裵明善 借用米 10叺 中 7叺는 現品이고 3叺는 現金으로 3萬원 받앗다.
裵永植에 白米 1叺 萬원에 냇다. 그려면 今年 白米는 總計 今日現在로 5叺5斗 56,000쯤 賣渡햇다.
許今龍 氏 來訪햇다.
成奉은 全州 下宿집에서 敎課書[敎科書] 寢具 1切을 가지고 歸家햇다.
成樂 親友 3名이 外遊하려 왓다.
丁基善 借用米 3叺인데 利{子} 9斗 해서 3叺9斗 {會}計 完了햇다.

<1973년 12월 13일 목요일>
아침 해장에 成英을 시켜서 金今龍 便에

成樂 便에 再次 館村 崔香喆 氏에 보내달고 傳햇다. 金 14,500원라 記入햇다.
成玉 便에 嚴俊映 (대순) 2,900원 보냇다.
成苑이 新德서 왓는데 100本이 不足해서 2,500원은 내가 代納해서 22,500원을 成英便에 보냇다. 嚴俊峰 桑苗代.71
嚴俊峰 桑木代 25,000원 成玉 便에 보냇다. 그럼 全部 25,000원로 끝인데 내가 5,000원 代納햇다.
炳煥은 牛車에 지게를 부시엿다고 2仟원 주워 한데 氣分이 좇이 못햇다.
信字는 白康善 畓 6斗只 77叺에 買受 契約햇다.

<1973년 12월 14일 금요일>
成奎에 乾材 鐵材代 15,000원 支拂햇다. 又 票木[栗木]代 20本 700원 支給햇다.
肥料代 尿素 7袋 複合 12袋 용성인비 5袋 計 24叺을 買上. 籾 3叺 15,878원에 會計 完了햇다.
王炳{煥} 年給 6叺 支出.
支署에서 國林雨 巡警이 왓다. 支署長 女妹 結婚한다고 喜捨金 要求. 2仟원 주워 보냇다.
成樂과 同伴해서 全州에 갓다. 尹美郞 집에서 成樂 渡美關係를 打合. 12月 25日에 맛나기로 하고 湖南商會 外上代 13,000원 주고 9仟원 在하고 왓다.
成赫 집에 白米 3斗 주웟다. 成奉 下宿米 엿다.

<1973년 12월 15일 토요일>
10時 40分 直行빼스로 光州에 到着. 1時엿다. 成東을 面會한반[면회한바] 맛침 위병소에 있어서 별 자세한 말은 못햇다.
身體에 발치가 생겨서 고생한다고. 金 7,000원을 건너주고 약은 사서 보내주겟다고 作別햇다.
3時 20分 急行으로 집에 온니 6. 50分. 고되드라.
成曉 婚事는 明年 正月에 하자고 新田서 通知왓다고 햇다.

<1973년 12월 16일 일요일>
成吉가 來訪햇다.
韓福德이가 大邱에서 왓다. 오는 12月 18日 大邱에 가겟다고 말하고 白米 5斗 福德便에 보냇다.
終日 精米한데 氣溫이 零下로 내려 추웟다.
夕食을 맞이고 6時 30分쯤 成苑을 데리고 全州에 李善玉 집을 訪問햇다.
金승북 住所을 물으니 모르겟다고 하며 明日 알아보겟다고 해서 왓다.

<1973년 12월 17일 월요일>
午前에는 새기 꼬왓다.
午後에는 精米햇다.
아침에 崔今石을 불어 新田里 金 氏 집에 通知해서 오는 日曜日에 全州에서 사진을 찍{어} 오라 傳하라 햇다.
夕陽에 빼스로 金승복을 맛나려 간바 住所不明이라 되돌아왓다.
成苑은 新德에서 自취한데 蠶業 指導員이 왓다 갓다 한데 面長에 말해서 三게面[三溪面]으로 쪼찻다고 햇다.

<1973년 12월 18일 화요일>
午前에는 방아 찌고 成樂에 精米을 맷기고

71 줄을 바꾸어 새로 내용을 적고 있다.

全州을 거처 高速으로 大邱에 간바 5時 30分이엿다. 韓福德이가 車을 가지고 왓다. 夕食을 珍雨 집에서 하고 밤 10時頃에 珍雨을 對面하고 相議햇다. 不遠 全州에 가면 訪問하겟다고 햇다. 旅館에{서} 잣다.
成奉 英語講座 첫 開院햇다.

<1973년 12월 19일 수요일>
아침 8時에 旅館에서 起床햇다. 朝食을 珍雨 집에서 하고 찝차로 高速{버스정류}場에 왓다. 9時 20分에 乘車하야 大田으로. 全州에 當한니 12時엿다. 市內을 거처서 집에 온니 3時엿다.

<1973년 12월 20일 목요일>
終日 精麥 精米햇다.
※ 炳煥을 시켜서 大里 契穀 5叺을 運搬해 주웟다. 康治根 氏에 보냇다.
崔錫宇 畓 賣渡代 白米 16叺을 寶城 堂叔에 넘겨 주웟는데 白米는 嚴俊祥에서 들어왓다.

<1973년 12월 21일 금요일>
終日 눈비가 내렷다.
終日 방에서 休息. 발치로 因해서 언잔햇다.
12月 18日字로 農協貸付 條 蠶室資金 2棟分 40,200원 支給햇고 動力분무기代는 10,951원에 償還 完了햇다. 滿 5年 만에 끝이 낫다.

<1973년 12월 22일 토요일>
終日 梁奉俊 집에서 契가리 햇다.
書類整理는 내가 한바 總 稧穀은 6叺3斗인데 6叺는 3割利로 노왓고 3斗은 非常米로 契長에 保菅시켯다.
成吉은 桂壽里 林野을 사자고 햇다.

<1973년 12월 23일 일요일>
成苑에 金 五仟원 貸與해주웟다. 旅費가 郡에서 오지 안햇다고 햇다. 此後에 返還키로 햇다.
嚴萬映 집에서 게가리한데 中食은 그 집에서 햇다.
契米 絶對로 4利로 收入하라 햇다. 萬諾[萬若]에 3利라 하면 昨年 條는 1割 返還해야 한다고 하고 왓다.
成曉는 裡里에 겨을 農事敎育訓練하고 3泊 4日 만에 왓다.

<1973년 12월 24일 월요일>
零下 15度인데 理髮하려 驛前에 갓다. 休日이라고. 다시 오게 된니 마음 不安햇다.
回路에 엽서 6枚을 사서 束錦[束金]契員에 28日 集會 通知햇다
成康 집에 白米 1叺 食糧으로 보냇다.

<1973년 12월 25일 화요일>
成英은 밤 7時 빼스로 新德에 갓다.
養豚 2頭 賣渡代 61,000 中 56,000원 入金 5,000 在햇다.
嚴俊映 便에 殘 5仟원 들엇왓다.
夕陽에 嚴俊映 便에 輕油 2드람 8,500원식 가저가라 햇다. 炳煥을 시키고 卽接[直接] 갓다.
理髮하고 오는 途中에 成奎 萬映을 맛나서 同行햇다. 건너 酒店에서 萬映을 맛나고 洞里 林野賣渡에 對한 所有權비을 말한데 成奎는 仁基는 債務 130萬원 萬映은 10萬원이라고. 그 債務을 全部 갚아달아는 뜻인지 不知햇다.

<1973년 12월 26일 수요일>
에제[어제] 25日 午前 12時 30分頃에 崔南連 氏가 來訪햇다. 同席에서 말하기를 池野 昌宇 畓 二斗只을 買度[賣渡]하라 햇다. 昌宇는 他人의 債務가 27叺인데 其 畓을 賣渡케 하면 債務가 끝나게 되엿다고 한다고.
氣分이 不安햇다. 近 10餘 年 間을 공히 짓고 몽이자[몽리자] 負擔도 내지 안코 收得稅도 地主本位로 내기 때문에 주지도 안코 中央에 가 留置[位置]한 畓이기 대문에 물 한 번 대지 안코 순〃히 順序로든 모심고 논매고 벼 베로 오면 끝이 나고 農事을 다 짓는다는 것.
成吉이도 參席이 되엿다. 22叺에 結定해서 他人 耕作한다면 時〃로 不安하다면서 買收하기로 햇다.
밤에는 父母 兩位 祭祠엿다.
大宅 成奎 집에 갓다. 成吉 昌宇 內 家族이 모엿다. 논을 판다고 햇나고 무루니 내 논이 안니데 兄의 處分이라 햇다. 나는 二次에 거처 두 번 사게 된다면서 白米 22叺을 가저가고 1叺는 債務로 除하고 21叺을 가저가라 햇다.
東錦契 有司 食料品 求買[購買]次 任實에 갓다. 約 4,300원 들엇다.

<1973년 12월 27일 목요일>
새기 꼬다가 任實 糧政係에 들이엿다. 工場에 原動機 油類 所要量 申請書을 냇다.
夕陽에 柯亭里에 가서 뒤발자을 쨋다. 藥代 450원.
◎ 家犬 血通書[血統書]을 밧기로 하고 約 3個月 間 全州에서 訓練을 시기로[시키려] 보내다. 金用石 長男에.

<1973년 12월 28일 금요일>
東錦契員 全員 參席 同{伴} 婦人해서 終日 滿促[滿足]하게 놀고 飮食도 豊富햇다. 明春에는 佛國寺로 外遊하기로 한바 契穀 8叺 중 3叺 使用코 不足額은 自費로 充當키로 햇다. 外人은 嚴萬映 農協 全 氏가 參席햇다.
面長 金哲浩 말에 依하면 新田里 金相洙 氏가 元泉里에 와서 哲浩을 招請고 成曉에 對한 身分을 물드라고. 答辯은 元側[原則]대로 햇다고 햇다.
契 費用은 約 6,600원 드엿다[들었다].

<1973년 12월 29일 토요일>
終日 精米햇다.
鄭敬錫에서 輕油 4드람 引上價格으로 4萬원에 가저왓다.
昌宇 畓 買受代 1部 林玉東에 參叺 支給햇다.
宗契가리하고 白米 收入內譯을 炳赫 堂叔하고 따지니 只今 現在로 炳赫 氏가 6叺 3斗 炳基 堂叔이 3叺 泰宇 26斗 昌宇 9斗 計 12叺 7斗이엿다. 元子임. 明年 12月에는 元子만이라도 會計하기로 햇다.

<1973년 12월 30일 일요일>
鄭圭太 酒店에서 外上代을 計算한니 15,000원 程度엿다.

<1973년 12월 31일 월요일>
9時 40分 列車로 冷泉里 外家에 當한니 12時 30分이엿다.
順天에서 趙宰澤이도 왓다. 밤새도록 철{야}햇다.
成曉 母는 말하기를 新田里 金相洙 氏 집에

서 陽曆 설 쇠면 四星을 보내고 婚禮는 陰曆 正月에 擧行하자고 通知가 왓다고 햇다.

成傑 下宿
10月 28{日} 5斗 支出
12月 10{日} 5斗 支出
11月 5日 母豚 交背
11月 6日次豚 〃 〃 成康 집이 것.

<1974년 1월 1일 화요일>
9時에 出發해서 南基泰 趙宰澤는 順天에 간다고 出發 作別햇다.
집에는 12時 50分이엿다.
成東은 처음으로 外出次라고 光州에서 왓다.
◎ 南連 氏에서 借用 10叺 中에서 내의{() 乃宇 條()} 債務白米 3叺 9斗(사우)을 除하고 南連 氏가 昌宇에서 받을 白米 1叺 除 計 4叺9斗을 除하고 5叺1斗을 現金으로 叺當 9,800원식 해서 59,980 받앗다.

{뒷면 내지}

<1973년 12월 20일 목요일>

電氣假燈假設豫定表

住宅		안방	1
		웃방	1
		뒷방	1
		부억	1
		마루현관등	1
	小計		5
舍郎	上下	2	
畜舍		1	
便所	안변소	1	
	計	4	총게 21등
第一 蠶室		1 ┐	
第二 蠶室		2 │	〃
工場		3 ┘	
成康	현관 1	5 ——	6개

1974년

<내지1>
1974年度
農事 養蠶 搗精 植桑 梫木 養畜
月別 메모 멤바

一月 中	農機具 修善[修繕]
二月 中	春麥 播種 및 土入 二十八日 豚兒 生日
三月 十日	麥 追肥 菅理[管理]
三月 十五日	桑田 肥培 菅理
四月 十五日	水稻 苗板 準備
四月 二十日	苗板 設置
五月 一〇日	蠶室 蠶具 消毒 三, 四次 實行
五月 二十日	蠶種 掃立 七枚 計劃
六月 十日	夏麥 脫穀
六月 二十日	移秧 預定
七月 五日	秋季 桑田 肥培 菅理
八月 十五日	蠶室 蠶具 消毒 實施
八月 二十五日	秋蠶 八枚 掃立 計劃
九月 十日	新穀 精米 始作
一〇月 一日	麥 播種
	梫木 植桑은 別途 參照

<내지2>
1973年度 實地 歲入 歲出 表
歲入

歲入額	款項目
144,538원	72年産 秋곡 買上 31叺
535,100원	龍山 6斗只 土地 賣渡代 1部[一部]
35,800원	金宗燮 土地賣渡 中介料[仲介料]
76,550원	白米 7叺7斗 市場 賣渡
181,500원	養豚 賣渡代

78,000원 畜牛 1頭 賣渡代
16,000원 債權 條
10,480원 精麥 18斗 賣渡
378,000원 春蠶 7枚 賣渡代
389,754원 夏麥 97叺 買上代
85,000원 預金 出金 條
50,000원 債務 條
455,356원 秋蠶 8枚 晩秋蠶 3枚 買上代
80,000원 成曉 契金
285,000원 秋穀 買上 52叺代
5,230원 雜收入
總 2,804,098원
312,000원 白米 31叺 2斗 債權 條 收入
總累計 3,116,098원 整

<내지3>
340,000원 73年 12月 末日까지 工場 賃料
166,000원 〃 〃 夏麥 工場 精麥 〃
160,000원 〃 〃 脫麥 賃料
~~200,000~~ (인) ~~白米 工場~~(인) 在庫量
100,000원 農곡 벼 20叺 豫算
總 累計 3,832,098원 整
成曉 成苑 月給은 除外했음

1973年 歲出
歲出額 款項目
2,408,661원 家政 用下 人夫賃 肥料代 飯饌代 衣服代 交際비
301,565원 工場 油類代 其他 附屬代 技術者 修理비 1切[一切]
248,940원 初中高 學費 1切[一切]
仝上 計 2,959,166원

歲入 3,832,098 - 2,059,166 = 872,932 黑子
黑子 內譯 預金 170,000 + 現金 103,000 + 벼 在庫 100,000원 + 500,000원 = 872,994는 白米 벼 油類 其他임

<내지4>
明信明心思

收入을 最高로 올여놋고 支出은 最高로 주려보자.

成苑은 月 四五萬원 契錢이 들어간다.
~~一. 成曉 條로 2月 中 5萬원 貸付積金~~
~~一. 成曉 條로 6月 中 10萬원 私契金~~
~~一. 成苑 條로 3月 中 20萬원 積金貸付~~
一. 成苑 條 6月 中 10萬원 契金 收入 條
一. 成苑 條 新德서 20萬 契金 끝番
一. 成苑 條 鄭宰澤 婦人 契金 5萬원

<내지5>
새해를 迎新하고 舊送하게 된 1974年 甲寅年을 마지하야 새삼 新年度 多目的 事業計劃이 觀望되고 送舊年 事業 歲入 歲出을 各 帳簿에 依해서 計算해 보니 다음과 갓다.
73年 歲入計劃 豫算
3,832,098 - 2,711,000 = 1,121,098 歲入 迢過[超過]됨
2,959,166 - 1,555,000원 = 1,403,166 迢過 支出됨
그렴 收入 支出을 正確히 計算해보니 872,932원이 黑字인데 累年間 中 73年度에 大成功한 셈이다.
畓 6斗只을 賣渡했지만 50叺 白米를 收入 除하여도 372,932원 黑字로 生覺된다.
年末 深夜에 記載했다.

<내지6>
成傑 下宿米 1月 28日分 5斗 殘 2斗이면 된다고 햇다.
家犬 訓練所 入隊 12月 27日 午後 全州에.
~~鄭大燮 外上代 2,480 殘 完子~~.

1974 甲寅年

<1974년 1월 1일 화요일 陰 12月 8日>
새해 아침이 발갓다.
外家집 內外 食口와 갗이 外叔母 山所에 省墓하고 外祖母 墓所에 再拜했다.
朝食이 끚이 나기가 밥으게 歸路에 出발 順天 趙宰澤 姨從弟도 南基泰도 同伴 求禮驛에서 各各 作別햇다.
집에 當到한니 12時 50分이엿다
※ 成奉는 今日부터 英語 課外 始作하려 全州에 갓다.
崔南連 氏가 왓다. 借用米 10叺 中에서 乃宇 債務 條 3叺9斗(自己와 婿) 條 昌宇 條 1叺 計 4叺9斗를 除한 5叺1斗를 9,800식 計算해서 現金으로 5叺1斗代 49,980원을 밧고 其外에 白米 2叺代를 先金으로 19,600원 밧앗다.
成東은 9月 4日 入營한바 約 4個月 만에 집에 왓다.

<1974년 1월 2일 수요일>
一. 아침에 任實 宋 氏가 養豚 사려와 解斤한바 169斤 33,200원에 가저갓다.
一. 安承坳 氏 宅에서 新洑 役事 日工 計算해주고 왓다.
一. 成傑 成苑은 全州 齒課에 간바 約 1週日 治料[治療]해서 이를 새{로} 한데 4仟원이 든다고 햇다.
一. 成東은 全州에 간다고 하여 壹仟원을 가지고 갓다.
一. 成曉는 新田里 金相洙 氏 집에서(妻家가 될 집) 親友들과 게가리를 한다고 갓다. 有司次禮[次例]다고 햇다.
一. 終日 精麥만 햇다.

成吉이가 全州에서 來訪햇다.

<1974년 1월 3일 목요일>
73年度 學費 支出은 72年度에 比하면 135,444원이 줄엇다. 成東 成苑 卒業한니 이쯤 줄은 것으로 본다. 이러한 多額收益과 支出低調이면 우리 家政도 餘地가 多量의로 生覺된다.
成東이는 光州에 出發. 旅비 2,500원 주니 적은 듯시펴하더라.
終日 精米햇다.
成曉는 新田里에 어제 간바 只今 오지 안햇다. 듯자 한니 親友 結婚式에 參席. 今日은 面에 宿直이고 結婚問題는 舊正에 한바라고 햇으니 아마 成曉와 打合이 된 듯하다.
아침에 韓福德을 對面 全州 四寸弟 公判는 1月 10日인데 7, 8{日}頃에 珍雨가 온다고 햇다.

<1974년 1월 4일 금요일>
成曉 洋服代 成奎에 25,000원 支拂
鄭圭太 外上代 15,000 支出했고
嚴俊映 보리갈이 1,300 〃 〃
鄭九福 지게갑 2,300 〃 〃
成樂 便에 보냇다.
終日 精米햇다.
李順宰는 靑云洞 家屋을 拋棄햇다고 해서 他人에 再契約 作成해주웟다.
鄭鉉一 氏 宅에서 招請햇다. 參席해 보니 陽曆過歲햇다고.
成曉는 2泊 3日 만에 왓다. 장母 될 女人과 私席에서 面會하고 舊正에 四星擇日을 해 보내라고 햇다고 하고 오는 1月 10日 全州에서 面會키로. 親友 招介[紹介]엿다고 햇다.

<1974년 1월 5일 토요일 陰 12월 13일 小寒>
舊正 初에는 四星擇日 婚書紙를 보내겟다.
終日 精米햇다.
嚴俊祥 氏를 맛나고 明日까지 書類 求備[具備]해서 오라 햇다. 그려면 서울 가서 印章 捺印 해다 주마 햇다.
밤에는 앞 酒店에 갓다. 言語가 高度로 높아 바로 우리의 門前인데 立場도 難햇다.

<1974년 1월 6일 일요일>
서울 金永台 白米 12斗代 12,000원 入金햇다.
밤에 成康 집에서 七星契員 召集코 契穀 淸算하라고 당부.
昌宇는 柳正進의 件을 끌어내고 말햇다.
15日 契加理
20日 大田 가기로 햇다.
黃在文{에게서} 乾橾場[乾燥場]用 비니루 3,700에 삿다.

<1974년 1월 7일 월요일>
寶城宅 畓 화리갑 白米 3叺을 完宇에 傳해 주윗다.
金進映 집에서 쌀게 한다고.
아침에 柳正進을 불어다 타일엇다.
終日 精米햇다.
成英 成允는 新德에 갓다.

<1974년 1월 8일 화요일>
午前에는 새기 꼬왓다.
午後에 成傑 入學 希望 學校 選定한데 永生高을 말한다. 마음이 조치 못햇다. 成傑은 工高 商高을 뜻을 두데 뜻대로 되지 못해서 왓다.
朴公熙을 對面하고 田畓 買賣을 말한바 此後로 미루웟다.
밤에 柳正烈이가 왓다. 代土 準備가 못되엿다고 말햇다.
成奉 便에 4,500원 주워 보냇다.

<1974년 1월 9일 수요일>
林長煥 氏는 鄭鉉一이가 白米 20叺을 줄터이니 保證을 서 달{라}고 햇다. 生覺한니 鉉一은 쌀빗을 주면 주엿지 保証 말을 햇는고 하고 路上에서 鉉一 氏을 맛나고 林長煥 쌀빗 주{도}록 햇나고 무르니 全然히 말한 일 없다고 햇다. 鄭圭太는 말하기를 崔乃宇 保證을 세워 줄 터이니 白米 10叺만 달라고 林長煥 쌀게도 안될 듯하다고 鉉一은 말햇다.
夕陽에 全州에서 許今龍 氏가 왔다. 鄭鉉一 林野移轉 關係인 듯.

<1974년 1월 10일 목요일>
終日 精米햇다
丁基善 許今龍 氏 來訪햇다.
李正勳 집에서 招請햇다.
入學願書을 學校 當局 意思대{로} 하고 學父兄의 意見은 無視하오니 父兄{으}로써는 遺感千萬[遺憾千萬]이다.
밤에 成奉을 시켜서 片紙을 擔任先生에게 보냇다. 萬諾[萬若] 不應하면 應試 不許함.
丁基善을 對面코 林長煥 保證 關係를 무르니 崔乃宇가 借用者가 되고 林長煥이가 保證人이 되면 주마 햇다고.

<1974년 1월 11일 금요일>
成曉는 成樂 卒業式에 參席코 新田里 親友와 夫婦가 될 間에 相面키로. 이곳에서는 成康 成苑이 參席키로 하야 場所는 處

女 兄夫집 金銀方[金銀房]이라고 햇다. 旅費는 6仟원 주웟다.
아침 7時 30分이 되엿다. 本署 搜査刑事 4名이 들어왓다. 成康를 찻는데 立場이 難햇다. 心思가 不安햇지만 父子之間이라 別道理 없이 갔으나 成曉에 不平했다. 理由는 박에 나와서 未安하다고 함이 兄弟 道理인데 방에 잇{었}다{는} 것이다.
成奎와 交替白米 3叺는 今日 全州 成吉에 내주웟다.
今日도 精米 1部 햇지만 氣分이 나지 안햇다.

<1974년 1월 12일 토요일>
우리 방아 찌엿는데 7叺.
昌宇 畓代 4叺 주엇는데 끝이 낫다. 22叺 完了해주웟다.
七星契日라고 昌宇집에 集였으나 別다른 之事는 없다.
金玄珠 白米 2叺 借用해주웟다.
成傑을 맛낫는데 工高로 入學願書을 냇다고.

<1974년 1월 13일 일요일>
裵季漢은 今春에 梫木 日給으로 白米 1叺을 주웟다.
丁俊浩 고지 5斗只 12斗5升 주웟다.
精米햇다.
成曉 成苑은 全州에서 1家親戚[一家親戚] 和目[和睦]會議에 參席次 갓다.

<1974년 1월 14일 월요일>
새벽 6時頃에 成曉는 全州에서 왓다.
어제 館村驛前에서 뻐스를 탈아고 한데 成康이도 나왓다고. 全州 西학동에서 刑査[刑事]들이 全州에서 나와 成康을 부들엇는데 徒망첫다고 말햇다.

<1974년 1월 15일 화요일>
午前 中 內室에서 讀書하고 午後에는 全州에 갓다.
許 生員 宅에 夕食을 하고 東均을 面談코 成康 件을 相議햇다. 絶對 自首해야 하며 時日 가면 誤解할 수 잇다고 햇다.
집에 오니 밤 11時엿다.
鄭昌律 王炳煥 新德 가서 나무 하려 갓다.

<1974년 1월 16일 수요일>
午前에 成康을 불어다 自首하라고 勸햇든니 陰曆過歲 後 하겟다고.
午後에 工場에서 作業 中인데 金 刑事 朴 刑事 둘이 왓다. 金은 종윤 형사 뚱〃하고 朴은 길용 〃 호리햇다. 항시 보왓지만 姓名을 몰아서 이번에는 細詳히 물엇다. 1月 25, 26日頃에 父母 責任 下에 自首시키겠다 햇다.
다음은 崔完宇 집을 물엇다. 다음은 獨立家戶을 물기에 李正勳 丁俊祥 집을 알이엿다. 成康 關係로 異心[疑心]이 낫다. 夕陽에 알고 보니 도박事件이라고 햇다. 15日 밤에 丁振根 집에서.
도박 1堂[一黨]은 崔完宇 尹用文 朴仁培 李正勳 崔成康 裵永植 其他는 방을 빌여준 林玉相 丁振根 白康一 以上과 如히 數次 熱行햇다고 成奎에게도 듯고 丁俊祥에서 1部 듯고 鄭宗化 母에서도 들엇다.

<1974년 1월 17일 목요일>
終日 방아 찌엿다.

<1974년 1월 18일 금요일>
昌宇는 池野畓 買收代 1叺만 더 달아고 해서 方 氏 便에 今日 주웟는데 總 23叺 준

셈이다. 그러면 23叺에 끝이 낫다.
寶城宅 田 14叺5斗에 팔겟다고 해서 成奎에 말하고 寶城宅에 契約하자고 햇든니 서울 갓다 와서 하자고. 듣자 한니 昌宇는 허러다고[헐하다고] 햇다고.

<1974년 1월 19일 토요일>
1月 12日 山林契長 年末總會인데 못 갓다. 今日 償品[賞品] 食器 1組 手巾 1枚 償狀[賞狀]까지 人便에 보내왓다. 急한 之事가 有하야 不參햇든니 當局에 未安하게 되엿다.
崔完宇 婦人이 왓다. 條件附로 契約書을 가저갓다. 理由는 氣分이 불안햇고 返濟[辨濟]之期限이 經過햇다고 햇다. 理由는 없다고 冷答했다.

<1974년 1월 20일 일요일>
어제 從弟수가 畓 買賣契約書을 보자고 하기에 주웟든니 볼 게 있{다}고 가저갓다. 今日 다시 우리 집에 왓는데 急히 移轉해주지 못하겟다고 햇다. 그럴 수 있소 過誤도 잇지 안소 햇다.
嚴俊祥 氏 婦人에서 金 10萬3仟五百원은 11,500代로 해서 9叺 밧앗다.
市場에 重宇 白米 2叺 내의 白米 1叺 해서 萬仟5百원식 賣渡하고 崔甲烈 債務 條로 館村 洋品商會 河炳鎬 氏에 白米 12叺代 13萬8仟원 주고 領收證은 弟수에 주고 왓다.
南原稅務署 73/2個 營{業}稅 1,477원 支拂코 왓다.
成曉는 家犬 面會하고 訓鍊비 1個月 萬원 주웟다고 햇다.

<1974년 1월 21일 월요일>
새벽 王炳煥 年中 支出 會計해 보니 白米 2叺을 더 주워야 하겟다.
午前 九時 30分頃 羊牛(멤소) 2마리 새기 낫다.
炳煥 年 冬服代 1切[一切] 會計해 주웟다.
圭太 便에 邑內 鄭大燮 外上代 2,480 주워 보냇다.
成樂 親友가 어제 왓는데 오날 午後에 떠낫다.
炳煥은 會計를 맞이고 午後에 떠낫다.
嚴萬映 婦人는 白米 3斗을 71年 2月 10日 借用해갓는데 今年 1月 21日字 本子[本資]로 주기 밧고는 日後에는 相對 못하겟다고 햇다.

<1974년 1월 22일 화요일>
家內 家事 整理.
해남宅에서 取해간 白米 1叺 11,500원 밧다.
밤에 崔今石을 具道植 氏 宅으로 불어서 成曉 婚談을 말햇다. 舊式으로 行事함니 原側[原則]인데 萬諾에 新{式}婚으로 한다면 其 費用을 엇더케 하는야 햇다.

<1974년 1월 23일 수요일>
아침에 長宇로 歲祠 모시고 어머님 山所에 省墓 갓다.
다시 成奎 집에서 中食을 맞이고 왓다.
桑苗協會에 加入하려면 엇더한 切次[節次]을 밧을는지 아라보라 햇다.

<1974년 1월 24일 목요일>
아침에 起床해 보니 零下 15度. 추위가 大端했다.
柯亭里에서 李三完 金龍錫 子가 歲拜次 단여갓다.
裡里에서 許俊晩 母親이 단여갓다.

<1974년 1월 25일 금요일>
아침 8時에 朝飯을 맟이고 崔今石 집에 갓다. 成曉 婚事로 處女 집에 단여온데 生年月日을 記載해오라 햇다.
長宇를 단여 成奎와 같이 沈參模 집에 간바 不在中이여서 靈位에 再拜하고 다시 鄭圭太 집에 온바 여려 있엇다.
館村驛前에서 崔永贊 氏를 面談하고 植桑梫木을 打合한바 成赫 植桑 捕田[圃田]을 賣渡한 것으로 契約書 1狀 보내라고 햇다.
任實에서 鄭大燮 氏 宅을 맛난바 28日 月曜日 成康이와 同伴해서 本署에 가기로 하고 왓다.
밤에 崔今石 母 집에 갓다.
五柳里에 갓다.
姜龍信에 雇用하라 한바 明日 가겟다고 햇다.

<1974년 1월 26일 토요일>
寶節面 黃筏里 李得昌 氏을 禮訪햇다. 成曉 擇日四星 婚書紙까지 맟이고 治下[致賀]로 金 壹仟원을 주웟다. 結婚日은 陰曆 正月 15日 陽曆 2月 6日인데 大端 臨迫햇다. 四星 보낼 日字도 5日 좆다고 햇다.
成曉는 眼科에 단여왓다.

<1974년 1월 27일 일요일>

元 - 庚帖 ┐
　　　　　　四星
後 - 謹封 ┘

擇日 - 某 生員 宅 下 執事
涓吉 住所 - 里 謹呈
九時頃에 全州에 成曉와 同伴해서 成吉 집에 갓다. 侄婦[姪婦]와 同伴해서 南門市場에 四星 衣服 11,500에 사가지고 와서 今石 母에 傳햇다. 밤에 다{녀}온데 15日 執行하겟다고 答이 왓는데 不遠 面會 要請햇다.

<1974년 1월 28일 월요일>
成傑 今日 應試.
成康을 帶同 成奎와도 갗이 本署에 自首하려 갓다. 刑事班長{과} 課長을 禮訪하고 成康 件을 打合하고 約 2時間쯤 調書을 밧앗다.
柳正烈 집에서 夕食을 하고 成康는 30日 本署에 가기로 하고 身邊保證人을 鄭大燮 氏에 倭員[委任]하고 데리고 왓다.
鄭圭太에서 2萬원 取해왓다.

<1974년 1월 29일 화요일>
成曉는 全州에 간바 舊式으로 婚禮 맞이자고 妻母가 말햇다.
今日 다시 成曉는 全州에 간바 洋服 반지 꼬트 여려 가지 買受키 爲해서 全州에 갓다. 金 拾萬원을 가지고 갓다.
精米 1部 햇다.
全州에서 成吉이 來訪햇다.
成曉의 婚手品[婚需品] 累計 87,100 支出코 殘 99,000 整으로 안다.

<1974년 1월 30일 수요일>
아침 9時頃에 成康과 同伴 本署에 갓다. 指門[指紋]을 찍어주고 2月 1日에 오라 햇다. 途中에 洋服 1着을 잿다.
屛巖里 基宇집에 들이여 堂叔母에 人事 後에 成曉 婚談코 2月 2日 全州에 料理士[料理師]와 같이 장보기해서 함이 올타고 햇다.
夕陽에 成曉 母에 行動을 잘하{라}고 나무랫든니 自己 잘못은 생각지 안코 있엇다.

韓文錫에서 拾萬원 왓다.

<1974년 1월 31일 목요일>
成曉 便에 金貴屬[貴金屬]品 99,000원 支出.
成曉 全州에 教育하려 갓다.
成樂 시켜서 舍郎[舍廊] 修理.
成傑은 工高에서 不合格 發表엿다.
成奎을 불어 明日 拾萬원만 出金해 오라고 햇다.
請牒狀 畿[幾] 枚 썻다.

<1974년 1974년 2월 1일 금요일>
成康을 同伴해서 本署에 갓다. 書類가 檢察廳에 잇으니 아즉 못 가저왓다면서 오는 4日에 오라고 햇다.
成曉 婚事品 1部 買占한바 物價가 빗아서 그래도 約 2萬3仟원이 들엇다.
嚴萬映 집에서 招請해서 가보니 萬映 婦人 生日이라고 들엇다.
밤에는 家族기리 家政事을 당부코 主로 成曉에 네의 妻에 對한 教育을 잘 시켜야 大小家가 友解[友愛]한다고 햇다.

<1974년 2월 2일 토요일>
成奎에서 里 林野 賣渡 條 10萬원 貸借햇다.
屛巖里 再堂叔母와 侄婦하고 全州에 婚事物品 및 其他 買得하려 갓다.
乾魚物 生鮮物 食物 食品 1切[一切]에 約 39,600 支出. 찬창[찬장] 1臺를 7,000에 成曉에 보냇다.
全州에서 成吉 來訪.

<1974년 2월 3일 일요일>
大里에서 白米契가 있엇다. 契員는 6名인데 1人만 欠席[缺席]코 全員 參席햇다. 會計도 끝맟이엿다.
成曉 婚事 豚 1頭 求한데 맞암 大里 郭四奉 氏 養豚 1頭 斤當 230원식 해서 先金 1部 주고 왓다.
夕陽에 집에 온니 成曉는 全州에 단여왓는데 退床은 없기로 햇다고.
사과 배 홍어 明太 찬장 全部 운반.

<1974년 2월 4일 월요일>
成康을 同伴해서 本署에 갓다. 未安하다면서 10日 後에 通知하면 오시요 햇다.
鄭大燮 氏을 맛나고 8日 수사과장과 同伴하라 햇든니 生覺해보겟다고.
大里에서 豚 1頭 152斤 34,900이라고 햇다. 그려면 2,900원 殘.
午後에 成康 便에 成曉 積金 5萬九仟원 관촌에서 차저왓다.
밤에 成奉가 왓다. 下宿하지 안코 通學한다고 {해서} 나무랫다.

<1974년 2월 5일 화요일>
成曉 便에 택시 게약金 食料品代 24,000원 보내고 任實 洋服代 25,000 計 49,000원 보냇다.
해남宅이 꼬막을 生覺고 가져온바 約 1斗 以上이엿다.
成奉은 今日부터 成吉집에서 下宿을 定햇다.
夕陽에 炳赫 炳基 兄弟가 來訪.
수레기 郭明子 來訪.
밤에 成曉 成康이가 言戰한데 마음이 괴로왓다.

<1974년 2월 6일 수요일>
成曉 結婚日이다.
多幸히 全州에서 택시 2臺 往復 終日 6回

를 뛰엿다. 未安해서 24,000원 주웟다.
上客은 大理 堂叔 兄弟 우리 兄弟 侄[姪] 成吉이 갓다.
生覺해보니 조용히 無事故로 終點을 지엿다.
全州에서 6寸弟수 來訪.

<1974년 2월 7일 목요일>
成曉 結婚 新行日이다.
新婦處에서 요객이 약 10餘 名이 왓다.
夕陽 4時頃에 親査에 作別하고 再行은 9日에 보내기로 햇다.
밤에는 約 1時까지 家族끼리 놀드라.

<1974년 2월 8일 금요일>
他處客을 招請한바 郡 內務課長任은 祝電만 보내고 蠶業組合長 代理로 河 常務가 온다고. 蠶業係長 해서 10名이 왓다.
老人은 養老院에서 其外는 圭太집 舍郞에서 각〃 待接햇다.
植桑苗 30萬 株를 2.8원식 84萬원에 契約코 3月 10日 內로 굴칙[굴취] 作業해주기로 햇다. 84萬원 中 525,000원 入金하고 315,000 殘으로 햇다.

<1974년 2월 9일 토요일>
成曉 再行日이다. 午後 3時에 5,500 주워 택시로 보냇다.
今石 母親에 金 壹萬원을 보내 治下했는데 밤에 今石은 返還하기에 冷對하면서 다시 주워 보냇다.
夕陽에 面에서 職員 5, 6名이 오섯다 갓다.

<1974년 2월 10일 일요일>
成傑 豫備召集次 成樂이와 同伴 全州에 갓다.
成曉 親友라고 任實에서 軍人 3人이 단여 갓다.
許俊晩 母도 裡里에 出發行햇다.
밤에는 鄭鉉一 鄭圭太 氏가 來訪 놀다 갓는데 內外 里民은 99%가 參席한 便이다.
新平支署에서 왓다. 成康을 明日 署에 出頭하라고.

<1974년 2월 11일 월요일>
○ 鄭圭太의 取代金 貳萬원 利 500 返還햇다.
○ 成康을 帶同코 本署에 갓다. 수사課長은 不得히 2, 3日 本署에다 구속햇다가 檢察廳에 보내는데 檢查[檢事]는 白一成 檢查라 하면서 사람이 조흔 사람이라 햇다.
○ 保健집에다 11日 夕食부터 14日 夕食까지 食代 2,000원을 주고 왓다.
○ 電話로 成康에 집에 간다고 한바 明日 衣服을 보내는데 兄수보고는 구속 소리 말이 햇다.
雇人 朴 氏가 16日에 入家키로 하고 갓다.
○ 成奎 成赫 兄弟는 全州에 食品契約한다고 桑苗木代에서 參拾萬원 가저갓다.

<1974년 2월 12일 화요일>
22萬원 預置 面農協에.
△ 成曉 結婚費用 物品代 總計算 支出額 447,530원이엿다. 祝賀金은 79,400원을 除하오니 368,130원 實支出로 보왓다.
成樂을 시켜서 本署에 成康에 衣服을 보냇다.
夕陽에 成曉 便에 連絡이 와서 寢具을 보냇다.
成奎가 밤에 왓는데 食品代 契約을 햇다고.
成傑은 後期高校 入試을 마치고 왓다. 自

信을 하지 안트라.

<1974년 2월 13일 수요일>
子婦 中食을 重宇 집에서 햇다고. 어제는 成奎 집에서 大小家에서는 待接을 하게 되는데 親近에 따라 한 法이며 寸수을 子婦에게 설명햇다.
成康에 面會하러 正柱 永植이 가는데 고마웟다. 成奎도 간다고.
마음이 괴로운데 寶城 堂叔은 白米 1叺 取하라기에 주웟다.
밤에는 成奎가 任實에 단여왓다고 10時까지 놀다가 갓다.
◎ 午前에 鄭圭太 酒店에 갓다. 嚴萬映 鄭圭太 鄭太炯 林長煥 同座席인데 鄭仁浩는 말햇다. 嚴俊峰이가 植桑 協會員을 만드러주고 이제 桵木하려 한니 郡會議席上에서 鄭仁浩는 豫定本수 配定을 못 주겟다고 防害[妨害]하고 道에까지 가서 鄭仁浩는 會員資格이 못 된다고 했으며 又 사람이 거만하다며 本里에 人夫 몃 사람에게 先金을 뿌리고 단니며 모든 行爲로 보아서 日後 子息대까지 두고 보와{야}겟다고 햇다고 분개햇다. 植桑을 사서 해도 俊峰이가 認定 못한다면 永遠히 防害해서 어제 桵木배定이 끚이 낫다고 햇다. 나도 植桑해서 桵木을 하려한데 其間에 嚴俊峰가 不安햇겟다고 햇다.

<1974년 2월 14일 목요일>
任實에 李汀雨 委員長 講演會에 참석햇다. 郡 全體가 募여 大盛況을 올이엿다.
成康 件으로 鄭大燮을 맛낫다.
本署에 갓다. 成康 會談햇다. 明 15日 11{시}頃에 檢{察}廳으로 送置[送致]한다고 햇다. 담배 幾甲 사주고 보니 成康 親友 金炯進 吳泰天 牟光浩 安鉉模 왓다.
다시 黑다방에서 鄭大燮 氏을 面會코 付託햇다.

<1974년 2월 15일 금요일>
成樂 成傑를 本署로 보내다.
成樂는 뻐스로 따라가고 成傑이는 寢具만을 가저왓는{데} 別紙와 같이 편지 1狀이 있엇다.
成傑이 補欠生[補缺生] 問題로 成吉 집에 갓다. 補欠[補缺]을 바지 못하고 此後로 미루웟다.
許今龍 宅을 訪問햇다.
成允 就學通知書 왓다. 2月 26日 豫備 召集이고 正式 入學日은 3月 4日.
稅집을 求한바 先金으로 5萬원 주고 月 4仟원식 주기로 한바 此後 移居 時는 先金 5萬원는 返還해주기로 하고 契{約}金으로 2仟원을 주고 왓다.
任實에 밤인데 갓다. 鄭大燮을 맛나고 成康 件을 打合하고 17日 上全[72]키로 햇다.

<1974년 2월 16일 토요일>
終日 精麥햇다.
成曉 便에 農協서 拾貳萬원 出金햇다.
雇人이 왓는데 朴鍾福이라고 햇다. 새경은 年 白米 11叺로 決定.
里 5, 6名을 오라고 해서 갗이 夕食을 햇다.

<1974년 2월 17일 일요일>
成曉 內外는 할머니 山所에 단여오라고 햇다. 그리고 全州 同婿가 招請해서 단여오

72 '上全'은 '전주에 올라가다'라는 뜻이다.

라고 햇다.
鄭大燮에 金 五萬원 건너주웟다.

<1974년 2월 18일 월요일>
午前 9時頃에 全州 許今龍 氏 宅을 {訪}問햇다.
방갑 萬원 契約金을 주웟다. 5萬원 先金 주기로 한데 退居[退去]하면 5萬원은 家主가 내주기로 햇다.
법원에 갓다. 成康이는 調查를 밧고 나온데 對面햇다. 그리고 成康이는 李汀雨 氏 보왓다고 햇다. 擔當檢事 白一成 氏을 卽接[直接] 맛나 成康이는 제 子息인데 不正을 이르켜 罪束[罪悚]합니다 하고 이번만 寬大히 보와주시라고 햇다.
李汀雨 氏을 맛나고 相議한바 白一成 氏에 付託햇다고 하고 部長檢事長을 맛나겟다고 햇는데 맛난 것은 確實한데 約 月餘가 걸인데 公判 時는 李汀雨 氏가 辯論해주기로 하고 今月 末日頃에 南原에 와 게시겟다고 햇다.

<1974년 2월 19일 화요일>
終日 精米햇다.
陰曆으로는 今日이 첫 精米엿다.
成曉는 旅비 2仟원을 가지고 全州 敎導所[矯導所]에 成康 面會하려 갓다 왓다. 面會한바 눈물이 앞을 가려 할 말이 나오지 안트라고 햇다. 精神 차려서 아버지 말삼 傳햇다고. 新平署 國 巡警 兄의 案內로 便利하게 했다고 햇다.
밤에는 成康 母 成苑 同伴해서 10時 넘드락 談話하다 잣다. 成康 番號 {97番}.

<1974년 2월 20일 수요일>
崔南連 氏는 1月 1日 白米 10叺을 安承坳 氏에 今秋 넘겨드{리}라고 햇다.
今日부터 새마을 作業을 始作. 成樂이가 作業하려 갓다. 便所도 뜻고 벽도 뜻고 터밧도 1部 파갓다.
精米 精麥햇다.
밤에는 해남댁이 왓다. 마음이 괴로우지요 하면서 酒店에 가자고 해서 갓다.
雇人 朴鍾福은 16日 와서 18日 夕陽에 19日 訓練한다고 간든니 行方不明 되엿다.
崔南連 氏 白米 2叺 取貸金 現品으로 白米 2叺을 넘겨주웟다.

<1974년 2월 21일 목요일>
豚舍를 뜻기로 했는데 林澤俊에 洋灰(세멘) 2袋을 주기로 하야 讓補[讓步]를 밧고 豚舍는 뜻{지} 않이로 햇다.
동네 後面을 살펴보고 새마을 作業人들을 治下햇다.
農高 유鎬暎 先生에 편지햇다.
午後에 蠶室을 뜻는데 里民이 와서 뜻엇다.

<1974년 2월 22일 금요일>
비는 오는데 9時頃에 任實에 鄭大燮 氏 宅을 訪問햇다. 成康 件을 相議하고 同伴해서 全州 朴 氏을(檢廳 係長의 弟) 相面하야 檢廳에 갓다. 成意[誠意]것 하겠소 햇다. 金 10萬원을 大燮 氏에서 빌여주고 午後 석방할 豫定이라고 햇다.
朴 氏의 自家用 택시을 빌이는데 揮發油 1초롱 3,500원에 給油해 너고 집에 왓다. 돈과 成康 衣服을 가지고 다시 全州에 갓다.
中食을 맞이고 午後 4時頃에 九耳面 石九里 炳赫 堂叔 宅을 禮訪하고 5時 半에 出

發한데 叔母子이 迎接하려 왓다.
밤 8時쯤 되니 第一次로 先出햇다. 全州에서 택시로 오는데 들판에는 家族들이 마중나와 갗이 왓다. 8日 만에 석방이 된 셈이다.
成康 事件 費用 約 18萬원 程度 支出됨.
成康이는 말하기를 午前에 成奎兄 完宇아재가 面會 왓드라. 그리고 約 1個月는 기드리라는데 답〃햇고 夕食을 맟이고 장기를 뒤는데 97번을 부르드라고. 異常히 生覺코 나간바 所持品 1切를 가지고 와 하는데 移動인 줄 안바 外人의 視線이 集中되면서 너 석방이다 햇다고. 따라 나와 보니 確實했으며 꿈갓다고 햇다.

<1974년 2월 23일 토요일>
金進映이는 住宅敷地을 讓步保[讓步]을 해 달아고 햇다. 그러마 하고 承諾한바 嚴俊峰 里長은 反對하엿다.
成苑도 왔다. 成植이도 왔다. 日氣가 0下로 大端히 추웟다.

<1974년 2월 24일 일요일>
成苑은 2月分 月給 中 4仟원을 面長이 秋穀收納 經費로 補充해 갓다고. 雜費가 不足하다고 萬원 要求한데 5仟원만 于先 주웟다.
終日 精麥 精米햇다. 途中에 機械가 異常이 잇엇다. 뜻고 보니 가모가 다랏다.
鄭圭太 酒店에서 놀다온니 밤 12時엿다.

<1974년 2월 25일 월요일>
終日 精米햇다.
메누리는 成英이와 갗이 媤家에 갔다.
成曉 預金 10萬원 出金해 왓다. 그런데 家犬 訓練비 2個月分을 18,000원 除햇다.

<1974년 2월 26일 화요일>
9時에 成允이를 데리고 全州 금암國校에 入學하려 갓다. 入學番號는 196番이다. 冊代와 갗이 3月 4日 오라 햇다. 下宿방 先金 3萬원 대고 3月分 방稅 5,000원 주웟다. 연탄도 100개 사주고 왓다.
許 生員 집에서 中食 하고 農高에 갓다. 成傑 入學을 私情으 한바 될 수 없다고 햇다.
成吉이와 同伴해서 成傑 入學할 學校에 갓다. 約 15,000원을 대면 1年間 단니 수 잇다고 하고 왓다.
成康이는 本署을 단여 鄭大燮에 人事하고 왓다.

<1974년 2월 27일 수요일>
밤새에 때 아닌 눈이 내렷다.
終日 精米햇다.
도야지 새기 3羽만 낫다.

<1974년 2월 28일 목요일>
母豚이 새기 13마리 낫는데 1마리는 업샛다. 1頭에 7마리 8마리식 各 나누워 젓을 먹이엿다.

<1974년 1974년 3월 1일 금요일>
終日 精米햇다.

<1974년 3월 2일 토요일>
成康에 방아을 맟기고 6食口가 全州에 下宿하려 갓다.
成傑 成英 成玉 成列 成允 母 順禮 6食口가 금암동 523番 20班 許龍 氏 宅으로 轉入햇다. 成奉까지 7食口이다. 學用品 1切를 사주고 왓다.
밤에 任實서 서울 李汀雨 氏에 電話 1通話

햇다.
成吉에서 10萬원 貸付햇다.

<1974년 3월 3일 일요일>
終日 방아 찌엿다.
李廷鎭이는 고지 3斗5升只{를} 白米 8斗5升只에 (現金으로 10,900원{)} 주윗다.

<1974년 3월 4일 월요일>
금암國校 入學式日이다.
成玉은 6-7반
成愼는 5-3반
成允는 1-1반
各〃 入學을 시켯다.
全州에서 任實에 鄭大燮을 맛나고 明 成康 件을 打合.
館驛에 當한니 大理 學區 關係로 面長 支署長 校長을 對面햇다.
錫宇을 맛나서 桋木을 打合햇는데 約 10萬株만 빌여주라 햇다.

<1974년 3월 5일 화요일>
成康 公判日이다.
成吉 成奎 成曉가 參席한데 判事는 再演한면서 오는 3月 12日 火曜日에 決判이라고 햇다.
雇人이 왓는데 鄭九福 婦人이 紹介햇다. 12叺 中 2叺 先拂키로 하고 秋季에 10叺 주기로 햇다.
밤에 實桑 買主가 왓다. 明日부터 作業을 要求햇다.

<1974년 3월 6일 수요일>
忠南 大德郡 鎭岑面 南仙里 鄭用相 氏
成奎 50萬 株 契約재배키로. 株當 225錢式 8月 末日까지 約 70萬원 貸與키로 햇다고.
6月 1日 5萬
6 20 125,000
8 15 175,000 計 35萬원에 25萬 株 生産해주기로 契約햇다.
鄭 氏는 어제밤에 내 집에서 1泊하고 今日 2時에 떠나면서 9日頃에 오겟다고 하고 떠낫다. 株當 225전에 25萬 株이면 562,500원. 前途金[前渡金] 35萬을 除하면 212,500원. 殘金은 75年 3月 10日限 現品引渡 後에 淸算키로 햇다.

<1974년 3월 7일 목요일>
鄭 氏 會計 條 30萬 株代 840,000 中 入金 525,000원을 除 殘 315,000 成奎 20,000 計 335,000원이 實地 殘額임.
成曉 生日. 成苑도 왓더라.
郡 內務課長 金炳杜 氏는 扶安으로 榮轉햇다고.
中食兼 酒까지 昌宇집에서 한데 內外分이 募엿는데 15, 6名이엿다.
들에 가보니 農繁期가 迫頭한 듯 밧바 보엿다.
成奎에서 尿素 8袋 袋當 1,124원식 貯金 운비까지 해서 合計 8,992 가저왓다.
1,124
8
8992[73]

<1974년 3월 8일 금요일>
實桑苗木을 屈取[掘取]한데 男子 15 女子 約 30名이 動員되엿다. 마참 成康이는 外

73 계산 흔적.

出하고 不在中. 成質[性質]이 낫다.
13萬 株 以上 屈取[掘取]햇다고 보고되엿다.

<1974년 3월 9일 토요일>
成傑이는 今日부터 自動車 整備과에 入學햇다.
비가 내린데 成康이를 시켜서 新田里 사돈宅에 雇人이을 데려 보냇다. 途中에서 맛낫다고 東[速]히 왓다. 人事하고 보니 金亭里人으로 金學求 氏라고. 年給은 白米 10叺에 先給料 2叺 주기로 하야 夕食을 갗이 햇다.

<1974년 3월 10일 일요일>
아침에 成樂을 시켜서 嚴俊峰에 세멘 45袋(白康善 15袋) 22,050원 보내고 成奎에 尿素 8袋 8,992 住民稅 900을 보냇다.
實桑苗 屈取作業이 끝이 낫다. 總量은 上級이 165,000 中{級}이 155,000 程度라고.
밤에 長宇 兄任 祭祠[祭祀]에 參禮하고 집에 온니 새벽 2時 30分이엿다.
으심이 나기에 牛舍을 드려다보니 방금 색기를 낫는데 반가왓다. 얼치를 벼기고 낫는데 위험할 번 밧다.

<1974년 3월 11월 월요일>
成康 屈取作業 人夫賃 3萬원을 주워 1部會計해주라 햇다. 男子는 700원 女子는 300원식 해 주라고 햇다.
終日 氣溫은 零下 6度라고.
成奎 집에서 午後에는 侄들과 談笑햇다.
小牛는 健康햇다.
3月 14日 蠶業協同組合원 定期總會日.

<1974년 3월 12일 화요일>
成吉에서 貳萬원 借用햇다.
成康 判決日인데 成吉도 立會 訪聽[傍聽]햇는데 午後 3時 30分頃에야 2年에 6個月 執行猶豫로 判定되엿다.
成康에 實桑苗 屈取 人夫賃 1斗.
第一次 30,000
二次 3,500
三次 15,000
計 48,500원을 支出햇다.
成奉 下宿米 5斗 成吉에 보냇다.
雇人 先새경 白米 1叺 支拂햇다.

<1974년 3월 13일 수요일>
郡 蠶業係에 갓다. 係長은 出張 中라次席 金제善 氏을 맛낫다. 業者 指定을 무른바 1定 區에서 경합者가 잇다면 旣存 業者가 于先權[優先權]이 잇다고.

<1974년 3월 14일 목요일>
아침 8時 30分에 金忍贊 氏 係長 집에 갓다. 業者 指定에 對하야 問議한바 嚴俊峰 말을 한데 俊峰에 對한 不美스럽게 햇다. 約 100萬 株을 追加配定을 밧앗다고. 이제도 嚴俊峰이가 不應하면 課長 郡守에 決裁을 올이 터이니 令監을 相面하라고 햇다.
養蠶業者 定期總會가 있엇는데 120名쯤 募엿는데 各面에서 總代{表} 選出이 있엇는데 新平面 代表 總代는 本人이 選出되엿다.

<1974년 3월 15일 금요일>
終日 精米햇다.
雇人는 票木[栗木] 茂木[伐木]햇다.

<1974년 3월 16일 토요일>
精米햇다.
婦人 5, 6名을 데리고 實桑木 再選別햇다.
郡 蠶業係次席 金濟善 氏가 來訪햇다. 實態把確[實態把握]하려 왓다.

<1974년 3월 17일 일요일>
8時 20分 버스로 桑樹木을 戌木[伐木]하러 人夫 四{名}을 데리고 金玉奉 氏 집에 갓다.
金玉鳳 142k 500
代 15,670원
金진철 73,000代
8,000원
計 23,670원인데
大端히 비싼 것으로 生覺한다. 9,000원을 주고 14,670원 殘으로 남기고 왓다.
支署에 담배 2甲을 사주고 왓다.
成康는 집에서 實桑苗 20萬 株 鄭 氏에 引渡해주웟다.

<1974년 3월 18일 월요일>
實桑苗 20萬代 560,000원인데 先金 225,000 除하면 335,000원 殘이다. 成赫에서 會計해왓다.
任實驛前 韓文錫 借用金 元利 106,400원 其 婦人에 會計해주웟다.
全州 成吉 債務도 元利 合해서 102,000원 會計해주웟다.
全州 成玉 外 2名 育成會비 3-4分 1,800 支出. 成英 1期分 授業料 冊代 9,990 支出.
德律中學校[德津中學校] 成奉 담任先生을 禮訪하고 治下하고 治下金 2仟원 封入 해드렷다.
崔南連 取貸金 萬원 成康 便에 보냇다.

<1974년 3월 19일 화요일>
成奎 집에서 接木한데 求見햇다. 約 40名의 處女가 募엿다고. 門을 열어보니 보기는 좋은데 或 失手는 안니 할가 걱정이엿다.
成奎에 당부하고 新德 五弓里에 崔東煥 母 小祥行 問祥[問喪]햇다.
夕陽에 館村 堂叔이 오시엿다. 갗이 夕食하고 永植 집을 단여갓다.
※ 嚴俊祥 氏 宅에서 圭太와 同伴해서 犬肉을 주워 잘 먹엇다.

<1974년 3월 20일 수요일>
全州에 崔瑛斗 氏 婿 韓 氏에 蠶室 門 10짝을 맛기는데 雙窓 1組 中窓 4 小窓 4 計 10짝을 맛친데 8,000원이라고. 오는 3月 28日까지 해주겟다고 햇다.
終日 精米하고 牛車 修理해왓다.
成吉는 2萬원 取貸해갓다.

<1974년 3월 21일 목요일>
형수가 서울 가신다고 메누리 便에 金 二仟원을 보냇든니 出發햇다고.
寶城 堂叔이 오시엿다. 못[몸]이 안니 조타기에 방에 못시고 술 한 잔 드렷다.
밧 2斗只을 求見하고 今年 耕作權만 2叺에 사기로 햇다.
구랑구 메다루가 까저 全州에 갓다. 金 參仟五百에 修理하고 밤에까지 試運轉 해도 아즉 完了가 못 되엿다.
鄭圭太가 4仟원 가저갓다.

<1974년 3월 22일 금요일>
어제부터 내린 눈은 今日까지 내리데 추위도 零下로 내렷다.
午前에 機械 修善하고 午後에 精米햇다.

成康을 시켜서 公害 防止 許可證을 交付 밧앗다.
蠶室 改修한데 硏究 中이다.

<1974년 3월 23일 토요일>
成康 시켜서 全州에 接木用 糸 사려 보냇다.
裵季漢는 犬을 求햇다면서 2仟원을 달아고 햇다. 2仟원을 준바 술도 효주 1병 주고 犬 한 다리 갑은 1,000원{인}데 1,000원하고 효주는 代納한 便이다.
門前 采樹田[菜蔬田] 울타리 한데 成允 母 成奉이가 왓다. 食糧이 업서서 왓다.
成曉 시켜서 新田里 妻家에 가라 햇다.

<1974년 3월 24일 일요일>
昌宇가 왓다. 寶城宅 畓을 사시요 햇다. 房가 보고 桑苗畓으로 파랏다고 寶城宅에 말햇든니 당장에 물이겟다고 햇다.
崔瑛斗 氏에 갓다. 婚事 招請햇다.
韓文錫에서 金 拾五萬 借貸햇다.
今日부터 桑苗 接木을 始作햇다. 約 50餘名이 動員되엿다.
成曉는 妻家에서 養鷄 一雙을 가저오고 燃料 關係는 人夫를 데{리}고 와서 伐木해가라고 햇다.

<1974년 3월 25일 월요일>
成康을 시켜서 全州에 家犬을 引渡하려 보냇다. 約 3個月 만인데 訓鍊[訓練]費는 24,000인데 參萬원 程度 들엇다.
눈이 나려서 今日은 接木은 못햇다.
新田里에서 燃料하는데 總 計算해보니 木代을 주면 4百원식 到着까지 木代가 없으면 3百원신 到着이겟다.
堆肥 運搬. 甘諸[甘藷] 播種키로 決定햇다.
桑 接木用 樹木을 求하려 한데 成赫 便에 大邱産 樹 17貫을 貫 650원식 해서 11,000원을 주기로 하고 于先 萬원만 주웟다.

<1974년 3월 26일 화요일>
新田里에 燃料作業 人夫 3名을 보낸데 白米 4斗 담배 20甲 새기 3玉 燒酒 4병 보냇다.
◎ 寶城宅 昌坪里 106田 468坪 白米 14叺에 買受 契約하고 本日 契約米 2叺(現金 26,000)을 드리고 殘米 6叺는 4月 20日에 드리기로 하고 又 殘 6叺는 今秋에 利息을 加算해 7叺8斗을 드리기로 해서 保菅證[保管證]을 해주고 不遠 印鑑證明 해주기로 하야 成證햇다.
홍정 中인데 昌宇는 와서 蠶室 엽에 밭을 내가 홍정하고 現金 쫏겟다고 하기에 이놈까지 招介하자고. 성질을 냇든니 가드라. 마암이 괴로왓다. 철없는 人生이라고 보왓다.

<1974년 3월 27일 수요일>
밤나무 菅理法[管理法] 生後에 一. 凍霜病[凍傷病] 二. 葉여고病
林業試驗場 造林課長에 問議할 事.
成樂 外 2人을 데리고 桑 植栽하고 票木[栗木]을 堂山에 실는데 55本이 들엇다.
梁海童 丁振根은 흑부로커[흙블럭]를 찍이[찍기] 始作햇다.
食後에 成奎 집 接木場에 갓다. 女子는 約 30名이 줄엇다. 눈 딴 裵南壽 柱安 집으로 갓다고. 鉉模 母을 맛나니 말햇다. 앞으로 2, 3日면 끝이 난데 作業을 하다 말고 딴 집으로 감이 올소 그려 수가 잇소 햇다. 夕陽에 듯자 하니 明日 다시 오겟다고. 창피할{일}이라 生覺이다.

<1974년 3월 28일 목요일>
午前에는 苗木 假植 午後에는 精米 精麥. 午後에 精米한데 林仁喆은 말하기를 其間 取貸한 쌀을 食糧이 不足해서 못 주겟다고 햇다. 氣分이 不安해서 昨年에도 2叺 取해 간 쌀도 주지 안코 今年에도 父母 子婦 子까지 取해다 먹고 그럴 수 잇나 햇다. 昨年條 2叺은 밧닷다. 그리고 全部 7叺을 今秋에 주기로 하야 此後에 契約해달아고 햇다. 마음이 不良한 사람들.

<1974년 3월 29일 금요일>
아침에 成樂을 시켜서 북골 나무 7負을 牛車로 실어 왓다. 代價는 2,400원 黃 氏에 주웟다.
丁振根 梁海童 2.5日間 흑부로크를 찍엇는데 約 4.5원식 豫算햇든니 7원을 말해서 겁을 냇다.
嚴俊祥은 날삭 1日 800원식 주웟다고 햇다. 規側[規則]이 700원인데 하고 熱이 낫다.
다음에 보자고 하고 梁海童은 5,400원 會計햇다.
春麥 播種햇다.

<1974년 3월 30일 토요일>
崔瑛斗 氏에서 萬원 貸.
春麥 播種햇다. 午後에는 甘諸 논왓다.
夕陽에는 新田里에 燃料 운반하려 갓다. 운비는 先金 2仟원 주웟다. 驛前 全히택에 주웟다.
屛巖里 基宇 집에 飼料 1袋 2,000원에 사노코 왓다.
成樂는 잘못한다고 햇든니 술만 먹고 농뎅이만 쳣다. 家出하라 햇다.
接木은 今日로 끝이 낫다. 約 13萬 株.

<1974년 3월 31일 일요일>
農肥代 16,351원 甘諸代 4,500 計 20,851원을 班長 朴仁培에 會計햇다.
館村市場에 金東旭 氏을 對面하고 支署에 갓다.次席에 林産物 運搬한데 잘 봐달아 햇다. 그라고 金 壹仟원을 주웟다.
尹鎬錫 氏에서 連子 37개代 5,550원 주웟다.
桑 接木 日數 6日間이다.
12時頃에 貨物車를 起用해서 査돈宅에 訪問햇다. 燃料는 約 55負 今石 23負이라고 2回에 積財햇는데 運搬비는 7仟원을 주웟다.
成玉 成奉 成愼는 全州에 갓다. 成東는 편지 왓는데 돈을 보내라고 햇다.
嚴俊祥은 日費를 800원식 주웟다고 梁海童이가 말햇다.

<1974년 4월 1일 월요일>
清明 4月 5日 陽曆
3月 13日 陰曆
穀雨 4月 20日 陽曆
3月 28日 陰曆
立夏 5月 8日 陽曆
4月 15日 陰曆
外祖母 祭祠 陰 3月 27日
成傑 便에 瑛斗 氏 萬원 보냇다.
甘諸는 끝냇다.
梁春植 2,200 黃종연 1,700 日費 會計해주웟다.
남무[나무]을 積載.
日氣는 大端 寒波가 深햇다.
崔成吉이 來訪햇다. 錫宇는 明年에 實桑을 10叺只 한다고.

<1974년 4월 2일 화요일>
아침 8時 20分에 光州뻐스에 乘車했든니

11時에 松汀里 驛前에 到着햇다. 成東을 面會한바 顔形도 健康햇고 1身도 平한 듯 햇다. 用金을 주니 必要 없다고 했으나 2,000원 주웟다.
高速으로 全州에 到着 成愼 집에 갓다. 집稅 5,000 주고 오는 途中에 瑛斗 氏 婿家에 들이여 門 10짝을 引受코 6,000 주고 뻐스에 실고 왓다.

<1974년 4월 3일 수요일>
人夫 5名을 데리고 燃料 하려 도치장골로 갓는데 中食을 가저다 주웟다. 1人 3負식 햇다.

<1974년 4월 4일 목요일>
寶城宅에 白米 11斗을 주웟다. 그려면 15斗이 간 셈이다.
成吉에서 金 參萬원 借用해왓다.
大里 炳基 堂叔이 來訪햇다.

<1974년 4월 5일 금요일>
支署에서 造林 國家 保助金[補助金] 肥料 配付 關係을 調査하려 왓다.
人분을 桑田에 주는데 終日 내음이 고약햇다.
成康에 接木 人夫賃 2萬원을 준바 全部 4萬원을 준 셈이다.

<1974년 4월 6일 토요일>
寶城宅 田 買受代을 成吉에서 바다 取貸米 15斗을 除하고 4叺5斗代 58,500을 會計해드렷다.
아침 7時 40分에 重宇 炳基 선동택 갗이 7代祖 連山 墓祠[墓祀]에 갓다. 12時頃 着햇다.
守護者에서 土稅 5斗代 7仟원을 밧고 寶城宅 重宇 하동댁 660원을 주라고 하고 各 440원식 會計한반[회계한바] 約 4仟원 程度를 成吉에 保菅[保管]햇다.
回路 車中에서 炳基 堂叔은 이제부터 우리가 協助해서 宗事를 해보자고 햇다.

<1974년 4월 7일 일요일>
새벽부터 내린 비는 終日 내렷다.
舍郎에 終日 讀書만 햇다.
成奉은 午後에 간다고 旅費 冊代 保充授業費[補充授業費] 3,060원을 주웟다.
成奎 昌宇가 단여갓다.
子婦가 全州에 3日間 가겟다고. 아이들 衣服을 사주라고 5仟원 주워 보냇다.

<1974년 4월 8일 월요일>
日氣는 淸明햇다.
成樂는 소석회 散布하고 金 氏는 人糞料[人糞尿] 주라 햇다.
鄭鉉一 氏는 財産證明 印鑑證明 二通式만 해서 本人의 公職保證을 立證해달이기예 應答햇다.
成樂이는 不遠 家出할 것 같으드라고. 나가서 數日 故生[苦生]하면 事故 내기가 쉽다. 그려치 못하면 다시 들온다. 고부[공부] 잘 못해서 進學도 못하고 就職도 못하고 後悔 날 것으로 안다.
午後에는 桑田에 愛小枝[잔가지]을 切取[截取]햇는데 大端히 고되엿다.

<1974년 4월 9일 화요일>
終日 桑田 下部 愛小枝 下戌[下伐]햇다.
雇人는 生日이라고 집에 갓다.
大里 炳基 堂叔이 오시엿는데 今年에 曾祖父 沙초[莎草]를 모시자고 햇다.

成曉는 몸이 조치 안해 午前에 집에 왓다.

<1974년 4월 10일 수요일>
桑田 肥培 管理한바 約 7叺 들엇다.
午前에 館村에서 木材 및 鐵材을 買得해 왓다.
全州에서 成吉가 來訪햇다. 崔南連 氏 3萬원 주고 朴成洙 婦人 萬원 주고 叔게서 2萬원 쓰라고 計 6萬원 주고 갓다. 成洙 婦人은 밤에 주웟는데 男便 몰래 쓴다고 햇다. 南連 氏는 參萬원 주고 契約書에 捺印하고 갓다.
午後에 메루리는 왓다.

<1974년 4월 11일 목요일>
家族기리 고초 播種햇다.
成奎가 고초가리 좀 해보라 해서 現場에 가보니 박토드라.
成曉는 앞 便所를 破損햇는데 圭太 家族 눈치는 조흔 人象[印象]은 못되드라.

<1974년 4월 12일 금요일>
아침 9時 40分 列車로 南原에 着하오니 10時 40分이엿다.
噴霧機[噴霧器] 修{理}이 끝이 나고 보니 午後 5時엿다.
마음이 不安햇지만 道禮[道理]가 없다.
5時 30分 直行으로 오는 途中에 牟潤植을 車中에서 맛나고 機械는 보내고 全州에 갓다. 韓 氏 집에 가서 門代 前條 2仟원을 雇人에 주고 다시 外짝門 한 짝을 付託코 왓다.

<1974년 4월 13일 토요일>
午前에 蠶室 建立. 基礎을 東基와 갗이 팟다. 午後에는 비기[비가] 내려 休息.
成曉는 面에서 와 國有林을 公賣한다고.
成樂은 어제 外出해서 只今까지 오지 안코 있으니 不良悲[不良輩]나 될가 걱정.
成苑이 왓다. 6月頃에나 契金 拾萬원 찻기로 햇다고 햇다.
成曉는 耕耘機 1臺 購入한데 7年 償還으로 값은 52萬원에 進一耕耘機이고 8馬力인데 엇더시야고 하기에 應答해 承諾햇다. 그런데 交際費로 約 萬원 程度 주워야 한다고 햇다.

<1974년 4월 14일 일요일>
求禮 任正三 長女 宣姬 結婚日이 4月 15日라고 請諜狀[請牒狀]이 왓다.
午前 中 蠶室 세멘 공굴[콘크리트]을 한데 成康이도 말없이 外出 成樂이는 말없이 外出. 마음이 과로왓다[괴로웠다].
第一은 成康이가 죽일 놈이엿다. 年齡도 30歲가 不遠인데 正心 行爲을 하지 안코 3日 만에 夕食을 하려 왓는데 熱이 올앗다. 大聲으로 말하려 했으나 메누리가 未安해서 참앗스나 다시 밤에 四街里에 간{바} 成樂가 잇는데 모른 체 하드라. 다시 네러오면서 옆을 지내도 모른 체 한데 10餘 名이 담배만 피우는데 人事한 놈 하{나}도 없다. 듯자 하오니 成康이는 도박판에만 쫏아다닌다고 들엇다. 成樂이는 라면내기 과자내기만 하고 里 안에서만 돌아다닌다고 들엇으나 父는 絶對로 오라고 하지 못하겟다.
任實에 갓다. 共濟貸付[控除貸付]을 말한바 10萬원 限度額은 해주기로 하야 書類은 作成 求備해서 廉圭太에 倭任[委任]하고 왓다.
雇人 學九 氏는 家兒 藥代로 五弓里 白 氏 便에 3仟원 주웟다.

許俊晩 父 移장한다고 서울서 婿가 왓다.

<1974년 4월 15일 월요일>
求禮 任正三 長女 結婚式에 參席햇다.
中食을 맞이고 빼스로 谷城 - 南原 - 任實 館村까지 3次 가라타고 집에 왓다.

<1974년 4월 16일 화요일>
許俊晩 母에서 준 酒 1斗을 새마을 作業班員에 주웟다.
任實에 갓다.
飯饌을 사고 집에 온니 成曉 母가 全州에서 왓다. 稅방을 交체하자고 왓다. 許 生員 집인데 全稅[傳貰]로 15萬이라고 햇다. 4月 30日까지 기드리기로 햇다.
共濟 貸付 10萬원 中 先利子 4,300원 除하고 3個月分 96,700.

<1974년 4월 17일 수요일>
午後에 任實邑에 大同工業센다에 들이엿다. 맟임 郡에서 耕耘機 取扱者가 왓드라. 卽席에서 人事을 나누고 機械는 大同 10馬力 石油機로 하겟다고 言約하고 書類 求備는 其 切次을 成曉에 連絡키로 하야 왓다.
밤에 成康에 接木 人夫賃 19,050원 會計 完了햇다.

<1974년 4월 18일 목요일>
人夫 6名을 帶同코 고초갈이 하고 桑田 除草을 햇다.
夕陽에 鄭敬錫 집에 弔問햇다.
雇人 金 氏는 生覺해도 1週年을 經過할는지 意問[疑問]이다. 일하는 之事을 보면 할동 말 동 여기저기 섯다가 방에 들어가 있으니 답〃햇다. 本人이 알어서 할 {일}이 있어도 시켜야 한니 難事다.

林玉相 부로크 18{日}	340개
成康	65〃
嚴俊祥 집에 金泰圭	300
	計 705개.

<1974년 4월 19일 금요일>
耕耘機 7年間 長期 貸付한데 其 交際費로 10,000을 보냇다.
夕陽에 7時 40分 列車로 求禮 外家에 갓다.
外祖母 祭祠에 參拜코 아침 6時에 金光洙 外從弟을 相面코 相議햇다.
順天에 趙宰澤에 親觀 後 相議.
金成玉과 同伴해서 화엄사 求見하고 빼스로 順天行 趙宰澤 집에 단여 7時 12分 列車{로} 집에 온니 12時엿다.

<1974년 4월 20일 토요일>
金光洙와 試運轉하려 한바 複雜之事가 有하야 略式으로 說明만 들엇다.

<1974년 4월 21일 일요일>
아침에 成康 집에 白米 1叺 出. 집에 食糧 2叺 入庫 시켯다.
新洑 契加理.
崔松吉을 시켜서 辟[壁]담 싸기.
鄭鉉一 집에 갓다. 도야지을 잡아서 내장을 먹엇다.
成曉 母가 왓다.

<1974년 4월 22일 월요일>
崔松吉 外 4名 벽담 싸기.
木手 李道植氏는 連木[椽木] 걸기.
日氣 不順으로 매복은 明日로 延期햇다.
李道植崔松吉 韓南連 林東基.

<1974년 4월 23일 화요일>
桑 桵木 埋覆 蠶室 알마 엇는다.
成曉는 同婿[同壻] 집에 간다고 午後에 갓다. 用件는 全州地區로 轉入次 打合하려.
李道植外 9名이 作業햇다. 알마 接桑 埋覆 苗板 種子散布 等〃으로 多事多難햇다.
◎ 午前에 休息할 때 李在植이가 깍까논 上樑을 어는 놈이 가저갓다고 햇든니 昌宇가 화을 내고는 作業하다가 가버렷다. 終日 氣分이 나부아 햇다.

<1974년 4월 24일 수요일>
今日 桑苗 埋覆 作業 籾 苗板 作業한바 正午에 비가 내려서 中止햇다.
任實에 갓다.
農産課에 간바 耕耘機 取扱者 聖壽人 李光洙 氏을 禮訪햇든니 出張 中.
農協에 들이엿는데 監査 中이엿다. 廉圭泰 氏에 相議한바 崔乃宇에 郡에서 指定이 通報되엿다면서 手續切次[手續節次]는 金曜日 오시요 해서 出門 中 崔鎭鎬을 對面햇다.
全州에 갓다. 鄭吉用을 맛나서 28日 오라 햇다.

<1974년 4월 25일 목요일>
鄭鉉一을 對面코 아가시야[아카시아] 1柱[株]만 要求햇든니 承諾햇다.
鄭鉉珠가 水門 改修한다고 金 壹仟원 取貸해갓다.
苗板 設置한데 비니루는 바람으로 치지 못햇다.
林東基 부로코 7 牛車 運搬한바 約 450개 程度엿다.
白康善 氏 羊(몀소) 1頭 배메기로 주웟다.

<1974년 4월 26일 금요일>
豚兒 10頭을 市販한바 5萬원 收入햇다.
스레트 15枚 鄭大燮에서 買得햇다.
夕陽에 嚴俊映에 운비 5,300원 會計 完了햇다.
昌宇 집에 간바 犬臠[74]을 좀 먹엇다.
市場에서 昌宇 6,000원 取해갓다. 스레트 산다고.

<1974년 4월 27일 토요일>
丁俊峰 氏가 몀소새기 1頭 가저갓다. 새{끼} 2마리 生産하면 主人이 1頭 메긴 사람이 1頭 하기로 하고 母羊은 언제든지 主人 物이라고.
成康 便에 黃永植 外 8名 人夫賃 9,750원 支出해주엇다.
成愼 外 3名 歸家햇다.
任實農協에서 耕耘機 手續通知가 왓다.
메누리는 집에 갓다.
桑苗 埋覆이 끝이 낫다.

<1974년 4월 28일 일요일>
林東基 세멘 부로크 1,221개代 21,978원 會計해주웟다.
終日 비가 내렷다.
◎ 任實農協에 갓다. 耕耘機 貸付手續한데 元金 全額 융자한데 479,060원에 7年 償還에 1980年 12月 20日 끝으로 햇다. 그런데 擔保가 元側[原則]인데 擔保을 하지 안했으니 金 萬원을 要求햇다. 明日 引受 時에 주시면 한바 立場이 難햇다. 收入印紙代라고 하면서 異常하게 2,530원을 주웟다. 그려케 비싼

74 '견련(犬臠)'은 '저민 개고기'를 뜻한다.

가 生覺햇다.

<1974년 4월 29일 월요일>
(永品)
乾操場[乾燥場] 半棟 弓鐵 11개 卽 鐵長이 7개을 備置햇다.
鄭吉龍이가 왓는데 방을 1日에 끝마치고 夕陽에 간바 日費을 말하니 旅비 程度만 주시라고 햇다. 金 壹仟원을 주면서 外人이 말 못하겟다고 햇다.
終日 精米햇다.
大里 炳基 堂叔이 단여갓다.
成樂을 시켜서 成奉 珍察[診察]을 시킨바 충능증[축농증]이라고 珍단[診斷]이 떠려젓다.

<1974년 4월 30일 화요일>
耕耘機를 引受 밧기 爲해서 新平農協長 廉東根 氏을 對面햇든니 資金 萬원을 주워야 覺書을 해주겟다고(出資金) 햇다. 場所에는 任實郡 組合職員도 參席햇는데(姓名 未祥[未詳]) 熱이 낫다. 新平農協가지 3간데을 거첫는데 全部 다 손 별여 要求가 만타고 햇다. 農{協} 郡 職員은 어데 〃 〃야 햇다. 말할 것 엇소 햇다.
郡 農協職員은 말하기를 新平農協長의 覺書가 없어 機械을 引受 못햇다고 소리는 비밀로 해주시요 햇다. 私事도 안닌 公務之事인데 무슨 理由로 公開 못해겠오 햇다. 廉 組合長은 五仟원자리 債權[債券]을 주기에 밧앗다. 生覺하고 준다고 覺書을 1通을 가지고 任實農協 販賣係에 내노왓다.
前番 4月 28日(日曜日) 書類 求備 時에 萬원 要求한 現品을 내놋지 안 해서 그려한지 保證人 印鑑 2人分을 더 해오시요 햇다. 당초에 말하지 이제 또 그러나 햇다.
社會가 이쯤 되면 안 된다 하고 生覺햇다.
全州 金正基 氏 父 死 弔問하려 갓다. 崔福洙 氏 李相云 氏을 場所에서 相面햇다.
成曉 妻男이 手目[손목]을 잡고 맥주집에 갓다. 맥주 2병을 갓다.
回路에 車中에서 德果面 金東錫 氏을 數年 만에 對面햇다.
安 生員 宅에 간바 妻을 本家로 보내겟다고. 理由는 病者라고.
成奎에서 1,000 鄭九福에서 萬원 宋太玉에서 5仟원.

<1974년 5월 1일 수요일>
新平面에서 安 生員 成康 印鑑 各 1通식 해서 郡 農協에 갓다.
崔基宇을 對面햇다. 旣히 말한 것이니 五仟원을 주시요 해서 주고 印章도 2개 맷기고 왓다.
午後 3時頃에 急行列車로 求禮 金光洙을 訪問햇다. 転轉[運轉]을 實習한바 대략만 알고 왓다.
農協에서 明日 引受하겟나 왓다.

<1974년 5월 2일 목요일>
午後에 郡 農協에 耕耘機 引受하{러} 갓다. 印鑑證明 2通하고 要求金 1部 五仟원(5月 1日)을 崔基宇에 맛기면서 耕耘機 取扱者 李在錫에 傳햇주라고 햇든니 金 五仟원은 李在錫이가 返還해기에 밧앗다. 理由는 내가 萬원 要求는 햇지만 萬諾[萬若]에 바닷드라면 身上에 害가 있을 번햇다고 하면서 子弟도 官에 있으면서 郡 農協에 基宇 氏에 電話을 해느니 여려 잔소리를 햇다. 듯고 십지 안타면서 据絶[拒絶]햇다.

大同쎈타에서 機械을 受領하고 略式으로 設明[說明]을 듯고 卽接 運轉해보니 어제 求禮에서 實習 받음이 其 效果가 있엇다.

<1974년 5월 3일 금요일>
李成根 氏가 단여갓다. 中食을 接待햇다. 崔宰澤 氏(新德 五弓里)을 對面한바 成苑을 예우라[여의라] 햇다.
嚴俊祥은 崔錫宇 畓 移轉을 促求햇다.
終日 耕耘機를 試運轉한바 집안 오물도 실여내고 흑도 운반햇다.

<1974년 5월 4일 토요일>
成吉 侄 집에 갓다. 用金을 말한바 許 生員 집으로 侄이 五萬원을 가지고 왓다. 四萬 원은 陽村宅에 주고 萬원은 장판 學비 其他 全部 썻다. 取貸金 仟원도 주웟다. 3萬 원은 明前 집主人에서 받으라 햇다. 그려면 7萬원이 가고 殘 8萬원은 6月 30日 利子 併해서 주기로 햇다. 그려면 全稅[傳貰]집을 15萬원 入家하고 退居 時에 15萬원 찻기로 하야 言約햇다.

<1974년 5월 5일 일요일>
全州에서 許今龍 氏가 왓다. 豚兒 2頭만 달아고 해서 金 萬원에 浩定[決定]코 주웟다. 그려면 全家稅(물을도지) 8萬원을 納付해주은 셈이 된다.
◎ 前 집主人 金 氏에서 參萬원 바닷고 주고 現札로 成吉에서 四萬원을 갓다주고 豚 2頭代 萬원을 치니가 맛다고 햇다.

<1974년 5월 6일 월요일>
丁振根 金太鎬 蠶室 세멘 공굴.
成曉는 全州에 敎育하려 갓다고. 旅비에 難點이엿다.
成苑이 왓는데 外出햇다고 나무랏다.
牟光浩에서 세멘 5袋 取貸.
身體가 매우 언잔햇지만 人夫을 일시키기 爲해서 억지로 助力한데 難햇다.
鄭圭太는 全州 鄭昌燮 弟가 情神異常이 生起여 갓다고 햇다.

<1974년 5월 7일 화요일>
鄭鉉一을 對面한바 養老堂 設置 根本對策을 말하기에 좃타고 했으나 제 낫[낯] 내기 爲한 之事로는 生覺햇다.
尹鎬錫 門前에서 老人 5, 6人이 募엿는데 面會을 要求해서 간바 尹相浩 氏을 養牛 關係엿다. 다음 市場에서 市販키로 햇다.
成曉 妻母게서 光州에 단여온 途中이라고 쌔 3마리를 석작에 너오시다 路上에서 人便에 傳하고 回路햇다고. 메누리를 시켜서 모시라 햇든{니} 바로 가섯다고.

<1974년 5월 8일 수요일>
午後에 任實驛前 韓文錫 氏에 갓다. 金 參{萬}원 借用하고 任實邑內 鄭大燮 氏 商會에 갓다. 되비紙[도배지] 펜트[페인트] 못 설사[철사] 等 4,700원에 買得햇다. 中食을 하자기에 페을 끼첫다.
館村驛前에 到着한바 自轉車가 업다. 무르니 趙內浩 弟가 가젓갓다고. 기드{리}다 못하다 오면서 그 놈 오면 내 집으로 보내라고 {말하고} 왓다. 中學生이 가저왓는데 나무랫다.
成康에 埋覆人夫 賃代 2萬원 주웟다. 28,800 - 前에 3,000 = 25,800 - 20,000 = 5,800임.

<1974년 5월 9일 목요일>
食糧代價가 오르고 보니 걱정이 만타. 農糧이 不足하니까 그려함. 斗當 1,800원식.
韓南連은 午後에 간다고 햇다. 總計算한니 17.5日(400식) 7,000 先拂金 1,000원 除하고 6,000원을 주웟다. 500원을 빼고 5,800원을 다시 주면서 保菅해달아고 햇다. 成奎 집에서 몇일 일하고 가겟다고 成奎 立會下에 保菅하고 夕陽에는 成奎 집으로 가겟다고 햇다.
夕陽에 新田里 사돈宅 成曉 妻弟가 왓다.
午前에는 메누리 방 初紙天 初되비 해노왓다.

<1974년 5월 10일 금요일>
午前에 새마을사엽 한데 내 집 門前 덕개장 7개 노왓다.
寶城宅이 왓다. 서울서 任實에 고초 500斤 실어다고 해서 1,500원 밧닷고 햇다.
세멘 30袋 外上으로 가저온데 620원식 햇다고.
任實에서 耕耘機에 세멘 18袋을 실코 驛前 데부룩[大洑둑] 네려온데 失手로 依하야 下部에다 너머저 끄려올인데 힘이 들엇다.

<1974년 5월 11일 토요일>
成樂을 시켜서 成奎에서 3萬원 빌이여 왓다.
林玉相 13,850원 會計 完了햇다.
梁海童 부로코代 2,400원 完了해주엇다.
崔福喆은 비닐을 빌이달이고 해서 주기로 햇다.
終日 振根 蠶室 修理한데 되밧침[뒷받침].
成曉가 1週日 受講을 맛이고[마치고] 왓다. 다음 週까지 受講한다고 햇다.
丁振根은 日費을 말하니 1,100식 해주시요 하더니 外人 보고는 1,200을 밧닷다고 해달아고. 좃타 햇다.
吳상천 裵京良 裵明善과 싸움이 벌어젓는데 里 아해 어른이 만이 못엿다.
되비도 끝냇다.

<1974년 5월 12일 일요일>
蠶具 洗濯을 햇다. 1部만.
南原 帶江面에서 崔正宇 基宇 尙宇 3從兄弟가 數年 만에 禮訪햇다.
집에서 中食을 接待한데 하동댁 寶城宅 內外도 오시엿다. 食後에는 川邊에 놀여갓다. 川邊에서 술 한 잔식 먹고 見送[餞送]햇다.
成吉이가 단여갓다.
任實에서 벼 저[겨] 20叺 운반.
鄭大燮에서 장판 가서온데 外上代 3萬원이엿다.

<1974년 5월 13일 월요일>
昌宇 스레트 25枚 任實에서 운반한데 館驛에서 成樂을 운전을 시킨바 데부뚝에서 궁글엇다. 당부해도 그려하니 납부다고 햇다.
後에는 왕저[왕겨] 운반하려 간바 路上에서 成曉 長妻男을 對面하게 되엿다. 술 한 잔만 하자고 해서 不得已 待接을 밧닷다.
面에서 成曉 旅비라고 1,100원을 小使 便에 밧앗다.

<1974년 5월 14일 화요일>
間밤에 내린 비는 午前 中까지 내렷다.
午後에 業者會議인데 案件는 食糧消費節約의 中點이엿다.
成康 成樂이는 蠶室 間子 매기.

<1974년 5월 15일 수요일>
終日 蠶室 間子을 맨데 成康 成樂을 데리고 한바 못 끝낫다.
全州에서 成吉 侄이 왓다. 돈을 要求한바 5萬원 가저왓다. 今日 現在로 24萬을 借用한 셈이다. 밤이면 借用金 償還 生覺으로 잠이 잘 들{지} 안는다. 그려다 잠이 들엇다 하면 아침 6時가 된 때가 짜〃 한다[자자하다].
宋太玉 5,500원 주웟다.

<1974년 5월 16일 목요일>
아침에 丁振根 會計한바 8.5日인데 9,350원이엿다. 取貸先金 5,000원을 除하고 4,350을 會計해주웟다.
晋萬玉 母는 서울 晋萬玉 除隊시킨다고 애원해서 2仟원 주면서 日後 作業해달아고 햇다.
◎ 市場에 갓다. 山林契牛 賣渡 및 買收하려 간바 尹相浩 林長煥 單獨的으로 되골목에서 處理햇다고 尹鎬錫 外 3名이 連行한바 그 사람을 無視하고 마음이 맞이 안해서 왓다.
全州에 가서 成曉 母을 데려온데 成允가 안 떠려질아고 울고 한데 나무래서 뗏다.
蠶具 洗濯.

<1974년 5월 17일 금요일>
昌宇에서 取貸金 萬원 成曉 條 萬원을 아침에 주웟다.
蠶室 消毒을 햇다.
저울을 檢査 받으려 간바 不足한 點이 잇다고 押權햇다. 1週日 後에 오라 햇다.
大里 崔龍浩 집에 간바 22日 本人 집에서 契을 하다고[한다고].
夕陽에 집에 와서 工場 告示文을 달아하니 成康 成樂이 모른다고. 分明히 成康이가 뗏는데 그러{니}가 우리에 무웟이든지 시키지 말아고.
任實驛前 工事現場에서 徐 氏을 맛나서 發動機을 引受하라 한니 高 氏와 相議하겟다고 햇다.

<1974년 5월 18일 토요일>
成康 條 埋覆人夫賃 7,800 中 7,000원 주웟다. 成康 말에 따르면 積金 20萬원 9月에 끝이 나고 7月에 契金 10萬 타고 끝번 10萬원 2座하고 鄭형옥 契金 5萬원 해서 月 45萬원이 드려간다고 햇다. 그리니까 내게서 用金을 가저간다.
못텡이 떼 운반한데 비가 내려 中止햇다.
青云提 作人會議을 召集하고 斗落當 310식 据出[醵出]해서 非常口 改造 건양기[75] 修理하기로 議決햇다.
午後에는 精麥을 햇다.

<1974년 5월 19일 일요일>
七星契員는 今日 扶餘에 旅行키로 햇다고.
아침 7時 40分 列車로 全州에 着해서 高速으로 大田 着한니 11時 30{分}엿다. 12時에 高速으로 天安 着 1時 20分 택시로 顯忠祠에 간니 2時엿다.
비는 끝일 사이 없이 내린데 兩山으로 1番에서 10番까지 巡回[巡廻]햇다. 다시 온천에서 列車로 長項에 當한니 11時엿다. 車中에서 원만니 놀는데 外人 女子도 끼여서 잘 놀고 群山驛前 近方에 下宿햇다. 방 3개에 14名이 난와[나누어] 잣다.

75 '권양기(捲揚機)'란 '밧줄이나 쇠줄로 무거운 물건을 들어올리거나 내리는 기계'를 말한다.

<1974년 5월 20일 월요일>
밤새 내린 비는 끝이지 안코 새벽가지 만니 내렷다.
朝食을 맞이고 船장邊에 갓다. 배 구경은 午前 中 잘하고 魚店에서 生鮮(젓갈) 3箱子을 사는데 箱子當 450식. 싸다고 삿다.
列車로 全州에 왓다. 午後 1時 30分이엿다. 中食을 맛이고 全員이 다시 列車에 乘車 館驛에 온니 4時 50分이엿다.
지금도 가랑비는 내린다.

<1974년 5월 21일 화요일>
成奉 二期分 授業料 9,310원 6月分 빼스 通學費 600원 計 9,910원 用錢 90원 해서 萬원을 成樂 便에 보냇다.
成樂이는 오래 前부터 병이 있엇다고 어제 밤에야 알앗다. 今日 成樂 母子을 全州 病院에 珍察하려 보냇다.
靑云洞 小留池[小溜池]에 林長煥을 帶同코 갓다. 건양기 부서서 利用不能. 熱이 낫다.

<1974년 5월 22일 수요일>
成樂 어제 全州에서 자고 午前에 왓다. 珍察한바 珍察費만 參仟원이 들엇다.
大里에서 崔龍浩 長男이 왓다. 今日 契 召集日이라고 햇다. 內外 同伴해서 崔龍浩 宅에 갓다. 李相云 氏만 不參하고 全員 參席햇다. 今春에는 形便에 依해서 旅行은 가지 안키로 하고 明春에 長거리로 가기로 하고 作別햇다.
全州에 간데 面長 張權一 氏와 同伴햇다.
成吉에서 金 萬원을 取貸해 왓다. 成樂 病이 異常하기에 治料할가 해서다.

<1974년 5월 23일 목요일>
成樂을 데리고 全州 姜內課病院[內科病院]에 갓다. 今日 治料비 2,900원인데 2日分이라 햇다.
成樂 許 生員 宅에 갓다.
成東에서 小抱[小包]가 왓다. 보니 光山郡 光山邑 松丁 1區 광산약국 엽 한인수 씨라 햇다. 담배엿다.
今石은 牛車 부리데 뻬야링[베어링]이 나갓다고 1,100원{에} 고처 왓다.
林長煥 氏에 靑云提 修理 請負한데 2萬원에 1切을 下請해주웟다. 耕作人는 斗當 310식 据出키로 割當한바 73斗只에 約 2仟원이 殘 豫算임.

<1974년 5월 24일 금요일>
新平面 龍巖里 崔炳斗 氏 宅에 갓다. 契員이 全員 募엿다. 酒饌 飯饌 해서 誠意것 잘 차렷드라. 白米契員인데 七睦稧[七星親][76]로 다시 名稱을 變更해서 年 春季에 1次식 募임을 갓기로 하야 一 各者[各自] 有司을 치르기로 해서 下始에서 上昇키로 햇다. 今年 冬稧(白米契)는 내의 집에서 치르기로 햇다.
大里에 들이여서 27日 婦人 5, 6名을 데리고 밭 매로 와라고 明子에 付託코 왓다.

<1974년 5월 25일 토요일>
植桑畓 除草作業한데 午前에는 5名 午後에 5名 計 10名이 除草햇다.
午前 中에는 精麥을 한데 約 8叺햇다. 午後에는 韓南連이 入家한데 鄭圭太 立會下

76 '칠성계'는 부인들이 중심이 되어 '최내우, 최창우, 정재택, 유정열, 최석우, 임만영' 외 한 부부가 친목을 다지기 위해 조직한 계모임을 말한다.

에 日費는 300원식 結定[決定]햇다.
成奉 成允이 全州에서 왓다.
成康 집 門 5짝 木手가 잿다.
夕陽 光州에서 成東이가 단이려 왓다. 6개월 만에 왓다.

<1974년 5월 26일 일요일>
丁振根는 後蠶室 바닥 再砂[再沙]77햇다.
金 生員 韓南連은 池野 土事햇다.
成東 今日 8時까지는 部隊 入隊하야 한다고 午後 4時에 光州로 떠낫다.
桑苗畓 除草. 오늘은 7名이 除草햇다.
夕陽에 尹相浩 氏에서 萬원을 取해서 全州에 갓다. 殿洞 내린바 成奉도 내렷다. 무엇 때문에 내렷나 햇드니 가방 책갑을 주시요 햇다. 봇다리는 엇잿나 한비[한바] 車가 실고 갓다고 햇다. 납분 이라 햇다.

<1974년 5월 27일 월요일>
오날 終日 精米한데 多量을 햇다.
夕陽에 9時頃에 母豚이 암이 낫다. 耕耘機에 실고 館村에 갓다. 交배비는 2,000원인데 1部 壹仟원 주고 다음에 주기로 햇다.
出發을 한데 發動이 걸이지 안해서 복잡한데 그 部落 友 氏에 依賴한바 여려 가지 으심이 갓다. 겨우 고치서 집에 온니 밤 12時엿다.
全州에{서} 成吉가 단여갓다.

<1974년 5월 28일 화요일>
親睦契員 川邊노리. 有司는 丁基善 張泰燁인데 終日 잘 노랏다.

77 '재사'는 본래 있던 바닥에 시멘트나 황토를 다시 까는 일을 말한다.

全州에서 成吉이가 왓다. 借金 貳萬원 주고 간데 合計는 27萬원을 借金한 셈이다.
崔龍宇가 下宿하고 잇는데 1日 二食만 먹고 단인다고 해서 마음이 괴롭다면서 夜衣錦行[錦衣夜行]格이니 어굴타면서 他居시키겟다고.
海南宅은 취중인지는 몰아도 大里 崔炳基는 男子가 안니드라면서 不安을 품고 잇드라.

<1974년 5월 29일 수요일>
成英 授業料 雜비 해서 방세까지 10,250원 주워 보냇다.
任實 鄭大燮 氏에 갓다. 蠶室用 날로[난로] 동쇳대 해서 1切으 機具을 산바 6,350원 中 3,000원을 주고 殘 3,350원는 外上으로 남겻다.
午後에 館村農協長 申鍾喆 氏을 面會하고 積金貸付을 말한바 6月 初에 優先權으로 貸付해줄 터이니 書類 求備해오라 햇다.
夕陽에 못텡논 求見 간바 鄭仁浩 婦人게서 말하기를 金 生員(進映)는 논 물대면 바가지로 모포기 사이를 파내는 사람이라면서 올에는 뽕밭이 되고 보니 우리 논으로는 물 안 댄답디{다} 햇다. 參席에 尹南用 母女도 밧 맨데 公開햇다. (不良한 사람 乃宇 말)

<1974년 5월 30일 목요일>
蠶室 修理햇다.
雇人은 休息햇다. 韓南連은 山野 草刈.
밤에는 崔南連 氏가 招請. 가보니 딸기하고 술 먹자고 햇다.
成苑이 단여갓다.

<1974년 5월 31일 금요일>
一. 蠶室 蠶具 消毒은 호로마림 1升에 물

15升 混合(15 對 1)해서 噴霧機로 散布한다.

一. 蠶體 消毒은 하리민 藥 紛濟[粉劑]을 물 1.8릿트(1升) 藥 1수제[수저]를 노켜서[녹여서] 蠶體에 뿌리는데 1日 欠日制[缺日制][78]로 뿌린다.

몸이 좇이 못해서 終日 舍郎에서 눠엇다.

<1974년 6월 1일 토요일>

館村農協長 申鍾喆 氏을 訪問하고 積金貸付手續 1切을 맞이고 5, 6日 後에 오시요 햇다.

任實에 市場에 갓다. 里 山林契牛 1頭에 6萬2仟6百원에 買却證은 崔乃宇 名儀[名義]로 뗏다. 鄭福起 氏 金長映 安承均 崔炳柱 氏 尹相浩 林文在 以上 立會 下에 買却한바 飼育期限은 20個月(今日부터)이고 飼育者는 尹鎬錫이다. 尹相浩 氏는 114,500 中 本人 牛 1頭 사고 約 9,400원쯤 어더 먹은 셈이다.

崔今石 母에서 2萬원 取하고 宋 氏에서 萬원 取하고 해서 相浩 氏 取貸 萬원 주고 林長煥 取貸金 3,000원 주웟다.

全州에서 메누리가 兒該[兒孩]들 데리고 왓다.

<1974년 6월 2일 일요일>

金太鎬 外 家族 2名 桑苗 屈{取}作業비 해서 全部 4,950원 會計 完了해주웟다.

成康 便에 接木 日費 條 6,600원 桑田 除草 및 고초밭 除{草} 日費 11,100 計 17,700원 中 金太鎬 2,200 丁俊浩 1,800 晋萬玉 母 1,500 計 5,500을 除(先拂 條)하고 12,200원으로 完了햇다.

午前 10時頃에 全州 着 11時 40分 高速으로 大田에 1時에 着 신도완[신도안역]에 約 3時頃에 到着해서 鄭用相 氏 對코 實桑栽培 契約金 5萬원 밧고 다시 歸家한바 밤 10時엿다.

<1974년 6월 3일 월요일>

蠶室 修理 稚蠶 1部를(三잠 깬 누에) 大蠶室로 옴기엿다. 연탄을 장치하고 溫度을 25度로 調節햇다.

金進映은 工場에다 벼 14叺 保管.

蠶泊[蠶箔] 1部 고치엿다.

못텡이에 土事한데 끝이 낫다.

<1974년 6월 4일 화요일>

任實 鄭大燮 氏에서 연탄날로 신문 못 其他 外上 1,680원 前條 外上 3,350 計 5,030원 外上으로 都計을 맞우고 왓다.

邑內 洪 氏을 對面코 6月 12日 午前 10時에 館村驛前에서 面接키로 햇다. 脫穀機 關係로.

館村驛前 李 氏 鐵工所 主人에 耕耘機 修繕 先金 萬원 주웟다.

鄭圭太 外上代 會計한바 18,750 中 先拂條 8,700원 除하고 殘 10,500 殘으로 記載햇다.

舟川서 李成根 親友가 來訪햇다.

<1974년 6월 5일 수요일>

終日 精米한바 約 30叺햇다.

金九學 氏 子弟가 왓다. 長子가 病院에 治料 받으려 간다고 金 五仟원 要求헤서 子息 便에 주엇다.

白康善 氏 午前 中 蠶具 製作.

---

78 격일제.

밤 10時까지 精米햇다.

<1974년 6월 6일 목요일>
崔今石 母親 便에 利子만 400원 보냇다.
食後에 成樂이와 耕耘機을 가지고 驛前에 李鐵工所에 갓다. 단이여 交替코 座席改造 四方에 양고로 대는데 51,000원 나온다고. 1,000원을 減하고 契約金 萬원 除하고 10日 4萬원 주기로 하야 外上으로 하고 왓다.
驛前에 잇자 하니 炳基 堂叔이 오시여 술 한 잔 하고 今石이가 술 하고 大里 李 氏 엿장수가 술 하자고 工場 主人이 술 한 잔 하자고 해서 할 수 없이 한 잔식이라도 마시여주웟다.

<1974년 6월 7일 금요일>
養蠶은 4令[齡] 잠이 들엇다.
家族기리 苗板 피사리을 햇다.
靑云提 通管을 林長煥 氏을 시켜서 떳다.
鄭榮植이 왓다. 機械을 뜻는데 精米機 玄米機 精麥機 原動{機}을 차레로 뜻엇다. 計算하니 約 4萬원이 든다고 햇다.
夕陽 新德面 水川里에서 處女 5名이 왓다. 成苑이 데리고 왓다. 作業은 明 8日부터 하기로 햇다.

<1974년 6월 8일 토요일>
뽕 따는 處女을 시켜서 百年簇 洗레.
午後에는 뽕 땃다.
午後에 任實 鄭大燮 氏 宅에 갓다. 全州에 갓다고 不在한데 婦人은 맟지 마시요 하는데 氣分이 不安햇다. 챙피하요 하고 왓다.
宋 氏 집에 (고기집) 갓다. 肉豚을 가저가라면서 5萬만 주라 햇든니 四萬원을 주웟다. 그려면 全部 3次에 거처 6萬원을 가저온 셈이 된다.
韓南連은 이발한다고 2,500원 가지고 가서 終日 休息햇다.

<1974년 6월 9일 일요일>
아침에 任實 宋 氏가 왓다. 도야지 2頭을 단바 309斤인데 9斤은 떠러주고 300斤代 48,000원에 耕耘機로 운반해주웟다.
12時頃에 全州에 갓다. 1時 高速으로 大田에 到着한니 2時 20分. 鄭榮植을 만나 中食 하고 附屬代 其他 44,700원쯤 들엇다. 附屬 1部은 실코 오고 殘品은 明日 榮植 便에 가저 오기로 하고 내려왓다.
驛前 黃宗一 氏에 萬원 빌이엿다.

<1974년 6월 10일 월요일>
耕耘機는 任實邑에 젓 23개 1,300원에 運搬해 주웟다.
館村農協에서 成苑 條로 積金貸付 20萬원 入受햇다.
耕耘機에 新 日産 마구렛도을 단바 불이 잘 오드라.
◎ 材木商會에서 2,600원 外上 中 800원 주고 1,800원 殘으로 햇다.
新田里 산돈[사돈] 宅을 面談한바 뽕이 不足타고 신〃 당부햇다.

<1974년 6월 11일 화요일>
昌宇 2,250 崔南連 5,500 李道植11,750 東基 8,250 崔松吉 3,500 鄭九福 1,000 成奎 取貸金 31,000 崔今石 1,100 今石 母 300 計 64,650원을 成康 便에 會計 完了해 주웟다.
아침 成傑 便에 全州 兒 4名分 育成會비 8

月까지 2,700원 주워 보냇다.
成康 便에 館村 朴鎬九 桑實代 萬원 先金하고 驛前 李鐵工所 外上代 4萬원을 보냇다.
帳簿整{理} 完了.
間子 30개 4,500원에 新平農協에서 운반햇다.
첫 모내기햇다.
大里學校 앞에서 어린 兒該을 한 번 때린 것이 코피를 흘이여 未安햇다.

<1974년 6월 12일 수요일>
聖壽面 洪 氏와 同伴해서 全州에 갓다. 脫穀機을 求見한니 外觀上은 좋은데 實地 試運轉해보니 不實햇다. 뜻이 없어 바로 왓다.
午後에는 上簇類을 準備. 밤에는 桑田 守備햇다.
生覺한니 脫麥機는 古物 仕用[使用]할 박게 업다.
金 生員은 成奎 알마 엿는데 1日 갓다.

<1974년 6월 13일 목요일>
세멘 20袋 成曉에 萬원 支出.
新田里에서 안사돈宅이 오시엿는데 뽕 때문에 오셧으나 우리야가 不足해서 할 수 없이 보냇다.
脫穀機 修理하려 보냇다.
午後에는 桑田에서 夏茂[夏伐]. 夕陽까지 운반.
韓南連은 술에 취해서 허성구성햇다.

<1974년 6월 14일 금요일>
黃宗一 取貸金 萬원 返還햇다.
鄭榮植 來訪햇다.
池野 1部 移秧을 한데 龍山坪에서 越洑햇다.
夕陽에 驛前에서 李鐵工{所} 主人이 來訪. 貯水池 通門 改造하려 왓다.

<1974년 6월 15일 토요일>
蠶을 上簇한데 밥앗다.
郡에서 새마을課長이 첨 내 집에 오시엿다. 家庭을 살펴보면서 手苦한다고 햇다.
上簇한 데 松葉(젓가지[곁가지]) 2, 3束이 있는데 마음이 괴로왓다. 成樂을 시켜서 덥기는 햇지만 旣히 느젓다. 19日 다시 오겟다고 하면서 갓는데 實은 大統領이 下사한 百萬원 償金[賞金] 關係라고 面長이 말햇다.
鄭榮植은 2日 만에 修理 끝내고 간데 旅費 3,000원 주웟다.

<1974년 6월 16일 일요일>
成康 便에 新田里 査家宅에 뽕 실고 보냇다. 成曉도 妻家에 간다고 同伴햇다.
嚴俊映 便에 邑內 宋 氏에 傳해달아고 萬원 보냇다.
崔今石 母 便에 邑內 利子 400 傳햇다.
雇人들은 보리 베기 始作하고 누예는 今日 上簇이 끝이 난 셈.
成奉이가 단여갓다.

<1974년 6월 17일 월요일>
비는 밤부터 내린바 아침까지 해갈정도 뿐이다.
雇人傭人[雇傭人] 金學九 氏는 韓南連 雇人을 실어하고 對面이면 是非만 한다. 其理由는 各者 프待接[푸대접]한다고. 實는 學九 氏는 南連으로 因해서 自由가 업다는데 잇이 안나 햇다.
日本에서 成康 就職關係로 便紙가 왓다.
裡里 電信電話局 建設局長 金基斗 氏을 禮訪하라고 햇다.

桑田에 肥料 너키. 約 桑田에 6.5叺 桑苗畓에 3叺 計 9.5叺 넛다.

<1974년 6월 18일 화요일>
午前에 精麥햇다.
午後에 裡里에 到着한바 3時엿다. 택시로 建設局에 當한니 190원이 나왓다고. 局長을 面會申請한니 出張 가섯다고 守使가 말햇다. 明日 9時 內外로 오시면 된다고.
全州에 湖南機械商會에 들이엿다. 베루도網 구리스 6,500인{데} 8,500원을 주고 前條 外上에 加算해서 6,500원 다시 外上帳簿에 記入하고 왓다.
夕食한 後에는 金 韓 2人이 是非하드라. 그려나 말 안햇다.
桑苗畓 除草는 끝이 낫다고.

<1974년 6월 19일 수요일>
裡里 金基斗 氏을 禮訪햇다. 親히 待遇하면서 成康이를 對面하겟다고 하면서 官車을 내서 庶務課長 韓相龍 氏와 同伴해서 집에 왓다. 中食은 四仙臺에서 하면서 食代을 局長任이 내는데 未安햇다. 不遠 成康件은 書類 求備해서 보내라면서 作別햇다.
밤에 脫作 始作.

<1974년 6월 20일 목요일 陰曆 5月 1日>
7時 40分 通勤列車로 成赫을 同伴해서 新都驛에 着 南山里 鄭用相 氏 宅을 禮訪한니 12時엿다. 桑實[實桑] 契約金 125,000 成赫 25萬원 計 375,000원을 第二次分으로 受領햇다.
中食을 其집에서 하고 大田으로 回路. 全州에 到着한니 4時 30分이엿다. 湖南蠶具社에서 견면채취기 1臺 8,500원에 사가지{고} 왓다.
비는 午後부터 내린데 移秧 비는 充分하다고 본다.
成康이는 耕耘機로 錫宇 昌宇 養蠶 新平으로 운반.

<1974년 6월 21일 금요일>
崔今石 母에 간바 不在中. 今石 長女에 金貳萬원 400원 주는데 林東基 妻 立會下에 傳햇다.
邑內에 金鍾喆 氏가 油店에서 경유 14,200식 石油 15,700식 모비루 4,500식 揮發油 3,600식 해서 53,700 해서 운반햇다.
◎ 午後 6時頃에 蠶견을 실코 新平에 갓다. 約 283k인데 1, 2等級으로 해서 441,700쯤 收入으로 본다.
耕耘機를 運轉한데 成樂이가 橋梁가에서 危險을 포도시[간신히] 면햇다. 겹[겁]이 나서 내{가} 몰고 왓다.
肥料 尿素 1袋 복합 18袋 염가[염화칼륨] 1 計 20袋 운반햇다.

<1974년 6월 22일 토요일>
移秧日이다.
아침에 韓南連을 시켜서 取貸肥料 安承均 4袋 金正植 3袋 鄭鉉一 2袋 黃義植 3袋 운반해주엇다.
◎ 池野 上下畓 移秧을 完了햇다.
夕陽에 安承均 氏 脫作한바 새벽 3時까지 햇다. 새벽에 다시 새보들 崔南連 氏 畓에 옴기고.
成康이는 裡里에서 電話가 왓다고 館村 郵替局[郵遞局]에서 同行해 갓다.

<1974년 6월 23일 일요일>
金昌圭 脫作한데 風庫[풍구(風-)]가 부서젓다. 驛前 李 氏에 付託해서 修理한니 終日 10叺 程度 뿐이다. 밤에도 太鎬 李正勳이 보리 脫作한니 새벽 4時엿다.

<1974년 6월 24일 월요일>
成吉 債務을 計算한니 總計 290,900원이엿다. 計算書와 現金을 29萬원 9百원을 成曉 母에 주면서 全州 成吉에 주고 確認함과 同時에 印章을 捺印해서 오라 햇다.
新德 處女 四名도 16日間 日費 4,800원식 治下金 五百원식을 주면서 今秋에 다시 오라면서 보냇다. 全州로 간다고.
◎ 그려면 今日로 成吉 債務는 完全히 끝이 낫다.
崔金喆 取貸金 參萬원 成曉 母 便에 보냇다.
成康 件으로 日本서 또다시 편지 왓다.

<1974년 6월 25일 화요일>
終日 脫麥햇다.
金學九 雇人에 나무랫다. 有경엄者[유경험자]로 보왓든니 고의로 일을 안 해주고 있다. 차라리 나가쓰면 생각이다.
全州 湖南商會 外上代 6,500 殘으로 記入하고 脫麥機 耕云機[耕耘機] 벨트 4개을 가지고 {왔다}.

<1974년 6월 26일 수요일>
成曉 便에 肥料代 17,500 주웟다.
精麥 脫麥 분주햇다.
몸이 좆이 못해서 食事도 하고 싶지 안다.
任實에서 왓다고 加工組合 書記라 한데 5仟원 會비를 준바 여려 가{지}가 異常햇다.
新平서 肥料 70袋 운반. 實桑苗 種子代 朴鎬九에서 2斗 5升 가저온데 前條 萬원 除하고 21,250원 주웟다.

<1974년 6월 27일 목요일>
精麥 脫麥햇는데 成赫 肥料 成奎 집에서 8叺을 上關 朴永錄 氏 宅에 운반해주웟다.

<1974년 6월 28일 금요일>
丁俊浩 고지을 심는데 9名 豫算인데 10名이 왓다. 1名은 내가 품싹을 내주어야 한다고.
脫麥 精麥.
모가 모자라서 東西南北로 단이면{서} 求햇다.

<1974년 6월 29일 토요일>
雇人 韓南連 日費 30日 半(300식) 9,500원 주워 보냇다.
移秧을 今日로 끝 지엿다. 金進映 苗 黃義澤 苗을 求해다가 全部 끝내고 夏至甘諸[夏至甘藷] 캐기 햇다.

<1974년 6월 30일 일요일>
牟光龍 外 10名이 實桑 植. 耕耘機까지 動員되엿다. 甘諸도 캐고.
耕耘機로 終日 成樂 丁현植 시켜서 노타리 作業을 시켯다.
成康 便에 婦人 품싹 5,900 成允 衣服代 600까지 會計하라고 주웟다.
成愼 成允 便 學비 5,020 연탄 50개 1,600원 보낸바 걱정이 만타.
成曉 稧金 7萬원 會計햇다. 10萬원{인}데 3萬원 제가 利用한 模樣인데 말 안햇다.

<1974년 7월 1일 월요일>
實桑 植한데 午後에는 牟光龍과 金 氏와

交替햇다. 夕陽에 비 내려 1部을 못하고 心思가 낫다.

午前에는 丁基善 外 2名 賃搗精米햇다.

昌宇는 눈치가 심술이 난 듯 장구먹 位土에다 實桑을 播種한다고. 生覺대로 하라 햇다.

<1974년 7월 2일 화요일>

子婦가 몸이 좇이 못해서 全州病院에 珍察하려 보{냈}는데 治料비 5仟을 주고 許 生員 家屋代 殘 利原子 合해서 75,600원 子婦 便에 보냇다.

午前에 實植桑을 끝맞이엿다.

午後에는 黃在文 雇人을 시켜 보리 베{게} 했든{니} 조금만치 비엿드라. 雇人는 슬[술] 만만히 마시니 뜻이 안 맞고 日時 보기 실타.

成樂이는 稧錢을 너는데 明年 2月까지 너코 찻는다고. 異常한 稧라 햇다.

<1974년 7월 3일 수요일>

移秧(모내기) 품싹이 700원이데 黃在文 婦人는 900원식 가저갓다고 햇든니 丁俊峰 昌宇도 不良하다면서 차즈라 햇다.

丁俊峰 품 1日 支出햇다.

새보들 實桑植田 물 빼기 金 氏 成樂을 同伴해서 막고 물을 말이엿다.

夕陽에 成康이가 金堤에{서} 왓다. 實로 重勞{動}이엿다고 햇다.

※ 1身上으로 依하야 禁酒할 結心[決心]. 不得已 今日부터 禁酒햇다.

<1974년 7월 4일 목요일>

一. 새벽부터 내린 비는 今日 終日 내렷다.

一. 實桑植畓에 간바 장마로 依해서 發牙[發芽] 成◇積[成績][79]이 意心[疑心]하다.

一. 午前 中에 精麥하다 昌宇집에 간바 밥이 업다고 새로 진다기에 나문 밥 좀 먹고 바로 왓다.

一. 靑云洞 李南振 氏가 와서 養牛을 달아고. 生覺해 보겟다고 햇다.

一. 成康이는 夏至甘諸 3包袋와 白米 3斗 包袋을 주워 全州에 보내는데 甘諸 1袋는 成吉 兄 집에 보내라고 햇다.

※ 成東에서 담배 2보로 왓다.

아침부터 心思가 괴로왓다. 어재 夕陽에 成苑이 新聞紙에 싸 가지고 {온} 것이 개고기엿다. 바로 좀 쌀마달아고 햇다. 氣分 납부게 쌀마도 저역에는 못 먹어 큰소리로. 夕後에 고사리를 물에 당구워 쌉제[삶지] 햇든니 솟테 너 쌈는 것이 여[영] 볼통 사나게[사납게] {되었다}. 實은 마음으로는 束히 먹고 싶은 마음 간절해서엿다.

아침에 부억에 가보니 장작불이 나와서 미러너코 보니 수제기[수저가] 있으면 갑작히 퍼먹고 싶엇다. 成曉 母에 말국[국물] 좀 떠오제 햇드니 쌀마지도 안햇는데 어데케 먹{어} 큰소리로. 生覺한니 마음이 다시 납으고 해서 새봇들 논에 단이면서 生覺한니 개고기 생각은 全然히 없어지고 熱만 생기엿다. 요새 술을 안 먹으니 배가 자조 고파 食事는 如前한 셈이다. 개국을 퍼온 것을 보니 다시 熱이 낫다. 안 먹겟다고 하고 내노왓다.

小便이 1週 前부터 黃色으로 변해 只今 如前한바 炳의 始初 안니가 生覺. 世上을 뜬데까지는 조흐나 아즉 家事整理가 未備되

79 '◇'는 한자 積을 쓰다가 만 것을 표시한 것이다.

였으{므}로 死別은 빠르다고 生覺이다.
日前에도 메누리가 몸저 누웟는데 아침 누룽밥을 가지고 문을 열며 어서 먹어라. 뻔대가 업이 不幸. 無識해게 말삼하는 목소리 他人 들{을}가봐 걱정이고. 조흔 말로 숙임[숭늉]이라도 먹고 기동해야 한니 나와 갗이 먹자하고 溫情 잇게 말할 말이 만한데 只今도 年齡이 50歲 以上者가 그려케도 무식한가 답〃하다. 조흔 말 조용이 타이{르}면 자가 잘못은 생각지 안고 화만 내니 이제 그만 갈이겟다[갈치겠다].
※ 午前 8時頃에 成康이는 金堤 現場 出發햇다. 金 3仟 旅費 주워 갓다.

<1974년 7월 5일 금요일 아침>
새벽에 門前 鄭圭太 집에서 끈소리 치며 델오[데리러] 왓다. 가보니 吳泰天이가 鄭圭太 婦人을 强奪하려다 女子가 不應햇고 엽에 圭太 男便이 起床하야 부들이여 大端히 봉변을 당하고 徒走[逃走]햇다.
實桑田에 가보니 只今도 싹이 트지 안햇다.

<1974년 7월 8일 월요일>
桑苗畓에 堆肥 散布 尿素.
禁酒을 하고 보니 술을 먹자고 한 사람은 만햇다. 身境[神經質]을 부려도 먹자 한다. 旣本方針[基本方針]대로 變함 없이 끈어 갓다.
食口을 시켜서 桑田에 肥料 3袋을 散布하라 햇든이 밤에 비가 만히 내려 效力 없을가 念慮된다.
成奎 實桑田을 터러주고 錫宇 4斗只까지 밤에 비을 맛고 해주웟다.

<1974년 7월 9일 화요일>
桑苗畓 第三次 除草日이다. 終日 비가 내려 除草을 中止햇다.
精麥 1部 햇고 桑苗畓에 가서 監定[鑑定] 한바 1部 發牙하기 始作햇다.
小牛을 젓 떼고 딴으로[달리, 따로] 맨바 母牛가 나대들으라[나대들더라].
今日 7日재 禁酒햇다. 술을 권한데 今日만 참고 다음에 먹겟다고 햇다.
全州에{서} 메누리가 왓다.

<1974년 7월 10일 수요일>
成傑을 시켜서 成吉에 2萬원 送金해왓다.
닥 7首 2,660원에 潤植을 시켜서 사왓다.
全州에 갓다 왓다.

<1974년 7월 11일 목요일>
班長에 水稻用 尿素 4袋代 4,200 取貸金 300 計 4,500 支拂해주웟다.
池野 上下畓 除草한바 만은 지심[잡초] 잇어 夕陽까지 手苦들 햇다.
夏穀 收納日인데 作石을 한바 20叺엿다.
水稻用 尿素 4袋 桑田用 複合 12袋을 夕陽에 引受햇다.
鄭鉉一에서 尿素 2袋 取貸한바 今日 雇人便에 보내고 安承均 氏도 成傑 自轉車에 1袋 보냇다.

<1974년 7월 12일 금요일>
午後에야 靑云洞 脫麥하려 갓다. 金昌圭 5叺 脫麥하고 明日 金正柱 것 하기로 하야 夕陽에 왓다.
※ 成曉는 全州市로 移動運動한다고 金 拾萬원을 要求햇다. 잘 生覺해서 하라 햇다.

<1974년 7월 13일 토요일>
새벽부터 가랑비가 내려 終日 내렷다.
鄭圭太을 同伴해서 燒酒 3병 국수 4束을 가지고 靑云洞에 갓다. 빠짐없이 男女에게 한 잔식 주웟다. 實은 야근[약은] 사람들이지. 먹을아고 한가 하면 外人이 脫麥하러 온다고 햇지만 崔兄 機械가 잇기로 해서 不應햇다고.
못[몸]이 좋이 못해서 午後에 館村에 갓다. 藥 5揵 仟원에 지여왓다. 황달 初期 하고…….
집에 왓다.
明日 除草畓에 肥料 4袋 散布햇다.

<1974년 7월 14일 일요일>
비가 올 듯한데 靑云洞에서 脫麥을 始作햇다.
成愼에 便에 許 生員 前에 便紙로 豚舍을 移轉하라고(철거) 傳햇다.
成康 母가 어제 全州에 갓다고. 成允을 데리고 今日 왓다. 夕陽에 다시 데리고 全州에 갓다.
脫麥을 비가 오는데 억지로 成奎 야[것]까지 햇다.
驛前 李德植 鐵工所 外上代 脫麥機 修理代 8,320 貯水池 5,500 脫麥機 風庫 修理 800 耕耘機 시도代 600 計 15,220원 中 1部 8,000원 入金하고 7,220원 殘으로 하고 밤에 왓다.

<1974년 7월 15일 월요일>
初除草을 機械로 今日까지 2日間에 全部 햇다. 人夫을 대면 8,000원이 든다.
靑云洞에 脫作하려 갓다. 비는 한두 방울 떠려진데 午後에는 丁東根을 시켜서 耕耘機 庫門을 키웟다.
館村에서 枚子[板子] 角木 2,200 못 2斤 쇠통 1,000 計 3,200원 주고 사왓다.
成康가 단이려 왓다.
黃宗一 氏에서 萬원 取햇다.

<1974년 7월 16일 화요일>
아침 5時에 靑云洞 脫作하려 갓다. 崔文巖 氏 脫作 約 10叺.
丁俊祥 木工 1日 한데 1,500원 주웟다.
돌몰댁 先金 1,000원 주웟다.
午後에 金太鎬을 시켜서 세멘事을 한데 押作히[갑자기] 비가 내렷는데 相當히 왓다.

<1974년 7월 17일 수요일>
實桑田 除草한바 人夫는 17名.
午後에는 桑田 除草햇다.
成康이는 金堤로 가고 成樂이는 靑云洞에 脫作하려 간바 밤에 稅을 실고 온대 애로가 만햇다.
◎ 桑田에 가서 雇人 學九 氏가 作業한 것을 보니 非良心的이고 時間만 흘여보내는 것 갓다. 그래서 不安感으로 말햇다.

<1974년 7월 18일 목요일>
金鉉珠 脫麥. 雨天으로 午後 늣게 中止한바 約 10叺 脫作한 듯.
雇人 金 氏는 몸이 안 조타고 술만 마신데 今日은 술을 주지 안한바 아마 술병인 듯. 머슴이 술이 과하면 年中 술갑이 相當하겟군.
黃在文 日工 會計. 昨年부터 計算하고 金 6百원을 가저갓다.

<1974년 7월 19일 금요일 陰 6月 1日>
午前에 靑云洞 金鉉珠 脫麥하다 만 것을 해주고 午後에는 金泰圭 脫麥한바 밤이 되

엿다.
氣力이 없고 下門으로 謝[泄瀉]만 한니 눈이 속으로 드려간 것 갓고 해서 成樂을 시켜서 任實에서 5첩을 지여왓다.
今年 秋蠶은 9枚 申請햇다. 晩秋蠶은 5賣 豫定임.

<1974년 7월 20일 토요일>
아침에 7時에 宋成龍 脫麥 5叺하고 11時頃에 靑云洞 金在玉 脫麥을 始作. 밤 10時까지 14叺인데 斗量으로 따지면 17, 8叺엿다. 밤 11時에 圭洞宅 脫麥 1叺한데 成康이 成曉 成苑까지 3人이 왓다. 집에 到着한니 12時까 너머서 寢室에 들엇다.

<1974년 7월 21일 일요일>
成吉이가 全州에서 金 貳萬원을 가지고 왓다.
靑云洞에서 收入. 計는 脫麥稅가 8叺8斗임.
崔今石 母에서 金 貳萬원 入金해왓다.
女子 除草費 成康 母 便에 萬원을 주워서 散布해주라 햇다. 그려면 女子 賃金은 完了햇다.
7月 24日 - 8月 24日 開學. 成奉 放學 中에 全州에 잇{으}라 햇다.

<1974년 7월 22일 월요일>
못텡이 고지 丁俊浩 條 내 條을 除草한데 人夫는 約 8名이엿다. 白仁基 고지도 今日 除草하라 햇든니 몸 아프다고 그래서 2名을 더 어더 除草햇다.
비는 如前 내렷다.
午後에는 만이 내린 비로 除草作業을 中止햇고 明日 그대로 오시라고 햇다.
貯水池 乾良機[捲楊機] 쇠대[자물쇠] 장치을 林長煥은 다시 해주기로 햇다.

<1973년 7월 23일 화요일 陰 6月 5日>
고지 및 私 除草 어제 未決해둔 之事을 今日 午前햇다.
조금 일어서 못텡이 도구를 치라 햇든니 丁俊浩는 不美해서 그만 두라 햇든니 다시 하겟다고 갓다.
水稻用 班長과 肥料代 會計 內譯
요소 5袋 4,895원
용인 3〃 1,260
염가 2〃 960
取貸肥料 복합 3袋 2,673
운임 出資金 2,600
桑田用 12袋 9,900
計 22,288 - 경운기 운임 7,500 除 = 14,788
班長에 주고 會計을 끝냇다.
成康 便에 成奎에서 尿素 單獨으로 1袋 取햇다.

<1974년 7월 24일 수요일>
自家 脫麥을 工場에서 한데 머슴이 가리를 잘못해서 半 以上이 썩어 버렷다.
雇人은 時만 가기 기다리는 人間. 每事에 두미를 안는지 못르는지 事〃件〃마다 시켜야 한니 己事가 밧분데 難處할 때가 만햇다.
梁奉俊 妻는 이제 白米 利子 3斗代 4,500을 밧앗다.
農藥 散布. 第一次을 成康을 시켜 햇다.
電工들이 電柱을 세우기 始作.
今日부터 술을 잎에 댓다.

<1974년 7월 25일 목요일>
白仁基는 고지 3斗只 第一次 除草. 第二次 除草까지 하지 안햇다. 丁俊浩 第二次 除草만 햇다. 1, 2次는 내가 다 除草햇다.

蠶具 百年蔟 洗濯. 家族기리 井戶에서 햇다. 今日도 夏穀이 二車나 운반한데 마음이 좇이 못햇다. 그러나 里民는 未安하게 生覺치 안코 저울을 제 것처럼 使用한가 하면 工場 內에 滿積해노코 잇는데 主人을 無視한 것 갓다.
夕陽에 理髮한바 約 2個{月}쯤인 듯.

<1974년 7월 26일 금요일>
牟潤植 氏 脫麥 最終인 듯.
成樂이는 理髮 鍾杓 慰勞金 契殘 1,000{해서} 1,500원 주웟다.
崔南連 氏 門前에서 맛낫는데 술 먹자고. 할 수 업시 간바 卽席에서 子息 永植이 자랑을 내논데 氣分이 좇이 못해서 가버렷다.
成吉이가 全州에서 왓다. 돈 있으면 2萬원만 달아 햇든니 주웟다.
實{桑} 種子을 求하려 간바 驛前으로 아라보겟다면서 只今도 늣자는[늦지는] 안니한다고 햇다.

<1974년 7월 27일 토요일>
驛前에 趙內浩 집에 갓다. 實{桑} 種子 3升가 있어 7,500원에 삿다.
朴鎬九 氏을 對面하고 前 種子代 殘金 2仟원을 주웟다.
午後에 人夫 2名을 엇더서 바로 實桑 種子을 散布햇다. 밤에는 多幸히 비가 내려서 發芽는 밋겟다.
成苑이 郡에 단여온다고 집에 왓다.
成奉 成愼 成允이는 放學햇다고 모두 집에 오고 成奉이는 공부한다고 다시 全州로 갓다.

<1974년 7월 28일 일요일>
日氣는 終日 비가 내렷다. 約 1個月 半 程度 {만에} 비가 내린 듯.
午前에는 精麥하고 잇는데 黃 氏 尹 生員이 3次나 招請하려 왓다. 尹鎬錫 宅에 가보니 鄭鉉一 外人 南連 氏 그리고 나엿다. 닥죽을 한 그릇 주면서 韓正石 氏는 말햇다. 今日 닥 잡고 논 理由는 鄭鉉一이 酒 1斗 내고 鄭圭太가 효주 1병을 내노와서 이와 갖이 놀게 되엿다고 해 氣分이 小[妙]해서 술은 1切 입을 대지 안햇다.
成奎 집에 간바 柳正進과 成奎 成赫이는 是非이가 잇섯다. 立場이 難해서 退進[退陣]햇다.
듯자 한니 崔完宇는 앞으로 畓 50餘 斗落을 사겟다고 公言햇다고. 裵京完이가 圭太 酒店에서 말햇다.

<1974년 7월 29일 월요일>
成樂이와 갖이 堆肥 積載.
비는 오날도 終日 내리는데 難點이 잇고 午後에는 成康 집에 蠶室 間子 매기.
夕陽에는 靑云洞 갓다. 韓文錫 氏도 왓는데 金正柱 犬을 잡고 내복을 살마먹고 집에 온니 밤 11時 30分이엿다. 한 다리 1,700원에 삿다.
金泰圭 金正石 金正柱가 昌坪里까지 바라다 주웟다.

<1974년 7월 30일 화요일>
今日도 終日 비가 내렷다.
全州에서 成吉이가 왓는데 中食을 하고 떠낫는데 麗水에서 崔振宇가 왓는{데} 明 3, 4日에 놀어오라고 햇다. 술 한 잔 待接해서 보냇다.
精米 4叺 햇다.
오날 夏穀 共販日인데 乾操[乾燥]가 不良

코 비가 긑일 사이가 없어 不得已 棄抛[抛棄]햇다.

<1974년 7월 31일 수요일>
韓南連은 아침부터 作業하려 왓다.
비는 각금 내렷다.
實植桑 除草(第二次)한데 婦人이 30名이 들엇다. 그래도 未決햇다.
머슴 韓南連은 終日 草刈햇다.
午前 中에 農藥 1部을 햇다.
路上에서 丁基善을 對한니 異常한 氣分이 들며 不安이 나드라. 間題[問題]에는 自己의 子息 全高 入學됨을 大話한 점. 人身이 거만한 듯해서엿다.

<1974년 8월 1일 목요일>
오날도 가금 비. 제대로 마음대로 作業을 할 수 업서 心思가 괴롭다. 婦人 5名 家族 2名이 除草는 하나 비가 온 데는 신경질이 낫다.
밤에는 里民 大座談會가 있엇다. 參席해보니 4, 50名이 募엿다. 案件는 堆肥增産促進大會 夏穀買上 稅金完徵.
丁基善은 自己돈 代納한 것이 엇저야 무르니 成奎는 据出 못햇다 햇다. 外人들은 無言으로 무럼하게 되엿다.

<1974년 8월 2일 금요일>
成康 成樂 農藥 散布햇다.
말금. 日氣는 畿[幾] 月 中 처음.
實植桑田 除草 今日로써 約 40名이 들엇다.
<1974년 8월 3일 토요일>
夏穀 乾操[乾燥]햇다. 多幸히 今日 日氣가 順〃햇다.
裵永植 집에 갓다. 豚舍을 짓는다고 해서 가보니 바로 벽담에다 도야지 똥오좀이 내의 집 정제 되문[뒷문]에 닷게 지는데 異議햇든니 오물 퍼내겟다. 안되겠으니 꼭 뜨더라 햇다.
夕陽에 郡守게서 來訪. 堆肥을 見本햇고 酒席에 植桑 20餘萬 株을 심엇으니 賣渡케 해달아고 付託햇다.

<1974년 8월 4일 일요일>
아침부터 夏곡 作石.
寶城宅 精米햇다. 農藥도 散布햇다.
成苑이 왓는데 兒이 衣服을 낫〃치 사왓다.

<1974년 8월 5일 월요일>
夏穀 作石 約 32叺인데 春麥은 부패되여 반〃식 쩌서[찧어서] 作石햇다.
成康이는 館村에서 오라고 갓다.

<1974년 8월 6일 화요일>
夏穀 34叺을 共販에 보낸바 不實한데 多幸 入庫되엿다고.
成曉 成康은 밤에 10時頃에 집에 왓{는}데 2等이고 3等이 7叺라고 햇다.
農藥하다 비가 내려서 中止햇다.

<1974년 8월 7일 수요일>
新德으로 草刈하려 갓다. 白仁基 고지품으로 4名이 草刈햇는데 芳基 白仁基 順基 黃龍德이엿{다}. 그래서 우리 役軍 2名 해서 6名이 한바 耕耘機로 4回을 단인바 밤에까지 왓다.

<1974년 8월 8일 목요일>
郡 林業 李玉童 氏가 來訪햇다. 國有林 22番地 9反 9畝을 公開拂下한다고 햇다.

加及的[可及的]이면 내 落札케 해달이고 햇다.

◎ 新平農協에서 夏穀 買上代 17萬 3仟원 出金햇다.
驛 韓文錫 債務 1部 110,600원 주고 10萬원 殘額 남기고 邑內 鄭大燮 外 5仟원 黃宗一 11,500 鐵工所 外上代 8,500 大里 門代 9,150.

<1974년 8월 9일 금요일>
成傑 5 6 7 8月分 授業料 16,000 成康 500 雜비 750 鄭圭太 春麥代 연탄代 7,389 現金 11,000원 計 173,000원 消費햇다.

◎ 韓文錫 會計는 利子 本子[本資] 해서 210,600원인데 110,600원만 會計하고 今日字로 10萬원을 再契約해주웟다.

<1974년 8월 10일 토요일>

新安宅 日費 750
成康 母 便에 1,800
(위 두 항목) 婦人 支出

崔瑛斗 氏는 貯水池 用水를 터주라 햇다.
또 개고기 한 다리 1,770원에 삿다.
午後에 成樂에 農藥 散布하자 한바 不在中. 成奉을 데리고 한데 氣分이 不安햇다. 夕陽에 6時쯤 된니 왓드라. 말도 안니 하고 시키지도 안코 끝가지 내가 散布햇다.
밤에 成傑을 시켜서 黃 氏에서 萬원 가저왓다.

<1974년 8월 11일 일요일 陰 6月 24日>
아침에 成康 母 便에 除草 婦人 日費 6,050원을 支出햇다.
밤에 里 會議가 있어서 가는 途中에 해남宅을 만나고 오래만이라면서 건너 술집으로 갓다. 主人에 술을 달아고 한바 마루에서 萬映 仁基가 同席해서 仁基는 하는 말이 잇는 놈 子息 刑務所에 가지 안코 업는 놈 송사리만 刑務所에 가드라 햇다. 잔소리 하네 하면서 네 子息은 무엇인데 햇다. 열이 낫다. 술잔으로 때렷더니 이마에서 피가 흘엇다. 其 後에 듯자 한니 病院에 갓다고 햇다.

<1974년 8월 12일 월요일>[80]
生覺한니 未安한 마음이 들고 里民으 餘論도 있으리라. 또 告訴가 提起하면 社會에 面目이 드려할가 해서 鄭鉉一을 帶同코 任實病院에 갓다. 未安타면서 和解는 햇다. 治料는 5,600 中 3,000만 入金시키고 其後에 鄭圭太 嚴俊祥이가 왓다. 患者 中食代 外人 中食 酒代 택시 費 해서 3,450원 드렷다. 그려면 總計는 鄭仁浩 治料費 雜費 햇서 9,450원 程度 들엇고 夕陽에 退院햇다.
黃宗一 氏에서 金 五仟원 借貸.

<1974년 8월 13일 화요일>
丁俊浩는 고지논 피사리하려 尹用文을 데리고 왓다.
中食을 하는데 白康俊 妻가 왓다. 理由는 白康俊{()男便()}이 食飮을 페하고 놀고 누워잇다 햇다. 듯자 하니 인공이 돌아오면 경찰家族이라고 다 죽인다고 해서라면서 崔 生員이 잘 좀 보와주시요 햇다. 내의 對答은 그려한 소리도 안코 萬諾 6.25 갈{은} 것이 온다면 警{察}家族만 죽지 안코 다 죽

80 날짜는 달리하고 있으나 내용은 8월 11일 일기에 이어지고 있다.

을 것{이}다 하고 白康俊이는 解放 後에 빈손으로 이곳에 왓는데 도벌해서 파아다 財産을 모왓는데 里民 人心이 조키로 深히 말 안할 줄 모루고 이제는 만히 모힌 자리에서 財産 장랑[자랑]만 하면 里民 公衆에다 도적놈들이라고 고암[고함]을 지르면서 심지여 鄭鉉一 財産이 얼마나 된지 그런 것은 부거 비들[불거 뵈들][81] 안는다고까지 해다면 하{고} 말해주웟다.

<1974년 8월 14일 수요일>[82]
安承均도 立會한데 이와 갖이 말하고 每事을 더 잘 알고 싶으면 男便을 보냇이요 하고 보냇다.
午後에 白康俊이가 酒店에 왓다. 實은 鉉一 氏가 招請햇다. 現場에서 康俊에게 崔錫宇는 面박처럼 乃宇 그분이 그렷{을} 이업고 오히려 康俊 品行이 낫븐다는 것을 일〃히 폭로해서 말해주고 鉉一이도 사돈쯤 되지만 네의 財産을 부거하지[불거하지][83] 안코 내의 보리 1斗만도 못하다고까지 한바 白康俊이는 未安해게 生覺하고 술 300원{어}치을 내고 갓다.

<1974년 8월 15일 목요일>
精麥햇다.
里民 1部는 夏穀買上用 精麥을 주지 안은다고 不平하면서 取貸해달아고 햇다.
못텡이 피사리한데 丁俊浩 고지품으로 3名이 햇다.
메누리가 正午에 안사돈과 同伴해서 오시엿다.

<1974년 8월 16일 금요일>
人夫 3{名}이 피사리한바 끝이 낫다.
農藥 散布한바 벼는 조금 減病이 듯햇다.
안사돈게서는 午前에 떠낫다.
精麥햇다.

<1974년 8월 17일 토요일>
忠南 大德에 出張 7時 40分 列車로 新都驛에 着. 鄭用相 氏 宅을 堂[當]하니 12時엿다. 鄭 氏는 大田에 갓다고. 夕陽에 왓는데 不得已 宿泊을 하게 되엿다. 實桑代 前途金[前渡金]은 準備가 못되엿다고 햇{다}. 오는 25日에쯤 오겟다고 해서 잠자리에 들엇다.

<1974년 8월 18일 일요일 陰 7月 1日>
아침 5時에 起床하야 新都驛에 到達하니 5時 50分. 6時에 列車에 乘車하야 全州 왓다.
成吉 집을 訪問하고 借用金을 말한바 昌宇에서 달아고 햇다.
뻐스로 館村에 와 同窓會席에 參席코 보{니} 會員는 11名뿐. 會長 選出에 드러간바 내가 口頭呼選[口頭呼薦]으로 異議 없이 되엿다.
300원이 不足해서 外上으로 달이고 왓다.
炳基 堂叔이 300원 代納.

<1974년 8월 19일 월요일>
精麥햇다.
實植桑 埋覆 植桑畓에 물 너키. 連日 한害로 모든 田作物이 被害가 많햇다.
成奎에서 새마을用 세멘 5袋 取貸한바 今日 重宇에 回送햇다. 그리고 昌宇에서 圭

81 '불거 뵈들'은 '부러워 보이지를'이라는 뜻이다.
82 13일 일기에서 이어지는 내용으로 같은 날 기록한 것으로 추정된다.
83 '불거하지'는 '부러워하지'라는 뜻이다.

太 條 세멘 2袋도 重宇에 返送해주웟다.

<1974년 8월 20일 화요일>
朴仁培에서 尿素 5袋 前番에 1袋 計 6袋을 外上으로 가저왓는데 代價는 1,300원式이라고 햇다.
植桑畓에는 今日까{지} {물을} 댓다.
케리야 蠶室에 갓다. 新任 所長과 初面人事코 消毒用 噴霧機을 貸借 要求햇든니 應答햇다.
成奎에서 金 四仟원을 빌인데 鎬錫 氏 3仟원 返還햇다.
밤에 會議席上에서 成奎는 里長을 辭任해겟다고 公布햇다.

<1974년 8월 21일 수요일>
只沙 寧川 點順이 술 1병을 가지고 禮訪햇다. 兄수氏 生辰日에 參席次 왓다고 햇다.
成吉이가 全州에서 來訪햇다. 듯자 하니 四代奉祠[四代奉祀] 省塋[先塋] 祭祠를 모시여 갓다고. 侄婦도 왓다. 中食을 맞이고 金 萬원 借用케 하고 갓다.
寧川 點順이는 고마와서 旅비 五百원을 주워 보냇다.
午後에는 비가 내린데 耕耘機로 崔福喆 스레트 기화 실여갓다. 運비는 任實 1,500 + 館村 1,000 計 2,500원인데 - 石油代 300 = 2,200원.
夕陽에 成康 母 便에 桑田 除草婦人 日費 全部 10,050 + 成康 條 取貸金 2,000 + 成苑 條 1,000 = 13,050원 會計햇다.
南連 取貸金 3,000원 支出임.

<1974년 8월 22일 목요일>
人夫 7名을 帶同하고 新德 票峙[栗峙]로 草刈하려 간바 館村에서도 車로 만이 왓다. 終日 3回을 단인데 多難햇다.
夕食을 맞이고 全州 祭祠에 參禮. 成奎 成赫이도 參禮햇다.
驛前 黃宗一 取貸金 16,500원 會計햇다.

<1974년 8월 23일 금요일>
許 生員 宅에 訪問한바 許 生員은 不在中. 陽村宅만 面會하고 왓다.
圭太 婦人에 取貸 納金 2仟원 又 2,700 計 4,700원 會計해주웟다.
비는 밤 10時부터 내려 새벽가지 내렷다.
成樂 成康이는 兩日間 不在中. 마음 납부다.

<1974년 8월 24일 토요일>
※84
母牛가 암이 나서 哈聲[吟聲]이 질어 交背[交配]을 시켯다.
무 배채[배추] 播種 1部 햇다.
許俊晩가 꿀 1병을 가저왓다.
尹鎬錫 세멘 3袋 白康善 3袋 全部을 返納해주웟다.
郭七奉 氏는 采소[菜蔬]를 播種한데 이야기를 잘하면서 柳文京 母 말도 나왓다.

<1974년 8월 25일 일요일>
草 切間[切斷] 作業을 人夫 3名이 始作햇다.
村前 白采[白菜: 배추] 播種을 끝냇다.
◎ 成樂는 父母을 괴롭게 한다. 父母의 命{에} 復從[服從]하지 안는다. 長髮로 外泊만 하며 外出만 하며 놀로만 단니니 마음이 괴롭다. 成康이로 因해서 괴

84 '※'는 저자가 일기장 상단에 해둔 표시이다.

롬이 只今도 풀이지 안코 잇는데 連續으로 成樂이가 괴롭게 한니 理由와 뜻을 모르겟다.
◎ 成允 外 3人는 全州에 간바 明日부터 開學日이다.

<1974년 8월 26일 월요일>
一. 成傑을 시켜서 驛前 黃宗一 氏에서 金 萬원 借用해왓다.
一. 堆肥 切間을 한바 只今도 未決. 明日이면 完了할 듯.
一. 日本에서 金商文 氏가 편지햇다. 成康 就職의 件이엿다. 每日 出勤한 것으로 편지는 왓는데 本人은 시려한 것.
共同 草刈을 8月 31日까지 作業한다고.
郡 단부車[덤프차]가 왓는데 技士 夕食을 내 집에서 接待하고 技士{는} 完宇 妹弟의 兄이라고 햇다.

<1974년 8월 27일 화요일>
※ 晩秋蠶 6枚 引受해 1枚는 李正勳에 주고 5枚는 本人이 飼育키로 하데 29日 掃立이라 햇다.
方基柱 日費 6日分 3,600원 中 前條 1,500 除하고 2,100 支拂 完了햇다.
밤에 成曉 말에 依하면 驛前에서 嚴俊峰이가 이 마을 朴 書記에 말하기를 자네 얼매나 忠誠할아고 그트락 풀을 시키야고 햇다고 들엇다. 面에서 洪德杓에 依하면 풀을 해다가 말이고 잇다고 햇다고. 嚴俊峰 그놈 不良한 놈의 子息이라 햇다. 協助하지는 못할막정[못할망정] 非良心的인 行爲을 한다고 햇다.

<1974년 8월 28일 수요일>
1. 雇人 金 生員은 共同草刈作業에 갓다.
2. 케리야 蠶室에서 秋蠶 9枚을 引受햇는데 2令[齡]까지 手術料[手數料]는 1,800원 식이라고 햇다. (計 16枚 飼育)
3. 郡 蠶業係長을 相面햇다. 秋植用 桑苗木 5, 6萬 株만 賣渡해달아고 햇다.
4. 黃在文 日工 3日分 1,800원 會計해주웟다.
5. 崔完宇는 靑云洞 金正柱 金順柱 兄弟을 때려 病院에 갓다고 {해서} 갓다.

<1974년 8월 29일 목요일>
아침에 晩秋蠶(第二次分) 0.5枚 仁培로부{터} 引受햇다. 그려면 6.5枚이다.
終日 精米한바 8叺1升 入햇다.
完宇와 金正柱 싸움에 今日 터파햇다고.
成曉가 물고기(미엑이[메기])을 사왓는데 成康 집에다 시켯는데 夕食하려 간바 국이 달아서 마음이 맞이 안니해서 먹지 못햇다.
崔松吉은 被麥[皮麥] 1叺 借用헤갓다.
成苑은 土曜日에 處女 3人을 데리고 오기로 햇다.

<1974년 8월 30일 금요일>
一. 完畜堆肥을 再改造한데 郡守任게서 訪問햇다. 手苦하신다면서 堆肥增産의 情神에 立脚해서 새마을事業도 同一하게 해주시요 햇다.
一. 午後에 人便으로 本署에서 出署하라고. 任實에 가보니 傷害 事件으로 成傑이 加擔햇다고. 마음이 괴로왓다. 成康이가 數年을 不安케 하든니 成樂이가 長髮으로 不行之事을 하든니 信任할 만한 成傑이 集團폭行에 加擔햇다 한니 괴롭다. 明日 다시 父兄키리 集

募任 갓고 相議한데 多少額을 据出해서 被害者 入院費와 其他 經費 주고 和解하자고 作別한데 事件는 8月 17日 發生한 事라고 햇다. 그러나 父兄 나는 今日에 알앗다. 確實치 안니하고 미듬직〃 못해서 夕陽에야 成傑에 무른바 求見은 햇지만 손은 대지 안햇다고 햇다. 그려나 紒在[介在]됨은 分明한 듯햇다.

<1974년 8월 31일 토요일>

夕陽에 驛前에 간바 朴泰平 氏 婦人은 앞으다고 하면서 누웟드라. 任實에 간니 加害者들 父母는 한 분도 오지 안니 햇다.
집에 온니 館村面職員 任實面職員 全員이 里 共同 草刈 狀況을 求見次 왓다.
昌宇을 데리고 任實 鄭大燮 氏 집에서 장판 11,500 中 1,500은 내가 代納해주고 10,000원는 外上으로 맛다주웟다[맡아주었다]. 밤에는 全州 祖父母 祭祠에 參禮햇다.
昌宇을 시켜서 任實 點배기에서 萬원을 빌여왓다.

<1974년 9월 1일 일요일 陰 7月 15日>

全州에서 成吉 집에서 出發한고 市內에 竹間子用 40개 4,200원 사고 기리바시 2束 3,000원에 삿다.
村前에 堂[當]한니 江津에서 왓다고 貸切로 20餘 名이 草刈場을 求見하려 왓다.
里長은 里政 實積을 푸리핑[브리핑]하고 잇드라.
新德面에서 李容禮 外 2人 處女가 蠶 飼育하려 왓다. 그려면 今日부터 作業 始作을 햇다.
新平 里長會議을 昌坪里에다 集合시켯다.
夕陽에 大里 李相云 母親 小祥에 鄭鉉一과 갗이 弔問하고 집에 온니 밤 11時엿다.

<1974년 9월 2일 월요일>

一. 館村驛에서 蠶用 間子을 운반.
二. 메누리는 오날 全州에서 왓다.
三. 蠶泊을 1部 製作햇다.
四. 누예는 3잠에 들을는대 1定치 못해서 케리야에 가서 問議햇다.
五. 午後에는 精麥햇다.
六. 메누리는 金 五萬원 成赫에서 가저왓다.

<1974년 9월 3일 화요일>

1. 終日 蠶泊 製作한바 成樂 成傑 갗이 42個을 만들엇다.
2. 安承均 白米 1叺代 16,000원 支拂하고 成英 便에 成奉 授業料 成英 用金 해서 15,500원 주웟다.
3. 케리야에서 오히루 1초롱 가저왓는데 代金은 6,000이라 햇다.

成康 집에 養豚 1頭 보냇다.

<1974년 9월 4일 수요일>

고용인 金 氏는 新德 票峙[栗峙] 草刈次 가면서 精麥 1叺을 보냇다.
共同草刈作業한데 成康이는 連日하고 學求 氏는 2日챗 햇다.
後蠶實 修善하고 成康집 蠶室도 間子까지 完全히 準備해주웟다.
夕食을 하고 있으니 郡守任게서 來訪햇다. 立酒로 마루 끝에서 麥酒 1잔 들고 바로 作別햇다.
成傑 便에 黃宗一 11,000 보냇다.

<1974년 9월 5일 목요일>
光梁에서 龍君이가 왓다.
1. 申美順은 母親이 病患 中이라고 今日 5日 만에 家事을 돕기로 갓다. 日當 300식 1,500 하고 車費 100 해서 주웟다.
2. 母親 茂草[伐草]을 고용인을 시켯다.
3. 全州 韓電에서 施設檢査을 왓다. 今夜부터 或 불을 키게 될는지 모른다고 햇다.
4. 電動力을 施設할아면 約 100萬원 內外라고 햇다. 人事하고 住所을 問議한바 다음과 갓다. 1939 문다방 4460 김용암 2057 근대전업사

電動力 끄집는 데는 여러 가지 理由가 잇다. 케리야 蠶室에서 우리 工場까지 끄려다 노면 里民 某人은 얼사 좃타고 再施設하면 禁할 道理 업시 나무 밭에 自動的으로 감발한다. 深中에[愼重히] 決定할 問題이다.

<1974년 9월 6일 금요일>
任實 金宗喆 注油所에서 등유 2드람 揮發油 1초롱 計 35,600원 外上으로 가저왓다.
新平面에서 연탄 132개 6,000원을 주고 운반햇다.
成吉에서 借金 萬원 왓다.

<1974년 9월 7일 토요일>
成樂 外 3人을 帶同고 任實에서 맵저[맵겨] 56叺을 운반햇다.
蠶組[蠶業組合]에서 蠶泊 100개을 外上으로 가저왓다.
館驛에서 金 刑事 朴 刑事을 鄭敬植 氏 집에서 對面한바 잘 오시엿다고 하면서 成龍을 傷害事件으로 調査할 일이 잇다고 日曜日에 나와달아고 햇다.
맵저 담는데 龍君이가 1日 햇다.
黃宗一에서 金 萬원 取貸햇다.

<1974년 9월 8일 일요일>
今年 秋蠶은 普通蠶 9枚 23日 掃立하고 秋蠶 6枚 半 30日 掃立하고 晩秋蠶 2枚 9月 7日 掃立分 해서 計 17枚 半인데 李正勳에 1枚는 배메기로 내주웟다.
支署長이 왓다. 支署 修理한바 多額으 經費가 支出됨인데 各里 有志級에서 염출할 뜻인 듯햇다. 此後으로 미루고 갓다.
蠶室에 電氣假設을 맞이엿다.
成奉 成愼 成允은 全州에 갓다.
◎ 今夜부터 正式으로 電氣을 쓰게 되면서 計量機[計量器]도 裝置햇다.

<1974년 9월 9일 월요일>
아침에 成傑을 데리고 本署에 갓다. 傷害事件 取調는 끝냇으나 내보내주지는 안는다. 取調係에서는 束히 取下하라 햇다.
病院에 갓다. 亦是 取下을 권햇다.
屛巖里에 왓다. 里長을 訪問햇든니 龍山里에 갓다고 해서 갓다. 約 3時間을 機待[期待]하야 康 里長 집에서 夕食을 먹고 屛巖里에 갗이 왓다. 加害者 父兄을 基宇집에 모시고 說得을 시켜 겨우 타합이 된 듯햇다. 約 23萬을 配定햇다.
婦人들 1部에서는 不平을 하나 除止[制止]을 하고 타일엇다. 明 12時에서 1時 사이에 募이기로 하고 온바 12時엿다.
黃宗一에서 5仟원 取貸.

<1974년 9월 10일 화요일>
母親 祭祠日
一. 午前에 黃宗一 氏에서 4萬5仟원 貸借하고 今日 現在 6萬원을 借金한 셈이다.

一. 趙成模에 金 4萬원을 治料費로 건너주웟다.
一. 被害者에 初面人事을 하고 내의 形便을 말한데 2週 後에야 알앗다고 햇다.
一. 그러나 20萬원 程度을 가지고 간바 被害者는 和解은 不應햇다.
一. 嫂査課長[搜査課長]에 私情을 하고 成傑을 本署에서 데려냇다.
一. 明日 다시 同伴하기로 햇다.
一. 어머니 祭日에 全州 成吉 先同宅 寶城宅 參禮햇다.

<1974년 9월 11일 수요일>
一. 아침에는 親友 10余[餘] 名을 데려다 朝食을 待接햇다.
正時로 9時에 成傑을 同行해서 搜査課에 引게한바 加害者을 데리고 갗이 오라 햇다. 그러나 徒走[逃走]한 黃1甲[黃一甲]이란 兒는 부들기가 요의치[여의치] 못햇다. 父母에 단〃히 付託코 林永圭 氏을 訪問코 道義와 法의 1部分만을 解明하고 多點으로 設得[說得]햇든니 私少[些少]한 感정이 있엇나 里長에 相議하겟다고 햇다.
一. 成吉에서 15,000원을 借貸한바 取貸한 돈 1,000원 除〃햇다.
蠶組에서 百年簇 2組을 外{上}으로 受領한바 組當 8,000식이라고 햇다.

<1974년 9월 12일 목요일>
밤에 모비루 2초롱을 가저와서 12,000 주웟다. 市價도 모른데.
一. 蠶室 蠶具 準備해주웟다.
一. 夕陽에는 驛前에 鐵工所에서 베야링 구리스을 넛다.
一. 驛前에서 鄭東洙 氏을 對面하고 酒席에서 傷害에 對한 形便과 內譯을 말햇다. 今日 屛巖里에서 通知가 잇을 줄 안데 궁금해서 왓다고 햇다.
趙成模 里長이 왓다. 엇테케 되엿나 햇다. 아무런 말이 엇다고[없다고] 햇다.
鄭東洙 말에 依하면 林永圭는 崔乃宇을 相對한다고 해서 좃타고 햇다.
(里長은 相對 不應)

<1974년 9월 13일 금요일 陰 7月 27日>
里 共同 풀 썰기 한데 午前 中에 갓다.
午後에는 집안 掃地 풀매기 등 家事을 돌보왓다. 비가 올 듯하기에 바밧다.

<1974년 9월 14일 토요일>
蠶具 上簇用 손을 보왓다.
金 生員과 龍焄을 시켜서 堆肥을 뒤집엇다.
夕陽 방{아}을 찟는{데} 저물엇다.
金 生員을 시켜서 솔갱이 지업[枝葉]을 해오라 햇든니 큰 놈을 비고 鄭昌律을 데리고 와서 食床에서 잔소리를 하는데 마음이 맞이 안니햇다. 신경질이 나는데 보도시 참앗다.
成康 外叔은 情神異常者 갗이 두러〃 한데 그도 맛지 안햇다.

<1974년 9월 15일 일요일>
午後부터는 養蠶이 上簇이 始作되여 밤 늣게까지 上簇햇다.
堆肥 審査을 하려 왓다. 云巖面職員 2名이 왓다. 耕作 面積에 比하야 多量이라며 手苦햇다고 햇다.
電氣施設 檢查하려 왓다.
全州에서 成慎이가 왓다. 學費와 煙炭[煉炭]代을 要求하기에 書面을 해서 成吉에 보내는데 約 4,500원 程度엿다.

<1974년 9월 16일 월요일>
午前 中에 蠶 上簇을 맞이엿다.
館村驛前 林永春 1行이 電氣 加設 增設하려 왓다.
新德 處女 2名은 本家로 歸家코 5名만 나맛다. 2名 日費는 日後에 보내겟다고 旅비만 500원 주워 보냇다.
正化 母에서 金 1,200원 取貸햇다.

<1974년 9월 17일 화요일>
堆{肥} 再造製[再調製]햇다.
今日 午前 中에 道 審査하려 온다고 郡 農事{係}長이 朝起에 訪問햇다. 終日 待機했으나 오지 안햇다. 알고 보니 德巖里 갓다고 햇는데 中食에다 술가지 無限이 接待햇다고.
케리야 蠶室에서 機械蠶泊 10개 貸與해왓다.
밤에는 10時頃 油類 2깡을 주겟다기에 가저왓다.

<1974년 9월 18일 수요일>
一. 雇傭人 金 氏는 오날부터 越冬用 燃料伐草하려 中食을 携帶코 風巖谷으로 入山햇다.
一. 成吉에서 3萬원을 가지고 왓다. 그리고 16日 成奉 學비 其他 5仟원을 주웟다고 햇다. 그려면 35,000원을 가저온 편이다.
一. 驛前 朴太平 氏에 간바 婦人은 말하기를 病院 患者는 全州로 떠낫다면서 加害者는 9月 19日 出署通知가 왓다고.
一. 屛巖里長 趙成模을 訪問한바 不在中이여 回路에 基宇 母에 付託코 里長에서 金 4萬원을 바다두라고 하고 밤늣게 왓다.

<1974년 9월 19일 목요일>
一. 成傑을 데리고 本署 搜査課에 갓다. 搜査課長任은 오지 안니한 사람은 令狀請求해노코 잡겟다고 햇다.
一. 加工組合 常務 朴判基을 組合에서 相面햇다. 工場을 改修할아면 此 機會에 할아고 햇다.
바로 請求業者 常務 同伴해서 工場에 왓다. 現場檢證한고 25萬에 玄米部을 完修. 精米部까지 하기로 言約한데 殘 15萬원은 明春에 드리기로 하야 約束햇다. 그려면 總計額은 40萬원이 든다고. 그리고 資材代 約 4萬원은 別途로 求하야 된다고 하고.
人夫賃은 3人이 온데 1人 3仟원식.
任實 鄭大燮에 成傑 條로 2萬원 婦人에 주웟다
妻男 李龍焄 今日부터 越冬用 草刈하려 보냇다.

<1974년 9월 20일 금요일>
一. 누예고치 따기 始作햇다.
夕陽에 全州에 乾綿採取機[[繭綿採取器]85 修理하려 갓다. 돈이 모자래 成吉에 집에 가서 2仟원을 取貸해서 밤에 집에 온니 10時엿다.
今日부터 新米 搗精을 始作. 据年[去年]에는 9月 8日인데 約 12日쯤 느젓다고 본다.
<1974년 9월 21일 토요일>
누예고치을 개려서 달아보니 約 340k즘 되엿다. 新德으로 보낸데 저물다고 明日로 미루고 成康 成樂는 잔다고 成曉에서 電話가 왓다.

85 '견면채취기[繭綿採取器]'는 '누에고치의 풀솜을 제거하는 데 사용되는 도구'를 말한다.

케리야 蠶室에서 빌여온 蠶泊을 夕陽에 가저간바 金 課長의 人象이 조치 안케 보이엿다.
黃在文 氏는 稅金에 쫄이고 있어서 2,010원을 빌여주웟다.

<1974년 9월 22일 일요일>
安承均에서 3萬원 빌이다가 全州 物品 購入하려 갓다. 李 氏와 갗이.
新德 누예고치 共販場에 갓다. 面長 副面長 戶兵係長과 갗이 술 한 잔식 노눈데 壹仟원이 들엇다.
屛巖里 곳처[거쳐] 趙成模 집에 崔基宇와 갗이 돈 바드려 간바 明日로 미루워서 왓다.

<1974년 9월 23일 월요일>
뽕을 사려 南原 1家집에서 又 왓다. 約 2萬원 程度을 팔앗다.
成玉 外 2名 메누리하고 同行해서 全州에 보내면서 自逢針[재봉틀] 1臺 사가지고 오라고 32,000원을 주워 보냇다.
金成玉이 江原道에서 왓다.

<1974년 9월 24일 화요일>
白採[白菜] 田 물주기. 旱害가 深한 듯햇다.
桂樹里에서 又 뽕 따로 왓다. 이스락이나마 주워가라 햇다. 뽕갑 統計을 보니 42,000 程度 收入으로 본다.
全州 西獨眼鏡집에 갓다. 殘金 5,500원 주고 가저왓다.
驛前 黃宗一 67,500원 會計하고 5仟원을 殘으로 햇다.
鄭九福 債務 37,000원 會計 完了 햇다.

<1974년 9월 25일 수요일 陰 8月 10日>
終日 里 복지會館 建立한데 耕耘機로 運搬햇다.
起工式 한데 郡守任이 參席코 里民이 約 70餘 名이 參席고 盛大히 擧行햇다. 郡守는 날 보고 조흔 말삼도 좀 해주시라고 하기에 近代의 里民 生活 實{情}과 過居[過去]와 앞으로 生計에 對하야 대충 말해주웟다.
大里 川邊에 간니 丁基善 崔錫宇는 복지관을 他人에 막기자고 하며 不平과 어제 밤 會議席上에서 成奎 語事[言辭]이 좃치 못하다고 錫宇 말햇다.

<1974년 9월 26일 목요일>
아침 7{時} 40分 列車로 新都驛을 据處 鄭用相 氏 宅에 當한니 12時엿다. 實植桑 中途金을 말한바 10月 6日로 本人이 오기로 하고 作別하고 午後 3. 40分 列車로 館驛에 到着한니 7時쯤 되엿다.
집에 온니 南連 氏 바아[방아] 찟자고 해서 夕食을 맞이{고} 찌여주웟다.
丁東根이가 왓다. 警察官이 사람을 때린 수도 잇소 햇다. 무슨 일로 그러나 햇든니 侄 炳云이가 도적놈인지도 모르나 振根 兄을 때려서 피가 나고 齒가 흔들긴다고 하면서 巡査 목아지를 뗀다고 햇다. 巡査 말 드러바야 한다고 햇다.
李正勳이는 今日 배머기 누예 1枚을 新德에 買上한바 51,000쯤 햇다고.

<1974년 9월 27일 금요일>[86]
밤에 와서 種子代을 除하고 24,500원식인

86 27일 일기는 26일 일기에서 이어지는 내용으로 같은 날 기록한 것으로 추정된다.

데 500원을 手苦費로 더 주고 우리는 24,000원 가젓다. 그런데 正勳이는 麥糠 1叺을 우리에 抛棄하면서 하시라고. 맛참 班長이 왓다. 우리 買上用 麥糠을 무르니 6叺라고 해서 正勳 條까지 7叺을 달아고 하고 叺當 600원식 해서 4,200원을 成康이가 넘겨주고 金 生員을 보냇든니 1叺가 오지 안햇다.
蠶種代 1枚 于先 成康이가 仁培에 2,300원 건너주웟다.
昌宇 11,000 주웟다. 任實 돈.
鄭圭太 婦人 取貸金 2,500 成康 便에 주웟다. 成康 便에 圭太 萬원 先拂햇다.

<1974년 9월 28일 토요일>

一. 秋蠶種子 17枚 半 中 1枚代는 朴仁培에 주고 16枚 半代({枚當} 2,330) 38,445원을 成英 便에 아침에 崔元喆 집으로 보내주엇다. 그려면 種子代는 完了되고 稚蠶 9枚代 16,200원만 殘條이다.
二. 金 生員은 歲饌을 지여서 新田里 査돈 宅에 보냇다.
三. 全州에서 成吉이 왓다. 今年부터는 曾祖 高祖 兩位는 全州에 成吉이 모시고 顯考 參位는 내{가} 모시고 兄任은 成奎가 모시기로 햇다.
四. 金 生員이 新田里 査{頓}家에 단여왓다.
五. 成東은 休家[休暇] 왓는데 밤에 왓다.
六. 加工組{合}에서 吳 氏가 단여갓다.

<1974년 9월 29일 일요일>

成康이는 趙成模 屛巖里長에 5次쯤 단여 겨우 4萬원 中 3萬원만 밧고 殘 萬원은 趙內鎬가 주기로 햇다고. 黃宗一 氏 5仟을 주웟다고 햇다.
成苑이 술 한 병 가저왓는데 1,300원자리. 鄭鉉一 鄭圭太와 갗이 먹엇다.
雇人 金 生員 秋服代 3,000원 주워 보냇다.
◎ 秋夕 繕物[膳物]로 成東이는 양발 담배 2보루
成苑은 술 1병 양발
成曉는 신 양발 담배 3甲이엿다.
生覺하면 모두가 헛돈이 든 듯하나 子息이 父母에 禮義로 하는데 말 못햇다.

<1974년 9월 30일 월요일>

具道植에서 뽕갑 6,960인데 五仟원을 가지고 왓다. 洞內 사람은 無理한 行爲라고.
秋夕이다. 成奎 成赫이가 왓다. 갗이 祭祠를 잡수이엿다.
어린 兒該을 데리고 省墓하려 갓다.
午後에는 大里에 曾祖父 山所에 간바 山所 周邊에 오염물이 잇서서 마음이 괴롬이엿다. 中食을 炳基 堂叔 宅에서 맟이엿다.
夕陽에 鄭圭太가 왓다. 昌宇가 내의 妻에 한부로 말하고 불리하게 말햇다 한니 結局은 兄이 불을 밧는다고 햇다. 내가 불을 받을 理由가 무야 햇다. 말하자면 그려타고 햇다. 나부다고 햇다.

<1974년 10월 1일 화요일 陰 8月 16日>

一. 夕食床에서 成康이가 말햇다. 成植이는 어제 전역에 케리야 蠶室에서 李充在을 때리고 유리창을 부시고 해서 立件이 될 것이라 햇다. 鄭鉉一 氏 집에 가서 鉉一에 무르니 泰石이와 갗이 事實이라 햇다.
一. 昌宇 집에 갓다. 成植이를 불어다 訓械[訓戒]을 햇다. 和解는 되엿다고 햇다.

누예고치 딴데 終日 비가 나렷다.
一. 許今用 兄弟가 왓다.
成曉는 淳昌에 多收穫播種 調査次 午後에 떠낫다.

<1974년 10월 2일 수요일>
任實로 秋蠶견 共販場에 갓다. 겨우 174,820원 收入고 밤에 온데 연탄 150개 실고 왓다.
郡 李 技士(完宇 사돈)가 왓는데 술 한 잔 하{자}고 해서 다점으로 갓다.

<1974년 10월 3일 목요일>
成康을 시켜서 崔今石 債務 5萬4仟750원을 보내주웟다.
工場 改修할 工員 1名 陳 {氏}가 왓다. 終日 工場 內部을 뜨듯다.
崔成奎 雜種金 會計한바 58,150원 中 5萬원만 주고 왓다.
鄭圭太 外上代 22,350원인데 萬원 주고 12,350 殘으로 남기엿다.
全州에서 陳 氏가 왓다. 工場 改修 工員인데 今日부터 作工햇다.

<1974년 10월 4일 금요일>
成傑을 시켜서 全州 成玉 中學 入學手續 하려 보낸바 진즉 다 끝냇다고 하드라.
任實에 蠶견代을 차즈려 보낸바 手續切次 끝이 안 낫다고 도로 왓다.
全州에 木工 2名이 아침에 왓다.
成奎가 全州에서 실어온 세멘 15袋 取貸해 왓는데 袋當 750원이라고.

<1974년 10월 5일 토요일>
工場 改修한데 李存燁 氏가 午後에 오시엿다. 當初에 言約대로는 25萬원인데 (인건비 4萬5仟원)까지 約束햇는데 本日 又 不足品物이 다음과 갓다.
◎ 一. 元動機[原動機] 기소 보도네가.
二. 정米당구 1개
三. 乘降機[昇降機] 木메다루 4볼이엿다.
崔南連 氏에서 成吉 돈이라고 2萬원 가저 왓다.

<1974년 10월 6일 일요일>
17,000원을 가지고 李存燁 氏와 同伴해서 全州에 갓다. 工場 附屬品을 買得코 보니 2萬원이 들엇는데 李 氏에서 3,000원을 貸用해서 쓰고 왓다.
崔今石에서 6萬원이 왓다. 成吉에서 왓는데 路上에서 對面햇다.
成赫이가 진자면에 간다고 印章을 가지고 夕陽에 떠낫다.

<1974년 10월 7일 월요일>
내의 生日이다. 11年 前 어머니게서 生存에 게실 때 生日宴을 베풀고 一家親戚을 接待햇다. 其後 어머니게서 故하신 後에는 1切 잔치만은 廢止햇다.
비는 午後부터 내렷다.
工場에서 技士하고 위치 변경하라고 햇다.
밤에 崔瑛斗 宅에 갓다. 人蔘酒을 待接 밧앗다.
林東基에서 뽀로크[블럭] 어제 50개 今日 150개 計 200개 운반햇다.

<1974년 10월 8일 화요일>
李存燁 氏에 뿌레 베야링 取貸金 合計 15,500원을 주워 보냇다.
家政에서는 晩秋蠶 上簇시켯다. 堆肥 再

{調}製 시켯다.

<1974년 10월 9일 수요일 陰 8月 24日>
朴公熙가 단여갓다.
郡 糧政係에서 晋鎭永 氏 外 1人이 防火施設 檢査하려 왓다. 木工 鄭 氏더려 잘 하아고[하라고] 당부햇다.

<1974년 10월 10일 목요일>
李存燁 氏가 뿌레 其他 1切 가지고 夕陽에 왓다. 工場修理는 80%쯤 된 듯.
成奎을 시켜서 秋穀豫買資金 50叺代 20萬원을 契約하려 面에 보냇다.
× 全州에서 成吉 12萬원 가지고 왓다. 2萬원은 南連 氏에 取貸金 返還해 주웟다.
× 龍山里 康君 成康 親友 職場 條로 10萬원 건너주웟다.

<1974년 10월 11일 금요일>
崔今石 母에서 4萬원 借用햇다. 全州에서 夕陽에 製紛機[製粉機] 外 2臺 13萬원인데 9萬원을 주고 4萬원을 外上을로 하고 밤에 집에 온니 밤 9時 40分.
메누리는 3日 만에 全州에서 왓다.

<1974년 10월 12일 토요일>
一. 金成玉에서 세멘 6袋 引受한바 現金 3仟원을 주고 운반햇다.
二. 林東基 세멘 부로크 세멘 4袋로 220개을 치고
三. 外現品 100을 가저왓다.
四. 李存燁 氏가 왓{다}. 아침에.
五. 成康이는 成奎 집에서 (창고) 세멘 2袋 가저왓다. 그려면 17袋을 가저온 펜이다.
六. 牟潤植에서 함석 1枚 가저왓다.

<1974년 10월 13일 일요일>
午前에 常務 朴判基 氏가 來訪햇다.
今日 現在로 工場修理는 完了됨이나 배루도 쎄다가 未完成.
雇用人[雇傭人] 2名은 今夜에 떠나고 鄭 氏만 나맜으나 明日 試運轉 關係이다.
工場 改修費는 總計 417,000인데 現金으로 267,000원는 只今 주고 殘 150,000원 明春에 6月 末日에 주기로 契約 作成햇다.
成東을 시켜서 湖南商會에서 베루도 100尺 約 26,000원 程度이라고 햇다(外上으로).

<1974년 10월 14일 월요일>
終日 工場에서 作業을 햇으나 完了가 못되엿다.
元動機가 異常이 生起엿다. 午後에 試運轉하려 햇으나 못하고 李在燁[李存燁] 外 1人은 갓다.
◎ 清算金額이 267,000원인데 207,000원하고 附屬品代 2,440 計 209,440원인데 = 21萬원을 주면서 殘 560원은 旅비에 보태 쓰라 햇다.
10時까지 機械 손을 보왓으나 異常이 있어 抛棄하고 잠자리에 들엇다.
◎ 그려면 殘 6萬원은 10月 21日에 會計해 드리겟다고 햇다.

<1974년 10월 15일 화요일 陰 9月 1日>
午前에 加組[加工組合] 常務하고 德峙面 趙 氏와 갗이 工場施設 求見하려 왓다.
午後에 技士 鄭 氏가 試運轉하려 왓다. 試運轉을 해보니 長短點이 있어서 日後에 손바달아고 하고 우리 벼만 찟고 갓다.
韓南連 8.5日分 3,400원 주워서 밤에 보냇다.

<1974년 10월 16일 수요일>
終日 工場에서 改造 添修햇다.
밤에 丁振根을 시켜서 工場 바닥 공굴을 하고 보니 밤 11時엿다.
成樂을 시켜서 林東基 보로크 160개을 시려왓다. 그려면 總計 480개을 가저오고 세멘만 4袋 주웟다.

<1974년 10월 17일 목요일>
午前에도 工場에서 雇人과 갗이 세멘일을 햇다. 午後에는 驛前에 牛車 修理햇다.
工場用 鐵物일 시킨 것이 베야링 케스 精米機 修理 낫도보도 其他 外上 計算한니 9,680원이라고 請求書가 나왓다.
집에 온니 夕陽. 비가 올 듯. 머심 보고 일을 되미[頭尾]도 몰은다고 나무라고 밤에까지 植桑 웃입을 가저오라고 햇다.

<1974년 10월 18-19일 금, 토요일>
오날도 工場에서 修理 손을 보왓다.
午後에는 精米 精麥을 한데 끝머리에 昌宇 精米을 한데 精米 기리가헤가 異常이 生起여 올아가 보니 기리가헤 낫도 유루메가 되여 손이 들어가지 못해서 다시 네려왓다. 갑지기[갑자기] 풍고 후왕 빠이푸가 막히여 上峰에서 저 훌기엿다[겨 훑게 했다]
大里에서 왓다고 靑年이 왓는데 自己의 집을[짚을] 실어간다고 꺼내 보니 分明해서 경운기로 大里까지 실어다준데 모루고 햇지만 창피햇다.
昌宇 內外는 와서 내의 쌀이 복철에 것과 서겻다고[섞였다고] 不平한데 營業上 身元[信用]이 낫부게 되엿다.
全州 李存燁 氏 宅에 訪問한바 德峙面 一中里에 갓다고. 빠스 便으로 趙 氏 집에 갓다. 李 氏 面會하고 갗이 同行 밤에야 修善햇다.
1974年度 蠶業 農事 統計을 잡이보니[잡아보니]
一. 春蠶 441,300 7枚
一. 秋蠶 354,000 9枚
一. 〃 〃 174,800 6枚
一. 〃 〃 37,000 2枚
一. 〃 〃 24,000 1枚 배메기
一. 뽕갑 48,000
計 1079,100 收入 25枚
近間에 最高額이다.

<1974년 10월 20일 일요일>
아침에 精米을 해보니 잘되엿다. 夕陽에 한니 다시 듯지 안해서 心境이 不安햇다. 밤에 고초방아을 찟는데 처음이라 試運轉이 잘 듯지 안해서 時間이 걸이엿다. 大宅 고초인데 거저 찌여주웟다.

<1974년 10월 21일 월요일>
全州 李存燁 氏 宅 訪問햇든니 不在中. 다시 歸家햇다.
一. 成東 成樂이는 統一벼을 牛車로 운반. 나는 加工組合에 監査次 任實組合에 갓다.
一. 只沙에서 崔永喆 氏 同席해서 監査에 들어갓다. 約 1時間에 걸치여 同意捺印햇다.
一. 蠶組[蠶業組合] 河聲喆 氏을 對面코 秋植用 植桑을 相議한바 株當 20원 程度을 말햇다. 잘해보시요{라고 말했다}.
一. 8月 17日 屛巖里 傷害事件 被害者을 任實빠스場에서 맛낫다. 서울에서 再手術을 헷는데 70萬원이 들고 앞으로

4週日을 治料해도 들을는지 모르며 빚[빚]이 만타며 서울 檢察廳에 養父가 잇다면서 누구의 빽이 세가 대항해보자면서 物品을 팔아서 家族 生計을 한다면서 加害者는 15年을 피하야 한다면서 구구한 말을 하드라.

<1974년 10월 22일 화요일>

一. 人夫 3人 家族全員 約 11名이 機械로 統一벼 脫作한데 밤 7時 半까지 한바 6斗只을 다 햇다.

一. 館村中學校에서 成英이가 왓다. 進學關係로 打合한다고 擔任이 面會要請. 가지 안하러다 夕陽에 갓다. 校長을 禮訪한바 成英 成績이 約 40%쯤. 다음에는 擔任姺生[擔任先生]任을 面會하고 治下金 1,000원을 건너주웟다. 차쯤 成績이 조화지다면서 염여 말아고 햇다. 學父兄으로써는 잘한 子息만 後援해 주겟다고 말햇다.

<1974년 10월 23일 수요일>

一. 밤 9時頃에 成曉가 舍郞에 네려왓다. 農協에서 月부로 테레비 1臺을 가저오게 되엿다고 햇다. 나는 不加[不可]하다고 햇다. 債務가 잇는데 테레비을 노타니 햇다.

一. 月給은 收入額이 얼마이며 支出이 얼마냐 햇다. 成曉는 月 雜出用金이 萬원이고 20萬원 契金이 12月 滿期가 들어가고 積金 3萬원이 75年 6月 滿期가 들어가고 12月 末日이 지나면 約 20萬원 以上자리 積金을 널 計劃이라고 햇다. 그리고 11月부터는 約 7,000원이 招過[超過]된다고(月給이) 햇다. 그러면 32,000원 實收入이라고 햇다. 成苑은 月 37,000 程度라고 햇다.

一. 成東은 休暇을 맞이고 午後에 光州로 떠낫다. 約 25日 만에 軍 休暇이지만 1, 2日間 外出하고는 其外에는 家事에 從事하면{서} 成實히 일하고 갓다.

一. 全州 李存燁 氏 工場修理비 6萬원 殘中에서 今日 夕陽에 3萬원 건너주웟다.

一. 成樂이는 外遊 간다다 五仟원 要求. 마음이 맞이 안타.

一. 못텡이 1斗3升只 운반해서(統一벼) 終日 家族끼리 끝냇다.

<1974년 10월 24일 목요일>

丁俊浩 고지 人夫 5名이 稻刈을 5斗只 끝냇다.

成樂이는 5仟원을 메누리 便에 준바 旅行길에 떠낫다고 햇다.

밤에는 방{아} 찌엿다.

<1974년 10월 25일 금요일>

午前에 鄭榮植 氏가 來訪햇다. 午後에 原動機 附屬品을 大田으로 실어 보냇다.

黃宗一에서 2萬원 빌이여 萬원은 鄭榮植에 주웟다.

午後에는 耕耘機로 堆肥 운반.

池野에 흑일 햇다.

<1974년 10월 26일 토요일>

一. 오날 첫 보리가리 한데 家族끼리 約 260坪을 播種햇다.

一. 郡 山林係員 3名이 왓는데 昨年에 植樹한 票木[栗木]이 乾木된 것은 辨償을 하라고.

一. 成奎에 未會計分 殘金 7,174원을 完拂

해주웟다.
會計內譯 1. 財産稅 4,680 2. 벼씨 2,700 3. 崔南連 取貸 5,300 取貸金 4,000 4. 農藥 30병 殺菌濟[殺菌劑] 5,160 5. 스미치온 5병 850 6. 尿素 1袋 974 7. 尿素 6袋 7,800 8. 稚蠶 9枚代 18,000 9. 精麥 1叺 5,130 10. 지붕改良 年負金 3,400 計 57,174원 完了.
一. 成奎 里長職務에 對한 本署에 投書가 들어갓는데 洞林野 賣渡代 處分으 件 {과} 里 새마을복지과[새마을복지관] 建立에 對{한} 件을 投書햇다고. 成奎는 支署에 갓다.
一. 테레비가 왓는데 17號엿다. 旣히 살 바이면 19號로 交贊[交替]하라 햇다.

<1974년 10월 27일 일요일>
아침에 鄭榮植가 왓다. 耕耘機로 附屬品을 실어왓다. 午前에 修繕햇다.
夕陽에 榮植가 歸家한다기에 于先 5,000원을 주워 보냇는데 總計 15,000원을 주웟다. 그런데 1,900원이 不足이라고 햇다.
成康이는 耕耘機로 肥料 운반. 130개을 운반한바 袋當 50원식이라고. 肥料는 못주웟는데 운임 條로 복합 6袋을 드려 노왓다.
밤에 成樂이는 왓는데 4日 만에 왓다.
이발을 한바 2個月만인 듯싶으다.

<1974년 10월 28일 월요일>
一. 組合員 總會가 郡에 召集햇다. 約 50餘名이 參席햇다. 案件는 決算報告 및 75年 豫算 播議[審議].
一. 河聲喆 氏에 禮訪한바 不在中.
一. 全州에 李起泰 氏을 蠶飼會에서 面談하고 植桑苗木 販路을 相議한바 販路가 없다면서 此後에 連絡하겟다고. 마참 桑苗業者 및 鮮一製絲 三南製絲 課長級 連席會議인 듯. 언듯 보니 嚴俊峰이도 보이엿으나 外面해버렷다.
組合에서 고무노라 1組 가저왓다.

<1974년 10월 29일 화요일>
밤에 테레비 장치햇다.
경운기를 못텡이 놋타라[로터리] 作業.
牛{車} 1臺 밤에 驛前에서 운반代金 17,000이라고 햇다.
昌宇에서 成吉 條 6萬원 貸借햇다.
全州에 가는데 兄수氏가 車中에서 몰미[멀미]을 하기에 택시로 成赫 門前까지 모시고 왓다.
成康 便에 黃宗一 取貸金 21,000원 보냇다.

<1974년 10월 30일 수요일>
鄭榮植이가 왓다. 修善을 맟이고 午後에 가는데 旅費 條로 金 5仟원 주워 보내면서 此後에 또 오라 햇다. 陰 10月에 또 오겟다고 햇다. 事由는 借用金 關係인 듯이엿다.
利子는 그만 두고 元金만 보내라 햇다.
테레비을 보왓다.
池野 麥 播種한바 種子는 約 10斗이 들엇다.

<1974년 10월 31일 목요일 陰 9月 17日>
成樂 成傑은 堆肥 운반.
統一벼을 보니 부패되여 心思가 不安햇다.
全體을 마당에 내 너렷다.
面長이 成奎 집에서 相議한바 里長의 件이엿다. 中食을 갗이 한바 支署長이 왓다. 成奎 件은 支署 所菅[所管]인 듯이라 햇다.
夕陽에 全州 李存燁 氏가 來訪. 殘金 3萬원을 주워 夕食을 시켜서 보냇다.
崔今石에서 麥種子 3斗

邑內宅에서 〃 2斗 가저왓다.
韓 生員에서 麥 種子代 6斗 4,300 주웟다.
全州에서 成奉가 편지햇는데 館村中學校로 轉學 要求햇다.

<1974년 11월 1일 금요일 陰 9月 18日>
新洑坪 3斗只 麥 播種햇다.
全州 成奉이는 全州에서는 공부 못하겟으니 館村中學校로 轉學을 해달아고 편지가 왓다.
成傑이는 全州 法院에서 調査할 일이 잇다고 召還狀[召喚狀]이 왓고 夕陽에 방{아}을 찟는데 精米{機}가 異常이 生起여 全州에 가는데 心想이 괴로왓다.
夕食을 맞이고 工場에서 組立을 한데 9時 30分이 되엿다.
테레비을 본다고 多少 왓지만 별 慈味[재미]도 업고 心思만 괴롭다.
精米機 엔도노라代 2,800 베루도 20尺 半 4,100 外上으로 가저왓다.

<1974년 11월 2일 토요일>
새봇들 못텡이 除草濟[除草劑] 農藥을 散布한바 成康 成樂이는 終日 作業햇다.
밤에 嚴俊祥 집에서 招請. 가보니 되야지 고기 먹자고 햇다. 그 자리에서 嚴萬映은 三星會社 後桑田을 賣渡한다 한니 極秘로 通해줄 터이니 買得해보라 햇다.
夕陽에 成愼이를 시켜서 全州 成奉을 오라 햇다.

<1974년 11월 3일 일요일>
驛前에서 鄭宰澤을 맏는데[만났는데] 植桑은 春植으로 賣渡하라고. 그러나 又 責任은 못 짓겟다고. 하나마나.
參模 父親 祭祠라고 參禮햇다.
成奉이가 全州에서 왓다. 館中 轉學은 포기햇다.
許俊晩에서 金 貳仟원 둘어서 成奉에 주웟다.

<1974년 11월 4일 월요일>
驛前 黃宗一 氏에서 金 萬원을 빌이{어} 郡에 蠶業課에 갓다. 李用珍 李光燁 氏을 對面코 桑苗 賣渡에 關해 付託하면서 中食을 接待한바 3,500원쯤 들엇다.
鄭大燮 氏 面會코 明 5日 檢察廳에 同伴키로 約束하고(成傑 件) 왓다.
日氣 不順하야 벼 운반햇다.

<1974년 11월 5일 화요일>
成傑을 同伴코 明타방[명다방]에서 鄭大燮을 맛나고 相議해서 法律事務所로 갓다.
李汀雨 令監任을 面談코 法院으로 갓다.
少年部에서 調査하고 보니 午後 5時 30分이엿다. 此後 通知하면 오라고 햇다.
黃宗一에서 參萬원 取貸코 事務所에 貳萬원 주고 此後에 參萬원 주기로 햇다.

<1974년 11월 6일 수요일>
全州 鮮逸製絲工場 原料課長 李起台 氏 招請으로 全州에서 對面하고 植桑에 對하야 打合한바 消費者 負擔 21,60{0} 殘으로 하되 現金 明年 3月 末日 주겟다고.
參禮에서 장기보십[쟁기보습]을 2仟원에 사고 집에 온니 午後. 방{아}을 찟고 고초방아 해서 10時까지 햇다.
◎ 밤에 白康善 氏을 데려다 장기[쟁기]를 마추고 보니 밤 12時 寶城宅이 왓다. 술이 취한 듯이 잔소리도 만코 情神異常人{인} 듯해서 통을 주웟다.

日記을 적다보니 1時 10分이엿다.

<1974년 11월 7일 목요일>
方基柱가 왓다. 日工費을 日 7百원식 밧앗다고 해서 1,400원 會計해주웟다.
午前에 新德 成苑에 갓다. 秋蠶機械檢定進加金[追加金] 54,400 中 34,400을 引受한바 萬원은 他人에 取해주고 萬원은 契錢이 不足해서 제가 썻다고 햇다. 積金 20萬條는 10月 末에 끝이 나고 75{년} 2月에 10萬원 찻고 75{년} 8月에 10萬원 찻고 11月에는 積金이 들오며 12月 末日에 뽀나스도 주면 相當 積金을 넛켓다고. 洞內에서 契錢 넛는 것은 어머니 條라고 햇다.
오날부터 接木 屈取한바 外人과 合해서 10名 半이 作業한바 約 8仟 본.

<1974년 11월 8일 금요일>
2日째 接木 屈取作業. 累計는 約 2萬 株가랑 假植햇다.
嚴萬映은 五樹 金 課長 심부름이라고 하면서 桑木 15원식에 팔아고. 그러케 안 되니 20원이 달아고 햇다.
밤에 裵仁湧 祭祠라고 갓다.
嚴萬映은 방아 싹이 빗싸다고 햇다. 鄭圭太는 邑內 金 氏 방아 丁 氏 방이끼리 경쟁하면서 叺當 1升식 밧는다고 그려니가 처마니는 그리 갓다고. 제발 처마니 놈들 보고 방이 좀 찌여주소 하지는 안켓다고 햇다.

<1974년 11월 9일 토요일>
第三 日채 屈取作業. 約 35,000쯤 가식햇다.
終日 工場에서 방아 찟는데 作業場에도 못 갓다.

<1974년 11월 10일 일요일>
館村 崔香喆 氏에서 叺 30枚 外上으로 운반햇다.
午前 中만 방아 찌엿다.
第4日채 接桑木 屈取作業한바 끝이 못 낫다.
成吉에서 4萬원 또 借用햇다.
成奉 成允 母에 食糧 1叺 食用品 1切을 耕耘機 便으로 뻐스에 보냇다.
脫穀機 修理햇다.

<1974년 11월 11일 월요일>
成傑 便에 黃宗一 42,500원 아침에 보냇다.
◎ 金鉉珠가 방아 찌로 왓는데 첫人象[첫인상]이 보기 실엇다. 債務 白米 3叺인데 利子만 떼겟다고. 應答햇지만 或 他處로 갈 模樣이엿다. 그러나 不得已 利 9斗만 밧앗다.
夕陽에 成康 便에 接桑苗木 總 本수는 57,000이라 주엇다.
家族기리 麥 播種은 3斗只쯤 햇고 種子는 5斗 散布햇다.

<1974년 11월 12일 화요일>
오날가지[오늘까지] 보리는 끝냇다. 近年에 比해서 最高 多播햇다. 約 30斗쯤 무덧다.
뽕나무 사려온 사람이 明年 會計(3月에)해줄 터이니 元價[原價]을 除하고 20원식 달이고[달라고]. 不良한 사람으로 본다.

<1974년 11월 13일 수요일>
終日 방아 찌엿다. 가다가 제일 만히 約 35叺쯤.
成康이 龍山에 간다고.
테레비을 밤에 고치로 全州에서 왓다.

<1974년 11월 14일 목요일>
벼 널기.
終日 방이 찌엿다.

<1974년 11월 15일 금요일>
統一벼 作石 41叺을 大里로 보낸바 日募[日暮]가 되여 다시 왓다고.
夕陽에 河설철[하성철]이가 보자고 電報가 왓기에 가보니 桑 株當 13원식. 마음이 괴로와서 왓다.

<1974년 11월 16일 토요일>
精米햇다.
全州에 成愼가 왓다.
日氣 不順한데 테레비을 보려 많은 사람이 왓는데 不安햇다.
메누리는 又 親家에 간다고. 父親 진갑이라고. 자자히 가는 편이엿다.

<1974년 11월 17일 일요일>
午後에야 精米햇다.
밤에는 又 만흔 사람이 왓다.

<1974년 11월 18일 월요일>
今日은 고초방아을 만히 찌엿다.
成曉 17日에 벼 42叺 大里 保菅 中{인} 것을 北倉으로 운반하야 買上 入庫시켯다고.
42叺代 90,656원 中
預金 120,000
殘金 168,000
現金 2,400 支出
未會計 288,000
20萬원 先買金으로 50叺 끝낸 後에 會計하기로 햇다.

<1974년 11월 19일 화요일>
新平農協에서 債務 確認하려 왓다. 蠶室資金 2件 耕耘機 1件 共濟貸付[控除貸付] 1件만은 確認해 주웟으나 外 不明한 肥料條 蠶種代가 잇서 그것은 내의 債務가 안니기에 確印[確認] 못햇다.
夕陽에 館驛에 갓다 오다 途中에서 우리 개가 방정을 떠는데 앞 다이야[타이어]에 채이여 落傷을 한바 1時에 徒보하기 어렵게 되엿다. 成樂 成傑은 밤 11時까지 고초방아을 찟는데 나가보지 못햇다. 다리가 애린다. 잠을 못 이루엇다.

<1974년 11월 20일 수요일>
다리가 不安해서 內室에서 修養 中 客 2人이 왓다. 接桑 5萬 本을 賣渡키로 하고 86萬원에 結定[決定]하고 于先 契約金으로 5萬원 밧고 檢收[檢受] 時 31萬을 주기로 하고 殘 50萬원은 12月 30日로 하야 成證햇다. 買受者는 任實 邑內人이라고 햇다.
成樂 成傑만 工場에서 作業햇다.
夕陽에 嚴俊祥 고초을 檢斤해주웟다. 館村까지 경운기로 보내는데 1,500원 밧기로.
成英 便에 黃 氏에서 萬원 取貸.

<1974년 11월 21일 목요일>
成傑는 今日부터 고초방아 떡방아. 찌여준 稅는 네 앞으로 貯金하라고 해서 成英 便에 館村農協에 보냇다.
秋穀共販을 大里에서 한바 8叺인데 非公式으로 한바 傳票을 주지 안는다고. 今日 現在로 50叺 共販한 셈.

<1974년 11월 22일 금요일>
새벽에 人夫賃을 計算해보니 22,550원.

電氣料金을 架設 後 처음 닷드로[받으러] 왓다. 2,102.
成康 1,170.
金在玉 父 問喪.
李正勳 母親 回甲에 參席.
終日 工場은 休息은 안햇다.
忠南 大德郡 鄭用相에 편지냇다.

<1974년 11월 23일 토요일>
精米햇다.
午後에는 全州에 갓다. 成奉와 갗이 잣다.
丁九福에서 成吉 白米 3叺 引受한바 明年 3月에 가저간다고 햇다.

<1974년 11월 24일 일요일>
全州에서 온니 뽕나무을 車에 上車하드라. 理由는 全額 81萬원을 12月 30日에 주기로 하고 上車을 하드라. 不安하지만 道理 업다. 5萬 株을 운반해서 人夫 約 9名이 動員되여 갈마리에 가식햇다.
81萬원 契約書만 밧앗다.
成吉에서 五仟원 取貸햇다.

<1974년 11월 25일 월요일>
屛巖 鄭相用 집에 弔問코 崔甲烈을 對面코 桑苗 좀 가저가라 햇든니 1仟 株만 보내라 해서 午後에 成康 便에 보냇다.
夕陽에 메누리가 왓다.
任實驛前 韓文錫 債務 115,000 會計 完了 햇다.

<1974년 11월 26일 화요일>
任實에서 桑苗木을 正式으로 洪錫仁 氏와 契約 結定코 保證人은 鄭大燮 氏가 섯다. 81萬인데 10萬원은 12월 1日 주기로 하고 殘 71萬원은 12月 30日 밧기로 하야 結定 햇다.
밤에 皮巖 金炯根에 桑苗木 1,500주 운반 해주윗다.

<1974년 11월 27일 수요일>
成曉 母에 15,600원 주워 全州에 보냇다.
成樂과 會計한니 25,600.
人夫을 整理햇다.

<1974년 11월 28일 목요일>
아침에 8代祖 墓祠에 參席햇다. 成吉 昌宇 錫{宇} 重宇 寶城宅 6人이 參拜햇다.
守護者에서 旅비 白米 四斗代 6,400원 밧고 成吉에 倭任햇다.

<1974년 11월 29일 금요일 陰 10月 16日>
成吉에서 11월 24日 五仟원 取貸金을 本里 金京浩에 傳해주라고 해서 本人에 傳햇다.
驛前 黃 氏 成英 便에 11,000 보냇다.
서울서 林明保 父가 死亡. 館村에서 出喪 햇다.
어머니 山所에 단여왓다.
우리 共販벼 10叺을보냇든니 等外라고 保菅하고 왓다.
崔平洙 母게서 成康 結婚 中介[仲介]한다고 왓다.

<1974년 11월 30일 토요일>
理髮하려 갓다.
驛前에 李起雨 氏을 面會 植桑苗 賣渡을 打合한바 檢收[檢受]가 끝이 낫다고.
밤에는 金太鎬 氏 집에 갓다. 林澤俊이 또 參席햇다. 澤俊 氏는 말한데 丁振根이가 丁奉來을 墓祠에 단여오는 途中에서 2번을 거처서 殺害하려 하다 失패햇다고 햇다.
건너 술집에서는 鄭鉉一 四寸 妻弟의 子가 家屋 家産 道具을 被害시켯다고 밤 1時頃에 支署에서 왓다고.
昌宇가 墓祠에 단여왓다고 밤에 왓다.

<1974년 12월 1일 일요일 陰 10月 18日>
任實 鄭大燮 便에 桑苗代 1部로 10萬원 領收햇다.
다음은 71萬원이 殘額인데 12月 31日 鄭大燮 氏가 受領하라고 햇다.
館村指導所長을 面會하려 간바 不在中이엿다.
林澤俊에서 白米 5叺代 84,500원 引受햇다.
鄭大燮에 成傑 事件 條로 3萬원 주엇는데 總 5萬원을 준 셈이다.

<1974년 12월 2일 월요일 陰 19>
가랑비는 終日 내렷다.
精米機가 異常이 生起엿다. 任實에서 修善햇다.
밤에는 건너 술집에 갓다. 婦人에게 爲安[慰安]햇다.
鄭鉉一 丁基善 鄭圭太 金正植이 參席햇다. 和解을 要領을 設得[說得]햇다. 被害者는 들을 만햇다. 내의 意見는 實費는 주워야 한다고 햇다.

<1974년 12월 3일 화요일 陰 20>
成康 生日이다.
巳梅面 桂壽里 6代祖 墓祠에 갓다. 祭物을 보니 差햇다. 그려나 1家 間이기에 말은 못햇다.

<1974년 12월 4일 수요일 陰 21>
終日 酒店에서 놀앗다.
丁九福은 서울 申參女 畓 全部 61叺5斗에 丁東根에 賣渡하고 本日 契約米 5叺을 대는데 내가 取貸해주웟다.
밤에 金暻浩 子婦 新行한데 招請. 단여왓다.

大里 黃 氏가 20個月 約定하고 小牛 1頭을 飼育 後에는 小頭 1頭 주기로 햇다.

<1974년 12월 5일 목요일 陰 22>
첫눈이 내렷다.
驛前 鐵工所에 工員이 왓는데 萬원 주워보냇다.
黃在文 氏에서 招請. 대접을 잘 받앗다.
成曉가 왓다.

<1974년 12월 6일 금요일 陰 23>
任實 鄭大燮에 白米 2叺 보냇다.
콩 13斗 팔아왓다.
全州에서 成吉이 왓다. 夕陽에 同伴해서 大里 炳基 宅에 갓다. 첫 人象差異[人相着衣]가 氣分이 不安햇다. 炳基 딸 玉振는 보와도 人事{하는} 법도 업고 불어도 對答도 하지 안는 거만한 사람이엿다.
酒席에서 炳赫 內外分이 良宇 玄宇 結婚問題로 對話한바 年末 內에 兩人을 結婚시켜야 한다기에 그려면 좃켓소 한바 비웃지 말아 자기도 子息이 있으니 가두고 보자는 뜻이엿다. 그러나 不安햇지만 성질을 낼 수도 업고 햇든니 다시 未安하다면{서} 오해 말아 햇다. 그러나 마음이 맛이[맞지] 안해서 夕陽에 건너왓다. 成吉도 全州로.
日暮 後에 집에 온니 또 不安햇다. 테레비을 보는데 學生 時간이엿다. 노래와 품금

[풍금]을 잘 치게 나도 저련 子息 하나 두웟으면 願이 없겟다고 햇든니 成曉 兄弟는 人象을 쓰는{데} 또 不安햇다. 客地에서 待遇 못 밧는 사람이 집에 와 待接 밧을 이 없다고 抛棄햇다.

<1974년 12월 7일 토요일 陰 24>
炳基 堂叔 結婚式場에 갓다. 만흔 祝賀客이 왓다.
新婦 집에 단여서 택시로 大里에 온니 約 3時엿다. 夕食을 맟이고 單身으로 집에 왓다.

<1974년 12월 8일 일요일 陰 25>
金亭里 金宗浩 집에 갓다. 回甲인데 南原에서 1家 3분이 왓드라. 炳烈 氏는 作別하고 2분은 金亭里에서 1泊.
大里 鄭用萬 氏 집에 갓다.
回甲인데
炳基 宅에 갓다.
日暮가 젓는데 韓云石과 同行 歸家햇다.

<1974년 12월 9일 월요일 陰 26>
大里에 郭在燁 氏 小祥에 林長煥 崔南連 同伴해서 갓다.
오는 中에 炳基 氏 집에 들이엿다. 日暮가 젓는데 萬映과 同伴해서 驛前에서 作別햇다.
집에 온니 山西에서 妻弟가 男妹을 데리고 왓는데 11日 全州 高校 應試次라고 햇다.

<1974년 12월 10일 화요일 陰 27>
終日 방아 찌엿다.
山西에서 妻弟 母子하고 具익조 長女가 왓다. 12日 高等學校 入學試驗 보려 왓다고 햇다.

<1974년 12월 11일 수요일 陰 28>
夕陽에 錫宇가 왓다. 明日 아버지 葬禮 모신다고 햇다. 葬所는 泰宇 山이라 햇다. 泰宇에 承諾 밧고 하라 햇다. 急한니 入山에 後에 가서 말하겟다고 햇다. 잘 生覺해서 하되 泰宇에 가도 應答하지 아니하고 不遠 叔母가 도라가시면 이곳으로 올 것이다 햇다.
面長 金哲浩 氏가 來訪햇다. 成奎을 오라 해서 里政을 問議햇다.

<1974년 12월 12일 목요일 陰 10月 29>
朝食을 맟인 面長은 떠낫다.
成傑에 방아을 맟기고 북골 重宇 爲先한 데 갓다.
錫宇는 押作[갑작]한 일이라고 햇지만 山所에 가보니 人夫는 30名 以上이고 祭物도 갓추웟드라. 하동댁 보고 此後에 泰宇{가} 異議을 달면 무워라 하겟소 햇든니 泰宇가 와야 말하지 햇다. 泰宇가 아순 일인가요 햇다.
支署長이 왓다. 戰警隊 김치 보내기 1組을 要求햇다.

<1974년 12월 13일 금요일 陰 30>
南原 任實 山林係에 갓다. 16日 22番地 林野 拂下한다고 書類을 갓추라고 햇다.

<1974년 12월 14일 토요일 陰 11月 1日>
南原稅務所[南原稅務署]에 갓다.
成奎 住民登錄證이 업서 다시 온바 驛前에서 成奎을 多幸히 맛낫다. 登錄證을 가지고 다시 南原에 갓다. 書類이 갖어가지고 집에 온니 메누리도 全州에서 왓다.
內室에는 男女老少가 방부터 마루까지 大滿員이엿다. 氣分이 不安햇다. 食事도 맘이 맞이 안햇다.

<1974년 12월 15일 일요일 陰 2>
日曜日이라고 白晝에 큰방은 滿員이엿다. 또 不安햇다. 中食까지 接待하면서 꼴이 안이엿다. 그런데 나는 中食도 하지 못햇다. 夕食을 하려한니 밥이 마음에 듯지 안니 햇다. 무수밥[무밥]을 해라 成曉 母에 당부한바 그러치 안햇다. 못 먹겟다고 했으나 배는 곳팟다. 要는 成曉 母가 不良햇다. 할 수 업시 다시 수제을 들게 된니 마음 不安햇다.
丁俊浩 고지 2叺 支出.
大里 李點用 고지 4.5斗只 114升 支出.

<1974년 12월 16일 월요일 陰 3>
成奎을 同伴 全州 都廳 營業課에 갓다.
22番地 99畝 拂下 競쟁[경쟁]한데 3萬5百원까지 저거 넛지만 流札되고 말앗다. 다음은 明年에 다시 한다고 하고 왔으나 經驗을 엇엇다. 氣分이 滿足하지는 안타.
黃宗一에서 3萬원 빌이엿다.

<1974년 12월 17일 화요일 陰 4>
新平 金雄燁 氏 집에서 三面分會가 있엇다. 未收 條 會費 7,000원을 주웟다.
郡 糧政係에서 晋永熙 氏가 參席햇는데 道 糧政課에서 왓다고. 奧地 工場은 絶對로 巡會[巡廻]하겟다고.
朴敎植 氏을 對面하자 차 한 잔 하자면서 契加理을 하자고. 내가 有司기로 1月 1日 募이라 日字을 定해주웟다.

<1974년 12월 18일 수요일 陰 5>
午前에 搗精 中에 中間 샤우도[샤프트] 나갓다. 驛前에 李德石을 데리고 全州 湖南商會에 갓다. 14尺을 15,000에 金 10,000원만 入金시키고 가저왓다.
加德里 李云相 氏가 來訪 桑苗木 4,150本 成奎 4,000本 計 8,150本을 外上으로 75年 1月 五日로 言約하고 耕耘機로 시려다 주웟다.
本當 16원식으로 桑苗木代 全州[全部] 合하면 約 968,500. 뽕갑이 5萬원 養蠶이 180,000 計 198,500원 收入이다.[87]
驛前 黃 氏 婦人에 20,000원 入金.

<1974년 12월 19일 목요일 陰 6>
사우도 組立한바 끝이 안 낫다.
業者會議 22日부터 9부도米 團束키로 하고.

<1974년 12월 20일 금요일 陰 6[7]>
工場은 休日.

<1974년 12월 21일 토요일 陰 7[8]>
午後에 試運轉햇다.
金炯根에서 桑苗代 15,000원 들어왓는데 不安햇다.
班長이 肥料代 2萬원 要求. 빗[빚]을 어더댈 터이니 돈대로 줄에[줄래] 햇다.
圭太에서 6萬원 利金으로 貸借하야 成奎에 肥料代을 댓다.

<1974년 12월 22일 일요일 陰 8[9]>
終日 精米햇다.
成曉 稧日.
나{는} 具道植 氏 집에서 稧.
梁奉俊에 白米代 5,100원 빌{렸다}.

87 일기에 기록된 내용만으로는 계산이 맞지 않는다.

全州에서 金三禮가 왓다.
炳赫 氏 子 良宇 結婚이 12月 29日이라고.

<1974년 12월 23일 월요일 陰 9[10]>
新平中學校에서 校長 發起로 親睦會을 開會 參席햇다.
約 30名이 參席햇는데 名稱은 新友會라 햇고 會長 副會長 總務이 部署이고 年 2回 定期總會이고 形便上 臨時總會도 召集할 수 있다고 햇다.
집에 온니 家庭不和가 있엇다고.
太鎬 집에 간니 한실댁이 왓는데 번접[번잡]햇다.

<1974년 12월 24일 화요일 陰 10[11]>
成奉는 課外費 한다고 上仝햇데 冊代 雜비 해서 6,600원 주워 보냇다.

<1974년 12월 25일 수요일 陰 11[12]>
終日 精米햇다.
油類가 不足해서 于先 輕油 1드람 캉통모비루代 萬원만 支拂코 왓다.
寶城宅 田 移轉登記 書類에 捺印해서 代書所로 郵送햇다.
嚴俊祥 崔錫宇 移轉 關係로 誤解가 잇는 듯 圭太 집에서 兩人이 接見햇다고.

<1974년 12월 26일 목요일 陰 12[13]>
成傑이와 機械 새기을 꼬는데 約 9玉을 꼬왓다.
寶城宅 田代 白米 利子 1叺 8斗을 준바 서울로 託送한다고 햇다.
※ 밤이 夜深한데 成曉가 왓다. 成樂이가 嚴俊祥 子息하고 싸왓다고 햇다. 成曉가 現場에 가서 嚴俊祥 집에 가서 보고 리를 태웟다고. 그러나 成樂가 不良한 놈이라 햇다. 高校를 나온 놈이 그런 어린 子息하고 갗이 술이{나} 마시고 담배나 피우고 良心 아닌 不良한 놈이라 햇다.

<1974년 12월 27일 금요일 陰 13[14]>
오날도 終日 成傑이 갗이 새기꼬기 했으나 成樂이는 보이지 안코 있으니 헛된 子息으로 生覺한다.

<1974년 12월 28일 토요일 陰 15>
精米하다.
夕陽에 昌宇와 同伴해서 全州 炳赫 宅에 간는 途中에 泰宇 婦人을 對面케 되엿다.
路上에서 말하기를 河洞宅에서 우리 山에다 墓所을 드려서 家內가 不和하고 잇다고 햇다.
빼스로 石九里[88]에 當한니 저무럿다.
밤에는 家族기리 募여 家政事을 換談[歡談]코.

<1974년 12월 29일 일요일 陰 16>
朝食을 맞이고 11時頃에 全州 東洋禮式場에 堂到[當到]하오니 新平서 大里에서 祝賀客이 4, 50餘이 參席햇다.
禮가 끝이 나자 빼스 便으로 石九里에 着햇다. 中食을 客과 맞이고 밤 9時頃에 昌宇와 同伴해서 全州에 왓다. 合同駐車場에 온니 메누리 成苑이 있엇다. 契 장보기 햇다고 갗이 同行이 되여 온바 장보기 갑은 約 萬원이 들엇다고 햇다.

---

88 완주군 용진면 석구리. 1989년 전주시에 편입되었다.

<1974년 12월 30일 월요일 陰 17>
아침에 成康이는 全州 尹汝松 母가 婚事로 왓다고 햇다. 食後에 바로 暻浩 氏 宅에 갓다. 處女는 25歲에 坡平 尹氏이고 身體도 健康하며 中卒이라고. 當日 兩者가 觀選함이 엇더나 햇다. 承諾하고 成康이 侄婦를 帶同해서 旅費카지 주워 보내며 或 合議가 될 테면 中食이라도 갗이 接待하라 햇다.
夕陽에 侄婦가 왓다. 兩者가 換談도 하며 눈치가 合議된 듯 보이고 處女도 普通 人物이라고 햇다.
中個人[仲介人]는 2, 3日頃에 온다고.

<1974년 12월 31일 화요일 음 18>
送舊迎新을 눈앞에 두고 오늘을 넘긴다.
桑苗代 71萬원을 받으려 任實 洪 氏 집에 간다. 1月 11日로 미루는데 그나마도 約 30萬원만 주고 41萬원은 2월에 주마고. 마음이 괴로왓다.
他人이 債務 利子는 느려가는데 걱정이 다분하고 있는데 禍[火]을 낼 수도 업고 해서 50萬원만 11日 주고 殘은 2日[月]에 달아고 햇다.
成康 結婚이 迫頭햇다고 햇다.
契 장보기 全州에 가서 한바 5仟원이 든바 約 15,000원이 든 셈.

<1975년 1월 1일 수요일>[89]
쌀게 및 親睦稧日이다.
稧員은 7名인데 全員이 參席코 쌀은 崔炳斗가 30叺5斗 乃宇가 30叺5斗 해 61叺을 收入키로 하고 夕陽에 見送[餞送]햇다.
金永善 氏에서는 15叺 中 5叺代 錢으로 1,750[17,500]원식 87,500원 會計햇다.
아침에 全州 平和洞에서 尹汝松 母가 왓다. 婚姻之事인데 父母 處에서 觀選하라고 하기에 本人끼리 對面햇는데 그럴 必要 없고 或 處女 便에서 家庭還境[家庭環境]이나 보려오라 하고 旅비 壹仟원을 주워 보냇다.
밤에 寶城宅이 왓는데 村前 3斗只을 4叺에 살 사람이 잇다고 3叺6斗에 當年 耕作햇는데 우멍하게 그려 소리을 내며 뒷들 7斗只을 張在元 照价[紹介]로 嚴俊祥이가 산다기에 승락햇든니 成奎가 사겟다고 한번 승락햇는데 라고 하기에 그럴 수 잇소 집안에서 산다면 남을 줄 수 있{소} 하고 성질을 냇다. 딴 사람 줄는 데는 서운치 안치만 嚴俊祥을 주면 서운함은 勿論이고 내가 사겠소 햇다.
驛前 金雨澤 外上代 萬원 주고 驛前 鐵工所 修理費 1部 萬원 주고 햇다.

<1975년 1월 2일 목요일>
成曉 外處 親友稧日이라고 7, 8名이 왓다.
崔炳赫 堂叔이 來訪
金炯根 親友가 來訪
成吉이 來訪
趙命基 來訪
以上은 鄭鉉一 結婚式에 參席次 訪問햇다.
光州에서 崔辰宇가 來訪하야 白米 20餘叺가 있는데 利穀으로 散布해 달아고. 年 2割로 해주마 햇다.

<1975년 1월 3일 금요일>
一. 大里 崔炳基 堂叔이 오시엿다. 해남댁 白米 10叺 줄 것이 잇는데 今日 3叺만

---
89 이하는 74년 일기장의 남은 여백에 이어서 쓴 것이다.

必要하니 取貸해달 아고 해서 3叺을 代錢으로 52,500원을 밧다.

一. 雨田面90에서 成康 婚事로 觀選하려 婚主 兄弟가 왓다. 中食을 갗이 노누면서 여려 가지로 相議햇다.

90 전주시 평화동 지역. 본래 완주군이었으나 1976년 전주시에 편입되었다.

1975년

<내지1>
1975年度 日記帳

<내지2>
送舊新迎은 乙卯年이 迫頭하오니 1便은 吉겁고 1便은 마음 괴롭다.

1974年 12月 31日 現在

歲入			5,688,416
	工場賃料		442,000
		計	6,130,416
歲出	農비用下		4,472,814
	工場修理		342,678
		計	5,492,902

歲入 5,688,416 - 歲出 5,492,902
637,514 黑字
耕耘機 別途取扱

<내지3>
幸運記錄
數年을 家計簿 및 日記帳을 整理했으나 1974年度가 最高額이 歲入歲出 되엿다.
다음
歲入金 6130,416원
歲出金 5692,902원
計 1,1623,318원을 戶主 崔乃宇 手中에서 利用했다는 것이다.

1974年 中에 未淸{算}分이 他人의 債務 60餘 萬원 收入. 桑苗代 80餘 萬원인 未淸算이다
不得已 1975年으로 移越시키겟다.

<내지4>
1975년도 家政設計
1974年 12月 31日 새해 設計 및 1975年 歲入歲出과 計劃을 짜보니
豫産[豫算]
1975. 1. 23
成苑 條
3月 中 20萬원 程度 積金貸付
2月 10萬원 契金 찻을 豫定
8月 30日頃 10萬원 契金 收入
5月 30日頃 成苑 母 5萬원 契金 收入 豫定임
成曉 契金 20萬원 條

<1975년 1월 1일 수요일>
잠을 자고 보니 새해가 왓다
74年에는 每事 勞力[努力]과 愛勞[隘路]도 만해서 74年을 빨이 너머가라고 祈願햇다.
大里 元泉 親睦稧員 7人 全員이 募엿다.
쌀 30叺5斗 中 金永善 氏가 5叺代 代錢으로 87,500원을 주고 갓다.
全州 兩田面에서 尹汝松 母가 왓다. 成康을 觀選하자고.
寶城宅이 오시엿다. 自己의 畓을 嚴俊祥에 張在元의 昭介[紹介]로 當年 所作權만 賣渡햇다고. 不安햇다. 取消하라 햇다.
驛前 金雨澤 外{上}代 萬원 주웟다.

<1975년 1월 2일 목요일>
成曉 稧員 10餘 名이 募엿다.
炳赫 堂叔이 오시엿다. 金炯根 氏 又 炳基 成吉이 來訪햇다. 光州에서 成宇가 왓다.
成宇는 白米 20叺이 잇으니 利穀으로 散布해 달{라}고. 不應햇다.

<1975년 1월 3일 금요일>
大里에서 炳基 堂叔이 오시엿다. 해남宅에 白米 10叺 줄 것이 잇는데 于先 3叺만이라도 주겟다면서 金 52,500원 주면서 달아 햇다.
雨田面에서 査돈 될 사람 2名 兄弟가 왓다.
誠議[誠意]것 接待햇다. 作別하면서 不遠 涓吉해 보내라고 햇다.

<1975년 1월 4일 토요일>
南原 보절면 李得香 氏 宅을 訪問햇다. 涓吉한바 1月 19日. 急해다.
途中에 李厚來 집을 訪問햇다.
途中에 寧川 崔鎭鎬을 訪問하고 成康 結婚日이 1月 19日이라고 말하고 18日 오라 햇다.
밤{에} 寶城宅 內外가 왓다. 丁奉來 債務 쌀을 밧게 해 달{라}고 햇다.
丁奉來 집에 갓다. 16叺 8斗인데 10叺 5斗로 結定[決定]햇다.
光州에서 成東이가 外泊次 왓다.

<1975년 1월 5일 일요일>
메누리와 同伴해서 全州에 갓다. 四星衣服 12,000에 떠서 金太鎬 氏 便에 査돈宅에 보냇다.
내 韓服 한 벌 맞이는 데 5,000원 주엇다.
보광당 內室에서 中食한데 페을 기첫다.
금암동에서 針을 맛앗다.
金太鎬 氏가 四星을 주고 왓다.
10日 全州에{서} 大面[對面]키로 햇다.

<1975년 1월 6일 월요일>
全州에 針 마지려 갓다. 2日채인데 如前햇다.
任實 鄭大燮 氏 訪問코 洪 氏의 桑苗代을 督도促해[督促해][91] 달{아}고 햇다.
장판 14尺 방에 13,000원 外上으로 가저왓다.
金亭里에서 柳文子가 왓다. 成苑을 仲매하려 왓는데 金氏 집안이라고 햇다.
裡里에서 姜孟敎 氏의 婦人이 왓는데 68年度에 外上代가 있다고 8,700원인데 異常이이[異常히] 生覺코 미루웟다.

<1975년 1월 7일 화요일>
成曉 內外는 親家에 장모 問病한다고 2仟원을 주워 보냇다.
任實에서 越冬用 왕겨 3車을 運送햇다.
鄭大燮 氏 宅을 訪問한바 不在中 하기에

91 督을 쓰려다가 한글로 도라고 쓰고 促이라고 썼다.

書字만 남기고 왓는데 事由는 成苑을 新平面事務所로 人事移動을 해볼가 한 것이다.
右手足이 不平한데 今日까지 滿 3日을 禁酒로 들어갓다. 밤에는 大端히 몸이 고되엿다.
밤 8時에 任實서 집에 到着한니 圭太 술집에서는 終日 도박한바 近日에 連續이라고. 婦人도 아들이 술집 門前에 集結햇드라.

<1975년 1월 8일 수요일>
10時頃에 全州에 針 마지려 갓다. 가보{니} 昌坪里 婦人만도 5, 6名이 待機[待期] 中엿다.
터미널에서 乘車코 館驛에 着. 云巖 羅三峯을 禮訪한바 不在中. 다시 回路햇다.
途中에 全州 成吉을 맛낫다. 서울 二女 菊花가 1月 25日 結婚이라고 햇다.
石九里 鉉宇 14日 成康 19日 서울 良順 18日 連續이엿다.

<1975년 1월 9일 목요일>
10時 正각 蠶協會議場에 參席. 11時頃에야 成員이 되여 會議는 始作되엿다. 組合長이 不在中이라 理事 孟福洙 氏가 代行執行한바 議事進行 切次[節次]을 잘 모른 듯햇다. 75年 豫算審理한바 時間이 經過. 나도 孟列[猛烈]이 質問햇다.
韓文錫에 借用契書는 20萬으로 해주고 現金은 鄭圭太 婦人에서 15萬원 引受코 文錫보고는 來 1月 11日 市場에 人夫 便에 五萬원만 더 보내다고 햇다.
밤에 成奎을 오라고 하고 明日 婚事 禮物을 明日 갖이 하고 査돈하고 行事 打合하라 햇다.

<1975년 1월 10일 금요일>
밤새 生覺하다가 아침에 南連 氏 집에 갓다. 白米 10叺代 172,000원 借用햇다.
雇人 金學九 氏 새경 條로 金學均에 白米 3叺代 錢 51,600 支拂햇다.
밤늦게까지 成康 1行을 기드렷다. ◇時頃에[92] 成康이만 왓다. 듯자 한니 4名이 各〃各自行動. 氣分이 不安햇다.
19日 禮式이 끝나면 處女 宅을 禮訪하겟다고 보낸바 不應햇다고. 新婦에 따른 禮物 全額이 254,900 中 118,900 支拂코 136,000원 在庫엿다.
新郞 條 羊服[洋服] 반지 約 73,000원쯤
북골 白仁圭 나무 23짐代 7,000
운반 4人費 2,800 計 9,800원 주웟다.
丁俊祥 取貸金 一五,○○○ 支拂.

<1975년 1월 11일 토요일>
任實 驛前에서 韓文錫 氏 來訪코 金 五萬을 가저왓다. 그려면 20萬원 借用한 셈이다.
昌宇 동생 집에서 中食을 한바 七星契 白米 10餘 叺인데 昌宇는 錫宇에 넘겻다고 햇다.
밤 7時쯤 圭太는 支署에서 도박 관게로 調書[詔書]을 꿈여주고 長煥 俊浩 同伴해서 왓다.
寶城宅에 가다. 明日 內外分이 서울에 간다고. 나와 會計는 田代 6叺 봉래 條 3叺 計 9叺을 주는데 서울에 단여와서 밧겟다고 햇다.

<1975년 1월 12일 일요일>
陰曆 12월 初1日 先考 祭祠[祭祀]日이다.

92 時 앞에 숫자 없음.

大里 郭宗燁 契員 宅에서 內外 雙〃히 募여 1日 유캐하게 놀다.
金哲浩 婦人에서 契穀 1叺代 17,500원 밧앗다.
今春 3月 末日頃에 金海에 봄노리 가기로 稧穀 利子 4叺5斗인{데} 約 9萬원 豫算으로 16名이 가기로 햇다.
夕陽에 新平支署에 갓다. 昌坪 도박 件으로 支署에 依頼하야 不立件하기로 하고 手苦金 程度 너주웟다.

<1975년 1월 13일 월요일>
崔今石 債務 11萬2仟700원 밤에 會計해주웟다.
任實 洪 氏 婦人에서 桑苗代 30萬원을 收領[受領]햇다.
鄭大燮 氏 外上代(장판) 13,000원 會計해주웟다.
럭키洋靴店에서 5,500원에 맞이고 先金 3仟원을 주고 왓다.
全州 보광당 금은방에 外上代 금 116,000, 時計 10,000, 계 126,000을 全州 會計해 준바 內外分이 物品 안니 가저가고 先金을 다 준다고 햇다.
驛前에 李德石에 外上代 37,000원 會計完了해주고 밤에 왓다.
밤에는 家族기리 婚事 장보기을 品目을 뻣다. 구스 5,500원에 3仟원 주고 18日 찻기로 햇다.
鄭海龍 債務 三四,五〇〇원 밤에 會計햇다.

<1975년 1월 14일 화요일>
아침에 金雨澤 氏에서 효주 2상자 가저왓다. 會計는 全部 끝이 낫다.
圭太 집에 간니 成奎 嚴俊峰이도 도박 關係가 本署예 秘告[密告]가 다시 들어가 事件은 악화되엿다고 햇다.
夕陽에 이발하고 全州 成吉 집에 갓다. 南原 帶江에서 基宇 正宇 哲宇가 왓다. 發起人總會는 76年 1月 3日 正宇 집에서 募이기로 햇다.

<1975년 1월 15일 수요일>
새벽에 曾祖考 祭祠을 잡수시고 朝 食事後에 正宇 外 2人는 作別햇다.
메누리{와} 成樂이 왓다. 갗이 장보기한바 約 5萬원이 들엇다.
메누리는 明日 生鮮을 가지고 오기로 하야 全州 보광당에 떠려젓다.

<1975년 1월 16일 목요일>
全州 法院에 成傑과 同伴햇다. 法院에 간니 成曉가 왓드라. 12時까지 기드렷다. 少年部에 간니 午後 2時로 미루웟다.
1時에 鉉宇 結婚式場에 갓다. 各處에서 만흔 祝賀客이 募인 中에 擧行되엿다.
2時에 法院에 간니 延期申請書을 내라기에 代書所에 依頼해서 낸바 27日頃이라고 햇다.
石九里 鉉宇집에 갓다. 요객들 방에 간니 반기햇다[반기었다].
泰宇가 잇는데 南原에서 왓다고 햇다. 泰宇 內外가 잇는데 가가히[가까이] 하자고 햇든니 제 母가 죽어도 알이지 안니 하겟다고. 나도 성질이 나데 炳赫 兄弟도 성질이 난데 泰宇 똥 지버 먹드락 살아도 한 번도 오지 안니햇다고. 基宇 母는 百歲까지 살아고 햇다. 몰애 빠저 왔다.
伊西面에서 메누리가 단여갓다고. 媤父가 不在中이라 섭〃햇다.

<1975년 1월 17일 금요일>
되야지 잡기 林長煥 梁奉俊 鄭圭太 黃在文 氏가 手苦햇다.
支署에서 支署長이 오시엿다. 柳文京 母가 果子[菓子] 및 돈을 盜적 당햇다고 申告해서엿다. 調査한 決課[結果] 裵永植 또래엿다고.
盜박[賭博] 事件는 10餘 名 覺書만을 바다 갓다. 多少 治下金[致賀金]을 据出[醵出] 한바 6仟원인데 署長에 건너주웟다.
新田里에서 안査돈게서 今般 婚事에 돌보와 주시로 오시엿다.

<1975년 1월 18일 토요일>
家事整理 掃地 및 準備가 必要.
五柳里 侄女[姪女] 寧川 姪女가 왓다. 全州 侄도 왔다.
成康이는 禮物을 가지고 親女와 갗이 査도[사돈] 宅에 갓다.
洞內 婦人들이 오시여 協力해 주시여 大端히 感謝했다.

<1975년 1월 19일 일요일>
成康 結婚日이다.
間밤에 눈이 왓다. 多幸히 日氣 平溫햇다. 氣車[汽車]을 利用해서 禮式場에 들이니 10分 前이엿다. 祝賀客은 約 100餘 名. 場內을 盛大히 메구엇다. 버스로 貸切 先乘시켜 보내고 炳赫 兄弟 우리 兄弟 成吉과 同伴해서 旅官[旅館]에 査돈 宅에서 招請을 밧고 갓다. 中食을 맞이고 約 2時間줌定◇반햇다가 歸家햇다. 손님은 벌서 떠나기 시작햇다.
趙命紀는 車中에서 安吉豊 氏에 白米 成奎 條로 6叺5斗 引게햇다고 햇다. 成奎 會計는 宗穀 3斗 8升만 殘이다.
婚費가 不足해서 鄭九福에서 二萬원 借入.

<1975년 1월 20일 월요일>
客地에서 오신 손님은 午前에 떠낫다.
洞 內外 分[분]을 招請하야 願滿[圓滿]히 待接햇다.
大里 炳基 堂叔이 新安宅과 不安感을 가지고 떠낫다. 理由는 구〃레 人事을 밧을 때 後에 人事을 시켯다고.
夕陽에 職員 1同이 來訪했다.
方水里 崔甲烈에서 桑苗代 18,000원 收入햇다. 式場에서

<1975년 1월 21일 화요일>
새벽에 祝賀金 請算[精算]을 해보니 收入金 90,500 程度엿고 支出金은 494,260원이다.
成康는 內外에 妻家에 再行을 떠낫다.
아침까지 빠진 분 7, 8名 데려다 朝食{과} 酒을 接待햇다.
鄭圭太는 寶城宅 畓 7斗只을 斗落當 17叺식 120叺에 照介[紹介]하라고 햇다.
中食도 하는데 大小家族이 다 募햇다.

<1975년 1월 22일 수요일>
崔錫宇가 단여갓다.
大里 炳基 堂叔이 단여갓는데 支署에 成植이가 있으니 交際라도 해서 出歸시키라고.
韓云錫 鄭養和을 酒店에서 맛나고 未安해서 술 한 잔 待接했다.
밤에는 해남宅이 왓다.

<1975년 1월 23일 목요일>
任實郡 鄭大燮 氏 宅을 禮訪햇다. 法院에

成傑 件을 付託한바 27일 마참 共和堂[共和黨]大會라고. 成苑 人事移動을 付託코 金 萬원을 주면서 단〃히 말햇다.
農協에서 米麥混合機 代金 17,580 入金시키고 直行뻐스로 南原稅務署에 갓다. 納稅者 番號票 交付申請한바 親切히 對해 주웟다.
메누리가 夕陽에 內外 再行 갓다가 왓다.
밤에 丁奉來 집에 觀象보는 사람에 갓다. 지낸 之事도 맞이엿다. 官의 是非도 今年이 고비고 長◇ 노랏다고. 兩妻 팔자이고 社會活動하면 多福 장래에도 子息 2名이 大出世하겟고 終身 子息도 2名이뿐이고 68歲까지는 大運이고 92歲까지 산다고 햇다. 崔朴金을 注意하라고 햇다.
鄭圭太 六萬원 利子만 三仟원 주웟다.
全州에 成吉이가 明日 서울에 가자 왓다.

<1975년 1월 24일 금요일>
全州에 到着한니 12時엿다. 兄嫂와 갖이 간바 成赫이도 成吉 집에 왓드라. 成吉 눈치는 제 母가 가지 안하면 {하는} 生覺이엿다. 成吉이는 母더려 가시요 햇다. 할 수 없이 成吉 母子와 同行해서 서울에 當한니 밤 6時엿다. 비는 오는데 菊花 집에 들엇다. 菊花 母는 반기히 待接햇다.

<1975년 1월 25일 토요일>
下宿집에서 宿泊하고 朝食하고는 12時 30分에 이화예식장에 갓다 載宇도 貞禮 得柱 定浩 內外 玄子가 參席햇다. 式을 맞이고 菊花 집에 왓다. 女子 상객 10餘 名 男子가 5名이 왓다.
簡單히 酒果床을 맞이고 作別하고 菊花 母는 旅비 1,500원을 주드라. 定浩 成吉을 帶同하고 부평 玄宇 집에 간니 成宇도 왓드라. 昌坪里 논 살 사람이 生겼으니 오시요 하고 夕食을 맞이고 定浩 집에서 投宿햇다.

<1975년 1월 26일 일요일>
完鎬 內外 형수 成吉과 同伴 어린이 공원에 갓다. 周違[周圍]을 살펴 求見하고 鍾路[鐘路] 貞礼 집에 갓다. 맛참 寬玉 女息을 맛나서 수나리 집을 찾앗다. 文京이도 있엇다.
中食하고 許鉉子 집을 찻앗다.
夕食을 맞이고 밤 10時에 出發해서 成吉은 妻男 집으로 가고 完稿 成康하고 갖이 成康 집 집에 갓다. 술 한 잔식 하고 바로 서울驛에 成康이가 前送[餞送]하며 旅비 1,500원을 주웟다. 11時 30分에 列車에다 모[몸]을 실고 車는 出發햇다.

<1975년 1월 27일 월요일>
아침 5時 5分에 任實驛 着햇다. 어둡고 해서 오다 梁九福 氏 집에서 멈추다가 6時에 집에 왓다.
朝食하기가 바부게 成傑을 데리고 全州 法院에 當햇다. 1時頃에야 조 판사는 兩者가 和解하라 햇다. 변호사 이정우 先生을 面會하고 事件을 말하고 그 다음에는 별논을 해달아고 付託코 왓다.
집에 온니 許俊晩 父親게서 왓다

<1975년 1월 28일 화요일>
朝食을 許俊晩 母와 갖이 하고 잇는데 成康 母는 말햇다. 成康이를 밋이 못하고 家族은 苦生길에 들엇다고.
衣농하고 자방침[재봉틀]하고 사라고 햇다. 농은 萬원 자방침은 白米 1叺라고 햇

다. 陰曆 末日 內로 가겟다고 햇다.
자근 메누리 中食을 昌宇집에서 한다고 햇다.
午後에는 방아 찌엿다.

<1975년 1월 29일 수요일>
아침에 屛巖里에서 趙來春 母 張助役 婦人이 同伴해서 왓다. 被害者와 相議해서 合議하자고 贊成햇다.
任實에 가서 米麥混合機을 실고 오다가 龍云峙에서 耕耘機을 처바가 욕을 본데 里民이 協助해 주웟다.
黃宗一 氏에서 3萬원 取貸햇다.
成曉 母 家兒 全員원이 全州로 下宿하려 갓다.

<1975년 1월 30일 목요일>
成英 入學金 28,500 納入햇다.
全州 李存燁 氏가 米麥混合機 設備하려 왓다. 此後로 延期하고 갓다.
精米햇다.

<1975년 1월 31일 금요일>
午前 中에는 鐵棒 키자리 탓다. 午後야 作業 始作햇다.
◎ 親睦契 白米 尹鎬錫에서 15斗 入햇는데 裵明善에 1叺 支出하고 嚴俊祥 5斗 가저간 바 1斗이 不足하다고. 1斗은 무러넛다.
◎ 梁奉俊에서 契穀 利子만 3斗 入한바 1斗은 鄭鉉一에 보낸다고 南連 氏 婦人이 가저갓고 2斗은 내가 保菅[保管] 中이다.

相議誌 決定 言約書
成康집에서 母子 立會 끝에 成康아 이제는 네의 兄 집에 와서 돈다라 物品을 달아고 하지 말고 自力更生으로 成功 해보라고 햇다. 他人에 依存하면 成功길이 막힌다고 햇다.
今年가지만 農費을 代달아고 햇다. 못하겟다고 하면서 丁俊浩 氏에 全部 8斗 5升只을 고지 주웟으니 農비가 必要 업고 네 內外 母子가 熱心하면 되다고 하고 養蠶도 別途로 2枚만 키우라고 햇다. 도야지도 팔아서 必要한 데 쓰고 食糧도 따로 있으니 찌여 먹되 다시는 달아고 하지 말아 햇다.
大里에 잇는 소을 달아기에 應答하지 안코 生覺 中이며 네의 同生 學費는 내가 責任키로 햇다.

<1975년 2월 1일 토요일>
崔今石 母에서 金 10萬원 借用햇다.
大里 鄭用澤 次女 結婚式에 參席햇다.
夕陽에 全州 李汀雨 氏에서 電報가 왓다. 가보니 事務長 된 사람하고 李汀雨 氏하고 意見충돌이엿다. 2月 3日 公判에 參禮키로 하고 왓다.

<1975년 2월 2일 일요일>
驛前 鄭敬錫 外上代 全部을 23,540원 會計 完了햇다.
新聞代는 1月 31日까지 햇다.
任實 金宗哲 油代 外上 1,500원 完了햇다.
館村 崔香喆 氏 叺子 80枚 12,000로 會計 完了햇다.
成康 婚費 外上代 20,000 사돈집에 보낼 衣服代 10,000을 메누리 便에 보냇다.
養蠶 面代議員 進興[振興]會議에 參席햇다. 朴世銀 氏 植産課長으로 왓다고 會議室에서 人事햇다.

<1975년 2월 3일 월요일>
成傑을 帶同하고 法院에 갓다. 時間 잇서 李汀雨 事務室에 갓다. 李汀雨 氏에 말한바 바로 法院에 왓다. 趙 判事에 付託햇다고 하면서 南原에 간다고 갓다.
鄭大燮이 왓다. 判事는 此後에 檢察에 넘겨 再搜査하겟다고 햇다.
途中에 大里에 趙命基에 갓다. 契米을 말햇든니 곳 준다고.
郭七奉에 되야지 새기 3頭을 말하고 契約金 5仟원을 주고 왓다.

<1975년 2월 4일 화요일>
메누리는 3日 만에 왓다.
全州에서 成吉이가 왓다.
終日 집에서 讀書.
비는 내라다[내렸다]. 안개도 끼고. 오늘은 立春이다. 完全한 봄消息을 傳한 듯하고 春雨가 내렷다.

<1975년 2월 5일 수요일>
五弓里 崔 氏가 왓는데 雇人 學九 氏 새경 3叺을 달아기에 出票해서 大里 趙命基 氏에 보냇다.
成奎와 同伴해서 南原 禮式場에 갓다. 正門에서 基宇을 對面한바 엇지 왓나 하기에 氣分이 少햇다.
炳列 炳辰 氏도 面會한바 집으로 오라하고는 自己끼리만 택시에 乘車햇다.
成奎에 집으로 가자고 하고 오는데 中食을 成奎가 합시다 하기에 하고 途中에 李成根 氏 맛나고 旅비가 不足타기에 주웟다.
驛前 鄭敬錫에서 모비루 1초롱 外上으로 가저온바 7仟이라고.
國民投票日割이 今日 公告된바 2月 12日이라고.
支署에서 舊正을 갗이 過歲하자고 하기에 3천원쯤 보내겟다고 햇다.

<1975년 2월 6일 목요일>
精米햇다.
支署長 面長 大里校長 郡廳 李基定 氏가 來臨햇다.

<1975년 2월 7일 금요일>
黃宗一 32,500 會計햇다. 大安 氏 藥 8,500. 金永善 氏에서 契米 10叺代 175,000 康治根에서 35,000 入金햇다.
嚴俊祥이{와} 是非가 낫는데 寶城宅 畓 賣買 關係이다.

<1975년 2월 8일 토요일>
嚴俊祥은 林長煥 韓正石 鄭圭太을 데리고 와서 謝罪을 要求하기에 보래기[볼따구니]를 2, 3차 때리고 용서해주웟다.

<1975년 2월 9일 일요일>
新平面에서 選擧委員들 合同會議가 있엇다.
支署長에 舊正 繕物[膳物]로 金 4仟원 주엇다.
全州 湖南상회에 外上代 4萬원 보냇다.
洪吉均 孫 代議員 李云相 崔宗仁 李 巡경이 來臨햇다.
鄭圭太 便에 任實驛前 韓文錫에서 繕物 와이사쓰 1着[差]을 보내왓다.
伊西面에서 繕物을 가저왓다.

<1975년 2월 10일 월요일>
成康 便에 全州 成吉 債務 1部만 124,350원 보내주웟다.

金太鎬 氏가 來訪햇다.
驛前 李德石이 藥酒 1병을 가지고 왓다.
雇人 金學九 氏 年給 會計한바 白米 7叺 6斗 精麥 2叺을 白米 1叺로 치고 現金 22,000인데 白米 13斗로 치고 보니 9叺 6斗인데 4斗 殘을 現金으로 7,000 冬服 4,000 治下金 4,000 計 15,500(이발로[이발료] 500)을 주어 보냇다.
崔瑛斗 氏에서 明太 5洞을 보내왓다.
林東基 부르크 480介[個] 12,000원 중 세면 4袋代 3,200원 除코 4,800원 支出햇다.
夕陽에 成康 便에 圭太 外上代 萬원을 주워 보냇다.

<1975년 2월 11일 화요일>
舊正이다.
全州에서 成吉 父子 成奎 兄弟도 參拜하려 왓다.
大宅에서 兄任 歲祠을 參拜햇다.
成康 內外을 同伴해서 어머니 山所에 省墓하려 갓다. 回路에 靑云洞 金在玉 喪家에 갓다.

<1975년 2월 12일 수요일>
아침 6是 30分에 起床해서 大里學校 第一投票所에 갓다.
選擧委員 全員이 參席햇다. 7時부터 始作해서 午後 6時까지 95% 投票率을 냇다.
日當 1仟원式을 밧앗다. 집에 온니 밤 9時엿다.

<1975년 2월 13일 목요일>
錫宇가 왓다.
圭太가 왓다. 집에서 술 한 잔 待接한다고. 뜻이 업서 不席했으나 或 嚴俊祥 갓튼 놈도 있으리라 밋고 終日 집에서 新聞만 讀書햇다.
밤에는 婦人들이 만히 왓다.
메누리는 全州에 珍察[診察]하러 간바 늣게까지 안니 왓다.

<1975년 2월 14일 금요일>
郡 山林係長 馬玉童 氏 李진현 氏가 來訪햇다. 中食을 맞이고 山 72番地 權氏 林野立木 調査하려 갓다. 山에서 馬玉童 氏는 明年에 이태리 뽀부라 散木[揷木]을 해보라고 햇다. 9斗只 畓에(1,800坪) 樹木하면 約 3萬 株에 150萬원 收入한다고 햇다. 苗木은 20cm - 10부 散木을 求하면 된다고 햇다.

<1975년 2월 15일 토요일>
終日 內室에서 讀書 新聞만 보왓다.
몸은 如前이 괴롭고 成曉가 漢藥 2첩을 가저 왔으나 아즉 效價[效果]는 보지 못햇다.
成曉 母도 病中인데 成樂는 어제 宋泰玉이가 呼出해 간바 夕陽이 되여도 오지 안햇다.
밤에는 온 家族이 募인 가운데 他人도 테레비만 보고.

<1975년 2월 16일 일요일>
德津中學校 成奉 3學年 5班 담임先生 金白基 氏{와} 成奉가 왓다. 冊代 신代 合計 12,700인데 3,000만 주워 보냇다.
終日 방에서 書役 讀書만 햇다.
食米 3斗을 全州에 보냇다.

<1975년 2월 17일 월요일>
아침에 鄭九福에서 金 貳萬원 貸資해 왓다.

成曉 母는 左右手足이 不便하다 해서 大里 安吉豊 氏을 招請해서 針을 노왓다.
큰메누리는 今日부터 約 1週日 計劃으로 病院에 治料[治療] 받으로 갓다.
成奉 用 冊代 萬원을 메누리 便에 보냇다. 治料비 3仟원 주웟다.
成康이가 妻家에 간다기에 貳仟원을 주엇든니 적다고 不應 不平해서 제의 妻만 보내면서 不安을 느기면서 내의 마암을 괴롭게 햇다. 結局은 五仟원을 주웟서도 그랫다.
成曉는 市外電話을 設置하자고. 조타 햇든니 其間 嚴俊峰이가 設備하겟다고 局에다 말햇다고. 局에서는 乃宇 氏 宅이 適合하다고 햇으니 그놈은 헛탕. 不良한 人物이다. 2月 28日傾에 現長踏査[現場踏査]하려 온다고 햇다.
눈이 내린데 방아 찌엿다.

<1975년 2월 18일 화요일>
※ 成樂 成傑 立會 下에 고초방 떡방아 74年 10月 23日 - 75년 2月 18日 現在로 總收入 累計 12,390원 收入로 안다.
夕陽에 成曉는 面에서 왓는데 메누리가 산호 기미가 잇다고 電話가 왓다고 해서 成康까지 帶同코 全州에 갓다.

<1975년 2월 19일 수요일>
成曉 母는 今石 母에 白米 2叺을 노왓다고 햇다. 74년 2월에 柳文京 母에 依하면 成曉 母가 白米 3叺을 내게 노왓는데 그러 소리 말아고 햇는데 하니 모른 듯이 있으라고 햇다.
全州에서 成英 兄弟가 왓다.
새벽 6時에 病院에서 解産햇는데 女息이라고 햇다. 多幸이며 順産해서 第一이라 햇다.
全州에서 成吉이가 왓다. 寶節面에서 今年運수장이 왓는데 最高 大運이라고 햇다.
成玉은 今日 卒業式 햇다.

<1975년 2월 20일 목요일>
새벽부터 내린 눈는 終日 내렷다. 零下 6度쯤.
어제밤 成康 外叔 왓다. 아마 食量이 업어서 왓는 模樣인데 그도 한두 번이지 딱한 私情[事情].
金亭里 金學均九[93] 氏가 來訪햇다. 今年에 再雇任해 보겟소 햇다. 生覺해서 해보시요 햇다.
밤에 成曉가 全州에서 왓다. 病院에서 出産費 8,500 妻侄[妻姪] 卒業兒 學生服 1着 5仟원 喜拾[喜捨]하고 妻에 5仟원 用下로 利用하라고 하고 왓다고 햇다.

<1975년 2월 21일 금요일>
成曉는 全州 孫女 보려 갓고 나는 搗精業者 技術教育次 郡廳에 갓다.
組合 全員이 參席햇는데 指示가 徹氏[徹底]햇다.
7分搗 準守[遵守].
혼합기 設置.
3月 1日 - 3月 8日 사이 시설調査 以上이엿다.
任實에서 鄭大燮을 面談코 成苑 新平面 移動 및 洪 氏 桑苗代 早期納付을 付託한바 成苑 件은 無違 新平面으로 오기로 햇다고. 술까지 한자리에서 約 7,500원엇치 먹엇다고 햇다.

93 고용인 김학구(金學九)와 관련된 것으로 보인다. 1976.1.10일자 일기 참조.

<1975년 2월 22일 토요일>
2月分 電氣料金 2,498원 成康이가 代納했다.
終日 讀書햇다.
成曉 母는 全州에서 왓는데 乳兒는 充實하고 26일쯤에는 新田里로 데려간다고 햇다.

<1975년 2월 23일 일요일>
成苑 메누리는 全州 乳兒 보로 갓다.
終日 讀書만 하고 티부이만 視觀햇다.
龍宇가 왓는데 서울大는 抛棄하고 明年에나 와서 試驗 처 보겟다고.

<1975년 2월 24일 월요일>
崔今石에서 5萬원 借用해 왓다.
金太鎬가 단여간바 雇人으로 黃龍德을 今年에 두워 보라고 햇다.
부천서 崔鉉宇가 편지 햇다. 畓을 買賣[賣買]하라 햇지만 人間을 못 밋고 잇는 사람. 現 市價을 알면서도 20叺을 要求. 不良者로 判定.

<1975년 2월 25일 화요일>
水稻 種子 更新
元畓 27斗只
原種子 - 27斗 豫定
品種 統一벼 3斗
와다나베 3斗
아기바리 21斗
計 27斗
鹽修繕[鹽水選] 正選品
斗落當 4되식
108되
年수 換算 54斗(大斗)
山西面 裵成玉과 同伴해서 全州에 갓다.
成玉 敎課書[敎科書]代 육성회비 16,600원 完州農協에 拂入햇다.
驛前에 金雨澤 母 喪所 弔問햇다.
大里에 李今喆에 冊床 찬장 마친데 8,500원(冊床 3,500 찬장 4,000)에 付託햇다.

<1975년 2월 26일 수요일>
자근메누리는 또 落傷을 햇다고.
成傑 便에 大里 李今喆에 冊床 찬장 契約金 2仟원 보냇다.
成曉 母 친정 가는 便에 隘鉉에 種籾代 5仟원 封入해서 보냇다.
牟潤植 氏{가} 金雨澤 氏 집에서 말한데 金學九 氏는 聖壽面에서 先새경을 냇다고 하면서 聖壽로 雇人으로 간다고 햇다.
元喆 집에서 招待을 밧고 갓다.
成康에서 取貸金 電氣稅 2,500, 元喆 賀禮金 1,000 計 2,500[3,500] 주엇다.
大里 炳基 堂叔이 來訪햇다. 成康이는 제의 妻 藥을 지여온바 約 4仟원 程度 들엇다.

<1975년 2월 27일 목요일>
蠶業協會議에 參席햇다.
下衣 1着 3,000원 맞이엿고 先金 1,000원을 주고 왓다.
三溪面 所在地 東國民校 前에서 崔玉範 氏 精米所.

<1975년 2월 28일 금요일>
郡에서 山主大會에 參席햇다.
終日 精米햇다.
◎ 崔文巖 氏 黃牛에 交配시겻다.

實桑苗 契約栽培 前途金[前渡金]
第一次 50,000
第二次 125,000

第三次　50,000(175,000 中)
　　計 225,000
本當 2.25錢식 25萬 株代
562,500 - 225,000 = 337,500정.

<1975년 3월 1일 토요일>
아침 7時 40分 列車로 成赫이와 갗이 新都 南田里 鄭用相 氏을 訪問한바 不在中. 陸路로 約 20里을 걸어서 이는[있는] 곳에 간니 不在中. 다시 本人 집에 간니 又 不在中. 化[火]가 낫다. 子息에 付託하고 大田으로 돌아 全州에 당한니 밤 9時 40分. 집에 간니 兒該[兒孩]들은 다들 자드라.

<1975년 3월 2일 일요일>
麥 進肥[堆肥] 10叺 10kg代 16,900이라고 班長이 要求하려 왓다.
許 生員 엽집 李宗根와 갗이 술 한 잔식 노웟다[나눴다].
德律洞[德津洞] 금암동 友利讀書室에 갓다. 每日 成奉는 나온다고 햇다.
混合機 設置햇다.

<1975년 3월 3일 월요일>
光陽에서 龍焄 兒을 데리고 왓다.
2月 28日에 山西 裵成玉이가 冊을 가지고 왓는데 1日에 다시 갓다고.
成英이는 明日 入學式에 參席키 {위해} 今日 準備해 갓다.
成樂 成傑을 데리고 桑田 肥培穴을 파는데 成樂이는 말없이 行方不明이다. 作業하기 실어서인데 午後에는 肥料을 헛다[흩뿌리다] 生覺하니 熱이 낫다.
成奎에서 肥料 2袋 取貸해왓다.
第一次 麥 追肥을 한바 尿素는 4袋엿다.

<1975년 3월 4일 화요일>
桑田 穴을 파고 苗木 保植[補植]도 햇다.
白康善 氏 宅에 간바 待遇가 만했다.
雇人이 업서 復複[폭폭]햇다.[94] 黃龍德을 말한데 살기 시른 사람을 勤[勸]할 必要 업다고 잘아서 말햇다.
成曉는 新田里에 妻家에 갓다고.
成康 母는 아해을 데리고 全州에 갓다고.

<1975년 3월 5일 수요일>
農園에 問喪 갓다.
終日 비는 내렷다.
丁俊峰는 품싹 3日分 2,100원 가저갓다.
白康善 氏가 2,000원 取貸해갓다.

<1975년 3월 6일 목요일>
日氣는 不順한데 鄭圭太 酒店에서 鄭鉉一 崔錫宇 丁基善 鄭圭太 李在植이 募인 中에 鄭鉉一은 말하기를 74年度 桑田用 肥料도 面 副面長 朴宗哲가 팔아먹고 昌坪里 堆肥 施償用 尿素 150袋도 팔아먹고 새마을복지회관도 120萬원에 請求者가 잇는데도 不拘하고 戶當 萬원 以上을 配當하얏으니 相當한 金額을 먹엇다고 본나 責任은 成奎가 저야 한다고 본다. 成奎는 먹지는 안햇지만 그러나 우리끼리만 알고 外方에는 알일 必要는 업다고 햇다.

<1975년 3월 7일 금요일>
이리시 주현동 부농공업사 新製品 叺織機 發明.
館驛에서 成赫을 對面한바 大德郡 鄭用相

94 '폭폭하다'는 '어떤 일이 뜻대로 되지 않아 답답하고 속이 상하다'라는 뜻이다.

집에 단여온바 桑苗代는 8月월[8月] 주고 現品은 外上으로 달아고 不良者라고 왓다고 햇다.
全州에 갈아고 機들은바[기다린바] 林德善 兒該가 直行뻐스 2040號에 치엿는데 운전사는 바로 兒을 실코 全州로 간바 바로 後車로 나와 成赫과 갗이 간바 임外과病院에 入院. 重傷은 안니고 後에 父母가 왓다.
李汀雨法律事務所에 갓다. 令監을 面會하고 2月 11日 上全키로 하고 于先 買收者에 內容通知나 내기로 하고 왓다.
館驛에 당한니 事故現場檢證한데 잘 말해 주웟다.
黃 氏에서 2萬원 밤에 貸借.

<1975년 3월 8일 토요일>
朝食에 朴仁培에 肥料代 萬원 주웟다.
金太鎬 桑苗 200株 20원식에 주웟다.
尿素 90개 大里서 運搬. 成樂이가.
朴正基가 今年에 내 집 雇人으로 온다고.
新田 斗基 査돈 宅에 孫女을 보러 갓다. 배갓査돈[바깥사돈]게서는 새터 米契한 데 가시엿다고. 안사돈과 人事하고 孫女을 첨 보니 貴여웟다.
中食을 하고 午後 4時頃에 出發한데 메누리는 陰 正月 30日에 온다고 햇다.

<1975년 3월 9일 일요일>
아침부터 비가 내렷다.
成玉에 쓰봉 노트 其他을 주웟다.
成英 學用品代 合 4,450원 주웟다.
鄭圭太 酒店에서 논바 뒷방에서는 도박을 하느라고 한참인데 寒心하드라.
梁奉俊는 고지 3叺只만 달아고 해서 주마 햇다.

<1975년 3월 10일 월요일>
梁奉俊는 債務白米 1叺을 利子만 3斗을 밧는데 못텡이 下 3斗只 7斗 5升 고지에서 3斗 除하고 4斗 5升만을 내주웟다.
成傑을 同伴해서 全州에 간는데 學食米[下宿米]을 가지고 許 生員예 갓다.
午後 1時 20分에 法院에 着하고 보니 不參者 4名이엿다. 5號 검사실에서 再調査을 밧앗다.
집에 온니 大德郡 蠶業職員 2人과 買受人 3名이 오시엿다고. 實桑田을 尺見하고 221,613本 生産豫定이라고 하고 午後 5時頃에 떠난데 成赫도 同伴햇다.
黃宗一에 萬원 借用.

<1975년 3월 11일 화요일>
全州 李汀雨 法律事務所에서 成赫을 對面코 事務長을 시켜서 訴狀을 써서 大德郡 鄭龍相 氏에 發送햇다. 그리고 忠淸南道廳 蠶業課長에 電話을 걸어 鄭龍相 桑苗業 指定을 抛棄해달아고. 理由는 鄭 氏가 違約했으니 實桑을 주지 못하겟다고 햇다.
全州에서 12時쯤 直行으로 任實에 왓다. 鄭大涉 氏을 訪問하고 洪錫仁 桑苗代을 付託한바 不在中이여 婦人에 付託하고 왓다.

해남宅 外上	2,300	
宋 氏	1,800	
택시 豫約金	3,000	以上 支出햇다.
作業服	2,000	
煙炭[煉炭] 253개 36원식	9,108	

<1975년 3월 12일 수요일>
終日 방아 찌엿다.

成康을 시켜서 新田里 메누리을 델어[데리러] 보냇다. 안사돈과 同伴해서 無事히 歸家햇다.
成曉 便에 大里 趙命基가 金 12,000원 보내왓다.

<1975년 3월 13일 목요일>
寶城宅에 간바 白米 3叺代을 代金으로 달아고.
鄭太炯을 시켜서 黃在文 子 龍德을 雇人으로 말해보라 햇든니 머슴을 살기는 사는데 딴 데는로[딴 데로는] 가지 안하겟다고.
鄭圭太 取貸金 1,250원 婦人에 會計해주웟다.
洞內 婦人들이 애기 求見하려 數 名이 단여갓다.

<1975년 3월 14일 금요일>
鄭昌律 黃龍德 桑田에 분소매95 주웟다.
밤 鄭圭太 照招介[紹介]로 黃龍德을 今年 머슴으로 두라 해서 年給 白米 11叺을 주기로 하고 先새경을 주는데 只今 1叺 5월에 1叺 주기로 햇다.

<1975년 3월 15일 토요일>
黃龍德 先새경 1叺을 成傑에 되여 주라고 付託코 大田에 成赫이와 同伴해서 갓다.
中食도 먹지 못하고 鄭用相 對한데 熱이 낫다. 할 수 없이 違約金만 내 것이 15萬 成赫 30萬원을 바기로 하고 10余[餘] 日 後에 다시 만나서 倭任狀[委任狀]을 밧기로 하고 내려왓다.
許 生員에 온니 밤 10時.

95 똥오줌으로 만든 거름.

<1975년 3월 16일 일요일>
成吉 집을 訪問한바 起工式을 한다고 해서 現場에 갓다. 德津驛前인데 場所는 흡족치는 못햇다.
任實에 갓다. 鄭大涉 氏 相面 洪錫仁와 對面코 桑苗代을 내라 한니 할 수 없다고 3萬원 주드라.
館驛에 當한니 成曉가 왓다. 全州에 正順 故母[姑母]을 맛나주요 하기에 全州에 갓다. 寶光堂에 들이여 金 25仟원 貸借해서 正順에 주고 每事을 (人事關係) 付託코 任實에 直行해 鄭大涉 氏을 다시 面會하고 다시 人事關係을 付託햇다.

<1975년 3월 17일 월요일>
任實 權仁錫 氏에 桑木 300株 보내주웟다.
羊牛을 交背[交配]하려 한바 柯亭 舟川 大里을 居處스나[거쳤으나] 許事[虛事]엿다.
夕陽에 黃龍德 入家. 約 10餘 名이 同席 夕食을 갗이 햇다.
자근메누리와 不安이 잇는 듯.
吳鎭燮 朴正基는 下加 하주집에서 白米 現金 도적해서 道路 上에서 들키여 도망첫다고. 正基는 부들이여 支署로 連行햇다고 들엇다.
黃龍德 入家.

<1975년 3월 18일 화요일>
約 40名을 動員해서 實桑苗 屈取한바 早期에 끝내고 麥踏足[보리밟기]햇다.
耕云機[耕耘機]로 노타리 作業.
郡 山林係員이 왓다. 第三次 새마을사업 實施에 對하야 만이 協助을 要求햇다.
成傑 便에 全州 成奉 個人指導費 5,000 用金 1,000원을 보내주웟다.

<1975년 3월 19일 수요일>
春麥 播種하는데 가랑비는 終日 내렷다.
里民는 새마을事業한다고 動員는 되엿지만 如意치 못한 形便. 郡職員은 協助을 要求.
겨우 春麥은 끝이 낫다.

<1975년 3월 20일 목요일>
成康 內外와 同伴해서 伊西面 査도宅[사돈댁]을 禮訪햇다. 査돈 內外分이 人事을 햇다. 中食을 맞이고 尹如松 집을 찾앗다. 다시 歸路인데 査돈은 집에 단여가사자고 하기에 바로 나온데 旅비 1仟원을 주웟다. 晩春에쯤 招請하겟다고 한니 受諾햇다.
全州 成吉 집을 단여서 왓다.

<1975년 3월 21일 금요일>
靑云洞 李瑛斗에서 堆肥 萬원에 買受하고 卽時 牛車로 運搬햇는데 約 10車쯤. 後野에 龍德을 시켜서 散布햇다.
任實面 程月里에서 權仁錫 招介로 文 氏가 桑木을 사려 왓다. 400本을 세여주고 4,000원을 밧앗다.
夏至甘諸[夏至甘藷] 2叺을 市場에 보낸바 斗當 400원식.

<1975년 3월 22일 토요일>
德津中學校 學父兄總會 參席次 2時에 學校에 간바 擔任先生은 宋 氏인데 會議는 無期延期라고. 成奉 成績을 보니 겨우 70點인바 全高는 어려울 듯이라고 햇다.
許 生員 宅을 訪問하고 집에 왓다.
電氣稅 3,080원 주웟다.

<1975년 3월 23일 일요일>
新平支署에서 巡警이 왓는데 日帝 時에 滿洲에서 行方不明인데 崔德宇을 調査하려 왓다.
때 안인 籾共販한다고 叺當 9,000원식 政府에서 買上. 政治하는 之事. 今般處事는 大端 감정이 난다. 75年度 秋季에 共販이 잇다 하면 不應할는지 76年度에 3月에 한면 價格을 더 밧으니까. 參考로 잊이 안고 두고 보겟다.
74年 秋穀價 一叺當 7,000 75年 3月 穀價는 9,300 叺{當} 2,300 差異인데 不公平한 處事이다.

<1975년 3월 24일 월요일>
工場에 作業 中 구랑구 메다루가 노가서 全州에서 지여왓다. 成吉에서 金 5萬원 借金해왓다. 밤 9時까지 아다리를 냇으나 不足한 點이 만다.
成吉이는 尹鎬錫에 貳萬원 傳하라기에 傳햇다.
第二次 麥 肥培 散布.

<1975년 3월 25일 화요일>
終日 精米햇다.
夕陽 更 籾 4叺 趙命基에 保菅하고 農協 全 書記에 電話로 連絡햇다. 9,100원식.
黃宗一 取貸金 34,000원 會計 完了해주웟다.

<1975년 3월 26일 수요일>
嚴俊祥 崔完宇 移轉登記 關係 書類 捺印해서 嚴俊祥에 委任했으나 印鑑 實效期日이 2日間이여 急迫하게 되엿다.
肥料代가 31,810원이라고. 住民稅 800(成康 條 除外) 道路稅 1,800 計 2,600원 元喆에 會計햇다.
市場에 夏至甘諸 2叺 보낸바 不賣햇다고.

밤 10時頃에 成康이가 왓는데 妻가 나갓는데 여기에 안 왓나 햇다. 異常하다. 間夜에 말 업시 나간 것이 이번뿐이 안니다. 氣分이 不安햇다.

<1975년 3월 27일 목요일>
尹龍文을 시켜서 各〃 밭 장기질[쟁기질] 成樂 成傑 龍德은 거름 깔기 桑田 肥培 菅理 大里 農協倉庫 保菅 籾 4叺 運搬 人糞尿 주기. 多事햇다.
成曉 母는 어제 全州에 가서 不在中이다.
成康이는 伊西에서 戶籍沙本[戶籍抄本] 全州에서 住民登錄 全部을 居族的으로 옴기엿다.

<1975년 3월 28일 금요일>
堆肥 菅理하고 成樂 龍德은 新田里 査돈宅에 나무 실로 갓다 왓다.
統一벼 種子 甘諸 等〃 耕耘機에 실여왓다.
자근집 叔母는 藥病이 生起여 택시로 中央病院에 入院햇다.
桑田에 肥料 投入.

<1975년 3월 29일 토요일>
陰曆 2月 17日 兄任 祭祠다. 大小家 全員이 募엿지만 錫宇 內外만 不參햇다. 不良한 놈이라 햇다.
安承均 白米 3叺을 會計햇다.

<1975년 3월 30일 일요일>
昌宇에 2萬원을 주면서 結婚에 보태쓰라 햇다.
南連 氏와 寶城宅에 갓다. 田畓을 賣渡하라 한니 不應. 或 土地分配나 되지 안나 햇다.
朴京洙 小祥에 갓다.

<1975년 3월 31일 월요일>
堆肥 운반.
昌宇는 成禮 結婚에 5名만 가자고 햇다.
成康 婚姻申告을 成曉에 依賴햇다고 햇다.

<1975년 4월 1일 화요일>
嚴俊祥을 工場 앞에서 맛낫다. 鄭圭太 집으로 갓다. 寶城宅 畓을 사기로 決定한바 査兄[師兄]이 關係해주시요 햇다. 17叺 以上을 바으면[받으면] 異議 없지만 其 程度이면 봉변을 주겟다고 햇다. 俊祥은 18叺에 合하면 128叺로 結定하고 契約 作成해주웟다. 夕陽에 畓代 契約米 28叺을 檢斤해서 工場에 積財해주웟다.
成樂는 尿素 新平서 50袋 大里{에서} 내가 50袋 成樂 新平서 尿素 35袋 運搬한데 때 아닌 눈비가 내리여 日氣가 不順햇다.

<1975년 4월 2일 수요일>
成曉 母가 全州에서 왓는데 몸도 앞으고 煙炭도 없어 왓다고.
寶城 堂叔이 왓는데 今般 農地賣渡 白米 28叺을 내게 委任한다며 要求者 있으면 주라고. 움멍한 不良者로 보고 不可히 햇다.
大里 契穀(白米) 康治根 條 4叺는 哲浩에 今年 秋季에 會計하라고 햇다. 그려면 5叺 2斗.
保溫苗床用 대쪽 200個 3,400 비니루 1마기 3,200이라고 成樂이가 會議에 參席코 傳햇다.

<1975년 4월 3일 목요일>
家族기리 고초가리햇다.
統一벼種 317號 19升 기타 12升을 消毒 浸種햇다.

大里 炳基 堂叔이 昌宇 집 成禮 結婚에 答禮次 온 듯햇다.
具道植는 寶城宅 쌀 좀 달아고 {했다}. 關係치 못하겟다고 {대답했다}.

<1975년 4월 4일 금요일>
終日 家族기리 桑田에 除草作業을 햇다.
夕陽에 昌宇 집에 갓다. 페박[폐백]을 準備中이라고. 밤에 서울을 가는데 人員을 줄이자고 햇다. 첫재 食事 및 宿泊所가 問題이니 深中[愼重]히 生覺할 問題이며 旅費가 多額이 必要하다고 햇다.

<1975년 4월 5일 토요일>
桑田 肥培 菅理[管理]하고 밤 10時 40分 列車로 10名이 烏山 成禮 집에 當한니 아침 7時엿다. 朝食을 마치고 11時에 서울에 갓다. 高려禮式場에 禮을 마치고 官[館]에서 兩家 査돈과 人事을 交禮하고 作別.
正禮 집에서 夕食을 하고 밤車로 烏山에 왓다.

<1975년 4월 6일 일요일>
아침 7時 50分 列車로 新都에 내려 豆馬面 산직이 집에 갓다. 12時쯤인데 炳赫 兄弟가 왓드라.
祭祠을 맞이고 있으니 鄭用相 氏가 왓다. 理由는 桑苗을 달아고 왓다. 約 50萬 本만 準備한데 實費 程度로 6萬원을 가지고 온다고 햇다.
連山 守護者에서 5斗代 8,500원 밧고 祭軍 5名 旅비 2,500 車中費 270 德律驛[德津驛]에서 300 뻐스 150.
夕陽에 成吉 집에서 大宗中 契穀 整理한데 時間이 업서 택시비 2,000 計 5,080원 殘 3,280 成吉에 保{管}하고 왓다.

<1975년 4월 7일 월요일>
成禮 內外가 왓다.
夕陽에 鄭用相이가 訪問햇다. 다시금 桑苗을 달아고. 10日에 {온}다고 갓다.
大宗穀은 1974年 末가지 總計 14叺4升을 成奎에 保菅 整理햇다.

<1975년 4월 8일 화요일>
實桑苗 選苗作業을 시키고 全州에 成赫에 갓다. 방금 서울서 왓다고. 苗木을 選別하자고 한니 못하겠다고 하면서 絶對로 그 집에 가서 現金만 밧든니 그러지 못하면 傷處라도 낸다기에 成吉이하고 說得을 시켰으나 不應하기{에} 그러면 10日 鄭 氏가 苗木을 보려 온다니 參席하라고 왓다.
約 婦人이 20餘 名 作業을 햇다고.

<1975년 4월 9일 수요일>
實桑苗 選別. 約 婦人이 20餘 名.
全州에서 成吉 成赫이 同伴해서 왓다. 絶對로 現品은 못주겠다고 하면서 左右間 10日 오면 面談하겟다고 갓다. 成吉이도 不安한 模様이며 人象이 안 주케[좋게] 보엿다.
寶城宅은 괴롭게 白米 20餘 叺을 마기려 他人이 말하면 나는 모른다며 내게만 人便을 보내오니 뜻 업는 行爲을 하려 한다.

<1975년 4월 10일 목요일>
四仙臺에서 蠶協會議(總代).
雨天으로 李起萬 氏 自宅으로 옴기여 中食까지 兼해서 햇다. 內用은 蠶協長 認准도 뜻이 잇고 異議 없으니 不遠 發令을 밧게 하라고 河聲喆에 말햇다.

◎ 夕陽에 온니 忠南서 鄭用相 氏가 來訪. 成赫도 同席햇는데 實桑은 運搬키로 하고 代金은 1部 6萬원을 주기로 하고 殘 39萬원는 8月 30日까지 주기로 하야 自筆로 保菅證[保管證]을 밧앗다.

39萬원 中　成赫 條 26萬원
乃宇 〃 13萬원
以上과 如함

<1975년 4월 11일 금요일>
忠南 鄭用相에 實桑 約 50萬 株을 引게 引受하고 45萬원 中 1部 6萬원을 收領햇다.
成赫에 3萬원 주고 내가 3萬원 分配햇다.
任實 鄭大涉 氏을 訪問한바 洪錫仁 會計는 不遠 家屋이 買賣 中라면서 數日만 待機.
崔今石 母에 利子 5仟원 주고 苗床을 始作.

<1975년 4월 12일 토요일>
成赫 桑苗 운반. 裡里에 경운기로 단여왓다.
新田里에서 査돈총객이 왓다.
苗板 設置.
寶城宅 白米 3叺 具道植에 出庫.

<1975년 4월 13일 일요일>
아침부터 朴成洙는 仁培 牛車에 嚴俊映 耕耘機에 벼을 驛前에 운반한데 終日 不安햇다.
어제 夕陽에 柳正進이가 成洙 집에서 이야기된 듯싶다. 11日 任實로 正進이는 俊映 경운기에 실이여 任實서 搗精함을 들엇다.
此後까지 두고 보는 수박에 업다.
大里 安吉豊 氏에서 炳基 堂叔과 갗이 5萬원 取貸햇다.
郭宗燁 母親喪에 弔問햇다.

<1975년 4월 14일 월요일>
苗床에 種子 播種햇다.
春麥 肥培 菅理.

<1975년 4월 15일 화요일>
桑田에 除草濟[除草劑] 散布.
成康이는 朴成洙을 相對로 圭太 酒店에서 목을 잡고 흔들면서 사람을 無視 말아고 하면서 大衆 前에서 봉변을 無限히 주웟다고 黃在文 氏을 通해서 들엇다. 傷處만 나지 안했으면 잘 햇고 그 者가 떠난 마당에 섭〃을 사고 가다니 不幸한 놈.

<1975년 4월 16일 수요일>
寶城宅 白米 錫宇 2叺
昌宇 〃 3叺 正石 1叺
乃宇 4叺 支出한바 내 條는 6叺을 利用한 셈.
市場 간니 朴成洙가 손목을 잡고 술 한 잔 하{자}고. 不應햇든니 第二次로 다시 옷을 잡고 술 한 잔 하자고 하기에 据絶[拒絶]햇다. 途中에서 成洙 妻을 對面한바 被此[彼此] 外面해버렷다.
왕겨 2回을 任實서 운반햇다.
大里 炳基 堂叔 母 便에 安吉豊 氏에 傳해달아고 金 5萬원 傳達해주웟다.

<1975년 4월 17일 목요일>
全州 崔泰宇 집 祭祠.

堂叔	陰曆 5月 25日
매평 祖母	〃 8月 初5日

炳赫 堂叔 집

5月 初9日	오루굴 從祖母
6月 10日	從祖父

炳基 堂叔 집
正月 27日 화성할머니
병列 堂叔 집
12月 15日 안골할머니

墓祠[墓祀]	사지봉 八代祖	11月 20日 陽
	桂洞 6代祖	11月 21日
(23日로)	谷城 5代 〃	11月 22日
	門洞 高祖	11月 26日
	連山 7代	寒食日

韓南連 今日부터 作業 始作.
成曉 母 成康 母 全州에 外遊.

<1975년 4월 18일 금요일>
成樂이는 成曉 目으로 豫備軍 作業하려 간바 耕耘機는 別途로 다음에 안가면 된다고.
大里 金永善 氏 訪問하려 간바 不在中. 堂叔도 不在中.
池野 堆肥 운반.

<1975년 4월 19-20일 토, 일요일>
新平 副面長이 來訪햇다. 鄭鉉一이가 自己의 모락[모략]{을 하고} 同時에 昌坪里 肥料을 파라 먹엇다고 한다 한니 視認[是認]을 해달아기에 해주고 崔錫宇에도 간다고 갓다.
鉉一을 맛나서 內言햇든니 鉉一은 面長 副面長이 보다리을 싸가지고 와서 謝過하기 前에는 相對하지 안켓다고 햇다.
밤에 里民會議場에 간바 面長이 왓다. 會議 途中 成傑이가 싸운다고 해서 가보니 鉉一 兒을 때리서 코피가 난바 택시로 病院에 보냇다.
林澤俊 婦人는 里長 힘을 밎고 되[뒤]가 돈독하니가 그런다면서 東西로 단니면서 소리첫다. 化가 낫다. 먹둔가지[멱살]를 잡아 땅에 떠드렷다. 가라쟁이를 찌저버린다고 햇든니 덤벼들엇다. 病院에 갈 폭 잡고 때려다가 말기기에 참맛다.
아침에 鉉一 집에 갓다. 鉉一 內外分 보고 未安하다고 햇다. 嚴萬映 딸도 때릿다고 해서 未安하다고 햇다.

<1975년 4월 21일 월요일>
全州 柳允煥 女息 結婚式場에 갓다.
斗峴 堂叔을 맛나고 沙草[莎草] 말을 햇다.
大里 新婦 집에 왓다.
밤에는 錫宇 집에서 旅行의 打合을 햇다.
成奎에서 2,000원 取貸.

<1975년 4월 22일 화요일>
具道植 氏에서 3仟원 取하고 路上에서 韓正石 氏에서 3仟원 가지고 仁叔 母와 仁莫이 갗이 病院에 入院시키는데 5仟원 入金시키고 別途 壹仟원 食代 李 氏{에게} 保菅시켯다. 마음이 괴로왓다.
大里 面長 宅을 訪問한바 鄭鉉一의 要請으로 明日 23日 午前 11時에 朴鍾哲을 對面케 해달아고. 그려면 갗이 오겟다고 햇다.

<1975년 4월 23일 수요일>
아침에 鄭鉉一 집에 갓다. 아들이 全州에서 治料한다고 햇다. 于先 治料費 하라면서 5仟원 婦人에 傳해주면서 又 未安하다고 했으나 心情이 不安햇다.
12時頃에 鄭鉉一과 同伴햇서 柳鉉煥을 訪問코 契員 全員이 參席코 終日 交談도 햇지만 子息들 關係로 不安心만 느겨젓다.
夕陽까지 大里 村前에서 기드리도 朴鍾哲

氏는 不參햇다.

<1975년 4월 24일 목요일>
金鍾柱와 갗이 全州에 崔炳辰 氏 宅을 禮訪한바 外出하시고 不在中. 回路에 館驛 黃宗一 氏에서 金 萬원을 用貸코 任實 中央病院에 들이여 嚴仁英을 問病하고 明日이 退院하겟다고.
鄭大涉 氏을 面會하고 다방으로 갓다. 鄭鉉一과 朴鍾哲 事件이 論議되엿다. 乃宇 氏가 中介[仲介] 活力[活躍]해서 兩人을 和解시켜 달아고 새우 등살에 고래 등 터진다고 햇다. 新平面에서 正 副面長을 同席하고 和解키로 햇다.
그러나 朴鍾哲 氏 말은 全部을 除해도 思想關係만 해도 前 南勞堂[南勞黨]에 加入햇으니가 햇다.

<1975년 4월 25일 금요일>
아침에 鄭鉉一 相面하고 今日 午後 8時 30分에 面長 舍宅에 面談키로 約束하고 成苑 便에 書面을 보냇다.
◎ 種籾 浸種햇다.
全州에 崔炳辰 宅을 禮訪한바 會社에 게신다고 해 갓다. 中食을 갗이 하고 成康 件는 此後로 미루고 九耳面 堂叔을 訪問햇다.
뻐스로 任實 中央病院에 갓다. 嚴萬映 婦人이 入院室에 잇는데 다리가 날이 갈수록 더한다고 햇다. 그러면서 病院을 옴겻으면 햇다. 院長任게 그런 말을 햇든니 不安케 生覺하고 仁英이를 들오라고 해서 澈氏[徹底]히 調査하고는 주사기로 감정해도 異常이 업다고 햇다.
病院을 옴기는데 全州 韓外課[韓外科]라고 햇다. 院長任은 新民堂[新民黨] 病院인데 햇다.

<1975년 4월 26일 토요일>
새벽부터 내린 비는 아침 終日 내려 洪水가 流水엿다.
午後 6時에 鄭鉉一을 데리고 大里 面長 宅에 갓다. 副面長은 不在中이나 面長이 代行한다면서 보나마나 다름업다면서 完全이 和해는 되나 不遠 里民總會가 된데 會席에서 鉉一은 解明을 하라고 햇다.
成奎는 里長職을 辭任햇다면서 里民總會에서 指定토록 要求햇다.
成康 母 生日이라고 中食을 햇다.
보광당 金相建이 卽接[直接] 運轉하고 메누리를 데려왓다.

<1975년 4월 27일 일요일>
자근메누리가 서울을 간다고 成康이는 말하고 職場을 마련하기 {위해서}라고 햇다.
任實 中央病院에 갓다. 助手 李 氏을 相面코 意思을 무른바 아침에 五樹에서 嚴萬映이 電話가 왓는데 未安한니 退院하라고 그래서 택시로 退院시켯다{고}. 治料비는 全額이 24,300 中 9,300 入金 條을 除하고 15,000 殘으으로 하고 食代 500까지 會計햇다. 不安한 마음 禁할 길 없다.
成愼 成允이 단여갓다.

<1975년 4월 28일 월요일>
午前에는 苗板 設置.
午後에는 비가 내리는데 밤중까지.
錫宇 집에서는 明日 七星稧員이 外遊한데 먹을 飯食을 장만. 夕陽에 가자기에 간바 보기도 실은 柳正進이 나타나기에 마음이 不安햇다. 旅行을 가드래도 우리 契員이

行動如何를 念頭햇다가 外人과 相違 없이 흉을 볼 사람으로 본다. 橾心[操心]할 人物이다.

<1975년 4월 29일 화요일>
아침 5時 列車로 出發 河東驛에 到着한니 8時쯤이다. 빼스로 南海大橋에 갓다. 朝食을 簡單히 맞이고 錦山寺에 갓다. 午後 4時 40分에 택시로 晋州까지 17,000원에 오바[온바] 夕陽 7時. 旅館에 들여 1泊햇다.

<1975년 4월 30일 수요일>
7時에 起床해서 矗石樓에 갓다. 두루 求見하다 簡單히 朝食을 맞이고 10時 40分 直行으로 海印寺로 直行햇다. 現地에 當한니 2時쯤이엿다. 山川을 살펴보니 옛 模樣이 낫다.
5時 15分 車로 出發해서 居昌 산내 咸陽 南原에 온니 10時쯤. 走步[徒步]로 南原驛에 왓다. 休息할 새 업시 普通 急行列車로 任實驛에 着한니 10時 30分. 태시[택시]로 집에 온니 11時 30分이엿다.
돈 내고 고생하고 그 지랄.

<1975년 5월 1일 목요일>
本署 搜查課長 崔 刑査[刑事] 班長이 왓다. 龍隱峙에서 電線을 切取[截取]해갓다고 搜查次 왓다고. 잠시 멈추는데 술 한 잔 待接햇다.
任實에 白米 6叺을 耕耘機에 실여 보내고 (3叺는 昌宇) 任實에 갓다.
中央病院에 外上 15,000 주고 黃宗一 10,700 주고 崔今石 母 5,000 주고 왓다.

<·975년 5월 2일 금요일>
새벽부터 내린 비는 終日 내렷다.
昌宇에 萬원 取貸金 傳해주웟다.
錫宇 昌宇 宰澤 成赫이가 단여갓다.
重宇 昌宇 龍德 錫宇을 시켜서 明日 沙草用 떼를 뜨려 보냇다.
終日 讀書. 舍郎[舍廊]에서.

<1975년 5월 3일 토요일>
大里 曾祖父 山所 沙草햇다. 大里民 7, 8名 오시엿다. 成吉 兄弟만 參席치 안햇다.
中食을 炳基 堂叔 宅에서 맞이고 炳赫 堂叔과 祭物代金을 會計한바
祭物이 12,000
鄭龍萬 治下金 1,000
堂叔 旅비 600
計 13,600원 들엇다고. 代 白米로 計算한면 約 8斗쯤.

<1975년 5월 4일 일요일>
束綿[束錦]契員 內外 同伴해서 求禮 하엄사[화엄사] 천은사를 當日 求鏡하고 왓다.
柳玄煥 內外가 不參햇다.
旅費는 契穀利로 간바 郭宗燁 16,000 崔龍鎬 10,000 計 26,000 가지고 간바 不足할 번햇다. 崔龍鎬와 李相云 婦人과 言爭한바 其 理由는 契穀 不足으로 본다.
任正三에 電話로 外祖母任 祭祠에 參席코 今日은 訪問을 못하겟다고 햇다.

<1975년 5월 5일 월요일>
親睦契 會議日인데 有司는 鄭鉉一 嚴俊祥이라고. 나는 不參햇다.
張判同이 來訪. 서울에 寶城宅을 모시고 오시든지 그려치 못하면 倭任狀[委任狀]

을 맏아주시요 해서 旅비 五仟을 가지고 出發. 富川에 到着한바 午後 3時 30分이엿다. 早束[早速]히 가보니 寶城 堂叔 父子이 旣히 任實로 出發햇드라. 中食을 먹고 서울에 온니 8時 10分 全州行 高束[高速]을 타게 되엿다. 全州에 온니 11時 20分. 택시로 집에 온니 12時 30分이엿다.

<1975년 5월 6일 화요일>
오날 3日째 旅行길이엿다. 雜契라 하여 男女 50餘 名이 송이산[속리산]에 뻐스貸切로 갓다. 문장대을 너처서[거쳐서] 밤에 집에 온니 10時엿다. 몸이 고되서 조치 못햇다.
柳正進 內外을 보니 물위에 기름 뜨듯이 各〃 자리가 되드라.

<1975년 5월 7일 수요일>
鉉宇는 鄕次하고 堂叔만 오시엿다. 土地賣渡代金 165萬원을 어제 嚴俊峰에서 會計햇다고 햇다. 付託한 50萬원을 手票로 밧앗다. 殘는 鉉宇가 서울로 가지고 갓다고 햇다. 白米 28叺 保管 中 2叺 本人이 가저가고 1叺는 治下로 줄 터이니 秋季에 25叺만 會計하라고 햇다.
夕陽에 面長이 成康 집에 왓다. 今夜에 里民總會을 간{다}고 新 里長을 選出하겟다고. 그러{나} 나는 會席에 不參햇다. 錫宇{가} 말한바 不應햇다.

<1975년 5월 8일 목요일>
外祖母任 祭祠엿다.
◎ 어제 밤 꿈에 어머니는 소복을 하고 모른 女子 3人을 데리고 집에 오시엿다.
郡 農協 50萬원 出金해왓다.
任實驛前 韓文錫 債務 232,000원 償還해주웟다.
具道植 3,000 取貸金
尹鎬錫 5,000 〃 〃
崔錫宇 30,000 月 五分利로.
崔完宇 16,500 白米 1叺代로 借.
건너 술집 1,000 取貸金 計 55,500 成樂 便에 주고 求禮로 갓다.
△ 外家집에 간바 족카 3兄弟는 他出[出他]하고 兄嫂만 게신데 우리 兄弟가 가고 보니 多幸으로 生覺코 祭祠을 모시엿다.

<1975년 5월 9일 금요일>
食後에 10時쯤 昌宇와 同伴해서 華嚴寺에 갓다. 두루〃 돌아보고 中食을 寺內에서 사먹엇다.
1時쯤 出發해서 途中에서 只沙 鎭鎬 집을 訪問하고 侄女와 同伴해서 山西로 갓다. 衣농을 求鏡하고 2筆에 6萬원 決定하고 집에 온니 9時쯤 되엿다.

<1975년 5월 10일 토요일>
蠶具 洗濯을 햇다.
寶城宅이 光州에서 오셧는데 松汀驛前에 成東을 面會하고 金 500원을 주고 왓다고 해서 消息은 들엇다.
夕陽에 順天 {당숙께} 白米 2叺 4斗을 傳해 주고 書字 내게 保管 關係를 區分別로 저거 준데
白米 25叺 條
白米 10叺 私債
金 50萬원 以上을 確認해주고 耕耘機로 白米 2叺 精麥 1叺을 館村에 運搬해드렷다.
山西에서 농을 실고 왓다.

<1975년 5월 11일 일요일>
아침에 鄭九福 債務 46,600 清算 崔今石 10萬원 1,700원 清算 完了해주웟다.
蠶具 整備 上簇 正選[精選]햇다.
昌宇 瑛斗 氏가 단여갓다.
日曜日라 아해들도 테레비 보로 왓다.

<1975년 5월 12일 월요일>
成玉 便에 學費 7,500원 주워 通學列車에 보냇다.
錫宇가 왓다. 今日 개 잡고 놀자고 햇다.
圭太을 路上에서 對面한바 서울 간다고. 내의 生覺은 달앗다.
完宇 개을 9,500원에 잡앗다고. 錫宇 집에서 終日 먹고 놀앗다.
들에 단니면서 보도 求鏡하고 苗代[苗垈]을 보니 잉검이96가 찌엿다.

<1975년 5월 13일 화요일>
구름이 찌고 비가 올 듯하다.
錫宇는 面長 招請해서 面에 간다고.
終日 비는 내린데 麥類에 被害가 있을 듯.
舍郎에서 讀書하고 잇는 中 成赫이 왓는데 15日에 서울로 移居한다고.
林澤俊 氏가 雨中에 왓다. 이웃에서 게가리 한다면서 親舊間에 서운해서 왓다고 술 한 잔 먹자고 內外分이 왓다. 女는 門外에서 기드리고 있엇다. 가서 보니 장사 한 분이 만코 李道植內外만 他人으로 보왓다. 4月 20日頃에 澤俊 婦人을 때린바 잇는데 未安한 生覺에서 온 듯햇다.
雨中에 錫宇가 面長을 接見하고 왓다고 왓다. 發令狀을 提示햇다. 잘해보라 햇다.

<1975년 5월 14일 수요일>
12時頃 全州에 갓다. 금암國民學校 成愼 擔任先生을 面談한바 成績이 不良햇다고. 金 封投[封套] 하나 주면서 手苦해주시요 햇다.
成允 擔任 女先生을 面會한바 시키면 잘하겟다고 하면서 변도[도시락] 가지고 와서 學校에 나마 하는 것이 종타고[좋다고] 해서 又 封投 하나 주웟다.
德律[德津]中學校 成奉 擔任先生을 面會한바 成績이 조금 나사젓다{고}는 하나 더 熱心이 해야 한다고. 金 封投 하나 너주면서 付託햇다.
成吉을 德律서 對面하고 成赫 집에 갓다. 移事[移徙]한 데 보태라고 金 封投 하나 주고 보니 喜捨金으로 萬원이 支出 되엿다.
館村驛前에 黃龍德 結婚한데 夕陽에 들이여 祝賀金으로 又 封投 하나 주고 왓다.
全州에 廉東根을 相面한바 水稻 本畓用 肥料 外上貸付 中止令이 下命되엿다고.
孫周喆 局長을 相面코 不遠 電話가 假設한니 그리 알아고 햇다.

<1975년 5월 15일 목요일>
10時 列車로 書道 桂壽里 祭室에 갓다. 案件는 派潽[派譜]만 하기로 하고 單錢는 此後에 豫算書와 갗이 通知하기로 하고 代議員에 任員이 되엿다.
求禮에서 寫眞이 왓다.

<1975년 5월 16일 금요일>
終日 놈[몸]이 좆이를 안햇다. 年齡이 들은지 昨年보다 달아진 듯십다.
苗床 피사리를 시켯다.
舍郎에 누웟다가 夕陽에야 起床햇다.

96 모판에 끼는 이끼.

<1975년 5월 17일 토요일>
蠶室 蠶具 消毒 實施햇다.
家事 整備하고 午後에는 피사리를 한데 들에 맨 멱소[염소]가 異常이 있어 南連 氏을 데려다 보니 체엿다고 해서 침을 준바 숨이 젓다.
林長煥을 시켜 게{가}리한바 밤에 募인 사람이 約 20名. 갗이 1部 먹엇다. 새기는 에미를 찻는라고 소리를 지른데 딱한 生覺이 들엇다.

<1975년 5월 18일 일요일>
午前부터 비가 내리기 始作.
갱변에는 4원[월] 8日이라고 他處에서 만은 사람이 募엿는데 다시 歸家하는데 模樣이 안되엿드라.
苗板에 施肥햇다.
午後에는 養老院에서 談話하고 놀앗다.
成玉에 成英 夏服代 5,000 주워 보냇다.

<1975년 5월 19일 월요일>
養蠶 間子을 매고 있으니 成樂이는 梁春植 元浩와 갗이 술만 먹고 퍼저 잠만 잔니 寒心한 마음 禁할 바 없다. 成樂이는 高等敎育이라도 맞인 놈{인데} 엇더란 職業 없이 無異[無爲]와로 놀고 있으니 제의 또래 中 自願해서 軍에도 入隊한 사람이 만한데 그도 生覺조차도 안하고 晝夜로 잠자고 있으니 딱한 形便이로다.
◎ 夕陽에 韓文錫 氏에서 金 9萬원 가지고 왓다.
밤에 집에 온니 成樂이는 테리비 앞에서 보고 있으니 又 熱이 낫다.

<1975년 5월 20일 화요일>
鄭泰燮 債務을 計算하오니 5개월 併利해서 72,000원 圭太 便 會計해주웟다.
終日 圭太 벼부터 방아 찌엿다.
成樂시켜서 成奎 水畓 노타리을 시켯다.
午後에는 煙炭을 100개 운반햇다.
邑內 洪錫仁 氏에서 편지가 왓는데 桑苗代 20日 會計한단 사람이 又 延期햇다고 왔으니 믿을 사람 없다.

<1975년 5월 21일 수요일>
任實驛前 韓文錫 氏에서 3萬원을 가지고 長水 山西面 농갑 參萬원을 婦人에 주면서 殘金은 6月 末日 보내줄 터이니 그리 알아고 햇다.
途中 崔基宇 舍宅을 訪問하고 中食을 햇다.
途中에 寧川 崔鎭鎬 집을 訪問햇다.
任實 邑內 鄭大涉 氏 宅 訪問코 洪 氏 會計關係을 打合하고 洪氏 宅을 訪問하고 婦人에 付託코 왓다.
金鍾哲 油店에 들이여 會計을 計算하고 경유 6드람 石油 2드람 모비루 1초롱 揮發油 1초롱 計 141,300원을 此後에 주기로 하야 外上으로 운반키로 햇다. 其中 경유 6드람은 前番에 운반해왓다.
稚蠶 7枚을 가저왓다.

<1975년 5월 22일 목요일>
成樂을 시켜서 任實 油類店에서 石油 2드람 揮發油 모비루 세멘 2袋 等을 실코 왓다.
養老員[養老院]에 招請해서 단여왓는데 金 五百원을 繕物햇다.
黃基滿 氏가 工場에서 對面하고 말을 하는데 20日 서울을 단여왓는데 成官이를 데려다 주고 왓는데 理由는 알고 보니 成官이

가 林長煥 孫子이고 내가 헛수고 할 필요 업서 데려다 주고 왓는데 成燁 母에게 말햇든니 말하지 안코 成燁 보고 雙童이가 너의 아버지라면서 그럴 수 잇나 햇다고. 雙童이는 職場에서 물어나고 成燁 집에서 누워 먹으면서 고기 밥 술까지 대접 바드면서 잘 못하면 成燁 母는 때려 마지면서 處女 招介햇지만 강짜한 통에 其 處女는 不安中에 있으며 오히려 成燁 母가 하루을 떠려지〃 안하고 있고 얼굴도 쭈굴한 妻弟 연이 그럴 수 잇나 하고 내게 원정햇다.

<1975년 5월 23일 금요일>97

午前에는 精麥하고 午後에는 白康善 氏와 木메다루 改造하고 金太鎬는 工場에 倉庫 修善[修繕]햇다. 成樂는 돌 시려고[실었고]. 鄭圭太가 工場에 왓다. 洞內에 나락 多少 잇는데 싹을 덜 밧고 찌여주라고. 丁基善이는 買上을 할가 하드라고. 약고도 어리석은 基善이라 놈으로 본다. 鄭圭太을 招介 너서 그런 드려운 行爲을 하드라.

<1975년 5월 24일 토요일>

同窓會員에 召集通報 案內狀 發送햇다.

<1975년 5월 25일 일요일>

崔錫宇 新 里長을 路上에서 對面한바 조금 뵙시다 햇다. 理由는 今日 丁基善을 맛낫는데 明日 日曜日인데 川邊에서라도 몇 親友가 募여서 親睦을 改新하기 위해서 1日 놀자고 要請햇다고 하기에 還迎[歡迎]한다고 햇다. 本人도 여려 가지로 生覺한바 어심이 不安한 듯시프다고 본다. 鄭鉉一 말에 依하면 基善이가 今般 成奎 事件도 제게 同助[同調] 안한가 오히려 내게 서운타고 할 것이다고 햇다. 金哲浩 面長 집에서 오는 途中이엿다. 그려면 丁基善 그 者가 時局 下에서 國民團合 防害者[妨害者]로서 思想도 異心이 든다.

驛前 韓文錫 金 3萬원을 주고 갓다.

金太鎬 終日 工場 공굴 햇다.

성봉 成玉이가 왓다. 7,300 주웟다.

成康 妻母 外 1人이 단여갓고 全州 보강당[보광당] 金相建 氏 子이 단여갓다.

<1975년 5월 26일 월요일>

成樂 苗板 農藥 散布. 잉거미가 찌여서.

崔元喆 便에 20萬원 條 共濟金[控除金] 4仟원을 面 農協에 傳해주웟다.

明日 靑云洞에서 논다고 하기에 탁주 2斗을 바닷는데 鄭圭太 말에 依하면 他人이 보리 畿[幾] 叺을 준다고 한 사람이 잇는데 그럴 수 잇나고 햇다고 하는데 인색한 놈이면 가장 不良한 놈들이라고 생각햇다. 보리 脫作 안 해도 조타는 生覺이다.

大宗中 許 議員 推薦되엿다고 通文이 왓다.

夕陽에 7{時} 20分 列車로 桂壽里에 갓다. 祭客[祭閣]에서 食事을 하고 炳文 氏 宅에 갓다. 炳烈 氏도 오시여 여가기로[여러 가지로] 相議햇다.

<1975년 5월 27일 화요일>

아침 朝食을 炳烈 氏 宅에서 맟이고 宗契所로 成五 氏와 同伴햇서 갓다.

12時 경이 된니 許 議員 20餘 名으로 3名이 不參으로 多數가 參席햇다. 滔規부터 製定[制定]하고 다음에는 部署을 選出한

97 24일 일기 아래 '23일분'으로 표시되어 있는 것을 날짜에 맞춰 이곳으로 옮겼다.

데 宗派 선동派 區分的인 便派的[偏頗的] 인 行動의 눈치가 보엿다. 多幸히 내가 全衛[前衛]委員 五名 中 1人이 되여서 炳烈 氏를 推천한바 副都有司에 當選이 되고 聖賢 氏가 正有司이고 總務에는 成海 氏가 (종파집) 成五가(선동파) 財務가 當選되엿다. 그려면 宗派에 2名 선동派에서 2名식 各 其他 任員까지도 암배[안배]식으로 公正히 投票가 되엿다고 呼稱햇다.
메누리 便에 寶光堂에서 時計 學生用 9仟원에 外上으로 가저왓다.

<1975년 5월 28일 수요일>
뽕이 不足할가 豫備하기 爲하야 南連 氏을 맛나고 上關 朴 氏 뽕을 말햇든니 다 죽은 누예가 사라낫다고 한니 異常이 들엇다.
全州 李汀雨法律事務所에 들여 成傑 事件을 問議햇다.
德律[德津] 成吉 侄을 찾아고 5萬원 要求햇든니 于先 15,000원만 가지고 35,000원는 30日 주기로 햇다.
금암동 成奉 집에 갓다. 成允을 맛나고 洪川宅을 맛나서 김치거리 이발요 수도세 1切 1,700원을 주고 왓다.
靑云洞에 갓다. 夕陽에 몃 사람을 맛나고 어제 未安하다고 햇다. 창피하지만 營業을 하고 보니 그럴 수도 잇다.

<1975년 5월 29일 목요일>
林長煥을 맛낫다. 開發會議에 參한바 某人이 里長 文書檢閱해보자고 햇다고 말햇다. 엇던 놈의 子息이 그런 소리햇는지 몰아도 面長이 文書檢閱 할 수는 있어도 里民으로써는 權利가 업다고 해주라고 햇다.
終日 精米햇다. 今春에는 다 찐 듯십다.

孫女 百日인데 成曉 妻母 同婿[同壻] 家族 外人 1行해서 兒童 10餘 人이 왓다. 繕物은 金반지 1개 백금반지 1개 衣服 잠 재운 것 等〃 孫女에 屬한 物品을 多品으로 가저왓다. 中食을 끝내고 3時쯤 되니 떠낫다.

<1975년 5월 30일 금요일>
新平農協에서 里 肥料 110袋을 運搬햇다.
元泉里에서 中食을 한바 李 巡警이 食事代을 냇는데 未安햇다.
肥料 外上貸付
복합 24袋
尿素 12袋
硫安 5〃
重過石 4 〃 計 49袋을 外{上} 契約햇다.
鹽加里 4.
메누리을 시켜서 館村에 장보기하려 보낸바 犬와 갗이 갓는데 犬가 오지 안햇다. 괴롭다.

<1975년 5월 31일 토요일>
脫穀機을 驛前에서 修理하라고 付託코 館村支署에 간바 犬는 우리 것이 안고[아니고] 다시 알아보니 新德에서 電話가 온바 우리 것이 분명. 뻐스로 가보니 確實햇다. 新德支署長은 理由는 不問하고 가저가라 햇다. 不良者는 本人이 잇지만 그러겟다고 뻐스에 실코 왓다.
장사한 男女가 논다고 해서 招請하기에 효주 1병을 보내고 參席햇다.
明日 同窓會日인데 犬 16,000원에 사서 주웟다.
밤에 成東이가 잠시 단이려 왓다.

<1975년 6월 1일 일요일>
15回 同窓會을 招集한바 11名 參席. 朴公熙 申東鎬 金範濬 申東周 崔東煥 金點童 朴泰珍 崔寅喆 金哲浩 金台煥 崔乃宇. 多情하게 談話도 하고 終日 논바 崔寅喆만는 不平者가 되여 注目이 갓다. 基本金 2仟원 會비 壹仟원 해서 1部 收金額은 19,500원 인데 基本金 2仟 條는 會長이 月 1分5釐로 해서 保管하고 不參한 會員는 書信을 내고 다음는 會長이 卽接 禮訪코 收金하기로 決議을 햇다. 日但[一旦] 基金 中에서 崔寅喆 昨年 有司 費用不足을 補充해주기로 하고 3仟원을 除外한 다음 今般 會費 基金 參仟원은 낸 것으로 햇다.
大里 哲浩 집에서 募여 한 잔식 하고 驛前에서 다시 한 잔 하고 作別햇다.
總 收金額은 19,500. 別紙에 綴理햇다.

<1975년 6월 2일 월요일>
마음이 괴롭다.
成康 內外가 不安하야 家化[家禍] 生起여 잇는데 或 어린애가 成康 子息으로 誤認한 듯십다고. 成康이는 職業도 없으니가 不平도 하고 못 살겟다고. 못 살면 가는 게 至當타고 본다.
本畓用 肥料 複合 24袋 硫安 5袋 尿素 12袋 重石 4 鹽加 4袋 計 49袋을 耕耘機에 運搬해왓다.
鄭榮植 午後에 갓다.

<1975년 6월 3일 화요일>
아침에 南連 氏가 왓다. 해장술 한 잔 하자고. 아마 딸기를 파라주웟든니 그런 듯싶다.
兒該들 授業料를 못주웟다고 햇든니 2萬원을 빌여주드라. 딸 今子 便에 成英 授業料 13,500원을 주워 보냇다.
嚴俊映과 同伴해서 本畓用 114 中 111袋 운반(硫安 3袋가 업고) 내가 52袋 운반햇다.
◎ 75년 初移秧. 丁俊浩 氏 고지인데 우리 家族기로[가족끼리] 심고 本人 俊浩 氏만 參席햇다.

<1975년 6월 4일 수요일>
아침부터 비는 내렷는데 만은 비는 안이다.
成曉는 몸이 不平해서 延日[連日] 出勤을 못하고 잇는데 藥을 써도 잘 밧지 안는다.
今年 8月에 契金 20萬원 찻고 10萬 條 炳列 氏 關係도 約間[若干] 不足해서 못 드린다고 햇다.
午後부터 내린 비는 暴雨가 내려 村前 보리는 全部 쓰려트렷는데 春麥는 아가웁기[아깝기] 限이 업드라.
龍德 俊浩는 今日까지 모내기을 햇다.
비는 밤에가지 게속햇다.

<1975년 6월 5일 목요일>
구름만 찌여 作業하기는 適當햇다.
終日 늣게가지 뽕나무 가지치기 또 운반까지 햇다. 뽕이 不足하게 되여 工場에 李充載 氏에 付託코 明日 오라 햇다.
夕陽에 成苑 母子이 왓다. 成苑은 新平面으로 發令이 나고 成曉는 어렵다고 햇다.
成康 內外는 또 言爭이 난데 듯자 한니 못 살겟다고 친정으로 간다고. 가는 것은 조치만 家門이 羞恥가 안닌가 싶다. 行勢가 分明한 집안에서 데려와야지 眞心으로 느겻다. 못 배워온 집안{인} 듯싶다.

<1975년 6월 6일 금요일>
工場에서 1日分 700k 21,000 程度. 午後부

터 뽕은 따기 시작.
任實 鄭大燮 氏가 面談 要請. 人便에 傳해 왓다. 夕陽에 任實에 갓다. 理由는 成曉 人事問題인데 全州 崔貞順에서 五萬원을 받지 안는 누치[눈치]이오니 卽接 本人에 무러서 誤該[誤解] 업도록 返還토록 하라고 햇다. 그러나 成曉 人事關係는 不遠이온데 大涉 氏와는 親密한 之間이오니 내 탁게트 3萬원자리를 가저갓으니 하나 사주시요 햇다. 應答햇다.
生覺하면 不足하오니 3萬원 더 주시요 하는 뜻으로 본다.

<1975년 6월 7일 토요일>
케리야 蠶工場에서 뽕을 삿다. k當 30원식 하기로 한바 1相子[箱子]는 約 30餘 k이진만 24k 豫算해서 計算하라고. 大端히 고맙게 生覺햇다.
桑木 春伐도 끗이 낫다.
元喆 苗板에 4列즘 肥培 管理을 햇는데 肥料代와 種子代는 주기로 햇다.
成曉는 進級移動을 抛棄하겟다고 햇다. 그려면 6萬원을 드려노왓는데 어굴치 안나 햇다.

<1975년 6월 8일 일요일>
新平에서 肥料 55袋 운반햇다.
金膳權 氏(前 里長)을 農協에서 맛나자 반갑다면서 술 한 잔 먹자 해서 應.
蠶센타에서 只今現在 47相子 中 錫宇가 4相子 抱合[包含]으로 안다.
午後부터는 上蔟[上簇]하기 始作. 대단히 밥앗다.
丁俊浩 氏에서 몀소새기 引受햇다. 그런데 母羊은 다시 飼育해겟다고 햇다.

<1975년 6월 9일 월요일>
上簇하다 보니 上簇具가 못지래서[모자라서] 弟의 집에서 50개 가저왓다. 午前 中에 上簇은 끗이 낫는데 靑云 婦人 2名 8,400원 治下[致賀] 400 해서 8,800원 會計해드렷다. 新德 兒該도 7,200원 주원 보내면서 가울에 또 오라고 햇다.
午後에 農協에서 精麥 17叺 운반햇다. 其中 내 精麥 1叺인데 6,500원만 주고 殘 550원 남기엿다.
大里에 온니 郭在燁 崔宗燮 崔炳基 氏을 面會.
驛前에서 耕耘機 모비루 갈기 脫穀機 修理 운반햇다.

<1975년 6월 10일 화요일>
崔南連 氏에서 15,000원 取貸 鄭圭太 便에서 鉉一 氏에 萬원 取貸 成玉 授業料 10,300원 주웟다.
뽕갑을 會計한바 40,710원.
夕陽에 大里에서 鉉宇가 傳한데 再從수(基宇 妻)가 別世햇다고 왓다. 大小家에 일〃이 단이면서 專[傳]햇다.
농번기에 晝夜 多事한 時期에 成康 成植 其他 他人 몇〃이 자치기 하는 것을 보니 熱이 낫다. 환장할 {일}이다고 햇든니 풀엿으나 30餘 歲가 不遠인 놈들이 그려한니 마음이 괴로왓다.

<1975년 6월 11일 수요일>
會社 뽕代을 計算. 約 4萬700원이라고. 大端히 빗산 뽕이다.
보리 베기 始作. 成康이도 보리 베라고 햇든니 兒該들하고 자치기 하는 품을 보니 寒心스럽드라.

<1975년 6월 12일 목요일>
出喪을 하게 되엿다. 예수式으로 擧行하게 되엿다. 葬地는 德谷 後山이엿다.
午前 中 埋葬을 끝내고 正午에는 家族끼리 基宇 立場을 打合한바 兒該들 2名은 祖母가 맛기로 하고 나머지 兒해는 自活키로 하고 基宇 舒山[瑞山]98에 勤務키로 하고 日後에 妻가 生起면 다시 合産키로 決議햇다.
夕陽에 메누리는 新田里에서 왓다.

<1975년 6월 13일 금요일>
안에서는 잠견 따기.
못텡이 장기질 하면서 龍山野에서 물대기 햇다. 밤에는 黃 生員 金太鎬와 갗이 보리 가리를 햇다.
成樂는 무슨 試驗을 본다고 들엇는데 밤에 밤旅비 2仟원말[2仟원만] 달아기에 주웟다. 14日 通學車로 간다고.

<1975년 6월 14일 토요일>
누예고치 땃다.
午後 4時에 新平으로 販賣하려 갓다. 成康는 2枚에 146,000원 내 것은 320,000. 多幸으로 生覺햇다.
叺子 150枚 180원식 外上으로 가저왓다.
우리 것은 5枚에 321,574.

<1975년 6월 15일 일요일>
못텡이 고지 모심는데 俊浩 4名 奉俊 4名 8名이 移秧을 맞이엿다.
食事는 成康 집에서 햇다.
成康이는 잠견 2枚에 146,000인데 잘 써보라 햇다. 사나子息이 게집 마음대로 家政[家庭]을 끄려가니 寒心하다.
成玉 便에 成奉 授業料 10,500 보냇다.

<1975년 6월 16일 월요일>
보리 베라고 에제[어제] 成康 內外에 당부햇든니 오날 婦人 同伴해서 全州에 갓다 하니 마음 괴롭다.
◎ 金進映 叺 30枚 5,400원 밧고 내주웟다.
못텡이 보리 베기.
메누리는 더우를 먹엇다고 누웟다.
보리 베는 데 協力해주웟다.
밤에 金太鎬 보리 脫作. 今年産는 처음이엿다.
成曉에 저견代 15萬원 引受햇다.

<1975년 6월 17일 화요일>
새벽부터 가랑비가 내려 終日.
崔今石 집 債金 6萬원을 婦人에 주웟다.
成樂 便에 工場 뽕갑 4萬원 보내주웟다.
丁基善 借金 25,500 成樂 便에 보내주웟다.

<1975년 6월 18일 수요일>
家族 四名이 苗板 모내기한바 午前 中이 걸이엿다.
全州에서 成吉 侄婦가 왓는데 아마 債務關係로 온 성싶다.
夕陽에 丁俊浩을 맛나서 모내기 人夫 6名만 사주기로 하야 5仟원 주면서 陰 5月 14日 移秧해주기로 햇다.
밤에 成康 집에 간바 成康 內外는 왓다 갓다 온 行先地는 말 안 해도 서울 간 성싶엇다. 成康나 밥은[바쁜] 時期에 就職處를 購[求]하려 단니다면서 不良하면 누예고초 판 돈 가지고 視光[觀光]하려 다닌다는 것은 있을 수 업다. 차라리 內外間에 나가

---

98 충남 서산으로 추정된다.

서 사라보라. 이제는 食糧 도라 나무 도라 돈 도라 旅費 도라 1切 必要 업으니 네의 살임 네가 이제부터라도 해보라. 네가 안니면 네의 母 苦生 안니시키겟는데 네로 依해서 苦生시킨다고 햇다.

<1975년 6월 19일 목요일>
朝食床에서 黃龍德은 어제 밤 11時頃에 成傑는 나가시 택시로 全州에 가다면서 말햇다고 아마 서울로 가는 模樣이라고 햇다.
밤에 白康善 氏 脫麥한바 2時쯤 되엿다.

<1975년 6월 20일 금요일>
金進映 脫麥
完宇 〃
崔今石 脫作하다 비가와 未決햇다.

<1975년 6월 21일 토요일>
黃在文 氏 先金 2仟원 주웟다.
成曉 全州 病院비 15,000.
成康 母을 任實 保健所에서 病을 確認하려 왓는데 消毒도 하고 마이싱 몃 개 주고 갓다.
脫作은 今石 道植 氏. 밤에는 崔元喆. 3時쯤 끝이 난 듯햇다.

<1975년 6월 22일 일요일>
進映 脫作한바 20叺인데 第一 農事을 잘 지엿드라.
李正延 李起榮 脫作 밤에가지 햇다.
몸이 異常햇다.

<1975년 6월 23일 월요일>
못텡이 移種한데 午後부터 비가 내려 移種을 못햇다.
李正勳 脫作.
全州에서 成奉이가 왓다. 母가 病이 나서 보려 왓는데 올아고[오라고] 햇다고. 마음이 조치 안햇다. 或時나 주지나[죽지나] 안을라 生覺이 낫다.

<1975년 6월 24일 화요일>
아침에 支署 李 巡警이 왓다.
成曉는 每日 治料한데 3仟원식 든다.
아침에 崔南連 35,000원 鄭圭太 取貸金 萬원 外上代 萬원 주웟다.
山西에서 농갑을 바드라 와서 3萬원 주고 會計 끝냇다.
成康 母를 全州 姜內課病院[姜內科病院]에 入院시켯는데 約 四萬원을 定入하라고 해서 바로 네려왓다. 으사 선생은 술을 禁하라고.

<1975년 6월 25일 수요일>
病院에 點禮을 보냇다. 成曉도 治料費 5,500원 가지고 午前에 病院에 갓다.
몸이 좋이 못한데 成樂이는 어제 나가서 안 들어왓다. 왈고 보니 宋成用 氏 집에서 只今것 잠자고 잇다고. 間밤에 술 처먹고 왓다고 들엇다.
朴仁培 못텡이 脫作햇다.
成曉는 11時頃에 全州에서 왓다. 2日次 治料 및 링게루를 맛는데 成苑이 新平面에서 來往하면서 母를 看護해준다고 햇다.

<1975년 6월 26일 목요일>
成樂이는 驛前에서 麥 脫作한데 雜夫로 1人 데려온다고. 不應햇다.
工場에서 古叺 멍석을 꾸맨데 몸이 不安햇다. 아침부터 가랑비는 내린데 보리 때문이

도 마음이 不安햇다. 成曉 母도 午後부터 病席에 누웟다. 엽친 데 덥치 式로다.
寶城 堂叔이 보리 베로 午前 늣게 {오셨는데} 午後는 終日 해주시엿다.
成康 봄보리는 겨우 베고 묵고 끝이 낫다.

<1975년 6월 27일 금요일>
보리 묵어 운반타 비가 내려 中止햇다.
梁奉俊 脫作. 午後에는 牟光浩 脫作하다 비로 依하야 中止햇다.
밭 매는데 婦人 4名이 왓다고 햇다.
里長에 稚蠶 種子代 30,210원 會計 完了햇다.

<1975년 6월 28일 토요일>
村前 成康 移秧日이다. 아침에 늣게사 논에 나오니 마음이 괴로왓다. 里長에서 肥料 갓다 해라 한니 그양 심겠소 햇다. 苗床에 피를 뽑고 심머라 햇드니 그양 심겟다고 햇다. 내 논 苗床에 苗를 쩟습엇스면 하시만 功勞가 만이 먹은 苗床이고 成康이는 봄내 피 하{나} 뽑지 안코 統一벼 苗도 우리가 다 뽀바서 심머 주웟는데 이제는 못 주웟다.
龍德을 시켜서 비로도 헛처주고 成樂이는 苗도 들여다 주고 先일을 해주라 햇든니 다 가서 볼 일 보라고 보냇다. 그러면 다른 일 하라고 龍德을 시켯다.
大里 李點用에 7月 2日 移秧하자고 햇다.
移秧 人夫과 갗이 野에서 中食 中 成康이는 妻에 말하기를 건너 食口 올앗 것 업고 우리 갈 것 업다고 한데 할 말이 있으나 人夫들 體面 대문에 못 들은 뒷하고 바맞[밥맛]이 떠러저 집으로 왓다. 못 배운 不良한 놈인데 父母는 만히 善導핫겟만 結婚하고는 제 妻만 爲注[爲主]로 한니 將來가 괴롭다.

<1975년 6월 29일 일요일>
새벽 4時 30分까지 脫作햇다.
鄭玄珠 梁奉俊 崔炳柱 氏 脫作 朴京洙 脫作 丁九福 脫作 丁基善 泰洙 春植을 시켜서 春麥은 운반해왓다. 兩 메누리 內外들은 母 病院 問病次 上全햇다.
嚴柱安을 面會코 苗을 付託한바 10餘 두력 承諾햇다.

<1975년 6월 30일 월요일>
李道植氏에서 金 6仟원 取貸.
工場에서 本人 脫麥한바 約 17叺쯤 脫穀하다 夕陽에 비가 내려 中止햇다.
成樂이는 金太鎬 脫麥햇다.

<1975년 7월 1일 화요일>
모내기 人夫 14名이 動員되엿다. 도장배미 4.5斗只 배답 3斗只 計 7斗 8升只을 移秧한데 밤 8時에 끝이 낫다. 苗가 不足햇는데 앞으로 1斗只가량 不足할 듯.
밤에 南連 氏에 車비 500원을 {주}워서 上關에 보냇다.

<1975년 7월 2일 수요일>
아침 5時에 金鉉珠가 왓다. 今日 絶對 脫作하자고 하기에 確答하고 바로 機械을 옴기엿다. 成樂이게 맛기고 집에 온니 大里 고지 모 심으로 왓다.
柯亭里에 苗을 購[求]하려 갓다. 苗는 5斗只用이 잇는데 12時까지 기드{리}라기에 바로 왓다.
野에서 中食을 맞이고 집에 온니 安正權 崔成植 父子 嚴仁子 母子 梁春植 李泰洙

崔元鎬가 마루에서 中食을 먹는데 메누리 立場이 難處해 보엿다. 實은 공일은 조금도 해주지 안코 食事 時가 된니 募여든다는 것은 良心에 어긋난 짓이라 안이 할 수 없다.
金玄珠 脫作 始作 21叺 金正石 4叺.

<1975년 7월 3일 목요일>
成樂는 金昌圭 脫作하려 갓다. 나는 工場에서 우리 脫麥하면서 他人의 脫麥까지 햇다. 하도 목이 말아서 먹걸이 한 잔 집에서 하면서 他人 보고는 먹지 못한다고만 宣傳하고 他人 술은 1切히 禁햇다.
夕陽에 靑云洞에서 昌圭 稅 19斗 밧앗다.
途中 鄭九福 脫作을 하고 보니 새벽 4時엿다.
尹鎬錫 氏에서 參仟원 取貸햇다.
入院 中인 成康 母를 보려 하면 之事가 만해서 10餘 日채 못갓다.

<1975년 7월 4일 금요일>
黃基滿 脫麥을 아침부터 始作.
全州에 갈 豫定이다.
病院에 들으니 成曉가 미리 와있엇다. 他人에서 6萬원 取해 가지고 왓다고. 治料費만 7萬원인데 前條 3萬원 除하고 4萬원 支拂햇다고. 客費까지 하면 約 12萬원 들엇다고 햇다. 보강당 自家用으로 온데 油類代 2仟원 주웟다고 햇다.
崔南連 氏 脫麥 밤에 하다가 베에랑이 깨서 驛前에서 고치다 보니 날이 샛다. 잠시 作業하다 보니 비가 내려 中止햇다.

<1975년 7월 5일 토요일>
全州에 原動機 附屬을 사려 갓다.
아침부터 내린 비는 終日 내렷다. 多幸히 어제 우리 脫作은 끝이 나 雨中에 不安은 더럿다.

<1975년 7월 6일 일요일>
어제 밤부터 내린 비는 今日 終日까지 내려 大洪水가 내렷다. 培畓 5斗只이는 是防[堤防]이 20餘 발이 무너저 尺事을 삿다.
工場에서 東根을 시켜서 修理햇다.
南連 龍德을 시켜서 보리대 處理作業.
成熙 便에 金 五仟원 學用品代로 全州에 보낸데 成曉에서 貸納해 주웟다.

<1975년 7월 7일 월요일>
錫宇는 重宇 便에 叺子 20枚 外上으로 出庫해갓다.
仁川에서 鉉宇가 편지를 보냇는데 成傑가 그곳에 잇다고. 職場을 求하지 못하고 잇다고. 그리고 成康이도 職場을 付託한 模樣인데 1日 12時間 勤務하고 月 3萬원 빼스라고 햇다. 마음이 맞이 안타. 夕陽에 其 편지을 成苑 便에 보내주웟다.

<1975년 7월 8일 화요일>
丁基善에서 五仟원 取貸햇다.
午後에 崔南連 氏 脫麥하다가 元動機[原動機]가 異常이 生起엿다. 成樂이 보고 菅理不足이라고 하고 抛棄햇다.
二次 本畓用 肥料代 30,300이라고.
牟光浩 집에서 벰술을 먹은는지 허리가 좀 異常한 듯햇다.

<1975년 7월 9일 수요일>
새벽 4時 30分에 驛前 李德石 工場을 찾앗다. 道具 一切을 準備해서 뜨더보니 헷도

박깅이 터젓다. 任實로 自轉車로 商會에 갓다. 박깅 800원에 사고 組立햇든니 도라 갓다.
成樂이는 12時가 되여도 나타나지 안햇다. 갖이 하면 便利하지만 高校을 卒業한 놈이 일한 것도 조케 보이지 안코 親友라고 하는 놈도 그럭저럭한 놈하고 親하오니 人象이 좃이 못하게 보인다.
龍德이는 몸이 아프다고 午後에 本家로 갓다.
裵永植 8斗
南連 稅麥 12斗 入
元喆 〃 4斗 入
昌宇 四叺인데 無償으로.

<1975년 7월 10일 목요일>
柳文京 母 外上代 4,040원 會計햇다.
李道植氏 取貸金 6,000원 工場에서 會計햇다.
夏穀買上 21叺 大里 共販場으로 보냇다. 成康 條 6叺도 따로 보냇다.
靑云 金在玉 脫麥하다 비로 依해서 未決치고 왓다.
아침에 鄭圭太에서 韓文錫 條 5萬원 引受햇다.
成康 6叺 買上 別途로 31,956원 合計 27叺 共販햇다. 3叺當 麥糠 1叺式 준다고 햇다.

<1975년 7월 11일 금요일>
里長 錫宇에 肥料代 里 雜種金 住民稅 지붕改良 年負金[年賦金] 3,300원 等〃 해서 全額 36,970원을 會計 完了해서 끝냇다.
成康이는 서울 鉉宇 집에 간다고 왓다. 너는 나하고 相議할 것 업다면서 네 일 네 아라서 實行하라 햇다. 成植이도 간다고. 바로 鉉宇에 편지를 띠엿다. 事由는 成康이가 苦生하려 간다니 要求할 時는 物品 全品[金品]간에 1切 据絶하라고 당부엿다.
밤에 成樂 便에 14,300원 人夫賃 傳햇다.

<1975년 7월 12일 토요일>
비 오는데 全州 湖南商會에 갓다. 뿌레 16으로 交贊[交替]하고 前條 外上을 따지니 3萬원이엿다.
午後에 精米 精麥을 밤에까지 햇다.
처만니 金在玉 집에 간니 밤 12時엿다. 脫麥하려.

<1975년 7월 13일 일요일>
安承均 氏 脫麥.
德律中學校[德津中學校]에서 成奉 成績表가 왓는데 平均點 46點. 마음이 괴로왓다. 직석에서 편지를 쓰는데 불양한 놈아 공부 중지하고 집에 내려오는데 만약 아비가 죽으면 네 놈의 兄弟로 고민하다 죽은 것으로 알아라 햇다.

<1975년 7월 14일 월요일>
瑛斗 氏 4叺
承均 氏 25叺
靑云洞 脫麥 昌律 3叺
完宇 7叺
里에서 夏穀 共販한다고. 作石한니 13叺.
面長 檢査員을 面會.
鄭圭太 崔太燮 脫麥.

<1975년 7월 15일 화요일>
具道植하고 是非을 햇다. 不良한 놈이라면서. 婦人도 왓는데 참무라 햇다. 自己가 自請해서 脫麥해달아고 하고서 嚴俊映애다 脫作한니 熱이 낫다.

午後에는 新平 金雄業 氏 招請으로 母親 回甲宴下 갓다. 술이 취햇다.
못텡이 고지 매고 午後에는 桑田 除草햇다.

<1975년 7월 16일 수요일>
메누리 시켜서 任實에 보내 장보기를 해왓다.
가랑비는 내린데 終日 방아 찌엿다.
尹錫 母 還甲日 招待해서 단여왓다.
成康이 쌀방이 찌여 1叺 실코 衣服 그릇 其他을 가지고 內外가 서울로 떠낫다.
付託은 돈 벌고 고생도 해보고 客地 가서 돈 보내라 食糧 보내라 親척집에나 가서 依託할 터이면 아이 갈 피[필요] 엇다고[없다고] 햇다.

<1975년 7월 17일 목요일>
아침에 成苑에서 夏穀收納 殘額 10,000원 入金. 買上 11叺햇는데 63,681원을 成苑便에 農協에 預金하라고 보냇다.
靑云洞 金正柱 金二柱 脫麥.
夏穀買上으로 面長 外 1人이 왓다. 그러나 里長은 接待할지 안코 우리 집에서만 接待을 한니 無理한 行爲라고 본다.
그려면 累計 113,581원이 累積이다.

<1975년 7월 18일 금요일>
李順宰 脫麥. 金宗出 李正進까{지} 세 집을 햇다.
午前 中에는 精麥.
金進映에서 스레트 一枚 가저왓는데 6尺.

<1975년 7월 19일 토요일>
終日 精麥햇다.
靑云洞 脫麥. 金正石 金泰圭로 해서 끝이 낫다.
耕耘機 修繕하고 밤에 왓다.
尹鎬錫 氏 取貸金 參仟원 밤에 會計해드렷다.

<1975년 7월 20일 일요일>
嚴炳柱 氏가 來訪햇다. 移轉登記의 件이엿다.
金太鎬는 今日까지 7日間 作業햇다.
崔錫宇에서 5仟원 둘여왓다.
韓南連은 도벌 방천 말햇다고 찔어 먹는다고 黃龍德이가 專햇다.
밤{에} 찻지니 업드라.

<1975년 7월 21일 월요일>
보리를 乾櫟[乾燥]하려 한바 구름이 끼엿다.
丁俊浩는 午前만 일하고는 간단 말 없이 갓다.
錫宇 脫作하는데 成樂이는 어제 午後에 간 놈이 오지 안니해서 成傑가 手苦햇다.
밤에 成傑 보비[보리] 脫作한데 12時가 넘고 해서 今日로 脫麥은 끝이 낫다.
韓南連이는 午後에 들어왓다.

<1975년 7월 22일 화요일>
李存燁 氏가 단여갓다. 25日로 미루고.
보리 말이기.
밤에 脫麥稅 累計을 매{기}니 農곡稅까지 50叺 3斗이 되엿다. 그려면 約 100좀 買上은 할 성십다.

<1975년 7월 23일 수요일>
買上穀 作石햇다.

<1975년 7월 24일 목요일>
昌坪 창고에서 夏곡 共販. 50叺을 買上하고 7叺는 成傑 條로 共販햇다.
午後에는 大里로 16叺 보냇는데 合해서 73叺을 햇고 總計 124叺을 햇다. 오는 길에 成樂이는 尿素 50袋을 실고 왓다.
成康이는 복망염[복막염]으로 서울서 電報가 왓다고. 不良한 놈이라고 生覺이다.
金京浩 8仟원 借用해갓다. 會費 1部 萬원 주웟다.

<1975년 7월 25일 금요일>
大里에서 尿素 50袋 搬入햇다. 崔今石에서 取貸 尿素 1袋 現場에서 引渡해주웟다. 11袋는 내 配定量으로 가저왓다.
못텡이 人夫 7名이 除草作業. 午後에는 水畓에 肥料를 散布한데 勞苦햇다.
밤에 喪家에 갓다. 平澤에서 申鍾鉉이가 왓다. 人事 後에 酒席에서 文炯基 말을이 낫다. 炯基와 京培 間에 뜻이 나분 것은 京培 結婚 時에 婚主가 丁基善로 請諜狀[請牒狀]을 낸 것이 不安햇고 其他 等〃으로 그랫다고 말햇다.

<1975년 7월 26일 토요일>
복잡한데 京浩 氏가 萬원 要求해서 주웟다.
安承均 喪家에 갓다.
終日 비는 나린데 休息햇다.
大里 郭道燁 炳基 當淑[堂叔]이 來訪햇는데 里 堆肥 사러 왓는데 成奎는 헐갑에는 못 팔겟다고.

<1975년 7월 27일 일요일>
成康 水畓 除草. 丁俊浩가 고지로.
아침에 大里에 가서 肥料 운반햇다.
全州에서 成吉이가 來訪햇다. 債務을 計算하니 509,000 程度이엿다.
成曉는 몸이 좋이 안해서 大里에서 補藥 10첩을 지여왓다.

<1975년 7월 28일 월요일>
비는 終日 내렷다.
아침에 安承均 氏 喪制 宅에서 招請해서 朝飯햇다.
舍郎에서 休息 中인데 全州 李存燁 氏 婦人이 오시엿다. 15萬원 工場 修理費 未淸算金 中 1部 10萬원만 支拂하고 殘은 8月 15日頃으로 미루웟다.

<1975년 7월 29일 화요일>
새벽에 斗流 入口에서 間諜이 나타낫다고 해서 豫備軍 全員이 動員되 軍警이 召集合되엿다.
午後에는 全州 成吉 집을 訪問하고 債務을 整理한바 全額이 50萬4,400 倂利해서 成奉 條로 2,000원 해서 506,400을 會計한데 286,400원을 會計하고 殘 22萬원 殘高로 햇다. 그런데 利息은 全額 5分利로 밧는데 大端히 高利드라. 그려면서 未安하다면서 1仟원 빼준데 망상하다[망설이다] 밧앗다.
成奉이는 今夜부터 成吉 집으로 下宿을 옴기고 約 四 個月만 手苦해달아면서 月 5斗식 주기로 햇다.

<1975년 7월 30일 수요일>
田畓邊에 돌아보왓다.
밤에 成康이가 왓는데 事由도 물어보기 실엇다.
崔南連 氏을 맛나서 寶城宅 稅田을 打合하고 白米 3叺만 今秋에 주라고 햇다.

地方豫備軍 夕食을 우리 집에서 12名을 해주웟다.

<1975년 7월 31일 목요일>
寶城宅 移事짐을 耕耘機에 실여다 館村에서 富川으로 託送햇다.
終日 精麥햇다.
夕陽에 鄭圭太 酒店에 간바 林長煥 氏는 今日 오수에서 崔泰宇을 맛낫는데 중날 林野을 팔아달아면서 가지치기 벌목을 하면 몃 짐 나야 하기에 約 200짐 난다고 햇다고. 짐당 500원식 달아고 株當 100원엇치는 나온다고 햇다고.
鄭圭太는 林野을 招介하겟다고 하기에 某人야 한바 嚴俊祥이라고 하기에 그려면 별뜻이 업다고 햇다.
成康이는 어려서부터 不良하게 자라낫는데 只今까{지} 마음이 올치 못하고 잘 먹고 잘 입고 勞動과 人力은 하지 안코 지내고 돈은 벌지도 않이 하면서 쓰기는 잘 쓰라고 또 쓰고 잇고 妻子을 求해주면 잘 살는지 햇든니 그것도 同一人이 되여 勞動은 하지 안코 잇든니 이제 內外가 서울 客地로 떠나든니 10日쯤 되니 內外가 협작하야 공갈로 복망염으로 病院에 入院햇으니 五萬원만 가저고 오라고 전보를 첫으니 그려 흉포한 놈이 또 있르라. 아무 반응이 없으{니}가 할 수 없이 한 뼘쯤 된 낫작을 압세워 집에 왓다. 물코 답변하기 거북해서 外面햇다.
그리고 거짓말만 하고 보광당 외사[외상] 韓정옥 外上도 내 외상 더려웃게[더럽게] 어지려 노코 갓다. 라지오방도 外上이 있는 듯. 不良한 놈. 다시는 꿈에도 보일가 걱정이다.

<1975년 8월 1일 금요일>
工場에서 精麥 中 成康이는 간다고 하기에 잘 가라 햇든니 金 五萬원 안 주야겟소 하기에 내 것은 못 주고 네의 條 夏곡 7叺 買上한 돈 가저가라고 42,000원 農協서 出金해다가 館村驛에서 주면서 다시는 집에 오지 말고 죽어도 面談하지 말자고 말해서 보냇다.
農協에서 114,000원 出金해서 外上 叺子代 27,000 驛前 鐵工所 外上代 21,700 鄭경석 外上代 23,000원 주고 8,300 殘高로 두고 왓다.

<1975년 8월 2일 토요일>
成樂이는 今日 5日채 行方不明이다.
成傑을 데리고 農藥을 散布한데 機械가 不安全해서 3, 4次 고처도 不活用되여 終日 不安햇다. 처음 한니 몸이 좃이 못햇다. 外上갑 人夫賃을 주워야 한데 일푼이 없어 괴롭다.

<1975년 8월 3일 일요일>
農藥을 散布하려 간바 中間 故章[故障]이 나서 할 수 없이 메고 南原에 갓다. 修理{비}도 업는데 黃宗一에서 萬원 들어서 갓다.
成奉을 시켜 全州 成吉에서 2萬원 가저왓다.
鄭宰澤을 맛나고 會計는 8月 末로 延期해 달아고 햇다.
夕陽에 農藥하려 간바 다시 故章이 나서 心境이 날카로{와}젓다.

<1975년 8월 4일 월요일>
아침에 柳文京 母 外上代 2,630 支出. 鄭圭太 煙炭代 700개 12,000원 支出햇다.
工場에서 脫麥. 進映 在文 氏 것. 今年 夏

麥은 일로 끝이 낫다.
農藥을 散布하려 간바 又 가다 中止해서 不得已 驛前에 갓다. 李德石을 시켜서 修理케 햇다.
黃宗一에서 萬원 가저왓다. 炳基 堂叔을 맛나고.

<1975년 8월 5일 화요일>
人夫賃 7,650원 中 崔文巖 白康善 賃金을 除하고 5,250원만 成傑 便에 散布해주웟다.
終日 農藥 散布을 햇다.
今日은 噴霧機[噴霧器]가 말을 잘 듯는 便이다.
韓南連은 어제 오날 兩日을 休息햇다.
夕陽에는 베야링이 깨저 驛前에 보냇다.
成康 집 되야지가 莫舍[幕舍]을 나왓서 우리 집으로 옴기엿다. 約 7, 80斤 以上쯤 되겟다.

<1975년 8월 6일 수요일>
噴霧器 修理次 驛前에 갓다. 附屬品을 사려 全州에 갓다. 全體을 가저오면 修理해 주겟다고. 驛前에 잇다 보니 아는 사람을 맛나 술을 먹게 되니 오래 있을 데가 못된다고 햇다.
尹南龍을 맛나서 自轉車 1臺을 말한니 28,500원. 外上으로 1臺 달아고 햇다.
湖南商會에서 (全州) 金剛노라 1組 外上으로 가저온데 9,500원이라고 햇다.
驛前에서 韓南連에 개고기갑 3,000원 保管金 700원 計 3,700원인데 300원이 더 갓다.

<1975년 8월 7일 목요일>
昨年에 成奎 管理 田에다 古草[苦草, 고추] 및 산두을 간 것이 古草는 家用햇다. 그래서 被麥[皮麥] 2叺을 되여주고 稅도 없이 찌여주웟다.
昌宇가 방아 찌로 왓는데 말하기를 錫宇가 간사하고 으지짠한 놈이라고. 理由는 嚴俊峰이 하고 서로 죄면하다 이제 里長 하면서는 俊峰 집에 자조 來往하면서 잘 보와주게 그리고 살여주소 그리고 丁基善 집을 빈번히 來往하면서 鄭鉉一 집 來往하면서 그 사람들 시키는 대로 里政을 하고 이번에도 서울 가면서 嚴俊峰에 文書을 맛기면서 업는 동안 잘 봐주게 하고 떠낫다고. 형수하고는 수年을 죄면하면서.
午後에 農藥 散布한바 4日 만에 第二次 散布가 끝이 낫는데 噴霧機 고장으로 依해서 엿다.

<1975년 8월 8일 금요일 陰 7月 2日 兄수 生日>
雇人 黃龍德은 3日째 病中이라고 오지 안코 잇다.
驛前 尹南龍에서 自轉車 28仟원에 外上으로 가저왓다.
大里에 가서 李點龍 氏을 시켜서 黃宗一 取貸金 11,000원을 주라고 맥기엿다.
中途에서 支署長을 맛나고 金 貳仟원을 주웟다. 本署 署長이 治安局에 敎育 간다고 沈參模가 山主을 때렷다고 婦人이 訟訴하려 간다고 들엇다.
밤에 漢南이하고 成曉가 술 마시면{서} 여려 소리 하기에 거절햇다.

<1975년 8월 9일 토요일>
一. 午前에 任實 洪錫仁 氏 訪問코 桑苗代 1部 20萬원 받고 殘 18萬원은 秋蠶共販 時에 주겟다고 해서 承諾햇다.

二. 鄭大涉 氏 交際費 成曉 條 3萬원을 주면서 12日 水曜日에 맛나기로 햇다. 婦人에 수박 2개을 사서 너주고 왓다.
三. 任實 注油所 金鍾哲 氏 딸에 油代 141,300원 中 10萬원 주고 41,300원 殘으로 햇다.
四. 驛前 韓正玉 外上代 18,680
〃 金雨澤 〃 4,000
今日現在로 會計 完了해주엇다.
全州에 가서 뽀이도 삿는데 外産인지 구산[국산]인지가 의문視햇다.

<1975년 8월 10일 일요일>
裵永植 4日품 3,000원 成傑 便에 주웟다.
丁基善 取貸金 5,000원 아침에 주웟다.
북골 장구목에 泰宇 村野 및 풀갓을 둘여보려 갓다. 가보니 枝葉은 旣히 다 처가고 1部 잇고 풀은 드무려서 하기가 難處.
日曜日이라 各處에서 避暑하려 와서 女子들이 모욕하다 물에 빠젓는데 건저내서 車에 실고 가는 것을 보왓다.
韓南連 成傑을 시켜서 못텡이 農藥 散布햇다.

<1975년 8월 11일 월요일>
방아 찟고 午後에는 成傑 韓南連을 시켜서 農藥散布 又 機械가 故障을 이르켯다고.
任實에서 石油 2드람 外上으로 14,900원식 가저왓다.
伯母 祭祠이다. 全州에서 成吉{과} 侄 범이도 왓다. 前條 五仟원도 가저왓다.
밤에 錫宇가 와서 明日 肥料 실어오라고.

<1975년 8월 12일 화요일>
成傑에 방아를 맛기고 耕耘機을 몰고 新平農協에서 肥料 46袋 圭太 15袋 又 3袋 유{안} 1袋 計 65袋을 운반한데 複雜햇다.
夕陽에 모욕하고 오는데 들멀에서 白東基가 電氣로 고기 잡다 죽엇다고. 가서 보니 죽엇는데 父母는 살아날가 기드려리고 잇엇{다}. 틀엿다고 하고 李正延을 시켜서 支署에 申告햇다.
成吉에서 五仟원 入金햇다.

<1975년 8월 13일 수요일>
七夕日라고 韓南連 黃龍德은 休息햇다.
支署에서 現場檢證하려 왓다.
終日 舍郎에서 休息하고 新聞 讀書만 햇다.
해남댁이 술을 바다 가고 와 大里 炳基 堂叔 關係만 말햇다.

<1975년 8월 14일 목요일>
票峙[栗峙]로 草刈하려 갓다. 大里 李點用 고지로 人夫 8名을 주기로 하야 今日 4名이 왓다. 梁奉俊 外 2人 해서 7名이 한바 3回 운반햇다.
밤에 成赫 成奎가 왓다. 成赫이는 成康이 말을 냇다. 마음이 괴로왓다. 그 삼람[사람]을 타치 말아고 당부햇다. 子息들이 잘못인지 父母가 잘못이 인지 區別 못하고 이제는 寒心한 生覺만 든다.

<1975년 8월 15일 금요일>
오날도 7名 人夫와 갗이 草刈한데 3回을 운반{했는}데 手足이 不平햇다. 어제 밤 氣分이 납부드니 今日 眠鏡[眼境]을 7仟원 잘이 일고[잃고] 경운기도 2次을 처박엇다.
大里 李點用 고지 條 8名은 끝이 낫다.
成奎 妻 장조 母가 別世햇다고 明日 弔問하겟다고.

<1975년 8월 16일 토요일>
龍德은 서울 妻 차지로 간다고. 5仟원 주웟다. 牟潤植에서 2萬원 借用햇다.
아침에 들으니 兄수가 밤에 落傷을 햇다고. 가서 보니 全州로 탯시에 成赫이가 모시엿다.
水月 사돈宅에 弔問하고. 成奎와 同伴햇다.
任實에 들여서 朴東燁 宅에 弔問하고 鄭大涉 宅을 訪問햇다.
집에 온니 韓南連 成傑은 農藥하다 고장이 나서 中止햇다고.
舍郎에 成曉 母가 왓다. 韓 生員을 보고 무어라 햇나고 하기에 그려지 안햇다고 하니 成曉는 한 생원 하고 2, 3次 불으기에 成曉 왓나 햇다. 오다기에 제 아비는 밥 먹으라 하지 안코 한 생원이 第一나 햇다. 그대사 제 어미 말 듯고 와서 食事하시요 햇다. 마음이 괴로왓다. 父子之間에 멀이 하려 한니 또 슬퍼젓다.

<1975년 8월 17일 일요일>
李順宰 機械을 利用해서 農藥散布을 終日 햇다.
鄭敬錫에서 農藥 10벼[병] 중 500원만 入金하고 햇다.
雇人 黃龍德을 서울을 단여왓는데 妻는 보지도 못햇는데 눈치는 그 집에 잇는 듯하야 外叔을 두고 왓다고. 그려나 오드래도 밋지 못한다는 것이다. 그려나 놋게사[늦게야] 고용사리하려 온 사람이 妻 關係 病中 豫備{軍}訓練 其他 여려 가지로 家事에 支章이 만타.

<1975년 8월 18일 월요일>
무더운 날시다.
아침 食事 中에 龍德이는 말하기를 아푸로 몇칠 일을 못하겟다고. 理由 즉 妻子을 차자보겟다고. 그려면 차라리 손을 떼라 그래야 딴 사람을 두겟다 그리고 自身이 生覺해 보소 햇다. 訓練한다고 수 차 빠지고 病中이라고 빠지고 結婚한다고 빠지고 新田里 妻家에 간다고 빠지고 妻가 家出햇으니 서울 간다고 빠지고 이제는 몇칠 차자보겟다고 그러니 그렬 테면 그만 두라고 하면서 妻가 그것뿐이야 다시 언을 수 잇지 안나 하고 父母게도 말하고 잘 生覺해서 3人이 相議해서 그만 두라 햇다.

<1975년 8월 19일 화요일>
終日 精麥햇다.
雇人는(龍德) 오날까지 4日間 빠젓으나 앞으로 멧칠 갈는{지} 으문시하다. 年中에도 農藥 한 번 散布한 적도 없다. 父母도 主人에 對한 未安한 감 엇시 지내며 소 깔 한 줌 비여다 준 적도 업다. 良心 不良한 사람.

<1975년 8월 20일 수요일>
精麥機가 베야링이 깨지고 해서 任實에 가서 修善햇다.
朴判基 常務가 會費 받으려 왓는데 못주웟다.
夕食을 맞이고 成奎와 갗이 밤 7時 40分 빠스로 成吉에 祖父 內外分 祭祠에 參禮햇다.
任實에서 某人을 맛낫는데 神經病에는 엉거구[엉겅퀴]가 제일이라고. 좀피나무가 又 第一이고.

<1975년 8월 21일 목요일>
朝食을 成吉 집에서 하고 8. 40分 列車로 오는데 往復車費을 成奎가 負擔햇다.
陰 7月 15日 伯仲日다.

里 會議한다고 모종에 갓다. 成奎 풉 件을 打合한바 成奎에 포기한다고 햇다.
韓南連은 今日이 1個月이라고 햇다.
◎ 밤에 成東이가 休家[休暇]하고 왓다.

<1975년 8월 22일 금요일>
鄭九福에서 萬원 借用해왓다.
韓正玉에서 효주 1箱子을 靑云에 보내고 其後에 담배 5甲을 가지고 가보니 男女가 募엿는데 李南振 집에서 페을 기치드라.
鄭柱相이 招請해서 가보니 嚴俊峰하고 合同으로 班員을 待接.
◎ 金今龍 집에 갓든니 崔錫宇 成奎도 잇는데 錫宇는 말하기를 어제 밤에 威脅的으로 鄭鉉一 나오라 죽여버리겟다{고 햇다고}. 理由는 兒該들이 里 堆肥을 갓다 불을 질엇다고 햇고 昨年에 新德서 草刈할 때 풀은 200원어치 하고 먹기는 500원엇치나 먹엇다고 公席에서 公開한 感情인 듯싶다면서 侵入 兒童은 成傑 安永模 嚴大熙 裵永善 其他가 侵入햇는데 成傑하고 嚴大熙는 아무 말 하지 안코 물어갔으나 永模 永善이는 끝내 버티드라고.

<1975년 8월 23일 토요일>
成英는 今日 開學.
아침에 秋蠶 5枚 工場도 掃立해왓다.
成東이는 오날부터 作業을 始作.
이삭 肥料을 햇다.
裵永善 金宗연는 밤에 梁奉俊 딸 자는데 드려갓다고. 어린 것이 不良한 짓을 햇다고.
終日 精麥햇다.

<1975년 8월 24일 일요일>
成樂을 데리고 館村에 스레트를 사러 갓다.
金東旭 氏 門前인데 鉉基을 맛나 페를 끼첫다. 스레트는 51,000 中 41,000원 주고 萬원 在로 하고 왓다.
精麥機가 異常이 있어 任實에 가서 修理한바 手苦費는 밧지 안트라.
組立을 해보니 맛찬가지다.

<1975년 8월 25일 월요일>
아침에 다시 精麥機을 再組立한바 잘 되엿다.
精麥 終日 햇다.
스레트을 이다 1枚 不足해서 成奎에서 1枚 取貸햇다.
崔瑛斗 氏에서 金 5萬원 借用햇다.
오날 黃用德이는 서울서 驛前에 왓다는데 雇人살이는 뜻이 없다고 生覺이다.

<1975년 8월 26일 화요일>
堆肥製造(풀 썰기)햇다. 精麥도 햇다.
金進映 鄭圭太가 是非한데 異常點이 만햇다.
풀 썰기 한데 成東 成傑 成樂 南連 永植가 動員되엿다.
成曉가 館村 스레트代 殘金 萬원을 屛巖里 崔경예 便에 보냇다고 왓다.
어먼니 祭祠 {祭}物代로 成曉에서 金 萬원 밧앗는데 殘高額은 5萬원 程度라고 햇다.

<1975년 8월 27일 수요일>
成傑 事件 訟判日이다.
午後 2時에 法庭에 到着햇는데 3時쯤 始作한바 呼名을 하고 不參者 2名에게 구속令狀을 發付할 터이니 日後 通知하면 出頭하라고.
許 生員 宅을 訪問하고 孫孟鎭 氏 宅을 우

연히 訪問케 되여 竹製品 3개을 사가지고 왓다.
驛前 생선장수 外上代 2仟원을 주고 왓다.

<1975년 8월 28일 목요일>
아침에 黃龍德는 約 15日 만에 왓다. 妻을 차즈로 간바 엇지 되엿나 무럿다. 찻지도 못하고 돈 約 3萬원쯤 들엇다고. 妻는 포기하고 내 집에서 일이{나} 착하게 하라 햇다. 約 10餘 日 以上 빠젓지만 利害를 가리지 안켓다고 햇다. 마음 헷갈이여 골난합니다고. 그려면 미리 잘 生覺하라고 햇다. 萬諾[萬若]에 收穫期에 가리가 빠지면 안되겟다고 한바 未安하다면서 가버렷다.
草 切間 3日 만에 끝냇다.

<1975년 8월 29일 금요일>
아침 6時에 12脂장蟲 藥을 먹고 11時쯤 되 惡蟲이 만히 나왓는데 全部가 出退햇는지 으심이다. 그러나 氣力이 쇠弱 되여 어지{러}웟고 終日 便所에 자조 단엿다.
夕陽에 비가 나리는데 采소[菜蔬]와 雜種穀에 단비로 본다.
◎ 成樂이는 午前에 잠시 물 주다가 말 업시 外出해버렸으니 作業에 支章이 만아서 又 不安햇다. 不良한 놈이라 안니 할 수 엇다.

<1975년 8월 30일 토요일>
終日 人夫와 갗이 堆肥 貯場[貯藏]햇다.
夕陽에는 成曉가 들마리을 가저오겟다고. 耕耘機에 실코 오는데 맛참 成吉 成英 成奉가 와서 同伴햇다.
1時쯤 祭祠을 모신데 崔錫宇는 不參햇다. 不孝莫心[不孝莫甚]한 놈이고 제의 애비 제사에도 우리도 參禮치 안코 십엇다.
成曉는 山村契 牛가 2마리인데 한마{리}는 엇지 된지 歸處을 알고 싶다고 俊峰이가 하더라고 하기에 국은[죽은] 선동양반 묘뚱에 가서 알아보라고 햇다.

<1975년 8월 31일 일요일>
아침에 部落 15名을 招請햇든니 約 10餘名 參席햇기에 朝飯을 갗이 햇다.
食後에 圭太 店浦[店鋪]에 간니 尹鎬錫 氏는 말햇다. 山林{契} 牛을 내일 市場에서 사겟다고 하기에 그려케 안되며 飼育者도 選定치 못햇고 里에서 利用해도 좃타고 햇으니 기드리라고 하면서 어제 會議席上에서 某人이 牛의 귀추를 알아보겟다고 햇다니 선동양반 모뚱에 가서 알아보라고 햇으니 다음 會議 時에는 어려분 꼭 말해주시요 햇다. 林長煥은 선동양반 정순봉과 우물주물해서 업서진 것이라고 햇다. 參席者는 韓正石 崔瑛斗 尹鎬錫 丁基善 崔成奎 兄弟가 立會햇다.
成奉이는 밤 10時에 집에 온니 괴롭다고 夕食도 변도를 2개 싸주니 배가 곺앗다고 햇다. 그려면서 間食할 돈 좀 달아고 해서 4,000원을 주웟다. 3期分 授業料 12,300원도 주웟다.
빠진 사람 3名을 밤에 招請해서 술 한 잔 주웟다. 崔今石 丁九福 朴京洙.
◎ 中食床에서 昌宇는 말햇다. 尹龍文에서 들엇다고 嚴俊祥이는 子息이 妻 하나 맛난 것이 金錢이 約 3億을 가{지}고 잇는데 나도 이제는 約 億臺쯤은 財産이 될 것이 안니야 하면서 崔乃宇가 2仟5百萬원 財産이고 俊峰이가 約 2仟萬원는 되지만 全部해도 나만 못하다고 하드라

고. 그련 사람이 5分利 他人의 債務을 利用하며 제가 있으면 잇지 公開的으로 他人의 財産 平價[評價]을 하느야가 非人間의 行爲로 본다. 事實인지 허위공갈 인지 두고 보기에 特記해 둔다. 無識한 놈 이 말을[마을]에 못살게 한다.

<1975년 9월 1일 월요일>

成赫과 同伴해서 忠南 大德郡 鄭用相 宅에 出發햇다. 到着한니 12時쯤이엿다. 用相 氏을 對面한니 人象이 不美하게 보엿다. 生覺하니 이번에도 會計金이 準備가 안되엿다고 보인다. 對話을 해보니 確實히 그렷트라. 事由는 蠶協에서 桑苗代金이 나오지 안니 햇다고 하면서 此의 養蠶을 키워서 9月 15日頃에 又는 17日에 送金해드리겟소 햇다. 心思가 괴로왓다. 別道理 없이 成赫이와 回路하는데 시장기가 드는데 말못하고 徒步로 5k을 걸어서 신도역에서 成赫과 作別햇다.

1時 40分 列車로 裡里驛에 왓다. 目的은 全州인데 時間上 그러케 되지를 못햇다. 裡里에서 某人의 工場에 들이여 機械 府品[部品]을 相議햇다.

다시 뻐스로 全州을 通過해서 館驛에 當한니 9時쯤이엿다. 黃奉石 氏에서 自轉車을 빌여 타고 우리 집 正門에 온니 某人이 부르드라. 불빗에 보니 支署員 韓 氏엿다. 좀 보자 햇다. 어데서 요시요 햇다. 全州서 온다고 햇다. 다시 또 무르면서 어데서 오시요 햇다. 마음이 괴로왓다. 韓 巡警은 又 무렷다.

어제 밤(31日 밤)에 成樂 正柱 元浩 3人이 잠실會社에 드려가서 處女들의 內衣을 짝〃 찟고 누예 똥망을 가저다 울 박에다 노왓다고 그레서 主人이 信告[申告]가 있어서 왓는데 本人을 連行케 해주시요 햇다. 이러케 말하는 中 崔錫宇는 里長이 큰 職分으로 알고 마이크을 利用해서서 成樂 外 2人는 이곳 里 事務室로 오라고 하면서 몃 번코 소리를 내는데 又 또 괴로왓다. 韓 巡警는 마이크에다 소리낸 게 不利하{다}고 햇다.

그러나 里長 錫宇는 넘이 안닌 1家인데 조용히 집에 와서 打合한 것도 조흔데 公開햇는가 해서 熱이 낫다. 아참[마침] 錫宇가 왓다. 수 10名이 募인 中에 너 그렬 수 잇나 햇다. 그랫든니 里長 그만 두면 되지 아나 햇다. 그만 둘 테멘 公開하지 말고 그만 두지 그러케 公開하면 어는 누가 里長任 데[더] 좀 해주시요 하는 사람 잇겟는가. 약 먹고 죽을 사람은 말 안코 먹는 법이고 살 사람은 먹는다고 소리내는 것이다 하고 말해주웟다.

金 韓 巡警에게 成樂이는 보는 대로 잡이가아라 햇다. 生覺하면 成樂이 (70년) 뽕事件 成康이 홍영[횡령]事件 成傑(現在 立件中) 暴行事件 다시 成樂 住民 侵入事件 해서 警察署 全州 檢察廳 法院 出入이 너{무}나도 자〃 햇다. 金品도 이만저만이 안니고 外人의 耳目도 두렵고 마음 괴롭다.

<1975년 9월 2일 화요일>

◎ 9月 2日 아침에 錫宇을 오라고 햇다. 단여온 成東이는 못오겟다고 햇다. 成奎 長煥 承均이가 왓다. 錫宇을 시켜서 支署에 보낼아고 오라 햇든니 못온다 한니 그 것이 무슨 里長이며 資格조차도 不足人이다 하면서 제 난 어미하고도 수개월 죄면하다가 故 縱兄[從兄]任하고 3

年間 죄면하고 永遠히 死別햇다. 그러든 中 從兄수하고 말 안코 現在 죄면 中인데 家政之事을 暴路[暴露]햇든니 承均 氏는 그런 줄 몰랏다면서 相助[相從] 못할 사람이라고 햇다.

支署에 가는 길에 蠶室工場에 들이여 李윤재 氏을 맛나고 이번 밤에 아들이 와서 괴롭게 햇단니 大端히 未安하게 되엿네 햇든니 오히려 제가 未安하게 되였음니다 햇다. 理由는 電話로 支署에 信告[申告]하고 있는데 成樂 安正柱가 와서 우리(동네) 아해들이 그랫는데 우리가 債任[責任]을 짓고 다음에는 그런 일이 生起지 안케 하겟고 衣服 갑도 가저왓기에 용서를 햇드니 바로 韓巡警 金 巡경이 싸이카로 왓는데 李允載 氏는 경관에게 大端히 未安하다면서 가해자 2名이 와서 이번만 용서해주신다면 日後에는 絶對로 이와 같은 짓을 안케고 衣服 갑도 가저와 辯償[辨償]했으니 이번만은 무과[묵과]해줍시다 햇든니 잘 되엿소 하기에 봉투 하나 해서 주웟든이 卽席에서 加害者 被害者 경찰관 갓치 作別햇는데 그걸로 끚이 난 줄 알앗든니 9月 1日 午前에 다시 支署長 金 韓 순경이 왓드라고 햇다. 무슨 일로 오섯소 햇든니 處女들게 聽取하려 왓{다}고 하기에 어제 밤에 3人이 合意을 보왓{는}데 다시 그럴 것 업지 안소 햇든니 어제 밤에는 加害者들이 도피할 우려가 있어 그랫지만 다시 調査해서 事件{化}시켜겟다고 하면서 어제 밤에 돈 든 봉투을 返還해주드라고. 允栽 生覺은 봉투가 少額이{기} 때문에 返還한 것이라고 生覺한다면서 꼭 事件化 시킨다면 어제 밤에 봉투를 밧지 안니 함이 至當치 안소 햇다.

다음은 張 君을 맛낫다. 張 君은 말하기를 꼭 立件을 시킨다면 제가 又는 課長任까지도 本署에 가서 조케 말삼해드리겠으니 安心하시요 햇다. 大端 感謝하네 하고 支署에 갓다. 支署長을 對面코 以上과 갗이 말햇든니 支署長은 異常이 여겨 韓 金 순경에 高聲으로 소리첫다. 事件 當日 밤에 合意을 보고 했으면 支署長에 무엇 때문에 말 못햇는가 하면서 熱을 내드라. 그려면서 金 二仟원 밧지 안니 햇나 안 바닷다 밧는데 보왓다 안 밧보왓다 하는데 내 自身이 무렴할 程度엿다.

韓 金 순경은 面에서 住民 沙本[抄本]을 떼다 本署에 보낼 認知 告發狀 報告書을 作成 中이엿다. 支署을 나오면서 내가 생각키로는 크다면 크로되 적다면 적으니 잘 生覺해서 處理해주시요 하고 왓다.

午後에 本署에서 수사과장을 對面하고 어린 아該[兒孩]들이 술 먹고 處女 關係로 그런 일을 지질었으니 하[한] 번 용서해주심이 엇던가요 햇든니 잘 {알}았으나 難處합이다 햇다.

<1975년 9월 3일 수요일>

成曉에서 契金 4萬원 드러왓다.

어제 之事을 崔今石 安承均 氏에 말하고 秘로 부치자 햇다. 現在 수사 中이라고. 安承均 氏는 嚴俊峰 집에 복숭화 사먹으려고 {갔다가} 工場 張 氏는 좃케 말하지 안코 버릇을 고치야 한다고 俊峰에서 들엇다고 햇다.

廉東根 父親 小祥이다. 2時 뻐스로 갓다. 弔問 中인데 全州 孫孟鎭 氏 洪吉杓 郭在燁 兄弟 崔東煥을 맛나고 밀히 나왓다.

邑內 嚴炳洙 氏가 毒藥을 먹고 自殺햇다고. 子息이 괴롭게 하고 妻가 술 먹고 괴롭

게 하고 數月 生覺다 9月 1日에 夕陽 決死 햇다고.

<1975년 9월 4일 목요일>

아침에 安承均 氏을 路上에서 맛낫다. 새벽에 成樂 崔元浩 安正柱을 데려간다고 햇다. 承玉 氏 婦人은 洞內에 스파이가 있어서 宋成龍 집에서 成樂 元浩을 데려가고 正柱는 집에서 데려갓는데 李正연 支署 間夜 勤務者가 말한 듯십다 햇다.

具道植 氏 宅에서 招請해서 갓다.

崔今石이가 단여갓다.

成奎을 시켜서 本署 보냇다. 그러나 消息이 업다. 成苑 便{에} 朝飯을 너주라고 햇는데 模同[莫同]이 데려갓다고 正確히 말한다면 允栽가 준 封投[封套]에 돈이 적어서 立件시키는 겄이 明確하다{고 말했다}.

農藥하려 鉉一 양수기를 試驗해보니 새서 使用不能해서 作業 中止햇다.

成東이는 몸이 앞아서 몸저누웟다.

<1975년 9월 5일 금요일>

아침에 成奎가 왓다. 어제 本署에 가서 수사과장 署長도 대면하고 本件을 打合한바 被害者의 合意書 添附해서 提出하되 完全 無과[黙過]는 못하겟다고. 그리고 金 巡警은 始末書을 내라고. 會社에서 돈을 밧앗다고 署長도 알고 課長도 알고 잇다고. 그려나 나는 課長에게 돈 밧앗다고는 말하지 안코 支署長에는 햇다.

今日 加害者의 父兄을 同伴하고 出署하라고.

◎ 加工組合 會비 9月分 노라代 12,800원 會計 完了.

支署에 단여 本署에 갓다. 成樂 正柱가 보이드라. 李今豊은 우스며서 用金을 만니주제 또 왔소 햇다.

工場에 와서 金 課長을 택시에 태와 오수 會社에 갓다. 朴 專務 會長도 맛낫는데 書類 檢察에 移送된 以上 용서 어렵다고 햇다. 그러나 合議書에 捺印는 해주웟다. 내의[내일]쯤 떠나[떠날] 것이라고 햇다.

<1975년 9월 6일 토요일>

아침에 崔今石이가 왓다. 이번 事件을 엇더케 하면 햇다. 別道理가 업다 햇다. 成奎가 本署에 단여왓는데 다음 木曜日에 떠난다고 햇다.

新德에서 處女 5名 中 3名은 正午에 오고 2名은 夕陽에 온바 3名은 午後부터 作業 始作.

成東이는 午後에 病院.

嚴炳洙 氏 弔問도 햇다.

<1975년 9월 7일 일요일>

누에 아가씨 어제 正午에 2名 夕陽에 4名이 왓는데 2名은 成傑 집으로 今日부터 보내고 4名은 今日부터 우리 집에서 作業한 것으로 안다.

6日 어제 밤에 今石 玄模가 왓다. 成樂 事件을 相議했는데 崔元浩는 除하고 打合. 里에서 鄭鉉一 外 某人 몃 명은 重罰에 處함을 願할 것이며 鉉一조차.

新德 處女는 今日부터 作業 始作.

밤에 成東이는 헛소리하면{서} 박으로 나가면서 찬물 찻고 위급햇다. 날만 새{기}를 기다렷다.

<1975년 9월 8일 월요일>

아침에 오수로 갓다. 成東 藥 3첩을 지여왓다. 朝飯을 먹고 다시 成奎 今石 玄模을 데

리고 오수 會社에 갓다. 가보니 朴 專務게서 미리 全州 檢察로 갓다고. 任實에 왓다. 代書所에 付託해서 진정서을 作成햇다.
全州에 갓다. 李澤俊을 맛나고 成東 病勢을 打合. 明日 病院에 入院코 珍단書[診斷書]을 떼고 休가 연장키로 햇다.
黃宗一에서 5萬원 貸出해왓다.

<1975년 9월 9일 화요일>
成曉는 今日字로 任實面으로 轉勤되엿다고 해서 잘된 일이라고 햇다.
아침에 李澤俊 妻男이 택시를 가지고 두리왓다. 朝飯을 갗이 하고 成東을 同乘해서 全州 趙祥來 氏 病院 外課[外科]로 갓다. 珍察을 하는데 確實한 珍단[診斷]을 네리지 안했으나 장질부사가 갑갑다고 햇다. 今日 治料비는 8,000원쯤이엿다. 成東은 入院을 시키고 왓다.
밤에 崔今石을 오라고 해서 金 四萬원을 건너주면서 明日 나는 參席치 못하겠으니 그리 알아고 햇다.

<1975년 9월 10일 수요일>
田畓을 도라보니 病蟲害가 만타.
全州에 許 生員을 對面하고 退居[退去]을 付託햇다. (成傑 條) 法院에 當한니 2時. 成傑 未到着햇다. 大里 金永善 氏을 相面하고 술 한 잔 드리면{서} 爲勞[慰勞]햇다. 約 金 百萬원쯤 든다고.
成傑 公判는 다음 17日로 미루웟다.
成東 入院室에 갓다. 어제 오날 入院비을 計算하니 23,500 어제 2,700 택시 往復 4,000 食費代 1,000 2日간 31,200.

<별지>
9월 10일 게속.
黃宗一에서 萬원 取貸.
計 31,200원 들엇다. 珍단서을 要求한바 허주마 하고 의사의 소견서라며 몃 맛디 썻드라. 마음에 맛지 안햇다. 會計하자 하오니 23,500. 大端이 어굴햇다. 實은 正確한 진다서[진단서]나 맛기 위해서엿는데 生覺과는 달아서 退院키로 決定코 成吉에서 2萬원 取貸해서 成吉이와 同伴해서 病院에서 會計해주고 退院해서 택시로 집에 온니 밤 11時 10分이엿다.
成康이가 서울서 왓다고. 마음이 떨이엿다. 全州에서 成東이가 어제 밤에 7. 40分쯤에 病院에 왓드라고 해서 마음이 조치 못햇는데 집에 온니 實地로 內外가 다 왓다고 한니 참으로 마음이 괴로왓다.
農繁期는 休養하려 內外가 約束하고 서울을 몃 차레 往來하다가 必後에는 寢具 家事道具 食糧까지 全部 가지고 서울로 떠나고 夏 間에 不便 없이 지내다가 暑 退한니 只今 다시 왔으니 子息이라면 그게 正當한가. 父母는 피땀 흘이며 休息도 먹도 입도 못하고 東분西走하야 農穀을 먹게 좀 해노니 이제 다시 집을 차자온 그 人間이 年齡도 30餘 歲인데 他의 耳目에 어긋난 듯도 업시 뻔〃스럽게도 面目 바로 보며 온다는 것은 恥한 之事로 生覺 안니 할 수 업다. 그러나 妻된 분이 더 不캐하다. 고부기리[고부끼리] 뜻이 通할가 異心[疑心]이다. 絶對로 相對는 어렵다고 본다.
9月 9日이 生後 最高로 괴로운 日이가도 生覺이 든다.
四男 成樂이는 切盜[竊盜] 혐이로 警察署에 留置되 잇고 成東이는 病院에 入院 中

이고 成傑이는 法院에 傷害罪로 召換[召喚]되여 잇으니 其 어는 父母도 괴로울 것은 事實이오나 有得[唯獨]히 나는 寒心한 生覺 어데다 두겟는가. 그러가 하면 生覺조차도 못햇든 成康이가 왓다고 한니 더욱 가슴 앞다[아프다]. 이것저것 잇고 嚴炳洙 氏와 갗이 世上을 떠나면 내의 社會 〃計[會計] 淸算은 끝이 나나 成曉가 死後 處理에 苦念이 말할가 그도 難便之事다.
오늘 맛참 成奉 成績表가 왓다. 떼보니 又 마음이 괴롭드라. 7月에는 677點이든니 成吉 집으로 下宿을 옴겨주웟드니 成績이 底下[低下]되여 560으로 下落되여 다시 雪上加霜格이 되여 오날 日課에 마음 괴로움은 生後 처음일가. 또 다시 이려한 일이 있으라. 天地시여 알고 게시겟지.
成吉에서 밤에 2萬원을 둘으니 창피 만햇다.

<1975년 9월 11일 목요일>
成奎 今石이가 왓다. 어제 오수 會社에 가서 朴 專務에 金 拾萬원을 주면서 旅費로 使用하라 햇든니 不應햇다고. 今日 成樂外 3名은 全州 檢察廳에 送致한다고. 成奎 今石가 갓다. 成曉는 1週間 訓練하려 갓다.
◎ 大里에서 몁소 交背시켯다.
밤에 海南宅이 다여갓다[다녀갔다].
成康이 內外가 와서 人事을 要求. 据絶햇다. 成康 內外가 오니 마음이 찌릇하고 다시 괴로운 마음 이루 말할 수 업다. 엇지 왓나 하고 언제 또 가야 해도 말이 업다. 다시 가는 게 올를 것이다.

<1975년 9월 12일 금요일>
李允載 工場人 말을 들으니 밤에 집의 뽕을 딴데 보니 집의 親戚이라고. 그러나 이름은 발키지 안햇다. 不良한 놈들.
鄭鉉一하고 工場에 갓다. 누예 2枚에 2萬 주기로 하야 決定하고 5令[齡] 2日 된 누예라고 햇다.
鄭鉉一은 뽕밭에다 농약을 某人이 뿌려서 누예가 만히 죽엇다고 햇다.

<1975년 9월 13일 토요일>
安承均 氏가 아침에 단여갓는데 刑務所에 잇는 子息들 걱정만 하고 갓다. 그려데 特수절도로 몰이여 工場에서 前에 鐵근 其他도 절도혐의 밧고 잇다고 하드라.
◎ 午後에 成東이는 歸隊햇다. 金 4,000원을 주웟든니 적다고 2,000원 더 6,000원 주워 보냇다.
케리야蠶室에서 蠶種 2枚 4令 2日分을 [1]2仟원식 햇서 운반해 왓다. 外上으로.
精麥 精米햇다.
成東 旅비 不足으로 메누리에서 2仟원 둘여 주웟다.

<1975년 9월 14일 일요일>
10時頃에 成奎 今石 玄模와 갗이 同伴해서 全州에 갓다. 陳 氏을 禮問하고 보니 崔莫同이는 執行儒豫[執行猶豫]라도 될 법한데 外 3人은 法院으로 너머간다면서 判事에서 풀여오도록 하자고 햇다. 갗이 동범이니 갗이 풀여오{도}록 하자고 해서 9月 16日 다시 맛나기로 하고 作別햇다.
成吉에서 12萬원 借用햇다. 宗一 氏 63,000원 會{計}하고 2萬원 成東 治料비 1部로 除하고 왓다.
비는 오는데 누예는 1部 올이엿다.

<1975년 9월 15일 월요일>
終日 비는 내린데 永植 韓南連을 시켜서 堆肥 貯藏을 하는데 마음이 맞이 안니 햇다. 韓南連은 永植이하고 자잘못을 따지고 싸우는데 가관이엿다.
午後에 驛前에 단여온데 와서 보니 깔을 썰고 있엇다. 일하다 무슨 깔이야 햇든니 나가버렷다.
金暻浩 氏가 왓다. 借用金 11,000원을 가저왓다.
全州에서 許 生員이 來訪햇다.
成康 妻는 살임을 다 실코 서울로 떠낫다고. 成傑이가 실어다 주웟다. 절문 女子을 客地로 홀로 보낸다는 것은 생각이 잘못이며 아마도 헤여진 든싶다. 그러나 成康에는 무러보지도 안코 又 말하기도 시려웟다.

<1975년 9월 16일 화요일>
金進映 氏에 許 生員과 同行 招待을 밧고 갓다. 朝飯을 갗이 햇다.
崔今石이가 來訪햇다. 鉉模도. 우리 집에서 술 한 잔 마시면서 今石이는 말햇다. 鄭鉉一은 말하기를 今般 崔莫同 事件에 對하야 내 말 한 마디면 되는데 말 못하겟다고 하는데 崔元浩 母가 들엇다고 傳해왓다고 햇다.

◎ 鄭鉉一은 共産堂 思想이 지금도 가시지 안니 해서 유리하면 협박 不利하면 協商處勢[處世]을 自身이 발포한다. 長官의 子息도 말 한 마디에 풀이여 날 수 업는데 그런 말을 한다는 것은 共産堂보다 더 惡人으로 보고 注視해야 한다고 본다.

崔今石 安鉉模 事件으로 7萬원 中 25,000원 주고 45,000원 貸納하라 햇다.
成曉는 오날 訓練을 마치고 왓다.

<1975년 9월 17일 수요일>
白康善 氏을 시켜서 工場 修理햇다.
張判童 父 亡. 問喪을 햇다.
忠南 鄭用相 氏가 來訪햇는데 實桑苗代 全部 390,000 中에서 150,000원만 가저오고 殘은 10월 5日로 미루웟다.
成赫 10萬원 주고 내가 5萬원식 나누웟다. 돈을 세보니 1,500원 不足햇는데 必히 돈은 세여 밧는 것이 原則이라고 본다.
新田里에서 사돈宅이 오시엿는데 뽕이 不足해서엿다. 崔今石에 말햇든니 따가라 해서 人夫 婦人 4, 5名이 따서 夕陽에 成康 便에 耕耘機로 운반해주웟다.

<1975년 9월 18일 목요일>
아침에 任實 宋 氏가 왓다. 도야지을 달아보니 131斤 45,500원 밧고 보니 約 7個月 만인데 쌔기[새끼] 갑을 빼면 36,000원 나문 듯햇다.
張泰燁 出喪한데 弔問햇다.
新田里 사돈宅이 뽕 따려 왓다. 그런데 닥 2首 술 한 병 其他 가지고 오시엿는데 大端히 未安햇다.
午後에 館村에 갓다. 누예고치 까는 機械 修理하려 간바 못 고치고 全州로 갓다. 간는 길에 崔行喆 氏 白米 1叺代 21,000원 會計해주웟다.
全州도 附屬이 없어 直行으로 오수로 간바 附屬은 인는데 비싸서 새것 新品으로 8仟에 산바 5仟원 주고 參仟은 組合長 李起謎 氏 證人하고 왓다. 館村에 當한니 金현지가 맛참 맛나 꼭 술 한 잔 하지에 한바 취해서 자전차에 약상[낙상]을 햇다.
李存燁 氏 工場 修理비 5萬원 婦人에 會計햇다.

<1975년 9월 19일 금요일>
오수에 乾緬衫取機[繭綿採取器]代을 주고 왓다. 3仟원 준바 車費 하라고 200원 내주드라.
驛前에 李德石이가 藥酒 1병을 보내왓다.
終日 떡방아 찌엿다.
成奎 崔今石 母子가 왓다. 오날 全州 刑務所에 成樂 立會하려 간바 現金으로 壹仟원 要求해서 주고 다음은 고치가루 몃 근을 要求하{더}라고. 그러나 今般事件는 풀여나오기는 어렵다고 햇다. 金 參拾萬원을 大學敎授 手中으로 返納되엿다고. 돈이 적어서인지 알 수 업다.
全州 陳 氏에서 大學敎授에{서} 檢査의 立會 書記에서 다음 檢査 손으로 간니 4名 거처서 支廳長까지 가야하며 이번에 支廳長이 移動됨으로 決裁을 不應햇다고.

<1979년 9월 20일 토요일>
秋夕日이다. 先堂 祭祠는 9월 9일로 미루고 蠶견을 깟는데 비가 와서 共販을 못햇다.
全州에서 成吉 外 家族이 왓는데 山所에 省墓하려 갓다. 오는 途中에서 全州 崔泰宇 內外을 맛나고 安否을 무렷다.
成康 妻의 關係 成樂이 關係 여려 가지로 마이 괴로왓다. 술은 먹어도 娶[醉]하지도 안코 몸마니 弱해지고 잇다.

<1975년 9월 21일 일요일>
뉴예고치 販賣을 聖壽面으로 갓다. 成康 成植 善模가 붓터서 복잡햇다. 機械 檢定하라고 해서 달아 넘겻다.
只沙面 金柱鉉 氏을 맛나고 安 生員 妻男도 맛낫는데 페를 지켯다[끼쳤다].
밤에 집에 온니 12時엿다.

<1975년 9월 22일 월요일>
아침에 成奎 집에 갓다. 새벽 6時에 全州에 간다고 햇으나 成樂이 事件는 法院으로 너머간바 必後에 裁判을 해야 한다고 들엇다.
全州에 李汀雨 氏 法律事務所에 간바 李云相을 맛낫다. 汀雨 氏 競기場에 갓다고 해서 경기장에서 相面하고 事件을 말햇다.
不遠間 事務所에 와서 接受하고 事務長은 4名에 對面한 稅金 및 手數料 20萬원을 準備하야 印章도 가지고 23日 24日頃에 오라 햇다.
밤에 成奎 今石 玄模을 오라 햇다. 本件을 打合한바 쾌히 承諾햇고 24日 上全키로 햇다.
許 生員 宅에 갓다. 成允이 혼자서 잇는데 반찬이 업서 식事을 못하고 잇드라.
양청宅 便에 수업料 31,000원 주고 왓다.

<1975년 9월 23일 화요일>
새벽 5時 30分쯤인데 哭소리가 나기에 알고 보니 李正勳이가 農藥을 마시고 自殺햇다고. 理由는 白康善에서 쇼크를 밧고 그른 듯햇다고.
田畓을 둘여보니 1部가 쓰려저 失農한 듯. 그련가 하면 벼 멸구도 심햇다. 農藥을 求하려 한바 約 6,000원 程度 들엇다.
※ 오날부터 韓南連이는 풀섭(나무) 뜨드려 中食을 싸가지고 단인다.

<1975년 9월 24일 수요일>
今石 成奎 玄模을 帶同하고 全州 李汀雨 氏 法律事務所에 갓다. 맞암 三鷄面[三溪面] 崔龍宇가 왓다. 汀雨 氏을 相面하고 20萬원을 明日 드리기로 하고 事件을 手續햇다.
統一벼 多收학 審査하려 왓다. 指導所 職員

任實面 職員 新平面 {職}員 4名이 왓다.

<1975년 9월 25일 목요일>
金城里에 維新벼 求見하려 갓다. 우리 317號 하고 背交[比較]해보니 비슷햇다.
밤에 今石 玄模가 왓다. 全州 陳 氏에서 30萬원 차자서 20萬원을 汀雨 氏 事務長을 支拂해준바 領收證을 해주고 直通으로 3人이 刑務所로 행하야 成樂이 外에 3名을 對面하고 個別的 調査햇다고. 그러나 今石은 말은 건너보지 못햇다고.
殘金 10萬원은 今石에 1時 保菅 中임.

<1975년 9월 26일 금요일>
비방울이 내리면서 구름이 찌엿다.
館村 함석장이가 왓다. 工場에 손대는데 終日 걸이엿다.
崔今石이가 왓다. 全州 陳 氏 親友가 未安한니 萬원만 주겟다고 햇다. 그려라고 承諾햇다.

<1975년 9월 27일 토요일>
내의 生日이다.
成曉는 內外 相議햇는지 고기 술을 밧아와서 朝食을 家 親戚이 多少 募여 햇다.
금암國校 秋季 保健大會한다고 참석햇다. 成愼 擔任先生을 맛나고 感謝하다고 하고 多少 人事햇다.
◎ 噴霧機 修理햇는데 約 7,000원 들엇다고. 韓南連은 今日부터 나무 운반 始作.
夕陽에 新田 사도[사돈]宅 女學生{과} 全州 金相建 氏의 長男이 왓다.

<1975년 9월 28일 일요일>
午前에는 방아 찌엿다.
午後에는 工場 內部을 修善하고 지붕도 손보왓다. 古緘石으로 되벽도 고치고.
韓南連은 오는[오늘] 나무 넉 짐채 해왓다.
成英 雜負金 2,100원 成奉 冬服代 7,000원을 要求햇는데 주지 못햇다.
金進映 氏 집에 人夫 1人이 왓는데 異常이 여겨서 住民證을 보자하고 全南 長城郡 北二面 신평리 245번지 孔相玉의 子 孔景錫이라 햇다.

<1975년 9월 29일 월요일>
9時을 期해서 自轉車로 聖壽에 갓다. 農協에 當한니 鄭鉉一 사휘[사위]를 맛낫다. 자네 鉉一 氏와 옹서[翁壻]이지 한니가 거럿소{라고 대답했다.} 昌坪里에서 왓{는}데 蠶價을 밧드려 왓다고 햇든니 아는 성햇다. 金 28萬원을 찻는{데} 館村 朴基德의 妹라고 하면서 人事햇다.
오는 途中에 趙圭太을 訪問하고 볍씨을 부탁햇다.
任實로 가서 李 副組合長을 맛나고 精米機을 求見햇다.
途中에 鄭大燮을 맛나고 成樂의 件 말햇든니 鄭鉉一 照介[紹介]로 署에 갓는데 이발을 해주웟는데 料金은 鉉一이가 냇다고. 熱이 좀 낫는데 鉉一이가 그쯤 되엿든가 生覺하고 未납앗다.

<1975년 9월 30일 화요일>
成康 便에 昌宇 견代 99,750 支出. 成康 條 94,288원 中 成傑 條 2萬원 除하고 잡비 萬원 計 3萬원만 주고 殘 64,288원임.
成曉 條 101,260원.
新德 申正愛 外 1名 日費 殘 13,600 車비 200원 주워 보냇다.

방위세 4,574 재산세 1,101 計 5,700원 成奎 便에 大里로 成苑에 보냇다.
嚴은영 便에 9,100원 成英에 주라고 보냇다.
柳文京 母 집에서 嚴俊祥을 맛나게 되엿다. 되산[뒷산]을 샀다고 320萬원에. 嚴萬映이는 속을 아시엿다고 判南이가 돈을 댓다고 崔錫宇가 소개햇다고 山主와 錫宇가 맛나서 決定햇다고 홍설수설햇다.
午後에 뉴예고추 販賣에 成傑이와 갗이 任實로 갓다. 金斗洪 氏가 檢査한데 1等을 잡아준데 고맙게 生覺햇다.
◎ 못텡이 統一벼 베기 햇다.
밤에는 崔今石이가 왓다. 10월 2日에 全州에 가기로 햇다.

<1975년 10월 1일 수요일>

梁海童 부로크代	8,000	주고
工場 蠶代	20,000	〃
成允 母 用金	5,000	〃

아침에 成赫 고추 서울로 託送한데 13袋을 실고 村前 橋樑[橋梁]에서 危險한 일을 당한 번 밧는데 가슴이 두근〃. 生覺하면 기막힐 정도엿다.
韓南連 2仟원 주면서 1,500원는 품에서 除하고 500원은 休息하면서 그저 쓰라고 햇다.
白康善 품싹 1,800 支出햇다.

<1975년 10월 2일 목요일>
◎ 崔今石과 갗이 全州에 갓다.
李汀雨 氏 法律事務所에 단이엿든니 오는 15日頃에 共販[公判]을 計劃이라고. 刑務所에 가서 成樂이를 面會햇든니 마음이 좋이 못햇다.
內衣와 칫솔을 너주고 오는 길에 炳赫 堂叔 집에 들이여 왓다. 집에 온니 夕陽이엿다.
崔今石 집에 간바 安承均 氏 왓다. 公判日을 무르니 알 수 업다고 햇다.
今石이와 同行해서 白康俊 집에 招請을 밧고 갓다.
今石에 取한 壹仟원도 주웟다.

<1975년 10월 3일 금요일>
成曉 母 登錄證 交付하려 全州에 갓다. 德巖里에서 金게주 侄이 牛車稅 6仟원을 드려왓다.
任實로 蠶견共販하려 갓다. 機械에 回附햇는데 1部 찻는데 2枚分 39,420원이엿다.
郡 出張員 治下金으로 進映 1,000 내가 1,000 手數料 250원식 各 그리고 進映에서 1,500을 밧고 쎔풀 2k을 주웟다.
直行으로 全州 崔鈺龍 回甲宴에 갓다. 南原서 崔炳文 氏 新安 堂叔도 面會하고 夕食을 거기서 한바 約 30分 지난 지 出發해서 成吉 집에 왓다. 잠간 맛나고 8時 빼스로 집에 온{바} 9時엿다.

<1975년 10월 4일 토요일>
屛巖里 崔基宇 後妻가 新入한다고 連絡이 와서 갓다. 兄수도 炳基 堂叔 內外도 炳列 叔母도 參席햇고 德谷 韓 面長도 全州에서 成吉도 參禮햇다. 內外 人事코 中食을 맞이고 作別한데 全州 貞順이는 門前에서 말하기로 方 郡守의 婦人을 맛날애도[만나려도] 못 맛난다면서 우리의 契員인데 不參한다면서 엇저면 조화요 {하기에} 잘 알아서 돈을 찻소 햇다.
成吉이가 來訪햇다. 여려 가지로 成康 關係도 말했는데 不安햇다.
韓南連이는 놉 어더 주웟든니 마당만 쓸고

가죽나무만 깔이였으니 梁奉俊의 말에 依하면 鄭昌律 母子는 昌律에 對한 구박이 만코 술 먹으면 줄로 묵거서 패댄다고.

<1975년 10월 5일 일요일>
金炯根 氏 父喪 弔慰次 갓다. 新德 親友 面內 親友들 맛낫다.
成康 晩秋蠶 1枚 46,450원 收入햇다고.

<1975년 10월 6일 월요일>
任實 加工組合에 갓다. 副組合長 李 氏와 常務가 갗이 中食을 하고 精米機 新韓式[新案式] 1臺 購入하기로 하고 왓다.
李증嬪 氏 郡 山林係職으로 2日間에 火田整理는 끝냇다고 햇다.
成康 母子는 成樂 面會하고 왓다고. 安 生員까지 7, 8名이 갓다고 햇다.

<1975년 10월 7일 화요일>
崔今石이와 갗이 全州 李汀雨 事務室에 들이엿다. 事務長을 맛나고 三南會社 朴仁圭의 住所을 저거 너주웟다. 中食을 갗이 하고 任實에 갓다.
權義俊에 叺子代 1部 43,000원을 豫託하고 李光延 宅을 찻고 試運轉을 求見하고 보니 米질이 普通이엿다.
10월 11일 市場에서 對面키로 하고 常務와 作別.

<1975년 10월 8일 수요일>
趙命基가 아침에 왓다. 機械 新案式을 갖자고 햇다.
任實에서 叺子 310枚 운반햇다.
운임은 3,100인데
安承均 4죽
尹鎬錫 2〃
金進映 7〃
李道植 3〃
崔乃宇 10〃
鄭圭太 1〃
金太鎬 1〃
張泰燁 3〃
計 31죽

<1975년 10월 9일 목요일>
李증빈 氏 來訪. 火田整理次. 求見次 午前中만 同伴햇다.
午後에는 新平에 叺子 18枚 운반햇다.
成康이가 왓다. 못텡이 3斗只 統一벼을 수학하겟다고. 못하겟다고 햇다. 여름에 농사 때는 서울에서 內外가 數月 休息하고 이제 농사 지여논니 수학만 해가겟다고. 안 된다고 햇다. 뜻은 收학해서 다 서울로 갈 예정인 듯. 이곳에 있으면 몰아도 안 된다고 햇다.

<1975년 10월 10일 금요일>
아침에 成苑이 왓다. 成康오바는 農藥 먹고 죽겟다고 하면서 現品을 가저왓는데 이곳 것이다라고 햇다. 의짓짠한 놈이라고 햇다.
李증빈 氏 來訪.
工場에서 改修 精米햇다.
못텡이 벼 베기.
밤에 메누라가 오바[온바] 海基와 갗이 택{시}로 왓다.

<1975년 10월 11일 토요일>
새벽부터 내린 비는 終日 내렷다.
메누리는 제사 장보기 하려 全州로 6仟원 주워 보냇다.
12時頃에 任實에 갓다. 朴判基 趙命基 晋

領과 갗이 中食을 나누고 精米機 先金 五萬원 주고 殘 15萬원은 12月 末日에 주기로 하야 契約햇다.
全州 李存燁 氏을 訪問하고 不遠間 訪問해주시기로 하고 왓다.
寶城宅에서 參萬원 借.
黃宗一에서 貳萬원 借.

<1975년 10월 12일 일요일>
(陰 九月 八日)
全州에서 成吉 來訪.
精米하고 田畓을 들여 보왓다.
順天 姨叔게서 別世하시엿다고 電報가 特急으로 왓다. 死亡日은 今日이라고 10時에 到着햇다. 그려면 祭祠는 陰 九月 七日 小祥으로 본다.

<1975년 10월 13일 월요일>
順天 宰澤 弔問가려 瑛斗 氏에서 4,500원 두렷다. 9時 40分에 昌宇을 帶同코 汽車에 올앗다. 求禮驛에 當해서 보니 外從兄수 姨從妹 正三을 面會케 되엿다. 갗이 月各 宰澤 집에 當하야 4名이 弔問햇다. 夕陽에 正三 外 1人을 作別햇다. 宰澤이 弟妹가 4人이 人事한데 오빠 하고 반가히 햇다. 數年 만에 보니 알송달송햇다.
夕陽이 된니 光義面 李正復이가 왓다.

<1975년 10월 14일 화요일>
出喪을 하는데 그곳 風習을 午後에 中食을 하고 2時쯤 出喪을 하겟드라. 할 수 없이 기드렷다. 마음은 밥분데 約 3時쯤이메 간다고 인사 없이 出發 中에 떠나게 되엿다. 途中 女妹들이 손을 치는데 答하고 바로 거는데 마음이 괴롭고 슬픔이 앞을 개려 바로 걸{을} 수 엇다. 多幸히 뻐스에 올아서 汽車에 몸을 실여 집에 떠려지니 11時엿다.

<1975년 10월 15일 수요일>
成樂 公判日 5族 8, 9名이 裁判所에 갓다. 公判는 20日로 延期하고 加害者는 4名은 刑事審議次 出頭햇드라.
事務長과 中食을 나누고 今石이와 갗이 任實로 가서 金 參萬원을 借用코 今石을 시켜서 預金 貳萬원도 出金해서 脫穀機 殘金 45,000원 주고 왓다.
韓南連은 나간다고 해서 21日까지 하고 가라 햇다.

<1975년 10월 16일 목요일>
아침에 俊映 耕耘機 便에 脫穀機을 운반햇다.
金石[今石]에서 25,000원을 밧고 2萬원는 今石 私金을 빌이고 5仟원는 어제 借用金 中 殘錢이다. 全州 成樂 面會하고 영치금 2仟원 너주고 왓다. 要求는 藥品 衣類 반찬 等〃 要求햇다. 20日 決判이 난다고 햇다.
서울서 成赫 아내가 왓다.
驛前에서 脫穀機 修繕金 1,500원 外上으로 해왓다.

<1975년 10월 17일 금요일>
牛車 修理.
大里 李點用 고지 稻刈하고 陰 9월 17日 묵그려 오기로.
成苑은 제의 언니하고 뜻이 맞이 안니 한다고 全州에서 通勤한다고 햇다.
成樂이 面會한다고 成苑이 藥名 其他을 적어갓다.
今石 나락 운반. 崔元喆 벼 30叺 운반.

<1975년 10월 18일 토요일>
午前 中 精米햇다. 午後에는 朴 常務 李存燁 氏가 來訪해서 工場 사래枚을 點檢.
新案式 精米機가 제무시[G.M.C][99]로 운반되엿다. 組立者만 남기로 末日까지 完全組立하야 試運轉해주기로. 밤 12時 넘드록 工場에서 作業햇다.

<1975년 10월 19일 일요일>
鄭경석에서 모비루 6仟원 中 2,500원 入金하고 왓다.
全州에 뿌레인지 1切을 가저와서 試運轉한바 平準햇는데 技士는 大里로 갓다.
金炯進을 시켜서 벼 운반.
成愼이 단여갓다.

<1975년 10월 20일 월요일>
成樂 公判日. 9時 40分 列車로 法院에 갓다. 10時 50分에 公判이 始作. 李正雨 변호사가 參席코 별론을 하는데 다음 27日로 延期햇다. 公判庭에 들이니 成康 장인{인} 듯 罪服을 입고 出門할 때 보왓는데 人事하기 難햇다.
崔今石 말에 依하면 張泰燁이가 말한다고 丁基善 嚴俊峰이는 張泰燁 子도 介在되엿다고 하면서 支署長이 왓다고. 3名 中 어는 누가 올은지 不良한지 두고 볼 {일}이라고 햇다.
夏穀買上用 米糠 13叺 引受 中 福喆 條 3叺 주고 10叺 운반햇다.

99 제너럴 모터스 사(G.M.C)에서 만든 트럭으로, 44년경 제작되어 한국전쟁 당시 군용으로 사용되던 것이 민간에서 사용되면서 회사명을 일반명사처럼 사용한 것이다.

<1975년 10월 21일 화요일>
胡麥 種子 堆肥料으로 捺印한다고 印章을 崔元喆이가 午後 2時 30分에 가저갓다.
콩 脫作도 햇다.
벼 脫作을 모터機로 한데 1日 5斗只는 하겟드라.

<1975년 10월 22일 수요일>
벼 脫作 벼 운반 耕耘機 修理햇다.
丁基善 母에서 萬원 取貸햇다.
工場에서 脫作하면서 精米하는데 뿌레가 떠려저 人命에 危險을 밧앗다. 脫穀機 베아링 케스가 까저 다시 驛前에서 求한바 今日 運이 不運인가 싶다.
밤에는 館村 金宗善이가 와서 成康 집 計量機[計量器] 오시보당을 뗏으니 此後에 罰金이 約 3萬쯤 나오데 3仟만 주고 無課하자기에 주고 生覺해도 異常햇다.
忠南서 製粉機가 到着햇다. 鄭榮植에서.

<1975년 10월 23일 목요일>
午前에는 精米햇다.
午後에는 加工組合 年次事務檢査하려 갓다. 只沙에 崔永喆과 갓이 文書 檢査을 하는데 深히 파보와도 書類上으로는 트집 잡을 만한 短點을 發見치 못하고 異常 없다고 捺印해주웟다.
밤 12時까지 作業햇다.

<1975년 10월 24일 금요일>
새벽에 新平에 肥料 실로 갓다. 農協에 간니 鄭桓익 子息이 잇엇다. 肥料 出庫을 말한니 取扱者가 안니 온니 못하겟다고. 어제 團合大會에 오지 안니 햇다고 今日은 休日인데 어제 오시제 잡음을 햇다. 熱이 좀 낫다.

廉參燮 집에 갓다. 반가히 하면서 朝食까지 接待을 밧고 肥料는 無難히 運搬되엿는데 鄭桓익 子息 놈은 有감心이 들엇다.
桂樹里에서 崔炳文 氏가 왓는데 修單[收單]하려. 官 5{명} 2,700 童 10名 6,000 譜代 豫納金 500 計 9,200인데 旅비 300원 해서 9,500원 주웟다.
譜諜 戊卷을 崔炳文 氏가 빌여갓다.

<1975년 10월 25일 토요일>
屯南面 수레기 郭二勳의 子가 今日부터 秋事에 作始햇다.
들에 벼는 今日까지 運搬 完了햇다.
新平서 肥料 운반.
金宗出에서 金 8萬원을 1個月 期限으로 가저왓는데 어제 成曉 母 便에 萬원 가저와서 計 9萬원으로 確認書을 해주고 왓다.
終日 방아 찌엿다.
金城里에서 趙圭太 氏가 단여갓다.

<1975년 10월 26일 일요일>
건너집 外上代 2,750원 會計 完了햇다.
堆肥 운반. 牛車 耕耘機까지 動員.
丁基善 母 取貸金 방아실에서 드렷다. 萬원.
黃宗一 借用金 22,500원 會計햇다.
밤에 任實로 豚 交配시키려 보냇다.
메누리는 全州에 갓다 왓다.

<1975년 10월 27일 월요일>
全州 裁判所에서 成樂 公判에 6월을 實刑 宣告햇다. 李汀雨는 少年으로 풀여 보내겟다고 하든 것이 그쯤 되니 辯護士도 못 밋겟다고 항소를 하라고 해서 그러겟다고 하고 刑務所로 面會을 갓다. 面會場에도 洞內 靑少年이 만이 왓는데 未安하기도 햇다. 新田里 崔宗洙가 왓다. 全州에서 刑務所 旅비 酒가지 밧고 鄭仁浩도 왓다.
남 부그럽고 生覺하면 成康이 檢察에서 刑務所로 成傑도 檢察까지 갓고 現在 未決인데 連續해서 成樂이는 特手切盜[特殊竊盜]로 몰이여 受감되여 있으니 마음 不安하기 짝이 없다. 今日까지 55日쯤.

<1975년 10월 28일 화요일>
里長 會計 完了햇다. 別紙와 如함.
肥料代 麥糠 13叺代 石灰代 50袋.
錫宇 里長職부터 肥料 운임을 差引 除〃하고 今日 現在로 完決햇다.
終日 精米햇다.
成康이 新平서 肥料 200袋 運搬햇다. 總計 約 295袋 中에서.
夕陽에 任實 洪錫仁 氏가 來訪. 桑苗代 18萬원 가저왓다. 會計는 이제사 끝이 낫다.
보리 種子만 散布하고 耕耘을 못햇다.

<1975년 10월 29일 수요일>
成康이는 耕耘機로 肥料 운반. 現在 어제부터 300個 운반햇다.
午後에는 耕耘機로 麥耕한바 잘 된다고.
夕陽에 忠南에서 鄭用相 氏가 來訪. 夕食을 待接하고는 桑苗代를 가저온 듯햇다. 22萬원을 내노면서 2萬원을 減해달아고. 熱을 내면서 不良者라고 하다 生覺한니 22萬도 안 줄가바 現金을 너코는 따지는데 할 수 없이 領收證만 써주고 保管證書는 안니 내주웟다. 日後에 나는 못가고 成赫이는 보내겟다고 햇다. 밤에 떠낫다.
◎ 全州 成吉에 下宿米 2叺을 託送햇다.

<1975년 10월 30일 목요일>
耕云機[耕耘機]로 麥 播種한바 보기 조케 햇다.
成吉이가 全州에서 왓다. 白米는 왓는데 物票[物標]가 업다고.
嚴云莫 便에 成英 冬服代 12,000 보냇다.

<1975년 10월 31일 금요일>
組合 總會엿다.
監査報告을 한는데 異議 업다고 해서 下단. 豫算심의 時에는 不平을 만니 햇다.
會費는 白米로 100k 주든지 現金으로 24,000원을 밧기로 하고 閉會햇다.

<1975년 11월 1일 토요일>
오날까지 麥 播種은 끝냇는데 種子가 約 4叺이 들엇다.
加德里에서 張1權[張一權] 氏 來訪. 加德里 李白春가 成奎 昭介로 維新벼 種子을 가지려 왓는데 63kg을 다라주고 代金 1部로 8,000원 밧앗다.
支署次席이 來訪햇다.

<1975년 11월 2일 일요일>
벼 脫作한데 朴京洙가 술을 자시고 와서 脫穀{機}에 손을 대자 成康 母 팔을 다치게 햇다.
終日 精米햇다.

<1975년 11월 3일 월요일>
成樂 件으로 今石와 同伴해서 全州 李汀雨 事務室에 갓다. 月曜日 맛나기로 햇는데도 不구하고 二名 다 업고 새약씨만 나맛드라. 李云相 氏을 맛나서 中食만 갗이 하고 來日로 미루고 왓다.
집에 벼 脫作한데 正式 人夫 外에 참일 해주겟다고 7, 8면[명]쯤 되엿다.

<1975년 11월 4일 화요일>
全州에 成樂 件의로 法律事{務}所에 2日次 갓다.
12時에 當햇지만 事務長이 3時 30分에 왓다. 마음이 不安햇다. 14日頃에 항소 判事가 擔當된다고 햇다.
三溪에서 崔容宇 兄이 왓다. 李云相 氏도 왓다.
집에 온니 脫作은 未決이엿다.

<1975년 11월 5일 수요일>
오날까지 脫作은 끝이 낫다. 工場에 새우도 말을 듯지 안해 애를 먹엇다. 今石이가 와서 多幸 집갈이[짚가리]도 해주고 해 몃칠 고마웟다.

<1975년 11월 6일 목요일>
아침부터 工場 갓다. 아침에 방아 찟자고 차즈면 眞實로 괴로운 듯햇다.
終日 精米한바 오날 비는 내린데 工場에 밀이는 것은 다 햇다.
明日 成曉 장인 生辰日이라고 內外가 택시로 갓다. 妻家에서 보냇다고.
安 生員이 工場에 오시여 一戰[日前]에 鄭鉉一 子 太石이가 工場에 가서 會社 놈들 다 죽이겟다고 하자 朴 專務라는 사람 동생이 골병이 들게 때렷다고 病院에 治料하고 그런 봉변이 없다고 햇다.
鄭圭太 外上代 萬원을 건너주웟다.

<1975년 11월 7일 금요일>
終日 精米햇다.

夕陽에 택시로 메누리가 왓다. 全州 언니와 갗이 왓는데 들이자고 해도 밥부다며 바로 떠낫다.
서울서 順禮가 왓는데 고기 술을 바이[받아] 가지고 왓다. 뜻은 住民登錄證을 交付바드려 成苑을 面會해려 온 듯햇다.

<1975년 11월 8일 토요일>
成康 벼 脫作햇다.
韓文錫 借用 15萬원 條 利元金 合해서 18萬4,000원을 夕陽에 通運事務室에서 會計해주고 바부다고 契約書는 日後에 찻기로 하야 歸家햇다.
靑云洞에 들이여 黃 生員과 미꼬리을 똘에서 잡앗는데 相當히 잡앗다.
밤에는 金長映 氏 金太鎬가 왓서 鄭昌律 不動産 全部를 賣買契約햇는데 논는 白米 16叺 家屋은 6叺 5斗 締結햇는데 婦人이 와서 昌律에게 불캐한 언동으로 言說한 데이여 막상 移住하면 苦生路를 걸지 안나 햇다.
술갑으로 白米 1斗 주웟다(건너집).

<1975년 11월 9일 일요일>
崔南連 白米 會計 條로 鄭昌律에 2叺代 參萬八仟원 林長煥 立會 下에 會計햇다.
방{아} 칫다가[찧다가] 玄米機가 異常이 生起엿다. 驛前에 운반햇든니 베야링이 나갓다. 이제것 外上代를 計算한니 18,800원.
밤에 靑云洞 金在玉 弔問. 鄭圭太에 金 壹仟원 둘여 주웟다.

<1975년 11월 10일 월요일>
成奎는 華嚴寺 麗水 觀光놀이하려 간다고 金 萬원을 빌여갓다.
終日 精米햇다.
벼 널기 2日채이다.
韓南連은 全州에{서} 왓는데 고기 果子[菓子]을 사왓는데 고맙드라.

<1975년 11월 11일 화요일>
終日 精米햇다.
成赫이 서울서 왓다.
밤에 林長煥 鄭圭太 金炯進 崔今石 家族 1員이 統一벼 作石 22叺 해노왓다. 收穫이 나오지 안햇다.

<1975년 11월 12일 수요일>
終日 精米한바 精米機 사래가 터저 2, 3次 애를 쓰다가 다시 米糠 白米이와 혼합해서 配出[排出]을 햇다.
夕陽에 郵替局[郵遞局] 所菅[所管] 電話 架設하려 人夫 7名이 왓는데 夕食 明{日} 朝食 中食까지을 要求햇다.
郭大寬이는 今日 19日 만에 鄕家. 1日 700 × 19 = 13,300원인데 200 더해서 주고 새기 1玉 주워 보냇다.

<1975년 11월 13일 목요일>
成康에 방아을 맛기고 今石 玄模을 帶同하고 全州 李汀雨 事務室에 갓다. 汀雨 氏을 서울 가고 事務長 問議햇든니 14日 明 判事가 擔當 決定한데 李斗洪 判事로 內定되엿다고. 오는 20日頃에 맛나기로 하고 答禮에을 하야겟다고 햇다.
電話을 架設{하러 온} 人夫 9名은 夕陽에 간데 待接 좀 15日에는 좀만 해주시요 햇다.
※ 崔南連 白米 會計 條는 13叺 中 昌律에 6叺 會計해주고 殘 17叺임(現品으로 4叺 現金으로 2叺임).

成樂 面會햇는데 李汀雨도 面會 왓드라고 햇다.

<1975년 11월 14일 금요일>
밤에 尹鎬錫 金永台 氏 立會 下에 雇人 韓南連 月給 會計한바 7월 21일 入家해서 11月 13日 現在로 3個月 23日인데 4個月分 月當 5分 利子로 45,000원인데 先金 16,500원 除한고 現金 2萬 八仟五百원 尹鎬錫을 거처서 會計 完了햇다.
全州에서 고초방아 당구을 가저왓다. 成康을 시켜 노라 2,000원에 또 가저왓다.
嚴俊祥 집에 弔問 갓다.
黃宗一에서 金 萬원 가저왓다.

<1975년 11월 15일 토요일>
아침에 趙命基가 來訪햇다. 斗流里 上泉里에서 벼를 驛前 黃泰石이가 실어간데 氣分이 不安하다고 通情하려 왓다.
고초방아 試運轉햇다.
裡里 新案機械工事에 갓다. 附屬品 一切 6,970원에 삿다.
夕陽에 全州 成英이에서 許 生員을 맛나고 煥談[歡談]코 갓다.
연탄 100개代 오몰代 480 전기세 350 취대金 200 計 4,630원 양천宅에 會計 完了햇다.

<1975년 11월 16일 일요일>
成愼 成玉이가 왓다.
全州에서 成吉이가 왓다. 墓祠 打合하려 왓다고.
任實 注油所에서 왓는데 白米 7叺을 실여 보내고 21日 輕油 5드람만 실코 오라 햇다.
成康이를 데리고 工場에서 일을 한니 마음이 괴로왓다. 저{도} 괴로울 것이다.

◎ 밤에 韓南連이는 보짐을 싸고 出家햇다. 일은 끝이 나고 會計도 끝낫는데 내가 나가라 하지는 안했으니 多幸이다.
終日 고초방아 찌엿다.

<1975년 11월 17일 월요일>
방아를 成康이에 맛기고 新平에 加工組合 會議에 갓다.
會議 中에 驛前 黃泰石의 말이 나왓다.
뻐스로 今石 玄模을 同伴해서 李汀雨 氏을 卽接 對面하고 打合金 參萬원을 封入해서 交際費로 드리고 단〃히 付託하고 事務長에게도 金 五仟원 건너주며 심부름 좀 잘 해달{라}고 햇다.
밤에는 今石 玄模 成康와 벼 作石. 明日 共販에 對 準備햇다.

<1975년 11월 18일 화요일>
新{平} 郵替局에 電話 取扱所長 會議에 參席햇다.
全州에서 臨席官이 왓다.
統一벼 共販場에 갓다. 벼는 大端 不實햇다. 付託한 것이 等外 3等이엿다.
現金으로 194,500원 찻고 殘 76년 5월 18일 찻기로 하야 집에 왓다.
韓南連은 丁俊浩를 시켜서 다시 겨울에 나무라도 하고 살겟다고 要請. 그려라고 承諾해서 드려왓다.
食鹽 鹽 2叺 館村에서 崔香喆에서 가저왓다.

<1975년 11월 19일 수요일>
아침에 瑛斗에 借用金 55,400원 會計 完了햇다.
全州에 갓다. 德律中學校[德津中學校] 成奉 擔任先生을 뵈옵고 治下하면서 付託햇

다. 授業料 13,560원 庶務課에 會計햇다. 電話은 完設햇는데 通話는 不通이엿다. 成吉 집에 들이엿든니 墓祠에 갓다고 不在中.

<1975년 11월 20일 목요일>

一. 成赫 條 桑苗代 成奎에 13萬원 주고 前 參萬원 주고 해서 16萬원 會計 完了햇다.
二. 9時 40分 列車로 巳梅面 사지봉 八代祖 墓祠 갓는데 館村驛에서 丁基善 丁九福 丁俊浩 牟潤植 牟光浩와 同乘햇다.
三. 墓祠을 끝맡치고 寶城宅 重宇와 同行해서 館村驛에서 빼스에서 下車햇다.
四. 우리 工場에 온니 嚴萬映 氏가
◎ 鄭太炯 氏 집에서 오더니 말하기를 어데 갓다 오냐 햇다. 墓祠에 갓다 온다고 햇다. 잠시 보자고 햇다.

鄭太炯 氏 집 엽에서 嚴萬映은 말햇다. 嚴俊祥의 子息 判男의 妻는 朝總연의 딸로써 공산당 資金을 갓고 投資하기 때문에 돈이 만하고 이번 林野 13町도 買收한 것은 그 돈으로 삿고 앞으로 嚴俊祥도 思想을 으심하며 嚴俊峰 崔錫宇도 으심함은 勿論이고 고랑 차는 날이 不遠이라고 햇다. 술 먹고 하는 말이지만 國家的으로 個人的으로도 겁이 난 소리를 하기에 日記帳에 적으나 조심하고 後에 보고 잘 살피고 싶다. 大端이 겁난 소리을 햇다. 이놈들 조금만 異常하면 바로 申告.

<1975년 11월 21일 금요일>

桂壽里 6代祖 墓祠日이다. 炳基 堂叔 昌宇 寶城 堂叔 重宇와 同伴해서 갓다. 午後 4時 30分 列車로 왓다.
◎ 밤 10時 30分頃에 鄭圭太 酒店에서 崔錫宇는 말햇다. 우리 마을에 고정간첩이 잇다고 하며 中央情報部에서 단여갓다고 하고 간첩은 女子라고 하며 橾心[操心]하야 한다고 햇다. 나도 이상한 소리를 드렷다고 햇다. 尹鎬錫 林長煥 崔今石 後에 왓다.

書道에서 오는 中 車中에서 옛 同窓生 柳南洙을 35년 만에 相逢햇는데 서로 몰아보겟드라. 其間 全州 稅務署에 있엇고 서울서 사는데 同窓生 金鍾鳴과 갗이 사는{데} 鍾鳴이는 美都파에서 經理部長을 한다고 햇다. 日後 同窓會議 時 招請하겟다고 作別햇다.

<1975년 11월 22일 토요일>

南原에서 白南基 氏가 來訪햇다. 要求 件은 李相駿 氏 位土을 本人 所有權으로 移轉을 해줄 것을 要求하기에 据絶햇다.
終日 방아 찟는데 우리 것이 16叺인{데} 今年 수학이 大端 줄엇다.

<1975년 11월 23일 일요일>

崔南連 氏 白米 會計는 10叺 4斗 清算하고 殘 2叺 6斗은 成吉에 會計하라고. 前番에 鄭昌律에 6叺 順相 3叺 本人에 1叺 4斗 計 10叺 4斗 整.
※ 其後에 嚴俊祥 動能[動態]을 보니 出入이 禁止되고 아무런 人體가 보이지 안코 잇다. 2, 3個月 前에 鄭圭太 酒店主人 丁俊浩 崔南連 氏 崔昌宇 말에 依하면 嚴俊祥 메누리가 金錢이 畿億이 넘으며 1部 丁俊浩 氏 말은 1兆가 넘다고 하며 全羅北道 財産家이며 昌坪里에서 崔乃宇 鄭鉉一 嚴俊峰도 嚴俊祥내의 財産만은 못하다고 장담하며 家屋도 他人에 주고 서울로 移居하겟다고 큰소리

치고 完萬[緩慢]한 動態인데 異常이 여기엿다.

<1975년 11월 24일 월요일>

新平中學校長室에서 新友會員 會議. 35名中 25名이 參席코 會長을 再選出한데 金善權 氏는 辭任하고 金永文 氏를 選出햇다.
中食을 맞이고 新任會長은 元泉 德川 집으로 招待코 約 3時間쯤 술을 마시는데 길겁게 1日을 보냇다.
6時 뻐스로 全州에 韓南連 兄 집에(多佳洞 事務所 앞) 갓다. 15,000원 받을 것을 14,000만 주면서 1,000원 수차 來往한데 택시비로 控除햇다고 하드라.
금암동 아이들 집을 단이여 8時 뻐스로 집에 온니 밤 9時쯤이엿다.
中學校 育成會 장학회 喜捨金 參仟원 申込햇다.

<1975년 11월 25일 화요일>

韓南連 萬3仟5百원을 넘겨주웟다. 14,000원인데 全州 旅비 500원 除햇다.
恩律[恩津]에 鄭榮植이 來訪. 機械을 修繕하고 밤 8時에 간다기에 旅비 4仟원 주웟는데 前條 機代 16,000원은 此後에 주겟다고 햇다.
黃宗一에서 2萬원 貸與햇다.
밤에 昌宇 집에 갓다. 全州에서 成吉이가 명일 墓祠에 參席次 來訪햇다. 寢席에서 成吉은 말햇다. 昌宇가 大端히 섭〃感을 갓고 있으며 不平햇다고. 심지여 成曉 母는 술 먹다가 昌宇가 오면 술병을 감추기도 하고 보리논 좀도 안 주고 生活에 이쯤 苦難하지만 동정도 안니 하다고 햇다고.
나는 答하기를 只今 洗鏡한 社會에서 兄弟나 父母에 親戚에 意存[依存]한다는 情神는 非人間이며 더 나가서는 非國民이라고 햇다.

<별지>

全州 侄 成吉이와 갗이 舍郎에서 同寢하면서 成吉는 말햇다. 23日 谷城 南陽 墓祠에 昌宇 重宇 炳基 堂叔과 守護者 집에서 昌宇가 말한다면서 兄이 내게 잘 못한다고 公開하면서 其前에 20年 前에 방아실에서 自己을 兄이 못 밋고 잘 맞기들 안니하고 보리논도 안 주고 못텡이논도 헐갑의로 사가고 술 먹다가 내가 가면 감춘다고 여려 가지로 말햇다고. 成吉에서 잠자리에서 듯고 生覺한니 으짓짠코 人生 不足 人物로 알앗다.
成吉에 말햇다. 방아실에서 不正이 있엇다. 논은 내 논 내가 삿다. 보리논은 일 잘해주면 주는데 못 주고 내가 只今 不安 中인데 爲勞해주기커녕 害로{운} 소리 묵은 소리을 더럽게 늘어노면 제가 무엇이 氣分 좋가. 그러타고 兄이 同情해줄가. 술병을 成曉 母가 감추웟다고 하나 韓南連 못나이[못난이]가 그런 말 햇다고 고지 듯는 人間이 大端히도 不足者로 본다. 過居[過去]에 母親任 게실 때 만히 援助햇것만 이제는 오히려 反격을 공격하고 他人에 내의 身上을 不平的으로 宣傳公勢[宣傳攻勢]한다니 非人間的 人物로 보고 도와주고 싶은 마음 萬分의 一도 뜻이 없다.

<1975년 11월 26일 수요일>

成康에 白米 6叺을 市場에 市販하려 보냇다(25日 5叺도). 計 11叺.
高祖考 墓祠엿다. 炳赫 炳基게서 왓다. 工場에 일이 밥아서 參禮 못햇다. 成吉이는

債務整理 좀 못하겟야고 햇다. 不安感이 生起엿다.
終日 工場에서 作業햇다.
農協에서 債務 確認하려 왓다. 崔今石 條 邑內 借金 參萬원 會計햇다고. 今石이와 成康이가 寶城宅 條 白米 13斗 宋成龍에서 會計햇다.

<1975년 11월 27일 목요일>
任實 金鍾喆 油代 殘金 3萬원 남기고 油는 6드람 入庫햇다.
成康에서 白米 11叺代 171,550원 會計햇다.
終日 방{아} 찌엿다.
※ 밤 8時頃에 崔今石 安鉉模가 來訪햇다. 李在植은 電話하려 왓다. 崔今石은 말햇다. 오날 嚴俊峰 뽕나무 캐는데 嚴俊峰는 말하기를 嚴萬映이가 우리 三 兄弟을 相對로 中央情報部에 間諜으로 申告해서 支署부터 本署 中央에서 俊祥 집에 調査하려 온다고 하면서 嚴俊祥이가 죽든 嚴萬映이가 죽든 우리 兄은 罪가 없으니 끝가지 해보겟다고. 人夫 수명이 잇는데 宣語[宣言]햇다고 햇다. 나는 生覺하니 100尺된 물속은 알아도 6尺된 사람 마음 모르니 兄弟 間이라도 思想은 모르니라고 하고 嚴萬映도 어데까지나 할 말이 만이 잇는데 하상이면 間諜으로 申告한다는 것은 1/100이라도 根居[根據]가 잇이 안나 햇다.
요즘 丁基善 行動을 보면 건너 술집을 갓다 요 건너 술집을 갓다 왓다하며 嚴俊祥 집 近處을 돌며 衣服도 平素와는 달이하고 있으며 嚴俊祥은 其前과는 달이 出入이 藉〃틀 안트라. 정기선은 或 嚴俊祥 집에 손님이 오면 무슨 말대답이라도 해주려는 것 갓다.

<1975년 11월 28일 금요일>
大里國校 育成會에서 喜捨金을 받으려 왓는데 參仟원 記入해주웟다.
全州 成吉이가 또 왓다. 눈치인즉 債務關係이 듯한데 身경질이 낫다. 自請해서 앞으로 10餘 日 內에 請算[淸算]할 터이니 기드리라 햇다.
完宇을 오라 하여 田畓 5斗只쯤 賣渡할 터이니 昭介하라 햇다. 每 斗落當 20叺 程度로 말햇다.
電話修理次 全州 菅理局[管理局]에서 왓다.

<1975년 11월 29일 토요일>
完宇는 大里 安吉豊 氏에 土地 照介한바 坪當 1斗 1升식. 小作은 完宇가 하기로. 10上八九[十常八九]는 意思表示햇다고. 計 1,031坪인데 113叺41升쯤. 金額으로는 226萬8仟2百원이 算出됫다.
生覺하면 債務整理을 計算하면 밤이면 잠오지 안코 고민이 生起여 1身上도 害롭다. 他人 債務 利子만 整理하다{보}면 나무[남의] 農事만 지여준 폭이 되며 收益成[收益性]이 업다. 不得히 賣渡해야만 되겟다.

<1975년 11월 30일 일요일>
工場은 休日이다.
大里에서 共販을 한바 우리 收得稅 5叺 買上 1叺 {等}外品으로 드려 갓다고.
成康이는 耕耘機로 大里에 벼 65叺 運搬햇다고 햇다.
李起榮은 秋 探耕[深耕]을 햇다.

成康을 시켜서 市.[100]

<1975년 12월 1일 월요일>
아침에 寶城宅이 또 3번채 왓다. 債務清算을 督促한 것이다. 全額은 못해도 半額이라도 해주마 햇다. 또 不安햇다.
成康이에 白米 10叺을 실이여 市場에 보냇다.
夕陽에 桂壽里 1家 崔薦宇 氏가 來訪햇다. 日前에 墓祠 時에 付託햇든니 相違 없이 왓다.
昌宇 錫宇을 맛나고 寶城宅 債務을 말햇든니 10{日}頃으로 미루는 것이엿다.

<1975년 12월 2일 화요일>
寶城宅 債務 11月 30日字로 計算한니 元利金 合計(6개월 20일) 633,200원 中 363,200원을 夕陽에 堂叔 집으로 가서 傳해드리고 殘 27萬원이라고 確約하고 鉉宇에 計算書을 傳해드렷다.
崔천宇 氏와 午前 中에 山 求見을 하고 午後에 作別하면서 車비 仟원을 드렷다.
崔錫宇에서 寶城宅 條로 白米 元利해서 3叺 9斗 工場에서 會計 完了하고 金錢만 나(3萬원)맛다[金錢만(3萬원) 남았다].
崔今石이가 全州 단여왓다고 집에 왓다.

<1975년 12월 3일 수요일>
精米하다 보니 原動機가 異常이 生起여 全州에 갓다.
附屬品을 사다 밤 10時 30分까지 組立을 햇다.
黃在文에 依하면 連日 崔完宇 집에서 도박을 하는데 成康도 갗이 한다고 들엇다.
밤에 便所에서 자는 닥을 某人이 잡아가 大端히 서운햇는데 도박군들 소행이 안니[아닌가] 본다.
午後에는 全州에서 附屬을 사다가 밤 12時까지 組立햇다.

<1975년 12월 4일 목요일>
아침부터 試運轉해도 되지을 안니 햇다. 夕陽까지 中食도 굴머가며 發火을 못햇다. 穀主들은 왓다갓다 하며 구스렁거리엿다. 밤에 겨우 될 듯햇다.
驛前 李德石에 外上代 18,000원인데 白米로 1叺 보냇다.
大里에 趙命基가 電話로 內外間에 3, 4次 電話햇는데 決局[結局]은 오소리을 사달아기에 2頭 22,000에 사주웟다.

<1975년 12월 5일 금요일>
丁基善에서 金 貳仟원을 둘어서 韓南連 聖壽에 觀選하려 간다고 해서 주워 보냇다.
아침부터 工場에서 機械는 如前히 돌앗다.
終日 精米햇다.
電話料金 총게 10日間 1,906원 會計해주웟다.
韓南連 妻가 7日 온다고 방을 구해달라고 鄭宰澤에 당부햇드니 不應.
任實 油店 金宗喆 氏 石油 1드람 모비루 1초롱 21,000원 하고 前條 殘金 3萬원 計 51,000원을 請求하고 갓다.

<1975년 12월 6일 토요일>
成康을 시켜서 白米 3叺 市場에 보냇다.
指導所長 文 係長이 오시여 營農關係에 좋은 말 만니 드려다.
趙命基 條로 林長煥에 金 6仟원 주웟다.
黃宗一 借金 34,700원 傳해주웟다.

100 일기장 여백에 새로 문장을 시작하려다가 중단한 내용으로 12월 1일자 일기 두 번째 문장에서 다시 쓰고 있다.

韓南連은 明日 각시가 온다고 市場에 메누리을 데리고 이불자리 손단지 등 각가지을 사왓다. 洞內 사람들은 모두 비우섯다.

◎ 夕陽에 듯자하니 韓南連은 圭太 酒店에서 우리 메누리가 五仟원 程度을 내노치 안니 한다고 햇다. 圭太 黃在文 崔瑛斗 氏 立會下에 말햇다. 熱이 나나 참고 用紙에 1部 調査을 햇다. 집에 온니 食事을 하고 메누리에 問議하고 物〃價을 記載하고 보니 元金 33,500인데 支出이 33,510이엿다. 메누리가 化[火]가 나서 빰을 때렷다. 成康이는 南連을 데리고 圭太 酒店에 갓다. 여려 사람 잇는데 解明햇다. 林長煥에서 金 壹仟원 둘여서 700원을 南連에 會計 完了해주고 다시는 내 집에 오지 말아고 햇다. 그려면 이 동내에서 살아도 말하지 안니 하겟소 햇다. 안니 하마 햇다. 다시 또 말 안니 할 테야 햇다. 이놈 네가 내게 다짐을 받을 必要는 없지 안나 하고 빰을 때렷다. 잘못햇다고 빌기는 하나 다시는 뜻이 없다.

밤에 成東이가 光州에서 外出次 왓다.

<1975년 12월 7일 일요일>

방아 찌는데 能率이 오르지 안햇다.

成東이는 夕陽에 가는데 旅비는 裵永植을 시켜서 2仟원 해주라고 햇다.

夕陽에 耕耘機에 成豚을 실코 元泉里에 金雄業 氏에 交配을 시켯다. 金 2仟원인데 外上으로.

<1975년 12월 8일 월요일>

全州 李汀雨 事務室에서 鄭太炯 氏는 아침에 비자루 30餘 개을 매서 손수에 가저왓다. 고맙다고.

韓南連이는 아침에 지게 낫을 달아고. 못 주겟다 据絶해서 보냇다. 不良한 놈.

黃宗一에서 金 貳萬원을 둘엿다.

今石 玄模와 갗이 同行해서 全州에 갓다. 汀雨 氏는 서울 가고 사무長은 行方不明이고 해서 歸家하고 明日 가기로 햇다.

金長映 氏을 오라고 해서 村前畓 5斗只을 昭介하라고 햇다. 斗落當 23叺식 해보라고 햇다.

밤에는 손이 애리서 복잡햇다.

<1975년 12월 9일 화요일>

精米機가 異常하고 配出이 없어서 뜨더보왓드니 엥도가 달아서 交替햇드니 前에 比하면는 3倍 以上이 配出되엿다. 엔도 노라는 꼭 準備해두워야겟다.

12時頃에 崔今石 安鉉模와 갗이 全州 李汀雨 事務室에 갓다. 李東浩 事務長은 도박하다 刑務所 갓다고. 李汀雨 氏을 맛나고 相議햇든니 法院에 連絡해서 알이겻다고[알리겠다고] 해서 기드리니 12. 24, 25{일}頃이라고 햇다.

밤에 집에 온니 韓文錫가 里長과 왓는데 杜谷貯水池 착수한데 反對 同意 좀 해주시요 햇다. 承諾햇다.

<1975년 12월 10일 수요일>

해장에 방아실에 간니 金順順 氏가 왓다.

鄭宰澤에 依하면 끝터리 5斗을 깍자고 햇다. 나는 不應햇다. 논 살 사람이 2, 3叺 애겨서[아껴서] 무[뭐] 하나 햇다.

夕陽 鄭圭太 氏을 맛낫다. 兄 논 판단 말이 分明해 햇다. 그렷타고 햇다. 鄭太炯 金長映 昭介로 팔겟다고 했으나 끝터리 깍자고 해서 不平햇다.

밤 8時에 鄭圭太가 왓는데 白康俊에 昭介한데 1叺 더해서 117叺로 決定하라 햇다.
※ 成豚 交配 第三次을 시켯다. 元泉里에서 契約金 白米 6叺代 11萬7仟원 밧앗다.

<1975년 12월 11일 목요일>
崔南連 氏을 同伴해서 農牛 개비하려 간는데 大里에서 李點龍 氏가 배매기牛[101]을 가지고 있다 市場에 내노니 우리 소는 19萬원에 팔고 大里 牛는 16萬원 처서 手苦費로 5萬5仟을 주웟다. 그리고 8月 10日 萬원 借用 條 利 貳仟원하고 計 12仟원 除한 4萬3仟원을 주고 會計는 끝냇다.
鄭圭太 金 五萬원 取해갓다.
솟 10號 8仟5百에 사노코 왓다.
147,000원 所得한 셈이다.
밤에 成英 便에 崔今石 63,800 보냇다.
金宗出 96,000 〃
丁九福 11,800 〃

<1975년 12월 12일 금요일>
大里 趙命基 昭介로 驛前 黃奉石 氏을 訪問하고 工場賣渡을 打合한바 350叺는 꼭 주워{야} 한다고 햇다. 趙命基는 280叺에 맛게 해달아고 했으나 差異 너머 생겨서 말 못햇다.
全州에 新婚禮式場에 參席코 李成根을 祝賀햇다.
中食을 맞이고 作別. 成吉 金東旭 李泰珍 郭宗燁도 맛낫다.
집에 온니 大里 尹在煥 外 2名이 來訪햇다. 用務는 杜谷池에 對한 同意要請 捺印을 要求햇다. 完强[頑强]히 不應햇든니 捺印 拒不[拒否]해도 政束的[政策的] 한다고 해서 그게야 處分대로 하시요 햇다.
夕陽에 成康을 시켜서 第四次 交配을 햇다 任實 1次 元泉 3次.

<1975년 12월 13일 토요일>
9. 40分 列車로 求禮에 當한니 12時 任正三 父 小祥에 弔問하고 外家에 간니 成造을 始作햇는데 훌용하게 하는 中이엿다.
順天에서 趙宰澤 姨從도 왓드라.
2時에 出發해서 求禮驛에서 宰澤과 作別코 特急으로 任實驛에 오니 四時 20分. 바로 任實 中央病院에 들이여 손을 治料하고 집에 온니 6時엿다.
成康이는 全州 成樂 面會에 보내면서 囚衣 1着 사주라고 햇다.

<1975년 12월 14일 일요일>
날시는 고루지 못한데 農園에서 쌀을 실로 왓는데 成康이는 없고 黃在文 氏는 방아 찟자고 왓는데 마음이 괴로왓다.
손이 앞앗는데 경운기로 용산리을 2回나 단니는데 不安햇다.
이발을 하고 任實 病院까지 단여 손을 치로해다.
崔南連 氏 집에서 게가리 한다고 해서 가보니 成吉이도 왓드라.
黃宗一 債務 21,400원 會計해주웟다.

101 '배매기' 또는 '베메기'는 본래 생산수단의 소유주와 이를 임차하여 이용하는 사람이 생산물을 나누는 관행으로, 병작과 동의어이며 이익을 반분할 경우 반타작이라 부른다. 대개 논밭의 소작과 관련되어 많이 쓰이지만 소 임자가 소를 빌려주어 키우게 하고 이를 팔아 남은 이익을 키운 이와 나누는 관행을 뜻하기도 한다. 같은 뜻을 가진 말로 반작소, 병작소, 얼이소, 어울이소 등의 용어가 있다. 구체적인 임대차, 사육과 수익 분배의 조건은 지역과 시기에 따라 다양하다.

<1975년 12월 15일 월요일>
終日 방아 찟는데 눈이 내렷다.
成吉이과는 全州 집을 팔고 農村에서 田畓을 사서 農事을 짓겟다고 柳正進 畓 800坪 白米 68叺에 決定코 賣渡契約햇다.
親睦契 白米 利子 4斗 1升 5合을 南連 氏에 시키고 張泰燁 氏에 주웟다. 그리고 1叺는 韓正石에 주기로 햇다.
尹鎬錫 氏는 寶城宅 債 白{米} 13斗을 會計해야 한데 3斗 利子만 밧고 3叺을 다시 가저간 것으로 記載하고 現品을 工場에서 드렷다.

<1975년 12월 16일 화요일>
아침 7時 40分에 第二 成豚을 交配시키려 新平에 갓다. 눈도 내리고 바람까지 合致해서 부는데 手足 앞아다[아팠다]. 交配을 시키고 집에 온니 11時엿다.
新平 副面長 外 1人이 秋곡{매상} 督勵次 來訪햇다.

<1975년 12월 17일 수요일>
白康善 氏와 갗이 방 修理.
舍郎에서 메주달기 소 굴에[굴레] 짜기 햇다.
방이 찌엿다.
벼 공판 {한}다고 방{아}실에서 부주[분주]를 떠렷다.
李順宰는 寶城宅 條 白米 2叺 6斗代 現金으로 50,700원을 밧앗다.
崔南連 氏는 寶城宅 주라고 金 五仟원 五百원을 밧닷다.
成吉이는 柳正進 논을 다시 파아달아고[팔아달라고] 斗當 1叺식 남겨서 長映에 편지로 傳해왓다고. 좀 지나치[지나친] 짓이 안니가 生覺이 들드라.

<1975년 12월 18일 목요일>
牟潤植 氏 借用金 24,000원 鄭九福 便에 鄭鉉一 집에서 會計햇다.
成吉이가 全州에서 왓다. 못텡이논을 물엇다고 햇다.
成奉이가 왓다. 永高[전주 영생고등학교. 1956년 설립]을 不合格이고 後期에 海星高을 치루겟다고. 氣分이 안니 낫다. 熱을 내서 訓示는 햇지만 괴로왓다.
成康이도 工高에서 떠러저 補缺로 農工에 넛는데 저 꼴이고 成龍이도 工高에서 떠러저 行方不明이고 成奉이는 永工을 보와서 떠러젓으니 마음 나부다.
終日 舍郎 되비하는데.

<1975년 12월 19일 금요일>
崔今石 安玄模와 全州에 李汀雨 事務室에 갓다. 群山에 裁判하려 갓다고. 李 讓[孃]에 무르니 今月에는 公判이 어려울 것이라고 햇다.
오는 途中에 紀全女高 李炳駿 課長을 禮訪코 打合하기를 永高 補缺로 交섭해 달아고 햇다.
永高 庶務課에 들이여 相議한바 入學金 拂入 마감은 1월 30日이고 補缺로 뜻이 있으면 2月 4, 5日頃에 오라고 햇다.

<1975년 12월 20일 토요일>
아침에 白康善을 시켜서 白康俊에 移轉登記卷을 印鑑證明 2通까지 보내면서 明日 7, 80萬원만 해달{라}고 전햇다.
※ 朝食 後에는 昌宇 집에 갓다. 寶城 堂叔 侄婦가 있엇다. 잠시 後 寶城宅 條 白米 現金을 會計하소 햇다. 現在는 업다고 하면서 妻보고 집이라도 재피고 갚아주

라고 햇다. 마음이 괴로왓다. 成樂가 겨울에 나올 줄 알앗든니 돈은 돈대로 들면서 마음대로 안 된다 햇든니 昌宇는 돈이 있으니가 그럭케 쓴다면서 나는 굴머죽는다 해도 동구[동기] 간에 쌀을 절미[折米. 낟알이 여러 개로 쪼개어져 도막난 쌀] 하나 안 주어서 이웃 林長煥이가 白米 1斗 주워서 먹고 寶城宅 집에서 서숙쌀[조] 서긴 것 밧품 내다먹고 살앗다고 햇다. 그려면 남이 알건대 兄弟보다는 넘이 조타면 兄 보고 모이한 놈이라고 할 게 안니가 햇다. 그려타고 햇다. 잇다고 그리 말고 崔乃宇 것 떼여 먹겟다고 하면서 업쓰니가 못 주겟다고 하고 못텡이논도 쌀 20叺에 빼사갓다고 不良한 놈이라면서 큰소리치며 장구먹논도 빼사가고 싶나면서 죽은 兄任이 준 논이라고 햇다.

이 환장한 놈이 되엿구나 분는 나지만 어머니 돌아가신 지도 수년이 넘고 논 返還한지 수년이 되엿는데 이제 새삼 말{할} 것은 업스며 그때 더 달아든가 안 팔면 되지 쌀은 23叺 바다가고 이제 와서 말을 낸 것은 寶城宅 條 쌀과 돈을 떼먹기 爲한 條件付[條件附]으 惡意에 不過하다고 본다. 그려나 남으 신부름해주고 서운을 산다는 것은 大端 분하고 어굴하다.

큰소리치는 것을 보니 非良心的이며 過居의 動行[行動]도 生覺하면 他人이 엿보는 것을 本人는 모른 것이다. 분명이 마음은 변햇는데 언제든지 記載만은 남겨두고 보겟다. (인)

<1975년 12월 21일 일요일>

아무리 生覺해도 치가 떨이엿다. 生後에 어는 사람에서 不良한 놈 소리를 못 드렷는데 昌宇 弟氏에서 不良한 놈이라고 들었으니 生前인들 못 잇겟다. 他人에 願情談도 못 하고 호자서 괴롭다. 꼭 두고 보야겟다.

<1975년 12월 22일 월요일>

내 것도 안닌 寶城宅 쌀 元子 3叺 金 2萬원을 어더주고 以上과 같은 忙身[亡身]을 當했으니 원망스럽다. 없으니 떼멕다고[떼먹겠다고] 公開하며 반거지로 말하며 소으로[손으로] 사구대질[삿대질]을 하면{서} 暴行을 하고 달아드나 여려 가지로 生覺하고 되도라오나 生覺할수록 이발[이빨]이 떨이엿다.

<1975년 12월 21일 일요일>[102]

終日 방아 찌엿다. 어제 밤에 내리[내린] 눈은 今年로써는 第一 만니 내렷다.

12月 14日부터 술을 참는데 今日까지 8日 채다.

<1975년 12월 22일 월요일>

※ 寶城宅 現金 計算하니 前條 27萬원 私債 3萬원 利 3,500 崔南連 條 5,500 取貸金 2仟원 計 311,000원. 崔今石 安玄模 白康俊 立會 下에 會計 完了햇다.

※ 白康俊에서 土地 25叺代(487,500원) 入金햇다.

※ 崔今石이가 왓다. 許 벼호사[변호사]에 事件을 옴기겟다고 햇다.

新平農協職員 崔永錫 181,278원 1部 支出. 丁九福에서 金 八萬원을 둘여다 崔今石 安

102 위 12월 21일과 22일의 일기는 동생 창우와 관련된 내용으로, 20일에 일어난 사건과 같은 맥락임을 강조하기 위해 최내우 옹 자신이 일기장의 남은 공간에 21일과 22일의 일기를 적어 넣었다. 이하 새로 시작하는 면에는 21, 22일에 적지 못한 다른 일과를 적고 있다.

玄模에 주면서 잘 교제해보라 햇다.

<1975년 12월 23일 화요일>

방아 찟고 夕陽에 今石 玄模와 갗이 全州에 갓다. 許 변호사에 人事코 成樂이는 전과者나 免해주시요 햇든니 自身[自信]이 업다면서 拾萬원을 要求햇다. 明日 맛나자고 했으나 오면서 生覺하니 李汀雨 대접이 안니다고 生覺햇다. 許에 9萬원는 주윗지만 포기하고 십다.

<1975년 12월 24일 수요일>

崔今石 安玄模을 오라고 하고 成樂의 件은 포기할 터이니 許 변호{사}에게 傳해달아고 햇다.

食後 11時頃에 崔今石이가 왓다. 金錢 때문에 우리가 복잡하다면서 그대로 두면 어더야기에[어떠냐기에] 쌍입이 스면 뭇으니[못 쓰니] 그리 알{고} 내가 돈도 포기할 터이니 단여 오라 햇다.

里長에 收得稅 4,200 中 3,000원만 先拂하고 蠶種代 7枚 16,240원도 支拂햇다.

午後에 精米햇다.

<1975년 12월 25일 목요일>

白康俊 移轉登記 手續切次[手續節次]는 完了해주웟다.

成吉이가 왓다. 借用金 計算 促求햇다.

寶城宅은 白米 借用米 督促을 햇다.

大端히 괴로왓다.

<1975년 12월 26일 금요일>

◎ 寶城 堂叔 白米 條 昌宇가 元子 3叺 利子 9斗 計 3叺 9斗인데 故意로 떼먹겟다면서 會計을 안 해주기에 堂叔하고 相議한바 2叺만 減해주시면 깨긋이 淸算해드리겟다고 햇든니 그러케 하소 하면서 쾌이 承諾해주시여 感謝햇다. 그러나 此後에 昌宇가 或 元子라도 주면는 其時에 又 會計해드{리}나 今般만은 完全히 끝냇다.

◎ 元子 35叺 利子 10叺 5斗 計 45叺 5斗 + 76년도 小作料 3叺 6斗 元喆 條 3叺 3斗 計 524斗 52叺 4斗 (昌宇 2叺 正石 1叺 鎬錫 3叺 서울 2叺) 8叺 除 = 44叺4斗임.

任實을 단이여 全州을 李正雨 氏을 禮訪하고 大里에 단여 藥 2첩 짓고 왓다.

밤 白康俊이가 와서 白米 10叺代 195,000원 대고 갓다.

※ 밤 8時에 全州 李汀雨 氏에서 電話가 왓는데 14日 공판일이라고 왓다.

<1975년 12월 27일 토요일>

任實指導所에 機械使用方法 技術敎育을 밧고 왓다.

爲親契加理에 午後에야 參席햇다.

白康俊에서 白米 10叺代 195,000원 入金햇다.

밤에는 鄭圭太 집에서 놀는데 도박이 시작되엿는데 왓다.

<1975년 12월 28일 일요일>

寶城宅 白米 3叺 9斗代 7,600원을 具道植 氏가 會計해왓다.

白康俊 精米한데 20叺 受領햇다.

<1975년 12월 29일 월요일>

白康俊에 白米 4叺 又 收入햇다. 그려면 금일 現在로 71叺가 收入된 편이다.

아침에 成吉에 가서 債務會計淸算한바

490,400원인데 現金 375,000원을 주고 殘 111,500원이라고 햇든니 成吉이는 22萬원 條는 4分로 會計해주시고 殘金은 100,900원으로 알으시요 햇다. 고맙다고 햇다.
朝食을 成吉 집에서 하고 10時 定時로 해서 法院에 갓다. 成傑이가 不在中이여서 父兄이 代參햇다 한니 1월 14일에는 꼭 參席케 해주시라 햇다. 參席한 兒該는 明日 10時 第三 號室 法院에 오라 햇다.

<1975년 12월 30일 화요일>
寶城宅 白米會計 條 43叺 4斗 中 元喆 條 3叺 3斗는 내게 關係 업고 40叺 1斗만 責任인데 當日 23叺 9斗 代金으로는 474,000을 丁振根 長人[丈人](妻父)에서 會計해드렷다.
그런데 白米가 不足해서 柳正進 쌀 5叺을 貸借해서 보태 드렷다. 그려면 殘은 16叺 2斗임.
成康이를 시켜서 白米 20叺 任實에 운반해 주고 운임 4,000원 밧앗다.
寶城 堂叔은 12時에 떠낫다.
밤에는 새기 꼬는데 10時 新平農協에서 廉東根 外 2人이 왓다.

<1975년 12월 31일 수요일>
終日 精米햇다. 工場에서 林長煥 鄭太炯氏는 債務關係로 是非가 낫는데 林長煥이가 잘못이라고 公平이[公評이] 나도랏다.
내도 白米 16斗 받을 것이 잇는데 재촉을 못하고 말앗다.
◎ 75年度 惡年도 365日이 오날로 마지막 저무러가는데 時가 바부엇다.
징글하고 齒가 떨이는 해엿다.
1. 成康 母는 病院에 入院하야 金錢이 만히 들엇다.
2. 成康이 內外間에는 夏間에 서울서 避暑하고 初秋에 왔으니 父母로서 不安햇다.
3. 成樂이는 刑務所에서 고생한지 4個月 너멈고 金錢도 相當히 들은 해이다.
4. 成傑이는 75년 8月에 傷害罪로 立件되여 무려 10餘次 檢察廳 法院까지 내왕해도 只今[至今]것 끝이 못 나고 말앗다.
5. 成奉이도 공부 잘 할아고 願대로 돈을 써주웟지만 結局은 永生高도 不合格을 되고 보니 大端히 답〃햇다.
6. 昌宇는 논갑을 적게 밧앗다고 是非을 거는데 나더러(兄) 不良한 놈 소리를 했으니 生前 잇지 못하는 해엿다.
7. 자근메누리는 어데서 무식하고 본 데 업는 사람인지 내의 마음에 하나도 들지 안니 한다. 全州만 來往하면서 앞으지도 안니 하면서 病院에 入院만 햇다고 전화만 온니 납부지 안나.
8. 이래서 債務가 만해서 農地를 파랏다. 그래도 完全 整理가 못 된 해다.
9. 成康이도 도박판에만 단이여 돈을 상우듯 한니 밋지 못한 사람으로 본다.
10. 妻男 李龍君는 子息을 나서 成康 母에 맛기고 잇는데 그것도 損害가 이만저만이 안니다.

하나님 선영(先塋)들게 비옵니다. 今年부터 이려한 之事는 없게 해주시기 仰願합니다.
崔乃宇(亨宇) 書願

1976년

<1976년 1월 1일 아침>

家族 生年月日 票[表] 陰曆

戶主關係	生年月日		姓	名	戶主關係	生年月日	姓名
戶主	一九二三 癸亥八月二二日	54	崔乃宇 崔亨宇	午前二時 小卒	長子婦		
妻	一九二五 乙丑八月八日	52	金順礼	無識	次子婦		
妻	一九二五 乙丑三月十五日	52	李淑子	無識	孫女	崔大領 라리	一九七五・二・一九陽曆 乙卯 正月九日陰曆
長男	一九四八 戊子二月十四日	29	成曉	高卒 公務員	孫子		一九七六十二月二十一日陽曆午前 時 丙辰 十一月初一日陰曆 十一
次男	一九四八 戊子十月二十日	29	成康	高卒 失業			
三男	一九五二 壬辰十一月十八日	25	成東	高卒 軍人			
四男	一九五七 乙未八月六日	22	成樂	高卒 農業			
五男	一九五八 丁酉一月十六日	20	成傑	中卒 工員			
六男	一九六○ 庚子二月二十五日	17	成奉	高在學			
七男	一九六二 壬寅八月十一日	15	成愼	中在 學中			
八男	一九六七 丁未九月一○日	10	成允	小學 在學中			
長女	一九五二 壬辰四月二十八日	25	成苑	高卒 公務員			
次女	一九五七 丁酉二月二十六日	20	成英	高在 學中			
參女	一九六○ 庚子七月十八日	17	成玉	中在 學中			

<1976년 1월 1일 아침>

先塋祭祀 日 票[表] 陰曆

正月二十五日	二月十七日	五月 五日	七月 五日	七月十四日	十二月一日	十二月十二日		外家 七月二十日 三月二十七日
高祖 文洞 墓祀 11月26日 陽曆	長兄	高祖妣 全州李氏	伯母	先祖考 配羅州羅氏 同日	先考 先親	曾祖妣 河東鄭氏	河洞(叔父)	外祖父〃〃 外祖母求禮

大小家 外家 祭祀

正月二十七日	五月九日	五月二十五日	六月十日	十二月十五日	八月五日	十一月二十日	十一月二十一日	十一月二十二日	十一月二十六日	寒食
화성할머니 炳洙	오루골 從祖母 炳旭	再堂叔 全州 濬宇	從祖父 炳旭	안골從祖母 炳喆	매평從祖父 〃〃 매평從祖母 濬宇	八代祖 麝臍峰 墓祀	六代祖 桂壽堂 〃	五代祖 谷城南陽洞 〃	高祖文洞 〃	七代祖 連山 〃

<1976년 1월 1일 목요일 구름>
工場에서 精米했다.
惡夢같은 75年을 보내면서 곰곰히 生覺해 보니 99%는 失패햇다. 마지막 보낸 75년도 지긋 〃 〃 햇다. 丙辰年 1976年度는 75年度 失패點을 期必코 復收코저 하며 覺悟이다. 에수[웬수] 같은 乙卯年 보내며 슬품과 서려움을 止禁치 못햇다.
※ 任實 注油所 外上代 51,000 中 3萬원 주고 殘 21,000원 殘으로 밤에 計算햇다. 農協共濟貸付 8萬원 中 5萬원 組合長에 合計하고 殘額은 以後에 職員에 淸算하겟다고 夕食을 시키고 보냇다.
※ 今夜에는 父親祭祀이다. 全州에서 成吉 父子女가 왓다.
※ 成奎는 農特資金 30萬원 貸付 밧는데 印章을 주고 組合長의 債務確認을 받아오라 한바 夕陽에 組合長이 왓기에 確認을 밧앗다. 理由는 許以[虛僞] 貸付나 밫이 안나 生覺이 들어엿다.

<1976년 1월 2일 금요일>
大里 金哲浩 母喪. 12月 31日 死亡으로 明年 祭祀는 陰 11月 29日로 안다. 哲浩 宅에 弔問하려 갓다. 新平 所在地에서 만히 오시여 人事를 나{누}고 作別햇다.
鄭用澤을 맛나고 契員 集會日을 1月 4日로 決定했다.
趙命基 白米 契日는 1月 6日 決定코 왓다.
아침에는 鄭圭太 丁基善만 招待코 朝食을 같이 햇다.
間夜에 先考祭祀에 昌宇가 왓다. 아침에도 왓다. 人象[印象]을 보니 내는 不安햇다. 成吉이가 訪問하고 謝過하라고 해서 왓다고. 그러나 相面을 拒絶하고 말앗다.

<1976년 1월 3일 토요일 구름>
一. 鄭九福 氏에서 金 貳萬원 借用햇다. 팔을 닷이엿다고 全州 病院에 간다고.
一. 崔錫宇(弟嫂)가 順天宅 條 債務 元利 併合해서 39,500원(4分利로) 淸算하고 갓다.
一. 丁俊浩 婦人는 寶城宅 借用米 元子 2叺代 39,000원 合計하고 갓다. 計 78,500원 收入햇다.
終日 舍郎[舍廊]에서 過年 收入支出帳 整理하고 累計을 整備햇다.
夕陽에 成允을 데리고 成吉집에 曾祖母 祭祠[祭祀]에 參席햇다. 泰宇도 外內間에 參禮햇다. 重宇 參神 後에야 왓다.

<1976년 1월 4일 일요일 구름>
11時에 東洋堂禮式場에 參席한바 舊 面長들이 多分히 募이고 館村 所在地 親友들이 왓는데 40餘 名. 禮式이 끝나고 보광당 舍宅으로 招請이 되엿다.
中食을 맛이고 뻐스로 大里 親睦稧에 鄭用澤 有司 參席하고 보니 午後 2時엿다. 稧곡을 併利해서 整理하고 2叺 8斗을 가지고 4月頃에 旅行키로 約束햇다.
大里 趙命基가 우리 契에 加入코저 招介[紹介]가 되엿는데 郭宗燁이가 不平하면서 萬一에 趙명기가 入契한다면 나는 脫契하겟다고 해서 流契人으로[保留 契人으로] 두고 散會햇다.

<1976년 1월 5일 월요일>
官公署는 始務日이다.
새벽부터 내린 눈는 終日 내렸는데 最高 많이 내렷다.
新平 鄭贊局[郵遞局]에서 75년 12月分 電

話料金을 計算한니 6,259원이라고. 收入하고 比交[比較]한니 1,200 程度가 赤字엿다. 新平에 成苑이 電話햇는대 成曉는 1月 1日字로 郡廳에 山林課로 發令이 낫다고 傳해왓다. 終日 舍郞에서 새기 꼬기 햇다.

<1976년 1월 6일 火요일>

大里 趙命基 有司 집에서 稧員는 金哲浩 朴敎植 康治根 趙命基 崔乃宇엿다. 金永善 崔炳斗만 不參. 來年에 康治根 條 5叺 2斗을 밧고 내 條 2叺 3斗을 合해서 7叺 5斗을 1部 代金 現品으로 淸算해 주엇다.

成康에 들이여 成苑보고 成樂 面會 좀 단여오라고 햇다.

安鉉模 崔今石은 今日 全州에 간 듯 햇다.

※ 아무래 生覺해도 75년度 같은 해는 다시 맛나지 안 할 것을 願한다. 成曉는 오날부터 正式으로 郡에 出勤햇다.

<1976년 1월 7일 수요일>

安承均 氏에 白米 債務가 13叺인데 1叺을 除하고(減) 12叺만 會計해 주시라고 해서 고맙다고 하고 白康俊 土地代에서 13叺을 控{除}해서 安承均 債務는 淸算햇다. 그려면 白康俊 土地代는 今日 現在로 100叺 殘量으로 本人에 確認해 주웟다.

靑云 崔六巖에 債 白米 3叺을 달아 햇든니 1月 23日로 미루고 왓다.

終日 精米햇다.

裡里 新案社에서 와 10萬원 주고 1월 22日 오라고 햇다.

表明善 2叺代　　38,800 入金

林大業 1叺　　19,500 入金

<1976년 1월 8일 목요일 눈 비>

一. 食後에 成奎을 오라고 햇다. 大宗穀을 會計한바 75년 末 現在로 倂利해서 成奎는 10叺8升 乃宇는 6叺 7斗 6升 8合 計 16叺 8斗 2升 8合으로 算出햇다.

二. 그려면 75년 2月 10日 安吉豊 氏에 白米 6叺 5斗을 成奎 條로 넘겨준 것이 元利 合해서 8叺 4斗 5升엿다. 그래서 8叺 4斗 5升에서 宗곡 5叺 7斗 6升 8合을 除하고 殘米 16斗 8升 代金으로 3萬 4仟을 會計햇다.

三. 成奎에 會計해 줄 金額이 164,510이엿다. 내가 차즐 金額은 12萬6仟百30원 이엿다. 殘額 38,380원인데 白米代 34,000원 除한니 4,380원을 成奎에 주기로 하고 통일벼 63k 代金 9,000원을 決定하니 萬三仟3百80원 주기로 하고 갓다. 그려면 會計 項目은 肥料代 洞內 雜種金 林野 10萬 條 경운기 운임 麥糠 세멘 肥料 운비 叺子代 買上벼 殘金 其他엿다. 今日 現在로 公私債 會計는 完全히 끗이 낫다.

<1976년 1월 9일 金요일>

成曉 母 便에 任實驛前 韓文錫 債務金 6萬2仟원을 送金해 주웟다.

金太鎬 鄭九福 程月里 玉 生員이 단여 갓다.

午後에 방아찟는데 配기 바루뿌가 새서 기운이 업섯다. 驛前에 갓서 修理해다 넛다.

새기 두워 테 꼬고 잣다.

他人의 債務을 갚으라 한니 只今도 多分이 남앗다.

<1976년 1월 10일 土요일>

黃用德에 새경 白米 1叺을 준바 柳文京 母

에 5斗 주고 나머지는 제 집으로 가저가며 아버지는 모르게 해달아고 햇다. 그리 못 핫겟다고 햇다.
새기 ㄲ기 햇는데 눈이 오드라.

<1976년 1월 11일 日요일>
아침에 도야지 밥을 주려 갓드니 밤새에 도야지가 죽엇드라. 多分이 안니 낫다. 任實에 電話햇든니 택시로 가지려 왓다. 그러나 代栖[代價]는 半切만 주겟다고. 110kg(183斤)엿다. 36,600원쯤 되겟다.
成英 便에 鄭太燮 宅에 고기 2斤을 보내주고 방자리 3,500원에 外上으로 가저왓다.
夕陽에 新田里에서 메누리는 10餘日 만에 왓다.
成康 成植을 시켜서 舍郞을 되비햇다.

<1976년 1월 12일 월요일 말음>
成英 成苑을 시켜서 成樂 面會를 보냇다.
牛舍을 처내는데 손이 부웟다. 豚舍을 둘여보니 豚舍에 눈자욱이 잇는데 사람이 눈을 치우고 죽은 쥐를 주워 죽게 함이 발건되엿으나 根据[根據]이 업다. 尹在成 母도 現場을 보고 自己도 某人이 개에 藥을 먹이여 죽게 하든니 身病으로 苦生하고 只今도 如前이 그 앙해를 바드라고 햇다. 10日 전역 때 밤 12時쯤 되엿는데 皃該[皃孩] 1名이 便所 엽에 섯드라고. 그려면 누구든야 햇든니 모른 아해라고. 異常은 잇는 之事인데 두고 볼 수박에 업다.
白康善 裵求植을 시켜서 여물 썰고 牛舍도 고치엿다.

<1976년 1월 13일 火요일>
任實 宋 氏에서 도야지代 4萬원을 찻고 全州 李汀雨法律所에 갓다. 3人 合同事務所가 되고 職員이 2名이 正常勤務하고 있엇다. 金 四萬원을 주고 20日 13萬원을 주되 成樂이만는 少年院에 보내서 此後에 軍人에나 가게 해달아고 햇다.
밤에 重宇가 왓다. 不良한 놈아 햇다. 重宇는 말하기를 祭祠 翌日(1月4日) 昌宇가 와서 어제 祭祠 時 全州에서 내의 무슨 흉을 보앗나 자조 못기에 본 일이 업다고 해도 昌宇 의심을 사드라고 햇다.

<1976년 1월 14일 水요일>
成樂이 成傑 公判日다. 10時쯤 法院에 당한니 裁判는 始作햇는데 1號 法庭에는 成傑 2號 法庭에는 成樂이엿다. 成傑은 不在中여서 代身 내 參加한바 29日도 今日도 二次엿는데 流判하고 오는 23日 델고 오라 햇다. 成樂이는 28日 宣告한다고 햇다. 마음이 좃이 안니 햇다. 밤에 成苑이 面에서 오지 안햇서 又 괴로왓다.
夕陽에 面長任이 電話햇는데 明 統一{벼} 栽培 多收학者 喜償式[施賞式]한데 卽接[直接] 郡守게서 臨席하신다고.

<1976년 1월 15일 말음>
9時 50分 뻐스로 成奎을 同伴해서 新平學校에 모엿다. 約 50餘名이 募엿는데 郡守任 外 3, 4名이 同席햇다. 施賞하는데 우리 面에서 施償者[施賞者]는 28名이라고 햇다. 내도 施償者[施賞者]로써 預金通帳으로 10萬원 자리을 郡守任게서 卽接[直接] 밧앗다.
夕陽에 面長을 對面하고 成苑 品行을 물엇다. 此後에 두고 보자 햇다.
金善叔 氏을 對面하게 되어 成苑 婚事말

이 낫다. 조흔 데 있으면 중매하라 햇다.
집에 온니 崔錫宇는 酒店에서 契을 그만 두네 햇다. 理由는 昌宇 丁俊浩가 牛에 對한 不平을 하는데 그 뜻이 엇다고[없다고].
全州 成吉이가 쌀 1叭 가저갓다고 햇다.

<1976년 1월 16일 金요일>
午前에 面 白元基가 來訪하고 田畓 客土用을 물엇다. 大里坪에서 파가라 햇다.
午後에는 耕耘機를 邑內에서 飼料 4叭을 운반. 2叭는 新田里 査돈宅 用으로 贊基집에 떠려 주웟다.
任實 鄭太燮을 맛낫는데 日後에 內務課長 面談코 成曉에 對한 人事말슴이나 나누워 주시요 햇다.
밤에는 鄭圭太 取貸金 萬원 주고 張判同 乾造用 비니루 代 3,060원을 주웟다.
任實驛前 韓文錫에서 金 10萬원 借用햇다.

<1976년 1월 17일 土요일>
成愼 中學 入學金 11,210원 完州 農協에 拂入햇다. 베야링 3,800원 사고 왓다.
丁奉來 條로 成吉 會計가 2叭 7斗인데 3斗을 보태서 3叭을 奉來에 넘겨준바 다시 白康俊에 넘기라고 3叭가 내게 왓다. 그려면 白康俊에서는 11叭가 온 셈인데 殘이 6叭이다.
大里에서 洪嘉萬 氏 子가 왓는데 成曉을 보러 왓다.
밤에 柳文京 집에 놀여갓다가 康俊 氏와 술 할 진[한 잔] 노{누}려 할 때 成植이 들어와 큰아버지 그리 마시요 찌〃하게 돈 있으면 몃 푼이나 된야면서 모조리 죽여 버리겟다고 햇다. 그래서 죽일 테면 우와기를 내주겟다고 하면서 버스려 햇다. 그 時에 白康俊 主人 있언는데 다시 씨벌것 좃캇든 것 하면서 술 주전자를 내처볏다. 그려면서 일〃 히는 말이 제의 아비에서 듯는 대로 子息이 다시 되푸리햇다.

<1976년 1월 18일 日요일>
生覺한니 마음이 不安햇다. (細詳內譯은 別紙에) 只今이라도 돈과 쌀 몃 叭 주면 解消가 되는데 나도 形便이 如意을 못햇다. 成植 父子는 협박 공갈로 해서 暴行까지 해가면서 내에게 害치 햇다. 萬諾[萬若]에 日後에 내나 家族에 被害가 잇다면 네는 으심한니 할 수 업다고 햇다. 成植아 다음 말하겟다 햇든니 成植이가 무엇이여 남 더 그래서 나는 다시 내 말 잘못햇다면서 成植氏 大端히 未安하게 되엿읍니다 하면서 問答할 時마다 尊敬해서 待接해 드렷다.
아침에 崔南連 氏을 오리사라고 해서 못테이 논 昌宇에서 買受할 때 내가 買受 招介를 崔兄게 要求햇든가 昌宇가 崔兄에게 賣受 招介을 要請햇든가 무럿다. 崔南連 氏는 昌宇가 賣渡케 해달아면서 남의 債務가 만으니 約 32叭쯤 되나 25叭나 주시라고 하기에 그 말은 내가 못하겟다면서 하고 (乃宇)兄에게 사두라 햇든니 23叭에 落札된 것은 이제 말할 것 업지 안나 햇다.

<1976년 1월 19일 월요일>
※ 18日 夕陽에 白康善 氏를 시켜서 工場에 베야링 장치를 하고 夕食床에서 康善 氏는 말햇다. 白康善 氏는 10餘 日 前에 重宇집에 쌀稧 때문에 간바 大衆 앞에서 昌宇는 말하기를 乃宇 不良한 도적놈이라면서 동네 스피카에다 대고 全 部落民에 알이고 박에를 못 나오게 하겟다고

햇다고 말햇다. 그러나 속을 안은 사람은 우선 나도 昌宇가 너무 하지 안나 하고 非人間으로 생각햇고 햇다.

寶城 堂叔이 서울서 왓다. 夕陽에 成吉이가 왓다. 昌宇 成植 事件을 和解하려 하고 成植에 伯父에 빌아고 하겟다기에 不應햇다. 아즉은 그놈들 父子가 온다 해도 受諾 못하겟고 齒가 떨이면 他人의 面目을 對面하기 難處

<1976년 1월 20일 화요일>

終日 工場에서 精米햇다.

成吉하고 白米 借用은 2叺 84升인데 3叺을 주고 보니 1斗 6升 過納. 白康俊 土地賣도 賣渡代도 今日로 6叺을 밧고 全部 清算햇다. 成康을 시켜서 3叺을 운반해 주웟다.

成吉에 金 12萬원 借用해다아고 萬원을 주면서 合해서 13萬원을 李汀雨에 傳해달아 햇다. 밤 9時頃에 成吉에서도 電話가 오고 汀雨 氏에서도 確認〃가 왓다.

<1976년 1월 21일 수요일>

아침 7. 40分에 全州에 갓다. 附屬을 사고 왓다.

寶城宅 堂叔 白米는 16叺 成康을 시켜서 市場에 운반해 주웟다. 76年度 小作料 3叺 6斗까지 完了햇다. 市場에 白米 17叺 寶城宅 條는 市價 2叺는 19,800식 39,600 하고 15叺는 20,300식 304,500 合計 344,100원인데 운임 3,400 식사 500 영식 日비 500 計 4,400원을 除하고 339,700원을 寶城 堂叔 立會에 會計햇다.

※ 寶城宅 條 白米 2斗하고 保管米 1斗(崔南連이가 준 쌀) 計 3斗은 保管하겟다고 햇다.

<1976년 1월 22일 목요일>

밤새 눈이 만이 내렷다.

金太鎬 집에 가서 鍾台 住所을 적고 丁九福 子 住所을 알아서 낫 12時 特急으로 永登浦驛에 當한니 5時 50分이엿다. 丁成燁 집을 찻는데 無難히 찻앗다. 夕食을 해주는데 申宗玄 婦人도 누이도 成燁 婦人도 다 맛나고 人事하드 中 安善模가 왓다. 成傑 住所를 알느야 햇든니 모르나 무려보자기에 8時쯤 택시로 永登浦區 住油所[注油所]을 찻앗다. 事務室에 보니 成傑이 있어서 반갑햇다. 主人에 人事코 軍防衛 關係이라고 하고 不遠 다시 보내주겟다고 햇다. 그랫쓰나 事實은 明日 法院에서 公判日엿다. 主人이 차를 내주시여 龍山驛에서 11時에 出發햇다.

<1976년 1월 23일 금요일>

아침 6時에 德律驛[德津驛]에 到着햇다. 成吉 집을 방문하고 朝食을 해주웠으나 未安하드라.

食後에 法院에 當햇다. 併巖里 兒들이 왓드라. 다시 未決했으나 2月 6日로 미루고 趙內鎬는 1人當 5萬원식해서 和解하자고 해서 좃다고 햇다. 그러다 보니 밤이엇다.

成苑이 왓는데 成曉는 成苑에게 不良한 놈이라면서 때렷다. 理由인 즉 邑內 嚴某人과 자조 相對한다고 햇다. 밤에 電話로 面長 連絡햇다.

<1976년 1월 24일 토요일>

成傑과 방을 고치는데 面에서 電話가 왓다. 面長이엿다. 郡 監査係[監査係]에서 成苑을 調査하기에 집으로 갈 것이라고 햇다. 夕陽에 郡에서 2人이 來訪햇다. 成苑에 約

2時間쯤 調書을 밧고 갓다. 아마 不遠 人事 조치를 할 듯햇다.
寶城宅 會計는 白米로면 해서 全部 끝내주고 서울로 떠낫다. 그러나 白米 3斗만 保管하고 짐은 한남연에 맛기고 갓다. 399,700원 주웟다.

<1976년 1월 25일 일요일>
附屬品을 가지고 버스로 해서 裡里 新案工業社에 갓다. 說明을 듯고 보니 組立이 잘 못됨을 알앗다.
◎ 黃宗一 氏에서 萬원을 貸借해서 썻다. 집에 온니 앞집 鄭圭太 酒店에서는 營業的으로 晝夜로 連續해서 도박만 盛況하드라.
夕陽에 夏麥 保償[補償]用 麥糖 21叺을 운반햇다.
夕陽에 機械는 組立햇다.

<1976년 1월 26일 월요일>
成傑과 같이 방아 찌엿다.
밤에 裡里 李錫載 氏가 왓다.
全州에서 成吉이가 電話햇는데 成康 전매職員 應試 打合 泰宇에서 專햇다고. 그리고 泰宇 長女 結婚日이 陰 正月 15日이라고 햇다.
成苑과 같이 자면서 身上問題를 相議햇다. 아비더러 내의 걱정 마시고 內部로 愛人이 全州에 잇는데 김진옥이라고 서울 漢陽大에 단니고 住所는 중로송동 2가 兄은 全北大 동생은 今年에 全大 入學하며 女 누이는 美國에 잇다고 햇다. 次男이라고 햇다. 住所地에서 本籍地에서 身分을 알아보고 알게 하라고 햇다.
成傑 便에 黃宗一에서 5萬원 가저왓다.

<1976년 1월 27일 화요일>
終日 精米햇다.
裡里에 新案機械工社에서 機代 5萬원 중 3萬원 해주고 2月 末日게나 오라고 햇다.
全州 湖南社에서 47,000원 中 2萬원 주고 다음 주마 햇다.
李錫載와 朝食을 같이 햇다.
成康을 시켜서 白米 2叺을 보내서 崔香喆 氏에 外上 鹽代 2叺을 合計해 주웟다.
部落用 鐵根 邑에서 운반햇다.

<1976년 1월 28일 수요일>
今日은 成樂 公判日이엿다. 法院에 當한니 10時 30分 公判는 始作되여다. 11時 30分 頃에야 끝이 난바 석방은 분명하나 밤에 석방한다고 햇다. 成曉에 맛기고 집에 왓다.
밤 11時頃에 成樂 家族이 왓는데 보광당 車로 왓다. 洞內 사람이 慰問하려 왓는데 成植 母는 왔으나 마음이 안 조왓다. 昌宇는 안니 왓는대 나무 身向도 不問하고 괫심 놈으로 生覺햇다. 이제는 兄弟間이 안니고 섭〃한 마음만 지버갓다.

<1976년 1월 29일 목요일>
日氣가 차젓다.
任實에서 朴判基 氏가 來問햇다. 繕物[膳物]을 가저왓는데 未安햇다. 夕食을 待接하고 會비 萬원을 주워 보냇다.
오날은 떡방아만 찌엿다.

<1976년 1월 30일>
任實 注油所에서 外上代 21,000원 중 18,000원 支拂해 주웟다.
午前에 揮發油을 1合 以上 마시고 3時쯤은 몸이 괴롭고 벌에가 多少 出退는 햇지

만 아즉도 뱃속에 더 있다고 본다.
成傑하고 會計한바 11,320원 收入인{데} 장보기代 4,200원 썻다고 하고 5,100원는 農協에 預金하라고 햇다.

<1976년 1월 31일 토요일>
아침에次祠을 募신데 或 昌宇라도 올는지 햇다. 時間는 9時 30分이 지낫다. 成奎만 왓다. 昌宇 家族은 兒該까지도 全員이 不參햇다. 마음은 더 괴로왓다.
夕陽에 어머니 山所에 省墓하고 오는 길에 鄭圭太 父親만 보고 崔六巖 宅에 갓다.
집에 온니 成吉이 內外 兒該도 同伴해서 왓다. 昌宇말을 成吉이 냇다. 나는 괴로운이 말 못하게 햇다. 나는 이제는 그놈 父子는 용서 못하고 두고 보겟다고 햇다. 千里 5百里에서도 1家親戚을 省墓를 하기 爲해서 每事을 除外하고 오는데 1村에서 이를 수 업다고 生覺햇다.
過年 母親 게실 때엿다. 只今괏치[지금같이] 歲次가 왓서도 父母를 뵈로 오지 안햇다. 맛침 丁基善가 歲拜하려 왓다. 어머니게서는 눈물 먹으면서 자근 놈이 설을 지냇는지 죽웟는지 마음이 괴롭소 햇다. 丁基善과 갗이 同行해서 昌宇 內外 어른게 歲拜하려 갓다. 其後에야 來往이 터젓다. 지금도 그려한 대접을 밧겟다고 한 模樣인데 이제는 그리 못하겟다고 生覺이다.

<1976년 2월 1일 일요일>
成吉가 왓다. 昌宇 父子의 件을 打珍[打診]하기 爲해서 왓다갓다 햇다.
成樂 親友을 오래서 술 한 잔식 준고 잇는{데} 成植이도 왓드라. 그러나 말이 없드라. 夕陽에 昌宇가 왓다. 잘못햇다고 말한데 生覺 끝에 용서는 해주고 네가 問題가 안니라 네의 子息이 問題이니 明日이라도 보내라 햇다.

<1976년 2월 2일 월요일>
9時 30分頃 驛前에 趙內鎬을 訪問하고 成傑 事件에 對한 治料費[治療費] 條로 金 拾萬원을 乃鎬에 주고 明日 10時頃에 全州에 被害者 梁錫龍(刑務所)에 面會하기로 約束하고 왓다.
夕陽에 大里에서 炳基 堂叔이 오시엿다. 昌宇 件도 이야기하고 술 한 잔 노누고 떠낫다.
成曉 母는 全州에 갓다.
丁基善이가 단여갓다.

<1976년 2월 3일 화요일>
成奉이는 入學願書내려갓다. 2月12日 應試한다고 햇다. 全州에 成傑 件으로 趙乃鎬을 同伴하고 金 拾萬을 가지고 가서 全州 住宅銀行에 預金한 돈 計(4名이 募金) 37萬원을 預託햇다.
敎導所[矯導所]에 梁錫龍을 面會하고 通帳을 보이면서 和解을 要求햇든다. 8萬원을 더해서 45萬원 주시요 햇다. 應答을 못하고 왔으나 돈 8萬원에 못하야 되나 하고 다시 더 것자 하는데 趙乃浩는 1人當 2萬식을 要求한데 나는 不應햇다. 그러나 나는 오날 처음으로 同行햇는데 趙는 10次 全州에 來往햇면 旅비가 3萬원 以上이고 日後 又 얼마가 들지 못하니 2萬 식을 말한바 不安햇다. 그러나 할 수 업시 주마 햇다. 으심은 낪으나 돈 쓴 데 보지 못해서엿다. 明日 다시 만나지 못하고 왓다.
丁基善에서 3萬원 借用.

<1976년 2월 4일 목요일[수요일]>
아침에 崔元喆 祖母가 世上을 떳다고 電話하려 왓다. 食後에 弔問을 하고 卽時로 驛前에서 趙來鎬와 通運所長과 同伴해서서 住宅銀行에서 다시 預置하고 나는 貳萬원만 주고 通帳을 가지고 택시로 敎導所에 갓다. 被告人 梁錫龍을 面會하고 45萬원 預置金을 보이고 承諾을 要햇든니 受諾햇다. 取下狀에 捺印을 밧다서 法院에 주웟든니 趙來浩는 다시 萬원을 要求햇다. 그러라 햇다.
鄭敬錫 氏을 面會햇다.
成曉는 炳列 氏 條 8萬원이 入金되엿다고 해서 預置햇다고 햇다.

<1976년 2월 5일 목요일>
成傑을 시켜서 新平 農協에서 8萬원 出金햇다. 夕陽에는 成傑 便에 驛前 黃宗一 氏에 借用金 6,500원 보냇다. 12月 26日 6萬원인데 利 5仟원이엿다.
崔元喆 喪家 弔問햇다.

<1976년 2월 6일 금요일>
全州 法院에 成傑과 갓다. 夕陽 7時에야 延期하겟다고. 2月 13日로 殘 萬원을 趙來鎬에 주웟다.
新平 面長이 밤에 와서 갓다.

<1976년 2월 7일 토요일>
終日 집에서 노랏다. 耕云機[耕耘機]는 새마을하려 갓다.
밤에 成苑을 오라고 햇든니 面에서 안니 왓다고 햇다. 熱이 낫다. 게집아이 제 마음대로 外出하다니 마음 괴로왓다. 全州 成吉 집으로 電話해서 範더러 금암동에 가서 알아보도록 햇다. 異常한 마음이 들엇다.
羊牛는 2마리 새기를 生産햇다.
丁俊浩는 멈소를 가젓다.

<1976년 2월 8일 日요일>
아침에 成傑을 시켜서 全州 금함동에 成苑 왓는지 알아보고 成奉이을 데려오라 햇다. 단여온 成傑이는 成苑은 못 보고 成奉이는 데려왓다고 햇다. 成奉에 단단히 말하고 任實高校에 願書을 내라고 햇다. 밤 10時쯤에 成苑이 왓다. 熱이 낫다. 어제밤에도 잠이 안니 오고 不安하게 지냇는데 成苑이 보이니 기가 막히엿다. 理由을(外泊) 무렷든니 말 안햇다. 여려 가지로 말하면 한부로 해댓다. 그러나 아즉 理由는 못 듯고 술만 먹의면서 내가 죽을 날이 迫頭햇다고 햇다.

<1976년 2월 9일 月요일>
마음 不安해서 終日 舍郞에서 누워 讀書만 햇다.
2月 14日 泰宇 長女 結婚日라고. 봉래禮式場에서 2時에.

<1976년 2월 10일 火요일>
朴文圭 氏 犬 交배햇다.
방{아} 찟는데 精麥機 修繕햇다.
鄭九福에서 萬원 取貸햇다.
라지요代 5,800원 메누리에 주워 보냇다.

<1976년 2월 11일 水요일>
任實 鳳凰舘에서 犬 交미하려 왓는데 7仟원 내고 갓다. 館村 朴文圭 氏는 犬 교미하고 外上으로 하고 다음 말하겟다고 갓다. 줄는지 안이 줄는지 의문이다.
메누리는 全州에서 오날 왓다.

<1976년 2월 12일 木요일>
全國的으로 高校 後期入學試驗日이다. 成奉이도 任實로 8時에 갓다.
새기을 꼬다가 午後에는 부골[북골]로 鄭桓列 韓相俊을 맛낫다. 代取燃料用을 팔아고 햇다. 兄任이 關係한다고 햇다.
驛前에서 理髮을 하다보니 6時엿다. 新平서 뻐스가 到着時間이 되엿다. 郭在燁 氏와 술 한 잔 하다 보니 6時 30分에 뻐스는 왓다. 成苑이 下車한가 기드리나 안 네렷다. 또 마음이 不安햇다. 집에 와서 무르니 안니 왓다고 햇다. 新平에 電話햇든니 갓다고 햇다.

<1976년 2월 13일 金요일>
9時 40分 列車로 成傑을 데리고 法院에 들엇다. 公判은 始作되엿다. 和解을 햇다면 少年이고 한니 特別히 고려해서 주니 다시는 그려한 짓 말고 다음도 이려한 暴力行爲을 한다면 가차업시 嚴罰에 處하겟다 햇다. 事件 着手 3年 만에 終結을 지엿다.
夕陽에 집에 온니 成苑은 又 안이 왓다. 12日字로 雲巖으로 發令이 낫다{는}데 또 禍가 낫다. 電話을 거러 面長에 알아보왓다. 갓다만 하고 明 土曜日에 任地로 간다기에 面長에 말하고 月曜日에 갗이 가자고 햇다.

<1976년 2월 14일 土요일>
全州 崔泰宇 長女 結婚日이다. 9時 40分 列車로 7名이 갓다. 逢來禮式場에서 式을 마치고 사돈宅에 간바 炳赫 兄弟 新安宅 나엿다.
자나깨나 成苑의 件만 生覺이 저절로 든다. 딸 子息도 만치 만은데 그게 남과 갗이 활발치 못하게 사기가 죽게 그려는지 온 每事가 마음에 맛지 안니 하고 出他하면 某人이 내의 흉이라도 보지 안나 햇다.

<1976년 2월 15일 日요일>
終日 舍郎에서 書類 整理햇다. 債務 債權을 新冊 帳簿에 移記햇다.
成康 母가 왓는데 成苑 좀 잘 單束[團束]하라고 햇다.
王炳煥이가 머슴 하나 데리고 왓는데 껄넝〃한 듯햇다. 條件을 부치여 住民登錄 未備者로 理由를 부치여 不應햇다.
成奉은 任實高校 合格되엿다고 手續 切次[節次]을 要求. 入學金은 30,400원.

<1976년 2월 16일 月요일>
9時 40分 뻐스로 立石行을 乘車하다 新平에서 成苑 面長을 合乘하고 雲巖面에 갓다. 마참 韓洋敎 面長을 面談하고 成苑에 對한 身上問題을 保護해주시라고 付託햇다. 面長 支署長 哲浩와 同伴해서 中食을 갗이 하고 面長에 成苑 下宿을 말햇든니 任實 金寅贊 氏 長女하고 同宿하게 해보겟다고 햇다. 夕陽에 成苑은 집에 보내고 2, 3日間만 通勤케 해달아고 햇다. 生覺하면 成苑이 마음을 잘 못 써서 제의 被害을 보고 잇는 듯햇다. 哲浩에 무르니 成苑 月給은 月 45,000원 以上이라고 햇다.
9時頃에 館村에서 電話가 왓는데 成苑엿다. 只今 民防衛 課長任 監査係長任 館村面長任과 夕食 中입니다 좀 늣겟어요 하기에 電話 바구라고 햇다. 오래만네 1家間에 1次 相面하자고 햇다.
「成苑 勤務年日 1973년 10月 1日字로부터 76년 2月까지에는 28個月에 (2年 4個月)이엿다. 平均 3萬식 計算해도 現在 84萬원는

積金되엿다고 본다.」
밤 10時에 成苑과 驛前에부터 同行하면서 成苑에 對한 身上問題을 附託하고 이제 네 月給 積金이 어느 程度이야 햇다. 約 50萬원쯤 된다고 햇다. 全部 引게하라 햇다. 只今 月給이 얼마나 햇든니 約 45,000원 된다고. 面長 말과 갓다.

<1976년 2월 17일 화요일 구름>
午前 11時 30分경 支署 李 巡警에서 電話가 왓다. 요새 들으니 昌坪里에서 도박이 심하다니 사실이요 햇다. 그건 내 잘 모르겟다 밤에는 나가지를 안하기에 모르겟다고 햇다. 틀임업시 鄭圭太 집인데요 日間 나가겠읍니다 햇다.
終日 讀書만 햇다.

<1979년 2월 18일 수요일 비>
黃宗一 2萬원
9時頃에 全州 금암동 國民校 成愼 卒業式에 參席햇다. 式이 끝난 後에 担任[擔任] 先生任을 뵈옵고 1年間 내 子息을 맛다 공부시켜려 大端히 手苦와 勞苦의 뜻을 表하고 왓다. 成愼 入學金을 拂入햇다. 成英이와 同伴햇서 집에 왓다.
面長으로부터 電話가 왓다. 듯자한니 昌坪里에서 晝夜로 도박을 하고 잇다 한니 그럴수 잇나 昌坪里 部落을 視範[示範] 蠶業部落으로 善定[選定]코 道知事 順回[巡廻] 部落으로 指定할가 햇든니 이쯤 되면 面長으로써는 此後 債任[責任] 問題가 된니 取消시켓다고 햇다. 누구에서 들엇는지 나는 모른 일이라고 햇다.
밤에 新田里에서 査돈宅과 딸을 데리고 택시로 오시엿다. 明日 孫女 돌에 參席次엿다.

<1976년 2월 19일 木요일 淸>
아침에는 大小家이 募여 朝食을 갗이 햇다. 全州에서 金相建 氏 內外가 自家用으로 早起에 當햇다. 11時 쯤에는 歸家햇는데 금반지 3개을 해서 繕物로 가저 와서 끼여주고 갓다.
◎ 夕陽에 7時쯤 成苑이 왓다. 男子이 와서 人事을 要請햇다. 알고 보니 成苑과 親하는 새이라고 하며 저 때문에 괴로게 해드려 罪悚합니다 햇다. 쭉스럽고 어이없는 늣김이 들엇다. 兄弟는 四男妹인데 兄이 28歲인데 未婚이고 보니 제의 結婚을 아버지게 相議하기가 未顔[未安]이라면서 今年 內에는 兄의 成婚이 이루워진다면서 그대는 自己 아버지와 面談해도 좃타고 하고 明年 2月에 卒業을 한데 금년 7, 8月에는 就職된다면서 又 제의 兄이 美國에 잇는데 入國을 要할는지 모르겟다고 하고 母親는 눈치 채고 잇다고 햇다. 그려면 本籍 住所을 記載해주고 서울 학적도 記入해주고 父性名[姓名]도 記해달아고 햇다. 李汀雨 氏을 잘 알고 아버지는 會社長이라고 햇다. 館村에 金會根 氏 堂叔 빨이 된다고 햇다.

<1976년 2월 20일 금요일>

[成苑의 月給 支出 內譯] 9月에 20萬원 찻는다.
新平 農協 積金 月 15,000式 拂入
1般 契金 月 20,000 出金
全州人 借用金 150,000원(15萬원)
寢具(이불契)契 又 枡風契[屛風契]

食器契 等으로 入出金 되고 잇다고 햇다.

終日 방아 찌엿다.
밤에는 里 會議에 參席코 里 酒店 업새기 그리고 求販場[購販場]을 設置해서 個人에 利得을 除한 1割 程度을 里 公益基金을 내노키로 햇다.

<1976년 2월 21일 토요일>
서울特別市 城東區 香堂洞 山 8의 2
漢陽大學校
住所 全州市 中部老松洞 1街 311番地
金鎭沃
終日 精米햇다.
밤 6時에 郡 山林課 職員 18名이 왓다. 孫女 돌인데 食事겸 酒을 待接햇다. 밤 11時頃에야 갓다.
日本 東京都에서 成康 姨母가 2月 末日 又는 3月 初순경에 訪問하겟다고 片紙[便紙]가 왓다.

<1976년 2월 22일 일요일>
9時 列車로 全州 德律[德津] 成吉에 갓다. 金 三萬원을 借用코 禮式場에 갓다. 다음에는 大里 郭宗燁 氏 집에 왓다. 酒床을 밧고 뻐스로 票峙里 柳浩烈 氏을 訪問하고 金 萬원을 주면서 燃料 몃 짐만 사달아고 햇다.
驛前에서 成赫 장인을 맛나고 왓다.

<1976년 2월 23일 月요일>
정미햇다.
明 燃料作業 人夫을 엇는데 崔今石 丁俊浩 金炯進 裵永植 成康까지 갓다. 成樂까지 6名이 耕耘機와 갗이 新德으로 갓다.

<1976년 2월 24일 火요일 淸>
6名이 新德 票峙[栗峙]로 燃料하려 갓다.
養協 各面 代表 總代會議에 參席햇다. 75年度 決算報告가 있엇다.
中食을 맞이고 집에 온니 5時엿다.
黃宗一에서 參萬壹仟원 取貸고 成奉 入學을 郡 農協에 拂入햇다.
韓南連 燃料 12負에 白米 3斗 주고 1斗는 此後에 仕事로 해주겟다고.

<1976년 2월 25일 수요일>
雇傭人 새경을 計算해 보왓다.

一.	年給 白米	12叺
一.	年 食米	6叺
一.	理髮料(2,000)	1斗
一.	담배(18,000)	9斗
一.	酒代(6,000)	3斗
一.	신발(2,000)	1斗
一.	月 休息비(10,000)	5斗
一.	春秋冬服 (9,000)	4.5斗
一.	雜비(3,000)	1斗 5升
	計	20叺 5斗

左記와 如히 算出이 되오니 約 10斗只이는 雇傭人에 農事지여 全部를 주는 格이 되기에 너이들에 줄 터이니 安心하고 傭人 없이 기내보자 햇다.

午前에는 방아 찟고 燃料를 乾造場 옴기는데 메누리는 말햇다. 成康 外 4名이 票峙[栗峙]에서 나무하다 新德 支署에서 連行되엿다고 햇다. 電話로 新平 支署長 金 氏

에 電話해서 新德에 理由를 무려 보왓든니 警察 造林地에 侵入해 경무課長에 適發[摘發]되엿다고 햇다. 그려나 모르고 한 것이니 잘 보와달아고 付託하고 바로 뻐스로 신평지서에 當햇다. 新德 支署長次席 兩人이 新平을 다녀가는데 事件는 課長이 新德 支署에 倭任햇다고. 그려나 昌坪里 成康 外 4名은 調書도 밧지 안코 가라 해서 왓는데 나무만 4짐 못 한 셈이라고 햇다.
金玄珠에서 白米 3叺 9斗 받을 것이 잇는데 2叺만 金太圭 便에 보내왓는데 그것도 裵明善이가 取貸해 갓다.

<1976년 2월 26일 {목}요일>
극장에서 山主大會가 있엇다. 서울서 孫周恒 議員이 參席햇다.
밤에는 成奎 昌宇을 帶同하고 大里 炳基 堂叔 宅 화성할머니 祭祠에 參席햇다. 三兄가 募엿고 古母[姑母]도 왓드라. 數年 不參햇다가 간니 반가히는 햇지만 쭉스려웟다.

<1976년 2월 27일 金요일 비>
終日 새기 꼬기 해다 비가 내려 中止.
韓 生員 便에 邑內 權義俊에서 白米 3叺代 于先 6萬원 보내왓다. 成傑 便에 52,700원을 驛前 黃 氏에 보내서 取貸金을 會計햇다.
成樂이는 새마을作業에 耕耘機로 1日 햇다. 成愼이는 全州에 갓다.
今日부터 藥 먹기 始作햇는데 禁酒까지 謙하게 되엿다. 요즘 26日가지만 해도 술을 마신바 食事는 하지 못햇지만 당장 此時부터 食事을 만니 들고 食事 時가 다가오면 時急햇다. 實는 藥은 禁酒가 實效지 안나 生覺이 든다.

<1976년 2월 28일 토요일 비>
나는 성윤이하고 사랑에서 국어책을 펴노코 익는데 3월 1일 일기 쓰는 것을 일것다. 그리고 성윤도 이와 갖이 매일 쓰라고 햇다. 成允을 데리고 고부에[공부를] 시켜보니 成績이 每우 不良햇다.
成英 成玉이 왓다.
해남댁하고 會計한바 白米 1叺는 가울에 주겟다고 해서 누이고 利子 3斗 工場에서 取代 8斗 計 11斗만 바드라고 해서 그러라 햇다.

<1976년 2월 29일 일요일 雨天>
午前에는 비 내리는데 舍郞에서 讀書만 하면서 成允하고 공부만 햇다.
安承均 氏에서 白米 3叺을 借用햇다.
牟潤植 氏가 昨年 冬節에 白米 2叺을 빌어간바 今日 딴님이 現金으로 4萬원을 주어 바닷다.
梁海童 白米 5叺 줄 것이 잇는데 金太鎬에 1叺을 引게 해주고 殘는 4叺이다.
◎ 夕陽에(夕食 後) 成傑 便에 取得稅 4,118원인데 4,500원을 보내고 殘 못 차잣다.
메누리는 오빠 예운 데 參席次 갓다.
裵永植 母하고 昨年 秋收期에 工場에서 食糧을 取해 간 것이 現在 10斗인데 文書을 본니 8斗만 눈에 보이엿다. 그려나 할 수 없이 8斗만 달아고 햇다. 翌日에 다시 보니 2斗이 累落[漏落]되엇다. 그려 몇일 꺼름하면서 婦人이라 위기면[우기면] 엇저리하다가 맛참 오날 밤에 테레비를 보려 왓다. 말을 냇다. 2斗이 덜 合計[會計] 되엿으니 엇절아요 햇다. 드리지요 햇다. 그저 준 것처럼 고맙게 生覺햇다.

<1976년 3월 1일 월요일>
權義俊에 白米 3叺을 운반해 주고 새기 見本으로 1玉을 보낸바 200원을 호가한니 어굴해서 다시 가저 왓다. 집에서 팔면 300원식을 받는대 집 갑도 못 된니 抛棄햇다.
列車로 裡里에 갓다. 東一機械商會 간바 精麥機 附屬이 없어 求하기 어렵다. 그래서 新製品을 말한니 2號機 13萬원을 달아고 햇다. 半額은 現金으로 半額은 8月30日로 하자고 햇다. 不應하기에 日後에 電話로 連絡하겟다고 해서 오다가 李錫載 氏을 맛나고 作別햇다.

<1976년 3월 2일 화요일 구름 눈>
全州에 全羅中學 入學式에 參席햇든니 式은 9時에 끝내고 바로 授業 中이엿다. 바로 버스로 新德 栗峙 劉浩裂 氏을 禮訪햇다. 오는 5月에 燃料를 運搬한다 해서 約束하고 온데 車 時間이 멀엇다. 徒步로 栗峙을 너머서 新平 所在地에 왓다. 面에 들이여 印鑑證明 9通을 밧고 農協에 들어갓다. 外上 肥料을 手續한데
尿素 麥追 肥料로 10袋 30,560
〃 水稻用 1部로 9袋 30,550
複合 22-22-22 10袋 23,310
計 30袋 84,430원인데 84,000원만 契約하고 430원은 現金으로 주윗다. 그리고 出金은 袋 200식 6,000원을 預金에서 出金하기로 햇다.

<1976년 3월 3일 수요일 구름>
어제 肥料 外上貸 件는 誤算이엿다. 다시 手續한바 統一벼 項目의로
尿素 3대×3,056 = 9,168
複肥 22-222-22 3×2,571 = 7,713 18,143
鹽加 1×1,262 = 1,262
同上 2個 條 36,286
單肥 麥 追肥 → 48,288
↓
尿素 13袋
유안 5
총 合計 尿素 19袋
硫安 5袋
複肥 22-22 6袋
鹽加 2袋
計 32袋
84,574원인데 574원은 現札로 支拂햇다.
金炯根 氏을 相逢햇다 못처럼 맛으니[만났으니] 술 한 잔 하자고 햇다. 酒席에서 炯根 氏는 말햇다. 父母의 親友가 子息도 親友가 되오니 子息을 爲해서 契을 組織하자고 해서 感謝하다고 햇다. 對象者는 金炯根 崔乃宇 孫周喆 趙命基 朴永求 곽재엽 氏라 햇다. 그려면 此後에 日字을 定해서 募臨을 갓는데 父子之間에 募이기로 햇다.
朴三福 氏을 相面한바 서울 李珍雨가 豫편되엿고 全州에 와서 辯護士 開業을 한다고 들엇다.

<1976년 3월 4일 목 말금>
耕耘機로 成傑이와 갈이 堆肥 運搬하고 午後에는 成樂이 갗이 3名이 麥 追肥 散布. 尿素 10袋을 뿌렷다.
成曉는 妻家에서 今日 夕陽에 왓는데 밤 夕食을 하고 1週日 동안 外郡 出張이라고. 群山 沃講 裡里에 出張이라고 햇다.
夕食을 맞이고 있으니 成曉 母가 말하기를 成奉 食事를 여기서 한다고 絶代 못한다고 해서 熱이 낫다. 이 모도가 自己 責任도 잇

는데 戶主 男便이야 무슨 行動 取한다 해도 아무련 理由을 못 단게 된 自己의 處事도 生覺치 안고 잇는 點 大端히 섭〃하다. 初婚 時에 彼此 뜻이 업으니 혀여지자 해도 不應햇고 此後에 무슨 짓을 해도 아무련 異議 없게다고 한 者가 이제 自請 抗議한는 것을 보며 可笑로왓다. 禮義 學識 常識이 萬分 一이라도 잇다면 또 願.

<1976년 3월 5일 금요일 말금>
成樂 成傑은 堆肥 運搬하고 追肥하다 나문 것을 끝냇다.
農機具[農器具] 손질을 햇다. 꺵이 낫 작두 호구 갈키 等이엿다.
論山 恩律[恩津]에 鄭榮植에 電話로 通話해서 機械 精麥機 附屬을 보내달아고 햇다.
日本에서 絹織物 輸入規制로 因하야 어제 밤에 大統領 閣下게서는 테레비를 通해서 桑田 豫定地에는 田換토록(卽 뽕나무를 심지 말고 딴 作物을 심으라고) 放送햇다. 養蠶을 主要視햇든니 뜻이 어긋낫다.

<1976년 3월 6일 토요일 淸>
午前에는 새기 꼰데 市勢가 맛지 안해서 今日로 마감햇다. 磨勘.
成傑을 시켜서 昨年 秋곡買上 1部 預置金 108,000+利子 3,520 計 111,520 中 5萬원은 通帳에 入金시키고 61,520만은 가저왓다.
成曉이는 井邑郡으로 不正林木 단속하려 갓다.
成東에서 편지 왓는데 病院에 단인다고 햇다.

<1976년 3월 7일 일요일>
終日 精米햇다.
大里 柳正華 喪家에 弔問하려 갓다.
成樂이는 票峙에서 나{무} 20負 搬入햇다.
林澤俊 집에서 詔請[招請]해서 간바 昌宇도 와서 잇는데 보고도 아무련 인사도 업는데는 남이점[남이련] 직하드라.

<1976년 3월 8일 월요일 淸>
成康 姨母가 日本에서 온다고 電報가 왓다. 順天發 全州着 12時라고 햇다. 成康 母와 갗이 全州에 驛에서 待機[待期]한바 오지를 않이 햇다. 成康 母는 집으로 보내고 나는 直行뻐스로 光州에 到着한니 3時 40分이엿다.
松汀里에 갓다. 成東이를 面會한바 관찬한데 아마도 술이 과한 듯이엿다. 목에서 피가 너머오면 그게 술을 먹{어}서 그러타 하고 禁酒하라고 햇다. 金 萬원을 주고 온바 新聞紙을 車에 실어주워 누예 키는 {데} 쓰겟다고 햇다. 6時 30分 出發해서 館村驛前에 온니 9時 40分이 되엿다.

<1976년 3월 9일 火>
耕耘機로 麥畓 노타리질을 햇다. 精米도 햇다.
面長이 夕陽에 왓다. 夕食을 내 집에서 하고 갗이 갓다.
밤 8時에 세면 가다 元泉里에 운반 中에 驛前 崔永贊 氏 담을 상처햇다. 大里에서 成樂 便에 보내고 왓다.

<1976년 3월 10일 수요일 말금>
人夫 3名 家族 5名 해서 8名이 麥畓 補土햇다.
午後 4時 30分에 成苑이 왓다. 어제 副郡守가 오라 햇서 갓든니 그만 두라고 햇다고. 理由는 嚴家의 件 때문에라고 햇다. 그

런데 今日 又 오라고 한니 창피해서 못 가겟으니 아버지가 단여오라고 햇다. 生覺다 못해서 갓다. 行政係長을 맛나고 理由을 말햇든니 나는 모르는 之事이니 副郡守하고 對面하시요 햇다. 時間이 없어 來日로 미루고 왓다. 맛참 監査係長任을 만낫다. 來日 午後 5時頃에 對面키로 하고 왓다.

<1976년 3월 11일 목요일 말금>
방아 찟는데 낫도가 빠저 危險할 번햇다. 耕耘機도 大里에서 故章을 이르켜 午前에 運行을 못햇다.
방아을 돌여주고 夕陽에 任實에 갓다. 防衛稞長[防衛課長] 元範 氏을 相面햇다. 1家間에 任實에 오신지 처음이라고 夕食을 待接햇다.
成苑에 對하야 全州에 來往이 藉〃 한니 嚴重히 敎訓을 시키시고 監禁해 주시요 햇다. 副郡守에게 제도 말하고 혼을 내주시라고 付託도 햇고 바로 云巖[雲巖]에 電話해서 上郡하라고 할 때에 제도 그 자리에 있엇고 햇다. 云範 氏에 大端 未安하고 고맙다고 하면서 만은 指導을 付託하고 1年 又는 幾個月이면 出家시킬 計劃이온니 其 順間[瞬間]만 보살펴 달고 햇다. 此後에는 副郡守게서 오라하지는 알을 터이니 그대로만 게서요 햇다.

<1976년 3월 12일 금요일 淸>
아침에 裵永植 母가 왓다. 白米 13斗을 會計해드려야 한데 不足하오니(工場에서 꾸워간 것) 빗으로 안치고 끝더리 3斗만 드리겟소 햇다. 그려면 大里 炳基 條까지 해서 2叺을 가저간 것으로 적어 노라 햇다. 마음이 맞이 안으나 그려케 하라 햇다.
安承坊 氏에서 白米 2叺을 債務로 가저왓다. 大里에 朴參福 氏 生侄[甥姪]이 犬 교미하려 왓는데 5,000원을 주고 갓다.
12時 45分에 雲巖에서 成苑은 電話햇다. 受信하고보니 行政係長의 電話로 辭職願을 내라고 해서 所事[小使] 便에 郡으로 보냇다고. 엇던 일인지 君에 電話로 防衛稞長 監査係에 連絡햇든니 不在中이고보니 고이로 出張한 것이 안니가 生覺이 든다. 成苑에 對한 1身上에는 別之事가 아니지만 父母 體面目이 難處하면 對外的으로 處勢[處世]가 고약하게 되엿다.
比較的 이르기는 하지만 桑田 肥培管이를 햇다.
夕陽에 任實에 갓다. 새마을다방에서 防衛課長을 多幸이 對面햇다. 明日 다시 또 오겟다고 햇다.

<1976년 3월 13일 토요일 말금>
9時 30分頃에 任實 郡廳에 崔元範 氏을 面談햇다. 成苑 件으로 副郡守을 보려 갓다. 1時間 後에 應接室에 元範 氏가 왔다. 會議 中이라 今日은 못 面會하고 夕陽에 6時頃에 對面하자고 햇다.
11時 30分쯤 中學校에 中高 合同 育成會議에 參席햇다. 學父兄은 約 300名쯤 募엿다. 任員 選出로 들어가는데 앞에서만 質問議만 하고 맨 後席에는 發言을 주지 안니 하기에 高聲으로 高喊을 첫다. 그랫든니 겨우 발언을 주기{에} 緊急同意[緊急動議]로 햇든니 緊急同意가 成案 되엿다. 全衡委員 9名 選出한데 내가 其中 1人으로 뽑피지 高校 監査院으로 選出되엿다.
7時가 넘어서 元範 氏를 禮訪햇든니 不在中이고 副郡守도 不在中이라 할 수 업시

歸家한바 고이로 面談 謝絶한 듯 生覺이 들엇다. 밤에 집에서 成苑을 對面하고 네의 말을 信用하지 안으니 엇떠한 理由며 남의 말을 하지 말제 엇지 남으 말만 하나 햇다. 成苑 말은 監査係長이 云巖에 와서 女職의 非行을 뭇기에 面만 不正이 잇쏘 郡에도 잇드라 한 것이 導火線이 되엿고 부郡守가 바로 電話햇서 上郡하게 되엿다고 햇다. 金品 据來[去來] 賂物 收受도 안닌데 其咎 辭表까지 밧는 것은 上部에서 過이한다고 본다. 其外 成苑도 全州에서 監査係長을 面談한 것도 잘못이고 雲巖에서 係長에게 面만 不正잇소 郡도 잇다고 하는 것이 제 잘못을 是認햇다. 3日채 郡에 단여스들대로 서들엇쓰나 効課[效果]가 없으니 다시는 못 가겟고 萬諾 辭表가 受理 되드래도 道理 엇으니 其事는 抛棄하라고 햇다. 新平 面長도 辭表을 提出햇다고.
75年度는 惡의 해엿다. 警察署 檢察廳 法院 刑務所 出入이 藉〃 해서엿다. 成康 事件 72년도 成樂 뽕 事件 成傑 事件 다시 成樂 事件이 發生햇다. 이 모두를 3年 만에 4個月 刑務사리 26日 刑務사리 不枸束[不拘束] 立件으로 해서 金錢이 만이 들고 解結[解決]햇다. 76年 2月 12日 成傑을 磨勘으로 끝이 낫다. 今年에는 無故年으로 過年하겟지 햇든니 난데없이 成苑 事件이 生起고 보니 對內外的으로 耳目이 두려워지게 되엿다. 世上이 구찬고 生計의욕이 업다. 遠山만 바라보이며 讀書도 뜻이 업고 건망징이 나고 1日이면 千萬가지가 마음적으로 生覺이 나며 心思을 것잡을 수 업다. 엇저면 조흘가 그려니 억지로 술만 먹어진다.

<1976년 3월 14일 일요일>
原動機가 異常이 生起여 終日 修理하야 夕陽에야 도라갓다. 成曉 妻弟 2人이 단이려 왓다.

<1976년 3월 15일 월요일>
里長에서 새마을用 세멘 6袋을 取해왔다. 金太鎬와 갗이 鷄舍을 改製햇다. 成康 成樂 成傑가 動員되여 모래 자갈 운반햇다. 梁海童에서 부로크 14개 取貸하고 驛前에서 부로크 30介 外上으로 가저왓다.

<1976년 3월 16일 화요일>
裡里 東一農機具社에 갓다. 精麥機 12萬 7,000원 決價하고 本日 5萬원을 支拂하고 殘 77,000원는 7月 30日로 限定코 運搬햇다. 운비도 부담시켜려 햇든니 不應하기에 3,500원에 태시로 왓다.
支署長任이 來訪햇다.
◎ 全州驛前 崔光日 附屬店에 갓다. 技術者에 問議햇든니 구랑구를 지버너코 水平線을 잡고난 후에 우(上)으로 5度 角度로 올이고 下部에 가모를 卽線[直線]으로 마추고 연기가 만이 나면 아루를 갈든지 보데를 修繕하면 된다고 햇다. 그래서 집에 와서 그대로 햇든니 確實이 되드라.

<1976년 3월 17일 수요일> 陰 2月 17日
精麥機 試運轉한데 勞苦가 多分햇다. 新製品이기는 하지만 大端히 不安햇다.
全太鎬 丁俊祥을 시켜서 豚舍 및 工場에 內部 整備한데 終日 걸이엿다.
群 山林組合에서 造林用 肥料을 引受햇고 밤 11時까지 精麥하고 大宅 兄任 祭祠에

參禮햇다. 全州에서 成吉 只沙에서 點順 五柳里에서 成順도 參席햇다.

<1976년 3월 18일 목요일>
成奎 집에서 朝食을 햇다. 全州에 갈가 햇든니 成樂 成傑이가 作業을 하지 안니 하고 방에만 잇기 때문에 抛棄하기 하고 終日 金太鎬하고 作業 中이엿다.
日氣 차가와 0下 5度가 너멋다.
崔南連 氏을 시켜서 農을 질드린데 이제는 滿足하다고 햇다.
成曉 便에 崔 課長게서 成苑의 件는 잘 되엿으니 아버지게 念餘[念慮] 마시라고 傳해왓다. 마음은 놋켔으나 多幸한 之事로 生覺하며 成苑에 再參 敎訓을 押力[壓力]의 다스리고 십다.

<1976년 3월 19일 금요일>
日氣는 零下 7度로 차가왓다. 作業하다가 不得히 中止햇다.
李延浩가 成造한데 上樑을 써달아 해서 써 주웟다.
成東이는 休段[休暇]하려 25日間 왓다. 4月 12日 歸隊할 豫定이다.
農協에서 肥料 53袋을 運搬해 달이기에 成樂이를 차잣든니 大里에 가서 不在中. 抛棄햇다.
成傑을 시켜서 精麥機 附品 任實에서 修繕해왓다.

<1976년 3월 20일 토요일>
日氣는 如前이 零下로 추웟다.
成樂이에 館村 市場에 가라 햇든니 아침에 大里에서 왓다고 午後 1時까지 舍郎에서 잠만 자니 心境이 괴로왓다.
精麥하다 精麥機는 故章이 나서 使用不能케 되여 裡里 本社로 電話해서 明 21日 꼭 오라 햇다.
成苑 雲巖서 왓다.
支署長이 단여 갓다.

<1976년 3월 21일 일요일>
成樂 便에 白米 1叺을 市場에 보냇다.
裡里에서 東一農機具社에서 技術者가 왓다. 精麥機 손을 보는데는 내아 同一햇다.
丁俊祥 木材 製材한데 운임 2仟원 밧앗다.
丁振根이 招待해서 갓다. 알고 보니 父親 祭祀라고. 술이 취햇다.
成樂 便에 모비루 1통 五仟에 外上으로 任實 注油所에서 가저왓다.

<1976년 3월 22일 월요일>
新平國交에서 5家口 組長會議가 있어 參席햇다. 約 200名이 募엿는데 本署 情報課이 演士인데 말을 하드라.
面長이 中食을 待接해서 金在均 氏 金善權 氏 갗이 햇다.
林長煥 氏는 圭太 집 앞에서 未安하지만 債務 白米 16斗을 今秋로 延期해달아고 햇다. 그러라고 햇으나 爲親契에서 分配한 白米 3斗조차도 債務로 延期한다면 無理가 안니가 生覺햇으나 受諾햇다.

<1976년 3월 23일 화요일>
金太鎬와 세멘 作業 豚舍 牛舍을 修理햇다.
成曉는 一次 뽀나스라고 金 4萬원을 주웟다.
驛前에 酒店 主人이 왓는데 宅에 休家해온 아들이 있이요 햇다. 다름이 안니고 어제밤에 내 집에서 술이 취해 가지고 술병 접이를 모두 처부시엿는데 맷맛해서 못 살겠으니 堂局[當局]에 말해서 분함을 풀겟다고 왓다. 未安하게 되엿다고 하고 3,000원 주고 돌여보냇다. 成東는 미들 만햇든니 不恥한 行爲를 한니 이제는 父母써도[부모로서도] 不信하겟다.
리기다苗木 45,000株 引受햇다.

<1976년 3월 24일 수요일>
成傑 便에 新安宅 外 6名 품싹 나누워 주웟다.
鄭榮植이가 왓다. 機械을 뜻던니 보링을 하야겟다고 햇다. 約 5萬원 程度가 들겟다고.
牟光浩에서 15,000
成樂에서 5,000
鄭圭太에서 10,000
計 30,000원을 取貸햇다.
鄭榮植에게는 35,000원 주고 附屬을 실이여 보냇다.
밤에는 造林事業計劃을 짯는데 各 班別로 配定해서 責任을 맛기고 오니 밤 12時 30分이엿다.

<1976년 3월 25일 목요일>
아침 7. 40分 列車로 論山驛에 着한니 10時엿다. 榮植 氏가 나왓다. 갗이 朝食을 맟이고 鐵工所에 갓다. 雜附屬 修理하고 會計한바 13,000원을 주고 2時 50分 빠스에 타고 全州에 왓다. 택시로 집에 온니 4時 30分이엿다. 夕陽 組立하다 오히루 빠이푸가 터저 밤에 榮植이는 全州에 갓다.
◎ 夕陽 6時가 되면 웃집 남에 경예는 募인다. 夕食은 고정적이고 하루도 빠지지 안코 오며 電話한다고 와서 中食 夕食을 普通이여서 食糧도 家族 外 糧이 만이 든다.

<1976년 3월 26일 금요일>
食後에 榮植이는 全州에서 왓다. 午前에 組立해 노코 中食에 돌이기 시작해서 夕陽까지 精米 精麥을 했으나 熱이 나서(가진뻥) 3, 4次 休息햇는데 長時間 간니 좀 나삿다. 夕陽에 榮植이 가는 便에 旅비 4仟원 주고 고치장 한 단지 주윗는데 좀 不足한 듯햇다.
丁基善에서 5仟원 取해 왓다.
밤에는 造林地 地援[支援] 作業 打合햇다.

<1976년 3월 27일 토요일>
成樂이는 面에서 竹角을 운반햇다.
成樂이는 大里 洪壽萬 氏 子가 말한다고 酒場 술 配達한데 月 3萬원식 주겟다고 햇다고. 알아서 해라 햇다.

<1976년 3월 28일 일요일>
成東 成樂 韓南連은 분소매 桑田에 주윗다.
全州에서 成吉이가 왓다. 母親의 問病次엿다.
밤에는 黃在文 氏가 鄭圭太에서 맛고 病院에 갓다. 其後에 택시로 圭太을 데리고 任實病院에 갓다. 入院 中인 黃在文 氏을 圭太가 잘못햇다고 빌고 데려온데 入院비 4,300 택시비 3,000 計 7,300원이 들엇다.

<1976년 3월 29일 월요일>
成樂는 今日부터 大里 洪의 紹介로 新平酒場 配達키로 하야 今日부터 始發햇다.
天雨는 구름이 끼여 作業에 支章[支障]이 있어 休業햇다.
成奎 집에 간바 게加理 한다고 新洑坪 契加理會을 金正植 집에서 햇다.

成樂이는 月給制로 하야 3萬원식 밧기로 햇다고.

<1976년 3월 30일 화요일>
2日채 人尿을 桑田에 주웟다.
韓大錫 林野는 造林 拋棄햇다.
밤에 班長會議 時에 31日부터 地上物 除据[除去]하라고 하고 但任[擔任] 職員은 全部라고 햇지만 너무도 아까우니 쓸 만한 소나무는 베지 말고 作業을 하는데 班長이 卽接[直接] 통솔하라고 햇다.
支署長이 來訪에서 새마을用 세멘을 팔아 먹엇다고 投書가 왓는데 안야 햇다. 무른다고 햇다.

<1976년 3월 31일 수요일>
全州에서 成吉이가 5萬원을 가지고 왓다. 成吉는 말하기를 韓大錫이와 큰 섭〃감을 갓고 있음다고. 今般 大錫 林野 造林地 選定만 해도 郡에서 말하기를 昌坪里 山林契長이 選定 報告햇고 地區에 對한 協助 下에 이루워젓다고 한니 무슨 내와 유감이 잇기에 그런지 모른다면서 大端 서운타고. 熱이 나서 山林組合으로 郡 山林課로 電話햇든니 山林課에서는 그러치 안타고 한니 어는 사람을 밋드야 하며 3月 29日 韓相俊이는 말하기를 韓大錫이가 말하기를 떠들면 몃 놈 목아지를 떼는데 그만 두고 왓다고 그려케 말햇다.
밤에 里長會議 上에서 造林에 對하야 始終을 公開해주웟다.
午後에 成傑이와 第二次 麥類 追肥을 햇다.
밤에 里民會議席上에서 公開的으로 韓大錫 關係을 公開햇다. 嚴俊峰이도 班長도 作業한 人夫 유正進도 鄭柱相이도 말하기를 郡 組合에서 但任 鄭이 나부다고 햇다.
成東 造林 地上物 除据[除去] 1日

<1976년 4월 1일 목요일>
아침에 里 마이크로 里民에게 宣布 今日 造林 地上物 除据는 里 私情으로 中止해 달아고 公開 放送햇다.
裵明善 말에 依하면 韓大錫 보고는 곳 郡守가 된니 韓 郡守라고 한다고.
裡里 新案工社에서 왓다. 外上 代 2萬원 주워 보냇다.
成樂이는 里 民防衛 부로쿠 운반햇다.

<1976년 4월 2일 {금}요일>
各面에서 豫備軍이 差出되여 民防衛 試範地區 作業을 熱心 하드라.
보리방아 찌엿다.
靑云洞에서 金玄珠 개 13,000원 사서 嚴鎬錫 氏 鄭柱相 林玉東하고 논왓다.

<1976년 4월 3일 토요일>
母豚는 첫 색기 9마리를 낫다. 計算해 보니 115日 만이엿다. 색기 해부간햇다.
大里 炳基 堂叔이 來訪햇다.
耕耘機 故章을 이르켜서 밤에야 수리.
全州에서 兒該들이 왓다.
造林 擔任 職員(組合 職員 崔 氏)이 路上에서 對面햇는데 造林 中止에 對 事由를 말하면서 實地는 누가 造林地을 選定햇기에 不法的으로 여려 말이 만나 햇다. 組合 職員 崔 氏는 말하기를 組合에 잇는 崔 某人이 그랫는데 鄭락기 氏가 責任진 것이라고 햇다.

<1976년 4월 4일 일요일>
崔完宇 白米 中 2叺에서 1叺을 除하고 1叺 3斗 會計해 주웟다.
郡 山林課 治水係長이 왓다. 造林에 對한 未安感 票示[表示]코 갓다.
面 指導所長이 왓다. 束[速]히 苗板 設{置}을 말하기에 8日게 하겟다고 햇다.
苗板用 竹角 100개을 가저왓다.

<1976년 4월 5일 월요일>
陰曆으로 3월 6일 清明 寒食日이다. 아침 7時 40分 列車로 連山 墓祀에 갓다. 寶城宅 內外 重宇 母子 成吉 昌宇 炳基 堂叔 乃宇 7인이엿다. 그려나 3名은 서울 간다고 3時 50分에 온바 守護者에서는 旅費 條로 成吉이 白米 5斗갑 10,500원 받앗다. 成樂이는 成奎 노타리 作業햇다고.
植木日인데 郡에서 龍山里 後山에다 植木을 하는데(山林課 職員 全員) 中食을 해주웟다고 메누리는 말햇다.

<1976년 4월 6일 화요일>
民防衛 試範을 하는데 郡民 有志 各 面長 聯隊長까지 參席햇다.
郡 山林組合 鄭洛基 氏가 왓다. 造林을 이제부터 着手해주시요 햇다. 韓大錫으로 因해서 별 뜻이 업다고 햇다. 前後之事는 過誤는 自己가 責任 집고 職을 그만두라면 물어가겟다고. 그려나 아마도 韓大錫에 組合에서 昌坪里 山林契長에 立場이 難한니 핀게한 듯 싶엇다. 韓相俊에 韓大錫이가 나더려 서운타고 햇다니 나는 韓大錫이가 서운타고 햇다.
夕陽에 圭太 집에서 班長會議하고 造林은 8月 前{부}터 始作하라고 하고 山林契 牛는 鄭柱相 班에서 뽑{고} 飼育年限은 1年으로 6個月 以上으로 햇다.

<1976년 4월 7일 수요일>
桑田 除草作業에 成東 成傑 莫同 3人이 終日 다 햇다.
뽀뿌라 40株을 桑田 두렁에 심엇다.
비니루 200m 1通을 里長집에서 가저왓다.
哲浩 말에 依하면 韓大錫은 알고 보면 그만두엇다고 한다. 그런데 成吉은 身病이 있어 休職햇다고 고지[곧이] 듯고 잇다고.
精米하고 成樂이는 노타리 作業.
尹鎬錫 氏에서 2萬원 取貸햇다.

<1976년 4월 8일 목요일>
成東 地上物 除据하려 1日 햇다. 成東에 依하면 班員들이 不平[不評]이 만타고 햇다. 連木을 파다 안 판다고 韓南連 丁正洙을 시켜서 鄭桓烈 등거지 17짐 운반햇다고 밤에 왓다.
成樂이는 耕耘機 修理하고 任實 注油所에서 경우 1드람 輕油 1드람 모비루 1초롱 휘발유 5升 경운기용 1升 外上으로 가저왓다. 清求書[請求書]는 別紙와 如함.

<1976년 4월 9일 {금}요일>
고추갈이 햇다.
교환[괴한]이 동내에 들어왓다고 大里에서 申告가 왓다. 잡고 보니 별다른 점 업다. 그려나 本署에서 왓다. 調査하고 보냇다.
成曉 母가 全州에서 왓다.
只沙에 妻男이 왓다. 用務는 모르겟다.

<1976년 4월 10일 토요일>
今日부터 1濟히[一齊히] 造林 始作햇다.

黃宗一에서 取貸金 1,200원을 주고 왓다.
成傑이와 桑田에 마세트 임제을 完了햇다.

<1976년 4월 11일 일요일>
智長里 申東鎬 4女 結婚式에 參席코 大里 炳基 堂叔하고 同行해서 成樂 집을 訪問햇다.
오는 길에 許 生員 집에 들이니 집세을 더 달아고 햇다.
崔今石 母에서 金 5萬원을 借用하고 成英 成玉 1/4期分 授業料 46,450원 成烈 便에 全州로 보냇다.
驛前에 온니 은하수술집 主人을 姨子가 칼로 찔여 숨지게 햇다고 들엇다. 끔직햇다.
山林契 牛 尹錫에 61,500원에 사 주엇다. 尹鎬錫에서.

<1976년 4월 12일 {월}요일>
崔南連 氏에서 金 貳萬원 取햇다. 成東 주려고 햇다.
22日 本署 集合해서 1泊하고 23日 38度線 땅굴 視察하려 간다. 新平 支署에서 指名햇다고 電話가 왓다. 가겟다고 承諾햇다.
成東이는 오날 歸隊햇다. 除隊는 6月 30日 頃이라고 햇다.
館村에서 崔宰澤 五弓里을 對面햇다.
家畜病院에서 藥 講買[購買]하고 保溫苗床 設置을 成傑이 맟이엿다.

<1976년 4월 13일 {화}요일>
造林하려 갓다. 아침부터 내린 비는 終日 내렷다. 그려치만 午後 2時 30分까지는 造林을 햇다. 못처렴 하고 보니 過勞햇다.

<1976년 4월 14일 {수}요일>
一班 條로 造林하려 2日次 갓다. 終日 作業하고 夕陽에 등거지를 지고 오는데 꽁〃 알앗다.

<1976년 4월 15일 {목}요일>
黃宗一 氏에서 金 參百원 貸借햇다.
夕陽에 苗板 設置하다 비누루가 不足해서 一般商會에서 1m當 35원식 求해다 햇다.
밤에 9時頃에 只沙 實谷에서 金漢實이가 電話햇는데 술이 취한 듯이 付託한 돈이 엇지 되면{서} 안 되면 안 된다고 하여야 달이 求할 게 안니요 햇다. 아즉은 밎이 말아 햇든니 진자여 꼭 그렬게요 하기에 전화를 끄넛다. 엇전지 내게 고통게 한 人間이 만은지 寒心之事이다.

<1976년 4월 16일 {금}요일>
成苑은 14日字로 只沙面으로 發令햇다고 成曉가 말햇다. 成樂이는 成苑 짐 가지로 云巖에 갓다.
保溫苗板用 竹角 100介를 林玉東에 引게 해 주웟다.
비니루 30m 成奎에서 取해다 苗板을 끝냇다.
메누리는 全州에 간바 너무 藉〃햇다. 全州에서 時計 10개을 月報[月賦]로 申入者[新入者]에 주웟다고.

<1976년 4월 17일 {토}요일>
山에서 地上物을 나눈데 20짐을 삿다. 200식으로 내의 목 5짐 5束이고 全部에 해서 25짐 2東이다. 새기 5玉 1,500 酒 1斗 5升 1,350원 除하고 2,650원 주웟다.

<1976년 4월 18일 {일}요일>
南連 尹在浩와 갗이 終日 나무를 下山한데 被勞[疲勞]햇다. 안골에서 경운기로 운반하다보니 신부가 半쯤 切단 되여 夕陽에 市基에서 修理햇다.
全州에서 成允 便에 4,100원 請求햇는데 2,100원만 주워 보냇다.

<1976년 4월 19일 {월}요일>
白康俊 방아 찌엿다.
21日 道知事 오신다고 面長이 來往햇다.

<1976년 4월 20일 화요일>
白米 1叺 21,000 精麥 1叺 9,500 유신 1叺 17,000 計 47,000원을 館村 崔香喆 氏에 주고 왓다.
黃宗一 氏에 31,400원 會計햇다.
鄭圭太 取貸金 2,000 鄭太炯 氏 2,000원도 會計햇다.
道峰서 犬 交배하려 왓는데 嚴圭泰 氏라고 새기 내면 1着 밧기로 成曉가 決定햇다고.
※ 成樂 問題는 每朝에 新平酒造場에 간바 집에 오며 12時쯤. 술은 取해서 잠자기 시작하면 午後까지 잔다. 이럴 바에는 포기하고 집안 之事 보는 게 올타고 햇다.

<1976년 4월 21일 {수}요일>
成奉 敎鍊服代 11,500원 주고 領收證을 提示하라고 햇다.
아침에 牟潤植 氏에서 金 貳萬원 取貸햇다.
道知事가 來臨[來任]한다고 面 職員이 왓다. 그려나 不參햇다.
鄭圭太 精米햇다.
成樂이는 耕耘機 作業하다가 行方을 감추웟다. 마음이 不安햇다. 夕陽에 왓는데 술이 娶[醉]해서 맛당치 안다.
메누리는 夕陽에사 內衣 사려 全州에 간다고 갓다.
尹鎬錫 便에 在浩 품싹 1,000원 주워 보냇다.

<1976년 4월 22일 {목}요일>
支署에서 連絡이 왓다. 午後에 6時頃에 本署에 情報課에 申告하고 各者[各自] 宿所을 定하고 明 5時에 起床해서 集會하라고 햇다.
메누리는 아침에 全州에서 자고 왓다.
◎ 苗板設置
와이사쓰 內衣 香水 洗面道具 一切 講入[購入]한데 約 5仟원쯤 들엇다고 햇다. 너무나 훌융한 듯햇다. 未安하게 되엿는데.
◎ 午後 6時 30分에 任實 云水旅館에 募엿다. 各面에서 募엿지만 親面이 잇는 人은 업엇다. 加德에서 李白春뿐이엿다. 只沙에서 왓다고 金風里長 外 1人 屯南에서 李起漢 氏가 初面 人事가 되엿다. 宿泊을 하는데 今日만은 各者 分담키로 햇다.

<1976년 4월 23일 金요일>
아침 6時에 朝食을 맞이고 30分에
一. 신성觀光 뻐스로 任實을 出發
一. 全州 道廳 앞에 7. 20分 着 10分間
一. 對共 結團式을 맞이고 出發
一. 서울에 統一院에 11時쯤 着
一. 잠시 둘어보고 中食을 하는데 大端이 食事가 不足햇다.
一. 12時에 出發 平和路로 陽州郡 신살리에 잇는 25師團에 到着한니 軍人들이

還迎[歡迎]을 나왓는데 미리 連絡한 듯햇다. 慰問이 準備되엿는데 下車해서 드렷다. 師團 內에서 大領 中領이 案內해서 前方영화을 보고 設明[說明]을 들엇다.

一. 2時 30分쯤에 最前方 高地 땅굴 엽에 갓다. 案內員은 陸軍 中領인데 자세히 設明한바 마음的으로 同族기리 鐵條網을 처노코 國境線이라고 寒心햇다.

<1976년 4월 24일 토요일>

서울에 온니 밤 7時엿다. 鐘路區 韓一館에서 夕食을 하고 宿所는 大豊旅館으로 갓다. 아침 9時頃에 다시 出發해서 임직각[임진각]에 당하니 午前 11時엿다. 여기서 板門店은 20里 開城은 40里이라고 햇다. 首都警備司令部에 들이여 萬里長城을 求見[구경]햇다. 바로 國會議事堂에 갓다. 案內員의 案內을 밧고 1週햇다. 構內食堂에서 中食을 하고 바로 國軍墓地에 故 陸英修 女師[女史] 墓所에 參拜햇다. 바로 乘車해서 顯忠祠에 갓다. 때는 5時엿다. 約 40分間 둘여보고 6時에 出발 溫陽溫泉에 왓다. 술 한 잔식 한데 2日 만에 처미엿다[처음이었다].

館村驛前에 到着한니 10時 30分. 잠시 있으니 金哲浩 韓洋權가 탄 택시가 왓다. 500원 주고 집에까지 온니 11時 30分이엿다.

<1976년 4월 25일 일요일>

大里 金哲浩가 有司인데 中食을 하고 5月 5日에 扶安으로 해서 牛島[蝟島]로 旅行키로 햇다. 그런데 郭宗燁이는 白米을 보내겟다고 해서 生覺해서 하라고 햇다. 保管米 郭宗燁 16斗 崔用鎬 12斗 6升 計 28斗 6升임.

<1976년 4월 26일 月요일>

아침에 寧川 崔鎭鎬을 川邊에서 對面. 어제밤에 왓다고 햇다. 問病次.

精米한데 崔南連는 梁奉俊 고지 條로 白米 4斗을 되여 주윗다. 3斗只에 7斗 5升인데 中 4斗 南連에 3斗은 고지로 除하고 5升만 殘이다.

◎ 正午에 成吉이 왓다. 언듯 말하기를 서울서 成赫이가 와서 錢 關係로 不幸하게도 큰 봉변을 당햇는데 이루 말할 수 없엇다고.

夕陽에 外家에 갓다.

<1976년 4月 27日 {화}요일>[103]

外兄수도 업고 成玉이도 업는데 彩玉하고 祭祠을 모시엿다.

12時 30分에 任實에 着 第一극장에서 養蠶家會議에 參席햇다.

<1976년 4월 28일 {수}요일>

丁基善이는 前妻 父喪에 간다고 왓다. 10餘日 前에 取해온 金 五仟원을 주윗다.

鄭桓烈 등거지 計 22짐인데 10짐 갑 4,000원만 주시라 하더라. 그러케 하라고 하고 韓相俊은 中食을 갗이 하자고 해서 갓다. 中食이 끝나니 고구마을 1斗 주면서 種子하라고. 桓烈이도 1斗 주면서 種子하시요 햇다. 大端히 고마게 生覺햇다. 집에 온니 新田里에서 甘諸[甘藷]을 만니 보내서 왓다고. 車로 술과 고기도 贊基가 보냇다고 햇다.

103 4월 26일 일기에서 계속되고 있는 내용으로 같은 날 쓴 것으로 추정된다.

<1976년 4월 29일 {목}요일>
아침부터 내린 비는 밤에까지 계속햇다.
成樂 成傑을 데리고 장(長柞)작[長斫]을 팻다.
午後에 成樂이는 成康이 나무를 黃 氏에서 10짐 경운기로 시려다 주웟다.
讀書햇다.
電氣稅 주웟다.

<1976년 4월 30일 {금}요일>
終日 장작 패는데 밤에는 허리 앞아 大端히 勞苦햇다.
海南宅에 取해온 2仟원을 會計해 주웟다.

<1976년 5월 1일 {토}요일>
잔비는 終日 내렷다. 夕陽에 좀 갠 듯햇다.
里民總會에 參席하고 里長이 말하기는 立稻先買資金 里 共同 講販場[購販場] 設置에 對한 말이 있엇다. 機會에 前番 前方 視察團에 갓다온 實情을 里民에 자세히 設明하해주웟다. 그러나 後方에 國民들은 前方守備軍으 勞苦을 보고 生覺할 때 우리도 1時도 놀지 말고 술도 가음 말고 간소하고 검소한 生活을 하야겟드라고 당부햇다.
밤에는 成苑이 오고 全州에서 金相建 氏 女息이 2이 왓다.

<1976년 5월 2일 {일}요일>
長斫 패다 텃밭 울타리 하다 방아 찌다가 논에 비니루 터노 느키하다 桑田에 牙少枝 끈타가 되야지 밥주다 햇다. 前後을 살피면 每事가 할 일이다. 그려다 손님이나 오면 밥은데[바쁜데] 딱할 때도 만지만 道理 없섯다.
全州에서 成吉이가 왓다. 서울에서 成赫이가 와서 돈 주지 안는다고 닥 자바 먹고 오리발 내논코 놀보와 홍보 같은 行爲을 한다고 하면서 손으로 갈치면서 갈 데는 한 간 데뿐이라고 한니 죽인다는 소리 갓다면서 남부구렵다고[남부끄럽다고] 내게 不滿을 말하드라. 기가 맥힌다면서 南禮가 言中有骨로 말하며 南禮 母을 맛난바 前事 이야기를 다시 꺼내며 집에 範이는 우리 어머니가 남이고 戶籍이 없이 同居人으로 되엿다면서 不安感을 食床에서 한니 요지음 自己의 心理가 大端이 不安定하다 햇다.

<1976년 5월 3일 {월}요일>
食床에서 보광당 職工이 몇이야 무렷다. 四名이라고 메누리가 對答햇다. 信用 잇는 兒이야 무르니 그려타고 햇다. 成傑 또래도 잇나 햇다. 더 적은 애도 잇드라 햇다. 그려면 우리 成傑을 付託해보라 햇다.
夕陽에 新平 郵便所에서 電話料金 通知왓는데 6,500이라고. 冊床을 열고 보니 現金은 2,000원 남짓 햇다. 熱이 낫다. 4仟원을 무려주다니 우체국서 차각[착각]인지 전화햇다.

<1976년 5월 4일 {화}요일>
成康 成樂 成傑을 데리고 桑田 牙少枝을 끈어 주웟다.
大里에서 郭宗燁이 電話가 왓다. 건너가보니 契員 崔龍鎬 李相云 鄭用澤 柳玄煥이 募엿는데 金山寺로 가기로 結定[決定]햇다. 崔龍鎬는 利子 6斗만 주면 된다고 햇다. 그려치 안히고 12斗 6升라고 우기다 다음에 會計해 보기로 하고 6日 7時 40分 列車로 出發키로 하야 왓다.

<1976년 5월 5일 {수}요일> 輕
邑內宅이 오시엿는데 豚 1頭만 달아고 해서 金 萬원 先金 밧앗다.
4月 2日字로 經油[輕油] 1드람 가저왓는데 今日字로 떠려젓다.
收入을 따지니 66,300원이다.
金太鎬에 벽 싸라고 하고 午後에 金亭里 金學均 氏에 回甲宴會 參席햇다. 金哲浩와 同伴햇다. 오래만에 新平 査돈장을 뵙게 되엿다. 다시 들어가서 잠시 同伴햇다. 집에 들이자고 햇든니 今夜에 伯氏 全州에서 祠日라고 据絶[拒絶]해서 車中에서 作別햇다.

<1976년 5월 6일 {목}요일>
東錦契員 遊園地 놀오갓다. 全員 16名이 參加햇다. 內장寺에서 終日 놀고 밤에 집에 온니 10時쯤이엿다.
崔龍鎬 金哲浩 內外가 不和 中에 外面까지 하려 햇다. 夕食을 朴泰平 집에서 한데 公開하면서 그럴 수 잇나고 和解하라 햇든니 哲浩 부{인}이 反對햇다.

<1976년 5월 7일 {금}요일>
방아 찌엿다.
1般種 벼 12두력 播種햇다. 9두력은 아기바리고 3두력은 와다나베다.

<1976년 5월 8일 {토}요일>
成樂 成傑과 蠶種 修理 뜨더냇다.
午後에 館村面에서 度衡機[度量衡器] 檢査하는데 多幸히 合格은 햇다. 그려나 明年에는 걸일 것다. 3分의 二는 不合格이엿다.
방작 2방거리 9,500원에 1,000원에 契約金 주고 왓다.
林澤俊 婦人 問病한바 珍단서[診斷書]을 떼엿는데 本署에 提出햇다.
金鐘哲 氏에서 輕油 1드람 外上으로 하고 石灰 崔香喆에서 4袋 外上으로 가저왓다.

<1976년 5월 9일 {일}요일>
館村 三三집에서 犬 교배. 生後에 새기로 밧기로 햇다.
◎ 鄭宰澤 氏에서 回轉簇 2組 講入한바 今年(76年度)는 無償으로 使用하고 77年度 秋蠶 共販 後에 組當 20,600식만 償還키로 貸與해 왓다.
成曉 內外는 麗水에 遊行[旅行]하려 契員 20名이 간다고 아침에 떠낫다.
우리 보리방아 8叺 찌엿다.
精麥 6叺을 崔香喆 氏에 보내고 9,500×6=57,000원 밧앗고 방돌 2방거리 9,500원 삿다.

<1976년 5월 10일 {월}요일>
蠶室 改修 始作햇다.

<1976년 5월 11일 {화}요일>
牟光浩 蠶室 修理.
비는 終日 내려 作業에 支章을 이르켯다.
梁奉俊 고지 5升 代金으로 金 壹仟白[百]원 成傑에 보냇다.
방아도 찌엿다.
林澤俊은 任實署에 좀 가자고 햇다. 明日 가자고 햇다.
成奉 母 어제 光陽에 어린애 데려다 주로 간다고 햇다.
梁奉俊 고지 5升代 未拂金 1,100원 成傑便에 보내주웟다.

<1976년 5월 12일 {수}요일>
鄭九福 債務 元利 35,500원 주웟다.
어제밤에 裵南禮 先金 5,000원 주웟다.
韓云錫에 채양 달아 달아고 先金 參仟원을 주웟다. 日工은 2仟원을 要求햇다.
朴敎植 長女 結婚式場에 參席햇다.
任實 本署에 갓다. 林澤俊 妻 關係로 간바 雙罪인 듯 되엿다.

<1976년 5월 13일 {목}요일>
成曉 母는 麗水로 해서 南海大橋까지 단여 2日 만에 왓다.
丁基善 精米한바 15叺 찟고 1叺는 비스로 엇덧다. 그려면 丁基善 條가 合해서 白米 2叺 債務이다.

<1976년 5월 14일 {금}요일>
蠶室 修理. 牟光浩 溫突로 改造햇다.
成樂이는 支署에 耕耘機 使用者 會議에 參席햇다.
집붕 水成[水性] 페인드 칠을 햇다. 2萬參仟원이라고 햇다. 日工으로 參仟원는 주웟다.

<1976년 5월 15일 토요일>
蠶室은 今日 3日째 끝이 낫다.
앞으로 耕耘機는 營業行爲를 못한다고. 支署에서 단속한다고.
豚兒 2頭 市場와 32,500 入.
崔南連 氏는 白米 1叺 取貸 주웟다. 딸기 나면 준다고 햇다.
밤에 支署 巡警이 단여갓다. 成苑도 只沙에서 왓는데 寧川 鎭鎬 집에 간다고 햇다.

<1976년 5월 16일 일요일>
5月 16日자 鄭九福 債務 計算한바 5,500원이 不足해서 한 장쯤 느저 300원이 追加되엇다. 鄭九福 會計 條 2萬 條는 會計 完了하고 萬원 條는 此後로 미루웟다.
鄭圭太 金太鎬가 春季 有司라고 햇는데 半數만 募이고 婦人는 다 모엿다.
午前 비는 내린데 無心〃햇다.
메누리가 친정에 갓는데 旅비도 못 주워 未安한데 人象[印象]이 달아 보이드라.

<1976년 5월 17일 {월}요일>
一. 成奎가 豚兒 1頭을 가저갓는데 萬七仟원만 달아고 햇다. 外上.
一. 驛前 鐵工所 外上代 1部 萬원을 成傑便에 주웟다.
一. 蠶室을 修繕한데 이여 庭園 掃地 蠶具 洗데[씻는데] 其他 終日 成傑이와 갗이 내도 끝이 못나고 成樂이는 梁春植이와 午前에 外쿄 밤에까지도 入家하지 안니 한니 마음도 괴로왓다. 몸 大端이 고된 든 바로 寢室에 들엇다.

<1976년 5월 18일 火요일>
成傑이와 蠶室에서 間子 매고 內室까지 完全히 맷다.
市基里 尹 氏가 斜色[塗色]하려 왓다.
오수로 蠶室 消毒濟[消毒劑]을 가지려 간는데 屛巖堤에서 成康 內外을 對面케 되엿다. 마음이 안니 좋앗다.

<1976년 5월 19일 {수}요일>
蠶室 門 발으기.
庭園 掃地.
田畓 둘어보기.

郡에서 麥類 多收穫高 作況 調査次 왓다. 中食을 내 집에 待接햇다. 本署에서 金進映 丁基善 成奎 乃宇가 申請했으나 進映은 地區 변경한 통에 丁基善은 3筆이 合耕이라고 하고 里長은 圖面이 없다 하야 2名을 脫落되엿다.

<1976년 5월 20일 {목}요일>
집안에서 그럭저럭 햇다.
成樂이는 18日 서울 간다고 梁春植하고 간바 이제 왓다. 나부다고 햇다.

<1976년 5월 21일 금요일>
人夫 3名이 나무 내리기. 午後에는 갗이 成樂 成康가지 動員해서 나무를 저 나리는데 大端 괴로왓다. 今石 炯進 永植을 시켯는데 보도시 다 가저 왓다. 耕耘機까지 動員햇다.

<1976년 5월 22일 토요일>
山林課 職員이 村前에 募여 놀오 온다고 해서 附食品[副食品] 1切을 가지고 택시로 왓다. 成樂이를 시켜서 耕耘機까지 動員 되여 川邊으로 갓다.

◎ 鄭圭太 自轉車를 빌여 타고 任實驛前 韓文錫 氏를 訪問햇다. 金 貳拾五萬원을 要求햇든니 現在는 拾五萬원뿐이니 다음 市場에 殘金을 보내기로 하고 왓다. 바로 鄭鉉一 집에 갓다. 마참 鄭柱相 立會 下에 拾萬원을 婦人에 傳해주고 왓다. 12時쯤 川邊에서 招請해서 갓든니 組合長 課長 外 20餘 名이 參席. 잠시 談話코 人事도 업시 歸家햇다. 夕陽에 들으니 職員끼리 是非가 나서 傷恥[傷處]가 나고 그랫다고 들었다.

<1976년 5월 23일 日요일>
오수 鐵工所 辛 氏 집에 갓다. 脫穀機 1臺 말햇든니 10萬원 要求. 26日 오기로 하고 왓다.

◎ 28日 南原에서 任享南[任淳南: 任實 淳昌 南原] 地區 共和黨 全堂大會[全黨大會]을 연다고 그래서 나는 任實郡 運영委員으로 취待[推戴] 되엿다고 꼭 參席해 달아고 햇다. 별 수 없이 承諾햇다.

<1976년 5월 24일 {월}요일>
支署가 主催되여 耕耘機 所持者 合同會議가 開催되엿는데 目的은 營業行爲는 못한다는 것이다. 그러나 所持者들길이 化目[和睦]을 하기 爲해서 契을 組織한 것이 滿場一致로 組合長이 되고 犬 1首을 잡고 1日 邊에서 놀고 規約도 1部을 만들고 왓다. 本日 會비는 2,200원이고 經비을 除하殘金 22,000원은 總務 金世南에 바기며 年 2% 利子을 計算하라 햇다.

<1976년 5월 25일 {화}요일>
해남宅에 金 5萬원을 1部 주웟다.
身體가 異常햇다. 밥맛이 업고 쭉 물 마시는데 大端이 困難햇다.
成傑을 시켜서 방아 찌엿다.
고창 脫麥機는 165,000원 주워야 한다고 牟在萬이 말햇다.
崔龍宇는 英語공부를 成愼에 시킨다고 大平洞[太平洞]으로 데려가겟다고 햇다.

<1976년 5월 26일 {수}요일>
工場에 방아 찟는데 嚴俊峰 10叺.
成樂 成傑이는 피사리 보냇다.
山林組合에서 鄭洛基가 왓다. 造林地 苗

木 追肥을 실코 왓다.
裵明善 燃料 下架에서 1경운기 실어 왓다.
林澤俊 婿을 시켜서 蠶室 뚤방을 改造햇다.
村前 귀산질 30袋 引受해서 모텡이 15袋 운반 새보들 15袋 各〃 운반햇다. 外上.

<1976년 5월 27일 {목}요일>
食後에 全州 成吉 집을 訪問하고 借金 15萬원을 要求햇다. 6月 1日頃에 해보겟다고.
全州驛前 大同工業社에 들이엿다. 脫麥機을 1臺 말햇든니 163,000. 29日에 오겟다고 햇다.
市內에서 只沙 崔永喆 氏 漢珠을 對面케 되엿다. 中國料理집으로 가자고 해서 同伴햇다. 中食을 待接밧고 作別.
許 生員에 갓다. 모든 市勢가 上昇햇다고 月 1,500을 要求하기에 承諾햇다.
支署에서 電話 왓다고. 明 28日 南原 정화극장에 參席 招待을 밧다.

<1976년 5월 28일 {금}요일>
8時 뻐스로 鄭東洙와 同伴해서 南原에 갓다. 화정극장에 모인 堂員[黨員] 約 200名. 薛圭太 氏가 滿場一致로 4地區 堂委員長이 當選되엿다.
韓文錫에서 10萬원을 夕陽에 밧앗다. 黃宗一에서 15,000원 밧앗다.
苗代 追肥 및 農藥 散布햇다.
鄭圭太는 靑云洞 脫麥 條 交際는 現金으로 5仟원을 주는 것이 엇던가 햇다. 그러케 하소 承諾하고 金 五仟원을 건너 주웟다.

<1976년 5월 29일 {토}요일>
해남대[해남댁] 殘 5萬원 前條 2仟원을 아침에 全部 주웟다.
全州에 갓다. 全{州}驛前 大同工業社에 갓다. 脫麥機 163,000 中 50,000入金 契約金으로 하고 殘 113,000원으로 하고 6月 5日 機械는 引受키로 햇다.
밤 9時頃에 成奎와 同伴해서 屛巖里 基宇 妻 小祥에 參禮햇다. 約 1時頃에 歸家햇다.

<1976년 5월 30일 {일}요일>
田畓을 두려 보왓다. 統一벼 논은 심겟는데 보리가 푸려 걱정이다.
경운기을 成樂 시켜서 後田 놋타리.
家庭 掃地.
鄭洛基는 町步 當 造林契長 治下金[致賀金]으로 3,200원을 주웟다.

<1976년 5월 31일 月요일>
못텡이 水畓 1部 물을 잡고 烔進을 시켜서 장기질을 햇다.
成吉집에 午後에야 갓다. 金 15萬원을 借用하고 任實 注油所에 直行햇다. 外上 油類代 全部 合計가 65,180원 全額을 淸算해 주웟다. 金鐘喆 氏 子弟에 그리고 다시 약 1個月 豫定으로
輕油 4드람
石油 1드람
모비루 1초롱
경운기 모비루 1강
以上 價格은 86,000원
앞으로 1週日 內에 運搬해 주겟다고 하고 請求書만 가지고 왓다.
밤에 全州에서 電話 왓다. 밧고 보니 新平支署인데 沈春模가 崔宣禮 寢具를 싸가지고 서울行 11時 30分 車로 가다 全州驛前 派出所에서 부잡이엿다고. 다음은 崔宣禮을 오라해서 全州에 寢具만은 가저오고 本

人은 出退햇다고.

<1976년 6월 1일 火요일 雨天>
初日부터 비가 내리기 始作. 6月 中은 장마 前線으로 變할 듯. 보리 베기 모내기 多樣으로 奮走[奔走]한 季節이다.
아침부터 家兒들은 돈을 달아고. 成曉 母는 全州 간다고 해서 約 8,500원이 支出 되고 보니 身境질疾[神經質]이 낫다.
서울에서 漢陽大 金鎭沃 君에서 편지 왓다. 不遠 夏季 實習次 下全 한다면서 내 집에 들이겟다고 왓다.
鄭太炯 氏가 來方[來訪]. 울담을 부시엿는데 林澤俊가 틀임없다고 햇다. 그건 근거없는 말삼이요 햇다. 그랫든니 藥酒 한 잔만 하자 하기에 갓다. 夕陽에 이웃이 시그럽게 큰 소리가 나며 소리낫다.

<1976년 6월 2일 水요일>
陰 5月 5日 端午節.
成樂이는 全州 求見 가고 成傑이는 뽕 따고 나는 牛舍에 풀 하려 갓다.
夕陽에 靑云洞에서 鄭圭太와 同行하자기에 가보니 男女間에 는다고[논다고]. 日前에 5仟원을 圭太 便에 주면서 막걸이나 한 잔 먹으라 햇든니 追加을 시켜 말한니 할 수 없이 3,300원 데해서 計 8,300원을 주마고 했으나 좋이 못한 人生들로 생각햇다.
圭太 말에 依하면 館村에서 里 基本金을 주마 任實서 收入 半절을 주마 햇다고. 耻謝[恥事]한 놈들로 生覺햇다.
金正石이는 山에 나무를 다 비여간니 고발해 주시요 햇다.

<1976년 6월 3일 木요일>
아침에 崔南連 氏는 딸기장수 햇다고 前番에 白米 1叺 取해간 것 代金으로 23,000원 가저 왓다.
桑木 枝葉 갈이기 햇다.
메누리를 시켜서 新德 所在地에서 申福禮 外 1人을 데려왓다. 大端이 고맛게 生覺햇다. 1日 500원 程度 주워야 한다고.
任實 養蠶組合에서 와서 試範的으로 飼育現況을 찰영햇다.
驛前에서 哲浩을 맛나서 우리 同窓會 召集을 要求햇다. 大里 奎哲 壹仟원 條을 주려 간바 不在中. 部宗燁[郭宗燁] 氏에 壹仟원을 酒店에서 傳해 주웟다.
新德서 夕陽에 3名이 더 왓다.

<1976년 6월 4일 {금}요일>
서울서 오시엿다고 寶城 堂叔이 來訪햇다.
집에서 보리 매기 만들엇다.
成樂이는 牛舍用 草刈을 해왓다. 아순[아쉬운] 대로 일은 하겟는데 아침 늦잠이 問題이다.
崔南連 氏가 金 貳萬원 가저왓는데 萬원만 더해주면 約 1個月 後에 利子 計算해 주마 햇다.
午後 5時에 新平中學校에서 薛圭太 4地區 堂 委員長이 來訪코 面 有志들에 人事을 나누고 金永文 氏 宅에서 委員長 金東旭 情報棵[情報課] 崔 係長 組織部長과 意見을 나누데 진〃하게 談話하고 車로 우리 집까지 태워다 주워서 大端히 感謝하게 生覺햇다.

<1976년 6월 5일 {토}요일>
館村驛前에서 崔泰宇을 對面햇다. 安否을

물으니 玆親[慈親]이 不遠 몇일 못 가겟다고 萬諾에 作故하신다면 昌坪里로 運喪하겟다고.
全州에 大同工業社에 들이여 脫麥機 殘金 113,000원을 會計햇다. 그리고 明日 運搬하겟다고 햇다. 午後에는 後蠶室 掃地. 누예는 4寢 中이다. 處女들은 밧 매기을 햇다.

<1976년 6월 6일 日요일>
돈이 떠러져 南連 氏에서 3仟원 둘여서 메누리 市場에 보냇다. 成傑을 시켜서 金 萬원 黃宗一 氏에서 가저왓다.
蠶具 整理햇다.
成奎 집에 新德 處女 2名이 여려 가지 트제기[트집]를 잡고 午後에 떠낫다고. 데례온 메누리 體面도 難햇다.
今夜 九耳面 石九里에서 오루리[오류리] 할머니 祭祠日인데 成奎하고 갗이 가자고 햇다. 혼자 제사에 參席햇다. 炳基 堂叔도 오시엿다.
崔南連에서 7,000원 入金 計 3萬원을 가저온 셈이다.
黃宗一에서 萬원 成傑 便에 가저왓다.

<1976년 6월 7일 月요일>
石九里에서 朝食을 맟이고 炳基 堂叔과 同行해서 泰宇 집 問病次 갓다. 水指面서 玉順 눈임이 왓드라. 잠시 談話하고 바로 大同工社에 들이여 明日 온다고 하고 機械 準備해 노라고 햇다.
버스로 只沙面에 갓다. 成苑을 맛나고 鎭鎬을 맛나나서 面長 李炳完을 面會하고 酒店에서 接待한데 支署長 李今豊 崔永喆 代議員 崔永植 前面長 康信浩 氏 두루 代面[對面]하고 飮酒에 들어간바 酒代는 3仟이라고. 2仟원 주고 壹仟원은 成苑보고 주라 하고 漢實 집에 간바 全員 不在中. 組合長에 付託하고 漢實에 3, 4萬원만 貸付해주면 不還이면 내가 責任하겟다고 言約햇다. 漢珠도 路上에서 對面햇다.

<1976년 6월 8일 화요일>
새벽부터 내린 비는 終日 내려 보리도 全部 너머지고 養蠶農家는 大端이 不便하게 되엿다.
屛巖里 趙乃浩 부로크 80개代 3,200원 주웟다.

<1976년 6월 9일 수요일, 陰 5月 12日>
任實 注油所에서 輕油 4드람 石油 1드람 모비루 1초롱 깡모비루 計 86,000원 外上으로 注入하고 갓다.
耕耘機가 異常이 生起여 尹南用을 出張시켜서 보냇다.
後蠶室 電氣 加設[架設]햇다.
水稻用 肥料 98袋가 運搬用으로 드려왓다.
夕陽에 6時頃에 全州 泰宇에서 電話가 왓다. 母親 死亡이라고. 兒들을 시켜서 洞內 大小 宅에 案內하고 大里에 炳基 堂淑[堂叔]에 갓다. 明日 人夫가 만해서 夕陽에나 갓가 못가겟다고 햇다. 屛巖里 基宇 母에 전화햇든니 父母가 죽엇다 해도 못가고 누예가 한참이라고 햇다. 尹龍文을 시켜서 喪衣軍[상여꾼] 10餘 名만 求하라 햇든니 求햇다고 햇다. 밤 11時頃에 泰宇가 전화햇다. 淸州에서 왓다고 하면서 人夫 20餘 名을 動員해 달아고 햇다. 밥은[바쁜] 때고 보니 人夫가 貴하오니 10餘 名 程度만 하자 햇다. 妻男 漢珠가 전화을 밧구든니 內政干涉하드라. 마음이 맛지 안햇다.

<1976년 6월 10일 {목}요일>
耕耘機와 7사람이 뽕을 사려 南關으로 갓다. 뽕밭을 보니 山 高地에 잇고 뽕이 좋이 못해서 다시 歸家한바 損害만 낫다. 나는 바로 全州 泰宇 집 問喪을 갓다. 夕陽에 入棺을 해주고 집에 온니 8時엇다.

<1976년 6월 11일 {금}요일>
成樂 外 4名을 시켜서 元泉里 白元基 뽕과 外人 뽕을 땃는데 元基는 外上으로 하고 外人 것은 뽕갑 6,000 外 雜비 2,000원 해서 8,000원이 들엇다.
11時가 된니 全州에서 連久車[靈柩車]가 왓다. 約 30餘 名 喪衣軍 18名 本里 大小家 10名 해서 約 60餘 名이 中食을 하는데 勞苦가 만햇다. 喪衣軍 日工 2,000원식 會計하고 山淸에 人夫는 1,500식 4名 會計하고 白米 2斗 갑도 會計햇다. 막걸이 2斗 갑도 1,800원 會計.

<1976년 6월 12일 {토}요일>
女子 4名하고 成樂을 데리고 관촌 3區에 갓다. 桑田을 買受한바 15,000원에. 安承均 丁基善 하고 3人이 딴바 15叺 程度. 叺當 1,000원 골이다. 于先 五仟원을 주고 午後에는 他人의 뽕 3叺에 1,700원을 주고 사왓다. 차기[찬기]를 맛낫는데 저 집에도 뽕이 나맛다고 햇다.

<1976년 6월 13일 {일}요일>
成樂을 데리고 新平農協에 肥料을 운반하려 갓다. 水稻用 尿素 12袋 22-22-22-12袋 鹽加 4袋 計 28袋을 72,520원 外上貸 밧고 出資 4,000원을 햇다.
金炯順 氏次男 結婚日이라고 新平서 全州로 갓다. 만이 모엿는데 中食을 한바 1床에 600원식이라고 들엇다.
成吉에 갓다. 金 參萬원을 要求한바 알아보겟다고 그러면 參仟원만 달아고 해서 가저왓다. 脫穀機을 운반한데 氣車[汽車]로 운반하야 밤에 耕耘機로 집에 운반햇다.
누예는 明日 上簇한다고 햇다.

<1976년 6월 14일 {월}요일>
아침부터 누예는 上簇하기 始作. 終日 上簇해도 못다 하고 10餘 채반이 나맛다. 多幸 뽕은 1叺쯤 나맛다.
해남댁 1日 林宗烈 子婦 1日 李正진 0.5日 家族 全員이 動員햇다.
밤 9時에 任實驛前 韓文錫 氏에서 金 5萬원을 急히 借用햇다. 明{日} 뽕 아가씨 품도 주고 뽕갑도 會計하기 爲해엿다.

<1976년 6월 15일 {화}요일>
申美善이는 간다고 해서 5,500과 旅비 200원 주워 보내고 申福禮는 先金 1,000원 주고 申福禮 申炳完은 約 1週日 더 잇기로 햇다.
밤 12時까지 脫麥機 修理.

<1976년 6월 16일 {수}요일> 陰 5월 19일
成奎 脫麥 試運轉하려 간다. 17叺쯤 作業햇는데 風庫가 異常이 있어 任實에서 4인지 뿌레 交替햇든니 잘 되드라.
驛前에 李德石 外上代 7,200 全部을 完了해 주웟다. 앞으로는 現札로 해야지 그려치 안니 하면 해가 된 듯하다.

<1976년 6월 17일 {목}요일>
鄭圭太에 靑云洞 共同 ◇代 3,200 人夫 賃

2名分 2,000 計 5,200원을 주웟다.
알고 보니 圭太는 人夫가 남는다고 해서 梁奉俊 裵京完을 데려다 利用하라고. 大端히 感謝하게 生覺햇다.
尹鎬錫 氏 麥 운반햇다.
成植이는 丁基善 脫作이 끝이 난는데 月稅을 받아서 실고 가자하니 성질을 내며 가버렷다. 내가 경운기를 운전해서 尹鎬錫 氏 보리을 운반햇다. 그러나 좋이 못하게 生覺햇다.

<1976년 6월 18일 {금}요일>
아침부터 뉴예고치 따기 시작. 마참 新德 處女 4名이 와서 協助한데 大端히 고맙다고 햇다.
申福禮 父親이 오시엿다. 金 五仟원을 주워 보냇다.
淸云洞에 갓다. 韓南連을 맛나서 來日 일 오라 햇다. 白康俊가 두려웁다고 햇다. 걱정 말고 오라 햇다.

<1976년 6월 19일 {토}요일>
뉴예고치을 실고 新德에 갓다. 成奎 昌宇 成康이가 同行이 되엿다. 約 210kg쯤인데 413,000원. 檢查員는 吳東燮인데 190k가 수등이엿다. 다시 貸切해서 집에 온니 밤 10時가 너멋다.

<1976년 6월 20일 {일}요일>
脫麥.
成東이는 金 7仟원만 보내라고 편지가 왓고 電話도 왓다.

<1976년 6월 21일 {월}요일>
完宇 脫脈한바 아침부터 牟光浩는 食床에서 말한데 모심는데 1斗只 4仟원을 일게[일계;노동계]에서 달아고 한다고.
成吉이가 왓는데 빗 바드로 온 듯 십엇다.
夕陽에 鄭圭太와 同伴해서 韓文錫에 爲安[慰安]次 갓다.
新德 處女 2名이 어제 夕陽에 왓는데 今日부터 作業 始作.
5時쯤 해서 쏘낙비가 내려 보리는 全部 비를 맞이니 大端하 不安하다.

<1976년 6월 22일 {화}요일>
鄭경석 會計 51,000.
아침에 全州 成吉이가 왓다. 借用金 100,900원 12萬원 3萬원 25萬9百원 取貸金 3,000 253,900 利子 54,200 總計 30萬8仟100원을 會計해 주웟다.
成奎에서 豚 1頭 17,000원 入金햇다.
成康 移秧햇다.
柳文京 母 外上代 6,930 路上에서 주웟다.
韓南連은 作業을 終日하고 夕食도 하지 안코 갓다.
金宗出 장기질. 午前에는 成樂 午後에는 내의 장{기}질 햇다.

<1976년 6월 23일 {수}요일> 음 26일
梁奉俊 氏가 고지 村前 3斗只 移秧을 맞이엿다.
못텡이논 堆肥 散布. 成樂 成傑 나하고 땀을 냇다.
林澤俊 보리 脫作을 밤에 하지기에 못 한다 햇든니 俊映에 간 모야[모양].
是 不應. 다시 成樂에 私情[事情]해서 現場에 간바 껏보리 보리脫作하다 비가 내렷다. 2짐쯤 남기고 왓다. 집에 온니 밤 4時엿다.

<1976년 6월 24일 {목}요일> 음 5월 27일
申福禮가 歸家한다고 해서 메누리하고 會計을 한니 養蠶 時는 500식(10日間) 普通은 400식해서 20日間 9,000 先金 6,000 除하고 3仟 旅비 500을 주워 보냇다.
黃宗一 氏 아침에 34,500원 주고 다음 壹仟만 달아고 햇다.
崔六巖 못텡이 장기질 3斗只만 하고 午後에는 고치 판다고 갓다.
金玄珠 午後에 장기질. 새보들 도봉靑年이 일손을 도와 주웟다.
母豚이 암이 生起여 驛前 鄭경식 집에서 交背을 햇다.
忠南 鄭用相 氏가 와서 植桑을 해달이고 햇다.

<1976년 6월 25일 {금}요일> 음 28일
새벽에 비가 내린데 잠이 깻다. 못텡 논에 가보니 물은 들엇다. 집에 온니 家族들은 잠만 자고 있으니 화가 낫다. 成曉 母보고 보리 묵그라 햇든니 나만 시킨다고 해서 그러면 나가라고 햇다. 되야지는 再 암이 나서 庭園을 뛰여 단닌다. 경운기는 發火가 되지 안는다. 또 마음은 괴로왓다.
金玄珠 시켜서 장기질 5日 시켯다.
崔六巖 黃在文이 못텡이 고지 移秧햇다.
日氣는 개엿다. 다시 再 母豚에 交미를 시켯다.

<1976년 6월 26일 {토}요일>
못텡이 黃在文 고지 못다 심은 논을 시무라 햇든니 長줄하고 장줄까지 시기에 열이 낫다.
鄭鉉一 脫麥하고 새벽에 왓다.
金在春 脫麥. 우리 것을 밤에까지.
丁基善 取貸金 3仟원 安正柱 外 3名 食代 1,000을 주웟다.

<1976년 6월 27일 {일}요일>
11時頃에 우리 보리 脫麥한데 날이 더워서 자조 休息을 햇다. 밤 2時까지 脫麥한바 約 26叺. 金在春 宋泰玉 手苦해 주웟다.
夕陽에 成英 成傾에 授業料 家用 해서 65,000 주워 보냇다.
裵京完에서 成吉에 보내 달아고 金 五萬원이 왓다.
◎ 아침에 成傑과 갗이 관촌 崔香喆 氏 집에 갓다. 叺子 180枚(9뎅이)을 上車하고 代金 280원식×180枚=50,400-先金 5,000 =45,400 外上으로 하고 運搬햇다.

<1976년 6월 28일 {월}요일>
배답 移秧한데 처마니에서 高 氏가 2名을 보내 주웟다. 배답 모내기는 밤이 되여 못다 햇다.
任實 注油所에서 石油 2드람 가저오고 다음에 會計해 주겟다고 햇다.
咸德基는 8時間 일하고 3,500 주워 보냇다.
◎ 夕陽에 崔完宇 딸이 왓다. 任實高校에서 崔相烈 擔任先生에서 편지엿다. 內用[內容]을 본니 成傑[成奉][104]이가 理由없이 欠席[缺席]을 한니 (10日 前부터) 校側[校則]에 依해서 處理하겟다 햇다. 그러나 或 珍단書라도 添付[添附]해서 休學 程度도 조흐나 父兄게서 잘 生覺해서 來臨하라 햇다. 그러나 本人이 行方을 감추고 不在中이니 道理 없다.

104 6월 30일 일기 참조.

<1976년 6월 29일 {화}요일>
오늘 移秧을 끝내기 위해서 人夫을 求한데 崔南連 黃在文 林宗烈 妻 李在春 崔成樂 處女 內子들 해서 8名이 移秧을 햇다. 白康俊에 빌여준 苗板이 끝이 못나서 말 햇든니 苗가 업다고 해서 엇더케 하든 求해서 심머 주야겟다고 햇다.
午後 5時에 時間 餘有[餘裕]가 有하기에 上記 人夫들 시켜서 麥 脫作을 시작. 12叺을 脫穀햇다.
夕食을 맟이고 아들하고 相議한바 小麥도 脫作을 하지기에 하라 햇든니 翌日 새벽 3時에 끝이 낫는데 3叺라고 햇다. 近方에서 오기다 作業을 한니 느젓다고 햇다.
新德 處女 申美善 歸家햇다.
成樂이는 손을 다치엿다고. 깔 썰다.

<1976년 6월 30일 {수}요일>
成樂이는 손을 다치엿다고 行方을 감추고 成傑와 裵京完 脫麥하고 在春이는 보리 비게 處理 보래대[보릿대] 貯장햇다.
비는 내리기 始作.
夕陽에는 任實高校 崔相烈 先生任의 來訪햇다. 成奉이가 家出햇다고 들엇다고 햇다. 不遠 帶同하고 學校에 오시요 햇다. 그러타고 退學을 {시}키면 將來에 希望이 막혀버린다고 햇다. 成樂이가 全州로 델로 갓다는데 아즉 消息을 모른다면서 3, 4日만 期待려[기다려] 주시요 햇다. 마음이 大端이 괴로왓다. 成康부터 成樂부터 成傑부터 成奉까지 이와 갗이 父의 마음을 괴롭히니 몸이 自然이 不平[不便]해진다. 어제 밤에는 소죽도 못 메기고 굼기엿다. 不安햇고 齒牙가 애리고 머리도 앞으고 夕食을 못한 채 누워 버렷다.

<1976년 7월 1일 {목}요일>
아침에 成傑에 깔을 베다 소죽을 먹이여라 햇다. 成傑이는 모른다면서 죽어버리게 내비두라 햇다. 李在春보고 깔 비여다 소죽을 끄려라 햇든니 대답뿐이고 蠶室로 드려가 成樂이하고 成傑이하고 3人이 누웟으니 답〃햇다.
全州驛前 派出所에서 電話가 왓다. 成奉가 家出者로 잡이여 保護 中이니 父兄에 引게[引繼]하겟다고 햇다. 驛前에 간니 成康이가 있어 그 말을 햇든니 제가 가겟다고 해서 보내고 왓다. 그러나 入家을 不應하면 억지는 하지 말아 햇다. 成奉가 여려 가지로 父에 對한 面目을 내노키 困難할 터이니 强要는 말아 中間에서 途走[逃走]하면 내비두라 햇다. 돈 떠러지면 도적질이 해멱다 刑務所에 가서 기내다 다시 社會民으 耳目이 難處하면 다시 家出한다 又 도적질하다 再범해서 受감되엿다가 그럭저력 世上을 歲月로 보내고 其後에 年歲가 만니 들면 後梅[後悔]가 生起는데 其時에는 身上關係가 느젓다고 본다고 成康에 당부햇다. 日時 日前[目前]에 안 보이면 不平이 없는데 其 子息이 다시 보이면 不安하겟다. 成傑이도 못 밋게다고 生覺이다. 成樂이는 崔元浩하고 接屬[接觸]이 藉〃한데 父는 不平하고 십다. 其 놈하고 接屬해서 刑務所까지 단여온 놈이 又 親切하다고 하면 내 집 일이 만한데 助力이라도 해 주엇다면 그도 그렷치만 鄭鉉一 집에 매인 사람을 술 주고 밥 줄 필요는 업지 안나 한다. 子息들 모두 마음에 맛지 안다. 건너 成康 內外게서는 同婦人 해서 全州 出入햇다 한니 그도 不安하고 제의 에미는 놉 어더 밧 매고 누예고치 판 돈 가지고 出入한다 하니 그도

보기 실타. 밧불 때에 人間 치고 그럴 수 있겟는가.

連續記

午後에 보리방아 찌로 丁振根가 왓다. 우리 마루에 안자서 말하기를 어제 火田地에 담배을 심엇든니 全部 面에서 와 낫으로 처버렷다고 햇다. 約 2仟 株 가량인데 내의 身勢[身世]을 구치고 明年에 다시 雇人사리 가야겟다고 햇다. 그려면서 嚴俊祥 山限定線(白線)는 俊祥 自身이 20度 線 以上으로 올이여(郡에서 해논 놈을) 耕作한 것은 내벼려두고 又 딴 사람은 1部만 치고 내 것만 온전이 첫다고 말하면서 檢察廳에 郭氏 잇는데 물어보겟다고 햇다. 그러나 崔元喆에 가서 相議한니 元喆이는 面長에 가서 肥料 1袋만 주라 해서 다시 복구하라고 합디다 햇다. 그리 말고 자내 혼자 죽고 그만두소 햇다.

全州 成吉에서 金 五萬 裵京完 5萬원 計 10萬원 今日字로 借用키로 햇다.

밤 10時頃에 成奉을 데리고 母가 왓다. 엽에 안처 놋코 訓示을 햇다. 明日은 바로 學校에 가서 復校登錄하라고 햇다.

<1976년 7월 2일 金요일 음 6월 6일>

아침에 耕耘機를 靑云洞 金二柱 집에 보냇다. 成奉은 혼자 學校 가기가 어색하다기에 同伴햇다. 校長 校監 擔任 崔相烈 李기형 {先}生을 人事코 付託햇다. 授業 2期分 21,300원을 서무과에 二重으로 다시 拂入햇다. 指導所에서 廳取[聽取]을 하드라 그려면서 覺書에 捺印해 보내주시라 햇다. 집에 온니 某人이 印章을 가저갓다 말도 안코. 기분이 不安햇다.

終日 靑云洞에서 金二柱 鄭泰燮 脫麥햇다.

<1976년 7월 3일 土曜日 음 7日>

새벽부터 내린 비는 終日 내렷다.

靑云洞에서 韓南連 後蠶室로 移居해 왓다.

九耳面에서 炳赫 叔堂[堂叔]이 오시엿다.

大里 宗畓 移秧하려 왓다고 苗가 不足해서 成奎에 빌이로 왓다.

成傑을 시켜서 人夫 集 24,000원 宗烈 婦人 1,000 新安宅 4,000까지 全部 會計 散布해 주웟다.

<1976년 7월 4일 日요일>

安承均 氏 精米햇다.

終日 桑田 除草한데 手足 不安햇다.

成玉 成允에 精米 糧穀 2斗을 주워 보냇다.

메누리는 全州에 간다고 갓다.

고추밭 맨데 女子 9名이 動員 되엿다고 햇다.

韓南連은 어제 우리 蠶室로 왓는데 今日 저역부터 電氣을 다려 갓다. 旣本料金[基本料金]은 내야 하기로 햇다.

<1976년 7월 5일 {월}요일>

午前에 李在春 裵永善 成樂 成傑하고 나랑 갗이 桑田 除草을 끝냇다. 午後에는 李在春이는 3斗只 機械 除草을 시켯다.

肥料 3斗只 尿素 1袋 散布햇다.

任實 驛前에 산다고 덕석 2枚 6仟원에 外上으로 買收햇는데 秋期 徵收 時에 5百원 減해 주겟다고 햇다.

午後 6時에 비가 내렷다. 相當이 내렷다.

新德에서 處女 2名이 왓다.

安承均 婿는 보리 脫麥하려 왓다고. 妻家을 生覺코 오는 것은 大端이 조흐나 좀금

삼가할 일.

<1976년 7월 6일 {화}요일>
成樂 在春을 시켜서 午後에 機械 除草하라 햇다. 午後 5時가 가가와도 논에 온지 안햇다. 집에 온니 在春 成樂 모른 사람 2名 4名이 電話을 가지고 있엇다. 熱이 加햇다. 成樂이는 行方을 감추고 在春이와 同伴해서 午後에 除草한데 밤에는 꽁〃 알앗다. 不良한 놈으로 안다. 刑務所에 단여 온 後로는 心思가 변한 것으로 본다.

<1976년 7월 7일 {수}요일>
靑云洞서 終日 脫麥햇다. 金在玉 金玄珠 두 집 것.
在春 成康이는 고초밧 農藥 散布 시켯다.

<1976년 7월 8일 {목}요일>
아침부터 보리방아 찌엿다.
林澤俊은 소을 일엇다고 支署에 전화 6통화을 햇다. 支署長 韓 巡警이 現場 檢査하려 왓다.
비가 내리기 시작 靑云洞에 金昌圭 脫麥하다 未決햇다.
丁基善 집에 갓다. 마음이 괴로와 햇다. 妻가 病勢가 그렷 하는데 靑云洞 중이 오시여 잔소리햇다.
李在春는 간다기에 품싹을 주려 햇든니 안 가겟다고 제 집에 가도 별일이 업다고. 午後에는 놀여 가고 없엇다.

<1976년 7월 9일 {금}요일>
齒가 애리다가 입 옆이 부워서 美子에 가서 治料를 햇다.
장마철로 들어 每日 繼續 내린다.

<1976년 7월 10일 {토}요일>
今日 光州에서 成東이가 除隊할 日이라고 들엇다.
아침에 成傑이는 일즉 일어나 金昌圭 脫作하려 갓다.
午後에 靑云洞에서 金正柱 脫麥한데 成東이가 除隊햇다고 왓다. 午後에 成樂 李在春을 시켜서 배답 機械除草을 시켯다.
韓南連이가 午後에 왓다고.
메누리는 全州에 간바 몸이 좇이 못한 듯.

<1976년 7월 11일 {일}요일>
아침부터 鄭仁浩 脫作부터 하고 成東은 35師團에 申告하려 간다고 午後에 갓다.
丁基善에서 金 五仟원 取貸햇다.
李正연 外 2집을 밤에까지 햇다.
밤에 安承均 母 小祥에 參禮햇다. 놀다보니 崔南連 氏가 金 萬원을 要求한바 喪制에서 參仟원 빌여 주웟다.

<1976년 7월 12일 月요일>
아침부터 李順宰 脫麥 寶城宅 金正石이까지 햇다.
中食은 鄭圭太 집에서 하고 李在春 日工 12日間 9,600원 400원 보태서 萬원 주고 전 條 貳仟원 뺀 8仟원 주워 보냇다.
成東이는 全州에서 왓는데 明日 任實 部隊에 申告한다고.
메누리 10日 全州 갓는데 오늘 왓다.

<1976년 7월 13일 {화}요일>
成東이는 任實 大隊에 가서 除隊 申告을 맟이고 午前에 왓다.
終日 방아 찟는데 成樂이는 朝食 後에 外出하야 夕陽에야 드려온니 마음 괴로왓다.

不農家 宋泰玉 崔元浩 梁春植 같은 놈하고 어울이여 놀고 술 마시고 데리고 우리 집에 와서 밥 메기고 밤에 놀고 아침에 10時까지 자고 又 놀로 나가고 매일 日課로 삼고 있으니 父母는 무엇을 할지 設計만 그랫지 成樂이는 아비 애를 태우고 있으니 차라리 客地 나가 目前에 보이지 안튼가 그도 안니면 몰에 他地에서 自殺行爲라도 해서 社會에 恥感이나 안 보이엿으만 父는 滿足하겟고 平生 所願이겟다. 他人에 말 못하고 又 精神的 苦捅[苦痛]이 深하다. 不良한 놈이지 못하겠다. 刑務所에 단여와서 改心한 줄 알앗든니 1身이 못 쓰게 되엿으니 엇저면 안 볼가 生前 願이다.
大里 鄭用澤이가 왓다. 大里坪 田畓에 貨車가 단이여 被害 만한데 車主을 對面햇든니 明日 全部 나오라고 햇다고.

<1976년 7월 14일 {수}요일>
아침에 成傑을 데리고 靑云洞에 갓다. 鄭圭太 脫作을 始作 崔六巖 氏까지 햇다.
中間에 大里坪 田 被害保償[被害補償]을 해달아고 現場에 간바 社長이 오시여야 안다고 해서 다시 왓다.

<1976년 7월 15일 {목}요일>
아침 5時에 起床해서 成傑이와 靑云洞에 泰圭 脫麥하려 갓다. 午後에는 비 내려 作業 始作하기가 難處햇다.
가랑비가 내린데 午後 5時에 裡里에 갓다. 東一機械商會에 附屬品 1部 講入[購入]해서 온니 밤 10時 30分이엿다.

<1976년 7월 16일 {금}요일>
人夫들과 보리 作石 약 70叺. 成康 12叺 計 82叺을 作石햇다. 面에서 洪 書記 外 1人도 參席. 日氣不順으로 里에서 少量으로 出荷될 듯. 나로서는 多幸이고.
工場에서 보리 作石한데 玄米機가 베야링이 깨서 修理하려 驛前에 보냇다.

<1976년 7월 17일 {토}요일>
쌀보리 70叺 買上 2等 2叺 3等 65叺 等外 3叺 計 70叺에 492,020원 收入햇다.
尹 生員 脫麥.
成康이도 12叺 89,000원쯤 햇다고.
夕陽에 鄭경석 外上代 會計하려 갓다. 全部 會計한니 52,180 신문代는 75년 10月까지라고. 日前에 其者에서 창피가 莫深[莫甚]햇다. 完全 會計는 淸算햇는데 아마 其者 집에서는 外上 据來[去來]는 될 수 잇는 대로 피해야겟다.
任實驛 韓文錫 債務 176,000을 淸算해 주웟다.
郡 山林課用 분무기을 밤에 빌이여 왓다.

<1976년 7월 18일 {일}요일>
아침에 洞內 債務 整理햇다. 丁基善 43,200 鄭九福 12,500 牟 生員 26,000 崔今石 68,000 牟光浩 18,000 崔南連 32,000 計 199,700 그런데 南連 氏만 利子 2仟원이 返還해 왓다.
成樂이는 어제 外出하든니 오날에야 들오니 日時[一時] 보기 실타. 子息도 정 떠러지니 진심으로 보기 실타.
靑云洞에 갓다. 李南振 犬 판다고 해서 11,700원에 삿다.
집에 온니 成曉 母가 말하기를 올봄도 成康네 食糧 對주웟으니 올 여름에도 대준야고 그리고 저번에도 宗化 집에서 보리쌀 2

와 成康네 준다고 가저갓다면서 말햇다. 당장 낫분 연이라고 햇다. 宗化 집에서 取해온 보리쌀은 靑云洞 金正柱 주엇다고 햇다. 그랫든니 메누리도 있는데 그려케 말하야 하드라. 여려 말 하면 又 안니 할 말 하면 더 以上 구진소리가 나간가고 햇든니 서운타고 햇다.

<1976년 7월 19일 {월}요일>
昌宇 脫麥.
成東와 農藥 散布 弟一次. 郡 山林課用 분무기을 山林組合에 引게햇다. 靑云洞에 갓다. 犬肉 1足을 주고 술 2병을 주면서 脫麥해주니 고맙다고 하고 戶主을 모시고 待接햇든니 下席에는 兄弟 對 兄弟끼리 是非가 버려젓다.

<1976년 7월 20일 {화}요일>
黃在文 梁奉俊 고지 매는데 우리 人夫 2名 成東을 너주고 全部 合同으로 除草햇다.
보리 作石 代 30叺 程度엿다.

<1976년 7월 21일 {수}요일>
오날은 夏麥 共販日이다. 아침부터 成傑을 시켜서 大里로 운반하기 始作햇다. 午前中 四 車輪을 햇다.
大里에서 鄭用澤을 相面햇다. 河川 砂里 彩取[採取] 作業場을 訪問햇다. 田畓 被害保償을 要求한니 不應햇다. 鄭用澤과 갗이 郡 建設課에 갓다. 民에 被害가지 끼치면서 河川 許可을 내주야 올야 햇다. 明日 現場 檢證하겟다고 햇다.
하곡 85叺 大里 운반.

<1976년 7월 22일 {목}요일>
아치[아침]에 韓甲同 子弟가 왓다. 田 被害保償을 해주겟다고 햇다.
韓正玉 外上代 宗一 取貸金 崔行喆 叺子代 鄭太燮 外上代 任實 金宗喆 油代 一部을 一一히 단이면서 淸算해 주웟다.
鄭用澤이 단여갓다고. 明日 對面키로.
任實高 校長을 路上에서 面會하고 土曜日에 村前으로 놀오 오신다고 햇다.
成奉을 早退시켜서 任實病院에서 가래투을 따고 預金 4,000원 주고 택시로 집에 보냇다.

<1976년 7월 23일 {금}요일>
牟潤植에서 參萬원 借用햇다.
午後 4時頃에 뻐스로 新平을 据處서 北倉에 갓다. 金世男 氏을 만나서 機械代을 달아 햇든니 4萬원에 주웟는데 減해 달아고 5仟원 減해주고 明日 人便에 35,000원 보내주기로 하고 7時 30分 뻐스로 왓다.

<1976년 7월 24일 土요일>
中高校 放學으로 들어간다고.
午前 中 방아 찟고 成東에 맷기고 大里 川邊에 갓다. 社長이 오시엿다고 人事을 交換하고 보니 점잔햇다. 補償金을 밧는데 5萬원 주마하기에 10萬원을 내라고 해서 끝으 지엿다. 個別的으로 分配한데 大里 92,500 昌坪里 7,500 計 10萬원.
任實高校 先生들 休息한 데 가보니 先生 全員 任實 面長 李相浩 朴경조 理事가 募엿드라. 탁주 한 잔 먹고 바로 大里에 갓다. 郭七奉 鄭用澤와 相議 補償金을 傳해 주웟다. 七奉이가 술 한 잔 하자고 하는데 郭在엽 氏 用澤도 參席한바 押作히 몸에서

熱이 深해지기 始作 허둥지둥하면서 집에 왓다. 밤 12時쯤에 成曉가 왓다. 택시로 해서 館村病院에 갓다. 入院하라는데 큰 병이 업다고 하고 주사만 맛고 온바 택시비까지 3仟원.

<1976년 7월 25일 {일}요일>

大里 安吉豊 氏가 싸이카에 실이여 왓다. 짐맥을 지펴보고 별 큰 병은 안니고 약 3첩을 보내줄 터이니 자시라면서 갓다.

牟在萬 便에 2萬원 보내면서 時計도 사고 방장도 사고 外上代도 갑고 許 生員 집세도 4,500 4月 6日까지 주라고 햇다.

成傑을 시켜서 朴京洙 3,000 韓 生員 500 張判同 1,500 崔重宇 500 表明善 1,000 梁海童 1,000 計 7,500원을 보내주웟다.

<1976년 7월 26일 {월}요일>

任實 市場에 갓다. 우리 牛金 市{勢}을 본니 40萬원 以上 밧겟드라.

任實 注油所에 갓다. 모비루 1드람에 4萬원 하야 2個月 後에 주기로 햇다.

成東 시켜서 郡에서 부무기[분무기]을 빌여왓다. 全州에 附屬品다문에 갓다. 新田里 査長게서 入院햇다고 메누리에서 들엇다.

夕陽에 成傑을 시켜서 館村 崔行喆 氏에서 混合穀 11,500원식 2叺 운반햇다.

◎ 밤에 成康이는 말하기를 順天에서 애기를 다시 데려다 맛기고 갓다고 햇다. 바볼레 햇다. 못 본다고 햇다. 다시 데려다 주라고 햇다.

<1976년 7월 27일 {화}요일>

新平에서 加工組合 月豫會議[月例會議]가 있엇다. 要指[要旨] 9分 精米 活用 禁止 7分 精米 장여[장려]하라는 特別指示이고 萬諾 發見 時에는 營業中止는 勿論이고 行政官署까지 問債[問責]을 當한다 햇다. 組合비 1部 10,000 支出해 주웟다.

成東 成康이는 農藥 散布햇다.

驛前에 門 雙窓 2별[두 벌] 맛기엿다. 10,000에 찬짱도 1벌.

成樂이는 每日〃 밤 1時쯤이면 들어와 저역을 먹고 가면 翌日 10時.

밤에 成康이가 왓다. 아해는 어머니가 通學車로 아침(7時 40分 龍山行 列車) 出發 裡里驛에 到着하자 車內에 아이를 두고 下車하고 있다가 列車가 出發하자 다음 列車로 내려왓다고 하는데 侄[姪]이지만 그 마음은 뒤가 도라다 보이고 눈물이 앞을 가려 그 슬픔을 금할 수 업서다고. 車掌은 勿論 警察에 引渡햇겟지.

<1976년 7월 28일 {수}요일>

兄수 生日 朝食을 成奎 집에서 하고 놀다가 中食까지 햇다.

午後에는 全州 齒科에 갓다. 齒을 調査하고 뜨더본니 3개 中 一개가 不實햇다. 明日 뽑기로 하고 내려오던 中 金贊基을 對面코 아버지 病勢을 물엇다. 맣이 조와지고 오늘 退院하야 妹氏 집에서 2, 3日 治料하면 完快되겟다고 햇다. 齒는 繼續 不安햇다.

<1976년 7월 29일 {목}요일>

全州 東洋齒科에 가는 길에 보광당 舍宅에 들이엿다. 査돈 相洙 氏 問病을 하고 치과에 갓다. 上 齒牙을 빼고 下齒을 본니 구멍이 나서 다시 거더내고 1萬원에 決定코 下齒을 뽄 떳다.

夕陽에 某人이 왓다. 알고 보니 裡里 東一

農機社엿다. 營業部長 蔡基洙 氏엿다. 機械 殘額 77,000원을 내라고 하기에 2, 3日 기들여 달아고 햇다. 안 된다면서 못 줄 터이면 機械을 네리노와라 햇다. 機械을 내리서 주면서 引受證을 밧앗다. 돈 못 준 과실로 物品을 드리니 이제는 딴 機械을 쓸 터이니 그리 알고 가저가라면서 경운기에 실이여 館村 통운에 보내주웟다.

<1976년 7월 30일 {금}요일>
趙命基을 同伴해서 裡里에 갓다. 河圭太 氏에 訪問코 어제 채기수 氏가 내 집에 와서 機械을 託送해 갓는데 그렬 수도 잇소 햇다. 다시 技術者을 보내서 修理해 줄 터이니 利害하시라고 햇다. 나는 한 번 맛지 안흐면 2번 더 말하지 안는다고 하고 据絶햇다.
趙命基 妹氏 宅을 訪問햇든니 待接을 잘 하드라.
오는 길에 河澈秀 工場에 갓다. 1臺에 18萬원이라고 햇다.
오는 길에 齒科에 들이여 治료을 밧고 왓다.

<1976년 7월 31일 {토}요일>
아침에 忠南 恩津面 방축리에 갓다. 鄭榮植은 5日 前에 出他코 不在中이기에 回路햇다.
全州 주물工場에다 精麥機 주물을 맛기고 明日 가기로 하고 왓다.
치과에 들이여 치 뽄지을 따고 先金 5,000원 주고 왓는데 計 7,000원 入金시킨 셈이다.
伯母 祭祠인데 成吉이도 왓다.

<1976년 8월 1일 日요일>
아침에는 1家親戚을 모시고 外人은 崔南連 鄭圭太만 招請햇다. 朝食을 갗이 하고 崔南連 氏에는 소을 개비한다고 市場에 몰여 보냇다. 빼스로 가다보니 路上에서 소를 때리면서 새기로 묵드라. 途中 하차하야 집으로 가자 햇다. 마음이 不安햇다. 그려나 다시 市場에 갓다. 45萬원을 내라 햇지만 392,000원에 팔고 227,000원에 다시 삿다. 그려나 南連 氏는 소에 市場에서 뿔로 살작 배을 글키엿다. 오는 途中에서는 보는 사람마다 옷을 것고 이려케 닷치엿다고 공개자랑을 한니 主人으로써는 마음이 不安햇다. 病院治料하자 해도 안 듯는다. 中食을 잘 대접하고 담배도 사주고 하면서 마음을 조케 헷다. 처음 金甲石을 버서 비치고 任實 驛前에서 崔六巖을 비치고 용운치 술집에서 비치고 圭太 酒店에서 비치고 그러드라. 夕食을 갗이 하자고 모시고 있으니 自己 兄이 왓다. 잔소리 즉 한 소리 또 하고 한 것이 밤 11時 30分 되엿다. 그래도 그 소리 다 드럿다.

<1976년 8월 2일 月요일 陰 七月 七夕日>
아침 일즉 全州 光日社에 갓다. 午後 4時까지 精麥機는 修理을 맟이엿다.
成吉에 갓다. 債務整理하는데 3月 31日字 5萬원 5月31日字 15萬원 計 20萬원인데 利子 2萬원해서 22萬원인데 10萬원 淸算해주고 今日字로 12萬원을 新規 借用한 것으로 決定하고 왓다. 그려드래도 7月 1日字까지 10萬원이면 22萬원 元金으로 안다.
밤 12時까지 組立해도 如意히 못햇다.
湖南社에서 금강노라 10,000 外上으로 하고 前條이면 37,500원으로 안다.

<1976년 8월 3일 {화}요일>
午前 中 精麥機 組立햇다. 能率은 前番 機械보다 培 以上 좃코 베루도 꼬지 안키 때문에 便利햇다. 約 2萬원쯤 드렷지만 갑이[가치] 잇다.
午後에는 뻐스에 찬짝 1組을 실고 成玉이와 全州에 갓다. 許 生員을 맛나서 談話하고 왓다.
齒科에 들이여 假齒牙를 넛코 왓다.

<1976년 8월 4일 {수}요일>
벼방아 보리방아도 찌엿다.
各 논밭을 둘여보니 벼는 배서 곳 모아지가 나올 것 갓다.

<1976년 8월 5일 {목}요일>
五柳里 姜雨錫 집에 갓다. 中食을 待接 잘 밧고 釜山 雨錫 잇는 會社 住所을 땃다. 明日 釜山에 내려가겟다고 하고 왓다.
全州에 뻐스로 直行 齒科에 갓다. 今日도 治料만 하고 왓다.
驛前에서 全州 崔宗燮 氏 相面하고 술 한 잔식 노누고 作別햇다.

<1976년 8월 6일 {금}요일>
새벽부터 내린 비는 大洪水로 변해서 앞들은 全部 浸水되엿다.
午後에는 全州 齒科에 갓다. 治料을 하고서 齒牙을 해넛다.

<1976년 8월 7일 土요일>
아침 7時에 館驛에 갓다. 列車는 9時 20分에 開通한다고 햇다. 뻐스로 全州高速場 갓다. 9時 高速으로 光州로 간니 10時 半. 2時{間} 30分을 기들이여 午後 1時 高速을 타고 釜山에 當한니 5時 30分이엿다. 宋基南 집을 찻는데 숩게 차잣다. 夕食을 잘 먹고 英淑 內外 雨錫 基南 弟을 안치여 놋코 成樂 職業 求職에 對한 相議을 햇다. 研究해보고 다음 편지하겟다고 햇다. 술과 飮食이 大端히 滿足해서 잘 드렷다.

<1976년 8월 8일 {일}요일>
아침 9時에 朝食을 하고 出發한니 宋基南이는 갗이 出發 택시로 高速터미널까지 前送[餞送]하고 順天까지 車票을 떼여주는데 未安햇다. 9時 30分에 發車해서 12時 30分에 順天 着. 趙宰澤 집을 訪問햇다. 中食을 사주기에 먹{고} 다시 作別. 1時 50分 特急列車로 全州 着. 4時 40分이엿다. 齒科에 단이여 집에 온니 7時 30分이엿다.
밥이[바삐] 단이엿는데 집을 못 이저 今日日曜日이가 海云臺[海雲臺]에 가서 놀으시고 明日가시라고 권햇다. 順天 趙宰澤이도 놀{고} 明日 가시라고 하나 그쯤 밥을까.

<1976년 8월 9일 月요일>
아침에 寢具 밎에서 메모 한 狀[帳]이 나왓다. 일거보니 成奉의 請願書엿다. 中學校 時節에는 아버지에게 괴롭게 하엿고 이제 高校에 들어오니 공부할 때가 되엿고 철도 드렷고 社會에 處勢[處世] 還境[環境]도 맛보고 또 알앗고 한니 이번 한 번만 承諾해 주신다면 子息으로써는 以上 榮光이 없겟읍니다 햇다. 請願 理{由}는 첫재 工大 4年生에서 個人指導을 밧겟다는 것(放學 中) 둘재는 영어{회}화는 록음기을 사야한다는 것 셋재 月 用金 2仟式만 주시면 하는 願情이엿다. 生覺한니 미더지지는 안니하나 父母로서는 이제 道理없이 應答코자 햇다.

◎ 元泉里 新友會에 參席 約 30名이 募엿다. 1人當 會비 1,500식 냇다.

午後에 7時 20分 뻐스로 全州 成吉 집에 祖父 祭祠에 參拜햇다. 선동宅 昌宇 重宇도 參席햇다. 그려나 重宇 母子하고는 도저히 말하고 십지 안다.

<1976년 8월 10일 {화}요일>

成吉 成奎 昌宇와 同伴해서 朔崔 譜所에 答禮次 갓다. 金 貳仟원 治下金을 宗錢으로 주웟다. 成吉이는 作別 時 술 한 잔 하자는데 700원 엇치을 먹엇다.

경운기 운비 成東에서 6,700원 입금햇다.

夕陽에 大里 炳基 宅에 갓다. 今年度 同窓會 有司을 하라고 햇든니 못하겟다고 해서 哲浩 집에 갓다. 婦人에게 付託하고 왓다.

<1976년 8월 11일 {수}요일>

朴正根이가 죽엇다고. 安承均 崔南連과 同伴해서 弔問햇다.

崔今石 母 便에 金 5萬원 가저왓다.

※ 崔南連 氏는 좀 보자고 해서 간바 오날 市場에 崔六巖을 맛낫는데 崔乃宇 소 파라주엇는데 품싹이 주든야고 그리고 한나 쓸데업스니 품싹은 바다야 한다고 그리고 또 다친 데를 까벌인데 마음이 괴로왓다. 또 방아 찌려 갓든니 술 한 잔도 안 바다 주드라고. 南連과 乃宇 는 소 팔여가고 업는데 아해보고 그럴 수 잇나고 햇다는데 그날 牛市場에서 보고 용우치서 崔南連이가 술가지 바다 주웟는데 언제 방아 찌{러} 왓는지 靑云洞 방아는 자기가 마음대로 오고 안 올 수 잇게 만든다고. 불양한 놈으로 본다.

<1976년 8월 12일 {목}요일>

丁俊祥 午前에 雙門 달기 햇다. 문 바르기.

夕陽에는 고초밧 藥 散布햇다.

崔六巖에서 松吉 便에 金 五仟원 드려왓다.

韓正石 便에 任實 숫갑 五仟원 圭太 店房에서 주면서 未安하다고 하고 傳해 주웟다.

<1976년 8월 14일 {토}요일>[105]

成傑 便에 郡 山林組合 用 噴霧機[噴霧器]을 보내주웟다.

全州 齒科 外上代 萬貳仟원 주고 관촌 崔行喆 氏 混合穀代 2萬3仟원 會計해드렷다.

午後에는 崔南連 鄭圭太 同伴해서 川邊에서 물로리햇다.

田畓을 드려보니 雜草 피가 만햇다.

<1976년 8월 15일 {일}요일>

牟潤植 氏 生日라고 招請을 밧고 朝食을 잘 먹엇다. 食床에서 裵京完이는 말하기를 林澤俊이는 술 못 먹는 藥을 국에 婦人이 몰애 타먹이여서 現在 죽을 지경이라고 햇다.

精米 精麥햇다.

田畓에 문고병이 發生해서 被害가 만타.

<1976년 8월 16일 {월}요일>

蠶具 洗濯 川邊에서 햇다. 그려나 成奎가 農藥 散布하는데 風便으로 章害[障害]가 잇는 듯햇다.

3斗只 農藥 散布햇다. 藥는 바루문 粉制[粉劑] 3kg當 50g다.

林澤俊 木材 製材하려 成傑을 任實로 보냇다. 그런데 3,500만 달아고 햇다.

105 1976년 8월 13일 일기는 빠져 있다.

<1976년 8월 17일 {화}요일>
黃在文 外 3名이 피사리햇다. 成東이는 午後에 農{藥} 散布햇다.
메누리가 친정에서 夕陽에 왓다. 5日 만에.

<1976년 8월 18일 {수}요일>
호로마링 4병을 사다가 蠶具을 消毒햇다.
全州에 前職者인 李 錬授院長[硏修院長]이라고 하여 養蠶家에 指導 講議[講義]햇다. 指導 內用[內容]은 別紙에 記載임.

<1976년 8월 19일 {목}요일>
秋季用 배추 무을 播種햇다.
어머니 祭祠인데 大小家 1同이 募여 밤에 모시엿다. 只沙에서 成苑도 왓고 全州 兒도 다 왓다.

<1976년 8월 20일 {금}요일>
大小家 親志[親知]을 招請하고 親友도 約 20名 計 50餘 名이 雲集해서 朝食을 맞이엿다. 그래도 빠진 분이 만흐나 道理가 엇다.
面長 東燮이가 왓다. 어제 郡 宗喆 氏 農事係長이 昌坪里에 와서 堆肥 實積을 보려 와서 崔元喆 집에 들이여 보니 堆肥 指達票도 부처놋치 안 햇다고 郡에 가서 課長에 復命해서 擔任 洪 書記을 불러서 始末書을 올이라고 햇다고 其 眞狀[眞相]을 파악하려 왓다. 朝食을 주면서 그럴 수 잇나 햇든니 錫宇 里長은 틀임없이 朴宗喆이가 崔成奎을 보려 왓는데 不在中이엿다. 그런데 私事를 公務에다 부치여 그따위 行爲을 햇다고 하드라.
◎ 午後에 2時頃에 桂樹里 崔炳文 氏가 來訪햇다. 理由는 八代祖 山圖을 그려서 譜所에 보내라 햇다. 同伴해서 大栗里 山所에 갓다. 左右前을 紙面에 그리는데 서툴햇다. 다시 夕陽 6時頃에 南原 印刷所에 맛기는데 仟원을 주웟다. 2名이 夕食을 하는데 1,200원 車비 해서 2,800원이 들엇다. 집에 온니 밤 11時엿다.

<1976년 8월 21일 {토}요일>
풀베기를 해보니 낫이 서투럿다.
成樂 成傑 街路樹 消毒하려 갓다. 中食을 사주드라고 햇다.
채소밭 물주기.

<1976년 8월 22일 {일}요일>
金進映에서 5萬원 借用햇다. 채소밧 물주기 햇다.

<1976년 8월 23일 {월}요일>
大里 金東元가 왓다. 술이 취해서 崔 兄弟에 폭행. 볼 수 업서 나무레든니 參者라면서 내 집에 와서 行패가 만햇다. 支署 大里로 連絡해서 데려가라 해서 갓다.

<1976년 8월 24일 {화}요일>
家兒들은 農藥 散布 채소 가꾸기. 成東은 訓錬[訓練] 가고.
崔南連 氏 豚을 飼育키로 해야 49,000원에 (130斤) 決定코 9,000원 現金을 주고 4萬원는 約 1個月 後에 주기로 하야 入舍햇다.
夕陽 大里에서 金萬浩 婦人이 와서 子息代로 謝過하러 왓기에 가라고 햇다.
成傑 便에 黃宗一 10,700 주워 보냇다.

<1976년 8월 25일 {수}요일>
成東이는 新平서 訓錬 밧고 오는 길에 大

里 學校 앞에서 金在的 侄을 自轉車에 치여 館村病院에 治料햇는{데} 2,500원이 드럿다고. 勿論 술을 마신 듯햇다.
成曉 母 成玉이는 夕陽에 全州에 갓다.
혼합穀 2叺 파아온[팔아온] 지 1個月 半인데 떠려젓다고. 가슴 아푸다. 生前 食糧 파아먹는 {일은} 처음이다. 借用해도 하지만 빗지기도 귀찬해서 조금만 기드리자 하는 뜻이다. 그러나 不得已 又 파아야겟다. 돈도 업다.

<1976년 8월 26일 {목}요일>
任實市場에 갓다. 民輸用 飼料 14叺 26,071원인데 鄭九福 妻兄에서 萬원 牟潤植에서 萬원으 둘어서 飼料代을 처주고 寶城宅 白米 保管用 3斗 8,100원에 파아서 嚴俊映 便에 실이여 보냇다.
黃宗一에서 2萬원 取貸햇다. 任實 注油所에 들이여 油代는 秋夕 안에 바드러 보내지 말아고 일엇다.

<1976년 8월 27일 {금}요일>
牟 生員 宅에 어제 取한 돈 萬원 鄭九福 妻兄에서 萬원을 各〃 아침에 딸들에 보내 주웟다.
終日 精麥. 精米도 1部 햇다.

<1976년 8월 28일 {토}요일>
終日 精麥하고 精米도 햇다.
成傑 成樂는 郡 山林課 街路樹 藥濟[藥劑] 散布햇는데 4日間 作業햇다.
大里 金哲浩에서 電話가 왓다. 明日 各面 堆肥 審査班에 動員되여 同窓會에 不參하게 되엿다고 더욱히 本人이 有司인데 難處하게 되엿다.

郵贊局[郵遞局]에서 預金通帳이 왓는데 成傑이 其間 工場에서 고추 떡방아 찟는 것이라고 約 8,000원 程度.

<1976년 8월 29일 {일}요일>
15回 同窓會 日이다.
秋蠶 6枚 晩秋蠶 2枚 計 8枚.
8枚×2,450代=19,600원.
大里 金哲洙 有司 宅을 갓다. 10名이 募엿다. 小數 會員이기에 聶햇지만 道理 없엇다. 會비 15,000원을 주웟는데 아마 赤字잇듯햇다. 追加 基金 別紙와 如히 9,000원 徵收해서 會長에 保有햇다.

<1976년 8월 30일 {월}요일>
어제 밤부터 내린 비 아침가지 내려 洪水流水엿다.
채소밭에 移植. 夕陽에 藥濟 散布햇다.
메누리는 成曉 母 生日이라고 장보기하려 全州에 갓다. 金 貳仟만 주웟다.
韓正石 尹鎬錫 取貸金 全部 傳해 주웟다.

<1976년 8월 31일 {화}요일>
農藥 散布햇다.
들에서 온니 任實 土組에서 組合長 外 5名이 왓다. 用務는 나를 보려 왓는데 土組合員이 되게 해달아면서 同意書에 捺印을 要求하기에 捺印을 하지 안코 協助해 주마하고 据不[拒否]햇다. 그러나 主體處[主催處]에서는 反對者로 認定햇다.
다음은 錫宇가 參席햇다. 錫宇 贊成한 것으로 認証햇다. 百年大機[百年大計]을 바라볼 때 지게 지고 農事짓다 牛馬車도 경운기도 추력도 전답에 드려갈 수 잇게 하고 사라야겟다고 高速道路을 내는데 野黨들이 反對햇지만 이제는 잘 햇다면서 國民 누구도 타볼 수 잇고 오직이 좋으야 하면서 旣히 나는 同意햇다고 해다. 그려나 내 볼 때는 桑田 좀 가진 놈이 贊反이 있을 수 업고 其者들 아부한 것으로 본다.

<1976년 9월 1일 수요일 陰 8月 8일>106
成曉 母 生日. 契員이 約 10余[餘] 名 募인다고 햇다.

<1976년 9월 1일 수요일 陰 8月 8日>
今日는 成曉 母 生日다. 契員(婦人)이 約 10餘 名쯤 募인다고 햇다.
成傑이는 長兄 成曉가 준다고 郡에서 街路樹 消毒 日費로 30,000 주드라고 그려면서 萬원을 아버지 쓰시요 햇다. 殘金은 2萬인데 成樂 成東 成傑이 3人이 分割해서 秋夕에 쓰라고 햇든니 氣分이 좋게 보이드라.
崔今石 母는 金 五萬원 借用해 왓다.
洞內 婦人들이 約 30名이 놀요 왓다.
테레비 써비스社에서 등록金 600원만 내면 언제든니 手苦해주겟다고 햇다. 600원 주고 전화 3-0210번에 렬락하라고 햇다.

<1976년 9월 2일 목요일>
終日 精米 精麥햇다.
채소에 지부드레스 粉制을 散布햇든니 藥害을 받아다.
錫宇 母 生日이라고 招請해서 가 朝食을 햇다.

106 8월 31일 일기 여백에 9월 1일 자 일기를 적었다가 다음 장에 새로 9월 1일자 일기를 적고 있다.

<1976년 9월 3일 금요일>
아침에 裵永植 母가 借金 117,500원 會計햇다. 韓文錫 條인데 鄭鉉一이가 會計치 못해 會計을 미루고 잇다.
全州 湖南商會에서 고무노라 5,000에 사고 外上 37,000원은 秋夕 後에 드리겟다고 햇다.
崔泰宇 집을 방문햇다. 或 稅집이 잇는가 햇지만 눈치가 不安햇다.
黃宗一 借金 21,500원 會計햇다.

<1976년 9월 4일 토요일>
아침 7時 30分 빽스로 嚴俊祥 氏 婚禮式에 參禮次 乘車햇다. 車中에서 놀래을 부르며 左右 山川草木 푸른 觀境을 망견하면서 널분 平野 五穀을 左右에 둔 채 재미잇게 車는 굴여 가는데 어느듯 서울에 왓다. 때는 11. 30分이엿다.
約 40餘 名은 飯店으로 案內되엿다. 中食을 끝내고 午後 2時 禮式 時을 機待햇다. 1時 30쯤 해서 式場에 行한바 1行을 먼첨 가고 내 自身뿌이엿다. 홍단路[횡단보도]을 넘다 中央에서 交通事故을 냇다.
情神 채려 눈을 뜨니 病院이엿다. 때는 2時쯤이엿다. 約 30分을 情神을 이렷다는 것이다. 3時쯤에 基善 錫宇 俊峰이가 왓다. 밥이 네려가라 햇다. 다음은 入院해게 되엿다. 崔貞禮에 電話햇든니 바로 왓다.

<1976년 9월 5일 일요일>
加害者는 서울 人蔘株式會社 車로써 自家用인데 會社에서 專務 外 3人이 왓다. 慰勞하면서 治料을 願望히 하시요 햇다.
警察이 2名이 왓다. 約 2週 珍단이 낫다고 하면서 居住確認에 捺印햇 갓다. 運轉手는 不拘束이라고 햇다.

午後 2時頃에 成曉 成奎가 왓다. 貞禮가 內外가 來訪햇다. 姜泰洙가 왓다. 夕陽에 成康 母가 왓다. 又 俊祥 氏 査도[사돈]이 왓다. 成曉 母子는 11時 30分에 來려갓다. 左側 몸은 痛증이 深햇다.

<1976년 9월 6일 월요일>
成康 成奎는 完浩 집에 갓다.
任實서 俊祥 氏가 問病 왓다. 大端이 未安햇다.
會社에서 課長 外 3名이 慰勞하고 갓다. 理由는 患者으 動能[動態]을 살피려 온 듯햇다.
무릅이 앞아서 院長任에 말햇다. 옉스레이를 찍으니 금이 갓다고 햇다. 밤에 공구리을 햇다.
成奎 德順이가 왓다. 成赫 집에 간니 업드라고 햇다. 밤 10時에 許玄玉 內外分이 왓다.

<1976년 9월 7일 화요일>
許俊晩이가 왓다. 눈任도 또 오시엿다.
院長任이 오시엿다. 病勢는 6週 珍단이 내렷다고 햇다.
運轉手가 왓다. 6週가 낫으니 病院을 옴기자고 햇다.
成苑이 왓다. 洗濯도 해주고 內衣도 사오고 여려 가지 手苦해주고 밤 11時 30分 車로 내려갓다.

<1976년 9월 8일 수요일>
아침에 貞禮 內外가 송편 食事 果物을 가지고 病院에 왓다. 未安햇다. 10時 30分에 會社에서 專務가 왓다. 合議을 보자고 햇다. 좃타고 하고 明 9時 - 10時에 오시요 햇다.
左側 갈비가 異常햇다. 再사진을 찍으니 異常이 업다고 햇다.
두 번째로 完鎬 內外가 왓다. 鄭玄柱가 왓다. 成赫이가 왓다. 눈任은 오날도 終日 同樂햇다.

<1976년 9월 9일 목요일>
9時 30分에 會社에서 3人이 왓다. 林成基에 電話해서 束[速]히 오라고 햇다. 貞禮 成基 成奎 參席케 하고 會社에서 專務만 同席케 해주웟다. 場는 會社엿다.
夕陽에 듯자 한니 2, 3次 出入하면서 是非가 大端햇다고 햇다. 林成基는 싸우고 貞禮 말가고[말리고] 햇다고 햇다. 最後에 加害者 處에서 18萬원 要請햇다고 햇다. 承諾햇든니 우스면서 다시 會社로 3人이 갓다. 承諾 理由는 1日이 여금햇다. 每日 客이 만니 오고 보니 未安하고 집안 生覺이 多分하고 病院의 生活이 옥사라[옥살이] 갓는 게 理由엿다.
夕陽에 最終合議가 30萬원 保償金하고 入院비 10萬원 해서 約 40萬원을 냇다고 하기에 取下書에 署名捺印하고 退院햇다.
택시로 林成基 집으로 갓다. 住宅을 보니 文化住宅으로 化려[華麗]햇다. 1泊을 햇다.

<1976년 9월 10일 금요일>
午後 1時 10分 列車로 全州에 當한니 5時 20分이엿다. 택시로 집에 온니 洞內 男女게서 밤에까지 慰問하려 만이 오시엿다. 大端 未安햇다. 그려나 生覺하면 不幸 中도 多幸으로 生覺이 낫다. 萬諾 客地에서 千里길에서 누구도 몰래 주엇드라면[죽었더라면] 其後가 엇지 될련지 眞心으로 多幸으로 生覺햇다.

<1976년 9월 11일 토요일>
成曉 成康 成吉 同伴해서 全州 任外科에 入院햇다. 先金 5萬원을 支拂하고 約 40日間 豫定이라고 햇다.
집에서 메누리가 寢具 食器 1切을 가지고 準備해주고 갓다.
寶光堂에서 金相建 氏 內外分 家兒들까지 問病하려 왓다. 成苑도 왓는데 成吉이도 終日 잇다가 갗이 同寢햇다.
郡 金 係長이 問病 왓다.

<1976년 9월 12일 일요일>
成曉 成英이 집에서 왓다.
10餘 日 만에 大便을 보게 되엿다.
侄 內外가 죽을 끄려 가지고 왓다.
安承均 氏가 問病하려 왓다.

<1976년 9월 13일 월요일>
成康 母는 어제 와서 자고 오날 12時 列車로 내려갓다.
成吉는 오날도 개정국을 끄려 가지고 왓다.
昌坪 崔完宇가 통조림을 가지고 問病 왓는데 서울서 보고 첨이다.
具道植 氏가 단여갓다.
보광당서 金相建 氏가 단여갓는데 院長任게 만히 付託햇다고 햇다.
成苑이 只沙에서 밤에 왓다.
金芳植 新平 白元基가 단여갓다.

<1976년 9월 14일 화요일>
昌宇가 왓다. 金 係長이 退院한다고 入院室을 옴기라고 햇다. 갗이 下室로 옴기엿다.
夕陽에 成吉 大里 趙命基 氏가 問病 왓다.
집에서 메누리 2名이 왓다. 明日이 내의 生日이라 하기에 이제야 알앗다. 술 한 잔식 주워 보냇다.
成吉 昌宇와 宗中之事을 談話하고 밤 10時에 作別햇다.

<1976년 9월 15일 수요일>
오날은 내의 生日이다.
메누리는 어제 와서 오날까지 있엇다.
新田里에서 査長[査丈]任이 오시엿다.
昌坪里에서 嚴萬映 丁基善 嚴俊峰 嚴俊祥 氏가 왓는데 犬肉을 사가지고 와서 갗이 中食을 논왓다.
面長 金哲浩도 단여갓다. 大端히 未安하게 되엿다.
午後에야 메누리는 갓다.
夕陽에는 崔宣禮 鄭福禮(九福 氏 長女)가 繕物을 사기지고 왓다. 時間 없으니 어서 가라고 햇다.

<1976년 9월 16일 목요일>
崔南連 氏와 長女도 단엿갓다.
鄭鉉一이 단여갓는데 債務 條는 念慮 마시고 해남宅에서 말하겟다고 햇다.
成吉이 단여갓는데 金巖洞에서 방을 알아본바 明日이면 알게다고 햇다.
夕陽에 成曉가 단여갓다. 蠶育 논 피사리를 당부햇다.

<1976년 9월 17일 금요일>
너무 갑〃해서 病院 正門에서 小風[逍風]을 햇다. 거름 거는 데는 別로 異常이 업다.
午後에는 牟潤植 氏가 단여가고 任實에서 常務 朴判基 氏 副組合長 金 韓大연 聯合會長 3人이 問病하려 오시엿다.

<1976년 9월 18일 토요일>
成英을 시켜서 보광당에서 金 萬원을 두려다 金巖洞에다 成吉의 照介[紹介]로 契約金을 걸엇다. 元金 25萬원이라고 햇다. 許 生員에 通知해서 不遠 챙기라고 햇다. (방갑)
大里 柳鉉煥 炳基 堂叔이 단여갓다.

<1976년 9월 19일 일요일>
어제밤에 只沙에서 成苑과 同職員 朴孃이 왓다.
成吉이가 와서 談話하고 잇는데 서울서 어제 와서 新平서 자고 昌坪里에 들엿가[들렀다] 왓다고 孫壻가 왓다.
夕陽에 成曉도 郡에서 왓다.
成奉가 왓다. 學用品代 5,000원을 주시라 하기에 成曉에 倭촉[委囑]하면서 밤에 집에 가서 자라 햇다.

<1976년 9월 20일 월요일>
許 生員 內外分이 問病햇다. 집갑 1部로 15,000원 가저왓다.
只沙에서 崔鎭鎬가 來訪햇다. 成吉이도 단여서 午後에 갓다. 食事가 섬서해서 어제든지 未{安}햇다.
成英의 便에 보광당 取貸金 萬원 밤에 보내주웟다. 그리고 電話로 집에 큰 오빠하고 작은 오빠는 23日 午前에 金 15萬원 가지고 病院에 오라고 成英에 傳햇다.

<1976년 9월 21일 화요일>
大里에 郭宗燁가 問病하려 왓다. 놀다가 中食까지 사와서 未安하게 生覺햇다.
郡에 吳 主事 保護係長 外 1人이 訪問햇다.
夕陽에는 故鄕에서 金暻浩 氏 兄弟가 왓다. 그런데 太鎬 長女 結婚式을 뜻박게 햇다고 햇다.

<1976년 9월 22일 수요일>
12日째인데 大端 고롭다.
林長煥 氏가 來訪햇다.
牟光浩 崔完宇가 來訪햇다.
明日은 退院코저 한다고 成康 成曉는 오라고 햇다.
成康 母 밤에 왓다.

<1976년 9월 23일 목요일>
아침에 院長任과 相議햇다. 現在狀況으로는 健康體인 듯하고 來日頃에 지부스나 벡기로[벗기러] 오겠읍니다 그리고 注射도 띠워서 마자볼 生覺이라고 햇든니 應答햇다.
成曉 兄弟가 왓다. 病院費는 總 55,300원 라고 햇다.
全州에서 택시로 歸家 途中 館村病院에 停車하고 炳基 堂叔 入院室에 들엿다. 大端 危險한 形便이엿다. 專門이[專門醫]로 옴기라고 햇다.
집에 와서 여러 가지 帳簿을 整理햇다.
서울서 30萬원 被害保償을 밧앗스나 全州 入院비 55,300 食品道具 14,500 計 69,800원 消費하는 家庭用에 썻다.
金巖洞 房갑 10,500 주웟다.
서울-부터 全州 病院 入院까지 慰問客은 約 50名이 너멋다. 大端 고마우고도 未安한 點 禁止 못햇다. 오날도 집에 차온[찾아온] 里民이 만햇다.
午前에 蠶 上簇햇다.

<1976년 9월 24일 금요일>
집안 出入은 해겟다.

※ 에[어제] 밤에 裵永植 母가 舍郞에 왓다. 大里 崔炳基 崔 生員 病院에 入院햇다고 傷處에 對한 말을 햇다. 9月 18日字 驛前에서 4時쯤 對面케 되엿다고 햇다. 場所는 雲巖屋집인데 新德 손님하고 술을 마시는 때엿다고. 炳基 氏는 해남宅을 좀 맛나자고 햇다. 2合자리 燒酒병하고 뽀빠이하고 갓지고 다리 건너 밭가에서 술을 마시면서 여려 가지 이야기하고 잇는데 作別하자 한니 오날은 전역에는 집에서 마중을 안 나온다면서 더 말하자고 하기에 나는 간다고 햇는데 正玉 집에서 댐배을 사가지고 와서 崔永贊 門 옆 방천에 와서는 不應하고 昌坪里로 간니가 돌을 던지는데 立會者는 大里 술配達이 보왓다고 햇다. 그리고 19日 아침에 驛前에 온니 崔 生員이 닷이엿다고 1般이 말햇다고 해서 마음이 괴로왓다고 햇다. 은하수酒店 主人보고 付託하기를 大里 崔 生員하고 갗이 술 마셧다는 말하지 말아달아고 햇는데 主人이 업는 사이에 酒店에 새로 온 마담이 바른대로 갗이 술을 먹엇다고 崔 生員 長子보고 말함으로써 내의 立場이 難하고 마음을 아시엿다고 해다.

해남宅 말을 다 듯고는 내의 答辯는 당신이 때렷다고는 生覺이 안니 나는데 證人이 없으니까 첫재 내 堂叔게서 말하기에 事件는 判決이 나오니 그리 아르시요 햇다. 그랫드니 夕陽에 病院에서 對面햇다고. 해남宅을 나무랄 수 없다고 햇다고 햇다.

<1976년 9월 25일 토요일>

養蠶婦人 3名 中 2名은 午前에 驛前에서 고추을 사가지고 간다고 해서 7,800식 차비 300 計 15,900원 주워 보냇다. 殘 1名도 日비 24日 現在로 7,800원식 13日分 合計햇든니 市場으로 구추 산다고 갓다.

嚴俊峰 丁基善 林長煥 韓正石 鄭太炯 氏가 다여갓다.

成東 成樂이 토구박 뜨고 午後에는 칙 뜻다.

<1976년 9월 26일 일요일>

午前에 다리 공구리를 푸렷다. 9月 6日에 공굴 분대을 감{고} 9月 26日에 떼엿으니 22日 만에 푸렷다.

順天婦人이 夕陽에 故鄕에서 왓다.

大小家을 다리運動 삼아 단여왓다. 그래서 인지 밤에 다리가 異常햇다.

夕陽에 비는 좀 뿌렷는데 采蔬[菜蔬]에는 담비로 生覺한다.

鄭鉉一이가 問病次 來訪햇다.

前職地 玉井國校 〃師 許 氏가 今年 五月에 弟子인 某 女子 15歲쯤 된 兒該 外 2名 즉 3名에 參席을 것처 욕을 보인 罪가 이제 發言 되엿는데 當時의 校長 鄭鉉一이가 債任[責任]을 저야 한다고. 1人當 80萬원식 240萬원을 被害保償으로 내라 하는데 今日까지 15日間 졸이다고 햇다. 約 200萬원을 준다면 너무 어굴한나 職場을 連續 할아면 벌 수가 없다고 햇다.

<1976년 9월 27일 월요일>

蠶견 따기 햇다.

成康 고추 팔로 聖壽로 갓다.

成傑이는 경운기로 聖壽로 해서 新田 査돈宅으로 뽕 사려 보내고 메누리는 午前 中에 미리 가서 놉을 어더 따노라고 햇다. 밤 8時가 된{니} 갗이 왓드라.

海南宅은 반찬을 사왓다.

鄭圭太가 밤에 왓다. 張泰燁이도 아침에 와서 大端이 未安하다고 하면서 단여갓다.

<1976년 9월 28일 화요일>
秋蠶 共販하려 成康 元{宇} 成樂이가 갓다. 工場에서 저 달아보니 約 145k쯤이다. 檢査한 것은 140k 200인데 其中에서 쎈풀[샘플] 3,500은 昌宇 것이라고 하고 代金이 5,480원이라고 햇다. 그려면 내 것이 136,700g인데 代價는 215,496원인데 1部 15,000원만 밧앗는데 其中 雜支出 夕食代 1,300 成樂 300 쎄풀 담는 잘구[자루]代 300 計 1,900원을 除하고 13,500을 밧드면서 李用進 郡 職員 組合長에게 술 주고 밥 줄 것은 업지 안나 햇다. 殘金 20萬원은 10月 30日에 준다고.

<1976년 9월 29일 수요일>
終日 보리방아 찌엿다.
메누리 成傑 成樂는 겨운기로 新田里 査돈 宅으로 뽕 따고 보냇다.
成曉 便에 豚 飼料 麥糠 4叺 脫指糠 4叺 小麥皮 4叺 計 12叺代 19,400 주웟다.
成曉 母 便에 全州로 成英 授業料 23,000 成愼 17,000 成玉 17,000 計 57,000원 주워 보냇다. 成奉 3期分 授業料 21,000원 집으로 보냇다.
金永台 氏에서 金 拾萬원 取貸햇다.
大里 李相云이가 問病하려 왓다.
畜協에 간바 全量을 가저가라기에 抛棄狀態에 잇다.
물 무든 고추蠶 8,500원 收入햇다.

<1976년 9월 30일 목요일>
許今龍 氏에서 房世[房貰] 15萬원을 찾고 집에서 10萬원 보태서 25萬원에 房間 어덧다. 3年 만에 許 生員 宅에서 왓다.
成曉는 5日間 35師團에 訓練한다고 갓다.
成康 便에 混合穀 2叺을 運搬. 外上으로 崔行喆 氏에서 가저왓다.
成傑 便에 全州 金巖洞 移居을 시켯다.
授業料 不足金이 五仟원이라고 햇다.
메누리는 밤에 택시로 新田里에서 왓다. 뽕은 없다 햇는데 査家宅에 맣은 폐을 키첫다.
金太鎬 土力事[土役事]을 햇다.
成東 풀섭 베기 始作.

<1976년 10월 1일 金요일 國軍의 날>
成東이는 永植이를 데리고 풀섭 베로 갓다.
成樂이는 朝食 床에서 乾燥場 비누루 치자고 햇든니 終日 行方을 감추니 不安햇다. 平生을 그레케 보낼 것인가 不良한 子息. 李正延 安太玉 外 엇든 놈하고 言約한 듯 햇다.
소깔도 업고 牛舍에는 소가 똥에 누웟으니 안 보면 모르되 눈으로는 보기에 難處햇다.

<1976년 10월 2일 {토}요일>
金太鎬 便에 쎄멘 2袋 付託하고 工場 바닥 공굴을 햇다.
新米 精米한데 平年에 比交[比較]하면 約 20餘 日 느젓다.
丁基善가 왓다. 大里學校 運動會인데 喜拾[喜捨]도 하고 놀여가자고 햇다. 못 가는데 未安타면서 金 壹仟원을 주워 보냇드니 夕陽에 타오루 재터리을 보내왓다.
裵永植 債務 鄭鉉一 債務는 韓文錫 條인데 鄭圭太 便에 232,000원을 보내고 5萬원만 殘金으로 하고 왓다고 圭太가 말햇다.

<1976년 10월 3일 {일}요일>
아침부터 비가 내렷는데 夕陽에까지 왓다. 金太鎬는 終日 成東와 同伴해서 벽 부치엿다. 成英이는 冬服을 準備하려 왓는데 成玉 冬服 成英 冬服 母의 衣服감을 모조리 농에서 내갓다고 햇다. 으심은 新德 處女들 所官[所管]이가 싫다고 햇다.
全州에서 沈쟁귀 氏가 왓는데 술이 取햇드라. 그래도 술을 주니 마시다 退하드라. 그러다 朴京洙와 메가지을 잡고 그러더니 京洙도 나가고 나도 便所에 간바 그새에 방에서 나오다 흑마당에서 너머젓드라. 일군을 시켜서 시커주고[씻겨주고] 해서 기선 氏 집으로 모서다 주웟다.

<1976년 10월 4일 {월}요일>
9月分 전화料金 8,760원인데 現金을 세여보니 2,400원뿐이다. 6,360원을 代納하고 보니 大端히 氣分이 좇이 못햇다.
任實 鳳凰管[鳳凰館]에서 개보미하려 왓다. 7,000원 밧앗다.

<1976년 10월 5일 {화}요일>
任實 山林組合에 會議에 參席햇다. 4個에서 大團地 造林區域만이 參席햇는데 案件는 70年 71年 72年度에 造林 時 山主에서 回復 管理비 1햇다[헥타르] 당 1,000원식 据出金[醵出金]을 約 元利 해서 2,070,000 程度인데 郡 自體 造林을 하기로 議決햇다. 任員 選出한데 관촌에서 金在成이가 會長 내가 副會長에 選任되엿다. 山林課長도 參席햇다.

<1976년 10월 6일 {수}요일>
任實 市場에 갓다. 成奎을 맛나서 洋服店에 갓다. 作業服 兼 冬服으로 金 七仟원 맞이고 契約金 3仟원 주웟다.
全州에 갓다. 마루 板子 角木 12,100원에 사서 鐵道局에 託送햇다. 直行버쓰로 任實에 왓다. 大同工業社에 脫穀 195,000원에 決定하고 契約金으로 3萬원 주고 足脫機 古品 2萬7仟원에 買收해 가기로 햇다.
夕陽에 해남宅을 맛나고 館村에 病院 堂叔 問病하려 갓다. 맛참 병기 아주먼니가 해남宅에 덤벼 是非을 하는데 大端이 상시려웟다. 뻐스로 역전에 내리니 그기까지 찾자 왓다.

<1976년 10월 7일 {목}요일>
全州에서 成吉이 왓다. 昌宇에서 밧앗다고 5萬원만 주고 갓다.
郡 防衛課長과 係長이 同伴해서 里 새마을 平加會[評價會] 播査[審査]次 왓다. 崔元範 氏도 왓는데 中食을 待接해서 보냇다.
館村 蠶견 共販場에 갓다. 晩秋蠶 2枚 71,360 合計 289,850.
任實驛前 韓文錫 債務 條 裵永植 條 10萬 鄭鉉一 10萬 計 20萬원은 鄭圭太가 10月 2日頃에 淸算햇다고 하고 5萬원은 今日 내가 卽接 利까지 해서 59,000원을 會計해 주웟다.
韓文錫 會計는 今日 完了 끝이 낫다.

<1976년 10월 8일 {금}요일>
終日 舍郞에서 條理[調理]을 햇다. 몸이 異常해서 손수로 藥도 해먹엇다.
人夫 2名과 成東하고 燃料 운반햇다.
任實에서 13日에 加工組合 監査을 實施한다고 通報가 왓다.
全州에서 許 生員이 來訪햇다. 明日 金城

里 位先[爲先]하려 왓다고 햇다.

<1976년 10월 9일 {토}요일>
午前에 全州 進一工業社 許 氏 宅을 禮訪햇다. 機械는 海陸式도 잇는데 15萬원을 달아고. 現代式 23萬원인데 品位이는 좃트라. 旣히 장만하는데 갑이 빗산 物品을 降햇다. 現代式 225,000에 約定하고 契約金으로 50,000원 支拂하고 殘 175,000원하고 11日까지 約束햇다.
全州서 任實로 갓다. 大同工業社 張 氏에서 契約金 30,000원을 返還해 왓다.
午後에 집에 온니 任實驛前에서 韓文錫 氏가 보냇다고 金 貳拾萬원하고 3年 묵은 巳酒[蛇酒] 1병을 卽接 가저왓다고 햇다. 大端이 未安하게 生覺하고 甘受햇다.
夕陽에 成曉 光州에서 訓練을 맟이고 왓다.

<1976년 10월 10일 {일}요일>
成曉 內外는 全州에 갓다고 햇다.
成玉이 修行學旅[修學旅行] 간다고 5仟원 要求하고 冬服代 7,000 計 15,000원을 주야 한다기에 주엇든니 旅行은 取消하겟소 하기에 大端 반갑햇다.
丁東根을 시켜서 마루를 노왓다.
成奎가 五萬원 가저갓다.
成傑이는 工場에서 落傷햇다고 햇다.
成樂이는 父子間에 大端이 섭〃한 마음 禁할 수 업다. 家事에 協力 안니 하고 外遊만 한니 將來가 寒心할 노릇이다.

<1976년 10월 11일 {월}요일>
丁東根에 마루을 노라고 시키고 全州에 갓다. 脫穀機 殘金 175,000원 會計햇다.
어제 成奎가 急錢을 빌여달아고 하기에 來日만 주면 된다고 하고 주웟다. 全州 가는 길에 成奎 집에 갓든니 昌宇 叔父에 蠶견代을 차자 오라고 햇다면서 館村驛前에서 전화해 보시요 햇다. 館驛에서 館村農協에 전화햇든니 屛巖里 崔경히가 밧아는데 1時前에 아저씨(昌宇)가 出金해갓다고 햇다. 마음이 괴로왓다. 鄭太炯 氏에서 9仟원 尹錫에 3仟원 崔瑛斗 氏에서 2萬원을 取貸하고 보니 마음 不安햇다.
機械는 운반해서 驛前 鐵工所에 依賴해서 修繕햇는데 手工이 萬원이라고. 大端 過햇다. 10時쯤 집에 왓다.

<1976년 10월 12일 {화}요일>
어제 全州에서 온 稻 脫作機을 우리 畓에다 창기고 試運轉하는데 異常이 있어 驛前 李德石을 드러댔으나 不利햇다. 任實에서 附屬品 1部을 삿다. 鄭大燮 氏을 맛나고 相談햇다. 夕陽 비는 내리는데 複雜햇다.
아침에 成傑 便에 관촌 崔行喆 氏 집에 叺子을 실여 부냇다. 注文는 내 것이 50枚 鄭圭太 20枚 黃在文 10枚인데 모두 실어오니 안한다고 햇다. 代金 370원식이라고 한니 그런 듯햇다. 安正柱 條는 現金을 냇다고. 取貸金 崔瑛斗 2萬원 尹錫 3仟 鄭浩仁 9仟 全部 會計해 주웟다.

<1976년 10월 13일 {수}요일>
오날 加工組合 監査日이다. 일직부터 몸을 단장하고 나섯다. 방아을 찌여야 한다기예 한 사람만 찔 테이지 햇든니 終日이 걸이엿다. 未安해서 午後 3時쯤 組合에 전화했든니 끚이 나고 崔永喆 氏 常務하고 同伴해서 내게 온다고 햇다. 술 한 잔 接待하고 갓다.
機械는 如前이 如意치 안이 햇다. 밤에 又

驛前에 보냇다.
具道植 氏 宅에서 待接을 밧고 鄭圭太가 落傷해서 病院에 갓다. 이놈 너도 죽을 날이 왓다. 嚴엄 그놈도.

<1976년 10월 14일 {목}요일>
아침에 全州에 進一工社에 갓다. 許光浩 氏 相議해다. 技術者을 데리고 왓다. 安 生員 畓에서 組立하는데 屛巖里 趙內春 兒가 곤연 와서 脫穀機에 손을 대여 손구락 하나가 끈어젓다. 病院에 成傑을 시켜서 보내고 後에 가보니 治料비 5仟이라기에 내가 주고 왓다. 오는 길에 大里 炳基 堂叔 집을 단여 哲浩 집을 단여서 왓다.

<1976년 10월 15일 {금}요일>
足脫機 38,000원에 德谷里 사람에 팔앗다.
安 生員 脫穀 26叺 햇다. 今日 營業으로는 開始햇다.
終日 방아 찌엿다.
夕陽에 面長{과} 洪 書記가 와서 夕食을 갗이 하고 大里로 건너갓다.
黃在文이는 崔瑛斗 氏하고 是非 끝에 當햇다고 任實로 電話해서 택시로 入院 治料한다고 하기에 말기엿다.

<1976년 10월 16일 {토}요일>
全州 成吉 집에 갓다. 돈은 明日 侄婦[姪婦]가 가지고 온다고 햇다.
成康 妻는 오날 生兒을 햇는데 斤量이 不足하다고 道立病院에 入院햇다고 電話가 왓다. 2週間을 兒棺[인큐베이터]에 너 둔다고.

<1976년 10월 17일 {일}요일>
새벽 2時에 兒豚 11頭을 生햇다.
成康하고 長메누리하고 全州에 病院에 간다고.
崔元喆 稻 脫作한데 36叺하고 새막배미을 하려 한바 嚴俊映에 許諾했으니 안 된다 하기에 抛棄햇든니 崔南連 氏가 와서 그럴 것 없이 안 된다고 해서 다시 明日 우리 機械에다 脫作하기로 햇다.
任實 注油所 油代 주기 위해 成吉에 10萬원 依賴햇든니 겨우 七萬원 成曉 母에 주고 갓다.

<1976년 10월 18일 {월}요일>
任實 注油所 油代 136,000원을 完納해 주웟고 日間에 外上으로 경유 6드람 石油 1드람만 보내 달아고 햇다.
黃宗一에 金 3萬원 빌이여 任實 油代을 보태 주웟다.
元喆 脫作 全部해서 70叺.

<1976년 10월 19일 {화}요일>
具道植 氏에서 3萬원 取貸하여 南原 稅員에 稅金을 拂入해 주웟다.
金太鎬을 同伴해서 筆洞 近方을 돌면서 墓자리을 求見했으나 별 마음이 들지 못햇다.
우리 脫作 벼 20叺.

<1976년 10월 20일 {수}요일>
雨天으로 休日 脫作.
방아는 찟고 驛前 丁家 집에서 機械 修理햇다.

<1976년 10월 21일 {목}요일>
李正浩 喪家에 弔問햇다.

鄭九福 氏에서 金 萬원 借用햇다.
成奎 脫穀한데 추지서[젖어서] 못 다하고 未決첫다. 約 40叺쯤.
成英이가 단여갓다.

<1976년 10월 22일 {금}요일>
李正浩 집 出喪한 데 參禮햇다.
朴公히 脫作한 데 갓다. 베야링이 깨저 二柱 便에 任實에 求한데 鄭宰澤에서 2仟원 둘여서 햇다고 햇다.

<1976년 10월 23일 {토}요일>
비가 내린데 午前 中 내렷다. 방아는 終日 찌엿다.
元動機[原動機]가 水通[水桶]도 異常이 生起고 玄米機도 고치엿다.
大里에서 趙命基 氏가 來訪햇다.
金太鎬 氏 宅에 갓다. 宋成龍가 말한다면서 林野 全體는 白米 30叺을 달아고 햇다.
서울에서 德順이가 왓다. 술과 고기를 사가지고 왓다. 夕食을 갗이 하면서 成赫의 심부름이라면서 成奎에 말해서 拾萬원만 가지고 오라고 햇다. 그려치 못하면 妻가 不遠 래려간다고 햇다.

<1976년 10월 24일 {일}요일>
朝飯을 李正浩 집에서 햇다. 路上에서 韓南連을 오라고 햇다. 아침에 白米 1斗 주고 會計한바 25日[2.5日]을 밧아야 햇다. 婦人 것 1日을 除하니 2日이엿다. 今年 봄에 나무 12집 갑이 計算 안니 되엿다고 햇다. 소리로 나무라고 2日 만 해주고 내의 집을 비우라고 햇다.
鄭圭太 집에 갓다. 弔客은 멧 사람 업엇다.
집에 온니 韓南連은 내의 일을 하는데 마음이 맞이 안니 햇다.
鄭圭太 집에서 訃告紙을 가저다 줄 사람이 없어 鄭用澤에서 800원 받아서 訃告 33枚을 가지고 왓다. 맞암 李道植氏 兒을 시켜서 驛前에서 부치고 올아 햇다.

<1976년 10월 25일 {월}요일>
成奎 稻 脫作햇는데 約 60叺.
五柳里에서 姜廣石 母子가 왓다. 皮巖里 婚事關係엿다.
驛前에 黃宗一에서 金 萬원 取貸햇다.
大里에 가서 炳基 堂叔 宅을 禮訪햇다.
夕陽에는 靑云洞 圭太 喪家에 갓다. 任實 朴東燁 韓文錫 大里에서 康治根 等 멧 親友을 面談하고 밤 10時에 집에 왓다.
成奎 집에서 昌宇 보고 順天 姨叔 小祥에 가자 햇든니 밥아서 못 가겟다고 햇다.

<1976년 10월 26일 {화}요일>
鄭圭太 喪家 出喪한 데 參席햇다.
黃在文 氏는 벼 묵엇다.
崔瑛斗 氏는 子의 財政保證을 要求하고 印鑑까지도 依賴해서 해주웟다.
崔瑛斗 氏에서 金 貳萬원을 取貸해 왓다.

<1976년 10월 27일 {수}요일>
全州에 갓다. 附屬品 原動機 삿다. 午後에는 組立을 한바 잘 되엿다.
全州에서 韓大연 氏 만낫다.
崔在植 氏 面談햇다.

<1976년 10월 28일 {목}요일>
아침부터 原動機 組立을 맞이고 試運轉한바 燃消[燃燒]가 잘 되엿다.
終日 방아 찌엿다.

成赫 妻가 간다기에 旅비 壹仟원을 주웟다.
任實 加工組合에서 明日 運營委員會에 無違 參席해달아고 吳 君을 보내고 電話가 왓다.
메누리가 밤에 왓다.

<1976년 10월 29일 {금}요일>
9時頃에 任實 加工組合에 갓다. 運營委員이 成員未達로 流會시키고 本會議에 開會햇다. 正時로 12時까지 會議을 하다가 退場하고 任實驛에 당하야 列車 中에서 昌宇와 同伴해서 順天에 當하오니 4時쯤이엿다. 弔問을 하고 난니 金成玉도 뒤따라 왓다. 갗이 밤을 새우면서 새벽 祭祠에 參席햇다.

<1976년 10월 30일 {토}요일>
아침에는 山所에 省墓하고 朝食을 맞이니 9時엿다. 成玉이와 갗이 出發해서 列車에 乘車하니 10時 10分이엿다. 집에 온니 午後 2時 昌宇와 갗이 中食을 맞이고 稻 脫作하는 데(完宇 것) 갓다. 끝이 나자마자 비가 내리는데 相當이 만이 내려서 벼가 비에 저젓다. 밤 는게까지 운반하는데 成康 成광 成東이도 協助햇다.

<1976년 10월 31일 {일}요일>
黃宗一에서 金 6仟원 取햇서 成愼 冬服代을 주웟다.
成曉 母는 全州에 갓다. 成允이는 大里校로 傳學[轉學]을 하라 햇다.

<1976년 11월 1일 {월}요일>
崔南連 氏에서 金 壹仟원 取貸햇다.
新狀坪 보리가리 햇다. 成康 成東 永植 韓南連 崔南連 氏 成傑가 動員되엿다.
嚴俊祥 子가 軍人에 入營한다고 왓다. 祝賀金 壹仟원을 보내주웟다.

<1976년 11월 2일 {화}요일>
青云洞 金正柱 崔六巖 脫穀햇다.
林興善 氏 今日 死亡햇다고 벼을 담아드리는데 밤 10時 嚴俊祥 집에서 되야지 고기 2斤 半 1,620원.

<1976년 11월 3일 {수}요일>
牟潤植 氏에서 金 萬원 借用햇다.
成傑이는 李順宰 벼 운반.
비가 내리는데도 崔瑛斗 氏에서 參仟원 둘으고 牟潤植에서 萬원 하고 新平 農協에 갓다. 外上으{로} 肥料 18袋 떼고 現金 2,800원 주웟다.
任實에 갓다. 農藥 除草濟[除草劑] 8병에 5,600원을 주고 삿다.
午後 5時부터 밤 10時 50分까지 成奎 畓 노타리 作業햇다.

<1976년 11월 4일 {목}요일>
成傑 便에 大里에서 肥料 18袋 中 鹽加 2袋는 保管하고 왓다고 햇다.
成曉 母가 全州에서 왓다.
崔六巖이가 왓다.
鄭圭太 酒店에서 말하기를 日前에 金昌圭에서 돈 萬원을 가저왓는데 貳萬원이라고 위기는데 根据[根據]가 없어 할 수 업시 무려주는데 마음 괴롭다고 하고 다음에 다시 四萬원을 빌이여 왓는데 其後 婦人을 시켜서 3萬 5仟원 보냇는데 婦人이 잘 모르고 15仟이라고 하는 것을 그대로 萬五仟원이라고 밧다면서 不良한 者라고 하고 다시 따

지는데 七仟원 不足이라고 하다가 3仟원 不足이라고 하는데 對단이 不良者로 취급 하면서次後[此後]에는 其 以上 변을 당할 것이라고 햇다. 崔瑛斗도 잇는데 그러드라. 멈소가 夕陽에 없어젓는데 林澤俊 婦人이 大端 關心을 갖고 2次에 걸처 내 집에 와서 멈소 안니 드려왓냐고 뭇는데 이상햇다.

<1976년 11월 5일 {금}요일>
벼가 썩엇다.
갑작히 脫곡을 시작햇다.
新平서 전화로금을 會計한데 6,416이엿다.
白康俊에서 五仟원 빌이여 왓다.
農곡 約 25叺 脫穀햇다.
全州에서 부이베루도 求햇다. 7時까지 노타리햇다. 崔瑛斗 麥 播種 노타리.

<1976년 11월 6일 {토}요일>
崔今石이는 牛 사람이 堆肥 운반하려 왓다.
成康 脫穀한데 約 40叺 收햇다고 햇다.
成曉 母는 全州에 간바 成允 傳學手續을 하려 한바 보잡하다고[복잡하다고] 다시 왓다. 1家 崔泰宇 氏가 왓다.

<1976년 11월 7일 {일}요일>
桂樹里에서 崔尙宇 氏 朝飯을 接待하고 보냇다. 麥 播種한데(立冬) 約 6名이 動員되엿다.
아침에 일직 일어나 成傑이는 尹鎬錫 耕云機로 노타리 하려 갓다.
成奎 脫곡하는데 約 全部 85叺라고 햇다.

<1976년 11월 8일 {월}요일>
방아 찌엿다.
鄭九福에서 金 五仟원 取햇다.

<1976년 11월 9일 {화}요일>
李順宰 脫곡햇다. 耕耘機가 異常이 生起엿다. 任實로 電話해서 修理한바 5,500원을 주웟다. 메누리는 몸이 안 조와서 全州로 갓다.

<1976년 11월 10일 {수}요일>
가금 비는 내렷으나 作業은 할 만햇다.
白康俊 脫곡하다 故章이 낫다. 全州까지 成광이가 가서 附屬을 사다 넛다.
아침 일즉 圭太 것은 끝이 낫다.
白康俊이는 30叺 햇다고 햇다.

<1976년 11월 11일 {목}요일>
白康俊이가 왓다. 어제 兄수 死亡햇다고 하면서 모레 脫作을 하자고 햇다. 白康善氏도 와서 白米 5斗을 取햇다.
崔瑛斗 生日이라고 接待을 밧앗다. 崔南連氏 子 永台는 어제밤에 林澤俊 子에서 맛고 支署에 信告[申告]하고 아침에 왓드라.
山林組合에 參席햇다. 嚴俊峰 왓는데 心思가 맞이 안니해서 明日 全州文化院에 9時에 着到[到着]해겟다고 退場햇다.
靑云洞을 단여 밤 7時頃에 黃在文 氏하고 同行해서 白二基 喪家에 갓다 왓다.

<1976년 11월 12일 {금}요일>
아침 通學車로 全州에 갓다. 文化院에 當한니 9時엿다. 10時부터 山主大會가 始作하다보니 嚴俊峰 崔成奎도 늣게 왓드라. 中食을 맞이고 3時에 끝이 낫다. 嚴俊峰이가 償을 탓다.
집에 온니 成吉가 58,000원을 내노면서 2

仟원은 5日 前에 成英 준다고 가저갓다고 햇다.
靑云洞에 간바 막 脫作이 끝이 낫다. 鄭圭太는 말하는데 다음 3斗只 殘은 嚴俊映에 機械하겟다고 하기에 좋아고 햇다. 욕심 부릴 必要는 없다고 햇다.
柳文京 母는 明日 서울 가는 것을 말한데 다음 가겟다고 미루웟다. 너무 밧아서[바빠서]엿다.
어두운 夕陽인데 成樂이가 人事햇다. 어데서 온야 햇다. 長水에서 온다고 햇다.

<1976년 11월 13일 {토}요일>
崔南連 氏 取貸金 壹仟원 드리고 崔瑛斗 氏 3仟원 取貸金도 갑고 畓 노타리 代金 2斗只라고 해서 1,200원 밧앗다.
尹鎬錫 氏 4仟원 取貸金 中 노타리 代金 4斗 2,400 除하고 고초방{아} 갑 880원 除하고 720원을 드리고 會計을 끝맺이엿다.
黃宗一에서 4萬6仟원 10月 18日字 借用한바 5萬3仟원을 주고 다시 2萬원을 借用햇다.
白康俊 脫穀 現在 72叺하고 오날도 비가 내려 中止했으나 約 半日分이 남앗다.

<1976년 11월 14일 {일}요일>
새벽에 눈이 내리여 午前에는 舍郞에서 讀書하고 零下 4度라고 햇다.
午後에는 白康俊 脫作 나머지 햇든니 全量이 84叺라고 햇다.

<1976년 11월 15일 {월}요일>
아침에 成傑이는 脫곡機 修繕하려 갓다.
終日 工場에서 방아 찌엿다.
成曉 母는 成允 衣服을 外上으로 萬원인데 5仟원 주고 殘 五仟원을 外上으로 남기고 왓다고 햇다.
金雨澤에서 叺子 20枚 外上으로 가저왓다. 10枚는 黃在文 氏에 주웟다.

<1976년 11월 16일 {화}요일>
눈이 만니 내렷다.
斗流里에서 金漢玉이가 왓다. 用務는 韓正石 氏 所有 田 買收 件이엿다. 明日로 미루고 보냇다.

<1976년 11월 17일 {수}요일>
終日 눈이 내리는데 午後에 裵永植 韓南連을 시켜서 벼 70叺을 作石햇다. 乾燥[乾燥] 不足한 듯햇다.
尹錫 집에서 招請햇다. 가보니 具道植 外祖母 墓祠엿다.

<1976년 11월 18일 {목}요일>
아침부터 成傑이는 새벽 소죽을 끄려주고 벼을 共販場으로 運搬하기 始作햇다. 11時쯤 되니 檢査員이 왓다. 中食을 嚴俊峰 집에서 갖이 하고 午後에 檢査을 한바 우리 벼 70叺 中 2等이 25叺 殘은 3等이라고 해서 總額 76萬7仟3百원 中 10萬원 저금하고 67萬7仟350원 收領햇다.

<1976년 11월 19일 {금}요일>
새벽부터 債務 確認 및 計算을 해 보왓다.
全州 崔成吉 條가 1部을 除하고 元利 合해서 307,500원이고
牟潤植 46,300
金進映 78,300(成康 條 2萬원 合)
崔今石 113,700
崔南連 氏(牟光浩 條) 46,000
具道植 31,500

鄭九福 15,700
崔瑛斗 21,000인데(仟원 利子는 不應)
計 351,500원을 뿌려 完了햇다.
午前 中 全州 成吉 債務 元利 307,500을 整理하고 殘 13萬원으로 햇다. 오는 길에 大里에서 藥 3첩을 지여 왓다.

<1976년 11월 20일 {토}요일>
방아 찟다가 午後 2時에 全州 許龍 氏 宅 四男 結婚式場에 參席햇다. 昌坪里에서는 丁基善 嚴萬映 李起榮 氏가 參席햇다. 中食을 하자 하기에 무구정에 갓다. 沈長貴을 만나고 自己 집으로 招待해서 갓드니 待接을 잘 밧고 왓다.
사지봉 墓祠라고 寶城宅 昌宇가 갓다.
밤에 順天宅이 왓는데 墓祠에 간바 成吉이 혼자 旣히 지냇드라고. 不安햇다고 햇다. 가지 안는 나도 不安하고 成吉이가 잘못이라고 햇다.

<1976년 11월 21일 {일}요일>
昌宇 집 脫穀한바 15叺엿다.
終日 방아 찌엿다.
아침에 寶城 堂叔이 와서 今日 桂壽里 六代祖 墓祠에 가자고 왓다. 成吉이 하는 行爲가 不安해서 밥우다고 하고 不應햇다. 寶城宅 혼자 간다고 단여오라고 햇다.

<1976년 11월 22일 {월}요일>
鄭九福 脫곡하려다 베야링이 나가 못햇든니 本人는 不安해 보엿다. 벼를 20餘 叺 늘어 노왓든니 눈비가 내려 담앗다.
메누리보고 배채 갓 두럭 1두려 주라 햇드니 그러마 하든니 明日 全州로 사려 간다고 안 하겟다고 하드라고 그래서 저 건너 成康 母에 무릿든니 메누리가 못주겟다고 하드라고 그러니 누 말이 오른지 몰아 咸口해 버렷다.
金昌圭에서 6仟원 노라라 갑 밧고 건너집 술집 外上 4,000원 주웟다. 봉 잡인 듯하나 별 수 없엇다.

<1976년 11월 23일 {화}요일>
김장하는데 안식구 타 婦人들이 분주햇다. 눈도 내리는데 白康善 氏와 舍郞에서 비자리 맷는데 20餘 자루엿다.
全州에서 成吉이가 왓다. 어제 南陽洞 墓祠에 단여왓다고 經過을 말햇다.
夕陽에 五柳里 姜우錫 집에 가자고 햇다. 갗이 갓다. 夕食을 하고 보니 사위들이 왓다. 人事을 난우고 갓다.

<1976년 11월 24일 {수}요일>
朝食 後에 祝賀金 參仟원을 주고 列車 便으로 全州에 갓다. 時間이 餘有가 있어 崔炳振 氏을 面接하고 族譜 不正實을 말햇다.
禮式場에 간니 皮巖 金氏 多數가 募엿다. 人事을 交流하고 禮는 맞이엿다. 고기를 보니 披次[彼此]가 接待을 미루는 듯햇다. 요객 四人만 택시로 보내고 立場이 難處하기에 後에 빠저 成苑과 갗이 해방관에 가서 中食을 하고 成苑 婚事問題을 打合햇다. 다음에 成苑을 對面하기로 하고 作別햇다.

<1976년 11월 25일 {목}요일>
鄭九福 脫穀한바 約 22叺엿다. 그려면 昌坪里 稻 脫作은 끝이 난 것.
白米 4叺을 찌여서 경운기에 실코 관촌에 成傑 便에 보냇다.
崔行喆 氏 外上代 50,800을 주고 殘

48,200을 받앗다.
成傑이를 시켜서 任實 경운기쎈타에 갓다. 明日 修理하겟다고 해서 쎈타에 맛기고 왓다.
金宇澤 外上代 15,200원을 會計햇는데 氣分은 안니 좋앗다.
메누리는 今日 親家에 갓다. 明日 父親의 生辰을 보기 위해서라고. 그려치만 全州부터 親家에 來往이 너{무} 藉〃 햇다고 본다. 할 수 없지 成曉가 責任질 일이지.

<1976년 11월 26일 {금}요일>
午前에 成傑을 同伴해서 任實 大同쎈타에 갓다. 終日 修理하고 보니 全額이 30,150원 中 20,150원 入金하고 왓다.
注油所에서 石油 1드람 휘발유 1초롱 外上으로 가저왓다.
牟 生員에서 金 6仟원 取햇다. 市場에서 牟 生員은 成苑 結婚을 말햇다. 누구나 햇든니 云巖(立石) 朴 氏인데 大學卒者이고 現在 銀行에 잇다고 햇다. 생각해 보자고 햇다.

<1976년 11월 27일 {토}요일>
加工組合 運營委員 會議엿다. 全員 參席으로 案件는 7分搗 自律團束 施行의 件이엿다.

<1976년 11월 28일 {일}요일>
終日 비 또는 눈이 내렷다. 舍郎에서 讀書만 햇다.
鄭宰澤이가 와서 술 한 잔만 하자기에 店舖에 갓다.

<1976년 11월 29일 {월}요일>
工場에서 방아 찌면서 벼 作石 17叺을 해서 新平에 보냇다. 유신벼로 農地稅 3叺 띠고 糧肥 條로 2叺 띠고는 14叺는 도로 실고 왓다. 裵永植 丁宗燁이가 午後에 한참 해주웟다.

<1976년 11월 30일 {화}요일>
終日 방아 찌엿다.

<1976년 12월 1일 {수}요일>
林長煥은 未安하다고 햇다. 무슨 未安이야 햇다. 방아를 他處로 찌로 가겟다고 햇다. 가라고 햇다. 남 줄 것은 만하니가 우리 방아에서 찌면 耳目이 難處할가 한 듯햇다. 나도 받을 것이 잇는데 밧도 못하고 방아조차 빼기니 어굴햇다.
求禮 光義에서 電報가 왓다. 뜨더보니 李正복이가 死亡햇다고 햇다. 大端이 非參[悲慘]햇다.
不良한 林長煥으로 본다. 槕心[操心]해야지.

<1976년 12월 2일 {목}요일>
아침 6. 59分 列車로 求禮 光義面에 到着한니 10時엿다. 正福이 死亡은 確實햇고 出喪도 2日 出喪이라고 햇다. 父母가 게시니 역천한 편이라고 햇다.
出喪이 끝이 나자 빠스로 求禮口에 온니 밤 8. 10分 列車뿐이라고. 約 3時間을 기다리다 왓는데 집에 온니 10時엿다. 賻儀는 貳仟원 햇다.

<1976년 12월 3일 {금}요일>
終日 방아 찌엿다.
柳文京 母가 招請해서 갓다. 生日이라고 햇다.
新平面長 農協 參事가 왓다. 用務는 新平

農協이 존폐問題가 나왓다고. 그러니 組合員들이 出資을 좀 만니 해주서야 존續되겟다고 햇다.
밤 鄭圭太 쌀 20叺을 車에 上車코 내의 쌀도 2叺 包合[包含]시켜 보냇다.
※ 崔錫宇는 里長職을 사퇴한다고 햇다. 오래하면 안된다고 햇다.

<1976년 11[12]월 4일 {토}요일>
崔元喆 白米 4叺代 (23,500원 식) 94,000 中 82,000 入金하고 12,000 殘임.
崔南連 氏 白米 1叺 23,500원 入金햇다.
白米 13叺代 計算한니 約 306,500원쯤 되는데 約 6萬원이 未收임.
宋成龍은 家屋을 韓相俊에 賣渡햇는데 35叺에 決定햇다. 契約金으로 白米 3叺代 70,500원을 내가 引受햇다.
도야지을 韓正石 氏에 倭任하고 도殺햇는데 141斤인데 2斤 除하고 139斤에 300원식 해서 41,700원이 되엿다.
桑田에 堆肥 운반햇다.
成曉는 全州 김장하려 갓다.
韓 生員에서 豚代 1部 5仟원 入金햇다.

<1976년 12월 5일 {일}요일>
방아 찟엿다.
白康善 李正鎬 成東 桑田 肥培햇다.
韓正石 氏에서 豚代 1部 又 5仟원 밧앗다.
農協에서 債務整理次 왓다.
耕耘機 年賦償{還} 103,490
農肥 條 〃 92,000
〃 〃 75,450
計 199,130원 會計햇다.
預金 319,700 中 除하고 會計 完了햇다.

<1976년 12월 6일 {월}요일>
任實 市場에 白米 1叺 보냇다.
成康이는 靑雄에 種字 가지로 간바 허사엿다.
鄭太炯 氏에서 金 萬원 빌이엿다.
鄭太炯 氏에서 萬원 둘엿다.

<1976년 12월 7일 {화}요일>
새벽부터 내린 비는 상당이 왓다.
成傑을 시켜서 白康俊 5,250 金進映 5仟원 牟潤植 6,000 計 16,250원을 各〃 보냇다.
黃宗一 24,000원 成傑 便에 보냇다.
金炯根 氏 廉東根 金哲浩가 來訪햇다. 事由는 農協 出資 据出 資[次]엿다. 할 수 없이 벼 1叺 共販해 주겟다고 햇다. 中食도 待接햇다.
成傑을 시켜서 全州에서 고무노라 1組 사다가 趙命基에 보내 주웟다.

<1976년 12월 8일 {수}요일>
成樂이는 서울 가면서 金興烈(丁九福 婿)에서 받을 것이 4仟이라면서 此後에 밧고 于先 旅비가 不足하다면서 4仟원을 取해 달아기에 安承均 氏에서 빌이다 주고 今日 成傑 便에 보내 주웟다.
終日 눈비가 내리는데 今年 들어서는 첨 만니 내랜 便이다.
終日 舍郎에서 讀書 中인데 午後에 柳文京 母가 왓다. 말을 하는데 成苑에 對하야 結婚問題엿다. 말하기를 今石 母가 任實 嚴의 집에 가서 말햇든니 嚴은 말하기를 나는 別 뜻이 업으나 成苑이 단기엿드라고. 그려면 成苑을 딴 데로 仲賣[仲媒]하겟다고 햇든니 成苑 父에 말해 보는데 우리 엄마가 술 잘 먹고 한다면{서} 나더려 욕도 한다는데 내의 잘못은 없다고 한다고 傳햇

다. 나는 答하기를 지금 딴 데로 求婚 中이니 그리 알아고 햇다. 마음이 괴로와서 生覺다 못해서 只沙面 成苑에 電話하면서 오늘[오는] 日曜日에 오라고 햇다.
成奉 授業料 28,700원 支出햇다.

<1976년 12월 9일 {목}요일>
밤에 성원이가 只沙에서 왓다. 任實 嚴의 關係을 무르니 今石 母의 장난인 듯십다고 햇다. 任實 嚴이 今石 母을 시켜서 내의 뜻(父)을 아아보기[알아보기] 爲한 듯십다면서 絶對로 關係없으니 安心하라고 햇다. 그려면 내가 他處로 求婚을 하겟{다}고 햇다.

<1976년 12월 10일 {금}요일>
成曉 母가 왓는데 兒들 授業料가 터저 全額이 59,940원이고 成奉 28,700 計 88,640원이엿다. 成傑 便에 全州로 보냇다.
우리 방아 찟는데 8叺엿다. 벼는 種子도 없이 다 찌여버렷다.
安承均 債務 白米 5叺 利 12斗 해서 整理햇다.
밤늣게까지 尹鎬錫 宅에서 노랏다.
白南基 氏 寶節面서 왓다.
秋蠶 晩秋蠶 機檢 殘金 35,000원 成康 便에 引受햇다.

<1976년 12월 11일 {토}요일>
館村서 白米 3叺 賣渡하고 69,000 機械檢蠶代 35,000원 入金해 왓다.
방아 지엿고 安承均 白米 債務 끝이 낫다. 앞으로 現金 債務 30餘 萬만 나맛다.

<1976년 12월 12일 {일}요일>
成曉 便에 油代 任實 147,300 中 107,300을 보내주고 大同社 10,000 주웟다.
南原 桂壽里 6代祖 墓祠에 갓다. 年中 처음으로 宗員이 募엿는데 約 老小間 16名이고 帶江에서 尙宇 基宇도 처음 參禮햇다. 明年에는 不得히 陰曆으로 墓祠을 차리기로 햇다.

<1976년 12월 13일 {월}요일>
成曉가 任實 注油所에서 計算書을 가저왓는데 보니 殘金이 79,360이라고 記載되엿다. 熱이 낫다. 바로 任實 電話해서 確認한바 從業員이 記載 잘못이라고 하고 未安타면서 다시 訂正해주마 햇다.
圭太 집에서 놀다보니 밤 12時엿다.

<1976년 12월 14일 {화}요일>
방아 찟는데 古章이 낫다. 其時에 全州에서 寶光堂 自家用 택시가 왓다. 메누리가 産故[産苦] 氣가 있어 메누리을 델어왓다. 金 五仟원 및 白米 2斗을 주워 태워 보냇다.

<1976년 12월 15일 {수}요일>
牟 生員 婦人게서 成苑 婚談을 말하기에 生覺 中라고 하고 不遠 云巖에 가보겟다고 햇다.
방아가 異常이 있어 任實에서 附屬을 갈아넛다.
成康을 시켜서 全州에 메누리에 電話햇든니 아즉 未産이라고 回答이 왓다.
韓云石을 연탄 장치햇다.
大同工業社에서 노라 금강사래 모비루代해서 5,000원 入金하고 殘 2,700원을 外上으로 왓다.

<1976년 12월 16일 {목}요일>
成傑 便에 비는 내린데 豚兒 7頭을 실고 任實 市場에 갓다. 새기는 多數가 낫는데 살 사람은 없다. 그래서 비는 오고해서 午前에 다시 실코 왓다.
※ 10月 17日 生産한 豚兒 8頭는 今日 現在 60日 만에 分養한바 한 막숨에 8頭 全部을 入舍해 보왓다.
加工協會에 들이엿든니 7分搗 團束하려 단이니 槕心하라고 햇다.

<1976년 12월 17일 {금}요일>
朝食을 成吉이와 갗이 昌宇 집에서 한바 昌宇 눈치가 맛당치 안햇다. 他의 耳目이 어려워 가지만 한 번 당한 일을 生覺하면 마음 괴로왓다.
高祖 墓祠에 王板에 갓다. 近方 宗員은 全員 15名이 된 듯햇다.
成東 成傑이는 방{아}을 終日 찌엿다.
宗中事는 陰 12月 3日에 全州에서 打合키로 햇다. 大宗事는 南原 宗員과 合해서 打合키로 하야 散會햇다.
담배집 눈님은 昌宇 집에서 말하기를 해남댁은 大里 炳基 堂叔 治料 條로 30萬원을 주웟다고 明善 婦人이 잡연이라고 욕을 하드라 햇다. 내는 해남댁에 무려 보마 햇다.

<1976년 12월 18일 {토}요일>
金進映 招請. 알고 보니 진갑이라고.
讀書하다 崔南連이 왓다.
牟光龍 結婚 照介하다 失패햇다고 햇다.
成愼 成允이 放學하고 왓는데 77年 2月 1日 開學한다고.
只沙 崔鎭鎬에서 電話 왓는데 오는 火曜日(21日) 五樹 正다방에서 10時에 成東이 觀選次 오라고 왓다.

<1976년 12월 19일 {일}요일>
終日 방아 찌엿다.
成允 成愼 放學한다고 왓다.
全州 湖南商會에서 外上代 받으려 왓다. 1月 初로 미루고 보냇다.
崔瑛斗 氏에서 白米 4叺을 借用햇다.

<1976년 12월 20일 {월}요일>
終日 방아 찌엿다.
任實 大同工業社 外上代 成傑 便에 보내고 엔도 하나 가저오데 2仟원 주웟다.
宋成龍 白米 3叺을 鄭柱相에 넘겨 會計 끝이 낫다.

<1976년 12월 21일 {화}요일 陰 11月 初 1日>
成東하고 五樹 정다방에 갓다. 處女쪽에서는 父母하고 兄수 侄이 同伴햇고 이쪽에서는 우리 둘이엿다. 兩者 觀選하고 作別햇는데 加不[可否]는 日後에 通報햇다고 햇는데 나는 뜻이 不足햇다. 理由는 過多히 때가 벗고 우리와는 對照가 안 된 걸로 보왓다.
※ 집에 온니 正門에 禁線이 처잇다. 알고 보니 午前 11時頃에 全州에서 孫子을 生햇다고 햇다. 반가왓다.
丁宗燁 母親 回甲에 參席코 黃基滿 回甲에도 參席한바 술은 娶햇다.
鄭九福에서 2萬원 借用햇다.

<1976년 12월 22일 {수}요일>
밤새 비가 내려 나무하며 建槕場[乾燥場]까지 다 비에 젓고 蠶室도 기화가 깨버렷다. 새기도 꼬다 방아실에도 나갓다 오고 日課

을 보냇다.
成奉이는 全州에서 任實로 通學한다고 하면서 金 四萬원을 要求햇다.

<1976년 12월 23일 {목}요일>
黃在文 氏 子 莫同은 오날부터 成允이 공부시키는데 約 30日間 放學 同安 해보라고 해서 舍郎에 왓다.
崔元喆이 왓다. 지붕개량資金 償還額 3,300원 會計하면 이번이 끗이라고 里長 辭表 受理 問題인데 完宇는 受理하나 다름업다고 햇고 牟光浩 設[說]이 잇다고 햇다. 그려나 同會席에서 打合할 {일}이라고 햇다.

<1976년 12월 24일 {금}요일>
아침에 驛前에서 도야지 2頭을 가려 왓다. 달고 보니 223斤이라고 해서 61,500원 밧앗다.
成康이는 全州에 간다고 萬원을 가저갓다.
방아 찌엿다.
成傑을 시켜서 全州에서 고무노라 1組 사왓다.
成吉이도 全州에서 왓다.
成曉 母는 新田里 메누리에 孫子 보려 갓다 왓다.
成奉이가 왓는데 放學 週間에 全州에서 공부해 보겟다고 金 貳萬원 要求해서 卽席에서 주면서 공부 잘 해보라고 햇다.
成曉 郡 職員들과 갗이 왓다.

<1976년 12월 25일 {토}요일>
바람 구름. 終日 방아 찟고 鄭圭太 酒店에서 嚴俊峰 安承均 尹鎬錫 韓正石 氏도 잇는데 俊峰이는 말햇다. 下加里 李鉉雨는 妻男의 宅을 부터 同居한다고 햇다.
※ 成傑이는 내가 시키면 잘 듯지 안코 말댁구를 한니 당장에 쪼차내버리고 십다.
成苑은 어제밤에 왓다는데 말 업시 가볏다고 납분 년이라 햇다.
只沙 芳鷄里 崔圭才 氏 錫宇 장인이 어제 死亡햇다고 電話왓다.
成吉이 어제 와서 자고 今日 떠낫다.

<1976년 12월 26일 {일}요일>
成傑이는 預金通帳하고 印章을 던지면서 來日부터 엇저고 중{얼}거리며 나갓다. 來日 머시엇저고 엇저 했으나 對答이 업다. 다시는 말하고 십지 안니 햇다.
成東이와 黃牛을 몰고 市場에 갓다. 소을 판는데 市價을 잘 모르겟드라. 230,000원은 밧닷으나 으심이 만앗다. 오는 길에 韓文錫 氏 債務 元利 合해서 22萬원 壹仟원을 成東과 갗이 順天집에서(驛前) 淸算햇다. 그랫든니 中食을 成東과 갗이 待接햇다.
鄭圭太도 外上代 1部 5仟원을 婦人에 주고 밤늦게까지 俊峰이와 갗이 夕食까지 圭太 집에서 하고 밤 9時頃 풀이엿다.

<1976년 12월 27일 {월}요일>
日氣는 每于 차고 零下 15度엿다.
午前에는 방{아} 찌엿고 成傑이는 軍人 志願하려 兵務廳에 갓다고 햇다.
成玉이는 全州에 갓다.
成吉이가 全州에서 왓다. 29日 靑雄에 種籾 가지려 간다고.
新平 指導所에서 崔成官에서 電接이 왓다.
尹鎬錫 氏 五仟원 貸借해 갓다.

<1976년 12월 28일 {화}요일>
親睦契 日割이엿다. 14名 中 丁基善만 빠지고 全員 參席햇다.
契穀은 元利 合計 11叺 7斗인데 其中 2叺는 養老堂에 喜捨하는데 雜音이 만했으나 通過는 되엿다. 經費는 約 9,800원쯤 드럿다. 밤 11時까지 1部는 나마 이야기하고 놀앗다. 金太鎬 具道植과 是非가 벌어젓는데는 傷處도 얏간 낫다.

<1976년 12월 29일 {수}요일>
親睦稧 쌀 張泰燁에서 148升하고 尹鎬錫에서 5斗하고 現金으로 2되해서 計 2叺인데 養老堂 條로 해서 崔南連 氏 넘겨 保管시켯다.
全州 成吉 債務 7萬원인데 元利 77,000원을 償還햇든니 旅비로 500원을 주드라. 오는 길에 大里에 갓다. 炳基 堂叔에 가서 宗契 有司을 조[좀] 해달아고 햇든니 承諾햇다. 日割은 1月 16日이라고 햇다. 夕陽을 맞이고 왓다. 집에 온니 밤에까지 방아을 찟고 잇다.
成傑이는 運轉敎育 밧기로 햇다고 햇다. 2개월 約 5萬원이 必要하고 햇다.

<1976년 12월 30일 {목}요일>
미향[밀양] 21號 1叺 13,000원에 靑雄서 成康이가 가저왓다.
成英 成允을 시켜서 全州 보내는데 學院비 5,000 用金 2,000 日記장 및 學用品 1,500 計 8,500 주워 보냇다.
崔完宇 畓 6斗只 仲介한바 瑟峙里 沈奉植 氏가 買受한바 125叺에 締結햇다.
成曉이는 밤에 왓는데 成苑의 件으로 不平햇다. 내도 心思가 不安햇다. 죽일 년이라 햇다.

<1976년 12월 31일 {금}요일>
成苑 結婚事로 南原 水旨面에 갓다. 水旨所在地 崔植喆 子 崔相善을 訪問햇다. 中食 술까지 만은 待接을 밧고 보니 大端이 未安해게 되엿읍니다.
밤에 집에 온니 今石이가 왓다. 完宇 집이 40叺에 李順宰가 삿다고 햇다. 그려자 丁基善이가 왓다. 마음이 괴로왓다. 나는 李順宰 그 놈이 不良하다고 햇다. 어제밤에 今石이와 갗이 그려케 말햇지만 37叺 주겟다고 한 놈이 하루밤새에 金長映 장인하고 丁基善하고 짜고 40叺에 淸算 締結했다는 것은 大端히 遺憾千萬이로 生覺햇다. 丁基善이 보고 나는 今日 他處에 갓다 오는 것은 完宇 집과 논과 갗이 大仲介하려 갓다 왓는데 그새을 못 참아서 完宇는 大端이 損害을 본 듯햇다고 햇다. 마음 괴롭게 되엿다.

監査報告 및 總坪論[總評論]
監査日字 1976. 10. 10
監査對象 1975. 9. 30부터
1976. 10. 30까지
收入支出額 決算

事務監査方法과 順序
一. 第一次 처음에 收入支出 豫算書부터 본다.
二. 第二次 收入帳簿 보면서 預金通帳을 對照한다.
三. 第三次 支出帳簿을 보면서 通帳을 對照
四. 第四次 收入支出이 完決되엿는지 收入×支出=000원 通帳과 相違없는가.

1977년

<1977년 1월 1일 토요일>

一. 아침에 金順順 氏가 와서 完宇 住宅 買渡[賣渡]에 對하야 未安하다고 햇다. 完宇는 李順宰 집에 가자고 해서 갓다. 中食을 갗이 햇다.

一. 任實 注油所에서 輕油 3드람을 실코 왓다. 前條 外上 41,500원을 舍郎[舍廊]에서 會計 完了해주고 本日 3드람代 47,400원 中 萬원을 주고 37,400원을 殘金으로 하고 捺印해주엇다.

一. 崔今石에 白米 3叺 引渡했다.

一. 烏山에서 鄭서방 內外가 人事次 왓다.

<1977년 1월 2일 일요일>

一. 成禮 內外을 招請해서 中食을 待接햇다.

一. 瑟峙에서 沈奉植이 完宇 畓 買受代 1部 1,332,000원을 完宇에 讓渡하고 中食을 내 집에서 하고 가다.

一. 방아는 午後에야 찌엿다.

一. 밤에 富川 京畿道에서 電話가 왓는데 日氣가 不順한니 速히 上京하시라고 왓다.

一. 兄수氏는 成東 婚事 關係로 말삼하는데 鶴巖里[107]에 孫氏 家門에 處女가 있다고 五柳里[108] 姜雨石의 妻 말햇다고 오시였다.

一. 安玄模에 도야지을 달아주웟는데 113斤 代金 31,640원이엿는{데} 外上으로 가져갓다.

<1977년 1월 3일 월요일>

東綿[東金] 稧日이다. 大里에서 柳銃煥이만 빠지고 全員 參席햇다. 明春에 놀여가기로 하고 259되을 保管햇는데 郭宗燁 72되 崔龍鎬 125되 鄭鉉一 62斗을 各 保管햇다.

夕陽에 鄭圭太 술집에서 노는데 圭太는 술이 좀 취엿으나 않이 할 말을 한 번 두 번도 안닌 連續이엿다. 방아실은 내 것이라고 너머 온다는 소리에 분개해서 참다못하고 할 수 없이 주먹으로 골통을 세 벤 첫든니 未安타고 하드라. 其者는 간신者이고 弱子를 동정한지 안코 害치는 者이면 强者에는 아부심이 다분한 者로 본다. 秋季에 病院에 약 1개日[月] 入院햇어도 제 말로 親友하자면서 全 里民이 問病해도 其者는 빗 감치 안앗다. 그것도 他者에 얏보는 놈에 불가햇다. 未安타고 몃 변 하기에 抛棄는 했으나 그려면 더 때리려 했다.

成苑 婚事로 觀選하려 건너 메누리하고 成苑과 갗이 全州에 단여왓는데 半心은 왓다고 햇다.

107 임실군 운암면 소재.
108 임실군 성수면 소재.

<1977년 1월 4일 화요일>
成東이는 安正柱 結婚式에 參席코 不在中이엿다.
工場에서 혼자 방아 찌는데 복잡햇다.
烏山 鄭서방은 午後에 떠낫는데 成植이 왓드라.

<1977년 1월 5일 수요일>
終日 舍郞에서 韓南連과 새기 꼬다.
安承坊 氏 招請햇다. 金 壹仟원을 가지고 가니 平澤에서 왓다고. 申宗玄도 보왓는데 그 자리에는 崔重宇도 同席햇는데, 過居[過去]가 生覺이 낫는 돼드라. 不足한 人間 崔重宇 認定하고 밥이 이려서 나왓다.
成康 집으로 成奎집으 갓다.

<1977년 1월 6일 목요일>
아침에 寶城 堂叔이 오시엿다. 今日 서울로 떠난데 韓正石 債米 2叭이고 尹鎬錫 氏 債米 3叭인데 堂侄[堂姪]이 밧고 利子만 주면 保管이나 마다주게 하고 가시엿다. 그러나 內用은 理由가 있다. 自己 畓 3斗只이를 내 耕作하고 (활이[禾利]료) 잇는데 뜻이 잇다.
宋成龍이가 自己 집을 직킨다는데 萬諾예 팔게 되면 宋成龍이가 산다고 햇는데 寶城宅은 堂侄이 집고 있는 以上 그리 못하겟다고 햇다. 그리고 墓祠[墓祀]에 간 바 尙宇가 노[논] 3斗只만을 달라고 했는데 못햇는 것도 堂侄을 生覺해서 염려햇다. 그러나 一家間에 심부름처려 債務者에서 保管證만은 바다 두겟다고 햇다.
新田里109 査돈 宅을 禮訪하고 孫子을 對面햇다.
中食을 맞이고 崔宗洙 집을 단여서 作別하고 집에 왓다.
支署에서次席차 職員이 禮訪함.

<1977년 1월 7일 금요일>
山林組合 16回 定期總會에 參席햇다. 道廳 山聯에 郡守 各 機關長들도 參席햇드라. 1時頃에 會議는 끚이 낫다.
梁奉俊 爲親稧에 參席해서 中食을 맞이고 稧穀 2叭2되을 養老堂 設立 基金으로 써 달고 喜捨햇다.
밤 8時 30分까지 방아을 찌엿다. 9斗 3되 收入.
防衛課長 元範 氏 訪問하고 成曉 人事問題에 對한 打合하고 道廳까지라도 가서 人事取消해 달아고 付託햇다.

<1977년 1월 8일 토요일>
崔今石에서 白米 3叭代 69,000 中 63,000원 밧고 6仟원 殘으로 햇다.
任實 加工組合에서 會비을 徵收次 왓는데 2萬원 주워 보냇다.
成康을 시켜서 館村 崔行喆 氏에 보냇든니 白米 5叭代 114,200원 밧다왓다.

<1977년 1월 9일 일요일>
終日 방아 찌엿다.
午前에 新田里에서 메누리 산돈 孫子가 한 車에서 내렷다. 안사돈게서 밥으다고[바쁘다고] 가시 後에 3메누리가 그 車로 다시 孫子 求見하려 오시였다.
夕陽에는 大小家門에서 아기 보려 만이 왓다.
떡방아가 고장이 나서 作業 中止되엿다.

109 임실군 관촌면 소재.

<1977년 1월 10일 월요일>
孫子 7-21日이 되는 날이다. 大小家門이 募여서 朝食을 햇다.
全州에서 崔玉振이가 왓다. 成苑의 結婚打合次엿다. 山西面[110] 出身인데 全州製紙工場에 단인다고. 木曜日에 面會키로 하고 成苑에 連絡햇다.
全州에서 成奉 個人指導者 張基烈 君이 同伴해서 왓다.
旅비 壹仟원을 주고 成奉 萬원 주웟다.

<1977년 1월 11일 화요일>
成康 便에 白米 2叺 賣渡하려갓다. 45,000원 入金햇다.
終日 방아 찌엿다.
밤에는 成傑이가 全州에서 왓다. 成奎 成康이 왓다. 成傑이 보고 무렷다. 네 自動車學院에 단니야고 무렷다. 對答은 曰 約 2個{월}만 단이면 運轉[転轉] 免許은 90% 받을 자신 잇다고 햇다. 그려면 學院비는 2個月에 5萬원인데 1時 納附[納付]해야 된다고 햇다. 그려면 챙기여주{기로} 햇다. 그려나 今年 〃中 내 집에서 보리 脫作 벼 脫穀해서 年中 경운기 운전 期他[其他] 手苦비에 不加하다고 生覺햇다.

<1977년 1월 12일 수요일>
成傑 學院비 5萬원 旅비 1,000원 해주웟다. 成允 莫同이는 全州에 冊 사려 갓다.

<1977년 1월 13일 목요일>
成苑과 同伴해서 全州 을河水다실[은하수다실]에 갓다.
玉振이가 나왓는데 總角은 밤에 手足을 機械에 다치엿다고 病院에 入院햇다고 不參햇다. 氣分이 不安해서 回路에 許龍 宅을 禮訪햇다. 中食을 하고 作別햇다.
午後에 湖南商會 外上代 37,250 中 今日 27,000원 店員에 주고 10,000 殘으로 햇다.

<1977년 1월 14일 금요일>
正門 박을 나가지 안니 하고 終日 舍郎에서 새기꼬기 햇다.
가끔 電話나 밧고 차자온 客만 오면 對話하면서 終日을 보냇다.

<1977년 1월 15일 토요일>
母豚이 性이 發生해서 경운기로 元泉里에 보냇다. 金 3仟 五百원에 交背費[交配費]을 주고 왓다.
耕耘機가 베아링이 故章[故障]이 있어 改製하고 방아실에서 金泰圭 白米 2叺을 利用해서 館村에 보냇든니 46,000 밧고 콩 메주용 코[콩] 24,500원에 왓다.
밤 10時 半에 任實에서 成曉와 任實邑內 崔二範(치과) 三絲面 昌範과 택시로 왓다. 今비 二範 집에서 1家 親睦會議 끝에 夕食으 나누고 作別次 왓다고 햇다.

<1977년 1월 16일 일요일>
大里에서 宗親會에 參席햇다. 帶江[111]에서 正宇 尙宇도 參席햇다. 約 15名 程度엿다.
議案에 依해서 會側[會則]은 通過햇는데 宗穀관게로 여려 말이 만햇다. 大宗穀은 成奎가 關係햇는데 元곡이 8叺 程度인데 復利로 게산하면 20餘 叺인데 成奎보고 어

110 장수군 소재. 임실군 지사면에 접해 있다.

111 남원시 소재.

느 程度 내겟나 햇든니 全量을 다 주겠으나 現在는 업으니 잘 살면 주겟다고 햇다. 其 程度로 미루고 私宗穀은 適當이 해서 元穀에서 減量하고 約 6叺을 새로 元穀으로 만들어서 노왓고 오는 陰 12月 3日에 밧기로 햇다. 그려나 밋이는[믿지는] 못햇다.
金哲浩 問喪햇다.
宗親會비는 500원식 하고 基本金은 人當 白米 1斗로 해서 現金 2,300원 주웟다.

<1977년 1월 17일 월요일>
加工組合 會議가 있엇다. 參席者는 8名이엿다. 다음 集合 場所는 新德 所在地로 햇다.
支署長 金圭雄 氏을 負任[赴任] 後 처음 맛낫다. 갖이 술 한 잔 식 노누고 왓다.

<1977년 1월 18일 화요일>
祭祠[祭祀] 祭物 사려 全州에 갓다. 約 5仟원 程度 들엇다.
成奎을 시켜서 簇譜[族譜]代 成吉 5,600 基宇 5,600 乃宇 5,600 寶城宅 條는 4仟원만 밧아서 1,600원을 내가 代納해서 보냇다.
任實에서 도색한[도색하는] 사람이 왓다. 다시 坪을 재는데 23坪으로 낫다. 代金 28,700원 中 2萬원 주고 8,700원 다음으로 미루웟다.
張泰燁 結婚햇다고 갓다.

<1977년 1월 19일 수요일>
午前 中에는 방아 찌엿다.
午後에는 全州에서 成吉이가 왓다. 先考 祭祠인데 모두 왓다.

<1977년 1월 20일 목요일>
아침에는 大小家 全員이 募여 朝食을 갖이 햇다.
成曉는 아침에 郡에서 元範 氏가 말한다면서 白米 10叺을 말한다고 햇다. 그려한 付託을 안 받은 게 좋아고 햇다.
元泉에서 朴敎植 氏 집에서 穀加理을 치르는데 今日로써 完全히 끛이 낫다. 그리고 卽席에서 다시 쌀 25叺 程度 契을 뭇자고 提議햇다. 그래서 王主는 내가 하고 24叺을 今年에 타기로 햇다. 稧日은 陽 2月 9日 우리 집에서 열기로 햇다.
金玄珠에서 白米 147되代 33,810원인데 800원 除하고(減) 33,000원을 밧고 玄珠 무밧 간 것 正權 作 0.5日 計 1,000원을 주워 보냇다.

<1977년 1월 21일 금요일>
館村에서 沈奉植 氏가 來訪. 完宇 畓代 624,000원을 가지고 왓다. 完宇에 넘겨주고 新平에 갓다.
面에서 自動車를 빌이여 타고 학암리 黃義善 氏을 訪問햇다. 婚談을 맞이고 日間 相面키로 하야 作別햇다.
新平에 와서 免許稅 7,200원을 떼여주고 뻐스로 全州에 鎭宇와 同行햇다.
大里 九耳[112]에서 堂叔들이 왓다. 宗穀도 2叺 代金으로 成吉에 會計하드라.

<1977년 1월 22일 토요일>
許今龍 宅을 訪問햇다.
금암동 下宿방을 交替하기로 하야 딴방을 求見하고 金 貳萬원을 契約하고 왓다.
夕陽에 집에 온니 成東이 놈이 술을 먹고 제 에미하고 싸웟다고 햇다. 죽일 놈이엿다.

112 완주군 소재.

<1977년 1월 23일 일요일>
방아 찌엿다.
夕陽에 成曉 母을 돌모리宅에서 맛나고 細詳히 말을 들엇다. 듯자 하오니 동내 男女간에 구경군이 만히 募엿는데 최내우을 찻고 데려오라 따진다 하면서 제의 母에는 이넌 저넌 하면서 소재까지 햇다 하오니 들을 때 분이 충동햇다. 그때부터는 成東을 보기가 실고 정도 없어지고 징그려케 보이면서 外面만 하고 십드라.
沈奉植이가 왓다. 朴成洙 畓을 사달아고 햇다. 朴京洙에 무루니 仁境가 사기로 햇다고 햇다.

<1977년 1월 24일 월요일>
郡 山組에서 會議가 잇다. 會員은 75名인데 參席은 約 40名인데 任員 選出하는데 會長은 邑內 晋榮鎬 氏가 副會長은 내가 選出되엿다. 名칭은 協業關理[協業管理] 委員會엿다.
成東이의 行動을 生覺하면 不安하기 짝이 없다. 나무{라} 주기도 실코 食床에서 갗이 食事하기조차도 뜻이 없으니 每事가 生覺中이고 他人의 顔形을 보면 어색할 程度다.

<1977년 1월 25일 화요일>
一.
午前 中에는 방아 찟고 午後에는 成東 行爲만 生覺이면서 자조 마음을 돌이기가 어렵다. 내의 살임을 제가 때려 부시면서 제 母를 처돌이고 최내우 좀 데려오라 따저보게 그려케 行動을 햇다니 社會的 爲身[威信]이 亡햇고 게집을 둘이나 데리고 산다는 말까지 大衆 前에 웻다고. 里長은 數 10名이 와서 求見만 했지 그려지 말아고 除据[除去]한 사람 업서다니 그도 분할 이[일]이며 父母로써 生覺하면 앞이 감〃햇다. 당시에 내 立會했으면 엇지 되였을가 生死가 區分될 것인데 不參한 것이 多幸인가 不幸이가 짐작 안 간다.
※ 軍에 入隊 時에 第一線에 보내서 苦生을 안니 시키겟다고 交際까지 하며 光州 補扱所[補給所]에다 座席햇고 내가 面會도 3번 가서 機萬[幾萬]원식 주웟고 外泊 온면 旅비는 勿論이고 그랫는데 75年 7月頃에는 休家[休暇] 온 놈이 蠶室工場에 5, 6이 集團侵入해서 盜適[盜賊]으로 몰이여 刑務所에 立件이 되엿는데 成樂이가 代身 求刑을 밧고도 未安한 生覺 업고.

<첨지 삽입, 첨지와 본 일기장 사이 간인(間印)>

二.
兼해서 장질부사 병이라고 해서 누웟는데 그게 罪을 지여 겁이 난 模樣이나 父 나는 모르고 漢藥房에 議論하{여} 약도 쓰고 下後에는 病院에 入院시켜서 4日 만에 7萬원이 드럿고 休家 期限이 당해서 보내는 그도 금심하면서 光州로 보냇다. 其後 76년 3月頃에 休家 온 놈이 驛前 酒店에서 술을 주지 안는다고 家財道具을 때려 부섯다고 술집主人이 왓다. 父母의 잘못으로 그려 했으니 未安하다면서 金 4仟원을 주고 엽집 술집에서 술을 바다 먹이면서
三. (二의 뒷면)
私情으로 보냇다. 其後 主人은 子息에서 칼로 찔여 죽었으나 其 子息이 惡질인데 成東이도 多幸으로 生覺은 햇다. 그려나

成樂이는 成東이가 身歲을 망치엿다고 본다. 그래도 아무런 父母에 未安感 없이 다시 그와 같은 不孝莫心[不孝莫甚] 놈이 惡事을 저지렸으니 이제는 絶對로 容納할 수 업다고 結心[決心]하는 바이다.

<1977년 1월 26일 수요일>
全州에 下宿 等 房 求하려 갓다. 모두 마음이 맞이 안니 해서 복덕방主人 許生員에 付託코 밥으지[바쁘지] 안니 하오니 더 두고 보라 햇다. 契約金 貳萬원을 찾고 成英 집에 연탄 50장 貳仟원에 사주고 왓다. 집에 온니 又 成東의 行動햇다는 之事가 生覺이 떠오랏다. 이즐애도 이즐 수 없다.
밤에는 成曉 母에 다시 말햇다. 今年之事는 成東이가 客地로 떠나는 때는 雇人을 두고 지겟고 안 떠{나}면 雇人을 못 두는데 但 成東이는 父子 間에 合議코자 하는 뜻이 없으니 其子가 深中 生覺해서 일즉 떠나{는} 게 올타고 말햇다. 萬諾에 갗이 잇다가 또 술 먹고 무슨 행패를 부리면서 봉변을 당할는지 압날이 두려워 絶對로 同居不能이라고 햇다. 綿衣護食[錦衣好食]보다는 주食이라도 同居家族 同樂이 第一로 삼는다.

<1977년 1월 27일 목요일>
아침에 牟 生員 犬 1頭代 12,000원 주워 보냇다. 牟 生員은 틀이엿다고 犬代金을 다시 가저왓다.
瑟峙에서 沈奉植이 完宇 畓代 1部 426,000원을 가지고 왔다.
午後에 방아 찌로 工場에 간니 安正柱 쌀이 업서젓다. 白米代는 방금 23,000원을 주었는데 異常햇다. 他人의 쌀은 헤처노코 玄模야만 업다. 正柱을 데려다 무르니 모른다 햇다. 某人 보고 네의 쌀이 工場에 잇다고 하고 돈이 내게서 나갈 돈이 잇다고 했지 안 햇다고 햇다. 그렬 이가 업는데 다지엿든니 成東 永植 成康이 듯는 데 햇다고 햇다. 그려면 그와 같이 信告[申告]을 할 터이니 그리 알아고 햇다. (正柱는 24日 찌엿고) 張泰燁 妹가 25日 白米 維新벼 3叺 찹쌀 5斗 찟고 1般 쌀은 8斗쯤 찌엿다고 햇는데 泰燁이 妹는 白米 1叺을 泰燁에서 밧앗다고 1叺가 잇는데 空叺子는 玄模 것이라고 햇다.
(쌀 도적 놈은 成東 永植 正柱 成康 張泰燁 妹 中에 있다.)

<1977년 1월 28일 금요일>
終日 舍郞에서 蠶具 製作햇다.
安正柱 昌宇 成康을 集合해노코 工場에서 盜難 當한 白米에 對하야 深中을 期해서 內査해보라면서 付託햇다. 支署에 信告[申告] 몃 時間 餘有[餘裕]을 두겟다고 당부햇다.
全州에서 成吉 來訪햇다. 夕陽에 鄭鉉一이가 왓다. 養老院 舍郞 求入 對하야 論議햇다.

<1977년 1월 29일 토요일>
成玉 便에 麥糖 23叺代 3,404원을 元喆에 보내 주웟다. 成康 麥唐[糖] 3叺을 내게 포기햇기에 4,440원을 내고 가저왓다.
全州 鳳萊禮式場에 康治根 長男 結婚式場에 參席하고 빠스 便으로 大里에 왓다. 康治根 집에서 中食을 맞이고 李相玄 집에 갓다. 술 한 잔 하자기에 갓다. 金學均 氏 朴敎植 全州에서 李珍雨도 對面햇다.

<1977년 1월 30일 일요일>
終日 舍郎에서 蠶具 製造햇다.
成奎 便에 蒿工品 資金 參萬원 資金次 印章을 주워 보냇다. 烏山으로 成禮에 成苑 結婚 問議 書面을 띠웟다.

<1977년 1월 31일 월요일>
終日 蠶具 製造햇다. 추위는 零下 15度엿다고 한다.

<1977년 2월 1일 화요일>
오날까지 蠶具는 網 15枚쯤 만들엇는데 끝냇다.
成奎가 왓는데 乳牛을 養育할여서 郡에 請託햇든니 各者[各自]가 付託이 만해서 어려울 듯하도고 말햇다.
이제는 上簇 만들기을 해야겟다.
萬諾 成苑 婚事가 成婚되면 日割 밥아서 禮式만 맛치고 新行은 明年으로 할가 晝夜로 걱정만 生起고 고민도 만하다.
밤에 成曉는 말하기를 邑內로 各居를 하겟다고 要求햇다. 治水係로 옴기게 되니 事務量이 늘고 上官이 通勤을 못해게 한다고 햇다. 그려면 할 수 없지 방을 求해보라 햇다.

<1977년 2월 2일 수요일>
蠶網은 끝내고 上簇 製品을 始作한바 相當히 더디엿다. 鄭太炯 氏가 왓고 鄭圭太가 왓다. 任實驛前 韓文錫 氏가 보냇다고 其前 債務 契約書 3通을 보내왓다. 1976年度 債務額 20萬원 10萬원 25萬원 計 55萬원을 借用하고 元利 해서 完納해주웟다. (印)
※ 高工品[蒿工品] 生産資金으로 3萬원 貸付 밧앗다.

<1977년 2월 3일 목요일>
終日 舍郎에서 蠶具 製作하다가 夕陽에는 韓相俊 移住햇다기에 訪問햇다.
夕食을 맟이고 昌宇을 帶同코 斗流里[113] 崔炳列 堂叔 宅을 禮訪하고 祭祠을 모시엿다. 農協 崔元錫 便에 蒿工品 貸付金 參萬원을 引受 바앗다. 九耳 石九里에서 炳赫 堂叔도 외시엿드라.

<1977년 2월 4일 금요일>
柯亭里[114] 金在春 沈奉植가 完宇 土地代 賣渡代 殘金 18萬원을 가저왓다. 18萬원 중 招介[紹介]로 23,000을 除하고 157,000원 完宇 婦人에 넘겨주고 書字로 領收햇다. 在春 奉植는 招介을 주워야 한데 주지 안코 갓다.
今石에 준 종 알앗든니 주지 안코 買受者 23,000 買[賣]渡者 23,000원 計 46,000원인데 仟원만 나를 주고 갓는데 今石이 말을 들으니 내는 完宇가 알아서 生覺하야 한다고 햇다. 氣分이 납앗다.

<1977년 2월 5일 토요일>
工場에서 精米햇다.
黃在文에 나무 2짐 800원 주고 先金 500원 가저갓다.
工場 水通물 운반.

<1977년 2월 6일 일요일>
林玉相 보로크代 90개代 3,420원 중 1,000원은 肥料 운임으로 除하고 2,420원 주웟다.
崔元喆에 叺子 50枚代 15,000원 주웟다.

113 임실군 신평면 호암리 소재.
114 임실군 관촌면 병암리 소재.

鄭鉉一과 同伴해서 全州 金炯順 子 結婚式場에 갓다. 만니 募엿드라. 오는 길에 斗流里 金點童에 갓다. 엽집 朴京良의 딸을 얼듯 밧으나 人物은 普通이엿다. 點童은 中斗里115 婚事에 집에 갓다고 해서 다시 네려와서 맛나고 處女 身分을 물으니 말아고 햇다. 아마 身分이 좃이 못한 듯햇다.

<1977년 2월 7일 월요일 구름>
陰曆 12월 20日
오날이 孫子 7日채 生後 49日채엿다.
아침부터 準備하기 始作 任實로 移居할 채비을 서들고 있다. 稅房[貰房]은 裵英文 氏 舍郎채엿다고 햇다. 入住 時에 5仟원 先拂하고 每月 3仟원식 주기로 햇다고 햇다.
午後에 車에다 이사짐을 실코 任實에 갓다. 夕食을 맞이고 택시로 집에 온데 兄수 弟수 內外만 타고 成康 母만 떼노코 왓다.

<1977년 2월 8일 화요일>
任實에서 朴判基 氏 常務가 왓다. 會비 萬원을 주고 5仟원 在라고 햇는데 간 지後에 領收證을 보니 5仟원으로 떼젓다.
任實驛前 韓文錫 氏가 왓는데 繕物[膳物] 와이사쓰 가렌다 1枚을 가저왓다. 大端히 未安하게 되엿다.

<1977년 2월 9일 수요일>
新平面에서 午後 3時에 多收穫農家 喜償式[施賞式]에 參席하고 10萬원 탓다.
成奎는 청화대[청와대]에 過据 里長 當詩 雜負金을 里民에서 못 밧다고 眞情書[陳情書]을 냇다고 햇다. 그러나 人心이 납으고 원수을 지면 안 된다고 햇다.
面長에 春麥 種子 1斗을 付託햇다. 約 4仟원 程度라고.

<1977년 2월 10일 목요일>
安 生員에서 白米 5叺하고 5叺는 現金으로 117,500원 合計 10叺을 借用햇다.
嚴俊祥 乾草代 1,000원 주웟다.
大里 炳基 堂叔이 오시엿다. 7日에 斗流里 金點童에 禮訪햇든니 婚事 말이 낫다고. 그러나 6日에 내가 단여온 後라 햇다. 張 氏 딸이 하나 있는데 다음으로 미루고 왓다.

<1977년 2월 11일 금요일>
任實郡守 崔용福 氏가 新平面 年頭 初度順視[巡視]次 온다고 해서 參席하려 햇는데 押作히[갑자기] 어제 日字로 道廳 殖産局長에 榮轉하고 李奇雨 氏 長子 李相七 氏가 後任이라고 햇다.
全州에 갓다. 湖南商會 外上代 萬원 주고 附屬品 2,800원 주고 成吉 집에 갓다. 市內에 가고 업다기에 債務 67,200원 婦人에 주면서 整理하라 햇다.
다음은 任實로 直行해서 任實 注油所 外上代 38,700원 會計 完了하고 깡통 모비루 2깡을 산데 仟원을 殘高로 남기고 바로 집에 왓다. 따[때]는 午後 2時엿다.
驛前에서 面長에게 보낸 契穀代 65,000 元喆 便에 보냇다.

<1977년 2월 12일 토요일>
방아 찌엿다.

<1977년 2월 13일 일요일>
鄭圭太 집에 갓다. 外上代을 會計하니 76-

115 임실군 신평면 호암리 소재.

77 2月 13日 現在로 11,090 先拂 五仟원을 除하고 고초방아 1,400원 除하고 4,690원 殘으로 햇다.

<1977년 2월 14일 월요일>
鄭圭太 外上代 4,690원 取貸金 萬원을 計 14,690을 아침에 會計 完了햇다.
午後에는 鄭圭太에서 3仟원 取해서 成允에 46,000원 주워 보냇다.
全州에서 美子(成吉 딸)가 왓는데 成奎 妻는 좇이 안케 生覺한다고. 仁範이 落第도 햇는데 저는 무잇이 좋아서 冊을 가지고 공부하려 왓다고.

<1977년 2월 15일 화요일>
黃在文 氏는 나무 해주기로 하야 1,000원 가저갓다. 한 짐에 400원식으로 햇다.
終日 떡바[떡방아]을 찌엿는데 約 3,800원 程度 收入햇다.
零下 10度가 너머 大端히 취엿다.

<1977년 2월 16일 수요일>
零下 13度 취이[추위]에 떡방아 찟는데 얼붓고 해서 困難하다 夕陽에는 上뿌레가 異常이 있어 中止하고 말았다.
三南製絲社에서 職員이 食糧 1叺을 가저가고 殘 5仟원 남기엿다.
夕陽에 成曉 內外가 왓다.
밤에 土地改良契 織[組織]次 電話가 왓다. 嚴俊峰에 말햇든니 明暮이 젤로 낫다{고 햇다}.

<1977년 2월 17일 목요일>
嚴俊峰이 왓다. 今日 土地改良契 組織하라는 面의 指示에 依하야 參席하자고 햇다. 갈 것 없이 不參해도 此後 異議 없겟다고 하고 參席者는 누구야 햇다. 丁基善 安承坊 金進映 柳正進이라고 하드라.
崔元喆은 오는 19日 新任 郡守 初{度}巡視 案內狀을 밧앗다. 昌坪里에서는 나 하나뿐이다.
鄭仁浩는 白米 2叺 3斗代 5萬四仟원을 빌엿다. 取貸 條 1叺 3斗.

<1977년 2월 18일 금요일>
先瑩에 祭祠을 모시고 宗員들과 山所에 省墓햇다. 大里까지 갓다.

<1977년 2월 19일 토요일>
本郡 出身의 李相七 氏 郡守가 初度巡視次 招請이 있어서 갓다. 地方有志 約 20餘名이 參席햇다. 空席 中인 副面長 後任에 崔炳列 氏가 物望에 올앗다. 面長도 맛나고 郭在燁 金善權 洪吉均 氏도 對面하고 相議한바 全員이 贊成하드라.
집에 온니 九耳 館村 堂叔들이 오시엿드라.

<1977년 2월 20일 일요일>
9時 40分 列車로 昌宇 炳基 氏와 同伴해서 全州 崔泰宇 집에 들이엿든니 成吉 內外도 왓드라. 弔問을 하고 成吉에 債務 5萬貳仟을 주웟다.
作別하고 許今龍 氏 宅을 訪問햇다. 許 生員하고 同行 金巖洞에 갓다. 집主人 女子하고 방을 約 15{일} 쯤 期日을 延長해달아고 햇다. 女子는 不應해서 복덕방 主人 吳 氏와 又 學校 後에 갓다. 방도 크고 40萬원에 結定[決定]하고 成吉에 連絡해서 다시 五萬원 取貸해서 契約金을 대고 2月 28日 入住키로 하고 許 生員 집에서 갓다.

<1977년 2월 21일 월요일>
아침에 許 生員 宅에서 朝食을 맞이고 바람이 强한데 許 生員하고 沈長圭 宅을 禮訪햇다. 반가히 하면서 술상이 왓다. 約 1時間 談話하{고} 作別햇다.
집에 온니 崔南連 氏 母親 祭祠라고 햇다. 밤에 가서 弔問하고 일직 와서 잣다.

<1977년 2월 22일 화요일>
집에 있으니 昌宇가 왓다. 同伴해서 成奎 집에 갓다. 兄수하고 질부 昌宇 同席하다. 成康 母 말이 나왓다. 成康 母는 只今 不安하고 실다고 햇다. 侄婦[姪婦]을 시켜서 데려오게 햇다. 데려나 물으니 成康는 그려지 안타고 햇다.
成康 집으로 갗이 왓다. 메누리는 술상을 가저 와서 自請 말을 내는데 어머니 病에 對 治料[治療]는 아버지하고 제하고 半식 負擔하자고 하기에 熱이 낫다. 그랫든니 그려면 쌀契 하는데 70叺 자리는 넛는데 食糧도 不足하고 먹고 지는 것이 기구하다고 햇다. 네의 시어먼니을 잘못 거천하 바에는 다시 生覺할 必要가 있다고 했다. 田畓도 다 주지 못하겟다고 햇다.

<1977년 2월 23일 수요일>
本面長하고 中隊長 全 指導所長 嚴柱安가 舍郎에 왓다. 中食을 待接하고 里長 問題가 나왓다. 韓相俊이 適合하다고 햇다. 데려다 말햇든니 半心을 있는 것으로 보왓다. 明日 發令한다고 햇다.
午後에는 산불이 낫다고 通報가 왓다. 里長을 動員해서 가다 1部는 가고 1部는 다시 왓다.
會官[會館]에서 蠶業農家 前進大會을 開催한바 農法까저도 잘르고 散會햇다.

<1977년 2월 24일 목요일>
2月 22日 成康 妻와 對話을 나눈 以後로 生覺한니 又 다시 不安하기가 限없엇다. 아침에는 다시금 對話 內語 生覺코 別紙에다 記載을 해보왓다.
마참 成康 母가 왓다. 메누리에서 不安한 點이 있으면 말하라 햇다. 그려치만 내 子息인데 말 못하겟다고 햇다. 알겟다고 하고 別紙 記載을 하는데 問答事由을 적고 保管햇다.
成苑에도 편지를 내고 日曜日이면 꼭 집에 와서 母親 保護內容을 傳햇다.
任實驛前 韓文錫 氏을 禮訪한바 不在中. 오는 길에 李云相을 맛나고 酒店에서 作別햇다.
夕陽에 鄭圭太을 對面하고 程月里[116] 婚談을 말햇든니 圭太 內外從 四寸 兄이라고 햇다. 任實場에나 만나기로 햇다.
돈아 8頭 새기 治料한데 4,000원 주엿다. 정종모에서 2,000원 入.

<1977년 2월 25일 금요일>
昌宇가 집에 가자해서 갓다. 술 한 잔 잇다 해서 中食까지 햇다.
午後에는 방아 찟는데 바주웟다.
裵永植 母에서 會計한데 2叺 6斗 밧고 取貸 條 4斗 9되 방아싹 16叺인데 3되식 해서 4斗 8되 完全 會計햇다.
韓文錫 氏가 와서 金 拾參萬원 주고 갓다. 鄭圭太 집에서 술 한 잔 주고 보내고 鄭圭太에서 歲前에 3仟원 婦人에서 2仟원 술갑

116 임실군 임실읍 소재.

한 게 5,380원 會計햇다.
夕陽에 又 館村 崔 畜院長이 왓다.

<1977년 2월 26일 토요일>
아침에 鄭圭太가 와서 成東 生年月日을 저거 갓다.
任實극장에 갓다. 各面에서 道에서 郡에서 募엿다.
大會을 맟이고 孫子집에 갓다. 맞암 成苑도 왓다. 中食을 맟이고 왓다.

<1977년 2월 27일 일요일>
9時 20分 列車로 書道에 갓다. 宗員는 約 60餘 名이 募엿다. 宗約長 崔成石이고 副約長은 成五 成烈 氏라고 햇다. 司會는 成烈 氏가 보는데 큰소리도 만이 나왓다. 簇譜[族譜] 말이 낫는데 여려 구〃한 말이 나왓는데 1般 簇譜는 恥하게 되엿다. 譜冊은 6劵(6질)을 가저왓다.

<1977년 2월 28일 월요일>
아침에 全州에 갓다. 방세 25萬원을 찾고 새로 어든 방 全貰[傳貰]代 40萬원을 주웟다. 五仟원은 未納이나 明月 보내마 햇다. 期限은 10個月로 햇다. 그려면 12月 末日 期限으로 본다.

<1977년 3월 1일 화요일>
보리밧 밧기[밟기] 하는데 耕耘機까지 動員되엿다. 밥다보니 새보들에는 全部 죽은 듯해서 作業을 中止햇다. 梁奉俊 고지 3斗只 7斗 5升인데 3斗은 債務 利子로 除하고 4斗 5되을 주웟다.
成傑 便에 驛前에서 黃宗一에서 金 貳萬원 借用햇다.

<1977년 3월 2일 수요일>
任實극장에 山主大會 및 山林契長 合同會議에 參席햇다. 約 2百餘 名이 參加 中 盛大히 擧行되엿다. 會議는 午後 2時에 끝이낫다. 成曉는 會議場에서 보왓으나 人事도 못하고 閉會 後로 孫子 집에 들어가 生覺타 축고[춥고] 페가 될가바 바로 乘車햇다.
밤 10時 30分頃에 成樂이가 서울에서 왓다. 明 3月 3日 徵兵檢査次 왓다고 햇다.

<1977년 3월 3일 목요일>
成樂이는 身體檢査하려 간다고 해서 貳仟원 주워 보냇다.
新平支署 刑 巡警이 왓는데 間밤에 蠶室에서 盜適을 당햇는데 록音機를 가저갓다고 햇다. 어제 밤 10時頃에 왓는데 (成樂이) 마음 괴로왓다.
1時頃에는 電話가 걸여왓는데 新平面이라면서 民防衛軍 中에서 收감 업는야 햇다. 모른다 햇다. 舊 75年度 수감자는 安正柱 崔莫同 崔成樂 崔元浩엿다.

<1977년 3월 4일 금요일>
全州 新婚禮式場에 갓다. 新平 親友들이 만이 왓드라. 中食을 道廳 後門집에서 갗이 하고 金銀植 氏가 다방으로 가자기에 郭在燁 氏 金炯順 氏 金善權 氏 金永文 氏 學校長任과 合席이 되엿다. 차을 마신 後 程月里 卓炳列 氏가 왓다. 모두 安寧하시요 하면서 우리 대포나 한 잔 합시다 하고 권하기에 金善權 金炯順 郭在燁 氏와 갓다. 主席에서 卓 主事 事業이 잘 되요 햇다. 卓 氏는 말하기를 只今까지도 十里 以上을 마음대로 못 가고 잇소 햇다. 그래요 햇다. (理由는 모름) 作別하고 郭在燁 金炯順와

同行이 되어 法院 앞에서 約 2時間쯤 술을 마시고 情談을 햇다. 作別하고 成吉 집에서 金 七萬원을 借用한바 萬원을 더 주면서 側量[測量]비로 쓰라 햇다.

<1977년 3월 5일 토요일>
成玉이가 어제 왓다. 오날 가는데 참고서 3,000 성영 차비 2,000 성윤 매일공부代 300 車비 200 計 5,500 주워 보냇다.
春麥 播種한데 種子 3斗이 들엇다.

<1977년 3월 6일 일요일>
終日 그럭저럭 노랏다.
麥 播種 白康善을 데리고 끝을 냇다.
崔元喆 집에서 招待햇다. 間밤에 祖父 祭日이라고 햇다.

<1977년 3월 7일 월요일>
成東 便에 崔今石 萬원 張判同 5,520 裵永植 5仟원 各各 나누워 주라고 햇다.
任實高校 入學式에 參席햇다. 任實郡守도 教育長도 多數 參席햇드라. 任實郡는 이 學校에서 서울大만 合格하면 入學金은 대 주겟다고 햇다.
蠶協에 들이니 組合長이 갈이고 江律面[江津面] 林귀현 氏가 後任이라고 갗이 對話하고 全州로 갓다. 許 生員을 對面하고 成苑 婚談을 말햇든니 不應. 알고 보니 成苑 結婚은 嚴가 놈 때문에 바해[방해]된 듯.
任實 成曉에 側量費 萬원 주웟고 來 3월 15日 나온다고 햇다.

<1977년 3월 8일 화요일>
成樂이는 서울로 다시 가겟다고 해서 旅비 4仟원을 해주웟다. 初年 苦生은 맛당히 해야 된다. 그려나 學生 始節[時節]에 공부하지 안코 後悔가 날 터이지만 別手 업다. 그리고 住民登錄도 옴김이 올타고 하면서 近方에서 盜難만 生起면 마음이 안 좃타고 햇다.
終日 방아찌엿다.
成苑이 任實 孫子을 데리고 왓다.

<1977년 3월 9일 수요일>
全州 廉東煥 子 結婚式에 參席햇다. 元泉里 親友들만 募엿다. 彼露宴[披露宴]는 新郎 自宅에서 한다고 해서 빼스에 올앗다.
中食을 맟이고 오는데 다방에서 親友을 맛나고 酒店에 갓다. 다방도 갓다. 3時 車로 嚴萬映과 同行햇다.
班長會議를 召集햇다. 不參者는 梁海龍. 洞田 土稅 配定 약 122,800원 되고 山組費는 戶當 1,000원 102戶을 割當햇다.

<1977년 3월 10일 목요일>
11時 30分 빼스로 新德 照月里 河 氏 宅을 찻앗다. 宮合을 살펴보니 程月里 24歲 處女가 適合하다고 햇다. 約 4時間쯤 기드려 中食까지 폐을 끼치고 왓다. 알고 보니 前에 里長도 햇다. 成苑도 잘 안다고 햇다.
집에 온니 鄭太燮 방아 찟는 데는 玄米機가 故章이 낫다고 햇다.

<1977년 3월 11일 금요일>
任實高校 學父兄 總會가 있어 參席햇다. 監査報告에 依하야 내가 堂上에 올아갓다. 大衆 앞에서 報告을 하는데 어리둥절했으나 時間이 간니 忠分[充分]이 言語가 늘어지드라. 會議가 끝이 나고 夕食을 하자고 봉황관에 갓다. 理事 7名 감시[감사] 1名

學校에서 3名이 갗이 夕食을 맞이엿다. 問題는 學生으 공부가 問題되엿다.

<1977년 3월 12일 토요일>
全州 許東均을 맛낫다. 오는 3월 16일 實施되는 運轉免許試驗에 엇더케 보와줄 수 업나 햇다. 約 拾萬원 程度 準備해보시요 햇다. 準備는 해보겟다고는 햇지만 成傑이와 相議해 보왓든니 그럴 필{요} 업다고 햇다. 금암동 下宿집에 갓다. 成康 母는 앞으다고 잇는데 얼굴이 부워서 잇드라. 마음 괴로왓다.
집에 와서 成奉을 오래라 노코 꾸준이 혼을 냇다. 공부하는 놈이 쌈치기가 무웟이며 담배조차도 피운다 하오니 世上에 있을 수 없는 일이나 햇다.

<1977년 3월 13일 일요일>
비는 내리는데 柳正進와 갗이 靑云堤에 갓다. 乾楊機 尺수을 재고 왓다.
終日 노랏다. 柳正進 安承坳과 같이 池野經費을 配定한 바 豫算이 約 33,500쯤 보고 斗當 450원 割當햇다. 나는 6斗只 잡고 3仟원 주웟다.

<1977년 3월 14일 월요일>
柳正進이 全州에 갓다. 鐵根[鐵筋] 8仟원에 사고 列車에 託送하고 館村驛前에 依賴해서 組合을 햇다. 약 12,000원즘 支出로 본다.
금암동 집에 가보왓다. 成康 母는 病이 惡化되여 顔形이 부웟드라. 終日 마음이 괴로웟으나 飮食은 보리죽만 먹어야 한다고 햇다. 먹고 십어 그랄 수도 업다고 햇다.

<1977년 3월 15일 화요일>
靑云堤 乾湯機 修理하는데 金進映 安承坳 白康俊 崔瑛斗 柳正進 나하고 6名이 協力햇다.
金二周에 堤防 및[및] 土稅 白米로 1斗식 내라 햇다.
鄭圭太는 金二柱 兄弟에서 봉변을 當햇다고 햇다. 崔瑛斗 氏 말을 드르니 當初 靑云堤 餘水吐 高上 尺수을 낫추는데 非公式으로 請求業者가 金二周에 7仟원을 주워 交際하고 每日 7百원식을 받으면{서} 高上 낫춘 것이 이제 발각되엿다.

<1977년 3월 16일 수요일>
成東 便에 白康善 日工 6,600원을 주웟 보냇다.
비가 내리는데 大里에 건너갓다. 終日 기드리도 任實의 技士는 오지 안니 하고 桂壽里에서 崔成海 氏가 왓다. 要件는 朔寧 崔氏 要冊이라고 하는 冊인데 炳基게서 둘여서 1,500원을 주웟다. 화성할머니 祭祠인데 日字는 몰앗다.

<1977년 3월 17일 목요일>
面에 갓다. 젓소 飼育 申込을 하려 햇드나 郡에 報告가 끚이 낫다고 不應하기에 追加로 해달아서 面長 白 係長에게 다시 말해서 乃宇 10頭 嚴俊祥 {嚴柱}完 5頭 成奎 5頭 計 26[25]頭을 申込햇다.
다시 面에서 郡으로 側量技士 出發을 무르니 館村으로 갓다고. 大里에서 中食을 맞이고 終日 기드리다가 왓다.

<1977년 3월 18일 금요일>
新平으로 세멘을 運搬하려 耕耘機을 몰고

갓다. 親友들이 보고 비웃듯햇다. 납득이 안 갓다. 33袋을 실고 靑云洞까지 갓다.
방아 찌는데 安 生員에서 白米 5叺을 借用 햇다.

<1977년 3월 19일 토요일>
農協에 갓다. 貸付金은 尹鎬錫 氏 名儀[名義]로 15萬원 내의 名儀로 15萬 貸付을 밧고 先利子 17,390원 出資金 5仟원 떼고 預金 23萬원하고 現金 殘은 47,500원쯤 가저 왓다.

<1977년 3월 20일 일요일>
崔元喆 便에 維新벼 種子代 1叺 13,200 住民稅 2,885원 會計 完了햇다.
工場 修理을 終日햇다.
成康 母는 全州에서 왓는데 成苑은 只沙로 갓다고 햇다.
成奉이는 土曜日 學校에서 오지 안햇다기에 밤에 차지러 햇지만 洞內는 없섯다. 異常하게 生覺햇다.
南原 大山面에서 왓다는 老人 婦人이 왓다. 成東 仲매을 하겟다고. 힘써 보시오 햇다.

<1977년 3월 21일 월요일>
任實에 驛前에서 스레트 7枚을 삿다.
牛市場에 간니 豚兒새기는 13,000원까지 하드라. 그려면 우리 것은 15, 6仟원 程度는 되겟구나 햇다.
高等學校 庶務課에 들이여 指導部長을 面談하고 李 校務主任을 對面하고 成奉 件을 打合햇다.
蠶業組合에 들이여 任 組合長을 對面햇다. 婚談을 알아보니 德峙面[117] 斗之里[118]에 金喆坤 氏이사야 햇든디 올타고 햇다. 日後 만나기로 햇다.
大里에 갓다. 今日 午後 2時에 온다는 側量技士가 오지 안니 해서 열이 나자 와버렷다.

<1977년 3월 22일 화요일>
※ 每日갗이 술을 마시고 보니 취하지도 안코 아침에는 구역질이 나고 食事는 하지 못하다. 決心하고 今日부터 無期限 한하고 酒類 1切을 禁止하고 십다. 親友들에 무순 꾀든지 쓰고 禁酒해보겟다.
一. 丁基善 便에 肥料 3口座 54,800원인데 殘金 810원을 주워서 外上으로 5萬四仟원 契約하고 오라 햇다.
一. 山이 松木을 많이 伐木해 갓는데 盜伐者는 對충 알 만한데 嚴俊祥에 와서 連木 몃 개만 주면서 今春에 成造을 하겟다고 했으니 其 사람이 틀임업다고 보다면서 山林契長의 立場에서 스피카 又는 公席에서 제지 좀 해주시면 조켓고 그래도 반응이 없으면 當局에 正式으로 誥所[告訴]하겟다고 丁基善은 말햇다.

<1977년 3월 23일 수요일>
終日 비가 내렷다. 丁基善에 돈 16,000원에 한 마리 주웟다. 丁基善에 따르면 水稻用 肥料 3口座 54,000원 外上을 하라 햇든니 出資金이 없다고 自己 名儀의로 21袋을 外上 契約햇다고 햇다.
成康 집에 가서 成奉 冊代 4,000원을 주고 成奎 집을 단여서 寶城宅으로 昌宇 집으로 新安宅으로 단엿왓다.

---

117 임실군 소재.
118 두치리의 오기인 듯.

<1977년 3월 24일 목요일>
新洑坪 洑契日이다. 作人들이 募여서 今年 洑 管理에 打合햇다. 終日 바람이 불고 눈까지 내렷다. 終日 舍郞에서 讀書햇다.
※ 今日도 술은 禁酒을 햇다. 그러니 食事는 맟이 있엇다. 몇일이 갈가 걱정이다.

<1977년 3월 25일 금요일>
精米 및 精麥을 햇다. 午前에는 夏至 甘諸[甘藷] 播種하고 春麥도 田에다 1斗 播種햇다.
郡에서 뽀뿌라 삼목用 4,000 本 보내왓다.
밤에 班常會에 參席햇다. 末席에 山林野에 代木을 만히 해간다고 山主로서 申告가 드려왓으니 各別 注意하라 햇다.

<1977년 3월 26일 토요일>
뽀뿌라 切단斷[切斷]作業을 成東에 시키고 任實業{者}會議에 갓다. 郡守 副郡守 農産課長 殖産課長 指導所長도 번갈아서 講儀[講義]가 있다.
끝으로 決議文 郎讀[朗讀]을 나보고 하라고 해서 나갓다. 約 5分間에 걸처서 큰소리로 郡守 앞에서 据手[擧手] 郎讀을 햇다.
山林課에 들이여 市街行進을 맟이고 成曉 집에 갓다. 成康 新安宅 元順이도 와슨데 中食을 갗이 하고 왓다.
夕陽에 仁範이가 편지를 가저 왓다. 바다보니 메누리가 본낸 편지인데 갓잔트라.

<1977년 3월 27일 일요일>
成傑이는 어제까지 運轉試驗에 筆證 試驗 및 코스 끈기 長게리 뛰기 해서 約 3日에 거처 전부 合格햇다고 하고 3月 末日에는 免許證을 밧게 된다고 햇다.
뽀뿌라 삼木 甫地[敷地] 整理하고 午後에는 방아 찌고 成樂 成傑이는 任實에서 輕油 3드람 깡모비루 2통代 50,900원 中 現金 2萬원 入金시키고 殘 30,900원 殘으로 하고 왓다.

<1977년 3월 28일 월요일>
뿌라[포플러] 삽수한데 人夫 約 10名이 動員되엿다. 約 12萬 本 豫定이다.
正午에 崔南連 氏가 왓다. 崔德喆 四星 하나 써달이기에 그 집으로 갓다. 中食을 그 집에서 하고 四星은 써주웟다.
寶城宅 금년 화리논 3斗只 白米 3叺 6斗인데 今日 1叺을 주고 다음에 6斗만 주기로 하고 殘 2叺는 債務로 남기로 하고 尹鎬錫 氏 白米 1叺까지 해서 成傑이가 館村驛에다 운반해다 주웟다.

<1977년 3월 29일 화요일>
午前 中에 揷木은 끝을 냇다. 今日도 7名이 動員되엿다.
成東이는 1週日 豫定으로 群山에 集合해서 飛行機 便 으로 楊口로 訓鍊 간다고 朝起에 出發햇다.
午前 中에는 방아 찌엿다. 午後에는 工場에서 修善[修繕]하고 崔南連은 비가 오는데 새보들 堆肥 運搬을 햇다.
밤에는 任實 메누리는 孫子들을 데리고 택시로 雨中에 왓다. 明日 滿 100日째 되는 날이다.

<1977년 3월 30일 수요일>
孫子 相範 100日이다.
寶城宅은 아침에 서울 가신다고 왓는데 尹鎬錫 韓正石에서 쌀 잘 밧아노라고 10次

말하든 싶다. 쌀은 自己가 주고 받을 때는 나만 밋는다고 한니 모지란 분이다. 墓祠에 連山에서 만나기로 하고 갓다.
花樹 가구기[가꾸기] 경운기로 돌 흑 운반 熱心히 일햇다.
孫子 100日인데 大小家가 募여서 朝食을 갗이 햇다. 成傑이는 면허증을 受領햇다.
柯亭里 沈奉植이가 왓다. 照介費[紹介費] 件에 {대해} 말햇다.

<1977년 3월 31일 목요일>
家事을 整理햇다. 마당도 修理하고 工場도 손보고 崔元喆 집에 뽀뿌라 5仟 株 以上을 보냇다.

<1977년 4월 1일 금요일>
大里 敎會에 갓다. 鄭九福 李경로 結婚式場에 參席햇다.
全州에 成吉 成造한데 가보왓다.
李珍雨 法律事{務}所에 珍雨을 맛나고 成傑 職場을 付託코 왓다.

<1977년 4월 2일 토요일>
終日 방아 찌엿다.
夕陽에 全州에서 相宇 氏가 來訪햇다.
鄭九福 집에서 招請해서 갓다 왓다.
韓相俊이가 왓다.
今日 本署 수사과에서 刑事 2名이 와서 成俊을 찾고 宋成龍 子息을 차즈면서 其前에 店방에서 電蓄을 가저간 것이 이제 本署에서 알고 왓다고 햇다. 昌宇을 맛나서 그런 말을 해주웟는데 마음이 괴롭다고 햇다. 學校는 退學당햇다고.

<1977년 4월 3일 일요일>
午前 中 방아 찌엿다. 成允 成英은 食糧을 가지고 全州에 갓다. 成傑이도 全州에 갓다.
春麥에 肥料 散布햇다.
任實 保健所에서 와 治料. 珍察[診察] 注射을 놋든니 異常이 있다고 햇다.

<1977년 4월 4일 월요일>
朝食 後에 任實 保健所에 갓다. 엑스레이을 찍고 왓는데 3日 後에나 알겟다고 햇다.
堆肥 운반.

<1977년 4월 5일 화요일>
完州郡 上關面 竹林里 우편번호 520-77 高永主 氏 72番地 林野 14町 4反 權在澤 氏로 본다.
桑田 肥培 管理한데 尿素만 5袋 半이 들엇다.
長宇 兄任 祭祠엿다. 只沙에서 鎭鎬 內外도 參席 성영 서울서 德順이도 왓다.

<1977년 4월 6일 수요일>
아침 7. 40分에 炳基 堂叔하고 同伴해서 廣石 7代祖 墓祠에 參禮. 비는 끝이 사이 업시 終日 내렷다. 守護者 집에 당하니 寶城 堂叔은 前日에 오시엿다고 햇다.
雨中에 山所에 가서 墓祠을 모시고 卽席에서 운복[음복] 좀 하고 守護者에서 土稅 5斗代 1萬貳仟원을 밧앗다.
支出

館驛에서 酒代	160원
뻐스비	180원
車中 酒代	160원
담배 2甲	440
寶城 堂叔 旅비	1,000
館村驛前서 밤 酒代	150

往復 車비 2人 1,040 計 3,130
12,000-3,130=8,870

<1977년 4월 7일 목요일>
維新벼 1苗作 第一次 4斗只 用 24되을 浸種햇다.
韓相俊 里長에 蠶種代 5枚分 12,450원을 주웟다.
井戸을 품머냇다.
22番地 林野山主 서울특별시 서대문구 신사동 1-11 韓進觀光株式會社 (24) 1175-8 金榮선 禼 氏
12時 30分頃에 新平 郵遞局員 集配員 孫氏 便에 預金通帳을 주워서 13萬만 出金해오라햇다.
夕陽에 건너便에 점방 柳 氏 女子가 와서 里長에서 들엇다면서 金 萬원을 要求해서 주웟다.

<1977년 4월 8일 금요일>
苗板 設置 準備.
大里 崔龍鎬 집을 단여서 柳正進이와 갗이 全州로 갓다. 驛前에서 成傑을 맛나서 湖南商會에서 기아 하나 사고 경운기 발◇는 外上으로 삿고 900원에 柳正進에 付託하고 成傑의 件을 明日 柳正進이가 全州에 가기로 햇다.

<1977년 4월 9일 토요일>
工場에서 방아 찟다가 異常이 있었다.
夕陽에 崔元喆 韓相俊이 왓다. 理由인즉 3日 前에 崔成傑 云이 成俊 3名이 鄭鉉一 果일집 門을 부수웟다고 支署에 申告을 햇는데 今日 刑순경 또 단여간바 眞相을 알고 보니 親友의 子弟엿다고 하면서 謝過만 하면 取下할 用喜[用意]가 잇다고 햇다. 알아보겟다고 하고 鄭鉉一 집에 간니 昌宇도 있엇다. 未安하게 되엿다고 한니 大端이 창피하게 되엿다.

<1977년 4월 10일 일요일>
郭二勳 女 結婚式에 參席하려한 바 玄米機가 故章이 나서 任實에까지 가느라고 不參하고 말앗다. 메누리는 어제 왓다가 갓다.

<1977년 4월 11일 월요일>
朝食을 하고 잇는데 편지 하나가 왓다. 뜨더보니 鄭鉉一의 편지엿다. 事由는 에제[어제] 支署에 가서 成傑의 件을 말하고 왓다고 申告는 取消된 듯하나 그 皃該[皃孩]들을 맛났으면 한다고 햇으니 父母가 未安타고 햇으면 되지 애들까지 사죄을 밧고시픈 模樣인드하나 그렷치는 못 하겟다고 生覺하고 昌宇 집에 갓다. 昌宇도 不應햇다. 良心不良한 놈으로 본다. 제의 子息도 現在 崔南連 마루를 뿌섯는데도 뻔〃한 놈으로 본다. 終日 마음이 괴로왓다.

<1977년 4월 12일 화요일>
아침에 成傑을 오라 햇다. 食後에 왓는데 良心不良한 놈이라면서 죽일 놈이라 하고 鄭鉉一 果樹幕이 무엇을 달아드냐 길이 조바서 그랫는야 하고 너이들이 부슨 것은 붓엇다고 하고 안니 부슨 것은 不言하라 그리고 前에 다른 놈이 부슨 일이 있으면 이야기하라 햇다.
9時頃에 全州女子中學校에 갓다. 坦任[擔任] 李在根 先生을 맛나니 成根 氏 弟엿다. 반갑게 하고 下宿집을 거처서 主人에 金 四萬원 맛기고 皃該들 오면 주라 햇다.

金巖國校에 갓다. 金宗善 先生을 맛나서 人事하고 成允 担任 安淑嬉 先生을 面會하고 治下햇다.
全羅中校에 갓다. 成愼 担任 趙昌動 先生을 맛나고 治下햇다.
任實에 갓다. 任實高校에 들이여 李 校務主任을 맛나고 그 前 校長 事件을 무렷다. 新入生에서 기부金 關係로 좌천되엿다고 햇다.
館村 데부뚝에서 刑 巡警을 맛낫다. 鄭鉉一 件을 무렷다. 刑 순경은 被害者의 和解 根据[根據]가 없는 限 取消 黙過할 수 없으며 1但 14日 鄭鉉一 婦人하고 同伴해서 父兄이 와야만 和解될 줄 안다고 햇다.
집에서 昌宇을 맛나고 器物 破損 辯償[辨償]을 해주고 取下을 要求하라 햇다. 辨償까지 해주면서는 못하겟다고 햇다. 그려면 안 된다고 햇다. 봉우안테 간다고 하든니 오지 안햇다.

<1977년 4월 13일 수요일>
鄭鉉一 집에 갓다. (아침 6時) 辯償[辨償] 問題을 가지고 對話한 바 內部을 말할 것 업다고 하기에 門이라도 改造해주겟다고 햇다.
昌宇와 同伴해서 驛前에서 門 4仟원에 막기고 명 12時까지는 달주겟다고 햇다.
南原邑에 갓다. 觀選하려. 處女 母하고 叔母라 분이 參席햇다. 叔母라는 사람은 인사하고 본니 桂壽里 炳烈 아저씨 長女엿다. 반갑다고 하고 中介[仲介]人은 그만 두고 1家 親戚이 되고 보니 處女의 身分은 잘 말해주웟다. 다실에서 退場하고 나오니 處女 側에서 말햇다. 마음 든야 햇다. 든다 햇든니 日間 禮訪하겟다고 햇다. 다실이 어두워 잘 못 보왓나 햇다.

<1977년 4월 14일 목요일>
아침에 李道植氏을 招待햇다. 崔今福 田賣買 事件에 對한 理由을 무렷다. 다 드른 後에는 다시 買受하라 하고 崔今福 氏 집에 同伴해서 契約米 1叺을 주기로 하고 殘米는 今年 11月 末日로 期限하고 11叺 保管證을 받앗다.
※ 崔完宇 昌宇하고 3人이 新平 支署에 갓다. 事故을 낸 아들 3人도 잇드라. 道知事가 온다고 午後 1時에 支署 事務室에 간바 支署長 金雨石 刑 순경次席 崔하고 6名이 募엿다.
支署長은 말하기를 鄭鉉一의 사과幕 器物 破損額이 參拾萬원 程度가 낫다고 申告가 되엿다고 햇다. 加害者가 此를 辯償해야 할 것이 안니야 햇다. 辯償하겟으나 門 1나 程度가 그쯤 된다니 어굴타 햇다. 다시 支署長은 말하기를 全部를 무려줄 수는 없고 拾萬원을 明日 15日 午後 6時頃에 鄭鉉一과 갗이 支署에 오라 햇다. 오겟다 햇다.

<1977년 4월 15일 금요일>
아침에 昌宇가 왓다. 鄭鉉一의 집에 단여왓는데 오날 全員 同伴하라고 傳햇든니 갈 것 업고 事件은 但 끝이 낫다고 보다고 하드란 것이엿다.
損害 培償金[賠償金] 拾萬원을 要求하데 햇든니 누구 말 듯고 그런다야 하면서 被害者가 願치 안이 한데 支署長이 勸한는 것은 理解가 안 간다고 하드라고 하면서 자네들은 支署에 갈 것 업사고 하드라면서 夕陽에 學校에 단여와서 가게 되면 가자고 햇다

고. 夕陽에까지 기드리도 被害者는 오지 안해서 加害者만 갈 수 없어 못 갓다.

<1977년 4월 16일 토요일>
9時 40分 뻐스로 昌宇와 갗이 新平에 갓다. 成樂 自轉車 事件으로 被害者 加害者가 募여 打合. 어리 애의 所行으로 處罰을 願치 안타고 取下狀을 써주라 햇다. 그래서 事件은 끝이 낫다.
面에서 業者 새마을會議가 있어 參席하고 指示는 別紙와 如함.
中學校에서 新友會가 있어 參席會議 案件는 旅行之事엿는데 麗水로 가기로 햇다.
※ 午後 3時쯤 鄭鉉一 氏가 支署에 와서 支署長과 成俊 外 2名의 事件을 打合中이라고 들엇다. 約 2時間쯤 기드려서 鄭鉉一을 다실에서 對面케 되엿다. 打合之事는 엇지 되엿나 무렷다. 내의 關係는 끝이 낫다고 햇다. 그래서 조용한 곳을 擇해서 1日 面廳 後 川邊에서 昌宇 錫宇 鉉一 나와 四名이 안진 席에서 鉉一은 말하기를 支署長으로써 꼭 10萬원을 被害 保償[報償]을 받으라 勸하드란 것이엿다고 햇다. 그러나 3, 4日後에 延期해서 處理해겟다고 말해다. 그러나 우리 加害者 3人는 말하기를 卽 被害者 側에서 保償을 願치 안니 한데 支署長 받으라고 권한 것은 理由가 무엇이나 햇다. 그것은 뻔한 것이라고 햇다. 그려면 日後 3, 4日 後에 다시 오라 할 터인데 4월 14일 支署長이 10萬원 準備해 가지고 오면 本人이 仲介 役割해서 鉉一에 傳하겟다고 해서 우리는 現金 準備햇다면서 (驛前 黃宗一 氏에서 딸아돈 8萬원 錫宇 萬원 昌宇 5仟원 내 于先 5仟원 計 10萬원) 川邊에서 鄭鉉一에 現金을 내주면서 今日 事件을 끝내고 가자고 권해 支署에 보냇다. 時間는 5時 20分이엿다.
約 30分 後가 된니 支署에서 連絡이 왓는데 加害者 6父子을 드려오라 햇다. 가면서 우스면서 有錢이면 可事드니 그 말이 맛다면서 支署에 當到햇다. 아해들 3名에 訓界[訓戒]하면서 父母들 말을 잘 드르라면서 다음에는 絶對 이련 일이 있으면 용서 못하고 오날도 너이 父母는 10萬원 鄭鉉一 氏에 被害 保償 해주웟다고까지 햇다. 그래서 事件는 끝이 낫으나 내의 생각으로는 아해들이 門 한 짝 부스고 父母는 新品으로 四仟원을 주고 달아주웟는데 다시 10萬원을 保償해주웟다고 소문이 나돌면 鄭鉉一은 體面이 難處할 것라고 生覺이 든다. 現金은 支署長에 간 듯십다.
崔完宇 말에 依하면 本 事件는 4月 7日에 낫는데 支署에 被害者가 申告하기는 8日로 안다며 9日만닌 4月 16日에 끝이 난 것이라고 햇다.

<1977년 4월 17일 일요일>
成奎 母子 우리 食口 5人이 群山 許俊晩 女妹 結婚式에 參席햇다. 兩家 祝賀客은 約 100餘 名이 募인 中에 擧行되엿다.
兄수氏는 서울로 가고 中食을 맞이고 뻐스便으로 집에 왓다.
※ 밤에 完宇 昌宇을 오라햇든니 完宇는 왓다. 昌宇는 不參. 用件는 驛前 黃 氏의 딸아[딸라] 돈 償還의 件이다. 完宇에서는 2日間 利子을 너서 33,800원을 會計햇다. 中에서 1,140원을 昌宇에 주

라면서 3萬원을 黃宗一에 갑도록 하라고 完宇에 付託햇다. 그려면 우리 2人 條는 明日 갑고 殘 昌宇 條는 此後로 갑겟다고 하자고 言約햇다.

<1977년 4월 18일 월요일>
氣溫은 零下로 5度 以上이엿다. 아침에 昌宇 錫宇가 왓다. 黃宗一 딸아돈 償還 打合을 한바 昌宇 條 3萬원은 今日 全州에 단여와서 黃宗一 氏에 會計하겟다고 햇다.
午後 中에 黃宗一 氏에 가서 51,000원 갑고 3萬원은 2, 3日 기드리라 햇다.
全州 金炯進이란 사람이 상부을 메고 洞中에 간다고 1部 里民이 不平햇다.
工場 周邊에 治水 植木을 한데 은사시나무 12株을 심고 地柱木[支柱木]가지 세우고 肥料까지 施肥을 햇다.
成康 苗床 設置한바 强風이 부러 難處햇다.

<1977년 4월 19일 화요일>
방아 찟엿다.
白康善 氏을 시켜서 고초밭 갈고 畓도 갈앗다.
嚴俊祥에 듯자하니 張判同 生姪[甥姪] 尹南用 弟 丁俊浩 子가 三人 作黨해서 李正浩 집에 불 놋코 林東熙 집에 놋고 고의적으로 밤 19時頃에 노왓다고 들엇다.

<1977년 4월 20일 수요일>
成傑이를 데리고 耕耘機을 몰고 修理쎈타에 갓다. 修理을 끝내고 任實 注油所에 들이여 石油 1드람을 실고 (外上으로 16,500) 鄭大涉 氏 집에 갓다. 페인트 減石[咸石] 其他 1切을 計算한바 21,190원인데 成康이가 取여 갓다고 1,000을 보태서 22,190원 計算해서 12,190원 주고 萬원 外上으로 하고 왓다.

<1977년 4월 21일 목요일>
成康 마늘밭에 農藥 散布. 방아도 찟다가 全州에 物見[物件] 차지려 갓다.

<1977년 4월 22일 금요일>
모래운반. 在砂[再沙=再壁] 用. 메기칠 工場 上층.

<1977년 4월 23일 토요일>
林明保 東基 韓南連 成傑 成東 丁俊祥 7名이 動員해서 工場 再砂한데 수바라지 햇다.
비는 조금식 내렷으나 多幸이도 終日 作業은 햇다.
成樂이는 3日次 行方을 모르고 있다. 감정이 안니 날 수 업다.
成康 名儀로 外上 肥料 尿素 5대 복합 5대 용성인비 4袋 염화가리 2대 計 16袋 代金 351,000원 貸付햇다고 햇다.

<1977년 4월 24일 일요일>
새벽부터 내린 비는 終日 끚일 사이 없이 내린다.
鄭鉉一는 어덴가는 마음이 괴로울 듯 보이며 電話을 할 時는 從前에는 本人이 오든 것을 子息이 와서 하는 點으로 보아 面對하기 難處한 點이 있는 듯하다. 鄭圭太에 情報을 엇드러 하는 듯싶고 何人든 日曜日이면 謀見하려 酒店에 와서 화토노리도 하다 여려 가지 方法을 쓰는 듯하다. 그려나 내에 對한 감정은 풀이지 안니 할 게다. 丁基善과도 무엇인지 相議와 謀議가 籍〃한 듯싶다.

<1977년 4월 25일 월요일>
午前 中은 비가 내리고 午後부터는 개엿다.
靑云寺에서 崔朱洪 主持가 왓다.
成樂이가 나타낫는데 마음이 괴로왓다.
崔德喆 結婚日인데 朝飯을 하자고 招請해서 갓다. 南原에 禮式場 가자고 하기에 어는 禮式場이야 햇든니 丁基善은 鄭鉉一 妻男된 사람 禮式場이라기에 밥으다고 据絶[拒絶]해 버렷다. 엇전지 마음이 맞이 안니 햇다.

<1977년 4월 26일 화요일>
아침에 崔南連 氏가 오시여 任實에 밤나무 2株만 운반해 달아고 햇다.
工場 집붕 修理하고 잇는데 崔瑛斗 氏가 오시여 侄家[姪家]에 술 한 잔 하시자고 오라 햇다.
第二次 苗板 設置하는데 驛前에 李用辰 氏(蠶業係長)가 논에까지 왓다. 殖産課長이 오시여 面會하자고. 집에 가본바 課長게서는 집붕改良을 다시 해라면서 도당[トタン, 함석]을 사다 全部 고치라 햇다. 알겟소 하고 作別햇다.
郡에서 朴宗哲 氏가 왓는데 村前에서 農車에 對한 設明[說明]을 하는데 작고만[자꾸만] 더 듯고 시펏는데 時間이 없어 논으로 갓다.

<1977년 4월 27일 수요일>
어제밤에 술이 취해서 잠자려 왓다고 하면서 눕드라. 아침이 되어서 무르니 서울서 妻男 內外가 왓다고 그랫다.
어제 집에 있으니 新平面 副面長이라면서 솔갱이 한 다발 해다 논 것을 取締하고 捺印을 要하기에 据絶햇다고 햇다. 그려면 오날이라도 牟在萬을 앞에 세우고 副面長을 차자서 용서를 要求해라 햇다.
工場 修理用 도당 60枚 平도당 1枚 못 6斤 外上으로 成傑이가 가저왓다.
郡 山林組合長 晋榮浩 氏 協業長 同伴해서 加德里 造林地을 돌아보고 왓다. 비는 네린데.

<1977년 4월 28일 목요일>
어제부터 내린 비 오날도 내린다.
館村 咸石 工程을 끝이 낫다. 金 3,500원 주어 보냇다. 成東을 시켜서 金太鎬 알마엿는 데 보냇다.
組合長은 朝食 後에 떠낫다.
崔完宇 母는 組合비 1,000원을 보내왓다.

<1977년 4월 29일 금요일>
斜色[塗色]을 끝이 낫다.
鄭太炯 氏에서 金 13,000원 取貸해왓다.
支署 金雨石 氏 왓다.
밤에 成康 집으로 成奎 집으{로} 단여왓다.
白康善 氏는 장기질 4.5日 햇다.

<1977년 4월 30일 토요일>
崔在植 弔問하려 朴京洙 柳正進 嚴俊祥와 同行햇다. 中食代 日 택시비는 嚴俊祥 氏가 負坦[負擔]한바 大端이 페가 되엿다.

<1977년 5월 1일 일요일>
終日 비가 내려 귀찬할 程度엿다. 成傑이는 全州서 오라고 전화왓다. 柳正進 妻弟에서 왓는데 金 壹仟원 주워서 全州로 보냇다. 貨物車 助手로 가게 되엿다.
메누리는 앞으다면서 全州 갓다고 하면서 5月 9日이 母의 回甲이라고 하드라고.

6-1[119]
7-1
8-1
9-1

<1977년 5월 2일 월요일>
芳水里[120] 崔甲烈 집을 訪問햇다.
成康 母 生日이라고 中食을 햇다.
具道植 金進映 방아 찌엿다.

<1977년 5월 3일 화요일>
林有保 外 3人는 工場 再砂햇다.
新平으로 精麥 14叺 混合穀 7叺을 운반. 운비 4仟원을 주드라.
大里에서 귀산질[규산질] 52叺을 실코 와 온바 나 村前에 전복되여 팔을 다치엇다.

<1977년 5월 4일 수요일>
殖産課長 蠶業係長이 來訪햇다. 工場을 둘여보고 이만하면 되엿다고 하고 갓다.

<1977년 5월 5일 목요일>
아침 9時 20分 列車로 麗水에 당한니 2時엿다.
梧洞島[梧桐島]에 간바 비가 내려서 人波는 만이 募엿는데 볼 것은 女子의 模樣인데 절문 女子들이 술을 마시고 흑탕이 되여 뛰는 것을 보니 꼴물견이드라.
우리 1行은 26名이엿다. 南道호텔에서 잣다.

<1977년 5월 6일 금요일>
아침 食事는 崔珠洪이가 親叔 집에서 待接을 햇다.
郭在燁 氏하고 孫一國하고 金玄圭 朴敎植가 同行이 되여 工業團地을 갓다. 精油工場 七肥料工場에 갓다. 發電所도 求見을 한바 잘 되엿드라.
午後 1時 50分 列車로 집에 온니 6時 30分인데 아침에 멤소가 죽윗다고 해서 大端이 氣分이 不安햇다.

<1977년 5월 7일 토요일>
家事에 午前 中 돌보고 잇엇다.
鄭圭太 黃在文 氏 丁基善 嚴俊祥 해남댁 昌宇 募이고 보니 술과 고기가 잇어 먹엇다.
11時쯤 해서 大里 李相云 契員 집에 갓다. 契員 內外는 다 모엿다. 中食 飯酒까지 兼해서 끝냇다.
崔八龍 氏 回甲인데 이웃집에서 소리가 높앗다.
堂叔 집에 갓다. 兒該만 잇고 內外 分은 不在中. 잇다 보니 九耳面 堂叔이 겟섯다. 南原에 단여 온 途中이라고 햇다.
다시 相云 집에 갓다. 今年에는 契員 崔龍鎬가 形便 上 契穀을 내지 못한다는 理由로 今春에는 놀어가지 못하겟다고 結定을 햇다.
다음 崔八龍 氏 집을 단여오는 途中에서 金哲浩 婦人이 面會을 要請하기에 舍宅에 갓다. 郭宗燁 鄭鉉一 哲浩 婦人 內外가 立會 下에서 發言을 하시엿다. 理由는
一. 첫재 大里 李鍾南 氏의 長女하고 成樂이하고 눈이 마자 處女의 父母가 뜻이 이려지〃 안니 하면 큰일이라면서 朝夕으로 不安하시다고 햇다.
二. 내의 마음 끔직햇다. 듯고 보니 男女가 和合이면 父母는 承諾 안니 할 수 업다

119 날짜를 계산한 것으로 보임.
120 관촌면 소재.

고 햇다.
三. 哲浩 內外는 고맙다고 하고 今日 두 시어머니을 招請해서 단여오시엿다고 하면서 半心은 갓드라고 햇다. 그래요 햇다.
四. 그려나 兄이 있으니 不遠間은 結婚은 못한다고 햇다.
五. 哲浩 氏 방에서 나오니 某 婦人이 있기에 누구야 했드니 處女 叔母라고 햇다.

<1977년 5월 8일 일요일>
午前 金順柱 耕耘 노타리을 햇다. 午後에는 皮巖里 金善權 氏 回甲宴에 參席햇다.
안食口는 新田里 사돈 回甲宴에 갓다 왓다.

<1977년 5월 9일 월요일>
아침 5時頃에부터 豚새기 出生햇다.
家事에 從事햇다.
三溪面121에서 鄭圭太 妻男이 왓다.
南原에서 結婚 仲介人이 왓다. 雜비 500원을 주워서 보냇다.
全州 成傑이에 電話햇든니 잘 잇다고 햇다.

<1977년 5월 10일 화요일>
新平서 귀산절 70袋을 운반햇다. 새기 꼬기를 햇다.
밤에 成植이가 왓다. 今般 成俊 外 2名 事件을 듯고 보니 어굴하다면서 鄭鉉一을 對面하고 支署長도 電話로 따저보겟다고 해기에 1但 끝이 낫으니 그만 두고 너도 警察職에 있으면서 그러지 말아고 햇다. 그랫든니 現職 警察官職에 있으니 上部 上告해겟다고 하기에 그려면 내의 體面이 무어가 되겟나 하고 말기엿다.

121 임실군 소재.

糧組 朴判基 氏 晋領가 단여갓다.

<1977년 5월 11일 수요일>
방아 찌엿다.

<1977년 5월 12일 목요일>
방아 찌엿다. 봉방아라 만히 찌엿다.

<1977년 5월 13일 금요일>
嚴俊祥 氏와 1行이 되어 新平農協에서 10萬四仟원 貸付햇다. 嚴俊祥 氏는 다음 준다고.
夕陽에 任實 鄭大涉 氏 外上代 1部 五萬을 주고 成曉 집을 단여 택시로 왓다.

<1977년 5월 14일 토요일>
家族 同伴해서 求禮 外家 旅行길에 올랏다. 外家 집에 當到한니 1時쯤. 바로 華嚴寺로 行햇다. 兄수氏가 1行이 되여 6名이 골구로 求景을 햇다.
밤에는 願基 집에서 食事을 햇다.
밤 12時에 祭祠을 募시고 잣다.
成曉 母 便에 林明保 7,000+林東基 6,000=13,000원 보내 주윗다.

<1977년 5월 15일 일요일>
朝食을 맞인 卽時로 8時頃에 出發해서 龍田里 姨叔 宅을 禮訪하고 中食을 한 後 道步[徒步]로 泉陰寺에 姨叔하고 同行이 도여 갓다.
고구로[골고루] 求景을 하고 뻐스로 求禮口驛에 온니 時間이 어그저 列車을 못타고 밤 8時 10分 列{車} 延着되여 11時頃 乘車 한바 집에 온니 1時가 되엿다. 成苑이 왓다.
婚談이 나왓는데 群山가 本籍이고 全州 警

察署 刑事이로고 하면서 旣히 夫婦生活한 것처럼 말을 햇다. 又 不安햇다.

<1977년 5월 16일 월요일>
家族끼리 蠶室 蠶具 洗掃을 햇다. 春蠶 5枚을 掃立햇다.
安鉉模 牛가 死햇다고. 10斤을 가저왓다. 7000.
한실댁에서 取貸金 2萬원 崔南連 氏에서 3仟원 取貸 條을 밤에 圭太 酒店에서 23,000원을 南連 氏에 還付해 주웟다.
丁俊峰 집에서 牛 內장을 쌀마서 丁基善이와 먹고 보니 俊峰이가 大端이 未安하드라.

<1977년 5월 17일 화요일>
一. 蠶具 消毒해서 蠶室에 入整햇다.
一. 苗板에 施肥을 햇다.
一. 成康 母는 全州에 갓다. 兒該들 食品 飯饌해주로 갓다.
一. 서울서 許俊晩 母가 왓다. 用務는 許玄子 店甫[店鋪] 店員을 求하려 왓다고. 그래서 우리 成英이 엇더야 햇든니 반가와 하지 안니 하니 마음이 안든 듯햇다.
一. 黃在文 氏는 우리 멈소을 가저 갓고 錫宇도 가저갓다.

<1977년 5월 18일 수요일>
뻐스로 聖壽面 大云里 山板[山坂]에 갓다. 班長 朴煥燮 氏 權京太 氏을 맛나고 人事햇다. 木材 約 25짐 程度 2輪이 되는 木代는 3,500원을 주웟다.

<1977년 5월 19일 목요일>
서울에서 許玄子에서 電話가 왓다. 成英을 보내 달아고 햇다. 相議해서 中退을 시켜서 보내겟다고 햇다. 成苑은 新郞의 戶籍謄本을 해다 보이더라. 李澤俊이라고 햇다.

<1977년 5월 20일 금요일>
裵明善 外 2名 精米햇다.
民防衛 訓錬日.
求禮에서 姨叔게서 오시엿다. 聖壽 上巖寺에서 오신 길이라고 하시엿다.
靑云寺에서 崔朱洪 主持가 왓다. 4月 8日 客을 招請한다면서 請謀狀[請牒狀]을 初案[草案]을 가저왓다. 大里校長에 依賴해서 謄寫을 要求햇다.
崔云 便에 成英을 急히 오라고 傳햇다.
求禮에서 姨叔이 오시엿다. 成英이도 왓다.

<1977년 5월 21일 토요일>
아침에 鄭圭太 萬원 具道植 萬원 尹鎬錫 3仟원 鄭鉉一 仟원을 各〃 뻬여 주웟다.

<1977년 5월 22일 일요일>
姨叔任을 募시고 母親 山所에 갓다. 下에 兄任 墓所하고는 생방우가 되니 어머니 墓所를 옴기라고 햇다. 중네 집을 단여서 王板 高祖 墓所에 갓다. 高祖 墓所 엽에는 생방우가 된다고 해서 좀 떠려진 곳을 살펴보고 손자 건행으로 모시라고 햇다. 午後에는 四仙臺[122] 求景을 하고 任實로 가서 特急列車로 作別햇다.

<1977년 5월 23일 월요일>
大里 李珍雨 父 弔問하려 갓다. 新平서 10餘 名이 參禮햇드라. 12時쯤 서울서 喪衣車[葬儀車]가 왓드라. 山淸에까지 갔으나

---

122 임실군 관촌면 소재.

술이 올아서 보도시 왓다.
밤에 成苑이 왓다. 25日 全州에서 男便될 사람이 兄弟가 온다고 햇다. 人事次 온다고. 飯饌이 없어 걱정이엿다.

<1977년 5월 24일 화요일>
驛前에 耕耘機 修理하려 갓다. 靑云寺 主持을 맛나고 장보기를 시러다 주웟다.
◎ 現金 55,000원을 맛기엿다. 嚴俊祥 氏가 萬원을 取해 갓다. 大里에서 趙命基 韓昌煥이가 단여갓다.

<1977년 5월 25일 수요일>
成苑 外 2人이 왓다.
新郎될 사람과 其의 兄인데 本署 수사과에 勤務한다고 햇다. 人事을 하고는 靑云寺로 行햇다.
代議員 面長 校長 外 2人이 왓드라. 中食을 갗이 하고 作別 밤에 다시 갓다. 收入金 72,800원을 맛추고 왓다.

<1977년 5월 26일 목요일>
圭太 店에서 놀앗다.
成苑에서 電話가 왓다. 新郎될 사람이 面에로 戶籍抄本하려 갓다고. 成康을 시켜서 떼왓는데.

<1977년 5월 27일 금요일>
全州 專賣廳 會議室에 入場햇다. 全 會員이 1,952명이데 90% 募엿다고 햇다. 指示는 七分精米을 당부햇다.
10餘日 없는 成樂이는 今日사 왓는데 몸이 앞앗다고 햇다.

<1977년 5월 28일 토요일>
丁基善에서 金 萬원 取貸햇다. 安鉉模 牛肉代 7仟원 基善 7代[仟] 計 14,000을 傳해 주엇다.

<1977년 5월 29일 일요일>
成英 成樂 母 3人이 全州에 갓다. 下宿집 饌 장만해주로 갓다.
終日 비는 내렷으나 解갈도 못된 便이다.
今石을 시켜서 장기질.
밤에는 全州 李澤俊에서 電話가 왓는데 成苑 집에 왓나 햇다. 집에 안 왓는데 하고 答햇다.

<1977년 5월 30일 월요일>
大里 郭炳泳 弔問을 成奎와 同伴햇다. 元泉里로 갓다. 廉 勳章을 맛나려 간바 不在中 回路햇다.
밤에 成苑이 왓다.
里長에 家屋稅 農藥 紛製 2相子[箱子]代 9,850원을 完拂햇다.
驛前 黃宗一에서 壹萬원 取貸해 왓다.

<1977년 5월 31일 화요일>
우리 보리방아 찟고 移秧할 배답 肥料 散布.

<1977년 6월 1일 수요일>
任實市場을 단여서 鄭圭太와 同伴되여 水組로 해서 郡으로 登記所로 해서 鄭圭太의 土地 土組 買入에 對한 手續 切次[節次]을 받아 주웟다.
메누리 집에 간 바 新田里에서 査長[査丈]에서 오시고 해서 잠시 談話코 作別햇다.

<1977년 6월 2일 목요일>
첫 移秧을 한데 놉은 3人이고 우리 食口 3人하고 6名이 밤 8時까지 移秧을 햇다. 任實서 메누리도 왓다.

<1977년 6월 3일 금요일>
池野 秋麥에 雜種이 混合되여 成東 成樂을 시켜서 뽀바냇다.
新德서 裵順子 外 3, 4名이 왓다. 正午 12時에 왓는데 午後부터 作業 始作햇다.
崔今福 妹氏와 同伴해서 農協에 갓다. 金 3拾萬원 貸出 手續을 끝내주고 同行햇다. 出資金 萬원 先利子 17,013원을 除하고 出金하드라.
夕陽에 崔今福 妹에서 拾萬원 빌여왓다.
新德 處女 5名은 午後 作業하고 5名 中 1名은 成奎 집으로 보냇다. 6月 4日부터 成奎 집에서 作業키로.

<1977년 6월 4일 토요일>
新平郵替局에 갓다. 局長하고는 初面 人事엿다.
任實에 關理[管理]係長이 왓다. 新平서 金炯根 李澤俊 관촌에서 嚴규만 新平職員 해서 6名이 車로 마령 2個 마을 巡訪하고 施設을 도라보왓다. 中食은 마령서 햇다. 4時頃에 出發해서 왓다.
成康 移秧.
驛前 黃宗一 取貸金 10,500원을 婦人에 會計햇다.

<1977년 6월 5일 일요일>
뽀뿌라 葉枝 切取햇다.
桑田에 除草 田畓 巡回[巡廻]. 뽕이 不足할 듯십다.
新平에 갓다. 指導所長을 맛나고 印章을 말햇든니 10餘 日 前에 成奎에 주웟다고 햇다. 成奎에 무르니 밧든 事實이 업다고 햇다. 印鑑印章인데 이즌 듯십다.

<1977년 6월 6일 월요일>
郡 山林係 職員 6名이 正午에 郡 專用車로 왓다. 지나가는 途中에 中食次 왓다.
테레비 故章이 生起여 修繕햇든니 2仟원 달아고 햇다.
밤에 鄭圭太에 갓든니 丁基善이 잇드라. 언제든지 丁基善을 對하면 마음的으로 조흔 人象[印象]을로 對하고 십지 안타. 때로는 그 사람이 內心이 有한 惡質로 본다. 남이 不幸한 之事가 있은면 춤추는 人生으로 보기 때문이다.
鄭圭太에 3分利로 15萬원만 달아고 햇든니 承諾햇다.

<1977년 6월 7일 화요일>
嚴俊祥 氏와 同伴해서 新平農協에 갓다. 俊祥 氏는 取{貸}金 15萬원을 찻고 나는 動力 噴霧機[噴霧器] 現金으로 25仟원을 拂入하고 殘 58,000원은 3年 均等 償還키로 해서 契約締結햇다.
俊祥 氏와 同伴해서 任實에 갓다. 中食을 保身湯[補身湯] 집으로 갓다. 食代을 俊祥 氏가 낸데 未安햇다.
山組에 들이여 嚴俊祥 氏는 昨年 3月에 票木[栗木]을 가저가고 于今 會計치 안 것을 理由가 무어야고 따젓다.
鄭圭太에서 15萬원을 3부 利子로 가저오고 俊祥 氏에서 取貸金 12仟원 圭太에 15百원을 會計햇다.
밤에는 成曉을 안처놋코 成康 母에 平待接

한다면서 貴이 生覺하라 아버지가 사랑한 사람인데 그가지로 안저서 인사{하}는 법이 어데 잇나 햇다.
뽀뿌라 苗木代 6萬원 元喆에 傳햇다.
印鑑 改印123을 햇다.

<1977년 6월 8일 수요일>
뽕 따주웟다.
丁基善에서 取貸金 오날 路上에서 會計해 주웟다.

<1977년 6월 9일 목요일>
뽕 따기.
午後에는 배바라기 뜨기 시작. 1部 上簇하기 始作.

<1977년 6월 10일 금요일>
아침부터 蠶은 上簇하기 바빳다.
靑云寺 주지가 왓다. 丁基善과 같이 靑云寺에 同行해서 술을 마시엿다.
뉴예는 全部 上簇햇다.
夕陽에 新德 處女 3名은 日비 16,500원 주워 보냇다. 1日 700원식.

<1977년 6월 11일 토요일>
午後에 任實 鄭大燮 氏 宅을 訪問햇다. 外上代 16,000원 會計해드고 任實 注油所에 들이여 注類代 外上 條 48,600원 會計 完拂해 주웟다.
韓 生員 貴月 氏에서 萬원 取햇는데 精米所 咸祐炯 氏에서 待接을 받고 보니 未安하기 限이 없엇다.

<1977년 6월 12일 일요일>
뽀뿌라 엽가지치기 햇다.
靑云洞 朴公熙 母에 갓다. 밧 매달아고 3,500원을 주고 왓다.
靑云寺에 갓다. 보살 주지하고 是非가 버러젓는데 그리 말아고 말기엿다.
新德 處女 日工 6,500원 주워 보냇다.

<1977년 6월 13일 월요일>
누예 손치기.
田畓 巡回햇는데 春麥은 푸려서 移秧이 늣겟 되엿다.

<1977년 6월 14일 화요일>
누예고추 따기 終日 家族끼리 햇다.
新平郵替局長은 電話 別室을 재촉햇다.

<1977년 6월 15일 수요일>
누예고치 機械로 까기 햇다.
驛前 木工員을 對面하려 갓다. 不在中인데 大里 李澤俊을 맛나고 自己 집에 求景하려 가자고 해서 갓다. 資材 講入[購入] 表示을 해서 館村에 갓다. 一切을 耕耘機에 실고 왓다.

<1977년 6월 16일 목요일>
蠶繭 共販日다.
내 것하고 昌宇 成康 蠶견을 실코 市基共販場에 갓다. 機械 檢定으로 넛다.
우리 것이 149,850
昌宇 107,200
成康 69,500인데 썸풀[샘플] 3,000을 除햇다.
총게는 323,550인데 代金은 530,376인데 키로 當 164원을 밧앗다.
밤에는 錫宇하고 屛巖里 崔成默 成造해서

123 '印'자 위에 새 인감 날인함.

入住한 데 단여왓다.
電話室을 完工햇다.

<1977년 6월 17일 금요일>
靑云寺 崔朱洪이가 婦人 1人을 데리고 와서 일을 시키라고 햇다.
뽀뿌라 除草 및 追肥 散布햇다.
朴公히 慈堂이 밭 매로 3名이 왓다.
郵替局에서 電話 架設하려 와서 移動해주고 갓다.

<1977년 6월 18일 토요일>
任實郵替局에서 面長 外 職員 왓다. 設備해 논 것을 보고 잘햇다고 햇다. 不遠 廳長이 오시니 더 좀 잘 해주시기 바람니다 햇다. 館村에서 嚴昌燮 局長도 왓다. 이 정도면 된다고 햇다.
보리배기 한데 昨年 今日하고 갓다.
蠶견代 차지로 갓든니 月曜日 오라고 햇다.

<1977년 6월 19일 일요일>
成吉이가 왓다. 債務을 말하기에 日後 주마 햇다.
보리 베기는 今日 끝이 낫다.
德川里에서 전화 가설을 구경하려 왓다.
李起萬 氏 外 1人이 어제는 관촌우체국에서 왓는데 선전한 모양으로 안다.

<1977년 6월 20일 월요일>
4月 6日字 連山 墓祠 土稅 5斗代 金 12,000원 밧고 旅비 3,130 除한니 8,870원 殘金인바 내게 保管햇다가 今日 2個月 半 利子을 計算해서 650원 計 8,870원을 成吉에 債務 會計하면서 合算해 넘겻다.
채무 137,800+9,520=147,300.
上記 金額을 成吉에 正히 會計햇다.
館村農協에서 견代 265,850원을 차잣다.
任實에 갓다. 任實農協에 갓다. 殺 噴霧機 追加金 4,600원 주고 耕耘機 6月까지 利子을 주웟다.
라지요 7,500원에 1臺 삼.

<1977년 6월 21일 화요일>
崔今福 10萬원 支拂햇다.
市場에서 모내기 반찬 해왓다.
夕陽에는 보리 묵거 운반햇다.

<1977년 6월 22일 수요일>
모내기 햇다.
鄭洛基에 山林組合비 5萬五仟원 會計해 주웟다. 白康善 麥 脫作 今年 穀으로써는 처음이다.
柳文京 母 外上代 5,000 會計 끝냇다.
驛前 고기집 豚 5頭代 1部 10萬원 밧앗다.

<1977년 6월 23일 목요일>
全州 成吉 債務 146,650 中 10萬원 주고 3,300원을 바다서 5萬원을로 債務 정리햇다.
※ 새보들에서 錫宇 基善을 한자리에서 맛나게 되엿다. 錫宇는 말하기를 방금 支署 刑 巡警이 왓는데 그적에 鄭鉉一하고 是非하는데 門 한 짝 부수고 새문 짜다라주고 10萬원을 울거먹야 하고 도적놈들이라고 햇든니 刑 巡경이 들엇다고 하면서 鄭鉉一에 10萬원 돌{려} 주웟는데 밧지 안니 햇다고 무려 보려 왓다고 햇고 밧지 안니 햇다 한니가 鄭鉉一이 不良한 놈이라면서 두고 본다고 햇다고 햇다. 支署長이 먹지 안나 生覺도 든다. 그려는데 鄭鉉一은 萬諾[萬若]에 事件

이 된다면 내가 被害 保償 바닷고 한다면 글로 끝이 난다고.

<1977년 6월 24일 금요일>
어제밤에 梁奉準 脫作하다가 其의 妻가 베루도 줄에 치마가 깬기여 위험을 당햇다. 아침도 問病을 가서 病院에로 가자 햇든니 그렬 것 없다고 햇다. 파스 2枚을 사다주고 막걸이를 끄려서 보내고 햇다. 마음이 不安햇다.
못텡이 梁奉準 고지 移秧햇다. 約 6名이 햇다.
成樂을 시켜서 石油 1드람을 任實서 운반한바 約 3초롱이 흘어버렷다.

<1977년 6월 25일 토요일>
梁奉準 妻을 메누리에 시켜서 館村病院에 보냇다. 종합 진단을 해보바 異常은 없다고 햇다. 7,000원 주워 보냇다.
奉準 脫麥 太鎬 順宰 約 20餘 叺 脫作을 햇다. 우리 것도 11叺 脫麥햇다.

<1977년 6월 26일 일요일>
丁俊祥 日비 45,000원 支出햇다.
桑田 金肥 投入한바 約 5袋가 드려갓다.
桑田 除草을 끝냇다. 婦人 4人 養豚 3頭을 于先 賣渡햇다. 代價는 斤當 320원식 해서 先金 15萬원만 밧앗다.

<1977년 6월 27일 월요일>
成樂을 시켜서 郡에서 楊水機[揚水機]을 引受해 운반{하}라고 하고 全州 泰宇 母 祭祠에 參席햇다.
昌坪서는 重宇 成奎 母 나하고 全州에서 成吉 新安 堂叔 內外가 參席햇드라.
終日 賻儀錄을 記載햇다. 決算한 바 142,000원 入金으로 되다.

<1977년 6월 28일 화요일>
아침 食事하고 집에 온니 楊水機는 왓드라.
夕陽부터 물 품기 始作. 鄭宰澤 外 물대기 모내기 햇다.

<1977년 6월 29일 수요일>
成康이는 물 품기.
崔南連 氏 具道植 韓相俊이 말하기를 重宇는 明日 移秧을 할 논을 參模가 제의 姨叔 논에 물 대겟다고 (심은 놀을) 방해을 논다고 햇다. 夕陽에 參模을 불려다 단단히 나무래고 당장에 쪼차내겟다고 햇다.

<1977년 6월 30일 목요일>
물 품기.
面에서 昌宇 移秧하라고 揚水機 1臺을 가저왓다고 전화 왓기에 元{宇}에 말햇든니 못 심겟다고 햇다. 不安햇다.
다시 심겟다고 不良한 者로 판단 내가 실어다 품어주면 조타 그런 뜻인데 그려털 못할 形便. 良心 不良한 놈으로 봣다.

<1977년 7월 1일 금요일>
成東을 시켜서 돈 3마리 市場에 보냇다. 金 36,000원 바닷다.
鄭九福하고 郡 土組 登記所 거처 書類을 具備해주고 메누리 집에 갓다. 洋服을 맛치라고 春秋服 夏服 2벌을 재는데 約 5萬원도 드는 성 싶엇다.
방에 石油 1드람 外上햇다.

<1977년 7월 2일 토요일>
昌宇 장구먹논 물 품는 데 갓다. 昌宇의 行

爲로 봐아서는 갈 것 없지만 他人의 耳目도 잇고 해서 갓다.
郡에서 보내 揚水機 元動機[原動機] 新品으로 조흔데 發水가 되지 못해서 내의 耕云機[耕耘機]을 뜨더 揚水을 시켰으나 모는 심지 못한다고 햇다. 氣分이 不安해서 成康 成樂이만 두고 왓다.
기름도 핸 초로[초롱] 가저 간바 2초롱 갑을 밧게다고 햇다.
成奎 집에서 成奎 말을 드르니 元動機는 昌宇가 잘못해서 故章을 냇다고 햇다. 理由 물을 붓지 안코 발화해서 元體가 열을 밧다 그리된 것이라고 햇다.
只沙에서 成苑 來訪.

<1977년 7월 3일 일요일>
昌宇 장구먹 물 품기는 7月 2日 午後부터 밤까지 7月 3日 午前까지 품엇다(24時間 楊水햇다).
午後에는 金進映 脫麥 10叺을 脫作햇다.
驛前에서 黃宗一에서 貳萬원을 借貸햇다.
成曉 食口는 夕陽에 任實로 떠낫다.
※ 밤에는 成奎 柳正進을 불어다 못텡이 물 품는 經費 및 油代 區分 割當햇다. 斗當 1,300원식 割當햇고
油代 9×2,000=18,000
6월 28일 夕陽 - 7월 1일 晝間=6日間 技士日비 6×3,000=18,000
機械 面에 拂付金 1,000 機械 元動機 모비루 3,000 수송비 2,000
柳正進 手工비 3,000
計 45,000원 配定햇다.
成奎 會計는 田土稅 12,000-收入金 10,350=1,650을 다 주기로 하고 會計 끝.

<1977년 7월 4일 월요일>
成玉 外 1人 수업料 51,000원 주워 보냇다.
午後에는 처음으로 비가 내렷다.
뽀뿌라에 第二次 追肥을 햇다.
午後에 夕陽에 任實에 갓다.
裵永文 氏와 談話햇고 洋服도 假服[假縫]을 해보왓다.

<1977년 7월 5일 화요일>
昌宇 條 揚水機는 今日 嚴俊映 便에 面에 引게되엿다. 그러나 氣分은 少햇다. 昌宇 잘못이지만 不良한 者로 안니 볼 수 업다.
13日 14日 만에 水畓에 肥料 散布하고 桑田에 殺蟲濟[殺蟲劑] 散布 뽀푸라田에 殺蟲濟 散布햇다.
夕陽에는 우리 보리 脫作. 3叺는 充分햇다.
成曉 母는 친정에 祭祠에 參席하려 갓다.

<1977년 7월 6일 수요일>
비는 내렸으나 滿足하지는 못햇다. 成康 母가 왓다. 어제 밤에 成奉가 兄수 된 사람하고 是非 끝에 行方을 감추웟다고 햇다. 學校로 電話햇든니 學校에 왓다고 해서 多幸으로 生覺햇다.
大里 建宇에 전화해서 成樂이를 오라 햇든니 夕陽이 되어도 오지 안햇다. 할 수 업이 耕耘機에 揚水機을 실코 新平에 갓다. 使用料金 9日分 1,800원을 傳해주고 引게햇다.

<1977년 7월 7일 목요일>
黃宗一 取貸金 10,800원 完拂햇다.
驛前에서 多幸히 成奉이를 맛낫다. 저녁에 집으{로} 오라 햇다. 兄수는 他人(남)이다. 父子 間에는 1家다 하면서 正當한 行爲만 하고서 따지보제 外出햇나 하고 타일엇다.

第一次 水畓 除草을 끝냇다.
牟潤植 氏에서 金 萬원 取貸햇다. 成東을 시켜서 人夫 債을 밧는 사람은 金太鎬 1,200 李正浩 2,100 崔今石 3,200 丁宗燁 400 朴俊祥 1,500 崔瑛斗 1,500 裵永植 1,500 李起榮 300 計 11,400원이다. 但 鄭九福 日費 1,150원을 보냇든니 生覺하고 時間이 있어서 해드렷는데 무슨 돈이야고 햇다. 人夫 債은 다 會計 完了됐다.

<1977년 7월 8일 금요일>
今日부터 禁酒와 斷酒할 決心이다. 害로운 點이 있다. 첫재 입마시 업고 두채 아침에는 고욕질이 나고 세채 血便을 보기도 한니 이게 全部 술로 因한 元因[原因]라고 生覺코 단주하겟다. (捺印)
工場에서 精米 精麥햇다.
海南宅에 갓다. 해남택은 말햇다. 成康 妻가 어제 밤에 行方을 감추엇다가 3日 만에 왓다는데 집을 外面하고 店房집으로 와서 主人을 시켜서 浮兒[乳兒]을 데려가는데 成康이는 其後을 따아간다 한니 기막힐 {일}이라고 生覺햇다. 嚴妻膝下[嚴妻侍下]로 生覺할가 男子가 되여 그려케도 야비할가 아무리 生覺해도 母子 間에는 同居하기 어려울 것으로 본다.
成康이는 用金 2萬원을 要求햇다. 生覺하면 제가 무었을 햇기에 돈을 要求한지 마음답〃햇다. 밥불 때 大里만 가면 10餘 日 그리고 普通으로 1週日 자빠젓다 오면 때로는 전화를 해도 오지 안는 놈이. 그러나 生覺다 못해 壹萬九仟원을 주웟다. 全部의 子息들이 不良하겟다고 본다.

<1977년 7월 9일 토요일>
終日 몸이 좃이 못해서 舍郎에서 修養하고 있엇다.
夕陽에 成康 母는 말하기를 메누리가 衣服을 가지고 애을 억고[업고] 어제 떠낫다고 햇다. 내 집에 드려온 後 수차에 걸처 못살겟다고 하고 말 업이 外出함이 한두 번이 안니엿다고. 밤에는 成苑이 왓다. 夏服을 가지고 왓다.
成奉 成績表 通報書가 왓는데 內容을 뜨더보니 他人의 學生 申이라는 것이 왓다.
屯南面 樹텍이 郭二勳 長男이 來訪햇다.

<1977년 7월 10일 일요일>
9時 車로 成曉 成苑과 同伴해서 全州에 갓다. 電話을 걸어서 澤俊을 오라 햇다. 다시 3人이 同行해서 뻐스로 群山에 到着햇다. 澤俊 本家에 들이여 中食 끝데 澤俊의 父에 말햇다. 모든 것이 不足하고 禮儀범節도 不足하오니 出家에 가르치여 조흔 子息을 마드려 주시기 바란다고 햇다.
午後 2時쯤에는 群山公園에 上昇하야 東西南北을 求景하고 作別한바 페을 지엿다.
집에 온니 成允이가 왓는데 제의 母을 데리고 全州에 갓다. 成苑 內外가 夕陽에 다시 우리 집에 왓다. 알고 보니 只沙로 갈어다 저무려서 왓다고 햇다.

<1977년 7월 11일 월요일>
비는 오려 終日 구름이 찌다가 간혹 비방울. 보리을 널다 포기햇다.
支署에서 新任 支署長이 來訪햇는데 新德에 잇다 왓다고 햇다.
成康 第一次 除草 丁俊浩 外 2名이. 成東이는 訓鍊하려 갓다.

成康이는 새기 꼬기 햇다.
午後에 三溪面 漁陰里[漁隱里][124] 崔康俊 先親 訃告가 왓다. 5月 22日 死亡인데 4日 出喪으로 보고 明年 5月 21日 小祥으로 본다. 市場에 白米 1叺을 보냇든니 米質이 不實하다고 두고 왓다고 햇다.

<1977년 7월 12일 화요일>
아침에 寶城宅 宋成龍이가 왓다. 保管햇든 白米을 作石하려 왓다. 乃宇 條는 3叺 6斗 中에서(1斗 耕作 借地料)에서 前番에 1叺을 서울로 보내고 今日 11斗을 드리니 15斗을 借用한 셈이다. 그리고 2斗을 더 달이기에 代金으로 주시요 햇다. 그려면 今日 安 生員에서 1叺 買受 白米工場에서 19叺. 2叺 9斗을 서울로 託送햇다.
그려면 乃宇 條는 元穀 15斗
韓 生員 〃 2叺
尹 生員 〃 2叺 9斗
計 6叺 4斗 寶城宅 條
鄭圭太 집에서 7名이 終日 노리햇다.
※ 밤에는 成東을 안처노코 술을 끈으라고 해서 다짐을 밧고 萬諾에 술을 먹는 때는 때려 달아고 하고 禁酒을 다짐 밧앗다.
※ 成康이을 呼出해다노코 네 家政[家庭]을 整理하고 네 內外에 相議해서 各据[各居]하라고 햇다. 自故[自古]로 우리 집안에서는 內 主長[主張]은 업섯다. 그러한니 經濟權을 박과서 管理해라 햇다. 成康이는 對答이 없엇다.

<1977년 7월 13일 수요일>
방아 찟고 叺子 꾸매기 햇다.

124 임실군 삼계면 소재.

午後에 경운기로 떼을 떠다 못텡이논 두럭에 노왓다.
뽀푸라 第三次 施肥 散布.
朴京洙에서 尿素 1袋 取貸햇다.

<1977년 7월 14일 목요일>
耕耘機가 異常이 生起여 驛前에 修理하려 갓다.
成東 在寬이는 뽀푸라 가지치기.
桑田 뽀푸라田 除草 婦人는 4名 本人해서 5日 終日 햇다.
成默 母가 陰 5月 27日 死亡으로 明年 小祥은 5月 26日 본다.

<1977년 7월 15일 금요일>
朝食 後 屛巖里 崔成默 慈堂 弔問하려 갓다. 노봉서 4, 5名이 왓고 成海 氏도 왓드라. 中食을 맞이고 人事 없이 왓다.
뽀푸라 운반. 耕耘機로 2車을 운반햇다.
金判順이는 기 火田民 移住者로서 내 집다 同居家族으로 確定햇다.

<1977년 7월 16일 토요일>
成康 內子(妻)가 왓다. 눈물을 먹으면서 못 살겟다고 햇다. 시{어}머니가 不平을 했아고 成奉이도 한부루로 한니 못 살겟다고 햇다. 畓 5斗只 田 2斗只만 移轉해 달아고 햇다. 그려면 各居하겟다고. 各居는 하되 移轉登記 所有權는 此後에 해주겟다고 햇다. 그랫든니 아조 해주시오 하기 그려케 쉽게 넘겨주지는 아즉 빠르고 3斗只하고 田 2斗只은 주되 못 미더 하지는 말아 했다.
氣分이 不安햇다. 成康 母는 간 데 업다고 햇다.
밤에는 成樂이가 屛巖里 丁 氏의 子息하고

是非하고 病院에 入院 中이라고. 업진 데 덥친 格이라 무웟 대문에 괴롭힌지 알송달송.

<1977년 7월 17일 일요일>
아침에 電話을 贊基에 걸어서 病院에 가서 內部을 {알}아보라고 햇다. 成樂이는 頭上傷處가 낫고 丁가는 누워 말을 하지 안는 點으로 보와 응큼한 듯싶다고 햇다.
午後에 館村病院에 갓다. 贊基 中學長 朴日晴 氏와 被害者 丁南喆와 酒席에서 打合 中 成立 잘 안 되엿다. 今日 現在로 治療費가 17,300원을 負担키로 하고 取下書을 쓰는데 時計를 이렀으니 辯償[辨償]을 하라고 해서 熱을 올이면서 내의 子息 傷處가 났으니 雙方 誥訴[告訴]를 提起하겟다고 햇다. 그려면 退學을 當할 것이며 雙方이 갗이 害가 있을 것이라고 햇다. 다시 成立을 시키는데 支署에 人事을 하야 한다고 해서 金 先生 便에 五仟원 주워 보냇다. 取下書 갗이 封入해서 보내고 治療費는 17,300원 중 4仟 入金햇다.

<1977년 7월 18일 월요일>
어지로[억지로] 살 수는 업다. 子息들이 엇전지 事故을 이르켜 幾萬원식 들어간니 답〃하기 限이 업다. 家事은 돌보지 안코 每日까지 돌아단니면서 납분 진만 한다.
成樂이는 16日 밤에 屛巖里 丁南喆 子을 때려 治料비 其他 23,600원이 들엇다. 하루라도 延日이 되면 인심 납분 屛巖 驛前이라 내 목락주상[모략중상]을 할 것이 뻔해서 (우선 정경석부터) 束이 取下 成立햇다. 成樂이는 前과者이기도 하기에 여려 가지로 生覺다 못해 締結햇다.
午後에 黃宗一에서 2萬원 取해서 病院비 13,300원 成樂 治料비 2仟 計 15,300원 淸算해주웟다.
全州에 갓다. 뿌레을 가져왓다.
夕陽에 郭二勳이가 왓다. 在寬이를 連行하려 왓다.

<1977년 7월 19일 화요일>
任實中學 校監先生에서 23日 놀여 오신다고 金 8仟원을 보내왓다.
午後에 任實 校室[敎室]에서 南原稅務署 主催로 附標[附表] 價치稅에 對한 稅法 規定에 對한 稅 設明을 들엇다.
館村 堂叔 집에 갓다. 25日 從祖父 祭祠 參席키로 햇다.

<1977년 7월 20일 수요일>
白康俊 氏에서 稅金을 주려고 參萬원 借用하고 郭在寬 품싹을 주기 위해서 牟 生員 사위에서 成曉 母을 시켜서 萬원을 가저왓다. 그려면 前條 해서 2萬원을 가저온 셈이다.
夕陽에 郭在寬 日費 10日 되엿지만 8仟 주워 보냇다.

<1977년 7월 21일 목요일>
보리 널고 채 젓기 햇다. 夕陽에 담마 드렷는데 13叺엿다.
丁基善 4斗只 柳正進 1斗只 金宗出 2.5斗只 成東이는 粉制[粉劑] 農藥 散布해주웟다.

<1977년 7월 22일 금요일>
아침에 驛前에서 母豚을 가지려 왓다. 달고 보니 330斤인데 무덱이로 9萬원 주마해서 承諾하고 41,000원을 밧고 犬代 9,000원을 포合한니 5萬원을 바든 셈. 殘金은 四萬원이다.

黃宗一 取貸 20,800원을 淸算하고 眼境을 차잣다. 肥料 8袋을 館村에서 出庫한바 出資는 떼지 안햇다. 取貸 肥料 全部 返還해 주웟다.

<1977년 7월 23일 토요일>
高校 先生이 1時頃에 來訪햇다. 全員 14名이엿다. 趙命基 氏도 參席햇는데 麥酒을 約 10병쯤 사가지고 왓다. 外에 學父兄도 올 줄 알앗는데 不參해서 보니 未顔이드라. 日前에 學校에서 보낸 돈 成奉 便에서 받은바 8仟원이라기에 今日 李 先生에게 8仟원을 돌려주니가 萬원이라고 햇다. 그려면 2仟원을 성봉가 利用햇다는 것이다.
學校 初中校生 全員이 오날부터 放學에 들어서 全員이 募엿다. 밤에는 成曉도 왓드라. 成康 母가 成苑하고 同伴해서 只沙에서 9日 만에 왓다고 햇다.

<1977년 7월 24일 일요일>
아침에 李澤俊이가 全州에서 왓다. 日曜日이라고 川邊에서 물노리하려 왓다고 햇다. 家族 全員이 動員한 場所에서 中食을 갖이 논누고 햇다.
成曉 內外 家兒 孫子들 해서 한자리에서 募이기는 처음이엿다.

<1977년 7월 25일 월요일>
李澤俊 成苑은 아침에 出勤次 떠낫다.
보리 作石하다 비가 내려 中止햇다.
大里에서 趙命基 氏가 來訪햇다.
農藥 散布햇든니 別 효과가 업을 듯.
黃莫同이는 今日부터 成允 복습시키기로 햇다.

<1977년 7월 26일 화요일>
一. 成樂이는 어제 쎄멘 실코 大里 간바 아푸다고 해서 成康 시켜서 耕耘機만 가저왓다.
一. 夏穀을 作石하고 보니 23叺(2等 12叺 3等 11叺). 代金은 207,210원이엿다.
一. 鄭仁浩에서 被麥[皮麥] 16斗 9되 債權이엿는데 于先 10斗만 바드라고 해서 現品을 보니 상햇드라. 그려나 별 수 업서 밧앗다.
一. 黃在文 鄭圭太가 手苦햇다. (麥 作石 한데)
一. 檢查員은 文 檢查인데 前부터 親義[親倚]가 있는 之間라 麥酒 2병이 있어 모시다 待接햇다.

<1977년 7월 27일 수요일>
組合 月豫會議[月例會議]에 參席코 稅金 附賀[附加]에 對한 講義을 들엇다.
農協에서 夏穀 買上 代金 207,950원 차잣다.
任實驛前 韓文錫에 借用金 156,300원 淸算해 주고 다시 五萬원을 借用해 왓다.

<1977년 7월 28일 목요일>
아침에 鄭九福 氏에 25,600원 會計해 주웟다.
서울 旅行 길에 올앗다. 約 1個月 間 豫定으로 윤종구 집에 成奉을 맛기고 왓다.
麻捕[麻浦]區에 姜泰洙 집에 갓다. 金 拾萬원을 傳해 주웟든니 大端히 고맙게 生覺하고 夕食 마친 지後에 麥酒을 가저오고 택시로 서울驛까지 모시고 車票까지 끈어 주며 旅비 하라고 2仟원 너주워서 페를 만히 적겻다.
約 七仟원 돈을 쓴 듯십다. 밤새도록 잠을 못 이루웟다.

<1977년 7월 29일 금요일>
成康 便에 任實에서 輕油 1드람을 運搬해 왓다. 午前에는 잣다.

<1977년 7월 30일 토요일>
德巖里 通學校 竣工式에 參席햇다. 오늘 길에 揚水機을 付託햇다.

<1977년 7월 31일 일요일>
成曉 母 生日을 압단기여 洞內 婦人들을 술 한 잔식 대접햇다.
아침 5時에 新平으로 揚水을 가저온데 2時間이 걸이엿다.
午後 1時부터 正式으로 돌아갓다.
밤에는 成이가 野잠 하면서 揚水햇다.

<1977년 8월 1일 월요일>
아침에 못텡이 들에 나가니 雜音이 만햇다. 南連 氏는 상순문을 여려버렷고 成奎야는 들다 마랏다.
朝後에는 포기를 하고 機械을 옴기기 위해서 全部 뜨덧든니 다시 품겟다고 鄭九福이가 왓다. 水門 닷앗다. 그려나 時間 만니 걸이여 품은 데를 다시 품게 되니 물도 소모가 맨코 石油도 二重으로 들었다.
밤에는 12時쯤 되니 올아오지을 안니 햇다. 中止해버렷다.

<1977년 8월 2일 화요일>
嚴俊峰이가 왓다. 揚水機을 빌여달아고 왓다. 어제는 噴霧機을 빌여 왓는데 당장에 揚水機을 要求한니 反對할 수 었서 承諾햇다.
밤에는 새보 作人 못텡이 作人合同會議을 召集햇다. 打合의 案件는 새보는 明日부터 次豫[次例] 물을 대기로 하고 비 오는 날까지 大同洑매기을 부치고 못텡이도 물을 대기로 하고 以上과 같이 打合햇다.

<1977년 8월 3일 수요일>
鄭圭太 外上 6,790원 完全 會計햇다.
서울에서 林成基 內外가 왓다. 成英 就業問題엿다. 成英에 對諾[大略] 說明을 햇다. 此後로 미루고 갓다.

<1977년 8월 4일 목요일>
새벽 2時에 못테이 揚水하려 갓다. 柳正進 2斗只 崔瑛斗 3斗只 품다가 비가 내려서 引上햇다.
成基 內外는 택시로 떠낫다.
비가 내렸는데 해갈은 勿論이고 田畓에도 물은 후북햇다.次豫물도 까지고 말앗다.
成英이게 相議햇든니 서울에 갈 듯을 보이엿다.

<1977년 8월 5일 금요일>
서울 林成基에 電話했든니 8月 7日 日曜日 上京해달아고 왓다. 成英에 당부햇든니 應答햇다.

<1977년 8월 6일 토요일>
梁奉{準} 妻가 왓다. 乾製造場[乾燥場]을 빌이로 온 듯하나 不應할 눈치인 듯 보이것 같으니가 대듬 역굴이[엳구리]가 질이드라고 하면서 베얍술을 먹엇든니 하기에 어데서요 정현일 집에서 잘햇소 야간 절인데는 제일요 햇다. 말하고 십지 안니 햇다.
※ 乾造場을 주마 햇다. 곡선 20개 直線 14個 計 31개. 其中 短線만은 2개엿다.
※ 韓云錫 氏가 왓다. 農藥통을 修理해서 가저왓다. 고마워서 저 건너 술집으로

모시고 갓다. 마루에서 들으니 成康 妻 메누리 소리가 방에서 낫다. 웃고 히히 하는데 心思가 不安햇다. 술자리가 끝나고 成康집에 갓다. 메누라 앞집 술집이 일가집이야 친척집이야 술집에서 노는 것 보기 실타 햇다.

<1977년 8월 7일 일요일>
終日 비가 내렷다.
서울을 가기로 決定햇든니 特急列車 票[標]도 賣진 되고 비도 내려 다음으로 미루웟다.
成玉이는 明日부터 補充授業次 開學 단게로 드려간다. 金 4,500원 주워 보냇다.
夕陽에 成允을 시켜서 黃宗一 氏에서 金 貳萬원을 주워 가저왓다.

<1977년 8월 8일 월요일>
오날 서울을 떠나 햇으나 새벽부터 비가 만니 내렷고 라지오을 들어보니 中部 大田地方에서 大暴雨로 列車가 高速뻐스가 發車 中止을 하고 잇다고 해서 서울 旅行을 抛棄햇다.
揚水機을 面에 運搬햇다.
밤 10時쯤 朴日成이가 急하게 電話을 하는데 異常이해게 보엿다. 알고 보니 全州에서 온 尹治榮가 愛人 處女을 데리고 와서 술도 마시고 해서 동무들까지도 취하다 보니 물가에서 잠을 자다가 下水川에 빠저 失宗[失踪]되여다고 햇다. 全州에서 父母 兄弟가 와서 苦 통哭했으나 必要가 업섯다.

<1977년 8월 9일 화요일>
任實高等學校에서 理事會議가 있서 參席햇다. 理事는 全員이 參席햇다. 追加豫算 審議엇다. 中食을 맞이고 成曉 집에 간바 全州 갓다고 업섯다.

<1977년 8월 10일 수요일>
高速뻐스로 11時 10分에 出發 서울에 到着했든니 午後 3時쯤 林聖基 內外하고 成英 上事을 相議하고 約 20餘 日 間 放學 週間에 저겨보고 適性에 適合 如可不을 判斷하고 저겨보라고 햇다. 日給 程度는 此後에 作定하되 現在로써는 말할 수 없다고 하고 作別햇다.
寶城宅 富川市에 갓다. 하루밤을 지내고 1 宿泊을 햇다.

<1977년 8월 11일 목요일>
仁川에 寶城 堂叔하고 求見하려 갓다. 公園에 올아가니 仁川 市內가 全部 보이드라. 市內에서 술 한 잔 待接하고 電鐵에 乘車햇다. 卽行 서울驛으로 行하고 寶城 堂叔을 車中에서 作別햇다.
成奉이 잇는 곳을 차즈니 괴로왓다. 보도시 찻고 用金 2仟원을 주고 왓다.
11時 30分에 特急列車로 全州에 온니 아침 4時 20分이엿다.

<1977년 8월 12일 금요일>
아침에 잠자기 始作 10時까지 잣다.
午後에는 田畓을 들여 보고 夕陽에는 尹生員이 招請해서 갓다.
成東이는 新德 栗峙에서 풀베기 경進大會을 햇다고 경운기로 一車 실코 왓다.

<1977년 8월 13일 토요일>
白康善 氏을 시켜서 채소밫 갈기 햇다.
任實에 가 서두 種子을 삿다. 농약도 사고

햇다.
메누리 집에 갓다.
午後에는 새보들 농약 살포하는데 成康이 야까지 粉製을 散布햇다.
嚴俊祥 氏에서 尿素 1袋 取햇다. 오래는 되엿지만 개갑 2,800원을 주웟다.

<1977년 8월 14일 일요일>
人夫 6名을 動員 靑云洞에서 草刈을 한바 耕耘機로 4輪을 運搬햇다.
丁俊祥을 시켜서 井戶을 다시 파기로 해서 着工햇다.
채로 갈기.

<1977년 8월 15일 월요일>
午前에 방아 찟고 韓南連 婦人에 金 2仟원 傳해주웟다.

<1977년 8월 16일 화요일>
가랑비가 내릿다.
아침에는 成奎 母親 生辰日이라 朝食을 家族이 全員이 參席해서 맞이엿다.
새소갈이[채소갈이]를 햇다.
뽀푸라 비료을 다시 좀 해보왓다.
鄭鉉一가 술 한 잔 하자고 햇다. 据絶하자 한니 耳目이 難處해서 同席은 햇지만 恒時 마음만은 不安한 마음 禁할 길이 없다.

<1977년 8월 17일 수요일>
成東 正浩 韓南連은 堆肥 製造햇고 나는 耕耘機로 떡노라를 실고 任實에서 修理해 왓다.
夕陽에 崔南連 氏을 시켜서 3分利로 金 拾萬원을 借用해 왓다. 債務을 안 짓고 싶어도 할 수 업다. 兒該들 敎育만 끝이 나면 좀 풀이는지 모르게다.
噴霧機 中古品 賣渡한바 17,000원을 밧아다.

<1977년 8월 18일 목요일>
아침에 里 會管[會館] 前에서 秋蠶種 代金 22,010원 (秋蠶 7枚 晩秋蠶 2枚) 計 9枚 代金을 會計(里長)햇다.
李順宰가 아침 7時에 死亡햇다고. 押作[갑작]한 일이다.
※ 黃宗一 氏 取貸金 22,000원 會計해주고
尹南龍 修理비도 8,400원 會計해주고
韓正玉 弟 外上代는 五仟원만 于先 주고 왓다.
밤에 新安宅에 들이엿다. 夕食을 엇젯나 하기에 들엇다고 햇다. 實은 안 들엇는데 여려 가지가 氣分이 안니 좋으다.
貞禮를 맛나고 집에 온니 큰소리가 낫다. 알고 보니 成東이가 成允을 때린데 어린 것이 손을 비비는데 不安해서 成東을 數拾年 만에 때려주고 여{러} 가지 短點만을 가려서 말해 주웟다. 子息 中에 第一 모재[모자란] 놈으로 본다.

<1977년 8월 19일 금요일>
경운기 會議에 參席햇다. 支署長도 招請햇다.
新安{宅} 回甲에 參席햇다.
밤에는 伯母 祭祠. 成吉이도 參席햇다.

<1977년 8월 20일 토요일>
柳文京 母 - 姨母와 同伴해서 四仙臺로 求景하려 갓다. 昨年에서 서울서 交通事故로 入院했을 때 內外가 와서 내의 之事을 돌보와주신 誠意로 갓든 것이다.
그러나 文京 母만은 엇전지 情答지 안코 꺼름햇다. 억지우슴을 하자니 어슴스렴드라.

中食도 對接[待接]햇다. 全州 극장에 가자 한니 据絶해드라.

<1977년 8월 21일 일요일>
館村校 第 15回 同窓會엿다. 有司 崔炳基 堂叔 宅에서 手苦을 끼첫다.
會員는 13名이 募엿다. 會비는 1,500원식 해서 18,000원을 收集해서 주웟다.
柯壽里 崔汀喆을 40年 만에 맛낫다.
金台煥이는 술이 娶[醉]해서 路上에서 누워 잇는 것을 보고 태시로 本家까지 태워다 주고 왓다.

<1977년 8월 22일 월요일>
成曉 母는 病院으로 珍察해보로 가고 나는 青雄面125 九皐里 申東敬 氏을 訪問하려 갓든니 不在中이엿다.
成東이는 방{아} 찟고 東根 - 在寬이는 井戶 作業햇다.
밤에는 金進映 집에서 늣게까지 農藥을 치는데 마음이 不安햇다.

<1977년 8월 23일 화요일>
工場에서 安承坊 氏 방아를 찟는데 故章이 낫다. 全州에 가서 마루부를 갈어 넛서도 듯지 안니 해서 저물고 해서 미루엇다.
郡에 農事係長 朴鍾哲 氏가 왓다. 堆肥用 풀베기가 昌坪里에는 되지 못해(面長 坦擔者[擔當者]을 問債[問責]하겟다고 햇다.
成樂이는 月餘 만에 大里에서 왓다.
成允는 今日 全州로 간바 明日부터 開學日라고 햇다.

125 임실군 소재.

<1977년 8월 24일 수요일>
아침에 全州에 갓다. 社長 崔 氏와 相議햇든니 걱정 말아기에 집에 와서 附屬을 맛추고 試運햇든니 異常없이 終日 精米을 햇다.
全州 永生女商高 3學年 坦任[擔任] 金石根 先生을 禮訪하고 成英에 對 就業 關係을 打合햇다. 認證해 주겟다고 해서 왓다.

<1977년 8월 25일 목요일>
成英이는 서울 간다고 旅비 5仟원을 주워 보냇다.
支署長 面長이 訪問햇다. 堆肥 增産의 實태을 살피기 위해서라고 햇다.
終日 成東 成樂이는 農藥 散布. 成康 條까지.
班常會에 參席. 名예班長을 倭屬[委囑]햇다면 司會을 보앗다.

<1977년 8월 26일 금요일>
成嬉 戶籍抄本 1通하려 面에 갓다.
빠스에서 下車를 한니 金長映 氏가 酒莫[酒幕]으로 가자 햇다. 술 한 잔 주기에 무슨 일로 오시요 햇다. 李順宰의 印鑑을 내로 왓는데 어제 付託하고 갓는데 다 해논 것으로 안다고. 理由는 田畓을 自己의 딸에 移轉을 넘기기 爲해서라고. 死亡者을 엇데케 내야 햇든니 우리끼리만 알자고 햇다.
집에 와서 生覺하니 내의 堂叔{이} 戶籍 事務을 보고 있는데 日後에 順宰의 집안 간에서 떠들면 事件이 生起 念餘[念慮]가 있서 面에 電話을 (堂叔에) 햇든니 펄쩌[펄쩍] 하면서 곳 오겟다고 햇다.
任實다방에서 青雄 申東澈 氏을 맛나고 효소 조제 8仟원을 주고 왔다.
바로 全州에 갓다. 成允이 轉學을 坦任과 相議햇든니 그러지 말자고 하며 成允이도 못하겟다기에 抛棄햇다.

<1977년 8월 27일 토요일>
井戶 作業을 하는데 愛勞[隘路]가 만앗다. 面에서 炳列 堂叔이 오시엿다. 故 李順宰 婦人을 맛나고 死亡者을 살앗다고 속이여 印鑑을 해갈 수 있소 不良한 者라고 햇다. 對答은 土地 移轉登記하려 햇다고. 明日 28日에 印鑑을 取消시키겟다고 하고 갓다. 夕陽에 酒店에서 鄭鉉一을 對面하고 듯자 하니 람포藥이 잇다는데 事實이냐 물으니 엇다 쓰는야 하기에 戶을 파는데 巖石이 깔이여 事用[使用]과자 햇다 햇다. 그려면 떡 - 하고 심지는 잇는데 뢰관이 없다 하기에 求해보마 햇다.

<1977년 8월 28일 일요일>
全州 成吉 집에 할아버지 祭祠에 參席햇다. 井戶을 파노코 火藥이 없어 發파破을 못하고 잇다가 韓文錫에 갓다. 社谷堤 現場에 갓다 오든니 此後로 미루드라고. 午後에 뢰관을 求하려 5, 6名을 對面했으나 昨年만 해도 求할 수 있는데 只今은 못 차겟다고 햇다. 裵永善을 맛낫든니 鄭 先生 집에 1切 있어요 햇다.

<1977년 8월 29일 월요일>
아침 食事을 맞이고 금암동 成愼에 下宿집에 단여서 서학동 金宗柱을 차잣다. 工場에 간니 마침 暻浩 氏을 對面하게 되엿다. 술 한 잔 하자고 햇다. 支署長 경장에 付託햇든니 알아보마 했다.

<1977년 8월 30일 화요일>
韓公鉉이가 大里에 電話하려 왓다. 너 火藥 뢰관 2, 3개만 求해도라 햇다. 鄭 先生 집에 있소 泰石이가 軍에서 求했는데 어그젓게 왓는데 9月 末日頃에나 除隊을 한데 그때 와서 使用하겟다고 했소. 그러는야고 말아다.
12時頃 支署 崔 경장이 전화가 왓다. 뢰간을 求해도 昌坪里는 말성이 만으니 非公式도 안된다고 햇다. 그럿소 그려면 우물는 포기하고 다시 메워버리겟다고 햇다.
靑云洞에서 술메기를 한다기에 7,500원 주웟다.

<1977년 8월 31일 수요일>
集配員 孫 氏 便에 稅金 7仟원을 託送金햇다. 20日 만에 단비가 내렷다. 萬物에 큰 도움을 준 듯싶다.
夕陽에 新德面 水川里에서 許京子 外 1名(2名)이 뉴예 키워주로 夕陽에 왓다.

<1977년 9월 1일 목요일>
舍郞에서 讀書햇다.

<1977년 9월 2일 금요일>
靑云面[126] 申東澈 氏가 來訪햇다. 효소 글제을 5封을 가지고 왓다. 한 봉은 多目的으로 使用하기 爲해서 土양을 約 7, 8짐 파다 앙과 노왓다.
※ 밤 10時쯤인데 果樹園 洪 氏 婦人 外 1名이 왓다. 사과 배을 11개 가지고 와서 어제밤에 우리 사과밭에 들어와서 成東이가 따먹었으니 개當 萬원식을 변상해 달아고 햇다. 마음이 不安햇다. 法的 手續해서 바더가라 나 못하겟다고 햇다.

126 청웅면의 오기로 보인다.

此後에는 다시 그러한 짓 못해 주시요 하고 갓다. 未安하다면서 다음에도 그런 짓 하면 내가 債任[責任]지겟다고 햇다.

<1977년 9월 3일 토요일>
新德 處女는 제의 집에서 電話가 온니가 午後에 가버렷다.
다시 果樹園에서 靑年 한 사람이 왓다. 生覺한니 成東 條 사과 代金을 15仟원 무러 달아고 햇다. 그려라고 햇다. 그려나 아마도 某人이 現金을 물이라고 권한 듯십다. 알고 잇다. 정某人인 듯싶다. 婦人이 왔을 時 전화하려 와서 달알고 갓기에 終日 不安햇다. 마음을 엇다 둘지 分間[分揀]을 못 하것드라. 그려나 成東이는 이제 그대로 두고 십지가 안타. 事故 回수가 술 먹고 3번 재인니 이제는 不信任者로 取扱 안니 할 수 업고 他處로 내보고 십다.

<1977년 9월 4일 일요일>
具道植 氏가 왓다. 받을 돈 3仟원을 이제사 알앗다고 約 3개月 만에 받앗다.
終日 生覺해도 成東은 괫심하기 限없다.
成苑 成康 成曉보고 成東의 件을 學生 時節부터 現在까지의 3, 4次 事件을 設明해 주면서 成東이 近 30歲가 가가운 時期에 그려한 行爲을 할 수 잇겟는야고 말해주웟다. 그련가 하면 成樂 事 成傑 事件 成康 事件 近年間의 事件의로 父는 혀처 나는데 社會的으로도 耳目口鼻를 내노키가 쑥스레케 되엿으니 寒心할 노릇이다.
成樂의 事件이 지난 지 不過 月餘인데 成東이가 밤에 남의 果樹집에 侵入햇다는 大端 遺感[遺憾]이다.
夕陽에 안골밭 고치 따는데 지게를 지고 가보니 成康 成東이가 있엇다. 對面하고 보니 熱이 치솟앗다.
◎ 成東 너는 내 집 家事는 손 떼라 네가 한 두 번이면 或 理解가 가지만 이제는 以上 더 容納할 수 업으니 絶對로 손대지 말아 햇다.
집에 왓다. 成東 母는 그럴 수가 잇나 햇다. 그려면 나는 다시는 보지 못하겠으니 母子가 他處로 물려가라 그려한 마음으로 子息에 對하니가 藉〃히 不良한 짓을 한다면서 말을 못 내게 햇다.

<1977년 9월 5일 월요일>
鄭九福 氏에서 金 貳萬원을 借用햇다. 白采田[배추밭] 除草 各 田畓을 視察햇다.
成東이가 왓다. 이번 한 번만 容恕을 要求햇다. 絶對로 不應햇다. 但 한 번이면 或 容恕도 있을 수 잇지만 事件이 大小事을 莫論하고 4次인데 그것은 못하겟고 只今부터 客地로 가면 늦지 안니 하오니 生活 基반을 닥글 수 잇지 안나 햇다.
다시 두 번채 왓다. 그려면 술을 끈어라고 다짐을 밧고 용서해 주웟다.

<1977년 9월 6일 화요일>
午前에는 누예 똥 가리는 데 분주햇다.
中食을 맛치고 鄭圭太에서 金 萬원을 둘어서 任實市場에 갓다. 메누리하고 祭祠 장보기를 한바 15,000원이 들엇고 메누리는 올봄에 白米 1叺을 보내 주웟든니 아마도 유시[유신]벼 쌀이기에 안 먹은 듣싶엇다.
其間 食糧은 어테 먹는야 햇든니 新田里에 보내주시엇다고.

<1977년 9월 7일 수요일>
아침에 韓公鉉이가 왓다. 서울로 至急 전화를 하는데 理由는 저이 아버지가 위급하다고 햇다. 어제 市場에서 對面해는데 그렬수 잇나 햇다.
順天 婦人 2名을 正鎭 母가 데려왓다. 午後부터 作業 着手햇다.
어머니 祭祠日이다.

<1977년 9월 8일 목요일>
順天 女 2名을 뉴예가 잠이 들어서 今日은 嚴俊祥 氏 집에 고치 따려 보냇다.
아침에 親友와 中年들을 못시고 食事을 接待햇다. 約 20名이 너멋다. 午後에도 빠진 사람을 招請햇고 1家 親戚도 다시 전부 와서 中食도 하고 갓다. 崔瑛斗는 金 一仟원 가저왓다.

<1977년 9월 9일 금요일>
白采밭 무우밧 비료 주고 病蟲害 防除도 햇다.
成東 成樂이는 피 뽑기 햇다.
全州에서 成傑 主人 社長任이 오시엿다. 初面人事하고 보니 成奎하고 同窓生이라고 햇다. 成傑이를 맛기고 가보지도 못하고 大端이 未安하다고 햇다.
驛前에서 丁이 왓다. 牛車을 팔아고 햇는데 25,000원에 팔앗다. 生覺한니 利用도 못하면서 비바람만 치면서 썩구는니 판 게 올타고 生覺햇다.
成曉는 大邱로 檢木하렷 갓다.

<1977년 9월 10일 토요일>
丁基善 招請해서 朝飯을 햇다.
牟潤植 氏 取貸金 3,500원을 딸임에 傳해주웟다.
뉴예 異常이 生起엿다.
夕陽에 果樹園에 洪 氏을 訪問햇다. 約束대로 損害 賠償金 가저왓다고 햇다. 사과를 까가서 자시라면서 안지라 햇다. 잠시 았자온니 내가 사과 몇 개 때먹읏다고 機萬원을 울구어 먹을 수 잇나 하면서 돈을 밧지를 안햇다. 그려면 未安하게 되엿는데 다음에는 내의 子息이 그런 짓이 없으리라고 보나 萬諾에 이런 일이 又 다시 잇다면 父母가 絶對로 責任을 짓고 相對方의 要求條件을 必히 應하겟다고 約束하고 왓다.

<1977년 9월 11일 일요일>
뉴예를 똥을 개리는데 1/3 程度가 病이 붙어나가드라. 硏救[硏究]해보니 異常이 있을 수 없다. 週圍[周圍]을 살펴보니 尹鎬錫 氏 行郞[行廊]에서 담배 내음이 深하게 나고 金進映 집에서 農藥 내음이 낫다. 바로 後蠶室로 옴기엿다.

<1977년 9월 12일 월요일>
아침에는 具道植 氏 宅에서 招待 朝食을 햇다.
집에서 곰곰히 生覺해보니 뉴예 농사는 3割은 減된 듯싶엇다.
大里에 가서 安 氏에서 人蔘 仟원엇치를 삿다. 끄려서 뽕에 뿌리는데 집사람은 藥害을 본 듯하오니 中止하라고 햇다. 그려 듯지도 안코 참아 人蔘이라고는 하지 안햇다. 사람도 못 먹는데 뉴예에 준단고 非難이라도 할가바 秘로 입을 열지 안니 햇다.
메누리는 全州 病院에 간바 밤에 전화로 애가 페렴이라고 햇다.

<1977년 9월 13일 화요일>
논에 農藥을 散布햇든니 午後에 비가 내려 不安햇다.
午後 2時에 新平 會議에 參席햇든니 主催者는 李正相이엿다. 눈치를 보니 아마 崔宗仁이가 車馬비는 냇 듯싶다.
10月 6日 龍仁으로 行先地는 定햇다. 그러나 車馬비는 10萬원 程度이다.

<1977년 9월 14일 수요일>
부가가치세 조종하다고 新平 주조장에 갓다. 午後 3時에야 세무원이 왓다. 인정과세 정도로 4,850 고지서 밧고 왓다.
※ 집에 온니 大領 母가 대령이는 데려가고 成曉이는 9. 9일자 大구로 가는데 任實 - 관촌 사이에서 가방을 일을엇는데[잃었는데] 수사게에 보고는 햇는지 궁금햇다.

<1977년 9월 15일 목요일>
뉴예는 如前 生起가 不良햇다.
面에서 들으니 每月 加工 報告을 햇지만 이제부터 解除햇다고. 다음은 月末 報告하지 말아고 햇다. 自轉車가 中隊長이 보내준다든니 于今것 보내주지 안는다.
※ 第 3附加價値稅 豫定 申告하는데 新平 酒造場에서 集合되엿는데 過据[過去] 認定過稅와 비슷햇다. 卽席에서 第 3附加告知書는 8月 9月分 4,480원이엿다. 月 2,240원식 된 셈이다.

<1977년 9월 16일 금요일>
館村 任實에 단여쓰나 일은 마음대로 未決햇다. 9月 30日에 郡 組合에 卽接 가면 된다고 햇다.
黃宗一 氏에서 貳萬원 取貸햇다.
午後에는 崔朱洪 氏가 왓다. 長水 번암寺로 간다면서 喜捨金 又는 贊助金을 沙界錄에 記載해 달아기에 不應햇다. 理由는 내 故鄕을 배반하고 뜬다는데 뜻이 업드라. 3日 後에 떠난다고 햇다.

<1977년 9월 17일 토요일>
順天 女子 8日分 作業비 700×16=11,200을 會計해주웟다. 9時 40分에 新平農協에 갓다. 教育保險料가 3個月이 經過해서 失效가 되엿다. 農協職員에 당부햇다. 3個月 경과해서 失效가 되게 되면 被保險者에 通報할 수 없나 햇다. 未安타면서 日後에는 明心[銘心]하겟다고 9,300원을 (4個月分) 떼주웟다.
郵替局에 갓다. 南稅金 4,890원 託送金햇다.
食堂에서 新平 新德 云巖 會員이 約 10名이 募엿드라. 人當 壹仟원식 거더 常務의 內 故事에 써달아고 햇다.
稅金計算書 및 加工臺帳 書類 求備[具備] 狀況을 듯고 豫習을 햇다.
밤에 面 郡에서 合同으로 堆肥 播査[審査].

<1977년 9월 18일 일요일>
稅金計算書을 7월-8月-9月 10日까지 整理햇다. 書類는 萬般 準備가 되엿다. 그러나 工場 內部 修理가 殘條인데 約 15萬원 程度가 必要한 것으로 計算書가 나왓다.
全州에서 成吉이 來訪햇는데 債務을 整理하려 왓는지 或은 밧을 노로 왓는지 理由도 모르겟다. 成愼이는 食糧을 가지고 신 가방 其他 代金 3,500원을 주워 보냇다. 제의 兄嫂도 단여갓다고.
아침에 館村에 溹基(成曉 妻男)에서 電話가 왓는데 成曉에 送金을 해주고 其後 消

息이 업섯는데 成曉에서 전화가 왓는데 23日頃에 歸家하겟다고 하고 집이 다 平安한야고 햇다고 왓다.

<1977년 9월 19일 월요일>
뉴예 손치는데 더려워 내음이 나 손대기 거북햇다.
工場에서 機械 손을 좀 보왓다.
1般벼에는 다시 農藥을 주웟다.
뉴예가 잘못 되니 氣分이 低下되고 每事가 勇氣가 나지 안는다.
뉴예 뽕 따가지고 오는 사람을 보면 外面이 해지고 뉴예가 잘 되엿다고 하는 사람은 듯기도 시려서 外面만 하고 싶다.

<1977년 9월 20일 화요일>
館村市場에 갓다. 김치거리 其他을 삿다.
農協에서 올봄 春蠶 機檢을 한 殘金 5,972원을 밧고 보니 323,550kg代인데 어굴하드라.
白康俊 방아 찟고 때방아 고치방아도.
新平지서 面長이 왓다. 전화하려 오고 火재 件을(金進映) 調査키 爲하여 온 模樣인데 金進映 집에서 갑작키 우리 犬을 묵든지 그려치 안니면 업세버라 햇다. 萬諾 그려치 안니 하면 立件한다고 해서 氣分이 납앗다. 정말이야 햇다. 그려타면 알겟소 햇다. 이제{껏} 말이 업든니 아마 中食도 하시요 담배도 술도 待接햇드라면 그려지도 안니 할 터인데 그련가 십다. 경찰은 그게 근성이 不良하다고 본다.

<1977년 9월 21일 수요일>
黃在文 氏가 소를 삿는데 143,000원이라고. 관찬드라. 氣分이 조화서 술을 하자고.
벼 베기 시작햇다.

<1977년 9월 22일 목요일>
아침 일직 全州 금암국민하교에 갓다. 마참 金宗善 先生을 맛나고 崔成玉 先生을 무럿다. 運動場으로 가 卽接 面會 人事하고 成允을 잘 보살피라고 햇다.
成允 担任 先生 安淑姬 氏을 對面하고 付託도 햇다. 中食을 맞이고 2時頃에 왓는데 메누리도 왓드라.
每日 공부실을 電話로 連絡해서 成允에게 每日 보내 달아고 付託햇다. 月 350원이라고. 연탄도 100개 살아고 主人 婦人에 5仟원을 주고 왓다.

<1977년 9월 23일 금요일>
새보들 논에 成東이와 갗이 維新벼 논을 댓다. 午後에 못텡이 들에 가보니 미양[밀양] 21號 벼을 求見햇다. 아즉은 좀 이른 것 갓탓다.
오다보니 靑云洞 사람들이 고기를 잡드라. 몃 마리 엇엇다.
집에 온니 成東 成樂이가 뉴예고치을 選別하드라. 어디로 販賣하려 갈가요 햇다. 아무데나 가라 햇다. 아버지는 안 가시겟소 햇다. 못 가겟다 햇다.
生覺해보니 뽕밧 가구기부터 只今까지 手苦만 햇는데 기가 막키엿다. 모든 家 計劃이 어긋낫다. 엇터케 해야 오를지 머리가 돌들 안니 햇다. 遠山을 보면 가갑고 近山은 멀어진다.
成樂 便에 뉴예고치代 64,450원인데 桑苗代가 1,032원 떼여젓는데 計算 차오로 본다.

<1977년 9월 24일 토요일>
아침에 방아를 찌는데 玄米機 베야링이 나갓다. 玄米機 脫穀機을 막 실려 보내고 全

州에 가서 베야랑을 사다 組立을 햇다. 벼 脫{穀}機는 秋夕을 지내고 修理해준다고 햇다.
밤에가지 방아를 찌엿다.

<1977년 9월 25일 일요일>
아침에 驛前에 韓 生員 고추 10叺 운반.
黃宗一 取貸金 21,500 會計햇고 金雨澤 外上代 2,400원 주웟다.
任實 大同社에서 附屬 5,100원 삿다.
工場 內部을 1濟[一齊]히 掃除하고 精米기도 部內 掃除햇다.
任實 朴 常務가 왓다. 膳物로 양발 3컬에를 소수로 가저왓다.
秋夕 祭祠 장보기 하려 메누리를 간촌에 보냇다.
夕陽에 방아 찌엿다.

<1977년 9월 26일 월요일>
任實市에 갓다. 金宗喆 氏 注油所에서 石油 1드람 輕油 1드람 모비루 計 35,000원 現金으로 買入하고 前條 外上은 44,600원 다음에 會計하겟다고 하고 왓다.
白米 1叺을 市場에 냇는데 26,500. 韓 生員에 依賴한바 金萬吉하고 짜고 故意로 넘겨준 듯햇다.
鄭大涉 市民商會에 갓다. 차 한 잔 하고 집에 온니 成東이는 떡방을 찟드라. 夕陽에 成傑 成苑 全州 兒들 全員이 왓는데 반갑드라.
崔南連 氏가 집으로 가자기에 갓든니 鄭九福 林澤俊 왓는데 結局은 自己의 子息 자랑이드라. 편지를 보와 달이기에 잘못 일거주니 南連 氏는 우리 금자만치 못 익는만 그리고 현일이도 잘 익든데 그려면서 自己도 익드라. 참으로 창피하드라.

<1977년 9월 27일 화요일>
省墓 드리로 북골에 갓다. 昌宇 理由 없이 왕판 宗山에서 지 枝葉 茂木[伐木]을 햇드라.
全州에서 泰宇가 왓드라. 중날 枝葉 戊木[伐木] 許可을 내자 햇든니 누구 존 일을 시키게 내야 햇다.
面에다 白元基에 전화해서 젓소을 알아보왓든니 元喆에 말해보라고. 成奎을 불어서 보냇다.
王板에다 草地 操成[造成]을 하겟다고 햇다.

<1977년 9월 28일 수요일>
成傑 말에 依하면 每 月給 2萬원式을 주는데 今般에는 5月 - 8月分(4個月分) 뽀나수해서 한거번에 9萬원을 찻고 成苑 눈님에 積金을 너달아고 하고 每月 2萬식 보내줄 터이니 잘 入金시켜 달아고 付託하고 온家族이 모르게 해달아고 햇다면서 아버지만 알아고 햇다. (極秘)[127] (印)
脫穀機 修理한바 밤에까지 햇다. 그러나 기분이 不安햇다. 主人된 사람이 딴 일만 하기에 그랫다.
鄭九福 氏가 밤에 왓다. 30日 脫作하자고 왓다.

<1977년 9월 29일 목요일>
脫穀機 손을 보고 池野에 白康俊 논에 옴기엿다.
午後 3時쯤 되여서 끝이 낫다. 脫作量 28叺쯤 되엿다. 今年度에 첫 脫穀이엿다.

127 極秘 다음에 날인하였다.

金鉉珠에 벼 묵는 데 갓다. 언제쯤 作業할 計劃이야고 햇든니 日曜日쯤이라고.

<1977년 9월 30일 금요일>
鄭九福 脫作햇는대 묵어서 時間이 만이 걸이엿다.
井邑에서 宋利燮이가 전햇는데 林長煥에서 會計할 것이 잇는 것 갓다. 長煥이를 맛나고 傳해 주웟다.
10年 前에 積金한 것이 滿期가 되여 218,600원을 차잣다.

<1977년 10월 1일 토요일>
里長 韓相俊에 裸麥 1叺代 大麥 1叺代 財産稅 合計해 16,820원 會計해 주엇다.
아침에 館村 崔香喆 氏 宅에다 叺子 150枚 45,000원 中 5,000원 入金하고 運搬해왓다.
四仙臺에서는 郡 職員 面 職員이 車便으로 비을 들고 와서 路上 掃除을 하고 있드라.
成康 脫作한 데 가보니 故章이 낫다고 통 안니 햇든라.
全州에 가서 附屬을 又 좀 삿다.
夕陽에 大里에서 李宗南 氏 長女가 成康이하고 同伴해서 처음으로 人事次 왓다.

<1977년 10월 2일 일요일>
金宗出 脫麥한는데 애가 먹엇다.
金炯順 回甲인데 못 가보앗다.
李澤俊이가 왓다.

<1977년 10월 3일 월요일>
靑云洞에서 脫作하는데 脫穀機가 말이 잘 안들엇다.
신경질이 나서 新品機 海陸式 1臺을 가저 왓다. 代金은 19萬원.

<1977년 10월 4일 화요일>
新品機械을 成康 成東 便에 鄭泰燮 논에서 始作한데 참으로 잘 나가드라.
밤에 大里에서 麥 種子 47叺 운반햇다.

<1977년 10월 5일 수요일>
우리 脫作한바 58叺 收穫햇다.

<1977년 10월 6일 목요일>
終日 精米 精麥을 햇다.
安承场 脫作 成康 해서 約 65叺쯤 脫麥햇다.
夕陽에 全州에 갓다. 고무노라 其他을 準備해왓다.
成康 脫作이 느저 밤 10時까{지} 운반해왓다.

<1977년 10월 7일 금요일>
鄭圭太 取貸金 萬원 - 又 萬원 計 2萬원을 會計해 주고 成東 便에 朴俊祥 外 1人도 日工 會計해 주웟다.
任實 加工組合에 갓다. 崔永喆 氏와 갗이 書類 檢査에 着手한바 0.5日 以上이 걸이엿다.
午後에 늣게 中食을 맞이고 全州을 据處서 裡里에 갓다. 三進工業社에서 金且奉 氏을 맛나고 相議한바 3, 4{日} 後에 오겟다고.
뻐스로 집에 온니 밤 9時 지낫다. 車費라고 五仟원을 넛드라.
成奉 授業料 25,150원을 卽接 庶務에 納付햇다.

<1977년 10월 8일 토요일>
어제 비가 내려 作業順序가 박귀엿다.
農園 李 氏 牟潤植 氏 2家을 한바 約 38叺을 하고 일기엿다.

夕陽에 방아를 찟는데 베야링이 나가 할 수 없이 中止하고 玄米機를 밤에 실어다 市基工場에다 막기고 왓다.
南原에서 結婚 仲介者가 왓다. 말하기를 南原 帶江面이라 하기에 宮合을 보겟다고 햇다.

<1977년 10월 9일 일요일>
今日 아침부터 牛浮[牛乳]을 마시기로 하야 朴仁培 집에 갓다. 1回分은 170원식 定하고 半주전자식이라고 했다. 食前 2잔을 끌어 마신바 속이 휴련햇다.
메뉴리는 말하기를 成樂이가 不遠 軍人에 간데 빛이 5萬원이라며 가기 前에 갑겟다고 아버지에 말해달아고. 只今 없으니 받을 사람을 記載해주고 가라 햇다.
金鉉柱 金昌圭 脫作햇다.
成樂이는 又 母을 시켜서 五萬원만 주워야지 萬諾 몬 주며 죽겟다고 위협햇다고. 빗을 갑을 곳을 일어주면 父가 갑아주겟다고 하라.

<1977년 10월 10일 월요일>
午前에 成奎 脫作하려 간바 벼가 빠개진다고 하기에 뜻고 보니 사래가 나갓다. 脫穀機 실코 驛前에서 修理한바 今日 作業은 抛棄 狀態다.
夕陽에 방아 찟는데 金正植이가 왓다. 明日 내 것을 맞추왔으니 꼭 해달아고 햇다. 그려치만 作業타 中止되엿는데 그렬 수 잇나 햇다. 他 機械다 해도 조흐니 나는 抛棄하겟다고 햇다.
崔京喆이는 就職한다고 財産證明 하나 해달이기에 承諾햇다.

<1977년 10월 11일 화요일>
成奎 벼 脫作을 하는데 베루도가 떠려젓다. 바로 任實에 가서 11,000원 中 6,000원을 주고 5,000 殘으로 햇다. 成奎 벼 58叺 脫作햇다.
任實 注油所에서 夕陽에 油類을 실코 왓는데 경유 6드람 石油 1드람 모비루 6통을 外上으로 드려놋코 先金 2萬원을 주워 보냇다.

<1977년 10월 12일 수요일>
近間에 처음으로 異常없이 脫穀햇다.
밤 늣게까지 방아 찌엿다.

<1977년 10월 13일 목요일>
아침에 妻子가 말하기를 어제 밤에 成樂이가 大里에서 와서 五萬원을 안 준다고 하면서 내 남무 자식이야 데려온 子息이냐 햇다고. 急錢을 五萬원 들여서 바로 急히 妻을 시켜서 大里로 보내 주웟다.
午後에는 成樂이가 왓다. 社會問題 學校〃育問題 軍人生活問題 等〃 敎育的 타일엇다. 家庭에서는 行位[行爲]가 不良햇지만 改心할 것을 거듭 强操[强調]햇다. 大里을 据處서 明 8時에 全州 集合한다고 햇다.

<1977년 10월 14일 금요일>
새벽에 방아 찟다가 玄米機 故章이 낫다.
崔南連 脫麥. 成樂이는 새벽에 全州로 떠낫다고 햇다.

<1977년 10월 15일 토요일>
重宇 집 脫作하다 고장이 낫다. 任實로 전화해서 修理한데 出張비을 五仟을 要求햇다.

<1977년 10월 16일 일요일>
裵永植 脫穀.
驛前에서 脫穀機 修理.
金雨澤 氏에서 叺子 30枚 外上으로 買入(10,000원).
全州에서 李澤俊이가 왓다. 成苑과 同伴해서 結婚日字을 말햇는데 延期하자고 하면서 돈 回錢이 不能하다고 햇다.

<1977년 10월 17일 월요일>
우리 집 脫穀하는데 脫穀機 베야링이 깨저 애를 먹는데 異常하게도 每日 故章이 난다.
12時쯤 되여서 業者會議에 參席햇다. 新年豫算案 通過 過年度 決算 報告 全部 맟엇다.
夕陽에 집에 온니 又 元動機가 異常이 生起엿다.

<1977년 10월 18일 화요일>
終日 金學順 벼 운반. 夕陽에는 大端히 되드라.
銀姬 돌이라고 朝食을 成康 집에서 먹엇다.
全州에 成康 장모는 애기 금반지하고 술하고 衣服까지도 繕物로 가저왓다고 햇다.

<1977년 10월 19일 수요일>
朴仁培에서 牛浮을 가저왓다.
白康善 氏 벼 운반.
崔瑛斗 벼 운반.

<1977년 10월 20일 목요일>
麥 基肥 複合肥料 15袋 尿素 1袋 雜肥 4袋 計 20袋을 운반햇는데 代金은 外上으로 하고 償還 其月日은 78年 6月 30日로 定햇다.
驛前에서 鄭圭太에서 金 萬원 取햇다.
午後에는 聖壽 月坪里 고초 20叺 運搬해 주고 駄費는 3仟원 밧앗다.
韓南連에 五仟원 先拂해 주웟다. 成東 便에.

<1977년 10월 21일 금요일>
壽洞서 崔炳文 氏 室內 喪을 당햇다고 訃告가 왓다. 9月 5日 小祥으로 본다.
韓南連 成東과 갗이 배답 工事을 햇다.
午後에는 방아 찟고 경운기는 堆肥을 냇다.
※ 밤 11時頃에 불이 낫다고 在成 母가 소리 햇다. 문을 열고 보니 우리 보리대 타는데 겹이 낫다. 소리도 못 지르고 불을 끄다 보니 洞內 사람들이 募엿다.
異常하게 여겻는데 嚴俊峰 畓에 집도 15斗只가 다 타버렷다고 햇다. 새벽 4時까지 鄭圭太 집에서 수직햇다.

<1977년 10월 22일 토요일>
아침에 支署에서 崔 순경이 왓다. 現場을 調査하고 다음은 支署長이 왓다. 철저하게 搜査해서 不安을 免해달아고 햇다.
成東 外 3人이 南原 뻐스터미널 二층 다실에서 處女 便에서 4人 이쪽에서 4人 게 8名이 募 여 觀選햇다. 中食까지도 待接을 받앗다.
오늘 途中에 嚴俊峰 논에서 刑事들 支署次席하고 崔永泰를 調査 中이드라. 밤에도 支署次席에서 電話가 왓는데 崔永泰가 嚴俊峰 집은 불을 냇다고 시인하고 崔乃宇 보리대는 洞內 가운대라 불을 놓이 안 햇다기에 本署로 連行.

<1977년 10월 23일 일요일>
支署 崔 巡警이 왓다. 火災 被害者 陳述書 調書을 받아다. 누가 불을 논지는 모르겟으나 막상 崔永台가 노왓다면 精神 異常한

사람이오니 處罰을 要求치 안게다고 햇다. 何等의 그 사람이 불 논 걸는 밋이 안타고 햇다.
白康善 黃基滿 氏이 生覺코 장기을 1日式 해주웟다.
成苑이 왓다. 成曉도 갗이 왓다. 結婚 日字을 11月 12日로 定햇다면{서} 金 50萬원을 要求햇다.

<1977년 10월 24일 월요일>
아침에 崔永俊이가 왓다. 今般 火災事件으로 依하야 合意書을 要求햇다. 좇타하고 自筆로 署名 捺印해 주웟다. 그래든니 正午에 崔永台는 本署에서 석방되엿다.
人夫 5名이 왓서 보리가리을 햇는데 約 10餘 斗只이다.
10月 27日字로 新平 共販場에 出荷量이 100叺이라고 햇다.

<1977년 10월 25일 화요일>
午前에 방아 찟고 午後에 只沙 成苑에 갓다. 永浩 母을 맛나서 婚談을 무려보니 本人도 업고 막연니 말하고 있엇다.
成苑에 付託하고 왓으나 밋지 못하겟다.

<1977년 10월 26일 수요일>
出荷量을 맡고 보니 모두 포기해주워서 내가 40叺 成康 20叺 俊峰 40叺 計 100개라고 햇다.
夕陽에 驛前에서 온니 仁子 弟이 成英이 學級綜合中間考査라고 햇다. 學校에서 通報가 갓다고 햇다.

<1977년 10월 27일 목요일>
밋이 못해서 서울로 전화햇든니 通報는 받아지만 밥아서 못 가겟다고 햇다.
白康善 脫穀 44叺.
벼 共販 40叺을 보냇다.
成康 10萬원 보내고 成苑 條로 成曉 10萬원 보내왓다.

<1977년 10월 28일 금요일>
鄭圭太 萬원 아침에 償還햇다.
終日 방아 찌엿다.

<1977년 10월 29일 토요일>
終日 방아만 찌는데 玄米機가 異常이 生起엿다. 原動機가 熱이 生起엿다.
白康善 脫穀.

<1977년 10월 30일 일요일>
終日 방아 찌엿다.
嚴俊祥이가 와서 新平 가자고 택시을 불엇다. 태시는 왓는데 本人은 술 醟하다면서 마당에서 누워버렷다.
新平에 단여 大里에 왓다. 炳基 氏을 禮訪하고 듯자 하니 屛巖里 房宇는 이혼하려고 하다고 말하고 지금 뜻이 좋이 못하다고 햇다.
金宗南 집에 들이여 人事햇다.

<1977년 10월 31일 월요일>
終日 방아 찌엿다.
黃基滿 子 李起榮 子 2名이 洪 氏 果樹園에 들어갓다고 支署 信告[申告]해서 巡警 2人이 왓다.

<1977년 11월 1일 화요일>
炳赫 堂叔 女息 淑姫 結婚한데 봉동 新郞집으로 갓다. 炳赫 3兄弟 아들 2名 成叔 乃宇해서 10餘 名이 參席햇다. 이름 高台根인데

半身이 不具者엿다. 金明九가 參席햇드라. 오는 길에 明九 집을 드려다 보왓다.
全羅中學校 全女中을 訪問하고 授業料을 떼주고 下宿집에서 成允을 맛나고 왓다.
成東 便에 任實서 石油 1드람 15,600원에 가저왓다.

<1977년 11월 2일 수요일>
終日 방아 찌엿다. 成苑 結婚用 寢具 針事을 우리 집에서 햇다. 그런데 成曉 母 人象을 보니 不安감을 갓고 잇드라.
夕陽에 牛乳을 데달이고[데워달라고] 3唱을 해도 對答이 없다가 答변 曰 안 데엿는데 엇저라는 것이엿다. 其때는 熱이 낫다.
成奎는 任實 成曉 人事 關係로 어제 밤에 갓다가 아침 왓는데 農事係長을 通해서 農事係로 갈여는데 朴宗喆에 말해 보라고 해서 朴宗喆 氏을 對面하고 왓다고 햇다.

<1977년 11월 3일 목요일>
終日 방아 찌엿다.

<1977년 11월 4일 금요일>
南原稅務署에 갓다. 國稅 完納證 2通을 해 왓다.
오는 길에 市場에 들이여 鄭九福 外 3名을 맛나고 왓다.
바로 新平에 갓다. 地方稅 完納證明 2通을 햇다.
成曉 母는 全州 아들에게 갓다.

<1977년 11월 5일 토요일>
大里 趙命基 氏 婦人에 2仟원 주면서 傳해 달아고 햇다.
炳基 堂叔 집에 갓다. 英子가 10月 20日 結婚日이라고 햇다.

<1977년 11월 6일 일요일>
成曉가 왓드라. 成苑 結婚 打合次 왓는데 現金 拾萬원을 주고 館의 料食費을 주라고 햇다.

<1977년 11월 7일 월요일>
道廳 營林課 入札 申請하려 갓다. 全郡 各郡에서 入札者드리 募엿는데 滿員이드라.
保證金을 生覺해서 銀行에 拂入해라기에 成吉 집에 갓다. 6萬을 빌이여 道廳에 갓다.
正門에서 澤俊이을 맛나고 萬원 더해서 7萬원을 내라고 郡에서 成曉가 전화햇다고 햇다. 澤俊에서 萬원을 둘여서 拂入햇다.
鄭泰燮 長女 結婚式에 參席햇다.
明 8日 午後 5時에 署 菅車[官車]로 咸을 보내겟으니 2萬원만 주시요 햇다.

<1977년 11월 8일 화요일>
完州郡廳에 10時에 參席햇다. 全道的으로 400名이 參席햇다고. 第一次 入札에 들어간바 第一次 記票[記標]에 流札되고 말앗다. 65萬원 記入했으나 他人이 69萬원에 落札되고 말앗다.
成吉 取貸金 6萬원을 오는 途中에 주고 澤俊 萬원도 주고 왓다.
全州에서 澤俊 外 2名 親友가 함을 署 車로 가지고 왓다. 旅費 2萬원을 주웟든니 成苑 便에 返濟해왓다.
成曉 成苑 成康도 參席햇다.
鄭宗和 母에서 金 五萬원 取貸햇다.

<1977년 11월 9일 수요일>
昌坪里 벼 共販日이다. 鄭圭太 條로 벼 3叺

보냇든니 2等이라고 鄭宰澤 氏가 38,000원 가저왓다.
밤에는 支署長 農協長이 오시여 新平農協 育成 設得[說得] 請議가 있었다. 昌坪里도 配定金이 95萬원. 支署長 安保의 演說이 있었다.
12時에 小宅 叔父 祭祠에 參禮햇다.

<1977년 11월 10일 목요일>
全州 崔完石 弟 結婚式에 參席햇다. 式이 끝나자 退場해서 湖南상會에서 고무노라 1組 5,400원에 사가지고 왓다.
中食은 昌坪里 柳文植 母 집에서 햇는데 生日이라 햇다.
※ 路上에서 黃在文 氏가 金 參萬원을 주면서 約 1個{월} 後에 주시요 하고 건너주워 바닷다. 자식들 예은데 利子 업시 보태 쓰라고.

<1977년 11월 11일 금요일>
驛前 金雨澤에서 叺子 50枚代 17,500원 中 7,500원 入金하고 萬원 在로 햇다.
이발하고 집에 온니 서울서 成英이도 오고 成苑도 오고 햇다. 許俊晩도 오고 只沙에서 點順이도 왓다.
昌宇가 五仟원 呈表햇다.
鄭圭太에서 5萬원 取貸햇다.

<1977년 11월 12일 토요일>
오날은 成苑 結婚日이다. 아침 9時頃에 澤俊이가 택시 1臺을 가지고 왓다. 메누리 2名하고 成苑은 미리 갓다. 다음 택시로 全州에 禮式場에 當한니 11時 30分이엿다. 親戚과 親友 祝賀客이 大盛況을 이루웟다. 兩家 合해서 約 170餘 名이라고 햇다.
旅館에서 中食을 맞이고 兩家 사돈끼리 人事가 交換되고 곳 新婚旅行 길에 올아 新婦 新郞은 人事하고 出發햇다.

<1977년 11월 13일 일요일>
鄭圭太 脫作하고 메누리는 再行 오는데 飯饌 사려 全州에 갓다.

<1977년 11월 14일 월요일>
澤俊는 內外가 夕陽에 왓드라.
終日 방아 찌엿다.

<1977년 11월 15일 화요일>
新平 酒場에 갓다. 附加稅 2,816원을 通報밧고 왓다.
夕陽에 6時 뻐스로 全{州}을 据處서 錬武臺에 當한니 밤 9時엿다. 崔大宇 面會 申請햇든니 不在中이라고 해서 下宿집으로 들어가 投宿을 햇다.

<1977년 11월 16일 수요일>
下宿집에서 7時에 나와서 다시 面會 申請햇든니 不在中이라고 해서 어느 將校을 맛낫든니 29聯隊로 가라고 해서 錬武臺 正門 面會室에서 기드렷다.
約 1時 半쯤 되니 大宇가 나왓다. 成樂 形便을 무루니 잘 잇다면서 2, 3日 後면 金海로 간다고 햇다. 用錢 5仟원을 주면서 成樂에 傳해달아고 햇다.
恩津面 방축里에 鄭永植을 訪問햇든니 마흔[많은] 赤字을 내고 井邑으로 떠낫다고 햇다.
論山驛에서 裡里 票을 사서 裡里에 당하니 驛內 수선하드라. 裡里 驛舍에서 黃海周 氏을 相逢햇다. 술이 取한 듯햇다. 車

中에서 作別人事 하다 보니 列車 떳다. 할 수 없이 任實로 갓다. 韓文錫 氏을 맛나고 왓다.

<1977년 11월 17일 목요일>
寶城宅이 오시{여} 쌀말을 햇다.
新平指導所에서 裡里 317호 水播 種子 1叺代 16,000원 달아기에 奇형도에 주웟다. 新平으로 4叺인데 成奎하고 나만이 주겟다고 햇다. 現金은 成奎 便에 주워 보냇다.

<1977년 11월 18일 금요일>
成苑 內外 成康 母 나하고 5名이 南原 廣寒樓에 求憬[求景: 구경]하려 갓다. 가금 비는 내리는데 徒步 市內을 구경햇다. 中食을 甲乙食堂으로 갓다. 4仟원을 食代로 주엿다. 5時 列車로 館驛에 온니 6時엿다.
※ 南原에서 成東 胎日紙가 왓다. 陰曆 10月 25日이고 陽曆으로는 12月 5日엿다. 舊式으로 婚禮을 擧行하자고 햇든니 不便하다며 南原禮式場에서 하고 經비는 半分擔으로 하되 陰 10月 14日 服製을 마치게 맛나자고 햇다.

<1977년 11월 19일 토요일>
寶城 堂叔하고 白米 會計을 한바 昨年 條 舊債之米 15斗 利 4斗 5되하고 1978年度 耕作稅 3斗只 3叺 6斗 하야 合計 5叺 5斗 5되인데 5叺 05되만 工場에서 宋成龍을 시켜서 送致해주고 5斗은 다음에 드리겟다고 햇다.
里長하고 會計하는데 麥 種子 운임 9,050을 밧고 麥 消독약代 1,300주고 麥 凍害 보상금 600 밧고 裡里事件128 이우돕기誠金 2,000 주고 햇다.

<1977년 11월 20일 일요일>
基宇 長女 경예 結婚式을 具會진(道植 氏 長男)하고 任實 基宇 집에서 擧行되엿다.
人事가 交換되고 中食이 끝이 나고 付託之事도 交換되엿다.
다음은 寫眞館으로 가 結婚 사진을 찍고 家族 寫眞이 촬영되엿다.
成曉 집을 단여서 왓다.
成苑하고 成東 結婚 페물을 알아 적어보니 約 20餘 萬원이 되엿다. 寶城宅 米穀을 成東을 시켜서 館村에 운반해 주웟다.
寶城 堂叔은 成東 結婚 時에 못 오신다고 祝賀金이라고 貳仟원을 주시엿다.

<1977년 11월 21일 월요일>
방 修理햇다. 보이라로.
午後에 加德里 李云植 宅을 訪問햇다. 韓昌煥 趙命紀 氏와 同行이 되엿다. 元泉里 다방에 休息을 하는데 郭道燁 崔基山와 농담을 하다가 감정으로 변하야 다방이 시기렵게 되엿다.
寶城 堂叔이 서울로 떠나게 되여 夕陽을 갗이 하면서 陰 7日에 墓祠에 參禮하시지요 햇다.

<1977년 11월 22일 화요일>
今年에 처음으로 눈이 내렷다.
宋成龍 昌宇을 오래다 비자루 맷다.
白康善 氏 婦人을 南原에 婚事 打合次 보내든니 歸家치 안햇다.

128 1977년 11월 11일 발생한 이리(현 익산)역 폭발 사건을 가리킨다. 앞서 11월 16일의 일기를 보면 일기의 저자가 논산역에서 이리행 열차표를 사 이리에 도착했을 때 "驛內 수선하드라"라고 언급하고 있는데, 아마도 폭발사고가 일어난 후의 상황을 가리키는 것으로 짐작된다.

밤에는 술 한 잔을 받아 가지고 白康善 氏 집에서 놀다 왓다.
成曉가 왓다. 뽀푸라 規格苗 屈取作業 要領을 알려주고 갓다.

<1977년 11월 23일 수요일>
우리 방아 찌엿는데 5叺 程度엿다.
安承坊 氏에 白米 10叺 利子만 2叺 5斗을 주고 (叺子까지) 元子는 다시 안쳐 노왓다.
白康善 氏 婦人이 南原에 단여왓드라. 그런데 自己의 딸 分順이가 말한다고 아무것도 못 해주고 洋服 程度나 해주겟다고. 아무 말 못햇다.
面에서 崔 總務係이 왓다. 里民에서 願한다면 間이 急水[給水] 施設을 해주겟다고 하고 里民 負擔은 努力負擔뿐이라고 햇다. 꼭 하나 해주게 햇다.

<1977년 11월 24일 목요일>
人夫 男女 10餘 名이 動員되여 뽀푸라 堀取作業을 始作햇다. 人夫 中夕食은 없고 1日 1,500원을 주기로 하야 날싹으로 시켯다.
煙炭이 破動[波動]이 낫다고 在庫가 있어도 品切이라 햇다.

<1977년 11월 25일 금요일>
오날도 뽀뿌라 堀取作業. 人夫는 10餘 名이 動員되여 完全히 假植까지 끝냇다.
韓南連에 나무 돈 10負 갑 6仟원을 주엇다.
丁基善에서 成康 便에 金 拾萬원 가저왓다.
夕陽에 白菜을 뽀앗다[뽑았다]. 成康 집으로 10포기를 보냇든니 마늘 3접을 보냇드라.

<1977년 11월 26일 토요일>
9時 뻐스로 昌宇 炳基 氏와 갗이 大票里[大栗里][129] 墓祀에 갓다. 南原 帶江 正宇 喆宇 基宇 해서 全部 10名이 宗員이 募엿다.
墓祀가 끝이 나고 守護者에서 先子 白米 4斗代 9,200원 밧고 5仟원은 客費로 쓰고 4仟원이 成吉에 保管된 것으로 안다.
成東 便에 23萬원을 주워서 南原에 보냇다.

<1977년 11월 27일 일요일>
12時頃에 昌宇와 同伴해서 館村에 갓다.
正時로 1時에 結婚式이 擧行되엿다.
酒飯을 新郞 面 집에서 接待하고 作別햇다.
明日 谷城 南陽 五代祖 墓祠에 參席하라고 成吉이가 五仟원을 昌宇에 맛기고 갓다.
今日 김장[김장]을 햇다.

<1977년 11월 28일 월요일>
昌宇 成奎와 3人이 同伴해서 谷城에 갓다.
夕食은 守護者 집에 하고 잣다.
뻐스로 가는데 車中에서 金漢柱을 맛나는데 求禮로 宗鉉 長女을 結婚式에 갓다 {돌아간}다고 햇다.

<1977년 11월 29일 화요일>
10時쯤에 祭物을 準備해서 山所에 갓다.
墓祠을 맟이고 집에 오니 눈비가 내리기 始作햇다. 午後 2時頃에 主人집에서 出發해서 走步[徒步]로 鴨錄까지 왓다.
列車로 4時에 出發햇다. 館村에 온니 6時엿다.
成東이는 洋服 假服[假縫]하려 南原에 갓다 왓다. 成東이는 丁基善 白米 2叺 6斗 支

---
129 전북 남원시 사매면 대율리.

拂햇다고 햇다.

<1977년 11월 30일 수요일>
高祖 父母 墓祠日이다. 全州 成吉 建宇 晩參햇다.
成曉는 12月 1日字로 農事係로 轉職햇다고.
뽀푸라
特大 2,230
1級 3,630
2級 2,200
計 8,860
鄭太炯 氏에서 3萬원 借貸해왓다.

<1977년 12월 1일 목요일>
鄭太炯 氏에서 又 2萬원 借貸해왓다. 그려면 5萬원인 셈.
메누리는 2萬원을 가지고 結婚 食料品을 構買[購買]하려 市場에 갓다.
23萬원 條 支出 內譯.
南原에서 春夏秋冬服 洋裝 해서 10萬원을 支出햇다.
全州서 반지 목걸이 6돈중 87,000.
化莊品[化粧品] 4萬원 計 127,000원.
雜비 해서 23萬원는 다 쓴 셈인 듯햇다.

<1977년 12월 2일 금요일>
밤에 내린 눈은 今年度 冬期에는 最高 내렷다.
昌宇 成奎는 終日 舍郞 壁地[壁紙]와 紙天紙 바르기 햇다.
成東이는 任實에서 燃炭[煉炭] 200개 運搬해왓다.
메누리는 全州로 生鮮을 사려 夕陽에 간바 늣게 가기 때문에 明日 午前에 오겟다고.

<1977년 12월 3일 토요일>
昌宇하고 舍郞 壁地 바랏다. 午後에는 黃在文 丁九福 鄭太炯을 시켜서 도야지을 잡앗다. 約 80斤 程度엿다.
메누리는 어제 全州에 가서 結婚 장보기 해가지고 午前에 왓다.
成苑 內外가 夕陽에 왓다. 成康이는 李正浩 상해사건 取下하려 갓는데 嚴俊峰하고 檢察廳에 간바 支署 崔 巡警하고 同行이 되여 不구속으로 立件해서 석방되엿고 交際비로 20萬원을 丁基善 成康이 갓다 주웟다고 한다. 밤에 택시로 갓다.

<1977년 12월 4일 일요일>
洪吉杓 氏 長男 韓大연 貳男 結婚式에 參席햇다. 式場에서 金相洙 査돈을 相面햇다.
中食을 맞이고 炳基 堂叔하고 同乘해서 왓다.
全州에서 成吉이도 夕陽에 왓다.
成奉을 시켜서 大里 契員만 招請狀을 냇다. 8名에.
崔完宇에 成奉 條로 白米 1叺을 주웟다.
趙命基는 全州에서 말한데 工場에서 白米 二叺을 紛失햇는데 立場이 難處하다고 햇다.

<1977년 12월 5일 월요일>
9時 車로 南原에 간바 約 20餘 名이 乘車햇드라.
11時쯤에 結婚式은 擧行되엿다. 帶江에서 哲宇도 巳梅[130]에서 圭宇도 參席햇다.
鄕家는 4時쯤인데 요객은 잠시 中食을 맞이고 5時쯤 해서 떠나고 夕陽에 大里에서 親睦稧員 3名이 왓다.
밤 1時쯤에 大里 메누리가 腹部가 앞으다

130 남원시 소재.

고 해서 택시로 館村病院에다 택시로 入院 시켯다.

<1977년 12월 6일 화요일>
洞內 老少 男女 間에 全員 集合해노코 술 한 잔씩 接待햇다. 大里에서 炳基 堂叔도 오시고 夕陽에는 郡廳 農産課에서 職員 1同이 參禮해주웟다.

<1977년 12월 7일 수요일>
成東 內外는 妻家로 再行길에 떠낫다.
崔金石에서 金 六萬원 取貸하고 崔瑛斗 氏에서 15,000원을 둘여서 成英 授業料을 주기 위해서 準備해 노왓다.

<1977년 12월 8일 목요일>
金在玉 子 任實 結婚式場에 들이엿다.
장재리[131] 養蠶家 冬季 敎育場에 參席햇다. 中食을 거기에서 맞이고 왓다.
夕陽에 방아 찌엿다.
朴京洙을 시켜서 桑田 耕耘햇다.

<1977년 12월 9일 금요일>
成英 授業料 65,000원 支拂햇다.
※ 印章을 冊床 위에 꼬자 노왓는데 行方을 모루고 있다. 여려 가지로 異心이 든다.

<1977년 12월 10일 토요일>
黃在文 氏 白米 其他 8介을 館村에 託送하려 간바 貨物을 下車 中 警察官이 와서 連行을 하게 되엿다. 理由는 路上에 두웟다고 햇다. 기분이 不安햇다.

<1977년 12월 11일 일요일>
任實市場에 갓다. 鄭圭太는 牛을 買受햇는데 飼育者도 不在中에 삿드라. 42萬원 주웟다는데 마음 들지 안드라.

<1977년 12월 12일 월요일>
秋穀 買上을 하는데

李光燁 條로	現金으로	2叺
	外上 〃	2叺
鄭圭太 條로	現金	1叺
	外上	1叺
金炯進 條로	現金	2叺
林澤俊 條로	外上	4叺
黃在文 條로	現金	1叺
崔乃宇 條로	現金	32叺
	外上	16叺
	收得稅	4叺
	農出資	1叺

<1977년 12월 13일 화요일>
終日 방{아} 찌엿다.
尹鎬錫 氏가 방아실에 왓드라. 黃在文 집을 팔아고 햇다. 5叺 6斗을 달아고 햇다. 되엿다고 하고 安承坊에 말하겟다고 해든니 단여와서는 못 사겟다고. 良心不良한 사람이라 生覺햇다.
大里 金宗南 父 喪家 弔問햇다.
鄭太炯 氏에 2萬원 갓다 黃在文 氏에 15,000원 會計하고 家屋代 5叺 中 倭任[委任] 條 4叺 2斗 除하고 8斗 殘.

<1977년 12월 14일 수요일>
黃在文 氏는 會計을 해보자고 햇다.

鄭太炯 氏	13斗
酒契 梁奉俊 條	3斗

131 임실군 임실읍 소재.

裵明善	1叺
崔乃宇	1叺
嚴俊祥	1叺5斗
爲親契	2斗
게	4叺2斗
殘	8斗
	5叺

<1977년 12월 15일 목요일>
포푸라을 檢側하려 왓는데 南連 氏와 同伴해서 밭에 갓다. 全量은 3,504 새 代金은 315,810인데 2,800을 減해주고 313,000원을 會計햇다.
崔瑛斗 氏 取貸金 4萬원을 會計햇다. 鄭圭太 取貸金 萬원도 會計하는데 鄭圭太 酒店에서 밤에 瑛斗 鄭柱相 金昌圭 立會 下에 주웟다.
林仁喆이가 白米 2叺 5萬원을 要求하기에 鄭九福에 連絡해서 招介하고 貳萬원은 裵京完이가 取해주고 내가 3萬원을 鄭九福에 取해 드렷든니 前 債務 條로 會計하자고 하기에 좃이 그랫다.
밤에 住民總會(班常會)에 參席햇다. 成奎 問題가 나오고 里 倉庫 建立 問題가 나오고 筆洞 農路 開說[開設] 問題가 末題에 論議가 되엿다.

<1977년 12월 16일 금요일>
아침 해장에 崔南連 氏을 訪問하고 저게리 元利金 112,000원을 會{計}하고 다음에는 鄭九福 氏을 訪問하야 22,500원을 會計하고 다음은 鄭太炯 氏을 訪問하고 近日에 取해온 돈 2萬원 드리면서 五萬원만 殘金이요 햇다.
終日 방아 찌엿다.
午後에는 비가 내리드라.
夕陽에 鄭圭太 酒店에 드르니 鄭圭太 鄭泰燮 嚴俊祥이 募여 秘談을 하는 것이 아마도 눈치가 嚴俊祥의 牛가 안낫십드라. 우리가 매기는 牛가 틀임이 업서 보이드라.
밤에 昌宇을 불여서 모든 會計을 하라 햇다. 叺子 60枚 18,000 벼 脫穀稅 2叺 成苑 結婚 條 50,000.

<1977년 12월 17일 토요일>
任實 驛前 韓文錫 氏 債務 59,000원을 償還햇다.
全州에 금암동 李宗根 氏 복덕방에 들이여 家兒 下宿방을 賣渡해달아고 햇다.
고무노라 1組을 삿다.
夕陽에는 우리 집에서 共販벼 代金을 農協에서 와서 個人에게 會計해주는데 밤 11時頃이엿다. 우리 것은 償還金이 432,122원이엿다. 벼 32叺 代 393,800원이며 不足을 成東 便에 鄭宰澤에서 5萬원을 빌려다 會計해주고 30萬원만 殘金으 남기고 78年에 償還하겟다고 햇다.

<1977년 12월 18일 일요일>
아침에는 鄭鉉一 집에서 招請해서 朝食을 그 집에서 햇다.
今日도 終日 精米햇다.
鄭九福 氏를 成康이가 兄을 핑게하야 3, 4日 前에 3萬원을 가저갓다고 햇다. 나는 그러한 신부름을 시키지 못햇으니 어{서} 달아고 하라고 햇다.
어제밤에 벼갑 10餘 萬원을 차자 갓다고 햇다.

<1977년 12월 19일 월요일>
任實文化館에서 愛鄕促進大會가 開催되

엿다. 各 面別로 5名식이 配定的으로 募엿드라. 新平서는 崔乃宇 郭在燁 洪吉杓 孫柱喆 金景贊이다.
오는 길에 相範 집에 들이여 中食을 하고 왓다. 明日 相範 生日(돌)라고 햇다.
밤에는 李正鎬 韓南連 傷害事件 取下비로 2萬원을 주고 밧고 領收證을 써주웟다.

<1977년 12월 20일 화요일>
成玉의 高試日이다.
집에서 그력저력 햇다.
白康俊 氏 집에서 中食을 햇다.
成康을 시켜서 館村에서 30萬원 借用해왓다. 利子 3分利로.

<1977년 12월 21일 수요일>
長斫을 팻다.
成東이는 방이 찌엿다.
今秋부터 이제까지 人夫賃을 淸算하는데 53,200원을 成東 便에 傳해 주웟다.
成曉 母는 어제 相範 生日에 단여 오날 왓다.

<1977년 12월 22일 목요일>
一. 本署 保安課에 出頭햇다. 治安 卽決瀋判[卽決審判]을 登記所에서 判事가 卽接 判決을 한다기에 갓다. 約 150餘名이 參席햇는데 本署員이 물어보기에 新平 崔乃宇요 햇든니 그러시요 하면서 年末도 당하고 又 輕범 程度이니 다음에는 耕耘機을 路上에 빛이지 마시고 도라가시요 햇다. 感謝합니다 하고 왓다.
一. 任實 注油所에 들이여 油代 1部을 會計하려 한바 내의 帳簿는 92,200인데 注油所 장부는 77,800으로 되엿드라. 그래서 37,800원을 떼여주고 4萬으로 殘高해놋코 오면서 未安하다고 왓다.
一. 館村 金雨澤 叺子代 萬원을 會計 完納햇다.
午後에는 長斫을 팻는데 허라 앞앗다.
成奉이는 서울로 갓다.

<1977년 12월 23일 금요일>
오날은 基宇 具道植 氏가 査돈의 結婚日이다.
아침에 갗이 食事하고 택시도 갗이 禮式場으로 가자고 婚主인 道植 氏가 왓다. 택시로 任實禮式場에 갓다. 基宇 집으로 해서 1行이 募엿는데 大滿員이 되엿다.
夕陽에 具道植 집에 왓다가 다시 任實로 갓다. 夕飯을 하고 택시로 왓다.

<1977년 12월 24일 토요일>
全州 金在枸 長男 結婚式에 參席햇다.
大里 炳基 堂叔 3兄弟을 相面햇다.
成吉 집을 訪問하고 成奎 耕作農地을 大里 安 氏가 賣渡한다는데 뜻이 엇더야 햇다. 못텡이논을 파아서 살오고 햇다.
뻐스로 大里 安吉豊을 맛나고 明年에 成奎가 살 터이니 1年만 保留하라 햇든니 生覺해보마 햇다.

<1977년 12월 25일 일요일>
親睦稧日이고 七星稧日이다. 兩家을 단니면서 處理햇다.
七星稧穀은 乃宇 내가 明年 有司라면서 稧穀 4叺 9斗 8되인데 代金으로 124,500원을 밧고 (2,500원식) 其中에서 3斗 8되는 明春에 봄노리用으로 保管하고 4叺 6斗는 明年 12月에 利子을 3利로 計算하야 내노

키로 햇다.
成東 便에 崔瑛斗 白米 利子 1叺 2斗 되여 주웟다.

<1977년 12월 26일 월요일>
白康俊 債務 36,000 會計해 주웟다.
安承坳 氏가 왓다.
大里 安吉豊이는 다시 논을 판다고 햇다고 傳해왓다.
밤에는 昌宇을 불어서 못텡이논 成吉 條을 팔아보라 햇다. 代土라도 해서 村前 安吉豊 畓을 사주게 하라.

<1977년 12월 27일 화요일>
成允 便에 金宗出 借用金 12,800원을 보내 주웟다.
午前 10時頃에 우리 大犬이 죽엇다. 約 6年 만인데 大端히 서운햇다.
成東을 시켜서 멈소을 藥하려 잡앗다.
북골 尹 生員 배메기로 준 멈소 滿 3年인데 이제까지 2마리라고 해서 于先 1頭만 가저오고 다음에 색기 젓 떼면 가저오기로 햇다.
※ 밤에는 支署次席 外 1人이 왓다. 靑云洞 李瑛斗가가 支署에 申告한 件인데 丁俊峰 長子가 刑務所에서 어제 出監햇다는데 不遠이면 복수 조로 家族을 滅種을 시키겟다는데 理由 그것이엿다.

<1977년 12월 28일 수요일>
林玉相 崔昌宇가 왓다. 成奎 耕作畓을 賣渡한데 協助을 要求.
東錦契員 7名이 募이고 李祥云만 交通事故로 不參햇다.
契穀은 元穀 5叺만 殘으로 하고 利子 및 其他 3叺 5斗을 가지고 春秋에 遊園用으로 殘高로 내놋코 夕陽에 作別햇다.
夕陽에 成奎 昌宇 玉相 宋文玉이가 同席 安吉豊 畓 賣渡 打合을 햇다.
化莊品代 25,000원을 주웟다.

<1977년 12월 29일 목요일>
成東 便에 鄭宰澤 取貸金 5萬원을 보내주엇다.
任實에서 大同工社 外上代 베루도代 6仟원 雇傭人에 完納햇다.
館村驛前 丁 氏 工場 今秋 脫穀機 19萬 中 15萬원을 주웟다.
全州에 갓다.
78年度用 日記帳 2卷에 1,450에 사가지고 왓다. 오는 途中에 丁 氏는 고맙다면서 78年度用 月曆(달역) 하나을 주원서 걸엇다.
서울서 寶城宅이 오시여 논을 사라고 햇다.
明年에 사겟다고 据絶햇다.
건너 전방집에서 7명이 술을 마시엿다.

<1977년 12월 30일 금요일>
寶城 堂叔이 오시엿다. 꼭 논을 賣渡해야 겟는데 堂侄[堂姪] 形便이 買受치 못하면 不得已 明年에 팔겟으니 그리 알고 來日이라도 上京하겟네 햇다.
嚴俊峰이가 왓다. 成奎가 왓다. 安吉豊 氏 田畓은 今年에 다시 耕作하라고 햇다고 安承坳 便에 傳해왓다고 햇다. 大端이 고맙다고 햇다.
成奎더려 不遠 大里에 가보라고 햇다.
黃在文 條로 嚴俊祥 五斗 支出햇다.
元泉 裵正愛 婦人 子가 任實加工組合 書記로 任命되엿다고 왓는데 新聞代만 3,000원 주워 보냇다.

<1977년 12월 31일 토요일>
終日 그려저력 햇다.
全州에서 成吉이가 왓는데 들머리밭을 賣渡햇는데 斗落 當 8叺 程度에 契約햇다고 햇다. 氣分이 不安해서 告意[故意]로 너무 헐갑에 팔앗다고 공갈을 첫다. 良心이 좇이 못한 사람으로 본다. 그 사람은 제의 욕심만 채린 사람인데 허위로 成奎 畓 干係[關係]를 될 수 있으면 사보려 하고 왓는데 듯자 한니 地主가 더 1年을 양복햇다기에 多幸이라고 하는데 속이 드려다 보이드라.
寶城 堂叔이 왓는데 大里에서 왓는데 尹仁燮氏에 받을 팔아달라고 왓다고 햇다. 오라 가라고 햇든니 又 무슨 꾀를 뷔려는 것인가 다음 미루드라. 음멍 사람으로 본다.
多事多難햇든 丁巳年으로 본다. 生後 처음으로 復雜[複雜]한 年요 돈 만니 썻든 해요 마음 괴로운 해요 不安한 마음 겨우 모면햇다.

1978년

<내지1>
西紀 一九七八 戊午 一月 一日 새아침
癸亥生 崔乃宇 (印)

<내지2>
陰曆 先塋 祭祀日
正月 二十五日 高祖考 昌宇 墓祠[墓祀]
寒食 五代祖 墓祠 南陽洞
六代祖 〃 桂壽里
七代祖 〃 連山
八代祖 〃 大栗里

二月 十七日	長兄	成奎
五月 五日	高祖妣 玉板 墓祠	
七月 五日	伯母 祭祠[祭祀]	
七月 十四日	祖考 兩位 祭祠	
七月 二十四	先考妣(慈堂)	
十二月 一日	先考	
十二月 三日	曾祖考	成吉
十二月 十二日	曾祖妣	成吉
正月 二十七日	金城할머니	炳基
五月 九日	從祖母	炳赫
六月 十日	從祖父	炳赫
十二月 十五日	안골할머니	炳列

外家
外祖母 三月 二十七日
外祖妣 七月 二十日

<내지3>
寶城 堂叔 田畓 賣渡代 內譯
1978
1月 6日 契約金으로 白米 4叺代 拾萬원 入
1月 8日 昌宇 便에 4叺代拾萬 入
黃在文 家屋代 會計 條

崔成奎	5斗 (印)
鄭太炯	13斗 (印)
嚴俊祥	5斗 (印)
崔乃宇	10斗 (印)
裵明善	13斗 (印)
술게쌀	3斗 (印)
위친게	1斗 (印)
計	5叺

<내지4>
全州 三和運輸會社 崔成傑
全州市 金巖洞 523번지
金巖洞 631-234 許龍
全州 (2局) 6804 崔成吉
全南 求禮 馬山 34번 林正三
서울 (75) 5376 許賢子 林성基
서울 城北區 정능 1동 185-125번지 26통 尹宗九
서울 120 郵便번호 西大門區 北아현동 3-155 현자 林成基 앞
신평 521-14
全州 金巖洞 (3局) 복덕방 7992 李宗根
京畿道 富川市 심곡 1동 586
仁川시 농협 부천지소 崔鉉宇

<1978년 1월 1일 일요일>
多事多難했던 丁巳年을 보내고 새아침 戊午年이 된 오날 過居[過去]을 生覺해보니 眞心으로 시원한 한 해를 보냇다고 보고 잇다.
① 農事에 例年과 달이 愛勞[隘路]가 만햇고
② 蠶養育에 大失閉[大失敗]햇고 稻脫作機械가 不實햇고
③ 成苑 成東을 1個月 差異에 2名을 成婚을 시겻고
④ 債務整理하는데 1,460,000원을 整理햇다.
⑤ 成樂 傷害事件 軍人 入營하는데 旅비가 必要햇고 成英 서울로 就業 보내는데
⑥ 兒該[兒孩]들 敎育비 淸算하는 데엿다.
⑦ 總歲入=5,923,581 - 1般會計 家政用
〃 =4,370,000 - 工場에서 精米賃料
歲入 歲出 黑子
7,184,351 - 5,306,308 =1,878,043
그려면 歲入 歲出 現金을 合하면 1年中에 12,490,658원을 내의 手中에서 休息햇다는 特報이다. (印)

<1978년 1월 2일 월요일>
尹錫을 呼出해서 山林係 養牛 飼育期限이 經過햇다고 말해주웟다. 76年 4月 11日 市場에서 尹鎬錫 氏가 引게햇는데 市價는 61,500이고 20個月이 滿期인데 20個月 22日이라고 말햇다. 尹錫이는 陰曆 12月 15頃에 牛을 사주겟다고 햇다. 生覺해서 今般에는 里 山林係長 崔乃宇가 養育해볼가 한다.
◎ 南原 崔正宇 招請으로 谷城 五代祖 以下 子孫 宗親會을 하게 {되}여 出發햇다. 金山에 柱宇도 왓고 해서 9名이 參席햇다. 有司는 地域區別로 치루는데 明年에는 全州에서 成吉 차리고 79年에는 南原서 하기로 하고 成奎 條 宗穀 据出[醵出] 問題는 此後로 미루기로 햇다. 午後 4時에 出發해서 집에 온니 夕陽 7時엿다.

<1978년 1월 3일 화요일>
답박골 사돈宅에 1泊햇다. 成吉 昌宇와 同伴해서.
成允은 공부을 하지 안 하기에 단〃히 나무랫다.
成玉이는 근영謹映고等學校에서 不合格햇다고 햇다.
李澤俊 內外가 왓드라. 任實 近方으로 오겟다고 하기에 네의 兄도 本署에 잇는데 兄弟 間에 갗이 잇을 수 잇나 햇다.

<1978년 1월 4일 수요일>
面 農協에서 崔永錫에 비니루代 10,700원을 會計햇다.
寶城 堂叔에서 아침에 오시엿다. 不得已 宋成龍이 耕作한 밭과 家屋을 賣渡해겠으니 다시 괴롭지만 招介[紹介]해달아고 햇다. 定價을 말삼해주시라 햇든니 80叺을 말하시기에 75, 6叺 程度로 말하엿다고 하고 成龍 집에 갓다. 應答하기에 午後에 맛나기로 하고 作別햇다. 玉相을 시켜서 全州 子息하고 相議한다고 하고 갓다.
밤에 完宇가 왓다. 마참 잘 왓네 햇든니 네한 다음 요새에 도박이 심하다는 말을 드렷는데 사실이나 햇든니 그렷소.

<1978년 1월 5일 목요일>
昌宇가 왓다. 寶城宅 田과 家屋 賣渡는 틀이엿다고 햇다. 理由는 價格이 맞이 안니해서엿다. 成康이{보}고 사라고 햇든니 成

康 形便이 도박에 미처서 못 한다 햇다. 化가 낫다. 成奎 成康이를 呼出해 왓다. 단〃이 나무래면서 不良한 놈이라 햇고 田畓도 成康 네의 所有가 안니오니 내와라 햇다. 도박한 데 뒤는 대주웟다고 하드라. 그래서 最高惡質은 後錢을 대주는 놈이라고 햇다. 成奎는 노름을 하지 안니 햇다고 햇다.
寶城宅은 간다든니 우물주물햇다. 寶城宅은 서울로 간다 안 간다 또 田畓을 판다 안 판다 하든니 最終에는 밤 10時頃에 田畓 都合으로 白米 77叺에 契約 締結햇다.

<1978년 1월 6일 금요일>
새벽 5時頃에 寶城宅은 말햇다. 田畓 賣買가 市勢에 일은 안니 햇나고 물엇다. 그래서 나는 이제는 市勢가 高下 間에 1坦[一旦] 賣買가 成立된 以上 말삼할 必要 없다고 했다. 7時 30分 列車로 가신다기에 술 한 잔 接待햇다. 手苦햇다고 하면서 金 萬원을 주시는데 안 박겟다고 据絶[拒絶]햇든니 冊床 빼다지에 너 잇드라. 다음에 오실 때 드리겟다고 金 五萬원을 取貸햇다.
※ 昌宇는 食後에 왓다. 寶城 堂叔이 招介費 條로 金 九仟원을 주워서 밧고 生覺한니 추접스럽다면서 내주드라. 그래서 保管 中 잇다.

<1978년 1월 7일 토요일>
工場에 寶城 堂叔 條로 尹鎬錫 氏에서 白米 債用 條 會計한바 3叺 7斗 七되인데 其中에서 現品으로 2叺 7斗을 밧고 7되는 現金으로 1,750원 밧고 殘 1叺는 明年에 주기로 햇다.
成東 便에 成曉 집에 白米 1叺 보내주웟다.
崔珠洪이가 왓다. 덕석 만들기 始作. 成龍에서 손을 보왓다.
밤 10時頃에 成苑 內外가 뜻박게 왓다.

<1978년 1월 8일 일요일>
덕석 만들기 하고 방아도 찌엿다.
池野畓을 賣渡해보가 하고 昌宇를 시켜 보왓든니 作者가 없다고 햇다.
昌宇 成龍에서 寶城宅 畓代 4叺代 現金으로 100,000(拾萬원)을 保管하고 갓다.
任實 山組에서 단엿갓다.

<1978년 1월 9일 월요일>
先考(아버지) 祭祠日이다.
全州 許 生員에 問病하려 갓다. 말도 못하고 手足을 못 쓰는데 苦生 만트라.
途中 福德房에 들이[들러] 房을 팔게 해달{라}고 付託코 뻐스로 新德에 갓다. 金亭里[132] 金管玉을 方問[訪問]하고 申東振이라는 사람을 알아보니 全州에 移据[移居]해서 산다고 햇다.
徒步로 面에 들이엿다. 뻐스로 哲浩와 同伴해서 李相云 집에 慰安次 禮訪햇든니 出他햇다고. 哲浩 집에 夕食을 맞이고 安吉豊 氏을 訪問하고 成奎 件에 對하야 뜻대로 이루워주시니 大端히 感謝햇다고 人事햇다.
堂叔 宅을 禮訪한반 서울 가시엿다고 해서 鄉家햇다.

<1978년 1월 10일 화요일>
大小家는 今日 中食까지 하고 떠낫다.
成吉이는 夕陽에 全州로 떠낫다.
멍석 절키 햇다.

132 임실군 신덕면 소재.

電話局에서 受信 調査해 갓다.

<1978년 1월 11일 수요일>
鄭圭太가 來訪햇다. 못텡이논을 3.5斗只을 팔겟다고 하면서 招介하라고 햇다. 뒤들 崔重宇 畓을 사기로 햇다고 햇다. 30叺엿다.
新德面 秋蠶 飼育者 女子 許京子 外 1人 日費을 받으려 왓는데 女子는 永川里[133] 婦女會長이라고 햇다. 그래서 3,500원을 주워 보냇다.
成東은 妻男 結婚을 明日 한데 內外가 떠낫다.
夕陽 昌宇 重宇 同伴해서 全州에 갓다.

<1978년 1월 12일 목요일>
昌宇는 病院에 珍察[診察]한다고 갓다.
私宗穀을 따지는데 現在로 白米 82斗 8되 元利 合해서라면서(泰宇 條는 除하고) 整理하고 昌宇 條 宗畓 揚水機는 宗穀으로 사주기로 決議햇다.
昌宇는 病院에서 나왓는데 明日 手術을 해야 한다고 햇다. 病名은 胃病이라고 햇다.
집에 온니 鄭圭太 牛를 팔앗는데 45萬9仟원을 받고 보니 3萬9仟원 남앗다고 햇다.

<1978년 1월 13일 금요일>
昌宇 成康과 갗이 列車로 全州 宋外課[宋外科] 病院에 갓다. 接受을 해노코 手術時間을 機待[待機]한바 午後 5. 30分에 始作 8時 30分에 끝냇다. 多幸히 胃巖[胃癌]은 안니고 胃의 內部 〃分이 패이엿드라. 3分의 2는 切取햇버렷다. 手術할 時에 先金 契約金으로 10萬원 주고 手術 時에 入血金으로 9,700원 주고 手術 後에 황생[항생] 주사료 5仟원 주고해서 114,300원 주웟다.
밤에는 모부림 치고 잠을 이루지 못햇다.
成英이는 서울로 보냇다.

<1978년 1월 14일 토요일>
아침 食事는 11時頃에 햇다. 成吉 집에 가서 成奎 成康하고 金 10萬원만 달아고 했든니 나무 돈을 두려 보겟다고 하드라. 그려면 둘여서 病院에 보내달아고 하고 兄수하고 同伴해서 집으로 왓다.
全州에 澤俊에 전화해서 問病하라고 傳해주웟다. 成曉에 전화해서 全州 病院에 問病하라고 햇다.
韓南連이는 처음으로 나무 한 짐 해왓다.

<1978년 1월 15일 일요일>
午後에 全州에 갓다. 昌宇 病勢는 多少 누그려젓다. 마참 大里에서 崔宗仁 韓昌煥 趙命基 氏가 問病 왓고 丁基善이도 왓드라.
집에 온니 서울 梁鉉子에서 電話가 왓는데 돈 가지고 오라고. 任實 油類집에서도 弟수에 무르니 成康에서 拾萬원 가저왓서 3日分 주사갑을 주웟다고.

<1978년 1월 16일 월요일>
書信이 왓는데 明日 加工組合員의 新平月豫會議[月例會議]를 내 집에다 集合場으로 定햇다고 왓다. 日割이 좀 餘有[餘裕]가 잇다면 不應通知을 하겟지만 迫頭했으니 할 수 엇다[없다].
終日 舍郎[舍廊]에서 멍석 만들기.
忠南 天安商高 願書 磨勘
1月 24日 願書 磨勘

133 寧川里의 오기인 듯. 임실군 지사면 소재.

1月 30日 天安 着
1月 31日 受驗生 集合
2月 1日 應試
2月 2日 〃
2月 3日 〃 겸 發表
具會지[구회진] 舍宅 전화 온양읍 2087

<1978년 1월 17일 화요일>
成康 便에 서울 고속票 사려 보냇다. 成玉이는 入學願書 쓰로 학교에 보냇다.
加工組合員 會議을 우리 집으로 定햇다기에 장보기을 해놋코 기드리니 會員 不參이고 常務만니 參席햇다. 78年度 會비 36,000원 中 16,000을 주고 新聞代 領收證代 3,900 計 19,900원을 주워 주웟다. 中食은 2名이 하고보니 어심스럽드라.
鄭圭太에서 金 拾萬원 가저왓다. 實은 明日 서울 成奉에 갈여고 그랫다(受講料).

<1978년 1월 18일 수요일>
長範을 데리고 高速으로 서울에 當途[當到]한니 1時 30分. 서울驛에서 成赫에 보내주고 정능으로 成奉에 집에 갓다. 成奉 春根을 데리고 許俊晩 집에 갓다. 成曉 母는 반가이 하면서 夕食을 채려 왓다. 10時에 玄子가 와서 가자고 해서 정능으로 갓다.
12月 22日부터 2월 5日까지 해서 下宿費 授講料[受講料] 合해서 10萬원을 주웟다.
參考書代 用金 해서 17,000원을 주웟다.

<1978년 1월 19일 목요일>
朝食을 맟이고 鉉子와 갗이 許俊晩 집에 갓다. 成曉 母와 同伴해서 林成基 집에 갓다. 成基 집에서 中食을 맟이고 成英의 件에 對하야 數日間 잇다가 不遠 職場을 求하면 데려 가마 햇다. 旅비는 林成基기[林成基가] 2仟원 許俊晩이가 1,500원을 주웟다.
夕陽에 5時 55分 列車로 全州에 온니 10時 10分이엿다. 驛前에 1泊하고 아침에 病院에 갓다.

<1978년 1월 20일 금요일>
斗流里 炳列 堂叔 長男 載宇 結婚日이다.
朝食을 맟이고 病院에서 하고 10時頃에 載宇 結婚式場에 갓다. 많은 客이 왓는데 27집에서 中食을 맟이고 午後에는 虎巖[134] 炳列 堂叔 宅으로 갓다.
사돈 李宗甲 氏와 갗이 談話하고 夕陽에 作別햇다.
鄭圭太 딸은 願書을 紛失햇다고 해서 天安으로 2回나 전해도 會鎭이는 不在中.

<1978년 1월 21일 토요일>
近年에 比해서 間밤에 내린 눈은 約 30㎝ 가량 왓다.
電氣稅 昌宇 條 내 것 해서 3,100원을 주웟다.
終日 舍郞에서 멍석 만들기.
鄭仁浩는 1977年 11月 中에 婦人이 工場에서 取여간 白米 1叺을 今日 債務를 해달아고 햇다. 그래라 햇다.

<1978년 1월 22일 일요일>
민주용 세멘트 5袋代 3,800 里長에 支出햇다.
大里 尹 生員 宅 弔問하려 갓다. 趙命基을 對面햇다.
全州에 갓다. 病院을 드이여 4時 40分 列車로 水原에 到着햇다. 빠스로 烏山에 當해서 成禮 집에 갓다. 夕食을 맟이고 내의

134 임실군 신평면 소재.

아버지 病院비 좀 보태라고 햇다. 拾萬 程度라고 햇다. 밤 12時 5分 列車로 全州에 온니 6時 30분엿다.

<1978년 1월 23일 월요일>
病院 들이엿다. 잠을 좀 자다보니 韓相俊 嚴俊映이가 問病하려 왓다.
新平에 갓다. 退居가 되엿는지 파악해보니 成英 成玉 成奉가 왓다.
全州에서 市場을 두려서 왓다.

<1978년 1월 24일 화요일>
郡廳에서 業者會議가 있엇다. 許可更新 또는 秋穀 賣上量 30叺을 割當 받아 왓다.

<1978년 1월 25일 수요일>
보광당에서 入院비 3萬원을 取햇다.
宋成龍 氏 婦人에서 寶城宅 土地賣渡代 32叺 25仟원×32叺=832,000을 受領하고 別紙에다 領收證을 해주웟다.
全州 病院에 가는 途中에 館村市場에서 내려서 市場 米價을 알아보니 叺當 27,500원이 갓다. 서울까지 가려 햇는데 抛棄하고 昌宇을 退院시키여 갗이 집에 왓다.
成龍 內外와 韓正石 崔今福 成奎가 잇는데 白米을 못 밧겟다고 返還해주는데 是非도 있엇다. 그련데 崔今福 氏는 오날 市場에서 28,500원까지 갓다고 햇다.

<1978년 1월 26일 목요일>
宋成龍 婦人이 成康 집으로 왓다. 寶城宅 土地代을 叺當 26,500에 會計하자고 햇다. 나는 不應햇다. 最小限 叺當 27,000원 내라 햇든니 다시 女子는 가버렷다.
成奎 집에 단여서 鄭圭太 집에서 노랏다. 鄭太炯 白米 13斗 되여 주웟다(黃在文 條로).
寶城 堂叔 保管米 尹鎬錫 氏에서 받은 것을 鄭太炯 氏에 넘겨주웟다. 1叺을.

<1978년 1월 27일 금요일>
宋成龍 婦人과 成奎가 왓다. 寶城 堂叔 土地 賣渡代 白米로 37叺代 26,500원식 換算해서 980,500원을 3日 만에 是非 끝에 會計햇다.
終日 舍郞에서 멍석을 만든데 내가 恒常 고민이 多分해서 하고 십지 않으래도 손에 집[짚]을 가지면 고민은 없어지드라.
◎ 契約金 條 4叺 10萬
中途金 4叺 10萬
叺當 26,500식 〃 〃 37叺 980,500
41叺代 計 1,080,500

<1978년 1월 28일 토요일>
午前에는 멍석 만들기 午後에는 방아 찌엿다.
烏山에서 鄭서방이 왓고 全州에서 成苑 內外가 왓다.

<1978년 1월 29일 일요일>
工場에서 精米하고 任實 注油所에서 外上代 四萬원을 밧드려 왓다. 4, 5日 더 기드리라고 하고 旣히 왔으니 輕油 2드람만 주고 가라 햇다. 引上되여서 15,500식이라고.
烏山 成禮 內外가 떠나고 點禮에는 退院計算書을 주고 보광당 成吉 伯父에게 淸算하라고 指示햇다.
夕陽에 寶城 堂叔이 왓다. 土地 賣渡代 崔乃宇 保管金 2,500식 4叺 2,650식 37叺 計 41叺代 1,080,500원인데 40萬원만 借用케 해줄 것을 要求하고 殘 680,500원을 드리겟다고 햇다.

<1978년 1월 30일 월요일>
7時에 天安에 會鎭에 電話햇다. 午後 四時 列車로 成玉을 帶同하겟다고 햇다.
尹在英 便에 免許許[免許稅] 7,200원을 面에 보냇다.
寶城 堂叔 條 尹鎬錫 氏에서 받은 白米 2叺 7斗 7되 保管한 白米는 2叺만 臨時 保管하고 7斗 7되는 現金으로 21,300원을 本日 堂叔에 會計햇다. 그려면 40萬원 借用하고 累計 殘 701,800원을 드렷다. 40萬원 借用證을 해드렷다.
4時 特急으로 成玉을 데리고 天安에 갓다. 具會진가 伴迎 나왓드라. 밤 10時 20分에 乘車햇다.

<1978년 1월 31일 화요일>
새벽 2時 40分에 任實驛에 到着햇다. 下宿집에서 1泊 하고 아침에 집에 왓다. 어제 갗이 간 寶城宅은 영등포로 갓는데 잘 가셧는지 궁금햇다.
館村驛前 脫穀機 殘額 45,000 修理비 13,000 計 58,000원을 完納해주고 任實 注油所 油代 過据分 4萬원 今般 條 31,000 計 71,000원을 完納햇다.
任高 理事會가 있엇다. 案件은 庭就場[庭球場] 設置의 件으로 追更豫算의 案件이엿다.
成曉 집에 들이여 成曉 母와 同伴햇고 成東이는 妻家에 歲饌을 가지고 갓다.
炳基 堂叔이 단여갓다. 目的은 代議員 選擧에 關한 뜻이라고 본다.
寶城宅 堂叔에서 40萬원 借用金 支出 內譯은
1. 任實 油代 7萬원
2. 館村驛前 脫곡기代 6萬
3. 尹鎬錫 條 白米 7斗 7되 21,000
4. 寶城宅에 取貸金 5萬
5. 베루도代 3萬
6. 昌宇 入院비 8萬원
7. 各 稅金 30,000
8. 衣服代 祭祠 장보기 其他 5萬

<1978년 2월 1일 수요일>
舍郞에서 멍석 만들기.
店甫[店鋪]에 鄭圭太 婦人에 外上代 2,900원 會計해 주워 完了햇다.
崔完宇는 염소가 죽엇다고 가저왓다. 運이 不運으로 본다.
成曉 母는 任實 勢場 갓다.

<1978년 2월 2일 목요일>
午前에 新平 單位組合 定期總會 參席햇다. 總 豫算는 3億 程度이고 搗精工場은 赤子로 보왓다. 中食은 農協에서 하고 面에 養蠶敎育을 밧다.
全州 湖南商會에 들이여 베루도 大 29尺에 34,800원 中 28,000원 주고 殘 6,800원을 外上으로 하고 왓다.
成玉이도 天安에서 왓다.

<1978년 2월 3일 금요일>
舍郞에서 멍석 만들기.
午後에는 工場에서 베루도 잇고 精米햇다.
成奉이도 서울서 45日 만에 공부하고 왓다.
夕陽에 鄭圭太 酒店에 갓다. 嚴俊祥 鄭仁浩가 화토을 치던니 鄭仁浩가 面會을 要求하기에 갓든니 工場에서 取貸해간 白米 1叺을 債務로 要請하기에 그러마 햇다.

<1978년 2월 4일 토요일>
終日 방아 찌엿다. 떡방아도 찌엿다.
宋成龍 氏을 시켜서 멍석갓을 짯다.
鄭宗化 母가 金 貳萬원 가저갓다.

<1978년 2월 5일 일요일>
李在植에서 大里 운임 1,000 入햇다.
終日 떡가루 찌엿다. 約 10,000원을 주드라.
任實에서 成曉 內外가 朴相培가 예수病院에서 죽윗다고 9時에 전화가 왓다.
鄭宗化 母 2萬원 가저왓다.

<1978년 2월 6일 월요일>
第二次 멍석을 成龍을 시켜서 나랏다.
支署에 金 巡警이 外 1人이 왓다. 舊 年末 巡察이라고. 金 五仟원을 封入해서 職員들 양발커라나[켤레나] 사 신느라고 햇다.
夕陽에 成傑이가 全州에서 왓다.

<1978년 2월 7일 화요일>
今日은 舊正 歲事을 차려노코 宗員이 募여 參拜햇다.
午後에는 멍석 만들기 始作햇다.
具會鎭 內外가 歲拜하려왓다. 밤에는 成苑 內外가 왓다.

<1978년 2월 8일 수요일>
大里 메누리가 왓다.
成愼 母을 全州에 보냇다. 今日 開學日다.
成愼 便에 6,000원 주워 보냇다.
二次 메누리가 왓다. 館村驛 通運 엽 田畓을 買受케 달아고 햇다. 全州 大韓病院長이 사겟다고 事業하{기} 爲해서라고.

<1978년 2월 9일 목요일>
舍郎에서 終日 멍석 만들기 햇다.
午後에 養老堂에서 招請하기에 가보니 舊正 初에 郡守가 술 2병을 繕物[膳物]로 가저왔으니 金進映 氏 집으로 가자기 待接을 받앗다.
夕食을 丁九福 氏 집에 丁基善와 同伴해서 잘 먹엇다.

<1978년 2월 10일 금요일>
비와 눈이 내렷다. 終日 外出도 안코 舍郎에서 멍석을 만들엇다. 고민이 深한데 멍석을 만드니 除滅은 되나 그도 그때뿐이다.

<1978년 2월 11일 토요일>
成東 內外는 南原 妻家에 간다고 떠낫다.
아침에 里長이 왓는데 里長職을 그만 내노켓다고.
面에서 生産資金 條로 10萬원 融資하라고 公文이 왓다.
終日 正門 박을 안 나가고 舍郎에서 멍석을 저렷다.
新田里에서 內사돈 宅 母女가 禮訪햇다.

<1978년 2월 12일 일요일>
終日 멍석 만드렷다.
成東 母는 全州 行.

<1978년 2월 13일 월요일>
成康 집에 갓다.
澤俊 內外가 왓는데 몸이 不平해서 왓다고 햇다.
成奎 집에 단여서 昌宇 집에까지 단엿다.
午後에는 이발하려 驛前에 갓다.
黃奉石 氏을 訪問하고 通運 엽 畓 主人을

무르니 鄭永俊 氏 土地라고 햇다. 賣渡할 意思가 있으면 日間 알게 하라 햇다.
밤에는 메누리을 불어서 全州 大韓病院長이 꼭 사겟는가 確答을 듯고 오라 햇다.

<1978년 2월 14일 월요일>
成植이는 술 2병을 사가지고 歲拜하려 왓다.
任實 土組에서 尹在煥 外 2人이 왓다. 酒店에서 打合. 土組에 對한 協助을 要求.
成東 妻男이 訪問햇다.
里民 總動員 里間 路 沙理 付設[附設] 作業한데 못 갓다.
건너 메누리은 全州 大韓病院에 電話햇다. 2, 3日 內로 來訪하겟다고.

<1978년 2월 15일 화요일>
終日 舍郞에서 멍석 만들기 햇다.
成東을 시켜서 煉炭 100介[個]을 運搬햇다.
全州에서 電話가 걸이여 왓는데 來日 방을 비우라고 왓다. 專貫房을 利用해서 全部 計算해보니

40萬원 利子	12,000	(米)	4斗
水道 전기稅	1,000	〃	3
飯饌代	5,000	〃	2斗
煉炭代	6,000	〃	2斗
2名 兒 月食米 5斗			5斗
子息父母 往復 旅비	2,000		6
其他	2,000		6

計 白米 14斗5升임.

<1978년 2월 16일 수요일>
成康 母와 갗이 全州에 갓다. 許 生員 宅을 禮訪하고 아애들 下宿을 要을 要請해서 月 白米 1叺식을 주기로 約定하고 夕陽에 學用品과 寢具 1切을 옴겨주웟다. 移事짐을 용달車에 실고 집에 왓다. 빈 車에다 白米 1叺을 실여서 下宿집에 보내고 列車로 왓다.
芳[房] 專貫金 40萬원을 會計햇다.

<1978년 2월 17일 금요일>
丁基善 債務 109,000원 會計.
沈參模 및 丁振根 金宗出 葉煙草 元泉里 運賃 7,500원 가저왓다.
工場에서 崔瑛斗 金長映 外 2名 精米햇다.

<1978년 2월 18일 토요일>
鄭圭太 會計가 總 398,000원인데 今日 30萬원을 仁朱[圭太]에 舍郞에서 주고 殘 98,000은 다음에 주기로 햇다(整理帳簿에 依함).
具會鎭이 天安으로 移事한데 아침에 갓다. 基宇도 왓드라. 具會鎭이는 成玉 關係는 書類만 求備[具備] 노시요 햇다.
成康에서 叺子代 60枚代 2萬원 메누리가 가저왓다.
南原서 메누리와 父親이 同伴해서 夕陽에 當到햇다.

<1978년 2월 19일 일요일>
成東 장인는 11時頃에 떠낫다.
終日 舍郞에서 讀書.
只沙에서 電話가 왓는데 崔永鎬에서 成奎에게 傳해 試驗 準備하라고 햇다.

<1978년 2월 20일 월요일>
午前에 新平에 갓다. 所在地에서 農協長 廉東根을 對面하고 酒席에서 成英 就職을 付託햇다. 早束[早速]히는 안 되고 長期日을 두고 보자면서 外人을 採用하지는 안니할 터이니 信賴하시오 햇다.

農協에 들이여 77年度 産 秋곡買上 代金 17萬 藁品 所得資金 10萬을 찻고 出資金으로 15仟을 控除하고 왓다.

<1978년 2월 21일 화요일>
崔行喆 氏 叺子代 4萬원 會計.
任實高校에서 理事會議가 있엇다. 78年度 豫算額은 17,890,000.
中食을 맞이고 只沙에 寧川里 崔鎭鎬을 面談햇다. 女息 成英의 農協就職을 付託하고 廉東根을 맛나면 당부를 해달아고 햇다.
實谷 金漢實을 訪問햇다.
崔永植 代議員을 上面햇다.
任實代議員에 炳列 氏 職場 박굼을 付託햇든니 白元基로 內定 되엿다고.

<1978년 2월 22일 수요일>
大里國校에 卒業式에 參席햇다. 學習帳 30券을 사가지고 參席햇다. 中食을 맞이고 孫周喆 氏을 對面하야 廉東根 組合長에 付託했으니 勸告[勸告]해 달아고 햇다.

<1978년 2월 23일 목요일>
具道植 氏을 訪問하고 煥談[歡談]햇다.
終日 休息하는데 崔完宇을 맛나고 前 里長職에 있으 때 경운기 利用핸 代價을 달아고 肥料代 및 운임을 달아고 햇다.

<1978년 2월 24일 금요일>
精米햇다.
成東이는 鄭圭太 鄭太炯 金進映 벼 大里共販場으로 운반햇다.
鄭圭太 24叺
金進映 6叺
鄭太炯 5叺
鄭圭太 會計 條 98,000원을 會計 完了해 주웟다. 그려면 鄭圭太는 外上代도 업이 끝이 낫다.

<1978년 2월 25일 토요일>
任實에 耕耘機을 가지고 成東하고 갓다. 센다에서 修理한바 16,200원. 왕겨을을 실코 온데 代金은 2仟원.
中食은 成曉 집에서 햇다.
※ 밤에는 班常會라고 해서 갓다. 會議席上에서 山林契 牛을 내가 키우겟다고 햇든니 말을 못하드라. 體面이 難處한 模樣이드라. 嚴俊峰.

<1978년 2월 26일 일요일>
아침에 成樂이가 왓다. 光州에서 敎育을 끝내고 서울 首都師團에 配命을 밧고 가는 中이라고 햇다. 用金 萬원을 要求해서 주어 보냇다.
養豚이 암이 발생해서 耕耘機로 任實 金氏 豚하고 교미시켯다. 代金은 4仟원이라고. 다시 夕陽에 왕겨 1車을 운반하고 大同工業쎈다에 外上代 4仟 웃집 용접 4仟百원 各〃 會計햇다.
成曉 母는 5日 만에 왓다.

<1978년 2월 27일 월요일>
面에서 里長 便에 納入告知書字가 왓는데 354-2번지 180坪 郡有地라고. 稅金額은 2,466원. 個人의 土地로 알앗는데 郡有林라고 햇다.
大里國校에서 영화촬영. 面長 農協長 募엿고 指導所長도 募여 農事方法을 演說햇다. 밤 7時에 散會햇다.
李鍾南을 對面하고 왓다.

<1978년 2월 28일 화요일>

成康 母하고 同伴해서 群山 李澤俊 집에 갓다. 群山驛에서 택시로 갓다. 다방에 들이다 內室로 가서 中食을 갓{이} 햇다. 맛참 成曉가 參席햇드라. 오는 途中에 모욕간에 들이 全身을 싯고 보니 마음 개원햇다.

館村 - 群山	360
全州 - 酒代	150
群山 - 다방비	200
택시비 -	200
全州 모욕	1,000
列車비	120
기타	150
賻儀	5,000
計	7,180

成允는 夕食 床에서 大端히 나무라면서 공부을 잘 못한다면 죽이겟다고 햇다. 家畜 같으면 賣渡라도 해서 利用하겟지만 人間을 그렬 {수}도 업다면서 日後에 高校應試時에 不合格이 되면 무슨 面目으로 父母을 대할 터이야 햇다. 今年만 너머가면 공부할 사람은 成允 너 하나뿐인데 國民學校 時節에 잘 해보라 햇다.

學校에서 보내온 成績表 票을 보니 平均點은 75點인데 조금만 熱意을 내면 患分[充分]이 우승하겟드라. 그래서 당부을 햇는데 試驗을 치루는데 100點을 맞이면 現金으로 200원 90點이면 180- 80點이면 160원을 償金으로 줄 터이니 꼭 銘心해서 잘해서 서울大學校라도 入學해보라 햇다. 앞으로 15年만 산다면 아버지는 成允이의 報答 밧겟다고 햇다.

大田市 東區 大東 95번지 電話 ② 1069 永一機械工業社 분쇄기 求景.

<1978년 3월 1일 수요일>

舍郎에서 終日 讀書만 햇다.

中央日報代金 3,900원 주웟고 道路稅 1,800원을 班長 집으로 보내주웟다.

成允이는 成英하고 午後에 全州로 떠낫다.

어제 서울서 鉉宇 婦人이 내려왓서 宋成龍氏에서 金 五拾萬원을 바다 갓다고 家族들에서 들엇다.

<1978년 3월 2일 목요일>

全州에서 成吉가 왓다. 昌宇 집에 同伴햇다. 宗穀을 大里 炳基 堂叔이 달아고 한니 全量이 엇더야 햇다.

林澤俊 19斗 金長映 15斗 成吉 條 2叺 計 5叺 4斗을 堂叔에 넘겨주라고 햇다. 殘은 昌宇가 12斗 5되 成吉이가 16斗는 各〃 本人이 保管.

서울서 請牒이 왓다. 崔貞禮에 長女 結婚이라고.

<1978년 3월 3일 금요일>

終日 舍郎에서 새기 꼬기 햇다. 約 300발 꼬왓다.

只沙 農協長 崔鎭鎬에 전화로 實谷 金漢實에 畜牛資金 貸付해주라고 했고 成苑에 전화해서 外叔에 連絡해서 組合長과 相議하라고 傳햇다.

<1978년 3월 4일 토요일>

新平에 갓다. 白元基 宅 弔問햇다.

大里 韓昌煥 父 亡. 弔問햇다.

養老堂에 들여 老人들에게 人事햇다.

鄭桓翼 氏을 만나 待接을 밧고 밤에는 鄭圭太 酒店에서 밤 12時頃인데 金炳根이는 代議員에 나오고 丁基善이는 組{合}長에

出馬햇다고.

<1978년 3월 5일 일요일>
鄭圭太는 말햇다. 누가 그런 말을 하드냐 햇다. 自己 自心에서 그렷다고 하고 根据[根據]을 不認[否認]햇다.
全州에 갓다. 午前에는 朴敎植 午後에는 孫柱喆 各〃 參席햇다. 結婚式에. 已梅 崔圭宇도 對面햇다.
鄭圭太 경운기 운임 2,800원 밧는데 取貸金과 如히 相算하고 200원을 내주웟다.

<1978년 3월 6일 월요일>
韓文錫 氏가 金 貳拾萬원을 가지고 왓다. 成吉 舊債 其他 債務을 整理하기 爲해서 엿다.
어제 밤에 大里에서 화성할머니 祭祠 모시고 왓다.

<1978년 3월 7일 화요일>
新平面事務室에서 共和黨 里責 選擧에 對한 債任者[責任者] 會議가 있엇다. 新平面 副面長 運動을 炳列 氏가 햇든바 白元基에서 빼기고 말앗다.
全州에 成吉 집을 訪問햇다. 成吉이는 稅務署에 갓다고 不在中이엿다. 侄婦[姪婦]에 舊債 2件 104,500을 會計해주고 왓다.
嚴俊峰을 맛낫다. 黃在文 家屋을 賣渡하자고 全太鎬도 賣渡하겟나 햇다.

<1978년 3월 8일 수요일>
裵明善에 肥料代 13,240 赤十字會 山林組合비 1,350을 各〃 會計햇다.
水畓 營農設計 表
種子 노품[노풍] 種 18키로
裡里 319號 〃 20키로
計 38키{로} 정 豫定
總面積 7.5反×5키로=37,500
反當 5키로 豫定
裡里 319號 1叺(54k 入)는 本人 20키로 除하면 34키로 殘임.
키로 當 300원식.

<1978년 3월 9일 목요일>
桑田에 堆肥을 運搬햇다. 白采을 텃밭에 播種햇다.
밤 10時頃에 韓相俊이가 왓다. 理由는 山林契 飼育者을 選定한데 舊 里長으로 選定했으니 뜻이 엇더요 하고 3-7除로 決定햇다고 햇다. 飼育하겟다고 하고 내 自身이 要求햇든니 내의 뜻대{로} 해주시니 고맙다고 햇다.
黃基滿이 招請해서 갓다.

<1978년 3월 10일 금요일>
終日 봄비가 내렷다.
成奎가 왓다. 포푸라 삼목[삽목] 15仟 株을 45萬원에 購入햇다고. 本當 30원식. 우리는 不合格 苗로 代植할가 한다.
終日 舍郞에서 讀書工夫만 햇다.
成康 母子는 5日 前부터 外出을 하고 있으니 무슨 뜻이인지 모를 일이다.

<1978년 3월 9일 목요일>
桑田에 堆肥을 運搬햇다. 白采을 텃밭에 播種햇다.
밤 10時頃에 韓相俊이가 왓다. 理由는 山林契 飼育者을 選定한데 舊 里長으로 選定했으니 뜻이 엇더요 하고 3-7除로 決定햇다고 햇다. 飼育하겟다고 하고 내 自身이

要求햇든니 내의 뜻대{로} 해주시니 고맙다고 햇다.
嚴俊峰에서 種子代 先金 5仟원을 밧앗다.

<1978년 3월 12일 일요일>
澤俊 內外가 왓다. 成曉도 왓다. 成愼 成允도 歸家해서 오날 夕陽에 全州로 갓다.
大里 炳基 堂叔이 宗穀을 시로왓다.
成吉에서 宗穀 保管 內容은

揚水用으로 不入 (昌宇가 12斗 5되
戊吉 條 16斗

金長映 15斗 (印)
林澤俊 19斗 (印)
成吉 條 工場에다 2叺 (印)
計 8叺 2斗 5되 中 5叺 4斗만 收入해서 今日 堂叔에게 4叺을 大里로 보내고 내가 全州 下宿米 關係로 1叺 4斗을 借用햇다.

<1978년 3월 13일 월요일>
成曉 便에 포푸라 挿木用 2仟 株을 郡에다 依賴하라고 當付햇다.
終日 방아 찌엿다. 새기 꼬기도 햇다.
밤에는 鄭圭太 집에서 노는데 圭太와 是非도 햇다.
몸이 異常햇다. 황문[항문] 또 신까지도.

<1978년 3월 14일 화요일>
방아 찌엿다.
成奎는 挿木을 新德에서 講入[購入]한다고.

<1978년 3월 15일 수요일>
서울서 成英을 보내달아고 햇다.
방아 찌엿다.

<1978년 3월 16일 목요일>
黃在文 家屋 買受代 白米 13斗 裵明善에 주웟다. 그려면 5叺가 全部 끝이 낫다.

<1978년 3월 17일 금요일>
大里 趙命基 氏을 訪問햇다. 會員 全員 參席햇다. 每月 1人當 出資 1仟원식 据出키로 하고 지각이면 1仟원 不參이면 2仟원 規約햇다.
炳基 氏 宅을 禮訪햇다.
南原서 崔炳文 外 1人이 喜拾金[喜捨金]을 받으려 왓다.

<1978년 3월 18일 토요일>
食後에 25,000원 旅비 1,000을 드려면서 作別햇다. 宗員의 殘金은 不遠 据出해서 訪問하기로 햇다.
午後에 寶城宅 內外가 왓다. 光州을 단여온 길이라고 햇다.
精米햇다.

<1978년 3월 19일 일요일>
新德面 知長里[智長里]에서 樹木 3,200本을 申東鎬에서 운반해왓다.
午後에 昌宇에서 들으니 本里 鄭鉉一은 自宅에서 同窓會을 開催햇다는데 會비도 없이 單獨 主催者가 되여 뜻박에 近方 地方生만 햇다 하니 아마도 自己의 妻男 姜仁遠의 南原에서 出馬로 依하야 同窓生을 募인 듯십다. 그리고 四月 五日 同窓會도 열겟다고 햇다.
밤에 寶城 堂叔이 왓는데 술 취햇는데 又술 드려보니 又 자시고는 밤새도록 한 소리 또 하고 또 하고 하는{데} 비우가 상햇다.

<1978년 3월 20일 월요일>
成東이는 訓練日이다.
朝食 後에 全州에 갓다. 고무노라 5,500원에 삿다. 任實로 直行뻐스 터미널에서 宋成龍 崔炳柱 氏 堂叔을 맛낫다. 代書所로 갓다. 移轉登記을 맛기엿다.
加工組合에 들이엿다. 會비 2萬원을 주고 許可更新을 申請을 햇다.
驛前에서 鄭敬錫 氏을 맛나니 成康에서 約 60萬원을 받들 것이 잇다고 햇다.

<1978년 3월 21일 화요일>
30萬원은 내가 是認햇고 殘 30萬원은 모른 일이라고 햇다.[135]

休息햇다.
宋成龍 土地 買賣 移轉登記을 맛기엿다.
밤에 왓다.
裵永植 移事[移徙]한 데 가보왓다.
鄭圭太 外上代 2仟원 주윗다. 殘 680.

<1978년 3월 22일 수요일>
南原 稅務署에 보내는 稅金 3,710원을 集配員에 託送햇다.
◎ 成東 便에 母豚 性 교미를 시켜 보냇든니 後足이 不用이 되여 왓다.
注油所에 石油 外上으로 一드람을 가저왓다.
成奎가 왓는데 고초밭을 말햇든니 1.5斗只 程度 주마고 햇다.

<1978년 3월 23일 목요일>
揷木을 切斷키로 햇다.
成奎에서 樹木 950本을 가저왓다. 家族기로[가족끼리] 切단햇다.

<1978년 3월 24일 금요일>
成東이는 終日 우리 논 노타리 作業햇다.
보리밧 매기 햇다. 婦人이 10名이엿다.
※ 氣分이 不安햇다. 嚴俊映이가 單獨으로 里 肥料을 운반하드라.
黃在文 집을 白米 5叺에 護價[呼價]. 嚴俊峰 韓相俊 鄭圭太 立會 下 決定하고 우덜거지는 내가 뜨더 가기로.

<1978년 3월 25일 토요일>
共同 部役[賦役]햇다.
成東이를 시켜서 除草除濟[除草劑] 그람목손을 桑田에 뿌렷다. 今年에 처음 해보왓다.
夕陽에 成奎 집에 갓든니 成吉 鎭鎬 內外도 왓다.

<1978년 3월 26일 일요일>
市場에 갓다. 尹錫이 소를 사 내놋는데 氣分이 좆이 못햇다. 21萬원을 내노라 햇는데 南連이가 들어서 205,000만 내라는데 不安햇다. 238,000원인데 내가 33,000원을 보탯다.
韓南連을 시켜서 桑田에 散布(人糞)햇다.

<1978년 3월 27일 월요일>
桑田에 人糞을 뿌렷다. 郡에서 山林課 職員이 왓는데 포푸라를 全部 再選苗하라 햇다. 1.8㎝ 1.4㎝ 1㎝로 求分[區分]하라고 햇다.

<1978년 3월 28일 화요일>
아침에 牟潤植 氏을 訪問하고 金 參萬원 借用.

135 이 부분은 21일에 적혀 있으나 내용상 20일 일기에서 이어지는 내용이며 아래부터 21일 일기로 판단된다.

3月 26日 市場에 山林契 牛 買受한데 基宇 집에서 빌여온 돈 주기 위해서엿다.
鄭圭太에서 拾萬원을 貸借하야 農協 崔永植을 주고 1週日間만 預置하기로 햇다.

<1978년 3월 29일 수요일>
포푸라 공뽕을 햇다.
特大는 2,500本
1級은 3,400本
2級은 2,000本인데
樹本으로 700本을 挿木用을 집에 가저왓다.

<1978년 3월 30일 목요일>
포푸라 揷木을 始作. 婦人 10名을 動員 作業을 시키고 任實高校에 갓다.
七七年度 歲入 歲出 決算 報告 七八年度 歲入 歲出 豫算 報告하고 任員 選出에는 從前 任員이 再選되엿다.
館村에 갓다. 金相洙 氏을 對面하고 되야지을 팔겟다니가 430원을 말하고 또 450원을 말하드라.

<1978년 3월 31일 금요일>
아침에 館村에 金相煥 氏에 金贊其에 各〃 電話해서 어제 約束햇든 되야지 賣渡을 取消해 달아고 傳햇다.
아침에 館村驛前에서 되야지을 가지려 왓드라. 斤當 500원에 190斤. 代金은 95,000원 中 2仟원 除해주고 93,000 中 40,000원 入金햇다.
全州에서 湖南商會에서 外上代 15仟원 주고 具道植 氏에서 5萬원 빌이엿다.
全永文 氏가 來訪햇다.
포푸라 1級 苗 3,400本을 里에서 가저갓다.
포푸라 揷木햇다.

<1978년 4월 1일 토요일>
鄭圭太 取貸金 10萬원 返還햇다.
今日로 포푸라 挿木은 끝이 낫다.
新平 廉勳章이가 전화햇다. 成奎 條로 젓소 5頭을 飼育하라는 郡으 指示라고. 成奎에 말해서 내게 讓渡하라고 햇다.

<1978년 4월 2일 일요일>
崔永台 日費 3,600 주웟다.
鄭圭太에서 3仟원을 둘여서 全州 봉래예식에 갓다. 오는 길에 泰宇 집을 들이고 崔貞宇도 들이엿다.
집에 온니 成康 內外가 짐 싸가지고 서울로 떠낫다고 햇다. 不良한 놈으로 안다.
成東이가 술을 먹고 라지요와 솟뚜겅을 비서 오왓다[부수어 놓았다] 不良하고도 不足한고 모지랜 놈이라며 하기 시르면 家出하라고.

<1978년 4월 3일 월요일>
成愼이는 今日부터 通學하라고 햇다.
郡 畜政 晋領 氏하{고} 李某 氏 元泉面에서 李相根하고 來訪햇다. 高級酒가 있어서 한 잔 接待햇다. 用務는 젓牛 飼育者 選定에 關한 件.
任實에 갓다. 宋成龍 移轉登記之事로 代書所을 訪問하고 崔判吉 氏 條는 保留하고 崔鉉宇 件만 完備해 주웟다.
옥수수 種子는 江律面[江津面] 渴담리[136] 金成學 氏에 잇다고 햇다.
黃宗二 氏에서 29,000원 入.

136 葛潭里의 오기. 임실군 강진면 소재.

<1978년 4월 4일 화요일>
成康 母의 말에 依하면 今般 成康이 서울로 떠난 지後 他人의 債務額이 多額으로 첫재 鄭九福 條 3萬 白康俊 條가 15萬 鄭경석 30萬 金進映 9萬 丁基善 5萬원으로 안다고.
尹鎬錫 條 15萬원 乃宇 條 15萬원을 今日 合算 契約 締結햇다.
新平農協에서 外上肥料 49仟원 外上貸付 밧고 預置金도 前條 利息을 除하고 65,000원 밧고 江律에 金成學 氏을 차자서 옥수수 1叺 11,200원 사서 왓다.

<1978년 4월 5일 수요일>
鄭圭太을 通해서 取貸金 5萬원을 具道植 氏에 返送햇다. 具道植 氏가 방아 찌로 왓기에 술 한 잔 하자고 점방에 간바 술이 업다 해는데 道植 氏 婦人이 오더니 집에 술을 두고 이 집에서 무엇을 찌웃거리야 하고 나무낸데 難處햇다.
午後에 成曉가 단여갓다.

<1978년 4월 6일 목요일>
7. 40分 列車로 連山 墓祠에 炳基 成奎 重宇하고 갓다. 守護者에서 白米 5斗代 13,500원 밧고 旅비로 10,400원을 支出하고 3,100원을 計算해서 두웟다. 寶城 堂叔 新安宅도 왓드라.
山所 下便을 보니 쓰기는 쓰겟는데 百年 前 6代祖을 모시엿다 파가시엿다고 들엇다.

<1978년 4월 7일 금요일>
任實鄕校에 갓다.
丁基善이와 同伴해서 農組에 가서 組合長을 面談하고 昌坪里 前野를 빼달아고 햇다. 日間 訪問하겟다고 하고 生覺해보겟다고 햇다.
夕食을 鄕校에서 하고 取寢[就寢]은 旅官[旅館]에서 李成根하고 同寢햇다.

<1978년 4월 8일 토요일>
아침 7時頃에 鄕校에서 孔子任게 焚香을 하고 典敎가 新入 古出하게 됫다. 掌議는 12名이 參席햇다. 여려 가지 相議하고 中食을 맞이고 왓다.
깡냉이 播種을 햇다. 고초도 갈앗다. 오는 途中에 韓文錫에서 金 拾萬원을 가저왓다.
驛前에 豚代 9萬원을 차잣다.

<1978년 4월 9일 일요일>
具道植 回甲인데 午後 1時頃에 丁基善 鄭鉉一하고 同伴해서 人事次 갓다.
桑田 肥培管理을 햇다.

<1978년 4월 10일 월요일>
어제 먹은 술 취해서 1身이 不便햇다.
成曉는 무궁화 揷木을 하라고 便紙을 놋코 갓다.
連山 墓祠에서 단여온 決算書을 成奎에 3,100원을 封入해서 주웟다.

<1978년 4월 11일 화요일>
大里 炳基 堂叔 三子 結婚日다. 9時 40分 列車로 全州에 갓다. 客이 多數 募엿다. 끝이 나는 대로 大里에 新郞 집으로 갓다.
中食을 맞이고 任實로 向햇다. 孫周恒을 맛나고 昌坪里 新洑坪의 事情을 말햇다.
朴仁培가 왓다. 논을 못 짓겟다고 햇다. 生覺한니 한 대 치고 싶으나 社會가 그려지 못해서 참앗다.

<1978년 4월 12일 수요일>

10日에 鄭경석 債務會計을 計算해노코 밧바서 못 보냇든니 아침에 鄭경석 氏가 왓다. 마침 成奎가 왓다. 3人이 同席해서 333,000원을 3分利로 會計햇다. 알고 보니 父의 핀게를 대고 又 成康이가 參拾萬원을 가저갔으니 會計을 要求하드라. 그래서 不應햇고 알지 못한 돈이라 햇다.

具道植 10萬원 丁基善 10萬원 되야지 갑을 보태서 鄭경석 빗을 갑고 보니 成凉햇다.

成允 母 便에 白米 3斗을 주워서 全州로 보냇다.

終日 방아 찌엿다.

<1978년 4월 13일 목요일>

아침에 嚴俊峰에서 黃九福 條 家屋 및 垈地代 132,500원을 받앗다.

共同倉庫 건축한데 경운기 0.5日 使用料 1,000 - 新平 1,500 計 2,500원을 俊峰에서 받앗다.

※ 成奎에 取貸金 3萬원 挿木代 2萬원 計 5萬원을 주웟다.

午後 2時頃에 成樂 便紙을 뜻더보니 訓鍊中 重傷이라고 傳해왓다. 앞이 감〃햇다. 午後 日課을 無言으로 맞이고 夕陽에 成曉 母 成康 母 任實 成曉까지 動員해서 9時 30分 列車로 서울에 到着한 햇다.

밤에 黃宗一 氏 31,500원 주웟다.

<1978년 4월 14일 금요일>

아침 5時頃에 永登浦驛에 當到햇다. 未明이라 下宿집을 찾앗다. 잠時 待機하다 崔南禮 집으로 電話햇다. 朝食을 南禮 집에서 하고 首都病院에 갓다. 多幸이 不具者는 免햇드라. 마음이 흡북햇다. 金 五仟원을 주고 먹고 싶은 것을 만히 먹고 早束[早速]히 回復하라고 햇다.

夕陽에 成曉는 歸嫁하고 우리 3人은 富川 寶城宅을 訪問햇다.

<1978년 4월 15일 토요일>

아침 食事을 寶城宅에서 하고 서울로 왓다. 창경원을 求見하고 南山公園에 갓다.

夕陽에는 林成基 집을 訪問햇다. 夕食을 하고 놀다보니 11時엿다. 取寢에 들엇다.

<1978년 4월 16일 일요일>

朝食을 맞이고 成英을 시켜서 列車票을 사려 보냇다. 午後 1時 列車票을 사라고 햇든니 成英이는 고이로 夕陽 6時 車票을 사왓다. 오롱 눈님이 오시여 집으로 가자고 勤[勸]하야 돈암동으로 갓다. 中食을 잘 待接밧고 2時頃에 成康이을 따라서 明洞街里을 求景한데 音樂하는 집도 보고 5時 경에 作別하고 任實에 온니 밤 11時쯤이엿다. 成苑 內外도 왔드라. 許俊晚의 페을 만히 끼쳣다.

<1978년 4월 17일 월요일>

아침에 崔瑛斗 氏가 來訪햇다.

加德里 李春雨 氏 宅을 禮訪햇다. 會員은 金世男하고 나뿐이다. 川邊에서 놀다보니 金炯根 郭道燁 金永文 崔宗一을 面會햇다. 大里에 李宗男 집을 찻고 서울을 단여왓다고 햇다.

<1978년 4월 18일 화요일>

屛巖里 趙吉山 氏을 訪問하고 爲先을 打合하고 오는 4月 26日 來臨하기로 하고 왓다. 崔芳宇 집을 방문햇든니 芳宇 母親은 病患

으로 게신데 館村 金宗喆을 만나고 芳宇 形便을 무려보와 달아고 햇다.

<1978년 4월 19일 수요일>
못자리 板을 求見햇다.
桑田 愛小枝 切間.

<1978년 4월 20일 목요일>
種籾 浸種日. 穀雨일. 畓 11斗只에 48키로를 鹽水選해서 浸種햇다.
郡守에서 里 視察次 來訪햇다.
嚴俊峰과 同伴해서 廉圭台 집에 弔問햇다. 오는 길에 大里에 들이여 任實高校 小風[逍風]온 데 參席하고 先生任들을 慰勞햇다. 金正植이는 自己 오리를 學生들이 잡앗다고 황의하기에 내가 債任짓겟다고 하고 돌여보냇다.

<1978년 4월 21일 금요일>
成東이는 任實 보냇다.
몸이 좇이 못해서 舍郎에 있엇다.
夕陽에 任實 成曉 집을 단여서 鄕校에 갓다. 夕食을 맞이고 밤늣게까지 놀앗다.

<1978년 4월 22일 토요일>
아침 7時에 早起해서 孔子任게 焚香을 올이엿다.
9時 30分에 文化院에 갓다. 加工組合員이 全員이 募엿다. 工場 改修을 命햇다. 新平面 李相根 産業係員이 印章을 要求햇다. 젓소 飼育 捺印이라고 햇다.
밤에 전화가 왓다. 孫周喆인데 복잡하게 付託하드라.
梁奉俊 婦人이 參萬원 入金.

<1978년 4월 23일 일요일>
梁奉俊는 數年間 白米 1叺 利息만 주더니 이번에는 白米 1叺 3斗을 내야 正當한데 本錢만 받으라고 하기에 承諾햇다.
全州 금암동 成允을 차잣다. 下宿米을 會計하는데 四月 中에 2斗만 주면 끝이 난다고 햇다.
金炳根 子 結婚式場에 參席하고 鄭圭太 入院室을 찻아서 問病햇다.
孫周喆을 맛나고 타방으 同伴해서 付託하는데 困難햇다.
金暻浩가 來訪햇다.

<1978년 4월 24일 월요일>
成玉이는 任實로 洋服 洗濯하려 보냇다.
終日 成東이를 데리고 外便所 修理. 牛舍 豚舍까지 손을 댓다.
成康에 집에 가보니 婦人들이 募엿는데 서울 完宇 妻도 왓드라. 아마 中食을 接待한 듯햇다.

<1978년 4월 25일 화요일>
포푸라 第一次 除草을 햇다. 婦人 5名이다.
白康俊 妻 回甲이라고 햇다. 白南基도 왓드라.

<1978년 4월 26일 수요일>
成東을 시켜서 館村面으로 耕耘機業者 敎育을 바드로 보냇다.
午後에는 新平에 宗合[綜合]稅金 申告하려 보냇다.
趙吉山을 모시고 북골을 단이면 玆堂任[慈堂任] 移据所[移居所]을 살피는데 업고 丁氏 山이 잇는데 難處햇다. 庚坐甲向이라고 햇다. 亡人에 運이 맛다고 햇다.

<1978년 4월 27일 목요일>
全州에서 메누리가 電話햇다. 알고 보니 大里 메누리가 病院에 入院햇다기에 갓다. 産兒는 死産햇고 産母는 建康[健康]하나 大端히 서운햇다. 治料[治療] 3萬원하고 택시비 4仟원을 주고 死兒을 책보에 싸서 共同山에 埋장시켯다.

<1978년 4월 28일 금요일>
朝食 後에 丁基善 氏을 訪問하고 내의 家政事[家庭事]가 每于 재치기가 藉〃한니 先母任의 移장할가 하오니 林野 11坪만 빌여주소 햇다. 밤에 丁氏 宗員 5名을 丁基善 집으로 招請해서 打合을 보왓으나 丁振根 兄弟가 不參햇다.

<1978년 4월 29일 토요일>
屛巖里 趙吉山 氏을 訪問햇다. 爲先을 하는데 澤日[擇日]을 해보시라고 하야 家兒들의 生 年令[生年齡]을 빼서 주고 왓다.
夕陽에 丁東根을 맛나고 네의 先山에 墓한 位 모시자 햇든니 不應햇다.
밤에 丁基善 집 갓다. 東根이가 基善 母親 外 2, 3 婦人들에 못할 말을 햇다고 하고 路上에서 振根 俊浩도 順〃하{게} 應햇다. 밤 12時까지 고함을 지르고 단엿다.

<1978년 4월 30일 일요일>
아침에 東根 집을 訪問하고 내의 形便을 말햇드니 山所에 모시라고 承諾햇다.
丁俊浩 氏을 禮問햇드니 婦人게서 술을 바다 가지고 왓는데 마참 基善이가 當햇다. 갗이 마시며 東根에서 承諾을 밧앗다고 햇다.
夕陽에 屛巖里 趙吉山 氏을 禮訪하고 擇日誌을 보니 時日 멀드라. 陰 四月 17日이다.

집에를 온니 嚴俊祥과 東根이가 是非을 하고 있엇다. 振根이가 當하든니 東根을 술집에서 끌고 나와 싸운는데 말기니가 振根 주먹으로 東根을 때린다는 것이 내가 맞앗다. 매우 가슴이 언잔햇다.

<1978년 5월 1일 월요일>
成東이 訓鍊(훌련)을 가고 나는 방아를 찌엿다.
午後에는 舍郎에 누워 生覺한니 근심 떠오르기만 햇다.

<1978년 5월 2일 화요일>
오날은 二毛作 苗板을 設置햇다.
3名이 夕陽에 丁東根 妻가 왓다. 自己의 집에 갓다. 嚴俊峰 梁海童이가 있엇다. 알고 보니 丁振根이는 入院햇고 支署 告訟[告訴]을 햇다 햇다.
밤에는 丁基善 嚴俊峰 崔乃宇 丁東根을 同伴해서 病院에서 振根을 맛나서 取下하고 治料비 35仟원을 주고 왓다.

<1978년 5월 3일 수요일>
新平支署에 택시로 東根 振根을 同伴해서 支署長에 招介햇다. 兩 兄弟는 말로 端〃히 당햇고 里民의 陳情書가 들어온 것 만니 立件 안 하겟다고 햇다.
郡에 畜政係 晋領 氏을 맛나고 앞으로 乳牛는 絶對로 該當된니 모든 準備에 對備하라고 햇다.
夕陽에 白南基가 왓는데 李相駿 位土을 가지고 是非을 햇는데 据絶햇다. 아마도 本里의 某人이 理由을 걸아고 한 듯싶다.

<1978년 5월 4일 목요일/ 5월 5일 금요일>
外祖母 祭祠日이다. 求禮을 行次하려 한데 점쟁이가 왓다. 점을 始作한데 어머니을 移葬하라 햇는데 日字을 4月 16日 좇아 했으니 子는 4월 17日로 밧고 보니 점쟁이 안는 것도 같앗다. 맹인의 運이 드렷다 햇다.
◎ 求禮 外家집에 當하니 3時엿다. 外從兄수와 갖이 華嚴寺로 갓다. 求景을 하고 돌아왓다.
밤에는 祭祠에 參拜하고 8時에 任正三 內外을 同伴해서 龍田理 姨叔 宅을 禮訪햇다. 잠간 말사[말씀] 드리고 出發해서 邑內에서 作別하고 求禮驛으로 갓다.
驛前에서 成賢 氏 成萬 氏 兄弟을 對面하고 立酒 한 잔식을 노누고 作別햇다. 2時 40分 特急으로 집에 온니 5時쯤이엿다.
成曉가 孫女을 데리고 왓다.
孫周喆 氏가 來訪햇다. 밤에 寧川 鎭鎬 手術햇다고.

<1978년 5월 6일 토요일>
아침에 成允이가 學校에 가는데 몹시 不安해 보이엿다. 듯자한니 下宿집이 不平이라 햇다.大里校로 轉學을 해볼 뜻으로 金巖國校 擔任을 맛낫다. 成績表을 閱覽해보니 都市學校에서 平均 70點 以上이고 別途試驗은 100點 4, 5개 잇다. 轉學을 하겟다고 햇든니 그리 말으시고 6月에 先生이 裡里에서 移事을 한니 내게 맛기라 햇다. 自己 子息도 5學年자리가 있으니 갖이 해게 하겟다고 햇다. 白米 5斗式에 金鍾善 先生을 通해서 주기로 하고 成允하고 先生하고 3人이 同席해 打合을 보왓다.
任實을 直行해서 牟 生員에서 金 6仟원을 빌이여 부억문을 샀다.
다시 夕陽에 任實 鄕校에 갓다. 14名 中 10名이 參席햇다. 아침에 焚香을 하고 집에 단여다 오수 崔鎭鎬 入院한 데 問病하고 왓다.

<1978년 5월 7일 일요일>
뽀푸라 切枝[折枝]햇다.
보리논에 물을 대는데 피여 나가지를 안트라.

<1978년 5월 8일 월요일>
桑田에 물주주기 햇다. 採少[菜蔬]밭도 햇지만 旱害가 너무 深햇다.
蠶具 一切을 川邊에서 洗濯햇다.

<1978년 5월 9일 화요일>
蠶室에 蠶具을 入室하고 호로마링 4병을 갓다가 散布햇다. 10培액으로 햇다. 후훈제도 煉炭[煙炭]에 피워 놋왓다.
完宇 妹가 서울서 왓다. 成玉을 데려가겟다고 하기에 應答햇다.
밤에는 七星契에서 新安 遊園地 간다고 햇다. 진즉 말하제 이제 말햇나 햇다.

<1978년 5월 10일 수요일>
七星稧員 男女 12名이 7. 20分 列車로 裡里을 据處 光州을 지나서 新安에 當한니 夕陽 6時엿다. 下宿집을 차잣다. 4仟원에 방 2個을 마련햇다.

<1978년 5월 11일 목요일>
아침 食事은 飮食店에서 하고 儒達山에 登山햇다.
11時 30分 船便 海南에 到着햇다.
新安에서 電話로 任正三을 차진[찾은]바 택시로 와서 面會햇다.

다시 光州을 据處서 直行으로 任實에 온니 夕陽 5時쯤 지낫다.

<1978년 5월 12일 금요일>
大里 鄭用澤 崔龍鎬가 왓다. 龍鎬는 束錦[束金]契穀 2叺代 5萬4仟원을 가저왓는데 此가 本子이라고 해서 바다 두웟다. 밤 契員이 募여서 新安을 단여온 決算을 본바 人當 3仟원식 追加을 햇다.

<1978년 5월 13일 토요일>
終日 몸이 좋이 못해서 舍郞에서 누엿섯다.

<1978년 5월 14일 일요일>
投票通知書을 6枚을 引受 받아다.
포푸{라} 밭에 물을 댓다.
午後에 大里에 郭宗燁을 맛나고 契穀을 말햇든니 1叺만 주겟다고 해서 그려라 햇다. 行先地는 서울이라고 햇는데 5월 21日로 定햇는데 아마도 相云이로 依해서 未定이다.

<1978년 5월 15일 월요일>
工場 屋上에서 뼁이 斜色[塗色] 中에 잇는데 金善權 氏가 왓다. 金炯根 候補者 關係인 듯햇다.
白南基는 任實 姜基祚 氏을 帶同 택시로 왓드라. 理由는 李相駿근의 位土 關係인데 姜 氏 말에 依하면 崔乃宇 내가 特別조置法으로 所有權을 아사[앗아] 갓다고 햇다. 熱이 加햇다. 白南基를 相對로 무식한 者야 그리고[그리도] 알아듯기 쉽게 말해도 그 따위 말을 하는야 햇다.

<1978년 5월 16일 화요일>
面 選擧管理委員會에서 投票區 委員들 會議가 있엇다. 指示을 밧고 中食을 하고 農協을 단여서 왓다.
夕陽에 揚水機을 修理하고 昌宇 苗板에 揚水을 햇다.
夕陽에 炳基 堂叔이 來訪햇다.
元泉里에서 金永文 婿가 왓다.

<1978년 5월 17일 수요일>
11時頃에 皮巖里 金世男 氏 집을 訪問햇다. 常務 趙命基 李下加 云巖에서 2名 해서 全員이 參席햇다. 趙命基의 말에 依하면 金點山이는 皮巖에다 金錢을 뿌리는데 參仟원식 주엇는데 뒤에 따라 단이면서 金炯根 사람이 적발햇고 大里에서는 命基 고용人이 參仟원 주는데 据絶햇다고 하는데 金永文이는 제 돈 주고도 人心 이렷다고 햇다.
夕陽에 成奎가 왓다. 大里 崔宗仁 郭道燁 間에 圓滿[願滿]하게 合意이는 햇지만 宗仁이가 보상 條로 70萬원을 건너주고 合意가 되엿다고 堂叔에서 드렷다고 햇다.
農協에서 12萬원을 貸付 받앗다.
鄭宰澤 회계 25,300원을 計算한데 白米 4斗代 11,000 除하고 種籾 6斗代 7,800 計 18,800을 除 6,500원을 會計 完了햇다.

<1978년 5월 18일 목요일>
國民會議 代議員 投票日이다. 아침 6時에 大里 投票所에 갓다. 委員 全員 參席한데 宣誓文을 郞讀[朗讀]햇다. 午{後} 6時에 끝이 난바 投票率은 95%엿다. 崔宗仁가 當選이 될 듯햇다.

<1978년 5월 19일 금요일>
全州에 成傑이가 왓다. 徵兵檢査次.

새벽 2時頃에 大里 崔宗仁에서 電話가 왓다. 當選이 確定되엿다는 消息엿다.
포푸라 第二次 除草 作業. 엽가지 떼주주기 햇다.

<1978년 5월 20일 토요일>
메누리 成玉하고 全州에 갓다. 玆堂 先妣 移葬 祭物을 사려갓다. 사다보니 빠진 게 만해서 計劃보다 더 드렷다. 約 3萬원 드렷는데 또 빠젓다. 七星板을 求하려 햇지만 求하{기}가 어렵드라.

<1978년 5월 21일 일요일>
아침에 嚴俊祥 氏을 訪問하고 金 貳仟원 取貸金을 드리고 23日 내의 일 좀 봐달아고 햇다.
李在植을 시켜서 부억 改良 蠶室 修理을 햇다.
포푸라 農藥 第一次 散布햇다.

<1978년 5월 22일 월요일>
梁奉俊 氏을 同伴해서 來日 쓸 떼를 뜻다. 耕耘機로 運搬한데 峙下에서 脫線하야 大事件이 날 번햇다.
成玉이는 午後에 4時 30分 列車로 天安으로 떠낫다.

<1978년 5월 23일 화요일>
先妣 (玆親[慈親]) 移葬日이다. 새벽에 嚴俊祥 氏 崔今石을 引솔하고 老妣 山所에 破墓하려 갓다. 害가 만고 소骨이 되엿다. 王板에 丁氏 先山에 募待는데 人夫가 約 30名 以上이 왓다. 大端이 感謝햇다. 丁氏도 俊浩 九福 奉來 基善도 와서 協力해주웟다. 그려나 丁基善이는 눈치가 異常해 보엿다. 坐向이 違置[位置]가 좃으니까 그련지 달이 고이엿다. 그려나 丁氏 宗中에서 承諾한 以上 異議는 없으나 生覺이 변해 보이고 中食도 먹으려 오지 안햇다.
趙吉山 氏는 21,000원 복채로 드려 餞送햇다.

<1978년 5월 24일 수요일>
終日 揚水한바 面에서 보낸 元動機[原動機]는 쓸 수 없기에 우리 경운기로 午後 3時부터 揚水햇다.

<1978년 5월 25일 목요일>
아침에 三墓日이다. 成國을 데리고 老妣(玆親)任 山所에 갓다. 省墓하고 峰祱에 물을 주고 왓다.
丁基善과 同伴해서 金城里에 安吉豊 父 葬禮式에 參席햇다. 趙圭太 氏도 맛나고 李증빈 氏도 맛낫다. 乳牛 飼育에 對한 學習도 들엇다.

<1978년 5월 26일 금요일>
昌宇 畓 揚水햇다. 午後에는 振根 正浩을 시켜서 벽 再沙햇다.

<1978년 5월 27일 토요일>
牛舍 修理하고 成東이는 夕陽에 왓고 午後에는 苗板 揚水햇다.

<1978년 5월 28일 일요일>
아침에 揚水場에 갓다. 故章[故障]이 낫다고 해서 고처주고 보니 9時엿다.
夕陽에는 강냉이 밭에 물을 揚水햇다.

<1978년 5월 29일 월요일>
아침에 大里坪 깡냉이 밭에서 耕耘機을 가

저왓다.
揚水機 修繕햇다. 尹南龍을 데려다 고치엿다.
벽 再沙햇다.

<1978년 5월 30일 화요일>
午前 中에는 苗板 물을 박게스로 품엇다.
丁振根을 시켜서 家內 벽 再沙을 한바 끝이 낫다.

<1978년 5월 31일 수요일>
昌宇 揚水機 條로 貸付을 받기 위{해}서 農協에 갓다. 外上으로 契約을 作成한 바 161,400 中 5萬원을 負擔하라고 하니 昌宇가 後金이 없고 揚水機도 任實 大同센타에 가보니 石油機에다 空냉式이라서 뜻이 적기에 昌宇에 傳햇든니 돈은 업으면 죽어야고 한니 兄을 밋고 하는 소리인지 氣分이 小햇다.

<1978년 6월 1일 목요일>
揚水機 引受.
丁振根에 日費 3日分 9,000 中 담배 운임 2,500 除하고 1,200 1日 條을 除하고 5,300원을 주웟다.
夕陽에 崔瑛斗 氏 南連 氏을 對面 相議한 決果[結果] 揚水用 호수 購入의 打合이엿다. 幾萬원을 瑛斗 氏 外 据出해 全州에 갖이 갓다. 호수代는 300m에 4萬원을 주고 왓다. 택시비가 1,500원이엿다. 차비가 240원 酒代가 300원 圭太 집에서 220원 計 42,260.

<1978년 6월 2일 금요일>
全州에 갓다. 호수을 300m 引受해서 택시로 전동에 왓다. 館村驛前에 下車하고 任實로 갓다. 경운기을 修善[修繕]햇다.
成傑이을 맛낫다.
韓太연 氏 支會長을 맛낫고 동경태시[동경택시] 사장도 맛나고 成傑 기사 취직을 부탁햇다.

<1978년 6월 3일 토요일>
가랑비가 내렷다. 全州에서 成吉이 왓다.
昌宇 條 揚水機을 말햇다.
崔南連 氏가 왓다. 호수을 삿는데 사지 안이 할 것을 삿다고 햇다.
◎ 任實 注油所에서 경우[경유] 1드람 石油 1드람 引受하고 18,000을 外上으{로} 하고 金宗喆 氏와 房宇 件을 말햇다.

<1978년 6월 4일 일요일>
苗板에 揚水을 햇다.
農事질 計策이 없다. 밤이면 全身에서 熱이 生起고 한다.

<1978년 6월 5일 월요일>
아침에 任實 工業社에 電話햇든니 디젤揚水機가 왓다고 햇다. 昌宇는 단여왓는데 官輸用[官需用]이라며 該當이 업다고 왓다.
全州에서 侄婦는 拾萬원을 昌宇에 주고 갓다.
終日 보리 베는데 勞苦가 만하다.
夕陽에 崔瑛斗을 路上에서 맛낫다. 揚水用 호수에 對하야 是非을 햇다. 無識者하고는 말이 通하지 안했으나 全部가 弟의 崔南連 논간인 듯햇다. 호수을 쓰지 안니 한다 한니 답〃햇고 南連은 必要없다고 햇다.

<1978년 6월 6일 화요일>
牟潤植 氏에서 參萬원 借用햇다.
崔瑛斗 호수代 4,510원 주웟다.
全州에서 揚水機 호수을 14碼에 5,600원

에 삿다.
못텡이 安承均 氏 畓에 揚水을 하는데 揚水機 품다가 故章 나서 回轉이 不能햇다. 할 수 없이 夕陽에 춥고 해서 引上하고 왓다.
任實 相範이가 풍기로 全州 病院에 갓다고 들엇다.
生覺한니 근심할 짓을 사서 햇다.

<1978년 6월 7일 수요일>
모든 之事가 마음으로 욕심이 나지를 안코 뜻이 적다.
朝食 後에 安承均 揚水하려 갓다. 午前 11時 40分에 正常 도는데 8日 아침 5時 10分에 끝낫다. 計 17時間 30分이 되엿다.
崔瑛斗 金進映이 아침에 왓다. 是非는 물 좀 품자는데 瑛斗 氏가 反對엿다. 아마 무슨 감정이 잇는 듯싶다.

<1978년 6월 8일 목요일>
崔元喆 崔瑛斗 崔南連 三家 苗板 揚水는 10時부터 - 2時까지 計 4時間 품멋다. 2時부터 새보들 苗板 揚水 始作. 이튼날 새벽 4時 10分에 끝 지엿다. 計 16時間.

<1978년 6월 9일 금요일>
오전 10時부터 崔瑛斗가는 논에 揚水 始作 夕陽 7時까지 計 9時間 품엇다.
夕陽부터 내린 비는 밤새도록 와서 川邊이 洪水로 변햇다.
成康 母가 五仟원 주기에 朴京洙을 주고 日後에 못텡 논을 갈아달이고 햇다.

<1978년 6월 10일 토요일>
昌宇는 日前에 成吉이에서 받아온 金 拾萬원을 내 맥겨노코 今日 貳萬원을 다시 가저갓다.
※ 崔宣禮가 뽕 따려 왓다.
成奎을 시켜서 早生育製 장치을 後蠶室에다 設置하고 밤에 뉴예를 約 80蠶泊을 옴기엿다.

<1978년 6월 11일 일요일>
鄭圭太 뽕을 아침에 흥정하고 7仟원에 決定햇는데 現品을 따는데 형평이 없엇다.
金城宅이 뽕을 따주로 왓다.
任實서 메누리가 왓다. 人夫는 없다고 그양 와서 뽕을 따다보니 手足이 不安햇다.
밤에 崔南連 氏가 揚水用 手工비라고 7,300원을 가져왓다. 약 14時{間} 揚水 햇는데.

<1978년 6월 12일 월요일>
終日 뽕따기 햇다.
桑田에 간니 엔징 소리가 나드라. 알고 보니 果樹園에서 殺蟲濟[殺蟲劑] 毒藥을 空中散布하드라. 2日間만 中止해 달아니가 나도 農事이니 안 되겟다고 不應하드라. 藥代만 해도 15,000원이라고 해서 代價을 주마 햇다. 中食 後에는 洪 氏가 다시 와서 貳萬원을 要求해서 주고 (安正柱 立會 下) 14日까지 延期하기로 約햇다.

<1978년 6월 13일 화요일>
上簇 불로 끄실려 整理햇다.
桑田에 가서 살펴보니 뽕은 多量이 남아겟드라. 例年 比해서 種子가 量이 不足한 듯십고 明年부터는 12枚 程度을 늘일 計劃이다.
夕陽에는 뽕을 따로 간바 비가 내려 復雜[複雜]햇다.

<1978년 6월 14일 수요일>
아침에 靑云洞 金正柱을 訪問하고 牛 삼람[사람]을 말햇든니 12日(陽 17日) 오겟다고 햇다.
新平中隊長을 電話로 防衛軍 20餘 名 내의 移秧을 付託햇든니 6月 17日 알여 드리겟으며 中隊本部에 許諾을 맡어 原側[原則]이라고 햇다.
蠶飼을 1部 午後에 上簇햇다.
밤에는 丁東根이가 단여갓다. 午後에는 丁基善이가 왓는데 술 한 {잔} 들인바 한실댁이 왓는{데} 兩人이 崔元喆이 不美하게 말햇다.

<1978년 6월 15일 목요일>
午前 中에 뉴예는 全部 上簇햇다.
夕陽에 耕耘機을 몰고 任實에 갓다. 叺子 50枚 石油 1드람 其他 모비{루} 1切을 準備햇고 大同工業社에 들이여 附屬 1切을 買入해서 밤에 왓다.
金宗喆 氏 外上代는 全額이 45,700원 中에 25,000 入金하고 20,700 殘으로 햇다.

<1978년 6월 16일 금요일>
成奉 授業料 29,000원 中 1部 2萬원만 주고 成奎에서 取해 가라 햇다.
家族들은 보리 베고 午後에는 묵거 드렷다.
金炯進 보리을 밤에까지 6次 運搬햇다.

<1978년 6월 17일 토요일>
金正柱을 시켜서 장기질을 하는데 8仟원을 달아고 햇다.
崔永泰 成東을 시켜서 논 두력을 부치엿다.
群山에서 成苑 시숙 合同結婚式을 擧行한다고 아침에사 들엿다. 生覺해보니 成苑 人象[印象] 보기 실코 밥으고 해서 參席을 不應햇다.
서울서 成英 成樂이가 단이려 왓다.

<1978년 6월 18일 일요일>
아침에 鄭九福 婦人에서 金 貳萬원을 둘엇다.
메누리 시켜서 明日 防衛軍 移秧 장보기을 成東이와 任實로 보냇다. 約 10餘 名이 온다고 햇다.

<1978년 6월 19일 월요일>
今日은 多幸도 日氣 조왓다. 任實高校 學生이 8名 防衛軍이 10名인 9時에서 10時까지 當햇다.
써레질은 耕耘機로 햇다. 배 3斗只 程度는 移秧을 햇지만 豫備軍은 5時쯤이가 되니 出發햇다.
成樂이이는 밤에 서울로 떠낫다. 旅비 五仟원을 주워 보냇다.

<1978년 6월 20일 화요일>
못텡이 朴俊祥 外 5名 移秧. 午前부터 비는 내린데 始作햇다.
누예고초 따기.
學生 4名이 移秧하고 夕陽에 간다기에 車비 條로 金 3仟원을 주워 보냇다.
夕陽에 新平 蠶共販場에 갓다. 153k가 貳等으로 해서 306,300을 햇다. 30萬원은 預置하고 왓다.

<1978년 6월 21일 수요일>
任實高校로 李起逸 先生任에 電話로 今日 午後에 學生 7, 8名만 보내주시라고 햇다.
※ 今日은 家族끼리 못 찌기 始作햇다.

午後 2時에 學生 8名이 왓다. 밤에는 재이고.

<1978년 6월 22일 목요일>
아침에 學生들을 食事을 提供하고 旅비 2仟원을 주워 보냇다.
家族끼리 모내기 햇다.
鄭太炯 氏 脫作을 始作으로 햇다. 金太鎬가 脫作하자고 하기에 간바 2가린데 한 가리만 해겟다기에 기분이 안 조와서 못하겟다고 하고 포기햇다.

<1978년 6월 23일 금요일>
成康 모내기. 午後 6時에 끝이 낫다.
金正柱는 3.5日間 장기질을 햇는데 0.5日은 빼고 3日分 24,000원만 會計햇다.

<1978년 6월 24일 토요일>
몸이 不安해서 舍郞에 누웟 잇섯다.
黃在文 氏가 왓다.
夕陽에 成曉 母와 同伴해서 只沙面에 장인 祭祠에 參席햇다. 가는 길에 任實驛前에서 下車하야 韓文錫 氏 債務 20萬원 條 元利 合해서 225,000원을 會計해 주웟다. 韓文錫 氏에 五拾萬원만 주시라고 付託햇다.

<1978년 6월 25일 일요일>
朝食을 맟이고 오는 길에 崔永喆 氏을 맛나고 成苑도 上面햇다.
屯南面[137] 水流基 郭二勳 집을 訪問햇다. 中食을 맟이고 집에 온{니} 午後 6時엿다.
夕陽에 갑작기 相範이가 체이엿다고 해서 館村病院으로 택시로 갓다.

<1978년 6월 26일 월요일>
任實高校에서 理事會議이가 잇었다. 追更豫算審議엿다. 總歲 18,023,000원 無修正 通過햇다.
中食을 맟이고 裵永文 氏 집을 단여서 館村에서 時計을 찻이[찾아] 가지고 왓다.
學校에서 成奉 但任[擔任] 先生을 맛나고 成奉에 代한 品行調査을 한바 大端 不良한 놈이 되엿드라. 終日 不安햇다. 밤에는 成奉을 불어 따저보겟다고 햇다.

<1978년 6월 27일 화요일>
어제 밤새도록 生覺해도 成奉가 괫심한 놈으로 生覺이 들고 아침에 成奉에 갓다. 朝食을 하려는 中인데 品行을 支的[指摘]해서 뭇고 短點만을 무려도 대답이 없이 없섯다. 學校을 中止하든가 공부를 해보든가 2가지 中 한 가지을 澤[擇]하라 햇다. 그래도 對答 없이 朝食도 안코 변도도 갓지 안코 가방만 들{고} 나가드라. 過居을 成奉에 對한 學費 지원을 生覺했을 때 무리한 돈을 消비했었다. 全州國校로 德律中學校로 任實高等學校로 夏冬放學 時는 英語공부한다고 全州로 서울學院으로 집에 個人指導로 저 하잔 대로 多 해주엇든 點이 이제 後梅[後悔]가 난다.
任實驛前에 韓文錫 氏 五拾萬원을 가저왓는데 拾萬원 舊債 11萬원을 除하고 3拾九萬원을 引受 借用햇다.
午後에 任實高校로 成奉 關係을 전화 무르니 旅行을 가기로 햇다고. 只沙가 8仟원을 주드라고 入金햇다고.
全州 李存燁 氏을 訪問하고 精善 風庫代 1部 3萬원을 주고 任實로 行해서 加工組合에 許可 更新 書類을 提出햇다.

137 현 임실군 오수면. 1992년에 둔남면에서 오수면으로 개칭되었다.

夕陽에 自轉車로 新平 農園 李경효 氏을 訪問하고 싸이로 製造을 打合햇든니 30日 우리 집에 오겟다고 하고 炳列 집을 단여서 밤에 大里 炳基 堂叔 집을 訪問하고 安吉豊을 맛나고 成東 關係을 말햇다.

<1978년 6월 28일 수요일>
鄭九福 牟潤植 金宗出 鄭太炯 崔今石 李道植成東 돌모리宅 外 2名에게 借用金 又는 日工및 用錢 해서 231,800원 정도가 出金되엿다. 崔南連 氏 取貸金도 成曉 母 便에 주웟다.
終日 舍郞에서 누웟엇다. 아치[아침]에 成奉이는 修學旅行 간다고 해 旅비 參仟원을 주워 보냇다.

<1978년 6월 29일 목요일>
鄭圭太 뽕代 人夫 債을 散布햇다.
서울서 寶城宅이 오시엿다. 債務 干係[關係]로 會計을 해내라 하니 돈은 없고 7月 15日頃으로 미루니 그리 말고 雨澤나 京石도 돈니 있으니 말해 달아고 鄭九福도 잇다고 白康俊도 잇다고 하니 自己 나름대로 말하니 참으로 難處한 立場이 아닐 수 엇다.

<1978년 6월 30일 금요일>
桑 枝葉 運搬햇다.
成奎을 시켜서 拾萬원을 寶城宅 會計하기 爲하야 빌려달아고 햇다. 寶城宅은 終日 빗 바드려 와서 舍郞에 잇는데 마음이 不安햇다.
館村市場에 갓다. 牟潤植에 拾萬원을 要求햇다.
夕陽에 郡 畜政係 職員이 왓다. 깡냉이을 7月 5日까지는 栽培하라고 햇다.
崔南連 氏에서 金 參萬五仟원을 빌이엿다. 寶城宅 會計해주기 위해서.
寶城宅하고 相議하기를 40萬원 債務 中 今般에 元金에서 20萬원하고 利子 5萬원해서 25萬원만 드리겟소 햇든니 기왕 오는 길에 다 會計해라 햇다. 그러케 되들 못하겟다고 하고 7月 15日 全額 會計해드리겟으니 其間에 내 집에 게시요 햇다. 다시 相議하는데(밤에) 承諾햇다. 밤에 늣게사 成奎가 拾萬을 가저왓다. 利子도 6萬원이 原側인데 5개月 5萬원으로 落着을 지엿다.
※ 빗 짓고는 不安해서 每事가 이루워지기 어렵드라. 20歲부터 빗生活로 于今까지 지내는 바다. 家政을 維新으로 改正할 生覺은 每時마다 우려나지만 뜻대로 되지 못한다. 生存에 後孫에다 債務는 引게 하고 십지 안타.

<1978년 7월 1일 토요일>
아침에 牟潤植 宅에서 拾萬원을 借用해서 寶城宅 25萬원을 會計해드리고 殘 元金 貳拾萬원을 15日字 無利子 送金해드리겟오 하고 言約하고 6時 20分에 專送[餞送]햇다.
朴仁培 便에 비니루 옥수수 種子代 11,200원을 주워 全州 付託햇다. 朴仁培 沈參模와 同行해서 全州에 갓다. 비닐루 0.6㎜ 15,000 옥수수 3斗 3,600을 주고 사왓다.
成奉는 3泊四日 만에 돌아왓다.

<1978년 7월 2일 일요일>
朴京洙 脫作햇다.
成東 永植이는 깡냉이 베기.

<1978년 7월 3일 월요일>
太鎬 午前 金正石 午後 終{日} 脫作햇다.
成東이는 又 깡냉이 베기.

<1978년 7월 4일 화요일>
깡냉이을 써려 발아 넛다.
新平서 廉昌烈이가 왓다. 午前 中에 指導 감독을 해주엇다.
朴京洙을 시켜서 成奎 밧을 갈아고 햇든니 은사시나무을 갈앗다고 햇다. 氣分이 不安햇다. 成奎에 損害야 주워 쓰겟다.

<1978년 7월 5일 수요일>
終日 人夫 4名을 帶同코 옥수수 밥기을 햇다.
고초밫이 묵어서 任實 메누리을 오라 햇든니 今日 왓다기 夕陽에 任實로 갓다.

<1978년 7월 6일 목요일>
깡냉이 싸이로 製造는 끝을 냇고 午後에는 脫麥 우리 것 13叺을 햇다.
아침에 成奎 母가 왓다. 말하기를 은사시나무 밭에 가보니 흐여케 다 죽엇드라면서 장기질군을 꼭 고소감이라면서 자근집이라도 잘 사라야지 하면서 엇페가 잇게 말하든니 成曉 母 말을 들으니 밭에까지 와서 깡냉이를 심어도 새에 든 창깨[참깨]는 잘 가구야 한다면서 잘 사라야지 또 잘 사라{야}지 세 번을 말하다 가든니 다시 와서 가들 삼춘보고는 거련[그런] 소리 말소 햇고 그 말까지 한니 不安해서 밤에 成奎을 오라고 成國을 시켯든니 오지 안트라.

<1978년 7월 7일 금요일>
아침부터 방아 찌엿다. 成奎가 왓다. 어제 밤에 안니 왓나 햇다.
任實에서 玄米機 修理하고 床布 1筆을 갓다가 洋服店에 맛기고 下衣 1着을 하라 햇다.

<1978년 7월 8일 토요일>
아침에 成奎을 불어서 山田에 깡냉이 播種을 抛棄하겟다고 하고 昌宇 成奎 母도 立{會}下에 말하고 秋季에 밧 선자나 半額을 負擔해주마 햇다. 實은 깡냉이를 심을 뜻도 잇지만 옆에 잇는 창깨를 각궈 달아하니 가굴 도리가 없어서 포기할 생각이다.
※ 光範 母가 正午에 왓다. 말하기를 한 번 밭을 갈아노코 못 하신다면 남이 알드래도 있을 수 없고 어머니가 무슨 말햇는지 몰아도 理解하고 播種하시라면서 묵을 수 있겟소 햇다. 그려면 田稅 半額이라도 보태주겟고 한 밭은 자네가 管理하소 하고 이족[이쪽]치나 그려면 파종함세 하고 打合을 햇다. 生覺하니 不應하면 또 1家間에 不安心이 生起가바 應答햇다.
成吉이가 단여 갓다.
重宇 犬을 4人이 合勢해서 잡고 秋季에 사주기로 하야 3斤을 가저왓다.

<1978년 7월 9일 일요일>
全州 成允 下宿집 쌀 6月分 4斗 7月 10日 까{지} 2斗 計 6斗을 택시로 갓다 주웟다.

<1978년 7월 10일 월요일>
人夫 債을 崔永台에 1,500식 會計해 주웟든니 간 지後 몃 分 만에 다시 돈을 가저와서 돈을 못 밧겟다고 하고 秋期에 成東이 데려다 나락 베겟다고 햇다. 다시 2仟식을 주고 보니 너무 빗산데 人夫을 利用 안 하면 되지 햇다.

新平農協에 肥料 7袋을 現金으로 買入하고 支署 面에을 据處서 왓는데 支署 金巡警은 澤俊 付託이라 하고 農協에서 百萬원 자리 積金을 加入하고 月 78,200원식 入金키로 하고 9月 中 100萬원 積金 貸付받기로 하야 契約 締結햇다.
成允이도 今日부터 全州로 通學하기로 햇다.
金學順이가 208키로 가저왓다.

<1978년 7월 11일 화요일>
任實市場에 갓다. 農藥을 購入하고 電話로 成曉에 포푸라 代金을 再促하라고 하고 新平에 갓다. 副面長 自轉車을 빌이여서 金玉鳳을 訪問하고 잇는데 崔宰澤을 맛나게 되엿다. 同行해서 朴敎植의 乳牛舍을 求景하고 設明[說明]을 잘 들엇다.
다{시} 新平에 와서 李云相 面長 加德[138] 張一權을 한자리에서 對햇다. 李云相 말을 드르니 農協長을 三對一의 競장[경쟁]이 버려젓다고 하고 自己도 포기는 못하겟고 햇다.

<1978년 7월 12일 수요일>
終日 精麥을 하고 精米도 햇다.
午前에 비가 내려 川邊이 洪水가 나갓다.

<1978년 7월 13일 목요일>
成東이와 포푸라 切枝 및 施肥을 햇다.
午後에는 보리 作石을 하는{데} 18叺을 作石햇다. 밤에 崔今石 外 3名을 불어서 햇다.

<1978년 7월 14일 금요일>
大里에 共販場에 갓다. 18叺을 운반 檢査에 回附한바 2叺는 退하고 16叺代 174,180원을 밧고 堂叔 집을 단여 中食하고 왓다.

<1978년 7월 15일 토요일>
丁基善 借用金 109,000원
具道植 〃 109,000원
韓相俊에 春蠶種代 12,325원을 各〃 會計完了햇다.
崔南連 氏하고 新{田}里 사돈 問病을 갓다. 오늘 길에 館村 市場에 들이여 병아라 8 오리 8首을 사가지고 왓다.

<1978년 7월 16일 일요일>
中食이 끝나자 목부터 억개 역구리가 절이기 始作 밤에 잠을 이루지 못하고 館村으로 藥을 사려 갓다.

<1978년 7월 17일 월요일>
終日 舍郞에 누웟스니 몸이 괴로와 햇다.
全州에서 成吉이가 단여갓다. 昌宇 白米 1斗을 달아기에 주웟다.

<1978년 7월 18일 화요일>
成東을 시켜서 大里 安吉豊에 藥 몃 첩을 지오라 햇드니 2첩을 대려 마신바 1身이 다룬 데 못 견디엿다. 밤에는 잠을 못 이루고 한 번 누면 혼자서 이려나기 어려웟다. 病은 담도 안니고 풍도 안니고 장질부사인 듯 감각이 드렷다.

<1978년 7월 19일 수요일>
아침에 成曉 母을 시켜서 鄭太炯 氏에서 金 貳萬원을 가저왓다. 生覺다 못해 病院이라도 가서 相議해볼가 햇다. 成曉가 택시을 가지고 왓다. 大學附屬病院 신경외과에

138 임실군 신평면 소재.

갓다. 단니면서 治料하기로 하고 成吉 집에서 中食을 햇다. 治料費는 全額이 45,000원인데 내가 2萬원 주고 25,000원는 成曉이 댓다.

<1978년 7월 20일 목요일>
비는 終日 내렷다. 舍郞에서 누웟다. 몸은 不便햇다.

<1978년 7월 21일 금요일>
全州 病院에 갓다. 治料햇다. 3,100원 드렷다.

<1978년 7월 22일 토요일>
大里에서 宗仁 堂叔이 왓다. 代議員을 해보고 싶다고 햇다.
嚴俊峰이는 路上에서 25日字 組合長 書類을 내겟다고 햇다. 아마 4파戰인 듯십다.
今日부터 初中校 放學이다.
鄭太炯 氏에서 萬원 取貸.

<1978년 7월 23일 일요일>
서울서 成英이가 밤에 왓다. 農協試驗에 對備코자 왓다.
家族기리 보리 作石. 25叺을 햇다.

<1978년 7월 24일 월요일>
大里 共販場에 갓다. 等外도 만고 2等도 三等도 골구로 맞앗다.
李宗南을 맛낫다.
李相云 氏을 禮訪하려 大門을 뚜드니 기척이 업어서 한참 만에 문을 열고 보니 婦人이 빠스만 입고 잇다 방으로 드려가는데 무참해서 나와버렷다.
炳基 堂叔宅을 訪問하고 宗仁과 相議도 햇다.

<1978년 7월 25일 화요일>
午前 中에는 방아 찟고 午後에는 全州에 가서 農藥과 內服用 藥을 三世藥房에서 지엿다.
成吉 舊 條 借用金 拾萬원 利子 6仟원 合해 106,000을 侄婦에 會計해주고 왓다.
成東이는 昌宇 畓 藥 해주웟다.

<1978년 7월 26일 수요일>
王板 成奎 開간기[개간지]을 둘려보니 牛草가 잘 길엇드라. 標木을 박고 엄중히 警告을 햇다. 어머니 山所에 省墓하고 왓다.

<1978년 7월 27일 목요일>
보리방아 찌엿다.
夕陽에 朴 常務가 왓다. 31日字로 村前에 와서 理事만 檢査진이 놀려온다고 햇다. 9仟원을 保管하고 場所을 求景하고 갓다.
成東을 시켜서 紛制[粉劑] 藥을 王板 옥수수 밭에 뿌렷다. 풀 못 베게.

<1978년 7월 28일 금요일>
終日 精米 精麥을 햇다.
成東이는 終日 崔南連 氏 砂理 採取 運搬햇다.
廉昌烈 氏가 단여갓다.
밤에 昌宇 脫麥햇다.

<1978년 7월 29일 토요일>
午前 中에는 방아 찟는데 任實 會議時間은 1時間 延着되엿다. 成東을 찻으니 昌宇 집에서 잔다고 햇다. 12時頃에야 任實 봉황집으로 會議席에 參席햇다. 任實高校 育成問題엿다.
成曉 집에 들이니 成英이가 왓왓고 試驗공

부 하드라. 基宇에 전화해서 밤에 成英을 데려다 힌드를 주라고 햇다.
注油집에 들이여 外上代 20,700원 完納해주고 石油 1개 경유 1개 計 31,700원을 外{上}으로 운반해왓다. 山城에 가서 藥 3仟원어치를 지여왓다.
밤 成苑 內外도 왓다.

<1978년 7월 30일 일요일>
朴 常務가 왓다. 효주 5병 닥 15首 마늘 其他 장보기를 사왓다. 中食을 마치고 夕陽에 金孃과 갗이 갓다.
成東 成國이는 모래 운반햇다.
成曉 內外도 夕陽에 왓다.

<1978년 7월 31일 월요일>
9時쯤에 耕耘機를 食器類 酒類 1切을 上車해서 川邊으로 갓다. 家族이 動員이 되고 加工組合 理事 및 檢査해서 約 15名이 募엿다. 中食 兼 酒類을 接待햇다. 夕陽에 6時頃에 作別햇다. 飯食도 나마 돌앗다. 約비[經費]는 約 4萬원 程度엿다.

<1978년 8월 1일 화요일>
任實 메누리는 孫子들 데리고 떠낫다. 任實로 電話햇드니 成英은 不合格이라고 햇다.
夕陽에 新平農協에 가서 夏穀賣上 殘金 13萬원을 찻고 積金 78,200원 入金시키고 農藥 4仟원어치를 사가지고 왓다.
鄭圭太 取貸金 심參模 수박代 會計해 주웟다. 鄭圭太 外上代 8,700원 中 5仟원 주고 3,700 殘임.

<1978년 8월 2일 수요일>
아침에 成奉이가 왓다. 用錢이 要한 模樣인 듯. 合計가 18,700원이라고 적엇는데 熱이 낫다. 돈만 드렷지 공부는 잘 하지도 못하면서 양심상 무슨 面目으로 用錢을 要求하느야 햇다. 그려나 앞으로 몃 달 남지 안니 해서 주웟다.
丁俊祥을 데려다 設計을 내보고 材木을 사기로 하야 오는 8月 6일 市場으로 가자 햇다.
金二柱에서 麥 134키로 밧앗다.
成赫이를 맛낫다.

<1978년 8월 3일 목요일>
포푸라 切枝를 햇다.
鄭圭太는 成東하고 農藥을 해달아고 하기에 据絶햇다. 1身上 害로와서엿다.
午後에 丁俊祥을 시켜서 가죽나무를 切同햇다.

<1978년 8월 4일 금요일>
沈參茂을 시켜서 부로코을 午前 中만 찌켯다. 470개.
나무껍질을 벽기엿다.

<1978년 8월 5일 토요일>
아침 5時 30分에 參茂가 왓다. 10時에 부로로크는 끝이 냇고 갓다.
面에서 왓는데 麥作 堆肥을 좀만 해달아고 사정햇다.
아침에 兄수 生日이라고 갓다. 3名 딸도 왓드라. 成奎보고 面에 갓느야 햇든니 못가고 書類만 보냇다고 한는데 終日 鷄舍 修理 부로크 물주기 햇드니 몸이 大端이 고달푸다.

<1978년 8월 6일 일요일>
白康善 成東과 나와 갗이 靑云洞 谷에 草刈로 갓다. 1人當 5짐은 햇다. 밤에까지 2

次 運搬햇다.

<1978년 8월 7일 월요일>
朝食을 7時에 하고 草刈하려 갓다. 靑云골작에 간니 풀이 줏트라. 0.5日에 3짐하고 成東이는 四짐을 해서 실고 왓다. 實은 終日 해도 하지만 午後 3時에 新平中學校에서 任實高校 學父兄總會가 있어서 不得已 왓다.
新平에 가보니 學父兄이 不參으로 流會하고 來 8月 10日 午後 3時에 大里國校에서 開會키로 햇다. 大里에서 代議員 堂叔도 맛낫다.

<1978년 8월 8일 화요일>
伯母 祭祠日이다. 메누리를 시켜서 全州로 장보기 하려 보냇다.
夕陽에 全州에서 成吉 外 2, 3名이 왓다.
成東이는 終日 방아 찌엿다.

<1978년 8월 9일 수요일>
아침에 南連 兄弟만 모시고 다음은 親叔들만 招請해서 朝食을 갗이 햇다.
靑云 金鉉珠 喪家에 갓다. 弔問하고 中食을 마치고 왓다.
깡냉이에 追肥을 散布햇다.

<1978년 8월 10일 목요일>
被麥[皮麥] 5叺을 생각지도 안햇는데 出荷햇다. 昌宇 條로 4叺 外 1叺을 보냇든니 外人의 退字로 代用해서 5叺을 共販햇다.
방{아} 찟고 午後에는 大里國校에서 任高學父兄會議이가 있엇다. 昌坪 大里에서 父兄當 10萬을 해달아고 해서 票示[表示] 해주고 왓다. 臨席者는 晋相鎬 朴珍植 朴承澤 氏가 參席햇다. 農協에서 스레트 30枚 引受.

<1978년 8월 11일 금요일>
成康 住所
서울시 영등포구 구로4동 313-102호 23통 3반 김在東 方[房] 2층 최성강
農協에 갓다. 買上[賣上] 代金 49,750원을 찾고 스레트 30枚代 38,400원 除하고 11,350원 갓고 왓다.
代議員을 맛나고 成英 關係을 付託하고 嚴俊峰에는 내가 말 못하겟다고 햇다.

<1978년 8월 12일 토요일>
尹鎬錫 取貸金 3萬원 償還해드렷다.
乾燥機을 工場 앞에 옴기고 終日 組立햇다.
成康이가 어제밤에 서울서 왓다고 햇다.
成允이는 中間 (放學 中) 學校에서 試驗을 보왓다고.
밤에 成樂 內外는 大里로 갓다.

<1978년 8월 13일 일요일>
채소밭 苗床 設置.
崔南連 氏에서 대초 賣渡金 拾萬원을 取햇다.

<1978년 8월 14일 월요일>
成東이도 任實로 崔南連 집 재목 실로 갓다. 任實 2往復하고 午後에는 모래 4탕 운반햇다고.
黃宗연을 데리고 桑木 운반하고 牛舍터를 치윗다.
무 노왓다.

<1978년 8월 15일 화요일>
乾燥場 논 보앗다.
光復節이라고 休息.
崔南連 牛가 病이 들엿다고.
朴仁培을 맛나고 畜舍을 新築하는 데 相論한바 新凉한 後 蠶室로 옴기기로 決定햇다.
成樂이는 밤에 갓다.

<1978년 8월 16일 수요일>
아침에 成奎 母가 왓다고 햇다. 成曉 母보고 리야카를 부섯다고 그리고 말도 안코 가만니 놋고 갓다고 햇다고. 不安햇다. 14日 黃宗연이를 시켜서 使用을 햇지만 故章난 일이 업는데 夕陽에 成현을 시켜 보낸 것이 不美햇다.
午後에 李存燁 氏의 일군이 大里에서 왓다. 工場 修理 作業은 午後부터 햇다.
成東이는 午前에 우리 농약하고 午後에는 成國이 것 햇다.

<1978년 8월 17일 목요일>
李存燁 氏 會計도 人件비 (3日分) 2名하고 18,000원하고 資料代하고 合計 49,500원인데 19,500원은 現金 支拂하고 3萬원은 秋季에 會計하겟다고 約束햇다.
崔南連 上樑 글씨를 써주웟다.
工場에서 試運轉햇다.
밤 9時에 全州 祖父 祭祠에 參席햇다.
成吉의 行爲에 對하야 不美하드라.

<1978년 8월 18일 금요일>
아침 5時에 起床햇다. 말없이 門前에 나와서 잇다가 西학동에서 6時 뻐스로 任實에 갓다.
鄕校에 參席하고 掌議들과 相面햇다.
※ 夕陽에 鄭鉉一이가 招請햇다. 里民을 招請햇는데 쌀죽 술 담배 구로산 各 1병식 주는데 아무리 生覺해도 異常햇다. 南原에서 姜인원이라는 부채도 돌이고 한는 데는 人心은 鉉一이가 내고 돈은 姜 氏가 내는 것 갓드라.

<1978년 8월 19일 토요일>
새벽부터 내리 비는 終日 내리고 보니 모든 作業은 밀이여 多事多難햇다.
大門 前을 나가지 안니 하고 舍郞에서 讀書만 햇다.
밤 9時 30分쯤에다. 뜻박게 成赫이가 왓다.
成允이는 明 20日 學校 갈 準備을 하라고 指示햇다. 理髮 및 모욕 손틉깍기 敎課書 [敎科書] 整理 學用品 準備 學生服 其他 1切을 가추라고 햇다.

<1978년 8월 20일 일요일>
終日 비가 내리고 川邊은 洪水로 變햇다.
갑〃하고 답〃햇다.
午後에는 蠶室 橫門을 내고 後蠶室 間子을 다 뜨더 묵거 노왓다.

<1978년 8월 21일 월요일>
成允을 데리고 金巖洞 李京培 집에 갓다. 月白米 5斗로 下宿비를 決定하고 入家햇다.
許龍 氏 딸 집에 갓다. 冊床을 옴기는데 딸이 술을 接待하드라. 의자도 용돈도 冊도 사주고 왓다.
朴泰珍 氏 집을 訪問햇다.

<1978년 8월 22일 화요일>
풀 썰기 햇다.
後蠶室을 뜻고 햇다.

成康이는 오날 서울로 떠낫다.
民防衛 訓鍊日인데 成傑 代로 具會鎭가 따지라고 햇다.

<1978년 8월 23일 수요일>
崔南連 氏에서 새마을 스레트 50枚 가저왓다.
昌宇는 後蠶室 內部 整理햇다.
成東이는 품마시로 午前에는 우리 것 農藥 햇고 午後에는 成國 것 햇다.
金長映 氏은 後蠶室에 作業 中인데 왓다. 理由는 메제 成奎 成赫에서 창피를 보앗다고 말하기에 내가 불어다 말하겟다고 햇다.

<1978년 8월 24일 목요일>
牛舍 修理하는데 丁東根 金炯進 0.5 昌宇가 役事햇다.
木材가 모자라서 別手없이 王板 宗山에서 3柱 베여 왓다.

<1978년 8월 25일 금요일>
終日 牛舍 改修 人夫는 5名이 役事햇는데 基소를 넛다.
오날 現在로 25袋을 崔南連 세멘을 使用햇다.

<1978년 8월 26일 토요일>
아침 5時에 任實에 丁東根을 데리고 겨운기 便으로 갓다. 材木을 삿다. 2萬원-.
注油所에서 모비루 휴발유 其他을 가저왓는데 會計는 42,200원 中 5仟원 入金 37,200원 殘으로 햇다.
※ 메누리 便에 成奎가 25萬원 보내왓다. 崔南連 取貸金 10萬원 곡구 갑 2仟원 會計햇다.

<1978년 8월 27일 일요일>
午前 中에는 방아 찌엿다. 午後 1時에 出發해서 全州 朴泰珍 집에 갓다. 會員은 9名이 參席햇다. 會비는 1,500식 据出햇다. 金範濬 入院 中인데 全員이 問病햇다. 明年 有司는 崔宗彦을 選擇햇다.
昌宇 3人는 牛舍 役事햇고 丁東根이는 休息햇다.
玆堂 祭日인데 成吉이도 왓다.
牟潤植 氏에서 五仟원 取.

<1978년 8월 28일 월요일>
아침에 洞內 사람 약 20餘 名을 招請햇서 朝飯을 갗이 햇다.
가수리세서[가수리에서] 金台煥이가 왓다. 어제 朴泰珍 집을 못 찾이서 鄕路에 館村서 갓다고. 金 參仟원만 取해 달아기에 주워 보냇다.
崔南連 氏에서 세멘을 5袋 出庫. 合하면 30袋을 使用햇는데 明日 10袋는 現品으로 갓다주되 殘 20袋는 現金으로 計算키로 햇다.

<1978년 8월 29일 화요일>
終日 牛舍 修繕햇다. 손가락을 닺이여 加亭里 사람을 시켜서 부록크를 싸는데 氣分이 不安해서 夕陽에 보냇다.

<1978년 8월 30일 수요일>
경운기가 異常이 잇서서 修繕하려 보냇다.
아침에 牛 교미를 시키고 金 貳仟원을 주웟다.
포푸라 代金 殘金 39,000원을 成奎에서 밧고 治下金으로 五仟원을 주웟다. 그려면 取貸金 10萬원과 이번 會計가 完決되엿다. 그려면 포푸라 代金이 全額 48萬원이 收入

으로 보고 多額의 보고 잇다.
營農資金 五萬원을 卽接 貸付 받아다.

<1978년 8월 31일 목요일>
成愼 자취한다고 방세 2,500식 白米 3斗을 주워 보냇다.
방아 찌엿다.
東根하고 스레트 이엿다.
崔南連 방장도 주고 세멘 15袋 주고 햇다.

<1978년 9월 1일 금요일>
丁振根 金太鎬은 今日부터 牛舍 修理.
具道植 氏 回甲이라고 招請햇다.
天安서 경예가 왓다. 成玉 安否을 들엇다.
成曉에 食糧을 보냇다.

<1978년 9월 2일 토요일>
金太鎬 丁振根 成東 成國도 갗이 終日 牛舍 修理햇다. 今日 끝낼 豫定인데 未完了 되엿다.
明日 初 1日 喪忙[朔望]을(鄕校) 보기 爲하야 밤에 出發하고 成東 便에 스레트 26枚 炳基 堂叔에 보냇다.

<1978년 9월 3일 일요일>
任實 鄕校에서 朝食을 맞이고 왓다.
終日 牛舍 修理햇다.
只沙에서 電話가 왓다. 밧고 보니 四寸妻男 漢德이 앛임[아침]에 高血압으로 急死햇다고 햇다.
牛舍에서 丁振根 鄭太炯 林澤俊은 말하는데 崔瑛斗 二南 永台이 밤 2時頃에 洞內를 헤매이면서 林澤俊 崔南連 지붕에 돌을 던지여 被害를 보앗고 其前에도 그랫든 것이 發覺되엿다. 成國이하고 南連 婿하고 발見햇다고.

<1978년 9월 4일 월요일>
終日 蠶室 修理햇다.
成奉 집에 갓다. 成奉은 學校에 안니 갓다. 理由는 邑內에서 自取하고 십는데 아버지에 未安해서 말 못하기엿다. 단단히 나무랫다. 學校 擔任先生에 전화로 알아보왓다. 成國을 시켯다.
川魚을 잡앗는데 만이 잡고 夕食을 햇다.

<1978년 9월 5일 화요일>
成奉는 自취하겟다고 해서 白米 2斗을 주워 보냇다.
成奎왓 갗이 農協에 갓다. 100萬원 積金 貸付 申請햇다.
밤에 成奉이가 와서 자취하겟다고 곤로 방세 計 9,000원 要求햇다. 돈이 없다고 햇든니 成曉 母는 너 엄마 보고 달아 햇다. 成奉은 不安해서 행패한데 참앗다.

<1978년 9월 6일 수요일>
아침에 牟潤植 氏에서 2萬원 崔南連 氏에서 2萬원 둘엇다.
成奉 母에 9,000원 주면서 成奉에 傳하라 햇다.
任實에 갓다. 소말뚝 8개 만들고 成曉 집에 갓다. 中食을 하고 大里川에 牛草을 젓고 堂叔 집을 단여서 왓다.

<1978년 9월 7일 목요일>
尹鎬錫 氏에서 貳萬원 取해서 崔南連 氏 取貸金을 주고 왓다.
韓相俊 벼 15叺을 斗流里에서 실어왓다.
뽕도 실어 날앗다.

任實에서 경유 2드람 운반하고 外上으로 햇다. 累計는 68,200이라고 햇다.

<1978년 9월 8일 금요일>
벼 방아을 始作햇든니 玄米機가 異常이 生起엿다. 市基에서 고처 왓다. 崔重宇 宋成龍 李 氏을 시키고 운반하는데 비는 네리는{데} 마음 괴로왓다. 방아 찐는데 괴롬 만햇다.
崔南連 移居한다고 해 中食을 그 집에서 햇다.

<1978년 9월 9일 토요일>
終日 방아 찌엿다. 白康俊 白米 12叺.
崔南連을 맛낫다. 自己 집으로 가자해서 갓다. 우리 會計을 좀 하자 햇다. 첫재 쎄멘 20袋 을 갓다 使用햇고 스레트 53枚 벽돌 100개을 썻는데 우리는 경운기가 3日 해주고 방작 2間짜리을 주웟는데 앞으로 모래 0.5日만 운반해주고 글로 會計을 맞이자고 해서 承諾해 주웟다.

<1978년 9월 10일 일요일>
成英 便에 成允 下宿米 5斗을 보냇다.
成曉가 단여갓다.
成英는 全州에 단여왓는데 月 6斗식 달아고 하드라고.
崔永台에 對하 非違을 한바 瑛斗 氏의 딸이 들엇다. 勿論 父母에게 傳함은 事實이겟지. 그려나 自己의 子息에 잘못을 알아야 하지 안나. 그런데 瑛斗 氏는 말하기를 나는 崔乃宇을 납부게 말하면 듯기 실트라 하고 용은치 韓判禮 子息하고 言爭을 햇다고 햇다. 그러나 나는 生覺컨대 自己의 子息 말을 말아 달아고 한 것 갓드라.

<1978년 9월 11일 월요일>
叔母 生日이라고 招待햇다.
鄕校에 午後 3時에 參席햇다. 1時에 梁海駿 國會議員 歸鄕報告會場도 參席햇다.
밤 12時까지 典敎任게서 說敎을 듯고.

<1978년 9월 12일 화요일>
아침 6時에 起床해서 大成殿 掃地을 햇다. 客은 약 100名이 募엿는데 但當은 酒肉을 債任[責任]젓고 夕陽 無事히 作別햇다. 郡守 署長 敎育監 山林組合長이 參席햇다.

<1978년 9월 13일 수요일>
夕陽에 館村 堂叔 집에 갓다. 스레트 26枚代 33,280원을 會해 왓다.
뽕을 아라보니 없다고 햇다.
밤에 전화가 왓다. 成苑은 아침에 女息을 出生햇다고 南原에서 澤俊이 전햇다.
大里 安吉豊 藥代 3,800원을 會計해 주웟다.

<1978년 9월 14일 목요일>
成東을 시켜서 鄭九福 氏에서 四萬원을 둘려 왓다. 丁俊祥 日工 14,000원 會計 完了해 주웟다.
※ 郡에서 上水道 設置 側量[測量]하려 왓다. 갗이 場所을 求景하는데 들머리가 適合하다고 해서 決定하고 對象戶數는 87戶가 되엿다. 設計 契約을 하는데 于先 五萬원을 주고 設計가 끝나는 대로 殘金을 주기로 하야 約定햇다.

<1978년 9월 15일 금요일>
光陽에서 온 秋蠶 飼育 婦女子 2名은 간다고 하기에 明日로 미루고 秋蠶은 배바리가

뜨기 始作햇다.

<1978년 9월 16일 토요일>
午後에는 不得否[不得不] 가겟다고 해서 27,000원을 주어 보냇고 秋蠶은 오르기 始作한데 上簇해줄 사람이 없엇다. 家族기리 하다 보니 分忙[奔忙] 짝이 없엇다.
夕陽에 成姬가 天安서 왓다. 成傑도 왓다. 成傑이는 서울에 가 잇다고 8屯짜리 貨物車을 끌는데 主人하고 갗이 하고 釜山 等地로 단니며서 月給 10餘 萬원 밧는다고.

<1978년 9월 17일 일요일>
아침부터 上簇을 始作으로 午後 2時에 끝냇는데 時間이 느진 듯해서 狀況이 좋[지]못한 듯십다.
次祠[茶祀]는 九月 九日로 미루고 午後에는 昌宇 成曉 成東하고 갗이 省墓하려 갓다.
夕陽에 成允은 全州로 보냇다.
◎ 우집에 嚴俊峰이가 전화하려 왓다. 日前에 廉東根이 왓는데 俊峰에 拋棄해달아는 뜻이데 그랫든니 저는 포기 못한다요 하면서 大 郭在燁이도 內部는 組合長을 운동합니다 하면서 今般 代議員 關係만 해도 宗仁에서 七拾萬원 밧고 拋棄했읍니다 햇다. 그리고 고초만 해도 郭道燁하고 짜고 乾草 수百萬원을 남겨 먹은 놈들이라고 햇다.

<1978년 9월 18일 월요일>
成姬도 天安으로 出發한고 旅비 2仟원을 주워 보내고 月給은 3萬五仟을 밧는데 8月부터 積金을 너키 着手한다고 햇다. 착실이 勤務하고 어리서 돈을 벌어야 한다고 햇다.
成英이는 엄마하고 群山에 成苑에 갓다.
成玉이는 夕陽에 다시 왓다. 列{車}票가 賣盡되엿다고 夕陽에 大里 奇龍寬 氏을 禮訪햇다. 列車을 付託햇다.

<1978년 9월 19일 화요일>
누에 섭을 빼는데 만니 죽어서 氣分이 납앗다.
成玉이를 데리고 全州에 갓다. 奇龍寬에서 列車票을 찻고 成玉에 주면서 4時 40分 車를 타라고 햇다.
面에서 飼料用 오차드 代金 15仟이라고 하고 現品을 引受해 가라고 햇다.

<1978년 9월 20일 수요일>
牛草가 부패햇다. 耕耘機로 大里 川邊에다 널엇다.
堆肥을 人분을 붓고 완숙 堆肥을 製造햇다.
밤에까지 牛草을 運搬.
群山서 왓다고 許俊晩 母가 왓다. 成英 婿 金相洙에 말해 보냇다고 해서 그려면 付託하시요 하고 午後에 群山으로 보냇다.

<1978년 9월 21일 목요일>
牛舍 後面을 整理햇다.
蠶견을 따는데 作況이 大端히 不良햇다.
벼는 곳 비게 되엿는데 作況이 아조 不良해서 보기조차도 실은 形便이다.

<1978년 9월 22일 금요일>
全州 成允 保健大會日이다.
蠶견 땃다. 採取機 使用.
成允 母는 全州에 갓다.
서울서 메누리가 왓다. 아마 相議하러 온 것도 갓고 내의 生日을 보려 온 것도 갓고

生覺 中이다.
밤에 新平 廉東根에 電話을 넛든니 組合長은 嚴俊峰에 凉保[讓步]햇는데 萬諾에 任命을 못 밧는 데는 다시 東根에 凉保해주기로 하야 打合이 이루어젓다고 햇다. 그려나 嚴俊峰은 最善을 다한 模樣이로되 不可能하다고 햇다.

<1978년 9월 23일 토요일>
잠견 달아보니 120餘 k.
館村 共販所에 갓든니 檢査員이 機械檢定을 勸하드라. 그려켓다고 하고 昌宇 尹錫을 抱合[包含]해서 밤이 되엿는데 選別햇다. 治下金 萬원을 주웟다.

<1978년 9월 24일 일요일>
家長 乃宇 生日이다. 故 玆堂任 別世 後로는 내의 生日을 찻지 못하게 햇다.
昌宇와 同伴해서 館村 共販場에 갓다. 蠶견代 209,280원을 찻고 全州 成吉에 갓다. 利子만 16,000 주고 任實驛前 韓文錫에도 利子만 45,000원을 會計해주고 路上에서 成慎 授業料 46,000원 주고 梁春根 便에 成奉 授業料 雜費 合計해서 72,500원을 주웟다.

<1978년 9월 25일 월요일>
精麥햇다.
防衛軍 訓鍊日이다.
메누리 孫子들 데리고 任實로 떠낫다.
서울 旅行 간다 햇든니 메누리가 萬원을 보낼 터이니 꼭 가세요 햇다. 生覺해보마 햇다. 他人의 債務整理을 못하고 보니 아무 것도 뜻이 없다. 하루가 빠르다. 兒該들 授業料만 해도 115,000원이 나가고 보니 眞實로 負擔이 만타.

<1978년 9월 26일 화요일>
벼베기 햇다. 경운기 脫穀機을 修繕햇다. 헷도가 나기지 안햇다고 햇다.

<1978년 9월 27일 수요일>
全州에서 乳牛飼育 講義가 있어서 參席햇다. 嚴俊祥에서 旅비 金 五仟원을 둘어갓다. 건너 술집에 韓正石 氏 立會 下 가저갓다.

<1978년 9월 28일 목요일>
任實文化院에서 愛鄕運動支會 祝賀式에 參席햇다. 各面에서 機關長 有志가 募엿는데 約 150名 程度엿다. 祝賀金을 내는데 2仟원 주니가 嚴炳洙가 接受하는데 짬〃하드라. 後에 알고 보니 冊만 해도 2,500이고 다과會에 參席햇든니 麥酒가 노엿는데 그것도 相當해 아마 赤子가 나겟기에 그랫구나 햇다. 鄭鉉一 丁基善 嚴俊峰에서 各〃 萬원식 거더보냇다.
任高 條 鄭鉉一에서 參仟원 入金.

<1978년 9월 29일 금요일>
任實 메누리가 서울 놀어가라 萬원을 面長에 보냇다고 햇다. 그려면 할 수 없이 밥아도 가는 수박에 없다.
들에 갓든니 물고기가 똘에 잇드라. 집에 와서 박게스를 가지고 갓다. 만니 잡앗다.
牛舍을 前後面을 耕耘機로 整理햇다.

<1978년 9월 30일 토요일>
任實郡 脫穀業者會議가 有하야 參席햇다. 新平分長은 本人이 選任되고 郡支會 監査도 本人이 選出되엿다. 會비는 今般 500원

식 決議.
養蠶代 30,000 館村에서 찾앗다.
밤에 成東을 시켜서 重宇 永台 黃宗연 李台洙 計 14,000원 주윗다.
밤에 鉉一은 明日 서{울}에 못 가겟다고 왓드라.
新平 脫穀營業 任員
會長 崔乃宇
副會長 金世男
總務 車龍萬
監査 李今喆
〃 李龍雨
郡支會 監査 崔乃宇

<1978년 10월 1일 일요일>
아침 6時 30分에 丁基善 嚴俊峰과 同伴해서 驛前에 갓다. 新平으로 가서 新平 有志와 同伴해서 7時 40分에 出發해서 서울에 到着한바 11時 30分 昭陽江에 가는 途中에서 中食을 햇다. 다시 求景하고 서울에 온니 8時엿다. 밤 夕食을 맛치고 잠을 자려하니 몇〃이 화토노리 한다고 늣게 12時에 잣다. 旅館은 鐘路 조양여관이엿다.

<1978년 10월 2일 월요일>
8時에 出發해서 江華島에 갓다. 3개 所을 求景하고 中食을 햇다.
서울 온니 5時엿다. 집에 온니 밤 9時 20分이엿다.
夕食을 驛前에 俊峰이 냇드라.

<1978년 10월 3일 화요일>
白康俊 氏 稻 脫作을 始作으로 終日 作業을 햇다.
벼 묵기을 하{는데} 메누리는 親家에 父 生日을 마지하려 간다고 갓다.
脫作場에 大里 金萬浩 子息이 왓는데 무슨 뜻이 있서 온 것 가튼데 엽에 닷서도 말이 없어서 난도 역시 말을 건너지 안코 말앗다. 되도라 가드라.
※ 밤에 館村 崔行喆 氏에서 叺子 70枚 새기 10玉 350식 外上으로 운반햇다.

<1978년 10월 4일 수요일>
9月 29日字로 積金 貸付 百萬원 貸出햇지만 現金은 今日 引受햇다. 先利子 1個月分 19,900 出資 5,000원 保證金 3,950을 除하고 971,200원을 引受햇다.
夕陽에 成東이와 同伴해서 任實에서 油類 1切을 外上으로 5萬7仟원엇치을 운반햇다. 前條는 淸算햇고.
밤에 鄭圭太 立會 下에 尹錫에 七拾萬원을 1個月 期限付로 貸出해 주웟다.
11. 4
12. 4

<1978년 10월 5일 목요일>
嚴俊祥에서 五仟원 取貸 條 成東 便에 보냇다.
成東 便에 參萬원을 주워서 人夫 債을 散布햇다.
우리 벼 脫作. 40叺 낫다.

<1978년 10월 6일 금요일>
아침에 圭太 酒店에서 尹錫 取貸金 22,000원 圭太 立會 下에 주웟다.
里長에 財産稅 7仟원 주고 朴仁培 脫作햇다. 新穀 精米을 始作햇다.

<1978년 10월 7일 토요일>
우리 脫作 배답 25叺. 最高 흉년을 당햇다.
任實에 晩秋蠶 共販햇다. 18,100원 햇다.

<1978년 10월 8일 일요일>
成康 脫作햇다.
朴京洙 前條 2.5日分 日工 先金 五仟원 해 萬원 주고 日後에 1日만 장기질 해달아고 햇다.
成康 脫作은 12叺- 싹도 못 밧고. 午後에 牟潤植 것 8叺인데 다음에 밧기로 햇다.
◎ 任實 大同工業社 라지에다代 17,400원 前條 3,000 䥫代 殘 計 20,400원 中 8,000 入金하고 12,400원 殘高로 하고 왓다.
權利俊 叺子 20枚代 8,000원 外上으 하고 왓다.

<1978년 10월 9일 월요일>
朴仁培 草 種子代 16,250을 支拂해 주웟다.
新田里에 사돈게서 오시엿다. 新田里에 오시면 6週日 以上 걸이면 斗當 2,500식 준다고 햇다. 5, 6日 해드르고 오겟다고 햇다.
成英 便에 成允 下宿米 6斗을 보냇다. 그렌데 月 6斗式을 要求한 模様이라고 햇다.

<1978년 10월 10일 화요일>
崔南連 脫作하라고 하고 裡里로 갓다. 大同工業社에 들이여 不遠 金彩奉을 보내달아고 햇다.
新案工社에 들이여 玄米機을 무르니 16,500 달아고 햇다.
次祠을 모신데 成吉이도 왓드라.

<1978년 10월 11일 수요일>
成東이는 7時頃에 新田里 사돈宅 脫作하려 보냇든니 約 30叺쯤 脫穀햇다고 午後 6時쯤에 왓다.
午前 中 搗精하는데 愛◇[隘路]가 만햇다.
成康 精米는 3叺 5斗쯤 햇다.
어제 南連 脫作 7斗只이라며 14,000을 받앗다.

<1978년 10월 12일 목요일>
具道植 脫作한데 밤에까지 全部을 실어다 주웟다.
赤字로 보지만 할 수 업다.
崔完錫 母 弔問햇다.

<1978년 10월 13일 금요일>
安承均 脫곡 34叺 햇다.
裡里에 金彩奉이가 단여갓다.
權義俊 叺代 8仟원 卽接 會計햇다.

<1978년 10월 14일 토요일>
午前 中 방아 찌는데 任實加工協會에서 束히 監査에 臨하라고 電話가 왓다. 빨이 가도 11時엿다. 감사을 맞이고 中食을 하고 보니 四時엿다.
집에 온니 鄭柱相이 子가 왓다.
成奉 下宿米 2斗 用金 12,000원 주웟다.
◎ 밤 8時頃에 成東 成俊은 新田里 脫穀하려 보냇다.

<1978년 10월 15일 일요일>
任實로 館村에 단여왓다. 屛巖里 基宇 집을 들이엿다. 韓云錫을 보려 햇든니 不在中이라고.

<1978년 10월 16일 월요일>
任實에 갓다. 鄭大燮 氏에서 鐵網 9,800+咸石 1,800 計 11,600 中 6,600원 주고 5仟원 在로 하고 왓다.
任實서 崔宗燮 新田里 사돈을 맛낫다.
群山서 成苑이 왓다.
成傑이가 왓는데 車 事故을 냇다고 햇다.

<1978년 10월 17일 화요일>
終日 방아 찌엿다.

<1978년 10월 18일 수요일>
午前 中 방아 찌엿다.
朴京洙 崔永台가 일을 왓다.
夕陽에 미꼬리 추어탕을 먹고 싶어 任實에 갓다. 今日은 休日이라고 해서 回路할아 한니 不安햇다.
밤 10時頃에 成東 成俊는 4日間 新田里에서 脫穀을 하고 왓는데 10萬 四仟은을 갓고 왓다.

<1978년 10월 19일 목요일>
아침에 里長 面 職員이 왓다. 秋蠶種代 農藥代 其他 合計 金 30,075원을 完納해 주웟다.
全州에서 왓다고 3人이 揙風[屛風]을 가지고 와서 사라 햇다. 못 사겟다고 햇드니 古品이 잇야고 햇다. 잇다고 햇든니 감정을 한다면서 막바구자고[맞바꾸자고] 해서 그러라 햇다. 그려나 속에 나무가 梧同[梧桐]이야 햇다. 모르겟다고 햇다.

<1978년 10월 20일 금요일>
館村驛前에 尹南龍 便에 新聞代 10月分까지 7,200원을 傳해 주웟다.
新平農協에서 갓다. 麥 基肥 5叺을 뗏다.
郭在燁 氏을 맛나서 술을 한 잔 먹는데 未安하드라.
秋夕에 支署에 繕物할가 햇는데 밥아서 못하고 잇든니 今日 支署長이 오시 警察의 날이 明日인데 祝賀 좀 하시요 햇다. 五仟원 너주면서 人事햇다.

<1978년 10월 21일 토요일>
具道植 벼 운반.
午後에는 우리 堆肥 운반.
崔永台 李正鎬가 일을 햇다.
夕陽에 靑云 崔太燮 氏을 訪問하고 내의 機械에다 脫穀 좀 해달아고 햇다. 그래서 27日 28日 兩日間 하기로 하고 왓다.

<1978년 10월 22일 일요일>
尹錫 脫穀 鄭圭太 牟潤植 氏까지 作業을 하는데 最高로 多事햇다.
安承均 氏 밭에서 牟潤植 脫穀을 하는데 崔英姬 氏가 길에 문지[먼지] 온다고 시비를 햇다.

<1978년 10월 23일 월요일>
金鉉珠 벼 脫作. 終日 욕 보왓다.
脫穀機 사래가 터저 困難을 시켯다.
嚴俊祥 鄭圭太 갗이 俊祥 집에서 개고기을 먹는데 吳泰天이가 하루 밤에 왓드리고 햇다.

<1978년 10월 24일 화요일>
李光燁 正浩 脫穀햇다.

<1978년 10월 25일 수요일>
아침 7時에 嚴俊祥 氏을 訪問하고 金 15萬원을 두르고 私錢 3萬원을 봍애서 18萬을

지니고 朴 常務와 同伴해서 裡里에서 玄米機 1臺을 構入[購入]햇다.

<1978년 10월 26일 목요일>
玄米機을 始運轉[試運轉]해보니 잘 되엿다. 혼자서 精米을 한니 不平햇다.

<1978년 10월 27일 금요일>
夕陽에 原動機 附品을 빼서 全州에 갓다. 大同工業社에서 修理햇다. 約 27,500쯤 들고 보니 마음이 不安하고 비는 내리는데 오지 못해서 下宿집으로 갓다.

<1978년 10월 28일 토요일>
아침 8時에 工場에 간바 未修理엿다.
朝食을 사먹고 다시 갓다. 完備는 되엿다.
成吉에 가서 10萬원 둘어서 修理비는 全額 주고 왓다.

<1978년 10월 29일 일요일>
成東이는 尹龍喆 結婚式에 가고 午後에 방아를 組立해서 始運轉해 보니 異常이 잇다. 夕陽에까지 試驗해 보고 잡포을 하고 裡里로 전화햇다.

<1978년 10월 30일 월요일>
아침 7時쯤 해서 成東 便에 任實로 脫곡機 運搬하려 보내는데 修理비는 13,000인데 于先 9仟원만 주워 보내고 成曉 食糧 5斗을 실여 보냇다.
新平 郵替局[郵遞局] 孫 配達 便에 積金 78,200원을 農協에 拂入해 달아고 付託햇다.

<1978년 10월 31일 화요일>
組合員 定期總會에 參席햇다. 檢査[監査] 報告을 하는데 질의가 3, 4件 들어왓는데 아는 것은 答해주고 모른 것은 執行部에 依賴햇다.
中食을 맟이고 집에 온니 原動機가 다시 故章을 이르켯다.
밤에 成曉 母을 시켜서 鄭九福에서 參萬원 들여 왓다.

<1978년 11월 1일 수요일>
具會鎭 便에 農協 崔永植에 보내달아고 18,500원 주웟다.
보리갈이 햇다.

<1978년 11월 2일 목요일>
白康俊 白康善 脫곡햇다.

<1978년 11월 3일 금요일>
靑云洞에서 終日 脫곡햇다. 崔六巖 33叺 鄭圭太 12叺.

<1978년 11월 4일 토요일>
방아 찌엿다.
成東 便에 任實서 石油 1드람 오일 1통을 外上으로 運搬해 왓다.

<1978년 11월 5일 일요일>
몸이 좋이 못해서 舍郞에서 讀書하고 있엇다.
成奎는 內子가 앞아서 任實 病院에 택시 가고 成曉가 단이려 왓다. 新平서 成曉가 물고기를 사왓드라.
헷도 박깅이 나가서 全州로 보냇다. 午後에는 金炯進 脫곡햇다.

<1978년 11월 6일 월요일>
工場에 原動機 헷도 박깅이 터지고 排氣

바루푸가 납아서 成東이를 七時에 全州로 보냇다.
金亭里 金學均이가 5日 別世햇다고 訃告가 왓다.

<1978년 11월 7일 화요일>
任實 朴宗哲 母가 別世햇다고 訃告가 왓다. 弔問을 하려 햇지만 別 수 없이 金亭里도 못가고 任實도 못갓다.
베아링이 나가서 任實에서 산바 尹南龍에서 金 壹仟원을 取해서 갓다.
成奉 大學 豫備考査日이다.

<1978년 11월 8일 수요일>
午後야 방아 찌엿다.
오날은 終日 술을 안마시고 보니 食事가 맛잇드라.
돈이 일 푼이 없어 勇氣가 低下된 듯싶다.
成東이가 물고기를 잡아 왓는데 맛잇게 먹엇다.

<1978년 11월 9일 목요일>
방아 치엿다.
夕陽에는 俊祥 氏가 안주을 가저왓다. 酒店으로 효주 한 병을 냇다. 未安해서 俊祥은 犬肉 말이 낫다. 나는 鄭圭太보고 자네 개을 없새소 햇다. 그것은 내의 처분라고 햇다. 그려면 남의 닥을 害코자 해도 그련가 햇다. 닥을 잡았으면 무려주면 되지 안나 햇다. 熱이 솟앗다. 不良한 놈이라 햇다. 나는 개도 없는데 남의 집에 와서 닥 물어 죽이고 헛간에도 똥을 싸고 조금도 未安한지 안나 하고 高聲으로 안존 놈이라고 햇다.

<1978년 11월 10일 금요일>
아침에 成東이는 靑云 金正石 벼을 실여 보냇다.
終日 방아 찌엿다.
夕陽에는 南連이가 와서 술 한 잔 하자고 왓다. 自己 回甲 時에 쓴다고 되야지을 잡앗다고 二번이나 모시로 왓다. 가보니 조화〃지도 안는 고기 핏장 한 점 손에 주니 여색해서 소리 없이 왓다.

<1978년 11월 11일 토요일>
새벽부터 비가 내렷다.
방아 찌엿다.
任實에서 成曉가 전화햇다. 昌坪里 山 全州 晋氏가 山林契課에 誥發[告發]이 드려 왓는데 或 우리 집에서 걸인 사람은 업나 햇다. 없다고 햇다.

<1978년 11월 12일 일요일>
돈이 일 푼이 없다. 今日 南連 氏 回甲인데 賻儀할 돈도 업다. 成曉 母을 시켜서 五仟원을 둘엿 왓다.
崔南連 집을 가려 準備 中 大里에서 金哲浩 郭宗燁이 來臨하야 同伴해서 갓다. 大里에서 炳基 堂叔도 왓드라.
全州에서 成吉이 왓다.
夕陽에 大里에서 메누리가 왓다. 신하고 술을 받아 왓다.

<1978년 11월 13일 월요일>
사지봉 墓祀.
成吉 炳基 昌宇 重宇 本人과 五人이 뻐스 便으로 사지봉 墓祀에 參席햇든니 其後 炳赫 氏 帶江서 哲宇도 參席햇다. 參拜 끝이 나고 음복을 分配한바 10名分 논왓다.

往復 旅비는 成吉이가 부담햇다. 今日은 其外 돈은 1분도 쓰지는 안햇다.
成吉이는 못텡이 논을 팔겟는데 林玉相 妻家에서 산다고 햇다.

<1978년 11월 14일 화요일>
崔南連 집을 昌宇 同伴해서 갓다. 酒 몇 잔을 들고 午後에는 大里 롯데會社 起工式에 參席햇다. 오는 길에 大里坪 田 土入 客土을 10車을 넛고 桑田 五車 넛다. 1車에 3仟원식 해서 明年에 주기로 햇다.

<1978년 11월 15일 수요일>
桂洞 六代祖 墓祀.
昌宇 重宇 成吉 炳基 炳赫 哲宇 乃宇 7人인 參拜햇다. 祭物은 比較的 過年과는 달앗다.

<1978년 11월 16일 목요일>
靑云洞 崔六巖 氏는 押作히[갑자기] 今日 脫穀을 要請햇다. 生覺해보니 今日 못하겟다고 하면 外人을 시키기 爲한 것으로 生覺햇다. 今日 우리 벼 作石하기로 햇지만 제페하고 갓다. 終日해보니 約 30叺 前條 33叺 計 63叺인데 싹은 2叺을 가저왓다. 그리고 明日 共販벼 作石할 때 공으로 몃 叺 보치[보태] 주겟다고 써비스로 이야기햇다.

<1978년 11월 17일 금요일>
終日 工場에서 벼 作石한바 80餘 叺을 風送햇든니 正味 叺수 50餘 叺뿐이다. 그려하니 30餘 叺가 쭉정이로 나갓다는 게다.
元泉里에서 廉東南 氏가 來訪햇다. 用件는 廉東根 前 組合長의 再任 거의書[建議書]을 作成해서 捺印을 要求해서 正當히 捺印해 주웟다. 嚴俊祥 張判童이 捺印햇다고.

<1978년 11월 18일 토요일>
谷城 五代祖 墓祀.
방아 찌엿다.
벼 共販日이다. 52叺을 出荷햇든니 二等 15 3等 32叺 等外 5叺인데 檢査을 잘 해주드라. 代金 729,500원이다.

<1978년 11월 19일 일요일>
高祖考 墓祀.
九耳에서 堂叔도 參席. 병기 堂叔도 參禮햇다.
云巖面 確巖里[鶴巖狸][139] 金宗喜 氏가 왓는데 今日이 加工組合 分會인 줄 알앗다고 햇다. 中食을 接待하{고} 보내면서 24日이라고 햇다.
金 貳萬五仟원을 保管시키고 朴 常務에 傳해 달아고 햇다.

<1978년 11월 20일 월요일>
故 李相駿 墓祀日이다.
아침에 順天 당숙이 서울{에서} 왓다. 墓祀 兼 내게 債務 淸算하려 온 듯햇다.
※ 寶城 堂叔하고 朝食 後에 債務 計算을 해보니 7月 1日字로 元金 20萬원에 4個月 20日 利子 22,000원하고 元金 20萬원해서 合計(利子는 月 3分) 22萬2仟원을 會計 淸算해 주웟다. (兄수氏 立會下에 五柳里 전화 걸여와서)

<1978년 11월 21일 화요일>
1. 大宗之事 打合의 件

139 임실군 운암면 소재.

2. 私宗之事 〃 〃
3. 成奎 宗畓 打合의 건
4. 連山 樹種 및 造林 打合의 件
5. 連山 墓祀 祭床 準備의 件
6. 其他 相議之事 宗財 決算의 件

夕陽에 新安 堂叔 便에 重宇 萬원 炳列 條 萬원 計 2萬원을 領收햇다. 주웟다.
任實에서 孫周恒 議員 歸鄕報告에 參席.
農協에서 門代 452,700원 入金햇다.

<1978년 11월 22일 수요일>
嚴俊祥 15萬원 支出
寶城宅 22萬 2仟원 支出
무수代 200개 3仟원
全州에서 노라 6,500
任實 大同工業社 12,800
金進映 5仟원
鄭圭太 5仟원
全州 旅비 820
尹南龍 取貸金 1,000원
自轉車 修理비 1,000원
尹錫 取貸金 4,000원
丁基善 〃 2,000원
其他 500원

<1978년 11월 23일 목요일>
寶城 堂叔은 밤에 서울로 떳낫다. 債務 條 222,000원을 保管햇다가 今日 떠나는데 주웟다.
昌宇 重宇 同伴해서 牟潤植 氏 집에 갓다. 重宇 畓 200坪 田 60坪을 賣渡한데 契約을 햇다. 總 31叺인{데} 1叺 昭介비 떼고 30叺에 契約햇다. 現金으로 90萬에 作定햇다. 重宇에 昭介비 條하고 서울 旅비 條을 兼해서 萬五仟원을 밧앗다.
成東이는 終日 搗精햇다.
全州에 成允 下宿米 6斗을 주고 오면서 고무노라 1組을 삿다.

<1978년 11월 24일 금요일>
成東 便에 아침에 모비 사로 館村에 보냇다.
포푸라 굴取日이다. 成東 外 8名 女子 5名이 作業을 햇다.
加工組合 分會가 내 집에서 있엇다. 組合은 加德 李相允하고 朴 常務만 參席햇다. 月出資金 仟원식하고 云巖 不參한 罰加金 2仟하고 해서 6,600원을 會計하고 參萬貳仟 6百원을 융자 밧앗다. 다음 12月 24日 趙命基에 三分利로 會計하기로 하고 떠낫다.

<1978년 11월 25일 토요일>
九耳面 石九里에서 堂叔 書面이 왓는데 19日 重宇 女息 觀選 決果[結果]엿다. 게집애가 너무나 自由行動이고 其外도 每事가 不可하다고 왓다. 宣禮는 오날도 全州로 順子와 同伴해서 新郎감 觀選하려 갓다.
오날 포푸라 가식을 끝냇는데 1級品이 11,040本인데 1,040本는 成奎 가식장에 옴겨서 包合[抱合] 가식햇다. 2級品 32,800本이엿다.

<1978년 11월 26일 일요일>
尹錫에서 金 七拾參萬五仟원 入金.
昌宇는 李起榮 牛을 가지고 午前 中 장기질을 하고 午後에는 李起榮 氏가 햇다. 牛 사람 1日에 五仟을 주기로 햇다.
成東과 나는 볏집 운반하고 午後에 밭에서 고초대 매고 포푸라 밋테 下役作業햇다.
※ 밤에 屛巖里에서 基宇가 電話햇다. 用件는 大里坪 82-3번지 373坪 屛巖里坪

畓 366번지 707坪 2等을 賣渡해달아 付託이 왓다.

※ 正午에 任實 메누리는 딸이 生産햇다고 傳해 왓다.

<1978년 11월 27일 월요일>

鄭九福이 招請햇다. 自己의 生日이라고 食床에 具道植 氏을 맛낫다. 基宇에서 전화가 오면 連絡을 要求하기에 不動{産} 賣渡이면 어제 밤에 基宇에서 내게 委任햇으니 그리 알아고 햇다.

날씨가 쌀쌀해젓다.

任實서 成曉가 電話 왓는데 쌀과 長斫을 보내라고 왓다.

1週日채 小便이 黃色으로 보이는데 날이 갈수록 그 色이다.

新平서 李云相이가 왓는데 共和黨員들 술 한 잔 待接하겟다 金 四仟과 고기 2斤을 내놋코 갓다. 廉東根이는 不正貸出햇다고 本署에서 온니 가니 한다고 햇다.

<1978년 11월 28일 화요일>

새벽부터 내린 첫눈이 30㎝ 정도가 내렷는데 終日 내렷다.

雪中에 成東을을 시켜 任實 제의 兄집에 食糧 1叺 나무 3餘 다발을 실여 보냇다.

終日 舍郞에서 讀書만 하고 짓냇다.

夕陽에 昌宇 집 重宇 집 基善 집 澤俊 집 具道植 집을 두루 들이여 付託햇다. 生覺해보니 못텡 畓 702坪을 꼭 팔아야 할 形便이다.

<1978년 11월 29일 수요일>

金長映 氏을 訪問하고 못텡이 3斗只을 買賣해보라고 付託햇다.

新平郵替局 孫 氏 集配員을 電話로 불어서 農協에 拂入해 달아고 拾萬원을 成東에게 보관하고 갓다. 서울로.

任實 代書所에서 1件 書類을 作成해서 왓다.

館村驛前에서 嚴俊峰을 對面햇다. 桑田 賣買에 對하야 打合한바 約 200萬원 程度 加算金을 차고 말해 보마 햇다.

밤 9時 20分 列車로 永登浦驛에 當하니 5時엿다.

<1978년 11월 30일 목요일>

아침에 (새벽) 路上에서 기드리다 7時쯤 되여서 成康 집을 찾은바 마참 回逢里 故鄕 사람을 맛낫다. 親切히 引導해 주웟서 成康 집을 차잣다.

朝食을 하고 成康이와 同伴해서 崔完宇 집을 차잣다. 家族이 全員이엿다.

다시 成康이와 安養에 郭炳鉉을 차잣다. 中食을 잘 待接 밧고 旅비까지 주워 바로 完宇 집에 간니 夕陽인데 아해 하나 잇{고} 又 업서다.

다시 成康 집으로 가서 夕食을 햇다.

밤 8時 50分쯤 해서 完宇 집 갓다. 甲烈을 相逢햇다. 술을 밧고 안주을 장만해서 接待을 밧고 보니 完宇 不在中엿다. 甲烈을 말을 드르니 完宇가 金錢 計算(會計을 말함) 흐리게 하며 내가 不信者가 된 셈이라 햇다. 他人의 債務 約 130萬원을 貸付해 준지가 數月이 지나도 利子 한 푼 주지 안코 집도 無利子로 살면서 債務 整理하라면 말이 없으니 大端히 不安다면서 車을 팔아고 햇다고 하드라. 그려면 男妹 間에 金錢 据來로 依하야 親이가 멀어지게 되엿다고 하면서 한 집에 살면서 말이 엇다고 햇다.

成康이는 밤 11時 경에 가다는데[갔다는데] 잠이 드려서 몰앗다[몰랐다].

<1978년 12월 1일 금요일>
새벽에 完宇는 왓다. 夕食을 完宇 집에서 甲烈이와 갗이 하고 甲烈은 作別햇다. 完宇와 同伴해서 寺堂洞事務室로 行햇다. 登錄 登本[謄本] 2通 印鑑證明 1通 各해서 完宇와는 洞事務室에서 作別한데 旅비 못 주겟다고 하면서 가드라.
서울서 10時 30分 高束으로 全州에 왓다. 2時쯤이엿다.

<1978년 12월 2일 토요일>
아침에 鄭연배 學生 便에 成奉이 보냇다고 金 29,000원을 보내 주웟다. 生覺다 못해서 주웟으나 大端이 不安햇다. 그려나 이번이 마지막이라고 하기에 이제까지도 그놈아테서 돌이고 공돈을 만니 주웟는데 마지막이라니 生覺다 못해서 주웟다.
終日 방아 찌엿다.
元泉里에 林承鍾 氏와 金允基 氏가 來訪햇다. 要務는 孫周恒을 付託하려 왓다.
工場에서 桑田 賣渡하려 왓다.
住所도 分明치 못한 관촌이라고만 써서 便紙 1通이 왓다. 內部을 뜨더보니 이종南 氏하고 深中 生覺해서 사돈을 하시고 약장사하고 서방질 햇다고 손문이 낫는가 하면 親고모를 母女가 合勢해서 구타하야 중상을 입고 이웃사람하고 서방질 햇다고 우왕자왕 하다가 法院에 誥訴[告訴]까지 提起햇다가 敗한 사실도 있으니 崔氏 집안에 수恥스럽게 되엿서요 잘 연탐해서 처리하시요 엇저면 조켓여요 햇다. 편지를 2, 3次 讀書하다 生覺하니 大里 李宗南 딸로 生覺이 낫다.

<1978년 12월 3일 일요일>
成東 朴俊祥은 왕겨 2車 운반햇다.
7日만{에} 第二 孫女 面會햇다.
共和黨 事務室을 訪問햇다.

<1978년 12월 4일 월요일>
成東이는 裡里 酪農敎育을 떠낫다.
支署에 李 경장이 오시엿다. 알고 보니 12月 20日 午後에 林承宗 氏 金允圭가 來訪햇는데 孫柱恒을 付託한다 하고 갓는데 自己네들 自招해서 新平서 嚴俊峰 支署員이 李云相 氏 立會한 자리에서 昌坪里 崔乃宇에 단여왓다 햇다고 햇다. 그래서 事實如不[與否]을 聽取해 주웟다.
※ 牛가 암이 나서 24時間 만에 交配을 부첫다. 그려면 4回쯤 된다.

<1978년 12월 5일 화요일>
終日 방아 찌엿다.
館村 堂叔 집을 訪問햇다.
李宗南 件을 말한바 1鍾[一種]의 모략이라고 하고 親古母[親姑母]하고 是非은 햇으나 뜻이 납불 程度는 안니고 이웃에 鄭龍澤의 婦人하고 言設[言說]을 햇는데 理由는 宗南 婦人이 어린 아해을 데려다 키운데 龍澤 집에서 방에 가두워 놋코 自己의 親戚 집에 보내 주겟다 해서 言設은 해는데 그 유감으로 鄭用澤이가 애를 시켜 一種의 投書라고 본다고 追算[推算]하드라.

<1978년 12월 6일 수요일>
屛巖里 李京洙 氏 具道植가 來訪햇다. 基宇 田 373坪을 賣買 契約하는데 坪當 6되

식 해서 22叺 3斗로 約定하{고} 現金으로 735,900원(斗當 33,300) 約定햇다.
新平面에 갓다. 成康 轉出 手續을 햇다.
任實에서 고추栽培 敎育이 잇엇다. 그려나 里長놈이 저이 親人에만 말한 것으로 안다. 나 途中에서 産業係長 말을 듯고 갓는데 會議場에 가뵈니 嚴俊祥 林玉相 柳正進이 參席.
서울서 順禮가 內外 間에 왓다.

<1978년 12월 7일 목요일>
具道植 氏에서 李京洙 條 土地 買受代金 1部 貳拾萬원 入金햇다.
順姬 男便은 今日 서울로 떠나고 順姬 16일 나와 갗이 동반해서 가기로 햇다.
任實에서 輕油 3드람 운반해 왓다. 前條 外上代 75,300원 會計 完了해주고 3드람만 또 外上으로 햇다.
具道植 氏을 招請해서 술 한 잔 주고 土地 買賣을 付託햇다.
昌宇가 中食하려 왓다. 成康 畓 화리는 내가 짓겟다고 昌宇에 말햇다.

<1978년 12월 8일 금요일>
午後에는 방아 찌엿다.
韓相俊에 收得稅 1叺 40k 代金을 26,000원 保管햇다.
成曉가 단여갓다.
面長도 단여갓다.
成曉 母는 어제 生日잔치 하고 今日 任實로 갓다.
서울 廣州에서 順姬 媤父에서 편지가 왓다.
서울서 梁鉉子가 왓다.
郡에서 포푸라 檢收하려 왓는데 大端히 不安이 하고 갓다.

成東는 4泊五日 만에 乳牛飼育敎育을 마치고 왓다.
大里 李宗南 婦人 相談을 要해서 大里 川邊에서 만나고 왓다.

<1978년 12월 9일 토요일>
成東 便에 正浩 품싻 4,000원 林玉相 便에 건조장代 9,000을 주웟다.
嚴俊峰 丁基善을 同伴해서 館村 郵替局長을 面會햇다. 昌坪里 電話 假設을 打合한 바 現在의 假設規定法의로 視觀할 時 도저히 不可能하다고 보왓다. 3k 以上이기 때문에 말이다.
任實로 갓다. 成曉 집을 들이엿다. 中食을 햇다.
洋靴店에 들이여 마리바 13仟원이라고 해서 8仟원 契約金을 주고 14日에 찻기로 햇다.

<1978년 12월 10일 일요일>
鄭鉉一이가 왓다. 面에 電話하려 왓다고 햇다.
成東이는 방{아} 찌엿다.
柳正進은 成康 契穀 6叺을 받으라 해서 工場에 保管햇다.
※ 順伊을 舍郞에 오라해서 現金이 얼마나 되야 햇든니 100餘 萬원쯤이라고 햇다.
支署 李 警長이 왓다. 말하기를 鄭鉉一 婦人이 加德里 斗流里 大里 昌坪里을 단이며 選擧운동을 햇다고 調書을 받겟다고 햇다.

<1978년 12월 11일 월요일>
新平面事務에서 選擧委員 召集이 있서서 參席햇다.
任實 市場에 들이여 牟 生員을 同伴해서 代書所 갓다. 移轉登記 手續을 맛기엿다.

鄭大燮 外上代 五仟원을 주웟다. {()嚴俊峰 立會 時에 市場에서) 바로 全州로 直行햇다. 고무로라 1組을 삿다.
李云相이가 成奎 주라고 五仟원을 저어서 밤 傳햇다.
듯자한니 몃 집만 빼고는 戶當 2仟원식 뿌렷다고 햇다.
成東이는 任實서 왕겨 파[팔아] 왓다.

<1978년 12월 12일 화요일>
아침 6時 30分에 大里學校 投票所에 갓다. 過半수가 參席해서 投票咸[投票函]을 封咸[封函]하고 投票하기 始作햇다.
서울서 鉉宇가 面會왓다. 事由는 不動産을 팔아달아 햇다. 早急하게 팔 수는 없고 此後에 임자이 生起면 알이마 햇다.
崔宗仁이 面會하자고 햇다. 드고보니 郭道燁이가 말한다면서 代議員 選擧 때도 崔乃宇가 投票用紙을 주면서 꼭〃 찌버주더니 이번에도 그런다 하면서 한 번 따지겟다고 햇다고 햇다. 나도 할 말이 잇다면서 두고 밧든니 그놈이 아무 말 없드라.

<1978년 12월 13일 수요일>
牟潤植 氏가 重宇 畓 買受代 50萬원을 會計하고 重宇에 引渡햇다. 그려면 殘 10萬원 殘으로 본다.
屛巖里 李京洙 氏가 土地代 30萬원을 가지고 왓다.

<1978년 12월 14일 목요일>
新平面에서 牟潤植 農地 賣買證書을 捺印해서 가저왓다.
新平農協에서 債務 1部을 整理햇다.
郭在燁 氏을 맛나고 12月 12日 選擧 時에 郭道燁이가 내게 말하기를 代議員 選擧 時도 꼭〃 찌버서 주더니 이번에도 그런다고 맛나서 따지겟다고 하니 理由가 무엇이며 證据[證據]가 잇나고 在燁 氏에 말해 주웟다.
任實에서 구두를 찻고 基宇을 만나서 不動産을 打合햇다.
成康이가 서울서 왓다.

<1978년 12월 15일 금요일>
契穀을 타로 왓는데 成奎에서 40叺 柳正進에서 20叺 計 60叺라고 하고 兩人을 參席해 놋코 確認햇다. 그리고 79年度에 契穀拂入은 제의 母 契곡 10叺자리을 타고 새보들논 화리 6叺 賣渡代하고 年 18叺을 拂入해야 한데 殘 2叺代는 서울서 보내마 햇다. 그려나 논화리 利子 하면 (18斗) 거반되는 便이다.
서울을 行次햇다.
◎ 全州서 12時 35分 高速으로 서울을 거처서 광주 퇴촌에 당한니 밤 8時엿다.
79年 18叺
80〃 18叺
81〃 18叺
3年이면 끝
成康 契곡 條

<1978년 12월 16일 토요일>
朝食을 맞이고 春禮 媤父하고 春禮의 過据之事을 말해 주웟는데 잘 듯고 잇다가 보니 氣分이 不安한 듯 해저 가드라. 그 間에 春禮는 거짓말을 햇고 이제 내의 子息이 任實에 단여온 지後에 대락 알앗고 밤에 우리 집에서 잠 잘 때도 이불조차도 주시 안니해서 고생도 해노니 햇다고 하고 여려 가지가 氣分이 안니 좃고 동에다 말하기를 내의

성이 林가라고 해서 동네가 알고 있다고 햇다. 그래서 나는 法的으로 父母가 되지만 實은 養父이고 또 15,6歲가 되니 脫出을 해서 多情한 마음 없다고 해다.
春禮 結婚之事는 安 生員게서 日割도 決定하고 모든 것을 잘 生覺해서 處分대로 하라고 햇다. 나는 아무것도 보태주지 못하오니 그쯤 凉知[諒知]하라 햇다. 親家이 人事次 왓는데 잠시 不安해서 出發햇다.

<1978년 12월 17일 일요일>
午後 2時頃 群山서 사돈이 왓다. 中食을 맟이고 午後 4時 30分에 出發 作別햇다.
具道植 氏하고 李京洙 氏가 왓는데 基宇 土地代 135,900원을 領受하여 招介비 33,000원을 밧고 16,500원을 具道植 氏에 주고 갈앗다.
※ 成康 母의 말을 드르니 成奎가 大端이 遺感[遺憾]이 든다. 成康이는 16日 아침에야 서울로 떠낫는데 成奎에서 會計할 돈이 3年이 되엿는데 當時에 18萬원인데 約 36個{月} 되엿다는데 白米로 20叺을 달아고 해서 會計을 未決하고 떠낫다기에 大端이 遺感으로 生覺하고 不良한 놈이라고 햇다. 도박판에서 조금식 타다 도박을 햇다는데 이제 本子만 주워도 多幸으로 生覺지 안코 現金을 現品 白米로 計算하고 제가 契 王主이니까 3年 後 又는 四年 後라도 成奎 제 手中에서 나기니가 하고 이제까지 淸算하지 안니 햇다는 點 大端이 不良한 놈이라고 본다. 12月 14日 밤에 成奎 柳正進 우리 家族이 參席 立會 下에 異議 없다고 한 者가 이제 그려할 수 잇나. 그려면 契日은 12月 22日인데 20叺 代金만 밧고 明年에 年負[年賦] 널 白米 12叺는 내가 주지 안을 覺悟니다. 두고 보자 이놈.

<1978년 12월 19일 월요일>
大里 趙命基 氏 宅에서 分會議을 가젓다. 參席者는 李相榮 金世男 朴 常務엿다. 12月分 出資金 仟원 分會 財産金 32,600 利子 1,000원 주웟고 組合비 42,000 中 20,000을 會計하고 中食을 끝이{고} 왓다.
屛巖里 李京洙 金宇澤 具道植 氏가 왓다. 崔基宇 畓 賣買 契約이 成立되여서 金雨澤은 99叺을 내논 셈이 되고 其中 3叺는 招介비로 差出햇다. 契約上은 96叺에 作成햇다.

<1978년 12월 20일 화요일>
昌宇 말을 드르니 成奎가 말한다고 하면서 成康 契穀은 끅[꼭] 20叺을 空除[控除]하겟다고 햇다고 햇다. 3年이 되도록 債務을 재촉 안니 한 것은 成奎 제 손에서 契穀이 나가니가 我田引受[我田引水] 格으로 두웟다는 것이 그 마음 自體가 不良 안니야고 생각이다.
崔基宇 土地代 百萬원을 婦人 弟수에게 傳해 주웟다.
全州읍에 떡방아 修理하라고 매기고 왓다.
牟潤植 金雨澤 李京洙 書類로.

<1978년 12월 21일 목요일>
젓소가 2月 中 入養 豫定이라고. 全州에서 롯데社員이 왓다. 信用 調査하려 왓다. 姙身[姙娠] 3-5個月되 소라고 햇다. 頭當 飼育者 負擔額 262,500 5頭이면 131萬원이라고 햇다. 殘金은 政府 융자인데 1年 据置

3년 償還이고 利子는 年 12%라고 햇다.
任實 指導所에서 고추栽培技術을 講議[講義]햇다.
驛前에서 郭道燁을 맛낫는데 外面해 버렷다.
牟潤植 移轉은 完了해 주웟다.
全州에 갓다 왓다.

<1978년 12월 22일 금요일>
牟聖實 氏 왓다. 重宇 畓 買受代 殘金 10萬원을 가저왓는데 重宇 負擔金 7,360원을 除하고 殘 92,700원을 宴禮에 주웟다.
成奎가 왓다. 成康 契穀 關係에 그럴 수가 잇나 햇다. 3年 前에 18萬원을 只今에 와서 白米로 20叺을 除하라니 햇다.
◎ 柳正進 契 條는 明年부터 내가 6叺식 너 주기로 하고 20叺代 66萬원 引受햇다.
牟潤植 氏에서 招介비 3萬원을 밧닷다.
牟潤植 債務 會計해보니 元利 176,700원 計算햇다.

<1978년 12월 23일 토요일>
農協 崔永植이가 왓다. 農業 債務 肥料代 營農資金 其他 利子 總 計算金이 289,666원을 會計햇다.
◎ 成康 農協 貸付金 15萬원 利子 35,753원 비니루代 5,253 計 191,000원 會計하고 元金 15萬원는 내가 使用키로 하고 來年에 내가 갑기로 햇다(別紙帳簿에 記).
全州에서 成吉이 來訪햇다.
任實서 晋相鎬 李相鎬 朴珍植이 來訪햇다.
積金 98,200원을 永植에 拂入햇다.

<1978년 12월 24일 일요일>
金聖實 氏 債務 3件 元利 176,700을 完拂해 주웟다.
방아 찌엿다.
宋成龍 氏 집에서 靑年들이 契日라 中食을 갗이 햇다. 밤에는 鄭柱相이 하고 任實高校 學父兄을 訪問하고 喜捨金 3仟원식을 据出햇다. 昌坪里가 9명이라고 햇다.
昌宇가 단여갓다. 밤에.

<1978년 12월 25일 월요일>
뻐스 便으로 巳梅面[140] 花亭里 張益均 氏을 禮訪햇다. 藥材을 求하라고 金 參仟원을 주고 왓다. 오는 12月 27日 가겟다고.
오는 길에 南原에 들이여 李澤俊이를 맛나고 왓다.
成傑이는 오날 釜山 가는 길에 派出所에 들이엿다고.

<1978년 12월 26일 화요일>
任實 代書所에 갓다. 金雨澤 李京洙 登記書類을 밧다가 주웟다.
新平에 가서 自耕證明 郡廳에 敷地證明 登記所에서 登記付證明 各 1通식 作成해 왓다. 롯데會社에서 書類을 求備하라 해서. 그리고 12月 30日 限 50萬원을 準備하라고 햇다.
市場에서 牟潤植 立會 下에 具道植 氏에 犬代 5仟원 주웟다.

<1978년 12월 27일 수요일>
具道植 鄭宰澤을 面談햇다. 農地 賣買의 打合을 햇다. 崔基宇가 왓다. 印章을 내주고 明日 殘金을 보내주기로 햇다.
全州서 古鐵을 사로 왓다. 29,000원 주웟다.

140 남원시 소재.

鄭圭太 取貸 2萬원을 주웟다.

<1978년 12월 28일 목요일>
{求禮 任正三次女 結婚}
9時 20分 列車로 求禮에 到着한니 12時쯤. 禮式을 맟이고 冷泉里 正三 집에서 中食을 하고 4時 뻐스로 任實에 온니 6時엿다.
서울서 電話가 왓는데 成康이엿다. 成奎 契쌀인데 못 바닷다고 한니 明日 내려오겟다고 햇다.

{1978년 12월 29일 금요일>
沈參模 結婚日.
鄭圭太次女 結婚日.
朝食을 參茂 집에서 맟이고 택시로 任實 禮式場에 갓다. 午後 1時에 式을 맟이고 택시로 白康善 兄弟을 데리고 왓다.
夕陽에 金雨澤 氏에서 基宇 土地代 190萬원을 받아서 基宇에 引渡해 주웟다. 夕陽을 基宇 집에서 하고 鄕校로 갓다.

<1978년 12월 30일 토요일>
先考 祭祀. 郭宗燁 집에서 契을 치룬다고 햇다.
朝起해서 大成殿에 焚香을 드리고 朝食 後에 분행미 2斗代 5,800원하고 經비 2仟원을 주고 왓다.

※ 郭宗燁 집에서 金哲浩 李相云 鄭用澤 柳允煥 立會 下에 80,400원(2叺 4斗代)을 元利 合해서 鄭鉉一에 引게햇다. 郭宗燁은 元利 3叺 6斗을 保管햇다.
鄭鉉一 保管米 6斗을 合해서 총 우리 계穀은 6叺 6斗이 되엿다.

<1978년 12월 31일 일요일>
아침에 1家親戚을 募여 朝食을 햇다.
成奉이를 데리고 南原 花亭里에 갓다. 張益均을 찾아서 藥을 製造하야 設明을 듯고 왓다.
全州로 갓다. 日記帳을 삿다. 金 1,700원에 삿다.

<1979년 1월 1일 월요일>
今年 1年度도 지내고 生覺해보니 收益은 줄고 支出은 늘고 해서 損害 만하야 整理하기에 고민이 多樣하다. 젓소 五頭을 신청햇든 것이 夏間에 싸이로 만들기 강냉이 심기 牛舍 修理 其他 만은 支出이 되엿는데 듯자 하니 乳牛 市價는 倍로 떠러지고 乳價도 引上치 안하야 酪農家들이 페農家가 생기여 肉牛를 賣渡하게 되니 이려한 實程[實情]에서 飼育을 한다고 보면 앞으로 莫大한 損償[損傷]을 볼가 하야 抛棄 狀態이다.

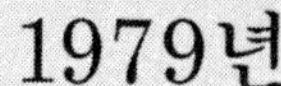

1979년

<내지1>
高麗時代 文章家 東國李相國集 등 文集을 남긴 李奎報의 時調다.
日 暖코 風和한데 鳥聲이 喈〃로다.
滿庭落花에 한가히 누웠으니
아마도 今日이 太平인가 하노라
白雲山人이 雲致가 사뭇 우아해 보인다
男으로 生起 것이 夫婦 갖이 重할련가
사람의 百福이 夫婦에 가젓거든
이 重한 사이에 안니 和코 어찌 하리

壬辰亂 때 太平詞를 지여 兵卒들을 爲勞[慰勞]햇다는 朴仁老는 守門將까지 지낸 老將엿다. 晩年에는 田園에서 詩歌로 歲月을 보냇다.

<내지2>
先塋 一家 外家 祭祀日定表 陰曆
正月 二十七日 金城 從祖母 館村 堂叔
二月 十七日 長兄 昌坪 成奎
六月 十一日 從祖父 斗峴 堂叔
五月 九日 從祖母 오류 斗峴 堂叔
七月 五日 伯母 昌坪 乃宇
七月 十四日 祖考兩位 全州 成吉
七月 二十四日 顯妣慈堂 昌坪 乃宇
十二月 三日 顯考父親 昌坪 乃宇
十二月 十五日 안골 從祖母 斗流 堂叔

外家
三月 二十七日 求禮 外祖母 冷泉 金成玉
七月 二十日 〃 父 〃 外宗侄[外從姪]
高祖考 墓祀 守護者 昌宇
五代祖 南陽 〃 申氏
六代祖 桂壽 〃 炳基
七大祖 連山 〃 崔氏
八代祖 花정 〃 刑氏

<내지3>
任實 鄕校 掌議 名單
朴東來 靑雄面 玉石里 60歲
金判植 任實面 甘城里 58{歲}
○ 蔡奎澤 只沙面 鴈下里 63{歲} 鴈下里 521-17
○ 李노鎬 靑雄面 斗滿里 60{歲} 두복리 - 521-11
朴柱恒 聖壽面 太平里 60{歲}
韓賢洙 任實面 新安里 60{歲}
金榮坤 德峙面 斗芝里 59{歲}
金漢鍾 館村面 道逢里 61{歲}
○ 金敎鎭 三溪面 鴻谷里 53{歲} 521-18
朴炳云 江津面 白蓮里 521-14 38{歲} 521-
○ 崔乃宇 新平面 昌坪里 56{歲} 521-14
○ 李康熙 屯南面 屯基里 50{歲} 521-79
權委泰 聖壽面 太平里 45{歲}

○ 安在烈 德峙面 沙谷里 44{歲} 521-13
計 14名
1978年 現在名單

<내지4>
西紀 1979年度 己未 日記 崔乃宇 專用

規模 側量 公式法

{例}

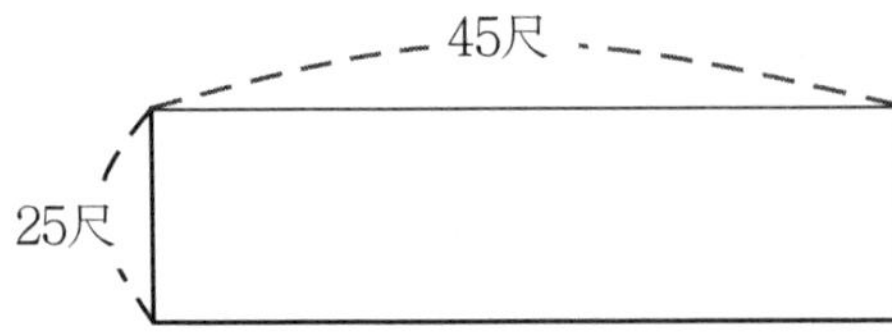

45 × 25 = 1,125尺
1,125 ÷ 36尺 = 319坪田畓

{例}

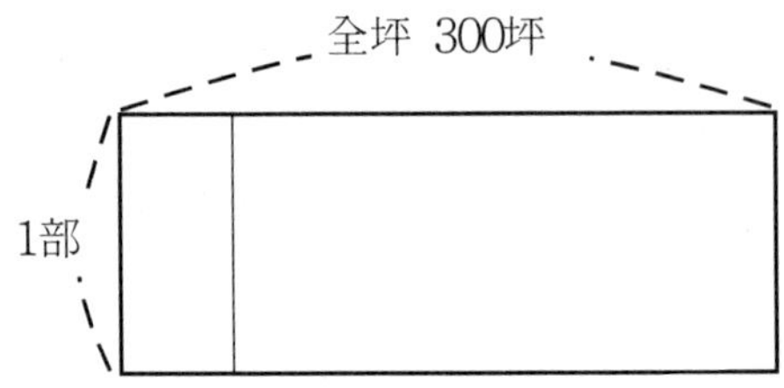

30 × 36 = 1080
1080 ÷ 36 = 30
50 × 36 = 1,800
1,800 ÷ 36 = 50坪

<내지5>
一○. 克深[極甚]햇든 旱害로 楊水[揚水]하느라 괴로왓고 移秧 時에 人夫가 不足해서 人夫賃이 高價로 괴로왓고
十一. 養蠶할 時에 勞力이 없어 3日間을 上簇햇든니 蠶體가 不順해서 作況이 不良햇고 價格도 제다로 밧지 못해서 數年에 比해서 78年은 과롭고 不安햇고 뜻대로 이루지 못한 해였다.
十二. 慈堂任 移葬한데 山主와도 괴로운 점을 몇 週을 격거고 農資金 學비가 不足해서 東奔西走 多事多難햇다.
十三. 밤이면 잠이 이루워지〃 알할[않을]時가 만코 體中에서 땀이 흐를 때도 藉〃햇다.
十四. 昨年 같은 年運이 또다시 올가 금심인[근심이] 만코 年末에는 成康 成奎 穀契 關係로 生覺 外에 不安햇다.

<1979년 1월 1일 월요일 淸>
1978년 戊午년을 보내면서 365日間의 日家을 生覺해보니 過年度와 갗이 괴로왓다.
一. 他人의 債務도 未整理하고 農協 債務도 未決되엿다.
二. 魯豊 新品種을 移秧햇든니 全死해서 收穫이 없어 괴로왓고
三. 서울서 崔完宇는 제의 畓을 買受하라고 권한데 不安햇고
四. 收入은 적는데 支出은 昨年에 比해서 5百餘 萬원이 追加되엿고
五. 24退骨 束이[퇴골 속이] 탈이 나서 病院에 入院햇고
六. 成樂이도 傷害을 입고 入院햇고
七. 乳牛 5頭을 申請한바 收支가 맞지 안해 抛棄하고 보니 約 50萬원 赤字을 냇다.
八. 昨年에는 收入支出金을 12,490,658원을 入手햇든니 78年에는 17,427,111원 만지엿다.
九. 우리의 不動産을 賣渡하려도 作者 업서 괴로왓다.
崔南連 氏 債務 元利 60,000원 完納해 주웟다.

<1979년 1월 2일>
成吉 집에서 朝飯을 맞이엿다. 12時頃이 되니 南原서 崔正宇 哲宇가 오고 泰宇도 參席해서 約 10名이 되엿다.
宗會 案件이 提案이 되자 私宗事는 成奎 件으로 大里坪 宗土 600坪은 年中 白米 5斗식 收入키로 하고 特別惜置法[特別措置法]에 依한 移轉을 하기로 하야 炳基 堂叔에 委任햇고 昌宇 楊水機[揚水機]는 買得해 주되 作況에 따라 선자를 多少 收入키로 하고 于先 代金은 白米로 25斗을 空除[控除]해 노왓다. 大宗之事는 成奎가 只今 現在로 23叺으 白米가 累積되여 計算도 못하고 夕陽에 作別햇다.
炳基 氏와 泰宇 집을 단여왓다.

<1979년 1월 3일>
終日 生覺해 보왓다. 乳牛을 飼育하는야 抛棄하는야 長點短點을 모색해 보왓든니 飼育 不可能햇다. 旣히 50餘 萬원을 損害가 낫다. 그려나 此後에 엇든 被害가 있을는지 또〃 生覺해도 只今이라도 抛棄함이 내에 對한 利害가 計算된다. 첫재는 生育小牛에 對한 賣渡가 어려워서 크게 담점[단점]이다. 79年 80年에는 10頭이고 81年에는 20頭인데 人力이 不足해서 全部 키울수는 업고 賣渡하야 至堂[至當]한데 그 原은 바로 그것이다. 絶對로 抛棄햇다.
成曉 家簇[家族]은 今日 任實로 떠낫다.
具道植 氏을 對面하고 不動産 買賣을 打合햇다.

<1979년 1월 4일>
朝飯을 具道植 氏에서 햇다.
丁成燁 母之喪 집을 弔問햇다.
面 産業係長에 麥 種子代 20,530원 會計햇다.
※ 工場 앞에서 牟潤植 張判童 嚴俊峰 崔乃宇가 우연히 對面하게 되엿다. 新平面 組合長 말이 나게 되엿다. 金哲浩가 內定된 것으로 말이 낫다. 나는 郭在燁 氏하고 金哲浩하고 打合해서 金哲浩 內定된 것으로 안다고 햇다. 嚴俊峰이는 그것이 안니라고 햇다.
※ 그 다음에는 嚴俊峰 말이 郭道燁이는 80萬원을 밧고 宗仁에게 代議員을 抛棄

햇다고 選布[宣布]햇다. 나는 此後 炳基 氏에 무려보겟다고 햇다.
終日 精米햇다.

<1979년 1월 5일>
成康이가 왓다. 今日 牟光浩 朴仁倍가 對面하고 내의 契穀을 주는데 아버지을 다음 入穀을 債任[責任] 줄 模樣인데 안니 게시는 게 졸 것이라 햇다.
昌宇 집에 가서 12時에 왓다.
尹南龍 집에서 爲親契議을 한다기에 갓다. 書類을 作成해 주엇다.
夕陽에 昌宇 집에 갓다. 同伴해서 成康 집에 갓다. 成康 말에 따르면 嚴俊映에서 2叺 現品을 밧고 明年 仁培 줄 것 4叺까지도 못주겟다고 하고 왓다고 햇다. 그려면 成奎는 約 25叺을 너주워야 하는데 其 契가 陳實性[眞實性] 잇는 契는 못된다고 햇다.

<1979년 1월 6일>
朴仁倍 米糠代 9叺 17,500원 成東 便에 보내주고 成東 婚姻契金 7,000원도 주웟다.
任實 登記所에 갓다. 未登記垈地을 閱覽햇든니
214번지는 未登記 名儀[名義]가 없고
227〃 47坪 崔炳千 名儀
225〃 76坪 〃 〃.
다음은 大里坪 97番地 665坪을 閱覽햇든니 前 地主는 崔長宇 名儀로 잇는 줄 아라든니 77年 4月 10日 屛巖里 張良春 名儀로 移轉되엿드라. 그려면 成奎가 賣渡한 것으로 알고 成奎 家簇[家族] 兄弟와 相議한 것으로 아는데 私宗中 位土인데 宗員들이 于今것 移轉을 못햇다고 單獨으로 팔아 먹는 것은 不良한 도적놈에 不可하다.

<1979년 1월 7일>
乳牛 飼育을 整式으로 抛棄햇다.
8時頃에 基宇 집에 갓다. 朝食을 맟이고 全州로 부엉집으로 간니 新婦宅에서도 10餘名이 參席한고 新婦郞[新郞]쪽에도 10餘名 合 20餘이 人事가 交流되고 3月 4日字 結婚式에 準備할 事項을 打合햇다.
炳基 氏와 同伴해서 成吉 집에 갓다. 成奎가 宗土을 賣渡해 먹었으니 此를 엇더게 處理하겟느야 햇다. 別數가 없다고 햇다. 不良者라고 햇다. 昌坪里로 炳基 堂叔과 갗이 왓다. 成奎 昌宇을 呼出해다 놋고 成奎 問題을 打合한바 家屋 또는 垈地 賣渡하든가 登記를 이번 特惜法[特租法]에 移秧{해}[移轉해]드리겟다고만 햇다.

<1979년 1월 8일>
尹 生員 宅에서 招淸[招請]해서 가보니 外國에 단여온 婿가 왓는데 술과 繕物[膳物]을 받앗다.
終日 舍郞에서 讀書한바 昌宇가 왓다. 마참 全州 成吉도 왓다. 成吉는 大里을 단여온다고 햇다. 成奎을 맛나고 位土을 팔 수 잇나 하고 내 무렷다고 하면서 너 其하면 죽으가 싶다고 母親이 말{하}드라고 햇다.
成奎 成康이하고 同伴해서 盜박[賭博]을 하려 단엿다는 行爲가 大端히 不良하다고 햇다.

<1979년 1월 9일>
今日도 終日 昌宇와 同席해서 田畓 賣買에 對하{여} 相議햇으나 許空[虛空]이엿다. 他人의 債務는 確實히 整해야 하는데 成事가 되지 안니하고 잇다.

<1979년 1월 10일>
成東이보고 溫床 苗板을 파자고 햇다.
驛前에서 李京洙 婦人에서 基宇 土地代 10萬원을 밧닷다.
韓云錫을 맛낫다. 自己의 弟 大錫이가 先考 名儀로 잇는 林野을 自己의 所有로 만들고 다시 他人에 賣渡하려 하오니 不良한 놈이라면서 自己도 權限이 잇는데 몰내 햇다고 햇다.

<1979년 1월 11일>
金雨澤 氏에서 基宇 土地代 殘金 268,000원을 밧고 李京洙 條 235,900원 計 503,900원을 基宇 婦人에 完拂해 주웟다.
李京洙 招介費[紹介費]는 雨澤 氏 말이 日前에 2人이 會計햇다고 하기에 今日 市場에서 京洙 內外을 맛나서 무려본니 絶對로 받은 事實이 엇다고 하드라. 그래서 다시 驛前에 와서 雨澤에 무르니 틀임없이 會計햇다고 햇다. 立場이 難處하지만 此後에 對面키로 하고 왓다.
全州에서 시에무 白菜 種子 3封에 7,500원에 삿다.

<1979년 1월 12일>
しえむ 白菜 保溫苗床을 設置햇다.
重宇 犬 1首을 삿다.
具道植을 對面하고 池坪畓 賣渡을 付託햇든니 1月 15日頃에 相議키로 햇다.
※ 成東이는 무슨 말을 할가 말가 하든니 말을 내놋는데 各居하게 해주시요 햇다. 理由는 건너 자근兄에게 손을 떼라고 햇다. 玆味[재미]가 없고 生前 일해도 그 팔작[팔자]이라면서 不平을 하기에 나가라고 햇다. 只今이고 來日도 조흐니 가라고 햇다.

<1979년 1월 13일>
任實高等學校 卒業日이다. 第一극장에서 卒業式이 擧行한데 各 紀菅長[機關長] 有志 學父兄이 盛大히 募엿다.
卒業式이 끝이 나니가 學校理事 3, 4名과 郡守 署長과 갗이 招請 鳳凰菅[鳳凰館]으로 갓다. 中食을 맛치고 李起逸 先生도 對面햇고 相談햇다.
代議員 朴珍植을 맞나고 우리 洞內 父兄에서 据出[醵出]한 당구장 誠金 24,000원을 傳해 주웟다.
別紙와 如히 領收함.
斗流里 炳列 堂叔 祭祀에 參席햇다.

<1979년 1월 14일>
知長里[141] 申東周 子女 結婚 新行宴會에 參席햇다.
어제 斗流里 炳列 堂叔 宅에서 祭祀을 모시고 朝食 後에 10時 10分 뻐스로 長里에 갓다.
듯자 한니 金哲浩는 어제 日字로 面長은 사직햇고 組合長을 任命 日字을 기드린데 廉東根 前 組合長이 蓄妾者라고 道支部에 가서 말하야 任命이 느저지며 將來成[將來性]이 없다고 하드라. 丁基善 말이다.

<1979년 1월 15일>
서울에서 成康 片紙가 왓다. 開封해서 보니 쌀契나 타왔음면 방이나 1間 求하려 햇든니 그도 틀이고 3月 中에는 방 비여내라고 하고 하니 어린 乳兒을 데려다 키으라며

141 지장리(智長里). 전라북도 임실군 신덕면 소재.

서 桑田을 팔아서 使用해 주웟쓰면 하고 萬諾[萬若]에 뜻대로 되지 안니 하면 成康이는 下宿이나 시키고 메누리는 濟州島[濟州道]에 가서 食母살이나 하다가 全稅[傳貰]방이나 어더서 다시 사라보겟다는 뜻으로 편지가 왓다. 終日 生覺해보와도 氣分이 不安하고 있서 讀書만 하다가 건너 成康 母 집에 갓다. 成愼이는 商高에 不合格햇다기에 이제는 家事에 從事하라고 하고 成康 母에 편지를 주고 왓다.
서울에서 黃在文 氏가 왓다.

<1979년 1월 16일>
黃在文 氏가 서울서 來臨햇다. 서울서 鄭서방이 人事次 왓다. 具道植 氏가 왓는데 朴京洙는 子息 婚姻關係上 田畓을 買收不可能할 것 갓다고 햇다. 그려면 다시는 作者가 없슬 듯십다. 數個月을 두고 미루웟는데 大端히 답〃하다.
昌宇가 終日 舍郞에서 놀가[놀다] 갓다. 成東이는 終日 놀고 있으나 이것저것 하라 하기 창피해서 말도 하고 싶지 안다.

<1979년 1월 17일>
七星契穀 元 4叺 6斗 利子만 14斗 昌宇에 주고 安承均 元 10叺 利子만 2叺(2分릴)을 주고 崔瑛斗 元 4叺인데 利子만 12斗 주웟다. 計 利子 4叺 6斗 會計햇는데 此後에 計劃대로 되면 다시 元米도 주겟다고 햇다.
成康 집에서 七星契議을 한다고. 79年度 有司는 柳正進인데 現米 4叺 6斗은 아즉 주지 못하고 此後로 未流엇다. 契議에 參席者는 柳正進 丁俊浩 崔昌宇 鄭宰澤 嚴萬映 崔乃宇 6名이다.
成康에 편지햇다.

昌宇 말에 依하면 어제 成東이는 추접스럽게 서울서 온 鄭서방보고 일자리 하나 具[求]해 달이고 하드라고. 그 놈이 非人間的 行爲라 햇다.

<1979년 1월 18일>
終日 舍郞에서 讀書햇다.
今日도 不動産이 消息이 없어 궁금하고 마음 괴롭다.
嚴俊峰 집에 갓다. 大里에서 姜 校長이 왓고 金海基가 왓드라. 特措法에 依한 書式用紙을 어더 와서 우리 집에서 書類을 具備 作成햇다.
しえむ 白菜 種子을 다순 물에 浸種햇다.
成奉이는 永生大 入學願書을 提出. 成愼이는 商高에서 不合格하오니 오수상고로 入學願書(卽 應試願書{)}을 提出한다고 갓다.

<1979년 1월 19일>
成東을 데리고 白菜 種子을 溫床에 播種햇다.
午後에는 新平에 가서 附加稅 自進申告햇든니 稅金傳票을 떼 주는데 7,300원.
下加 李相榮 집에서 新平分會을 한 데 參席햇다.
오는 길에 支署에 들이엿든니 支署長은 元泉里 방아를 판다고 하는{데} 2仟萬원을 달아고 햇다고 햇다.
大里에 趙命基 집에 갓다. 家用酒을 내놋는데 炳基 堂叔까지도 參禮에 되여서 21日 連山을 가기로 語約[言約]햇다.

<1979년 1월 20일>
驛前에 李甲童에 古物 脫穀機을 실여 보

냇다.
具道植 氏을 모시고 不動産 賣買에 對하야 打合을 햇다. 朴京洙을 맛나려 보냇다. 月曜日에 炳基 氏와 論山에 가기로 電話로 約束햇다.
昌宇가 왓다. 鄭圭太 酒店으로 술을 하자고 가자하는데 한 번 안니 가보니 도저히 가고 십지 안타.

<1979년 1월 21일>
今日 終日 舍郞에서 讀書만 햇다. 永遠히 外出하고 싶은 마음은 조금도 生覺지 않으채 1日을 넘겻다. 괴롬은 마음은 如前하다. 他人의 債務도 淸算치 못한 채 舊 年末은 다처서 迫頭햇다.
집에 잇으니 各處에서 電話는 만이 걸여왓다. 첫 鄭鉉一을 待달아고 崔德喆을 대라고 金順德을 대라고 牟光浩을 待라고 햇는데 모두 据絶[拒絶]해버렷다. 嚴俊峰이도 待라고 햇다. 理由는 里 共同所有 스피카 잇는데도 장치를 해주지 않{은} 점에서 대주지 못한 것이다.

<1979년 1월 22일>
午前 九時에 炳基 堂叔하고 同伴해서 論山 豆馬面[142]에 갓다. 論山 郡廳에 들이여 山林野課에 造林關係을 問議햇든니 造林計畵[計劃]에 除外되엿다고 햇다. 昨年 夏節에 通報했으나 其後 消息이 없어 漏落되엿다고. 그래서 守護者 崔大炳에을 訪問햇다. 出他햇다기에 付託하고 回路에 路邊에서 對面하고 相談햇든니 郡에는 接見하지 못햇고 다만 郡 職員만 相面햇다고 햇다. 그래서 손대지 말아고 하고 왔으나 旅費 約 5仟원이 들엇다. 全額 堂叔이 負擔햇다.

<1979년 1월 23일>
終日 舍郞에서 讀書.
昌宇가 왓는데 具道植 氏도 對面햇고 柳正進이도 對面햇다고 햇다.
新平農協에서 電通이 왓는데 今般에도 金哲浩가 組合內申은 되엿으나 蓄妾者라고 下字[瑕疵]기 있어서 發슈이 어렵게 되엿다고 하며 明日 理事會을 열기로 豫定한 것도 無期延期 되엿다고 햇다. 농담으로 新平은 人資가 만해서 美國서나 데려오야겟다고 햇다.

<1979년 1월 24일>
5日 만에 溫床에 가보니 發牙[發芽]가 되지 안햇다.
昌宇가 今日도 왓다. 갑갑햇다.
終{日} 精麥을 햇다.

<1979년 1월 25일>
任實 指導所에서 養蠶敎育이 있엇다. 鄭鉉一하고 同伴해서 갓다. 終日 敎育을 밧고 途中에 相範 집에 갓다.
鄭大涉을 맛나고 다방에 갓다.
밤에는 里에서 班常會가 있어 參席햇다.
面에서 産業係長 盧成根 氏가 왓다. 몃 마디 하고 떠낫다. 떠난 지후에는 모두 별{일}이라고 하면서 별말이 없섯다고 햇다.
魯豊 被害調査 햇든 指導所長 廉昌烈이가 不良 不公便[不公平]者라고 하면서 제가 新平에 오래 부터 있을 수 없다고 햇다. 물

142 두마면(豆磨面). 1914년부터 논산군에 속해 있다가 1990년, 계룡출장소(2003년 계룡시로 승격)에 편입되었다. 일기가 쓰인 당시는 아직 논산군에 속해 있던 때이다.

아래 部落에서는 面 職員이 調査하야 多少 補償惠澤을 보았으나 물우 사람들은 아무 補償惠澤 본 사람이 없다고 選言[宣言]햇다. 嚴俊峰의 말이엿다.

<1979년 1월 26일>
指導所에서 고초 栽培法을 講議[講義] 받앗다. 2月 中旬에는 保溫苗床을 設置해야 한{다}고 햇다. 講議 途中에 其 講師는 우스운 이야기도 하는데 郭 氏의 이야기도 나왓는데 高 氏 李 氏 鄭 氏와 姓을 따서 郭氏라고 해서 폭소가지 터젓다. 約 50餘 名이 募였섯다. 本面에서는 斗流里 金某 大里에서도 왓드라. 午後에는 室內 영화만 보고 市場을 둘여서 왓다.

<1979년 1월 27일>
朴相培 便에 金 12,200원 주면서 面에 稅金 7,200 支署 繕物代 5,000원 주라고 햇다.
天安서 成玉이가 아침에 왓다.
尹鎬錫 氏 借用金 23,000원 淸算해주엇다.
任實에서 孫子들이 왓다. 밤에는 全州에서 成傑이가 왓다. 모든 繕物을 사가지고 왓다. 昌宇는 郡守 앞으로 被害補償해달이고 片紙를 햇다고 成曉가 郡에서 창피하기가 말로는 할 수 없다고 하야 其 片紙을 다시 返還해왓다.
牟潤植 氏에서 積金을 주려고 10萬원을 가저 왓든니 全州 李存燁 氏 外上을 받으려 와서 參萬원을 주웟다.

<1979년 1월 28일>
成英이는 밤에 서울서 왓다. 節祀을 慕시는데 成吉이가 해마등[해마다] 오든니 今年에는 不參햇드라.

몸이 不安해서 終日 누웟다. 熱이 나고 뻬속이 우든〃 해서 不平햇다.

<1979년 1월 29일>
成玉이는 面에서 住民登錄申請을 맞이고 왓다.
丁振根이가 왓다.
몸 좋이 못해서 할 수 없이 館村에서 藥 3첩을 지여 왓다.
午前에는 成東을 시켜서 白菜에 물을 주웟든니 午後에는 비가 내렷다.
夕陽에 重宇 집에서 金 貳萬원을 取해 왓다. 農協에 積金 보내기 위해서엿다.

<1979년 1월 30일>
成允을 시켜서 具會準 便에 積金 入金하라고 보냇다(農協으로).
任實 메누리도 떠나고 成玉이도 서울로 가고 成東이는 內外 妻家로 가고 거이 떠낫다.
牟潤植 丁九福 鄭圭太로 단여갓다. 몸이 좋이 못하다 해서엿다.

<1979년 1월 31일>
終日 눈비가 내렷다.
指導所에서 왓다. 2月 四日 技術敎育을 約 1個月間 밧기 爲하야 成國에 왓다.
成英이는 午後 2時 特急으로 全州로 해서 서울로 出發햇다.
夕陽에 具道植 氏가 왓다. 牟光浩가 大里坪 土地가 賣渡되면 兄의 土地을 代土할 것이라고 햇고 해서 其 뜻을 傳하려 왓다.
밤에 牟潤植 具道植와 同席해놋코 한 잔식 드렷다.
支出도 만코 지루햇든 1月도 只今이 마지막인 듯싶다. 12月부터 1月 31日까지는 債

務整理의 달이기도 햇다. 그려나 길{어}도 짧밧다. 그 뜻은 길다는 뜻은 支出이 늘고 多額이 땜으로 그려 햇고 짧다는 뜻은 他人의 債務가 未整理되여 不安도 하고 밤이면 잠이 오지 안코 甚해서 讀書하다 어느듯 나도 모르는 間에 債務 未決心이 生覺되여 讀書 頭中 投入이 되지 안코 外見으로 만이 근심이라.

<1979년 2월 1일>
喜消息이 願이고 支出이 적고 收入만 多數되기를 祈願합니다.
終日 내린 大雪은 地方의 通交까지 遮斷의 되엿다.
今日 山林組合에서 理事會議가 있엇는데 無期라고 電話가 왓다.
鄭鉉一 金長映이 단여갓다. 鄭{德}奉 말에 依하면 會社에서 土地을 팔아기에 坪當 한 3,300식에 決定을 받는데 牟光浩 土地을 招介해 달아기에 光浩에 말해서 1.5 對 1로 말햇든니 그려켓다고 했는데 其後에 俊峰이가 말하기를 2 對 1로 한다는데 鉉一이는 말 못햇다며 其後 光浩는 俊峰 말과 갗이 2.1을 말하드라고. 그의 뜻은 俊峰이가 아래 下部 밧을 사서 作畓을 해볼가 해서 답사해본 일도 잇는데는 機會을 萬映이에 빠기여 其의 헤방[훼방]에 不可하고 햇다.

<1979년 2월 2일>
終日 舍郎에 昌宇하고 相談햇다.
成奉이는 어제 永生大 工大 應試하려 가서 오지 못햇다고. 成慎이는 五樹高敎에 應試한바 어제 눈이 만히 내려 靑雄 江律[江津] 德峙에서는 不參해서 300名 募集에 370名 應試해서 70名이 落格이면 成慎이는 合格卷[合格圈]에 든다고 햇다.
夕陽에 溫床에 가보니 種子가 不順하게 發牙되여 自信이 없는 듯햇다.

<1979년 2월 3일>
成允이는 全州로 갓다. 今日도 成東이는 오지 안는다. 終日 舍郎에서 讀書 공부나 햇다.
밤 9時 50分頃에 富川에서 鉉宇가 電話햇는데 田畓을 賣渡해주시요 햇다. 이제는 늦고 元買者[願買者] 없다고 하고 柳正進이도 살아면 빚을 내야 한니 못사겟다고 하드라고 傳햇다. 무슨 消息이나 있을가 궁금햇다.
重宇 돈은 갑고 尹鎬錫에서 다시 2萬원 取해왓다.

<1979년 2월 4일>
終日 舍郎에서 讀書햇다. 今日은 立春이다. 筆墨으로 立春大吉을 써 門에 부치엿다.

<1979년 2월 5일>
任實高等學校에 들이엿다. 補缺生의로 入學을 付託햇드니 生覺해보겟다고 햇다.
直行으로 全州 金巖洞事務室에 갓다. 退居申告[退去申告]을 하고 學校에 갓다. 成允 但任[擔任] 先生을 面會하고 相議햇다. 轉學은 大里校로 해겟다고 하고 治下金[致賀金] 多少을 주고 왓든니 夕陽에 成允이는 轉學證을 가지고 바로 왓드라.
서울서 銀히 母가 왓다.
大里에서 崔龍浩 嚴萬映 昌宇가 왓드라.
밤 九時에 出發햇다.
李京培 집 會計도 完全히 끝냇다.

<1979년 2월 6일>
오날부터 大里國校로 開學 첫날이다. 成允이는 今日 大里國民學校에다 正式으로 入學을 시켜고 學友들에 先生이 人事 招介를 햇고 父兄으로써 나도 人事을 通해서 새이좃케 先生 말 잣[잘] 듯고 고부[공부] 잘하라고 당부햇다. 任實을 단여서 왓다.
夕陽에 銀姬 母가 집으로 가자하기에 갓다. 술을 한 잔 마시는데 成康이가 外國을 가겟다고 한데 金 四拾萬이 必要하다고 햇다. 어린 애을 떼노왔으면 햇다. 무두 据絶해서 보냇다.

<1979년 2월 7일>
終日 舍郞에 있으니 昌宇 萬映이가 왓다. 不動産 賣買에 對한 말이 나왓는데 嚴俊峰의 行爲가 不良하다고 말이 나왓다.
終日 生覺해도 他人의 債務整理가 生覺키여 不安하기만 햇다.
農繁期는 닥처 왓는데 農費도 마련이 되지 안니 하고 債務까지도 未整理로 過歲 했으니 其間의 心情이 고루지 못햇다. 成奉 母에서 萬원을 가저다 덕서[덕석] 2枚 六仟원 주고 왕겨 1輪 운반해 주웟다. 운임 없이.

<1979년 2월 8일>
成奉에 당부햇다. 이제부터는 내의 學費 支出은 끝이 낫다. 이제 社會人이 되엿으니 네의 生計는 네가 設計해서 잘 研究하라 햇다.
※ 成東이 말에 依하면 成奉이는 어제 어머니 금반지을 가지고 몰애 떠낫다고 햇다. 그것이 앞으로 무슨 餘地가 있을고 햇다.
林澤俊 집에서 新洑坪 作人會議가 있다.
大里에서 메누리가 왓다.
帶江面에서 三次 메누리가 왓다.
밤 成苑 母女가 왓다.

<1979년 2월 9일>
終日 林澤俊 집에서 10餘 名이 노랏다.
全州에서 成吉이가 왓다. 歲後에 처음 왓다.
昌宇에 付託해서 萬映에 말해서 不動産을 甥姪에 賣渡케 해주부라고[해줘보라고] 햇다.
今日도 外上代 달아고 電話는 오고 成吉이도 債務을 整理했음 하면 뜻이 있드라.

<1979년 2월 10일>
오날도 終日 舍郞에서 讀書햇다.
昌宇가 왓기에 嚴萬映에 依賴해서 賣渡하도록 하라 햇다. 그려나 昌宇도 못 밋게다는 生覺이 든다.
16日頃에 任高 後期應試가 잇다고 해서 電話가 왓다. 具道植 집에 가서 相論도 해보왓다. 엇더케 하면 家事가 整理될 것인가 생각해도 研究가 相違만 된다.

<1979년 2월 11일>
大里 메누리는 3日 만에 건너갓다.
嚴萬映 昌宇 갗이 왓다. 中食을 갗이 햇다. 언제든지 中食時間이 되면 알맛게 오드라.
不動産 買賣의 案件이 나왓다. 後野 桑田을 坪當 2,500원을 말하는데 4仟원을 말햇다. 그려 할여면 못텡이 2斗只이을 자네의 甥至[甥姪]에 말해서 사게 하소 햇다.
梁春植이는 鄭鉉一 子의 새총을 利用하다가 警察에 걸이여 총기는 支署에 移送되엿다고 햇다.
丁基善을 招待해서 술 한 자[잔] 주고 15

日頃에 15萬원만 借用해 달아고 햇든니 他人에서 드려와야 한다고 햇다.
成曉 母는 只沙 親家에 갓다. 장母 祭祠[祭祀]일인 듯싶다.

<1979년 2월 12일>
鄭鉉一이가 支署에 電話하겟다고 왓다. 새총關係인 듯햇다.
柳正進 집을 들이엿다.
丁基善 집에 들이엿든니 술이 나왓다.
終日 허성歲月[허송세월(虛送歲月)]을 보냇다. 자나 개나[자나 깨나] 마음은 不安햇다.

<1979년 2월 13일>
오늘부터 上水道工事을 着手한데 내가 卽接[直接] 出動햇다.
成東이는 桑木을 파냇다.
牟潤植 집에 가섯다. 鄭太炯도 맛낫다.
新平 指導所長 廉昌烈이 왓다. 고초 栽培 溫床 指導次.
밤에 成苑 딸이 앎아서 택시로 任實 病院에 갓다. 체이고 감기가 겻드렷다고.
李澤俊이는 成愼 入學金 半額 程度을 대주겟다고 하고 도야지도 한 마리 사주겟다고 햇다.

<1979년 2월 14일>
午前에는 집에서 休息하고 午後에는 水道工事場에서 人夫들 監督을 햇다.
氣溫이 押作히[갑자기] 내려가 몹시 추웟다.
成愼이는 오날 任實고校에 入學願書을 냇다. 萬諾을 몰아서 16日 應試하면 16日 밤에 合格 如不[與否]을 알게 해달아고 햇다. 그래야 17日 오수고校에라도 納入金을 대야만 하기 땜이다.

<1979년 2월 15일>
大里國校 卒業式日이다. 丁基善 氏에서 金 拾萬원을 받앗다. 成愼 入學金을 拂入하기 爲해서엿다.
基善 氏 말은 單位組合長 候補 뜻이 있어 나더려는 元泉里 廉東南 氏 大里 崔宗仁 金炯根 氏의 意見을 드려 보라고 햇다. 그래서 나는 俊峰이가 現在 動態가 엇더야 햇든니 基善 氏으 말은 抛棄狀태라고 햇다.
昌宇가 왓는데 成國 入學問題을 말하면서 엇저면 좆나 하기에 될 수 있으면 보내 보라고 햇다. 밤에 成苑 집에 갓다.

<1979년 2월 16일>
新平서 廉昌烈이 出張을 왓다. 고초 栽培 溫床 設置方法을 갈의처주고 갓다.
午後에는 모래을 경운기로 시려다 上水道에 주니 人夫 2名을 보내왓다.
堆肥는 다 넛는데 上土는 準備 못되여 넛지를[넣지를] 못햇다.
밤에 成愼을 데려다 무르니 約 300名이 募여서 試驗을 보는데 9-1 程度이라며 任實高校가 自信이 없{다}고 햇다. 成苑에서 入學金에 보내 쓰라고 24,000원을 보내왓다.

<1979년 2월 17일>
아침에 任實高校로 成愼 成績을 알아보왓든니 不合格이라고 햇다. 昌宇하고 同伴해서 오수고等學校에 入學金을 拂入햇다. 43,530.
오는 길에 館村 金贊基 집에 갓다. 電話로 學校에 連絡해서 成國에 生活記錄簿 1通하고 推천書을 付託햇다.
고초 種子代 5勺에 9,000원 노끈 1,000원 計 10,000원 주고 삿다.

밤에는 李春在가 招請해왓다. 가서 보니 張判童 牛가 죽엇다고 살마서 먹게 되엿는데 鄭鉉一 丁基善 尹鎬錫 鄭柱相 韓相俊 丁九福 梁泰俊이 募여 맛잇게 먹고 밤 11時에 풀엿다.

<1979년 2월 18일>
고초 栽培溫床用 鐵材 組立 및 비니루을 씌웟다. 大手을 대서 上下門도 짜고 成東과 나는 終日 作業을 햇다.
※ 張判童에서 터널 비니루 2棟用을 가저왓는데 約 6仟원쯤 될 것이라고 햇다.
※ 韓相俊(里長)에 苗板用 비니로 1통 가저왓는데 모두 外上이다.
路上에서 柳正進을 맛나고 寶城宅 논을 사라고 햇다. 斗當 27叺을 말하기에 28叺나 내라고 햇다.

<1979년 2월 19일>
아침에 鄭鉉一 氏을 對面하고 不動産 買賣을 알아보왓든니 五樹에서 會社方針이 박귀여 못사겟다고 하드라고 햇다.
具道植 氏을 訪問햇든니 朴京洙 父子하고 뜻이 번그려젓다고 햇다. 理由는 에제[어제] 劉 先生이 農牛代金을 가저와서 3人이 갗이 세서 사진 각자 뒤에 넛는데 其後 朴俊祥이가 세보니 3萬五仟원이 不足해서 具道植 또 朴京洙 氏가 으심하다면서 朴俊祥은 말하고 허새비[허수아비]가 셋기레 金錢이 不足한 거라고. 그레서 具道植 氏는 분개하야 못 참겟다고 하고 訴訟까지 提起하겠{다}고 햇다.
溫床 손질하고 午後에는 개 잡아 먹엇다. 夕陽에 집에 온니 成東이는 술이 취해서 누웟으면서 일어나라 한니 못 이려나겟다고.

<1979년 2월 20일>
水道工事場에 갓다. 終日 監督햇다.
밤에는 大里 韓昌煥 父 小祥에 參禮햇다. 只沙에서 蔡奎澤 氏도 왓드라. 炳基 堂叔만 잠시 對面하고 왓다.

<1979년 2월 21일>
終日 上水{道}工事에 가서 監督을 햇다.
朴良熙이 왓는데 身元保證을 서달아고 햇다.
成東이는 도야지 2頭을 사왓다. 38,000원식 주웟다고 햇다.
石油 1드람 사왓다.

<1979년 2월 22일>
原動機 감모노라가 異常이 있어 全州까지 보냇다.
丁基善에서 金 五萬원을 借用하야 今年 포푸라 養苗用 비누루代 15仟本用 4萬원을 주웟다. 仁範이 便에 보냇다.
朴良熙가 子息 就職햇는데 身元保證을 서달아기에 面 尹在成에 通話해서 印鑑證과 課稅證明을 해주웟다.

<1979년 2월 23일>
成樂이가 午前에 서울서 왓다. 外泊이라고 햇다.
終日 비가 내려 마음이 괴롭다. 電氣稅 1,295 電話稅 6,750원 支出하고 보니 生計가 맞이지을 안타.
午後에 成樂는 서울로 간다고 旅비 6,000원을 주원서 보냇다. 除隊하면 外國으로 就業하려 가겟다고 햇다.
밤에 昌宇와 同伴해서 館村 堂叔 宅에 갓다. 九耳에서 炳赫 氏도 오시고 해서 祭祀을 모시엿다.

成曉 母 便에 丁基善 氏에서 萬원 取貸해 왓다.

<1979년 2월 24일>
朝食을 맟이고 曾祖父 山所에 省墓을 드렷다. 墓所 옆에 林大圭 氏을 訪問햇든니 不在中. 婦人에 付託해서 不遠 울타리을 뜨더 디리라 햇다.
昌宇을 通해서 炳基 堂叔에서 金 五萬원 借用해왓다.
밤에 成傑이에서 電話가 왓는데 民防衛가 언제야 햇다.
成曉에서 전화가 왓는데 26日 젓소 飼育者을 相對로 해서 魯豊被害者들이 明 26日 任實에 集結해서 聲討大會을 한다고 햇다.

<1979년 2월 25일>
아침에 鄭鉉一 宅을 訪問하고 3月 4日 芳宇 結婚日에 主禮을 付託햇다. 昌宇 鉉一 同伴해서 全州 新婚禮式場에 參席햇든니 旣히 禮을 끝내고 나오드라. 中食만을 하고 鉉一 同伴해서 예수病院에 郭宗燁 女息 問病햇다.
집에 와서 廉昌烈이와 갗이 고초溫床을 살펴보왓다.
支署長이 오시엿다. 理由는 魯豊被害에 對한 朴仁培의 內容을 무렷다. 밤에 朴仁培을 불여서 타일엿다. 明日 任實 가는 것은 自由로되 加級的[可及的]이면 안가는 게 좃아고 햇다.

<1979년 2월 26일>
成曉가 단여갓다.
溫床을 손댓다.
丁基善 里長 産業係長이 同伴되여 鄭圭太 집에서 갗이 술을 한 잔식 먹게 되엿다. 鄭圭太 嚴俊祥이는 市場에서 온다고 와서 술을 먹게 되엿다. 丁基善이는 말햇다. 鄭圭太가 이번에 水道工事에 150萬원을 喜捨한다고 햇다. 夕食을 맟이고 다시 圭太 집에 간바 基善 圭太가 同席해서 喜捨金 1部 40萬원을 내노의면서 殘金 不遠 주겠으니 于先 바드라 햇다. 面長에 支署長에 連絡해서 마참 班常會도 兼해 喜捨式을 갓기 爲하야 招請햇다. 農協 車을 代切[貸切]해서 代議員 外 3人이 왓다. 나는 司會者가 되여서 鄭圭太을 招介하야 里民 大衆 앞에서 150萬원을 引受햇다면서 選言하고 拍手갈애로 盛大히 祝賀해 주웟고 酒席이 되여 다 갗이 나누고 討論으로 始作해서 今般 此 喜捨金은 絶對로 工事에 모태 쓰는데 1部 里民에서 据出된 돈은 다시 返送하라고 하고 里長에 四拾萬원 引渡해 주면서 明日字로 崔乃宇 丁基善 名儀로 農協에 入金하라고 하고 散會햇다.

<1979년 2월 27일>
鄭圭太 집에을 간바 鄭太燮이 兄弟가 同席해서 不安한 能度[態度]로 言聲이 높앗다. 泰燮의 말은 極言的으로 兄은 당장에 죽으라 햇다. 이제부터는 兄弟之間이라고 할 것 없고 侄도 못 돌보겟다고 大端이 不快心으로 말햇다. 鄭圭太는 後金이 없으니 네의 農牛을 팔아서 달아고 하고 全州에 가서 借用해 오라 하니 못하겟다고 하드라.

<1979년 2월 28일>
아침에 鄭圭太가 面會要請을 햇다. 生覺해보니 喜捨金 關係인 듯햇다. 맛당치 못하나 가보왓다. 다름이 안니라 日前에 喜捨金

條을 取消해달아고 햇다. 40萬원을 드렷지만 10萬원 더 봇태서 五拾萬원만 드리겠으니 잘 좀 生覺해서 現 立場을 模免[謀免] 해달아고 햇다. 答辯은 자네의 行事가 重大之事라고 햇다. 郡守도 알앗고 面內는 勿論이고 라디오 테레비까지 放送되엿고 郡 公報室長이 오시여 生活環境을 뭇고 致賀가 大端하야 사진까지 家蔟[家族]을 찟고 갓는데 이제 그렬 수 잇나 햇다. 그리고 不遠이면 郡守도 오시여 致賀한다고 들엇는데 무슨 面目으로 對面하겟는가 햇다.

다음은 嚴俊祥 氏 집을 訪問햇다. 鄭圭太의 行爲을 말햇다. 鄭柱相 嚴俊映 林玉相이도 同席햇드라. 모두들 말하기를 數日 前부터 計옥[계획]한 之事이고 實地로 取消을 시킨다면 鄭圭太는 完全히 埋장은 勿論이고 耳目을 내밀고 出行도 못할 것이라 햇다.

養老堂에를 갓든니 10餘 名이 募엿는데 엇든[언뜻] 듯자하니 其 場所에도 鄭圭太에 對한 말을 하며 걱정을 하드라. 그래서 또 鄭圭太의 處勢을 말햇든니 尹鎬錫 氏 말슴은 正히 그려하다면 鄭圭太는 이 고장을 떠나야 하고 이쯤 되면 여려 분을 망신시킨 사람이라고 햇고 韓正石 氏으 말은 이번 鄭圭太는 무슨 方法을 써서라도 150萬원은 내놋코 此後에 제가 形便이 莫然[漠然] 하면 里에서 同情하는 게 올을 것이라고 하게에 나도 同感이라고 햇다. 또 한 사람은 鄭圭太가 失手할 사라[사람]이 안인데 同生이 와서 强力히 反對하니가 잠시 마음이 변한 것으로 生覺이라 햇다.

※ 丁基善을 相面햇든니 鄭圭太는 計劃이 다 서있엇고 오늘이 안니고 몇일 前부터 말해오는 之事이고 最初에는 嚴俊祥 氏 둘이서 相議이가 잇는 것으로 알고 그 다음 基善에가지 알게 되엿다고 햇다.

25日字로 現場에 人夫 감독하려 간바 基善 氏는 말하기를 分明히 이번에 鄭圭太가 150萬원 내노키로 確言을 들엇다고 햇다. 나는 말하기를 이웃에 朝夕相逢하면서 살아왓지만 그 사람 주머니 속을 몰앗다고 하고 마음속으로 서운한 생각도 들엿다. 내게는 그려한 뜻을 票示[表示]한 적이 없어서엿다.

<1979년 3월 1일>

面長게서 電話가 왓다. 今日 大里 校長 新平 校長任이 轉勤發令이 낫는데 中食이나 갗이 하고 作別한 것이 엇더야 햇다.

12時 뻐스로 新平에 갓든니 15, 6人이 有志 · 紀官長[機關長]이 募엿는데 面長은 그 자리에서 昌坪里 鄭圭太 氏가 150萬원을 部落에다 喜捨을 햇다고 하니가 中學校長 先生任은 나도 라지오에서 들엇는데 케이비에쓰 서울放送局 記者하고 全州地方放送局 記者가 이터부[인터뷰] 한다며 金京贊이는 明 3月 2日 記事가 날 것이라고 하고 代議員新聞 1部만이라 주시면 赤筆로 票示해서 그려면 鄭圭太 집에 한 부 보내겟다고 햇고 支署長도 大端이 고마운 사람이라고 햇고 面長은 또 말하기를 任實地部에서는 처음 잇는 獨志家[篤志家]라도 再致賀가 잇섯는데 崔乃宇는 其 場所에서 無言햇다. 內容은 그것이 안닌데 贊助致賀을 못 하고 있을 때 내의 마음은 조흘 니가 없서 바로 作別햇다.

<1979년 3월 2일>

成東이 어제 밤에 들판에다 耕耘機를 처박

고 왓다. 아침에 人夫을 데리고 이려냇다. 水道工事에 자갈을 시려냇다.
班長 便에 道路稅 4,640원을 會計햇다.

<1979년 3월 3일>
終日 工事場에서 監督햇다. 成東도 終日 大里 川邊에서 石을 運搬햇다.
現場에서 具道植 氏가 말하기를 鄭圭太 집에 갓든니 圭太 婦人이 무려 보는데 洞內 人心의 空氣가 엇더 하드야 물길에[묻기에] 萬諾에 圭太 이번 之事을 履行치 못할 時는 昌坪里에 떠나야 한다고 햇든니 그려면 떠나지야지요 하고 準備하기 難處하다고 하기에 道植 氏는 그리 말고 꼭 돈을 내야하며 萬諾에 圭太가 못 살면 추름[추렴]이라도 해서 살게 한다고 하니가 모르겟다고 햇다고 말햇다.

<1979년 3월 4일>
아침에 任實 朴東燁 氏에서 전화가 왓다. 用件는 今般에 昌坪里 上水道工事에 鄭圭太가 150萬원을 喜捨한 게 分明한야 햇다. 그려타고 햇다. 26日 市場애 소를 팔앗는데 술잔이나 먹고 하는 소리을 고지 알고 몇〃히 造作한 것이 안야 햇다. 그려치 안타 햇다. 그려면 崔乃宇 좀 내서 圭太를 保護해야 하지 안나 햇다. 아즉 그리 못하겟다고 햇다.
全州 結婚式場에 갓다. 無事히 式을 맞이고 芳宇 집에서 밤 11時頃에 집에 왓다.

<1979년 3월 5일>
尹鎬錫 氏하고 鄭圭太을 禮訪햇다. 任實 朴東燁 氏에서 전화가 왓다고 하고 既히 내야할 돈을 무슨 뜻으로 恥捨[恥事]하게 내려고 朴東燁에까지도 알게 햇나 햇다. 鄭圭太는 無條件 살려달아 좀 바도라 하면서 술 먹고 도야지 갖은 소리을 햇다고 하면서 떼을 쓰드라.
밤에 嚴萬映 丁基善 氏가 놀여왓다. 갈 때 丁基善에서 取貸金 萬원을 주웟다.

<1979년 3월 6일>
里民이 總動員하야 工事을 하는데 監督을 햇다.
午前에는 崔南連 氏가 燒酒 4병을 내서 間食을 햇다.
午後에 丁宗燁이 間食을 시켯다.
工事用 資材가 到着햇는데 不實品이 있어 下請者하고 옥신각신하다가 1切 讓步하고 使用키로 햇다.
夕陽에 大里校長이 新平 人事次 來訪햇다. 다음 任實郡守 外 8名이 車 2輪으로 來訪하고 上水道에 하는 데 治下[致賀]을 하고 鄭圭太 氏에 人事次 왓다면{서} 圭太 氏는 不在中으 人夫와 酒代로 金 五仟원 주시고 갓다.

<1979년 3월 7일>
終日 監督한데 最高로 多數가 出役이 되엿다. 約 55名 程度엿다. 中食 酒飯을 接待햇다. 鄭圭太을 招請햇든니 不應하고 上水道도 못 놑에다고[놓겠다고] 햇는데 억지로 門前까지 파는 주웟다.
夕食 後에 丁基善 嚴俊峰이 來訪햇다. 問題는 鄭圭太 喜捨金 關係엿다. 3人이 圭太 집을 訪問하고 打珍[打診]해 보왓든니 如前 不應하면서 處分을 要求하고 살여달아고 하는 소리 數三次 再言하기에 다시 生覺해보라고 하면서 萬諾에 上級官廳에서 안

다면 爲身[威信]이 亡身당하 터이라 햇다.

<1979년 3월 8일>
白康俊 氏가 間食을 가저왓다. 休息을 利用해서 鄭圭太가 視場을 왓다. 鄭圭太를 말하기를 水道工事에다 金 150萬원을 喜捨하겟다고 한 것은 事實은 술을 먹고 도야지 갖은 질을 했으니 살이주시요 하고 旣히 낸 돈 40萬원은 보태 쓰고 주워도 밧이 안 켓다고 햇다. 異口同聲으로 喜捨을 못한다고 번복하야 新聞 다지요[라디오]을 通해서 取消을 해주시면 其 時는 우리가 負擔金을 내서 工事을 해겟다고 햇다. 約 40餘名이 參席햇다.
夕陽에 支署 面에 갓다. 面長도 不在中. 支署을 同伴해서 同乘하야 館驛 타방[다방]에서 代議員 面長 支署長이 同席하야 打合을 한 決果[結果] 最後으 方法은 처음에는 鄭圭太가 洞內에다 喜捨을 햇지만 다음은 里民이 同情心에서 다시 鄭圭太에 110萬원을 喜捨한 것처렴 하고 部落民에 說得을 해보자고 하고 作別햇다.
우리 집에다 場所을 定하고 推進委員會議을 召集햇다. 委員 嚴俊峰은 反對하는데 新聞을 낼 게 안니라 明日부터 部落民에 私情的으로 말삼해서 負擔金을 그더[걷어] 보자고 하야 決論을 未진 狀能[狀態]로 散會햇다. 負擔金은 다시 調定하야 戶當 13,000식으로.

<1979년 3월 9일>
배관하는 데 돌아보왓다. 肥料을 운반하고 안에서는 뽀푸라 假植을 햇다.
돈을 据出하는데 嚴俊峰하고 말을 다투웟다. 任實에서 金東植 全南日報 支局長이 왓다. 用務는 鄭圭太 氏가 確實이 喜捨한 것으로 알고 新聞에 報道햇든니 와서 보니 事實과는 內用[內容]이 달타고 햇다. 그려케 되엿다. 잘 受拾[收拾]해서 1日 束[速]히 解決하라고 햇다.

<1979년 3월 10일>
日氣 不順햇다.
尹鎬錫 氏하고 農協에 外上 肥料 貸出을 받고자 간바 水曜日에 오시라고 햇다.
屛巖에서 基宇 母가 오시여 山所에 단여왓다.

<1979년 3월 11일>
任實 市場에 精麥 2叺을 보냇든니 3萬원을 받아왓드라.
現場에 갓다. 鄭鉉一 집에서 中食을 햇다.
午後에 現場에 갓든니 우왕자왕햇다.
밤에 9時頃에 會議가 있어 參席해보니 우왕자왕햇고 鄭圭太을 參席시킨바 如前이 喜捨金을 못내겟다고 햇다. 봉변만 주워 보냇다.
鄭仁浩 嚴俊峰이가 옥신각신하다 來日부터는 새마을 指導者도 그만 두고 工事에 對한 之事도 손을 떼겟다면서 前事者 後事者도 잘하는지 두고 보겟다면서 退場햇다.

<1979년 3월 12일>
尹鎬錫 氏와 同伴해서 農協에 갓다. 崔永錫을 맛나고 舊債 30萬원을 整理하는데 再貸出을 받아서 햇다. 生産資金 105,000원 貸付 밧고 積金貸付金 2月分 10萬원을 償還하고 出資金 萬원을 除하고 貸出金 先後 利子 31,400을 除한니 3萬원이 不足해서 成康 肥料代 2萬원을 쓰고 殘金 萬원은 日後에 보내주기로 하고 왓다. 外上肥料

貸付는 水曜日로 미루고 왓다.
丁宗燁 裵永植을 시켜서 桑木을 파냇다.
鄭鉉一 氏가 來訪햇다. 嚴俊峰이가 말하는 뜻이 異常하고 오날 저역[저녁]에 林玉東 집에서 牟潤植 氏도 嚴俊峰에서 당하는데 공산당하고 바귀여 죽일 놈이라면서 여려 사람의 雜音이 만트라고 햇다.

<1979년 3월 13일>
아침에 韓相俊이 왓다. 어제 金正大 社長이 오시여서 水道工事에 對한 不平이 만타면서 하고 무르면서 設計書를 맛기고 가면서 來日 推進委員들이 모인 中에 解答해드리겟다고 햇다. 金 氏가 모-타을 2臺 갓다 試送을 해보니 失敗햇다. 午後 作業만을 햇다.
7時頃에 우리 舍郞에다 推進委員 有志가 募여 金 氏와 問答한바 鄭鉉一 氏와 金 氏가 對話을 하는데 金 氏가 미스(卽 으심점)가 잇게 되엿다. 結論은 嚴俊峰과 鄭仁浩 對立인 것으로 되고 金 氏는 抛棄하겟다고 하고 갓다.

<1979년 3월 14일>
一. 郡에서 晋領 氏가 왓다. 乳牛는 抛棄햇지만 肥肉牛 몃 마리 飼育해보라고 햇다. 頭當 40萬원식 융자해주는데 年 15% 利子에다 滿 1年 6個月 償還이라고 햇다.
一. 生覺해보니 短期債라 뜻이 없드라. 그래서 抛棄해버렷다.
昌宇 萬映 丁基善 崔南連 氏가 來訪햇다.
一. 募인 中에 어제 牟潤植 氏가 面事務所에 갓든바 鄭圭太 氏에 對한 調査을 하는데 不遠 道知事게서 感謝狀을 表償[褒賞]한다고 들엇다고 傳해왓다.
一. 終日 設計書을 놋코 賢關을 해보왓다.
一. 金 氏가 全州에서 왓는데 電氣室을 閉門하려 왓다고 햇다.

<1979년 3월 15일>
牛舍을 손보왓다.
路上에서 丁基善 同立한 자리에서 嚴俊祥는 말하기를 鄭圭太에 日間 知事가 表償[褒賞]하다니가 떠나겟다면서 家屋을 賣渡케 해달아고 하든라.
밤에는 成奎 집에서 祭祠를 지내고 點順 成英이가 왓드라.
嚴萬映이가 왓다. 鄭鉉一에서 設計에 對한 하자 點을 낫〃이 記載해서 보내왓다.

<1979년 3월 16일>
아침 8時頃에 大里 炳基 堂叔이 오시엿다. 用務는 젓소 飼育하는데 놋데[롯데] 會社에서 擔負[擔保]을 要求한바 畓 500坪 程度을 擔負해달아고 해서 수諾하고 전화로 面에 依賴하야 印章을 드렷다. 擔負畓은 96번에 569坪이다.
郡에서 簡易給水施設敎育을 里長과 갗이 밧고 왓다. 農産課長을 禮訪코 初面人事을 나누엇다.
相範 집을 들이엿다. 來日 웃방으로 移事을 한다고 햇다.
全州에 金正大 氏가 왓다. 里民에 謝過을 하라고 햇든니 不應. 理由 없다고 햇다.

<1979년 3월 17일>
成曉 농을 실코 任實에 갓다. 새집 방으로 옴기는데 新田里에서 相洙 氏가 오시엿다. 짐을 옴기고 2차로 다시 大里學校로 와서

學父兄總會에 參席햇다. 任員을 選出過程에서 崔成奎는 必要 없고 有效 없는 發言을 해서 마음 不安햇다. 私席이면 莫言을 하려다 참앗다. 人生 파철 같은 子息이라고 햇다.
里長하고 同伴해서 新平에 갓다. 이취임식에 參席하려 햇든 것이 晩席해서 뜻대로 못되엿다. 洪 面長 宅을 訪問코 問席햇다. 金哲浩도 中間에서 對面햇다. 昌宇 被害(노풍) 證明을 맛는데 大端 창피하고 내 것을 본니 20% 被害라고 해서 熱이 낫다. 참앗다.

<1979년 3월 18일>
아침 7時 40分 列車로 基善 氏와 同伴해서 全州 孝子洞 許 生員 宅을 弔問햇다. 回路에서 湖南商會에 들이여 外上代 8,700원을 會計 完納해주고 왓다.
오는 途中에 集水井을 둘여보니 人夫는 約 17名이 作業 中이드라.
喪家에서 모두 나를 보고 만니 늘것드라면서 무슨 고민이 잇이 안나 햇다. 事實인즉 남이 미리 아는 것 갓드라.

<1979년 3월 19일>
牛舍에 손을 대고 11時頃에 龍巖 金世男 氏을 訪問하고 分會을 催햇다. 다음은 鶴巖里 金鍾會 집에서 募이기로 햇다.
面長 支署長을 面談햇다.
밤에는 里長이 왓다. 水道工事을 着手하라고 햇다.
成傑이는 今日부터 部隊에서 練訓을 하기 시작햇다.

<1979년 3월 20일>
朴京洙가 招請해서 갓다. 夕陽에 鄭圭太을 맛나서 술 한 잔 하자 하드라.
鄭宰澤이를 路上에서 맛나고 水道工事에 對한 打合도 햇다.
具道植 氏을 맛나고 不動産 賣買을 打合도 햇다.

<1979년 3월 21일>
아침에 鄭鉉一 氏가 왓다. 水道工事에 對한 여려 가지로 相論도 해보앗다.
具道植 氏 拾萬원을 가저왓다.
大里國交 協議會에 參席햇다.
午後에 五樹에 갓다. 古叺 50枚을 사서 실코 왓다.

<1979년 3월 22일>
嚴俊峰이 왓다. 여려 가지로 工事에 對한 打合도 論議해보왓다.
◎ 尹鎬錫 氏 便에 契約書을 주면서 金長映 氏에서 金 拾萬원을 가저 오시라고 하고 明日 五萬원식 갚아서 肥料을 사오자고 햇다.
포푸라 結束을 햇다.
포푸라을 곰퐁[檢本]햇다.
1級은 8,500本 成奎 條
1,000本 計 9,500本.
2級 900本.
桑本을 運搬햇다.
推進委員會 召集한바 밤 2時 半까지 打合햇다.

<1979년 3월 23일>
面長을 맛나고 就業場 하나 마련해달아고 햇든니 두고 보자 햇다. 副面長을 맛낫든니

昌坪里 人心이 좋이 못한니 뜻이 없다고 햇다. 支署長을 맛나고 昌坪里 住民의 實能을 말해주고 上水道事業은 다시 再着手키로 合議햇다고 말햇다.
農協에서 肥料 外上貸付을 하려다 崔永錫이 없서 다시 왓다.

<1979년 3월 24일>
눈비가 내렷다.
尹鎬錫 氏와 農協에 가는 길에 驛前에서 代議員 支署長 土組合長을 對面하고 되돌아와서 新洑들 被害地을 살펴보고 複舊[復舊]을 해주기로 햇다.
農協에 간바 2時쯤인데 崔永植을 맛나고 肥料 外上 貸付을 手續햇다.
尿素 15袋 複合 22-22-15袋 17-12-15袋 計 45袋 其他 15袋 60袋는 總 金額이 132,380원 中 6萬2仟380원은 現金으로 주고 7萬원는 外上契約햇고 出資金 8,000원 印 紙代 200원 計 70,580원을 清算햇다. 成康 條는 내의 名儀로 돌이고 契約만 作成해주고 왓다.
面에 들이여 副面長을 맛나고 就勞事業場을 指定했으니 잘 해보시요 햇다. 約 200萬원인데 農路 廣場[擴張] 널이고.

<1979년 3월 25일>
桑田用 肥料代 住民稅 麥種代 山組合비 計 18,800원을 里長 班長에 會計해 주웟다.
任實 大同工業社에 成傑을 데리고 耕云機을 가지고 갓다. 積載함을 다이야까지 合計해서 13萬원에 計理하고 現金은 6萬원을 주고 殘 7萬원은 2個月 後에 드리마 하고 운반해 왓다. 경유 1드람을 가저온데 前條 外上도 있어 2萬원만 入金시키로 왓다.
黃宗一에 3萬원을 借用햇다.
成東이는 방아 찌고 大里에서 炳基 堂叔이 오시여 93番地 舊 登記劵을 주시라기에 내주고 印章은 里長에서 차지라고 햇다.

<1979년 3월 26일>
成傑 金 5萬원 成傑 母에 借用햇다.
포푸라 운반햇다. 8,500本을 운반햇다. 그런데 작년에 11,000本을 生産햇는데 그 다음 再選苗하라기에 햇고 또 햇고 햇는데 今日 운반하는데 8,600本만 운반햇다. 그 理由은 成奎 昨年에 數字을 파악하지 안는 것으로 보와 잘못은 成奎에 잇고 나는 生産수자[숫자]에서 못을 못 보겟다고 햇다. 우리 포푸라 900本 2級品 900本 未운반햇다. 成{浩} 條로 본다.

<1979년 3월 27일>
水道工事에 着手. 約 25名이 動員이 되엿다.
夕陽에 任實 鄕校에 參席햇다. 新舊 掌議가 募여 이就任[離就任]을 햇다.
(1級品 9,500本 整)

<1979년 3월 28일>
아침에 朔望을 맞이고 成曉 집을 단여 高教學校 理事會議에 參席햇다. 午後 12時頃에 蔡奎澤 氏와 同行이 되여 只沙面에 갓다. 炳列 成苑을 맛나고 成康 退居[退去]을 相議햇다.
빼스을 타다보니 잠이 들어 깨고 보니 全州엿다. 다시 왓다.

<1979년 3월 29일>
大里學校에 갓다. 教育長이 初道巡視[初度巡視]次 왓다. 中食을 맞이고 新平面에

갓다. 成康 退居[退去]을 해서 卽席에서 託送하고 電報을 첫다.
포푸라 揷木을 約間햇다. 婦人이 約 9名이 動員되엿다.

<1979년 3월 30일>
館村 堂叔에서 金 五萬원 借用해왓다. 驛前에서.
終日 舍郞에서 몸이 좋이 못해서 누웟다.
밤에는 班常會日. 任實서 成曉가 緣故地로 希望해서 擔當코 왓다고 햇다. 大里國校에서 金 先生도 參席햇다. 上水道 問題 就勞事業 問題 大里國民學校 問題가 나왓다. 3개 項目 問題을 解說해주웟다.

<1979년 3월 31일>
一. 具判洙 氏가 來訪햇다. 林野을 賣渡햇나 하고 무르니 賣渡치 못햇다고 햇다.
地番 昌坪里 31番地 2町 1反 5畝(6,450坪) 坪當 250원이면 될 듯햇다.
一. 安承均 氏가 來訪. 昨年 移秧 時 楊水費을 萬원 갓고 왓다.
成康 母에서 9萬원을 받앗다. 夕陽에 6萬원을 주기로 햇다.
一. 集配 孫 氏 便에 農協 崔永錫에 傳해달아고 113,884을 주웟다. 成康 條 17,000원 先利子(내가 쓴 돈이다) 積金 條 98,884 以上이다.
고초 假植場을 만들고 新平서 廉昌烈이 出張해주웟다.

<1979년 4월 1일>
메누리하고 고초 移植(假植)을 溫床에 한바 約 600本 程度엿다. 成奎 집에서 꺼적 50枚을 가저온바 價格은 운임까지 50원이라고 하고. 里長에서 竹角 400개을 가저왓다.
大里 柳鉉煥 집을 訪問햇다. 契員는 全員 參席햇다. 4月 29日 全州에서 1日을 보내기로 하고 經費 契穀 利子 16斗만 쓰기로 하고 元子는 何時든지 5叺만 保有키로 햇다.

<1979년 4월 2일 그름[구름]비>
牟潤植 氏을 禮訪햇다.
丁基善 昌宇가 왓다.
面 産業係長이 왓다.
成康 母가 金 六萬원을 가저왓다. 그려면 成傑 借貸金이 合해서 20萬원을 받은 게다.
全州에서 成吉이 來訪햇다. 寒食日 連山 墓祠[墓祀] 가자고.

<1979년 4월 3일>
一. 孫周恒 國會議員 裁判日이라 햇다. 嚴萬映 具道植 鄭仁浩 鄭柱相 昌宇와 同伴해서 德律[德津] 法院에 갓다. 終日 孫周恒에 對한 公판만 햇다.
二. 回路에는 具道植 昌宇와 同伴해서 通學列車로 왓다. 오는 途中에서 昌宇 具道植 氏와 同行 中 具道植 氏는 말하기를 上水道工事에 對한 鄭圭太가는 내 집에 와서 말하는데 이 마을 몃 놈의 수안에 너며가 四拾萬원을 주웟는데 實地는 어굴하며 수작한 놈 몃 놈을 목아지를 끈는대요 햇다. 밤에 生覺해보니 眞心으로 분노햇다. 또 具道植 氏도 내게 말하는 것은 本人들에 專[傳]하라는 뜻 같드라 햇다.
黃宗一 取貸金 32,000원 會計햇다.

<1979년 4월 4일>
포푸라 揷木地 耕耘을 햇다.

아침에 成奉 집에 간니 月餘 前에 行方을 모른 成奉가 왓드라.

丁基善 氏을 訪問하고 에제[어제] 夕陽에 具道植 氏의 圭太의 事件을 專하면서 座視[坐視]할 게가 안니고 本人을 招請해서 따저 보자고 햇다.

一. 新平指導所長이 來訪햇다. 고초 栽培 狀況을 보고 昌坪里 里長을 束히 選出 해달이고 햇다. 밤에 丁基善 氏가 來訪 햇는데 鄭太燮에 오늘밤 오라고 햇다고 햇다.

<1979년 4월 5일>

婦人 8名을 起用해서 포푸라 挿木을 始作햇다.

館村 堂叔을 맛나고 明日 通學車로 連山 墓祠에 가기로 約束햇다.

全州 韓電에서 水道用 電氣 모다를 假設[架設]하려 왓는데 第二次 失敗을 햇다. 理由는 모타 馬力不足인 듯십다.

<1979년 4월 6일>

아침 7時 30分 列車로 全州에서 下車 成吉 炳赫 炳基 四人이 同行이 되여 廣石 七代 祖 墓祠에 參拜햇다. 今年에는 寶城宅 新安宅도 不參햇드라.

<1979년 4월 7일 終日 비>

家族기리 고초 假植을 햇다. 成東이는 任實 石油 1드람을 16,500원을 주워 現金으로 가저오고 미비 1초롱은 外上으로 가저 왓다. 古叺 50枚 운반햇다.

夕陽에 嚴俊峰이 왓다. 新 里長 選出 問題 就勞事業 問題 上水道 問題을 打合하려 왓다. 里長은 裵明善에 말해보라고 햇다.

<1979년 4월 8일>

里長 韓相俊이 來訪햇다. 今日 里民總會을 開催하겟읍니다 햇다. 會議場에 가보니 約 50餘 名이 募엿다. 里長은 秘密投票로 보치고 何人을 莫論하고 多數得票에 依하야 當選者로 하자고 提議햇든니 成立이 되여서 投票結果 裵明善이가 當選되엿다. 就勞事業場은 靑云洞으로 結定[決定]이 되엿다.

柳文淑 結婚式에 參席키 爲해서 今夜 九時 列車로 떠난다. 동〃宅 成奎와 同伴햇다.

<1979년 4월 9일>

서울에 倒着하오니 아침 5時 30分이엿다. 택시로 중국동[중곡동] 金鴻翼 氏 宅을 訪問햇다. 朝食을 맞이고 12時頃에 禮式場에 갓다. 2時 30分에 禮式은 끝이 나고 中食을 엽에서 하고 말없이 昌宇와 同伴해서 成康 집에 갓다. 夕陽 5時가 너멋다. 成康이는 學院에 단니고 메누리는 領收證 募이기에 每日 단닌다고 햇다. 成康 집에서 1泊을 햇다.

<1979년 4월 10일>

朝食을 맞이고 成康이와 갗이 高束[高速] 뻐스場에 갓다. 맞참 뻐스는 대기하고 있어 乘車하야 成康이와 作別햇다. 집에 온니 4時 30分.

夕食은 柳文淑 집에서 맞이고 사위도 內外도 왓다.

任實에서 메누리 內外가 왓다. 具道植 氏 집에서 1泊햇다.

<1979년 4월 11일>

成東 便에 포푸라 挿木 人夫賃 其他 雜夫

비 合計 27,000 支出햇다.

※ 水道工事業者 金正大 氏가 모-터 2馬力을 가저와서 1馬力과 附着해서 試水해 보왓으나 不利햇다. 다시 明日로 미루고 갓다.

明善을 시켜서 3人을 動員해서 集水井을 팟다.

成康 母 生日다. 家族이 다갗이 朝食을 갗이 햇다.

指導所長이 오시엿다. 고초栽培을 다시 하라 햇다.

鄭圭太 酒店에서 崔瑛斗 氏는 술을 자시고 酒代 650원을 주는데 五仟券을 주웟는데 主人 圭太 妻는 壹仟원券이라고 兩人이 是非하는데 證人이 없어 未決하고 옥신각신하드라. 그려나 鄭圭太 妻가 不良한 것으로 안다.

成東을 시켜서 靑云서 나무 60짐 400식 해서 1部 1萬원을 주고 왓다고 햇다.

<1979년 4월 12일>

鄭仁浩가 왓다. 우리 집에 좀 가봅시다 햇다. 가서 보니 딸이(女息) 궁뎅이가 시퍼련하게 흉이 잇고 부웟드라. 午後에 바로 大里國校로 갓다. 金東均 先生을 맛나고 그럴 수 잇는야 햇다. 바로 仁基을 보려 간다고 햇다.

水道 送水을 試水해보왓든니 그대로 되드라.

韓相俊을 시켜서 60萬원을 出金해다 金 社長에 주고 領收證을 밧닷다.

土組에서 尹在煥 外 3名이 오시여 作人들이 하면 此後에 人 二을 주겟다고 햇다.

<1979년 4월 13일>

終日 비가 내렷다.

放送을 通해서 戶當 15,000식 準備해주시고 明日 全員 動員해서 配管[配管]을 뭇자고 햇다.

林澤俊을 불어다 新洑坪 役軍을 대서 作業토록 하라고 햇다.

고추苗을 再移植을 햇다.

嚴俊祥는 융자하게 印章을 빌여 달아기에 빌여 주웟다.

<1979년 4월 14일>

種籾을 浸種햇다.

安承均 氏에서 密陽 23號 5斗 鄭宰澤에 種里[裡里] 330號 2斗 林澤俊에 아기바리 7斗을 가저왓다.

裵明善 韓相俊 尹鎬錫과 同伴해서 面長에 新舊 里長 人事次 連行햇다. 人事가 끚이 나고 간단하게 酒店에서 麥酒 1잔식 分配하고 바로 왓다.

全州에서 金正大 社長이 왓는데 또 月曜日로 延期햇다. 理由는 電工이 없어엿다.

成曉가 왓다.

<1979년 4월 15일>

고추밭 桑田 除草을 드려내고 除草濟[除草劑] 農藥을 散布햇다. 물을 지려[길어] 내는데 勞力이 過햇다. 終日 햇다.

<1979년 4월 16일>

崔今石 裵永植 崔永台 成東와 燃料을 운반하고 나는 耕耘機로 집에 運搬햇다. 燃料 負當 400식 33負代 13,200원을 준바 代價는 싸다 본다.

驛前 黃宗一 氏에서 金 參萬원을 借用해

왓다.
水道을 試送해본바 金 社長 가고 난 지後에 빠이푸가 터저버렷다. 밤에 全州로 電話해서 다시 내려오라고 햇다.

<1979년 4월 17일>
午前 中에는 포푸라 植木을 驛前 堤防에다 햇다.
水道 送水을 해보왓다.
午後에 新平面에 가서 成康 退居을 따지고 面長의 退居確認을 맛고 郵替局[郵遞局]에 가서 登記 發送 3月 2日字 證明을 바다 보냇다.
薛圭太 氏가 歸鄕報告을 한다고 通知가 있어 參席하고 要望事項을 말하는데 昌坪里 橋梁을 付託하고 農村實情이 말이 안니라고 말해주웟다.

<1979년 4월 18일>
포푸라 비니루을 씨우고 作業을 마무리 지엿다. 婦 8名 家族 3人이 갗이 한바 국수을 要求해서 드렷다.
水道 파이푸가 터저 不利. 金 社長이 오시서 鐵 파이푸로 해주겟다고 햇다.
밤에는 推進委員會을 召集했으나 不參으로 閉會햇다. 要件 就勞事業의 件엿다.

<1979년 4월 19일>
午前에는 新洑坪 보매기 하고 午後에 農協에 갓다. 고추 資金 212,000원 밧고 郵替局에 갓다. 稅金 13,200원 주고 館村에 가서 叺子代 24,000을 주고 黃宗一 借用金 31,000원 주웟다. 밤에 昌宇에 10萬원 주웟다.

<1979년 4월 20일>
午後에 新德에 가서 비니루 3마기 14,000을 주고 3마기 삿다.

<1979년 4월 21일>
靑云洞 農路改修 起工式을 햇다. 面에서 副面長 盧成根이 參席햇다. 막걸이 1斗 頭부[豆腐] 1개 해서 里民과 갗이 起工을 햇다.
上水道工事 技術者가 왓다.
市場에 갓다. 우리 牛는 36萬원에 팔고 2頭을 사는데 1頭는 205,000 1頭는 105,000을 주고 삿다.

<1979년 4월 22일>
成東이는 朝食 後에 어제 소 팔고 殘金 56,000 中 16,000원은 제가 쓴다고 하고 나 四萬원을 주드라.
成曉가 어제 元喆 집에 왓다가 자고 떠낫다.
任實서 基宇次女 結婚式을 한다고 해서 參햇다. 5月 6日 正式으로 結婚하기로 햇다.
成吉이가 단여갓다.

<1979년 4월 23일>
午後 3時 38分 列車로 昌宇와 同伴해서 求禮 外家에 倒着햇다. 兄嫂 氏는 서울 가시고 成玉이는 慶州 가고 해서 彩玉이 하고 外할머니 祭祠는 墓侍엿다. 밤에 元基가 엽집에서 맵쌀을 가지고 윗다. 金光洙도 왓드라.

<1979년 4월 24일>
朝食을 맞이고 外家 食口하고 作別하고 비는 오는데 邑에서 龍田里로 姨叔을 禮訪하고 中食을 接待 밧고 왓는데 求禮驛에서 3時 40分 列車로 出發 館驛에 6時에 當햇다.

<1979년 4월 25일>
昨年 6月 5日 全州 姪婦가 楊水機 購入金으로 10萬원 준 中 2萬원는 昌宇가 쓰고 8萬원는 내가 利用햇다.
80,000 × 3 = 2,400式[143]
2,400 × 11 = 26,400(5月 5日까지).
全州에 가서 湖水[호스] 22m을 사왓다. 메누리는 掌議들 中食代 飯饌을 사왓다.
밤에는 班常會을 햇다. 郡에서 成曉가 臨席官으로 參席햇다.

<1979년 4월 26일>
昌宇 正鎬 成東이는 第二次 苗板을 햇다.
鄕校員 中 金敎鎭 李建鎬 李康厚 安在烈 氏 堂[當]햇다. 4時頃에 出發햇는데 비가 내려서 衣服을 모두 젓고 해서 作別햇다.
全州에서 上水道 配菅[配管] 修理하려 왓다.

<1979년 4월 27일>
桑木 패기 햇다.
上水道 配菅[配管]을 뭇엇다. 全員이 動員이 되엿다.

<1979년 4월 28일>
고초 移植을 햇다.
林長煥 死亡 弔問을 햇다.

<1979년 4월 29일>
아침 7時 40分 列車로 論山에 갓다. 扶餘에 當한니 10時엿다. 終日 놀고 午後 8時 列車로 任實에 온니 10時엿다.

143 이자를 계산한 것으로 판단된다.

<1979년 4월 30일>
林長煥 出喪한데 弔問햇다.
몸이 좋이을 못해서 終日 舍郞에서 누웟다.
食事가 뜻이 없다.

<1979년 5월 1일>
家事 일을 살펴보왓다. 몸이 不便해서 누웟다. 자다 田畓으로 단이다 해보왓다.
積金은 타다 쓰고 每月 入金은 해야 한데 準備가 못 되여 마음 괴롭다. 누구보고 말해볼가 生覺 中이다. 그려나 가볼 만한 곳은 없다.
입맛이 떠려저 食事을 하고 십지가 안타.

<1979년 5월 2일>
崔南連 氏에서 金 拾萬원을 借用햇는데 全州 딸 돈이라고 햇다.
婦人 2名을 어더서 포푸라 비니루를 터주웟다.
柳正進 便에 扶餘 갓다온 도[돈] 13,000원을 주웟다.
成東이는 방아 찌엿다.

<1979년 5월 3일>
昌宇 집에서 七星契員 男女가 募여서 嚴萬映 犬 1頭을 26,000원에 決定하야 잡고 먹는데 今年 秋에 戶當 5仟원식 내기로 하야 잘 노랏다.
서울서 許俊晩이가 參席햇는데 어제 曾祖父母 砂草[莎草]햇다고 왓다.
昌宇 집에서 丁俊浩가 靑云洞 就勞事業에 단여오면서 왓는데 그저게 鄭圭太 本妻가 消息 없이 이웃도 몰해 男便도 몰애 밤에 뜨나 버렷다고 햇다. 鄭圭太는 不得已 靑云洞으로 다시 還 故鄕하다면서 인심을 이렷드라고 햇다.

<1979년 5월 4일>
고초밭을 整理했다.
午後에 金正大 氏가 왓다. 水道工事{비}을 要求햇다.
택시로 驛前에서 裵明善을 맛나고 同乘하야 斗流 앞에 갓다. 韓相俊을 帶同하고 農協에 갓다. 預置金은 不過 6萬원이엿다. 過費로 金 拾萬원을 要求해서 집에 왓다.
班長을 시켜서 戶問하야 工事비을 받은바 24萬원 돈을 밧고 金正大 氏에 參拾萬원을 還拂해주고 嚴俊峰에 111,000을 保菅[保管]햇다.

<1979년 5월 5일>
具道植 氏가 왓다. 犬代 4,500원을 더 드려야 하온데 道植 氏의 上水道工事비가 15,000원인데 現金 10,500원을 가저와서 上水道비을 채워주시라고 해서 105,00원을 밧닷다.
苗床 菅理[管理] - 고초 溫床 菅理을 햇다.
上水道 配菅을 再修繕하려 왓다.
夕陽에 成康 집 앞에서 郡守 鄭大燮 韓正錫 氏을 맛나고 人事한 後에 집으로 가자 한니 밥아서 안된다며 낙시질 하려 온 것이다.

<1979년 5월 6일>
基宇次女 結婚式에 參席햇다.

<1979년 5월 7일>
밤에 上水道工事 推進委員會議을 召集하고 竣工式 準備을 打合햇다. 据出金 110,350을 保菅햇다.
嚴萬映을 對面하고 負擔金을 要求햇든니 못주겟다면서 嚴俊峰이가 社長하고 짜고 不正을 하려다 못햇다면서 負擔金은 못내겟다고 햇다. 그려면 되지 못한니 내고 日後에 決算 當時 말아 햇고 萬諾에 戶當 再負擔을 시켜 노면 자네 耳目이 어{떻}겟는가 햇다.

<1979년 5월 8일>
裵明善하고 靑云洞에 갓다. 就勞場을 가보니 負分的[部分的]으로 막겨서 시키는데 均一틀 못하다면서 不平者도 잇드라.
午後 고초밧에 비니루를 씨웟다.

<1979년 5월 9일>
追進委員[推進委員] 및 班長 里長이 帶同해서 上水道工事비을 据出하려 動員햇다. 約 拾餘 萬원은 된 듯.
嚴萬映 집에 丁基善 氏와 內室로 갓다. 嚴萬映은 말하기를 負擔金은 못주겠다면서 嚴俊峰이는 工事에 對 도적질을 하려다 못햇다면서 不安햇햇다.
面 副面長 側量[測量]技士가 왓다. 農路擴長[擴張] 側量은 約 1,500m 程度햇다.

<1979년 5월 10일>
任實高校에서 電話가 왓다. 座席에 1席이 나앗는데 成愼이을 轉學시켜보라 햇다. 바로 五樹高校로 갓다. 成愼이를 맛나고 相議햇든니 그럴 것 없다면서 안가겟다고 햇다. 오는 途中에 電話로 任實高校로 李起日 先生 專햇든니 生覺코 그랫는데 잘 生覺하라 햇다.
成樂이가 서울서 왓다. 里長에서 109,400원 收入햇다.
成樂이는 밤에 간다고 해서 五仟원 旅비을 챙겨주웟다.

<1979년 5월 11일>
成東을 데리고 耕耘機로 任實에 갓다. 押作히[갑자기] 耕耘機가 異常이 生起엿다. 工業社로 가 떼여보니 엔징 모비루가 업다. 구랑구 메다루 1切이 녹아버려 再修理을 한바 7萬 餘원이 들엇는데 朴 常務에서 五萬원을 取해서 36,800원만 주고 3萬원을 殘額으로 한바 前條 外上하고 合해서 10萬원을 殘高로 하고 處理햇다.
木角[角木] 板子 세멘트을 산바 38,000을 든바 其中에는 成康 條가 세멘 3袋 3,900 로강 3,000 하수구 4,100 計 11,000이 들엇다. 萬원을 入金햇다.

<1979년 5월 12일>
造林木에 肥料 投入햇다.
午後에는 座청저을 檢査을 밭으로 갓다. 多幸 合格을 햇다. 萬諾에 不合格이라면 約 2萬원 以上이 든다고 햇다.
韓正石 氏 집에서 養老人이 논다고 해서 招請해서 갓다.

<1979년 5월 13일>
아침부터 내린 비는 終日 내렷다. 못텡이 보리는 다 쓰려젓다. 방아도 찌엿다.
모래 자갈을 시려왓다.
全州에서 成吉이가 金 8萬원을 가저왓다. 農비 不足해서엿다.
成奎 母가 왓다.
듯자한니 嚴俊祥 氏는 이번에 서울을 간바 成康을 찻고 白米 1叺을 팔아주웟다고 햇다.

<1979년 5월 14일>
고초溫床 竹角 處理하고 포푸라 雜葉 除据[除去]하고 蠶室 火氣 消毒을 햇다.
婦人들은 日前에 全州에 놀려 가든니 어제는 비가 내린데 會官[會館]에서 뛰고 놀더니 今日은 金太鎬 집에서 또 뛰고 노래하며 놀더라. 春事는 만니 밀이여 밥은데[바쁜데] 너무한다고 햇다.
成東이는 內外에 全州에 놀여갓다고 말도 없이. 氣分은 不安햇지만 꾹 참앗다.

<1979년 5월 15일>
鄭鉉一 次子 入營한다고 왓다. 金 1,000원을 주면서 잘 단여오라 햇다.
上水道 下水溝을 設置햇다. 成康 집 것도 配管햇다.
포푸라 橫葉 따주기 햇다.
成東이는 館村으로 敎育을 갓다.

<1979년 5월 16일>
牟光浩을 시켜서 水道꼭지 修理. 午前에는 우리 것 햇고 午後에는 成康 집 水道 修理햇다.
安承均 氏 婦人에 五仟원 取해 주엇다.
李起榮 日工 2,500원 주웟고 成曉 母는 午前만 피사리햇다.
韓相俊을 相面하고 不遠 新 里長 舊 里長 班長 推進委員들끼리 約 13名 程度해서 元泉洑에서나 1日 樂善하자고 햇다.
加工組合에 들이여 日前에 取해온 金 五萬원을 金壤[孃]에 주웟다. 오는 길에 大里 韓吉錫의 車을 타고 成奉 집 왕겨을 운반해주웟다. 夕陽에 成奎 工事器具을 실코 下加에 갖{다} 주웟다.

<1979년 5월 17일>
못자리 비니루을 거덧다.
南原 稅務署에서 稅金 調定하는 데 對한

住民登錄謄本 1通을 해서 提出햇다.
支署에서 自轉車을 빌이여 皮巖里 金世男 氏을 禮訪햇다. 用務는 牟在萬 氏 慰勞엿다.
元泉里 車龍萬 氏을 路上에서 相面하고 打合햇다. 5月 22日 驛前에서 10時에 集合키로 햇다. 뗏갓테 李今喆을 맛낫다. 同行해서 牟在萬 氏을 問病햇다.

<1979년 5월 18일>
任實邑 郡廳에 들엿다. 崔原範 새마을課長을 맛나고 成英의 就職을 付託햇다. 成曉는 云巖 出張햇다고 햇다. 基宇 집에 들이여 電話을 거려서 對話햇다.
加工組合에 들이여 日前에 取해온 金 五萬원을 金壤[孃]에 주웟다. 오는 길에 大里 韓吉錫의 車을 타고 成奉 집 왕겨을 운반해주웟다. 夕陽에 成奎 工事器具을 실코 下加에 갓<다> 주웟다.

<1979년 5월 19일>
고초苗을 移植햇다.
담배집 柳文京 母가 왓다. 담배票을 내게 引게해 주시요 햇다. 萬諾 不應하면 第二 담배票을 내겟다고 햇든니 달아젓다.

<1979년 5월 20일>
아침에 嚴俊祥 氏가 오시엿다. 서울 전화.
具道植 氏가 오시엿다. 今日 全州 崔成吉 집에서 親睦稧[親睦契] 有司인데 가자고 왓다.
洞內 四街里(네거리막)에서 寶城 堂叔을 對面한바 前條 白米 未會計 條 五斗代 18,500원을 韓正石 氏 鄭鉉一 立會下에 드렷다. 3,700 × 5 = 18,500
全州 成吉 집에 中食을 맞이고 德律에 갓다. 夕陽에 列車로 내려왓다.
밤 九時頃에 寶城 堂叔은 서울 간다고 왓다.

<1979년 5월 21일>
上水道 異常이 發生햇다. 全州 洪 氏에로 전화해서 불여 왓든니 集水井에 후도 빠젓다고 햇다.
林澤俊와 同伴해서 土組에 갓다. 勞賃을 받드려 한 書類가 未備해서 다음으로 未流엿다. 市場 求景을 좀 하고 왓다.
고초밧 除草을 햇다.

<1979년 5월 22일>
포푸라 엽가지 떼주기 햇다.
밤에 金正大 氏 洪成植 氏가 왓다. 集水井에 들어가 후도을 박고 上水 送해보니 잘 送水는 되는데 工事비 殘金은 明日 오라 햇다.

<1979년 5월 23일>
포푸라 엽가지를 떼는데 金正大 氏가 왓다. 嚴俊峰에서 12萬 내게서 18萬원 合計 30萬원을 金正大 氏에 會計해 주웟다.
新平서 面長하고 指導所長이 왓다. 用務는 就勞事業場 視察하려 왓다. 내 집에서 中食을 接待해서 보냇다.
水道비 收入은 班長會議 時(5月 9日字) 109,400 + 里長에서 110,350 + 南連 10,000 + 具道植 15,000 = 244,750 총收入
- 180,000 正大 준 돈
殘 64,750원 崔乃宇 利用했음.

<1979년 5월 24일>
아침부터 終日 고추 正植[定植]을 햇다. 고추苗는 大不足. 半 移植하고는 苗木은 떠

러젓다.
成東이 방아 찌엿다.
上水道는 又 故章[故障]이 發生해서 使用不能이다.
鄭圭太는 明日 靑云洞으로 移事 간다면서 牛車로 짐을 나르드라.
夕陽에 고초에 물 주는데 밤 8時엿다.

<1979년 5월 25일>
終日 비가 내렷다.
어제 定植한 고초에는 大端이 有利하다.
今日 앞집 鄭圭太는 靑云洞으로 約 10年만에 떠낫다. 떠나는 理由는 本妻가 서울로 夜間 도走한 탓이다. 夜間 도주는 生覺해分석해면는 誠意껏 해보와 밧자 나무 子息의 수바라지고 男便이 過居[過去]에 매질强해서 1身도 不平하고 農繁期는 當햇는데 앞일이 감〃해고 鄭圭太가는 昌坪里 上水道工事에다 40萬원을 냇고 그려저력 참다못해서 밤에 떠낫고 해서 鄭圭太는 우리 住民들은 차라리 鄭圭太가 떠나면 햇는데 어자피 잘 되엿다 生覺햇다.
李允在을 데려다 上水道을 修理햇다.

<1979년 5월 26일>
金進映 氏에서 種籾 5升을 取햇다.
苗板에 苗는 異常이 生기여서엿다. 溫室에 取牙[取芽]을 시켯다.
昌宇가 招請해서 가보니 犬肉을 끄려서 契員들끼리 먹엇다.
新平農協에서 昌宇 條 楊水機 舊債가 75年度 債務가 未決되엿기에 今般 楊水機 貸付는 어렵다고 햇다. 昌宇에 傳햇다.

<1979년 5월 27일>
午前 再苗板을 設置햇다.
고초밭 正植에 물주고 포푸라 옆가지 切枝[折枝]햇다.
노가리 고초밭에도 第一次 尿素肥料을 散布햇다.

<1979년 5월 28일>
裵明善(里長)에서 殺蟲濟 5병 殺균濟 2병을 아침에 外上으로 引受해왓다.
後田 노타리 作業을 햇다.
苗板에 農藥을 散布한바 長벌레가 많이 죽엇다.
뽕나무도 나머지을 캐고 夕陽에는 고초苗에 물주기도 햇다.
서울로 成英 夏衣類을 郵替局 便으로 託送햇다.

<1979년 5월 29일>
後田을 整理햇다.
成東이는 午後에는 昌宇 畓 노타리 햇다.
포푸라 除草을 햇다.
6月 6日 移秧日을 定햇다. 昌宇도 오라 햇고 李正鎬도 오라 햇다.
財産税가 7,638원인데 五仟원만 주고 里長에서 2,638을 貸納해 주웟다.
成東이를 시켜서 成奎에서 세멘 2袋을 가저온바 운비로 공제할 뜻이다.

<1979년 5월 30일>
못텡이 장기질. 노타리질 뒤밭.

<1979년 5월 31일>
새보들 물을 넛다.
午後는 成東이하고 炯進과 품바꿈을 해서

장기질으 시켯다.
全州에서 成吉이가 왓다. 金 貳萬원을 가져와서 바닷다.

<1979년 6월 1일>
牟光浩을 시켜서 豚舍을 修理. 정제도 부억도 再修理햇다.
苗板 피사리을 햇고 炯進이는 논 갈고 後田갈이 햇다.

<1979년 6월 2일>
成東이는 白康善 氏 農藥해주고 靑云洞에서 술을 마시엿다고 깔을 썰면서 손을 다치엿다.

<1979년 6월 3일>
前條 全額 70,300
石油 2드람 36,000
輕油 3드람 17,000 × 3 = 51,000
合計 157,300 誤算 條 石油 1드람 16,300 空除[控除]한 金額이 (實金{)} 141,000 + 모비루 5초롱代 40,000 = 181,000 整
운전기사 合同 淸算 計 -임. 기사 하성수 (서명)144
관촌에서 못줄 任實에서 함석을 사왓고 丁九福 함석도 갑팟다.

<1979년 6월 4일>
成東이는 沈參茂 모 심으로 갓다.

<1979년 6월 5일>
昌宇에서 拾萬원을 借用하고 또 拾萬원을 農協에서 楊水機 貸付 條라고 해서 받앗다.
移秧日인데 人夫는 7名이 왓다.
夕陽에 署長 外 5名이 來臨햇다. 夕食을 接待햇다.
約 4斗 5되只쯤 移秧햇다.

<1979년 6월 6일>
終日 비가 내렷다.
서울 成英에서 편지가 왓다. 內容은 7, 8日頃에 林成基가 내려갈 豫定이라고 햇다.

<1979년 6월 7일>
韓相俊하고 同伴해서 面事務所에 갓다. 本人의 子가 就職을 하는데 印鑑을 내고 身元保證을 서달아 하기에 다 해주웟다.
農協에 갓다. 積金 98,840원을 入金하는데 貳萬원이 不足해서 昌宇 양수機 貸付 殘金 10,000 및 相俊에서 8仟원 哲浩에서 2仟원을 두려서 入金해주웟다.
※ 昌宇 楊水機 貸與 手續切次[手續節次]는 元金이 298,300원 中에 융資金 21萬원이고 本人 負擔金 88,300원을 入金시켜주고 융자금 21萬원은 相俊이하고 나하고 保證人이 되여 手續을 完綴햇다. 面長도 맛나서 술 한 잔 노누엇다.
※ 昌宇 條 10萬원 本人 負擔金 88,300 印鑑 印紙 600 計 88,900원을 除하고 1,100원이 내게 保管 中이다.

<1979년 6월 8일>
大里坪 고초밭에 再來種[在來種] 뽑아다 移植한바 苗木이 어리고 根目이 弱해서 으심햇다.
※ 昌宇가 왓다. 색거리 술을 취여 달아기에 광방에 들여가 보니 6月 5日 효주 10

144 날짜를 흘려 쓴 것으로 하성수가 서명한 것으로 추정된다.

병을 가저왓{는}데 當時 人夫 7名인데 午前에는 막걸이만 먹고 午後에야 준바 約 3병을 든 걸로 보나 約 6병을 가저간 걸로 본다. 밤에 가저간지 나제 가저간지 모르나 異常이 生覺한다.

밤에 昌宇가 4,000원을 가저왓다. 못텡이 노타리 해달아고 햇다.

<1979년 6월 9일>

막잠을 자고 첫밥을 주워서 上蠶室 早生育室로 옴기엿다. 成東이는 昌宇 畓 노타리 하고 午後에는 모심는데 協力해주웟다.

※ 成曉 母하고 포푸라밧 除草을 한바 허리가 不安햇다. 전주서 사진도 오고 서울서 成英이는 돈을 要求.

養蠶이 異常해서 파프졸을 散布햇든니 回復되엿다.

<1979년 6월 10일>

終日 비는 내린데 蠶室에서 從事을 햇다. 뉴예 밥 주기 門子 改造 其他을 소[손] 보왓다. 앞 工場 李 氏가 뉴예 飼育狀況을 調査하기에 왓다.

밤에는 任實서 成曉가 電話가 왓는데 卽 相範을 보내주라 한데 갈 새가 업다고 햇다.

뉴예는 2日채임.

<1979년 6월 11일>

뉴예는 3日채.

家 屋上에 페인트를 바르로 왓다. 12時가 너머서 中食을 엇더케 할 게야 햇든니 해달아기에 6名을 해주웟다.

全州에서 成吉이가 왓다. 돈이 急해서 왓다 햇다. 成奎는 郡에 돈을 차주려 갓는데 오지 안아 成吉이는 全州로 간 모양인데 말없이 갓다.

大里國校로 連絡해서 13日頃에 學生을 시켜서 麥刈 좀 해달아 햇다.

<1979년 6월 12일>

成奎 집에 갓다. 兄수氏가 딸기를 따다 술에 너먹으라 햇다. 효주을 광에 두웟든니 5, 6병을 누가 따라가버렷다고 햇다. 兄수氏는 말하기를 昌宇가 좀 거칠다고 하면서 日前에 張判童 집에서도 林木을 昌宇가 가저갓다고 들엇고 邑內宅도 우리 유제에 도적놈이 잇는데 내가 새기을 두 사리 꼬와 둔 것을 갓다 쓰고 잇는데다 알고 있소 햇다. 그려가 하면 昨年度에는 宋成龍 집에서 肥料을 가저간 일도 잇고 成康 집에서도 少〃것이 있으면 더 가저하고 우리 집에서는 유기솟 화로까지도 가저간 것을 鄭宗化 母가 보고 말하기에 메누리을 시켜서 당장 차자온 일도 잇다. 兄수씨는 엇더케 하던지 단서을 잡아 다시 그련 짓을 못하게 함이 올타 햇다.

成奎는 어제 군산 山林課에 가서 포푸라代金 430萬원 中 半額 程度 220萬을 찾고 내의 條 1部 40萬원을 주워서 갓고 全額이 나오면 其 時에 淸算하자고 햇다.

※ 全州에서 侄婦[姪婦]가 왓다. 成吉에 全部 會計 條는 元金 40萬원 利子 81,350 計 481,350원인데 今日 181,350원만 侄婦에 주고 殘金 30萬원은 今日字로 記入해 노라고 햇다. (印)

※ 도색 페인트가 4斗 4되가 들엇다고 해서 署名捺印해주웟다.

※ 任實 驛前 韓文錫을 禮房햇든니 全州 會議에 가셧다기에 婦人에게 利子만 13萬원 드리고 書字까지 드렷다.

館村驛 효주 1상자 8,000원 會{計} 完納 주웟다.

<1979년 6월 13일>
뉴예는 오늘 5日채 먹기 햇다.
果樹園 洪가놈이 엽 桑田 蠶業者에 협박질 하면서 뽕을 따내라 한니 不過 2, 3日이면 上簇이 되는데도 재촉함은 돈을 울여 먹기 위한 之事로 보다. 面에다 郡에다 農村指導所에 말햇든니 下等의 法的으로 묘案 업다고 햇다.

<1979년 6월 14일>
全州에 갓다. 耕耘機 시드[시트]을 맞이고 왓다.
夕陽에 任實蠶協에 갓다. 百年簇 1組을 가저왓다. 酒席에서 河聲澈 常務을 對面하고 次期 組合長에는 내가 뜻이 잇다고 意見을 表示햇고 眞實이야 다지드라. 實地다 햇다.

<1979년 6월 15일>
相範이를 데리고 이발을 시키고 市場으로 가서 衣服 1着을 사 입이고 任實 本家로 데려다 주웟다.
午後에는 뜻박게도 비가 내렷다.
뉴예는 1部을 上簇햇다.

<1979년 6월 16일>
아침부터 뉴예 上簇을 햇다. 午前에 完全 끝을 지엿다.
午後에는 金炯進을 시켜서 앞들 논 갈고 써렷다. 成東이는 午後 모을 쩌다 노왓다.
尹 生員 宅 꼬마는 午前에 뉴예을 올이고 午後에는 포푸라 밮을 맷다. 효주가 두 병이 들엇다.

<1979년 6월 17일>
成允하고 전방집 兒을 同伴해서 보리 베기 한바 午後에 늣게는 비가 내려서 抛棄햇다.
成東 內外 母 成愼이는 새보들 모내기. 午前에 끝을 냇다.
서울에서 許賢子에서 電話가 왓다. 무슨 會社에 入社한데 要하다면서 住民登錄謄本 二通 身元證明願 1통 財政保證書 3통을 各〃 해서 明日 보내주시라고 햇다.

<1979년 6월 18일>
고초苗을 옴기엿다.
서울 成英 職場 求한 데 書類을 가추웟 주는데 約 3仟원. 郵替局에다 ◇◇해서 서울로 登記로 보냇다. 鄭鉉一 氏가 재정보증을 서 주워 大端 고맙게 生覺햇다.

<1979년 6월 19일>
국교학생 3名 家族이 合計 8名이 보리 베기를 끝냇다.
上泉里 앞 某 氏 고초밭을 求景하려 갓다. 잘 해노왓는데 見本으로 보고 왓다.
밤에 비가 내리는데 不安햇다.
鄭鉉一 氏을 맛나고 印章 주면서 고맙다고 하고 술 한 잔을 待接햇다. 驛前 路上에서 崔今石을 맛나고 金 貳萬원을 取햇다.

<1979년 6월 20일>
뉴예고초 따기 햇다. 明日나 共販하려 갈 생각이다.
새벽부터 비가 내렷다. 24日 苗내기는 해야 것는데 보리가 논에 있어 大端히 不安햇다.
里長에 叺子 50枚代 10,000원을 주웟다.

<1979년 6월 21일>
白康俊 氏 牛을 1日 주워서 宋成龍 氏 시켜서 장기질을 햇다. 비는 每日 오는데 할 수 없이 묵거내는데 苦難이 만햇다.
夕陽에는 耕耘機 故章이 낫다. 마음 괴로왓다.
蠶견 共販도 午後에는 가야 오른데 복잡해서 못가고 明日 가기로 햇다.

<1979년 6월 22일>
農協 車로 蠶견을 실고 市基 共販場에 갓다. 機檢에 賣上하야 3枚에 230,260원을 밧앗다.
耕耘機를 고처달아고 尹南龍에 依賴햇든니 理由 없이 오지 안해 신경질이 낫다. 金雨澤 氏 집에서 任實工業社로 連絡하야 呼出햇다.
집에 온니 成東이는 午前에 술을 먹고 午後 5時까지 잠만 자고 있으니 마음 괴로왓다. 修理한바 12,000원을 주웟다.
丁基善 집에서 斜色料[塗色料] 1部 3萬원을 李 社長에 주웟다.
밤에 鄭太炯 氏 債務 43,000원을 會計 完納해 주엇다.
夕食은 崔南連 氏 집에서 햇다.
李 氏에 依賴해서 人夫 2名만 보내달아고 햇다.

<1979년 6월 23일>
崔南連 氏 借用金 元利 計 105,000원을 아침에 주웟다. 斜色한 李 社長게서 人夫 5名을 午前 中만 利用하라고 보내 주웟다. 大端히 고마웟다. 싹도 밧지 안코 午後에는 갓다.
夕陽에 學生들이 11名이 왓다. 夕食을 해서 주웟다.
昌宇을 시켜서 人夫 5名만 사라고 19,000원을 주웟다.

<1979년 6월 24일>
學生을 데리고 모내기 하는데 약간 비는 와도 그대로 終日 끝을 냇는데 約 5斗只을 移秧햇다. 旅비 程度만 주워 보내고 5名은 舍郎에다 재웟다.
大里 叔이 오시엿다. 債務을 要求해서 다음으로 미루고 酒席에서 다음 農協理事 改選 時에 嚴俊峰과 郭在燁 氏을 除据하고 나를 理事에 選出토록 해보시고 首席理事만 되면 日後애 崔宗仁도 有利하고 金哲浩도 별구 해가 없을 것이라 햇다.
※ 學生들 旅비 其他 饌代 조로 利用하기 위해 具道植 氏에 拾萬원을 借用해 왓다.

<1979년 6월 25일>
終日 비가 내렷다.
모가 모자라서 林玉東 모을 가저오고 丁基善 모을 가저왓다.

<1979년 6월 26일>
비는 最高로 내려서 못텡 보리가 떠내려갓다. 成東이를 시켜서 對略[大略]만 건지엿다.
犬 내복을 崔今石 外 3, 4名이 가지고 우리 집으로 왓다. 丁基善 氏가 400원 내고 내가 400원을 내서 갗이 먹엇다.

<1979년 6월 27일>
못텡이 모내기 하는데 昌宇 成龍 重宇 奉來 判洙 부인이 왓다. 沈參茂가 왓는데 白康善 氏가 보냇다고 햇다. 보리 시려다 주기로 보내드라고 햇다. 成東이까지 7名이

모내{기} 하는데도 안골 못자리에 昌宇 重宇 成龍을 보냇든니 約 3時이 지나도 오지 안니 해서 가보니 昌宇는 제 일을 하고 잇드라. 아침에는 광문을 열고 麥糠을 퍼가드라고. 良心 不良한 사람이라고 햇다. 年齡도 50歲가 너머간 사람이 良心이 납분 行爲을 한다.
모내기는 今日 끝이 낫다.

<1979년 6월 28일>
아침 해장부터 보리를 路上에 널는데 마음이 괴로왓다. 全部 내 널고 朝食도 하지 안코 午後에는 成東 母子더려 뒤적거리라 햇다.
맛참 서울서 寶城宅이 왓다. 오래만에 오시엿다고 한고 술을 한 잔 가저오라 햇다. 설자시면서 畓 3斗只 선자을 달아고 하드라. 거절해 버렷다.
비는 곳 쏘다지게 되엿는데 잔소리만 내논데 不安햇다. 먼첨 자리을 일어섯다. 보리를 募이는데 쏘낙비가 내려 그대로 또 비을 마치고 말앗다. 寶城 堂叔으 술자리가 길어서 마해되엿다.

<1979년 6월 29일>
成東이는 丁奉來 移秧畓 노타리 하려 갓다. 나는 못텡이 모 때우로 갓다.
嚴俊峰 婦人이 보리를 치우라 햇다. 來日 장기질 한다고. 마음이 不安햇다.
午後에는 어제 보리을 손칫는데 비를 맞이고 다시 오날 또 손을 치게 되기 기가 맥키게 되엿다. 다시 또 손을 치고 뒤적거렷드니 夕陽에 다시 비가 왓서 벼려 버렷다.

<1979년 6월 30일>
農藥散布 除草濟.
成允에 依賴해서 學生 4名만 明 日曜日에 대려오면 1人當 300원식 日工을 준다고 미리 1,400원을 주웟다. 學生들 4名을 데리고 고초作業을 한바 느즌 감이 든다.
처음으로 비가 오지 안햇다.
崔永台가 自請해서 일 해드리겟다고 왓다.
崔南連 氏는 自己 집으로 가자고 해서 간바 조흔 人蔘酒을 내노왓다.
5月中 支出이 67萬원이 되엿는데 6月中에도 67萬원이 너머 쓰니 眞實로 過多한 支出이엿다. 아무리 生覺하고 支入 支出을 타산해도 맛지 안니 하오니 마음 괴롭다.

<1979년 7월 1일>
아침에는 방아를 찌엿다. 成東이는 白康俊 소 품을 갚앗다. 뜻박게 牟 生員이 오시여 脫作을 하자 하니 딱햇다. 할 수 없이 내가 耕耘機를 까기고 終日 脫穀을 햇다.
夕陽에 成曉가 왓다. 너는 道大體[都大體] 집에 한 번도 오지 안나 햇다.
兒該[兒孩]들 4名 시켜서 고초밭 고초 자배매기[잡아매기]을 햇다.
日數는 빨이 가고 돈은 쓸 데가 만코 도[돈]는 生起지 안코 難關點이 만타.
崔今石에서 貳萬원 빌여온 돈 그 집 딸을 보내서 未安하다고 하야 주워 보냇다.

<1979년 7월 2일>
午前에는 방아 찌엿다.
午後에는 白康善 氏을 오라 해서 보리 脫作을 한바 추저 아을[애를] 먹다 밤에는 포기햇다. 工場 原動機을 손보왓다.

<1979년 7월 3일 陰 六月 十日>
成東이는 成奎 俊峰 合作 植桑田 노타리

0.5日을 햇다.
틈이 있어 全州에 갓다. 마늘 5접에 6仟원을 주고 삿다.
※ 午後에 우리 보리를 脫作을 하는데 보리가 상해서 더디고 비가 내려서 中止햇다. 9時 30分 뻐스로 全州로 해서 斗峴 堂叔 집에 당햇다.
堂叔 3兄弟가 募이고 成吉이도 왓고 屛巖里에 基宇 母도 왓드라. 祭祠을 募시고 새벽에 成吉에 말햇다. 只今까지는 몇 年을 順天 金 氏(前母) (成吉의 親祖母) 내가 慕待왓는데[慕侍왓는데; 모셔왔는데] 이제는 내의 家政形便 上 慕待들 못해겟다고 햇다. 成吉이는 其동안 手苦[愁苦]햇소 하며 제가 慕待겟다고 對答햇다.

<1979년 7월 4일>
朝食 後 바로 出發해서 집에 왓다. 맛참 成英 基善도 왓다. 여려 가지 談話하고 午後에는 우리 脫作을 하고 成允을 시켜서 애들 2名과 고초받 고초을 자바 매라 햇다.
※ 成傑이가 任實에서 成奎을 맛낫다고 햇다. 서울서 免許證을 빼기엿다며 本籍地에 末署에 차지라고 해서 왓드라고 햇다. 住所는 全州市 저주[전주]運揄[運輸]會社 電話 3-2408 社長 金甲순 氏 崔成傑라고 하면 된다고 햇다.
云巖面 玉井里 보리種子 홍珍杓 氏.

<1979년 7월 5일>
館村 市場에 갓다. 農藥 휴발유 모비루 其他을 삿다.
午後에는 農藥을 全體 散布햇다.
보리을 넌바 다 부패되여 氣分이 不安하다.
成愼이 授業料을 몰아서 成國에 무르니 37,000원이라고 햇다. 24,000원을 두려서 成愼 母을 주면서 13,000을 보태서 주라 햇다. 그려면 쌀로 주마 햇다.
成樂이는 休家[休暇] 왓다고 햇다.

<1979년 7월 6일>
白康俊 氏 脫麥 10叺을 햇다.
고초밭에 肥料을 주다 왓다.
崔今石 母에서 七萬원을 借用. 孫女 便에 보내왓다.
成康 母에 白米 1叺을 成東 便에 보내고 35,000원을 달아고 하고 13,000원을 取해 온 돈(成愼 條)을 除하라 햇든니 2萬만 주두라.

<1979년 7월 7일>
家族 全員 4名이 고초밭 菅理를 終日햇다.
肥料 주고 말 박고 묵고 햇다.
成允이가 앞아서 大里로 藥을 지로 갓다.
炳基 氏 哲浩을 맛나고 宗彦이가 有司라면서 書面을 내게 주고 받앗다.

<1979년 7월 8일>
家族 全員이 動員 고초밫 괄리하고 成東이는 午後에 尹鎬錫 氏 農藥 散布하려 갓다.
午後 成允이를 데리고 任實病院 治料[治療]햇다.
오는 길에 成曉 집을 들엿든니 메누리 얼굴이 안 조코 심장병이라고 햇다.

<1979년 7월 9일>
해장에 五樹 藥芳[藥房]에 갓다. 장질부사라고 약을 지엿다.
終日 李正鎬 및 崔末女 脫麥을 끝냇다.

<1979년 7월 10일>
새벽부터 내린 비는 終日 내렷다. 舍郎에서 同窓會員들 案內狀을 發送한 原案을 作成해서 考案햇다. 會員들 住所을 記入하야 封投[封套]에 記入햇다. 18名.
全州에서 成吉이는 電話을 通해서 제의 母가 다리를 負傷을 當했으니 成奎더려 速히 上全하라 햇다.
成允 病勢는 좀 누그려젓다. 5日만{인} 듯.

<1979년 7월 11일>
비는 오는데 五樹로 成允 藥을 지로 갓다. 藥 三첩을 짓고 2,100원을 주웟다.
夕陽에 成東이와 갗이 고초밭에 農藥을 散布햇다.
※ 夕食이 끝낫는데 成愼이가 왓다. 保충授業[補充授業]비 및 其他 用돈을 가지로 온 듯햇다. 只今은 돈이 없으니 2, 3日 後에 주겟다고 햇는니 예 하고 對答하자 成東 母가 엽에 잇다가 한는 말이 너이 어머니는 全部를 네 어머니가 대준다든데 무슨 돈을 가질로 왓나 햇다. 成愼이 신경질을 내며 행패을 내며 갓다. 成東 母더려 무슨 말을 어린 애에 그 따위 말을 해서 기분 납으게 하나 햇다. 그 말도 못하나 하며서 마음 나푸게 햇다.
五樹에서 오는데 館村驛에서 林遺復 氏을 對面하자 술을 한 잔 하자 하야 먹는 中 大里 郭道燁 氏가 酒席에 와서 崔兄 내 술 한 잔 하면서 할 말이 잇다고 햇다. 좃타 하여 別席으로 갓다. 술을 불어 놋코 먹으면서 하는 말이 其間에 誤害[誤解]을 만니 햇는데 언젠가는 崔 兄을 맛나고 터파하겟다고 했으나 機會가 없엇다고 하면서 其 間 代議員 初代 選擧 때 우리 兄任을 外面이섭〃햇다고 햇다. 그런가 하면 其後에 서먹하게 되엿고 서운한 點이 있으나 이제 崔兄을 보오니 우리 터파하자 하기에 나는 그려케 生覺도 안 햇고 자네의 兄任과는 旣히 사과햇고 이제 자네가 이려케 말하오니 고맙네 하고 作別햇다.

<1979년 7월 12일>
成東이는 午前 中 고초밭에 農藥 散布햇다. 나는 고초밭 박고 노끈으로 매여 주엇다.
午後에는 具順伊 脫作 具判洙 安正柱 脫作을 햇다. 成東이는 午後에 말없이 나가고 없는데 혼자 이리저리 機械 옴기여 脫作하는데 과로햇다.
尹鎬錫 氏에서 오라기에 간바 술을 주드라.

<1979년 7월 13일>
尹鎬錫 氏 宅에서 招請햇다. 今日이 尹 生員 生辰日라고 햇다. 朝食을 빛엇는데 金進映이가 晩參한바 유제[이웃에] 살지만 언제든지 不良한 놈으로만 보이기에 입을 석거 말하고 십지 안타.
전주에 갓다. 工場用 베루도 80尺 4인지[인치] - 22尺 其他 31,200 中에 2萬원 1,200원을 주고 10,000원을 殘으{로} 하고 왓다. 館{村}驛에서 네리고 物品을 맛기고 뻐스로 오수로 갓다. 成允 藥 6첩을 지여왓다.
成傑이가 단여갓다.

<1979년 7월 14일>
처음으로 보리방애를 찌엿다. 午後에는 고초 말[말뚝]을 해왓다.
夕陽에 成樂이가 왓다. 너는 도대채 休家

을 왔으면 집에 하루라도 잇지 그려며 家事도 좀 돌바주면 모쓰나 햇다.
同窓會員에 案內狀을 發送햇다.

<1979년 7월 15일>
보리방아를 찌는데 보리가 不實서 마음이 맛지 안타. 별 수 없어 午後부터는 斗當 1,300 澤俊으로 해서 現金으로 밧기로 햇다.
成曉 母 成玉 成樂이까지 서울 간다고 해서 午後에 떠낫다. 金 萬원을 돌려 주엇다.

<1979년 7월 16일>
10時부터 내린 비는 終日 늣게까{지} 내렷다. 農事에는 大端히 支章[支障]이 만타. 午前 中 비는 내렷지만 고초밧 말 박고 노끈은 매주웟다.
附價稅[附加稅] 自進申告日인데 任實 加工組合으로 連絡해 보았으나 金孃이 말하기를 全般的으로 取合[聚合]해서 申告하겟다며 갈 필요 없다고 햇다.
舍郞에서 讀書만 햇다.

<1979년 7월 17일>
고초밭에 말을 꼽고 노끈을 맷다.
夕陽에는 고초밭 農藥을 散布한데 맛참 崔今石이가 지나가기에 協助을 要해서 2통을 해주웟다.
朝食을 鄭仁浩 집에서 招請해서 한바 招請者는 丁基善 鄭九福 鄭太炯 裵明善 韓相俊 金長映 尹鎬錫 崔南連 그뿐이드라.
食後에 麗水에서 急電話가 왓는데 亡文 炯泰 長子 京培가 車 事故로 어제 死亡햇다고 왓다. 丁基善 安承均 氏는 고[곧] 出發햇다.

<1979년 7월 18일>
崔瑛斗 氏와 同伴해서 上關 中林里[竹林里][145] 朴永錄 小祥에 參禮햇다. 中食을 곳 차린데 12時 30分쯤에 出發햇다.
館村에 들이여 새기 농약를 삿다.
집에 온니 成東이는 午前 中에 昌宇 農藥을 해주고 午後에는 보리 담고 햇다.
路上에서 서울서 온 金英彩을 맛낫다. 반가히 하면서 서울에 오시면 訪해달아고 住所을 적어 주웟다. 고맙다고 햇다.
서울 마포구 용강동 19-1호 全北집 32-2101번 구영난 김영채.

<1979년 7월 19일>
보리 널기 햇다.
白康善 脫穀을 한바 헷도가 깨젓다고 해서 改비를 했다. 尹南龍을 시켜서 任實에 가라 왓다.

<1979년 7월 20일>
大里에서 麥 共販이 되여 13叺을 실코 갓다. 舊穀이 3叺인데 짜웃거리면서 바주드라.
全州에 가서 고무 노라을 사가지고 왓다.

<1979년 7월 21일>
보리방아 찌엿다.
具道植 氏가 왓다. 債務을 달하느데 창기지 못하겟다 햇다.
서울에서 成英 母는 7日 만에 왓다. 成康 집에서 3日을 자고 安養 郭炳鉉 氏 집에 2日 밤을 잣다고 햇다.

145 죽림리. 전라북도 완주군 상관면 소재.

<1979년 7월 22일>
全州 同窓會議 參席하려 準備 中인데 崔瑛斗 氏 子가 農藥을 마시고 죽게 되여 崔錫宇 車에 실코 任實病院에 갓다. 위를 消除[掃除]하야 죽기는 免했으나 家族들이 社會에 耳目이 不安하게 되고 治料비 約 10餘 萬원 들 것으로 본다.
列車로 炳基 哲浩하고 同伴해서 全州 崔宗彦 집에 갓다. 會員는 11名이 募엿다. 길겁게 1日을 보내고 왓다.
夕陽에 崔瑛斗 집을 단여 崔南連 氏 집에서 兄弟을 만낫다. 불집은 牟潤植 氏의 子 圭煥가 농약병을 주워서 그려케 된 것이라고 햇다.

<1979년 7월 23일>
尹鎬錫 氏와 同伴해서 新平農協에 갓다. 百萬원자리 積金 拂入은 今日로 끝이 낫다. 夏穀代 147,000원을 차자서 利用. 其中 2叺代 17,000원은 尹錫 條엿다.
驛前에서 수박을 사가지고 全州 成吉 問病을 간바 出入을 못하고 있드라. 바로 任實로 行해서 病院에 榮台을 問病한바 위급하게 되엿드라.
農協에 積金을 다시 하기로 하고 月 39,000식 拂入키로 하고 (50萬원자리) 第一次로 入金시켯다. 教育保險도 끝내고 明年 1月 19日 찻기로.

<1979년 7월 24일>
任實서 電話가 왓다. 永台가 위급하니 退院하겟다고 햇고 南連 氏을 同伴해서 病院에 간바 病勢는 旣히 글엇드라. 院長과 相議하야 會計을 맞인바 全部 55,000원 끝을 내고 退院햇다. 夕陽에 崔元喆가 택시을 가지고 와서 全州로 옴기자 햇다. 마음대로 하라 햇다.
大里에서 炳基 堂叔이 왓다. 宗事에 打合次 왓다. 明日 맛나기로 하고 作別햇다.
밤에 全州 崔今禮에서 전화가 왓는데 永台는 예수病院 入院했으나 自信이 업다고 햇다.
成奎에서 포푸라 代金 20萬원을 받다. 그려면 9,500株代 總 60萬원을 차잣다.

<1979년 7월 25일>
鄭九福 氏 債務 元利 合해서 96,800원을 9個月 10個月間 利子 4分로 해서 全額 完拂해 주웟다.
配達 孫夏周 便에 南稅 19,400원을 拂入해 주웟다.
大里 炳基 堂叔하고 同伴해서 任實 石工場長을 訪問햇든니 不在中. 回路에 基宇 집을 찻고 술을 마시고 왓다.

<1979년 7월 26일>
堂叔하고 館驛에서 맛나고 任實 石工場에 갓다. 主人을 맛나고 床石 2組 망頭石[望夫石] 2組을 33萬원에 締結하고 角字비는 따로 2萬원을 주기로 햇다. 다시 뻐스로 同伴해서 全州 成吉에 갓다. 宗穀帳簿을 보고 再算해보니 9叺 5斗 5升엿다. × 4,000 = 382,000이엿다. 爲先할 豫算額은 45萬쯤 되여 戶當 1萬원식 据出하야 8萬쯤만 保充해보자 햇다.
成苑 집을 단여서 바로 지[집]에 온바 具道植이가 왓다. 債務 20萬원을 내라 햇다. 못한다 햇든니 再促을 藉〃 하기에 나분 말을 햇다.

<1979년 7월 27일>
丁基善이를 맛나고 麗水에 갓다 온 事緣을 말해보라 햇다. 爲先는 정황이 없어 말 못 햇다고 햇다. 그려나 내의 畓 2斗只을 位土를 너달아 줄 것을 付託햇다.
終日 舍郞에 누윗다. 몸이 조치 못하고 他人의 債務整理가 못되여 不安햇다.
때 아닌 비가 내렷다. 崔南連 氏가 단여갓다. 永台는 좀 나슨 것 갓다고 햇다.

<1979년 7월 28일>
田畓을 全部 둘여보니 作況이 不況햇다. 고초농사 벼농사 每日 달아지드라.
牟潤植 內外가 왓다. 밤에 대수리[다슬기]를 사가지고 왓다. 그려면 前番 600 + 750 = 1,350.
成曉가 밤에 왓다. 밤에 차로 와서 잣다.

<1979년 7월 29일>
裵明善(里長)에서 農藥 후지왕 米立製[微粒劑] 5봉 3k分 오리자 5봉 4k을 가저온바 후지왕을 使用하고 오리자는 느젓다며 退出하라고 전화가 왓다.
全州에 崔泰宇가 전화햇는데 閏 六月에 立石을 石物을 延期하지 안코 고집대로 한다면 負擔金만은 못 내겟다고 햇다.
오리자을 成東 便에 후치왕으로 농약을 交체해 왓다.
午後에 全州 약강에서 牟 生員을 對面햇다. 同伴해서 예수病院에 갓다. 問病하고 崔瑛斗 氏와 同伴해서 왓다. 섭〃을 牟潤植 尹錫에 집고[짚고] 此後 法的으로 따지겟다고 하나 成立이 될가.

<1979년 7월 30일>
방아 찌고 新平에 보리 共販에 갓다. 것보리 2叺 피보리 2叺을 買上햇다.
郡車로 바로 오다가 驛前에서 崔南連 崔八龍 氏을 맛낫다.

<1979년 7월 31일>
大里學校에서 招請을 밧고 參席햇다.
崔永台는 病院에서 退院햇는데 治料비는 約 31萬원쯤 들엇다. 任實 條 合하면 約 40萬원 以上이엿다.
東錦契 犬을 사겟다고 鄭鉉一에서 15仟원을 밧고 外人에 무르니 18,000원에 팔엿다고 햇다.
明日 牛를 파라야 하는데 成東이는 술만 마시고 잠만 자니 폭〃할 일이다.

<1979년 8월 1일>
崔南連 氏을 시켜서 牛 2頭을 市場에 보내고 買上한 비 295,000 收入햇다. 참으로 시원햇다. 大{同}工業社 外上代 10萬원 中 8萬원을 入金하고 任實 注油所 182,120 中 10萬원 入金해주고 왓다.
養老堂인지 노는 데인지 不問인데 具道植을 맛낫는데 돈 좀 주워 햇다. 氣分이 不安햇지만 빗진 죄인이라고 生覺하고 짐작햇다.
夕陽에 112,400원 具 氏에 會計햇다. 尹錫 外上代 보리 2叺代 計 31,640원을 會計햇다.

<1979년 8월 2일>
終日 방아 찌엿다. 牟潤植 氏가 왓다. 金 五萬원을 드릴 터이오니 崔瑛斗 氏에 傳해 달아고 햇다. 그리 말고 合法的으로 同席해서 答禮합시다 햇다.
夕陽에 또 牟 生員이 왓다. 今夜에 面會하

자 햇다.
嚴俊祥을 맛나고 5日 桂樹里에 가서 제골하자 햇다.
面長 指導所長이 왓다.
鄭宰澤 種籾 2斗代 방아싹하고 會計 完了햇다.
밤에 崔南連 氏에 갓다. 同行을 要求햇든니 拒絶햇다. 理由인즉 돈이 적다는 뜻이고 午前에는 좋은 짓이라 하든니 1日도 못되여 변햇다.

<1979년 8월 3일>
終日 舍郞에서 讀書만 하고 1日을 休養햇다.
郡 公報室에서 職員이 왓는데 朴榮澤 氏라고 햇다. 新安宅 생질이라고.
面長 指導支長[指導所長]이 왓는데 農藥散布 啓몽[계몽]次 왓다.
※ 成東이는 어제 밤에 家出하고 오날 夕陽에 온바 內外 是非을 햇다고. 그려면서 永久히 家出한다고 나갓다.

<1979년 8월 4일>
終日 방아 찌엿다.
水道 모터가 異常이 있어 李云在을 불어왓다. 夕陽에 물을 올이는데 모-터 탓다.
고초밭을 매는데 마음이 不安햇다.
理髮은 2個月 만에 햇다.
新安宅 重宇 成奎 昌宇 大山宅 全部 専햇다. 陰 14日 爲先한다고 일엇다.
鄭太炯 氏 種麥代 8,250을 주고 운임 7叺代 1,050원 收入햇다.

<1979년 8월 5일>
아침 7時부터 내린 비는 12時을 當하니 大洪水로 앞들은 全野가 浸水되 稻作 不狀을 준 듯십다.

<1979년 8월 6일>
아침에 田畓에 가보니 被害 만타.
館村 堂叔이 단여갓다고 햇다. 今日 立石을 한다 햇다. 食後에 가다 路上에서 쏘나기를 맛나고 그대로 갓다. 多幸이도 午後에는 비가 개이고 해서 兩位 立石은 끝냇다. 昌坪里에서 大小間에서 不參하고 내만 갓다.
宗穀 1叺代 4萬원 주웟다. 元利 合해서 16斗 8되인데 于先 1叺代만 주웟다.

<1979년 8월 7일>
沈參茂 昌宇와 同伴해서 배답 방천을 한바 0.5日이 되엿다.
물고기를 잡아서 우리 집으로 가저와 끄려 달이기에 끄린바 約 20名이 募엿다.

<1979년 8월 8일>
裵永植을 시켜서 農藥을 하려간바 두워 통하든니 어지럽다고 한바 機械도 故章을 이르켯다. 驛前에 가서 修理하고 尹南龍 前條 修理費 4仟원을 주고 왓다.
午後에 藥을 하자 햇든니 不應해서 작파하고 生覺하니 압날이 아득햇다.

<1979년 8월 9일>
楊水機代 成吉 條 昌宇에서 내게 保管金은 8萬원은 1978. 6月 5日字인데 79. 5月 5日까지 11個月 利子 30,800 元金 80,000 計 110,800인데 于先 10萬원만 주고 殘金 10,800 利子 1,134원 計 11,934원을 今日 昌宇에 還拂 完納해주웟다. 大里 가는 途中 路上에서 주웟다.
昌宇 重宇을 同伴해서 大里에 갓다. 里民

이 約 20餘 名이 山淸에서 作業. 3位을 募시엿다. 途中에서 郭宗燁을 맛나고 17日 契加理하기로 햇다.

<1979년 8월 10일>
成國 成愼을 시켜서 農藥을 햇다.
上水道가 故章을 藉〃히 이르켜서 괴롭다.

<1979년 8월 11일>
成俊 成國을 시켜서 못텡 7斗只에 農藥을 뿌렷다.
嚴俊峰 裵明善이가 왓다. 上水道 計量機[計量器]을 떼고 金 五萬원을 주기에 全州 金正大 氏을 訪問하고 專해준바 月曜日 다시 對面하자고 하고 中食을 먹고 成吉 집에서 단여서 任實로 向햇다.
路上에서 館村 朴鍾彬 氏을 對面하고 移轉 件을 付託 依賴햇다. 印章까지 주웟다.
밤에 牟潤植 氏 內外가 왓다. 金 七萬원을 準備햇다면서 崔南連 집으로 갓다. 崔瑛斗 氏도 參席한바 七萬원 못 밧게다면서 退場한바 南連하고 둘이서 打合하다 다음 牟潤植 氏을 맛나겟다면서 七萬원을 南連 氏 막기고 왓다.

<1979년 8월 12일>
國民校生 3名 家族이 動員하야 포푸라 苗田에 비니루을 거드워 주웟다.
午後에는 방아 찌는데 熱이 나고 氣溫이 40度 異常인 듯햇다. 始作하니 밤 10時까지 찐바 오래만{에} 찌려 하오니 답〃햇다.

<1979년 8월 13일>
終日 精麥을 한바 10餘 叺.
丁基善이 麗水에서 5日 만에 온바 爲先之事는 다음으{로} 미루고 왓다고 햇다. 理由는 其의 子息이 죽은바 只今까지 석이 삭지 못햇는 理由로다.
農土을 賣渡하려 해는데 그도 또한 딱하게 되엿다.
밤에 崔瑛斗 氏가 차자 왓는데 마음이 무急한 듯십다. 牟潤植 氏에 非反[誹謗]을 한데 法的으로 過失이 없는데 여려 말을 하면서 여려 사람 잇는 곳에 가서 말해보겟다기에 生覺해서 하라 햇다.
밤에 成曉가 왓다.

<1979년 8월 14일>
牟成京 氏을 對面하고 崔瑛斗 氏의 件을 再生覺해보라 햇다. 牟潤植 氏는 確答을 하지 안햇다. 尹鎬錫 氏을 맛난바에 밤에 養老堂에 崔瑛斗가 와서 公開的으로 여려분이 牟潤植 關係을 解決해달이기에 參者는 말 못한{다}고 不應햇다고 햇다.
※ 朴俊祥에 金 百원을 주면서(부역하는데 路上에서) 보리방아 싹 2仟을 보태서 里長 班長 祖穀代[租穀代]을 會計하라 햇다. 嚴俊祥 氏는 고기 잡고 1日 놀자 햇다. 村前에서 1日을 보냇다. 負擔金은 五百원식이라고 햇다.

<1979년 8월 15일>
一. 成奉이가 家出 수個月 만에 왓다. 네 어데 있는야 햇다. 京畿道 五山에 있엇다면서 부로크 工場인데 月 15萬원을 받는데 食비로 3萬원 떼고 2萬원은 雜비로 주고 10萬원은 每月 積金시켜 준다 햇다.
一. 午後 3時 40分 列車로 鴨錄(谷城)에 대사리[다슬기]을 잡는 데 따라 갓다. 全

員 9名인데 2名식 짝궁이 지엿는데 나만 짝궁이 업다. 全部 女子인데 男子로써 짝궁을 할 수 업서엿다. 새벽 2時까지 잡고 보니 約 1斗는 되엿다. 비는 오는데 마음 괴롭고 苦心이 多分햇다.

一. 裵京漢의 妻 便에 서울 成康의 安否을 드렷다.

<1979년 8월 16일>

아침 5時 40分 列車로 鴨錄에서 관촌역에 當한니 7時 10分쯤이엿다. 朝食을 맟이고 大里 炳基 집에 갓다. 立石 時에는 自己가 8萬원을 代納햇지만 今般 曾祖母 移葬 時는 成吉이하고 相議해서 祭祠 物品을 準備해달이 햇다. 成吉이하고 相議하겟다고 햇다.

任實에 가서 蠶室用 材木을 삿고 있으니 林遺復 氏가 어제 館村 市{場}에서 무 種子을 빼기엿다면서 成曉에 依賴해서 찻게 해달아기에 成曉에 전화햇든니 館村에 말해보겟다고 햇다.

大里 郭宗燁을 맛나려 간바 內外가 全州 갓다기에 新平을 가서 哲浩을 맛나고 犬肉 10斤 內장 해서 2萬원에 흥정하고 15仟만 주고 왓다.

밤에 鄭鉉一이가 왓다. 契穀 利子 4斗하고 保管米 6斗 5되하고 計 10斗 5되代 42,400원을 주고 갓다.

<1979년 8월 17일>

새벽부터 비는 내린데 근치지을 안는다.

大里 郭宗燁 氏을 訪問. 契員은 內外 全員이 모엿다. 中食 酒類 1切을 願滿[圓滿]하게 먹고 暴雨 中이라도 잘 놀앗다. 洪水로 依해서 빼스로 용은치로 도라 왓다. 契穀 利子로 노는데 殘金이 增한바 16,650원(白米로는 4斗)인데 이 中에서 郭宗燁이 11,650을 取貸해갓다. 契長이 五仟원 保管中임.

<1979년 8월 18일>

裡里 新案機械工業社에 갓다. 玄米機 修理한바 代價는 밧지 안햇다.

오는 길에 成吉 집에 들이여 오는 20日 曾祖妣 移葬에 對한 打合코 金 5萬원을 받고 45,000원을 炳基 氏 드리고 5仟원은 내게 잇다.

嚴俊祥을 맛{낫}다. 明日 手苦을 해달아고 하고 重宇 成奎에 말하고 來日 꼭 大里에 가보라고 햇다.

<1979년 8월 19일>

昌宇 嚴俊祥을 同伴해서 西村에 갓다.

曾祖母 墓所을 破墓한바 初喪 時와 갗이 棺을 使用햇드라. 遺骨도 如前이 잇고 햇다.

館村에 와서 中食을 햇다. 旅비는 7,000원을 썻다.

桂樹里에서 宗會가 있다고 朔崔들이 募드는데 보왓다. 崔南連 果幕에 募待엿다.

<1979년 8월 20일>

今日은 曾祖母 移葬日이다. 昌宇 俊祥을 同伴해서 大里에 갓다.

康治根 氏을 對面하고 人家 近處에 墓을 쓰게 되여 未安하다 햇다.

午後 1時頃에 作業은 끝이 낫다. 昌坪里에서 崔南連 牟潤植 氏가 參禮해서 協助해주워 感謝하다 햇다.

炳基 堂叔하고 決算을 해보니 約 8萬원이 들엇고 5萬원는 그제에 成吉에 가저왓고 不足 3萬원은 不遠 보내달아고 侄婦에 말

햇다. 그려면 立石 時 8萬원 今般에 8萬원 計 16萬원이 宗員 負擔으로 알고 있다.
밤에 成東이가 왓다.

<1979년 8월 21일>
고초 7, 8斗쯤 가지고 任實 市{場}에 갓다. k當 700원식 賣渡한바 22,000원 밧닷다.
成曉 집에 간바 메누리가 왓다. 相範을 데리고 왓다.

<1979년 8월 22일>
驛前 金 氏가 왓다. 도야지 6萬원에 賣渡한바 金 氏는 住民들에 白米 1斗에 7斤식 노왓다. 고기를 좀 먹는데 속이 조치 못햇다.

<1979년 8월 23일>
終日 精米햇다.
配達 孫夏周 便에 積金 39,100원을 農協으로 보내고 耕耘機 會員들에 案內狀을 주면서 車玉萬 牟敎萬에 傳해달아고 햇다.
電話料金 9,126원 창겨 주웟다.
夕陽에 全州 成吉에서 편지가 왓다. 書頭을 보니 自己의 祖母 祭祠을 今年만 모시다라는 書筆이드라. 明年에는 自己가 지내겟다고 햇다. 良心이 좇이는 못하는 사람으로 본다.

<1979년 8월 24일>
아침에 成奎 집에서 오시요 햇다. 가보니 兄수 生日이라고 햇다. 點順 成英이도 왓드라. 그려나 前番과는 달이 多情한 生覺이 生起이지 안는다.
李在植을 데리고 終日 蠶室을 손보왓다.
養老堂에 갓다. 尹龍文이 오시요 햇다. 술을 한 잔 주면서 尹相浩 氏가 말하기를 養老堂에서 賣店을 한바 못하겟다 화오기에 내가 해보겟다고 하고 崔瑛斗 氏도 하겟다 하오니 누구에게 도라갈 것인가 生覺 中이다라고 말햇다.

<1979년 8월 25일>
새벽부터 내린 비는 終日 내렷다. 李道植 氏을 데리고 蠶室 修理. 午前 中만 햇다.
成東이는 中食을 마친 卽時 방에 드려가더니 夕陽에까지 잠만 자드라. 비우가 맛이 안해 말해기도 실트라. 夕陽에까지도 蠶室에서 망치로 일을 해도 누워잇는 成東의 自身이 不良한 놈으로 生覺한다. 成國이를 시켜서 履歷書 願書을 사온 듯싶다. 日時가 보기가 실은 마음 時가 急하다. 年末에는 同居을 못하고 移居시키겟다.
夕陽에 늣게 靑云洞 問喪을 갓다.

<1979년 8월 26일>
市場에 갓다. 祭祠 장보기를 햇다. 午後에는 田畓을 둘여 보앗다. 豊年은 못 되여도 平年作은 된 듯십드라.
成曉 母는 成奎 집에 가서 全州 侄이 달이를 다첫다는데 한 번도 못 가보니 未安하다고 하니가 兄수氏 되는 이는 幣[弊]을 끼치니 가지 말아고 햇다. 어른이 되여도 말이 쓸모 업는 말이고 생각이 든다.

<1979년 8월 27일>
新平에 갓다. 耕耘機 業者會議을 召集햇든니 20名이 募엿는데 主務者인 金世男이가 不參하고 流會을 選言[宣言]햇다.
伯母 祭祠日이다. 成奎도 왓고 親家에서 왓드라. 成曉 內外도 參禮햇드라.
<1979년 8월 28일>

9時 빼스로 全州을 据處서 裡里을 通하야 全南 白羊寺驛에 到着한바 12時엿다. 12時 40分 列車을 다시 乘車하야 井邑을 行햇다. 列車가 㨗止[停止]하지 안니하기 땜이엿다. 鄭桀植 집 찻고 보니 婦人만이 있엇다. 群山에 잇는 鄭桀植에 전화해서 언제든니 와서 原動機을 修理해달아 햇다.

<1979년 8월 29일>

土組에서 工事請負業者가 訪問햇다. 日間이라도 工事을 着手하라 햇다.

洞內會議가 있어 參席햇다. 里長은 何等의 發言도 못하고 언제든지 새마을指導者란 사람이 主務者가 되여 잇드라.

밤에는 班長 집에서 募臨이 있엇다.

<1979년 8월 30일>

10時에 製絲工場에서 養蠶業者 講儀[講義]가 있서다. 講師는 李光淳 氏엿다. 郡守도 參席햇다. 午後 6時 30分까지 들엇다.

夕陽에 우리 집에 班員들 粥을 끄려주웟다. 술도 1병 냇다.

秋蠶 4枚을 掃立햇다.

<1979년 8월 31일>

丁宗燁 집에서 죽을 끄렷다기에 갓다. 듯자하니 裵永植이가 우리 집에서 전화을 밧앗다면서 모래 孫周恒이가 四仙臺에서 술을 한 판 주게다면서 丁基善을 對달해다기에 그려면 손주항이가 석방되엿다야 햇다. 나는 그려케 쉽게 못나온다고 햇다. 그려면 손주항이 없는데 누가 술을 주워야 햇다. 異常한 소리을 모두 하기에 卽時 電話을 金京贊氏에 그려보니 그것이 안니고 비서라는 사람이 招請을 한 것으{로} 안다고 햇다.

求禮에서 成玉 妻 外 1人이 왓다. 고초를 사려 왓는데 中食을 해서 주고 우리 농초 2斗 程度을 주워 보냇다.

丁宗燁 妹氏는 말하기를 具判洙 婦人이 過据에 男便하고(裵경환) 不正事件이 있엇는데 只今도 하는 行爲가 눈꼴시여서 判洙의 妻에게 冷情하게 말한바 其의 男便 判洙에 말해서 判洙는 官廳에 誥發[告發]하겟다 한니 社會的으로 추접하게 되엿다기에 고발 못하고 時日도 수年 지내고 햇으니 安心하라고 말해주웟다.

<1979년 9월 1일>

蠶室 早生育 施設을 再修理햇다.

全州에서 館村 郵替局을 通해서 電報가 왓는데 成傑 召集令狀이 왓으면 全州로 가저오라 햇다. 그것은 잘 모른 일이라 햇다.

※ 夕陽에 밤 七時晉 崔瑛斗 氏을 對面하고 金 貳萬원을 取햇다.

崔南連 氏을 同伴해서 丁奉來 氏 宅을 訪問하고 237의 參번지 國有林을 小作權만 사기로 하고 白米 11叺 5斗에 決定하야 契約金으로 白米 5斗代 20,500을 南連 氏에 주고 南連 氏 15斗代 61,500 게 82,000원을 奉來에 주고 契約{書}도 作成하고 今年 11月 20日로 期限을 定하고 南連 氏 乃宇 兩人이 合作해서 買受햇다.

<1979년 9월 2일>

終日 休息햇다.

田畓을 둘여보니 벼가 病氣가 잇는 듯싶다.

成曉가 단여갓다.

全州에서 電話가 왓는데 成傑이엿다. 萬諾 召集令狀이 나오면 兵役手帖하고 갗이 全州運搬社로 보내주시라고 햇다.

서울에 成康 집도 가보고 成英이 對面햇다고 햇다.

<1979년 9월 3일>

비는 내리는데 工場에서 原動機 修繕을 햇다. 午後에는 방아를 찌는데는 기야 齒齒가 5, 6개가 나가서 精麥하는데 異常이 새기엿다. 中止을 하고 鄭九福에서 2萬원 借用햇다.

<1979년 9월 4일>

아침에 原動機을 뜨더서 裡里로 갓다. 姜氏 집으로 가서 기아을 삿다. 館驛前에 맛기고 新平會議에 參席한바 午後 3時엿다. 會議事項은 金世男이가 白米 18斗을 秋後에 農協에 積金키로 햇다.

<1979년 9월 5일>

아침 通學車便으로 裡里에 갓다. 附品[部品]을 사고 집에 온니 12時엿다.
成東이 工場에 機械組立을 하는데 술이 취해 허성구성하고 비틀거리기에 氣分이 不安햇다. 술을 먹엇스면 방에 가 자라 햇다. 혼자 組立을 하는데 熱이 낫다. 多幸히 試運轉은 잘 되여서 精麥을 始作햇다. 그래도 나와 보지 안트라.
全州에서 祖父 祭祠에 參禮햇다.

<1979년 9월 6일>

全州운수사에 갓다. 成傑이는 大邱에 갓다고 하드라. 召集令狀하고 兵役手帖을 職員에 傳해주고 왓다.
終日 보리방아 찌엿다.

<1979년 9월 7일>

공장에서 乘降機[昇降機] 修理하고 精麥을 햇다.
뿌레의키[브레이크]가 날가서 又 送油菅[送油管] 파이푸가 터져 任實을 据處서 全州에 가서 만드려 왓다.
夕陽에 館村 驛前에 내리니 알 만한 사람이 人事을 하는데 記役[記憶]이 안니 낫다. 알고 보니 鄕校에서 맛난 掌議엿다. 巳梅面 사는 梁吉烈 氏엿다. 手中에는 十원도 없는데 할 수 없이 酒店으로 데려가서 外上으로 술을 接待하는데 창피햇다.
집에 오니 洑 活溝工事 請負業者가 왓는데 李相云 경운기을 쓰겟다고 하기에 먼첨 約束을 어긴 것은 大端이 잘못이다라고 햇다.

<1979년 9월 8일>

搗精工場에서 精米 精麥을 햇다.
成東이는 丁宗燁을 데리고 工事場에 耕耘機을 몰고 갓다.
館村農協에서 通報가 왓다. 떼여 보니 春蠶機檢通報엿다. 반갑게 內部을 보니 14,969원을 返納해달아는 緊急通報엿다. 過拂되엿다고 하오니 年中 運이 不運이엿다.
모든 것이 맘대로 되지 안코 보니 마음 不安하고 全身에서 땀이 훅〃 내린 때가 한두 번이 안니엿다. 他의 債務도 未決되 채엿다.

<1979년 9월 9일>

春蠶 種代 消毒濟 合해서 10,970원을 里長에 會計햇다. 未安하게 生覺햇다.
牟潤植 氏에서 金 貳萬원을 借用햇다. 崔瑛斗 氏 會計하려 햇다.
終日 白康俊 氏 精米한바 20餘 叺인데 賃料하고 任實 運비까지 해서 白米 1叺만 주

는데 代金으로 달아 햇다.
丁基善을 맛나고 斜色業者 會計 條가 約 10萬원인데 代借[貸借] 좀 해달아 햇든니 그려하라 하고 參人이 同席하고 打合하라 햇다.

<1979년 9월 10일>
아침에 崔瑛斗 氏 取貸金 2萬원을 드렷든니 해장 한 잔 하자고 해서 대우을 밧고 鄭鉉一 氏 宅을 禮房햇든니 또 해장하자 하야 昌宇 집에 갓든니 警察服 1着을 주면서 着用해보시요 햇다. 알맛잣다.
昌宇에서 警察服 1着을 주워왓다.

<1979년 9월 11일>
牟 生員 宅에서 招請햇다. 工事場 砂里[砂利] 彩取[採取] 2車分을 運搬해주웟다.
成東이는 풀베로 갓다.

<1979년 9월 12일>
成苑에서 金 8萬원을 借用햇다. 林澤俊에서 耕耘機 운임 16,000을 밧고 白康俊 氏에서 搗精料 35,000원을 받다.

<1979년 9월 13일>
終日 비만 내렷다. 舍郞에서 讀書만 하고 日課을 보내다.
밤 11時頃에 成傑이 主人하고 會計을 끝내고 왓다.

<1979년 9월 14일>
아침에 成傑의 말에 依하면 車主가 말하다면서 35師團에서 訓練이 끝나면 데려가겟다고 햇다고 햇다. 成傑이는 午後에 35師團으로 入所로 갓다.
群山서 鄭榮植 外 2名이 왓다. 原動機를 뜻더 監定[鑑定]해보니 約 145,000원쯤 든다고 햇다. 于先 8萬원을 주워 보냇다. 附屬品을 다 실코 3人이 떠낫다.
養老堂에 外上代 2,500원 完了햇다.
任實서 메누리 內外 家族이 왓다.

<1979년 9월 15일>
尹鎬錫 氏에서 金 五萬원 入金. 取貸 條이다.
裡里 合同뻐스터미널에서 鄭榮植을 對面하고 金 5萬원을 주고 갗이 中食을 하고 作別할 때 天安에서 시린다[실린더] 삐스통[피스톤]을 사고 메다루[미터기]는 大里다맥기엿다고 하나 其 뜻을 미더지든 안트라. 그려나 할 수 없엇다.
밤에 成曉는 屯南面에 出張 回路에 싸이카로 路上에서 부상을 당햇다고. 不幸 中 多幸으 生覺햇다.
無事히 先妣 慈堂 祭祀을 모시엿다.
上水道 베아링 2,000원 주고 2個을 交替햇다.

<1979년 9월 16일>
아침에 親友 및 유제 이웃 몃 분을 招請한바 約 23名이 募엿다. 1家親戚이 合해서 約 50餘 名이 朝食을 햇다.
田畓을 둘어보왓드니 被害가 만트라.
群山에서 鄭榮植이가 저화[전화]로 明 午後 3時頃에 오겟다고 햇다.

<1979년 9월 17일>
새벽에 또 비가 내렷다.
成曉는 아침에 出勤하는데 몸이 괴로왔엇다.
大谷里에서 棟農家[篤農家] 移秧機 見習大會가 開催된바 雨中이라도 各面에서 만

은 農家들이 募엿다. 會議場에서 副郡守 朴海求 氏을 對面 約 10餘 年만이엿다. 中食은 徐海奉 氏 宅에서 接待을 밧닷다.
成曉도 參席하고 農産課長을 처음 人事하고 其 車便으로 왓다.
朴鍾喆 農事係長에 倭屬[委囑]하야 移秧機 1臺를 口頭申請하고 왓다. 本 移秧機는 全額 융자하고 年 11% 利子에 五年 均等 償還키로 함.

<1979년 9월 18일>
어제 밤 여려 가지로 生覺한 끗테 嚴俊峰이와 同業으로 合作했으면 뜻이엿다.
아침에 俊峰 집을 訪問하고 移秧機에 對한 意見을 交換한 結果 俊映 成東 兩人에 營業的으로 倭任[委任]키로 하고 契約(융자) 具備 切次[節次]는 俊峰 乃宇 名儀로 하야 全的으로 우리가 兩人 責任키로 約束하고 不遠 契約締結하려 가자 햇다.
鄭桀植 內外가 附屬을 가지고 왓다. 그려나 全南 潭陽 妻家에 단여온다고 갓다.
밤에 相範 孫子가 몸 熱이 過重해서 택시로 서울病院에 갓다. 체이엿다고 治료을 밧고 왓다.

<1979년 9월 19일>
中食 後에 다시 相範이가 熱이 낫다. 택시을 불어서 家族 全員이 任實로 갓다. 다시 病院에서 治料하고 집으로 왓다.
내의 몸도 안조왓다.

<1979년 9월 20일>
只沙 芳鷄里 金漢德 小祥에 參禮햇다.
金逸鉉 氏을 禮訪햇다. 豚舍도 見學햇다.
6時 10分 뻐스로 오는데 只沙에서 支署長 李化在 氏을 對面햇고 炳列 氏 堂叔을 맛나서 술이라도 한 잔 하자고 해서 待接을 밧앗다.
成苑과 同行햇다.

<1979년 9월 21일>
午前 中 鄭桀植 技士가 왓다. 修理을 하다 보니 뻬스통이 늘여 드려가지을 안햇다. 夕陽에 鄭技士는 明日 오겟다고 하고 떠낫다.
尹錫에서 고초 5斤에 12,500원을 주고 삿다.
斜色料을 받으려 왓는데 明日 보자고 해서 보냈으나 막연하다.
밤에 丁基善을 訪問하고 10萬원을 要求햇다. 丁奉來에서 가저왓다고 10萬원을 주워 感謝히 가저왓다.

<1979년 9월 22일>
午前 9時 50分에 鄭 技士가 왓다. 午後 5時까지 修理는 完了햇다. 清算을 하고 보니 機械 附屬代만 6,800 旅비 萬원이라기에 2萬원 주웟다. 日工은 고초 8斤으로 주웟든니 氣分이 良護[良好]한 걸로 보왓다. 全部을 計算하면 約 20餘 萬원이 든 편이다.
(印) 成傑 母에서 6萬원을 借用해왓다. 成東이는 訓練 갓다 왓다.
(印) 斜色料 殘金은 94,800인{데} 4,800원을 밪이 안트라.
上水道用 計量器을 添着햇다. 이제부터는 料金을 내야 한다.

<1979년 9월 23일>
一. 成愼 母 便에 授業料 36,000원을 傳햇다.
一. 鄭九福 氏에서 參萬원 借用햇다. 積金을 拂入하기 爲하야.
一. 午後부터 秋蠶은 上簇하기 始作하야

밤에까지 全部 上簇햇다.

一. 聖壽面 加壽里 金台煥 別世의 訃音이 왓다. 出喪은 25日.

一. 任實 大同工業社에서 張泰雄 氏가 來訪한바 移秧機을 申請해주시요 햇다. 其時 抛棄해도 조흐니 捺印을 要해 承諾햇다.

<1979년 9월 24일>

방아 찟는데 古役[苦役]이 만햇다. 群山에 전화해서 明日 단여가라 햇다.

비가 내렷다. 桑◇에[桑田에] 비료를 햇다.

<1979년 9월 25일>

加水里 金台煥 弔問 香燭料金 參仟원 持參하여 갓다. 李◇根[李成根] 氏와 同行햇다.

可水里 村前에 喪長는 出行 中 路上에서 參拜하고 步行하야 李樣根 氏 집으로 해서 왓다.

午後에는 任實 相範에 가보니 病勢는 그만하는데 오수로 가서 藥 2첩을 지여서 주면서 메겨보고 효차가 있으면 바로 열락하라 햇다.

방아는 正常으로 回轉햇다.

<1979년 9월 26일>

누에 손을 보왓다.

成東이는 되야지 3頭을 사왓다.

夕陽에 任實 鄕校에 갓다. 春秋大祭日이다.

尹錫에서 金 萬원을 取한바 機械 附屬을 사서엿다.

<1979년 9월 27일>

朝食을 鄕校에서 맟이고 11時頃에 大祭準備을 끝내고 署長 郡守 敎育長이 參席하야 大祭을 올이엿다. 12時에 끝이 낫다.

中食을 맟이고 相範 집에 간바 全州로 데리고 病院에 갓다고 없드라.

密陽 30號을 刈取햇다.

<1979년 9월 28일>

家族은 누예고추을 따고 나는 脫穀機을 修繕하고 午後에는 全州로 附屬을 사려 갓다.

驛前에서 용접도 하고 附屬도 保充햇다.

全州에서 온니 里長이 왓다. 治下金이라면서 封投[封套] 하나 주워 밧고 보니 金 萬원이 드렷드라.

全州 湖南商會 外上代 5仟원 끝내주웟다.

<1979년 9월 29일>

終日 脫穀機 修理을 햇다.

夕陽에 秋蠶을 販賣하려 갓다. 煥産이 안니 되엿다고 退하기에 창피해서 가지고 왓다.

機械을 修理한바 4,000원을 주원[주웟다].

脫穀機用이엿다.

明日 外孫子 承喜 돌이라고. 任實 메누리도 왓다. 成曉도 밤에 왓다.

아침에는 선동 叔母 生日 朝食을 햇다.

靑云洞 小河川 起工式日이다.

任實驛에서 7日 밤 12時 서울行 列車票 2枚 3,900원에 삿다. 成英 成玉 것을 豫買햇다.

<1979년 9월 30일>

承喜 돌이엿다. 成苑이 飮食物은 全部 負擔햇다. 群山에서 外(배갓) 사돈이 왓다. 中食을 하고 作別한바 금반지을 하나 해가지고 왓드라.

任實 驛前에서 申 氏에서 相範의 藥을 지

여왓다.
누예고초을 夕陽에 共販한바 20萬원 過拂되여 此을 控除하고 왓다.
李澤俊(婿)는 27日字로 任實 警察署로 轉勤되엿다.
新品種 벼을 손칫다.
成英 成玉이는 10月 7日 밤 12時 서울票을 삿다. 8日 아침 5時에 到着한다 햇다.

<1979년 10월 1일 月>
一. 任實 注油所에 外上代 81,000원을 全部 會計하고 現金으로 輕油 1드람 25,500원에 買入하고 又 外上으로 깡모비루 4통이 가저왓다. 통당 2,500식.
一. 大同工業社 任實에서 耕云機[耕耘機]을 修繕한바 41,700 中 11,700원을 주고 殘 3萬하고 前條 2萬원 計 5萬원을 帳簿에 記入하고 왓다.

<1979년 10월 2일>
終日 보리방아 쌀방아 고초바아[고추방아] 여려 가지을 終日 찌엿다.
成東이는 벼 묵고 夕陽에는 南連 氏 대초 館驛까지 운반해주웟다.
成康 外叔母 光陽서 왓는데 고초 2, 3斗 주워 보냇다고 햇다.

<1979년 10월 3일>
서울서 電報가 왓는데 東京 金商文 氏에 왓다고 急히 서울로 전화 1통 하라고 햇다. (777局) - 8,135번. 成康 母와 갗이 全州 高束[高速]{버스 停留}場에 갓다. 約 3時間쯤 1時 50分에 맛낫다. 택시로 5仟원에 作定하야 집에까지 왓다.
中食을 맞이고 繕物을 주는데 안경과 成康의 時計 양산 衣服 술인데 술은 英國製라면{서} 1병에 7萬원이라 햇다. 任實驛까지 前送[餞送]해주웟다. 13日게 다시 온다고 햇다. 成康에 用金 五萬원을 주드라.
成英 成玉이가 서울서 왓다.

<1979년 10월 4일>
終日 방아 찌엿다. 떡 고초방아엿다. 約 13,000원 收入햇다.
10餘 名이 짜고 도야지을 잡고 보니 10仟원이 나마드라.
成英이는 特急 票를 무르고 6日 午前 票을 삿다.
韓相俊이가 內衣 1着을 사서 보내왓다. 大端이 고마우나 무슨 理由도 잇는 듯십다.
相範을 데리고 예수病院에 갓다 왓는데 밤에 왓드라.

<1979년 10월 5일>
祖上에 省墓 드리고 午後에는 大里 曾祖父母 山所에도 갓다.
夕陽에는 任實에 가서 李相云 驛長을 맛나고 列車票을 交替하고 술이 취해서 朴公熙 집을 간바 잠이 들어 눈을 떠보니 새벽이엿다.

<1979년 10월 6일>
朴公히 집에서 朝食을 맞이고 다시 相云을 맛나고 왓다.
夕陽에 路上에 간니 鉉一 子는 泰植는 丁基善이와 言聲 끝에 행패을 부려 支署에 전화해서 巡警이 왓는데 黙過하고 간바 丁基善이 다시 署에 ◇告해서 따지겟다고. 鄭鉉一이도 우리 집에 와서 相議는 햇지만 그력저력 햇다.

<1979년 10월 7일>
아침에는 金太鎬 집에서 朝食을 햇다. 成玉이를 데리고 任實驛에 갓다. 驛長을 맛나고 밤票을 물이고 11時 票을 사서 보냇다.
朴公히 先生을 맛나고 또 술 한 잔 햇다.
오는 길에 基宇 집에 갓다. 全州 金泰植이가 왓다. 갗이 休息 談話을 하고 집에 오니 몸이 不平햇고 코피가 나드라. 中食 夕食은 永遠히 굴멋다.

<1979년 10월 8일>
任實 大同工業社에서 전화가 왓는데 單協組合에 가서 移秧機 賣買申請만 해놋고 다음에 융자 申請手續을 하라 햇다.
工場에서 精米機 손질을 햇다.
讀書만 햇다.
丁基善 집을 단여왓다.
成奉이는 今 夕陽에 烏山으로 出發햇다.

<1979년 10월 9일>
家族들은 벼을 묵고 나는 裡里로 附屬品을 사려 갓다. 品은 大端 高價드라. 夕陽에 와서 組立을 끝냇다.
新田里에서 夕陽에 成曉하고 妻男이 왓다. 밋고리[미꾸라지]을 잡아왓다.
明日 脫作키로 햇다.

<1979년 10월 10일>
嚴俊峰이와 同伴해서 新平農協에서 80年度用 移秧機 壹臺을 四組式을 申請햇다. 內部는 俊峰과 合株이다. 移秧用 箱子는 푸라티로 崔乃宇 400個 嚴俊峰 400개 計 800을 申請햇다.
全州로 갓다. 路上에서 李存燁 氏을 面會햇다. 中食을 待接 밧고 왓다.
機械類 附屬을 사고 새기帽子을 사고 殿洞合同停留所에서 李在迷 氏을 10餘 年 만에 相面햇다. 서울 永登浦 驛前에서 旅館을 한다면서 派出所에 무르면 案內해준다면서 꼭 오시면 訪問해달아 햇다.

<1979년 10월 11일>
방아 찟다가 玄米機가 異常이 있어 뜻고 보니 使用不能햇다.
光陽에서 金商文 氏가 왓다. 갗이 술과 中食을 하고 3時 急行列車로 보냇는데 고초가루 좀 주웟다.

<1979년 10월 12일>
今日은 내의 生日이다. 親友 內外 20名을 招請하여 中食을 갗이 햇다.
1時 50分 列車로 玄米機을 실고 新案工場에 갓다. 修理한바 手工料는 안밧고 베야링갑만 밧드라. 택시로 집에까지 오는데 6仟원을 주웟다.
金雨澤에서 金 五仟원을 取햇다.
밤에 郡 農事係長이 왓다. 成曉는 園예係 次席으로 갓다고.

<1979년 10월 13일>
金炯進 李正鎬을 어더서 終日 우리 農곡을 脫作한바 53叺. 방아도 찟고.
成傑이는 大隊로 떠러젓다고 햇다. 아마 거리가 멀어 不安한 模樣이다.

<1979년 10월 14일>
崔重宇와 갗이 成東이는 집가리 脫곡 1部을 햇다.
午後에 支署에서 金 巡警이 왓다. 丁宗燁이를 鄭泰植이가 때린 것을 보왓다면서 證

人을 要햇다. 알고 보니 丁基善가 二次로 支署에 전화해서 鄭鉉一 子息을 훈게해달아고 햇다 金 순경 말햇다.

<1979년 10월 15일>
成東이는 今日 訓練하려 任實로 해서 全州로 떠낫다.
아침에 방아 찟고 9時에 安承均 氏 脫作을 하려 간바 어제 점심부터 먹지 못하고 今日 作業하는데 手足이 쥐가 나서 不安햇다.

<1979년 10월 16일>
工場을 손보고 掃除도 햇다.
云巖 黃○○ 人으 와서 午後에 脫穀을 해달아기에 脫穀機을 손보와든니 消息이 없어 氣分이 상햇다.
夕陽에 農組에서 金 氏가 왓다. 用務는 今年에 水稅을 附加하겟다고 햇다. 熱을 내면서 强制徵收할 수 잇나 햇다. 不遠 農組에 오시여 組合長하고 打合하시요 하고 地合調査 等級을 再調定한다기에 不應햇다.
※ 밤에 牟潤植에서 10萬원 借用햇다. 油類을 買受하기 爲해서엿다. 밤에 任實 注油所에 전화해 18日 가저오라 햇다.

<1979년 10월 17일>
成樂이가 서울서 特泊으로 집에 왓다.
云巖 黃 氏 脫穀을 햇다. 脫穀機 耕耘機가 異常이 生起여 成樂이를 시켜서 手工을 햇다.

<1979년 10월 18일>
崔南連 脫穀 8叺을 햇다.
上水道 修理 10餘日 만에 通水가 되엿다.
曾祖考 墓所을 軍用地로 占有하겟다고 通報가 왓다.
밤에 成樂 內外가 大里에서 왓다. 今日 밤 大里에서 자고 明日 첫 車로 서울로 出發한다고 해서 金 五仟원을 주워 보냇다.

<1979년 10월 19일>
아침에 任實 注油所에서 金鍾哲 氏가 卽接[直接] 油類을 실코 왓다. 輕油 5드람 - 石油 1드람 모비루 1초롱 以上 引受하고 代價는 1部 5萬원만 주고 殘金은 此後에 淸算키로 햇다. 食後에는 崔瑛斗 脫作햇다.

<1979년 10월 20일>
沈參茂 母 回甲이엿다. 朝食을 갗이 햇다.
裵明善 里長에서 金 五萬원 取貸한바 內用은 成奎 條로 본다.
全州에 갓다. 새기 틀을 47,000원에 사서 託送하고 工場에서 所要된 附屬 사가지고 왓다. 驛前에서 炳基 堂叔을 面談한바 大里 部落 1部가 軍用基地로 들어가고 墓地도 수없이 드려갓다고 햇다.

<1979년 10월 21일>
成東이는 牟潤植 脫穀 金宗出 脫穀을 햇다.

潤植 19叺 } 31叺엿다.
宗出 12叺

新德 申信哲 回甲에 參席. 朴常福와 同伴햇다.
全州에서 成吉이가 왓다. 大里 大門安 曾祖山 移葬에 打合햇다. 오는 26日 新平國校에서 指示을 받은 後에 宗會을 召集하자고 햇다.
밤에 成東 便에 館村 崔香喆에서 白米 2叺을 보내고 叺子 30枚 새기 1玉을 外上으로 가저왓다.

밤 11時 40分頃에 嚴俊映 母 死亡.

<1979년 10월 22일>
嚴俊映 喪家에서 놀앗다.
鄭九福 鉉一 집에 帽子을 차지려 갓다. 鉉一이는 말하기를 病院에 入院 中 듯자하니 丁基善이는 萬諾 丁宗燁의 件을 警察이 묵인한다면 모가지를 떼겟다고 한다니 경찰 묵을 뗄 수 잇나 하면서 여{러} 가지로 基善에 對하야 不安的인 말을 하드라.

<1979년 10월 23일>
喪家 出喪한 데 갓다. 손님 몃 분이 왓드라.
12時頃에 出喪하고 即席에서 任實 加工組合 事務監査하려 갓다. 參席하고 보니 金東旭 李光연 崔永喆 常務가 募엿다.
中食을 맞이고 成曉 집을 들여서 全州로 갓다. 모터 1臺를 사가지고 집에 온니 밤이엿다.

<1979년 10월 24일>
任實 指導所에서 移秧機 敎育 및 養苗에 對한 指導을 받앗다.
午後 四時에 끗이 낫는데 途中에서 韓大연 朴 常務 李光연 氏을 相面하고 별집으로 갓다.

<1979년 10월 25일>
今日 移秧敎育은 끝이 낫다. 移秧도 해보왓다. 오는 途中에 오수로 가서 새기나발을 삿다.

<1979년 10월 26일>
新平面에 갓다. 軍用地 選澤[選擇]에 對하야 大門安 曾祖 兩位는 該當 없고 큰까금 4位는 該當된다고 햇다. 九耳에서 炳赫 堂叔도 왓든라.
成東이는 光燁 벼 운반햇다.
南原서 메누리가 왓다. 相範이도 왓다.

<1979년 10월 27일>
이光엽 脫穀을 햇다. 기분이 아조 不安햇다. 脫곡을 해서 창고에다 부서버리니 세여볼 수도 없고 主人 마음대로 30叺라 햇다. 싹을 달아하니 1叺마 주겟다고 햇다. 어제 시려온 것은 못준다고 햇다. 不良한 연이라 생각햇다. 손도 다치고 햇는데 女子라 하지만 그럴 수 잇나.
아침에 7時 뉴스에서 大統領이 殺害당햇다고 들엇다.

<1979년 10월 28일>
終日 방아 찌엿다.
成東이는 具福順 脫곡 鄭九福 벼 운반 白康善 벼 운반햇다.
相範이가 몸이 熱이 나고 해서 데려다 주웟다.

<1979년 10월 29일>
朴公히 脫穀을 한바 29叺햇고 용운치 驛前에 2次에 運搬을 해주웟다.
鄭圭太을 맛낫다. 未安하다면서 脫穀은 亡林長煥 婿에 해겟다고 하기예 잘 햇{다}고 햇다. 갯심한 놈이라고 生覺코 다음 무슨 아순 일이 잇더래도 바주지 못할 生覺이엿다.
밤에는 全州에서 成吉이가 왓다.

<1979년 10월 30일>
崔瑛斗 鄭九福 脫穀을 햇다. 싹을 밧는데 鄭九福은 싹이 빘아다면서 운반비는 안밧는데 운반비조차 밧는다면서 不顔이면서

大端히 서운하게 生覺하더라.
丁基善을 맛나고 자네 그렬 수 잇나면서 今年만이라도 내게 脫穀을 해달아 한바 그례케 하시여 햇다.

<1979년 10월 31일>
丁基善 脫穀. 밤에까지 37叺을 햇다.
尹鎬錫 氏에서 貳仟원 取貸햇다.

<1979년 11월 1일>
丁基善과 尹鎬錫 氏와 同伴해서 新平 所在地 會館에 마련해 노은 빈소에 焚香을 하고 訪名錄[芳名錄]에 記載햇다.
館驛前에서 農組 職員 3名을 對面하고 日間 土組에 가서 組合長하고 課稅에 對한 打合을 하겟다고 하고 왓다.
집에 와서 새기 꼬기.
밤 10時頃에 돌머리宅이 病患이 낫다고 해서.146

<1979년 11월 2일>
麥 播種햇다. 生覺한니 控地[空地]가 만흔데 休土로 두기는 좀 어굴하기에 보리를 갈다보니 昨年보다 더 갈게 되엿다.
安正柱 脫곡 白康善 脫곡햇다.
鄭九福 氏에서 복합肥料 22-22-1袋을 取햇다.

<1979년 11월 3일>
今日은 故 朴正熙 大統領 永訣式日인데 테레비을 열어보니 求見할 만하기에 午前中에는 舍郎에서 休務햇다.
午後에는 방아 찌엿다.

146 일기 원문에 문장이 완성되지 않은 채로 두었다.

<1979년 11월 4일>
아침부터 방아 찌엿다. 午後에는 李正鎬 脫作한데 보와주고 집에서 새기도 꼬다 機械 故章이 나서 修理해주고 보니 밤이 되엿다.
夕食을 맞이고 成東이와 同伴해서 보리밭에 除草濟을 散布하고 왓다. 그려한니 1時도 餘假[餘暇]이 없으니 眞心으로 勞苦가 만타.

<1979년 11월 5일>
비는 내리는데 作業은 못하것기에 成東이는 任實로 油類을 運搬하려 보냇다. 請求書을 보내온 바에 依하면 累計가 147,150원으로 되여 내의 帳簿을 對照한바 相違없엇다.
成康 집에 燃炭[煉炭] 보이라을 논 데 가서 終日 協助해주웟다. 日工은 8仟원이라고 한바 夕食을 마치여 보냇다.

<1979년 11월 6일>
새기 꼬기 햇다.
午後에는 牟潤植 脫곡을 한바 거저 해준 편이다. 얄미운 놈도 잇드라. 朴俊祥 같은 놈은 제의 벼도 안닌데 벼 가마을 쉴 사이 업이 작대로 꽁〃 쒸시여 들 수 업을 정도 담드라. 그놈이 도대체 무슨 理由인지 모르겟드라.

<1979년 11월 7일>
昌宇 宗燁을 어더서 農穀을 脫穀한바 約 30叺엿다. 前畓 53叺 計 83叺 脫穀稅 20餘叺 總計 103叺을 總收入으로 본다.
農協에서 債務確認하려 왓다. 面에서 秋穀買上 通知書가 왓는데 150叺을 出荷토록

하라 햇는데 理由을 모루겟드라.

<1979년 11월 8일>
大里 炳基 氏 斗流里 載宇가 왓다. 用務는 乳牛가 5頭를 飼育코저 한다고 田畓間에 曲當을 해달아 햇다. 그려면 5年間이면 其間에는 買賣行爲을 못한다고 햇다. 据絶해버렷다.

<1979년 11월 9일>
秋곡 26叺을 大里 共販에 보낸바 全部 1等이고 1叺만 等外라 햇다. 代金 482,100원.
終日 방아 찌엿다. 술이 취해서 몸이 不便한데 겨우 1日을 마치엿다.

<1979년 11월 10일>
아침에 昌宇가 왓다. 共販햇나고 뭇고 金 七仟원을 빌여갓다.
終日 방아 찌엿다. 成東이는 昌宇 脫곡햇다. 벼 1叺代는 成東이가 使用코 내주지 안하기에 別수 없엇다.
工場 앞에서 南連 氏는 말하기를 金學順이가 金太鎬次男을 오래 전부터 사귀여 왓다고 햇다.
尹鎬錫 債務 27,000원 完了해주고 成愼 會비[會費] 35,000원 주엇다.

<1979년 11월 11일>
里長이 왓다. 取貸金 5萬원 秋蠶種代 13,540 크로칼기代 1,050 叺子 30枚代 6,000 計 70,590원을 會計完了해 주웟다.
成東이는 終日 工場 修繕햇다. 나는 終日 새기를 꼬는데 10玉을 完遂햇다.

<1979년 11월 12일>
宋成龍 氏 집 昌宇 집을 들엿다. 具道植 氏 債務 113,500원을 집에 가서 會計해준바 婦人하고 집[짚] 실로 갓다고. 承均 氏 牛車을 가지고 四街里에서는 婦人 牛을 잡고 잇드라.
※ 具 氏가 人生이 좀 不足함 點이 多分하고 親友끼리도 미듬이 업드라.
終日 방아 찌엿다. 비가 午後에는 내리드라.

<1979년 11월 13일>
새벽에 첫눈이 내렷다. 아침에 昌宇는 又 五仟원을 要求해 주웟다.
방아도 찟고 午後에야 새기도 꼬고 햇다.
午前 中에는 日氣가 차서 舍郞에서 讀書만 햇다.
成康 母가 왓다. 가저간 돈을 주든니 食糧이 없으니 白米을 주든지 兩間에 便宣[便宜]을 보와달아 햇다. 그래서 成東이 便에 新品種 白米 1叺을 다라서 보내 주웟다. 叺當 35,000원 해서.

<1979년 11월 14일>
今日 三溪面에서 加工組合員 定期總會가 잇는데 鑑査員 立場에서 必히 參席하려 햇다. 朝食이 끝이 나고 보니 人夫 3人이 왓다. 나무燃料 해주겟다고. 工場에는 벼을 찌로 만히 왓다. 不得已 參席치 못하게 되여 工場에서 作業하다 보니 終日 혼자서 多忙햇다. 하다 보니 밤 7時 30分에야 끝이 낫는데 牛食 결食을 햇다. 人夫는 李正鎬 丁宗燁 崔永台.
成康 母 便에 白米 在來種 1叺을 康永植에서 外上으로 보내주웟다. 다음 會計하기로 햇다.

<1979년 11월 15일>
炯進 正鎬 成東이는 중날 나무 하려 보내고 주부를 때우려 驛前에 갓다. 3仟원을 주고 修理햇다.
耕耘機를 몰고 元泉 洑邊에 갓다. 나무을 실고 2輪을 운반햇다. 成東이도 2번 운바[운반] 4車인데 手苦가 만햇다.

<1979년 11월 16일>
새기를 꼬려 한바 모다가 異常이 있서 回轉不能햇다. 耕耘機를 챙겨서 모타를 실고 市基里에 갓다. 崔 氏(泰云)을 시켜서 監定을 依賴햇든니 異常 없다고 해서 多幸으로 알앗다. 耕耘機 積載함 修理한바 14仟원인데 다음 주기로 하고 10仟원만 주고 왓다.
※ 밤에 任實 成曉에 전화로 消息을 알아보니 아즉 新田里에서 오지 안햇고 成曉도 왓다갓다 하고 그런다 햇다. 裵永文 氏 에서 傳해 드럿다.

<1979년 11월 17일>
終日 방아 찌엿다.
尹錫이가 왓다. 自己 집으로 가자고 招待햇다. 가보니 안주을 장만하고 술을 가저왓는데 相議之事는 鄭圭太 전방을 제가 보기로 햇는데 여려 가지로 協助을 要求햇다. 그려면 便所도 마려[마련]하고 술을 먹고 밤중에 떠들지 말아 햇다.
※ 밤에 叔父 祭祀인데 焚행[분향]하려 간바 崔英姬는 서울에 갓다 왓다면서 市民들이 모두 슬퍼한데 우리 마을 住民 한 사람은 大象 앞에서 박정희 잘 데젓다고 말하는 사람이 잇드라면서 그려케 말할 수 잇나고 하기에 누구야 햇든니 姓名은 발켜주지 안트라. 그놈은 思想이 다르며 용공자라고 나는 말햇다.

<1979년 11월 18일>
正浩 婦人 0.5 第수 1日 품 2,250 成曉 母便에 보내 주웟다.
朝食을 重宇 집에서 맞엇다.
終日 새기 꼬고 成東이는 방아 찌엿다.
夕陽에 白康善 氏 招待햇다. 가보니 개고기를 내노면서 먹자 햇다. 집에 온니 工場에 잇는데 炯進 尹錫이 오시요 해서 가보니 미꼬리국을 끄려 노코 먹자 해서 잘 먹엇다.

<1979년 11월 19일>
서울 成康에 白米 45kg짜리 3個을 보내면서 1個는 成英에 주라 햇다.
고초방아가 故章이 나서 今日 修理햇다.
尹鎬錫 氏 午後에 보골[북골]서 벼 운반햇다.
◎ 夕陽에 土組에서 2名이 왓다. 用務는 水稅 徵收 및 告知書을 發給하려 왓다고 햇다. 法에서 주라고 하면 주되 其 事由나 발키코 주겟고 그리고 주고 밧고 하는 사이에 被此[彼此]가 不安하게 行動한다면 執行處[執行處]에서도 將來도 잘 生覺해서 하라고 햇고 告知書을 뱃부햇다가 日後에 다시 哲回[撤回]가 되면 창피할 터이니 아니 配付 말아 햇다. 告知書 內용 보니 엉터리로 記載되고 잇는데 안 問議조차도 하지 안햇다.

<1979년 11월 20일>
家庭 支出이 過大하다. 今日도 白米 2斗을 가지고 市場에 메누리가 갓다 오더니 家事道具 및 반찬 산다고 다 쓴 模樣인데 말 못한 中에 心思만 답〃하다 새기 附屬이 異常해서 館村市場 간바 如一[如意]치 못해

서 도로 왓다.
午後에는 새기을 꼬왓다.
新洑坪을 둘여서 成奎 포푸라 屈取作業한데 살펴 보왓다
靑云洞 鄭圭太 種籾 3斗 保管.

<1979년 11월 21일>
昌宇 炯進을 갗이 벼 作石한바 0.5日이 조금 지낫지만 約 62叺을 作石햇다.
郡에서 白元基 成曉가 왓다. 用務는 秋곡收納 督勵次 왓다. 副郡守가 付託한다면서 100個 채우라고 했으니 꼭 出荷해주시요 햇다.
尹鎬錫 氏도 父子間에 協助햇다.
밤에는 李起榮 氏 집에서 招請해서 가보니 結婚 時 不參한바 느젓지만 술을 남겨노코 機待햇다고. 丁基善 梁奉俊 內外도 參席햇는데 金學順 件이 말이 만햇다.

<1979년 11월 22일>
郡 副郡守게서 일부로 나 보기 위해 왓다. 朴海九 氏 公報室長이 왓다.
糧政係長이 왓다. 用務는 秋곡收納 督勵次. 100叺는 채워주겟다고 햇다.
비는 내리는데 工場에서 秋곡 ◇作을 햇다.

<1979년 11월 23일>
共販場에 秋穀을 옴기고 보니 58叺엿다. 昌宇 條을 16叺 宋成龍 1叺 計 75叺을 내의 名儀로 回附햇다. 2等 65叺 等外 10叺엿다. 昌宇 16叺는 2等이 14叺 等外 2叺엿고 내야는 58叺 中 50叺가 2等이고 8叺 等外엿다. 成龍 1叺는 2等이엿다. 代金은 70%쯤 받앗다. 殘는 80年 1月 10日 나온다고 햇다.
里長에 農地稅 13k分代 4,300을 주고 宋成龍 벼 1叺代 17,800원을 주고 農協債務 갑는다고 3萬원을 取해 갓다. 여러시 보는데.

<1979년 11월 24일>
終日 精米햇다.
大里에서 趙命基 韓昌煥이가 왓다. 大里 元泉驛前 全部 工場에 封合을 햇는데 여기는 별천지라 햇다.
成東이는 人夫 7人을 데리고 포푸라를 굴取作業을 햇다.
※ 正午쯤 해서 崔南連 氏가 面會하자고 해서 對面한바 서울 子息이 假玉 1棟을 사는데 80萬원을 要求해서 건너 주고 不遠 返還해달아 햇다. 나도 나무[남의] 債務整理을 해야겟고 利子도 3分利로 달아 햇다.
寶城 堂叔이 오시엿다. 土稅는 4叺 6斗 8되인데 今年에 水害로 被害을 보왓다고 4叺만 드리겟다고 햇든니 알아서 하라고 하시고 가는 길이니 白米 2斗 갓고 가겟다기에 4叺 外 2斗을 드리기로 햇다.

<1979년 11월 25일>
丁振根이는 日前에 白米 5斗을 取해 간바 代金으로 2萬원을 주겟다기에 그려케 하라 햇다.
아침에 尹 生員에게 金長映 債務 62,000원을 會計完納해 주웟다.
今日 포푸라作業은 午前 中만 하고 午後에는 비가 와서 中止햇다.
全州에 갓다. 製粉機을 修理한바 終日 걸이엿다.
※ 밤 7時 경에 寶城 堂叔이 오시여 갗이 夕食을 맞이고 土稅 4叺代 16萬원을 드

리고 昌宇 條 23,000원 게 18萬3仟원을 드렷다. 그려면 今年 中 寶城宅하고는 會計가 完了되엿다.

※ 밤 8時頃에 白米 2斗을 되여서 自轉車에 실고 館驛에 順{天} 堂叔하고 同行해서 시려다 드렷다.

<1979년 11월 26일>

前番에 崔南連가 80萬원 取貸金 今日 返還해왓다. 南連代 債務 115,000원을 80萬원 中에서 控除하야 會計을 맞이엿다.

終日 죽젱이을 부치여 大里 共販에 보냇든니 退가 되엿다.

밤에 鄭九福 內外가 왓는데 債務 53,700원을 會計해주웟다.

全州 大同工業社 최선금 양
崔光日 工場
工場 3-3319 全州驛前
私宅은 3-6001
崔光日 氏 全州

<1979년 11월 27일>

終日 工場에서 精米햇다. 고초방아을 찟는데 애을 먹엇다. 全州로 전화해서 再修善[再修繕]을 要求한바 밤에 車가 왓다. 崔光日 氏가 卽接 왓는데 실여 보냇다.

夕陽에 宋成龍이가 왓는데 이웃에 不良한 놈이 있어서 밀가루도 펴가고 삽 낫 갱이 가저간니 엇저면 좋엣나 햇다. 아마도 昌宇을 의심한 듯십드라.

炳基 堂叔 鄭用萬 氏가 왓다. 大里 메누리가 왓다.

<1979년 11월 28일>

아침에 丁基善 債務 1部만 127,000원 會計햇다.

全州 成吉 債務가 30萬원인데 利子만 49,500원을 侄婦에 주고 今日字로 잘 記載하라 햇다. 成東 便에 任實로 배채[배추]을 보냇다. 午前 中만 방아 찟고.

※ 포푸라 苗木 假植을 끝냇다. 1級 2級 合해서 13,500本이다.

<1979년 11월 29일>

金進映 벼 55되 9,400 安承均 種子代 6斗5되 11,600 포푸라 人夫賃 68,250 牟潤植 債務 1部 157,000원을 當日 支出햇다. 牟潤植 債務 10萬원은 今日字로 借用임.

어제부터 몸이 不平햇다. 약을 지여다 먹고 취한도 햇지만 여려 가지 마음이 安整[安靜]이 안 된 것 갓다.

※ 宋成龍이 왓다. 일전에 參萬원 其後 4仟원을 取해 간바 모레 주겟다고 햇다. 또 成龍이는 말하기는 이웃이 인심이 납아서 못살겟고 家事道具을 가저 가던니 이제는 밀 빵군 것을 4斗 以上 펴갓으니 집을 팔고 떠나겟다고 하며 昌宇을 으심한 것 같은데 나도 으심이 갓다.

工場에서 벼 4, 5斗 일엇는데 그도 으심이 가드라.

밤에 製粉機을 실고 왓다.

<1979년 11월 30일>

건너便 店芳[店房]집 外上代 計算해 보니 3,950 우리 집에서 전화하려 왓는데 주웟다. 今日 八代祖 墓祀인데 몸이 不安해서 不參하고 昌宇만 갓다.

成東에 金炯進 丁宗燁 품싹 15,500원을 주워 보냇다.

※ 오늘은 11月 30日이다. 月別로 支出額

을 펴보니 이달 1,939,250원 支出 되엿는데 내의 生後 最高 支出이엿다.

11. 21日 서울로 成康에 편지햇는데 26日 返리[返戾]가 왓다. 當日 바로 配達 便에 住所을 配達보고 쓰 너라 햇든니 똑같은 住所로 하야 다시 왓다. 30日. 그래서 다시 도로 보냇다.

嚴俊峰가 電話하려 왓다. 내가 債務가 있는데 田畓 2, 3斗只을 賣渡해주게 햇다. 그럴 게 안니라 農協에서 百萬을 융자케 해 보겟으니 그리 알고 오는 月曜日頃에 農協에 갓다 와서 相議키로 햇다. 그려케 되며 1年間 다시 債務者 노릇을 해야 한다.

<1979년 12월 1일>

午前 宋成龍 崔昌宇와 갗이 同伴해서 任實에 갓다. 오늘은 土曜日이라 밥앗다. 任實에 到着한바 11時 30分이엿다. 相範이는 昌宇에 맟기고 代書所로 갓다. 朴종빈 氏는 入院 中이라고 해서 時間은 업고 해서 登記所로 行햇다. 宋成龍 事件을 提示. 2件은 열암한[열람한] 件은 등기부등본 1통 해서 600원을 주고 보니 正午가 되엿다. 郡農産課로 전화해서 職員에 付託하야 地積課에 依賴해서 接受만 해도라 햇다. 그래서 書類는 宋成龍 條을 가추웟다.

館驛에 昌宇 成龍 갗이 下車햇다.

鄭敬錫 氏을 昌宇와 同行해서 對面햇다. 진즉 鄭경석와 油類 据來[去來]을 해려 햇지만 金鍾哲 氏 外上代가 未淸算으로 느젓으나 今日 끝이 나고 보니 敬錫 氏게 未安한 點도 있으나 貴下의 油類을 使用해도 존는야 햇든니 感사하다면서 다방에서 타합햇다. 그의 理由는 成康의 體面 때문에 그려 햇고 또 近處에서 營業者키리 그려 할 수 없어 据來을 텃다. 私議는 어데든지 關係 없다.

任實 注油所 外上代 147,000원 完納하고 大同社 外上代 50,000원도 갗이 끝냇다. 모두 昌宇 立會 下.

家庭 月別 支出帳을 보니 最高額을 나타냇는데 190萬원 냈으니 農村 實態가 이쯤 되고 보니 딱한 實情이고 不動産도 賣買가 되지 안하야 내 것을 두고도 債務整理을 못한니 이려케 막〃할가. 晝夜로 마음 괴롭다.

<1979년 12월 2일>

列車 便으로 炳赫 炳基 乃宇 ◇成 昌宇 重宇 成吉이가 桂壽 六代祖 墓祀에 參席햇다. 墓祠가 끝이 나자 中食을 맟이고 昌宇 重宇는 집으로 가고 其外는 全州 崔泰宇 집으로 行햇다. 오날 밤은 晋州 姜氏 曾祖母 忌日이다. 除曆[陰曆] (10月 13日). 밤에는 祭祀을 모시고 宗事에 打合한바 춘우[준우]가 反對하야 炳赫 炳基와 준우와는 大端 對立이 되엿다. 그려나 結局에는 解決이 策이 보이지 안코 잣다. 중날 墓所 利用에 對한 之事엿다.

成東이 內外는 帶江面 玄宇 妻男 結婚式에 參席하려 갓다.

<1979년 12월 3일>

朝食을 맟이고 全州驛에 11. 15分 列車로 炳赫 氏하고 同行하야 鴨錄驛에 當햇다. 桂壽里 炳文 氏 外 2名도 同行이 되여서 徒步로 南陽洞까지 갓다. 中食을 못햇든니 夕食은 맛이 잇드라. 饌도 업고 飮食이 짜지만 그도 맞이 잇게 먹엇다. 밤에는 여려 가지로 이야기하다 잣다.

<1979년 12월 4일>
새벽부터 비가 내리는데 끈지들 안니 햇다. 朝食을 맞이고 11時까지 機待햇다가 할 수 없이 舍郞에서 祭祀을 慕待게 되엿다.次禮[茶禮]도 德基 芳祖부터 하고 五代祖을 모시엿다. 운복[음복]이 없엇는데 今般에는 封紙을 싸라고 해서 쌋다. 炳文 氏 一行은 잔다고 처지고 우리는 出發해서 왓다. 旅비는 成吉이가 全州에서 3仟원을 준바 저주[전주] - 압록 660 - (炳基 60) 館村 - 암록 230 - (重宇) 車中에서 酒代 500 炳文 氏 外 5名 酒代(암록역에서) 480 - 암록 - 任實 全州 740원 게 2,630원인바 370원이 殘이다.

<1979년 12월 5일>
듯자니 成東이는 또 南原에 갓다고 하고 방이[방아] 찟다가 郡 山林契 職員에 發見되엿다고 드렷다.
심〃하기에 새기만 꼬왓다.
丁九福이가 招請햇서 갓다.
面에서 秋곡買上 約 500叺만 買上해주면 村前 다리를 노와준다고 하고 里民은 여기에 만흔 穀食이 出荷되니 工場은 收入할 게 없고 營業이 不能하게 되엿다.

<1979년 12월 6일>
牟潤植 氏에서 參萬원을 빌여 왓다. 成奉 珍察[診察]하기 위해서.
丁振根에서 방아싹 5斗代 2萬원 들어왓다.
成奉을 데리고 예수병원에 갓다. 綜合珍察을 밧고 보니 아무련 異常이 업다고 햇다. 진찰비는 8,300 藥代 8,700이 들엇다.

<1979년 12월 7일>
終日 그력저력 햇다.
보가리 하고 벼 5斗을 주웟다.
成樂 契돈 4仟원 주웟다.

<1979년 12월 8일>
高祖 兩位 墓祀日엿다. 成吉 炳赫 兄弟도 參席햇다.
農協에서 參事 外 2名이 왓다. 債務을 整理하자고 하는데 아무련 澤이 없어 답〃햇다.

<1979년 12월 9일>
白南基 外祖父 墓祀이다. 昌宇가 차리는데 洞內民들 술 한 잔식 주라 햇는데 夕陽에 가보니 老人들 7, 8名이고 눈치는 술을 안 주려는 處勢이들아.

<1979년 12월 10일>
終日 방아 찌엿으나 收入은 低早[低調]햇다.
밤에 崔瑛斗가 왓다. 못텡이 논은 25叺이면 正當하다고 하며 泰宇 山은 坪當 200원에 決定해달아고 햇다. 山主에 물어보와야 겟다고 햇든니 驛前에 朴太平 氏 보고는 200원이라고 하지 안햇나 햇다. 그련 말은 昨年 일이니 말할 必要 없다고 햇다. 늘근 者이 술만 마시면 이려궁 저려궁 상당이 폐인 行爲을 하드라.
成苑은 成東 便에 寢具 및 白米 1叺을 任實로 실어다 주고 왓다.

<1979년 12월 11일>
成康 母는 白米 3叺을 가저간바 2叺는 成傑 條로 整理하고 1叺는 成苑 條에서 控除하라 햇다.
宋成龍 氏 登記 열람次 登記所에 同伴해

서 갓다. 加德里 山은 宋成龍 名儀로 잇고 崔判吉 條는 臺帳謄本을 찻고 왓다.
成苑 內外는 任實로 방을 엇더 왓다.

<1979년 12월 12일>
崔南連 氏가 오시엿다. 國有林 後田 權利金 白米 殘 5叺75되 中 5叺 2斗 五升을 달아고 왓다. 없다 햇든니 自己 사위 쌀을 2割5分로 주겟다기에 承諾햇다. 舍郎에서 午前 中 談話하다 自記[自己] 집으로 가자기에 간바 中食까지 햇다.
崔瑛斗을 路上에서 맛나고 土地 賣渡을 말한바 金判植이가 사다든니 집을 산다고 트려젓다고 하니 또 機待[期待]가 어긋낫으니 大端히 失望을 햇다. 다시는 바라볼 데가 없으니 眞心으로 딱한 實情이다.
尹錫에서 四仟원을 둘엇다.

<1979년 12월 13일>
天安서 國際方織工場[紡織工場]에서 通報가 왓다. 女工들의 生日파티에 參席 招請이 왓다. 尹錫에서 16仟원을 取해서 밤 9時 20分 列車로 天安에 到着한니 翌日 3時엿다. 下宿집을 찾아 約 4時間을 經過햇다.

<1979년 12월 14일>
아침 食事을 하고 溫陽에 崔경희을 찻고 中食을 接待 밧고 午後 2時에 國際會社에 갓다. 기숙사에서 成玉을 맛나고 工場 內部施設과 作業過程을 두루 求影햇다[求景햇다].
午後 3時쯤 生{日}파티가 配設되엿는데 훌융햇다. 음악家도 參席햇고 社長 社員이 參席햇다. 밤 7時 特急列車을 타고 任實驛에 온니 밤 10時 30分이엿다.

<1979년 12월 15일>
基宇에서 電話가 왓다. 九耳 叔父을 對面햇든니 今般 墓所를 移葬한다는데 泰宇 兄山을 不應한다 하오니 萬諾에 訂正 그려하면 나도 相續權을 主張하겠으니 昌坪里 嚴俊峰에 말해서 特別措置法 手續을 泰宇가 할 時는 其의 不動産이 該當 없다고 接受을 말아달아고 햇다.
新平農協에서 朴 氏 擔當職員이 電話 좀 하겟다고 왓는데 或 債務나 整理하랄가 念餘[念慮]가 되더라. 그려나 마음的으로 과로와서 자청해서 미安하네 했으나 對答 되업드라.

<1979년 12월 16일>
아침에 成曉가 말하기를 우리의 債務가 얼마나 되는야 햇다. 約 2百萬원쯤이라고 햇다.
終日 방아 찌고 夕陽에는 嚴萬映이 왓다. 서울서 嚴炳學 氏가 왓다고 對面한바 約 10餘年만이엿다.
鄭九福 回甲이라고 2, 3回 모시로 왓다. 參席해보니 妻弟 7名이 다 왓고 高聲{放}歌하는데 잘 놀드라.
全州에서 泰宇 內外 풍수가 왓드라.

<1979년 12월 17일>
방아 찌엿다.
丁基善을 맛나고 土地賣買을 打合하야 協助을 要求햇다.
農協에서 朴 氏가 왓다. 조기買上通帳을 달아기에 주고 于先 利子만니라도 갑고 殘金이 잇는 대로 積金 39,100원 入金해라 햇다. 通帳金은 289,000이엿다. 年末 內는 찻지 말아달아고 햇다.
成曉 母는 病院에 갓다.

<1979년 12월 18일>
아침에 鄭鉉一 氏에서 招請햇다.
裵永植 父親 移葬한 데 參席햇다.
丁基善을 맛나고 土地賣買한 데 協助을 要求하고 잘 盛事되면 治下로 拾萬원 程度을 答禮하겟다고 햇다. 그리고 不遠 大田에 同行하자고 햇다.

<1979년 12월 19일>
上水道 郡에서 竣工檢査을 나와서 갗이 둘여보왓다.
後田 丁奉來 耕作地 買受代價 白米 11叺5斗인데 南連 氏와 合作買上인바 人當 5叺7斗五되인데 5斗은 契約當時 주고 4叺는 南連 氏에서 債務로 代替하고 나는 1叺2斗五되만 주면 된다.

<1979년 12월 20일>
重宇 집을 단여서 오다 丁基善을 맛나고 土地買賣에 對하{여} 協助을 求하고 不遠 大田에 同伴하자고 햇고 萬諾에 盛事가 되면 成康 債務을 元子라{도} 주마 햇다.
大田으로 電話을 걸고 12月 24日 上田하겟다고 傳햇다.
尹錫의 尹南龍 母 回甲에 參席햇고 다시 基善 집으로 가서 談話을 한바 夕食까지도 햇다.

<1979년 12월 21일>
成康 母가 왓다. 債務가 만타 하오니 白米契을 組織해 整理해보라 햇다. 그려면 成苑도 한 목[몫] 하라고 하고 成曉도 한 목하라 하겟으니 3名만 求人해보라 햇다.
鄭九福에 갓다. 쌀契을 말한니 不應하고 柳正進에 말한니 半 목이라도 해보겟다고 하고 尹鎬錫 氏도 한다고 햇다.
쌀契을 짠다면 50 × 4 = 2,000,000
農協 貸付을 밧는다면 1,000,000.

<1979년 12월 22일>
丁基善 嚴俊峰을 同伴해서 柳鉉煥에 弔問하고 堂叔 집을 단여 郭在燁 氏 回甲宴會에 參席햇다. 回路에 驛前에서 外上으로 理髮을 하고 왓다.
쌀契을 組織하려 한바 難點이 만타.

<1979년 12월 23일>
親睦契 有司 嚴俊祥 鄭圭太엿다. 成吉이만 빠지고 全員 參席햇다. 契穀 8叺5斗 利子 밧고 15斗만 鄭鉉一에 保管햇다.
夕陽에는 嚴俊祥이가 10萬원을 내서 全州로 16名이 갓다. 夕食을 하고 왓다.
鄭鉉一에서 金 參萬원을 빌이엿다.
丁奉來 土地代 後田 國有林 約 600坪을 崔南連 氏 合同으로 半〃식 사기로 하야 11叺5斗인데 1人당 5叺7斗5되식인데 初秋에 契金 條로 5斗 주고 南連 氏에서 4叺借用하고 1叺2斗5되는 방아싹으로 주고 會計을 完了햇다.

<1979년 12월 24일>
7. 20分 뻐스로 全州을 据處 基善이와 同伴해서 大田에 갓다. 田畓을 팔아볼가 하고 간바 不應하야 回路에 들엇다. 旅비만 6仟원이 들엇다.

<1979년 12월 25일>
柳正進 집에 간바 金正植이가 잇드라. 契을 짜자고 햇다. 반 구지[구좌]만 해달아 햇다.

몸이 不安해서 舍郎에서 지냇다. 成吉이가 밤에 와서 談話하고 놀앗다.

<1979년 12월 26일>
몸이 異常하게도 不安心이 들엇다.
심참무가 왓다. 쌀게에 들어볼네 햇다. 자형하고 相議하는데 2번을 달아고 햇다.
午後에 館村 堂叔이 오시엿다. 쌀契에 對하야 相議햇든니 大里에서 한 분 더 入契해달아기에 6名契가 7명契로 늘이엿다. 그려면 내가 2口座 成曉 成苑 심참무 大里 2口座이다. 昌宇는 2번을 成植이하고 相議하 터이니 入契을 要하는데 据絶햇다.

<1979년 12월 27일>
6時 20分에 出發한바 車中 最滿員이엿다. 釜山에 到着하오니 12時엿다. 約 5時間 지낫는데 朝食을 不食햇는데 中食조차도 늣게 되엿다. 禮式을 맟이고 보니 2時엿다. 中食을 30分間 맟이고 定時 3時에 乘車하야 昌坪里 村前 9時쯤 當한바 崔成傑이가 술이 취하야 빼스에 防害[妨害]을 하는데 모두들 후리子息이라 욕을 한니 듯기 실어 너 술 먹엇제 한니 안 먹엇다며 3놈 中에 成傑이만 恥拾[恥事]한 行爲을 한니 耳目이 不安햇다.

<1979년 12월 28일>
어제 밤에 여려 가지로 不安한 點이 만하야 任實 成苑에 전화햇든니 밧지도 안해서 포기를 하고 아침에 전화햇든니 2,059번 전화을 假設햇다고 햇다.
몸이 不安해서 終日 집에서 寢室에 누워 있엇다.
完宇가 왓다. 50叺契을 짜보라 햇든니 잘 짜젓다고 햇다.
夕陽에 重宇 집에 갓다. 養老堂員 10餘 名을 招請해서 술 한 잔식 주웟다.

<1979년 12월 29일>
重宇 婿 金明星이 歸家한다고 왓다. 生覺한니 大小家에서 누가 旅비라도 줄 것인디 念慮한 가운데 2仟원을 주면서 餞送햇다.
3時에 嚴俊峰이가 왓다. 重宇 家事을 말한바 果樹園 및 畓 2斗只이를 多少額을 不問하고 買受할 뜻을 비첫다.
夕陽에 求禮에서 電報가 電話로 傳해 왓는데 姨叔게서 別世다고 햇다. 陰 11月 10日 別世이면 來年 小祥은 11月 9日이다.
丁基善에서 萬원을 두루고 尹錫 집에서 萬원인데 기역이 안난다.

<1979년 12월 30일>
새벽 4. 48分 特急列車로 求禮驛에 堂한바 6時 30分이엿다. 市內빼스로 邑內 당하야 잠시 멈추다 7時 30分 빼스로 姨母 家에 당한바 8時엿다.
12時 되자 出象을 하고 山청까지 參席하고 中食을 맟이고 南基台 內外와 同伴해서 步行으로 順禮 집을 訪問하고 (사적굴) 起台氏의 집 앞에서 作別해다.
求禮驛에서 7時 13分 列車로 집에 온니 9{時} 30分이다. 賻儀을 五仟을 준바 올 때에 旅비 2仟원을 주드라.

<1979년 12월 31일>
10餘 年을 보내는 中에도 今年 한 해가 經濟的으로 가장 舌戰[苦戰]으 해로 본다.
農穀도 收穫이 不量이고 家畜物도 市勢가 없고 農産物도 市勢 없고 勞賃은 1日 잘

메기고 普通이 3仟원 4仟 5仟원 移葬時라면 萬원식 주고 밧고 햇다.
秋곡도 78叺에 約 150萬원을 收金햇지만 債務는 3割도 겨우 갑고 殘債가 7割이 남고 보니 마음이 아둑햇다.
昌宇는 農協에서 債務 재촉이 藉〃햇다.
牟 生員 집에서 中食을 햇다.
成曉 成玉이 밤에 왓다.
送舊迎新을 보내면서 債務도 未正理[未整理]하고 보니 眞心으로 마음 괴로왓다.

1980년

<내지1>
西紀 一九八〇年 庚申 一月 元日
새해는 萬權無難 萬壽无康[萬壽無疆]을 祈願

<내지2>
壬辰倭亂 때 太平詞를 지여 兵卒들을 慰勞햇다는 朴仁老는 守門將軍까지 지낸 老將이다.
晩年에는 田園에서 詩歌로 歲月을 보냇다.
一. 日 暖코 風和한데 鳴聲이 喈喈로다
滿庭落花에 한가히 누웠으니
아마도 今日이 大平인가 하노라
白雲人山이 雲致[韻致]가 사뭇 우아해 보인다
男으로 生起 것이 夫婦 갗이 重할련가
사람의 百福이 夫婦에 가저거든
이 重한 사이에 안니 和코
어찌하리
一九八〇年 新年 아침
崔乃宇 書

<내지3>
新品種
水稻作 農事 計劃表
一. 四月 三日 種籾 浸種
一. 四月 十四日 發牙[發芽]
一. 四月 十五日 苗床 設置 및 播種
一. 五月 二十五日 移秧日
一. 耕地面積 一〇反 種籾 四五kg
一. 五 고초 栽培
二月 二十日 溫床 設置

<내지4>
서울 成康 집을 차즈라면 永登浦驛에서 下車하고 市內뻐스 94番을 乘車하야 장승백에서 내리고 상업은행 앞까지 徒步로 가서 25번 車을 타고 약수터 終點에서 下車하면 四街里에서 約 50m쯤 드려가면 된다.
서울 관악구 상도동 4동 210-281 이순희씨 방 최은희 앞

성南 職場 전화번호 828-0972번
영등포구 신길동 2동 50-8 우일프라스틱상사 최성영

<1980년 1월 1일 화요일 구름 비>

一. 새벽에 일려낫다. 79年度 家庭 歲入歲出을 具別[區別]해서 淸算하야 計算해보왓다.

二. 歲入歲出을 計算하니 約 455,000원이 黑字인바 아즉 債務가 未淸算으로 正確을 期할 수는 없다.

三. 그려나 12月 31日 現在로 歲入歲出金 經理事務을 다루워 보왓든니 13,840,974원을 내의 손을 만지엿다는 特記이다.

四. 방아실에서 丁基善 氏 取貸金 2萬원을 주웟다.

<1980년 1월 2일 수요일>

館村 堂叔이 오시엿다.

7人契 쌀契을 組織하고 現札은 1月 10日 募金키로 하고 散會햇다.

鄭宰澤 丁基善 白康俊 崔泰燮을次禮[次例]로 만나고 移秧 相子[箱子]을 購入에 對한 打合을 햇다.

靑云洞 高 氏가 招請햇다. 알고 보니 刑務{所} 出옥者로서 앞으로 잘 보와달아고 햇다.

豫言 目不忍見

　不知其數

胡地無花草

春來不似春

오랑캐 땅에 화초가 없으니

보[봄]이 와도 봄같이 안구나는 뜻이다.

<1980년 1월 3일 목요일>

宗親會日이다.

完宇가 有司인데 宗員는 南原에서 內外 四人 釜山서 珠宇가 왓다.

全州에서 泰宇 九耳[147]에 炳赫 大里 炳基 昌坪里에서 全員參席하야 打合을 進行 中에데 大宗穀 數拾 叺을 成奎가 잡抛을 냇는데 于今 未淸算인바 南原 正宇가 發議을 하고보니 任實 宗員으로서는 未安한 感이 들엇다.

成奎의 答은 只今은 별 道理 없다면서 不應햇고 大里坪 宗田 600坪을 數年 前에 팔아먹읏는데 이제 當해서는 亡의 父가 宗土로 넘긴 것은 法的으로는 違賣行爲로 안다고 햇서 不良者로 取扱햇다.

夜中에 作別코 明年 有司는 斗峴 堂叔으로 指定햇다.

<1980년 1월 4일 금요일>

異常하게 몸이 不安햇다.

血便을 보고 코에서도 코만 풀{면} 피가 난다.

終日 尹錫 집에 鄭圭太 丁基善 嚴萬映 尹錫이가 座席하고 鄭圭太 말다틈이 벌어젓다.

우려 멋 사람은 便所나 設置하고 酒店을 보라 햇다.

路邊 又는 집 뒤에 무자비하게 小便을 보오니 風氣[風紀]가 물란한다고 햇다.

배明善에서 金 拾萬을 받앗다.

嚴俊映와 相議해서 나누어 使用하라 햇다.

成曉 內外 家族[家族]이 택시로 全員이 任實로 떠낫다.

<1980년 1월 5일 토요일>

血便을 4, 5回 보니 몸 押作히[갑자기] 不安. 成允이 館村으로 보내서 洋藥을 지여 왓다.

終日 舍郞[舍廊]에 누웟으니 昌宇가 왓다.

---

147 전북 완주군 구이면.

宗中之事을 相談햇다.
가다 今日이 第一 취운 日氣엿다.
嚴俊映이가 왓다.
今春에 上水道工事 揚水費 10萬원 中 嚴俊映 13日 乃宇 11日 計算으로 俊映이는 55,000원을 주고 本人는 45,000원식 나누웟다.

<1980년 1월 6일 일요일>
安承均 子 結婚式에 參席하고 嚴俊峰이와 同伴해서 崔炳斗 子 結婚式場에 當햇다.
館村 堂叔하고 同行해서 뻐스로 내려왓다.
夕陽에 집에 온바 서울서 成英이도 왓고 成曉도 全州에서 왓다고 햇다.
成英이는 말하기를 下宿費가 月 3斗이면 너머 허러다면서[헐하다면서] 月 四斗 程度만 주면 每月給은 完全 貯蓄케 된다고 햇다.
親戚之間라도 너{무} 헐타면서 他人이면 1叺 程度라 햇다.

<1980년 1월 7일 월요일>
아침 7時에 成英 成曉는 일즉 떠낫다.
눈이 今年 中에 第一 많이 내린 것으로 안다.
夕陽에 養老堂에 갓다.
화토노리를 하다 보니 翌日 아침까지 놀게 되니 잠이 오드라.
丈夫一言이 重千金이요
一口二言이 二夫之子라.

<1980년 1월 8일 화요일>
牟潤植 氏와 同伴해서 鄭九福 氏 집을 訪問햇든니 具道植 丁九福이와 同伴해서 왓드라. 술을 接待을 밧고 다시 養老堂에 가자하기에 四人이 갓다.
다시 화토노리을 하는데 具道植 氏는 박게 가서 오래 잇다 오더니 말하기를 건너 尹錫店방에 갓든니 崔南連이는 절사람과 갗이 도박을 하는데 板돈 만트라면서 自己가 里長을 불려내서 그대로 도박을 하게 하겟는냐 햇다고 햇다. 그 時에 新安 堂叔 林遺腹 氏 두 분이 熱을 내며 점방을 때려부시자고 하면서 只今 당장 가자고 나서니 具道植 氏가 全的으로 말기면서 만약에 당신네가 이려케 하면 具道植 내 自身이 이 마을 떠나야 하니 참으시요 하고 말기드라.
大里에서 朴三福 氏가 쌀契에 不應한다고 전화가 왓다.
밤에 成曉가 왓다.

<1980년 1월 9일 수요일>
食後에 牟潤植 氏 宅을 禮訪햇다. 쌀게 5번 자리 하나 드려달아고 햇다. 生覺해보마 햇다.
나는 방아 찟고 金炯進 成東을 시켜서 염소[염소] 잡앗다. 한 마리는 내의 藥으로 한 마리는 메누리 藥으로 하야 2頭을 잡고 사모탕 1제 成允 便에 大里에서 外上으{로} 가저왓다.

<1980년 1월 10일 목요일>
館村 堂叔이 오시엿다. 쌀게 會計하는데 債務 10萬 利子 35,000 게 135,000 쌀 代金 207,900원 中 135,000을 除하고 77,800원 끝맞이고 金宗出은 쌀 7叺4斗代 284,900원 中 牟潤植 債務 條 10萬원 除하고 184,900원을 밧고 沈參茂는 12叺4斗 中 柳正進 條(成康 게곡[계곡(契穀)]) 6叺을 除하고 6叺4斗代 246,400원 밧고 끝냇다.
契員는 中食을 맞이고 明年에 12月 25日

契곡을 가지고 모이기로 하고 作別햇다.
成東이는 午後 附品 사려 갓다.
潤植 利子 10萬 條 4,500원 주고 完了햇다. 3萬원만 나맛다.

<1980년 1월 11일 금요일>
柳正進 집에서 七星契 하는데 參席햇다. 稧穀 元利 合해서 5叺9斗8되代 239,200원 주웟다. 그려나 嚴萬映 氏가 責任者인데 昌宇에 引게하드라.
成康 稧쌀 10叺 條 中 4叺代을 16萬원을 받앗다. 그려면 10叺을 다 받든 편이다.
丁俊浩 婦人에서 20萬원을 取貸햇다. 집에 잇는 돈하고 봇태서 밤에 成允을 데리고 任實驛前 韓文錫 氏을 訪問하고 債務 60萬5仟원을 會計햇다.
派出所에 들이엿든니 署長은 金漢錫 氏엿다. 韓文錫은 택시을 불어서 태워 보냇는데 大端히 未安햇다.

<1980년 1월 12일 토요일>
방아 찌엿다.
崔德喆 便에 積金 12月分 39,100원을 農協에 傳해달아고 尹龍文 집에 주웟다.
嚴俊峰을 맛나고 100萬원만 융자을 바다보라고 再促을 햇다.

<1980년 1월 13일 일요일>
成曉 母 쌀契 10叺 條 年부쌀 1叺을 嚴俊映에 주웟다. (鄭鉉一 婦人 왓다) 80年 12月에는 成曉 母 찾을 해라고 햇다.
쌀게 25叺을 짜기 위해서 安承均 氏을 對面한바 承諾을 했으나 한 사람이 모자랏다. 李在植을 말햇든니 不應햇다. 豫側[豫測] 한 사람은 崔乃宇 成傑 成苑 成曉 昌宇 安承均 以上인데 한 사람이 不足햇다.

<1980년 1월 14일 월요일>
大里 鄭龍澤 有司인데 男女全員이 集合되엿다.
終日 異議 없이 契財을 經理하고 80年 春季에는 新安을 据處[거쳐] 順天서 1泊하고 오기로 言約햇다. 1人當 12,000원식 据出[醵出]키로 햇다.
오다가 鉉一이와 맥주 한 잔 하자기에 店甫[店鋪]에 간바 4병을 깟다.
오다 嚴俊祥 氏에 간바 崔瑛斗 氏 말하기를 韓福德이가 서울서 車을 몰다가 사람을 죽이고 구속되 嚴俊祥 韓相俊과 서울에 갓다고 햇다.

<1980년 1월 15일 화요일>
못텡이畓 1,250坪 새보들(배답) 1,000坪 게[계] 2,250坪에 移秧 箱子는 250個하고 成康이는 새보들 1,000坪에 110個 計 360個을 申請햇다.
鄭九福 집에 갓다. 3萬원을 要求햇든니 없다고 햇다.
移秧 箱子을 募集한바 現況이 좋이 못한 듯 보엿다. 于先 安承均 金進映이 不應하드라.

<1980년 1월 16일 수요일>
鄭九福 氏가 왓다. 어제 付託한 金 參萬원을 가지고 왓다.
任實에 갓다. 農協에다 成允 入學金 15,490원을 拂入햇다.
메누리를 데리고 市場에 갓다. 祭祀 祭物을 사는데 12,000원을 주웟든니 4,000원이 外上이라고 햇다.

安生員 婦人이 面會하자기에 對面햇든니 安承均 條 債務 10叺 條을 不遠 해달아 햇다.
韓相俊이가 왓다. 25叺 쌀게 하나 들어달아 햇다. 家族과 相議해보겟다고 햇다.
驛前 金雨澤에서 小麥粉 1袋을 209번 外上으로 가저왓다. 袋當 3,550원이라고 햇다.

<1980년 1월 17일 목요일>
終日 舍郎에서 讀書만 햇다.
伊西面148에서 金三禮 氏가 來訪햇다. 同甲契員 會議인듯 십다. 昌宇가 와서 終日 同席햇다.
成康 垈地을 拂下한다고 왓다.
韓相俊이는 精麥 6叺代 7,000원을 가저왓다. 쌀契 하나 드려달아 햇든니 半承諾햇다.

<1980년 1월 18일 금요일>
丁基善 氏을 맛나고 移秧機 打合을 햇다.
丁基善에서 金 貳萬원을 借用햇다.
夕陽에 丁俊浩을 禮訪한바 婦人는 奉來집에 게가리하려 갓다고 不在中인데 俊浩에 20萬원을 주면서 꼭 婦人에 傳해달아고 주고 왓다.
집에 온니 全州에서 成吉이가 왓다. 先考祭祀인데 昌宇 重宇 成奎 成曉도 왓다.

<1980년 1월 19일 토요일>
大小家들이 모여 朝食을 맞이고 新平農協에 갓다. 敎育保險 滿期日이게 10萬원을 貸出햇다. 바닷다.
1月分 積金 39,100원을 拂入햇다. 朴判基 常務 下加 李相允 趙命紀 本人이 參席햇다. 1年分 組合費 6萬원 中 半額만 參萬원을 주고 中央會 事務室 建築비 1萬원을 주고 왓다.
驛前 高 理髮所 外上 1,000원을 주웟다.
大里 金次捙[金次坤] 氏는 抛棄햇다. 移秧機.

<1980년 1월 20일 일요일>
移秧機 移秧者 募集한바 韓相俊 鄭鉉一 氏게서 承諾을 밧앗다.
夕陽에 成允을 데리고 全州 成吉 집에 曾祖 祭祀에 參禮햇다. 九耳에서 堂叔이 오시엿고 炳基 重宇도 參席햇다.
昌宇는 갗이 가자고 간바 人象[印象]이 不安해 보이엿다. 揚水機 關係도 打合하게 가자 햇다. 정게[부엌]에서 弟수가 나오더니 당초에 揚水機을 사달아 하면 拒絶해버리지 엇제서 사주마 해서 괴롭게 하나 햇다.
成吉 집에서 宗穀을 會計한바 白米 6斗8되代 27,200원 完了해주고 貧擔金[負擔金] 萬원도 會計해주고 炳基 氏에서는 쌀게 돈 殘金 8,100원을 收入햇다.

<1980년 1월 21일 월요일>
成吉 집에서 朝食을 맞이고 炳赫 兄弟와 同伴해서 淑子 집에 갓다.
잠시 잇다가 作別하고 成允이하고 同行해서 全女中에 가서 成玉 卒業證書을 맛고 郵送햇다.
다시 成允이와 금암동 李京培 집을 단여왓다.
밤에 成樂이가 왓다. 外泊이라면서 간다고 해서 15仟원을 주워 보냇다.
養老堂에서 놀다보니 새벽 3時엿다.

<1980년 1월 22일 화요일>
崔今石 母에서 白米 1叺代 게쌀 4萬원을

148 전북 완주군 이서면.

드려왓다.
嚴俊祥 氏 取貸金 萬원을 尹錫 店鋪에서 주웟다. 嚴萬映 丁基善 驛前 고기장사도 잇드라.
面에 免許稅 3,600원을 人便에 보내고 孫夏柱 便(配達) 南原 稅金 11,434원 그리고 22,160 計 33,543[33,594]을 보냇다.
夕陽에 成曉가 왓다. 쌀게 白米 9叺4斗代 376,000원을 밧닷다.
相範이도 連行해갓다.
※ 成曉 母 便 今石 母 債務 88,200원을 傳해주웟다.

<1980년 1월 23일 수요일>
鄭鉉一 氏 取貸金 3萬원을 會計하고 尹錫 取貸金 貳萬원인데 約 1個月이 너머서 利子을 壹仟원 주웟다.
成康 母 便에 俊浩에서 取貸한 3萬원도 會計해주웟다.
尹錫 外上代 2,450원을 會計 주웟다.
終日 尹錫 집에 노는데 南連 氏 폐을 끼첫다.
鄭九福 氏 개가 죽엇다고 해서 靑云洞 鄭圭太 金昌圭더려 쌀게 하나 하라 햇든니 不應. 大端이 창피하드라.
里長에 山林組合비 1,300원을 尹錫 집에서 주웟다.

<1980년 1월 24일 목요일>
安承均이보고 쌀게 2번을 해라 햇다. 理由만 느려놋는데 창피하기 짝이 없엇다. 當初에 5번 하라 했으니 모르겟다고 하드라. 그려면 4번 하라 해도 不應하드라. 내가 당신에 債務가 있어서 依賴이도 그럴 수가 있는나 햇다.
밤에 鄭鉉一 집을 訪問햇다. 移秧機 署名捺印을 하고 밧고 取貸金 參萬원을 이제 드렷다. 婦人는 서울서 이제 왓{다}고 햇다.
昌宇 집에 갓다. 25叺짜리 2番을 주겟으니 失手하지 안켓느야 햇다. 그의 택 잇고 來明年이 면 게 하나을 타게 된다면서 말햇다. 그려면 1月 28日 契日을 定햇쓰니 準備하라 햇다.

<1980년 1월 25일 금요일>
25叺 條 白米稧는 四番이 空間이 되엿다. 할 수 없이 四番도 王主의 貧[負]{擔}이 안니 될 수 없다. 창피하야 又 다시 外人 接촉하기가 실어엿다. 그려면 80年부터는 王主 條 1번짜리 每年 6叺2斗 4번 4叺7斗 7번 2叺2斗 50叺 條 王主 條 12叺4斗 1番 7번(끝번) 4叺4斗 總計 29叺9斗을 拂入해야 하겟다.
丁基善의 딸도 大學에 入格햇다고 전화가 오고 裵京良의 子도 大學에 合格햇다고 들으니 眞心으로 마음 괴로왓다. 其間에 나는 무엇을 햇는지 後悔가 莫心[莫甚]햇다.
밤에는 班常會에 參席햇다.

<1980년 1월 26일 토요일>
창피하지만 다시 金宗出에 갓다. 쌀契을 드려 햇든니 못한다고. 다시 俊浩 婦가 基善에 당부해서 安養에 전화해보라 햇든니 不應. 崔瑛斗에 付託햇든니 그도 不應. 完全이 抛棄하고 4번을 내가 하겟다고 決心햇다.
正午에는 具判洙 回甲이라고 招請해서 갓다.
午後에는 指導所에서 農事 경{영}을 敎育을 받앗다.
張判童 市場에 갓다 온 사람에 무르니 米

價가 叺當 43,000식 갓다고 햇다.

<1980년 1월 28[27]일 일요일>
昌宇 집에서 招待햇다. 參席해보니 警友會 募臨이엿다. 술 한 잔 갗이 하고 나왓다.
夕食을 昌宇 집에 한바 서울서 鉉宇가 왓드라. 田畓賣買問題가 나왓는데 賣買가 이루워지〃 안[은] 理由는 내가 耕作을 하니가 그려게 生覺하로되 只今이라도 明年 耕作을 選定하고 가라고 햇고 其間에 公開的으로 賣買가 {이}루워지{도}록 公布도 해다며 只今 市價는 龍山坪에서 처음으로 斗當 17叺에 成立되여다는데 그의 價格이라도 팔겟는야 햇다. 此後에 機會가 있으면 回報할 터이니 기드{리}라 햇다.
成奉 집에 간바 母는 任實 갓다고 햇다. 任實로 전화햇든니 成苑이 쌀게을 못하겟다고 하기에 熱이 낫다. 全州 成吉이도 債務整理하겟다며 契員이 되여 달아 햇는데 그려케 하시요 해놋코 이제 딱 당하니가 못하겟다고 承均도 못한다고 또 成苑도 못한다고 참으로 복잡하게 되엿다.

<1980년 1월 28일 월요일>
아침에 편지을 써서 成允 편에 任實 成苑에 보냇다.
終日 방아 찌엿다.
丁俊浩가 金 3仟원 取해갓다.
成奉 전기세 參仟원 貸체해 주웟다.
崔南連 氏가 萬원을 要求햇다. 用途을 무르니 술방치기하다 이렷다고 햇다. 없다 据絶[拒絶]햇다.

<1980년 1월 29일 화요일>
쌀게 25叺 條 契員 募臨日로 定한바 成苑이 이제사 못하겟다니 不安햇다.
50叺 條 代金 11叺4斗代 456,000(4萬원代) 取貸金 8萬을 除하고 376,000원을 보내왓는데 白米 1叺代 4萬원 바다야 하는데 成傑 條에 除할가.
大里國校長이 오시엿다. 育成會비하고 卒業記念品 打合次 오시엿다.

<1980년 1월 30일 수요일>
서울 成康 會計는 昌宇 條 契쌀 10叺代 40萬원 찻고 5斗只 화리 元金 6叺 利子 18斗중 6叺는 柳正進에게 쌀로 넘겨주고(참모에) 1叺는 서울로 보내고 殘 8斗代 33,600하고 게쌀 10叺代 40萬원 計 433,600원을 淸算 完納햇다.
永登浦驛에 當하니 午後 3時 30分이엿다. 成康이가 訪迎을 나왓다. 成康 집에 당하니 4時 半인데 방은 깨끗하나 月 3萬원식 너준다고 햇다. 그리고 27日 移事[移徙]햇다고 햇다.
밤에 10時까지 기드려도 成英이 오지 안햇다.

<1980년 1월 31일 목요일>
날씨는 대단히 强寒이엿다.
成英에 전화해서 오라 햇든니 午後 3時에 왓다. 듯자 한니 兄夫 집에서 나가겟다고 햇다. 理由는 오롱 아주먼니가 말햇는데 舊正만 있으라 햇다고 햇다. 그려나 2月 3日까지가 2個月이라고 하고 會計을 要求하기에 그려라 햇다.
午後에 成康 成英과 同伴해서 林成基 집에 갓다. 간바 許俊晩 母도 와 잇드라. 成康이는 보내고 成曉와 이야기하다 보니 翌日 새벽 5時가 되엿다.

<1980년 2월 1일 금요일>
朝食하고 10時 30分에 出發한바 鉉子가 택시을 불어주워서 장승백까지 온바 1,250원이 드렷다.
성강 집에 들이여 成康을 보고 놀지 말고 將來을 生覺해서 節約과 儉素한 生活을 하고 돈을 모의라 햇다. 메누리에서 드르니 成康가 화토노리을 한다고 들엇다. 精神을 차리라고 付託햇다.
銀希을 데리고 高束[高速]뻐스場으로 成康이와 갗이 왓다. 2時 30分에 裡里行을 탓다. 집에온니 밤 6時 半이엿다.

<1980년 2월 2일 토요일>
아침에 起床해보니 今年 드려 처음 눈이 만이 왓다.
成康이 母는 契을 짜보라 햇다. 昌宇가 두 口座을 하겟다고.
終日 잠을 잣다.
館村 堂叔이 전화햇는데 國有林野 地番 地目 地積을 알여주윗다. 48번에 1町8反 2番地에 1町을 알여주윗다.
韓 生員이 契加里을 햇다.

<1980년 2월 3일 일요일>
자다보니 牟潤植 氏가 訪問햇다. 昌宇도 왓다. 방아을 찟자고 햇다.
嚴俊峰이는 來日 農協에 가자고 햇다.

<1980년 2월 4일 월요일>
農協에 相議次 갈 豫定인데 組合 事情으로 5日字로 미루윗다.
舊 年末은 目前에 당도햇는데 債務가 未整理로 마음 괴로왓다. 할일도 잇지만 마음이 소대기가[손대기가] 거북햇다.

<1980년 2월 5일 화요일>
11時頃에 俊峰과 同伴해서 新平에 갓다.
듯자 하니 1月 31日 組合員總會에서 決算을 맟이고 任員 任期滿了로 選任을 한바 우리 마을 嚴俊峰도 理事에서 脫落되엿고 元泉里에서 金允圭 氏 脫落되엿다고. 地域的인 감정도 잇은 듯싶엇다.
面長도 맛나고 支署長도 中隊長도 對面햇다. 百萬원 程{度} 融資해주면 舊債도 整理하고 私債도 整{理}할가 해서 嚴俊峰하고 帶同한바 舊債가 잇다고 뜻대로 되지 못햇다. 氣分이 不安햇지만 할 수 없이 밤에 歸家햇다.

<1980년 2월 6일 수요일>
崔南連 氏가 오시엿다. 쌀契을 짜자고 왓는데 5번을 달아고 햇다. 承諾을 햇든니 바로 全州 딸 今禮에 가서 말하겟다고 갓다.
午後에 南連 氏는 게쌀 3叺7斗代 42,000식해 155,400원을 가저왓다.

<1980년 2월 7일 목요일>
아침에 大里 學父兄 집을 訪問하고 協議會비 學校 後援비을 바드로 다닌바 41,000원을 받앗다.
路上에서 嚴俊峰을 맛나고 보니 間밤에 崔南連 氏가 相當 돈을 버렷다고 햇다. (도박해서)
大里學校에 간바 父兄은 5, 6名이 參席햇다. 2月 14日 卒業式에 對備해서 父兄當 4仟원으로 結定[決定]햇다.
新聞代 5,100원 주윗다.
成允 擔任先生 治下金[致賀金] 五仟원을 드리고 師은會[謝恩會]도 못가겟다고 햇다.

<1980년 2월 8일 금요일>
工場 앞에서 崔南連 氏을 맛낫다. 어데 가시나 햇다. 蔚山 아들에 쌀 1叺 送託[託送]하려 간다기에 그려면 成東이하고 우리 쌀 6斗만 실고 갖이 부치자고 햇다. 좃타고 하야 기드리면서 쓸 돈이 모자라니 丁奉{來}條로 四叺 中 壹叺은 代金으로 돌여주고 參叺만 借用으로 해달아기에 1叺代 42,000원을 주고 帳簿을 正訂[訂正]햇다.
成東 便에 館村 崔香喆 氏 叺子代 30枚 새기 1玉代 13,000원을 보냇다.
成英에 白米 6斗을 託送하고 3斗은 林成基 집에 보내라고 햇다.
安 生員 婦人이 왓는데 쌀을 재촉햇다. 10日 8叺만는 주선해보겟다고 햇다.
面長에서 電話가 왓다. 今年 봄에 다리는 논는데 들머리 河川을 利用해서 보충하고 郡에 約 5, 6백 보조하고 里民 分擔하야 完工토록 하자 햇다.

<1980년 2월 9일 토요일>
昌宇 쌀게 條로 大里에서 쌀 5叺을 成東으 시켜서 운반해왓다. 元側[原則]은 昌宇가 내 집으로 가저와야 한다. 그려면 昌宇 條는 7叺가 入金된 셈이다.
農協에서 通知가 와서 떼보니 他人의 保證인 模樣인데 元金 161,500인데 債務者조차도 氣憶[記憶]이 나지 안는다.
崔德喆이가왓다. 오날 里長 營農會長 育苗會長 其他 4, 5名의 里 任員을 選擧制로 選出하오니 參席해달아고 햇다. 生覺해보니 별 뜻이 없다. 그려나 다시 丁基善 氏가 왓다. 午後 2時에 參席해서 裵明善은 再任시키고 營農會長을 兼任시켯다.

<1980년 2월 10일 일요일>
昌宇가 왓다. 今般 쌀게 2口座을 못하겟다고 햇다. 理由는 成植이가 못하겟다고 하고 成俊 入學金 경예 手術비다 무어다 못하게다고 햇다.
그려치 안해도 마음적으로 不安햇는데 多幸히 잘 되는 것으로 햇다.
成康을 시켜서 美子에 부탁햇든니 夕陽에 와서 하겟다고 했으니 그리 알아고 햇다.
못텡이 3斗只 自己가 耕作하려 햇든니 못하겟다고 화리로 파라달아 햇다.
成東이는 終日 방아 찌엿다.
安 生員 婦人이 왓는데 쌀 8叺 準備햇다라고 말해주웟다.

<1980년 2월 11일 월요일>
成東이는 妻男 結婚式場에 간다고 갓다. 돈이 收入은 없는데 不安 中 金 萬원을 둘여주웟다.
午前 中에 방아 찟고 午後에는 任實에 갓서 炳基 堂叔을 對面햇다.
昌坪里 國有林 公開競爭入札을 不遠 한다고 하드라면서 當分間 秘로 부치자고 約束햇다.
帶同工業社에 갓다. 本社에서 왓다고 移秧機 常織識[常識]을 約 2時間 걸처 끝냇다.
집에 온니 丁東根이가 왓다고 安承均 條 白米을 달아기에 檢斤해서 주고 工場에 保菅[保管]햇다.
※ 방아실로 昌宇가 왓다. 農協에서 차압한다 하오니 10萬원을 둘여달아기에 嚴俊祥에서 둘여다 주웟다.

<1980년 2월 12일 화요일>
방아 찌엿다.

夕陽에 崔瑛斗 氏가 오시엿다. 具道植 氏 하고 싸웃다고 집에 가자고 해서 갗이 갓다. 養老堂에 갓다. 南連 昌宇가 도박한다고 햇다. 놀다 보니 밤 10時 30分이엿다.
새벽에 崔德喆 母가 病이 낫다고. 택시을 불엇다.
卒業비을 据出한바 90%는 据出되엿다.

<1980년 2월 13일 수요일>
成傑 運轉 應試次 全州에 갓다. 全州경찰署 수사과장 宋利燮 氏을 맛나고 相議한바 不正을 개재할 수 없다고 햇다.
成東 內外는 妻家에서 6日 만에 왓다.

<1980년 2월 14일 목요일>
成傑이는 大形빠스 運轉 應試願書 接受하려 갓다.
大里國校 卒業式에 參席햇다. 父母兄 負擔이 四仟원식인데 金判植 林漢◇[林漢朝] 氏만 未納되엿다.
南原서 大同譜 編纂의 件이라고 通報가 왓는데 本人을 大同譜 收單 有司로 公薦되엿다고 왓다.

<1980년 2월 15일 금요일>
2月 12日 昌宇가 農協利子을 못 整理햇다고 하면서 차押手續이라면서 金 拾萬원을 둘여달아기에 嚴俊祥에서 둘여다 준바 이데가[이제와] 異心이 生起여 農協에 連絡해서 무려보니 全然 오지도 안코 債務整理도 하지 안햇다기에 昌宇을 불려다 무르니 제발 떼먹지 안게다고 하니 또 돌이엿다[둘리었다(속았다)].
終日 熱이 나서 不安해햇다.

<1980년 2월 16일 토요일>
先塋에次祀[茶祀]을 지내고 喪家에 단여 왓다.
大里國校 先生 校長이 歲拜하여 왓다.
全州에서 成吉이가 왓다.
成曉 內外는 新田里에서 車을 가지고 와서 데려갓다.
成傑이는 大形[大型]빠스 運轉試驗 보려 간바 50÷5로 合格햇다고 햇다.

<1980년 2월 17일 일요일>
成曉 內外 孫子들이 新田里에서 夕陽에 車로 왓다.
成苑 內外도 群山에서 夕陽에 왓드라.
成吉이가 午前에 왓드라.
아 終日 舍郞에서 讀書만 하다 보니 又 昌宇 關係을 生覺하면 不安한 感 禁할 길이 없다. 自己 子息이 全州大學에 合格햇니 女息을 手術시키는 데 50萬원 들여야 한니 말은 느려노치만 나는 咸口[緘口]해버렷다.

<1980년 2월 18일 월요일>
新田里에서 崔宗洙가 왓다. 成吉이는 大里을 단여 全州를 간다고 햇다
메누리는 兒이들을 데리고 耕耘機로 驛前까지 갓다.
밤에 崔完宇는 館村中學校로 電話하려 왓다. 成八이가 어느 學校를 떠려젓는지 궁금해서 왓다고 햇다. 11日 밤에 尹錫 집에서 昌宇는 노름한다고 드렷는데 엇데케 된 일야고 무렷다. 도박은 사실이나 昌宇은 낫제 하드라고 是認햇다.

<1980년 2월 19일 화요일>
마음이 不安해서 舍郞에서 讀書을 하고 있

엇다.
午後 1時쯤 大里國校 앞 金正鉉 氏가 전화을 거려왓다. 昌坪里 兒 學生이 3名이 물에 빠진바 2名은 生死가 加能[可能]하고 하나는 위급하다고 햇다. 바로 館村病院으로 전화한바 林德善의 딸 林위희라고 햇다. 맛참 우리 집 안방에서 婦人들이 10餘 名이 募여서 노는데 말햇든니 德善 母가 내의 孫子라고 햇다.
다음은 學校에서 校長 外 職員 1同이 우리 집에 募엿고 밤에 되니 本署 수사과 刑事 文炳烈 의사 同伴해서 왓다. 그의 家에 金 五萬원을 주웟다고 햇고 接待는 우리 집에서 햇다.
鄭鉉一이가 晩參햇다. 鄭仁浩 婦人도 위급하다고 햇다.

<1980년 2월 20일 수요일>
메누리는 齒牙가 납부다고 南原까지 갓다고 햇다.
館村 堂叔이 전화로 田畓을 팔겟나고 햇다. 生覺하온니 뜻이 없다.
今日도 終日 不安하게 지내고 昌宇는 今日 돈을 가저온다고 하든니 기드려도 오지 안는다.마음이 그려케도 不良한 사람이다.
成愼이는 밤에 뜻박게 授業料을 내라 햇다.

<1980년 2월 21일 목요일>
午前에 成康 母가 왓다. 成傑 條 돈 달아고 왓다. 없다고 하고 于先 成愼 4期分 授業料나 주라면서 20,800원을 주면서 꼭 領收證을 가저오라 했다.
崔瑛斗 氏가 왓는데 子息들의 자랑도 하고 債務도 달알 兼해서 온 것 갓다.
終日 讀書하고 譜纂을 보왓다.

<1980년 2월 22일 금요일>
午前 中에 丁基善이가 왓는데 눈치가 아마도 債務 대문에[때문에] 온 것 같은다. 이야기하다 가기는 갓지만 마음이 不安햇다.
郡에서 오시엿다고 叺子을 실고 왓다. 約 500枚이라고 햇다. 郡 農事係에서 보냇는데 職員이 1般民보고 人蔘 栽培用이라고 햇다. 尹錫 집에서 술만 한 잔 待接하고 運賃을 말햇든니 말삼 마시오 햇다. 金種玉 丁宗燁을 시켜서 工場에 貯載[積載]햇다.

<1980년 2월 23일 토요일>
早食을 맟이고 裵明善 嚴俊峰과 同伴해서 任實극장에 갓다. 募臨에 參席해보니 새마을指導者 搗精業者들이 募엿다.
嚴俊峰는 喜賞[施賞] 받으라[받더라]. 喜賞式[施賞式]이 끝이 나고 俊峰이는 自己의 所感을 말하는데 年 2仟만을 所得한다 햇고 뽕밭을 많이 갓구고 河川을 개간햇고 이제는 子息들에게 財物을 무려줄 수 잇는 覺悟가 싯고[섰고] 자랑을 느려노왔으나 50%는 것[거짓]이고 엽에 잇는 外人들이 비수[비소(誹笑)]를 하드라. 郡하고 짜고 한 일{인}데 그레케 해서 탁상行政을 하니 한심하겟고 農村에 現在로는 債務 없는 者가 없다고 하는라.

<1980년 2월 24일 일요일>
南原放送局에서 聽取料[聽取料]을 받으려 왓다. 79年分 2個月分 1,200 80年分 6月까지 4,800원 計 6,000원을 주웟다. 그려나 79年分 5個月分을 成苑 母가 주웟다고 들엇는데 領收證만 있으면 還拂하겟다고 햇다.
嚴俊祥 氏가 왓다. 歲前에 取貸金을 달아

고 왓다. 그려치 안해도 보면 未安한데 이번에는 더 未安햇다.
生覺하면 昌宇는 갯심한 놈엿다. 20日字 준다든 돈을 4日이 經過해도 아무 말이 없다.
成曉가 단여갓다. 全州에 온다고.
終日 새기을 꼬왓다. 雜念이 없으라고 作業을 햇다.
※ 夕陽에 急錢을 둘여다 昌宇 條 10萬원을 주웟다. 돈을 세다보니 壹仟원이 不足해서 다시 成曉 母 便에 보내드렷다. 개고기갑도 2仟원 주웟다.
밤에 新安 堂叔 집에 갓다. 明日 祭閣에서 大同譜 收單有{司}會議을 한바 乃宇을 選任햇드라고 햇든{니} 顔形이 달아지드라. 그라나 내가 단요겟소.[149]

<1980년 2월 25일 월요일>
露儒齋에서 大同譜 收單有司會議에 參席햇다. 賢宗員이 만이 募엿다.
收單有司는 單金을 收合해다 다 주는데 官은 3,000원 童은 1,500원인데 서울 本廳에 官 2,000 童 1,000 計 3,000원을 보내고 殘 1,500원은 南原 收單廳에 보내는데 其 1,500원에 對한 30%는(450원) 收單有司가 手苦비로 報償을 밧게 된다고 햇다.

<1980년 2월 26일 화요일>
새마을사업 모래採取 운반. 終日 作業을 햇다.
夕陽에 新安宅 昌宇 重宇 成奎을 맛나고 大同譜 編纂에 對한 說明하고 밤 늣게 왓다.
成允에 對 工夫을 잘못햇다고 따지고 生後 처음으로 때리고 호통을 첫다.

昌宇 집에 가서는 돈도 내라고 햇든니 內外間에 엇떠게 된 건이야 不平을 하드라.

<1980년 2월 27일 수요일>
任實에서 山主大會 食糧增産大會 兼해서 새마을會館에서 開催. 參席햇든니 多數가 參席해서 大盛況을 이루웟다.
밤 9時頃에 成傑이하고 싸운다고 메누리가 말햇다. 너이들이 가보라 햇고 나는 對外的 耳目이 두려워 나가들 안 햇다. 늦게 드르니 손에서 피가 만히 나고 택시로 任實로 해서 全州 예수病院에 옴기엿다고 햇다.
任實 메누리에 전화해서 于先 全州 보강당으로 전화해서 契約金을 대고 手術을 해라 햇다. 맛참 成曉가 있어서 多幸이엿다.

<1980년 2월 28일 목요일>
아침 7時頃에 全州 보광당에서 전화가 왓다. 새벽 四時頃에 大手術이 끝낫다고 염려 말아고 햇다.
成吉에서 전화가 왓다. 寢具 衣服을 가지고 束[速]히 예수病院에 오라 햇다. 大里 炳基 任實 韓文錫에 전화해서 韓文錫에서는 貳拾萬원을 주겟다라고 햇다. 食後에 任實驛前 韓文錫을 對面하고 貳拾萬원을 받앗다.
바로 뻐스에 타고 成東이와 同行해서 全州 예수病院에 갓다. 約 9時間을 据處서 手術을 끝내고 成康 母만 남기고 왓다.
任實 基宇을 찾아서 成傑 결근에 對한 打合次 大隊本部 李 大尉에 갓다. 父親 印章만 내일 보내라 햇다.
李澤俊이를 맛나고 택시을 자바주워 오니 10時 30分이엿다.

149 이하 내용 없음.

<1980년 2월 29일 금요일>
成曉 母 成奉와 同伴해서 全州 예수病院에 보냇다. 주전자 수제저범 김치들을 가저 보냇다.
里長이 맥주 2병을 가저오고 崔南連 氏가 問安次 왓다. 成奎도 昌宇도 왓드라. 李正鎬가 술을 타 왓고 住民 몇 사람이 와서 慰勞한다고 왓드라.

<1980년 3월 1일 토요일>
韓相俊이는 술을 밧고 와서 人事次 왓다.
12時에 出發해서 全州 鳳來예식場에 갓다. 1家親戚이 募엿드라.
禮式이 끚이 나고 옴팍집에서 中食을 맞이고 방을 하나 準備하야 兩家親戚이 募이 中 人事가 交換되는데 人事 招介[紹介]는 내가 햇다.
바로 태시[택시]로 예수病院에 갓다. 成傑 病勢는 조금 완화되고 있엇다.
歸家 中 路上에서 蔡圭鐸 金敎鎭 金鍾雨을 맛나고 집으로 모시여 1泊을 햇다. 饌이 없는데 未安하고 마음도 여{러} 가지 괴로운데 公布도 못하고 언짠햇다.
禮式이 끝이 나고는 大同譜 人事狀을 宗員들에 傳햇다.

<1980년 3월 2일 일요일>
客들과 朝食을 맞이고 同伴해서 靑雄面[150] 斗福里 李虔鎬 回甲에 參席햇다. 山中이고 거리도 멀고 해서 陸路로 往復 30里는 徒步한 듯싶다. 祝賀金은 2仟원 傳햇다.
嚴俊映 成東이는 農協에서 箱子 2仟개을 운반햇다. 往復 2回式 단엿다고 햇다.

全州에서 成吉이는 어제 왓다고 아침에 왓다. 群山에서 成苑 內外가 왓다. 어린 애를 데리고 왓다.

<1980년 3월 3일 월요일>
全州 예{수}病院에서 40萬원을 가지고 오라 햇다. (成傑이가 電話햇다)
成曉에 連絡해서 20萬원 成東 便에 柱相이에서 10萬원 南連 氏에서 全州로 전화해서 20萬 計 50萬원을 入金시켯다.
南連 氏 딸에 집 간바 婿 鄭壽明이가 正月初三日字에 南原署에 枸束[拘束]되엿다고 햇다.
20萬원을 너코 예수病院에 當하니 5時엿다. 成曉 成吉 內外가 왓드라. 成曉하고 相談所 經理課에 간니 今日 現在로 累計가 計算해보니 728,000엿다.

<1980년 3월 4일 화요일> 成允 中學 入學式日다.
驛前 黃宗一 氏에서 金 五萬원을 取貸햇다.
담배 20甲을 사서 가지고 任實 大隊로 갓다. 전화로 通話해서 李 大尉게 근무確認書을 맛고 明日 10時까지 大隊로 오라 햇다.
全州에 갓다. 成曉하고 約束 4時가 되여 5時까지 기드려도 오지 안햇다.
三溪面[151] 金회坤 氏라며 病院에 왓드라.
明日 9時에 맛나기로 하고 作別햇다.
오려 햇든니 成曉 內外가 왓다. 明{日} 退院하기로 하고 왓다.
집에 와서 基宇 집으로 전화하여 李 大尉任에 전해달아 햇다.

150 임실군 소재.

151 임실군 소재.

<1980년 3월 5일 수요일>
通勤列車로 全州 病院에 갓다. 9時頃에 成曉 金會坤 氏와 同席해서 打合햇고
보광당에서 金相建 氏도 왓다고 들엇는데 갖이 經理係에 가서 再算해본바 17萬원이 誤算되엿다고 해서 再算하야 殘 5萬원만 入金하고 今日 現在로 全 累計가 820,000 程度이고 雜비가 約 5萬원이 들고 보니 87萬원 支出이 되엿다.
子婦도 몸이 不安해서 今日 診察한다고 햇고 成傑이는 午後 2時頃에 任實 大隊로 歸隊햇다.
電話로 基宇에 通햇든니 오날 아침에 李大尉는 만낫으나 今日字로 釜山으로 教育 간다고 햇다고 햇다.
※ 밤에 崔南連 氏 집에 간바 어제 全州에서 取貸金 貳拾萬은 3分利로 秋季에 주시라고 해서 조타고 햇다.

<1980년 3월 6일 목요일>
過据[過去]을 잠잣고[잠자코] 生覺해보면 成康 成東 成樂 成傑 成奉 以上 5子息은 不良한 子息으로 생각코 半財産을 헛된 不良金으로 支出되엿다. (印)
아침 通勤列車로 全州 病院에 갓다. 12時쯤 되니 呼出해 갓다. 成傑 治料는 3日 間格[間隔]으로 단여야 하며 地方病院은 必要 없다 햇다. 治料 時는 반드시 接受을 해야 한다고 햇다.
※ 成樂 生年月日 1957. 1. 25 生
住民登錄番號 570125 - 1528316

<1980년 3월 7일 금요일>
尹鎬錫 氏와 갖이 終日 古叺子 끈맷다.
成東이는 麥 追肥 散布햇다.
館村農協에서 尿素 3袋을 買受해왓다.
成曉이가 밤에 왓다.
中食을 하는 尹鎬錫 牟潤植 崔昌宇 參席 同席 中에 尹鎬錫는 말하기를 驛前에 理髮所에서 某人이 말한다면서 大里 軍事基地에서 도자[불도저] 운전수가 죽고 大베암이 도자에 갈려 죽엇다고 하면서 미신이 꼭 잇다고 햇다.

<1980년 3월 8일 토요일>
아침에 館村 堂叔 집에 갓다. 昌坪坪 田 468坪 賣渡契約次 갓다. 買受者가 館村에 갓다고 해서 朝食만 하고 왓다.
成樂 履歷書을 大里로 보냇다.
大里 田을 賣渡햇다고 햇든니 氣分이 不安하게 되엿다. 그려나 내 것을 두고 他의 不良한 놈 소리을 듯게 되여 할 수 없이 賣渡한 것이다.

<1980년 3월 9일 일요일>
日氣는 좋이 못햇다.
成奎 昌宇 重宇을 오래 햇다. 大同譜 收單을 作成햇다. 成奎는 成赫 條까지 單錢을 냇다.
寶城宅이 光州에서 왓다고 왓다. 鉉宇도 왓다. 아마 土地賣渡次 온 것 갓다.
屯南面 水레기152에 郭二勳이가 왓다.
任實 大同工業社에서 張泰雄 氏 外 1人이 來訪햇다. 移秧機 融資申請을 하는데 倭任狀[委任狀]을 갓고 왓다. 署名捺印하고 不遠 手續을 하라 햇다. 1,093,000원이고 播種機 74,000원 計 1,167,000원인데 2年 据

152 현재의 임실군 오수면 주천리 수레기 마을. 둔남면은 1992년의 지방자치법에 의해 오수면으로 개칭되었다.

置 5年 均等償還이고 据置 2年는 利子만 拂入한다고 햇다.

<1980년 3월 10일 월요일>
柯亭里 具炯錄 弔問하려 갓다. 外來客은 全然이 없고 里民 몇 名만 있드라.
驛前에서 炳基 堂叔을 對面하고 田 賣渡關係는 24叺에 締結하고 兩人이 各〃 五斗式 昭介[紹介]비로 (1叺)을 주기로 하고 23叺5斗이 收入이고 現在 契約金으로 3叺을 밧고 代金은 42,000원식 結定하고 返濟之期日은 3月 末日 定햇다고 햇다.
午後에는 里 새마을事業 하려 갓다.
夕陽에 鉉宇가 왓다. 제의 논은 제의 아버지가 今年에 짓겟다고 햇다. 重宇보고 洑매기는 하라고 햇다고 햇다.
밤에 成曉가 왓다. 夕食을 하고 갗이 갓다.

468
5 ×
42 2340
2
840,000
740,000

<1980년 3월 11일 화요일>
아침에 食前에 成曉을 對하고 前條 舊債도 잇고 成傑이 負傷 債務도 잇고 해서 不得已 大里坪 田을 賣渡햇다고 햇다. 그리고 成東이도 各居하겟다고 하고 있으니 家屋 1棟이라도 사주워야겟고 成樂이도 不遠 除隊한다는데 就職을 한다면서 妻母가 斡選[斡旋]한다며서 幾萬원을 창기라고 하고 不遠이면 해산이라는데 病院에서 生産한단니 고민이 深다고 햇다.
沈春茂는 宜禮 페物[폐물] 金반지 白金바지[반지] 1切을 가저 갓다고 支署 本署 刑事들이 택시로 왓다. 그려나 行方은 몰으고 갓다.
昌宇 집에 가서 쌀게를 못 하겟다고 하고 取해 간 돈 10萬원을 곳 달아고 햇다.

<1980년 3월 12일 수요일>
아침에 梁奉俊 印章을 丁振根에 주윗다.
새기를 꼬고 李道植犬을 4斤 가저왓다. 4,000원.
成東이는 방아 찟고 夕陽 時는 成傑이을 오라고 하고 개죽을 먹이엿다.
成東이를 시켜서 貳萬원 들여 成傑 治料費을 주윗다. 成傑이 실밥을 뺏는데 몃칠 더 단여야 한다고 햇다. 그리고 손이 完治되면 돈 버려서[벌어서] 아버지 念慮을 갚아달아 햇다.
메누리 보{고} 버릇을 고치라고 햇고 今年부터는 3斗只을 따로 收穫하라 햇다.

<1980년 3월 13일 목요일> 陰 正月 27日
成東이는 終日 방아 찟고 夕陽에는 白米 1叺을 가지고 館村에 가서 내고 石油 1드람을 가저왓다.
白康善 氏하고 古叺을 終日 꾸맷다.
山林課에서 國有林 調査次 왓다.
嚴俊峰을 시켜서 터밧을 重宇에 말해서 사게금 하라 햇다.
하성 할머니 祭祀에 參席.
斗流里 禹 氏가 왓다. 알고 보니 成樂 妻外叔이엿다. 20日 出産하겠으니 産母 保護問題 및 手術問題을 말하기에 내가 알아하겟다고 햇다.

<1980년 3월 14일 금요일>
大里에서 11時頃에 건너왓다. 집안일을 돌보다 5時 뻐스로 南原에 갓다. 6時 30分에 뻐스를 타고 江石굴을 간니 밤 8時엿다. 夕食을 하고 나니 正宇는 學校에서 오지 안니햇다. 寶城宅하고 둘이 자고 正宇 妻는 哲宇 집으로 보냇다. 12時쯤 되니 正宇가 왓드라.

<1980년 3월 15일 토요일>
食前에 收單는 다 하고 哲宇 條는 正宇에 附託[付託]하고 寶城宅하고 다박글을 禮訪햇다.
사돈을 맛나고 中食을 한 다음 砂石里에서 2時 뻐스로 南原에 왓다. 뻐스비는 全部 내가 댓다.
光州에 당하니 4時 30分쯤이엿다. 成宇는 親友 집에 가고 夕食이 끝이 나니 왓드라. 밤 11時까지 相談하고 잣다.

<1980년 3월 16일 일요일>
朝食을 맞이고 收單을 하고 炫宇 關係만 남기고 陰 2月 15日까지 창기라 햇다.
車票는 成宇가 사고 現金 仟원을 주드라.
任實서 내리고 基宇 집에서 中食을 하고 收單을 한바 芳宇 關係는 屛巖里[153]에 들이여 弟수하{고} 收單을 햇다.
집에 오니 뽀푸라을 곰봉[檢本]하고 1部는 실어가드라.
◎ 夕陽에 집에 왓든니 成傑이는 제의 눈님이 貳萬 주면서 藥을 사라고 햇다고 햇다.
포푸라 곤뽕하는데 尹在浩 李正浩가 햇다.

<1980년 3월 17일 월요일>
포푸라 꼼봉한바
13,500本인데 3%을 除한다고 햇다.
13,500 - 3% = 405本이고 殘이면
13,100 × 90 = 117,900(印) 程度 됨.
午後에 다시 막바지 結算[決算]해보니 13,600本으로 느려낫다.
丁宗燁을 데리고 포푸라 곰봉하면서 麥田도 土入을 햇다.
夕陽에 成吉이를 맛나고 大同譜 收單을 말하고 作別햇다.
밤에 成曉가 왓드라. 天安에 出張갈 일이 있어 오는 길에 서울에 가서 成英이를 맛나고 수레기 在煥을 맛나고 해서 成康을 찻진바 1泊을 하고 어제 창경원 觀光도 하고 夕陽에 왓다햇다.
밤에 支署에서 전화가 왓는데 沈春茂가 聖壽面에서 잡폇다고 해서 宜禮을 對해달아고 햇다.
集配員 孫夏柱 便에 積金 39,100원을 農協에 보냇다.

<1980년 3월 18일 화요일>
成東이는 任實로 노타리 修繕하려 보내고 1部 萬원을 주워 보냇다.
나는 방아 찌엿다.
山林課에서 苗木을 가지려 왓는데 5%을 減한다기에 못주겟다고 해서 車는 도{로} 갓다.
夕陽에 郡에서 人便이 왓다. 減이 되드래도 주시라 햇다. 成奎하고 잘 相議하라 햇다.
夕陽에 成傑이가 왓다. 治料비 없다기에 15仟원을 주웟다.
新平指導所에서 箱子苗 산도 調査次 왓다.
不合格 苗포푸라 5仟 本 잡고 10원식 해서

153 임실군 관촌면 소재.

山林組合에 다 주자고 해서 그려마 햇다.

13,600 × 4 =

4	13,000
54,400	8
	114,000
	[104,000]

<1980년 3월 19일 수요일>

鄭九福이 아침에 招請해서 朝食을 맞이고 犬代 5仟원을 주고 왓다.

못텡이들에 갓다.

우리가 새마을事業 하는데 막걸이 1斗하고 두부 5모리을 냇다.

小河川 工事場에 가보니 成康 노[논]을 망처노고 下는 堤防 높어노고 上제방 낫최저서 此後에는 내갈[물길] 날 것 탓다. 事後에 異常이 잇는 때는 責任지라 햇든니 應答을 하지 안트라. 成奎보고.

※ 崔南連 氏을 맛낫다. 도박을 해본 것이 損害을 밧다면서 後밥을 합치라면서 于先 五萬원 달아기에 주엇다. 다음은 5叺7斗5되 中 五萬만 주고 2叺만 남기고 3叺7斗5되만는 3月 30日게 會計 때 주겟다고 햇다.

市基里 崔泰浩 집에서 경유 1들람을 가저왓다.

<1980년 3월 20일 목요일>

9時 列車로 四人 同伴해서 全州 林産婦人과에 갓다. 메누리을 珍察[診察]해보든니 아즉 日字가 못되엿으니 28日 오면 29日 手術을 햇겟다고 해서 왓다.

오는 途中에 몸이 안 조와서 밤새도록 알앗다. 生覺해보니 누구 보고 말 못하고 心中이 괴롭다. 새벽에도 밤중에도 苦心은 말할 수 없고 成傑 件만 해도 近間에 近 100餘萬원이 드려 未淸算 中인데 또 이런 일이 생겨 世上이 괴롭다.

成東 便에 鄭九福 氏에서 3萬원 取貸.

尹錫에 2萬원 둘엇다.

<1980년 3월 21일 금요일>

終日 舍郎에서 누웟다.

成曉는 약을 지로 갓다.

丁基善이가 왓다.

별 볼 {일}이 없는데 아마도 債務 대문에 온 것 갓다.

鄭圭太가 왓다.

面에서 成奎가 전화햇는데 今日 포푸라을 운반하다고 하든데 今日 해를 넘기고 말앗다.

郡에 成曉에 전화햇다. 山林課에 問議해서 理由을 무려보라고 햇다.

밤에 成傑이가 왓다. 손에 분대[붕대]는 데고 어제부터는 물이治療[물리치료]을 밧는다면서 萬원만 주시라기에 急錢을 주웟다.

<1980년 3월 22일 토요일>

몸는 갈수록 過熱이 낫다.

指導所에서는 今日 雨中이지만 機械移秧者 打合會議을 갓자고 햇다. 募作者는 不過 5, 6名이엿다. 對略[大略] 몇 말 하고 所長은 갓다. 4月 1日 浸種한다고 햇다.

藥을 먹어도 몸은 더 괴롭고 每事가 뜻이 없다.

포푸라 今日 6日 만에 殘量 28束을 시려갓다.

<1980년 3월 23일 일요일>

土地調査簿을 펴보니 203番地 240坪 許龍名儀로 있는데 金太鎬가 耕作하고 있으나 太鎬 本人는 許龍 氏에서 買受햇다고 햇다.

國有林을 閱覽해보니 237의 4부터 237의 18까지 있는데 約 坪數는 1,742坪 쯤 되드라.
밤에 李澤俊하고 參茂하고 왓다. 釜山으로 電話하는데 宜禮을 오라고. 요는 금반지을 저당햇든 저당 主人이 오시여 代價을 내라고 한다기에 參茂가 代納하라 햇다.
全州 鄭壽明 內外하고 南連 氏가 왓다. 효주 1병하고 기타을 사가지고 왓다. 南連 氏는 長男 재정보증을 서 달아 햇다.

<1980년 3월 24일 월요일>
午前 8時에 出發해서 新平에 갓다. 印鑑證明 5통을 떼는데 통당 200원식 1,020이엿다. 一통은 南連의 子 財政保證에 주고 3통은 農協用으로 주고 一통은 土地賣受代[土地買受代]로 주고 햇다.
斗峴 堂叔을 相逢해서 同伴하야 大里 炳基宅을 訪問하고 問病햇다.
土地賣渡移轉手續을 完備하여 주고 明日 全額 會計하라 햇다.
斗峴 堂叔에서 大{同}譜 收單金 1,500원을 밧고 殘 2萬원은 成吉에 保菅햇다고 하드라.
乾操場[乾燥場] 1棟이 왓는데 完製品이드라.
夕陽에 舟川里에서 전화. 알고 보니 李垶根 氏가 明日 鄕校 大祭에 參하자고 電接이 왓다.
郡에서 成曉가 서드려서 無償으로 乾椂場 一棟이 왓다. 官理[管理]는 崔乃宇가 하되 3年을 經過하면 個人所有가 된다고 하고 3年間에는 共同所有하라 햇다.

<1980년 3월 25일 화요일>
어제 밤에까지 포푸라는 不合格品까지 全部 運搬해간바 總數量은 下記와 갓다.

記
合格品 13,500 - 750減 = 12,750
12,750 × 80 = 1,020,000
+ 50,000不木= 1,070,000
우리 것은 最終으로 가저간바 7%까지 除햇다니 어굴하기 짝이 없다.
成奎 것은 第一 먼저 운반한바 3, 4% 減量이라고. 損害을 보면 갖이 보와야 하지 그럴 수 잇나.

<1980년 3월 26일 수요일>
새기도 꼬고 집안일 보살폇다.
메누리는 市場에 단여오든니 新田里 큰메누리도 왓드라면서 夏服도 차자 왓쓰나 얼굴이 안 좃트라 햇다.
밤에 郡 財務係 職員 3名이 왓다. 夕食은 햇다고 해서 술만 한 잔식 주고 놀다보니 밤 11時가 지냇다.
成東을 시켜서 白米 1叺을 賣渡. 成康 집에 주고 金 4萬원을 밧고 沈參茂 金 27,000을 주웟다고 햇다. 萬원은 내게 들어왓고 3仟원은 成東이가 씃다.

<1980년 3월 27일 목요일>
朝食을 職員과 같이 햇다.
終日 새기을 꼬왓다.
新平農協에서 職員이 왓다. 相子[箱子] 契約하라기에 丁基善 印章 安承均 印章 崔乃宇 印章을 收集해서 職員에 주고 相子만 契約 締結하라 햇다.
夕陽에 館村 堂叔 집에 갓다. 田代을 會計한바 金額이 白米 23叺5斗인데 契約金 條로 3叺을 126,000원을 前에 밧고 今日은 205斗 × 41 = 840,500 인데 10萬원 取貸金을 除하고 740,500을 받다 1切의 會計을

끝맞이엿다.

3月 4日字 黃宗一 氏에서 5萬원 借用한바 今日 55,000원 주고 끝을 냇다. 婦人에 주웟다.

大里 藥代 5仟원도 주웟다.

<1980년 3월 28일 금요일>

大里 메누리 母女 우리 內外 合伴해서 全州 病院에 갓다. 明日 午前 中에 手術은 하겟다고 하고 于先 契約金 20萬원을 入金시키고 왓다.

保護는 成曉 母가 保座[保佐]키로 하고 왓다.

<1980년 3월 29일 토요일>

가랑비는 내리고 舍郞에 잇아 하니 金種玉이는 犬을 달아기 주마 햇다.

※ 궁금해서 全州 病院에 전화을 걸어보니 딸을 出生햇다고 햇다. 數十萬원을 드려 바랫든니 딸이라고 한니 마음 不安햇다. 가보려 햇든니 抛棄햇다.

밤에는 本署에서 澤俊을 呼出해갓다. 아마도 間諜 出汲인 듯 십다.

<1980년 3월 30일 일요일>

成東 便에 鄭柱相 取貸金 103,000원을 주워보냇다.

成東 便에 利子 3仟원을 返還해왓다. 未安하게 되엿다.

全州 成吉 侄[姪]을 訪問햇다.

收單만는 끝내고 單錢는 斗峴 堂叔 倏 本人 것을 合해 38,500원{인}데 다음에 준다고 하고 泰宇 집을 訪問햇든니 不在中여서 書面만 내노코 바로 直行뻐스로 長溪面[154]을 간바 約 1時{間} 40分이 걸인데 車비는 800원엿다.

전화로 明德國民{學校}로 건바 맛참 나오드라. 그래서 長溪로 呼出을 해서 收單과 單錢도 完了햇다.

全州로 도라오니 今日 赤字가 낫다.

病院에는 전화만 햇다.

<1980년 3월 31일 월요일>

午前 中에 成東이는 耕耘機 방통 호이루를 改造하려 보내고 나는 催芽場을 修造햇다.

午後에는 비가 내리기 始作 終日 내렷다.

夕陽에 崔南連 氏가 오시여 身元保證을 서달아기에 印章을 찻다 보니 農協에 있다해 무루니 27日字로 보낸 印章을 이제사 相子 契約한다고 햇다.

李基永씨가 왓다.

들머리 許今龍 所有田 地番을 알여 달아기에 204번 전 240坪을 書面으로 記載해서 宰澤에 주라 햇다.

成傑이을 오래 노고 治料을 더 하라면서 金 七仟원을 주웟다.

<1980년 4월 1일 화요일>

成東이와 갗이 終日 催芽場을 造立[組立]햇다.

成曉에서 전화가 왓는데 成樂 妻가 어데 入院햇나 하기에 林産婦人科라 햇든니 메누리가 問病次 가겟다고 햇다.

자근 메누리는 市場에 小犬을 사려갓고 炯進에서 萬원을 바닷다고 한다.

昌宇는 安正柱 보고 堆肥을 좀 내달아 햇다. 듯자 하니 기분은 나부나 엇페 잇는 것 같으나 말하지 안햇다.

154 장수군 소재.

<1980년 4월 2일 수요일>
成東하고 終日 催芽場 組立을 햇다.
成吉이 왓다. 泰宇 收單金 炳赫 氏 成吉 條 해서 53,000원을 밧앗다.
兄 祭祠인데 몸이 좋이 못해서 못갓다.

<1980년 4월 3일 목요일>
아침에 成奎 집에 갓다. 딸들이 모두 왓드라. 서울서 成康 母도 왓드라.
午前 中 韓相俊이 왔다. 마참 催芽場을 組立한데 갗이 協力해주워서 午前 中 늣게까지 끝을 냇다.

◎ 午後에 韓相俊을 同伴해서 農協에 갓다. 前條 79年度分 農協債務 수 개을 묵거서 單債로 統合해서 95萬원으로 契約 締結하고 80年 第一次 營農資金 30萬원을 貸付 바아[받아] 舊債 償還하고 15을 밧다.

今日 現在로 前條 舊債 95萬원하고 新期 30萬원을 合해서 125萬원(印)에 債務로 締結햇다. (印)
積金貸付을 45萬원을 받아 約 60餘 萬원을 가저왓다.

<1980년 4월 4일 금요일>
아침에 崔瑛斗 氏을 訪問하고 債務米 5叺代 205,000원을 會計 完了햇다.
尹錫 婦人을 맛나고 取金 2萬원을 주고 里長에 가서 前條 取貸金 22,000인데 2萬원만 밧고 2,000원는 事務室 유리代로 공제햇다.
全州病院에 메누리을 데리고 갓다. 院長에 20萬원을 入金시키고 왓다. 任實로 가서 큰메누리에 保광당 條 305仟을 주웟다.
自轉車 53,000에 33,000원 주고 殘 2萬원은 1個月 後에 주겟다고 햇다.
館村에 갓다. 저울 검사하는데 是非가 잇서 다투다 夕陽에 다시 실고 오는데 合格으로 보와주웟다.
成東이는 되야지 3頭에 9萬원에 파랏다고 햇다.

<1980년 4월 5일 토요일>
아침에 重宇가 왓다. 連山 墓祀에 가자고 속히 오라 햇든니 오지 안해서 비는 오는데 뻐스로 全州驛에 堂[當]하니 成吉 震宇가 왓드라. 3人 同行해서 廣石[155]에 堂[當]하니 12時엿다. 雨中 墓祀는 지내고 車 2. 50分에 出發해서 合板에 堂하니 서울서 내려가는 列車에서 사람이 내려 떠려지는 것을 3人中에 나만 보왓다. 田畓에 떠려젓는데 顔形에 피투성이 되엿드라. 近處 住民에 말하야 路上에 잇는 車을 利用해서 大田으로 보냇다.
全州에 堂하니 8時가 넘엇다. 3人이 同行하야 震宇 妻家에 갓다. 잠시 問病하고 成吉이와 同行. 미그려저[미끄러져] 옷도 베라고[버리고] 해서 成吉에서 잣다.

<1980년 4월 6일 일요일>
아침에 成吉 집에서 朝食을 하고 왓다.
任實 大同工社에서 移秧機을 가저왓다.
大里 메누리 退院을 햇다. 病院비만 45萬원을 주웟다. 別途 藥代 9,000 其他 雜비하면 47萬원 以上 50萬원이 들엇다. 全州에서 택시 5仟원에 作定하야 大里까지 데

155 충남 계룡시 엄사면 광석리. 조선시대에는 연산군 식한면에 속하였다. 본래 큰 바위가 있다 하여 '너분돌'이라 부르고 한자로 '廣石'이라 표기하다가 현재는 '光石'으로 고쳐 쓰게 되었다.

려다주웟다.
成允이를 시켜서 任實에서 自轉車을 차자 왓다.

<1980년 4월 7일 월요일>
新安宅이 오시여 連山墓祀에 단여온 이야기를 해주웟다.
大里 炳基 堂叔이 오시엿다. 昌宇을 보려 왓다고 햇다. 同伴해서 昌宇 집을 잔여서 宋 氏 爲先하는 {데} 갓다.
昌宇와 堂叔이 잇는 한자리에서 今春에 白米契을 짯는데 契員 募集이 不足해서 페게[폐계(廢契)]하고 大里에서 借用한 6叺2斗을 今秋에 代理로 갑아주겟다고 말햇다.
成曉가 移居을 하는데 成東이를 경운기하고 보냇다.

<1980년 4월 8일 화요일>
보리방아 찌엿다.
뽕밭에 크람목손을 햇다.

<1980년 4월 9일 수요일>
農協에 갓다.
肥料 12袋 복합 18-18=20袋 22-22-10袋 計 42袋을 契約하고 總額 126,920 中 6萬원 주{고} 出資 8,000원 주고 59,000원을 外上으로 契約 締結햇다.
炯進 成東는 방천을 햇다.
郡 職員 3名 指導所長 面長이 왓다. 作人들을 訪問하자고 勤[勸]해서 同行햇다. 몃 집을 단이면서 말을 해주웟지만 안 들면 별 수 없다고 生覺.
夕陽에 成曉가 왓다.

<1980년 4월 10일 목요일>
아침에 昌宇가 왓다.
못텡이 논 斗落當 20叺에 팔겟는야 햇다. 作者가 있으면 締結하라 햇다.
새기 꼬타가 귀산질[규산질] 肥料 1,400袋을 農協으로부터 引受받앗다. 山組[산림조합] 條 肥料 14袋도 받앗다.
成東이 內外는 全州 産婦人課[産婦人科]에 診察을 해보려갓다. 院長이 없어서 허탕하고 왓다.

<1980년 4월 11일 금요일>
終日 移秧箱子 上土用을 새래로 첫다. 成曉 母는 몸이 不安해서 누웟다.
成東이는 市場에서 黃牛을 20萬원에 삿다고 몰고 왓다. 10萬원는 잇는 줄 알지만 殘金 10萬원을 엇더케 할는지.
光州 震宇에서 收單金 炳龍 條 9,000 炫宇 條 13,500 震宇 條 7,500 計 3萬원이 郵送해 왓다.
任實 基宇에 收單金 10,500하고 簇譜[族譜]代 5,000원이 收金해 왓다.

<1980년 4월 12일 토요일>
光州에서 보내온 收單金을 成東 便에 新平서 引受해왓다.
尹錫 고초 溫床에서 稚牙苗[稚芽苗]을 뽑아서 移秧해보왓다.
午前에는 비가 내려 집에서 舍郎 大同譜 收單을 整理해보왓다. 收單金은 153,000 + 簇譜[族譜]代 1部 3萬원 해서 183,000원을 收金해젓드라.

<1980년 4월 13일 일요일>
今日도 終日 가랑비가 내렷다.

雨中에 全州 逢來[蓬萊苑] 禮式場에 參席햇다. 李成根 四 兄弟가 다 모엿드라. 五弓里에서 崔東煥이도 朴公熙도 崔宗彦이도 參席 對面햇다. 中食만 마치고 바로 왓다.
夕陽에 高 氏가 왓드라. 술 먹자 하야 할 수 없이 同席햇다.

<1980년 4월 14일 월요일>
露儒濟[露儒齋]에서 定期有司召集日기에 參席햇다. 收金額 186,300원을 지녓으나 첫재 有司가 45名인데 3, 4名 程度 募엿는데 單錢조차도 少額이드라.
桂壽里156 宗員들이 桂洞 錫宇 氏 先山 位先[爲先]을 하는데 大同譜之事을 무르니 始作도 안 하오니 每事가 으심시렵드라. 67,500원만 주고 10萬원은 다시 가지고 왓다.
求禮 成萬이하고 是非을 햇다. 慕先創新會 除幕式 決算報告도 不明하다 하오니 宗員이 信任을 받게 하라 햇다.

<1980년 4월 15일 화요일>
새보들 모내기을 햇다.
午後에는 家族은 고초를 갈고보니 豫年[例年]에 比하면 누즌 감이 잇다.
봇도랑에 세멘 다리를 노왓다.
비나루 말치 2테을 尹錫에서 삿다. 한 테에 12,500원식 해서 25,000원을 주웟다.

<1980년 4월 16일 수요일>
機械移秧者 催芽設備을 하고 種籾을 入種햇다.
다지가리 14封을 引受햇다.
午後에는 橋梁用 砂理[砂利(쟈리)는 '자갈'을 뜻하는 일본어] 운반타 비가 내려 中止햇다.
成東이는 耕耘機 敎育을 署에 보냇다.

<1980년 4월 17일 목요일>
丁基善 丁宗燁하고 3人이 橋樑[橋梁]을 놋는데 욕을 보왓다.
全州에서 都賣商에서 物品을 가저왓는데 比交的[比較的] 싸드라. 燒酒 1箱子 밀가루 1袋 비누 等을 삿다.
韓相俊이를 시켜서 다지가리을 全州에서 사왓다.

<1980년 4월 18일 금요일>
成東 家簇[家族]이 고초을 播種햇다.
館村에 가서 農藥을 사왓다.
移秧用 흑[흙]을 다루는데 힘이 들엇다.

<1980년 4월 19일 토요일>
비는 오는데 家族기리 고초을 갈앗다.
나는 終日 방아 찌엇다.
催芽場에 種籾이 10㎜ 程度 發芽되엿는데 비는 오는데 손을 댈 수 없엇다.

<1980년 4월 20일 일요일>
廉昌烈가 왓다.
箱子 種籾 播種을 햇다.
成曉 母들은 大里 孫女을 보고 왓다.

<1980년 4월 21일 월요일>
家簇기리 種籾을 相子에 넛다.
午後에는 押作히[갑자기] 苗板을 設하야 箱子을 連座[連坐]햇다.
맞암 韓相俊 邑內宅 參茂 母가 왓다.

156 남원시 사매면 소재.

<1980년 4월 22일 화요일>
방아 찌고 家簇은 고초을 갈고 햇다.
11時頃에 郡廳 會議場에 갓다. 會議目的은 全國體曲[全國體典]을 앞두고 誠金 募金이엿다.
오는 길에 相範 집을 드려다 보왓다.

<1980년 4월 23일 수요일>
鄭宰澤 祖母 移葬한는데 嚴俊祥 氏와 同伴햇다.
午後에는 成曉 母 藥을 지로 書道[157]에 갓다.
成東이는 고초밭에 除草濟[除草劑] 散布하고.

<1980년 4월 24일 목요일>
韓相俊을 오라 해서 大里學校 副會長 書類을 引게 햇다. 引게 해보니 14,500원이 잡포가 나서 주웟다. 書類까지 全部을 주면서 未納者도 받으라 햇다.
龍巖里 朴汶行 回甲宴에 參禮햇다. 舊 親友들이 募엿는데 情談도 햇다.
任實서 成曉 外 1人이 왓드라. 養蠶組{合}에서 養蠶 멧 枚나 키우시요 햇다. 3枚 키운다{고}는 햇지만 不安햇다.

<1980년 4월 25일 금요일>
1般벼 催芽을 시키엿다.
昌宇가 왓다. 뻐스를 貸切햇으니 놀려가자고 햇다. 내가 氣分이 不安한데 무슨 재미로 가겟냐 하고 不應햇다.
成東이는 尹錫 밭 노타리햇다.
催芽場을 掃地햇다.

157 남원시 사매면 서도리.

<1980년 4월 26일 토요일>
鄭宰澤 婦人이 路上에서 맛나고 明日 6時에 出發한다 하니 갑시다 하고 勤[勸]햇다. 첫재는 돈이 없고 不安해서 못 가겟다고 햇든니 돈은 任實서 왓다고 햇다. 그래도 못 가겟다고 햇다.

<1980년 4월 27일 일요일>
金哲浩 束綿[束錦契] 有司엿다. 契員는 男女 全員이 募엿다. 中食을 끝내고 今般에 놀려가게 되는데 旅行비 59,000원인데 長거리는 못 가고 短거리로 群山으로나 가자하고 日字난 5月 13日 7時 30分 列車로 出發키로 決定지엿다.
아침에 비는 오는데 논에를 가보려 집을 나가니 뻐스는 橋前 왓드라. 未安 生覺에서 다시 집으로 드려왓다.

<1980년 4월 28일 월요일>
機械移秧 1般벼 苗板 設{置} 및 種子을 落種햇다.
成愼이는 5月中에 修學旅行 承諾書을 받으{러} 왓다. 우연만 하면[웬만하면] 가지 말아고 햇다. 學校 堂局{當局}에서는 아마도 高大校에서 學生들이 소요 및 데모가 延長된 데 이여 때 아닌 旅行을 조장한 듯 십다.
里長 便에 成樂 딸 出生申告書을 面으로 보냇다.

<1980년 4월 29일 화요일>
鄭圭太 位先[爲先]한 道峰里에 갓다. 서울서 英子 母도 왓고 宗化 母는 大端이 반가{워} 하드라.
李存甲 氏도 現場에서 對面햇다. 中食만

하고는 인사 없이 歸家햇다.

<1980년 4월 30일 수요일>
아침에 苗板에 가보니 물이 만해서 被害가 있을 듯 햇다.
尹錫이가 해장 한 잔 하자고 해서 韓相俊이와 갗이 하는데 鄭圭太 말이 낫는데 山을 파는데 鄭泰燮 名儀 있어서 兄弟間 言爭이 深햇다고 햇다.
※ 成愼 授業料가 41,000원인데 31,000원을 成愼 母에 주면서 萬원만 너 달아고 해래 햇다. 其後 成愼이가 돈을 가지고 와서 保充授業料[補充授業料]가 밥으니 5仟을 其 속에서 쓰겟다고 해서 알아서 하라 햇다.
방아 찌엿다.
靑云寺에 五仟원을 주웟다.

<1980년 5월 1일 목요일>
成允 保充[補充]{수업}비 5仟원을 주워 보냇다.
새기도 꼬왓다.
午後에는 靑云寺에 崔南連와 同伴해서 갓다. 鄭圭太도 對面코 갗이 갓다.
李道植氏 犬代 四仟원을 婦人에 주고 主人을 무르니 鄭柱相 집에 갓다고 햇다.

<1980년 5월 2일 금요일>
몸이 不安해서 午前에는 舍郎에서 午後에는 새기도 꼬왓다.
苗板 비니루을 텃다.
崔南連 氏은 陰曆 3月 21日字 位先[爲先] 한다고 햇는데 江津面[158] 오두목이라고 햇다. 生覺해서 參禮하보겟다고 햇다.
成奎 母子는 서울 갓다고 드럿다.

<1980년 5월 3일 토요일>
新洑坪 大同보매기를 햇다.
午後에는 苗板 官理[管理]을 하고 夕陽에는 비가 내{리}고 任實서 成曉 父子가 왓다. 對話 中 蠶業을 페지하고 桑田에 왜성사과로 돌여보려 햇다. 反當 80株가 들며 基肥는 소석회만 準備코 5年 以上 年賦償還으로 융자도 해주고. 그려면 約 300株 所要될 것 갓다.

<1980년 5월 4일 일요일>
里長하고 同伴해서 全州 禮式場에 廉昌烈 弟 結婚式에 參席하고 中食 끝내고 바로 집으로 왓다.
다시 牟潤植 回甲에 參席햇다. 屛巖里에서 鄭東洙도 왓다.

<1980년 5월 5일 월요일>
崔南連 氏 爲先한 데 가려고 安承均 氏을 同伴하자고 訪問햇다. 同行 中에 嚴俊祥을 路上에서 對面코 江律[江津]面까지 간다고 햇든니 又 同行者가 生起고 驛前에 간바 嚴萬映을 맛낫든니 또 갈이 가자 하야 4人이 1行이 됫엿다.
江律 오두목에서 下車하야 가는 車비는 嚴萬映가 내고 오는 車비는 崔南連 氏가 주워서 왓다.

<1980년 5월 6일 화요일>
成東이 노타리 햇다.
술을 過飮햇드니 몸이 不平햇다.
全州觀光호텔에서 電話가 왓다. 日本서 金

158 임실군 소재.

商文 氏엿다. 9日 回甲을 맛기 爲하야 가는 길에 安否을 傳하고 갓다.

<1980년 5월 7일 수요일>
金炯進와 갗이 못텡이 귀산질을 헛고 물도 잡앗다.
못자리를 돌보왓다.

<1980년 5월 8일 목요일>
몸이 不便해서 舍郎에서 寢室에 들엇다.
午後에는 不便한 몸을 놀이기 위하야 억지로 活動을 하며 고초苗도 移植해보왓다.
成康에 母에 明日 光陽旅行을 取消햇다고 傳하고 理由는 돈도 업고 몸도 不便이라고만 햇다.

<1980년 5월 9일 금요일>
아침 6時頃에 成愼이가 왓다. 눈님이 旅비를 주신다고 食事하고 順天에 가자고 왓다. 生覺해보니 그도 難處햇다. 잠시 잇다가 面刀도 하고 毛洗[手洗; 洗手]도 하야 단장코 成奉 집에 갓다. 15,000원을 주면서 萬원은 祝賀金이고 5仟원을 내의 旅비로 쓰라고 햇다.
光陽에 到着한바 11時 30分이엿다. 成康 內外는 人事하고 自己의 家族 在日僑胞들이 募엿드라.

<1980년 5월 10일 토요일>
午前 11時 30分쯤 商文 氏 內外와 四人이 同席하야 택시로 玉谷面에 李龍勳 집을 訪問햇다. 內外는 맛낫지만 엽집 女子의 말을 들으니 龍勳 妻는 同居 不應한다며 맞이 못한다고 햇다.
5萬원쯤 주려한바 定期積金을 시키겟다고 하고 택시로 오는데 光陽서 下車하야 바로 順天驛에 온니 8時 30分엿다. 바로 特急을 타고 任實에 온니 11時 30分 집에 온니 12時엿다.
成康 母는 11日 오겟다고 햇다.

<1980년 5월 11일 일요일>
아침에 鉉一이가 13日 旅行 간다고 契곡 54되代 21,600원 가저왓다.
방아 찌엿다.
午後 3時頃 川橋에서 移秧機械 練習을 試徒[試圖]을 햇다. 作人는 約 7, 8名 外 人 10餘 名이 參席하는 자리에서 모든 說明을 다 해주웟다.

<1980년 5월 12일 월요일>
새벽부터 내린 비는 終日 내렷다.
成東이는 訓練에 갓다.
雨中에 苗床 비니루를 비겻다. 夕陽에 다시 씨웟다.
成傑 집에 갓든니 어제 밤 9時에 왓다고 成傑 母가 잇드라.
술 한 잔 待接 밧고 왓다.

<1980년 5월 13일 화요일>
7時 30分 列車로 群山에 갓다. 契員는 全員 參席 했으나 崔龍鎬만은 午後에 뱃속에서 만낫다.
鄭宗燁에서 7,500원을 더 받아야 하는데 업다고 하고 올 때는 途中에서 下車해버렷다. 契員들은 不安해하고 旅비도 不足해서 보도시[빠듯하게, 겨우] 館村驛에 왓다.
鄭九福에서 金 參萬원을 빌엿다.

<1980년 5월 14일 수요일>
고초밧 비니루을 씨엇다.
午後에는 苗床에서 家族기리 피사리을 햇다.
夕陽에는 고초 移植을 햇다.

<1980년 5월 15일 목요일>
成康 母에 成愼 授業料 41,000원을 주웟다.
屛巖里 芳宇에서 收單錢 4,500원을 받앗다.
面에 갓다. 印鑑證明 1通을 해서 孫夏柱便에 大里 崔相烈에 傳해 달{라}고 車中에서 주웟다.
朴世東 氏을 驛前에서 相面햇다.
故 林長煥 小祥에 參禮햇다.

<1980년 5월 16일 금요일> 김유신 장군
10時 30分頃에 빼스로 南原에 갓다. 釜山行 빼스行 時間이 12時엿다. 約 40分 餘有[餘裕]가 있어 南原郡에 電話을 거러 帶江[159] 崔哲宇 氏 議員을 불엇다. 맛참 전화로 對話코 터미널로 왓다. 收單金 36,500원을 받앗다.
다시 12時 正각에 釜山行 빼스를 乘車햇다. 釜山에 當하니 午後 5時엿다. 6時 10分 버스로 東來郡[東萊郡] 機長面[機張面]에 當하니 7時엿다. 원광사 崔珠宇을 차잣다. 夕食을 맞이고 下宿집에 갓다. 11時까지 對話하고 잣다.

<1980년 5월 17일 토요일>
아참에는 珠宇와 同伴해서 機長 市內 1園[一圓]을 돌며 求影[求景]을 햇다.
珠宇는 成造을 하는데 約 4千萬원 쯤 들겟다고 햇다. 土地도 約 800坪이 있다고 햇다. 婦人도 分明하드라.
아침 食事는 9時頃에 하는데 飯饌도 每于 잘 장만햇드라.
10時에는 船창에 빼스로 갓다. 잠시 구경하고 회집에 갓다. 장어로 회를 햇는데 生後 처음 먹엇다.
기장서 11時 빼스로 釜山에 同伴해서 왓다. 珠宇 同生 집에 갓다. 接待을 밧고 택시로 빼스터미날에 오니 車비가 1,200원이 나왓다. 咸陽行 빼스을 타는데 旅비을 주기에 밧고 보니 8仟원이드라.
집에 온니 夕陽 7時 30分이엿다.

<1980년 5월 18일 일요일>
9時 列車로 桂壽里 露儒濟에 갓다. 收單金 6萬원을 주웟다.
南宇 成海를 맛나고 收單에 對하야 討論하고 譜纂을 주웟다.
花壽會[花樹會]인라고 개도 잡고 中食은 잘 먹엇다.
成樂는 歸隊햇다.

<1980년 5월 19일 월요일>
春蠶 3枚을 掃立햇다.
新平 酒場에 갓다.
80年度 稅金 確定申告을 햇다.

<1980년 5월 20일 화요일>
苗板 整理

<1980년 5월 21일 수요일>
任實市場에 갓다. 移秧機 運搬角木 其他을 삿다.

159 남원시 대강면.

韓相俊에서 經비 1部을 2萬원을 받앗다.
李正鎬 成東이는 移秧畓을 整理햇다.

<1980년 5월 22일 목요일>
우리 집에서 親睦契員 集合이다.
中食을 끝내고 (內外) 舍郞에서 鄭鉉一 丁基善 崔成吉 鄭圭太 嚴俊祥 嚴萬映 梁奉俊이 募엿는데 新平農協 問題가 낫다.
嚴俊祥 氏 말에 依하면 5月 5日頃에 安承均 嚴俊祥 氏가 農協貸付을 받으려 간바 융자하면 出資을 내야한다 하기에 不應한바 組合職員 말에 依하면 現在 新平組合 出資에 對해야 利得金 利子을 配定한다고 하면서 고이[고의]로 강제로 出資 떼는 것은 不幸之事라고.
任實서 메누로[며느리] 와서 協助햇다.

<1980년 5월 23일 금요일>
明日 機械移秧 準備에 밥앗다. 農地整理 및 苗板을 살피엿다.
嚴萬映이는 今年 親睦契 有司다라고 햇다.
(七星契) 개을 1首 잡고 논에 갓다 왓다 하면서 契席을 參席햇다.
新平 郵替局[郵遞局]에서 5月分 전화料金 18,200원을 주웟다. 돈이 不足해서 牟潤植 氏에서 萬원을 빌여 주웟다.

<1980년 5월 24일 토요일>
5月 25日 移秧日을 定日한바 形便에 依하야 압당겨 今日 移秧을 해보왓다.
新平 廉昌烈 所長이 參席햇다.
任實 大同工業社에서 職工을 하나 보내조웟다.
移秧을 처음에는 勞古[勞苦]가 햇지만 午後에야 正常을 잡앗다. 面積은 約 8斗只이 程度이고 外人은 午後에 婦人 2人이 오시여 때워주웟다.

<1980년 5월 25일 일요일>
鄭太炯 氏에서 2萬원을 借用한바 移秧 其他 家用이 不足해서엿다.
具道植 氏 집에 갓다. 丁基善와 同伴 丁九福 婦人이 잡담을 하는데 비우에 맞이 안햇다.
※ 具道植 氏는 金 萬원을 주면서 陰 4月 22日(陽 6月 4日)에 노타라[로터리]을 해달아고 萬원을 주워서 成東에 주웟다.
新聞代 2月 - 5月까지 6,000원을 주웟다.

<1980년 5월 26일 월요일>
丁基善 便에 모비루 1통을 삿다.
午後에야 白康俊 6斗只 移秧한바 嚴俊映 成東이 兩人이 한바 白康俊이는 俊映이 서툴하다며 不平햇다.

<1980년 5월 27일 화요일>
멧텡이 移秧을 한바 우리 집 9斗只 安承均 4斗只을 하고 우리 집 모는 0.5斗只 남겻다.
異常이 生起여 任實서 단여갓다.
놉은 金炯進이뿐이다.

<1980년 5월 28일 수요일>
丁基善에서 金 2萬원을 取햇다.
新平 郵替局에서 取扱所長會議가 있서다.
人當 2仟식 收金해서 鶴巖里에 갓다. 川邊에서 고기를 만히 잡고 밥까지 먹엇다.
鄕家[歸家] 中 午前[午後] 4. 50分頃에야 오수高等學校에 갓다. 成愼 事件을 무르니 上級生하고 싸우다 분이 난니가 우발적으로 授業 中 유리을 8枚을 부섯다고 햇다.
12,000원을 주고 잘 부탁햇든니 10餘日 間

休學處理한다고 햇다.

<1980년 5월 29일 목요일>
苗을 때웟다.
成東이는 基善 移秧을 午後야 햇다.
夕陽에 鄭圭太을 相對로 是非가을 햇는데 大端 함부로 해댓다. 돈이 幾百 잇다고 거만하게 보이며 말대구 異常하게 하며 일본말을 하는데 조잔하게 보이드라. 그려나 나는 책을 놋코 배왓지만 外國 말을 잘 안 利用하다[한다] 추접한 소리 말고 단이라 햇다.

<1980년 5월 30일 금요일>
嚴俊峰 便에 揮發油을 사려 보냇다.
今日도 모때움을 햇다.
婦人 8名이 고초밭을 맷다.
安承均 嚴俊峰 移秧.
鄭宰澤에서 金 10萬원을 借用햇다.

<1980년 5월 31일 토요일>
韓相俊 鄭宰澤 移秧.
揮發油는 韓相俊이가 1초롱 貧擔[負擔]햇다.
移秧箱子을 洗水햇다.
비는 한참 내려고[내리고] 里長 班長이 노는데 招請을 받앗다.
里 倉庫에 箱子 290個을 入庫햇다.

<1980년 6월 1일 일요일>
8時 30分 뻐스로 只雁 下里 蔡奎鍏 氏을 訪問햇다.
鄕友契라 稱하고 基金 白米 1斗代 4,500원을 주웟다.
稧員[契員]는 李建鎬 金敎鎭 權이台 崔乃宇엿다.
接待을 밧고 택시로 오수까지 와서 모두 作別하고는 今秋에는 金敎鎭 氏가 招請키로 햇다.

<1980년 6월 2일 월요일>
梁奉基가 왓다.
106번지 田 賣買移轉登記書類을 朴鍾彬 氏 代書人에 맛긴바 서울을 갓다고 하며서 倭任狀[委任狀]을 流失[遺失]햇다고 印章을 달아기에 不安햇지만 주웟다.
동〃댁에서 金 參萬원을 借用햇다.
成東이는 今日 移秧箱子가 餘有가 있어 作人들 것을 取合[聚合]해서 張泰燁 柳正進 鄭圭太게 12斗 程度 課外로 移秧 끝냇다.
苗을 때운데 몹시 괴로웟다.

<1980년 6월 3일 화요일>
午前 中에는 방{아}을 찌엿다.
林德善 父親이 死亡햇다고.
午後에는 마참 李正鎬가 우리 苗가 餘有 잇다 햇든니 찌로 왓다. 그래서 成東이하고 正鎬 合同해서 苗板 자리는 移秧을 햇다.

<1980년 6월 4일 수요일>
成東이는 具道植 移秧畓 노타리한바 萬원이 入金되엿다.
방아 좀 찌엿다. 邑內宅.
午後에는 成東을 데리고 苗板 移秧햇다.
成東하고 苗을 때운데 勞苦가 만햇다.
林德善 保資[補資]을 宗燁하고 据出해서 1部 27,000만 주웟다.
夕陽에 몀소 새기 2斗을 生産햇다.

<1980년 6월 5일 목요일>
林德善 父 出喪에 잠시 參席햇고 下斗里 炳列 氏 宅을 禮訪하고 收單金을 要求한

바 大里로 보냇다고 햇다.
大里에 炳基 氏을 訪問하고 收單金 炳基 條 24,000 炳列 15,000 計 39,000원을 받앗다.
途中에서 宗燁 氏을 맛나고 中食을 갗이 햇다.

<1980년 6월 6일 금요일>
8時 30分 빼스로 引月里160에 當한니 10時쯤 되엿다.
崔成海 氏을 禮訪햇다.
收單金 官 32名 童 102名 計 收單金은 보첩 8卷 豫納金까지 264,100원을 完拂해주고 보니 6仟원이 不足해서 다음 召集日에 드리겟다고 하고 왓다.
中食을 待接밧고 作別하야 途中에 二白面161 당메에 亡兄의 外叔母을 禮訪햇다.
今年에 89歲라는데 子息 2名을 보내고 1村에 사위도 54歲인데 죽엇다고 하드라.
4時 30分頃에 出發햇다.
夕陽에 成曉가 金 10萬원 가저왓다.

<1980년 6월 7일 토요일>
蠶屋 손보고 불 땟다.
成東이는 任實로 玄正柱 경운기 운반해갓다.
뽕을 따려 간바 驛前 鄭敬錫 子息이 고초밭에 農藥을 햇다고 李允載가 말햇다. 경식만 살고 外人는 희생을 당하라는 뜻이라 햇다.
※ 夕陽에 丁基善 집에 갓다. 5月 28日字 2萬원 取貸金 貳萬원을 주고 未安하다고 햇다.

160 남원시 인월면 소재.
161 남원시 소재.

場所에 安玄模도 잇드라. 丁宗燁 苗을 가지고 對話하드라.

<1980년 6월 8일 일요일>
뉴예에 保助[補助]햇다.
배답에 肥料을 散布햇다.
丁基善을 시켜서 한참 쟁기질을 시켯다.
農協에 問議해서 機械 契約을 締結하려 한바 100萬원 以上이면 정당[저당] 설정해야 한다 하니 手續 切{차}[節次]가 復雜[複雜]해서 未決첫다.
相範이가 갓다.

<1980년 6월 9일 월요일>
못텡이 9斗只 中 下畓 6斗只 程度 機械로 除{草}하는데 夕陽에는 허리가 앞아 끔짝 못햇다.
成曉 母는 고초밭 除草하는데 人夫 5名인데 午後에는 2名뿐이드라.

<1980년 6월 10일 화요일>
今日도 成東이와 終日 機械 除草한바 身體가 몹이 괴로왓다.

<1980년 6월 11일 수요일>
今日로 3일채 作業을 하는데 生後 첨 된 것 간으라.
몃 사람보고 하루 하자 하오니 不應하는데 챙피하고 해서 卽接[直接] 해보니 利益은 되드라.

<1980년 6월 12일 목요일>
뽕이 모자라 케리야 蠶室에 갓다. 允載가 주마 하고 成曉 母는 午前 中 뉴예를 주어 주웟다. 午後에는 경운기로 한 차 처왓는데

2,500원을 돌아[달라] 햇다고.
新田里에서 안사돈하고 메누리가 왓다. 약쑥을 뜨드려 왓는데 中食도 안 하고 바로 갓다.
夕陽에는 安承均 氏 宅에서 基善 氏가 갗이 夕食을 하는데 家政事을 이야기하다 보니 밤 11時가 되엿드라.

<1980년 6월 13일 금요일>
午後부터 뉴예가 上簇하기 始作 夕陽에는 完全이 올아갓다. 大端이 분주햇다.
李正鎬 母더려 논물을 잘못 댄다면서 다음에도 그려케 대면 昨年 太炯 氏에서 당한 것이 問題가 안니고 其 以上 봉변을 줄 터이니 조심하라 햇든니 앙졸〃〃 잘햇다고 하드라.

<1980년 6월 14일 토요일>
農協에 갓다. 農藥 外上으로 6萬원 엇지을 貸付밧고 宰澤 條 4萬원 엇지를 手續해주고 끝錢 2,240원을 내가 代納해주웟다. 農協 車로 驛前에 下車시켜노코 왓다.

<1980년 6월 15일 일요일>
機械移秧會員들을 召集햇든니 9名 中 白康俊 嚴俊峰 鄭宰澤 金學順만 不參햇다.
대충 豫算해보니 311,000원 收入인드라.
늣게사 嚴俊峰이가 왓는데 조금 不安感도 잇드라.
會計는 맞으었으나 成奎에게 맛기고 보니 또 不安感도 들드라.
個別的으로 마추워 보는데 斗落當 2仟 골[꼴]이라 하는데 移秧者 技術者 하는 사람은 1日 萬원 준다는 것은 不利 條件이라 보왓다.

<1980년 6월 16일 월요일>
任實 大隊에서 成傑이가 防衛軍 10名을 帶同하고 現役軍人이 卽接[直接] 引率하고 왓는다.
夕陽까지 보리를 베는데 其 經비는 무려 21,000원 以上이 들엇다.
따지면 1般民을 어더[얻어] 作業한 것보다는 招過[超過]되엿다.
丁基善에서 萬원 빌여왓다. 품싹 주기 위해서엿다.

<1980년 6월 17일 화요일>
어제밤부터 내린 비는 오날 午前까{지} 내렷다.
어제 비엿든 보리는 비가 맛고 당장에 일이 차지[차질]가 낫다.
뉴예고{치}을 땃다.
移秧書類을 再作成 整備햇다. 成奎가 햇다는 것을 알아볼 수 없어엿다.

<1980년 6월 18일 수요일>
成東이는 新德으로 訓練을 갓다.
나는 終日 뉴예고치을 脫毛햇다. 品質이 좋이 못햇다.

<1980년 6월 19일 목요일>
午前에 蠶견 準備을 끝내고 경운기로 실코 任實에 갓다.
군 잠엽[잠업]係 職員 1名이 또 나타낫다. 해마동[해마다] 人象[印象]이 좋이 못한 놈인데 今年에 또 나타나서 機檢으로 하라 햇다. 熱을 내버렷다. 勸하는 理由가 무엇이야 햇다. 해마다 무러넛다. 檢査員{은} 元泉里 崔榮台엔 데따[됐다] 하다면서 1等을 주드라. 305,500 人.

自轉車店에 갓다. 殘金 2萬원을 주고 왓다. 경운기 손을 보왓다.

<1980년 6월 20일 금요일>
重宇하고 終日 새보들 보리를 묵거냇다.
※ 成奎가 왓다. 포푸라 苗木代을 가저왓는데 全額이 안니고 1部라면서 80萬원을 가저왓다. 殘金은 完州郡서 찻게 된고 總額은 포푸{라}代 1,080,000이고 2級苗 5萬원(山組 條) 計 1,130,000원인데 330,000원을 殘高로 두웟다.
논에서 일하고 잇는데 成奎 母가 왓다. 무슨 말을 할가 말가 하든니 겨우 한다는 것이 成용가 성질이 나부다며 담배집 누 보고 이년 저년 했다고 햇다. 그려면 내가 알가 말가 하는 게 좋체 이부려[일부러] 傳하는 것은 내게 머신가 해롭게 자극을 주기 위하는 것 갓다.
成愼 授業料 其他 55,000원 주웟다.

<1980년 6월 21일 토요일>
새보들 물을 대면서 上두력도 베엿다.
中食은 金太鎬 移種하는 데서 햇다.
午後 3時쯤 되니 方洞에서 사돈이 왓다. 메누리(康善 딸)가 家出한지 5日채인데 살임사리을 못하겟다며 슬퍼하드라. 白康善 氏도 參席햇는데 말하기를 親家에 있으니 알아서 찻도록 하라 햇다.
夕陽에 全州 成吉 집을 차잣다. 舊 債務 360,000원을 會計 完了해주웟다. 完全 끝이 낫고 보니 시원하드라.

<1980년 6월 22일 일요일>
丁基善 債務 357,000원을 完全 會計 完了햇다. 又 누락되엿다기에 장부을 보니 79. 2. 22{日}字 5萬원이 누락되여 다시 會計 完了해주원다.
白康善 氏 아해들을 데리고 새보들 모내기을 햇다. 끝이 낫다.
成東이는 夕陽에 南連 氏 노타리 햇다.

<1980년 6월 23일 월요일>
成允 修業{料} 2/4期分 19,130- 合計 26,930원을 주워 보냇다.
丁基善에서 10萬원을 다시 借用햇다.
成東이는 南連 氏 노타리 햇다.
논두력을 베엿다.

<1980년 6월 24일 화요일>
우리 집 보리 脫作을 하는데 밤에까지 終日 햇다. (白康善 氏가 놉) 처음이라 秩序가 잡이지 안해서 욕을 보왓다. 그려나 한 20叺는 될 것으로 본다.
※ 崔南連 氏하고 丁奉來 田代 會計을 다시 하는데 元 田代는 11叺5斗인데 契約金으로 5斗을 주고 金 5萬원을 주웟는데 5萬원 條는 44,000원 치고 6,000원 받앗다. 3叺代 132,000을 주웟다. 그리고 白米 6叺는 借用을 하는 것으로 秋期에 淸算키로 햇다.
염창열이가 단여갓다.

<1980년 6월 25일 수요일>
새벽부터 비가 내리는데 어제 脫作을 참으로 잘햇다고 햇다.
崔南連에서 노타리用 싹을 가저왓는데 7,000만 달아고 하고 비는 오는데 驛前에 가서 石油 한 초롱을 사다 주웟다. 嚴俊映 논에다 주웟다.
成曉가 왓다. 班常會에 參席次.

任實에서 石油 1드람 經油[輕油] 1드람을 外上으로 運搬해 왓다.

<1980년 6월 26일 목요일>
丁振根 崔重宇 畓 노타리.
崔南連 便에 體典 誠金 萬원을 주워 面에 노성근에 傳해달아고 햇다.
大里서 炳基 堂叔이 昌宇을 보려 왓고 맛참 金正植 牛가 落死햇다고 해서 고기 멫 근을 삿다.
南原 帶江서 方洞서 사돈이 왓는데 妻의 消息을 알여온 듯 햇다.

<1980년 6월 27일 금요일>
終日 苗을 때우고 除草을 햇다.
成東이는 重宇 노타리한바 今日로써 移秧 노타리는 끝이 낫다.

<1980년 6월 28일 토요일>
終日 집마당 풀을 맷다.
夕陽에는 除草{劑}을 뿌려보왓다.
成東이는 논두력을 베로 갓다.
뒤에서 終日 脫麥을 某人이 하는 模樣인데 氣分이 終日 좇이 안햇다.
金進映이라는 놈을 어는 때든지 잘못이 있어 걸이면 아조 축이고[죽이고] 십다.

<1980년 6월 29일 일요일>
白康俊에서 殘 13,960원 入金.
고초밭 枝柱[支柱]도 세우고 농약도 하고 밥앗다.
보리도 乾橾[乾燥]시키고.
井邑서 왓다고 成東 同婿[同壻]가 왓다.
事由는 白康善 內外을 보려 왓다고 햇다.

<1980년 6월 30일 월요일>
{①}
아침에 嚴俊峰이는 韓相俊 印章을 가지고 와서 밥으니 내려가서 信用金 貸付申請하자면서 張泰燁 移秧비 65,000을 會計해주웟다.
農協에 가서 移秧機 信用貸付申請을 한바 借主 및 連帶保證人 印鑑證明을 添付[添附]해야 하라기에 抛棄하고 積金貸付 條 89,110원 주고 完全 完拂로 끝내고 복합肥料 4袋을 現金으로 12,344-.
移秧相子 利子을 會計한바 2,130개을 淸算하야 元側[原則]인데 1,014개만 契約이 되엿다면서 33,130원만 拂入햇다. 金德基을 시켜서 館村에서 尿素 3袋만 出庫해달아고 11,04{0}원을 주고 作別햇다.
農協 全承柱에 주라고 德基에 12,000원을 맛기고 왓다.

②
路上에서 廉昌烈 所長을 相面하고 機械移秧 指導하는데 手苦비 條로 萬원을 주고 今日 機械信用貸付申請 事實을 말했든니 그려면 갑시다하고 面에 갓다.
戶籍係長任을 別室로 모시고 形便을 말햇든니 承諾햇다. 印감證은 韓相俊 裵明善 崔乃宇 그리고 相俊 自耕證을 해서 다시 農協에 提出햇든니 異常이 여기면서 韓相俊의 信用調査나 하게 해달아고 햇다. 農藥代 다지가리代을 韓相俊에 全額을 주웟다면서 14,000원 주원 하드라.

<1980년 7월 1일 화요일>
새보들 논에서 成東이하고 피를 뽀밧다.
午後에는 聖壽面 參茂 大家에 갓다. 故 沈

炳洙의 回甲이라고 해서 參席해보왓다.

<1980년 7월 2일 수요일>
아침에 놉을 엇{는} 데 힘이 들엇다.
昌宇 俊浩 宗出 康善을 押作이[갑자기] 어더서 終日 3斗只 피을 뽑는데 約 10餘 짐을 운반해냇다.
大端이 시원햇다.
夕食에는 牟潤植 氏 鄭九福을 招請해서 갗이 食事을 햇다. 모두 처음 오신 人夫이기 때문에 現金을 4,000원식 논와 주웟다. 昌宇에 무르니 4,000식 주워야 한다고 하드라.

<1980년 7월 3일 목요일>
成傑이를 데리고 예수病院 정형外課에 갓다. 의사 말은 손운동을 잘 하라면서 再手術해도 장담은 못한다면서 9月까지나 기드려라 햇다.
川邊에서 개을 잡기에 2斤만 삿다.

<1980년 7월 4일 금요일>
金學順을 시켜서 人 婦人 6명을 어더서 논 除草作業을 하는데 男子 以上 잘 하드라. 품싹은 3仟원이라 햇다. 6명 품싹 18,000원 學順에 주웟다.

<1980년 7월 5일 토요일>
成奎가 왓다. 포푸라 苗木代 殘金 283,900원 中 45,600원을 經비로 除草하고 238,300원을 會計햇다. 苗木 納品代는 끝이 낫으나 2級品 棒木用 山組 條 5萬원만 未受가 되엿다.
午後에는 任實驛前 韓文錫 氏을 訪問한바 任實邑內에 가섯다기에 婦人에게 225,000원 債務金을 주면서 文錫가 오시면 傳해달아고 {하고} 왓다.

<1980년 7월 6일 일요일>
9時 30分 列車로 書道[162]에 갓다.
祭閣에 가보니 20餘 名이 募엿드라. 前條 6,000원하고 童 1人 漏落이 되{어} 7,500원을 주고 完納햇다.
館村病院에 가서 손을 비치니 治料만 하고 明日 손톱을 빼자고 햇다. 치료비는 3仟이라 햇다.
路上에서 瑛斗 氏에서 五仟원 빌이엿다.

<1980년 7월 7일 월요일>
任實 相範 집에 간바 出他코 업드라. 成曉는 水原에 교육 갓다고 햇다.
의로보험카드를 빌이려 간바 헛탕치고 서울病院에 갓다. 治料을 밧고 每日 단여라 햇다. 3仟식{이}라 한니 돈이 없어 뜻이 업섯다.
金炯進 李正浩 脫作을 햇다.
里長에서 殺蟲濟[殺蟲劑] 500% 2병을 바닷다.

<1980년 7월 8일 화요일>
成東이하고 못텡이 農藥을 散布햇다.
午後에는 崔吉振 氏 脫作을 햇다.
新平서 面長 指導所長이 來訪햇다. 農藥도 하고 물빼기을 해달아고 햇다. 夏季 大大的으로 풀 베기을 할 計劃이라면서 간곡히 付託햇다.
昌宇 집에서 招請해서 가보니 개을 잡앗다고 해 국 한 그릇을 잘 먹었다.

---

162 남원시 사매면 소재.

<1980년 7월 9일 수요일>
고초밭에 농약 하고 午後에는 具道植 脫麥 햇다.
夕陽에 다 고초밭에 농약을 햇다.
韓文錫 氏에서 成東이 便에 2萬원을 借用해왓다. 경운기가 異常이 있어서엿다.
밤에 成樂이 除隊햇다고 왓다.
※ 서울 成英에 白米 5斗을 定期貨物로 託送햇다.

<1980년 7월 10일 목요일>
午前에는 成東이와 새보들 農藥을 撒布 射布햇고 조금 일기기에 乾橾場[乾燥場]에 古叺을 더펏다.
中食을 마치고 못텡이 도구을 첫다. 포기가 너무 만히 벌기에 말여볼가 햇서엿다.
집에 다시 와서 工場園에 풀 매기을 햇다.
終日 여개[여가] 없이 活動햇드니 밥마시 조크고 술도 마시지 안한바 몸은 護操[好調]하고 健康한 듯십다.

<1980년 7월 11일 금요일>
終日 비가 내렷다.
全州 成吉에서 전화가 왓는데 집을 팔고 德律[德津]으로 移事한다고 햇다.
집안을 좀 치웟다.

<1980년 7월 12일 토요일>
田畓을 들여보고 四仙臺 新友會場에 參席햇다. 約 28名 程度 募인바 여려 是非가 만햇다. 會비는 參仟원식 收集하고 中食만을 맞이엿다. 任員 選出로 들어간바 金永文이 會長이 再任이 되엿다고. 金 參萬원을 내노면서 預金햇다가 日後에 밧기로 햇다.
夕陽에 全州 成吉 집에 갓다. 德律에 가보니 집이 조치는 못하드라.

<1980년 7월 13일 일요일>
보리을 널고 풀 매고 집[짚]을 堆積하고 여려 가지을 햇다.
成東이는 尹在浩와 갗이 河川用 부로크을 실여 날아다.
午後에는 비 내려서 休息으로 드려갓다.

<1980년 7월 14일 월요일>
비는 새벽부터 終日 내렷다.
成東이는 경운기를 보내서 任實로 손보려 보냇든니 구랑구[크랭크]를 갈아고[갈라고] 햇다고.
午後에 新平 酒場에 간바 南原稅務署에서 不參해서 다시 왓다.
成東이 便에 韓文錫에서 參萬원을 가저왓다. 그려면 5萬원을 借用한 섬[셈]이다.
成樂이는 18日 서울 간다고 貳萬원만 창겨 달아고 햇다.

<1980년 7월 15일 화요일>
成東 成樂하고 1般벼 機械 除草 畓을 햇다.
午後에는 成樂이하고 고초밭 말 밧고[박고] 줄 매고 肥料을 주웟다.
午後 夕陽에야 보리를 너렷다.

<1980년 7월 16일 수요일>
멍석을 어더서 보리을 너렷다.
今日이 보리 共販日인데 맛참 正鎬 永植 宗燁이가 왓다. 보리을 作成하는데 協助해 주어서 大端이 고맙드라.
午後 5時頃에 보리 19叺을 시려 보내고 늣게사 大里 共販場에 간바 6時 30分인데 買上은 끝이 낫드라.

듯자 한니 全部 19叺가 1等 또는 2等品으로 合格하야 入庫햇다고 햇다. 내의 生覺은 等外라도 退만 하지 안니 하면 된다고 햇드니 多幸으{로} 알앗다.

<1980년 7월 17일 목요일>
아침에 崔南連 氏가 오시엿다.
今年 2月에 쌀게 25叺자리을 짠바 1人 不足으로 파을 하야 崔南連 氏에 元利 合해서 178,400원을 드리고 取消햇다.
崔成奎게다 부로크 운반 3萬원에 決定하고 今日 完了햇다.
金炯進 1日 後 本事[본래의 일] 햇고 尹在浩 0.5日 햇다.
金炯進 日工 5日分 19,500원 會計 完了해 주웟다.

<1980년 7월 18일 금요일>
白康善 日工 3日分 成東 便에 12,000원을 주워 보냇다.
田畓을 둘여보고 工場 前에 있으니 한실댁이 왓다.
말을 좀 무려보겟다며 새암택이 분을 내여 유족년 그리고 가부[과부]년 대문[때문]에 못 살겟다고 해다고 분이 나가지고 있으니 事實이나 햇다.
그렬 이가 있소 한나 막 새암댁이 당햇다. 하지 안니 한 말을 하면 못 쓰요 햇드니 꼭 그랫다고 위기니[우기니] 답〃햇다. 술이 취해서 미친 부인으로 보이고 衣服이 흑이 무더 볼 꼴이 안니드라.
밤 11時까지 會議錄을 作成햇다. 會順 및 經過報告 및 決算書을 作成햇다. 營農會.

<1980년 7월 19일 토요일>
終日 비가 만이 내렷다.
終日 보리방아을 찌는데 12斗. 1叺쯤이면 稅料을 2斗을 받아다.
할 수 없엇다.
任實 張泰雄 大同{공업사} 社長에 相議하야 耕耘機을 交替하겟다고 하고 우리 것을 處分해달아고 햇다.

<1980년 7월 20일 일요일>
午前에 7時 30分에 作業着手하야 고초받 두력 풀 베기을 하는데 네 바작을 1時까지 너 날앗다. 지나가는 사람들은 말하기를 고초가 잘 되니 재미가 나서 풀을 벤다고 햇다.
成曉가 午後에 왓다. 水原에서 2週間 教育을 밧고 成英이도 맛나고 林成基도 맛나고 許俊晩 집에서 잣다고 햇다.
夕陽에 山城에 가서 成允 母 기침약을 지여왓다.
成東이 內外는 全州로 해서 南原까지 갓다 왓다고 햇다.
約 2개月 5日 만에 理髮을 햇다.
黃宗一에서 3萬원 借用해왓다.

<1980년 7월 21일 월요일>
耕耘機을 修繕하려 任實에 보내고 後에 따라갓다.
社長하고 相議하고 新平農協에 전화로 通해서 新品으{로} 1臺 융자을 말햇든니 1,164,300원이라 해서 鄭宰澤 韓相俊 印章을 빌이여 農協에 가서 手續을 맞인바 80萬원은 2年 据置 5年 年賦로 約定하고 殘 38萬원는 今秋에 償還키로 하야 유자[융자]을 밧고 機械代 中 20萬원 25% 利이고 18萬원는 15%라고 햇다. 出資金 1萬원 때

고 5,700원은 차잣다.
밤에 炳基 氏하고 九耳에 갓다.
成允 放學이다.

<1980년 7월 22일 화요일>
아침 朝飯을 맞이고 8時 뻐스로 新平에 당한니 10時엿다.
李炳煥 面長 退任式에 參度[參席]햇다. 有志 및 機關長이 募여 慰勞의 情을 票[表]하며 記念品도 주 증정햇다.
簡單히 事務室에서 다果會[茶菓會]을 맞이고 副郡守任을 따내고 우리 子息 좀 키워주시라고 간곡히 付託햇다.
成東이는 宗燁이하고 成奎 부로크 운반 1日을 햇다. 4萬원을 于先 入金이 되엿다고 햇다.

<1980년 7월 23일 수요일>
午前에는 방아 찌엿다.
午後에 成允이와 갗이 全州驛前에 湖南學院에 갓다. 職員과갗이 相議한바 7月 28日부터 開講한다고 햇다. 修業日間는 午後班으로 2時 50分터 授業 시작 夕陽에 5時 30分에 끝이 나고 授講料[受講料]는 一 課目[科目]에 39,000식 月 11,700원이고 車비가 5,000 用金 3,000 總計 2萬 餘원 들겟드라.
黃宗一에서 金 3萬원을 借用햇다. 그려면 6萬이다.

<1980년 7월 24일 목요일>
成樂이는 5日 만에 서울서 왓는데 職場도 求하지도 못하고 돈만 約 3萬원 以上을 자바먹고 왔으니 生覺하면 기막힐 {일}이다. 農事 지는라고 핏땀 흘이 일해노니 除隊하면서 돈을 뜨더간니 不良한 놈으로 본다.
오날도 終日 풀베기 햇다.
밤에는 허리가 不平햇다.
鹽加里[염화칼륨] 3袋을 現金으로 出庫해 왓다.
北倉서 金炯根 氏가 來訪햇는데 바로 간바 大端히 서운하드라.
무우를 가라밧다[갈아봤다].

<1980년 7월 25일 금요일>
上午부터 내린 비는 終日 내렷다.
새벽 5時頃에 새보들 논두력을 벤바 2짐이 너멋다.
成東 成樂이는 李正鎭의 보리 脫作.
보리방아 찌엿다.
具道植 氏에서 보리 60k을 밧고.
丁基善이 왓다. 裵京完을 招請하고 보리 債務을 무렷다. 確認한 다음 2叺8斗이지만 自己 자랑[재량]대로 주소 햇든니 2叺 주마해서 그려라 햇다. 76年 11月에 種子 3斗을 주웟는데 10斗 本 속에 合햇다 하기에 그려켓다고 양보햇다.
班常會日이라고 郡 財務課 梁炳柱 成曉가 왓다.

<1980년 7월 26일 토요일>
任實驛前 朴公熙에서 전화로 오는 8月 3日 會合해 달아고 햇다.
耕耘機 附品[部品]代 30萬원을 밧고 成東에서 耕耘機 품싹 (成奎에서 入) 3萬원을 보태서 33萬원에 黃牛 1頭을 삿다. 알고 보니 智長里 申相哲 氏의 牛엿다.
12時頃에 鄭宰澤 집에 갓다. 개국을 中食兼해서 잘 먹엇다.
成東 成樂을 同伴해서 除草하고 이삭거름을 주웟다.

任實서 相範이를 데리고 메누리가 왓다.

<1980년 7월 27일 일요일>
嚴俊祥 氏에서 金 五萬원을 取햇다. 今日 移秧會員 會計日인데 돈이 不足해서엿다.
機械移秧會員 遊興日다. 男女가 募여 1日을 經過케 된바 面長 支署長 指導所長이 訪問햇고 大里學校長 및 鄭恒承가 參席해서 갗이 한 잔식 햇다.
會員들 한 座席에 募이고 今年度 移秧에 對한 經過報告 및 收入支出 決算報告을 細詳이 말해주웟든니 꼽〃하게 자상하게 잘햇다고 治下을 들엇고 會長을 再任키로 하고 臨期[任期]는 2年으로 하되 連任할 수도 있다고 햇다.

<1980년 7월 28일 월요일>
고초밭에 尿素을 살작 해보왓다. 고초 自體가 異常이 生起엿다.
成允을 同伴해서 全州 湖南學院에 入院시키고 왓다.
成東이는 工場에 물이 새여 고치고 있다.

<1980년 7월 29일 화요일>
成允 擔任 化學 {先}生 박종성 선생任다. 湖南學院 전화 2-5067.
今日도 終日 비만 내렷다.
夕陽에 돌머리宅 집에 갓다. 中老 女子들이 만이 있다. 成曉 母도 잇는데 成曉 母는 말하기를 나가라 하니가 나왓다고 하고 메누리 듯는데 똥멍청이니 도야지니 하니까 메누리도 얏보드라. 그래서 熱을 냇다. 이게 무슨 소리며 이게 나무[남의] 집인데 여기서 내 버릇을 고처 보겟다는 거야 高熱을 냇고 집에 가서 보자 햇다.
夕食이 끝이 나자 成東이 內外을 불여다 노코 너이들 내가 네 母에 不快하게 하는데 너이조차 그려면 되나 하고 主로 메누리가 안니곱살시려 네의 行動을 고치라며 今秋에는 나가거라 하고 高聲을 노폇다.
밤에 모실을 갓다 11時이면 오는데 他姓 집에 무슨 일로 가는가 하고 뭇고 시에미는 받을 매는데 너는 집에서 되작 〃 하니 그도 보기 실고 정게[부엌에] 들어가 보면 더려워서 볼 수 없고 낫잠이나 자고 록음機나 트려놋코 비개 비{고} 누워 잇는 것을 보니 시아비 치고는 못 보겟드라 햇다. 每事 하는 行爲가 통 배움이 없고 處事가 아주 恥捨[恥事]하드라.

<1980년 7월 30일 수요일>
보리 共販日이다. 7叺을 改風[擧風]해서 보냇든니 求禮 九萬 崔亨宇 長女 允子 天安 國際防직[紡織]會社 勤務한다고 햇다.

<1980년 7월 31일 목요일>
成玉이가 왓다.
嚴俊祥 5萬원 取貸金 주웟다.
尹 生員 宅에서 朝食을 햇다.
黃基滿 子息이 제의 에미를 때려서 폴[팔]이 부려젓는니 애비를 작두로 써려 죽이는니 살임[살림]을 다 때려 부섯다고 햇다.
成東이하고 靑云 골작에서 풀을 1車 輸해 왓다.
具道植 집에서 中食을 따지고 崔南連 氏 집에서 술도 마시엿다.
求禮에서 電報가 왓다. 順天 趙宰澤이가 死亡햇다고.
成樂이는 今日부터 軍事起地[軍事基地]에 出勤햇다.

耕耘機로 成東허고 靑云洞에서 풀 1車 햇다.

<1980년 8월 1일 금요일>
鄭宰澤 38,000 中 于先 2萬원만 주웟다.
里長에서 農藥 殺蟲濟 3봉 7k 化濟 4병을 가저왓다.
연탄 300개을 띠엿다. 개당 110식이라고 햇다.

<1980년 8월 2일 토요일>
成東 便에 18,000원을 주면서 휴발유 2되 부로크 60개 세멘 4袋 尿素 2袋을 운반햇는데 부로크만은 外上으로 햇다.
全南 順天에서 趙東煥 死亡 訃告가 왓다. 順天市 長泉洞 88-2 明信洗濯所 조용선 7月 27日(陰 16日) 死亡이면 祭祠는 陰 6月 15日이다.

<1980년 8월 3일 일요일>
任實驛前에 朴公熙 집에서 同窓會을 開催한바 會員 九名 參席햇드라. 會비는 參仟원 收金해서 27,000원을 주웟다.
全州에서 金炯守가 參席하고 崔宗植 參席하야 基金 貳仟원식 받아 4仟원 보관하고 前條 21,100 合計 25,100이 會長에 有保되엿다.

<1980년 8월 4일 월요일>
成東이는 洞內 貧役[負役]하고 나는 路面 풀베기 햇다.

<1980년 8월 5일 화요일>
李在植을 시켜서 便所改修을 햇다.
成曉가 오랜만에 왓다.
德基가 왓다.
相範을 데려갓다.
洞內 세멘 6袋을 取해왓다.
崔瑛斗 氏 五仟원 드렷다. 館村에 간다 하면서 왓드라.
五山서 成禮 內外가 왓다.
白康善 氏가 독사 1마리을 가저와서 효주에 넛다.

<1980년 8월 6일 수요일>
成東이는 앞으다고 누엇다.
방아를 찌는데 애을 먹엇다.
무밭에 비료도 주고 고초밭에 비로[비료]도 주웟다.

<1980년 8월 7일 목요일>
軍部에서 時局강연하려 와서 新平國校에 參席햇다.
新平서 五弓里 崔東煥이을 맛나고 對話햇다.
明年에는 同窓會에 參席키로 햇다.

<1980년 8월 8일 금요일>
成東이는 大里로 보리 3車을 운반해서 約 60叺을 운반햇다.
방아을 찌코 午後에는 新任郡守 初道巡視[初度巡視]에 招待을 밧고 參席햇다.
要望事項에 昌坪里 農家의 所願이라는 題目의로 杜谷堤 不滿을 터노코 말햇다.
農協에 들이여 前番 25% 利子 貸付로 20萬원 條을 15% 利子로 交替하고 其間의 利子 七百과 出資 5仟원을 내라 하기에 里長이 오면 주겟다고 하고 왓다.

<1980년 8월 9일 토요일>
鄭宰澤 會計 條 18,000원 完了햇다. 婦人에게.

崔南連 氏가 말하기를 독促狀이 왓는데 成奎 條라 햇다.
午後 四時 列車로(特急) 5,300원을 주고 成康 母와 갗이 同席해서 永登浦驛에 당하니 9時엿다.
白米 2斗하고 其他을 가저갓다.
成康 집을 찾자 하오니 밤에 차기[찾기] 어려워서 下宿 집에서 3,000원을 주고 잣다.

<1980년 8월 10일 일요일>
아침 6時 30分이엿다.
陸路로 徒步해서 시흥4동 12-23號 집을 찾닷다.
路上에서 메누리가 나왓다가 맛나게 되엿다.
朝食을 햇다.
終日 집에서 노랏다. 비는 내리고 테레비 보왓다.
밤 8時頃 되니 成英이가 왓다. 이야기하다가 갗이 잣다.

<1980년 8월 11일 월요일>
朝食을 맟이고 집에 가겟다 하니 旅비 5仟원을 成英이가 내드라.
메누리는 말하기를 成樂이가 外國에 간다 했으니 꼭 간다면 보로[보러] 올여보내라 햇다. 그려마 햇다.
成康이가 高速場까지 餞送해주웟다.
全州에 當하니 12時 10分이엿다.
成康 住所 서울시 구로구 시흥4동 12-23號 18통 1반
박통준 씨 방 崔銀姬 앞.
成東이는 農協에서 15萬원 융자을 밧고 裡里에서 製粉機 1臺 買入햇다.

<1980년 8월 12일 화요일>
女子 勞務員 5名을 갗이 피사리와 除草을 하는데 終日 피곤햇다.
成樂이는 每日 農園에 作業하려 단니다는데 1日 5仟원식 밧기로 간다고 햇다.
언제든지 메누리 하는 行爲을 보면 기분이 不安하다. 버릇이 마루 난간에 쪼굴치고 안자 兩팔을 무릅 위에 언저 팔장을 끼고 잇는 용모를 보면 참으 보기 실타. 그려 안으면 배을 마루에 깔고 누워 록음기나 틀고 듯는 行動을 보면 배움이 아조 不足하다.

<1980년 8월 13일 수요일>
새보들 畓 어제와 오날 午前 中까지 除草作業을 햇다.
人夫賃은 2,500원 × 7.5 = 18,750원을 中食 後 會計完納해 주웟다.
裡里에서 製粉機가 到着햇다.

<1980년 8월 14일 목요일>
成東 成樂이를 데리고 배답 논두럭 깍이를 햇다.
午後에는 任實극장에서 강연회가 있어 參席햇다.

<1980년 8월 15일 금요일>
終日 비가 내렸으나 가람비엿다.
夕陽에 成允하고 成奎하고 全州 伯母 祭祠에 參席햇다.
가보니 엇전지 마음에 맞이을 안트라.
12時 경에 參祠하고 잣다.

<1980년 8월 16일 토요일>
아침에 起床하야 바로 오고 싶으나 後에 무슨 말이 있을가바서 朝飯을 기드리니 不安

햇다.
8時 30分쯤 되니 食事가 왓다.
成允이는 學校時間이 밥으다며 재촉했으니 할 수 없이 食事가 끝이 나자 바{로} 起立해서 떠낫다.

<1980년 8월 17일 일요일>
郡民淨化推進促進大會에 參席햇다.
成東하고 裡里 機械商會에 갓다.
主人이 없어 物品만 保管하고 왓다.
우리 집 中古品은 修理케 하야 맛기고 先金 萬원을 주고 왓다.

<1980년 8월 18일 월요일>
里長에서 粉製 殺蟲濟 3kg分 18封을 갓다가 全體 畓에 分撒햇다.
고초밭에도 肥料 1袋을 뿌리고 成樂이를 시켜서 쎄빈[세빈][163] 水化濟[水和劑]을 뿌렷다.
夕陽에 오룡 눈임이 서울서 오시엿다.
밤에는 비가 내려서 肥料와 農藥도 無效가 된 듯십다.
日氣도 每우 不順하야 心情이 不安하다.

<1980년 8월 19일 화요일>
成東이는 製粉機을 가지려 裡里에 갓다 왓고 面民淨化促進大會에 參席햇다.
鄭宰澤이가 와서 蠶業 유자금[융자금]을 使用하라 햇다.
元泉里에 갓다. 고초 乾橾場[乾燥場]을 見覺[見學]햇다.

163 카바릴(carbaryl). 1956년에 세빈(Sevin)이라는 상품명으로 개발한 카바메이트계 살충제로서 한국에서는 '나크'라는 품목명으로 고시되어 있다.(출처: 네이버 백과사전)

<1980년 8월 20일 수요일>
鄭柱相 金泰圭와 同伴해서 農協에 갓다.
金泰圭 33萬원 鄭柱相이가 30萬 내가 30萬을 各 連帶해서 貸付을 밧고 償還期日은 明年 6月 30日 限定햇다. 年 15% 利로 햇다.
8月 20日부터 積金 110萬원자리 加込[加入]햇다. 月 21,400원식 入金해야 한다고 햇다.

<1980년 8월 21일 목요일>
鄭宰澤 債務 10萬 利子 8,000 合해서 婦人에게 주웟다.
李道植氏을 시켜서 內便所을 改修 끝냇다.

<1980년 8월 22일 금요일>
고초 乾橾用 角木을 사려 갓다. 무 배채[배추]도 삿다.
林德善 집에서 개고기를 먹엇다.

<1980년 8월 23일 토요일>
무 배차[배추]을 노왓다.
新平서 방위협회에 參席햇다.
午後에는 논 田畓에 들렷다 보왓다.

<1980년 8월 24일 일요일>
成東이하고 정게뜸에서 풀을 終日 하는데 不安한 生覺이 낫다. 成樂에 大里로 전화햇는데 오지도 안코 해서 그랫다.
밤에 成曉하고 成樂 件에 對하야 말을 다투웟다.
相範 라리하고 全州 祖父 祭祠에 參禮햇다.
成奎는 일직 갓드라. 生覺해보니 말하지 안코 간 점 매우 不安햇다.

<1980년 8월 25일 월요일>
朝食을 맞이고 비는 내리는데 成曉 母와 갖이 德津驛으로 왓다.
重宇 母子 昌宇 妻 成奎 母子도 말업시 왓는데 理由는 車비 관게엿다. 뒤늦게 全部가 왓드라.
每우 언잔햇다.
重宇 母子는 멍청한 듯하게 車비 말도 없이 안자 잇드라. 할 수 없이 내가 표을 사주웟다.
양심 不順者라 햇다.

<1980년 8월 26일 화요일>
고초 乾燥用 相[箱]을 造立햇다.
방아 찟타가 故障을 이르켯다.
白康俊 氏가 와서 술 한 잔만 하자기에 간바 家用酒[家釀酒]로 잘 먹다.
成曉 母는 任實 갓다오면서 相範이을 데리고 왓다.

<1980년 8월 27일 수요일>
成東이는 아침에 裡里에 갓다. 原動機 附屬을 가저왓다. 于先 39,000원을 주웟다.
終日 고초 건조용 相子[箱子]을 만들엿다.
夕陽에 附屬을 갈고 試運轉을 한바 애을 먹엇다.
밤에는 里 婦人一同이 와서 夕食을 우리 집에서 하고 술은 外人이 가저왓다. 오래까지 놀다갓다.
崔瑛斗 氏는 방아 찌로 오시 밤에 우리 집에 왓다. 말에 따르니 養老堂에서 尹鎬錫 韓正石 安承均 3人이 主體가 되여 今般에 (27日 大洞會 時) 償[賞] 줄 사람 벌을 줄 사람 各〃 3人을 指摘햇다고 햇다.
償 줄 사람은 모르고 벌 줄 사람은 崔乃宇子 黃基滿 子 崔영두 子라고 드럿다.

<1980년 8월 28일 목요일>
방아는 如前이 잘 갓다.
午後에는 洞內 大會議라고 해서 參햇다.
面에서 郡에서 班常會日라 參席햇다.
里長 嚴俊峰을 맛나고 今日 大洞에 附議案件이 무워냐 햇다. 別 것 없다고 햇다.
會議 末席에 今日 會議席上에서 償도 주고 罰도 준다는데 罰 주기는 쉬여도 償 주기는 每우 어렵다고 본다. 養老堂에서 論議가 된 것으로 보나 昌坪里 淨化委員會도 組織이 되엿는데 無視하고 그런 行爲을 해다면 유감이라 햇다.
結局 別 答辯 없이 우물주물 하드라.
會席에 參席해보니 發言은 全部 崔乃宇뿐으로 본다.
養老堂에는 人物 없다고 {보}는데 韓正石은 不良者로 본다.

<1980년 8월 29일 금요일>
終日 비만 내리니 心情이 괴로왓다.
田畓을 들여다보니 不安햇다. 채소조차도 벌{레}가 먹고 해서 약을 햇든니 또 비가 내렷다.
푸[푹] 쉬여 버렷다.

<1980년 8월 30일 토요일>
새벽부터 또 비가 내렷다.
朝食을 牟潤植 氏 집에서 하고 집에 와서 生覺하니 每日 비만 내리니 마음 괴로왓다.
重宇 집에 가서 自轉車을 빌여서 館村市場에 갓다.
비는 내린데 고초 건조용 角木을 製材해왓다.
놀기는 실어 바로 채반을 만들엇다.

村前 다리가 넘고 穀食은 말이 아니다.

<1980년 8월 31일 일요일 말금>
몇일 만에 終日 햇빛을 마잣다.
안食口는 고초을 따고 나는 고초 相子을 全部 組立햇다.
채소밭에 殺蟲{劑}을 뿌렷다.
成東이는 풀을 햇다.
成樂이는 10日 만에 大里에서 왓다. 듯자 하니 서울 갓다 왓다고 햇다. 精神이 不足한 子息으로 본다. 恒時 家事 일이 만타. 그런데 이놈들은 허성세월 보내고 있다.

<1980년 9월 1일 월요일>
丁振根을 시켜서 고초 乾操場[乾燥場] 再砂을 햇다.
驛前 韓文錫 氏 전화로 百萬원만 달아 햇든니 于先 70萬원을 일부려 가저왓다.
전주로 成吉에 전화햇든니 볼토하게[불퉁하게] 없다 한니 후혜[후회] 莫心[莫甚]햇다.
成樂이를 시켜서 大里 妻家에 보내면서 고초을 市場에 出荷할 테면 同金이 나를 달아고 보냇다. 成傑이 手足 關係로 서울 慶熙大 의大 정형외과 〃長 兪明哲 博士任 편지을 띠웟다.

<1980년 9월 2일 화요일>
成樂 便에 大里에서 고초 65키로 900원식 해서 실어왓다.
終日 乾操場 修繕한데 終日 걸이엿다.
成樂이는 裡里에 간다고 갓는데 아마 就職場을 알어보려 간 듯십다.
任實서 相範 母 家族이 다 왓다.
밤에 大里서 전화가 왓다. 고초을 가저가라 햇다.

<1980년 9월 3일 수요일>
炯進 在浩 堆肥 製造 썰기 햇다.
케리야 蠶室에서 養蠶技術敎育이 있어 午前 中 講議[講義]을 밧닷다.
오날은 慈堂任 祭祠日이다.
全州에서 成吉이도 參席햇다.
夕陽에 丁基善 里長하고 同伴해서 全州에 水道用 모다을 修理을 하려 갓다.

<1980년 9월 4일 목요일>
아침에 洞內 老人 그리고 親友을 募시고 約 25.5名이 왓다.
親戚 30餘 名이 朝食을 갗이 햇다.
大里에서 고초 80k을 가저왓다.
午後에 다시 里長하고 全州에 모다를 차지려 갓다.
約 5萬餘 원이 들엇다.

<1980년 9월 5일 금요일>
81키로 고초 代金 800식 주웟든니 今 市場에서 引上되엿다고 950식이라고 햇다.
全部 倉庫을 修繕하고 고초을 出入시켯다.
大里에 成樂 妻家에서 고초을 못 주겟다고 햇다.

<1980년 9월 6일 토요일>
암침[아침]에 大里에서 成樂 妻母가 전화햇는데 고초을 못 주겟다고 햇다.
無理한 要求는 하지 안켓다고 햇다.
成東이와 갗이 任實市場에 갓다.
고초을 買入하려 간바 大商人들이 도리을 하는데 買入을 못 햇다.
洞內 牛(송아지) 135,000원에 사려한바 牟光浩는 11,000원을 봇태서 사드라.
오늘[오는] 길에 大里 炳基 堂叔 집에 들

인바 鎭安에서 고초을 처왓다고 하드라.
下斗里 崔載宇 집에 갓다. 8日 新平市場에서 고초 5, 6叺만 사달아고 당부하고 왓다.
乾고초 69kg을 包장햇다.

<1980년 9월 7일 일요일>
上水道가 不實해서 井戶을 家簇기로[家族끼리] 품머다. 아침에 고초밭을 둘어보고 오면서 水道 스이지[스위치]을 너니 빵 하면서 연기가 나드라. 里長이 와서 코드가 탓다고 하면서 全州에 단여오시요 햇다. 3,000원을 가지고 가서 다 썻다.
밤에 집에 온니 건고초는 포장햇는데 約 70kg엿다고 票示[表示]되엿다.

<1980년 9월 8일 월요일>
아침 일즉 新平市場에 갓다.
고초을 比交的[比較的] 덜 낫다고 하드라.
우리는 斗流里에서 載宇을 시켜서 217kg을 사서 成東 便에 집으로 보냇다.
市場 市勢[時勢]을 기드려도 價格이 떠려지지을 안트라. 午後 4時 30分에야 密金으로 달는데 夕陽에야 k當 1,130식 市價가 낫다고.
載宇에 245,800 中 235,000을 주고 殘 10,800원은 外上으로 하고 왓다.
成樂이는 外國 가겟다고 履歷書 提出.

<1980년 9월 9일 화요일>
午前 中 蠶室 修理 火氣消毒을 햇다.
尹錫이가 急하다고 해서 10萬원을 빌여주웟다.
任實에 갓다.
成曉에 전화해서 밤에 相範 母 便에 돈을 알아보라 하고 밤에 전하라 햇다.
夕陽에 館村 故 朴鍾彬 問喪을 丁基善과 同伴해서 갓다.
路上에서 新田里 사돈을 對面햇다.
우리 고초 60kg을 따서 入室햇다.
丁基善에서 2仟원을 둘어서 問喪을 갓다.

<1980년 9월 10일 수요일>
驛前에 볼 일이 있어 간바 데부뚝에 모래車가 가면서 물창을 처 下衣가 흑물이 뛰여 박이여 不安햇다. 길도 좁은데 下邊에 겨우 비겨섯든니 그랫고 지난 9月 6日 崔南連氏 中學生이 비겨 가는데 또 흑탕물을 마잣다. 今日은 不得不 支署에 전화해서 제지을 要求햇다. 驛前 橋下로 從前과 갗이 단이게 했음은 한다.
고추 kg當 1,230식 주고 53,500원을 주웟다.
夕陽에 相範 母가 왓다. 金 參拾萬원을 가지고 왓다. 對端히 未安하게 되엿다.
任實에 到하니 만희 掌議가 왓다. 只沙 仙陰里 掌議 名儀[名義] 不明.
中山里 朴相洙 初面 人事.

<1980년 9월 11일 목요일>
朝食 後 祭祠官으로 參席하야 大成殿에서 일을 보왓다.
人事을 하고 보니 全部 親切하게 지{내}는 것도 無方[無妨]햇다.
그려나 李甲儀 氏는 掌議들에 不安感도 가젓드라.
어제 밤에 李今哲 氏으 發言으로 決算報告라고 하기에 參席해든니 每事가 마음에 맞지 안햇다. 問議한 것이 熱行部[執行部]에서 不安감을 가진 것으로 안다. 歲入歲出을 報告해란 햇든니 分明치 못햇다.
비는 조금식 내리는데 朝食을 맞이고 11時

頃에 郡守 敎育長이 왓다.
大祭을 지내고 보니 12時엿다.
郡守는 가고 中食을 맟이고 보니 午後 12時엿다.
운복[음복]은 祭官들 만히 싸주드라.
相範 집을 단여서 왓다.
鄕校 春秋大祭는 初丁日

<1980년 9월 12일 금요일>
고추을 말이고 午後에는 堆肥用 풀을 하려 成東이와 갗이 靑云峙에 가서 1경운기을 해왓다.
成樂이는 終日 宋成龍 氏 집에서 있엇다고 해서 오라 햇든니 消息이 없다. 大端이 不安햇다. 每日 먹고 놀기만 하니 딱하고 外人들 보기에도 챙피가 莫心햇다.
정경석 모비루代 13,000 주웟다.

<1980년 9월 13일 토요일>
뉴예는 아침부터 막잠 첫 밥을 주엇다.
新平市場에 갓다. 고초을 買得하려 한바 123,500에 1,170식 해서 삿다. 會計을 해주웟다. 其後 다시 再算해보니 10kg代을 過拂햇다. 本人을 맛난바 順〃 是認하고 11,700 다시 바닷다.
中食은 成奎가 와서 接待을 바닷다.

<1980년 9월 14일 일요일>
鄭宰澤에 五萬원 取貸해 주웟다.
日曜日인데 成愼에 3/4期分 授業料 25,000 + 車비 用金 10,000 게 35,000원을 주웟다.

<1980년 9월 15일 월요일>
어제 오늘 日氣가 多溫해서 마음 반갑고 稻作도 이제는 잘 먹을 듯십다.
고초 건초장에 入草하고 館村驛前 市場에 갓다. k當 1,150원에 50kg을 삿다.
成樂이도 大里에서 왓다.
우리 고추도 땃다.
任實서 家族이 다 왓다.

<1980년 9월 16일 화요일>
陰 8月 8日 成曉 母 生日라 햇다.
大里에서 메누리가 왓다. 밥은데 뉴예도 좀 키워주라 한 든십다.
終日 뉴예 똥 개리고 蠶室로 옴기엿다.
고초을 溫室에 入草햇다.
※ 全州에서 큰 질부가 왓다. 어제 왓다는데 昌宇 집에 債務을 받으려 간바 양수機 關係을 말하면서 납은 不良한 놈들이라면서 동생이 楊水機[揚水機]을 사달아면 反對하제 사라 해노코 무슨 돈이야 한다고 질부가 말햇다.
열이 나지만 참앗다. 弟수가 不良한다고 보며 盜적놈들으로 본다.
鄭敬錫에서 石油 1드람 經油[輕油] 1드람 게 2드람 82,000 外上으로 가저왓다.

<1980년 9월 17일 수요일>
求禮 冷泉里 姨従 李願基가 10餘 年 만에 왓다. 아마도 고추 價格을 보려 왓다고 본다.
大里 메누리는 밤에 갓다.
丁基善에서 萬원을 둘엿다.

<1980년 9월 18일 목요일>
아침에 朝食을 하고 成曉 母와 相議해서 乾고추 4斤을 달아 주면서 초련이 먹으라고 주웟다. 旅비 2仟원을 주웟든니 뽕 따로

간 孫女에 果子[菓子] 사먹으라고 되돌여 보냇다.

<1980년 9월 19일 금요일>
新平 集配員에 便에 農協積金 21,390 전화 料金 17,720원을 주워 보냇다.
金進映 妻 祭祠라고 接待을 밧앗다.
터밭 鄭圭太가 側量[測量]을 하려 왓다.
丁振根 婦人 便에 품싹 5,000원을 海童 집에서 주웟다.
크로칼키[소독약] 2kg을 가저왓다.
崔南連 氏에서 20萬원을 借用햇다. 全州에서.
오수에서 왓다고 李 氏가 來訪햇다. 洞後에다 새마을工場을 세운데 協助해달아고 햇다.

<1980년 9월 20일 토요일>
新平 淨化委員會議가 있{어} 갓다.
指示을 들은 後에 討議事項에 時間에 養蠶農家에 對한 權益保障을 해달아고 말햇든니 支署長任이 聽取하드라.
오는 길에 李今喆 氏 喪家에 弔問을 하고 李相云 집에 嚴萬映허고 列車票 때문에 들이여 페을 격다 밤에는 會議가 있은데 술이 取[醉]해서 못 갓다.
面長 支署長을 同席시키고 새마을工場 建立에 對한 協助을 要請햇다.

<1980년 9월 21일 일요일>
秋蠶 4枚을 上簇한데 家簇[家族]끼리만 햇든니 正午가 되니 되야{지} 고기 2斤갑만 달아 해서 주웟다.
作況은 조흔 便이다.
支署長에 治下金[致賀金] 2萬원을 成慎便에 보냇다.

<1980년 9월 22일 월요일>
嚴萬映이가 왓다. 工場敷地 買受에 對하야 裵京漢이가 不應한다고 햇다.
金進映이가 왓다. 自己 밭을 얼마 주마든야 하드라. 금음[金은] 모르겟다고 햇고 나는 남들 준 돈만 달아 햇다고 햇다.
裵京漢이는 200坪에 白米 25叭에 賣渡햇다며서 하고 물드라. 쌀 지고 가다 등창이 낫다면 몰아도 그러케 빗사게 팔면 안 된다고 햇다. 良心이 不良한 놈으로 본다.
방아 찟다가 鐵棒이 끈어젓다.
서울서 成英 成玉이가 모두 윗다[왔다].
成康이는 外國 간다고 學院에 단인다고 들엿다.
成苑 고초 20斤代 6萬원 入金.
떡방아에서 12,400 入.

<1980년 9월 23일 화요일>
秋夕.
全州에서 泰宇 家簇 5名 成吉 2名 斗峴 堂叔 3兄弟 侄[姪] 해서 約 30餘 名이 내 집에 募엿다.
全員을 接待해주고 大里 後山 曾祖母 山所에 省墓을 하려 갓다.
夕陽에 炳赫 堂叔 兄弟 成吉 昌宇가 同席햇다. 宗中之事에 宗土에 屬한 揚水機을 말햇다. 昌宇는 本人의 責任도 잇고 自己의 所有權가 되고도 나는 揚水機에 對하야 모른다는니 하고 全州 姪婦가 가니 宗員들이 不良하고 兄(乃宇)도 不良하고 도적놈이라고 햇다 하니 理由가 무원야 햇다. 나는 無産者다. 처분대로 하라면{서} 不良하[한] 태도엿다.

<1980년 9월 24일 수요일>
成吉이가 왓다.
오늘 元{宇} 집에 간바 여려 말을 하드라면서 位土도 抛棄한다고 햇다고.
嚴萬映이가 病勢가 不安해서 全州로 갓다.
午後에 成樂이하고 韓外課病院에 들이엿든니 大學病院으로 옴기엿다고 햇다.
바로 간바 산소호읍機을 利用하드라.
農高에 가서 成樂이 卒業證明書 成績證明書을 뗏다.
車中에서 崔진範 氏을 맛나고 自家로 갓다.
술이 취하게 마시{고} 왓다.

<1980년 9월 25일 목요일>
成樂이 郡 農協 就職書類을 가춘바 面에서 身元證明書에다 76年度에 特수절도로 記入이 되여 있으니 마음 괴로왓다. 포기해라 햇다.
오수로 新平으로 단여왓다.
成樂 就職은 完全히 抛棄해버렷다.

<1980년 9월 26일 금요일>
成東이하고 全州에 갓다.
文化鐵工所에서 終日 美각기(철봉)을 사서 키질을 팟다.
夕陽에 貸切해서 실코 왓다.
배추밭에 물을 주웟다.
밤에 全州에서 邊 氏 및 李相世 氏가 번갈아 전화을 하는데 金進映 밭을 斗落當 20叺에 사달아고 햇다. 俊峰 成奎을 불어다노코 相議한바 進映이는 이제 팔 듯하나(斗當 15叺) 공해 關係을 내걸고 不快心으로 말하면서 안골로 移設을 注張[主張]하드라.
아마도 昌坪里에 入場은 어려울 듯십다.

<1980년 9월 27일 토요일>
養老堂에서 招待 參席햇든니 郡守가 보냇다고 술 사과을 바닷다.
뉴예고치을 따서 任實로 갓다. 겨우 291,200원을 밧고 보니 大端 不安햇다.
오수에서 전화가 왓는데 李 氏엿다. 工場부지을 말하기에 第三 候補地을 말햇든니 거저 주워드 실타 햇다.
成奎가 왓기에 어제는 俊峰 萬映하고 後田 進映을 서들더니 이제는 公害가 잇느니 무[뭐] 고따우 소라[소리]다야 햇다.

<1980년 9월 28일 일요일>
靑云 金在玉에서 참나무 一株을 삿다. 1尺식 톱으로 써려서 뻐스 便으로 全州 李存燁 氏에 갓다 주웟다. 製材비 3,000원을 주웟다.
※ 驛前에서 工場主人들 3名을 路上에서 對面햇다.
李九福 氏 말이 金 氏가 白米 20叺을 주워도 안 파는지요 하드라. 안 파는 게가 問題가 안니고 嚴俊峰의 말에 依하면 洞內에 公害가 深[甚]하니 第三 候補地로 옴기는데 坪當 2,500원식이면 판다고 하드라.
嚴俊峰가 不良한 놈이라면서 自己의 배밭을 줄 터이니 한 가부[かぶ 株]에 너 달아기에 不應햇든니 곳다우 公害을 들먹인다면서 相對 못 할 子息이면 事業妨害者로 고발하겟다고 하드라.

<1980년 9월 29일 월요일>
全州에 李存燁 집을 訪問햇다.
이웃사람과 家屋 關係로 是非가 버려젓는데 長時間이 걸이엿다.

午後 늣게야 아나호리['구멍파기'의 일본어]을 始作한바 制度가 不可能하야 驛前 鐵工所로 왓다. 1萬을 주고 李存燁 氏에는 4仟원을 메누리에 傳해주고 택시로 왓다.

<1980년 9월 30일 화요일>
午前에 面事務所에 參席햇다.
第一 投票區 選擧委員會 委員들 投票方法의 指示가 있엇다.
中食을 맟이고 歸家 中 館驛에 들엇든니 고초 時勢가 下落 乾고추 1斤에 근 2, 4, 5 百원 간다고 듯고 생고초는 8百원까지라고 햇다.
뻐스로 任實驛에 갓다.
韓文錫 債務 5萬원 條 利子 6,000원 70萬원 利子(1개월分) 24,500원 게 30,500원을 주고 왓다.
밤에 班常會에 갓다. 丁基善하고 同行햇든니 어느새 가버렷드라.
基善에 契畓이 進入路로 利用할 듯하나 宰澤 亦是 不應으로 뜻을 보이드라고 햇다.
班常會에서 嚴俊峰만은 不安하게 보이드라.

<1980년 10월 1일 수요일>
韓文錫 會計는 舊條 5萬 - 70萬원 合해서 今日로 새 借用으로 記入햇다.
別紙 帳簿와 如함. (印)
成曉 便에 借用金 10萬 條 之利 116,000원을 주웟다.
終日 成東이하고 工場에서 鐵棒을 組立한바 未完이다.
嚴俊峰 妻는 無條件 하고 水道用 모다代을 내라는 판인데 住民들이 不安하게 보며 不平을 하드라. 너무 잘난 체 한다고 하드라.

<1980년 10월 2일 목요일>
成東이하고 成樂이하고 3人이 終日 工場에서 鐵棒 및 木메다루을 組立한바 못다 햇다.
成樂이 親友을 募이고 協助力을 밧닷다.

<1980년 10월 3일 금요일>
새벽에 3時 30分쯤인데 鄭宰澤이가 박에서 부르드라.
들어와서 말하기를 婦人 死境에 이르렷다고 해서 전화로 택시을 부르고 病院에 보냇다.
成東이는 宰澤 成奎한데 보내주고 나는 全州에서 가라을 사다 찌르고 試運轉을 해보니 完全하드라.
成曉 家族은 夕陽에 경운기로 驛前까지 시려다 주웟다.

<1980년 10월 4일 토요일>
加工組合 會計年度 末인데 事務檢查을 한바 崔榮喆 氏는 不參햇고 單獨檢查을 햇다.
中食을 맟이고 路上에서 副郡守을 맛낫다.
成曉에 對하야 말하면서 키워달아 햇다.
成曉 집에 들이엿다. 旅비을 約 좀 주드라.
李樣根을 맞낫다.
路上에서 成愼 10月分 車비 6仟원을 주웟다.

<1980년 10월 5일 일요일>
紙天을 全部 뜻고 改修을 햇다.
食고추 58kg을 보냇든니 43,880을 밧더 왓드라.
비는 終日 내렷다.
午後에는 잠이 들엇다.
아침에는 白康俊 집에서 朝食을 햇다.
內室上樑을 보니 成造한지가 34年이 되고 내의 當時 年齡은 24歲엿다. 4280年이고

西紀는 1947년 陰 閏 2月中에 成造을 햇드라. 癸坐에 丁向이드라. (인)

<1980년 10월 6일 월요일>
終日 가랑비는 쉴 사이 없이 내렷다.
牟光浩을 오래서 안방 天長[天障]을 만들엇다.
國民投票 家族 投票者을 從覽[縱覽]한바 9名이엿다.
成英이는 不在者申告햇다.
成傑이는 10餘 日 만에 運轉하고 왓다.
牟光浩을 시켜 天長을 改修햇다.

<1980년 10월 7일 화요일>
成曉 母는 全州 體育館에 求影[구경]을 하려 갓다.
任實에 고초 販賣5려 간바 1枚에 約 5萬원 程度을 햇다.
밤에 全州에서 전화가 왓는데 成曉가 入場券 1枚을 求햇다고 해서 9時 列車로 갓다.
許吉童 집에서 자고 任實病院에 金승鎬 問病을 햇다.

<1980년 10월 8일 수요일>
아침 7時 30分에 運動場에 入場을 햇다. 12時까지 구경을 生後 처음 잘 보왓다.[164]
成吉을 단여왓다.
夕陽에 嚴俊峰 母 小祥에 參席햇다.
大學病院에 嚴萬映 牟在萬 問病도 햇다.

<1980년 10월 9일 목요일>
室內 溫돌 再砂[再沙]하는데 助力해 주웟다.
大里서 成樂이 왓다.
稻 脫곡機을 뜨더보니 엉망이다.
고초을 조금 땃다.

<1980년 10월 10일 금요일>
비는 아침부터 終日 내렷다.
成東 成樂 牟光浩 나도 갗이 終{日} 再砂하는 데 協助햇다. 全部 끝을 못냇다.
韓正石 氏 便에 고초 41kg을 보냇든니 870식×41k=35,600원 가저왓드라.
成東 妻는 父親 生日이라고 親家에 가는데 萬원을 주워 보냇다.

<1980년 10월 11일 토요일>
에제 밤에는 눈이 앞아서 잠을 잘 이루지 못햇다.
朝食을 맟이고 바로 全州 眼課[眼科]에 갓다. 눈에서 消毒을 하고 티을 떼냇다.
6仟을 주웟다.
機械社에 가서 脫穀{機} 附屬을 14,000에 삿다.
列車로 오는데 車中에서 崔成賢 兄弟을 相面햇다.
午後에는 脫穀機 組立하고 夕食 後에는 大里國校長이 訪問해서 養老院에 갓다. 座談을 하고 갓다.
夕陽에는 面長 支署長 財務課長 代議{員}이 來訪햇다.

<1980년 10월 12일 일요일>
家族은 田畓에 피을 훌트려 갓다.
全州 眼科에서 治療을 밧고 脫穀機 附屬을 사고 집에 온니 3時가 되엿다.
午後에는 脫穀機을 組立한바 못다 햇다.
成東 便에 崔瑛斗 氏에서 2萬원을 둘여왓다.

164 제61회 전국체육대회.

말글 정 淨化委員會 맛고 말근 변화
변화 화
맛흘 사 司正協議會 밋고 바르게 맛기자

<1980년 10월 13일 월요일>
終日 脫穀機만 가지고 修理햇다. 不足한 附屬은 市基里에서 용접도 해왓다.
病院은 空休[公休]로 햇다.

<1980년 10월 14일 화요일>
加工組合員 100名 中 約 80名이 募엿다. 會員當 會費 66,000원은 81年 1月 30日로 限定하고 1月 30日 後이면 726,000원으로 策定햇다.
檢査報告한바 異常 없다고 하고 異議 없이 通過되엿다.
相範 집에 들이여 의료카트을 가지고 全州로 갓다. 治料한바 600원을 받으라.
成東이는 訓練하려 갓다고 햇다.
會議 參席次 9時 30分에 到着해서 監査書類을 査定하면서 會비 2萬원을 常務에 주고 以後 萬원만 殘이라고 햇다.

<1980년 10월 15일 수요일>
終日 脫穀機 組立하고 있으니 100萬원 保助金[補助金]으로 農路施設한다고 基工式[起工式]을 한다고 해서 가보니 한참 먹는 中이드라.
夕陽에 全州 眼科에 갓다. 治療는 햇으나 맛찬가지드라. 今日은 五百원만 받으라.
成樂 宋泰玉 成東이는 內室 壁 바르고 門도 발앗다[발랐다].

<1980년 10월 16일 목요일>
韓正石 氏에서 食고초代 17,200원을 가저왓다.
市場에 갓다. 理髮도 4개월 만에 햇다.
鄭大燮 氏에서 장판 3방거리 44,000원에 사고 現金 14,000원을 入金해주고 3萬원을 外上으로 남겨주고 10餘日 後에 會計해주겟다고 햇다.
尹錫에 五仟원을 두르고 全州에 眼科에 갓다. 德巖里 金學根을 對面한바 방숭이[밤송이] 맛고 눈이 負傷 當햇다고 햇다. 今日 治療費을 450원 주웟다.
上下 房 되비[도배]을 끝내고 자리을 까랏다.
成曉 外 面長 金哲浩 金允圭 孫周喆 氏가 단여갓다.
只沙面에서 金漢實 妻가 전화햇든드바[전화햇든바] 成曉 便에 郡에서 여세카트[영세민카드] 하나 보내서 病院에 入院해주시라는 電話엿다.

<1980년 10월 17일 금요일>
서울 成英에서 편지 왓다. 答狀을 發送햇다. 100萬원 보내라 햇다.
成東이는 尹在浩하고 堆肥 積載시키고 全州 眼科 治療하려 갓다.
病院에서 金學根도 맛나고 聖壽面 朴 氏도 對面한바 모두 방송이에 마자서 負傷을 햇다고 햇다.
◎驛前 黃宗一에서 五萬원을 取햇다. 午後에는 새기틀을 챙기여 손 보고 꼬왓다.
成英이가 보내면 債務을 갑고 고추를 팔아서 代替하야 成英 條로 묵그둘가[묶어둘까] 한다. 成英이도 편지에 願햇다.

<1980년 10월 18일 토요일>
婦人 3名을 얻엇고 家族 3名 게 6名이 終日 벼 베기을 한바 8斗只을 베엿다.

午前 中에는 새기 꼬고 午後 2. 50分頃에 館村 堂叔하고 同伴해서 全州 崔宗燮 氏 回甲宴에 參席햇다.
진수成찬[珍羞盛饌]인데 술이 禁酒되여 一便는 섭〃하드라.
病院에 들이여 治療을 밧고 왓다.
◎ 成允이는 밤 늣게 왓는데 人象[印象]이 좋이 못해서 무르니 自轉車을 이렷다고 햇다. 氣分 不安햇다. 父가 시키는 대로 듯지 안한 놈 고생해야지 햇다. 自轉車는 이제 求하지 못하겠으니 徒步로 通學하라 햇다.

<1980년 10월 19일 일요일>
人夫 5名을 데리고 벼을 全部 刈取하고 午後에는 일기여 金學順 畓 벼 4斗只을 베여 주고 2日間 作業을 共濟[控除]해주기로 햇다.
面長 支署長이 車便으로 왓다. 用務는 國民投票 勸유次엿다.
언제든지 嚴俊峰이을 보면 異常한 마음이 든다.
夕陽에 新穀을 처음 시작으로 搗精햇다.

<1980년 10월 20일 월요일>
工場 內 掃除을 햇다. 原動機을 손을 보왓다.
눈에 異常이 있어 病院에 갓다.
成東이를 시켜서 耕耘機 積載함을 鐵板으로 용접한바 前條 4,000 - 今般치 5,000이라고 해서 日後 보내겟다고 하고 왓다.
今夜는 班常會日이라고 햇다.
夕陽에 成東 便에 2萬원을 주고 崔瑛斗 氏 드려라고 햇다.
班常會場에 간바 만흔 사람이 募엿다.

<1980년 10월 21일 화요일>
白康善 氏와 갗이 終日 古叺을 60枚을 꾸맷다. 全 在庫 115枚이다.
成樂 成東이는 午前 中에 1般을 刈取햇다.
午後에는 家族 4名하고 宋泰玉하고 5名이 새보들하고 못테이 벼 손을 첫다.
多幸이도 淸明햇다.

<1980년 10월 22일 수요일>
새 憲法 可不[可否] 卽 贊反 國民投票日이다.
6時에 起床해서 大里國校에 갓다. 委員은 全員 募엿다.
조용한 中에 投票는 6時까지 끝을 냇다.
97.3% 投票率이엿다.

<1980년 10월 23일 목요일>
工場 原動機을 修理한바 보데[바디]가 異常이 生起여 뜻더서 全州로 갓다. 베루베리-삭송[섹션]을 갈고 修理해왓다. 5仟원인데 3仟만 주고 왓다.
龍巖里 金世男 工場 職工(全稅者[傳貰者])을 崔光日 鐵工所에서 맛나고 갗이 同行이 되엿다.
비가 오려고 구름이 다북찌엿다.
崔成奎는 嚴 氏들 말을 납부게 하면 不安케 生覺한 눈치였다. 嚴俊祥 俊峰 俊映을 말한다. 從前에는 其의 家族을 不安者로 認證하든니 돈에 매여 抛聶[包攝]이 되고 完全히 俊峰에 買受者가 된 成奎이다.

<1980년 10월 24일 금요일>
아침에 起床해서 하날 天氣을 보니 黑구름이 끼엿다.

朝食을 끝이 나기가 바부게 田畓에 가려한 바 金宗出이가 自請해서 하루 해드리겠음니다고 왓다. 大端이 고마와서 作業을 家族과 合해서 하는데 가랑비는 終日 내렷다.

<1980년 10월 25일 토요일>

아침부터 强風과 비가장[비까지] 兼해서 終日 내렷다.
朝食 後에 방아을 찌다가 보데가 異常이 生起여 修理하다보니 12時가 되엿다. 몃 번 組立을 다시 햇다. 午後 늣게야 回轉이 되엿다.
白康俊 氏 방아을 찌엿는데 新米로 6叺을 찌엿다.
今年에 벼는 죽엇지만 우리 機械에다 벼 脫穀 좀 해주시요 햇다.
生覺하면 창피하기 짝이 없다.

<1980년 10월 26일 일요일>

새벽부터 비바람이 强하게 불고 여려 가지 被害가 있다.
오날 벼 脫作하기를 計劃햇든 것도 허사엿다.
終日 비바람은 근칠 줄을 몰앗다.
終日 舍郞에서 讀書만 햇다.
마음 괴로왓다.
麥 種子 1叺을 外上으로 申請햇다. 明年 6, 8月에 償還키로 햇다.

<1980년 10월 27일 월요일>

비바람은 개엿지만 日氣는 조치 못햇다.
終日 牛舍을 修理햇다.
成東이는 壁을 合壁햇다.
成愼이는 體育服代을 달아하니 돈은 없고 딱햇다.
鄭宰澤에 말햇든니 明日 正午에나 주만 햇다.

<1980년 10월 28일 화요일>

牟潤植 氏에서 參萬원을 借用해서 同伴하야 面 農協에 가서 積金 21,400을 拂入하고 17-17 복합 3袋을 現金으로 뗏다.
鄭宰澤에서 萬원을 둘엿다. 成愼 體育服代을 주기 爲해서엿다.
새보들 벼 脫穀한바 8斗只에서 50餘 叺 낫다.
金宗出 - 尹在浩 婦人 둘을 어덧다.

<1980년 10월 29일 수요일>

今日 始作으로 秋穀 脫穀을 他人 것을 南連 氏 鍾出 것을 햇다.
南連 氏는 古叺 16枚을 가저갓다.
午後에 방아 찟는데 복잡햇다.
鄭宰澤에서 四萬원을 가저왓는데 前條 해서 5萬원을 가저온 셈이다.
成曉가 왓다. 只沙 外叔이 죽게 되엿다고 햇다.

<1980년 10월 30일 목요일>

連山에서 守護者 崔 氏가 편지햇는데 宗畓에 우박이 내려서 大被害을 입었으니 踏査하기 바란다고 햇다.
※ 只沙面에 金漢實 집을 訪問햇다. (內外에 갓다) 病中에 잇는데 回生하기는 어렵다고 본다. 金 萬원을 주면서 藥을 쓰라고 햇다.
回路에 永浩을 路上에서 맛낫다.
麥畓 土力을 시키고 堆肥을 냇다.
※ 夕陽에 任實 注油所에서 경油 2드람 - 石油 一드람 모비루 2초롱을 外上으로 운반햇다.

<1980년 10월 31일 금요일>

鄭九福 脫作. 終日 햇다. 29叺 - 2叺을 稅

로 받앗다.
丁基善을 맛나고 脫곡을 하자 햇든니 포기 하라 하는데 某人에서 繕心[善心]을 쓴 것 같으다. 간사한 놈이라고 본다.

<1980년 11월 1일 토요일>
우리 農穀을 脫作햇다. 못테이 全部 한바 48叺을 收入한 것으로 안다.
金鉉珠을 맛나고 朴公熙 脫作을 하자고 햇든니 5日 6日 兩日 하자고 햇다.

<1980년 11월 2일 일요일>
成奎 脫穀 23叺 牟潤植 氏 14叺 牟光浩 3 叺을 하고 運搬까지 하다 보니 어두웟다.
白康俊의 妻을 맛나고 脫作은 어느 때 하겟소 햇든니 今年에는 抛棄해주시요 하드라. 그려면 우리 田畓으로 단니지 마시요 햇다.
大端이 氣分이 不安햇다.
金鉉珠가 왓는데 弟 順珠가 鄭泰燮 집에서 도박을 햇는데 支署에 訟訴 發하겟다고 하기에 함부로 하는 것이 안니다라고 햇다.
沈參茂 朴仁培 李在錫 金順柱.

<1980년 11월 3일 월요일>
심참무 脫作.
崔完宇 脫作.
夕陽에 방아을 찟는데 精米機가 異常이 生起여 作業을 中止햇다.

<1980년 11월 4일 화요일>
成樂 成傑이하고 精米機을 修理한데 終日 걸이엿다.
工場 全體을 살펴보니 엉망이드라. 일이리 손을 보왓다.
黃基滿이하고 語説을 햇다. 싹을 너무 떳다고 하기 그랫다.
金進映 脫곡 햇다. 못처럼 한다.
全州에서 泰宇가 왓다.

<1980년 11월 5일 수요일>
朴公히[朴公熙] 脫作 20叺 낫고 午後에는 金鉉珠 稻 運반햇다.
叔父 祭日이다.
12時에 제사을 지{내}고 막 飮福을 하니가 錫宇 內外가 왓다.

<1980년 11월 6일 목요일>
金學順 脫곡햇다.
朝食을 重宇 집에서 하고 집에 오니 靑云洞 鄭圭太가 어제 夕陽에 成奉 싸이카에 치여 病院에 택시로 갓다 왓다고 宗和 母가 왓다.
錫宇 車을 타고 처마니에 갓다. 大端치는 안트라.
錫宇을 데리고 成奎 母에 갓다. 늘거 곳 死別 時가 가가와젓스니 원망을 풀고 지내{라}고 勤[勸]햇다. 좃타고 해서 터파를 시켯다.

<1980년 11월 7일 금요일>
成東이는 방아 찟고 成樂이는 脫穀. 重宇 昌宇 것을 햇다
館村郵遞局에서 百萬원을 領收햇다. (成英 條)
바로 버스를 타고 任實 成曉 집에 갓다. 메누리에 現金을 주고 3.5리자로 하라 햇다.
메누리는 제의 오바에 양도하나 利息은 3分으로 하고 月 3萬원식 하는 1年間 積金을 너주는 게 올타고 해서 그려케 해보라 햇다.

寶城宅 방아 찌는데 4叺 5斗 낫다.
2叺 마토리[마투리][165]을 시려다 舘村驛에 다 託送햇다.
舘村 崔行喆 氏에서 古叺 30枚을 3,500원(計 10,500[105,000]) 外上으로 가저왓다.
成吉이가 全州에서 단여갓다.
成傑이는 非公式으로 除隊하려 한다.

<1980년 11월 8일 토요일>
人夫 2名을 어더 麥 播種을 5斗只 햇다. 種子는 1叺가 드럿다. 肥料 4叺 쯤 드럿다.
午後에 나는 방아 찌엿다.
成曉는 서울 갓는데 消息이 업다.
寶城宅은 夕陽에 서울로 떠낫다.
新安宅하고는 永遠이 틈이 버려지겟드라.
成傑이는 部隊長하고 相議하야 20餘 日만 休假[休暇]을 엇고자 金 2萬원을 要求하기에 成東이를 시켜서 參茂에서 萬원을 갓다가 주웟다.

<1980년 11월 9일 일요일>
방아 찌엿다.
成東이는 牟潤植 脫곡을 햇다.
夕陽에 全州에서 전화가 왓다. 알고 보니 前에 있섯든 成傑이 主人 金 課長이라면서 今夜에 서울을 出發하야 하니 곡 와달아 햇다. 바로 成傑에 連絡해서 보내고 보니 밤 8時 40分이엿다.

<1980년 11월 10일 월요일>
成曉 母는 合同뻐스로 내장사로 고수동굴을 단여온다고 떠낫다.
白米 15斗을 農協車에 실코 舘村市場에 가서 崔行喆 氏에 주고 白米代는 62,000인데 叺子代 10,500원을 除해고 51,500원을 차잣다.
成東이는 韓正石 氏 벼 운반 牟潤植 田 노타리 햇다.
蠶種代을 바드로 왓다.
前番에 山林組合에서 삼목代 8萬을 받을 것이다고 成曉에서 받으라 햇는데 于今것 未會計.
알고 보니 金成연 氏가 바다 利用햇다기에 긴급감사을 실시해서 문책하겟다고 전화로 말햇다.

<1980년 11월 11일 화요일>
大里 李宗玉 回甲日인데 방아 찟다 보니 正午가 되엿다. 午後에 드려보겟다고 한바 脫穀機가 古章[故障]이 生起여 저무[저물어] 버렷다.
金玄珠 脫作은 며칠 늣겟다.
丁基善이가 工場에 드려왓다
今年에는 脫作 抛棄해 달이기에 他人 하면 공자로 거제 주다든야 햇다.

<1980년 11월 12일 수요일>
麥作畓에 除草濟 農藥을 散布햇다.
韓 生員이 脫穀하자 하고 靑云洞에서 鄭圭太 外 二名이 방아 찟자고 하제 崔南連 氏는 방아 찟자고 하는데 신경질이 낫다.
丁基善 氏는 갑작히 午後에 脫穀하자고 하제 하는데 成樂이 몃칠 前에 大里에 가서 오지는 안코 해서 大端 不安햇다.
丁基善 脫穀을 하다 機械는 古章이 낫다.
任實로 전하해서 修理는 햇지만 日暮가 저서 抛棄하고 보니 더우[더욱] 不安햇다.

---
165 '마투리'란 '곡물을 섬 단위로 셀 때 한 섬이 차지 못하고 남은 양'을 말한다.

主人는 신경질 내니 그 엇지 졸이[좋을 리] 업서 夜深가지 괴로왓다.
※ 嚴萬映는 고헤랍[고혈압]으로 떠러저 全州로 옴기엿다.

<1980년 11월 13일 목요일>
丁基善 어제 脫곡하다 未決햇든 것을 今日 午前에 끝냇다.
午後에는 金玄珠 脫곡햇다.
來日은 大里에서 오라고 전화가 왓다. 成樂 妻家 것을 할 模様이다.
午後에는 成樂이가 大里에서 5日 만에 왓다.
방아 찌엿다.

三溪面 漁隱里 崔康俊 氏으 宅內 訃告가 왓다.
11月 13日 陰 10月 16日이다.
(祭祠는 10月 15日이다.)

<1980년 11월 14일 금요일>
午前 中에는 방아 찌엿다.
嚴萬映은 뇌手術을 한다고 전화왓다.
成樂이는 새기 꼬고 成東는 宗燁 脫作을 햇다.
館村中校에서 成允 成績表가 왓다. 平均點은 75點이고 課別로 보니 80點이고 100點도 잇고 해서 밤 成允을 안처노코 治下하면서 金 壹仟원을 주고 더 잘 하라고 約束햇다.
郡 農協에서 催告狀이 왓는데 成曉 條로 75年 貸付 條인데 30萬으로 記載드라. 그래서 金珍珠 집主人 便에 보냇다.

<1980년 11월 15일 토요일>
成東 成樂이는 大里 妻家 脫곡하려 보냇다.
郭四奉 母親 喪家에 丁基善와 同行햇다.
昌坪里에서 벼 共販하는데 金德基가 단여갓다. 檢査員도 단여갓다.
밤에 成曉 家族 全員이 堂[當]햇다.

<1980년 11월 16일 일요일>
成東 成樂는 大里 - 斗流里 脫作을 하고 稅는 8斗을 받앗다고 햇다.
成吉이가 왓다.
明 17日 桂壽里 族譜[族譜] 從閱[縱覽]하려 가자고 햇다.

<1980년 11월 17일 월요일>
成吉이하고 桂壽里 로유濟[露儒齋] 族譜 從閱하려 갓다.
從閱을 해보니 新安집 收單金을 안 내니가 累譜[漏譜]시킨다든니 舊譜대로는 햇드라.
昌宇는 累落[漏落]시켯드라. 다시 入譜을 하려 하오니 모도가 不便하고 記載 上 不利해서 日後에 서울로 通送하겟다고 왓다.
白康善 崔重宇 金宗出 成東 成樂이는 靑云谷에서 가리나무을 約 4耕耘機 해서 운반해왓다.

<1980년 11월 18일 화요일>
古叺 嚴俊峰에 150枚 讓渡햇다.
終日 工場에서 搗精을 햇다.
成東 成樂이는 나무 쟁이고 村前에서 벼을 시려다 家族기리 脫穀을 한바 9入 程度이고 脫穀稅 1部을 갖이 倉庫에 入庫시켯다.
裡里에서 李昌東 氏가 來訪햇다. 自己의 侄 李珍雨가 今般에 政治活動 하기로 結定햇다며 中央에다 公천 問題을 討論 中{이라}면서 萬諾[萬若] 落천이 되면 無所屬이라도 出馬을 해보겟다고 해서 協助을

要하기에 上親間이고 珍雨의 恩德도 보왓는데 無視만 할 수 없다고 햇다.

<1980년 11월 19일 수요일>
家族들은 中食을 싸가지고 山에 나무하려 갓다. 終日 2車을 햇다.
나도 가겟다고 約束한바 방아 밀이여 終日 辛苦햇다.

<1980년 11월 20일 목요일>
午前 中에 방아 찌엿고 成東 成樂이는 나무 쟁이고 집[짚]을 시려다 우[위]를 햇다.
새기도 꼬고 1時 餘有가 업는 每日의 日課엿다.
成吉이는 이제 爲先해보겟다고 하면서 鄭用萬 氏을 데리고 先山에[이] 혹 이는가[있는가] 찻고 다니드리 生覺하면 비급한 놈으로 본다.
里長에서 5萬원 取햇다. 積金 전화료금을 주기 위해서.

<1980년 11월 21일 금요일>
大里 鄭用萬 氏가 왓다. 郭山 58번지 1反 7畝을 알여주웟다.
只沙에서 金漢供이 母가 作故햇다고 전화 왓다.
郵替局[郵遞局] 集配員에 전화로금 10,500 農協積金 21,390원 計 31,910[31,890]원을 보내주웟다.
成東 母는 漢駿 母 喪에 보냇다.
金今童을 시켜서 再砂[再沙]을 햇다.
※ 具道植 氏에서 靑云堤用 세멘 2袋을 바다 利用햇다. (丁九福 집에서 取해 주드라.)

<1980년 11월 22일 토요일>
아침 8時에 炳基 叔과 重宇와 갗이 버스 便으로 大栗里[166]에 갓다.
成吉 新安 氏는 昨日 守護者 집에서 잣다고 햇다. 한가한 놈들 소리가 나드라. 9時 40分쯤 當햇든니 벌서 山所로 떠낫드라.
祭物은 其 從前과 갓드라.
旅비 條로 2斗代 萬원을 밧고 2斗은 減해 주웟다.
谷城 墓祠는 乃宇 炳赫 成吉이가 24日 午後에 出發키로 햇다.

<1980년 11월 23일 일요일>
새벽에 起床하야 生覺 끝에 農協債務을 集計을 맞우 紙面으로 農協 金德基 앞으로 보내면서 貸付 主務者와 相議해보라 햇다.
桂壽里 六代祖 墓祠에 參禮햇다
中食을 맞이고 回路에 大宗山에서 炳日 氏 高祖山 立石을 한다기에 參席햇다.
連山 七代祖와 再從之間라고 햇다.
24日에 谷城에는 25日이지만 翌日 24日 出發해서 자고 25日에 모시기로 하고 成吉 炳赫 나와 3人이 가기로 햇다.

<1980년 11월 24일 월요일>
9時 30分 列車로 炳赫 成吉하고 3人이 同伴 곡성 竹곡面 南陽里 金昌洙 守護者을 訪問하고 一泊햇다.
到着은 午{後} 3時쯤이엿다.
金 氏는 今年 처음 하는 산직이다.

<1980년 11월 25일 화요일>
어제 밤부터 내린 비는 午前 中까지 내렷다.

---
166 남원시 사매면 소재.

잠시 개인 틈타서 山所에 갓다. 祭物을 펴보니 아조 형편이 없다.
할 수 없이 祭祠는 지내고 中食을 하고는 2時頃에 出發해서 오고 主人에게는 明年에는 不足한 點을 시정코 잘 모시도록 하라 햇다.

<1980년 11월 26일 수요일> (陰 10月 19日)
아침 7時에 芳鷄里 金漢實(妻男) 死亡햇다고 전화가 왓다. 王板 墓祠日인데 參席을 못햇다. 成曉을 墓祠에 보내고 成東 成樂 鍾玉을 시켜 終日 稻 作石을 햇다. 78叺을 積載햇다.
大里에서 鄭龍萬 氏가 왓다. 成吉을 面會次 왓는데 葬地 郭四奉 氏의 山인데 約 白米 20餘 叺을 달안다는데 無條件 成吉이는 不應한데 成吉이는 갑이 싸고 조흔 명당을 求하려한 마음 大端이 非人間으로 본다. 位先[爲先]한다고 林野을 2筆이{나} 팔고 約 百萬원이나 밧고도 그려한 不良한 마음을 가지고 잇다.

<1980년 11월 27일 목요일>
벼 共販日일다.
78叺을 工場 앞 路邊에다 陣烈햇다.
檢査을 시켜보니 1等이 55叺 {2}等 22叺 等外 1叺을 各〃 바닷다.
夕陽에 俊祥에서 金 4萬원을 둘여 南原稅金 21,000원 주고 金德基에 交際비 2萬원을 주웟다. 成樂과 갗이 只沙面에 갓다.

<1980년 11월 28일 금요일>
早束[早速]히 出喪을 맞이고 中食이 끝나자 出發해서 屯南面 수레기 郭二勳을 訪問햇다. 內病으로 누워 잇드라.

<1980년 11월 29일 토요일>
成東이 條 벼 24叺을 作石해서 大里 共販에 보냇든니 10叺는 1等 14叺는 2等이라고 햇다.
館村 堂叔을 訪問햇다. 全州에서 泰宇가 왓드라. 林野特措法 하려 왓다.
全州에서 成吉이가 왓다. 父 移葬에 關한 打合이라고 햇다. 돈도 만이 잇는 놈이 無償으로 國有林野에다 제의 父을 뭇는다고 말과는 千% 달른 놈으로 본다.
成樂 結婚하고 1日 사이기에 參席 不要하라고 햇다.

<1980년 11월 30일 일요일>
[별지]

아침 早發해서 新平農協에 갓다.
債務을 整理하려 하니 13個 條가 되드라. 別紙와 如히 12個 條項을 利子 및 小額[少額]은 12月 31日까지 完拂해서 주고 末尾에 育苗相子代는 別途로 해서 日後에 通知하라 햇고 元金 또는 利子 合해 1,174,272원을 拂入해주웟다.
벼 78叺代 1,790,800 中 貸付 條을 除하고 616,528원 찻고 驛前에 黃宗一 借用金 63,000원을 支拂하고 任實驛前 韓文錫 債務 10月分 11月分 利子 52,500원을 婦人에 주고 왓다.
成東이는 방아 찟고 成樂이는 午後에야 와서 뒤방 되비햇다.
成傑이가 全州에서 車을 가지고 왓다. 路上에서 맛낫다.
成東 條 22叺代 50萬원은 德基에 付託하

고 明日 49萬원 通帳으{로} 해서 보내고
萬원은 別途로 가저오라 햇다.

農協 債務 確認		
債務額	農事資金	元金에서 十五萬원을 줄이고 八〇萬원으로 안치고 利子을 줌
○	九五萬원	
○ 三〇萬원	〃	利子만 十二月 三十一日까지 拂入
○ 一八萬원	〃	利子만 〃 拂入
四萬八仟원	〃	金額 元利 償還 完結
○ 一五萬원	〃	利子만 十二月 三十一日까지 拂入
○ 二〇萬원	〃	〃 〃 拂入
七萬원	郡耕耘機條	元利 完結
長期 ○ 八〇萬원	畜舍 資金	〃 利子 拂入
長期 ○ 二八萬원	畜舍資金	〃 利子 拂入
五萬九仟원	肥料代	元利 完結
六萬원	農藥代	元利 完結
長期 ○ 三〇萬원	蠶飼資金	利子만 十二月 三十一日까지 拂入
長期	育畜相子[育苗箱子]代는 久人令으로써 別途 取扱 要	
一九八〇 十一月 三十日 乃宇 書 (인)		

<1980년 12월 1일 월요일>
農協債務 1部 整理하고 個人債務 1部을 整理한바 約 40萬원을 아침에 뿌려주웟다.
그려나 崔南連 條 40萬 쌀契 16叺인데 形便이 難局에 處햇다.
生覺한니 完全整理하려면 2百餘 萬원이 要하나 田畓 간에 賣買市勢도 업으니 年末을 헤처가려면 大端 苦心이 들겟다.
生活하자 해{도} 勇氣가 나지을 안니한니 世上이 살고십지 안코 自然히 世上을 떠나고 십다.
成樂이 結婚도 延期햇다.

<1980년 12월 2일 화요일>
丁基善 金進映이 왓다.
丁奉來가 소를 팔아고 왓다. 110萬원을 내라 햇든니 102萬을 내놋키에 그만두라 해서 보냇다.
成東이 보고 牛을 팔면 40만원만 주면 利子을 처서 주겟다고 햇다
嚴俊祥 연탄代 34,500 取貸金 5,000 合해서 39,500원을 養老堂에서 주웟다. 崔瑛斗 尹相浩 立會 下 주웟다.

<1980년 12월 3일 수요일>
終日 비와 눈이 混合해서 내렷다.
김치감 白采[白菜]는 어제야 겨우 뽀밧는데 多幸이엿다.
嚴萬映 問病을 집으로 가보니 回複[回復]은 어려울 듯십드라.
病院에서 退院하라 햇지만 自信이 업기 때문에 退院을 시킨 것으로 본다.
終日 舍郎에 書 讀書만 햇다.

<1980년 12월 4일 목요일>
終日 눈이 내렷다.
食口들은 김치 담구느라 全 動원되엿다.
夕陽에는 큰메누리의 姨母가 갑작히 김장하다가 떠러젓다고 해서 全州에 갓다.
밤새도록 公主가 잠이 不便한 것 갓드라.

<1980년 12월 5일 금요일>
昌宇가 와서 婚書紙을 쓰자고 해서 썻다.
今日 新婦 집으로 보낸다기에 갓다.
原則은 가족들 보는데 咸[函]에 너서 下人에 보내는 法인데 모든 物品(禮物)이 全州에 잇다고 해서 氣分이 不安햇다.
全州에서 李珍雨가 主禮을 시기로 햇는데 서울 가서 病이 낫다고 포기 전화가 왓다.
昌宇 집에 가서 말햇든니 金堤에다 말하겟다고.
牛 2頭에 106萬원에 팔고 46萬원 밧다. 殘은 明日에 주기로.

<1980년 12월 6일 토요일>
食後에 任實市場에 갓다.
좀 느젓스나 成東이는 牛을 산바 37萬원을 주엇다고 매 노왓드라. 그려면 내의 소 條는 45萬원 成東 條 牛는 61萬원인데 61萬원 中 송아지 37萬원 떼고 왕저[왕겨]代 3萬원 떼고 萬원는 成東 用金으로 쓰고 市場에서 殘金 20萬원을 바닷다.
嚴萬映 弔問을 햇다.
大里에서 炳基 堂叔이 왓다.

<1980년 12월 7일 일요일>
崔南連 債務 469,000원을 金子에 주웟다.
아참에 成植 結婚에 參萬원을 주웟다.
李道植품싹을 이제사 주웟다.

結婚式場에 갓다. 만은 사람이 왓드라.
오다보니 萬映 出喪을 하드라.
路上에서 大里 鄭用萬이를 맛나고 成吉 父의 移葬에 對한 말을 하는데 成吉이는 남의 所有地을 거저 쓸아고 한다면서 얼마에 사도라고 하는 게 안니고 代錢을 말하지 안는 것은 空의 利用하려 한다고 햇다. 大里 柳윤환 林野도 달아 햇지만 柳윤환 말은 同금이면 주제 거저는 못주겟다{고 했다}는{데} 成吉이는 그것이 안니라고 하드라.

<1980년 12월 8일 월요일>
메누리을 帶同하야 大里 成樂이 妻家에 갓다. 堂叔母와 갗이 參席하야 婚禮 切次[節次]을 相議한바 來빈은 昌坪里 新郞 집에서 接見을 하기로 하고 日字는 12月 18日 午前 11時 大里 教會로 定하고 上客도 新婦 집을 不入하야 歸家키로 햇다.
메누리는 任實을 거처 夕陽에 全州 보광당에 김치 담으려 간다고 갓다. 成東이는 방아 찌엿다.

<1980년 12월 9일 화요일>
終日 舍郞에서 讀書만 하고 成樂 結婚費을 研究해보왓쓰나 모든 것이 不足現狀을 나타내고 잇다.
鄭基澤이가 歸家 길에 왓다. 旅비도 좀금 주워야 하는데 그저 보냇다.

<1980년 12월 10일 수요일>
서울서 崔銀姬 母에서 편지가 왓다. 生活에 쪽기다 보니 父母도 相逢치 못하엿다면서 耕畓 條 6叺 利 1叺8斗인데 이 중 6叺는 柳正進에 돌여주고 3叺는 叔父(昌宇)에 주는데 不足 1叺2斗는 아버지게서 代納해주시라 햇다.
夕陽에 昌宇 집에 갓다. 故 萬映에 弔儀[弔意] 條로 契穀에서 5斗을 떼 주웟다고 햇다.
柳正進이가 잇드라. 20叺 契穀을 줄 터이니 2.5分利로 해서 使用하라 햇다. 그려마라고 承諾햇다.

<1980년 12월 11일 목요일>
成東이에서 12月 6日字 市場에서 20萬원 하고 今日 29萬원하고 計 49萬을 이번 成樂이 結婚에 利用하고 他人의 債務을 利用하는니 네 돈을 使用함이 正當하다면서 利子을 주기로 햇다.
終日 舍郞에서 讀書만 햇다.
全州에서 成吉이가 왓다.
메누리는 市場에 갓다 왓다.
밤에는 金進映 嚴俊祥이가 놀다 갓다.

<1980년 12월 12일 금요일>
아침에 起床해보니 눈이 많이 내렷드라.
農協 金哲浩에서 電話가 왓다. 昌宇가 揚水機로 依하야 不平不滿을 하며 폭言까지 햇다고 해드라. 그려나 農協에서는 于係[關係]가 업는 之事라 햇다.
※ 라지오 放送 멈소가 약이 조타고 햇다.
男子는 육미탕이 제일이고
女子는 사모탕이 〃
메누리에 20萬원을 주워서 全州로 佩物 하려 보냇든니 大里 메누리가 집에서 나오지 안해서 延期 미루고 20萬원을 가지고 館村에 가서 모든 食料品 1切하고 그저게 全州에서 엿기름갑까지 全部 주고 成樂 신 契約金 1萬원까지 해서 85,000원 支出하고 現金 1115,000원을 메누리에 保管 中이다.

成東이는 任實에서 19,500 中 4,500을 外上을 왓다.

<1980년 12월 13일 토요일>
尹錫 外上代 9,200원을 주웟다. 밤에 金炯進 金宗出 裵京漢 立會 下에서.
間밤에 내린 눈은 約 1.5尺는 왓다. 아침 氣溫는 零下 10度가량이다.
메누리는 成樂 內外 母 合同 全州로 佩物 또는 洋服(양장)을 마치로 갓다.
어제 殘金 115,000 + 現金 50,000 計 165,000을 가지고 갓다.
밤 7時 30分에 추운데 왓다.
듯자 하니 新婦 패물 사는 데는 新婦 側에서 自己 뜻대로 따라단니면서 사고 新郞 條 패물 洋服 其他 物品 사는 데는 不應해서 自己네 마음대로 햇다 하니 마음 괴로왓다.

<1980년 12월 14일 일요일>
今日도 終日 눈은 내렷다.
終日 舍郎에 잇다.
午後에는 新洑가리을 한다기에 갓다.
林澤俊 집에서 한다기에 가보니 몃 명 募엿는데 澤俊이는 不良한 놈으로 본다.
成曉 成東이는 新婦 방을 壁紙을 발앗다.
移秧機 契員 몃이 募엿기에 利子 밋 償還金을 말해주웟다.

<1980년 12월 15일 월요일>
11時 50分 列車로 求禮에 當하오니 2時엿다.
龍田里에 당한니 3時엿다. 12時가 넘어서야 小祥祭을 지내고 새벽 4時가 너머서 禪祭을 지냇다.

<1980년 12월 16일 화요일>
8時 40分에 出發해서 求禮口에서 9時 30分 特急으로 任實에 왓다.
18日 結婚日이라고 햇든니 原基가 5仟원 姨母가 五仟원을 너주는데 未安햇다.

<1980년 12월 17일 수요일>
아침 8時에 成奎 집에서 朝食을 하고 共同墓地 死亡兄 墓을 破墓한바 大端 骨害[骨骸]가 만드라. 葬地에 간바 人夫는 約 30餘名이 왓드라.
大里에서 炳基 只沙 鎭浩도 왓드라.
祝官는 내가 햇다.
三溪面 鴻谷里 卦坪 金敎振 沈參茂에서 四萬 - 내게서 8萬원을 보태서 全州에서 佩物을 차자서 밤에 成樂 親友들이 車을 가지고 와서 가저갓다.

<1980년 12월 18일 목요일>
아침 早起햇다. 今日은 成樂 結婚日이다.
大里 錫宇 車 權澤烈의 子 自家用 任實서 澤俊 條 택시 3車가 띄엿다.
禮式은 마치엿으나 生覺 外의 華客이 왓다. 모든 飮食이 바닥이 낫다.
大里에서 예수會員 全員이 왓고 地方客도 왓다. 約 100餘 名이다.
밤 10時까지 놀다보니 느저서 택시로 불어서 炳基 兄弟을 보냇다.
祝賀金은 357,000원이 왓다.

<1980년 12월 19일 금요일>
養老院員 및 親睦契員 其他人을 合해서 約 30餘 名을 招請하야 中食 兼해서 飯酒로 接待햇다.
化粧品代 7萬원을 주워 끝내라 햇다. 그려

면 보광당 外上만 31萬원이 不足하다.

<1980년 12월 20일 토요일>
午前 메누리 內外가 잇는데 쌀契돈 창기라 햇고 보광당 佩物代 殘金 31萬원을 주면서 今日 完拂해주라 햇다.
3日 만에 大里 妻家 再行을 간다고 7仟원을 주웟다.
俊峰 基善이와 同行해서 面에 會議에 參席햇다.
中食을 맟이고 바로 왓다.
아들을 시켜서 창우을 오라 햇든니 오지 안흔 理由는 債務于係인 듯 싶으니가 오지 안는다고 豫定하고 내가 갓다.
22日 契員 召集하야 契쌀을 밧게 하라 햇다. 그랫든니 우물 〃 하면서 부인게인니가[부인계이니까] 부인에 말하겟다고 햇다.

<1980년 12월 21일 일요일>
10時 10分 뻐스로 三溪面 鴻谷里에 갓다.
途中에 金教振이가 歡迎을 나왓드라.
參席契員는 金虔鎬(건호) 斗福里 둔덕 金康熙(강휴) 蔡圭鐸 金鍾于 崔乃宇 5名만이 參席햇다.

<1980년 12월 22일 월요일>
丁基善이가 왓다. 終日 舍郎에서 談話을 해보왓든니 말하는 품이 今般 組合長 選出에 뜻도 있는 듯싶드라.
밤에 里民總會 및 班常會에 參席햇다.
本里에 總代 5名을 選出해야 하는데 成員未達로 流會을 시키엿다.
嚴俊峰 沈參茂가 왓다.
參茂에 今般 契穀 50叺을 타면 保證을 세워서 捺印을 하라 햇든니 俊峰이가 스겟다고 햇다.

<1980년 12월 23일 화요일>
成樂 結婚費 收入支出을 따저보니 支出 898,500 - 收入 379,000 = 519,500원이 赤字이다.[167]
◎ 보광당에 外上 10萬원 參茂 5萬원만 未支出이다.
메누리는 午後에 任實로 갓다.
午後에 3時쯤 되여서 農協所管 里 總代 五名을 選出하는데 무슨 大選擧나 된 것처렴 臨時執行部를 俱成[構成]하자니 議長을 選出해서 執行하자니 하드라. 그래서 明善이가 司會 兼해서 執行하는데 丁基善이는 제의 낫[낯]을 내기 위해서 곳다구 소리을 하니 明善 里長은 氣分이 小한 듯하드라.
韓相俊이를 持支[支持]하는 사람이 尹相浩 崔成奎 丁基善 3名인데 모두 제의 人氣을 도두는 形式的인 發言을 하드라. 내의 自信는 意見을 提示하면서 叔侄之間[叔姪之間]에 갗이 總代職을 가질 수 있는야 햇다.

<1980년 12월 24일 수요일>
指導所 廉昌烈이가 왓다.
移秧者 定期總會을 召集하고 81年度 營農計劃을 指示밧다.
中食을 全員이 내가 接待햇다.
館村 堂叔이 濟州島[濟州道]人을 데리고 昌宇을 보려왓다.
全州에서 成吉이도 왓다.
언제든지 成吉이는 內面으로 人間을 좃게는 보지 안는다.
1月 3日 宗會日이라고 하드라.

167 "赤子이다" 부분이 붉은 펜으로 기록되어 있다.

成允 授業料 주웟다.

<1980년 12월 25일 목요일>
새벽에 大里 敎會에서 信者들이 와서 贊送歌[讚頌歌]을 불여주웟다.
오날은 쌀契日이다. 沈參茂가 50叺4斗을 타는데 내 條는 16叺8斗 炳基 條 5叺4斗 計 22叺2斗이엿다. 炳基 條는 今年 2月에 6叺2斗 借用을 갑는 것이엿다. 그래서 1叺2斗을 보내주기로 햇다. 그려면 炳基 條 5叺4斗을 代納한 것은 昌宇에서 7叺을 바다야 한다.
參茂에 22叺2斗는 20叺만는 柳正進에서 30日에 밧고 2叺2斗는 방아실에서 자저가라 햇다.

<1980년 12월 26일 금요일>
鄭九福 집에 갓다.
金 拾萬원만 用貸하자 햇다. 準備 中이라고 햇다.
成樂 結婚 時에 他人에서 貸借金이 이만저만이 안니데 在錢는 없고 딱햇다.
成東이 藥한다고 몀소를 잡앗는데 大里에서 藥을 지으라 햇든니 못간다 하드라. 其理由는 잇다.
農協職員이 왓다. 移秧機게代 利子 113,000원을 주웟다.

<1980년 12월 27일 토요일>
마음이 괴로와서 집에 잇기가 실타.
養老院에 갓다. 놀다보니 밤 9時까지 놀앗다.
全州에서 成傑이가 車을 몰고 왓다. 村前에서 빠저 苦役들 하드라. 밤에 추운데 가보왓다. 동무들이 와서 協力하야 겨우 車는 빼서 갓다.
李澤俊이는 全州署로 發令이 낫다고 햇다.

<1980년 12월 28일 일요일>
早起床해서 鄭鉉一 집을 찻고 東錦契 總會 有司가 鉉一이오니 1月 4日 準備하라 햇다.
鄭宰澤에서 箱子 利子 39,000원을 받앗다.
牟潤植 집에 방問하고 10萬원을 要求햇다. 둘여보마 하드라.
群山에서 전화가 왓다. 澤俊 勤務處는 잘된 것 갓다고 햇다.
終日 舍郎에서 讀書하고 있엇다.

<1980년 12월 29일 월요일>
丁基善에서 日前에 萬원을 取해왓는데 今日 우리 집에 와서 機械利子 箱子利子 25,788원 中에 取貸 條 萬원을 除하고 殘 15,788원을 주고 갓다.
里長 慮成根[盧成根]이 舍郎에 왓다. 稅金 4,780원을 주웟다. 부우이웃[불우이웃]돕기誠金을 要求해서 仟원을 주웟다.
終日 舍郎에서 讀書하고 族譜도 떠드려 보왓다.
公主을 任實邑에 보냇다. 감기가 든 듯 십다.
債務도 못 整理하고 新年을 마지하게 되엿다.

<1980년 12월 30일 화요일>
大里에서 炳基 堂叔母가 왓다.
昌宇 債務을 받으려 오고 내게 契金 殘 1叺8斗代을 받으려 왓드라.
3, 4日 後에 말게함마 햇다.

<1980년 12월 31일 수요일>
아침에 鄭九福에 갓다.
술 한 잔 마시고 金 拾萬원을 借用해왓다.

그려데 移秧相子代 積金을 拂入하기 爲해 서엿다.
丁九福에서 金 2萬원을 貸付하야 新平農協에 갓다.
利子代 機械利子을 清算하는데 信用보증金 5,465원 必要 없다 해서 日時[一時] 내가 保管 中이다.
林澤俊 집에서 中食을 햇다.

『창평일기』 2

찾아보기

ㄱ

ㄴ

ㄷ

ㅁ

ㅂ

ㅈ

ㅊ

저자

이정덕 전북대학교 인문대학 고고문화인류학과 교수

김규남 전북대학교 SSK개인기록연구팀 전임연구원

문만용 KAIST 한국과학문명사연구소 연구교수

안승택 (사)지역문화연구소 연구위원

양선아 전북대학교 고고문화인류학과 BK21 연수연구원

이성호 (사)호남사회연구회 연구위원

김희숙 전북대학교 대학원 고고문화인류학과 박사과정

창평일기 2

초판 인쇄 | 2012년 6월 18일
초판 발행 | 2012년 6월 30일

저 자 이정덕 · 김규남 · 문만용 · 안승택 · 양선아 · 이성호 · 김희숙

책임편집 윤예미

발 행 처 도서출판 지식과교양
등록번호 제 2010-19호
주 소 서울시 도봉구 창5동 262-3번지 3층
전 화 (02) 900-4520 (대표)/ 편집부 (02) 900-4521
팩 스 (02) 900-1541
전자우편 kncbook@hanmail.net

ISBN 978-89-94955-86-5 93810 **정가** 53,000**원**

이 도서의 국립중앙도서관 출판도서목록(CIP)은 e-CIP홈페이지(http://www.nl.go.kr/ecip)에서 이용하실 수 있습니다.
(CIP제어번호: CIP2012002840)